당시별재집 1
唐詩別裁集
오언고시(五言古詩)
An Anthology of Tang Poems

엮은이 심덕잠(沈德潛, Shen Deqian, 1673~1769) : 청대 시인이자 시론가. 자는 확사(確士)이고 호는 귀우(歸愚)로 중국 소주(蘇州) 사람이다. 고향에서 교육자로 살다가 고령인 67세에 과거에 급제하여 건륭제의 인정을 받은 후 고속으로 승진하여 예부시랑(禮部侍郎)에 이르렀다. 『당시별재집』 이외에 『고시원』(古詩源, 1725), 『명시별재집』(明詩別裁集, 1734), 『청시별재집』(淸詩別裁集, 1761) 등을 편찬했고, 그 밖에 시론집인 『설시수어』(說詩晬語), 『두시우평』(杜詩偶評) 등을 펴냈다.

옮긴이 서성(徐盛, Seo, Sung) : 홍익대학교 산업디자인과와 고려대학교 중어중문학과를 졸업했다. 고려대 중어중문학과에서 석사학위를, 북경대학 중문학과에서 박사학위를 받았다. 현재 열린사이버대학교 교수로 재직 중이다. 펴낸 책으로는 『양한시집』, 『한 권으로 읽는 정통 중국문화』, 『중국문학의 즐거움』(공저), 『삼국지, 그림으로 만나다』 등이 있고, 『그림 속의 그림』, 『대력십재자 시선』 등을 번역하였다.

당시별재집唐詩別裁集 **1**-오언고시(五言古詩)

1판 1쇄 인쇄 2013년 6월 15일 **1판 1쇄 발행** 2013년 6월 25일

엮은이 심덕잠 **옮긴이** 서성 **펴낸이** 박성모 **펴낸곳** 소명출판
등록 제13-522호 **주소** 137-878 서울시 서초구 서초동 1621-18 (란빌딩 1층)
대표전화 (02) 585-7840 **팩시밀리** (02) 585-7848
이메일 somyong@korea.com **홈페이지** www.somyong.co.kr

ISBN 978-89-5626-889-7 94820   값 51,000원   ⓒ 한국연구재단, 2013
ISBN 978-89-5626-888-0 (전 6권)

이 번역도서는 2007년도 정부재원(교육인적자원부 학술연구조성사업비)으로 한국연구재단의 지원에 의하여 연구되었음.

오언고시(五言古詩)

당시별재집 1

심덕잠 엮음 | 서성 옮김

唐詩別裁集

소명출판

◆ **일러두기** ▬▬

1. 이 책은 1975년 중화서국(中華書局)에서 영인한 청대 교충당(敎忠堂)의 1763년 간행본 『당시별
   재집』(唐詩別裁集)을 저본으로 하여 번역하였다.
2. 시 원문의 교감 및 심덕잠의 오류는 상해고적출판사(上海古籍出版社)에서 1979년에 간행한 표
   점본 『당시별재집』을 참고하였으며, 시인 및 제목과 관련된 착오는 학계에서 공인된 의견을 참
   고하여 해설에서 밝혔다.
3. 모든 시는 각 구마다 원시와 번역문을 함께 제시하는 방식으로 축구(逐句) 번역하였다. 주석은
   각주로 처리하였으며, 심덕잠(沈德潛)의 주석은 '심주'(沈注)라 표시하여 각주에 넣었다. 작품에
   대한 심덕잠의 평은 작품 말미에 '평석'이라 표시하여 붙였으며, 각 작품 끝에 번역자가 간단한
   '해설'을 달았다.
4. 한자가 필요한 경우는 우리말 독음 뒤 괄호 안에 한자를 넣었으며, 이름과 지명 등 고유명사의
   독음은 대부분 한국 한자음으로 달았다. 주요한 지명은 괄호 안에 현재의 지명을 적었다.
5. 시인에 대한 소개, 시인별 작품 목록, 원시 제목 색인은 별책부록으로 만들었다.

해설

시의 황금시대

그때 사람들은 시로 밥을 지어먹었다. 시로 옷 입고, 시로 이불을 덮고, 시로 꿈꾸고, 시로 말했다. 시로 관직에 오르고, 시로 그리워하고, 시로 인연을 맺었다. 그들의 시에 귀신도 울었다. 그때는 모든 아름다움과 모든 현상과 모든 사유가 시로 표현되고 시로 요약되었다. 일자천금의 명구에 가슴을 치고, 삼 년간 고심하여 시 두 구를 뽑아내고, 시구를 뺏기 위해 사람을 죽이고, 시로 사람을 살려내기도 하였다. 문학적 형식으로서의 시는 모든 장르를 수용하여, 산문과 부(賦)는 물론 이야기와 소설도 시의 형식 속으로 빨려 들어갔다. 외연은 무한히 확대되어 모든 문화가 담겼다. 기라성 같은 시인들이 성좌처럼 빛났다.

노신(魯迅)은 "모든 좋은 시는 당대에 지어졌다"고 말했다. 왕안석(王安石)도 "세상의 좋은 언어는 두보가 이미 다 말했다"고 했다. 당(唐, 618~907

년)은 중국 고전문학의 황금시기였고, 시가문학은 최고조에 이르렀다. 약 290년 동안 자신의 풍격을 갖춘 시인만 쳐도 50여 명이 나왔고, 시는 현존하는 것만 해도 약 5만 수에 이른다. 정형시와 고체시가 완비되고, 다양한 제재가 나오고, 뛰어난 시인이 출현하고, 시파가 형성되고, 높은 예술적 성취를 이루는 등 여러 측면에서 시의 고조기임을 보여준다. 여기에 영웅주의와 개방적인 사회 풍토가 반영되어 건강하고 풍부한 감성의 세계가 이루어졌다. 이리하여 당시(唐詩)는 중국 고전시의 가장 높은 성취를 이루었고 중국문화의 정화(精華)가 되었다.

『당시별재집』의 위상

약 5만 수의 당시를 가장 잘 파악할 수 있게 모아놓은 앤솔로지는 무엇일까? 일반적으로 당시 선집으로 많이 알려진 책으로는 한국에서는 『당시삼백수』(唐詩三百首)요 일본에서는 『당시선』(唐詩選)을 쳤지만, 선정된 시가 삼백 수에서 오백 수에 불과해 여러 종류의 주옥을 모두 담지 못했다. 시의 형식과 제재에 걸쳐 일정한 규모를 갖추면서 당시의 전모를 비교적 완정하게 알려주는 선집으로는 『당시별재집』(唐詩別裁集)을 꼽는다.

당시를 골라 뽑은 선집은 당대부터 나오기 시작하여 청대까지 제작되어 현재 전해지는 것만 해도 약 6백 종이 되며, 현대에 들어서도 계속 만들어지고 있다. 당시 선집 가운데 특히 영향력이 큰 것으로는 금원(金元) 교체기에 원호문(元好問)이 편찬한 『당시고취』(唐詩鼓吹), 명대 이반룡(李攀龍)이 편찬한 『당시선』, 명대 당여순(唐汝詢)이 편찬한 『당시해』(唐詩解), 청대 초기 신운파의 종주인 왕사진(王士禎)의 『당현삼매집』(唐賢三昧集) 등을 들 수 있다. 또 입문서로 많이 알려진 청대 손수(孫洙)의 『당시삼백수』도 유명하다. 이러한 선집의 다양한 전개 속에 『당시별재집』은 편찬자 심덕잠(沈德潛)이 기왕의 선집이 지닌 장점을 비판적으로 흡수한 후 자신의 시관에 따라 당시의 명작을 최대한으로 망라하여 수록한 책이다. 책의 제목에 붙은 '별재'는 두보(杜甫)의 「장난삼아 지은 절구 6수」(戲爲六絶句)에 나오는 "위체(僞體)를 잘라내고 풍아(風雅)와 친하리라"(別裁僞體親風雅)에서 따왔다. 그는 명청시기에 중국 고전시에 대해 이루어진 장기간의 논의 속에서 자신의 시관을 세우고 이에 입각하여 허위의 작품을 잘라내고 풍아의 작품을 골라내었다.

편찬자에 대하여

편찬자 심덕잠(1673~1769년)은 청대 전성기인 강희·건륭시대에 활동한 시인이자 평론가이다. 자는 확사(確士)이고 호는 귀우(歸愚)로 장주(長洲, 강소성 蘇州) 사람이다. 어려서부터 조부 심흠기(沈欽圻)와 부친 심종언(沈鍾彦)으로부터 시를 배웠으며, 젊어서 장제선(蔣濟選)과 섭섭(葉燮)으로부터 배웠다. 그는 시인으로 알려졌고 시론에서도 일가견이 있는 사람으로 유명했지만 나이 예순이 넘도록 17번이나 과거에 떨어져 평범한 교육자로 고향에서 살았다. 그러다가 67세에 이르러서야 과거에 급제하여 건륭제의 인정을 받고, 이후 고속으로 승진하여 예부시랑(禮部侍郎)에 이르렀다. 건륭제와는 군신창화시를 계속 주고받았으며 나중에는 상서(尙書) 직책까지 받았다. 건륭제와의 교분이 깊고 고관에 올랐기에 그의 시작과 이론은 문단에 큰 영향을 미쳤다.

심덕잠은 어려서부터 당시를 좋아하여 항상 베껴 쓰는 일을 즐겨 하였다. 청대 초기에는 송시(宋詩)와 원시(元詩)가 풍미하고 있었지만 그는 시류에 물들지 않고 자신의 기호와 시관에 따라 당시에 몰두하였다. 1717년(강희 56년) 45세 때에 진수자(陳樹滋)와 함께 『당시별재』를 처음 출판하였다. 그로부터 46년 후인 1763년(건륭 28년) 91세 때 중정본(重訂本)을 펴냈다. 이렇게 보면 그가 평생에 걸쳐 『당시별재집』 편찬에 매진하였음을 알 수 있다. 그는 『당시별재집』 이외에도 『고시원』(古詩源, 1725), 『명시별 재집』(明詩別裁集, 1734), 『청시별재집』(淸詩別裁集, 1761) 등을 편찬했고, 그 밖에 시론집인 『설시수어』(說詩晬語), 『두시우평』(杜詩偶評) 등을 펴냈다.

심덕잠의 시론

심덕잠의 시론은 격조설(格調說)로 요약된다. 격(格)은 풍격 또는 형식 이란 뜻이고 조(調)는 음률 또는 리듬을 말한다. 그가 생각한 이상적인 풍격은 비흥과 은유가 깊어 감동을 주는 시풍이고, 높이 치는 음률은 마 음과 정감이 잘 소통되는 성조이다. 그는 정감이 성정에서 시작되어 언 어로 자연스럽게 실려 나오는 것이 격조의 법칙이라고 하였다. 여기까지 만 본다면 이는 모든 시론에서 으레 제시하는 내용이지만, 심덕잠은 여 기에서 더 나아가 '온유돈후'(溫柔敦厚)로 요약되는 유가의 시교관(詩敎觀) 을 표방하여 "사람이 시를 짓는 것은 시교의 본원을 구하려고 하기 때문 이다"고 천명하였다. 시교는 곧 『시경』의 가르침으로, 바르고 화평한 성 정(性情)을 나타내는 것은 물론, 비록 원망이 있다고 하더라도 직설적으 로 표현하지 않고 온화하고 완곡하게 드러내는 전통을 말한다. 이런 점 을 본다면 심덕잠은 시로써 인간의 정서를 순화하고 정감을 소통시키는 일을 중시하였음을 알 수 있다.

심덕잠은 시교를 잘 드러낸 시는 비흥(比興)과 기탁(寄託)이 많이 들어 간 당시(唐詩)와 고시(古詩)에 있다고 보았다. 이러한 관점에서 그는 명대 의 이몽양(李夢陽), 왕세정(王世貞) 등 전후칠자(前後七子)가 제창한 성당(盛 唐)을 중시하는 전통을 계승하였으며, 청대 초기 문단의 좌장인 왕사진 의 신운설(神韻說)도 흡수하였다. 왕사진이 펴낸 『당현삼매집』은 왕유(王 維), 맹호연(孟浩然), 위응물(韋應物), 유종원(柳宗元) 등을 중심으로 한 담백하고 함축적인 시풍을 위주로 일세를 풍미하였지만, 아쉽게도 여기에는 이백(李白), 두보(杜甫), 한유(韓愈)의 작품은 한 편도 싣지 않았다. 이에 대해 심덕잠은 "사람들이 당시에 '푸른 바다에 고래'(鯨魚碧海)가 있고 '거대한 칼이 하늘에 닿는'(巨刃摩天) 광경이 있음을 보게 하겠다"고 했다. 이리하여 이백, 두보, 한유의 시를 약 450수 실었으니 신운설을 포용하면서 보충했다고 할 수 있다. 당시의 특징으로 기격(氣格)이 굉려(宏麗)하고 시풍이 강건(剛健)한데 있음을 천명한 것이다.

왕사진의 신운설이 한적(閑適)과 담원(淡遠)한 시풍을 중시하면서 청대 초기 왕조의 교체에 따른 지식인들의 피로를 자연 속에서 해소하고자 하는 풍조와 관련된다면, 심덕잠의 격조설은 청왕조의 전성기에 대한 지식인들의 현실주의적 태도와 관련이 있다고 할 수 있다. 이때는 반청운동(反淸運動)과 민족주의 사조가 물러간 지 오래되었고 청왕조도 안정기를 거쳐 전성기로 가는 시기로 지식인들도 이민족의 통치에 적응되어가면서 과거를 보고 공명을 구하는 등 적극적으로 현실에 참여한 시기였다.

사실 온유돈후한 감성을 중시하는 격조설에 웅혼하고 장대한 시풍은 서로 상충하는 것이다. 그러나 심덕잠은 이들을 모두 풍아(風雅)의 범위 속에 넣었다. 왜냐하면 두보에 이르러서 비로소 이들이 조화롭게 통합되었기 때문이다. 두보는 드높은 성조에 장엄한 성량을 갖추면서 교화에 쓰일 수 있는 뛰어난 거작들을 제작했던 것이다. 달리 말하면 격조설은 두보시의 이론적 요약이자 지지라 할 수 있다. 그 특징을 격조에 있다고 한 것은 심덕잠이 격식, 음조, 장법(章法), 구법(句法) 등 시의 형식적 요소를 크게 중시한 면도 있지만, 형식적인 틀이야말로 내용과 풍격을 담을 수 있는 요소로 보았기 때문이다. 두보를 높이 평가할 때 사상적 측면에서도 가능하지만, 두보를 포함하여 이백과 왕유까지 포함하려면 보다 큰 개념이 필요한데 심덕잠은 그것을 격조로 본 것으로 보인다. 예컨대 송대 엄우(嚴羽)가 풍격과 기상을 중시하였기에 이백과 두보를 최고로 쳤다면, 심덕잠은 풍격보다는 음질의 변화를 더 중시했기 때문을 두보를 가장 높은 시인으로 추숭하였다. 이렇게 보면 심덕잠의 격조설은 역대로 발전되어온 미학을 포괄하면서, 격조 속에 중정화평(中正和平)한 시풍을 중심으로 웅혼한 시풍을 추가한 것을 알 수 있다.

선시의 기준

모든 선집이 그렇지만 『당시별재집』도 상당히 선명한 선시(選詩) 기준을 가지고 있다. 당대 이후 명청시대까지 중국 학계에서의 장기간 논의 속에 시에 대한 이해는 점점 깊어갔다. 심덕잠은 이러한 논쟁의 중심에서 격조설로 대변되는 자신의 시론을 세웠고, 기존의 학설이 지닌 여러 장점을 포용하였다. 그의 선집은 이러한 학구적 탐구와 시관의 구체적인 표현물이라 할 수 있다. 그의 시관과 선시 기준은 『당시별재집』의 서문과 시에 대한 평어, 시론서 『설시수어』 등에 실려 있다.

심덕잠의 선시 표준은 먼저 유가에서 말하는 '온유돈후'(溫柔敦厚)를 들 수 있다. 이는 전통 유가의 시교설의 연장으로, 구체적으로 말하면 "성정을 조화롭게 하고, 인륜을 두터이 하며, 정치를 바로 잡고, 귀신을 감동시킨다"(和性情, 厚人倫, 匡政治, 感神明.)라 할 수 있다. 그리고 그 예술적 표현은 "세밀하면서 완곡하고, 조화로우면서 씩씩함"(微而婉, 和而莊.)을 내세웠다. 이는 분명 고대 시교설의 부활이지만 단순히 시를 채집하고 정치와 교화에 참고한다는 고대와는 다르다. 여기에는 풍아(風雅)의 전통을 회복하려는 일종의 이상주의가 깃들어 있다. 이는 청대 현실과는 어울리지 않는 것이지만, 이를 통해 그는 고대시가를 하나의 통일된 시각 속에서 가장 폭넓게 바라볼 수 있게 되었고 그 구체적인 결과가 선집으로 나타났다.

선집의 구성과 특징

책은 오언고시 4권, 칠언고시 4권, 오언율시 4권, 칠언율시 4권, 오언 장율 2권, 오언절구와 칠언절구 2권으로 전체 20권이며, 270여명 시인의 작품 1,950수를 수록하였다. 시체별 수록 작품 수는 오언고시 387수, 칠 언고시 266수, 오언율시 450수, 칠언율시 346수, 오언장율 157수, 오언절 구 134수, 칠언절구 210수이다(잡언시는 칠언고시에 편입시켰고, 칠언장율은 오 언장율에 포함시켰다). 뿐만 아니라 심덕잠의 안목과 시관을 보여주는 간략 한 협주(夾註)와 간요한 평어를 붙였다.

심덕잠 선집의 최대 미덕 가운데 하나는 당시를 전면적으로 수록한 점 이다. 예컨대, 상위 10위의 시인을 보면 두보(杜甫) 255수, 이백(李白) 140수, 왕유(王維) 104수, 위응물(韋應物) 63수, 백거이(白居易) 61수, 잠삼(岑參) 58 수, 이상은(李商隱) 50수, 한유(韓愈) 43수, 유종원(柳宗元) 40수, 맹호연(孟浩 然) 36수 등으로 전체의 45%를 차지한다. 이중에 왕사진이 추숭한 왕유, 맹호연, 유종원, 위응물의 작품도 다수 포함되어 있다.

심덕잠이 자신의 시관에 따라 선시했다고 해도 1,950수는 상당히 많 은 수로, 『전당시』에 실린 약 5만 수의 4%에 해당한다. 워낙 많은 시를 선택하다 보니 여러 시기의 다양한 유파와 여러 체제의 작품도 포함되 었다. 그 결과 당시 발전의 각 단계에 있는 주요 작가와 작품을 망라하 여 당시의 기본적인 모습을 갖추게 되었다. 예컨대, 청대까지 일반 선집 에선 잘 채택하지 않았던 초당사걸(初唐四傑)의 작품 등이 상당히 들어가 게 되었다. 사실 가장 많이 통용되는 『당시삼백수』는 비록 대표작을 뽑 았다고 해도 당시의 전모를 파악하기에는 무리가 있다. 너무 적지도 않 고 너무 많지도 않은 선집이 필요한데 심덕잠의 선집이 비교적 적절하 다 할 것이다.

물론 심덕잠의 선집이 지닌 단점도 없지 않다. 온유돈후의 유가적인 시교관에 입각하다 보니 형식과 내용에서 모범적인 시가 많은 편이다.

또 전통 시기의 시작의 필요에 따라 과거 시험에 모범이 될 만한 오언시첩시(試帖詩)를 다수 실었고, 궁중의 신하들이 가공송덕(歌功頌德)하는 응제시(應制詩)도 많이 들어갔다. 대신 오늘날의 미학에서 볼 때 환영을 받는 염정시(艶情詩)는 상당히 많이 빠졌으며, 표현주의적이고 유미적인 시들도 많이 제외되었다. 그러나 『당시별재집』에 비록 이러한 측면이 있다고 해도, 위에서 말한 것처럼 전통적인 시관의 장점을 흡수하였기에 어떤 다른 선집보다 전면적이고 충실하다고 할 수 있다.

이 외에도 심덕잠 선집의 장점은 많다. 특히 시인의 장단점을 정확히 개괄하여 지적하였을 뿐만 아니라, 시풍의 변천을 역사적 관점에서 파악하였다. 예컨대 성당시기 칠언율시에 명편이 많은 이유를 민가풍의 가락이 율시의 형식으로 대체되면서 아직 생동감을 잃지 않았기 때문이라고 하였는데, 이는 오늘날에도 정론이 되어 있다. 마지막으로 심덕잠은 시의 예술적 기교와 성취에 대해 계발적인 의견을 많이 내놓았다. 그의 높은 안목과 깊은 이해는 당시를 읽는데 있어 오늘날에도 여전히 유용하다.

당시별재집 1 - 오언고시(五言古詩)__ 차례

당시별재집 전체 차례

당시별재집 6—부록
　시인 소전
　시인별 작품 목록
　원시 제목 색인

원서(原序)

有唐一代詩, 凡流傳至今者, 自大家名家而外, 卽傍蹊曲徑, 亦各有
精神面目, 流行其間, 不得謂正變盛衰不同, 而變者衰者可盡廢也. 然
備一代之詩, 取其宏博, 而學詩者沿流討源, 則必尋究其指歸. 何者? 人
之作詩, 將求詩教之本原也.[1] 唐人之詩, 有優柔平中順成和動之音, 亦
有志微噍殺流僻邪散之響.　由志微噍殺流僻邪散而欲上溯乎詩教之本
原,[2] 猶南轅而之幽薊, 北轅而之閩粵, 不可得也. 卽或從事于聲之正者

---

[1] 詩敎(시교): 『시경』의 가르침. 그 주요한 내용은 정치와 군주에 대해 비판할 때는
직접적이고 격렬하게 하지 않고, 온화하고 완곡해야 해야 한다는 가르침을 말한다.
『예기』「경해」(經解)에 "온유돈후는 『시경』의 가르침이다"(溫柔敦厚, 詩敎也.)는 말
이 있다. 시교는 한대 유학자들이 세운 개념으로 중국 고전시의 전통에 깊은 영향을
끼쳤다.

[2] 志微噍殺(지미초살): 미약하고 급박한 소리. 『예기』「악기」(樂記)에 "미약하고 급박
한 소리가 나오면 백성이 슬프고 근심스럽다"(志微噍殺之音作, 而民思憂.)는 구절이
있다. ○ 流僻邪散(유벽사산): 방탕하고 산만한 소리. 한대 유향(劉向)이 지은 『설원』
(說苑)「수문」(修文)에 "빙냥하고 산만한 소리가 일어나면 백성이 방종하고 문란하

矣, 而仍泛泛焉嘈囋叢雜之紛逐, 猶笙鏞琴瑟與秦箏羌笛之類幷奏競
陳, 而謂韶英之可聞,[3] 亦不得也. 然則分別去取, 使後人心目有所準則
而不惑者, 唯編詩者責矣.

　　당시 가운데 지금까지 전해오는 작품은 대가와 명가의 시 이외에도
샛길과 굽은 길로 비유되는 작가들 작품도 각기 정신적 면모를 가지고
그 사이를 흘러왔다. 정체(正體)와 변체(變體)가 다르고 성행기와 쇠퇴기
가 다르다고 해서 변체와 쇠퇴기의 작품은 모두 폐기해야 한다고 말할
수는 없다. 한왕조의 시를 구비하려면 많은 작품을 모두 취해야 하지만,
시를 배우는 사람은 흐름을 거슬러 올라가 근원을 찾고 그 궁극적인 뜻
을 찾아야 할 것이다. 왜 그러한가? 사람이 시를 짓는 것은 시교(詩教)의
본원을 구하려고 하기 때문이다. 당대 시인의 시는 온후하고 평온하며
순조롭고 조화로운 음이 있는가 하면, 미약하고 급박하며 방탕하고 산만
한 소리도 있다. 그런데 미약하고 급박하며 방탕하고 산만하면서 시교의
본원을 거슬러 올라가려고 하는 것은 마치 수레를 남쪽으로 향하면서
유주(幽州)나 계주(薊州)에 가려고 하고, 수레를 북으로 향하면서 민(閩) 지
방이나 월(粵) 지방에 기려고 하는 것과 같이 이루어질 수 없는 일이다.
다시 말해 어떤 사람이 바른 소리를 얻고자 하면서 여전히 평범하게 왁
자지껄 떠든다면 이는 마치 생용(笙鏞)이나 금슬(琴瑟)을 진쟁(秦箏)이나
강적(羌笛)과 함께 연주하면서 순(舜) 임금의 음악인 소(韶)나 곡(嚳) 임금
의 음악인 영(㻩)을 들으려고 하는 것과 같다. 이 또한 이루어질 수 없다.
그러므로 여러 시에서 취사선택을 하여야 후인의 마음에 기준이 생기고
미혹되지 않게 되니, 이렇게 하는 것이 시를 편집하는 편시자(編詩者)의
책무이다.

　　다"(流僻邪散之音作, 而民淫亂.)는 말이 있다.
　3)　韶英(소영) : 순(舜) 임금의 음악인 소(韶)와 곡(嚳) 임금의 음악인 영(㻩). 고대의 음
　　　악을 가리킨다.

顧自有明以來, 選古人之詩者, 意見各殊. 嘉隆而後, 主復古者拘於
方隅, 主標新者偭而先矩, 入主出奴, 二百年間, 迄無定論. 而時賢之竟
尚華辭者, 復取前人所編穠纖浮艷之習, 揚其餘燼, 以易斯人之耳目,
此又與於岐趨之甚. 而詩教之衰, 未必不自編詩者遺之也. 夫編詩者之
責, 能去鄭存雅,[4] 而誤用之者, 轉使人去雅而群趨乎鄭, 則分別去取之
間, 顧不重乎! 尚安用意見自私, 求新好異于一時, 以自誤而誤人也.

돌이켜보면 명대 이래 시를 선집한 사람들은 의견이 각기 달랐다. 가
경과 건륭 연간 이후 복고를 주창하는 사람들은 한정된 방면에 국한되
었고, 새로움을 표방하는 사람들은 일정한 기준을 먼저 그려놓고 자신의
의견이 아니면 배척하였으니 이백 년간 정론이 없었다. 그리고 당시 인
사들 가운데 화려한 언어를 좋아하는 사람들은 전인이 편찬한 농섬(穠纖)
하고 부염(浮艷)한 선집을 들고 쓰러져가는 불씨를 일으켜 만인의 안목을
바꾸려 하였으니, 이는 더 심하게 샛길로 빠진 셈이다. 이러한 시교의 쇠
퇴는 편시자에서 비롯되지 않았다고 꼭 말할 수는 없다. 일반적으로 편
시자의 책임은 정성(鄭聲)을 버리고 아악(雅樂)을 보존하는 것인데, 현혹
시키는 사람은 오히려 사람들에게 아악을 버리고 정성으로 몰려가게 하
니, 시를 취사선택하는 일이 어찌 중요하지 않겠는가! 자신의 주장에 안
주하여 이기심을 드러내고, 한때의 새로움을 위하여 남과 구별 짓는 사
람들은 자신을 그르칠 뿐만 아니라 남도 그르친다.

德潛於束髮後, 卽喜鈔唐人詩集, 時競尚宋元, 適相笑也. 迄今幾三
十年, 風氣駸上, 學者知唐爲正軌矣; 第簡編紛雜, 無可據依, 故有志復
古而未得其宗. 因偕樹滋陳子,[5] 取向時所錄五十餘卷, 刪而存之, 復于

---

4) 去鄭存雅(거정존아) : 정성(鄭聲)을 버리고 아악(雅樂)을 보존하다. 정성은 춘추시대
   정나라 음악을 가리키며, 아악은 주나라의 종묘와 궁중에서 연주되는 정통 음악을
   가리킨다. 고대 유학자들은 정나라 음악이 부미(浮靡)하다고 평하였다. 공자는 "정
   성이 아악을 어지럽힘을 미워한다"(惡鄭聲之亂雅樂也.)고 하였다. 『논어』 「양화」(陽
   貨) 참조.

唐詩全帙中網羅佳什, 補所未備, 日月旣久, 卷帙遂定. 旣審其宗旨, 復觀其體裁, 徐諷其音節, 未嘗立異, 不求苟同, 大約去淫濫以歸雅正,[6] 于古人所云微而婉、和而莊者, 庶幾一合焉. 此微意所存也. 同志者往復是編而因之以遞親乎風雅,[7] 如適遠道者陸行之有車馬, 水行之有舟楫. 嗚呼, 其或可至也哉!

본인은 머리를 묶기 시작한 청소년기부터 당인(唐人)의 시집을 베끼기 좋아하였다. 그 당시에는 송시(宋詩)와 원시(元詩)를 다투어 숭상하였기에 사람들은 나를 비웃었다. 그로부터 지금에 이르기까지 거의 삼십 년 동안 당시(唐詩) 숭상의 풍기가 빠르게 퍼져 시를 배우는 사람들은 당시를 정통이라 알게 되었다. 다만 간략한 선집들이 난무하여 길잡이가 될 책이 없어, 복고에 뜻이 있어도 그 종지를 얻지 못하였다. 이에 진수자(陳樹滋)와 함께 예전에 베낀 오십여 권에서 취사선택하고, 다시 당시 전질 중에서 가작을 망라하여 미비한 부분을 보완해왔더니 오랜 시간이 지나자 이제 마침내 권질이 정해졌다. 그 본뜻을 헤아릴 뿐만 아니라, 그 짜임새를 살펴보았으며, 느긋하게 그 음절을 맞추어 보았다. 색다른 주장을 내세우려 한 적도 없고, 남의 의견에 맞추려 하지도 않았으며, 얼추 심하거나 지나친 바를 버리면서 아정(雅正)으로 돌아갔으니, 고인들이 말한 '은미하면서 완곡하고', '온화하면서 장중한' 것이 여기서 일체가 되기를 바랐다. 여기에 나의 간곡한 뜻이 깃들어 있다. 뜻이 맞는 사람들이 이 선집을 반복하여 보면서 풍아(風雅)에 친해질 수 있다면 이는 마치 먼 길을 가는 사람에게 있어 길이라면 수레와 말이 있고, 물이라면 배와 노가 있

---

5) 樹滋陳子(수자진자) : 진수자(陳樹滋). 심덕잠과 동문수학한 문인으로 함께 『당시별재집』을 편찬했으며, 심덕잠과 자주 시를 주고받았다. 子(자)는 남자에 대한 존칭으로 성씨 다음에 붙인다.

6) 雅正(아정) : 전아하고 방정(方正)함. 일반적으로 어휘가 전아하고 의미가 방정함을 뜻한다.

7) 風雅(풍아) : 『시경』의 『국풍』, 『대아』, 『소아』의 예술 정신에서 확립된 시가의 창작 정신. 주로 고상하고 엄숙한 예술 정신을 가리킨다.

는 것과 같으리라. 아아, 아마도 목적지에 닿을 수 있으리라!

康熙五十六年春正二十有六日, 長洲沈德潛題於黃葉夕陽村舍.
강희 56년(1717년) 봄 정월 이십육일, 장주 심덕잠 황엽석양촌에서 쓰다.

중정당시별재집서(重訂唐詩別裁集序)

新城王阮亭尙書選唐賢三昧集,[8] 取司空表聖"不著一字, 盡得風流",
嚴滄浪"羚羊挂角, 無迹可求"之意, 蓋味在鹽酸外也. 而於杜少陵所云
'鯨魚碧海',[9] 韓昌黎所云'巨刃摩天'者,[10] 或未之及. 余因取杜韓語意
定唐詩別裁, 而新城所取, 亦兼及焉.

신성(新城) 사람 왕사진(王士禛) 상서가 편찬한 『당현삼매집』은 당대 사
공도(司空圖)의 "한 글자도 쓰지 않았는데 온갖 풍류를 다 얻었다"와 송
대 엄우(嚴羽)의 "영양이 뿔을 걸었더니 흔적이 없어 찾을 수 없다"는 뜻

---

8) 王阮亭(왕완정) : 왕사진(王士禛, 1634~1711년). 건륭제가 내려준 이름인 왕사정(王
士禎)으로 통용되기도 한다. 호를 완정(阮亭) 또는 어양산인(漁洋山人)이라고 했다.
시서화에 모두 능하여 강희제 때 전겸익(錢謙益)을 이어 문단의 좌장 역할을 하였으
며 신운설(神韻說)을 제창하였다.

9) 鯨魚碧海(경어벽해) : 푸른 바다의 고래. 두보의 「단가행」(短歌行)에 "고래가 파도를
타고 가니 푸른 바다가 열리네"(鯨魚跋浪滄溟開.)라는 구절이 있다.

10) 巨刃摩天(거인마천) : 거대한 칼날이 하늘을 찌르다. 한유의 「장적을 희롱하며」(調張
籍)에 "거대한 칼날이 하늘 높이 들어 올려졌으리라"(巨刃磨天揚)는 구절이 있다.

을 취하였으니, 대개 진정한 맛이란 소금과 식초 밖에 있다는 뜻이다. 그러나 두보가 말한 '푸른 바다의 고래'(鯨魚碧海)와 한유가 말한 '거대한 칼날이 하늘을 찌르는'(巨刃摩天) 이미지는 언급하지 않았다. 나는 두보와 한유의 말뜻을 가지고 당시를 선별하였고 왕사진의 판단도 겸하였다.

鋟版問世, 已四十餘年矣.[11] 第當時采錄未竟, 同學陳子樹滋携至廣南鋟就, 體格有遺, 倘學詩者性情所喜, 欲奉爲步趨, 而選中偏未之及, 恐不免如望洋而返也. 因而增入諸家 : 如王楊盧駱唐初一體, 老杜亦云 "不廢江河萬古流"也; 白傳諷諭, 有補世道人心, 本傳所云"箴時之病, 補政之缺"也; 張王樂府, 委折深婉, 曲道人情, 李靑蓮後之變體也; 長吉嘔心, 荒陝古奧, 怨懟悲愁, 杜牧之許爲楚騷之苗裔也. 又五言試帖, 前選略見, 今爲制科所需, 檢擇佳篇, 垂示準則, 爲入春秋闈者導夫先路也. 他如任華盧仝之粗野,[12] 和凝香奩詩之藝媟,[13] 與夫一切生梗僻

---

11) 四十餘年(사십여년) : 『당시별재집』을 1717년에 초각한 후 중정본을 1763년에 펴냈으므로 사십육 년이 지났다.

12) 任華(임화) : 성당과 중당시기에 활동한 시인. 청주(靑州) 낙안(樂安, 지금의 산동성 博興) 사람으로 숙종 때 비서성 교서랑과 감찰어사를 역임하였다. 스스로 '야인'(野人) 또는 '일인'(逸人)이라 불렸으며, 성격이 강개하고 오만하고 광달불기(曠達不羈)하여 벼슬이 순조롭지 않았다. 고적과 친했으며 이백과 두보에게 시를 보내기도 하였다. 대력(大曆) 연간(766~779년)에 계주자사 이창노(李昌巙) 아래 근무하였다. 현재 시 세 편이 남아있는데 감정이 격정적이고 호방한 한편 거칠다. ○ 盧仝(노동) : 중당시기에 활동한 시인(?~835년). 호는 옥천자(玉川子)로 젊어서 제원(濟源)의 산속에서 은거했다. 친구에게 준 시에 괴이한 어휘가 많아 사람들이 놀랐다는 기록이 있다. 나중에 낙양에서 살 때는 가난하여 이웃의 스님에게 쌀을 구걸하였으며, 한유가 하남령(河南令)으로 있으면서 봉록의 일부를 떼어주었다. 맹교와 특히 친하였다. 조정에서 간의대부(諫議大夫)로 징초하였으나 나가지 않았다. 재상 왕애(王涯)의 집에 유숙하다가 감로지변(甘露之變)으로 왕애가 살해되면서 함께 해를 입었다. 노동의 시는 언어가 기험하고 의미가 회삽한 것으로 유명한데, 대표작으로는 「월식시」(月蝕詩)를 손꼽는다. 현존하는 시는 『전당시』에 세 권으로 정리되어 있다.

13) 和凝(화응) : 만당과 오대시기에 활동한 시인(898~955년). 어려서부터 총명했으며 17세에 명경과에 급제하고 19세에 진사과에 급제하였다. 후당(後唐) 때 중서사인과 공부시랑을 역임했으며, 후진(後晉) 때 재상이 되었다. 젊어서부터 곡자사(曲子詞)를 좋아했으며 염곡(艶曲)을 잘 지었다. 시문 이외에 『의옥집』(疑獄集)을 편찬하는 등 법의학

澁及貢媚獻諛之辭, 槩排斥焉. 且前此詩人未立小傳, 未錄詩話, 今爲補入; 前此評釋, 亦從簡略, 今較詳明. 俾學者讀其詩知其爲人, 抑因評釋而窺作者之用心, 今人與古人之心, 可如相告語矣.

　그로부터 판각하여 세상에 내놓은 지 벌써 사십여 년이 되었다. 채록이 다 끝나지 않았을 때 동학 진수자(陳樹滋)가 이를 들고 광남(廣南)으로 가 판각하였다. 체제에 부족한 부분이 있었지만 혹여 시를 배우는 사람의 성정이 즐거워하는 바라면 이를 받들고 따르려했다. 그러나 선집에는 한쪽으로 치우쳐 두루 고르지 못한 부분이 있어 아마도 하백이 드넓은 바다를 보고 돌아온 감이 없지 않았다. 이에 여러 시인들을 추가하였다. 예컨대 왕발, 양형, 노조린, 낙빈왕 등 초당의 시체인데, 두보 역시 이들에 대해 "강물이 만 년 동안 흘러감을 막지 못하리"라 평하였다. 백거이의 풍유시는 사회의 도덕과 사람의 감정에 도움이 되거니와 『구당서』 본전에서도 "시대의 병폐를 경계하고 정치의 미비함을 보완한다"고 하였다. 장적과 왕건의 악부시는 곡절 많고 함축적이며 사람의 마음을 세세히 말했으니 이백의 변체라 할 수 있다. 이하는 심장을 토해낼 듯 각고로 시를 지어 황벽하고 고오하며 원망스럽고 슬픈데, 두목이 「이소」의 후예라 승인하였다. 또 오언 시첩시(試帖詩)는 앞의 선집에선 어쩌다 보였지만 지금은 과거 시험의 수요로 가작을 골라 본으로 내보이니 춘추각에 들어가는 사람에게 길잡이가 될 것이다. 그 밖에 임화(任華)와 노동(盧仝)의 조야함, 화응(和凝)과 '향렴체'(香奩體)의 외설스러움, 그리고 일체의 생경하고 난삽하며 아첨하는 시들은 모두 배척하였다. 또 앞의 선집에서는 시인에 대한 소전(小傳)도 싣지 않고 시화(詩話)도 수록하지 않았

자로도 유명하다. 현존하는 시는 『전당시』에 1권으로 묶여있다. ○ 香奩詩(향렴시): 향렴체의 시 작품. 향렴체는 보통 한악(韓偓, 842~914?년)의 『향렴집』(香奩集)의 시풍을 가리킨다. 엄우(嚴羽)의 『창랑시화』에서도 "향렴체는 한악의 시로 모두 여성의 치마와 지분에 관한 말들이며 『향렴집』이 있다"(香奩體, 韓偓之詩, 皆裙裾脂粉之語, 有香奩集.)고 하였다. 그러나 화응도 『향렴집』을 내었으므로 심덕잠은 여기에서 화응의 시풍을 가리키는 듯하다.

는데 지금은 보완하여 넣는다. 평석도 앞에서는 간략히 처리하였는데 지금은 비교적 상세하게 덧붙였다. 배우는 사람들이 시를 읽으며 그 시인을 알게 하고, 평석을 통해 그 시인의 용심(用心)을 엿보게 하였으니, 지금 사람이 고인과 서로 말하는 것과 같으리라.

成詩二十卷, 得詩一千九百二十八章. 詩雖未備, 要藉以扶掖雅正, 使人知唐詩中有'鯨魚碧海''巨刃摩天'之觀, 未必不由乎此. 至於詩敎之尊, 可以和性情, 厚人倫,[14] 匡政治, 感神明, 以及作詩之先審宗指, 繼論體裁, 繼論音節, 繼論神韻, 而一歸於中正和平, 前序與凡例中論之已詳, 不復更述.

20권에 시 1, 929수를 수록하였다. 시는 비록 다 갖추어지지 않았지만, 이를 통해 아정(雅正)을 장려하고, 사람들에게 '푸른 바다의 고래'와 '거대한 칼이 하늘을 찌르는' 장관이 있음을 알게 함은 이 선집으로부터 말미암지 않았다고 꼭 말할 수는 없을 것이다. 시교의 높은 의의는 성정을 조화롭게 하고, 인륜을 두터이 하며, 정치를 바로 잡고, 귀신을 감동시킨다. 그리고 작품에 대해서는 먼저 종지를 살피고, 다음으로 체재를 논하며, 그 다음으로 음절을 논하고, 그다음으로 신운(神韻)을 논하며, 모든 요지는 중정화평(中正和平)으로 귀납시켰다. 이는 「원서」(原序)와 「범례」에 이미 상세하니 다시 중복하여 서술하지 않는다.

乾隆癸未秋七月, 長洲沈德潛題於鮒水之淸曠樓.
건륭 계미년(1763년) 가을 7월, 장주 심덕잠 부수 청광루에서 쓰다.

---

14) 厚人倫(후인륜) : 인륜을 돈독히 하다. 『모시서』(毛詩序)에 "선왕께서 이로써 부부 사이를 바로잡고, 효도와 공경을 이루었으며, 인륜을 두터이 하고, 교화를 아름답게 하고, 풍속을 바로잡았다"(先王以是經夫婦, 成孝敬, 厚人倫, 羊敎化, 移風俗.)는 말이 있다.

범례(凡例)

詩至有唐, 菁華極盛, 體制大備. 學者每從唐人詩入, 以宋元流於卑
靡, 而漢京暨當塗、典午諸家,[15] 未必槪能領略, 從博涉後, 上探其原
可也. 覽唐詩全帙, 芟夷煩猥, 裒成是編, 爲學詩者發軔之助焉.

시는 당대에 이르러 명편이 가장 많고 체제가 온전히 갖추어졌다. 배
우는 사람은 당시(唐詩)에서 시작하는데, 송시(宋詩)와 원시(元詩)는 격조가
낮은 데로 흘렀고, 한대와 위진시대의 여러 작가들은 꼭 깨달았다고 할
수 없으니, 광범위하게 독서한 후에 그 근원을 찾는다면 좋을 것이다. 당
시 전질을 살펴보면서 번잡하고 뒤섞인 것을 잘라내고, 시를 모아 이 책
을 만들었으니 시를 배우는 사람들의 입문에 도움이 될 것이다.

---

15) 漢京(한경) : 한나라의 도성. 장안과 낙양. 여기서는 한대를 가리킨다. ○當塗(당도)
: 위(魏)나라를 가리킨다. ○典午(전오) : 사마(司馬)의 은어. 즉 사마씨가 세운 진
(晉)나라를 가리킨다. 그 유래에 대해서는 명확하지 않으나, 전오(典午)가 말과 소를
관리한다는 뜻이어서 곧 사마(司馬)와 같은 의미가 되기 때문으로 추측한다.

讀詩者心平氣和, 涵泳浸漬, 則意味自出; 不宜自立意見, 勉强求合也. 況古人之言, 包含無盡, 後人讀之, 隨其性情淺深高下, 各有會心, 如好晨風而慈父感悟,[16] 講鹿鳴而兄弟同食,[17] 斯爲得之. 董子云:[18] "詩無達詁."[19] 此物此志也, 評點箋釋, 皆後人方隅之見. 此本不廢評點, 間存箋釋, 略示軌途, 俾讀者知所從入耳. 識者諒諸!

시를 읽는 사람은 마음이 평온하고 기운이 조화로우므로, 자맥질하듯 노닐고 물에 배어들듯 음미하면 의미가 절로 드러날 것이다. 그러므로 배타적으로 의견을 세우거나 남의 의견에 억지로 따르는 것은 적절하지 못하다. 더구나 고인의 말은 무한한 의미를 포함하고 있기에 후인들은 자기 성정의 얕고 깊음이나 높고 낮음에 따라 각기 다르게 읽게 된다. 이는 마치 「신풍」(晨風)을 좋아하여 아버지를 깨닫게 하고, 「녹명」(鹿鳴)을 해석하여 형제가 함께 나누어 먹는 것과 같다. 동중서는 "시는 고정된 해석이 없다"고 하였다. 명물(名物)과 주제에 대한 새로운 해석을 위

---

16) 好晨風而慈父感悟(호신풍이자부감오):「신풍」시를 좋아하여 자애로운 부친을 깨닫게 하다. 이 말은 명대 서경현(徐徹弦)이 한 말로, 왕자격(王子擊)이란 사람의 이야기로 제시하였다. 『시경』의 「신풍」은 제1장에서 "쌩쌩 나르는 저 새매는, 울창한 북쪽 숲에 앉았어라. 군자를 만나지 못하여서, 마음에 근심이 가득하네"(鴥彼晨風, 鬱彼北林. 未見君子, 憂心欽欽.)라 되어 있다. 새매가 무리를 그리워 우는 것으로 군자를 그리는 뜻을 나타내었다.

17) 講鹿鳴而兄弟同食(강녹명이형제동식):「녹명」시의 의미를 체득하여 형제가 우애롭게 함께 식사하다. 북위 배안조(裴安祖)는 여덟아홉 살 때 스승을 찾아가『시경』을 배웠는데, 「녹명」편을 공부하고 나서는 여러 형들에게 말하였다. "사슴은 먹이를 얻으면 서로 부른다는데 하물며 사람에게 있어서랴!"(鹿得食相呼, 而況人乎.) 그 후로 혼자 식사하는 경우가 없었다. 「녹명」은 "사슴이 서로 울어, 들의 풀을 함께 먹는 것처럼, 나를 찾아온 많은 빈객들에게, 거문고를 뜯고 생황을 불리라"(呦呦鹿鳴, 食野之苹. 我有嘉賓, 鼓瑟吹笙.)로 시작하며, 군신을 모아 연회를 베푸는 내용인데, 형제를 불러 잔치를 열어 만나고 싶다는 뜻도 있다.

18) 董子(동자):동중서(董仲舒, 기원전 179~104년)를 가리킨다. 서한 때 사상가이자 정치가이다. 유가의 윤리 사상을 '삼강오상'으로 개괄하였으며, 유학을 관방 철학으로 세우는데 공헌하였다. 『춘추번로』를 저술하였다.

19) 詩無達詁(시무달고):시에는 확정된 해석이 없다. 춘추전국시대에 『시경』을 단장취의(斷章取義)하는 경우가 많은 데서 기초하여, 시가의 감상에 있어서 심미관의 차이로 다양한 해석이 가능하다고 전제하였다. 『춘추번로』「정화」(精華) 참조.

한 평점이나 해설은 모두 후인들의 제한된 견해일 뿐이다. 여기서도 평점을 채용하고 혹간 평석을 하여 간략히 그 길을 보였는데, 이는 독자들이 들어가는 곳을 알게 할 따름이다. 견식이 있는 사람은 양해해주시기 바란다!

朱子云: "楚詞不皆是怨君, 被後人多說成怨君." 此言最中病痛. 如唐人中少陵固多忠愛之詞, 義山間作諷刺之語, 然必動輒牽入, 卽小小賦物, 對境詠懷, 亦必云某詩指其事, 某詩刺其人, 水月鏡花, 多成粘皮帶骨, 亦何取耶? 鈔中槪爲刪却.

주희는 "초사는 전부 임금을 원망한 것이 아닌데도 후인들이 대다수 그리 말하다 보니 임금을 원망한 것으로 이해되었다"고 말했다. 이 말은 문제점을 가장 잘 지적하였다. 예컨대 당대 시인 가운데 두보는 본래 참으로 진실한 사랑의 시구가 많고 이상은도 풍자의 시를 간혹 지었는데, 걸핏하면 이를 가지고 견강부회한다면 사물을 묘사한 소품이나 소회를 드러낸 시에 대해서도 특정한 일을 비유하거나 특정한 사람을 비판한 것으로 읽게 된다. 이는 물속의 달이나 거울 속의 꽃과 같이 허환의 대상을 고정된 비유로 해석하는 것이니 취할 바 무엇이 있겠는가? 옮겨 싣는 과정에서 전부 제외하였다.

唐人選唐詩, 多不及李杜. 蜀韋縠才調集收李不收杜. 宋姚鉉唐文粹, 只收老杜莫相疑行, 花卿歌等十篇, 眞不可解也. 元楊伯謙唐音, 群推善本, 亦不收李杜. 明高廷禮正聲, 收李杜浸廣, 而未極其盛. 是集以李杜爲宗, 玄圃夜光, 五湖原泉, 彙集卷內, 別於諸家選本.

당대 사람들이 선편한 당시집에는 대부분 이백과 두보를 언급하지 않았다. 후촉 위곡의 『재조집』은 이백의 시는 실었지만 두보의 시는 싣지 않았다. 송대 요현의 『당문수』는 두보의 「막상의행」과 「화경의 노래」 등 열 편만 실었으니 참으로 이해하기 어려운 일이다. 원대 양사홍(楊士弘)

의 『당음』은 여러 사람들이 선본으로 추천하지만 역시 이백과 두보의 작품은 싣지 않았다. 명대 말기 고병(高棅)의 『당시정성』부터 이백과 두보의 작품을 점점 많이 싣기 시작하였지만 널리 수집하진 않았다. 이 선집은 이백과 두보를 중심으로 하였으니, 곤륜산 현포의 밤 불빛과 다섯 호수의 물줄기 근원처럼 이 선집 속에 모았으니 이점이 다른 선집과 다르다.

五言古體, 發源于西京, 流衍于魏晉, 頹靡于梁陳, 至唐顯慶龍朔間, 不振極矣. 陳伯玉力掃俳優, 直追羲皙, 讀感遇等章, 何啻在黃初間也. 張曲江、李供奉繼起, 風裁各異, 原本阮公. 唐體中能復古者, 以三家 爲最.

오언고시는 서한 때 시작되고 위진시대에 유행하였으나, 양진시기에 쇠퇴한 이후 당대 들어서 현경·용삭 연간에도 진작되지 않았다. 진자앙이 힘써 배우들을 쓸어내고 예전의 철인을 직접 본받으니, 「감우시」 등의 시들은 삼국시대 위나라의 황초 연간의 시풍을 이었다. 이어서 장구령과 이백이 나와 각기 힘찬 풍격을 내었으니 그 시풍은 원래 완적에서 기원하였다. 당의 시체 가운데 고대의 시풍을 회복할 수 있는 사람은 이세 사람이 가장 두드러진다.

過江以後, 淵明詩胸次浩然, 天眞絶俗, 當於語言意象外求之. 唐人 祖述者, 王右丞得其淸腴, 孟山人得其閑遠, 儲太祝得其眞朴, 韋蘇州 得其冲和, 柳柳州得其峻潔, 氣體風神, 翛然埃壒之外.

남조 이후 도연명의 시는 심회가 호연하고 시풍이 천진하면서 속기가 없어, 말과 의상의 밖에서 그 의취를 구해야 할 것이다. 당대에 이를 따른 시인으로 왕유는 그 청유(淸腴)를 얻고, 맹호연은 그 한원(閑遠)을 얻고, 저광희는 그 진박(眞朴)을 얻고, 위응물은 그 충화(冲和)를 얻고, 유종원우 그 준결(峻潔)을 얻었다. 이들은 모두 기세의 풍신이 초연히 세속의 밖에 있다.

蘇李十九首以後,[20] 五言所貴, 大率優柔善入, 婉而多風. 少陵材力標擧, 篇幅恢張, 縱橫揮霍, 詩品又一變矣. 要其爲國愛君, 感時傷亂, 憂黎元, 希稷卨, 生平種種抱負, 無不流露於楮墨中, 詩之變, 情之正者也. 新寧高氏列爲大家, 具有特識.

소무, 이릉, '고시십구수' 이후에 오언시가 중시한 것은 대범하게 말해 부드러우면서도 첫 말미를 자연스럽게 시작하고, 완곡하며 감응력이 강하다는 점이다. 두보에 이르러 역량이 굳세고 편폭이 길어지면서 종횡으로 질주하니 시품이 또 한 번 변하였다. 요컨대 그의 애국과 충군, 전란의 시대와 사회에 대한 감개, 백성에 대한 걱정, 직(稷)과 설(契)과 같은 신하가 되기 바람, 평소의 여러 가지 포부 등등이 종이와 묵에 유로되지 않은 게 없으니 시의 변체요 정감의 바름이다. 명대 신녕의 고병(高棅)이 대가로 분류하였으니 남다른 식견을 가졌다.

大風柏梁, 七言權輿也. 自時厥後, 魏宋之間, 時多傑作, 唐人出而變態極焉. 初唐風調可歌, 氣格未上. 至王李高岑四家, 馳騁有餘, 安詳合度, 爲一體. 李供奉鞭撻海嶽, 驅走風霆, 非人力可及, 爲一體. 杜工部沈雄激壯, 奔放險幻, 如萬寶雜陳, 千軍競逐, 天地渾奧之氣, 至此盡洩, 爲一體. 錢劉以降, 漸趨薄弱, 韓文公拔出於貞元元和間,[21] 踔厲風

---

20) 蘇李十九首(소리십구수) : '이릉 소무 시'(蘇李詩)와 '고시십구수'(古詩十九首). '이릉 소무 시'는 『문선』(文選)의 '잡시'(雜詩) 항목에 이릉과 소무의 이름으로 7수가 실려 있고, 그 밖에 『고문원』(古文苑), 『예문류취』(藝文類聚), 『문선주』(文選注) 등에 실려 있다. '고시십구수'는 『문선』에 실렸는데, 시의 저자에 대해서는 역대로 논란이 많다. 오늘날 학계에서는 '이릉 소무 시'와 '고시십구수'가 모두 동한 말기의 무명씨 작가들이 지은 것으로 본다.
21) 貞元元和(정원원화) : 정원(貞元)과 원화(元和) 연간. 정원은 덕종(德宗)의 연호로 785~804년이고, 원화는 헌종(憲宗)의 연호로 806~820년이다. 성당에 이어 두 번째 시가 창작의 고조기이다.

發, 又別爲一體. 七言楷式, 稱大備云.

「대풍가」와 「백량시」는 칠언고시의 발단이다. 이 이후부터 위(魏)·유송(劉宋) 사이에 때로 걸작이 많이 나왔지만, 당대 시인이 나오고부터는 변화가 극에 달했다. 초당의 풍격은 노래할 만했지만 격조가 아직 높지 않았다. 왕창령, 이기, 고적, 잠삼 등 4인이 잘 내달리어 안정되고 적절하여 하나의 체제를 이루었다. 이백은 바다와 산악을 채찍질하고 바람과 구름을 내몰았으니 사람의 힘으로 할 수 없는 또 하나의 체제를 이루었다. 두보는 침웅(沈雄)·격장(激壯)하고 분방(奔放)·험환(險幻)하여 마치 온갖 보물이 모여 벌려 있고 천군이 다투어 내달리는 듯하며, 거대하고 심오한 천지의 기운이 여기에서 모두 다 쏟아져 나왔으니 이 역시 하나의 체제를 이루었다. 전기와 유장경 이후에는 점점 미약해졌다가 정원·원화 연간에 한유가 특출나게 나와 바람처럼 종횡으로 분발하니 또 하나의 체제를 이루었다. 칠언고시의 전범은 이들로 모두 갖추어졌다고 할 수 있다.

五言律, 陰鏗、何遜、庾信、徐陵已開其體, 唐初人硏揣聲音, 穩順體勢, 其制大備. 神龍之世,[22] 陳杜沈宋, 如渾金璞玉, 不須追琢, 自饒名貴. 開寶以來,[23] 李太白之穠麗, 王摩詰、孟浩然之自得, 分道揚鑣, 幷推極勝. 杜少陵獨開生面, 寓縱橫顚倒于整密中, 故應超然拔萃. 終唐之世, 變態雖多, 無有越諸家之範圍者矣. 以此求之, 有餘師焉.

오언율시는 음갱, 하손, 유신, 서릉이 이미 그 체제를 열었다. 당대 초기 시인들은 성음을 다듬고 체세를 부드럽게 하여 그 체제를 크게 갖추었다. 신룡 연간에 진자앙, 두심언, 심전기, 송지문의 시편은 자연 그대로의 금이나 옥과 같아 굳이 쪼지 않아도 저절로 이름이 나고 값이 높았

---

22) 神龍(신룡) : 무측천과 중종(中宗)의 연호로 705~707년이다.
23) 開寶(개보) : 개원(開元)과 천보(天寶) 연간. 개원과 천보는 현종(玄宗)의 연호로 각각 713~741년과 742~755년이나. 성낭시기도 낭대 늘어 첫 번째 시가 창작의 고조기이다.

다. 개원·천보 연간 이래 이백의 농려(穠麗)와 왕유·맹호연의 자득(自得)이 각기 길을 나누어 달리는 형국으로 나란히 최고의 위치에 이르렀다. 두보는 홀로 새로운 면모를 개척하여, 정제되고 엄밀한 가운데 종횡의 기세와 큰 변화를 실었기에 뭇 시인을 초연히 뛰어넘었다. 당대 말기까지 변모가 비록 많았지만, 이들 시인의 범위를 뛰어넘는 자가 없었다. 이들에게서 시법을 구하면 본받아 배울 바가 많을 것이다.

七言律, 平敍易于徑直, 雕鏤失之佻巧, 比五言更難. 初唐英華乍啓, 門戶未開, 不用意而自勝. 後此摩詰·東川, 春容大雅, 時崔司勛·高散騎·岑補闕諸公, 實爲同調, 而大曆十子及劉賓客·柳柳州, 其紹述也. 少陵胸次宏闊, 議論開闔, 一時盡掩諸家, 而義山詠史, 其餘響也. 外是曲徑傍門, 雅非正軌, 雖有搜羅, 槪從其略.

칠언율시는 평이하게 전개하면 간솔해지기 쉽고, 수식하면 경박해지기 쉬워 오언율시보다 짓기 어렵다. 초당시기에 수작이 갑자기 쏟아져 나오면서 문호가 아직 열리지 않았기에 뜻을 세우지 않았어도 절로 뛰어났다. 이후 왕유와 이기는 아름답고 전아하였으며, 동시에 최호, 고적, 잠삼 등도 사실 같은 가락이었다. 그리고 대력십재자를 비롯하여 유우석, 유종원은 이를 계승하였다. 두보는 심회가 광활하고 의론을 열어 일시에 여러 시인들을 누르고 그 위로 올라섰다. 이상은의 '영사시'는 그 메아리이다. 그 밖에 샛길과 곁문은 결코 바른 법도가 아니어서 비록 망라는 하였지만 모두 그 대략을 구비하였다.

五言長律, 貴嚴整, 貴勻稱, 貴屬對工切, 貴血脈動蕩. 唐初應製贈送諸篇, 王楊盧駱, 陳杜沈宋, 燕許曲江, 幷皆佳妙. 少陵出而瑰氣宏麗, 變動開合, 後此無能爲役. 元白長律, 滔滔百韻, 使事亦復工穩; 短流易有餘, 變化不足, 故寧舍旃.

오언장율은 엄정함과 균형을 중시하며, 대구가 공교하고 적합해야 하고 혈맥이 뛰놀아야 한다. 당대 초기 응제와 기증과 송별의 여러 시편들은 왕발, 양형, 노조린, 낙빈왕 등을 비롯하여 진자앙, 두심언, 심전기, 송지문 등과 장열, 소정, 장구령이 모두 아름답고 절묘하였다. 두보가 나와 걸출하고 웅장하고 아름다웠으며, 전개와 마무리에 변화가 있었으니, 이후 이만큼 할 수 있는 사람이 없었다. 원진과 백거이의 장율은 도도히 백운(百韻, 이백 구)에 이르며 전고 또한 공정하고 온당했다. 다만 너무 쉬운 데로 흐르고 변화가 적은 탓에 차라리 제외시켜야 할 것이다.

五言絶句, 右丞之自然, 太白之高妙, 蘇州之古淡, 純是化機。不關人力。他如崔顥長干曲, 金昌緒春怨, 王建新嫁娘, 張祜宮詞等篇, 雖非專家, 亦稱絶調。後人當于此問津。

오언절구에 있어서는 왕유의 자연(自然), 이백의 고묘(高妙), 위응물의 고담(古淡) 등은 온전히 천지 변화의 움직임으로 사람의 힘으로 이루어졌다고 할 수 없다. 그 밖에 최호의 「장간곡」, 김창서의 「봄의 원망」, 왕건의 「새 신부」, 장호의 「궁사」 등은 비록 일가를 이룬 시인이 아니라 하더라도 절창이라 할 수 있다. 후인들은 응당 이들로부터 시의 작법을 물어야 할 것이다.

七言絶句, 貴言微旨遠, 語淺情深, 如清廟之瑟,[24] 一倡而三歎, 有遺音者矣。開元之時, 龍標供奉, 允稱神品。[25] 外此高岑起激壯之音, 右丞多悽惋之調, 以至‘葡萄美酒’之詞, ‘黃河遠上’之曲, 皆擅長也。後李庶

---

24) 清廟之瑟(청묘지슬):「청묘」의 시를 연주하는 슬(瑟). 「청묘」의 시를 노래하며 연주하는 슬은 숙사(熟絲)로 만들어 소리를 둔하게 하고 밑바닥에 구멍을 뚫어 음의 진동을 느리게 한다. 한 사람이 노래하면 세 사람이 화답하는 것은 여음이 있기 때문이다."(清廟之瑟, 朱絃而疏越, 一倡而三歎, 有遺音者矣。) 때문에 청묘지슬의 음은 질박하고 교화에 사용하는 음악으로 알려졌다. 『예기』「악기」(樂記) 참조.

25) 神品(신품): 비평 용어로 지극히 정묘한 작품을 가리킨다. 특히 서화에 있어서는 일품(逸品)과 함께 최고 등급의 작품을 가리킨다. 낭대 장회관(張懷瓘)은 『화단』(畫斷)에서 신품을 최고의 등급으로 쳤으나, 만당 이후 일품(逸品) 아래 등급으로 쳤다.

子、劉賓客、杜司勛、李樊南、鄭都官諸家, 托興幽微, 克稱嗣響.

칠언절구는 언어가 은미하되 뜻은 깊고, 말은 쉬워도 감정은 깊은 것을 중시한다. 마치 「청묘」를 연주하는 거문고가 한 사람이 노래하면 세 사람이 화답하는 것처럼 여운이 감돌고 언외의 뜻이 있어야 한다. 개원 연간에 왕창령과 이백의 작품은 진실로 신품이라 할 만하다. 그 밖에 고적과 잠삼이 격앙되고 웅장한 소리를 일으키고, 왕유가 처연한 가락을 많이 지었다. 또 왕한의 "맛있는 포도주를 야광배에 담아"(葡萄美酒夜光杯)의 가사나 왕지환의 "황하는 멀리 흰 구름 사이로 올라가고"(黃河遠上白雲間)의 곡은 모두 뛰어나다. 이후에 이익, 유우석, 두목, 이상은, 정곡 등 여러 시인들은 마음 속 깊은 정감을 기탁하였으니, 그 소리를 이었다고 말할 수 있다.

詩不可無法, 亂雜而無章, 非詩也. 然所謂法者, 行所不得不行, 止所不得不止, 而起伏照應, 承接轉換, 自神明變化于其中. 若泥定此處應如何, 彼處應如何, 則死法矣. 玆于評釋中偶示紀律, 要不以一定之法繩之. 試看天地間水流自行, 雲生自起, 何處更著得死法? 詩貴渾渾灝灝,[26] 元氣結成,[27] 乍讀之不見其佳, 久而味之, 骨幹開張, 意趣洋溢, 斯爲上乘. 若但工于琢句, 巧于著詞, 全局必多不振. 故有不著圈點而氣味渾成者,[28] 收之; 有佳句可傳而中多敗闕者, 汰之. 領略此意, 便可讀漢魏人詩.

시는 일정한 법칙이 없을 수 없으며, 순서 없이 난잡하면 시가 아니다. 그러나 법칙이란 것은 가야할 곳에는 가지 않을 수 없고, 머물러야 할

---

26) 渾渾灝灝(혼혼호호) : 웅혼하고 광대함.
27) 元氣(원기) : 하늘과 땅이 나뉘기 전 혼돈 상태의 기운. 우주와 자연의 기운.
28) 渾成(혼성) : 천연으로 이루어짐. 문학과 예술 영역에서는 작품이 작위가 없이 자연스럽게 혼연일체로 이루어진 것을 말한다. 중국 고대의 도가 사상에서는 거대한 통일성을 중시하였으며, 성당 시가에서도 그 내용과 작법에 있어 이러한 통일성을 중시하였다.

곳에서는 머물지 않을 수 없으며, 높은 곳과 낮은 곳이 호응하고, 이어지고 전환하면서 사람의 정신이 그 속에서 움직여야 한다. 만약 이곳에서 반드시 이러해야 하고 저곳에서는 반드시 저러해야 한다고 규정해버리면 그것은 죽은 법칙이다. 이에 평석 가운데 어쩌다가 기율을 보였으니, 일정하게 정해진 규칙으로 재단하지 말아야 할 것이다. 천지 사이에 강물이 절로 흘러가고 구름이 절로 일어나는 것을 한 번 둘러보면 죽은 법칙으로 움직이고 있는 것은 아무것도 없다. 시는 혼돈하고 광막한 우주의 기운이 맺혀 이루어진 것으로, 얼른 읽어보면 그 좋은 점을 모르나 오래 음미하여 골격이 쩍 벌어지고 의취가 가득 넘쳐나면 이것이 곧 상등의 작품이다. 만약 단순히 구를 다듬고 시어를 교묘히 하는데 그친다면 전체적인 구성은 분명 힘이 없을 것이다. 그러므로 명구를 표시하는 권점(圈點)을 붙이지 않더라도 의취가 혼성하면 수록하였고, 가구가 있다고 하더라도 중간중간 시의 힘이 부족한 곳이 많으면 수록하지 않았다. 이러한 뜻을 체득하면 곧 한위(漢魏) 시인의 시를 읽을 수 있을 것이다.

唐人詩無論大家名家, 不能諸體兼善. 如少陵絶句, 少唱歎之音; 左司七言, 詘渾厚之力; 劉賓客不工古詩; 韓吏部不專近體, 其大校也. 錄其所長, 遺其所短, 學者知所注力.

당대 시인은 대가 또는 명가를 가리지 않고 여러 시체를 두루 능한 자는 없었다. 예컨대 두보는 절구에 감탄할 만한 작품이 드물었고, 위응물은 칠언시에 혼후한 기백이 적었고, 유우석은 고시에 뛰어나지 못했고, 한유는 근체시를 잘 쓰지 못했는데, 이것이 그 대략적인 틀이다. 뛰어난 부분을 수록하되 못한 부분은 버렸으니 시를 배우는 사람은 집중해야 할 곳을 알아야 할 것이다.

唐人達樂者已少, 其樂府題, 不過借古人體制, 寫自己胸臆耳, 未必盡可被之管絃也. 故襍錄于各體中, 不另標樂府名目.

당대 시인 가운데 음악에 통달한 사람은 이미 적어졌다. 악부제는 고인의 체제를 빌려 자신의 흉금을 쓸 뿐이어서 이들 작품이 모두 음악에 실린다고 말할 수 없다. 그러므로 각 시체 가운데 끼어 넣고 별도로 악부 항목을 두지 않았다.

陳正字幽州臺歌, 韓吏部琴操, 或屬四言, 或屬六言. 王右丞送友人還山, 李翰林鳴皐歌, 韓吏部羅池廟迎神詞, 皆屬騷體. 因篇什甚少, 附七言古中.

진자앙의 「유주대에 올라」와 한유의 「금조」는 혹자는 사언체에 편입하고 혹자는 육언체로 본다. 또 왕유의 「산으로 돌아가는 사람을 보내며」, 이백의 「명고가」, 한유의 「나지묘 영신가」 등은 모두 소체(騷體)에 속한다. 작품이 매우 적기 때문에 모두 칠언고시에 넣었다.

詩本六籍之一,[29] 王者以之觀民風, 考得失, 非爲艶情發也. 雖三百篇以後, 離騷興美人之思, 平子有定情之詠, 然詞則託之男女, 義實關乎君臣朋友. 自子夜讀曲, 專詠艶情, 而唐末香奩體, 抑又甚焉, 去風人遠矣.[30] 集中所載, 間及夫婦男女之詞, 要得好色不淫之旨, 而淫哇私褻, 概從闕如.

『시경』은 본디 육경의 하나로, 왕이 민풍을 살피고 정치의 득실을 헤아리는 수단이었지 염정 때문에 지은 것은 아니었다. 비록 『시경』 이후에 「이소」에서 미인에 대한 그리움으로 비흥을 사용하고 장형이 「정정부」(定情賦)를 지었지만, 이들은 남녀 관계에 기탁하여 실제로는 군신이나 친구 사이를 비유한 것이었다. 「자야가」와 「독곡가」가 나오면서 전적

---

29) 六籍(육적) : 육경(六經). 유가의 여섯 가지 경전. 『시경』 이외에 『상서』, 『예기』, 『주역』, 『춘추』, 『악경』(樂經)을 가리킨다. 『악경』은 실전되었으므로 보통 이를 제외하여 오경(五經)이라고 한다.

30) 風人(풍인) : 『시경』 「국풍」(國風)의 시를 지은 시인들. 또는 민가를 채집하는 관원을 가리키기도 한다.

으로 염정을 노래하였는데, 당대 말기의 '향렴체'는 이보다 더 심하다고 할 수 있으니 『시경』의 시인들로부터 더욱 거리가 멀어졌다. 선집에 실린 일부 부부와 남녀 사이에 관련된 내용은 지나치지 않은 것으로, 방탕하거나 외설스러운 것은 모두 수록하지 않았다.

唐人詩雖各出機杼, 實憲章八代.[31] 如李陵錄別, 開陽關三疊之先聲;[32] 王粲七哀, 爲垂老別、無家別之祖武; 子昂原本于阮公; 左司嗣音夫彭澤. 揆厥由來, 精神符合. 讀唐詩而不更求其所從出, 猶登山不造五嶽, 觀水不窮崑崙也. 選唐人詩外, 舊有古詩源選本, 更當尋味焉.

당시는 비록 각 시인의 심성에서 나왔지만 사실 팔대(八代)를 본받았다. 예컨대 이릉의 이별에 관한 시는 왕유의 '양관 삼첩'의 선성(先聲)이요, 왕찬의 「칠애시」는 두보의 「노년의 이별」과 「가족 없는 이별」의 근원이다. 진자앙은 본래 완적을 본받았고, 위응물은 도연명의 소리를 이었다. 그 유래를 헤아려보면 정신이 서로 부합한다. 당시를 읽으면서 그 기원을 찾지 않는 것은 산을 오르면서 그 기원이 되는 오악을 찾지 않는 것과 같고, 강물을 바라보면서 그 수원이 되는 곤륜산을 가보지 않는 것과 같다. 본 당시선집 이외에 예전에 편찬한 『고시원』 선집이 있으니 응당 체득해 보아야 할 것이다.

---

31) 八代(팔대) : 당대 이전의 여덟 왕조. 동한(東漢), 위(魏), 진(晉), 송(宋), 제(齊), 양(梁), 진(陳), 수(隋) 등을 가리킨다.

32) 陽關三疊(양관삼첩) : 「양관곡」(陽關曲), 「위성곡」(渭城曲)이라고도 한다. 왕유가 지은 칠언절구 「안서에 사신으로 가는 원이를 보내며」(送元二使安西)를 가사로 하는 곡을 말한다. 금곡(琴曲)이다.

당시별재집 권1

오언고시(五言古詩)

위징(魏徵)

술회(述懷)[1][2]

中原還逐鹿,[3]   중원의 군웅들이 축록(逐鹿)에 몰두하자

---

1) 심주：『악부시집』에서는 제목을 「관문을 나서며」라 하였다.(樂府作出關.)
2) 述懷(술회)：자신의 감개를 서술하다. 제목이 『당시기사』(唐詩紀事)에서는 「관문을 나서며 짓다」(出關作)라 되어 있다.
3) 中原(중원)：오늘날의 하남성과 섬서성 일대. 고대에 국가가 들어섰던 황화 중류의 황토 평원 지대를 가리킨다. ○ 逐鹿(축록)：대권을 쟁탈하다. 『육도』(六韜)에 "천하를 취하려는 자들은 들의 사슴을 쫓는 것과 같다"(取天下者若逐野鹿)는 말이 있고, 『사기』「회음후열전」에도 "진나라가 사슴을 잃으니 천하의 세력가들이 이를 쫓았다"(秦失其鹿, 天下共逐之.)라는 말이 있다. 축록을 직역하면 사슴을 쫓는다는 뜻으로, 사슴은 정권을 비유한다.

投筆事戎軒.[4]	붓을 던지고 전장에 종사했어라
縱橫計不就,[5]	종횡가의 계책은 시행되지 못했지만
慷慨志猶存.[6]	난세를 걱정하는 뜻은 아직도 남았어라
杖策謁天子,[7]	채찍을 든 채 천자를 뵙고
驅馬出關門.[8]	말을 내달려 관문을 나서네
請纓繫南越,[9]	종군처럼 끈을 청하여 남월 왕을 묶어오고
憑軾下東藩.[10]	역이기처럼 수레 탄 채 번국을 항복시키리
鬱紆陟高岫,[11]	산길을 돌아 높은 봉우리에 올라

---

4) 投筆(투필) : 붓을 던지다. 곧 문인생활을 그만두다. 동한시기 문서를 관리하던 말단 관리였던 반초(班超)가 서역에 가서 공을 세우고자 결심할 때 '붓을 던지다'(投筆)고 하였다. 『후한서』「반초전」(班超傳) 참조. ○ 戎軒(융헌) : 무기와 수레. 여기서는 전쟁이나 군사를 의미한다. 이 구는 원래 관리에 뜻을 두었으나 난세가 되어 전투에 참여하였음을 의미한다. 수나라 말기 이밀(李密)이 낙구(洛口)에서 할거하며 위공(魏公)이라 자칭하였을 때, 무양군(武陽郡) 군승(郡丞) 원보장(元寶藏)이 군사를 일으켜 이에 호응하였는데, 이때 위징이 원보장 아래에서 격문을 썼다. 이밀이 위징의 재능을 알아보고 참군에 임명하였다.

5) 縱橫計(종횡계) : 합종과 연횡의 계책. 전국시대 소진(蘇秦)과 장의(張儀)가 내놓은 천하를 이길 계책. 소진은 여섯 나라가 연합하여 진나라에 대항하는 합종책(合從策)을 제시하였고, 진의 재상 장의는 여섯 나라가 진나라에 복종하는 연횡책(連橫策)을 제안하였다. 여기서는 위징이 이밀에게 제안했으나 받아들여지지 않은 '십책'(十策)을 가리킨다.

6) 慷慨(강개) : 평소 자신의 뜻을 펴지 못하는 데서 오는 아쉽고 격한 감정. 허신(許慎)의 『설문해자』(說文解字)에서는 "장사가 마음에 뜻을 얻지 못함"(壯士不得志於心也)이라고 풀이하였다.

7) 杖策(장책) : 채찍을 들다. 곧 출정하는 모습을 가리킨다. ○ 天子(천자) : 여기서는 당 고조 이연(李淵)을 가리킨다.

8) 關門(관문) : 서안 동쪽 교외에 있는 동관(潼關) 또는 함곡관(函谷關)을 가리킨다.

9) 請纓(청영) : 끈을 달라고 청하다. 『한서』「종군전」(終軍傳)을 보면, 서한의 종군(終軍)이 남월(南越, 지금의 광동성 지역에 있었던 나라)에 사신으로 갈 때 한 무제에게 "원컨대 긴 끈을 주시면 반드시 남월의 왕을 묶어 대궐 아래 데려 오겠습니다"(願受長纓, 必羈南越王而致之闕下.)고 하였다.

10) 憑軾(빙식) : 수레 앞의 가로대에 의지하다. 수레를 몰다. ○ 下(하) : 항복시키다. ○ 東藩(동번) : 동쪽의 제후국. 이 구는 서한 초기 역이기(酈食其)가 한 고조 유방(劉邦)의 명을 받아 수레에 탄 채 제왕(齊王) 전광(田廣)을 설복하여 칠십여 성을 항복시킨 일을 가리킨다.

11) 鬱紆(울우) : 막히고 굽이지다. 계곡이 험하고 산길이 굽이진 모양을 형용한 말. ○ 高岫

出沒望平原.	사이사이 출몰하는 평원을 바라보네
古木鳴寒鳥,	고목에서 겨울새가 울고
空山啼夜猿.	헐벗은 산에는 밤 원숭이가 찍찍거려
旣傷千里目,[12]	황량한 천 리 멀리 바라보니 마음 슬프고
還驚九折魂.[13]	아홉 굽이 길이 휘돌아 혼백이 놀라네
豈不憚艱險,[14]	어렵고 험한 일 꺼리지 않는 것은
深懷國士恩.[15]	국사(國士)로 대해준 은혜 때문
季布無二諾,[16]	계포는 믿음이 깊어 두 번 응낙할 필요 없었고
侯嬴重一言.[17]	후영은 한 마디 말이라도 중히 여겼지
人生感意氣,[18]	사람이 살아가는데 의기가 중요할 뿐이니
功名誰復論![19]	그 누가 공명을 다시 논하랴!

(고수) : 높은 산봉우리. 峀(수)는 원래 산의 동굴을 의미하나 여기서는 산봉우리를 가리킨다.

12) 千里目(천리목) : 천 리나 되는 먼 곳까지 바라보이는 조망.

13) 九折(구절) : 길이 아홉 굽이로 휘도는 험난한 산길. 한대 익주(益州) 공래산(邛崍山)에 구절판(九折坂)이란 지명이 있었다.

14) 憚(탄) : 꺼리다. 두려워하다.

15) 國士(국사) : 나라의 걸출한 인물. 『구당서』 「위징전」(魏徵傳)에 보면 위징이 다른 사람을 격려하며 "주상이 국사로 대해주시니, 어찌 국사로서 보답하지 않을 수 있겠소?"(主上旣以國士見待, 安可不以國士報之乎?)라 하였다. 중국 고대에는 자신을 인정해준 상대를 위해 목숨을 아끼지 않는 전통이 있다. 『사기』 「자객열전」에도 예양(豫讓)이 조양자(趙襄子)를 죽이려 한 이유를 묻자, 예양은 "지백(智伯)이 국사로 나를 대했으니 나도 국사로 보답하였소"(智伯國士遇我, 我故國士報之.)라 대답하였다. 제갈량이 「출사표」에서 촉한에 충성하는 이유를 유비가 자신을 알아준 은혜 때문이라 한 것도 같은 맥락이다.

16) 季布(계포) : 원래 항우(項羽)의 신하였으나 항우가 죽은 뒤 유방(劉邦)에 중용되었다. 약속을 중시하여 당시 "황금 백 근을 얻는다 해도 계포의 응낙을 얻느니만 못하다"(得黃金百斤, 不如得季布一諾.)란 속담이 있었다. ○無二諾(무이낙) : 한 번 승낙한 일은 반드시 실행하므로 두 번 응낙할 필요가 없다는 뜻.

17) 侯嬴(후영) : 전국시대 위(魏) 신릉군(信陵君)의 문객. 신릉군이 진(秦)과 싸우러 출전할 때 후영은 나이가 많아 따라 나설 수 없었지만, 죽음으로 보답하겠다고 하였다. 나중에 과연 자신의 말대로 하였다.

18) 意氣(의기) : 의지와 기개. 여기서는 응낙하였으면 반드시 실천하고, 은혜를 입었으면 반드시 보답하는 정신을 가리킨다.

평석 이 시는 사신의 임무를 받고 관문을 나서며 지은 작품이다. '국사로 대해준 은혜' 구가 주제이다.(此奉使出關而作也. '國士'句是主意.) ○기골이 고상하고 예스러우며 남조시기의 섬세하고 기미(綺靡)한 시풍을 일변시켰으니, 성당의 풍격은 이로부터 시작되었다.(氣骨高古, 變從前纖靡之習, 盛唐風格, 發源於此.)

해설 자신의 경력과 포부를 밝힌 시이다. 중국 고대시의 장르 가운데 가장 중요한 정치서정시(政治抒情詩)에 속한다. 이는 위(魏) 완적(阮籍)의 「영회시」(詠懷詩)의 전통을 이어받았으며, 이후 진자앙의 「감우시」(感遇詩)와 이백의 「고풍」(古風)으로 이어졌다. 위징은 수나라 말기의 혼란기에 하남 지역에 할거하던 이밀(李密)의 막부에 있었다. 이연(李淵)이 618년 5월 당나라를 세워 세력을 규합해 나가자, 위징은 10월에 이밀을 따라 당나라에 귀순하였다. 두 달 후 이밀이 모반을 일으켜 살해된 후에도 부하였던 서세적(徐世勣)은 여전히 당에 대항하였다. 위징은 이연을 알현하고 서세적을 투항시킴으로써 새 왕조에 공헌하고자 하였다. 이 시는 그가 동관(潼關)을 나서 서세적을 설득하러 갈 때 지은 것으로 보인다. 작자의 포부와 여정의 어려움, 그리고 의기와 충성의 뜻을 나타내었다. 강건한 필력에 호매한 기상이 깃들어 있다.

---

19) 功名(공명): 공훈과 명성. 마지막 2구는 자신을 알아주는 사람에게 목숨을 바칠 수 있다면 사소한 공명은 바라지 않는다는 뜻이다.

우세남(虞世南)

종군의 노래(從軍行)[1]

塗山烽候驚,[2]	도산(塗山)의 봉수대에 봉화가 오르자
弭節度龍城,[3]	고삐를 당겨잡고 용성으로 달려가네
冀馬樓蘭將,[4]	기주(冀州)의 말을 탄 누란(樓蘭)의 장수
燕犀上谷兵,[5]	연 지방 갑옷 입은 상곡의 병사
劍寒花不落,[6]	차가운 검에는 서릿발 같은 검망이 일어서고
弓曉月逾明,[7]	활 모양의 그믐달은 새벽이 될수록 더욱 밝아라
凜凜嚴霜節,[8]	차디차게 된서리 내리는 계절

---

1) 從軍行(종군행) : 종군의 노래. 악부시 제목 가운데 하나. 곽무천(郭茂倩)은 『악부시집』에서 '상화가사'(相和歌辭)로 분류하였다. 이 악부제의 작품은 대부분 군대생활과 병사의 노고를 내용으로 한다.

2) 塗山(도산) : 고대 우(禹)가 제후들을 모이게 했다는 곳. 지금의 안휘성 수현(壽縣)에 소재. 여기서는 장안을 가리킨다. ○烽候(봉후) : 봉화대. 봉수(烽燧) 체계로 군사적인 상황을 전달하는 초소.

3) 弭節(미절) : 말고삐를 잡아당기다. 수레를 몰고 나아가다. ○龍城(용성) : 흉노가 천지와 조상에게 제사지내던 곳. 『사기』「흉노전」에 "오월에 용성에서 큰 모임을 갖는다"(五月大會龍城)는 기록이 있다. 용성이란 지명은 한대 위청(衛青)이 흉노를 물리친 일을 상기시킨다.

4) 冀馬(기마) : 기주(冀州, 지금의 산서성 남부)에서 나는 명마. ○樓蘭(누란) : 한대 돈황의 서남에 있던 국가. 지금의 신강위구르자치구 약강(若羌)현 소재. 『한서』「서역전」(西域傳)에 보면, 한 소제(漢昭帝) 때 부개자(傅介子)가 누란 왕을 참살하였다.

5) 燕犀(연서) : 연(燕, 지금의 하북성 일대) 지방에서 나는 소가죽. ○上谷(상곡) : 군 이름. 전국시대 연(燕)나라에 속했다가 한대부터 서진까지 상곡군(上谷郡)으로 개명했다. 당대에는 역주(易州). 지금의 하북성 회래현(懷來縣) 동남. 『한서』「위청전」에 위청(衛青)이 "거기장군이 되어 흉노를 격파하고 상곡으로 나갔다"는 기록이 있다.

6) 花(화) : 칼날 위에 서린 서릿발 같은 검망(劍鋩)을 가리킨다.

7) 弓曉(궁효) 구 : 이상 2구는 수(隋) 명여경(明餘慶)의 「종군의 노래」에 나오는 "검에 서린 꽃 같은 서릿발은 차가워 떨어지지 않고, 활 모양의 그믐달은 새벽이 될수록 더욱 밝아라"(劍花寒不落, 弓月曉逾明.)는 표현을 이용하였다.

8) 凜凜(늠름) : 차갑고 엄숙한 모습.

冰壯黃河絶.	장대한 얼음에 황하가 얼었어라
蔽日卷征蓬,9)	해를 가린 날씨에 마른 쑥 구르고
浮天散飛雪.	온 하늘에 눈발이 휘날려
全兵値月滿,	전 병력이 출동하자 마침 보름달 떠오르는데
精騎乘膠折.10)	아교가 부러지는 계절에 기병을 움직이네
結髮早駈馳,11)	머리 묶는 성년이 되기 전부터 말 달리며
辛苦事旌麾.12)	어려움 마다 않고 대장기를 따랐어라
馬凍重關冷,	추운 관문에서 말이 얼어 죽고
輪摧九折危.13)	위태로운 아홉 굽이 산길에서 바퀴가 부러진다
獨有西山將,14)	이광(李廣)과 같은 서산(西山)의 장수는
年年屬數奇.15)	해마다 운 없게도 상을 받지 못하는구나

평석 아직 진대와 수대의 형식과 격이 있지만 이를 다듬고 바로잡아 정밀하고 뛰어나게 만
드니, 점점 당시의 풍격이 나왔다.(猶存陳隋體格, 而追琢精警, 漸開唐風.)

해설 변방의 위급한 상황 속에 전투에 임하는 군사들의 상황을 노래하였

---

9) 征蓬(정봉) : 구르는 쑥대머리. 쑥대머리는 가을이 되면 바람에 불려 쉽게 굴러다닌다.
10) 膠折(교절) : 아교가 꺾이다. 가을이 되면 아교가 굳어 꺾을 수 있기 때문에 궁노를
사용할 수 있게 된다. 흉노는 이때를 기다려 전쟁을 일으켰다. 『한서』 「조착전」(鼂
錯傳) 참조. 여기에서는 전투하기 좋은 가을을 가리킨다.
11) 結髮(결발) : 남녀가 성년이 되어 머리를 묶음. 남자는 20세에 관을 쓰고, 여자는 15
세에 비녀를 꽂으며, 이때 모두 머리를 묶는데 곧 '결발(結髮)'이다. 성인이 되었다는
뜻이다. ○ 駈馳(구치) : 驅馳라고도 쓴다. 내달리다. 여기에서는 힘을 다해 임무를 완
수하다는 뜻.
12) 旌麾(정휘) : 정절(旌節)과 기치. 여기서는 대장기.
13) 九折(구절) : 아홉 번 굽이지다. 산길이 험난하여 나아가기 어려움을 나타낸다.
14) 西山將(서산장) : 서한의 명장 이광(李廣)을 가리킨다. 이광은 농서(隴西), 곧 농산의
서쪽 사람이다.
15) 數奇(수기) : 운이 안 좋다. 이광(李廣)이 흉노를 격파하여 여러 차례 공을 세웠으나
작위를 받지 못하자 한 무제가 '수기'(數奇)라고 말하였다. 고대인은 짝수를 길하다
고 보고, 홀수를 불길하다고 여겼다. 여기서는 서산의 장수가 공을 세웠으나 상을
받지 못함을 나타내있나.

다. 긴장된 상황, 극한의 조건, 함축된 역량이 마치 시위를 잰 활처럼 팽팽하다. 말 2구에선 상벌이 제대로 이루어지지 않는 상황을 비판하고 있다.

장회태자(章懷太子)

황대의 참외(黃臺瓜辭)[1]

種瓜黃臺下,	황대(黃臺) 아래에 참외를 심었더니
瓜熟子離離.[2]	참외가 자라 주렁주렁 열렸네
一摘使瓜好,[3]	하나를 따니 남겨진 참외들 좋아했지만
再摘令瓜稀.[4]	두 개를 따니 남겨진 참외가 적어졌더라
三摘尚自可,[5]	세 개까지 따는 건 그래도 괜찮다지만
摘絕抱蔓歸.	모두 다 따고나면 넝쿨만 안고 돌아가야 하리

해설 화를 당할까 두려워한 태자 이현(李賢, 장회태자)이 고종과 무측천에게 사태의 엄중성을 깨닫게 하기 위해 우언(寓言)으로 지은 시이다. 고종의 아들 8명 가운데 무측천의 아들은 4명이다. 무측천은 장자 이홍(李弘)

---

1) 黃臺(황대) : 미상. 궁중에 있던 누대 이름으로 추정된다.
2) 子(자) : 열매. ○離離(이리) : 여러 가지 뜻이 있으나, 여기서는 과일이 주렁주렁 달린 모양. 『시경』 「담로」(湛露)에 "열매가 주렁주렁 달려있네"(其實離離)라는 말이 있다.
3) 一摘(일적) 구 : 참외 하나를 따니 남은 과일이 좋다는 말은 이충(李忠)을 폐위시키고 이홍(李弘)을 태자로 봉하였다는 비유이다.
4) 再摘(재적) 구 : 두 개 따고 나니 남은 참외가 드물다는 말은 이홍(李弘)을 독살하고 나니 남은 자식이 적어졌음을 비유한다.
5) 三摘(삼적) 구 : 자신이 세 번째로 폐위되고 죽는다는 것은 그래도 견딜 수 있지만, 참외를 모두 따듯 후사가 두절되면 종묘사직이 위태롭게 될 수 있다는 뜻이다. 이는 곧 이씨왕조가 끊기고 무측천이 새 왕조를 건립하려는 것을 경계한 뜻으로 보인다.

을 낳자 전 황후의 소생인 태자 이충(李忠)을 폐위시키고 이홍을 태자로 봉했다. 그러나 이홍이 자주 뜻을 거슬리자 674년 그를 폐위시킨 후 독살시키고 둘째 아들 이현을 세웠다. 궁중의 음험한 환경 속에 형제들이 차례로 죽게 되자 이현은 점점 두려워졌지만 감히 말을 하지 못했다. 이에 이 시를 지어 악공들이 노래하게 하여 자기 뜻이 알려지길 바랐다. 당시 무측천이 이미 주(周)나라를 세우려고 정권을 독단할 때로, 이현은 이씨왕조의 후사(後嗣)가 두절되면 종묘사직이 위태롭게 될 수 있음을 경계한 듯하다.

교지지(喬知之)

고한행(苦寒行)[1]

胡天夜淸逈,[2]	오랑캐의 밤하늘은 맑고 아득한데
孤雲獨飄揚.	외로운 구름이 홀로 나부끼며 흘러가네
搖曳出雁關,[3]	말 위에서 흔들리며 안문관을 나서니
逶迤含晶光.[4]	굽이굽이 산야가 어둑하여라
陰陵久徘徊,[5]	추운 산길에서 오랫동안 헤매고

---

[1] 苦寒行(고한행) : 악부제의 하나로 '상화가사'(相和歌辭)에 속한다.

[2] 胡天(호천) : 비한족들이 많이 사는 중국의 서북 지역. ○淸逈(청형) : 맑고 멀다.

[3] 搖曳(요예) : 搖拽(요예) 또는 夭搖(요요)라고도 쓴다. 요동치다. 휘날리다. ○雁關(안관) : 산서성 북부에 있는 안문관(雁門關).

[4] 逶迤(위이) : 구불구불. 굽이굽이. 굽이지면서 먼 모양. ○含晶光(함정광) : 빛을 숨기다. 어두워지다.

[5] 陰陵(음릉) : 춥고 그늘진 능선. 지명으로 보는 설도 있으나 취하지 않는다. ○徘徊(배회) : 배회하다. 머뭇거리다.

幽都無多陽.[6]	북방의 끝이라 햇볕이 적어라
初寒凍巨海,	가을이 다가오니 거대한 바다가 얼어붙고
殺氣流大荒.[7]	살기가 황막한 대지에 흐르는구나
朔馬飲寒冰,[8]	북방의 말은 얼음을 마시고
行子履胡霜.[9]	출정 나간 병사는 서리를 밟는데
路有從役倦,	길에는 행역으로 지친 사람들
臥死黃沙場.	사막에는 널브러진 시체들
羈旅因相依,[10]	나그네 신세라 서로에게 의지하며
慟之淚沾裳.	서러운 이야기 들으며 눈물을 흘리네
由來從軍行,[11]	예부터 전투에 나가면
賞存不賞亡.	살아남은 자만 상을 받고 죽은 자에겐 상도 없었지
亡者誠已矣,	죽은 자는 진실로 아무것도 없으니
徒令存者傷!	그저 산 자를 슬프게 하는구나!

평석 "북방의 끝이라 햇볕이 적어라"는 나중에 유장경(劉長卿)이 「목릉관 북쪽에서 어양으로 돌아가는 사람을 만나」에서 "유주는 햇빛이 차가우리라"고 한 말의 본이 되었다. 시 전체가 용병하는 장수를 경계하기 위해 지었다.('幽都無多陽', 卽'幽州白日寒'所本也. 通體亦爲用兵者戒.)

해설 혹한 속에 진군하는 병사의 고난을 묘사하였다. 「고한행」이란 제목으로 현존하는 가장 이른 작품은 삼국시대 조조(曹操)의 것으로, 역시 혹

---

6) 幽都(유도) : 북방의 끝 지방. 고대인은 이곳으로 해가 져서 세상이 어두워진다고 여겼다.
7) 殺氣(살기) : 가을과 겨울의 차갑고 엄숙한 기운. ○ 大荒(대황) : 변방의 황막한 지대.
8) 朔馬(삭마) : 북방의 전마.
9) 行子(행자) : 출정 나간 병사를 가리킨다.
10) 羈旅(기려) : 나그네 생활에 묶이다. 타향에서 살다.
11) 由來(유래) : 예전부터.

한 속의 어려움을 묘사하였다. 말 4구는 희생된 자를 애도하여 전장의
비극을 심화시켰다. 청대 양봉춘(楊逢春)은 "거의 매 글자마다 눈물로 되
어 있다"(幾於一字一淚)고 평하였다.

진자앙(陳子昂)

평석 건안의 풍골을 추구하여 제량의 기미한 시풍을 변모시켰으니, 기탁과 시흥이 자유로
운 또 하나의 시세계를 만들었다.(追建安之風骨, 變齊梁之綺靡, 寄興無端, 別有天地.) ○ 한유
의 「선비를 천거함」(遷士)에 "당나라는 문장이 번성한데, 진자앙이 처음으로 높은 경계를 열
었다"고 하였다. 참으로 그러하다.(昌黎遷士詩云 : '國朝盛文章, 子昂始高踏.', 良然.)

감우시 15수(感遇詩 十五首)[1]

평석 본래 30수인데 여기에 15수를 싣는다.(本三十首, 今存十五.) ○ 마음으로 느끼고 처지에
따르니 『장자』의 우언과 비슷하다. '친구를 알아주다'는 뜻과 다르다.(感於心, 因於遇, 猶莊

---

1) 感遇(감우) : 자신이 처한 일에 대해 느끼다. 이 시는 진자앙의 대표작이자 자신의
   시론을 반영한 연작시로, 위(魏) 완적(阮籍)의 「영회시」(詠懷詩) 전통을 잇고 있는
   정치서정시(政治抒情詩)이다. 현재 총 38수가 남아있으며, 대부분 자신의 경력과 감
   회, 조정과 정치에 대한 풍자와 간언으로, 그 정조는 강개와 울분이 특징적이다. 시
   들은 일정한 순서 없이 배열되었는데 시인의 사후 정리된 것으로 보인다. 비록 일부
   시평가는 "언어가 번다하고 의미가 중복된다"(詞煩意復)거나 "졸솔"(拙率)하다고 평
   하나, 훨씬 많은 학자들이 질박한 언어와 풍부한 비유로 자신의 감회와 현실의 병폐
   를 노래하고 있는 뛰어난 작품으로 인정한다. 나중에 두보(杜甫)는 "이름은 일월과
   함께 걸려있고"(名與日月懸)라며 감우시를 들었으며, 백거이(白居易) 또한 「원진에
   게 보내는 편지」(與元九書)에서 감우시 20수를 뛰어난 시로 예거하였다. 심덕잠은
   총 30수라 했으니 현재 38수가 남아 있으니, 그중 15수를 가려 뽑았다.

子之寓言也, 與感知遇意自別.)

제1수

蘭若生春夏,[2]	난초와 두약은 봄여름에 자라
芊蔚何青青![3]	무성한 가지와 잎이 푸르디푸르다
幽獨空林色,	그윽하고 고결하여라, 빈 숲 속의 빛이여
朱蕤冒紫莖.[4]	붉은 꽃이 자줏빛 줄기 위에 얹혀 있어라
遲遲白日晚,	느릿느릿 밝은 태양이 지나더니 저녁이 되고
嫋嫋秋風生.	한들한들 가을바람이 불어오네
歲華盡搖落,[5]	한 해의 풀꽃들이 모두 시들어 떨어지니
芳意竟何成![6]	봄날의 아름다운 뜻 어떻게 이룰 수 있나!

해설 깊은 계곡에 홀로 피었다가 지는 난초와 두약을 통해, 자신의 재능을 알아주는 사람 없는 가운데 세월이 흘러감을 비유하였다. 지극히 청초한 꽃이 가을바람 속에 조락하는 모습은 곧 자신의 이상이 좌절되었음을 의미한다. 정치에 대한 환멸을 직설적으로 드러내지 않으면서도 이를 완곡하게 나타내었다. 연작시 38수 가운데 제2수이다.

---

2) 蘭若(난약) : 난초와 두약. 난초는 들이나 산에서 나는 산란(山蘭)을 말하며, 오늘날 우리가 흔히 알고 있는 난초와 다르다. 두약은 '산강'(山薑)이라고도 한다. 굴원의 「상군」(湘君)에 "아름다운 섬에서 두약을 따서"(采芳洲兮杜若)란 말이 있다. 한대(漢代)의 고시(古詩) 가운데 「난초와 두약은 따뜻한 봄에 자라는데」(蘭若生春陽)라는 시가 있다.
3) 芊蔚(천울) : 우거지다. 초목이 무성한 모습. ○ 青青(청청) : '菁菁'(청청)과 같다. 우거지다.
4) 朱蕤(주유) : 드리워진 붉은 꽃. 유(蕤)는 꽃이 드리워진 모양.
5) 歲華(세화) : 일년생 풀꽃. 풀은 일 년에 한 번 피고 지므로 세화(歲華)라고 하였다. 華(화)는 花(화)와 같다.
6) 芳意(방의) : 봄날 꽃들의 아름다운 모습. 여기서는 아름다운 이상과 포부.

제2수

白日每不歸,[7]	빛나는 태양은 끝내 땅 위로 내려오지 않더니
靑陽時暮矣.[8]	봄의 계절이 이미 저물었어라
茫茫吾何思?	망망한 천지를 바라보며 나는 무엇을 생각하는가?
林臥觀無始.[9]	산림에 누워 우주의 이치를 관조하노라
衆芳委時晦,[10]	온갖 꽃은 이 어두운 시절에 지고
鵜鴂鳴悲耳.[11][12]	두견새가 울어 사람의 귀를 슬프게 하네
鴻荒古已頹,[13]	태고의 순박함은 이미 쇠퇴하였으니
誰識巢居子?[14]	그 누가 소부(巢父)를 알아보리?

해설 산림에 누워 봄의 흐름을 아쉬워하며, 태고의 순박한 정신을 그리고, 은거하는 고사(高士)를 흠모하였다. 더불어 현실에 대한 불만과 실망을 함께 드러내었다.

---

7) 不歸(불귀): 돌아오지 않다. 여기서는 인간 세상에 돌아오다는 뜻.

8) 靑陽(청양): 봄. 고대에는 쇠(金), 물(水), 나무(木), 불(火), 흙(土) 등 다섯 가지 원소를 계절, 방위, 색채 등에 대응시켰는데, 봄은 청색과 동쪽에 해당한다. 그래서 '청양'은 곧 봄을 의미한다. 『이아』(爾雅) 「석천」(釋天)에서 "봄은 청양이다(春爲靑陽)"고 하였다. 오늘날 봄은 3, 4, 5월을 치지만 고대에는 음력 1, 2, 3월을 가리켰고, 이십사 절기로는 입춘(立春)에서 입하(立夏) 전날까지를 가리켰다.

9) 林臥(임와): 숲 속에 눕다. 은거(隱居)한다는 뜻. ○無始(무시): 대자연을 가리킨다. 도가(道家)에서는 만물은 혼돈에서 생겼으며, 무(無)에서 유(有)가 만들어지므로 만물은 시작도 없고 끝도 없다(無始無終)고 보았다.

10) 委(위): '萎'와 같다. 시들다. ○時晦(시회): 때를 따라 숨거나 지다.

11) 심주: '悲耳(비이)는 슬픈 사람의 귀이다. 육기의 시에 근거한다.(悲耳, 悲人之耳也. 語本陸機.)

12) 鵜鴂(제결): 鵜鴂이라 쓰기도 한다. 두견새. 두견새는 초여름에 울므로 이 새가 울면 꽃들이 시든다고 여겼다. 『초사』「이소」(離騷)에 "두려운 것은 시절이 지나 두견새가 먼저 울어, 온갖 꽃들이 시들어 떨어지는 것이라네"(恐鵜鴂之先鳴兮, 使夫百草爲之不芳.)라는 표현이 있다.

13) 鴻荒(홍황): 혼돈에서 세상이 처음 열리던 태고.

14) 巢居子(소거자): 요 임금 시절의 소부(巢父). 나무 위에 둥지를 틀고 살았기에 소부(巢父)라 하였다. 요 임금이 일찍이 천하를 선양하려 했지만 거절하였다. 여기서는 은사를 가리킨다.

제3수

林居病時久,[15]	산림에 은거하니 느린 시간이 괴로운데
水木澹孤清.	계곡과 나무가 마음을 맑게 하는구나
閑臥觀物化,[16]	한가히 누워 만물의 변화를 관조하고
悠然念無生.[17]	아득히 우주의 기원을 생각하노라
青春始萌達,[18]	봄에는 초목이 싹트고 자라더니
朱火已滿盈.[19]	여름이라 벌써 무성히 우거졌네
徂落方自此,[20]	조락은 비로소 지금부터 시작되니
感歎何時平?	나의 탄식은 언제 그칠 것인가?

평석 생명이란 반드시 죽기 마련이니 차라리 생명이 없느니만 못하다. 하물며 봄과 여름이 지나가면 조락하여 모두 사라지니 어찌 탄식이 없겠는가?(有生必化, 不如無生也. 況春夏交遷, 凋落旋盡, 能無感歎耶?)

해설 산림에 은거하며 자연계의 초목이 자라고 시듦을 관조하면서, 아울러 인생의 영고성쇠(榮枯盛衰)를 탄식하였다. 특히 초목이 번성한 여름에 가을의 조락을 염려했다. 이는 곧 시대나 정치상황에 대한 비유이기도 하다.

---

15) 病(병): 괴로워하다. 어려워하다. 동사로 쓰였다. 病時久(병시구)는 시간이 느리게 지나감을 괴로워한다는 뜻.

16) 物化(물화): 만물의 변화. 도가(道家)에서는 하나의 사물은 다른 사물로 변하므로, 만물의 생사는 같다고 보았다.

17) 悠然(유연): 유연하다. 한가한 모습. 먼 모습. ○ 無生(무생): 만물이 생기기 전의 혼돈 상태. 도가에서는 만물이 혼돈의 원기(元氣)에서 나왔으므로 모두가 생명이 없다고 보았다. 『장자』「지락」(至樂)에 "그 시작을 살피니 본래 태어남이 없었다"(察其始而本无生.)는 말이 있다. 여기서는 만물의 기원을 가리킨다.

18) 青春(청춘): 봄. 봄은 오행에 의하면 방위가 동쪽이고, 색이 청색이기에 청춘(青春)이라 하였다. ○ 萌達(맹달): 초목이 싹트고 자라다.

19) 朱火(주화): 붉은 화염. 여기서는 여름을 가리킨다. ○ 滿盈(만영): 가득 차다. 여기서는 초목이 무성히 자란다는 뜻.

20) 徂落(조락): 시들어 떨어지다.

제4수

逶迤勢已久,[21]	어그러진 추세가 이미 오래되어
骨鯁道斯窮.[22]	바르고 곧은 도는 막혀버렸네
豈無感激者?	격분하지 않는 사람 어찌 없으랴만
時俗頹此風.	시속(時俗)에선 이러한 풍기마저 쇠퇴하였네
灌園何其鄙,[23]	논밭에 물주는 일 비록 비루해도
皎皎於陵中.[24]	고결하여라, 오릉의 진중자(陳仲子)여
世道不相容,	세속이 받아들이지 못하였으니
嗟嗟張長公![25]	아아, 드높아라! 장지(張摯)여!

해설 바른 도리가 쇠퇴하고 세속의 풍조가 날로 타락함을 아쉬워하면서, 고대의 고결한 선비를 앙모하였다. 특히 전국시대 진중자와 한대의 장지를 통해 시류에 ·물들지 않으려는 뜻을 나타내었다.

제5수

玄蟬號白露,	이슬 내리고 검은 매미 우니

---

21) 逶迤(위이) : 구불구불. 굽이굽이. 굽이지면서 먼 모양. 여기서는 세태나 세상의 풍기가 타락함을 가리킨다.

22) 骨鯁(골경) : 본래 물고기나 동물의 작은 뼈를 가리켰다. 일반적으로 정직하다는 뜻으로 쓰인다. ○斯(사) : 조사. 리듬을 고르는 역할을 할 뿐 뜻은 없다.

23) 灌園(관원) : 채마밭이나 과수원에 물을 주다. 논밭을 관리하다.

24) 於陵(오릉) : 고대 지명으로, 지금의 산동성 추평현(鄒平縣). 이 두 구는 전국시대 제(齊)나라 사람 진중자(陳仲子)의 일을 가리킨다. 『맹자』「등문공」(滕文公)에는 진중자가 그의 형이 제나라에서 만종(萬種)의 봉록을 받고 살아도 이를 불의하다고 여겨 부모형제와 떨어져 오릉(於陵)에서 살았다고 하였다. 『고사전』(高士傳)에는 진중자가 처와 함께 초나라에 갔는데, 초나라 왕이 그가 어질다는 말을 듣고 사신을 보내 재상으로 삼고자 부르니, 진중자는 처와 함께 달아나 남의 논밭에 물을 대는 일을 하였다고 기록하였다.

25) 張長公(장장공) : 한대 장지(張摯)를 가리킨다. 長公(장공)은 그의 자(字). 세상과 타협하지 않았으며 평생 벼슬에 나가지 않았다.

茲歲已蹉跎,[26)	올해도 거의 다 지나갔어라
群物從大化,[27)	만물이 모두 대자연에 따라 변하니
孤英將奈何!	한 송이 꽃을 장차 어찌할 것인가!
瑤臺有靑鳥,[28)	요대(瑤臺)에 있는 파랑새는
遠食玉山禾.[29)	멀리 옥산(玉山)에서 목화(木禾)를 먹는구나
崑崙見玄鳳,[30)	곤륜산에 나타난 검은 봉황이
豈復虞雲羅?[31)	어찌 그물을 두려워하리오?

평석 천지 사이에 사는 사람은 시절에 따라 변하지 않을 수 없으며, 혹여 신선술을 터득하였다면 피할 수도 있을 것이다. 이 시는 어쩔 수 없어서 하는 말들이다.(人生天地中, 不能不隨時變遷, 或遊仙庶幾可免也. 此無可奈何之辭.)

해설 숙살(肅殺)한 기운이 뻗치는 가을에 모든 사물이 쇠락함을 보고, 시국의 혼란 속에 자신마저 피치 못할 운명을 연상하였다. 나아가 세속을 초월한 신선세계의 영원한 자유를 그리워하였다. 혹은 멀리 은둔하여 화를 피하려는 생각을 표현한 것으로 볼 수도 있다.

---

26) 蹉跎(차타) : 발을 헛디뎌 넘어지다. 일반적으로 세월을 헛되이 보냄을 비유한다.
27) 大化(대화) : 대자연의 변화.
28) 瑤臺(요대) : 전설에서 곤륜산의 서왕모(西王母)가 살았다는 누각. ○靑鳥(청조) : 서왕모의 편지를 전하는 새. 『산해경』「대황서경」(大荒西經)에 "서쪽에 왕모(王母)의 산이 있고, 그곳에 세 마리 청조(靑鳥)가 있는데 머리가 붉고 눈이 검다"고 했다. 또 『한 무제 이야기』(漢武故事)에 서왕모가 한 무제를 만날 때는 먼저 청조를 궁전으로 보냈다고 했다.
29) 玉山禾(옥산화) : 전설에서 서왕모가 사는 옥산(玉山, 곤륜산)에서 자란다는 기이한 곡식. 목화(木禾) 또는 신화(神禾)라고도 한다.
30) 崑崙(곤륜) : 신화에 나오는 산으로, 서쪽 끝에 있으며 하늘로 통한다고 하는 산.
31) 虞(우) : 두려워하다. 걱정하다. ○雲羅(운라) : 구름 같은 그물, 또는 구름까지 이를 정도로 높이 올려 쳐진 그물.

제6수

可憐瑤臺樹,[32]	사랑스럽구나, 요대(瑤臺)의 나무여
灼灼佳人姿.[33]	선연히 환한 가인(佳人)의 모습이로다
碧華映朱實,	벽옥의 꽃이 붉은 과일을 비추니
攀折靑春時.	꺾으려면 응당 한창 때인 봄날에 해야 하리
豈不盛光寵?	어찌 은총이 가득하지 않으리
榮君白玉墀.[34]	백옥의 궁전 앞에서 임금을 빛나게 하네
但恨紅芳歇,	다만 안타까운 건 붉은 꽃 시들어
凋傷感所思.	결국엔 떨어지니 아쉽기 그지없네

해설 궁전의 계단 앞에 서 있는 나무의 개화에서 쇠락까지 묘사하면서, 번성한 꽃의 시듦을 지극히 아쉬워하였다.

제7수

深居觀元化,[35]	은거하며 세상을 관찰하니
俳然爭朵頤.[36]	사람들은 불만에 차서 이익과 벼슬을 다투는구나
群動相噉食,[37]	온갖 사람들은 서로가 서로를 잡아먹고
利害紛嶷嶷[38]	이해가 갈리면 속이기 일쑤여라

---

32) 可憐(가련): 사랑스럽다. 그 밖에 가련하다는 뜻도 있다. ○瑤臺(요대): 옥으로 장식한 화려한 누대. 여기서는 궁전을 가리킨다.

33) 灼灼(작작): 꽃이 선연하고 번성한 모습.『시경』「도요」(桃夭)에 "복숭아나무 무성하니, 그 꽃이 선연하여라"(桃之夭夭, 灼灼其華.)는 표현이 있다.

34) 墀(지): 계단 또는 계단 앞의 빈터.

35) 深居(심거): 은거하다. ○元化(원화): 조화(造化)와 같다. 천지자연.

36) 俳然(비연): 원망이나 불만을 가진 모습. ○朵頤(타이): 볼을 움직여 음식을 씹다. 바라다, 선망하다, 이익을 구하다 등의 뜻으로 쓰인다.

37) 群動(군동): 여러 동물. 여기서는 여러 사람들. ○噉食(담식): 먹다

38) 嶷嶷(억억): '誽誽'(의의)와 같다. 속이다.

便便夸毗子,[39]	말주변 좋은 아첨꾼은
榮耀更相持.	영달을 위해서라면 대립하기 주저 않더라
務光讓天下,[40]	무광(務光)은 천하를 주어도 사양했지만
商賈競刀錐.[41]	상인들은 칼끝 같은 작은 이익도 다투네
已矣行採芝,[42]	끝났어라! 차라리 영지를 뜯으러 가리라
萬世同一時.[43]	만세의 사람들이 죽어서 하나가 되어 있으니

평석 무리들이 다투며 서로를 잡아먹기에 차라리 심산에 들어가 영지를 캐는 것만 못하니, 어찌 말주변 좋은 자들과 칼끝 같은 작은 이익을 다투겠는가(此言群動紛爭, 互相啖食, 不如 採芝深山之爲樂也, 安得與便便者爭刀錐之末乎!)

해설 세태를 탄식하고 풍속을 꾸짖는 분세질속(憤世嫉俗)의 뜻을 담았다. 이익을 다투고 속이며 서로를 물어뜯는 추악함을 지적하면서, 은거 또는 신선세계를 추구하였다. 은거나 신선세계의 추구는 현실을 도피하거나 신선술을 익힌다기보다는 세속을 비판하고 순박한 생활을 추구하는 대립된 가치로 제시되었다.

---

39) 便便(변변): 말주변이 좋다. ○ 夸毗(과비): 허풍을 떨고 아첨하다.

40) 務光(무광): 하(夏)나라 말기의 사람. 『장자』 「양왕」(讓王)에 보면, 탕(湯)이 하나라 를 멸망시킨 후 천하를 무광에게 선양하려 하자, 무광이 받지 않으려고 강에 뛰어들 어 죽었다.

41) 刀錐(도추): 칼과 송곳. 여기서는 刀錐之末(도추지말), 즉 칼과 송곳의 끝을 가리킨 다. 극히 사소한 이익.

42) 已矣(이의): 감탄사. 끝났구나! 『논어』 「자한」(子罕)에 "봉황도 오지 않고, 하도(河 圖)도 나오지 않으니 나의 일생도 거의 끝났도다!"(鳳鳥不至, 河不出圖, 吾已矣夫!)란 말이 있다. ○ 採芝(채지): 영지(靈芝)를 뜯다. 은거 또는 신선술을 닦는다는 뜻.

43) 萬世(만세) 구: 만 세대의 사람들이 죽어서 같은 세대의 사람이 되다. 모든 사람들 이 죽었다는 뜻이다. 완적(阮籍)의 「영회시」(詠懷詩) 제15수에 "언덕의 무덤이 산등 성이를 덮고 있어, 만 세대의 사람들이 죽어 한 시대에 들었구나"(丘墓蔽山岡, 萬世 同一時.)는 말과 유사하다.

제8수

本爲貴公子,	나는 본래 귀한 집안의 자제로
平生實愛才.	평소 진실로 재능을 중시하였지
感時思報國,	시국을 생각하고 나라에 보답하려
拔劍起蒿萊.[44]	칼을 빼들고 초야에서 일어나
西馳丁零塞,[45]	서쪽으로 정령의 요새까지 달려가고
北上單于臺.[46]	북으로 선우대에 올랐어라
登山見千里,	산에 올라 천 리 멀리 바라보며
懷古心悠哉.	옛일을 생각하니 마음이 아득해라
誰言未忘禍?[47]	누가 말하는가? 전란이 잊히지 않았다고
磨滅成塵埃!	역사의 교훈은 마멸되어 먼지가 되었거늘!

해설 변새에서 옛일을 돌이키며 국가를 위해 헌신하려는 격앙된 마음을 표현하였다. 더불어 시의 말미에서 변방에 대한 조정의 적극적인 방비를 촉구하고 있다. 686년 교지지(喬知之)와 함께 서쪽으로 농산(隴山)과 장액 (張掖)을 지나 복고(僕固)에 이르렀을 때 지은 것으로 보인다.

제9수

吾觀龍變化,[48]	용의 변화가 무궁한 걸 보니

---

44) 蒿萊(호래) : 쑥과 명아주. 즉 잡풀더미.

45) 丁零(정령) : 고대 북방 민족의 하나로 바이칼호 근처에서 유목생활을 하였다. 한대 에는 흉노에 복속되었다.

46) 單于臺(선우대) : 고대의 지명. 지금의 내몽골자치구 후허하오터시 서쪽에 소재. 『한 서』「무제기」(武帝紀)에 무제가 "장성을 나가 북쪽에 있는 선우대에 올랐다"(出長城, 北登單于臺.)는 기록이 있다. 單于(선우)는 흉노의 왕.

47) 禍(화) : 여기서는 변방의 전란을 가리킨다.

48) 龍變化(용변화) : 전설에 의하면 용은 어두울 수도 있고 밝을 수도 있으며, 가늘 수도 있고 굵을 수도 있으며, 짧을 수도 있고 길 수도 있으며, 늘어날 수도 있고 구부러질

乃知至陽精. [49]	양기의 정령임을 알겠노라
石林何冥密, [50]	암석이 숲을 이룬 곳이 깊고 빽빽한데
幽洞無留行. [51]	그윽한 동굴 속에 머물지 않네
古之得仙道,	고대에 신선이 되는 길은
信與元化幷.	진실로 조화와 하나가 되는 일
玄感非象識, [52]	현묘한 감응은 얕은 식견과 다르니
誰能測沈溟? [53]	누가 능히 심오한 이치를 추측할 수 있겠는가
世人拘目見,	속세 사람들은 눈앞의 현상에 구애받아
酣酒笑丹經. [54]	술에 취해 있으면서 단경(丹經)을 비웃는구나
崑崙有瑤樹,	곤륜산에 옥으로 만들어진 나무가 있으니
安得采其英?	어떻게 하면 그 꽃을 딸 수 있을까

해설 세속의 일을 버리고 신선 세계에 대한 동경을 노래했다. 더불어 속
인들이 이해하지 못하는 진리에 대한 추구를 강조하였다.

제10수

| 吾愛鬼谷子, [55] | 내 귀곡자를 좋아하노니 |

수도 있으며, 하늘에 날 수도 있고 물속에 숨을 수도 있는 등 변화가 무궁하다. 『논
형』「무형」(無形) 또는 『설문해자』「용부」(龍部)에 보인다.

49) 至陽精(지양정) : 가장 양기가 강한 정령. 고대 중국인은 용이 양기의 정령이므로 이
때문에 변화가 무상하다고 여겼다. 『위서』(魏書)「관로전」(管輅傳)의 주석에 인용한
『관로별전』(輅別傳)에 "용이란 양기의 정령이다"(龍者, 陽精)는 말이 있다.

50) 冥密(명밀) : 깊고 어두우며 막혀있다.

51) 留行(유행) : 머물러 있음.

52) 玄感(현감) : 현묘하고 미묘한 감응이나 감각. ○ 象識(상식) : 표면상의 인식.

53) 沈溟(심명) : 깊고 어두운 모양. 여기서는 심오하고 알기 어려운 선도(仙道)를 가리킨다.

54) 丹經(단경) : 연단술(煉丹術) 등 도가의 신선술에 관한 저서.

55) 鬼谷子(귀곡자) : 전국시대 은사(隱士)로 본명은 왕후(王詡)이다. 귀곡(鬼谷)에 은거 하
였으므로 귀곡자(鬼谷子)라 하였다. 일설에는 소진(蘇秦)과 장의(張儀)의 스승으로 알
려졌다. 저서에 『귀곡자』 1권이 있는데 진(晉) 황보밀(皇甫謐)의 주본(注本)이 있다.

青溪無垢氛.[56]   먼지 없는 청계에 살고 있어라

囊括經世道,[57]   세상을 다스릴 방도를 다 가지고 있지만

遺身在白雲.[58)59]   몸은 흰 구름 속에 노닐고 있었지

七雄方龍鬪,[60]   칠웅이 바야흐로 용과 호랑이처럼 싸울 때

天下亂無君.   천하는 어지러워 정해진 군주마저 없었지

浮榮不足貴,   뜬 영화는 귀히 여길 바 못되어

遵養晦時文.[61]   미덕을 수양하며 드러나지 않았네

舒之彌宇宙,[62]   그가 도를 펼치면 우주에 가득 차고

卷之不盈分.   말면 한 치를 넘지 않았다네

豈徒山木壽,[63]   어찌 단순히 산목(山木)처럼 오래 살며

空與麋鹿群?   헛되이 사슴들과 짝하려고만 했겠는가?

---

56) 靑溪(청계): 청계산. 호북성 남장현(南漳縣) 남쪽에 소재. 산 동쪽에 청계(靑溪)라는 계곡이 있고 귀곡동(鬼谷洞)이 있다. 진(晉) 곽박(郭璞)의 「유선시」(遊仙詩) 제2수에 "천길 높은 청계산에, 도사 한 사람 살고 있으니. 구름이 들보 사이에 흘러 다니고, 바람이 창문 안에서 불어오네. 문노니 이 사람은 누구인가, 대답하노니 바로 귀곡자라네"(靑溪千餘仞, 中有一道士. 雲生梁棟間, 風出窓戶裏. 借問此何誰? 云是鬼谷子.)라는 구절이 있다.

57) 囊括(낭괄): 포괄하다.

58) 심주: 사상도 있고 내용도 있으니, 이 열 자에 다 들어가 있다.(有體有用, 盡此十字.)

59) 遺身(유신): 몸을 머물다. 은거하다.

60) 七雄(칠웅): 전국시대 진(秦), 초(楚), 연(燕), 제(齊), 한(韓), 조(趙), 위(魏) 등 주요한 일곱 나라를 가리킨다. ○ 龍鬪(용투): 군웅들이 천하를 두고 쟁탈하다.

61) 遵養(준양): 자신의 덕을 닦고 시세에 순응하며 역량을 비축하다. 이 구는 『시경』「주송」(周頌) 중의 「작」(酌)에 나오는 "아, 휘황하구나 왕의 군대여, 시세에 따라 덕을 닦으며 시기를 기다리는구나"(於鑠王師, 遵養時晦.)라는 말에서 유래하였다. ○ 文(문): 미덕을 가리킨다.

62) 舒之(서지) 2구: 귀곡자의 도는 펼치면 천하에 가득 차고 거두면 한 치도 되지 않아, 자유자재하며 변화가 무궁하다. 이는 『회남자』「원도훈」(原道訓)에서 도를 형용한 말인 "펼치면 육합(六合)을 덮고, 말면 손아귀를 벗어나지 않는다"(舒之幀於六合, 卷之不盈於一握.)는 표현과 유사하다.

63) 豈徒(기도) 2구: 귀곡자는 좋아서 은거하는 게 아니라 시기를 기다리고 있을 뿐이다. 山木壽(산목수)는 『장자』「산목」(山木)에 나오는, 쓰임이 없기에 거대하게 자란 나무를 가리킨다. 이 구는 반어법으로 "어찌 사슴들과 함께 오래 살기를 바라겠는가"란 뜻이다.

평석 은거하며 세상을 다스릴 방도를 가지고 있었지만 난세인지라 펼칠 수 없었다. 그런 까닭에 이를 말아 품고 있었다. 사슴들과 어울리며 오래 살려고만 한 무리들과는 다름을 말했다.(言隱居而抱經世之道, 以世亂不可爲, 故卷而懷之, 非與麋鹿同群者等也.)

해설 고대의 은사 귀곡자를 찬미하면서 시인 자신의 마음과 포부를 빗대어 표현하였다. 시인의 이상적인 인간상은 세상을 구제할 웅대한 책략을 가지고 있어도 영화를 바라지 않으며, 난세에 처하여 물러나 때를 기다리는 것이다. 이런 면에서 편안히 은거만 추구하는 부류와 다르다고 하였다.

제11수

翡翠巢南海,[64]	남해에 둥지를 튼 물총새
雄雌珠樹林.[65]	암수컷이 아름다운 숲에서 노니는구나
何知美人意,[66]	어찌 알았으랴, 미인의 뜻이
驕愛比黃金?	너를 황금같이 아끼고 사랑했음을
殺身炎洲裏,[67]	무더운 염주(炎洲)에서 잡혀 죽어
委羽玉堂陰.[68]	옥당 뒤편에 깃털이 쌓였어라
旖旎光首飾,[69]	미인의 머리에 한들거리며 화려하게 장식되고

---

64) 翡翠(비취) : 물총새. 취작(翠雀) 또는 취조(翠鳥)라고도 한다. 깃털은 붉고 푸른색이 섞여 아름답기 때문에 장식품으로 많이 쓰인다.

65) 珠樹(주수) : 전설에 나오는 기이한 나무. 『산해경』「해외남경」(海外南經)에 "세 그루 주수(珠樹)가 염화(厭火)의 북쪽에 있는데 적수(赤水) 위에서 자란다. 잣나무와 비슷하며 잎은 모두 구슬로 되어 있다"고 하였다. 여기서는 아름다운 나무를 가리킨다.

66) 美人(미인) : 여기서는 부자집의 귀족을 가리킨다.

67) 炎洲(염주) : 여기서는 남방의 무더운 지역을 가리킨다. 『십주기』(十洲記)에 "염주는 남해 가운데 있는데, 사방 둘레가 이천 리이다"(炎洲在南海中, 地方二千里.)고 하였다.

68) 委(위) : 쌓다. ○ 玉堂(옥당) : 부자의 저택.

69) 旖旎(의니) : 깃발이 바람에 부드럽게 날리는 모양. 여기서는 머리장식이 아름다운 모양. ○ 光(광) : 화려하게 장식하다.

葳蕤爛錦衾.[70]　　비단 이불에 울긋불긋 치장되었으니
豈不在邇遠?　　어찌 멀리 숨지 않았으랴만
虞羅忽見尋.[71]　　사냥꾼에게 갑자기 발각되었네
多材信爲累,[72]　　쓸모 많으면 진실로 우환이 되나니
歎息此珍禽.　　진귀한 이 새를 깊이 탄식하노라

평석 여기서는 재능이 많으면 허물이 됨을 보였다.(此見多才爲累也.)

해설 물총새의 불행한 처지를 안타까워하면서, 재능이 있는데 오히려 해를 입는 불합리한 현상을 비판하였다. 이러한 주제는 『장자』 「산목」(山木)에 나오는 "곧은 나무가 먼저 베이고, 맛있는 우물이 먼저 마른다"(直木先伐, 甘井先竭.)는 생각과 유사하다. 이러한 사상은 그 자신이 지은 「주미부」(麈尾賦)에서 "이 신선 마을에서의 작은 짐승이 무엇을 가졌기에 재앙을 만났나? (…중략…) 그 꼬리가 쓸모 있기에 이 집에서 죽지 않았겠는가"(此仙都之微獸, 因何負而罹殃? (…중략…) 豈不以斯尾之有用, 而殺身於此堂.)라고 한 대목과도 일치한다. 진자앙이 무유의(武攸宜)로부터 살해당한 것을 보면 그의 이러한 우려는 일정한 근거가 있음을 알 수 있다.

제12수

朝發宜都渚,[73]　　아침에 의도(宜都)의 강가를 떠나니

---

70)　葳蕤(위유): 초목이 무성히 늘어진 모양. 여기서는 깃털이 드리워진 모양.
71)　虞羅(우라): 우인(虞人)의 그물. 우인은 고대에 산택(山澤)과 정원을 지키는 관리.
72)　多材(다재): 쓰임이 많은 재료. ○ 累(루): 우환이 되다. 이 구는 『장자』 「인간세」(人間世)에서 대목(大木)은 부재지목(不材之木), 즉 '재목으로 쓸 수 없는 나무'이기 때문에 거대하게 자란 데 비해, 곧고 좋은 나무는 얼마 가지 못해 잘린데 대해 "그러므로 하늘에서 내린 수명을 누리지 못하고, 중도에 도끼에 잘린 것은 바로 쓰임이 있는 재료의 우환이다"(故未終其天年, 而中道之夭於斧斤, 此材之患也.)고 말한 사상과 일치한다.

浩然思故鄕.　　　　고향 생각이 깊고 끝없어라

故鄕不可見,　　　　고향 쪽 바라보아도 보이지 않는 건

路隔巫山陽.[74]　　　길이 무산의 남쪽에서 끊어져서라네

巫山彩雲沒,　　　　무산에는 채색 구름이 뒤채고

高丘正微茫.[75]　　　고구(高丘)는 마침 흐릿하고 아득해

佇立望己久,　　　　우두커니 서서 오랫동안 바라보니

涕淚沾衣裳.　　　　눈물이 흘러 옷을 적시는구나

豈茲越鄕感?[76]　　　어찌 이것이 고향이 멀기 때문만이리?

憶昔楚襄王.[77]　　　초 양왕을 생각하기 때문이지

朝雲無處所,[78]　　　선녀 조운(朝雲)이 구름처럼 사라지자

荊國亦淪亡.[79]　　　초나라 역시 망하였다네

평석 "어찌 이것이 고향이 멀기 때문만이리?" 구는 앞뒤를 연결하며 전환하는 역할을 한다. 군주의 황음이 족히 나라를 망하게 함을 보여 세상 사람들이 경계하게 하였다.('豈茲越鄕感?'句, 從上轉下, 見荒淫足以亡國, 爲世戒也.)

---

73) 宜都(의도) : 의도현(宜都縣). 지금의 호북성 소재.

74) 巫山(무산) : 중경시 무산현 동쪽에 있는 산. ○陽(양) : 산의 남쪽 또는 강의 북쪽을 가리킨다. 송옥(宋玉)의 「고당부」(高唐賦)에 "첩은 무산의 남쪽, 고구의 가파른 곳에 있습니다"(妾在巫山之陽, 高丘之阻)라는 말이 있다.

75) 高丘(고구) : 높은 산. 산 이름이라는 설도 있다. 여기서는 무산의 고구(高丘)를 가리킨다. ○微茫(미망) : 희미하고 어렴풋하다.

76) 越(월) : 넘다. 여기서는 멀다는 뜻으로 쓰였다.

77) 楚襄王(초양왕) : 전국시대 초나라의 경양왕(頃襄王). 회왕(懷王)의 아들. 기원전 298 ~263년 재위. 일찍이 운몽택(雲夢澤)을 유람하고는 송옥(宋玉)에게 「고당부」(高唐賦)를 짓게 하였다.

78) 朝雲(조운) : 무산의 선녀. 「고당부」에 의하면, 초 회왕(懷王)이 고당(高唐)에 놀러갔다가 꿈에 선녀를 만났는데, 그녀가 스스로 말하기를 자신은 "아침에는 구름이 되고 저녁에는 비가 됩니다. 아침마다 저녁마다 양대의 아래에 있습니다"(旦爲朝雲, 暮爲行雨. 朝朝暮暮, 陽臺之下.)고 하였다. 또 송옥은 조운을 묘사하기를 "솔솔 불기는 바람 같고, 서늘하기는 비와 같습니다. 바람이 그치고 비가 개이면 구름은 사라집니다"(湫兮如風, 淒兮如雨. 風止雨霽, 雲無處所.)라고 하였다.

79) 荊國(형국) : 초나라. 초나라의 본래 이름은 형(荊)이었으나 나중에 초(楚)로 바꾸었다.

해설 693년 시인이 사천에서 삼협을 지나 의도(宜都)로 갈 때 멀리 무산을 바라보고 지은 시이다. 초나라 왕과 선녀와의 만남을 연상하고, 왕의 황음으로 인해 나라가 쇠망하는 교훈을 되새겼다.

제13수

朅來豪遊子,[80]	아아, 호유(豪遊)를 떠나는 젊은이여
勢利禍之門.	권세와 이익은 재앙의 문이라네
如何蘭膏歎,[81]	향초와 기름은 쓰임 때문에 닳아지는데
感激自生冤?	어찌하여 격분하며 스스로 원망하는가?
衆趨明所避,	뭇 사람이 가는 곳은 분명 피해야 하며
時棄道猶存.[82]	시대가 외면한 곳에 오히려 도의가 있다네
雲泉旣已失,[83]	구름과 연못이 없다면 새와 물고기도 없으니
羅網與誰論?	그물을 던져도 아무 소용 없다네
箕山有高節,[84]	기산에는 허유의 절개가 있고

---

80) 朅來(걸래) : 여기서는 뜻이 없이 말을 고르는 어조사로 쓰였다. ○ 豪遊子(호유자) : 멀리 마음껏 놀러 다니는 사람.

81) 蘭膏歎(난고탄) : 난초 향기와 기름에 대한 탄식. 『한서』 「공승전」(龔勝傳)에 의하면, 서한 말기 팽성(彭城) 사람 공승(龔勝)은 벼슬이 광록대부까지 올라갔으나, 왕망(王莽)이 세운 신(新)나라의 벼슬을 받지 않으려고 하다가 굶어죽었다. 이에 어떤 노인이 조문을 와서 탄식하며 말하였다. "아아! 향초는 향기 때문에 스스로 태워짐을 자초하고, 기름은 빛을 밝힐 수 있기에 스스로를 녹이는구나. 공승은 결국 하늘이 내린 수명을 누리지 못하고 요절했으니, 우리의 무리가 아니로구나!"(嗟乎! 薰以香自燒, 膏以明自銷. 龔生竟夭天年, 非吾徒也.) 여기서는 재능 때문에 화를 입는다는 뜻으로 쓰였다. 이 구는 『장자』 「인간세」(人間世)의 "산의 나무는 쓸모가 있기에 베어짐을 자초하고, 기름은 밝힐 수 있기에 스스로를 태운다"(山木自寇也, 膏火自煎也.)는 말의 번안이다.

82) 심주 : 이는 노자의 가르침이다.(此老氏之學.)

83) 雲泉(운천) : 구름과 샘물. 새는 구름 속에 숨을 수 있고, 물고기는 샘이 만들어놓은 계곡물에 숨을 수 있다.

84) 箕山(기산) : 하남성 등봉(登封)시 동남에 소재한 산. 전설에 따르면 요 임금이 천하를 허유(許由)에게 양보하자 허유가 기산 아래로 도망가 밭을 일구었다. 요 임금이

湘水有淸源.[85]	상수에는 굴원의 청절이 있으니
唯應白鷗鳥,[86]	오로지 흰 갈매기와 사귀며
可爲洗心言.	마음을 씻어낼 수 있으리

해설 자신의 지취(志趣)를 압축하여 표현한 시이다. 이익을 추구하면 재앙을 만나고 재주가 많으면 스스로 소진하게 되니, 허유와 굴원을 본받아서 세속을 벗어나 자신의 품덕을 닦겠다는 뜻을 나타내었다. 이러한 역발상(逆發想)은 『노자』에 뚜렷하며, 시에 있어서는 한대 이래의 술지시(述志詩)의 전통을 따르고 있다.

제14수

聖人不利己,[87]	성인(聖人)은 이기적이지 않아
憂濟在元元.[88]	백성을 구제하는데 마음을 둔다네
黃屋非堯意,[89]	황금색 수레조차 요 임금의 뜻이 아니니

다시 그를 구주(九州)의 장(長)으로 삼으려 하자 허유는 영수(潁水)의 물가로 가서 귀를 씻었다고 한다. 『고사전』(高士傳) 참조.

85) 湘水(상수) : 호남성(湖南省) 경내에 있는 큰 강으로 동정호(洞庭湖)로 흘러든다. 이 구는 전국시대 초나라 삼려대부(三閭大夫)인 굴원(屈原)의 충정을 칭송하였다. 굴원은 초나라 왕에게 간언(諫言)을 하다가 방축되어 상수와 원수(沅水) 일대를 떠돌다가 결국 멱라(汨羅)강에 빠져 죽었다.

86) 白鷗鳥(백구조) : 흰 갈매기. 『열자』「황제」(黃帝)에 나오는 '해객압구'(海客狎鷗) 이야기를 가리킨다. 바닷가에 살고 있는 어떤 사람이 갈매기를 좋아하였는데 매일 아침 바닷가에 가서 갈매기와 놀면 백 마리 이상이 날아들었다. 하루는 그 부친이 자신이 가지고 놀게 잡아오라고 말하였다. 다음날 그 사람이 바다에 나가니 갈매기들이 더 이상 가까이 오지 않았다. 여기서는 갈매기를 친구로 삼는다는 뜻.

87) 聖人(성인) : 품덕이 고상하고 지혜가 비범한 사람 또는 상고시대의 현명한 제왕. 당대에는 황제를 성인이라 부르기도 했다.

88) 憂濟(우제) : 백성을 구제하기 위해 근심하다. ○元元(원원) : 백성. 『전국책』「진책」(秦策)에 "천하를 제압하고, 온 백성을 자식으로 삼고, 제후를 신하로 삼으려면, 전쟁 없이는 안된다"(制海內, 子元元, 臣諸侯, 非兵不可.)는 말이 있다.

89) 黃屋(황옥) : 고대 제왕이 타는 수레. 노란 비단을 차개의 안쪽에 대었기 때문에 황

瑤臺安可論![90] 화려한 요대(瑤臺)는 말할 필요 없으리
吾聞西方化,[91] 내가 듣기로 서방에서 전래된 불교는
清淨道彌敦.[92] 청정(清淨)의 도리를 더욱 중시한다네
奈何窮金玉, 어찌하여 황금과 보옥을 다 소모하여
雕刻以爲尊? 불상을 조각해야 존귀하다 여기는가
雲構山林盡,[93] 거대한 사찰을 만드느라 산의 나무를 모두 베었고
瑤圖珠翠煩.[94] 정교한 문양에는 구슬과 보석이 가득해라
鬼功尚未可,[95] 귀신이 만든다 해도 이렇게 할 수 없거늘
人力安能存?[96] 사람의 힘으로 어찌 할 수 있었는가!
夸愚適增累,[97] 순박한 백성에게 자랑함은 더욱 허물을 쌓는 일이며
矜智道逾昏.[98] 꾀와 자랑은 불도를 더욱 어둡게 하는 일이네

평석 성인(聖人)은 천하를 다스리면서도 집착하지 않기에 궁실이 소박하였다. 석가의 가르침도 무위와 적멸을 주요 사상으로 하는데, 어찌하여 상징과 이치가 이미 세워졌는데도 부

옥(黃屋)이라 했다. 이 구는 요(堯)는 검소하기에 화려한 수레에 마음을 두지 않았다는 뜻.

90) 瑤臺(요대) : 옥으로 장식한 화려한 누대. 『회남자』「본경훈」(本經訓)에 "주(紂) 임금이 선실(璇室)과 요대(瑤臺)를 만들었다"는 말이 있다.

91) 西方化(서방화) : 서방에서 전래한 불교.

92) 清淨(청정) : 불교에서는 죄악과 번뇌를 떨친 상태를 가리키며, 도교에서는 무위(無爲)를 가리킨다.

93) 雲構(운구) : 구름을 뚫고 솟은 건축물. 사찰을 가리킨다.

94) 瑤圖(요도) : 정교하고 화려한 무늬와 도안.

95) 鬼功(귀공) : 귀신이 만든 솜씨. 뛰어나게 정교한 기술. 무측천이 700년에 대형 불상을 건조하려 할 때 적인걸(狄仁傑)도 이와 유사한 내용의 상소를 올렸다. "오늘날의 가람은 그 규모가 궁궐보다 커서, 귀신을 부리지 않는다면 백성이 만들어야 하고, 그 물자가 하늘에서 내려오지 않으면 땅에서 솟아나야 할 것입니다."(今之伽藍, 制過宮闕, 功不使鬼, 止在役人, 物不天來, 終須地出.)

96) 存(존) : 이르다. 도달하다.

97) 夸愚(과우) : 순박한 백성에게 자랑하다.

98) 矜智(긍지) : 꾀와 기교를 드러내고 자랑하다. 『한비자』「양권」(揚權)에 "성인의 도는 꾀와 기교를 버린다"(聖人之道, 去智與巧.)는 말이 있다.

질없이 토목을 일으키고 장식하는 것을 귀하게 여기는가(聖人有天下而不與, 故卑宮室. 卽釋
氏之學, 亦以無爲寂滅爲宗, 奈何象數旣設, 徒取土木雕刻以爲尊耶!)

해설 무측천이 대형 불상과 사찰을 조성하며 사치와 낭비를 일삼고 백성
의 힘을 아끼지 않은데 대해 비판한 시이다. 690년 법명(法明) 등이 『대
운경』(大雲經)을 위조하여 무측천을 미륵불의 화신으로 여기자, 무측천은
이를 정신적 근거로 이씨(李氏)를 대신하여 황제가 되었고 불사를 더욱
일으켰다. 시인은 전통적인 성인의 가르침과 불교의 교리를 가져와 이를
지적하여 높은 설득력을 끌어내었다.

제15수

幽居觀大運,[99]	은거하며 대운을 살펴보며
悠悠念群生.[100]	역사 속을 살아간 백성들을 생각하노라
終古代興沒,	예부터 조대는 흥망성쇠를 거듭했는데
豪聖莫能爭.	호걸과 성현도 천명을 막을 수 없었더라
三季淪周赧,[101]	삼대(三代)가 주(周)의 난왕(赧王)에서 끝났고
七雄滅秦嬴.[102]	전국의 칠웅이 진시황에 멸망했지
復聞赤精子,[103]	또 듣건대 한 고조 유방이 일어나
提劍入咸京.[104]	칼을 빼들고 함양에 들어갔더라

---

99) 大運(대운) : 인간 세상의 역대 흥망의 흐름.
100) 群生(군생) : 백성.
101) 三季(삼계) : 하(夏), 상(商), 주(周) 등 세 조대의 말기. ○ 周赧(주난) : 주(周)의 난왕
(赧王). 동주(東周) 최후의 군주로 이름은 희연(姬延)이다. 기원전 314~256년 재위.
102) 秦嬴(진영) : 진(秦)의 영씨(嬴氏). 진시황을 가리킨다. 이름이 영정(嬴政)이다.
103) 赤精子(적정자) : 한 고조(漢高祖) 유방(劉邦)을 가리킨다. 유방은 일찍이 자신은 적
룡(赤龍)에 감응하여 태어났으며, 적제(赤帝)의 아들이라고 하였다.
104) 提劍(제검) : 검을 빼들다. 유방은 "나는 포의 출신으로 삼척(三尺) 검을 들고 천하를
얻었다"(吾以布衣提三尺劍取天下)고 말하였다. ○ 咸京(함경) : 진의 수도인 함양(咸陽).

炎光既無象,[105]　　　한의 국운이 쇠진하여 어지러워지더니

晉虜復縱横.[106]　　　진대에 북방 민족들이 다시 날뛰었더라

堯禹道已昧,　　　　요 임금과 우 임금의 도리는 이미 어두워졌고

昏虐勢方行.　　　　어리석고 잔악한 세력이 마침 횡행하였네

豈無當世雄?　　　　어찌 오늘의 영웅이 없으리오?

天道與胡兵.[107]　　　다만 천도가 외래 민족을 도울 뿐이라

咄咄安可言,[108]　　　괴이한 일을 뭐라 해야 할지 모르는데

時醉而未醒.　　　　세상 사람들이 취한 채 깨어나지 못하는구나

仲尼溺東夏,[109]　　　공자는 중국의 동쪽 노나라에서 죽었고

伯陽遁西溟.[110]　　　노자는 중국의 서쪽으로 은둔하였지

大運自古來,　　　　대운은 예부터 이와 같거늘

旅人胡歎哉![111]　　　떠도는 사람이 어찌 탄식하리오!

평석 천도가 이와 같으니 공자와 노자도 외국에서 살려고 관문을 나갔다. 말 2구는 방향을

---

105) 炎光(염광) : 붉은 불빛. 한나라를 가리킨다. 왕조의 흥망을 오행과 연관시키면 한나라는 불(火)에 속하므로, 한인들은 자신을 화덕왕(火德王)이라 하였다. ○ 무상(無象) : 일정한 모습이 없다. 나라가 혼란함을 가리킨다. 『좌전』 '양공 9년'조에 "나라가 어지러우면 일정한 모습이 없으니, 이를 미리 알 수 없다"(國亂無象, 不可知也.)란 말이 있다.

106) 심주 : 진로(晉虜)는 흉노(匈奴), 선비(鮮卑), 갈(羯), 저(氐), 강(羌) 등 다섯 이민족을 가리킨다.(晉虜指五胡.)

107) 심주 : 여(與)는 '돕다'는 뜻과 비슷하다.(與, 猶助也.)

108) 咄咄(돌돌) : 괴이하게 여기며 내는 감탄사. 『진서』(晉書) 「은호전」(殷浩傳)에 은호가 환온(桓溫)에게 폐직당한 후 종일 공중에 '돌돌괴사'(咄咄怪事) 넉 자를 썼다고 한다.

109) 仲尼(중니) : 공자. ○ 溺(익) : 물에 빠지다. 여기서는 죽다. ○ 東夏(동하) : 화하(華夏)의 동쪽. 고대 중국의 동부를 가리키며, 여기서는 공자가 열국을 주유(周遊)한 후 자신의 뜻이 받아들여지지 않자 돌아간 노(魯)나라를 가리킨다.

110) 伯陽(백양) : 이이(李耳). 일반적으로 노자(老子)라 하며 백양(伯陽)은 그의 자(字)이다. ○ 西溟(서명) : 서해(西海). 고대 중국인은 대륙의 사방이 바다로 이루어졌다고 생각했는데, 이때 서쪽에 있다고 생각한 바다. 여기서는 중국의 서쪽. 노자는 주나라가 쇠미해지자 함곡관(函谷關)을 나가 서쪽으로 갔다고 한다.

111) 旅人(여인) : 객지를 떠돌아다니는 사람. 시인 자신을 가리킨다.

바꾸어 마음을 풀었다.(天道如斯, 孔子老氏亦惟居夷出關而已. 末二句轉用推開.) ○ 완적의
「영회시」는 후인들이 매 장마다 주석을 하여 잘못 천착하였다. 독자는 느낌에 따라가면 된
다. 진자앙의 「감우시」도 잘못 천착하지 말아야 할 것이다.(阮籍詠懷, 後人每章注釋, 失之於
鑿, 讀者隨所感觸可也. 子昻感遇, 亦不當以鑿求之.)

해설 역사의 흥망성쇠를 돌아보고 성현과 호걸이라도 천명을 거역할 수
없음을 탄식하였다. 이는 곧 현실에 대한 거대한 긍정으로 풀이할 수도
있지만, 다른 한편 자신의 능력이 소용되지 못함에 대한 아쉬움을 토로
한 것으로 볼 수도 있다.

연 소왕(燕昭王)[112]

南登碣石館,[113]	남쪽으로 갈석관에 올라
遙望黃金臺.[114]	멀리 황금대를 바라보노라
丘陵盡喬木,	구릉에는 온통 높은 나무뿐인데
昭王安在哉?	연 소왕은 지금 어디에 있는가?
霸圖悵已矣,[115]	패업의 이상은 안타깝게도 사라졌으니
驅馬復歸來.	말을 타고 갔다가 다시 돌아오누나

---

112) 燕昭王(연소왕): 전국시대 연나라를 중흥시킨 군주. 이름은 희평(姬平). 기원전 312
년 재위한 이래 28년 동안 여러 방법으로 인재를 모아 연나라를 강국으로 만들었다.
이때 발탁된 주요 인물로는 곽외(郭隗), 악의(樂毅), 추연(鄒衍), 극신(劇辛) 등이다.
『사기』 「연소공세가」(燕召公世家)에 전기가 있다.

113) 碣石館(갈석관): 갈석궁(碣石宮). 연 소왕이 추연(鄒衍)을 위해 만든 건물. 지금의 북
경시 서남에 소재. 『사기』 「맹자순경열전」(孟子荀卿列傳)에는 추연이 연나라에 이르
자 소왕이 특별히 갈석궁을 만들고 자신은 마치 제자처럼 가르침을 받았다고 했다.

114) 黃金臺(황금대): 황금을 놓아둔 누대. 연 소왕이 곽외(郭隗)의 의견에 따라 하북성
역현(易縣)의 역수(易水) 동남쪽에 누대를 만들고 그 위에 황금을 두고서는 천하의
재능 있는 인사를 청하였다고 한다.

115) 霸圖(패도): 쟁패(爭霸)의 웅대한 의도. ○ 已矣(이의): 끝나다. 지나다.

평석 아무도 자신을 국사로 대해주지 않음을 언외로 말하였다.(言外見無人延國士也.)

해설 어진 군주를 앙모(仰慕)하는 심정을 노래하면서 자신의 능력을 알아주지 못하는 현실을 아쉬워하였다. 696년 9월 건안왕(建安王) 무유의가 거란(契丹)을 공격하러 출정할 때 진자앙도 참모로 유주(幽州, 지금의 북경 일대)에 따라갔다. 진자앙은 여러 가지 건의를 하였으나 무유의는 채납하지 않은 채 일개 부하로만 여겼다. 이에 진자앙은 위의 시를 지어 연 소왕이 유능한 인재를 널리 등용시킨 일을 노래하였다. 원래 이 시는 「계구에서 유적을 둘러보며, 거사 노장용에게」(薊丘覽古贈盧居士藏用)라는 7수로 이루어진 연작시 가운데 한 수이다.

연 태자(燕太子)[116]

秦王日無道,	진시황이 날로 무도하매
太子怨亦深.	연 태자의 원한도 함께 깊었어라
一聞田光義,[117]	전광(田光)이 의기(義氣) 높다는 말 듣고
匕首贈千金.[118]	천 금을 주고 비수를 샀네
其事雖不成,	그 일을 끝내 이루지 못하였으니

---

116) 燕太子(연태자): 연나라의 태자. 이름은 희단(姬丹). 처음에 진(秦)에 인질로 갔다가 도망쳐 나왔다. 나중에 자객 형가(荊軻)를 보내 진시황을 암살하려 하였으나 실패하였다. 이 일로 인해 진나라는 연나라를 멸망시켰고 연나라 왕은 어쩔 수 없이 자신의 아들을 참수하여 진나라에 바쳐야 했다. 관련 사실이 『전국책』「진책」(秦策), 『사기』의 「연소공세가」(燕召公世家)와 「자객열전」(刺客列傳) 등에 기록되어 있다.

117) 田光(전광): 연나라의 처사(處士). 연 태자가 진시황을 죽이려 모의하자 태부 국무(鞠武)가 전광을 추천하였다. 전광은 다시 형가를 추천하였다. 태자가 전광에게 비밀을 지켜줄 것을 당부하자, 전광은 태자에게 자신의 뜻을 보이고 형가를 격려하기 위해 스스로 목을 찔러 죽었다. 「자객열전」에 상세하다.

118) 匕首(비수) 구: 연 태자는 비싼 값을 주고 구입한 비수에 독약을 발라 형가에게 주었다.

千載爲傷心.　　　　천 년 동안 사람들이 슬퍼하여라

해설 전국시대 말기 연 태자가 형가(荊軻)를 시켜 진시황을 살해하려 하였으나 이루지 못한 일을 회상하였다. 이는 진자앙이 연나라의 유적을 둘러보며 고대의 일을 회상한 것이지만, 다른 한편 무유의가 연 태자와 달리 인물을 잘 쓰지 못함을 지적하고 있기도 하다.

휘 상인의 「가을밤 산정에서 주다」에 답하며(酬暉上人秋夜山亭有贈)[119]

皎皎白林秋,[120]	교교하게 달빛이 비치는 흰 숲의 가을
微微翠山靜.[121]	은은히 비췻빛 산이 고요해라
禪居感時變,[122]	선방에서 계절의 변화를 느끼고
獨坐開軒屛.[123]	창문을 열고 홀로 앉아라
風泉夜聲雜,	바람 소리 샘물 소리 밤의 고요를 깨뜨리고
月露宵光冷.	달과 이슬이 어둠 속에 차가워
多謝忘機人,[124]	기심(機心)을 잊은 그대에게 부끄럽나니
塵憂未能整.[125]	세속의 근심을 아직도 다스리지 못했어라

---

119) 暉上人(휘상인) : 원휘(圓暉)를 가리킨다. 재주(梓州) 사홍현(射洪縣) 독좌산불사(獨坐山佛寺)의 승려로, 진자앙이 청년시기부터 알았던 사람이다. 상인(上人)은 상덕지인(上德之人)의 준 말로 승려에 대한 존칭. 시에서 이 어휘는 남조의 포조(鮑照)부터 썼었다.
120) 皎皎(교교) : 교교하다. 밝은 모양. ○白林(백림) : 달빛을 받아 희게 보이는 숲.
121) 微微(미미) : 희미하다, 또는 조용한 모양.
122) 禪居(선거) : 선방(禪房). 참선하며 지내다.
123) 軒屛(헌병) : 창문과 병풍.
124) 多謝(다사) : 부끄럽다. 모자라다. ○忘機人(망기인) : 욕심과 탐욕 등 기심(機心)을 버린 사람.
125) 塵憂(진우) : 불교 용어로 세속의 번뇌와 우려. ○整(정) : 다스리다. 없애다.

해설 맑고 조용한 가을밤 산속 정자의 모습을 그린 산수시이다. 담백한 언어에 아취가 담겨있다. 이는 증답시로 진자앙이 휘 상인으로부터 받은 「가을밤 산정에서 주다」(秋夜山亭有贈)에 대한 답시이다.

나그네를 보내며(送客)

故人洞庭去, [126]	친구는 동정호로 떠나는데
楊柳春風生.	봄바람에 버들이 푸릇푸릇하네
相送河洲晚, [127]	강가에서 그대를 보내는 저녁
蒼茫別思盈. [128]	아득히 이별의 심사 가득하네
白蘋已堪把, [129]	네가래는 이미 한 움큼 잡을 만큼 자라고
綠芷復含榮. [130]	파란 구릿대는 다시 꽃망울을 맺었으리
江南多桂樹,	강남에는 계수나무가 많다 하니
歸客贈生平. [131]	돌아가는 그대의 마음과 어울리리라

평석 네가래와 파란 구릿대도 뜯어서 줄만한데, 꿋꿋하고 바른 성품이 있는 계수나무를 꺾어서 주고자 함을 말했다.(言白蘋綠芷亦可采以贈人, 而桂有堅貞之性, 故欲折以相遺也.)

---

126) 故人(고인) : 예전부터 알던 사람. 일반적으로 친구를 말한다. ○ 洞庭(동정) : 동정호. 중국에서 두 번째로 넓은 담수호로 호남성의 북부이자 장강의 중류에 소재한다. 고래로 풍경이 뛰어난 곳으로 알려졌다.
127) 河洲(하주) : 강 가운데 있는 섬. 여기서는 강가를 가리킨다.
128) 蒼茫(창망) : 멀고 아득한 모습.
129) 白蘋(백빈) : 네가래. 개구리밥처럼 생긴 수중 식물로, 수면에 뜬 네 잎이 밭 전(田)자 모양이므로 '전자초'(田字草)라고도 한다. ○ 堪(감) : 할 수 있다. ○ 把(파) : 잡다. 堪把(감파)는 손에 들고 놀 수 있다는 뜻.
130) 芷(지) : 구릿대. 향초의 일종. ○ 榮(영) : 꽃 피다.
131) 歸客(귀객) : 돌아가는 나그네. 친구를 가리킨다. ○ 贈(증) : 稱(칭)과 같다, 어울리다. ○ 生平(생평) : 평소. 심성.

해설 송별시이다. 앞 4구는 헤어지는 장소와 심사를 묘사하고, 뒤 4구는 친구가 도착하는 강남의 풍경을 그렸다. 구릿대와 계수나무는 향기가 나는 식물로, 곧 상대의 고결한 인품을 비유하였다.

송지문(宋之問)

평석 사람 때문에 그 작품을 버려서는 안 되니, 그의 행동이 각박해도 그의 시는 수록해야 한다.(不以人廢言, 故薄其行而仍錄其詩.)

노송에 부쳐(題老松樹)[1)]

歲晚東巖下,[2)]	세밑에 동쪽 바위 아래
周顧何凄惻!	둘러보니 쓸쓸하기 그지없어
日落西山陰,	해가 져 서산이 어두우니
衆草起寒色.	온갖 풀에서 차가운 빛이 감도네
中有喬松樹,	그 가운데 높은 소나무 있으니
使我長歎息.	나로 하여금 길게 탄식하게 하네
百尺無寸枝,[3)]	백 척 높이에 잔가지가 하나 없어
一生自孤直.[4)]	일생이 스스로 오롯하고 곧았어라

---

1) 題(제) : 역참의 벽이나 명승지의 바위 등에 시를 쓴다는 뜻과 시를 짓는다는 뜻이 있다. 여기서는 후자.
2) 歲晚(세만) : 세밑. 연말.
3) 百尺(백척) : 백 자 높이의 소나무. ○寸枝(촌지) : 한 치 두께의 가느다란 가지.
4) 孤直(고직) : 고고하고 곧바르다. 이는 소나무의 모습이자 동시에 그 외형이 환기하

해설 모든 풀들이 시들 때 우뚝 선 겨울 소나무를 통해 고고한 성품을 찬미하였다. 이는 공자가 말한 "한 해가 추워진 연후에야 소나무와 측백나무가 다른 나무보다 나중에 시듦을 안다"(歲寒然後知松柏之後彫也)는 말을 시적으로 형상화한 것이다.

송지망과 헤어진 후, 홀로 남전산장에 묵으며(別之望後, 獨宿藍田山莊)[5]

脊令有舊曲,[6]	할미새가 옛 노래를 부르려 해도
調苦不成歌.	가락이 너무 구슬퍼 노래가 되지 않아라
自歎兄弟少,	형제가 적음을 스스로 탄식하고
常嗟離別多.	언제나 이별이 잦음을 아쉬워하네
爾尋北京路,[7]	너는 북쪽 태원 가는 길을 찾고
予臥南山阿.[8]	나는 종남산 기슭에 누워있노라
泉晚更幽咽,	샘물은 저녁이라 더욱 목을 에이고
雲秋尚嵯峨.[9]	구름은 가을이라 아직도 높다랗구나

　　는 정신적인 기품도 함께 말했다.
5)　之望(지망) : 송지망(宋之望). 송지문의 동생으로 나중에 송지손(宋之遜)으로 개명하였다. 글을 잘 짓고 노래를 잘 했다. 낙양승(洛陽丞), 연주사창(兗州司倉), 광록승(光祿丞), 형주자사(荊州刺史) 등을 역임하였다. 710년 영남으로 폄적되기도 하였다. ○藍田山莊(남전산장) : 섬서성 서안시 남쪽의 남전현(藍田縣)의 종남산(終南山) 기슭에 있는 별장. 나중에 왕유(王維)가 이를 사들여 망천(輞川) 별장으로 만들었다.
6)　脊令(척령) : 鶺鴒이라 쓰기도 한다. 할미새. 『시경』「당체(棠棣)에 "할미새가 언덕에 있는데, 형제가 황급히 어려움을 도와주네(鶺鴒在原, 兄弟急難.)란 시구에서 할미새는 형제를 비유하였다.
7)　北京(북경) : 지금의 산서성 태원시(太原市). 당 고조 이연(李淵)이 태원에서 흥기하였기에 태원부(太原府)로 승격하였고, 나중에 북도(北都) 또는 북경(北京)이라 하였다.
8)　南山(남산) : 종남산(終南山)을 가리킨다. 태일산(太一山), 지폐산(地肺山), 중남산(中南山), 주남산(周南山) 등으로 불리었다. 지금의 섬서성 서안시 남쪽에 있는 산으로, 서쪽 감숙성에서 동쪽으로 하남성까지 이어지는 진령산맥(秦嶺山脈)의 일부이다. 송지문의 별장이 있는 곳을 가리킨다.
9)　嵯峨(차아) : 산이 높고 험한 모양.

藥欄聽蟬噪,　　작약 화단 난간에서 매미 울음 듣고
書幌見禽過. 10)　　서재의 휘장 사이로 날아가는 새를 보네
愁至願甘寢,　　시름이 지극하여 단잠을 자고 싶은데
其如鄉夢何! 11)　　꿈속에 고향을 보면 이를 어이 할거나

해설 동생과 헤어진 후 남전산장에 홀로 지내며 지은 시이다. 송지문의 문집에는 형제에 대한 그리움을 표현한 시가 더러 있다. 말구에서 고향에 대한 꿈으로 시름이 깊어질까 차마 잠들지 못하는 모습은 호소력이 깊다. 장안에서 벼슬을 시작하고 종남산에 산장을 짓기 시작한 694년에 지었다.

남산의 석양을 보고 남사를 불렀으나 오지 않아(見南山夕陽, 召監師不至)12)

夕陽黯晴暮,　　석양이 어두워졌다가 맑아지는 저녁
山翠互明滅. 13)　　비취색 산 빛과 마주하며 서로 명멸하누나
此中意無限,　　이 가운데 무한한 의취가 있으니
要與開士說. 14)　　스님과 더불어 이야기 나누고 싶어라
徒鬱仲舉思, 15)　　진번 같은 나는 기다림으로 마음 무거운데
詎廻道林轍? 16)　　지둔 같은 그대는 어찌하여 수레 타고 오지 않는가

---

10)　書幌(서황) : 서재의 휘장.
11)　如~何(여~하) : ~을 어찌할 것인가.
12)　監師(남사) : 월주(越州, 지금의 절강성 소흥)의 승려. 사(師)는 승려에 대한 존칭. 『문원영화』(文苑英華)에는 감사(鑒師)라 되어 있고, 송지문의 다른 시에 감 상인(鑒上人)과 주고받은 시들이 있어 남사(監師)와 감사(鑒師)는 동일 인물로 보인다.
13)　明滅(명멸) : 명멸하다. 밝아졌다 어두워졌다 함.
14)　開士(개사) : 보살(菩薩). 여기서는 승려에 대한 존칭.
15)　仲舉(중거) : 동한시대 진번(陳蕃)의 자(字). 예장(豫章)태수로 있을 때 찾아오는 속인을 만나지 않고, 오직 서치(徐穉)가 올 때만 탁자를 마련하고 서치가 떠나면 다시 탁자를 치웠다고 한다.

| 孤興欲待誰? | 외로운 감흥(感興)으로 누구를 기다리나? |
| 待此湖上月. [17] | 그때에 떠오르는 호수 위에 달 |

해설 석양에 남사를 만나려 했으나 만나지 못한 아쉬움을 수려한 자연 풍광을 빌어 형상화하였다. 송지문은 709년 겨울부터 710년 봄까지 월주(越州)에 좌천되어 지냈는데 이 시기에 지었다.

설직(薛稷)

평석 『당시기사』에 "설직은 염립본에게 그림을 배우고 저수량(褚遂良)에게 글씨를 배웠다. 종형 설요(薛曜)와 함께 문필로 이름을 얻었다"고 했다.(紀事云 : "稷畵師閻立本, 書師褚河南, 與從兄曜俱以文翰得名.)

가을에 수도로 돌아가며 섬서 십 리에서 지음(秋日還京陝西十里作)[1]

| 驅車越陝郊, [2] | 수레를 몰아 섬현의 교외를 넘어 |

---

16) 道林(도림) : 동진(東晉)의 고승 지둔(支遁). 여기서는 남사를 가리킨다. 송지문의 「호수에서 감 상인과 헤어지며」(湖中別鑒上人)에서도 감 상인을 지둔에 비겼다. ○ 轍(철) : 바퀴 자국. 수레를 가리킨다. 중국 고전시에서는 부분으로 전체를 표시하는 환유법이 상용된다. 廻轍(회철)은 자신에게 오지 않고 다른 곳으로 수레를 되돌려 갔다는 말로, 방문하지 않음을 의미한다.

17) 湖(호) : 월주에 있는 경호(鏡湖). 후한 때 마진(馬臻)이 준설하여 만들었으며, 회계현과 산음현의 중간에 위치한다.

1) 陝(섬) : 지금의 하남성 섬현(陝縣). 주대 초기에 주공(周公)과 소공(召公)이 이곳을 경계로 각기 동쪽과 서쪽을 나누어 다스렸다. 陝西十里(섬서십리)는 섬성(陝城)의 서쪽 지역으로 제1구에서 말하는 섬교(陝郊)를 가리킨다.

北顧臨大河.	황하를 마주하고 북녘을 돌아보네
隔河見鄕邑,	강 건너 고향이 보이는데
秋風水增波.	가을바람에 강 파도가 높구나
西登咸陽塗,3)	서쪽으로 함양 길에 오르니
日暮憂思多.	해가 저물어 시름이 많아라
傳巖旣紆鬱,4)	부암은 굽이진 곳에 있고
首山亦嵯峨. 5)	수양산도 또한 험하구나
操築無昔老,6)	축을 찧던 옛 사람은 이제 없고
采薇有遺歌.7)8)	고사리 뜯던 노래만 남았어라
客遊旣廻換,	나그네 떠돌다 이제 돌아가니
人生知幾何?	사람의 목숨은 얼마나 되는가?

평석 고고하고 혼융하며 불빛이 완전히 달아오르듯 순수하다. 두보는 "설직에게 고풍이 있어 「섭교편」을 지었다"고 하였다. 명철한 시인이 높이 평가한 것은 우연이 아니다.(高渾超詣,

---

2) 陝郊(섭교) : 섭맥(陝陌)의 근교. 제복에서 말한 섭서 십 리 지역.

3) 咸陽塗(함양도) : 함양으로 가는 길. 함양과 장안은 섭현에서 보면 서쪽으로 같은 방향에 있으므로 곧 수도 장안으로 가는 길을 의미한다.

4) 傳巖(부암) : 고대의 지명으로, 오늘날의 산서성 평륙현(平陸縣) 동쪽에 소재한다. 상(商)나라 재상 부열(傳說)이 이곳의 건축공사장에서 축(築)을 찧던 곳이다. ○ 紆鬱(우울) : 굽이굽이. 굽이진 모양. 마음이 맺히고 답답하다는 뜻도 있다.

5) 首山(수산) : 수양산(首陽山). 서산(西山)이라고도 한다. 그 위치에 대해서는 이설이 많으나 당대에는 지금의 산서성 남부 영제(永濟)의 중조산(中條山) 서남단이라 보았다. 상나라 말기 고죽군(孤竹君)의 두 아들인 백이(伯夷)와 숙제(叔齊)가 주나라 곡식을 먹지 않고 고사리를 뜯어먹다가 여기에서 굶어죽었다. ○ 嵯峨(차아) : 산이 높고 험한 모양.

6) 操築(조축) : 축판으로 벽담을 다져 쌓다. ○ 昔老(석로) : 예전의 노인. 부열(傳說)을 가리킨다.

7) 심주 : 이 2구는 위의 2구를 각각 이어받았다.(分頂上二句.)

8) 遺歌(유가) : 남겨진 노래. 백이와 숙제가 지었다는 「채미가」(采薇歌)를 말한다. 『사기』「백이열전」(伯夷列傳)에 "저 서산에 올라, 고사리를 뜯으리. 폭압으로 폭압을 대신하면서, 그 잘못을 모르도다"(登彼西山兮, 采其薇矣. 以暴易暴兮, 不知其非矣.)는 노래가 실려 있다.

火色俱融. 少陵云 : "少保有古風, 得之陝郊篇." 見重於哲匠, 不偶然也.)

해설 설직의 대표작으로 수도 가는 길에 인생에 대한 총제적인 감회를 노래하였다. 이 시는 초당 오언고시 가운데 명편으로, 일찍이 두보가 「설직이 쓰고 그린 벽화를 보고」(觀薛稷少保書畫壁)란 시에서 칭찬한 바 있다. 청대 옹방강(翁方綱)은 완적(阮籍)의 기풍을 이었다고 평하였다.

장구령(張九齡)

평석 당대 초기에 오언고시가 점점 율화(律化)되어 갔지만 풍격은 아직 주경(遒勁)하지 않았다. 진자앙이 쇠미한 시풍을 변화시키니 시의 품격이 비로소 바르게 되었고, 장구령이 이를 이으니 시의 품격이 순정(醇正)하게 되었다.(唐初五言古漸趨於律, 風格未遒, 陳正字起衰而詩品始正, 張曲江繼續而詩品乃醇.)

잡시 2수(雜詩 二首)

제1수

孤桐亦胡爲,[1]	홀로 선 오동나무는 어찌하여
百尺傍無枝.	백 척이나 높아도 가지가 없는가

---

1) 孤桐(고동) : 홀로 선 오동나무. 『장자』「추수」(秋水)에 "원추(鵷鶵, 봉황의 일종)는 남해에서 출발하여 북해로 날아가는데, 오동나무가 아니면 깃들지 않고, 대나무 열매가 아니면 먹지 않고, 예천(醴泉)의 물이 아니면 마시지 않는다"(夫鵷鶵, 發於南海 而飛於北海, 非梧桐不止, 非練實不食, 非醴泉不飮.)는 말이 있다.

疎陰不自覆,[2]　　　　성긴 그늘은 자신마저 덮지 못하는데
修幹欲何施?[3]　　　　긴 줄기로 무엇을 베풀려 하는가?
高岡地復逈,　　　　　높은 언덕 위에 또 땅도 먼 곳에
弱植風屢吹.[4]　　　　바람이 자주 불어 서 있기도 힘들어라
凡鳥已相噪,[5]　　　　뭇 새들이 이미 떠들썩하니 시끄러우니
鳳凰安得知!　　　　　봉황이 어찌 알아볼 수 있으랴!

평석 조정에 소인이 있으니 군자는 응당 잘 숨어있어야 함을 비유하였다.(喩小人在朝, 而君子應善藏也.)

해설 홀로 선 오동나무를 빌어 자신의 처지를 호소하였다. 가지와 그늘이 없다고 함은 뜻있는 동료가 적음을 말하였고, 뭇 새 때문에 봉황이 알아보지 못한다 함은 비방과 헐뜯는 말에 군주가 알아보지 못한다는 비유이다. 이러한 비유는 전국시대 굴원의 「이소」(離騷), 한대 장형(張衡)의 「네 가지 근심의 시」(四愁詩) 등 그 전통이 오래되었으며, 장구령은 자신의 정치적 경력과 경험을 반영하여 골기 있는 시를 지었다.

제2수

良辰不可遇,　　　　　좋은 날을 만날 수 없어
心賞更蹉跎.[6]　　　　마음 편안해도 세월은 헛되이 흘러가네
終日塊然坐,[7]　　　　종일 묵묵히 앉아

----

2)　疎陰(소음) : 성긴 그늘.
3)　修幹(수간) : 높고 큰 줄기.
4)　弱植(약식) : 나약하여 서 있을 수 없음.
5)　凡鳥(범조) : 평범한 새. 여기서는 소인을 비유하였다.
6)　心賞(심상) : 마음이 즐겁고 기쁘다.
7)　塊然(괴연) : 고독한 모습. 혼자 지내는 모습.

有時勞者歌.[8]	때때로 시를 짓노라
庭前攬芳蕙,[9]	마당 앞 향기로운 혜초를 뜯어
江上托微波.	강 위의 잔물결에 실어보내네
路遠無能達,	길이 멀어 이를 수 없으니
憂情空復多!	시름만 부질없이 많아라

평석 정성으로 군주에게 이르려 하나 이를 방도가 없다. 위 2편은 모두 비유의 형식이다.(欲以精誠達君而無路可通也. 二章皆比體.)

해설 자신의 고결함을 알릴 수 없는 괴로움을 나타내었다. 전반 4구는 배척당한 자신의 처지를 묘사하였고, 후반 4구는 자신의 품덕을 혜초로 비유하여 상대에게 전하려 하나 이룰 수 없는 처지를 탄식하였다. 혜초는 굴원이 「이소」에서 군자의 품덕을 상징하는 어휘로 사용한 이래 역대 시인들이 연용하였다.

---

8) 勞者歌(노자가) : 일하는 사람은 자신의 일을 노래한다는 뜻. 동한 하휴(何休)의 『춘추공양전해고』(春秋公羊傳解詁) 권16에 "주린 자는 먹는 걸 노래하고, 일하는 자는 일을 노래한다"(飢者歌其食, 勞者歌其事.)는 말에서 유래했다. 여기서는 시를 짓는다는 뜻.
9) 蕙(혜) : 혜초. 다년생 식물로 여름에 향기로운 꽃이 핀다.

감우 9수(感遇 九首)[10]

평석 '감우시'는 진자앙이 고오(古奧)한 반면 장구령은 함축적이다. 둘 다 완적으로부터 기원했지만 정신적 면모는 각기 다르기에 천 년 동안 전해질 수 있었다.(感遇詩, 正字古奧, 曲江蘊藉, 本原同出嗣宗, 而精神面目各別, 所以千古.)

제1수

蘭葉春葳蕤,[11]	봄에는 난초 잎이 무성히 늘어지고
桂華秋皎潔.[12]	가을이면 계수 꽃이 희고 깨끗하여라
欣欣此生意,	즐거이 자라나는 이러한 생기가
自爾爲佳節.[13]	저절로 아름다운 계절을 만들었구나
誰知林棲者,[14]	누가 알겠는가, 숲 속에 사는 은자(隱者)가
聞風坐相悅.[15]	이를 흠모하여 함께 즐거워하는 걸
草木有本心;[16]	초목에는 본래의 마음이 있으니

---

10) 感遇(감우) : 장구령이 만년에 정치적인 참훼를 받아 지은 연작시로 모두 12수가 남아있다. 여기서는 9수를 뽑았다. 조금 앞선 시대의 진자앙도 같은 제목으로 38수를 남겨, 이들은 모두 성당시풍을 열었다고 평가되기에, 시평가(詩評家)들은 두 시인의 시를 비교하는 경우가 많다. 청대 유희재(劉熙載)는 『예개』(藝槪)에서 "장구령의 「감우」는 「이소」에서 나왔고, 진자앙의 「감우」는 『장자』에서 나왔다. 하나는 곡진하고 다른 하나는 초광(超曠)하니 각기 이른 바가 다르다"(曲江之感遇出于騷, 射洪之感遇出于莊, 纏綿超曠, 各有獨至.)고 하였다. 진자앙이 인생의 의미를 탐색하고 철학적인 감개를 토로하였다면, 장구령은 종종 미인과 향초로 정치적인 우려를 걱정하는 뜻을 나타내었다. 비록 이러한 차이가 있다고 해도 두 시인의 시는 모두 청담(淸淡)한 시풍으로 남조의 부염한 기풍을 일신하였다.

11) 蘭葉(난엽) : 난초 잎. 오늘날 우리가 흔히 알고 있는 난초가 아니라, 들이나 산에서 나는 택란(澤蘭)이나 산란(山蘭)으로, 잎에서도 향기가 난다. ○葳蕤(위유) : 초목이 무성히 늘어진 모양.

12) 桂華(계화) : 桂花와 같다. 계수나무 꽃.

13) 自爾(자이) : 自然(자연)과 같다. 자연스럽게. 저절로.

14) 林棲者(임서자) : 숲에 사는 은자(隱者). 아래에 나오는 미인(美人)을 가리킨다.

15) 聞風(문풍) : 소식을 듣다. ○坐(좌) : 因(인)과 같다. 따라서. 때문에. 마침내.

何求美人折!(17)　　　어찌 미인이 꺾어주길 바라겠는가!

평석 "초목에는 본래의 마음이 있으니, 어찌 미인이 꺾어주길 바라겠는가!" 군자를 만나 품덕을 기르고자 하였다. 이는 곧 한유의 「의란조」(猗蘭操)에 나오는 "꺾어서 차는 이 없다 해도, 난초에게 무슨 아쉬움 있으랴!"의 뜻이다.("草木有本心, 何求美人折!" 想見君子立品, 即昌黎"不採而佩。於蘭何傷"意。)

해설 난초와 계수나무가 알아주는 사람 없어도 향기롭고 깨끗하듯, 자신도 고결한 품덕을 닦겠다는 자강불식(自彊不息)의 뜻을 표현하였다. 이는 곧 현자의 고결한 행위와 품성도 이름이나 이익을 얻기 위한 것이 아님을 비유하였다. 진자앙의 「감우시」(感遇詩) 제1수의 「난초와 두약은 봄여름에 자라는데」(蘭若生春夏)와 유사하나, 진자앙이 조락을 염려하는데 비해, 이 시의 정조(情調)는 긍정적이다.

제2수

幽林歸獨臥,	깊은 숲에 돌아와 홀로 누우니
滯慮洗孤淸.(18)	쌓인 염려가 씻기어 맑고 고결하구나
持此謝高鳥,	이 맑은 마음을 높이 나는 새에게 얹어
因之傳遠情.	멀리 있는 사람에게 전하려 하네
日夕懷空意,(19)	밤낮으로 맑게 빈 마음을 품고 있지만

---

16) 本心(본심) : 초목 줄기의 중심. 나아가 본성(本性)이란 의미를 환기한다.

17) 美人(미인) : 이상적으로 여기는 사람. 품덕이 고결한 사람. 여기서는 위에서 말한 林棲者(임서자)를 가리킨다. 말 2구는 『공자가어』(孔子家語)에 나오는 "깊은 숲에서 자란 지초(芝草)와 난초는 사람이 없다고 향기를 내뿜지 않는 것이 아니며, 군자는 도(道)와 덕(德)을 닦으면서 곤궁하다고 해서 절조를 바꾸지 않는다"(蘭芝生於深林, 不以無人而不芳; 君子修道立德, 不爲窮困而改節。)는 말을 형상화하였다.

18) 滯慮(체려) : 쌓인 염려. ○孤淸(고청) : 고결하고 청정함.

19) 日夕(일석) : 이른 저녁. 밤낮. ○空意(공의) : 맑게 빈 마음.

人誰感至精?[20]	그 누가 나의 지극한 정성을 알아주랴?
飛沈理自隔,[21]	뜨고 잠기는 이치가 원래 다르니
何所慰吾誠?	나의 간절한 마음을 무엇으로 위로할 것인가

평석 앞의 「잡시」 제2수와 같은 뜻이다. 군주를 그리는 정성된 마음을 기탁하였다.(與前雜詩第二首意同, 託言見思君之誠也.)

해설 관직에서 물러나 지내며 자신의 충성을 표시한 시이다. 전반부는 은거 후의 심경을 묘사했고, 후반부는 군주를 그리워하는 마음을 썼다.

제3수

魚遊樂深池,	물고기는 깊은 못에서 놀기를 즐거워하고
鳥棲欲高枝.	새는 높은 가지에 깃들기를 좋아한다
嗟爾蜉蝣羽,[22]	아아, 저 하루살이는 날개를 움직여
薨薨亦何爲?[23]	붕붕거리며 무엇을 하려는가?
有生豈不化,[24]	살아있는 것은 모두 죽으니
所感奚若斯![25]	그 느낌이 이와 같으리라!
神理日微滅,[26]	영혼이 날마다 조금씩 쇠멸하는데

---

20) 至精(지정) : 지극한 정성.
21) 飛沈(비침) : 날고 잠김. 공중에 나는 새와 물속에 잠기는 물고기는 그 환경과 삶의 방법이 다르듯, 조정과 재야 역시 그 형세와 처세가 다름을 비유하였다.
22) 嗟(차) : 아아! 감탄사. ○ 蜉蝣(부유) : 하루살이.
23) 薨薨(훙훙) : 붕붕. 벌레들이 무리지어 날면서 내는 소리. 『시경』「부유」(蜉蝣)에 "하루살이가 가진 날개, 그 옷이 선명해"(蜉蝣之羽, 衣裳楚楚.)라는 구가 있다. 『모전』(毛傳)에는 하루살이는 "아침에 태어나 저녁에 죽으면서도 날개로 자신을 치장한다"(朝生暮死, 猶有羽翼以自修飾.)고 하였다.
24) 化(화) : 죽다. 물화(物化)의 의미와 같다.
25) 奚若(해야) : 奚如(해여) 또는 何如(하여)와 같다. 어찌하여. 어떻게.
26) 神理(신리) : 신령의 도리. 여기서는 영혼을 가리킨다.

吾心安得知!	나의 마음은 이를 알지 못하는구나!
浩歎楊朱子,[27]	아아, 크게 탄식하노니, 양주여
徒然泣路岐.[28]	부질없이 갈림길 앞에서 눈물을 뿌렸구나

해설 모든 생령에게 삶과 죽음이 있으니 이를 탄식하거나 괴로워하지 말 것을 설파하고 있다. 오히려 물고기나 새처럼 자신의 처소에서 삶을 즐겨야 하며, 선택 앞에서 고뇌하지 말 것을 말하였다. 이 시는 단순한 철리의 설파라기보다는 격렬한 정치 투쟁 속에 정신적 위안을 찾는 시인의 깨달음이라고 할 수 있다.

제4수

孤鴻海上來,[29]	거대한 홍곡이 바다에서 날아오며
池潢不敢顧.[30]	연못가 따위는 돌아보지도 않는구나
側見雙翠鳥,[31]	옆으로 흘깃 바라보니 물총새 한 쌍이

---

27) 浩歎(호탄) : 큰 소리로 탄식하다. 장탄식. ○楊朱(양주) : 전국시대 위(魏)나라 철학자. "털 한 가락을 뽑아 천하가 이롭다 하더라도 하지 않겠다"(拔一毛而利天下不爲也)는 사상을 제창하였다.

28) 泣路岐(읍노기) : 갈림길 앞에서 울다. 『회남자』 「설림훈」(說林訓)에 나오는 이야기를 가리킨다. 양주(楊朱)가 길을 가다가 갈림길을 만나자 통곡하였다. 남쪽으로 갈 수도 있고 북쪽으로 갈 수도 있었기 때문이었다. 이 고사는 앞날을 예측할 수 없는 고통을 표현하는데 사용하였다.

29) 孤鴻(고홍) : 무리에서 떨어진 홍곡(鴻鵠). 홍곡은 고니로, 기러기보다 크며 높이 날고 걷기도 잘 한다. 고니의 종류에 황곡(黃鵠), 백곡(白鵠), 단곡(丹鵠)이 있으며, 주로 장강과 한수(漢水) 일대에 서식하였다. 중국 고대시문에서 '홍곡'은 높은 이상을 추구한다는 뜻이 들어 있다. 『사기』 「진섭세가」(陳涉世家)에도 "제비와 참새가 어찌 홍곡의 뜻을 알리오"(燕雀安知鴻鵠之志哉!)란 말이 있고, '고시십구수' 가운데 「서북에 있는 높은 누대」(西北有高樓)에서도 "원컨대 우리 함께 한 쌍의 고니가 되어, 날개 펴고 높이높이 날아가고져"(願爲雙鴻鵠, 奮翅起高飛.)라는 구절이 있다. 여기서는 작가가 자신을 비유하였다.

30) 池潢(지황) : 연못.

31) 翠鳥(취조) : 물총새. 깃털이 아름답고 물고기를 잘 잡는다. 여기서 쌍이라고 한 것은

巢在三珠樹,³²⁾ 옥으로 만든 세 그루 나무에 둥지 틀고 있어라

矯矯珍木巔,³³⁾ 높디높은 진귀한 나무의 꼭대기라고

得無金丸懼?³⁴⁾ 어찌 탄환의 두려움이 없으리오?

美服患人指, 아름다운 옷은 남의 손가락질을 받기 쉽고

高明逼神惡.³⁵⁾³⁶⁾ 신분이 높은 자는 귀신의 해꼬지를 받기 쉬워라

今我游冥冥,³⁷⁾ 지금 나는 아득히 먼 허공 위에서 노니니

弋者何所慕?³⁸⁾³⁹⁾ 주살을 쏘는 자가 어찌 맞출 수 있겠는가?

해설 홍곡과 물총새의 관계로 자신과 소인배를 대비하고, 자신의 소요자재(逍遙自在)한 경지를 형상화하였다. 홍곡을 첫머리와 마무리에 모두 써 수미쌍관(首尾雙關)을 뚜렷이 하였으며, 전편에 정치적 우의(寓意)가 선명하다.

자신을 참훼한 이림보(李林甫)와 우선객(牛仙客)을 암시하는 것으로 보인다.

32) 三珠樹(삼주수) : 전설에 나오는 기이한 나무. 『산해경』「해외남경」(海外南經)에 "세 그루 주수(珠樹)가 염화(厭火)의 북쪽에 있는데 적수(赤水) 위에서 자란다. 잣나무와 비슷하며 잎은 모두 구슬로 되어 있다"고 하였다.

33) 矯矯(교교) : 높이 솟은 모양.

34) 金丸(금환) : 금으로 만든 탄환. 서한 한언(韓嫣)은 금덩이로 탄환을 만들어 쏘았다고 한다. 갈홍(葛洪)의 『서경잡기』(西京雜記) 참조.

35) 심주 : 이 2구는 천 년 동안 지녀야 할 밝은 경계이다.(千秋炯戒.)

36) 高明(고명) : 신분이 높은 사람.

37) 冥冥(명명) : 높은 하늘.

38) 심주 : "鴻飛冥冥, 弋人何纂?"(홍비명명, 익인하찬?)은 본래 양웅의 말이다. 纂(찬)은 취한다는 뜻이다. 纂(찬)을 慕(모)로 바꾼 것은 분명 장구령부터일 것이다.("鴻飛冥冥, 弋人何纂?", 本揚子語. 纂, 取也. 改纂爲慕, 應曲江始.)

39) 弋者(익자) : 주살을 쏘는 사람. 끝 2구는 양웅(揚雄)의 『법언』「문명」(問明)에 나오는 "태평하면 나타나고 혼란하면 숨는다. 홍곡이 높은 하늘에 날아가니 주살을 쏘는 사람이 어찌 잡을 수 있나?"(治則見, 亂則隱. 鴻飛冥冥, 弋人何纂焉?)는 말을 변용하였다.

제5수

吳越數千里,[40)	수천 리 떨어진 오월(吳越) 지방
夢寐今夕見.	오늘 밤 꿈속에서 보았지
形骸非我親,[41)	나의 혼이 몸에서 이탈하니
衾枕卽鄕縣.	이불과 베개가 곧 고향이더라
化蝶猶不識,[42)	장자처럼 나비가 되어도 모르는데
川魚安可羨?[43)	시내의 물고기를 어찌 부러워하랴?
海上有仙山,[44)	바다에는 삼신산도 있었으니
歸期覺神變.	꿈에서 깨어나니 정신이 크게 변했어라

해설 꿈을 기록한 시로, 고향을 돌아보고 신선 섬을 유람한 내용을 적고 있다. 고향의 모습보다 다녀온 그 사실의 기이하고 독특함에 집중하였다. 고대인들은 꿈을 의식의 작용으로 보지 않고 일종의 영혼의 유람으로 보았다. 이 시에서도 뚜렷하진 않지만 작자는 이를 통해 인생과 우주

---

40) 吳越(오월) : 오 지방과 월 지방. 춘추전국시대 오나라와 월나라의 강역에 해당한다. 오늘날 소주와 소흥을 중심으로 한 절강성 일대. 여기서는 작가의 고향인 광동성까지 포괄한 지역을 가리킨다.

41) 形骸(형해) : 사람의 몸. 이 구를 직역하면 "형해가 나와 붙어있지 않다"는 말로, 곧 "혼이 형해를 이탈하다"는 뜻이다. ○ 親(친) : 가깝다. 붙다. 이런 용례는 등화가친(燈火可親)에서 '친'을 '가까이하다'고 새기는 데서 볼 수 있다.

42) 化蝶(화접) : 장자의 '나비 꿈'을 가리킨다. 『장자』「제물론」(齊物論)에 장자가 꿈에 나비가 되어 훨훨 날았다고 한다. 장자가 꿈에 깨어 자신이 나비 꿈을 꾼 것인지 나비가 장자를 꿈꾼 것인지 의아해했다.

43) 川魚(천어) 구 : '임천선어'(臨川羨魚)를 이용한 시구이다. 『한서』「동중서전」(董仲舒傳)에 동중서는 "연못가에서 물고기 잡기를 바라느니 돌아가 그물을 짜기만 못하다"(臨淵羨魚, 不如退而結網.)는 속담을 인용하며 실질적인 정책을 강조하였다. 동한의 장형(張衡)은 「귀전부」(歸田賦)에서 같은 말로 도읍을 유람하며 벼슬하지 못했음을 가리켰다. 여기서는 물고기로 부귀공명을 가리켰다.

44) 仙山(선산) : 바다에 있다고 전해지는 신선이 사는 섬. 『사기』「봉선서」(封禪書)에 봉래(蓬萊), 방장(方丈), 영주(瀛州)로 기록하였다. 이 구는 꿈속에서 신선의 섬까지 돌아보았다는 뜻이다.

를 이해하는 또 하나의 말미로 보고자 하였다.

제6수

西日下山隱,	서쪽의 태양이 산을 내려가 숨으니
北風乘夕流.	북풍이 저녁을 타고 불어오는구나
燕雀感昏旦,⁴⁵⁾	제비와 참새는 황혼과 새벽 기운을 알고
檐楹呼匹儔.	처마 아래 기둥에서 짝을 부르지만
鴻鵠雖自遠,	홍곡은 비록 멀리서 왔어도
哀音非所求.	슬픈 울음으로 짝을 구하지 않는다네
貴人棄疵賤,⁴⁶⁾	귀인이 되면 비천한 사람을 버리니
下士嘗殷憂.⁴⁷⁾	신분이 낮은 선비는 언제나 시름이 깊어라
衆情累外物,	사람들은 외부 사물에 얽매이어
恕己忘內修.⁴⁸⁾⁴⁹⁾	자신에게 관대한 채 내면의 수련은 하지 않아
感歎長如此,	오래도록 이와 같음을 탄식하나니
使我心悠悠.⁵⁰⁾	나의 마음을 시름겹게 하는구나

해설 세태를 풍자한 시이다. 연작과 홍곡을 대비시켜 무리 짓는 세태와
신분이 높아졌다고 이전의 친구를 잊는 풍기를 비판하였다.

---

45) 昏旦(혼단) : 황혼과 새벽, 또는 황혼에서 새벽까지.
46) 疵賤(자천) : 비천함 또는 비천한 사람.
47) 下士(하사) : 품덕이 낮은 선비. ○嘗(상) : 常(상)과 같다. 언제나. ○殷憂(은우) : 깊
    은 시름.
48) 심주 : 도를 배우는 사람은 매번 이러한 병폐에 빠진다.(學道人每坐此病.)
49) 恕己(서기) : 자신에게 관대하다.
50) 悠悠(유유) : 근심하는 모양.『시경』「웅치」(雄稚)에 "저 해와 달을 바라보니, 내 마음
    이 시름겹네"(瞻彼日月, 悠悠我思.)라는 말이 있다.

제7수

江南有丹橘,	강남에서 자라는 붉은 귤
經冬猶綠林.	겨울 내내 여전히 나무들이 푸르구나
豈伊地氣暖?[51]	어찌 그 땅의 기후가 따뜻해서이리?
自有歲寒心.[52]	본디 추위를 견디는 본성이 있어서라네
可以薦嘉客,[53]	훌륭한 손님께 드리려 하나
奈何阻重深?[54]	어찌하랴, 산이 첩첩하고 강이 깊어 막혀 있는 걸
運命惟所遇,	운명은 오로지 자신이 만나는 처지에 있으니
循環不可尋.[55]	행과 불행이 순환하는 이치를 찾기 어려워라
徒言樹桃李,[56]	복숭아나무와 오얏나무를 심으면 좋다지만
此木豈無陰?	어찌 이 나무라고 그늘이 없으랴!

평석 눈앞의 현상만 취하면 사람을 잠시 기쁘게 할 뿐임을 세상 사람들은 모른다.(衆人不知, 徒取目前之色, 足以悅人而已.)

해설 귤을 소재로 한 영물시(詠物詩)이다. 귤나무가 지닌 상록과 추위를 견디는 본성으로 사람의 굳고 바른 품성을 비유하였으며, 나아가 고결한 성품이 쓰이기를 바라는 뜻을 기탁하였다. 이러한 내용은 굴원(屈原)의

---

51) 伊(이): 이. 강남을 가리킨다. 어조사로 보는 설도 있다.
52) 歲寒心(세한심): 추위를 견디는 본성. '세한'(歲寒)은 『논어』 「자한」(子罕)에 "한 해가 추워진 연후에야 소나무와 측백나무가 다른 나무보다 나중에 시듦을 안다"(歲寒然 後知松柏之後彫也)에서 유래하였다. '心'(심)은 식물 줄기의 중심이란 뜻과 본성이란 뜻이 중의적으로 사용되었다.
53) 薦(천): 바치다. 드리다. 특히 제례 때 제물을 올리다.
54) 重深(중심): 겹겹의 능선과 깊은 강물.
55) 循環(순환): 고리를 돌다. 여기서는 화와 복이 갈마드는 일을 가리킨다.
56) 徒(도): 다만. 그저. ○ 樹(수): 심다. 이 구는 『한시외전』(韓詩外傳)에 나오는 "봄에 복숭아나무와 오얏나무를 심으면, 여름에는 그 아래 그늘을 얻을 수 있고, 가을에는 그 열매를 먹을 수 있다"(春樹桃李, 夏得陰其下, 秋得食其實.)는 뜻을 가리킨다.

「귤송」(橘頌)에서 귤로 사람의 덕성을 비유한 전통을 따르고 있으며, 또 한대의 고시 「빛나는 열매를 매단 귤과 유자가」(橘柚垂華實)에서 "깨끗한 쟁반에 이 몸을 맡기어, 여러 해가 지나도록 먹기를 바랐네"(委身玉盤中, 歷年冀見食)와 같이 세상에 쓰이기를 바라는 뜻을 반영하고 있다. 말미에서는 귤과 도리(桃李)를 선명히 대비시켜, 정치적 배척을 당한 입장을 암시하였다.

제8수

抱影吟中夜,[57]	홀로 그림자를 안고 한밤에 읊나니
誰聞此歎息.	누가 나의 탄식을 들어주리오?
美人適異方,[58]	미인(美人)이 이역으로 떠나가신 후
庭樹含幽色.	정원의 나무도 빛을 잃었어라
白雲愁不見,	흰 구름은 시름 때문에 보이지 않고
滄海飛無翼.	푸른 바다는 날고 싶어도 날개가 없어라
鳳凰一朝來,[59]	봉황이 어느 날 아침에 온다면
竹花斯可食.[60]	대나무 꽃을 여기에서 먹을 수 있으리

해설 이상적인 군주를 기다리는 마음을 표현하였다. 미인(美人)과 봉황은 문학 전통 속에 어느 정도 고정된 의미 부호로 이상적인 군주를 가리킨다.

---

57) 抱影(포영) : 자신의 그림자를 안다. 고독한 모습을 형용한 말. ○中夜(중야) : 한밤. 中(중)은 半(반)의 뜻. 중도(中途), 중도(中道), 중소(中宵) 등의 용례와 같다.

58) 異方(이방) : 타지. 타향.

59) 一朝(일조) : 하루의 아침. 일시에. 갑자기. 일단.

60) 竹花(죽화) : 대꽃. 대꽃은 곧 대의 열매를 가리킨다. 앞의 「잡시」 제1수에서 보듯, 봉황은 대나무 열매가 아니면 먹지 않으므로, 곧 봉황을 기다리며 준비한다는 뜻. 봉황은 위의 '미인'(美人)과 같은 상징으로 자신의 재능과 성품을 알아주는 이상적인 군주를 가리킨다.

제9수

漢上有游女,[61]	한수(漢水)에서 헤엄치는 선녀
求思安可得?	따르려 해도 이를 수 없어라
袖中一書札,	소매 속의 서신 한 통
欲寄雙飛翼.	새의 날개에 부쳐 보내고 싶어라
冥冥愁不見,	높은 하늘은 시름으로 보이지 않고
耿耿徒緘憶.[62]	근심에 그저 말 못하고 그리워하네
紫蘭秀空蹊,[63]	자란(紫蘭)이 빈 산길에서 꽃을 피웠으나
皓露奪幽色.	흰 이슬이 내리어 그윽한 빛을 앗아가네
馨香歲欲晚,	향기롭다고 해도 한 해가 저물어가니
感歎情何極!	탄식하는 마음은 얼마나 깊은가!
白雲在南山,[64]	흰 구름이 남산에 있나니
日暮長太息.[65]	해 저물어 길게 탄식하네

평석 흰 구름 낀 은거지로 돌아가 한가히 지내려 하지만 군주에 무심할 수 없기에 길게 탄식하였다. 제1구의 '헤엄치는 선녀'(游女)는 군주를 가리키며, 『초사』의 「미인을 그리며」(思美人)와 같은 의미이다.(言欲就白雲歸臥, 則又不能超然於君, 所以長太息也. 首句'游女'指君,

---

61) 漢(한) : 한수(漢水). 장강 최대의 지류로, 섬서성 영강현(寧光縣)에서 발원하여 동남쪽으로 흐르다가 무한(武漢)에서 장강에 합류한다. 첫 2구는 『시경』 「한광」(漢廣)의 "한수에서 헤엄치는 선녀, 따르려 해도 따를 수 없어라"(漢有游女, 不可求思.)에서 유래하였다. 유녀(游女)에 대해 한대 노씨(魯氏)와 한씨(韓氏)는 강의 여신으로 해석하였다. 思(사)는 어조사.
62) 耿耿(경경) : 마음이 불안한 모양. ○緘憶(함억) : 그리워하나 말하지 않다.
63) 秀(수) : 열매를 맺다.
64) 白雲(백운) 구 : 소인을 비유한다. 육가(陸賈)의 『신어』(新語) 「신미편」(愼微篇)에 "간사한 신하가 현능한 사람을 가리는 것은 구름이 해와 달을 가리는 것과 같다"(邪臣之蔽賢, 猶浮雲之障日月也.)는 말이 있다. 南山(남산)은 군주를 비유한다. 『한서』 「양운전」(楊惲傳)의 주석에 "산이 높으면서 남쪽을 향하고 있으면 인군(人君)의 형상이다"(山高而在陽, 人君之象也.)는 말이 있다. 심덕잠은 은거지의 이미지로 보았다.
65) 日暮(일모) : 해가 지는 때. 자신이 늙었음을 비유하였다.

猶『楚辭』「思美人」意.)

해설 『시경』「한광」(漢廣)의 유녀(游女) 이미지를 이용하여 이상적인 군주에 대한 충정을 표현하였다. 역시 굴원의 미인 이미지를 차용하였다. 또 자란의 탄식으로 고결한 충정을 나타낸 것도 굴원의 향초 이미지를 변용한 것이다. 말미에서 산을 덮은 구름은 심덕잠처럼 은거지로 볼 수 있으나, 군주의 총명을 가리는 간신을 비유할 수도 있다. 전통적인 이미지들을 운용하여 자신의 통합된 구성 속에 재조직하였다.

임금이 지으신「진양궁 행차」에 삼가 화답하며(奉和聖製幸晉陽宮)[66]

隋季失天策,[67]	수나라 말기에 나라의 방략이 무너지자
萬方罹凶殘.[68]	온 나라가 흉악한 재앙을 맞이하였지
皇祖稱義旗,[69]	황제의 선조께서 의병의 기치를 드시자
三靈皆獲安.[70]	하늘, 땅, 사람이 비로소 편안해졌어라
聖朝將申錫,[71]	성조(聖朝)에서 후하게 배푸시어
王業成艱難.	고난 속에서 왕업을 이루셨다네
盜移未改命,[72]	도적을 몰아내고도 천명을 바꾸지 못하다가

---

66) 奉和(봉화) : 귀인의 시에 화답하여 지음. 봉(奉)은 두 손으로 받든다는 뜻이다. ○ 幸(행) : 행차하다. 임금이 어떤 곳을 방문하면 그곳의 영광이라는 뜻이 들어가 있다. ○ 晉陽宮(진양궁) : 동위(東魏) 정제(靜帝) 때 진양(晉陽, 산서성 태원시 서남)에 세운 궁전. 수대 말기에 당 고조(唐高祖) 이연(李淵)이 진양에서 군사를 일으켰다.

67) 隋季(수계) : 수나라 말기. ○ 天策(천책) : 제왕의 책략.

68) 罹(리) 재앙에 걸리다. ○凶殘(흉잔) : 흉악하고 잔인함.

69) 皇祖(황조) : 당 고조 이연(李淵)을 가리킨다. ○ 稱(칭) : 들다. 이연은 617년 5월에 태원에서 거병하였다.

70) 三靈(삼령) : 천지인(天地人). 곧 하늘, 땅, 사람을 가리킨다.

71) 聖朝(성조) : 당왕조를 가리킨다. 고대 사람들은 자신이 살고 있는 왕조를 성조라 하였다. ○ 申錫(신석) : 厚賜(후사)와 같다. 물건 따위를 후하게 내림.

曆在終履端.[73]　　　왕조의 역사를 마침내 시작하셨네

彼汾惟帝鄉.[74]　　　저 분수(汾水)는 황제의 고향이니

雄都信鬱盤.[75]　　　웅장한 성읍인 진양은 진실로 성대하구나

三月朔巡狩.[76]　　　삼월 초하루 순수를 시작하니

群后陪清鑾.[77]　　　공경대부들이 어가를 따라 갔어라

霸跡在沛庭.[78]　　　패왕의 업적은 패정(沛庭)에서 시작되어

舊儀睹漢官.[79]　　　한관(漢官)의 위의(威儀)를 다시 보게 되었네

唐風思何深.[80]　　　당요(唐堯)의 유풍은 생각할수록 깊고

舜典敷更寬.[81]　　　우순(虞舜)의 제도는 펼칠수록 넓어라

戶蒙枌楡復,[82]　　　유방의 고향처럼 집집마다 면세의 혜택을 주어

---

72) 盜(도) : 도적. 수대 말기에 일어난 여러 군벌들.

73) 履端(이단) : 첫머리를 밟는다는 뜻으로, 곧 한해의 시작이 정월 초하루임을 말한다. 여기서는 당왕조의 시작을 가리킨다.

74) 汾(분) : 분수(汾水). 산서성 영무현(寧武縣) 관잠산(管涔山)에서 발원하여 태원시를 거쳐 남으로 흐르다가 하진현(河津縣)에서 황하로 들어간다. 황하에서 두 번째로 큰 지류. ○惟(유) : 是(시)와 같다. ~이다.

75) 雄都(웅도) : 웅장한 성읍(城邑). 곧 진양(晉陽)을 가리킨다. ○鬱盤(울반) : 산이나 궁궐이 굽이지고 깊은 모양.

76) 朔(삭) : 음력 매월 초하루. ○巡狩(순수) : 천자가 지방이나 명산을 찾아 순시하는 일. 시에서는 삼월이라 하였으나 실제로 일월에 시작하였고, 『구당서』「현종기」(玄宗紀)에서도 진양궁에 행차한 날을 일월 신묘(辛卯)일이라 했으므로 '一月'(일월)로 고쳐야 한다.

77) 群后(군후) : 사방의 제후나 지방관. 여기서는 공경대부(公卿大夫)를 가리킨다. ○清鑾(청란) : 황제의 수레.

78) 沛庭(패정) : 한대 패현(沛縣, 강소성 패현)의 관청. 패현은 한 고조 유방(劉邦)의 고향으로, 유방이 거병한 이후 패정에서 황제(黃帝)에게 제사를 지냈다. 여기서는 태원을 비유한다.

79) 舊儀(구의) : 구. 『후한서』「광무제기」(光武帝紀)에 의하면, 유수(劉秀, 광무제)가 사예교위(司隸校尉)가 되어 관원을 데리고 낙양에 들어갈 때, 이전의 절차와 제도를 시행하니 환영 나온 사람들이 한관(漢官)의 위의(威儀)를 다시 보게 되었다. 여기서는 한대의 전고를 빌려 당왕조의 위의를 비유하였다.

80) 唐風(당풍) : 당요(唐堯)의 유풍(遺風). 요(堯)는 나중에 당(唐) 지역을 봉지로 받는데, 오늘날의 산서성 임분(臨汾)시 서남이다.

81) 舜典(순전) : 우순(虞舜)의 전장제도(典章制度).

82) 枌楡(분유) : 한 고조 유방의 고향에 있던 사당 이름. 지금의 강소성 풍현(豐縣) 소재.

邑爭牛酒歡. [83]	마을은 소와 술로 즐거움을 나누었어라
緬惟翦商後, [84]	아아, 그리워라, 상나라를 멸망시켰어라
豈獨微禹歎? [85]	어찌 성덕이 없을까 걱정했으랴?
三后旣在天, [86]	우(虞), 하(夏), 상(商) 삼대가 하늘에 있으니
萬年斯不刊. [87]	만 년이 지나도 당왕조는 멸망하지 않으리
尊祖實我皇,	우리 황제는 진실로 조상을 존중하나니
天文皆仰觀.	모든 사람들이 하늘의 별처럼 우러러 보네

해설 당나라의 창업을 찬송하고 번창을 기원한 응제시이다. 723년 1월 현종이 태원의 서북에 있는 진양궁에 행차하여 지은 시에 대해 화답하였다. 이때 장구령 외에 장열(張說)과 소정(蘇頲)이 화답한 시도 현재 남아 있다. 당시 현종은 낙양을 출발하여 병주(幷州, 산서성 중부)의 태항산에 올랐으며, 오도자(吳道子)를 만나고, 태원에서 각석하고, 2월에 분음(汾陰)에서 토지 신에게 제사하고, 3월에 장안에 돌아왔다. 이때 많은 신하들이 동행하여 곳곳에서 창화하였다. 당시 장구령의 직책은 중서사인이었다.

유방이 군사를 일으킬 때 분유사(枌楡社)에서 제사를 지냈으며, 한나라를 세운 이후 고향에 돌아가서는 고향 풍현과 패현의 조세를 면해주었다. ○ 復(복) : 조세나 요역을 면해주다.

83) 牛酒(우주) : 소와 술. 고대에 군사나 백성을 위로하거나 제사를 지낼 때 사용하던 물품.

84) 緬(면) : 그리워하다. 생각하다. ○ 翦商(전상) : 상나라를 멸망시키다. 여기서는 당 고조 이연이 수나라를 멸망시킴을 비유하였다.

85) 微禹(미우) : "우 임금이 없었다면"이라는 말로, 우 임금이 황하를 치수(治水)한 공덕을 찬양하는 말이다. 『좌전』 '소공 원년'조에 "훌륭하도다, 우 임금의 공덕이여. 밝은 덕이 널리 퍼졌구나. 만약 우 임금이 없었다면 나는 물고기밥이 되었으리라!"(美哉禹功! 明德遠矣. 微禹, 吾其魚乎!) 나중에는 왕의 공덕을 찬양하는 고정된 말이 되었다.

86) 三后(삼후) : 고대의 세 군주. 하(夏)의 우(禹), 상(商)의 탕(湯), 주(周)의 문왕(文王)을 가리킨다.

87) 不刊(불간) : 바뀌거나 없어지지 않음. 원래 刊(간)은 죽간에 쓴 글씨가 잘못되었을 때 깎아내는 것을 말한다.

형주성에 올라 장강을 바라보며(登荊州城望江)[88]

滔滔大江水,[89]	도도히 흐르는 장강의 강물
天地相終始.[90]	시작과 끝을 천지와 함께 하는구나
經閱幾世人,	얼마나 많은 세대 동안 사람이 거쳐갔는데
復歎誰家子?	다시 와서 탄식하는 사람은 누구인가?
東望何悠悠,	동으로 바라보니 얼마나 유장한가
西來晝夜流.	서쪽에서 흘러와 밤낮으로 흐르누나
歲月旣如此,[91]	세월이 마침 이와 같으니
爲心那不愁?	그 누가 근심하지 않으랴?

평석 사조(謝朓)의 "장강이 밤낮없이 흘러간다"와 같은 감정이다.(與 "大江流日夜" 同感.)

해설 형주성에 올라 장강을 바라본 감회를 노래했다. 하늘과 땅에 맞닿은 장대한 풍광 속에 강은 변함없건만 인간세상은 세대를 이어 변천하는 대비를 그렸다. 말미에선 공자가 냇물을 바라보고 탄식한 이미지를 끌어왔다.

---

88) 荊州(형주) : 장강 중류의 북안에 위치한 규모가 큰 성읍(城邑). 역대로 중국의 동서와 남북을 잇는 교통의 요지로, 강역과 치소는 조대에 따라 약간 달랐다. 당대에는 산남도(山南道)에 속했으며, 오늘날의 호북성 형주시에 해당하다.
89) 大江水(대강수) : 장강을 가리킨다.
90) 終始(종시) : 시작부터 끝까지. 순환되어 다시 시작하다.
91) 歲月(세월) 구 : 세월이 강물과 같이 한 번 가서는 돌아오지 않는다. 이 구는 『논어』 「자한」(子罕)의 공자가 시내 위에서 탄식하였다. '흘러가는 시간이 강물과 같구나! 밤낮으로 쉼 없이 가는구나"(子在川上, 曰 : '逝者如斯夫! 不舍晝夜)에서 유래하였다.

감개를 서술하다(敍懷)

弱歲讀群史,[92]	나이 스물에 사서(史書)를 읽고
抗節追古人.[93]	굳은 절조로 고인(古人)을 따랐네
被褐有懷玉,[94]	베옷을 입었어도 옥을 품고
佩印從負薪.[95]	관인을 찼어도 땔감 지는 사람과 어울렸네
志合豈兄弟,	뜻이 같으면 형제와 같고
道行無賤貧.	도를 행하는 데는 빈천을 가리지 않아
孤根亦何賴,[96]	의지가지없는 뿌리는 기댈 곳 없기에
感激此爲鄰.	이웃이 된 일에 감격한다네

평석 뜻이 같으면 살아가는 방편이 달라도 관계없으며, 가난하고 천한 사람에게 바른 도리를 베푸는 일이 즐겁다.(言志同不妨道路各異, 道行貧賤亦樂也.)

해설 청년기의 일을 서술하면서 뜻이 같고 도를 행하는 지인과의 만남을 즐거워하였다.

---

92) 弱歲(약세) : 약관의 나이. 20세. 여기서는 청소년기를 가리킨다.
93) 抗節(항절) : 높은 절조. 고상한 행위.
94) 被褐懷玉(피갈회옥) : 겉에는 베옷을 입고 있지만 속으로는 옥을 품고 있다. 현인이 재능과 품덕을 갖추고 있으면서 겉으로 드러내지 않음을 비유하였다. 이 구절은 『노자』 제70장의 "나를 아는 사람은 드물고 나를 본받는 사람은 거의 없다. 이런 까닭에 성인은 베옷을 입고 있으나 품속에는 옥을 품고 있다"(知我者希, 則我者貴, 是以聖人被褐懷玉.)는 말에서 유래했다.
95) 佩印(패인) : 관인을 차다. 곧 벼슬을 하다. ○ 負薪(부신) : 땔감을 지다. 여기서는 들에서 일하는 사람.
96) 孤根(고근) : 한 줄기만 자란 뿌리. 의지가지없이 고독하다.

최호(崔顥)

평석 은번(殷璠)이 말했다. "최호는 젊어서 지은 시는 부염했지만 만년에는 갑자기 평범하던 가락이 변하여 풍골이 늠름해졌다."(殷璠云 : "顥年少爲詩, 屬情浮艷, 晩節忽變常調, 風骨凜然.")

고악부 유협-군중의 여러 장수께 드림(古遊俠呈軍中諸將)[1]

少年負膽氣,[2]	담력과 호기를 가진 청년
好勇復知機.[3]	용맹을 좋아하고 시무(時務)를 알아
仗劍出門去,	검을 들고 집을 나서 출정하더니
孤城逢合圍.[4]	외떨어진 성에서 적에게 포위되었네
殺人遼水上,[5]	요하 강가에서 사람을 죽이고
走馬漁陽歸.[6]	말을 달려 어양으로 돌아왔네
錯落金鎖甲,[7]	황금 그물갑옷은 여기저기 해졌고

---

1) 古遊俠(고유협) : '고악부(古樂府) 유협'이라는 뜻. '古遊俠'(고유협)이 제목이고, '呈軍中諸將'(정군중제장)이 부제목이다. 제목이 「유협편」(遊俠篇)이라 된 판본도 있다. 악부시 제목의 하나로 잡곡가사에 해당하며, 서진(西晉)의 장화(張華) 이래 의를 위해 죽음을 두려워 않는 협사(俠士)를 그렸다.
2) 少年(소년) : 청년. 장정. 오늘날의 '소년'이란 의미와 다르다.
3) 知機(지기) : 기회를 알다. 시무(時務)와 기회를 알다. 곧 출전할 때를 안다는 뜻.
4) 合圍(합위) : 포위하다.
5) 遼水(요수) : 요하(遼河). 길림성에서 발원하는 동요하(東遼河)와 내몽골에서 발원하는 서요하(西遼河)가 요녕성 창도현(昌圖縣)에서 합쳐져 남쪽으로 흘러 반산(盤山)을 거쳐 발해로 흘러든다. 당대에는 이 지역에 부해(付奚)나 거란(契丹) 등의 민족이 거주하고 있었다.
6) 漁陽(어양) : 군(郡) 이름. 742년(천보 원년) 하북도의 계주(薊州)를 어양군으로 개명하였다. 치소는 지금의 천진시 계현(薊縣). 북경, 천진, 하북성 북부 일대를 관할하였다. 당대에는 변경에 해당하였다.
7) 錯落(착락) : 이리저리 뒤섞여 있는 모양. ○ 金鎖甲(금쇄갑) : 황금쇄자갑. 금으로 고리를 만들어 연결시킨 갑옷.

蒙茸貂鼠衣.[8]	담비 가죽옷은 너덜너덜해졌어라
還家且行獵,	고향에 돌아가서도 또 사냥을 하는데
弓矢速如飛.	날래기는 화살이 나는 듯해라
地迥鷹犬疾,	들판이 넓으니 매와 개가 질주하고
草深狐兔肥.	풀숲이 깊으니 여우와 토끼가 살쪘네
腰間帶兩綬,[9]	허리에는 인끈이 두 개나 달려있고
轉盼生光輝.[10]	둘러보는 눈동자엔 광채가 번득이는데
顧謂今日戰,	돌아보며 말하기를, "오늘 전투에는
何如隨建威?[11]	건위장군 따라 나지지 않겠는가?"

해설 담력 있고 용감한 청년이 전장에 나가서는 공을 세우고, 고향에 돌아와서는 사냥을 나가는 호매한 기상을 그렸다. 전반부는 출전을 묘사했고, 후반부는 수렵을 그렸다.

왕유(王維)

평석 은번이 말했다. "왕유의 시는 언어가 수려하고 가락이 우아하며, 내용이 새롭고 구성

---

8) 蒙茸(몽용) : 풀이나 털이 더부룩한 모습. ○ 貂鼠衣(초서의) : 담비가죽옷.
9) 綬(수) : 인끈. 고대에는 인끈으로 관인(官印)을 묶어 허리에 찼다. 兩綬(양수)는 곧 관인이 두 개라는 말로, 전공이 높아 관직을 두 개나 받았음을 나타낸다. 『한서』「김일제전」(金日磾傳)을 보면, 한대 김상(金賞)이 그의 부친 김일제(金日磾)의 작위를 승계하여 양수(兩綬)를 찼다는 기록이 있다.
10) 轉盼(전반) : 눈동자를 굴려 좌우를 둘러보다. 자신만만하거나 자부하는 모습.
11) 建威(건위) : 장군의 칭호. 건위장군. 동한 광무제 때 경엄(耿弇)이 건위장군에 임명되었고, 동한 말기 동오의 주유(周瑜)도 건위중랑장에 임명되었다. 여기서는 요하 전투에서의 주장(主將)을 가리킨다.

이 산뜻하다. 샘물가에 있으면 구슬이요 벽에 붙이면 그림이 되니, 한 자 한 구가 모두 일상적인 장면에서 나왔다."(維詩詞秀調雅, 意新理愜, 在泉爲珠, 着壁成繪, 一字一句, 皆出常境.) ○ 뜻이 지나치게 깊거나, 기(氣)가 지나치게 뭉쳤거나, 색이 지나치게 진한 것은 시인의 병폐이므로 '맑은 바람같이 온화해야 한다'고 하였다. 왕유의 시는 매번 일부러 힘을 들이지 않은 곳에서 뛰어난 작품이 나왔다.(意太深, 氣太渾, 色太濃, 詩家一病, 故曰'穆如淸风'. 右丞詩每從不着力處得之.)

유 남전에게(贈劉藍田)[1]

籬中犬迎吠,	울타리에서 개가 짖어대기에
出屋候柴扉.[2]	방문을 나가보니 관리가 사립문에 있더랬소
歲晏輸井稅,[3]	연말에서야 겨우 전세(田稅)를 납부하고서
山村人夜歸.	산촌의 사람이 밤에 돌아왔다고 하오
晚田始家食,[4]	이삭을 주워 겨우 양식으로 삼고
餘布成我衣.[5]	자투리 베 조각으로 자기 옷을 만든다오
詎肯無公事,[6]	어찌 공무(公務)가 없기를 바라리오만

---

1) 劉藍田(유남전) : 성이 유씨(劉氏)인 남전현(藍田縣) 현령. 이름은 미상.
2) 柴扉(시비) : 사립문. 이 구에 대해 현대학자 진철민(陳鐵民)은 집안사람이 세금을 내고 산촌으로 돌아오는 사람을 기다렸다고 풀이하였으나 적절하지 않다. 한대 시 「파군(巴郡) 군수를 풍자하는 시」(刺巴郡郡守詩)에 "개가 어찌나 무섭게 짖어대어 봤더니, 관리가 문밖에 서있었네. 옷을 걸치고 나가 보니, 돈을 내야 한다는 문건이었네"(狗吠何喧喧, 有吏來在門. 披衣出門應, 府記欲得錢.)에서 알 수 있듯이 집안사람이 개 짖는 소리에 나가보니 세금 독촉하러 관리가 문밖에 서 있는 것으로 보아야 한다.
3) 歲晏(세안) : 歲晚(세만)과 같다. 세밑. 연말. ○ 井稅(정세) : 田稅(전세)와 같다. 논밭에 부과되는 조세.
4) 始(시) : 비로소. ○ 家食(가식) : 집안의 양식.
5) 餘布(여포) : 남은 옷감. 당대에는 성인 남자는 모두 매해 일정한 수량의 베나 비단을 세로 내어야 했다. 이를 조(調)라고 하는데, 여기서는 조를 납세하고 남은 베를 말한다. ○ 我(아) : 산촌의 사람을 가리킨다.

煩君問是非！   이것이 옳은지 그대에게 번거롭게 물어보오

해설 세금 독촉이란 제재로 농민의 생활을 묘사한 시이다. 시에 등장하는 산촌의 사람을 대신하여 남전현 현령에게 가혹한 세금 징수에 대해 의견을 제기하고 있다. 이 시는 시인이 망천(輞川)에 살 때 지은 것으로, 은번(殷璠)의 『하악영령집』(河岳英靈集)에 실려 있는 것으로 보아 753년 이전에 지었다.

봄밤에 죽정에서—남전으로 돌아가는 전소부에게(春夜竹亭贈錢少府歸藍田)[7]

夜靜群動息,[8]   밤이 고요하여 뭇 생명이 쉬는데

時聞隔林犬.   때때로 숲 건너 개 짖는 소리 들려라

却憶山中時,[9]   산중에 있던 때를 되돌아 생각하니

人家澗西遠.[10]   마을이 계곡 서편에 멀리 있었지

羨君明發去,[11]   내일 아침 그대 떠남을 부러워하나니

采蕨輕軒冕.[12]   고사리 뜯으며 벼슬을 가벼이 여기기를

---

6) 詎肯(거긍) : 어찌 ~할 수 있으랴.

7) 錢少府(전소부) : 시인 전기(錢起)를 가리킨다. 대력십재자(大曆十才子) 가운데 한 사람. 750년 진사에 급제한 후 759년 남전현(藍田縣)의 현위(縣尉)가 되었다. 소부(少府)는 현위(縣尉)를 말한다.

8) 群動(군동) : 여러 동물. 만물. 도연명의 「술을 마시며」(飮酒) 제7수에 "해가 지니 온갖 생명이 쉬고"(日入群動息)라는 구가 있다.

9) 却憶(각억) : 돌이켜 생각하다. 왕유도 이전에 남전에서 은거하였기에 이를 회상하며 하는 말이다.

10) 澗(간) : 두 산 사이에 흐르는 시내. 왕유는 743년 남전현 종남산 기슭에 있는 망천(輞川) 별장을 사들여 종종 장안을 오가며 지냈다. 이곳은 755년 안사의 난이 발발한 이후에는 황폐해졌다. 이 구는 마을과 멀리 떨어져 있어 무척 조용한 곳이었음을 환기한다.

11) 明發(명발) : 새벽. 『시경』 「소완」(小宛)에 "새벽까지 잠 못 들며, 부모님을 그리워하네"(明發不寐, 有懷二人.)란 시구가 있다.

평석 오언시는 길게 쓰기는 쉬운데 짧게 쓰기는 어렵다. 왕유는 짧게 쓰는데 뛰어났다.(五言用長易, 用短難. 右丞工於用短.)

해설 봄밤에 지은 송별시이다. 759년(약 40세) 봄 전기는 남전현의 현위로 장안 남쪽에 있는 부임지로 가는 길이었다. 당시는 안사(安史)의 난 이후 장안이 수복된 지 2년 후로, 조정의 업무가 조금씩 회복될 때로 왕유(약 68세)는 급사중에 있었다. 왕유는 자신이 남전의 망천에서 은거하던 정경을 그리며, 그곳으로 가는 전기를 격려하였다. 이 시에 대해 전기가 화답한 「왕유의 '봄밤에 죽정에서 헤어지며'에 답하며」(酬王維春夜竹亭贈別)라는 시가 있다.

동생 장인에게(贈張五弟諲)[13]

吾弟東山時,[14]	내 동생이 동산(東山)에 은거할 때
心尚一何遠?	마음으로 숭상한 경지는 얼마나 심원했던가
日高猶自臥,	해가 높이 떠도 누워 있다가
鐘動始能飯.[15]	점심 종소리가 울려야 비로소 밥을 먹었지

---

12) 采蕨(채궐) : 采薇(채미)와 같다. 고사리를 뜯다. 은거 생활을 가리킨다. ○軒冕(헌면) : 수레와 관모(官帽). 고대에 대부(大夫) 이상의 관리는 수레를 타고 예관을 썼다. 높은 관직을 가리킨다.

13) 張諲(장인) : 온주(溫州) 영가(永嘉) 사람으로 청년기에는 하남 소실산(少室山)에 은거하였다. 과거에 급제한 후에 형부원외랑(刑部員外郎)에 이르렀다. 천보(天寶) 연간(742~755년)에 관직을 버리고 소실산에 다시 들어간 후 나오지 않았다. 시에 뛰어나고 『주역』에 밝았으며, 초서와 예서를 잘 썼고 산수화에 능했다. ○五(오)는 항제(行第)이며, 弟(제)라고 한 것은 동생으로 삼았기 때문이다. 『당재자전』(唐才子傳) 권2 「장인전」(張諲傳)에 "왕유를 형으로 모셨다"(事王維爲兄)는 기록이 있다.

14) 東山(동산) : 은거하는 곳. 동진(東晉)의 사안(謝安)이 관직을 버리고 회계(會稽)의 동산(東山)에 은거한 이래, 동산은 은거지를 의미하였다. 사안은 조정의 부름을 누차 물리치다가 다시 나와 요직을 지냈다

15) 鐘動(종동) 구 : 종소리를 칠 때 밥을 먹다. 절에서는 종을 쳐서 식사 시간을 알린다.

領上髮未梳,	목 위의 머리카락은 빗지 않고
床頭書不卷.	침상 위의 책은 치우지도 않아
淸川興悠悠,	맑은 시내 바라보면 흥취가 도도하고
空林對偃蹇.[16]	빈 숲을 마주하면 한가롭기 그지없어라
靑苔石上淨,	돌 위에 파란 이끼 깨끗하고
細草松下軟.	소나무 아래 잔풀이 부드러워
窓外鳥聲閑,	창밖으로 새 소리 한가롭고
階前虎心善.	섬돌 앞에 호랑이도 길들여진다네
徒然萬象多,	부질없이 만상(萬象)의 모습 많아도
澹爾太虛緬.[17]	담백한 마음으로 태허(太虛)에서 노닌다네
一知與物平,[18]	내가 사물과 하나임을 알고서부터
自顧爲人淺.	스스로 되돌아보니 지난 삶이 비루하구나
對君忽自得,	그대를 대하니 갑자기 깨우친 바가 많아
浮念不煩遣.[19]	나의 잡념이 저절로 없어지누나

해설 장인(張諲)의 소탈한 생활과 유현(幽玄)한 정신세계를 예찬한 시이다. 장인은 시, 술, 회화로 벗을 삼으며 왕유, 이기(李頎)와 시를 주고받았는데, 왕유가 장인에게 준 시는 현재 7수가 남아있다. 당시 일부 문인들이 산수 속에 어울리고 노장(老莊)의 세계 속에 자유자재(自由自在)하던 풍모를 잘 보여준다.

---

16) 偃蹇(언건) : 누워서 한가히 지내며 일을 하지 않는 모습.
17) 澹爾(담이) : 조용히 아무것도 하지 않는 모습. ○太虛(태허) : 비어있으면서도 깊고 어두운 도(道)의 이치. 『장자』「지북유」(知北遊)에서는 도의 유현한 이치는 말로 설명되지 않으므로, 만약 말로 설명한다면 그것은 "곤륜산에 가보지 못한 것이며, 태허에서 놀아보지 못한 것이다"(不過乎崑崙, 不遊乎太虛.)고 하였다. ○緬(면) : 멀다.
18) 與物平(여물평) : 사물과 하나이다. 『장자』「제물론」(齊物論)에 나오는 "천지는 나와 함께 생겼고, 만물은 나와 하나이다"(天地與我幷生, 而萬物與我爲一.)는 뜻을 채용하였다.
19) 浮念(부념) : 뜬생각. 잡념.

남전산 석문 정사(藍田山石門精舍)[20]

落日山水好,	해가 떨어져 산수가 아름다을 때
漾舟信歸風.[21]	배 띄우고 바람에 내맡기네
玩奇不覺遠,	기이한 풍경을 즐기느라 먼 줄도 모르고
因以緣源窮.[22]	저도 모르게 수원(水源)을 찾아가네
遙愛雲木秀,[23]	구름까지 솟은 나무를 멀리서 좋아하니
初疑路不同.	처음에는 길을 잘못 든 줄 알았네
安知清流轉,	어찌 알았으랴, 맑은 시내를 굽이돌자
偶與前山通.	우연히 앞산으로 통하는구나
舍舟理輕策,	배를 버리고 가벼운 지팡이를 짚으니
果然愜所適.[24][25]	다다른 곳이 과연 마음에 들어라
老僧四五人,	늙은 스님 네댓 분
逍遙蔭松柏.	송백의 그늘 아래 노닐고 있더라
朝梵林未曙,[26]	새벽 독경에 숲이 밝아 오고
夜禪山更寂.	밤 좌선에 산이 더욱 적막하리
道心及牧童,[27]	보리심이 목동에게도 미치고
世事問樵客.	세상일은 나무꾼에게 물어보네

---

20) 藍田山(남전산) : 남전현 동남에 있는 산. 종남산의 일부. 옥이 나오기 때문에 옥산(玉山)이라고도 하며, 또 수레를 엎어놓은 모양이라 하여 복거산(覆車山)이라고도 한다. ○石門精舍(석문정사) : 사찰 이름. 정사(精舍)는 원래 유학자가 지내는 곳을 가리켰으나, 나중에는 승려가 거처하는 곳을 일컬었다.
21) 漾舟(양주) : 배를 띄우다. ○信(신) : 마음대로. ○歸風(귀풍) : 회오리바람. 돌개바람.
22) 緣(연) : 찾다. 남전산은 파수(灞水)의 수원지이므로, 수원지를 찾아가는 것은 곧 남전산 속으로 들어가는 것이 된다.
23) 雲木(운목) : 구름 속으로 솟은 높은 나무.
24) 심주 : 유종원(柳宗元)이 말한 "배를 타고 가다 막힐 듯하더니, 갑자기 다시 끝없이 펼쳐진다"와 마찬가지로 산놀이의 묘경이다.(與"舟行若窮, 忽又無際"同一遊山妙境.)
25) 愜(협) : 상쾌하다. 즐겁다. ○所適(소적) : 간 곳.
26) 朝梵(조범) : 승려의 아침 일과인 독경을 가리킨다.
27) 道心(도심) : 보리심(菩提心). 불교의 진리를 깨우친 마음.

暝宿長林下,[28]　　밤이 되매 깊은 숲 속에서 묵으려
焚香臥瑤席.[29]　　향을 사르고 정갈한 자리에 눕네
澗芳襲人衣,　　　계곡의 향기가 사람의 옷에 스며들고
山月映石壁.　　　산의 달빛이 석벽에 비치누나
再尋畏迷誤,　　　다시 올 때 길을 못 찾을까 두려워
明發更登歷.　　　내일 아침 다시 한 번 들러보리라
笑謝桃源人,[30]　　도화원의 사람들과 웃으며 헤어지니
花紅復來覿.[31]　　붉은 복사꽃 피면 다시 오리라

해설 저녁에 배를 타고 승경을 찾아 나섰다가 우연히 석문정사를 방문한
경과와 그곳의 풍경을 서술하였다. 일정과 묘사가 자세하여 마치 함께
동행하는 느낌이 든다. 이러한 구성은 동진의 사령운(謝靈運)의 시에 특
징적이나, 왕유는 자연의 총체적인 모습을 복원하려고 하기보다는 운미
(韻味)를 찾아내는데 집중하였다. "계곡의 향기가 사람의 옷에 스며들고,
산의 달빛이 석벽에 비치누나"(澗芳襲人衣, 山月映石壁)가 특히 아름답다.

청계(青溪)

言入黃花川,[32]　　　황화천을 지날 때마다

---

28)　暝(명) : 저녁.
29)　瑤席(요석) : 옥으로 만든 자리, 또는 옥처럼 정결한 자리.
30)　謝(사) : 물러나다. 떠나다. ○桃源人(도원인) : 도화원의 사람들. 여기서는 승려들을
　　가리킨다. 말미 4구는 도연명의 「도화원기」(桃花源記)에서 무릉(武陵)의 어부가 우
　　연히 복사꽃을 따라 강을 거슬러 올라 세상과 격절된 마을에 들어가게 되고, 나온
　　후 나중에 다시 가려고 했으나 길을 찾지 못했다는 내용을 반영하였다.
31)　覿(적) : 보다.
32)　言(언) : 뜻이 없이 어조를 고르는 조사. ○黃花川(황화천) : 봉주(鳳州, 지금의 섬서
　　성 鳳縣 동북)에 있는 강. 청계(青溪)는 황하천의 지류이다.

每逐青溪水.	매번 청계를 따라 걷나니
隨山將萬轉,	시냇물은 산을 따라 수없이 휘돌지만
趣途無百里.[33]	가는 길은 백 리가 되지 않는다네
聲喧亂石中,	소리가 들려오면 어지러이 쌓인 돌무더기 사이요
色靜深松裏.	빛깔이 차분해지면 깊은 솔숲 속이로다
漾漾泛菱荇,[34]	출렁이는 강물 위에 마름과 노랑어리연꽃이 떠있고
澄澄映葭葦.[35]	맑디맑은 물 위론 갈대가 비치네
我心素已閑,	내 마음이 본디 한가로운데
清川澹如此.[36]	맑은 강도 이처럼 조용해
請留盤石上,	내 바라노니 너럭바위 위에 머물며
垂釣將已矣.	낚싯줄을 드리우고 평생을 보내고저

해설 촉 지방에 가는 도중에 청계를 지나며 쓴 산수시이다. 청계는 비록 길지 않지만 시인은 그곳에서 강물과 솔숲을 바라보며 무한한 위안을 얻는다. 담아(淡雅)하고 청신(清新)한 왕유 시의 특징이 잘 드러난 작품이다.

---

33) 趣途(취도) : 가는 길. 강가를 따라가는 길이 백 리가 되지 않는다고 하는데서 청계는 길지 않음을 알 수 있다.
34) 漾漾(양양) : 출렁출렁. 강물이 흔들리는 모양. ○ 菱荇(능행) : 마름과 노랑어리연꽃. 둘 다 물속에 사는 식물이다. 마름은 여름에 흰 꽃이 피고 뿌리는 양쪽이 뾰쪽하며 식용한다. 노랑어리연꽃은 잎이 수면에 붙고 여름에 담황색 꽃이 피며 부드러운 잎은 식용한다.
35) 澄澄(징징) : 물이 맑고 투명한 모양. ○ 葭葦(가위) : 갈대.
36) 澹(담) : 조용하고 편안하다.

위수의 농가(渭川田家)[37]

斜光照墟落,[38]	비낀 석양이 촌락을 비추면
窮巷牛羊歸.[39]	소와 양이 골목으로 돌아오네
野老念牧童,	노인은 목동을 염려하여
倚杖候荊扉.[40]	사립문에 나와 지팡이 짚고 기다려
雉雊麥苗秀,[41]	꿩이 울자 보리 이삭이 패고
蠶眠桑葉稀.	누에가 잠들자 뽕잎이 드물다
田夫荷鋤至,	농부들은 호미 들고 오가다가
相見語依依.[42]	만나면 이야기하며 헤어지기 아쉬워하네
卽此羨閑逸,	이를 대하니 한일(閑逸)이 부러워
悵然歌式微.[43]	'돌아가자'는 「식미」(式微)편을 노래하네

평석 ''「식미」편을 노래한다'는 전원으로 돌아가고 싶다는 말이다. 세상의 쇠미함을 슬퍼한다는 뜻이 아니다.('吟式微', 言欲歸也。無感傷世衰意.)

---

37) 渭川(위천) : 위수(渭水). 감숙성 위원현(渭源縣) 조서산(鳥鼠山)에서 발원하여 서안시 남쪽을 지나 동관(潼關) 부근에서 황하로 흘러든다. 오늘날에는 위하(渭河)라고 부르며, 황하의 최대 지류로 길이 818킬로미터이다. 여기서는 장안의 남쪽 남전현을 지나가는 위수를 가리킨다. ○ 田家(전가) : 농가.
38) 斜光(여광) : 석양. ○ 墟落(허락) : 촌락.
39) 窮巷(궁항) : 깊은 골목.
40) 荊扉(형비) : 가시나무를 엮어 만든 사립문.
41) 雉雊(치구) : 꿩이 울다. ○ 秀(수) : 보리 이삭이 패다.
42) 依依(의의) : 헤어지기 아쉬운 모양.
43) 悵然(창연) : 실의에 차 슬퍼하는 모양. ○ 式微(식미) : 『시경』 「패풍」(邶風) 중의 한 편인 「식미」(式微)를 가리킨다. 구설(舊說)에는 여(黎)나라의 제후가 적인(狄人)에게 쫓기어 위(衛)나라에서 지내자 신하가 돌아갈 것을 권한 시라고 했다. 시 속에 "날 저물고 어두워지려 하니, 어찌 돌아가지 않는가!"(式微, 式微, 胡不歸!)라는 구절이 있다. 여기서는 '돌아가자'는 뜻을 취하여, 벼슬을 버리고 전원으로 돌아가겠다는 뜻을 나타내었다.

해설 담백한 필치로 초여름 황혼 무렵의 농촌 풍경을 그렸다. 특히 골목으로 소와 양이 돌아오고, 노인이 사립문에서 목동을 기다리고, 농부들이 호미 들고 이야기를 나누는 장면들은 지극히 생동감이 넘친다. 이 시는 전원생활에 대한 찬가임과 동시에, 다른 한편 방관자인 시인이 관념으로 그린 이상화된 전원의 모습이기도 하다.

중춘에 전원에서 지음(春中田園作)[44]

屋上春鳩鳴,	지붕 위에 봄 비둘기 울고
村邊杏花白.	마을 가에는 살구꽃이 하얗구나
持斧伐遠揚,[45]	손도끼로 삐져나온 뽕가지 다듬고
荷鋤覘泉脈.[46]	호미 매고 천맥(泉脈)을 살핀다
歸燕識故巢,	돌아온 제비는 옛 둥지를 알아보고
舊人看新歷.[47]	마을 사람들은 새 달력을 살펴보네
臨觴忽不御,[48]	술잔을 대해도 금방 마시지 못하니
惆悵遠行客.[49]	먼 길 떠난 나그네 생각하며 슬퍼하여라

해설 봄날 전원의 신선한 풍광과 농사를 시작하는 모습을 묘사하고, 끝

---

44) 春中(춘중) : 仲春(중춘). 봄 석 달 가운데 두 번째 달로, 음력 이월에 해당한다.
45) 持斧(지부) 구 : 도끼로 길게 자란 뽕나무 가지를 다듬다. ○ 遠揚(원양) : 길게 자라나온 가지. 『시경』 「칠월」(七月)에 "음력 삼월에는 뽕나무를 다듬는데, 손도끼를 들고서, 삐쳐 나온 가지를 자르네"(蠶月條桑, 取彼斧斨, 以伐遠揚.)란 구절이 있다.
46) 覘(첨) : 살펴보다. ○ 泉脈(천맥) : 땅속에서 흐르는 샘물의 길. 사람의 혈맥과 같으므로 천맥이라 하였다.
47) 舊人(구인) : 여러 가지 뜻이 있으나, 여기서는 마을 사람들을 가리킨다. ○ 新歷(신력) : 新曆(신력)과 같다. 새 달력.
48) 觴(상) : 술잔. ○ 御(어) : 먹다. 여기서는 마시다.
49) 惆悵(추창) · 슬퍼하거나 괴로워하다. 위에서 제비가 돌아오는 걸 보고, 객지로 나간 사람이 돌아오길 바랐다.

으로 객지에 나간 사람을 생각하였다. 간결한 필치로 농촌의 모습을 그려내었다.

선 상인을 알현하고─서문 붙임(謁璇上人⁵⁰⁾幷序)

上人外人內天,⁵¹⁾ 不定不亂,⁵²⁾ 舍法而淵泊,⁵³⁾ 無心而雲動.⁵⁴⁾ 色空無碍,⁵⁵⁾ 不物物也,⁵⁶⁾ 默語無際,⁵⁷⁾ 不言言也,⁵⁸⁾ 故吾徒得神交焉.⁵⁹⁾ 玄關大啓,⁶⁰⁾ 德海群泳. 時雨旣降,⁶¹⁾ 春物具美. 序於詩者, 人百其言.⁶²⁾

　상인(上人)은 밖으로 인사(人事)를 체현하고 안으로 자연의 품성을 구비

---

50) 璇上人(선상인) : 璇禪師(선선사)라고도 한다. 윤주(潤州) 강녕현(江寧縣, 지금의 남경시) 와관사(瓦官寺)의 승려.

51) 外人內天(외인내천) : 밖으로는 인사(人事)를 체현하고 안으로는 자연을 구현하다. 『장자』 「추수」(秋水)에 나오는 개념이다.

52) 不定不亂(부정불란) : 고정되지도 않고 어지럽지도 않다. 『유마힐경』(維摩詰經)에 나오는 개념으로 여래(如來)의 정신이 허공과 같은 상태를 표현한 말이다.

53) 舍法(사법) : 법을 버리다. 불교에서 法(법)은 불법이란 뜻과 세상의 현상이란 두 가지 뜻이 있는데 여기서는 후자를 가리킨다. ○ 淵泊(연박) : 고요하고 담박하다.

54) 雲動(운동) : 구름이 움직이듯 자연스럽다.

55) 色空(색공) : 색(色)과 공(空). 색(色)은 인연에 따라 일어나는 모든 현상을 말하며, 공(空)은 모든 현상 속에 내재된 독립된 실체로서의 본성을 말한다.

56) 物物(물물) : 사물을 주재하다. 이 개념은 『장자』 「재유」(在宥)에서 유래하였다. "국가를 가진 통치자는 토지와 백성을 가지고 있다. 토지와 백성을 가진 자는 외물의 지배를 받아서는 안 된다. 외물을 지배하되 외물에 지배당하지 않아야, 비로소 외물을 주재할 수 있다."(夫有土者, 有大物也. 有大物者, 不可以物; 物而不物, 故能物物.)

57) 默語(묵어) : 침묵과 말. 『주역』 「계사」(繫辭)에 "군자의 도는 때로 나가고 때로 머무르며, 때로 침묵하고 때로 말한다"(君子之道, 或出或處, 或默或語.)는 구절이 있다.

58) 言言(언언) : 할 말을 말하다.

59) 神交(신교) : 정신으로 사귀다.

60) 玄關(현관) : 불교의 관문. 부처의 설법은 많은 의미를 담고 있으므로 법장(法藏)이라고 하는데, 이를 열었다는 뜻이다.

61) 時雨(시우) : 때에 맞게 내리는 비. 여기서는 자연 현상을 묘사함과 동시에 불법이 비처럼 만물을 윤택하게 한다는 뜻이 들어 있다.

62) 百(백) : 백배.

하고 있으며, 고정되지도 움직이지도 않으며, 사물의 이치를 따르지 않고서도 조용하고 담백하며, 마음이 없어 구름이 움직이는 듯하다. 일체의 현상인 색(色)과 모든 사물의 본성인 공(空)에 대해 장애가 없이 자유로우면서도 천하의 사물을 주재하려 하지 않는다. 침묵과 말이 경계가 없으므로 해야 할 말이 있어도 할 필요가 없다. 그러므로 우리들은 정신으로 교유하였다. 불교의 관문을 크게 열어, 공덕의 바다에서 중생이 노닐게 하였다. 때에 맞추어 비가 내리니 봄의 경물이 모두 아름답구나. 시의 서문에 붙이는 이 글은 사람들이 말하는 것의 백에 하나일 뿐이다.

少年不足言,	청년기에 대해선 말할 만한 게 없는데
識道年已長.	불도를 알았을 때는 이미 장년이 되었네
事往安可悔?	흘러간 지난 일 어찌 후회하리오
餘生幸能養.	다행히 남은 생애 동안 수양할 수 있나니
誓從斷臂血,[63]	팔뚝을 자른 피로 맹서하여
不獲嬰世網.[64]	세상의 그물에 걸리지 않기 바라네
浮名寄纓珮,[65]	뜬 이름은 갓끈과 관인에 갇혀 있으나
空性無羈鞅.[66]	공성(空性)은 굴레가 없구나
夙從大導師,[67]	일찍부터 길을 이끄는 스승을 좇아
焚香此瞻仰.	향을 사르며 우러러 보노라

---

[63] 斷臂(단비) : 팔뚝을 끊다. 불법을 구하는 지극한 정성을 의미한다. 남조시기에 승려 신광(神光)이 달마에게 불법을 구했으나 얻지 못하자 팔뚝을 끊어 달마에게 바쳤다. 이에 달마가 신광에게 불법과 의발을 전하니 선종의 이조(二祖) 혜가(慧可)가 되었다. 『경덕전등록』(景德傳燈錄) 권3 참조.

[64] 世網(세망) : 세상이라는 그물. 인간 사회의 법률이나 제도, 윤리나 도덕 등 인간을 속박하는 문화와 환경을 가리킨다.

[65] 纓珮(영패) : 갓끈과 패물. 관복에 소용되는 물건.

[66] 空性(공성) : 불교 용어로 진여(眞如)와 같다. 일체의 현상 속에 내재된 영원히 변하지 않는 진실된 본체. ○ 羈鞅(기앙) : 굴레와 뱃대끈. 소나 말을 구속하는 가죽 끈.

[67] 大導師(대도사) : 중생을 불도로 이끄는 부처나 보살. 여기서는 선 상인을 가리킨다.

頹然居一室,⁶⁸⁾　　우두커니 방 안에 앉았어도
覆載紛萬象.⁶⁹⁾　　하늘과 땅 사이가 만상으로 가득해
高柳早鶯啼,　　높은 버들에 아침 꾀꼬리가 울고
長廊春雨響.　　긴 회랑에 봄비 소리 울리는구나
床下阮家屐,⁷⁰⁾　　침상 아래에는 완부(阮孚)의 나막신이 있고
窓前筇竹杖.⁷¹⁾　　창 앞에는 공죽(筇竹)으로 만든 지팡이 있어
方將見身雲,⁷²⁾　　바야흐로 구름같은 법력을 일으키니
陋彼示天壤.⁷³⁾　　저 호자(壺子)의 변화무쌍도 능가하는구나
一心再法要,⁷⁴⁾　　일심으로 다시 불법을 체득하여
願以無生獎.⁷⁵⁾　　원컨대 무생(無生)의 이치로 면려하여라

---

68) 頹然(퇴연) : 구속 없이 방종한 모양, 또는 사리를 분간하지 못하는 모양. 여기서는 참선할 때 자는 듯 깨는 듯한 모양.

69) 覆載(복재) : 하늘과 땅. 『예기』「중용」(中庸)에 "하늘이 덮고 땅이 싣고"(天之所覆, 地之所載.)라는 말이 있다.

70) 阮家屐(완가극) : 완부(阮孚)의 나막신. 『세설신어』(世說新語) 「아량」(雅量)에 보면, 동진 때 조약(祖約)은 재물을 좋아하고 완부(阮孚)는 나막신을 좋아했는데 둘 다 외물에 얽매인 것으로 어느 편이 좋은지 알 수 없었다. 어떤 사람이 조약의 집에 가보니 마침 조약은 돈을 세고 있다가 얼른 돈을 장롱 뒤로 치우고 몸으로 가리면서 어색한 표정이었다. 완부의 집에 가보니 마침 나막신에 밀랍 칠을 하다가 "앞으로 내 일생에 이 신을 얼마나 더 신을지 모르겠구나"라 말하며 태평하고 한가하였다. 여기에서 승부가 났다고 한다.

71) 筇竹杖(공죽장) : 공죽(筇竹)으로 만든 지팡이. 공죽은 사천성에 나는 마디가 길고 속이 찬 대나무이다.

72) 見(현) : 現(현)과 같다. 나타나다. ○ 身雲(신운) : 구름 위에 나타난 몸. 불화(佛畵)나 변상도(變相圖)에 부처나 보살의 법력을 나타내기 위해 여러 화신(化身)들이 구름처럼 세상을 덮는 모양을 가리킨다.

73) 示天壤(시천양) : 천지간의 생기(生氣)를 보이다. 『장자』「응제왕」(應帝王)에 나오는 고사로, 호자(壺子)가 열자(列子)의 병을 낫게 한 것은 천지간의 생기를 보였기 때문이라고 했다. 호자의 변화무쌍한 면모를 나타내는 말이다. 여기서는 선 상인은 호자의 변화무쌍한 능력을 비루하게 여길 정도로 뛰어나다는 뜻이다.

74) 法要(법요) : 불법의 중요한 내용.

75) 無生(무생) : 열반(涅槃) 또는 법성(法性)이란 뜻과 같다. 불교에서는 모든 현상의 본성은 '거대한 고요'(大寂靜)이므로 무생(無生)하고 무멸(無滅)한다고 본다. 『인왕경』(仁王經) 권중(卷中)에 "일체의 법성은 진실로 공(空)하니, 오지도 않고 가지도 않으며, 생기지도 않고 없어지지도 않는다"(一切法性眞實空, 不來不去, 無生無滅.)고 하였다.

해설 왕유 자신의 불교와 맺은 인연을 서술하고, 선 상인의 풍모와 생활을 묘사하였다. 중간중간 불교의 요의(要義)를 간결하고 적절하게 운용함으로써 단조로움에 빠지지 않게 하였다.

복부산 스님께 공양하며(飯覆釜山僧)[76]

晚知清淨理,[77]	만년이 되어서야 불교의 이치를 아니
日與人群疎.	나날이 사람들과 멀어지는구나
將候遠山僧,	먼 산에 사는 스님을 기다리며
先期掃敝廬.[78]	먼저 기일을 정하고 누추한 내 집을 소제하네
果從雲峰裏,	과연 구름 낀 봉우리에서 나와
顧我蓬蒿居.[79]	쑥대가 자란 나의 집을 보러 왔네
藉草飯松屑,[80]	풀을 깔고 앉아 송홧가루를 먹고
焚香看道書.[81]	향을 사르고 불경을 읽으니
然燈晝欲盡,	대낮이 다하면 등을 밝히고
鳴磬夜方初.[82]	밤이 다가오면 경쇠를 울리네

---

76) 覆釜山(복부산) : 솥가마를 뒤엎은 형상의 산으로, 중국에는 이런 산 이름이 많아 구체적으로 어느 곳을 가리키는지 명확하지 않다. ○ 반승(飯僧) : 승려에게 밥을 보시함. 왕유는 만년에 장안에서 자주 승려들에게 식사 공양을 하였다.

77) 清淨(청정) : 불교 용어로 감각에 영향 받지 않으며 진성(眞性)에 도달한 상태를 말한다. 여기서는 불교의 진리.

78) 敝廬(폐려) : 자신의 거처를 낮추어 부르는 말.

79) 蓬蒿居(봉호거) : 쑥대가 자란 집. 자신의 집을 낮추어 부르는 말.

80) 藉草(자초) : 풀을 깔고 앉다. 손작(孫綽)의 「유천태산부」(遊天台山賦)에 "우거진 잔풀을 깔고 앉고, 낙락장송의 그늘에 든다"(藉萋萋之纖草, 蔭落落之長松.)는 말이 있다. ○ 松屑(송설) : 송화. 강엄(江淹)의 「원병(袁炳)에게 알리는 편지」(報袁叔明書)에서 "아침에는 송홧가루를 먹고, 저녁에는 도교 경전을 읊는다"(朝餐松屑, 夜誦仙經.)는 말이 있다.

81) 道書(도서) : 불경을 가리킨다.

82) 鳴磬(명경) : 경쇠를 울리다. 磬(경)은 사찰에서 사용하는 법기의 하나로, 원경(圓磬)

一悟寂爲樂,[83]　　　적멸이 즐거움임을 깨닫는다면
此生閑有餘.　　　　이 생은 곧 한가하고 편안한 것을
思歸何必深,[84]　　　뭐 하러 전원으로 애써 돌아가려 하는가
身世猶空虛.　　　　현실세계가 모두 다 가상(假像)인 것을

해설 복부산의 스님을 불러 식사를 대접하며 쓴 시이다. 왕유는 죽기 전 삼사 년간 장안에서 자주 스님들에게 식사 공양을 하였는데, 시 속에 "만년이 되어서야 불교의 이치를 아니"라고 한 것을 보아 이때 쓴 것으로 보인다. 그러나 이 시에서 말한 복부산의 스님이 누구인지에 대해서는 자세하지 않다. 스님의 생활과 불리(佛理)가 잘 어우러졌으며 말미에서 이를 자신의 삶 속에서 이해하고 실천하고자 하였다.

선성으로 부임하는 우문 태수를 보내며(送宇文太守赴宣城)[85]

遼落雲外山,[86]　　　드문드문 흩어져 있는 구름 너머의 산들
迢遙舟中賞.[87]　　　아득히 멀리 배 위에서 바라보네
鐃吹發西江,[88]　　　장강에서 그대 떠날 때 울리는 음악
秋空多清響.　　　　가을 하늘에 맑게 울려 퍼지네

　　　또는 인경(引磬) 등이 있어, 꼭 돌로 만든 것이 아닌 경우가 많다.
83) 寂(적) : 불교에서 적멸(寂滅) 또는 열반(涅槃)을 가리킨다. 인간사회로부터 야기되는 모든 번뇌는 고(苦)를 일으키며, 이를 끊은 상태가 적멸 또는 열반으로 즐거움을 가져온다고 하였다.
84) 思歸(사귀) : 돌아가려고 하다. 관직에 있다가 전원으로 돌아가다.
85) 宇文太守(우문태수) : 태수 관직에 있는 성이 우문(宇文)인 사람. 이름은 미상. ○宣城(선성) : 선주(宣州) 치소. 지금의 안휘성 동남부의 선성시(宣城市).
86) 遼落(요락) : 드물거나 성긴 모양.
87) 迢遙(초요) : 먼 모양.
88) 鐃吹(요취) : 징과 나팔. 군악(軍樂)을 말한다. 여기서는 출발 시에 울리는 음악. ○西江(서강) : 장강의 서쪽.

地迥古城蕪,　　　　머나먼 땅 고성(古城)엔 풀이 우거졌고

月明寒潮廣.　　　　달이 밝으면 차가운 조수가 크게 밀려오리

時賽敬亭神,[89]　　　때에 맞추어 경정산(敬亭山)의 산신에게 제사하고

復解罟師網.[90]　　　그대는 또 어부의 얽힌 그물을 풀어 주리라

何處寄想思?　　　　어느 곳에 나의 그리움을 보낼까

南風搖五兩.[91]　　　남풍을 타고 배는 빠르게 떠나갔으니

해설 선성(宣城)으로 부임하는 사람을 보내며 쓴 시이다. 첫 2구는 배를 타고 이별의 장소로 가며 본 강변 풍경고, 제3, 4구는 장강 강가에서 헤어지는 장면을 묘사하였다. 제5, 6구는 우문 태수가 부임하는 선성의 풍광을 그렸고, 제7, 8구는 우문 태수가 주재하는 민속과 행정을 미리 상상하여 묘사하였다. 끝으로 헤어진 후의 그리움을 토로하였다. 비록 고시이지만 전형적인 송별시의 형식을 취하였다.

송별(送別)

下馬飮君酒,[92]　　　말에서 내려 그대에게 술 권하며

---

89) 賽敬亭神(새경정신) : 경정산에 모셔진 신에게 굿하며 제사하다. 선성의 북쪽에 경정산(敬亭山)이 있는데, 산 위에 재화부군(梓華府君)을 모신 사당이 있다. 경정산은 남조의 사조(謝朓)와 당의 이백(李白)이 쓴 시로도 유명하다.

90) 罟師(고사) : 어부. ○解網(해망) : 얽힌 그물을 풀어주다. 은덕을 베풂을 비유한다. 이는 『여씨춘추』 권10 「맹동기」(孟冬紀)와 『사기』 「은본기」(殷本紀)의 전고에 근거하였다. 탕(湯)왕이 들에 나가보니 사 면에 그물을 치고 천하의 새가 모두 잡히기를 바라는 사람이 있었다. 이에 탕왕이 삼 면을 찢어내고 잡힌 새들을 날려 보냈다. 제후들이 탕왕의 덕이 금수(禽獸)까지 이름을 찬탄하였다.

91) 五兩(오량) : 五緉(오량)이라 쓰기도 한다. 고대의 측풍기(測風器). 오 량 또는 팔 량 정도 무게의 닭털을 높은 장대 끝에 매달아 풍향과 풍력을 관측하는 기구. 독고급(獨孤及)의 시에 "오량이 활과 같다"(五兩如弓弦)는 말이 있는 것으로 보아 바람이 세면 원호로 휘어짐을 알 수 있다. 말 2구는 센 바람에 배가 빨리 지나가면 어디로 나의 그리움을 보내야 할지 모르겠다는 뜻.

問君"何所之?"[93]	그대에게 묻노니 "어디로 가는가?"
君言"不得意,[94]	그대 말하네, "뜻을 얻지 못하여
歸臥南山陲."[95]	돌아가 남산 아래에 누우려네"
"但去莫復問,	"그럼 가게나, 더 묻지 않겠네
白雲無盡時."[96]	산속에는 흰 구름이 끝없이 일어나리"

평석 흰 구름이 끝없이 일어나는 은거지는 족히 절로 즐거우니 뜻을 얻지 못하였다고 말하지 말라.(白雲無盡, 足以自樂, 勿言不得意也.)

해설 산속으로 은거하러 가는 친구를 보내며 쓴 시이다. 문답 형식으로 평담하기 이를 데 없이 묘사하였지만 그 함축하는 뜻과 정취는 무궁하여 역대로 칭송받았다. 이 시의 상대에 대하여 청대 장섭(章燮)은 맹호연의 시에 「세모에 남산에 돌아가며」(歲暮歸南山)란 시가 있는 것으로 보고 맹호연이 아닌가 추측하였다. 그러나 맹호연의 시는 고향 양양에 돌아간 후의 작품이며, 남산은 녹문산(鹿門山)이므로 이 시와 관련이 없다.

---

92) 飮(음) : 여기서는 타동사로 쓰였다. 마시게 하다.
93) 何所之(하소지) : 어디로 가는가? 之(지)는 가다. 왜 가느냐는 뜻도 있지만 취하지 않는다.
94) 不得意(부득의) : 뜻을 얻지 못하다. 뜻대로 되지 않다. 마음에 차지 않다.
95) 南山(남산) : 장안 남쪽의 종남산을 가리킨다. ○陲(수) : 주위. 근처.
96) 白雲(백운) : 흰 구름. 여기서의 백운은 양(梁) 도홍경(陶弘景)의 「산에 무엇이 있느냐는 황제의 물음에 시를 지어 답하다」(詔問山中何所有, 賦詩以答)에 나오는 백운의 의미를 환기한다. "산에 무엇이 있는가? 고개 위에 흰 구름만 많소이다. 스스로 즐길 수 있을 뿐, 잡아서 보낼 수 없구료"(山中何所有? 嶺上多白雲. 只可自怡悅, 不堪持寄君.) 요시가와 고지로(吉川幸次郞)는 왕유의 시에서 흰 구름은 산중의 생활을 상징하는 것으로 노래되는 경우가 있지만, 여기서는 인간 세상의 더러움에 대비하는 것으로서 노래하였다고 하였다.

제주에서 조삼을 보내며(齊州送祖三)[97]

相逢方一笑,	만났을 때는 서로 한바탕 웃었는데
相送還成泣.	헤어질 때는 다시 울음이 되는구나
祖帳已傷離,[98]	전별의 자리에 이별로 마음 아픈데
荒城復愁入.[99]	황량한 성에 들어가면 다시 시름에 겨우리
天寒遠山淨,	하늘이 차가우니 먼 산이 말갛고
日暮長河急.[100]	해가 지니 황하의 물살이 세차구나
解纜君已遙,[101]	닻줄을 풀어 그대 멀리 사라졌어도
望君猶佇立.	그대 쪽 바라보며 오래도록 서있네

해설 추운 날 저무는 강가에서 친구를 보내며 지은 시이다. 제5, 6구는 이별의 아쉬움을 풍경으로 표현한 뛰어난 대목이며, 제7, 8구도 깊은 정이 담겨있는 명구이다. 비록 측성(仄聲)으로 압운(押韻)하여 고시(古詩)가 되었으나, 대구와 구성에서는 이미 율시(律詩)와 다름없다.

97) 齊州(제주) : 지금의 산동성 제남시. ○ 祖三(조삼) : 시인 조영(祖詠)을 가리킨다. 三(삼)은 항제(行第)이다. 동일 증조(曾祖) 할아버지 아래의 형제들 사이의 차례로, 당대에는 이로써 이름을 대신하였다. 왕유는 721년 가을 제주(濟州) 사창참군으로 폄적된 이후 726년 봄까지 그곳에 있었다. 제주에서 근무하던 왕유는 동쪽에 인접한 齊州(제주)로 가서 헤어진 것으로 보인다. 다른 판본에서는 제목이 「기수에서 조 선주를 보내며」(淇上送趙仙舟)라 되어 있다.
98) 祖帳(조장) : 송별연의 자리. 고대에는 길을 떠나는 사람을 위해 길가에 휘장을 치고 술이나 음식을 차렸다. 이때 길의 신(路神)에게 제사를 지냈는데 이를 祖(조)라고 한다.
99) 荒城復愁入(황성부수입) : 復入荒城愁(부입황성수)의 도치이다. 다시 황량한 성에 들어가니 시름겹다.
100) 심주 : 이 2구가 있기에 아래의 '그대 쪽 바라보며'(望君) 구가 더욱 슬프게 느껴진다.(着此二語, 下'望君'句愈覺黯然.)
101) 解纜(해람) : 밧줄을 풀다. 배를 떠나게 하기 위해 배에 묶인 밧줄을 풀다.

낙제하여 고향에 돌아가는 기무잠을 보내며(送綦毋潛落第還鄉)[102]

聖代無隱者,[103]	태평한 시대에는 은자가 없으니
英靈盡來歸.[104]	영재들이 남김없이 등용되기 때문
遂令東山客,[105]	마침내 동산에서 은거하는 사람에게
不得顧採薇.[106]	더 이상 고사리를 캐지 못하게 하였어라
旣至金門遠,[107]	그리하여 도성에 왔지만 금마문은 멀리 있어
孰云吾道非?[108]	그렇다고 우리의 길이 잘못된 것은 아니라네
江淮度寒食,[109]	그대 장강과 회수를 건너올 땐 한식을 만났고
京洛縫春衣.[110]	낙양에 왔을 땐 해진 봄옷을 기웠었지
置酒長安道,	이제 장안의 길가에서 술을 차리니
同心與我違.	동심(同心)의 친구와 헤어지게 되었네

---

102) 綦毋潛(기무잠) : 성당시기에 활동한 시인. 자는 효통(孝通)이며, 강서 남강(南康) 사람이다. 시풍은 왕유와 비슷하다. 현재 시 26수가 남아있다. 시인 소전 참조. ○ 落第(낙제) : 과거 시험에 떨어지다.

103) 聖代(성대) : 태평성대의 준말로, 자신이 살고 있는 당대(當代)를 높여 부른 말.

104) 英靈(영령) : 천지의 영화(英華), 즉 뛰어난 기운을 타고난 사람. 영재(英才)라는 말과 같다.

105) 東山客(동산객) : 은자(隱者). 동진의 사안(謝安)이 회계의 동산에서 은거한 데서 비롯한 말.

106) 採薇(채미) : 采薇(채미)라고도 쓴다. 고사리를 뜯다. 은거 생활을 가리킨다. 『사기』「백이열전」(伯夷列傳)에 의하면 상나라 말기 고죽군(孤竹君)의 두 아들인 백이(伯夷)와 숙제(叔齊)가 주나라 곡식을 먹지 않는다며 고사리를 뜯어먹다가 굶어죽었다.

107) 金門(금문) : 금마문. 한 무제(漢武帝)는 미앙궁(未央宮) 앞에 있는 금마문에 뛰어난 문인들을 두어 고문에 응하게 하였다. 뛰어난 문인들이 발탁되어 활동하는 장소를 가리킨다.

108) 吾道非(오도비) : 나의 도가 잘못된 것인가? 공자가 어려움을 당했을 때 한 말로, 이를 빌려 기무잠의 과거 응시는 잘못되지 않았다며 낙제한 기무잠을 위로하였다.

109) 江淮(강회) : 장강과 회수. ○ 寒食(한식) : 절기의 하나. 동지 후 백오 일이자, 청명일 하루 또는 이틀 전으로, 이날을 포함하여 전후 삼 일간 불을 피우지 않고 찬 음식을 먹었다. 기무잠이 고향인 건주(虔州) 남강(南康, 강소성 소재)에서 장안으로 오다보면 장강과 회수를 건너게 된다.

110) 京洛(경낙) : 낙양. 동주(東周)와 동한(東漢) 때는 낙양이 수도였으므로 '경낙'이라 하였다.

行當浮桂棹,[111]　　조만간 계수나무로 만든 배를 띄우니
未幾拂荊扉.　　멀지 않아 고향집 사립문을 만지리
遠樹帶行客,　　먼 나무들은 나그네와 함께 가고
孤城當落暉.[112)113]　　태양은 외로운 성 뒤로 떨어지리라
吾謀適不用,[114]　　그대의 재능이 마침 쓰이지 않았을 뿐이니
勿謂知音稀.　　알아주는 사람이 적다고 말하지 말게

평석 반복하여 완곡하게 서술하였기에 낙제한 사람이 원망이 없도록 하였다.(反復曲折, 使落

第人绝無怨尤.)

해설 낙제하여 고향으로 돌아가는 친구를 보내며 쓴 시이다. 기무잠의
응시와 낙제의 전 과정을 묘사하면서 절절한 정과 격려를 나타내었다.
중간에 '먼 나무들은 나그네와 함께 가고, 태양은 외로운 성 뒤로 떨어
지리라'와 같은 뛰어난 이미지가 삽입되었다. 721년 봄에 쓴 시로 왕유
의 초기 대표작으로 꼽힌다.

헤어지는 사람을 바라보며(觀別者)

青青楊柳陌,　　푸르디푸른 버들이 우거진 길가
陌上別離人.　　그 길가에 헤어지는 사람들
愛子遊燕趙,[115]　　사랑하는 아들이 연조(燕趙) 지방으로 떠나면

---

111) 桂棹(계도) : 계수나무로 만든 노. 배를 가리킨다. 부분으로 전체를 나타내는 환유법
을 사용하였다.
112) 심주 : 그림 같다.(如畵.)
113) 當(당) : 막다. 외로운 성 바로 뒤로 태양이 떨어지는 모습을 묘사하였다.
114) 吾謀適不用(오모적불용) : 나의 모략이 마침 실행되지 않았을 뿐이다.
115) 燕趙(연조) : 연 지방과 조 지방. 원래 전국시대 칠웅(七雄) 가운데 두 나라였으나 나
중에는 그 국가가 관할했던 지역을 나타낸다. 연 지방은 오늘날의 하북성 북부 일대

高堂有老親.	집안에는 늙은 부모만 있어라
不行無可養,	객지에 나가야 봉양할 수 있다지만
行去百憂新.	막상 떠나려 하니 온갖 근심 새로워
切切委兄弟,[116]	절절히 형제들에게 부탁하고
依依向四鄰.	주위의 이웃들과 이별을 아쉬워하네
都門帳飮畢,[117]	낙양 성문 밖에서 송별연을 마치니
從此謝親賓.[118][119]	이제는 친척과 지인들과 작별해야 하네
揮淚逐前侶,	눈물을 뿌리며 앞의 동료를 좇으며
含悽動征輪.[120]	비통함을 머금고 수레를 움직여 가네
車徒望不見,[121]	수레와 무리는 보이지 않는데
時見起行塵.[122]	때때로 일어난 먼지만 뿌옇구나
余亦辭家久,	나 또한 집 떠나온 지 오래라
看之淚滿巾.	이를 보고 수건 가득 눈물을 적시어라

평석 다만 헤어지는 사람의 정을 묘사했다. 제목의 '觀'(바라보다)자는 말 2구로 충분하다.

(只寫別者之情, '觀'字只末二句一點自足.)

이며, 조 지방은 하북성 중남부 일대이다.

116) 切切(절절) : 절절하다. 서로 공손히 면려하는 모습. ○委(위) : 부탁하다.

117) 都門(도문) : 도성의 문. 여기서는 낙양의 성문을 가리킨다. 당대에 낙양은 동도(東 都)였다가 742년(천보 원년) 동경(東京)이라 개명하였고, 762년 다시 동도로 복원하 였다. ○帳飮(장음) : 길 떠나는 사람을 위해 휘장을 치고 술을 차림. 앞의 「낙제하 여 고향에 돌아가는 기무잠(綦毋潛)을 보내며」에 나오는 조장(祖帳)과 같은 말. 강 엄(江淹)의 「별부」(別賦)에 "동도(東都)에서 휘장을 차리고, 금곡(金谷)에서 나그네 를 보낸다"(帳飮東都, 送客金谷.)이란 말이 있다.

118) 심주 : 장차 도성을 유람하러 가므로 천막을 치고 전송하였다.(將作都門之游, 故設供 帳以餞之.)

119) 謝(사) : 떠나다. ○親賓(친빈) : 친척과 지인.

120) 動征輪(동정륜) : 멀리 가는 수레의 바퀴를 움직이다.

121) 車徒(거도) : 수레와 이를 따르는 사람들.

122) 行塵(행진) : 행인과 수레가 일으키는 먼지.

해설 이별의 장면을 그린 시이다. "객지에 나가야 봉양할 수 있다"(不行無可養)라는 말을 보아 아들이 생활을 위해 어쩔 수 없이 부모와 이웃을 떠나 타지로 나가는 것으로 보인다. 떠날 때의 슬프고 아쉬운 모습과 먼지를 일으키고 사라지는 수레를 묘사하였으며, 말미에선 자신의 처지를 돌아보고 눈물을 흘리고 있다. 자식이 부모를 떠나는 소재는 『시경』「소아」의 「요아」(蓼莪)에서 시작하여 역대로 노래되었으며, 두보의 「병거행」(兵車行)도 이 계통에서 나왔다.

동생 왕진과 헤어진 후,
청룡사에 올라 남전산을 바라보며(別弟縉後, 登靑龍寺望藍田山)[123]

陌上新離別,	길 위에서 새로이 이별하니
蒼茫四郊晦.	아득하여라, 사방의 들녘이 어둡구나
登高不見君,	높이 올라도 그대 보이지 않고
故山復雲外.[124]	남전산은 다시 구름 너머에 있어라
遠樹蔽行人,	먼 나무는 행인을 가리고
長天隱秋塞.[125]	깊은 하늘은 가을의 관새를 숨기고 있구나
心悲宦遊子,	마음 슬퍼라, 벼슬살이로 떠도는 이여

---

123) 縉(진) : 왕유의 동생 왕진(王縉). 왕유에게는 왕진(王縉), 왕천(王繟), 왕굉(王紘), 왕담(王紞) 등 네 명의 동생이 있었다. 왕진은 왕유와 나이 차이가 적었으며, 우애가 좋았고, 일찍부터 왕유와 함께 문장으로 이름이 났다. 시어사(侍御史), 무부원외랑(武部員外郞), 태원소윤(太原少尹), 좌산기상시(左散騎常侍) 등을 역임했고 대종(代宗) 때인 764년에는 재상이 되었다. ○ 靑龍寺(청룡사) : 장안성 남문 밖 동쪽에 있던 절. 수대에는 영감사(靈感寺)였으나, 당대 들어와 관음사(觀音寺)라 개명했고, 711년 다시 청룡사라 이름을 고쳤다. 이후 당대 밀종의 근본 도량이 되었다. 북으로 높은 언덕을 등지고, 남으로 종남산을 바라보는 경승지에 세워졌다. 최근 서안시 장안구 서남 4킬로미터 떨어진 제대촌(祭臺村)에서 유지(遺址)가 발굴되었다.

124) 故山(고산) : 남전산을 가리킨다. 왕유는 일찍이 망천 별장에서 은거했다.

125) 秋塞(수새) : 가을의 관새(關塞). 왕진이 떠나가는 곳을 가리킨다.

何處飛征蓋?[126]　　수레는 어디로 그리 빨리 달려가는가?

해설 장안성 남쪽에서 동생 왕진을 보내고 쓴 시이다. 왕유는 네 동생 가운데 특히 왕진과 우애가 깊어 그의 시에 자주 등장한다.

갠 날 들을 바라보며(新晴野望)

新晴原野曠,	새로 개이니 들녘이 드넓고
極目無氛垢.[127]	멀리 바라보니 먼지 하나 없어라
郭門臨渡頭,[128]	성문은 나루터까지 나와 있고
村樹連溪口.	마을의 나무는 계곡 어귀까지 이어졌네
白水明田外,	하얀 강물은 논밭 너머 밝게 빛나고
碧峰出山後.	푸른 봉우리는 멀리서 가까이 다가서네
農月無閑人,[129]	농번기라 한가한 사람 없어
傾家事南畝.[130]	온 가족이 나와 남쪽 밭에서 일하는구나

해설 초여름의 비 갠 다음 날 전원의 풍광을 그렸다. 선명한 색채 대비와 위치감을 나타낸 '하얀 강물은 논밭 너머 밝게 빛나고, 푸른 봉우리는 멀리서 가까이 다가서네'는 아름다운 명구로 역대로 사람들의 입에 회자되었다.

---

126) 征蓋(정개) : 떠나가는 수레. 蓋(개)는 차양으로 수레를 가리킨다. 부분으로 전체를 나타내는 환유법.
127) 極目(극목) : 눈길이 닿는 데까지 바라봄. ○ 氛垢(분구) : 먼지와 티끌.
128) 郭門(곽문) : 외성의 문. 고대의 성은 내성과 외성으로 되어 있는데, 내성을 성(城)이라 하고 외성을 곽(郭)이라 하였다.
129) 農月(농월) : 농사일이 바쁜 달. 농번기.
130) 傾家(경가) : 집안사람 모두. 傾(경)에 모두, 전부라는 뜻이 있다.

아침에 형양 지역에 들어가다(早入滎陽界)[131]

泛舟入滎澤,[132]	배를 띄우고 형택(滎澤)에 들어가니
茲邑乃雄藩.[133]	이 성읍은 진정 규모가 웅대하구나
河曲閭閻隘,[134]	강물이 굽이도는 곳에는 골목이 몰려있고
川中煙火繁.[135]	평원에서는 밥 짓는 연기 가득해라
因人見風俗,	사람을 만나니 그들의 풍속이 보이고
入境聞方言.	지역에 들어서니 사투리가 들려오네
秋晩田疇盛,[136]	가을 저녁 들녘에는 곡식이 풍성하고
朝光市井喧.[137]	아침 햇빛에 시장이 떠들썩하구나
漁商波上客,	생선팔이를 보니 강에서 올라왔음을 알겠고
雞犬岸傍村.	닭과 개가 짖으니 강변에 마을이 있음을 알겠어라
前路白雲外,	나의 앞길은 흰 구름 너머에 있으니
孤帆安可論?	쪽배 같은 신세라 어찌 알 수 있으랴?

해설 721년 가을 제주(濟州, 지금의 산동성 荏平 서남)로 좌천되어 갈 때 형양을 지나가며 쓴 시이다. 형양의 지세, 풍토, 인정, 정경을 차례로 묘사하고, 끝으로 자신의 감회를 서술하였다. 여로에서 본 성읍의 모습을 개괄해내는 솜씨가 비범하다.

---

131) 滎陽(형양) : 형양현(滎陽縣). 당대에는 정주(鄭州)에 속하였다. 지금의 하남성 형양현.
132) 滎澤(형택) : 당대 정주 형택현(滎澤縣)에 있었던 소택지. 형양현과 잇닿아 있으므로, 이 소택지에 들어감은 곧 형양의 경계에 들어선 것이 된다. 서한 이래 점점 평지로 변하다가 당대에는 소택지가 거의 없어졌다.
133) 雄藩(웅번) : 교통의 요지에 자리 잡은 성읍(城邑). 규모가 큰 성읍.
134) 閭閻(여염) : 마을의 입구에 있는 문. 여기서는 서민들이 사는 거리나 골목을 가리킨다.
135) 川(천) : 여기서는 평원. 四川(사천)이란 지명도 네 개의 큰 평원이라는 뜻이다.
136) 田疇(전주) : 논밭이 널린 들. 곡물이 자라는 밭을 田(전)이라 하고, 삼(麻)이 자라는 밭을 疇(주)라 한다.
137) 市井(시정) : 성읍 안에서 물건을 사고파는 곳. 시장.

정주에서 묵으며(宿鄭州)¹³⁸⁾

朝與周人辭,¹³⁹⁾	아침에 낙양 사람들과 헤어져
暮投鄭人宿.¹⁴⁰⁾	저녁에 정주 사람 집에서 묵는구나
他鄉絶儔侶,¹⁴¹⁾	타향이라 어울릴 사람 하나 없어
孤客親僮僕.	외로운 나그네라 노비하고만 친해지네
宛洛望不見,¹⁴²⁾	낙양과 남양 쪽은 보이지 않는데
秋霖晦平陸.¹⁴³⁾	연일 내리는 가을비에 평원이 어두워
田父草際歸,	농부는 풀밭 사이에서 돌아오고
村童雨中牧.	촌아이는 빗속에서 소를 먹인다
主人東皐上,¹⁴⁴⁾	객사의 주인이 동쪽 언덕에 오르니
時稼繞茅屋.	제철의 곡식이 띳집 주위를 둘러 있네
蟲思機杼悲,¹⁴⁵⁾	벌레 울음에 베틀의 북 소리가 슬프고
雀喧禾黍熟.	참새 소리에 벼와 기장이 익는구나

---

138) 鄭州(정주) : 치소는 지금의 정주시(鄭州市)이며, 관할지역은 하남성 형양(滎陽), 정주(鄭州), 중모(中牟), 신정(新鄭), 원양(原陽) 일대이다.

139) 周(주) : 주 지방. 낙양 일대를 가리킨다. 주나라 왕실이 쇠약해지면서 평왕(平王) 때 낙양으로 천도하였다. 동주(東周)가 낙양에 도읍하였기에, 나중에 周(주)는 지역을 나타내는 말로도 쓰였다.

140) 鄭(정) : 정주 일대. 여기서는 꼭 정주시를 가리키는 게 아니다. 정주 일대는 춘추시대 정(鄭)나라 강역으로, 나중에는 나라 이름으로 그 지역을 가리켰다.

141) 儔侶(주려) : 반려자.

142) 宛洛(완낙) : 완현(宛縣, 하남성 南陽市)과 낙양. 완현은 동한 때 광무제(光武帝)의 고향으로 번화하여 '남도(南都)'라고 불렸다. '고시십구수' 중의 제3수 「언덕 위의 측백나무는 언제나 푸르고」(青青陵上栢)에 "노둔한 말을 채찍질하여 수레를 몰아, 완현(宛縣)과 낙양으로 놀러 가보세"(驅車策駑馬, 游戱宛與洛.)란 시구가 있다.

143) 秋霖(추림) : 가을 장마비. 霖(림)은 삼일 이상 연속으로 내리는 비.

144) 主人(주인) : 작가가 투숙한 집의 주인. ○東皐(동고) : 동쪽 언덕. 완적(阮籍)의 「태위 장제에 보내는 주기」(奏記詣太尉蔣濟)에 "장차 동고의 남향에서 밭을 갈고"(方將耕於東皐之陽)란 말이 있고, 도연명의 「귀거래사」에도 "동고에 올라 휘파람을 불고"(登東皐以舒嘯)란 말이 있다.

145) 蟲思(충사) : 벌레가 울다. 여기서 思(사)는 슬퍼하다. ○杼(저) : 베틀의 북.

明當渡京水,[146] 내일은 응당 경수(京水)를 건너리
昨晚猶金谷.[147] 어제 저녁엔 금곡(金谷)에 있었었지
此去欲何言, 이번 출행에 대해 무슨 말을 하겠는가
窮邊徇微祿.[148] 보잘것없는 녹봉 받으러 벽지로 가는 걸

평석 '고객친동복'이나 '작훤화서숙'과 같은 구는 후대의 시인들이 연용하였기에 고정된 말이 되었다.('孤客親僮僕'、'雀喧禾黍熟', 此種句子, 後人衍之, 可成數言.)

해설 721년 가을 제주(濟州) 가는 길에 지었다. 낙양에서 정주에 도착한 여정과 빗속의 가을 풍경을 서술하고 말미에선 여행 중의 감개를 노래했다. 경물의 묘사와 심정의 표출이 자연스럽게 연결되었다. 명청대(明淸代) 여러 시평가들은 '고객친동복'(孤客親僮僕) 구를 상찬하였다.

---

146) 京水(경수) : 경수. 황수(黃水)라고도 한다. 정주 형양현 남쪽에서 발원하여 동북으로 가다가 정주를 돌아 제수(濟水)로 들어간다. 지금의 하남성 가로하(賈魯河) 상류.
147) 金谷(금곡) : 금곡원(金谷園). 낙양의 서북에 소재. 금곡(金谷)은 원래 계곡의 이름이었으나, 동진의 석숭(石崇)이 여기에 호화스런 정원을 만들어 금곡원(金谷園)이라 하였다. 석숭의 「금곡원 시 서문」(金谷詩序)에 이곳에 대한 서술이 자세하다. 여기서는 낙양을 가리킨다.
148) 窮邊(궁변) : 궁벽하고 외진 땅. 여기서는 폄적되어 가는 제주(濟州)를 가리킨다. ○ 徇(순) : 따르다. 굴종하다. ○ 微祿(미록) : 보잘것없는 녹봉.

위척 태수께 삼가 부침(奉寄韋太守陟)[149]

荒城自蕭索,[150]	황량한 성이 절로 삭막해지더니
萬里山河空.	만 리 산하가 비었어라
天高秋日逈,	하늘 높고 가을 해 먼데
嘹唳聞歸鴻.[151]	돌아가는 기러기 울음소리 드높아라
寒塘映衰草,	찬 연못에 시든 풀이 비치고
高館落疎桐.	높은 저택에 성긴 오동잎 떨어져
臨此歲方晏,	올해도 바야흐로 저물려 하니
顧景詠「悲翁」.[152][153]	그림자 돌아보며 '사비옹'(思悲翁)을 읊조리네
故人不可見,	친구를 볼 수 없으니
寂寞平林東.[154]	평지의 숲 동쪽이 적막하여라

해설 친구를 그리워한 시이다. 늦가을의 쓸쓸한 경관을 묘사한 후, 세모
의 풍경 속에 친구에 대한 그리움을 토로하였다. '한당영쇠초, 고관낙소
동'(寒塘映衰草, 高館落疎桐)은 소박하고 자연스러워 육조(六朝)의 풍모가 보
인다.

---

149) 韋陟(위척) : 재상 위안석(韋安石)의 아들. 696~760년. 문음(門蔭)으로 온왕부(溫王
府) 동각좨주(東閣祭酒)를 시작으로 예부시랑(禮部侍郎)과 이부시랑(吏部侍郎)을 역
임하였다. 이림보(李林甫)가 재상이 된 후에는 양양(襄陽), 종리(鍾離), 하동(河東),
오군(吳郡) 등에서 태수를 지냈고, 양국충(楊國忠)이 재상이 된 때에는 지방 현위로
좌천되기도 했다. 숙종이 즉위하여 어사대부 겸 강동절도사가 되어 고적(高適)과 함
께 영왕(永王) 이린(李璘)을 이겼다. 나중에는 강주(絳州)자사, 태상경, 이부상서를
역임하였다. 왕유, 최호, 노상 등과 창화하였다. 『구당서』에 전기가 있다.

150) 蕭索(소삭) : 쓸쓸하고 적막함.

151) 嘹唳(요려) : 기러기 울음소리. ○歸鴻(귀홍) : 겨울이 되어 남방으로 돌아가는 기러기.

152) 심주 : 한대 악부에 「사비옹」 곡이 있다.(漢樂府有「思悲翁」曲.)

153) 顧景(고경) : 顧影(고영)과 같다. 자신의 그림자를 돌아보다. 또는 "풍경을 돌아보다"
로 새길 수도 있다. ○悲翁(비옹) : 「사비옹」(思悲翁). 한대 고취요가(鼓吹鐃歌) 18곡
가운데 하나.

154) 平林(평림) : 평지 위의 나무들.

우연히 지음 2수(偶然作二首)

제1수

楚國有狂夫,¹⁵⁵⁾	초나라에 미치갱이 접여(接輿)가 있었으니

楚國有狂夫,¹⁵⁵⁾　　초나라에 미치갱이 접여(接輿)가 있었으니

茫然無心想.¹⁵⁶⁾　　망연히 생각이 비었어라

散髮不冠帶,¹⁵⁷⁾　　산발한 채 관도 허리띠도 없이

行歌南陌上.　　남쪽 길에서 걸어가며 노래 불렀지

孔丘與之言,　　공자가 그와 이야기하였으나

仁義莫能獎.¹⁵⁸⁾¹⁵⁹⁾　　인의의 도리로 이끌 수 없었네

未嘗肯問天,¹⁶⁰⁾¹⁶¹⁾　　일찍이 굴원처럼 하늘에 묻지도 않았으니

何事須擊壤!¹⁶²⁾¹⁶³⁾　　요 임금 때 노인처럼 〈격양가〉를 부르지도 않았네!

---

155) 楚國(초국) 구: 춘추시대 초나라 은사(隱士) 접여(接輿)를 가리킨다. 미친 척 하면서 세상을 피해 살았기에 광인(狂人)이라 하였다. 『논어』 「미자」(微子)에 다음과 같은 말이 있다. "초나라 광인 접여가 노래를 하면서 공자 앞을 지나갔다. '봉이여, 봉이여! 어이하여 덕이 쇠락했나? 과거는 돌이킬 수 없지만 미래는 따라잡을 수 있다네. 끝났구나, 끝났구나! 지금의 위정자는 모두 위태롭구나!'"(楚狂接輿歌而過孔子曰, "鳳兮鳳兮! 何德之衰? 往者不可諫, 來者猶可追. 已而已而! 今之從政者殆而!") 『장자』 「인간세」(人間世)에도 비슷한 기록이 있다.

156) 茫然(망연): 망연하다. 흐릿하고 무지하다.

157) 冠帶(관대): 동사로 쓰였다. 관을 쓰고 요대를 두르다.

158) 심주: 다만 방광불기의 행위만 썼지만 지극히 앙모하였다.(只寫狂士行徑, 然傾倒至矣.)

159) 獎(장): 면려하다. 이 구는 공자의 인의도 접여를 격려하지 못하였다는 뜻.

160) 심주: 하늘을 원망하지 않다.(不怨天.)

161) 肯(긍): 能(능)의 뜻. 할 수 있다. ○問天(문천): 하늘에 묻다. 전국시대 초나라 굴원(屈原)이 「천문」(天問)을 지었는데 왕일(王逸)이 『초사장구』(楚辭章句)에서 제목의 뜻을 풀이하였다. "왜 '問天'(문천)이라 하지 않았는가? 하늘은 존엄하고 위대하여 물을 수 없으므로 '天問'(천문)이라 하였다."(何不言問天? 天尊不可問, 故曰天問也.)

162) 심주: 임금을 찬양하지 않다.(不頌君.)

163) 擊壤(격양): 양(壤)을 치며 〈격양가〉를 부른다. 요(堯) 임금 시기에 천하가 태평할 때 노인이 양(壤)을 치며 노래를 불렀다. "해가 뜨면 일하고 해가 지면 쉬고, 우물 파서 마시고 밭을 갈아 먹으니, 임금의 덕이 내게 무슨 소용이 있으랴"(日出而作, 日入而息; 鑿井而飮, 耕田而食; 帝力於我何有哉!) 왕충(王充)의 『논형』(論衡) 「감허」(感虛)와 황보밀(皇甫謐)의 『제왕세기』(帝王世紀)에 실려 있다. 후세에 격양은 태평성세를 노래하는 전고가 되었다. 壤(양)에 대해서는 땅이란 뜻 이외에 나무를 깎아 만든

| 復笑采薇人,[164] | 다시금 저 고사리 뜯는 백이와 숙제를 비웃나니 |
| 胡爲乃長往?[165] | 무엇하러 수양산에서 굶어 죽었단 말인가? |

해설 춘추시대 초나라 광인 접여의 자유로운 정신을 노래하였다. 이러한 경지는 공자의 인의, 굴원의 충정, 요 임금 시대의 태평성세에 대한 예찬, 백이와 숙제의 충절 등과도 다른, 일체의 시비와 가치를 초월한 정신 세계이다.

제2수

田舍有老翁,	농가에 늙은 노인이 있으니
垂白衡門裏.[166]	백발을 늘어뜨리고 초라한 집에서 사네
有時農事閑,	농사일이 한가로울 때면
斗酒呼鄰里.	한 되 술로 이웃을 부르고
喧聒茅檐下,[167]	띳집의 처마 아래가 시끄러우면
或坐或復起.	앉았다가 다시 일어나기도 하네
短褐不爲薄,[168]	짧은 베저고리를 누추하다 생각 않고
園葵固足美.[169]	마당의 규채를 맛있다고 여기네

놀이판이라는 설이 있다. 한단순(邯鄲淳)의 『예경』(禮經)과 주처(周處)의 『풍토기』(風土記)에 의하면, 양(壤)은 앞은 넓고 뒤는 좁은 신발 모양의 길이 일 자 삼 치 크기의 나무판이다. 격양(擊壤)은 먼저 양(壤) 하나를 땅에 던져두고 삼사십 보 떨어져 다른 양으로 던져 맞추는 놀이이다.

164) 采薇人(채미인) : 고사리 뜯는 사람. 백이(伯夷)와 숙제(叔齊)를 가리킨다.
165) 長往(장왕) : 멀리 가다. 곧 죽는다는 뜻.
166) 垂白(수백) : 백발을 늘어뜨리다. ○ 衡門(형문) : 두 기둥에 가로 막대 하나를 가로 질러 만든 문. 가난하고 초라한 집이나 은자의 거처를 가리킨다. 『시경』 「형문」(衡門)에 "가로 막대로 문을 삼아도, 편안히 쉴 수 있으니"(衡門之下, 可以棲遲.)란 말이 있다.
167) 喧聒(훤괄) : 귀가 따갑도록 시끄럽다.
168) 短褐(단갈) : 베로 만든 짧은 저고리. 가난한 사람이나 노비들이 입던 옷. ○ 不爲薄(불위박) : 누추하다고 생각하지 않다.
169) 園葵(원규) : 정원의 규채. 마당에 흔히 나던 채소로 잎은 먹을 수 있다. 육기(陸機)

勤則長子孫,[170]　　　부지런히 자손을 기르느라

不曾向城市.　　　일찍이 도시에 나간 적 없네

五帝與三王,[171]　　　오제(五帝)와 하, 은, 주의 왕을

古來稱天子.　　　예부터 천자(天子)라 칭하였지

干戈將揖讓,[172]　　　전쟁을 하거나 아니면 선양(禪讓)을 했으니

畢竟何者是?[173][174]　　　결국엔 무엇이 옳은가?

得意苟爲樂,　　　마음의 뜻이 맞으면 진실로 즐거우니

野田安足鄙?　　　밭가는 일이 어찌 비루한 일이랴?

且當放懷去,[175]　　　그러니 응당 마음을 풀고 지내려니

行行沒餘齒.[176]　　　강건하게 여생을 보내리라

해설 농가에서 가난하게 살아가는 노인을 통해 진솔하고 소박하게 살아가는 정신과 삶을 노래하였다. 이는 곧 왕유가 깨달은 이상적인 삶의 모습이다. 「우연히 지음」은 모두 6수이나 여기서는 2수만 가려 뽑았다.

의 「정원의 규채」(園葵)와 포조(鮑照)의 「원규부」(園葵賦)는 이를 소재로 하였다. 여기서는 도연명의 「술을 끊고」(止酒)에 나오는 "가장 좋은 맛은 마당의 규채요, 가장 큰 즐거움은 아이들이라"(好味止園葵, 大歡止稚子.)를 원용하였다.

170) 長(장): 동사로 쓰였다. 기르다.

171) 五帝(오제): 고대 전설 속의 다섯 제왕. 여러 가지 설이 있으나 『사기』「오제본기」(五帝本紀)에 의하면 황제(黃帝), 전욱(顓頊), 제곡(帝嚳), 당요(唐堯), 우순(虞舜)을 가리킨다. ○三王(삼왕): 하(夏), 상(商), 주(周) 삼대의 개국 군주로, 우(禹), 탕(湯), 주 문왕 또는 주 무왕을 가리킨다.

172) 將(장): ~과. ○揖讓(읍양): 현인에게 나라를 선양(禪讓)함.

173) 심주: 시골 노인의 말투가 살아 있는 듯 생생하다.(田野口角如生.)

174) 是(시): 옳다.

175) 放懷(방회): 마음을 풀다. 마음대로 하다.

176) 行行(항항): 힘차고 강한 모양. ○沒餘齒(몰여치): 여생을 보내다.

서시를 노래함(西施詠)[177]

艶色天下重,	천하 사람들이 미색을 중시하니
西施寧久微?	서시가 어찌 오랫동안 미천하게 있으리오?
朝爲越溪女,	아침에는 월나라 개울가의 여인이었지만
暮作吳宮妃.	저녁에는 오나라 궁중의 왕비가 되었네
賤日豈殊衆?	미천한 때에는 다른 사람과 다를 바 없었지만
貴來方悟稀.	존귀해지니 비로소 그 아름다움 드러났네
邀人傳脂粉,[178]	사람을 불러 지분을 바르고
不自著羅衣.	비단 옷도 남이 입혀주었다지
君寵益嬌態,	군왕이 총애하자 더욱 교태를 부리고
君憐無是非.	군왕이 아끼자 시비를 가릴 필요 없었다지
當時浣紗伴,[179]	미천한 때에 함께 빨래하던 동무들
莫得同車歸.	수레 타고 함께 갈 수 없었으니
持謝鄰家子,[180]	이러한 말을 이웃집 아가씨에 알려주노니
效顰安可希?[181]	눈썹을 찡그린다고 어찌 바랄 수 있으리?

---

177) 西施(서시) : 춘추시대 월나라 미녀. 가난한 집안에서 태어나 저라산(苧蘿山)에서 빨래하고 땔나무를 하였다. 월왕 구천(句踐)이 오왕 부차(夫差)에게 패한 뒤, 부차가 미색을 좋아한다는 사실을 알고 서시에게 삼 년 동안 가무를 가르쳐 오나라에 바쳤다. 부차는 이를 기뻐하며 구천이 충성을 다 하는 것으로 알았다. 부차는 결국 미색에 빠져 국정에 소홀하게 되었고 구천에게 패하였다. 『오월춘추』(吳越春秋) 권9에 자세하다.

178) 邀人(요인) : 사람을 시키다. ○傳(부) : 바르다.

179) 浣紗(완사) : 빨래하다. 서시는 어렸을 때 강가에서 빨래하였다고 한다. 유적지는 절강성 제기현(諸暨縣) 남쪽의 저라산 아래이다.

180) 持謝(지사) : 이를 가지고 경계하다. 謝(사)에 알리다는 뜻이 있다. 한대 악부시 「초중경(焦仲卿)의 아내」(焦仲卿妻)에 "후세 사람들이여! 정중하게 알리노니, 이 일을 경계하고 부디 잊지 말게나!"(多謝後世人, 戒之愼勿忘!)란 구절이 있다.

181) 效顰(효빈) : 눈썹 찡그리는 모습을 따라 하다. 『장자』 「천운」(天運)에 나오는 전고로, 서시가 속병이 있어 눈썹을 찡그리자 마을의 추녀가 이를 예쁘다고 생각하고 자신도 가슴을 안고 눈썹을 찡그리고 다녔다. 이를 본 마을의 부자는 문을 닫고 나오지 않았으며, 이를 본 가난한 사람은 아내를 데리고 그곳을 떠났다.

평석 세태의 염량과 사회의 만상을 모두 묘사했는데, 제재에 구속받지 않아야 이러한 수준에 이를 수 있다. 후대 시인들의 손에서는 역사적 전고로 인용될 뿐이다.(寫盡炎涼人眼界, 不爲題縛, 乃臻斯詣. 入後人手, 徵引故實而已.)

해설 미천한 여인에서 총비가 되기까지의 서시 일대기를 묘사하였다. 시는 비록 짧지만 묘사가 세밀하며 우의(寓意)가 깊다. 서시의 정신적인 변모를 묘사하고 세태의 가벼움을 개탄하였다. 서시가 존귀해지자 "사람을 불러 지분을 바르고", "군왕이 아끼자 시비를 가릴 필요 없"는 면도 있지만, 말 4구에서는 서시의 옛 동무들이 따르래야 따를 수 없는 경지도 그렸다. 이처럼 서시, 군왕, 동무 등의 시각이 겹쳐 복합적인 형상을 만들었고 다양한 해석이 가능하게 하였다.

은요의 죽음에 곡하다(哭殷遙)[182]

人生能幾何?	사람은 얼마나 오래 살 수 있는가?
畢竟歸無形.[183]	결국은 무형(無形)으로 돌아가는 걸
念君等爲死,[184]	그대가 죽은 걸 생각하니
萬事傷人情.	무슨 일을 해도 마음이 아파
慈母未及葬,	그대의 모친은 아직 살아계시고
一女才十齡.	그대의 하나 있는 딸이 겨우 열 살이라
泱漭寒郊外,[185]	차갑고 드넓은 교외에서

---

182) 殷遙(은요) : 왕유와 동시기에 활동했던 시인. 윤주(潤州) 구용(句容, 강소성 구용현) 사람. 개원(開元) 연간(713~741년)에 충왕부(忠王府) 창조참군(倉曹參軍)과 교서랑(校書郞)을 역임하였다. 천보(天寶) 연간(742~755년) 초에 죽었다. 특히 왕유와 저광희(儲光義)와 친하였으며, 그의 시에 대해 동시대인 은번(殷璠)은 '한아(閑雅)하다'고 평하였다.
183) 無形(무형) : 죽음을 가리킨다.
184) 等爲死(등위사) : 죽음과 마찬가지이다.

蕭條聞哭聲.	쓸쓸히 곡소리 들려오네
浮雲爲蒼茫,	뜬 구름 창망히 깔렸는데
飛鳥不能鳴.	날아가는 새도 울지 않는구나
行人何寂寞,	행인들은 얼마나 적막한가
白日自凄淸.	해는 절로 처량하고 차갑네
憶昔君在時,	예전에 그대가 살아있을 때를 기억하노니
問我學無生.[186]	무생(無生)의 도리를 나에게 물었지
勸君苦不早,	그대에게 일찍 권하지 못한 탓에
令君無所成.	그대가 이룬 바 없음이 안타깝네
故人各有贈,	친구들이 각기 물건을 증여해도
又不及平生.	그대는 이미 받을 수 없는 걸
負爾非一途,[187]	나 또한 그대에게 해주지 못한 일 한둘이 아니니
痛哭返柴荊.[188]	통곡하며 나의 거처로 돌아가네

해설 친구 은요의 죽음을 애도하며 쓴 시이다. 742년경의 겨울에 지었다. 저광희(儲光義)가 쓴 「왕유의 '은요의 죽음에 곡하다'에 화답하며」(同王十三維哭殷遙)란 시도 남아 있다.

---

185) 泱漭(앙망) : 끝이 없이 아득한 모습. 드넓은 모습.
186) 學無生(학무생) : 무생의 도리를 배우다. 즉 불교를 배우다. 無生(무생)은 열반(涅槃) 또는 법성(法性)이란 뜻으로, 불교에서는 만물의 실체는 '거대한 고요'(大寂靜)로 무생(無生)하고 무멸(無滅)한다고 본다.
187) 一途(일도) : 일단(一端)과 같다. 한 가지.
188) 柴荊(시형) : 형비(荊扉)와 같다. 가시나무로 만든 사립문. 누추한 거처.

맹호연(孟浩然)

평석 맹호연의 시는 깨달음에서 얻었기에 시어가 담백하고 맛이 깊은데, 이것이 시의 품격을 이루었다. 그러나 왕유의 혼후함과 비교하면 같은 수준은 아니다.(襄陽詩從靜悟得之, 故語淡而終味不薄, 此詩品也. 然比右丞之渾厚, 尚非魯衛.)

내공 산방에서 묵으며, 오지 않는 정대를 기다리며(宿來公山房, 期丁大不至)[1)

夕陽度西嶺,	석양이 서쪽 산마루를 넘어가니
群壑倏已暝. [2)	골짜기들이 갑자기 어두워져
松月生夜涼,	달 비친 소나무에 밤의 찬 기운이 솟아나고
風泉滿淸聽. [3)	바람 부는 계곡물에 맑은 소리 가득해라
樵人歸欲盡,	나무꾼들 모두 산을 내려가고 없는데
煙鳥棲初定. [4)	저녁 해거름에 새들이 깃들기 시작하네
之子期宿來, [5)	이 친구가 묵으러 온다고 기약했으니
孤琴候蘿徑. [6)	거문고 켜며 여라 덮인 산길에서 기다리네

---

1) 來公(래공) : 다른 판본에서는 업사(業師)로 되어 있다. 승려의 이름. ○丁大(정대) : 이름은 정봉(丁鳳). 大(대)는 항제(行第)이다. 맹호연의 고향 친구로, 개원(開元) 연간(713~741년)에 향공진사(鄕貢進士)가 되었다. 맹호연의 시 가운데 그와 관련된 또 한 편의 시 「과거 보러 가는 정봉을 보내며, 장구령께 드림」(送丁大鳳進士赴擧呈張九齡)이 있다.
2) 倏(숙) : 갑자기.
3) 風泉(풍천) : 샘물에 부는 맑은 바람 소리. ○滿淸聽(만청청) : 맑은 소리가 귀에 가득하다.
4) 煙鳥(연조) : 저녁 안개 속에 돌아가는 새.
5) 之子(지자) : 이 사람. 이 분. 정봉(丁鳳)을 가리킨다.
6) 蘿徑(나경) : 새삼 넌출이 난 길.

평석 산의 맑은 물소리가 아득히 멀리까지 퍼진다. 말 2구에서 제목의 '오지 않는다'는 뜻을 보였다.(山水淸音, 悠然自遠. 末二句見'不至'意.)

해설 해질 무렵 산방에서 친구를 기다리며 쓴 시이다. 달 떠오르고 샘물 소리 맑은 초저녁의 시원하고 아름다운 풍경을 묘사한 후, 친구를 기다리는 마음을 표현하였다. 유현하면서도 고양된 감성이 산중의 경물 속에 충만히 차오른다. 일부러 지은 데가 없이 천진하고 자연스러워 두고두고 음미할 만하다.

가을에 만산에 올라 장오에게 부침(秋登萬山寄張五)[7]

北山白雲裏,[8]	북산의 흰 구름 속
隱者自怡悅.[9]	은자인 그대 절로 즐거워하리
相望始登高,	그대 쪽 바라보려 산에 오르니
心隨雁飛滅.	마음은 기러기 따라 날아가 사라지네
愁因薄暮起,	시름은 박모에 따라 일어나고
興是淸秋發.[10]	흥치는 맑은 가을이라 더욱 촉발되어

---

7) 萬山(만산): 지금의 호북성 양번(襄樊)시 서북에 소재한 산. 일명 한고산(漢皐山). 어떤 판본에서는 난산(蘭山)이라 되어 있다. ○ 張五(장오): 누구인지 명확하지 않으나 역대로 학자들은 장인(張諲), 장자용(張子容), 장천(張僧) 등으로 추정하였다. 이 가운데 장인과 장자용 모두 맹호연과 친하였지만, 항제가 다섯째인 사람(張五)은 장인(張諲)이다. 장인은 소실산(少室山)뿐만 아니라 양양(襄陽) 녹문산(鹿門山)에서도 은거하였다. 왕유의 「동생 장인에게」(贈張五弟諲) 참조.

8) 北山(북산): 만산(萬山)을 가리킨다. 양양의 서북에 있기에 북산이라 하였다.

9) 隱者(은자): 장오(張五)를 가리킨다. ○ 怡悅(이열): 즐거워하다. 이 2구는 양(梁) 도홍경(陶弘景)의 「산에 무엇이 있느냐는 황제의 물음에 시를 지어 답하다」(詔問山中何所有, 賦詩以答)에서 유래하였다. "산에 무엇이 있는가? 고개 위에 흰 구름만 많소이다. 스스로 즐길 수 있을 뿐, 잡아서 보낼 수 없구료"(山中何所有? 嶺上多白雲. 只可自怡悅, 不堪持寄君.)

10) 興(흥): 흥치(興緻).

時見歸村人,	때때로 마을로 돌아가는 사람들
平沙渡頭歇.	모래톱의 나루터에 쉬는 게 보이네
天邊樹若薺,[11]	멀리 하늘가의 나무들은 냉이 같고
江畔洲如月.	강가의 모래톱은 달과 같아라
何當載酒來,[12]	어느 때일런가, 그대 술을 가지고 와
共醉重陽節.[13]	함께 중양절을 취해 볼 때는

해설 산림에 은거하는 친구를 생각하며 쓴 시이다. 먼저 친구가 지내는 산을 묘사하고, 산에 올라 이를 바라보며, 조망되는 풍경을 묘사하였다. 말미에서는 만날 날을 기다리는 심정을 나타내었다. 묘사가 소박하면서도 운미(韻味)가 깊어, 풍경이 마음을 담는 그릇임을 잘 보여준다.

남양의 북쪽에서 눈에 길이 막히다(南陽北阻雪)[14]

我行滯宛許,[15]	나의 여정이 완현과 허창 사이에서 막히니
日夕望京豫.[16]	저물녘 장안과 낙양 쪽을 바라보네

---

11) 薺(제) : 냉이. 이 구는 멀리서 보이는 나무들이 마치 냉이같이 작다는 뜻. 이 2구는 양(梁)의 대숭(戴嵩)의 「관산을 넘으며」(度關山)에 나오는 "오늘 관산에 올라 바라보니, 장안의 나무들이 냉이와 같네"(今上關山望, 長安樹如薺.)란 구절과 비슷하다. 또는 수(隋)의 설도형(薛道衡)의 「양 복야의 '산재에서 홀로 앉아'에 삼가 답하며」(敬酬楊僕射山齋獨坐)에 나오는 "먼 들의 나무는 냉이와 같고, 먼 강물의 배는 나뭇잎 같아"(遙原樹若薺, 遠水舟如葉.)와 유사하다.

12) 何當(하당) : 어느 때.

13) 重陽節(중양절) : 음력 구월 구일. 구월 구일은 달과 날이 양수 가운데 가장 높은 수인 '아홉'이 겹치므로 '중양'(重陽)이라고 하였다. 남북조 이래로 이날 산에 올라 빨간 수유 열매의 가지를 머리에 꽂고 국화주를 마시는 풍습이 있었다.

14) 南陽(남양) : 지금의 하남성 남양시. ○阻雪(조설) : 눈에 길이 막히다.

15) 宛許(완허) : 완현(宛縣, 하남성 남양시)과 허창현(許昌縣, 하남성 허창시). 모두 남양의 북쪽에 있다.

16) 日夕(일석) : 저녁. ○京豫(경예) : 장안(長安, 섬서성 서안시)과 낙양(洛陽)을 가리킨

曠野莽茫茫,[17]　　　넓은 들은 아득히 망망한데
鄕山在何處?　　　고향의 산은 어디에 있는가?
孤煙村際起,　　　마을에서 외로운 연기 일어나고
歸雁天邊去.　　　하늘가로 기러기 날아가네
積雪覆平皐,　　　쌓인 눈은 평야에 덮여있고
飢鷹捉寒兎.　　　주린 매는 토끼를 잡는구나
少年弄文墨,　　　젊었을 때는 글을 쓰며
屬意在章句.[18]　　마음을 기울여 시문을 읽었지
十上恥還家,[19]　　열 번이나 글 올렸으나 부끄럽게도 귀향하게 되니
徘徊守歸路.[20]　　눈에 막혀 배회하며 돌아갈 때 기다리네

해설 남양시 북쪽에서 큰 눈에 길이 막혀 머물며 자신의 처지를 회고한 시이다. 727년 장안에서 과거에 떨어져 고향인 양양으로 내려가는 도중에 지은 것으로 보인다. 겨울 황혼 무렵의 쓸쓸한 풍광으로 내면의 실의와 아픔을 그려내었다.

　　다. 豫(예)는 구주(九州)의 하나로 하남성 일대.
17)　莽(망): 광대한 모양. ○茫茫(망망): 망망하다. 드넓고 먼 모양. 완적(阮籍)의 「영회시」(詠懷詩) 제17수에 "푸른 강물은 큰 파도를 일으키고, 넓은 들은 아득히 망망하다"(綠水揚洪波, 曠野莽茫茫.)는 구절이 있다.
18)　屬意(촉의): 마음을 기울여 집중하다. ○章句(장구): 장절(章節)과 구독(句讀). 한대에 유행했던 경서의 분석 방법이다. 여기서는 문장과 시부(詩賦)를 가리킨다.
19)　十上(십상): 글을 열 번 올리다. 『전국책』「진책」(秦策)에 나오는 전고. 소진(蘇秦)이 진나라 왕에게 열 번이나 글을 올렸지만 설득시키지 못하였다. 여기서는 자신의 재능을 알리기 위해 영향력 있는 사람들에게 시부(詩賦)를 헌상한 일을 말한다.
20)　守(수): 기다리다.

월 지방에 가며 초현에서
장 주부와 신도 현위를 두고 떠나며(適越留別誰縣張主簿、申屠少府)²¹⁾

朝乘汴河流,²²⁾	이른 아침 변하를 타고 내려가다
夕次誰縣界.²³⁾	저녁에 초현(誰縣)에서 묵는다네
幸因西風吹,	다행히 서풍이 불어
得與故人會.	친구들과 만날 수 있었네
君學梅福隱,²⁴⁾	그대는 매복의 은거를 배우지만
余隨伯鸞邁.²⁵⁾	나는 양홍처럼 멀리 간다네
別後能相思,	헤어진 후에 그리워한다면

---

21) 適越(적월) : 월 지방에 가다. 월 지방은 춘추전국시대 월나라의 강역으로, 오늘날 소흥시(紹興市)를 중심으로 한 절강성 일대를 가리킨다. ○ 留別(유별) : 상대방을 남겨두고 자신이 떠나며 헤어지다. 송별시는 크게 나누어 떠나는 사람을 보내며 쓴 '송별시'와 자신이 떠나며 쓴 '유별시' 두 종류가 있다. ○ 誰縣(초현) : 당시 박주(亳州)에 속한 현. 지금의 안휘성 박현(亳縣). ○ 張主簿(장주부) : 미상. 주부는 현의 문서를 담당한다. ○ 申屠少府(신도소부) : 申屠(신도)는 복성(複姓)이며, 少府(소부)는 현위(縣尉)이다. 당대에는 관직을 다른 이름으로 붙여 부르기를 좋아하였다. 현령을 명부(明府)라 하고, 현승(縣丞)을 찬부(贊府)라 부르는 등이다.
22) 汴河(변하) : 수대에 만들어진 운하 가운데 중심이 되는 통제거(通濟渠)를 말한다. 당대에 낙양에서 동남지역으로 가려면 일반적으로 이 강을 따라 갔다. 오늘날엔 하남성 정주에서 개봉(開封)과 상구(商丘)를 지나 안휘성 숙현(宿縣)과 사현(泗縣)을 거쳐 회수(淮水)로 들어간다.
23) 次(차) : 머물다. 묵다.
24) 梅福隱(매복은) : 매복(梅福)의 은거. 매복은 서한 때 구강(九江) 수춘(壽春) 사람으로 직언을 잘 하였으며 남창현(南昌縣)의 현위(縣尉)를 지냈다. 나중에 왕망(王莽)이 서한을 찬탈하자 은둔하였다. 나중에 사람들이 신선이 되었다고 했으며, 또는 회계(會稽)에서 보았다는 사람이 있었다. 『한서』「매복전」(梅福傳)에 그의 전기가 실려 있다. 일반적으로 뜻이 높은 현위를 비유하는 전고로 쓰이며, 여기서는 신도(申屠) 소부를 가리킨다.
25) 伯鸞(백란) : 동한의 양홍(梁鴻)을 가리킨다. 백란(伯鸞)은 그의 자(字)이다. 그와 결혼한 맹광(孟光)이 거안제미(擧案齊眉)로 섬긴 일화는 유명하다. 함께 패릉산(霸陵山)에 숨어살며 농사와 베 짜기를 업으로 삼았다. 나중에 다시 오(吳) 지방으로 가서 살다 죽었다. 그에 대한 전기와 그가 지은 시 「오(吳) 지방에 가며」(適吳詩)가 『후한서』「일민전」(逸民傳)에 실려 있다.

浮雲在吳會.²⁶⁾   나는 구름이 되어 오현(吳縣)에 가 있으리

해설 729년 낙양에서 오월 지방으로 가는 도중 초현에서 친구를 만나 지었다. 자신의 여정을 선명히 그리고, 초현에서 만난 두 사람을 격려하였다.

낙제하여 회계로 돌아가는 사촌동생 맹옹을 보내며(送從弟邕下第後歸會稽)²⁷⁾

疾風吹征帆,²⁸⁾   떠나는 배에 질풍이 불어

倐爾向空沒.²⁹⁾   삽시간에 허공 속으로 사라지네

千里去俄頃,³⁰⁾   천 리 먼 길도 삽시간에 이르러

三江坐超忽.³¹⁾   삼강(三江)이 멀리 펼쳐지리

向來共歡娛,   오랫동안 함께 즐거이 지냈는데

日夕成楚越.³²⁾³³⁾   아침저녁 사이에 초 지방과 월 지방으로 나뉘네

---

26) 吳會(오회) : 오군(吳郡, 지금의 소주시)과 회계군(會稽郡, 지금의 소흥시). 또는 오현 (吳縣, 소주시 동쪽)을 가리킨다.

27) 從弟(종제) : 사촌 동생. 동일 백부 또는 숙부의 아들. ○下第(하제) : 落第(낙제)와 같다. 과거 시험에 떨어지다. ○邕(옹) : 맹옹(孟邕). 미상. ○會稽(회계) : 회계현(會稽縣). 지금의 절강성 소흥시 일대.

28) 征帆(정범) : 멀리 가는 배. 돛(帆)으로 배를 나타냈다. 부분으로 전체를 표시하는 환유법으로 중국 고전시에서 흔히 쓰인다.

29) 倐爾(숙이) : 빠른 모양, 또는 시간이 짧은 모양을 형용한다.

30) 俄頃(아경) : 금방. 짧은 시간을 나타낸다. 서진(西晉) 곽박(郭璞)의 「강부」(江賦)에 "삽시간에 수백 리요 천 리가 금방이라"(倐忽數百, 千里俄頃.)는 말이 있다.

31) 三江(삼강) : 삼강에 대해서는 여러 가지 설이 있다. 『국어』(國語) 「월어」(越語)에 대해 위소(韋昭)가 주석한 곳에서는 오월 지방을 둘러싸고 있는 송강(松江), 전당강(錢塘江), 포양강(浦陽江)을 가리킨다고 하였다. ○坐(좌) : 갑자기. ○超忽(초홀) : 먼 모양.

32) 심주 : 자신은 초 지방에 있고 동생은 월 지방으로 돌아감을 말한다.(言己在楚而弟歸越也.)

33) 日夕(일석) : 아침저녁 사이에. ○楚越(초월) : 양양(襄陽, 호북성 양번시)과 회계(會稽, 절강성 소흥시).

| 落羽更分飛, [34] | 날개가 꺾인 데다 다시 나뉘어 날아가니 |
| 誰能不驚骨! [35] | 누구라서 그 혼백이 놀라지 않으랴! |

해설 과거에 떨어진 후 회계로 돌아가는 사촌 동생을 송별하며 쓴 시이다. "천 리 먼 길도 삽시간에 이르러"란 말에서 아마도 양양에서 헤어지는 듯하다. 양양은 한수(漢水)가 흐르며 여기에서 배를 타고 무창(武昌)으로 가면 바로 장강으로 이어지기 때문이다. 전체적으로 속도감을 강조하여 급작스러운 이별을 형상화하였다.

여름날 남정에서 신대를 그리며(夏日南亭懷辛大) [36]

山光忽西落, [37]	산의 해가 금새 서쪽으로 떨어지자
池月漸東上.	연못가 달이 점점 동쪽에서 떠올라
散髮乘夜涼, [38]	머리를 풀고 시원한 밤기운에 몸을 맡기며
開軒臥閑敞. [39]	창문을 열고 한가히 기대어보네
荷風送香氣,	연꽃을 스친 바람이 향기를 실어오고
竹露滴清響.	댓잎 위 이슬이 떨어지며 맑은 소리 울리네

---

34) 落羽(낙우) : 떨어진 깃털, 또는 땅에 떨어진 새. 시험에 떨어진 사람을 가리킨다.
35) 驚骨(경골) : 크게 놀라다. 이별에 뼈가 놀랄 정도라는 뜻. 이 말은 양(梁) 강엄(江淹)의 「별부」(別賦)에 "이별이 있으면 반드시 원망이 있고, 원망이 있으면 반드시 넘친다. 이리하여 사람의 생각을 빼앗고 정신을 놀라게 하며, 심장이 부서지고 뼈가 놀란다"(有別必怨, 有怨必盈, 使人意奪神駭, 心折骨驚.)는 말에서 유래했다.
36) 辛大(신대) : 맹호연의 고향 양양의 친구. 맹호연의 시 가운데 신대와 관련된 시는 모두 4수이며, 별도로 「서산의 신악을 찾아」(西山尋辛諤)란 시가 있다. 그러므로 많은 학자들은 신대를 신악(辛諤)으로 추정한다. 신악은 양양의 서산(西山)에 은거하였고 나중에는 징초를 받아 낙양에서 활동하였다.
37) 山光(산광) : 서산으로 지는 햇빛.
38) 散髮(산발) : 머리를 풀다. 고대에 남자들은 평시에 머리카락을 말아 머리 위에 묶었다.
39) 開軒(개헌) : 창문을 열다. 軒(헌)은 원래 창문이 있는 복도.

欲取鳴琴彈,　　　거문고를 끌어 앉고 뜯으려 하나
恨無知音賞.⁴⁰⁾　　아쉬워라, 들어줄 지음이 없어라
感此懷故人,⁴¹⁾　　이 때문에 더욱 친구를 그리워하나니
中宵勞夢想.⁴²⁾　　한밤이 되도록 수고로이 그대를 생각하네

평석 하풍(荷風)과 죽로(竹露) 두 구는 아름다운 풍경을 그린 가구(佳句)이다. 그 밖에 "옅은 구름 사이 은하수 흐릿한데, 성긴 비는 오동잎에 떨어지네"는 당시 사람들이 '청절'(淸絶)하다고 찬탄하였다.('荷風''竹露', 佳景亦佳句也. 外又有"微雲淡河漢, 疎雨滴梧桐"句, 一時歎爲淸絶.)

해설 여름밤 남정(南亭)의 청량한 광경 속에 친구에 대한 그리움을 표현한 시이다. 속기(俗氣)와 먼지가 없는 맑은 풍경이 독자의 마음을 절로 시원하게 한다. 풍경을 묘사한 경어(景語)는 언제나 인간의 정감을 나타내게 되므로, 풍경을 맑게 묘사할수록 그리는 감정도 맑고 깊어진다. 하풍(荷風)과 죽로(竹露) 두 구는 역대로 명구로 칭송받았다.

만산담(萬山潭)⁴³⁾

垂釣坐磐石,⁴⁴⁾　　너럭바위에 앉아 낚싯줄 드리우니
水清心益閑.　　　물이 맑아 마음 더욱 한가롭네

---

40) 知音(지음) : 친구. 음악을 듣고 연주자의 심정을 이해하다. 전국시대 유백아(兪伯牙)가 거문고를 타자 친구 종자기(鍾子期)가 듣고 그 뜻을 알았다는 이야기에서 '지음'(知音)이란 말이 나왔다. '지기'(知己)라는 말도 여기에서 유래했다.

41) 此(차) : 이것. 여기서는 바로 위 2구에서 말하는 거문고의 연주를 알아주는 사람이 없다는 사실.

42) 中宵(중소) : 中夜(중야)란 말과 같다. 한밤. 中(중)은 半(반)이란 뜻으로, 중도(中途), 중도(中道) 등의 용례와 같다.

43) 萬山(만산) : 지금의 호북성 양번(襄樊)시 서북에 소재한 산. 일명 한고산(漢皐山). 만산담(萬山潭)은 만산 아래 있다.

44) 磐石(반석) : 너럭바위.

魚行潭樹下,[45]　　물고기는 연못에 비친 나무 아래 헤엄치고
猿挂島藤間.　　　원숭이는 연못 속 섬의 등나무에 매달려 있어
游女昔解佩,[46]　　예전에 두 선녀가 정교보에게 패물을 전해준 일이
傳聞於此山.　　　이 산에서 일어났다고 전해지는데
求之不可得,　　　그녀를 찾아도 만날 수 없으니
沿月棹歌還.[47]　　달빛에 뱃노래를 부르며 돌아가누나

평석 심오하고 초발(峭拔)하지 않아도 풍골이 절로 특이하다.(不必刻深, 風骨自異.)

해설 만산담의 그윽한 풍광을 노래하였다. 맑은 연못에서 낚시하고 배를 타고 돌아오는 즐거움 속에 아름다운 전설을 연상하였다. 선녀의 이야기는 고요한 풍경과 어울려 맑고 유현한 정서를 일으킨다.

---

45)　潭樹(담수) : 연못에 비친 나무 그림자.
46)　游女(유녀) 구 : 정교보(鄭交甫)가 한고산에서 두 선녀를 만난 전설. 정교보가 한고대 (漢皐臺) 아래에서 노닐 때 우연히 두 선녀를 만났는데, 그녀들이 차고 있는 패물이 좋다고 하자 두 선녀가 패물을 풀어 주었다. 정교보가 품에 안고 기뻐하며 열 걸음 걸어가다 다시 보니 없어졌다. 뒤돌아보니 두 선녀마저 사라졌다. 『열선전』 참조. ○ 解佩(해패) : 패물을 몸에서 떼다.
47)　沿月(연월) : 달이 뜬 강을 따라 가다. ○ 棹歌(도가) : 뱃노래. 노를 저으면 이에 박자를 맞추어 부르는 노래. 노 가운데 긴 것은 棹(도)라 하고 짧은 것은 楫(즙)이라 한다.

양자진에서 묵으며,
   윤주 장산의 유 은사에게 부침(宿揚子津, 寄潤州長山劉隱士)[48]

所思在夢寐,[49]   그리운 사람은 꿈속에 있으니
欲往大江深.   찾아가려 해도 장강이 깊어라
日夕望京口,[50]   밤낮으로 경구(京口)를 바라보아도
煙波愁我心.   안개와 파도에 내 마음이 시름겨워라
心馳茅山洞,[51]   마음은 모산(茅山)의 동굴로 달려가고
目極楓樹林.[52]   눈은 멀리 단풍나무 숲을 바라보네
不見少微隱,[53]   소미성(少微星)이 숨어 나타나지 않으니

---

48) 揚子津(양자진) : 양자도(揚子渡)라고도 한다. 강소성 강도현(江都縣) 남쪽 장강의 북안에 소재. 장강을 건너는 중요한 나루였다. ○ 潤州(윤주) : 지금의 강소성 진강시(鎭江市). 역대로 단도(丹徒), 경구진(京口鎭), 남서주(南徐州), 연릉진(延陵鎭) 등으로 불리다가, 수대에 성 동쪽의 윤포구(潤浦口)의 이름을 따 윤주라 하였다. ○ 長山(장산) : 진강(鎭江) 남쪽에 있는 산. ○ 劉隱士(유은사) : 미상.

49) 所思(소사) : 그리운 사람. 한대 장형(張衡)의 「네 가지 근심의 시」(四愁詩)에 "내 사모하는 임은 저 계림에 있어, 찾아가 바르려 하나 상수가 깊구나"(我所思兮在桂林, 欲往從之湘水深.)라는 구절이 있다. ○ 夢寐(몽매) : 잠자거나 꿈꾸는 상태.

50) 日夕(일석) : 아침저녁으로. 밤낮으로. ○ 京口(경구) : 윤주(潤州)를 가리킨다. 삼국시대 동오(東吳)의 손권이 성 동쪽에 있는 경현산(京峴山)의 이름을 따 만들었다.

51) 茅山(모산) : 강소성 구용현(句容縣) 동남에 소재한 산. 산의 형세가 句(구)자처럼 굽이도는 모양이어서 원래 이름을 구곡산(句曲山)이라 하였다. 한대 모영(茅盈), 모충(茅衷), 모고(茅固) 형제가 이 산에서 득도하였기에 삼모군(三茅君)이라 하였고, 산 이름을 삼모산(三茅山) 또는 모산(茅山)이라 하였다. 산에는 동굴이 여럿 있으며 남조 도홍경(陶弘景)도 이곳에서 은거하였다고 한다.

52) 目極(목극) : 極目(극목)과 같다. 눈길이 닿는 데까지 바라봄. 이 구는 실경(實景)을 묘사한 것으로 볼 수도 있지만 『초사』 이래의 문학적인 전통을 환기한다. 굴원(屈原)의 『초사』 「초혼」(招魂)에 "출렁이며 흐르는 장강이여 강변에는 단풍이요, 천 리 멀리 바라보니 춘심(春心)이 슬퍼라"(湛湛江水兮上有楓, 目極千里兮傷春心.)란 말이 있고, 완적(阮籍)의 「영회시」(詠懷詩) 제11수 첫머리에 "출렁이며 흐르는 장강의 물, 강가에 서 있는 단풍나무 숲"(湛湛長江水, 上有楓樹林.)이란 말이 있다.

53) 少微(소미) : 별 이름. 처사성(處士星)이라고도 한다. 모두 네 개의 별로 이루어졌다. 이 별이 밝으면 현사(賢士)가 등용되고, 어두워지면 그 반대라고 한다. 문학작품에서는 흔히 이 별로 은사나 처사를 가리킨다.

星霜勞夜吟.⁵⁴⁾　　　별밤에 서리를 맞으며 수고로이 읊조리노라

해설 장강 북안에서 강 건너에 있는 유 은사를 그리며 지은 시이다. 두 사람의 관계에 대해서는 기록이 없어 알 수 없으나 상당히 돈독한 사이로 보인다. 맹호연이 낙양에서 오월(吳越) 지방에 가는 도중에 지은 것으로 보인다.

저녁에 심양에 배를 대고 향로봉을 바라보며(晚泊潯陽望香爐峰)⁵⁵⁾⁵⁶⁾

挂席幾千里,⁵⁷⁾　　　돛을 걸고 몇천 리를 왔던가

名山都未逢.　　　　연도에 명산 하나 만나지 못했네

泊舟潯陽郭,　　　　심양(潯陽)의 외곽에 배를 대니

始見香爐峰.　　　　비로소 향로봉이 보이네

嘗讀遠公傳,⁵⁸⁾　　　일찍이 혜원(慧遠)의 전기를 읽으며

永懷塵外蹤.⁵⁹⁾　　　세속 밖의 행적을 오래도록 흠모했었지

東林精舍近,⁶⁰⁾　　　동림사가 바로 가까이 있는지

---

54) 星霜(성상) : 별밤에 내리는 서리. 고난을 비유한다.
55) 심주 : 다른 선본에서는 율시로 보았다. 그러나 결국 고체시의 격식이다.(別本亦作律詩, 然終是古格.)
56) 潯陽(심양) : 심양현. 당대에는 강주(江州)에 속했다. 심수(潯水)의 북쪽에 있어 심양(潯陽)이라 하였다. 지금의 강서성 구강시(九江市). ○ 香爐峰(향로봉) : 여산(廬山)의 동남쪽에 있는 봉우리. 정상은 곧잘 안개로 휘감겨 있어 그 모양이 향로 같기에 이름 붙여졌다.
57) 挂席(괘석) : 돛을 걸다. 배가 떠나다. 고대에는 깔고 앉는 자리를 돛으로 쓰기도 하였다.
58) 遠公(원공) : 동진(東晉)의 고승 혜원(慧遠, 334~416년). 여산 동림사(東林寺)에 거주하며 은사 유유민(劉遺民) 등 불교도 123명과 백련사(白蓮社)를 결성하여 수도하였다. 원공전(遠公傳)은 양(梁)의 혜교(惠皎)가 지은 『고승전』(高僧傳) 권6에 있는 혜원의 전기이다.
59) 塵外蹤(진외종) : 속세를 떠나 살아간 자취.

日暮空聞鐘.　　　해 저무는 저녁에 종소리가 들려오네

평석 이 시는 천뢰이다. 혜원의 동림사가 가까운데 다만 종소리만 들린다는 묘사로 제목의 '바라보며'를 나타내었으니, 상상이 유연하게 멀리 퍼져나간다.(此天籟也. 已近遠公精舍, 而 但聞鐘聲, 寫'望'字意, 悠然神遠.)

해설 저녁에 심양에 배를 대고 멀리 향로봉을 바라보며 고승을 그리워하였다. 오월(吳越) 지방을 돌아보고 고향 양양으로 돌아가는 길에 지은 것으로 보인다. 시상의 전개가 지극히 자연스럽고 품격이 높다. 종소리로 마무리한 것은 아무렇게나 쓴 듯하지만 여운이 길다. 왕유가 맹호연의 얼굴을 그릴 때 이 시를 그림 위에 써두었다는 데서 알 수 있듯, 맹호연의 정서를 가장 잘 구현한 작품으로 볼 수 있다. 청대 왕사진(王士禛)은 『대경당시화』(帶經堂詩話)에서 이 시를 두고 "영양이 뿔을 걸어도 자취를 찾을 수 없는"(羚羊挂角, 無跡可求) 일품(逸品)이라고 상찬하였다.

땔감을 하며 지음(採樵作)

採樵入深山,	나무하러 깊은 산에 들었더니
山深樹重疊.	산은 깊고 나무는 겹겹이 서 있더이
橋崩臥查擁,[61]	다리가 무너져 나무토막이 떠서 몰려있고
路險垂藤接.[62]	길이 험하여 등나무 넌출이 늘어져 엉켰어라
日落伴將稀,	해가 떨어지니 동무들이 드물어지고

---

[60] 東林精舍(동림정사) : 동림사(東林寺)를 가리킨다. 여산의 기슭에 있다.

[61] 臥查(와사) : 가로 누운 뗏목. 여기서는 무너진 다리에서 빠져나와 물 위에 떠있는 잡목. 査(사)는 楂(사)와 같다. ○擁(옹) : 몰려있다.

[62] 接(접) : 엉클어 있다.

山風拂薜衣.⁶³⁾　　　산바람이 승검초로 만든 옷에 불어와

長歌負輕策,⁶⁴⁾　　　가벼운 땔나무를 지고 노래하면서

平野望煙歸.　　　　들에서 마을의 연기 바라보며 돌아가노라

평석 '교붕'(橋崩) 이하 열 글자는 기험한 모습을 묘사하였다.('橋崩'十字, 寫出奇險之狀.)

해설 나무꾼의 입장에서 산중의 풍광과 야취(野趣)를 노래했다. 나무하는 일 자체보다는 산중의 즐거움에 초점을 맞추었기에, 여기 등장하는 사람은 나무꾼이라기보다는 은사(隱士)라 해야 할 것이다.

유신허(劉昚虛)

늦가을 장강에서 맹호연에게 부침(暮秋揚子江寄孟浩然)

木葉紛紛下,¹⁾　　　나뭇잎이 분분히 떨어지니

東南日煙霜.²⁾　　　동남 지방의 하늘에도 서리가 내려

林山相晚暮,³⁾　　　숲과 산은 세밑의 모습으로 변해가고

---

63)　薜衣(벽의) : 벽려의(薜荔衣)의 줄임말. 승검초로 만든 옷. 굴원(屈原)의 『구가』「산귀」(山鬼)에 "산기슭에 어른거리는 사람 그림자, 승검초로 옷 입고 새삼 덩굴로 띠 둘렀네"(若有人兮山之阿, 被薜荔兮帶女羅.)에서 유래하였다. 나중에는 종종 은사의 옷을 가리킨다.

64)　長歌(장가) : 방가(放歌) 또는 고가(高歌)와 같다. 크게 노래 부르다. ○策(책) : 가느다란 나뭇가지. 여기서는 땔감을 가리킨다.

1)　木葉(목엽) : 나뭇잎. 이 어휘는 굴원(屈原)의 『구가』「상부인」(湘夫人)에 "가을바람 하늘하늘 불고, 동정호에 물결 일고 나뭇잎 떨어지네"(嫋嫋兮秋風, 洞庭波兮木葉下.)에서 유래하였다

2)　日煙(일연) : 해와 남기(嵐氣).

天海空靑蒼.[4]	하늘과 바다는 저 홀로 질푸르네
暝色況復久,[5]	어둑한 밤빛은 다시 길어지고
秋聲亦何長![6]	가을 소리도 또 얼마나 많은가!
孤舟兼微月,[7]	쪽배에 초승달을 끼고
獨夜仍越鄕.	고향을 떠나 홀로 밤을 지내네
寒笛對京口[8]	경구에서 피리 소리 듣나니
故人在襄陽.[9]	친구는 양양에 있어라
詠思勞今夕,	그리움을 읊으며 수고로이 오늘 밤을 보내나니
江漢遙相望.[10]	장강과 한수가 멀리 마주하고 있어라

평석 전반부에서 늦가을의 강 풍경을 묘사하고, 맹호연에게 부치는 뜻은 말 4구에 그쳤지만, 깊은 정이 무한하다.(前寫暮秋江景, 寄浩然意於末四語一點, 無限深情.)

해설 경구(京口)에서 양양(襄陽)에 있는 친구 맹호연을 그리워한 시이다. 늦가을의 시절감과 쓸쓸한 풍광으로 자신의 처지와 친구에 대한 그리움을 형상화하였다.

---

3) 晚暮(만모) : 세밑. 사람의 만년 또는 노년을 가리키기도 하나 여기서는 취하지 않는다.

4) 靑蒼(청창) : 진청색. 겨울 하늘이나 숲처럼 진한 청색.

5) 暝色(명색) : 밤의 어두운 색깔.

6) 秋聲(추성) : 가을에 들을 수 있는 여러 가지 소리. 나뭇잎 떨어지는 소리, 바람 소리, 풀잎 서걱거리는 소리, 기러기 날아가는 소리, 벌레 소리 등을 총칭한다.

7) 微月(미월) : 미월(眉月) 또는 신월(新月)이라고도 한다. 초승달. 음력 월초의 달 모습.

8) 京口(경구) : 당대의 윤주(潤州)를 가리킨다. 장강 하류의 남안에 위치한 도시. 지금의 강소성 진강시(鎭江市).

9) 襄陽(양양) : 지금의 호북성 양번시(襄樊市).

10) 江漢(강한) : 장강과 한수(漢水). 경구(京口)는 장강 남안에 있고, 양양은 한수를 끼고 있다.

염방에게 부침(寄閻防)¹¹⁾

青冥南山口,¹²⁾	검푸른 종남산 어귀에서
君與緇錫鄰.¹³⁾	그대는 스님들과 함께 살고 있다지
深路入古寺,	깊은 길은 오래된 절로 들어가고
亂花隨暮春.	흩날리는 꽃잎은 늦봄을 따라 사라지리
紛紛對寂寞,	적막 속에서 분분히 떨어지는 꽃은
往往落衣巾.	때로 옷과 두건 위에 날아 앉으리
松色照空水,	소나무빛이 하늘과 물에 비치고
經聲時有人.¹⁴⁾	독경 소리에 때로 사람 있음을 알리라
晚心復南望,	저물녘 그리워 다시 남쪽을 바라보면
山遠情獨親.	펼쳐진 먼 산에 심정이 유독 편안하리
應以修往業,¹⁵⁾	응당 극락왕생의 선업을 닦음으로써
亦惟立此身.	또한 이 몸을 바르게 세울 수 있으니
深林度空夜,	깊은 숲에서 고요한 밤을 보내면
煙月資淸眞.¹⁶⁾	안개와 달은 맑고 진실한 성정을 키워주리
莫歎文明日,¹⁷⁾	그러니 탄식하지 말게나, 밝은 시대에

---

11) 閻防(염방) : 성당시대에 활동한 시인. 하중(河中, 산서성 永濟) 사람으로 성당시기에 활동했다. 734년에 진사에 급제하여 대리평사(大理評事)가 되었다. 이후 장사사호(長沙司戶)로 좌천되었고, 나중에는 종남산에서 은거하였다. 유신허, 맹호연, 잠삼(岑參), 저광희(儲光羲), 위응물(韋應物) 등과 친하여 시를 주고받았다. 은번(殷璠)은 "그의 뛰어난 시구는 대부분 진소(眞素)하다"(其警策語多眞素)라고 평하였다. 현재 시 5수가 남아있다.

12) 靑冥(청명) : 푸르고 어둡다. 하늘이나 산봉우리를 가리킨다. ○南山(남산) : 종남산(終南山). 지금의 섬서성 서안시의 남쪽에 있는 산.

13) 緇錫(치석) : 치의(緇衣, 진회색 승복)와 석장(錫杖). 승려들이 사용하는 물건. 여기서는 승려를 가리킨다.

14) 經聲(경성) : 불경을 낭송하는 소리.

15) 修往業(수왕업) : 극락정토에 왕생하려고 선업(善業)을 닦다.

16) 淸眞(청진) : 순박하고 진실한 성정(性情).

17) 文明(문명) : 정치가 밝은 시대.『상서』「순전」(舜典)에 "깊고 지혜롭고 질서 있고 밝

彌年徒隱淪.[18]　　　여러 해 동안 은거하고 있음을

평석 당시 염방은 종남산 풍덕사에서 독서하고 있었기에 시에서 묘사한 것은 모두 산사의 풍경이다. '연월자청진'(煙月資淸眞)은 성정이 본래 맑고 진실한데 안개와 달이 이를 덧붙여 준다는 말이다. 지극히 맑고 지극히 높다.(時防在終南豐德寺讀書, 故詩中所云皆山寺中景. '煙月資淸眞', 言性本淸眞而煙月又資之也. 淸絶高絶.)

해설 종남산에 살고 있는 친구 염방에게 보낸 시이다. 늦봄이 온 절의 그 윽한 경치를 묘사하고, 수련하는 모습을 칭송하였으며, 끝으로 은거를 격려하였다. 원래 시 제목 아래에 "염방은 당시 종남산 풍덕사에서 독서하고 있다"(防時在終南豐德寺讀書)는 자주(自注)가 있다. 당대에는 과거를 준비하거나 은거하는 서생들이 절에서 묵는 경우가 많았다.

　　으며, 온화하고 겸손하며 확실하고 충만하다"(濬哲文明, 溫恭允塞.)는 말이 있다.
18)　彌年(미년) : 여러 해. ○ 隱淪(은륜) : 숨고 잠긴다는 뜻으로 은거 또는 은자를 가리킨
　　다. 말 2구는 『논어』 「태백」(泰伯)에 "나라에 바른 정치가 행해질 때 가난하고 비천
　　한 것은 수치스러우나, 나라에 바른 정치가 행해지지 않을 때 부유하고 귀인이 되는
　　것은 수치스럽다."(邦有道, 貧且賤焉, 恥也; 邦無道, 富且貴焉, 恥也.)는 말을 이용하
　　였다.

왕창령(王昌齡)

새상곡 2수(塞上曲二首)¹⁾

제1수

蟬鳴桑樹間,	매미가 뽕나무 사이에서 우는
八月蕭關道.²⁾	팔월 소관으로 가는 길
出塞入塞寒,	관문을 나서도 관문을 들어서도 추워
處處黃蘆草.	곳곳이 누런 갈대풀이네
從來幽幷客,³⁾	예부터 유주와 병주의 건아들
皆共沙塵老.	모두 전장의 먼지 속에 늙었다네
莫學遊俠兒,	배우지 말게나, 유협아가
矜誇紫騮好.⁴⁾	자류마 좋다고 자랑하고 다님을

---

1) 塞上曲(새상곡) : 악부(樂府)의 제목 가운데 하나. 새하곡(塞下曲)이라 된 판본도 있다. 塞上曲(새상곡)은 塞下曲(새하곡)과 함께 당대에 새로운 악부제(樂府題)로 유행하였다. 塞上(새상)은 '변방 너머'라는 뜻이다. 이 가곡은 한대 악부 「출새」(出塞)나 「입새」(入塞)에서 유래하였는데, 그 내용은 대부분 변방의 전쟁 또는 병사들의 노고이다. 『악부시집』에서는 '횡취곡사'(橫吹曲辭)로 분류하였다. 당대에는 과거 시험 제목으로도 나왔기에 시인들이 많이 지었다.

2) 蕭關(소관) : 관문의 이름. 지금의 영하회족자치구(寧夏回族自治區)의 고원현(固原縣) 동남에 있었다. 관중(關中)에서 북방으로 통하는 교통의 요지이다. 서한 문제(文帝) 때 흉노가 소관을 거쳐 들어와 궁중에 불을 질렀고, 한 무제 때 흉노와 통교할 때도 소관을 통해 나갔다.

3) 幽幷客(유병객) : 유주(幽州, 하북성 북부)와 병주(幷州, 산서성 중부)의 건아(健兒). 당대에 이 지역은 거란 등과 마주하는 변방으로, 이곳의 병사들은 평생 전란 속에 살았다. 『수서』(隋書) 「지리지」(地理志)에 "예부터 용맹하고 협기 있는 사람이라면 모두 유주와 병주 사람을 추천한다"(自古言勇俠者, 皆推幽幷.)고 하였다. 조식(曹植)의 「백마편」(白馬篇)에도 "묻노니 어느 집안의 아들인가, 유주와 병주의 유협아라네"(借問誰家子, 幽幷遊俠兒.)라는 구절이 있다.

4) 紫騮(자류) : 자류마. 자줏빛 털을 가진 준마.

해설 변방을 지키는 병사들의 호기를 노래하였다. 전반부에서는 변방의 풍광을 노래하고 후반부에서는 병사들을 묘사하였다. 그러나 이 시는 다른 변새시와 달리 호기 있는 젊은이들이 전장 속에 늙어가는 사실을 그려 반전(反戰) 사상을 함께 나타내었다.

제2수

飮馬渡秋水,	말에 물 먹이고 가을 강 건너니
水寒風似刀.	물은 차고 바람은 칼날 같아
平沙日未沒,	평평한 사막에 해는 아직 저물지 않았는데
黯黯見臨洮.5)	어둑어둑 임조가 보이네
昔日長城戰,6)	지난날 장성에서의 전투
咸言意氣高.7)	모두가 의기가 드높았었지
黃塵足今古,	누런 먼지는 예나 지금이나 가득한데
白骨亂蓬蒿.	백골만 쑥대 풀에 어지러이 뒹구네

해설 가을날 임조를 바라보며 변방의 풍경을 읊었다. 전반부에서 변새의 황량한 풍경을 묘사하고 후반부에서 인사(人事)의 무상을 말하였다. 의기가 높았다고 칭송하지만 사실은 예나 지금이나 남은 것이라곤 백골뿐으로, 왕창령 시에 특징적인 반전 의식이 드러나 있다.

---

5) 黯黯(암암) : 어둡고 검은 모양. 마음이 슬프고 침울하다는 뜻도 있다. ○臨洮(임조) : 임조군(臨洮郡). 지금의 감숙성 민현(岷縣). 진나라 때 몽념(蒙恬)이 장성(長城)을 축조할 때 서쪽의 임조부터 시작하였다. 당 이후에는 티베트의 영역이 되었다.
6) 長城戰(장성전) : 장성에서의 전투. 714년 설눌(薛訥)과 왕준(王晙)이 임조 일대에서 티베트와 싸우며 수만 명을 죽인 사실을 가리킨다는 설도 있지만, 여기서는 변경에서 일어난 전투를 포괄적으로 가리키는 것으로 본다.
7) 言(언) : 어조를 고르는 조사로, 일정한 뜻이 없다.

실제(失題)[8]

奸雄乃得志,	간사한 영웅이 뜻을 얻어
遂使群心遙.	마침내 군중의 마음을 흔들었다
赤風蕩中原,[9]	붉은 바람이 중원을 쓸어버리니
烈火無遺巢.	뜨거운 불길에 둥지마저 다 타버렸다
一人計不用,	한 사람의 계책을 쓰지 않으니
萬里空蕭條.	만 리가 텅 비어 쓸쓸해졌다

평석 아마도 장구령이 안록산을 주살하려던 일을 가리키는 듯하다.(豈指張曲江欲誅安祿山事耶?)

해설 영사시(詠史詩)로 '한 사람의 계책'의 중요성을 역설하였다. 그러나 이 한 사람이 누구이고 어떤 사건을 가리키는지에 대해서는 여러 가지 설이 있다. ① 청대 심덕잠은 장구령이 안록산을 죽여야 한다는 충언을 현종이 듣지 않아 중원이 파괴되었다고 했다. ② 청대 진항(陳沆)은 '한 사람의 계책'이란 다른 시에서 말한 '비장'(飛將)이라며, 곧 왕충사(王忠嗣)를 가리킨다고 하였다. 왕충사가 여러 차례 안록산이 다른 뜻을 품고 있음을 알렸지만 현종이 이를 받아들이지 않았다는 것이다. ③ 현대 학자 왕운희(王運熙)는 오호십육국 때의 일로 '간웅'(奸雄)이란 전조(前趙)의 개국 군주인 유연(劉淵)이라고 보았으며, '한 사람'이란 일찍부터 유연을 경계한 사마유(司馬攸)라고 하였다. 서진(西晉)의 무제(武帝)는 사마유의 말을 듣지 않고 이로부터 오호십육국의 전란이 시작되었다는 것이다. 그러나 왕운희의 설 역시 시문에서 드문 전고이므로 확증할 수 없다. 다만

---

8) 失題(실제) : 제목이 없음. 이 시는 은번(殷璠)의 『하악영령집』(河岳英靈集)에 왕창령 시를 평하면서 인용하였기에 완정한 한 편의 시가 아닌 듯하다. 또 제목도 언급하지 않았기에 나중에 『전당시』(全唐詩)에 수록할 때는 '실제'(失題)라고 하였다.

9) 赤風(적풍) : 불과 바람. 중국 고대 사람들은 하늘이 붉으면서 큰 바람이 불면 전쟁이 일어날 징조라고 하였다.

이 시는 위에서 언급한 유사한 역사적 배경 속에 '한 사람의 계책'이 쓰이지 못했음에 주목하고, 결국 자신의 뜻이 쓰이지 못하는 아쉬움을 빗대어 토로한 것으로 볼 수 있다.

소년의 노래(少年行)10)

西陵俠少年,11)	서릉(西陵)에 사는 유협아
送客短長亭.12)	역참에서 친구를 보내네
靑槐夾兩道,	푸른 회나무가 양 옆으로 늘어선 길
白馬如流星.	백마가 유성같이 달리네
聞有羽書急,13)	들으니 변방에서 날아온 화급한 전갈
單于寇井陘.14)	선우가 정경관을 침공했단다
氣高輕赴難,	의기가 드높기에 주저 않고 나서는 것이지
誰顧燕山銘!15)	연연산에 이름 새기려 해서가 아니라네!

---

10) 少年行(소년행) : 소년의 노래. 악부제(樂府題)의 하나로 잡곡가사(雜曲歌辭)에 속한다. 당시 속의 少年(소년)은 오늘날의 청소년이란 뜻이 아니라 청년의 뜻으로 보아야 한다. 이 악부제의 시는 대부분 청년의 유협 정신과 연락(宴樂)을 그렸다.

11) 西陵(서릉) : 한대 제왕의 능묘들이 모여 있는 장안의 서쪽 교외를 가리킨다. 제왕의 능묘 주위에는 세력가나 부호들이 많이 살았기에, 시에서 묘사한 유협아(遊俠兒)들이 많다.

12) 短長亭(단장정) : 단정(短亭)과 장정(長亭). 정(亭)은 행인들이 쉬거나 유숙하는 장소로 일종의 소규모의 역참이다. 고대에는 십 리마다 장정(長亭)을 두고, 오 리마다 단정(短亭)을 세웠다.

13) 羽書(우서) : 긴급 군사 연락서. 한 자 두 치 길이의 목간(木簡)으로 만들었다. 문서 위에 새의 깃털을 꽂아 긴급을 표시하였다.

14) 單于(선우) : 흉노의 왕. ○井陘(정형) : 토문관(土門關) 또는 정형구(井陘口)라고도 한다. 고대 구새(九塞) 가운데 하나. 지금의 하북성 정형현(井陘縣) 정형산에 소재했다. 고대에는 군사 요충지였다.

15) 燕山銘(연산명) : 연연산(燕然山)의 비문(碑文). 燕山(연산)은 곧 연연산(燕然山)으로 지금의 몽골인민공화국 경내에 있는 항아이산(杭愛山). 동한의 두헌(竇憲)이 흉노를 격파한 후 이 산의 바위에 공적을 새기고 돌아왔다.

평석 왕창령의 변새시는 대부분 의기와 용맹을 잘 표현내었다.(少伯塞上詩, 多能傳出義勇.)

해설 전란을 막기 위해 용맹하게 나서는 패기에 찬 청년의 모습을 그렸다. 공훈을 차지할 목적이 아니라 다만 '의기가 드높기에 주저 않고 나서는' 정신은 성당시대의 시대 정신이라 할 수 있다.

가을의 감흥(秋興)

日暮西北堂,	해 저무는 때의 서북 대청
凉風洗修竹.16)	서늘한 바람에 높은 대나무가 씻기어라
著書在南窓,17)	남창 앞에서 책을 쓰니
門館常肅肅.18)	문과 집안은 항상 조용해라
苔草延古意,19)	이끼는 옛 노래의 뜻을 일으키고
視聽轉幽獨.	보고 듣는 것은 더욱 그윽하고 고독해
或問余所營,	하는 일이 무어냐고 누군가 묻는다면
刈黍就寒谷.	기장을 베러 계곡으로 가리라

해설 가을이 온 서북당의 한가하고 그윽한 모습을 그린 시이다. 무엇을

---

16) 修竹(수죽) : 높은 대나무.

17) 著書(저서) : 책을 쓰다. 왕창령의 저서에 대해서는 『구당서』에서는 시문집 다섯 권을 저록하였고, 『신당서』「예문지」에서는 『시격』(詩格) 두 권을 저록하였다. 『송사』(隋書)「예문지」에서는 『시중밀지』(詩中密旨), 『속악부고해제』(續樂府古解題), 『서응도』(瑞應圖) 각 한 권을 저록하였다. 또 「이부 이시랑께 올리는 편지」(上吏部李侍郞書)에서 『감략』(鑒略)을 저술하였다고 했다.

18) 肅肅(숙숙) : 여러 가지 뜻이 있다. 여기서는 맑고 조용한 모습.

19) 延(연) : 이끌다. ○古意(고의) : 예전을 그리워하는 마음, 또는 고인의 사상이나 품덕. 다른 한편 '고시십구수' 가운데 「파릇파릇한 강가의 풀」(靑靑河畔草)에 나오는 "파릇파릇한 강가의 풀, 울울창창한 정원의 버들"(靑靑河畔草, 鬱鬱園中柳.)에서 파란 이끼와 풀을 보고 옛 시를 생각한다는 뜻으로 풀 수도 있다.

하며 지내는가? 혹은 어떻게 사느냐고 물으면, 대답 대신 말없이 기장 베러 계곡으로 들어간다는 것으로 시적 운치를 나타내고 있다. 자연스럽고 소박하며 자족스런 삶의 모습을 담담히 그려내었다.

〈풍입송〉 연주를 들으며 양 보궐에게(聽彈風入松闋贈楊補闋)[20]

商風入我絃,[21]	가을바람이 내 현에 들어오면
夜竹深有露.	밤의 대나무가 이슬에 젖어라
絃悲與林寂,	현은 구슬퍼 숲과 더불어 적막하고
淸景不可度.	맑은 풍경은 다 헤아릴 수 없어라
寥落幽居心,[22]	그윽이 은거하는 마음 적막한데
颼飀靑松樹.[23]	푸른 소나무가 바람에 쓸리는 소리
松風吹草白,	소나무 바람에 풀이 하얗게 마르고
溪水寒日暮.	계곡에 물 흐르는데 찬 해가 저물어
聲意去復還,[24]	거문고 가락은 다시 반복하여 이어지고
九變待一顧.[25]	아홉 번 연주하며 주유(周瑜)가 돌아보길 바라네

20) 風入松(풍입송) : 거문고 곡조 이름. 위(魏)의 혜강(嵇康)이 지었다고 전해진다. ○ 闋(결) : 곡조가 끝나다. 여기서는 곡(曲)과 같다. ○ 補闋(보궐) : 황제에게 간언하는 관직 이름. 종7품. 좌보궐은 문하성(門下省)에 속하고 우보궐은 중서성(中書省)에 속한다. 楊補闋(양보궐)은 누구인지 미상.

21) 商風(상풍) : 가을바람. 『예기』「월령」(月令)에서 "맹추(孟秋)의 소리는 상음(商音)이다"(孟秋之月其音商)라 하였다.

22) 寥落(요락) : 적막하다.

23) 颼飀(수류) : 쏴쏴. 바람 소리를 나타내는 의성어.

24) 去復還(거부환) : 가서 다시 돌아오다. 가락이 굽이지고 반복되어 넘어간다는 뜻.

25) 九變(구변) : 아홉 번 연주하다. 變(변)은 다시 연주하다. 『주례』(周禮)「춘관」(春官)「대사악」(大司樂)에 "만약 음악이 아홉 번 연주되면 사람과 귀신이 예를 갖추어 대할 수 있다"(若樂九變, 則人鬼可得而禮)라 하였다. ○ 一顧(일고) : 한 번 돌아봄. 『삼국지』 중의 『오서』(吳書)「주유전」(周瑜傳)에서 유래하였다. "주유는 젊었을 때 음악에 정통하였는데 비록 술을 세 잔 마신 후라 하더라도 음률에 잘못이 있으면 반

空山多雨雪,[26]　　사람 없는 빈 산에 눈 가득 내렸음을

獨立君始悟.　　혼자 서 있는 그대 비로소 알리라

평석 현 밖의 소리요, 맛 속의 맛으로, 상상할 수는 있으나 말하기는 어렵다.(絃外之音, 味外
之旨, 可想不可說.)

해설 맑고 그윽한 거문고 곡조를 듣고 자연과의 친화감을 노래한 시이
다. 〈풍입송〉(風入松)이란 곡 이름으로부터 상기되는 이미지와 현실의 정
경을 복합적으로 전개한 후, 곡의 청각적 이미지를 설경이라는 시각적
이미지로 형상화하였다. 가락이 주는 아름다운 세계를 풍부한 정서 속에
나타내었다.

사촌동생 왕소의 「남쪽 서재에서 달구경」에 화답하고,
　　　　산음의 최 소부를 그리며(同從弟銷南齋玩月, 憶山陰崔少府)[27]

高臥南齋時,　　베개 높이 베고 남쪽 서재에 누워

開幃月初吐.　　휘장 열자 달이 막 떠오르네

清輝淡水木,　　맑은 달빛은 물과 나무를 씻고

演漾在窓戶.[28]　　출렁거리듯 창가에서 흔들려라

드시 알아냈고, 알면 반드시 돌아보았다. 그리하여 당시 사람들 속담에 '음악이 잘
못되면 주유가 돌아본다'는 말이 있었다."(瑜少精意於音樂, 雖三爵之後, 其有闕誤,
瑜必知之, 知之必顧. 故時人謠曰: "曲有誤, 周郎顧.") 여기서는 주유와 같이 뛰어난
감상자가 알아주길 바란다는 뜻.

26) 雨雪(우설) : 눈이 내리다. 雨(우)는 내린다는 동사로 쓰였다.

27) 同(동) : 다른 사람의 작품에 화답하여 짓다. ○ 銷(소) : 王銷(왕소). 왕창령의 사촌 동
생. 행적은 미상. ○ 山陰(산음) : 월주(越州)의 속현으로 지금의 절강성 소흥시. ○ 崔
少府(최소부)·최국부(崔國輔) 왕창령의 친구이자 시인으로 오언절구에 뛰어났다. 개
원 연간에 산음현(山陰縣) 현위를 지냈다.

苒苒幾盈虛,[29]　　시나브로 변해가며 몇 번이나 차고 기울었나
澄澄變今古.　　　고금에 걸쳐 맑디맑은 모습이어라
美人清江畔,[30]　　아름다운 사람은 맑은 강가에서
是夜越吟苦.[31]　　이 밤 고향 생각이 깊으리
千里其何如?　　　천 리 멀리 떨어져 어이할거나
微風吹蘭杜.[32]　　미풍이 난초와 두약의 향기를 불어 오네

평석 고상한 사람이 달을 마주할 때는 언제나 차고 기울어짐과 고금의 변화에 대한 느낌을 갖게 된다.(高人對月時, 每有盈虛今古之感.)

해설 멀리 있는 친구를 그리워한 시이다. 732년경 왕창령이 장안에서 교서랑(校書郞)으로 재직할 때 지었다. 최국보는 당시 월주(越州, 절강성 소흥시)의 산음(山陰)에서 현위로 있었다. 처음 두 구에서 시를 짓는 배경을 말하고, 다음 네 구에서 달의 모습을 묘사하고, 마지막 네 구에서 최국보를 그리워하였다. 멀리 떨어진 친구의 인품을 향기로운 풀로 비유하여 여운을 깊게 하였다. 제7, 8구는 읽을수록 맛이 나는 넝구이다.

---

28)　演漾(연양) : 출렁출렁. 강물 등이 출렁이는 모양.
29)　苒苒(염염) : 점점. 시나브로. ○ 盈虛(영허) : 차고 빔. 달이 차고 기움.
30)　美人(미인) : 이상적으로 여기는 사람. 여기서는 최국보를 가리킨다. 고대에는 남자도 미인이라 칭하였다.
31)　越吟(월음) : 고향을 그리워하는 노래. 『사기』 「장의열전」(張儀列傳)에 나오는 전고. 월나라 사람 장석(莊潟)이 초나라에 가서 벼슬했는데 곧 병이 들었다. 초왕은 장석이 초나라에 와서 신분이 높아졌기에 고향생각을 하지 않을 거라고 했다. 이에 신하 중사(中謝)는 사람이라면 누구나 고향생각을 한다면서 월나라를 생각하면 월성(越聲)을 내고, 월나라를 생각하지 않으면 초성(楚聲)을 낼 것이라고 하였다. 사람을 시켜 확인해보니 과연 장석은 월성(越聲)을 내고 있었다.
32)　蘭杜(난두) : 난초와 두약. 모두 향초로 아름다운 인품을 비유한다. 여기서는 최국보의 훌륭한 명성을 비유한다.

강 위에서 피리 소리를 듣다(江上聞笛)

橫笛怨江月,	피리는 강에 뜬 달을 원망하는데
扁舟何處尋?	조각배는 어디에 있는가?
聲長楚山外,[33]	소리는 길어 초산(楚山) 밖까지 미치고
曲繞胡關深.[34]	가락은 변방의 수자리를 그리며 깊어가
相去萬餘里,	서로 만 리 멀리 떨어져
遙傳此夜心.	멀리 이 밤의 마음을 전하는구나
寥寥浦漵寒,[35]	맑고 높은 소리에 포구가 춥고
響盡唯空林.	빈숲에 이르러 메아리가 머무는구나
不知誰家子,	모를레라, 그 어느 누가
復奏邯鄲音?[36]	다시금 한단(邯鄲)의 소리를 연주하는가
水客皆擁棹,	배에 탄 나그네들은 모두 노를 안고
空霜遂盈襟.	하늘에서 내린 서리에 소매가 다 젖어
羸馬望北走,[37]	마른 말은 북쪽으로 달리려고 바라보고
遷人悲越吟.[38]	귀양 온 사람은 고향 생각에 슬퍼라
何當邊草白,[39]	어느 날인가, 변방의 풀이 하얗게 시들 때

---

33) 楚山(초산) : 초 지방에 있는 산. 전국시대 초의 강역은 상당히 넓어 오늘날의 장강 이남은 물론 화동 지방까지 포함한다.

34) 胡關(호관) : 중국의 서북 지역 이민족 주거지에 접해있는 관문. 예컨대, 안문관(雁門關), 옥문관(玉門關), 양관(陽關) 등을 가리킨다. 이 구는 피리 소리가 애절하여 변방의 수자리를 지키는 사람을 생각하는 듯하다는 뜻.

35) 寥寥(요료) : 여러 가지 뜻이 있으나, 여기서는 소리가 맑고 높다. ○ 浦漵(포서) : 물가. 포구.

36) 邯鄲(한단) : 전국시대 조(趙)나라의 수도. 지금의 하북성 한단시. 『한서』 「지리지」(地理志)에 의하면 조(趙) 지방의 여인들은 금슬(琴瑟) 등의 악기를 잘 탄다고 한다.

37) 羸馬(리마) : 비루먹은 말. 여윈 말. 이 구는 '고시십구수'의 「걷고 걸어 또 쉬지 않고 걸어가니」(行行重行行)에 나오는 "북방에서 온 말은 북풍을 그리워하고"(胡馬依北風)라는 표현과 통한다.

38) 越吟(월음) : 앞의 시 주석 참조.

39) 何當(하당) : 언제. 어떻게.

旌節隴城陰.⁴⁰)　　　대장기를 들고 농성(隴城)의 북쪽에 갈 때는

해설 밤에 강 위에서 피리 소리를 듣고 연상되는 감정과 이미지를 전개
하였다. 음악을 연주하는 강변의 풍경과 음악이 환기하는 여러 가지 이미
지를 복합적으로 운용하였다. 성당시기에는 음악이 주는 이미지를 묘사한
시들이 많은데 이로부터 고전시의 의경(意境)이 확립되는 계기가 되었다.

저광희(儲光羲)

평석 저광희는 도연명 시가 지닌 진박(眞樸)을 배워, 왕유와 함께 각자의 시세계를 개척하였
다.(太祝詩學陶而得其眞樸, 與王右丞分道揚鑣.)

초부사(樵父詞)¹)

山北饒朽木,　　　산의 북면에는 썩은 나무가 많고
山南多枯枝.　　　산의 남면에는 마른 가지가 많더라
枯枝作採薪,　　　마른 가지를 땔감으로 만들면
爨室私自知.²)　　　방을 따뜻하게 데울 줄 안다네

---

40)　旌節(정절) : 사신이 들고 가는 절(節). 신분과 직책을 표시하는 신표. ○ 隴城(농성) :
　　　隴城縣(농성현). 진주(秦州) 천수군(天水郡)에 속한다. 지금의 감숙성 진안현(秦安
　　　縣) 동북. 여기서는 당시 티베트와 대치하고 있던 농산(隴山)의 서쪽에 있는 여러
　　　지역을 가리킨다.
1)　樵父(초부) : 樵夫(초부)와 같다. 나무꾼.
2)　爨室(찬실) : 부엌. 주방. 여기서는 방을 데우다.

詰朝礪斧尋,³⁾ 이른 아침 날을 벼린 도끼를 들고 찾아가

視暮行歌歸. 해거름을 보고 노래를 부르며 돌아오누나

先雪隱薜荔,⁴⁾ 눈이 내리기 전에 승검초로 옷을 지어 입고

迎暄臥茅茨.⁵⁾ 따뜻한 날이 되면 띳집에 누우리

清澗日濯足,⁶⁾ 맑은 시내에 나가 날마다 발을 씻고

喬林時曝衣.⁷⁾ 높은 가지에 때때로 옷을 말리리라

終年登險阻, 일 년 내내 험준한 산을 오르며

不復憂安危. 다시는 인간세상의 안위를 걱정하지 않으리

蕩漾與神遊,⁸⁾ 사물과 정신이 출렁이듯 자유롭게 어울리고

莫知是與非. 옳음과 그름이 무엇인지도 알지 몰라라

평석 산속의 험준함은 세상의 험난함과는 다르므로 올라도 위험하지 않다.(山中之險阻, 異世

途之險阻也, 故登而不危.)

---

3) 詰朝(힐조) : 詰旦(힐단)과 같다. 새벽. ○礪斧(여부) 도끼날을 갈다.

4) 薜荔(벽려) : 승검초. 굴원(屈原)의 『초사』 「이소」(離騷)에 "향초의 뿌리로 구릿대를 휘감아, 승검초의 첫 꽃잎들을 엮고"(擥木根以結茝兮, 貫薜荔之落蕊)라는 말이 있다. 『초사』 「산귀」(山鬼)에도 "산기슭에 어른거리는 사람 그림자, 승검초로 옷 입고 새삼 덩굴로 띠 둘렀네"(若有人兮山之阿, 被薜荔兮帶女羅)라는 표현이 있다.

5) 暄(훤) : 따뜻하다. ○茅茨(모자) : 띠풀로 이은 지붕. 여기서는 초가집.

6) 濯足(탁족) : 발을 씻다. 이 말은 『맹자』 「이루」(離婁)에서 유래하였다. "창랑의 강물이 맑으면 내 갓끈을 씻고, 창랑의 강물이 탁하면 내 발을 씻으리라."(滄浪之水清兮, 可以濯我纓. 滄浪之水濁兮, 可以濯我足.) 『초사』 「어부」(漁父)에도 같은 말이 나온다. 이 구는 은거의 생활을 묘사함과 동시에 은사의 고결한 흥금을 상징하였다.

7) 曝衣(폭의) : 옷을 햇볕에 쬐어 말리다.

8) 與神遊(여신유) : 사람의 정신과 사물의 형체가 긴밀하게 결합하여 자유롭게 노닒. 『열자』 「황제」(黃帝)에 신유(神遊)에 대한 이해를 엿볼 수 있다. "황제가 낮에 잠을 자는데 꿈속에서 화서씨(華胥氏)의 나라에 갔다. 화서씨의 나라는 엄주의 서쪽 태주의 북쪽에 있는데 중국에서 몇천 리나 떨어져 있는지 모른다. 배나 수레 또는 다리의 힘으로 갈 수 없으니 '정신의 여행'(神游)이다."((黃帝)晝寢而夢, 遊於華胥氏之國. 華胥氏之國在弇州之西, 台州之北, 不知斯齊國幾千萬里. 蓋非舟車足力之所及, 神游而已.) 또 유협(劉勰)이 『문심조룡』(文心雕龍) 「신사」(神思)에도 "사물과 정신이 함께 어울려 논다"(物與神遊)는 표현이 있다.

해설 나무꾼의 일상과 정신세계를 노래한 시이다. 여기서 나오는 나무꾼은 다분히 은거하는 고사(高士)로, 그 생활의 일부가 궁경(躬耕)하고 나무할 뿐이다. 도연명 이래 지식인이 몸소 일하는 정신이 여기에 이어졌다고 할 수 있다.

목동사(牧童詞)

不言牧田遠,	방목지가 멀어도 불평하지 않고
不道牧陂深,9)	소택지가 깊어도 상관하지 않으며
所念牛馴擾,10)	오로지 소들이 잘 크기만을 바라는
不亂牧童心.	목동의 마음은 흔들림이 없다네
圓笠覆我首,	둥근 삿갓으로 내 머리를 덮고
長蓑披我襟.	긴 도롱이로 내 소매를 덮으니
方將憂暑雨,	조만간 더위와 비가 올까 걱정하고
亦以懼寒陰.	추위와 그늘을 꺼려 한하네
大牛隱層坂,11)	어미 소는 비탈의 후미진 곳에 숨고
小牛穿近林.	새끼소는 근처 숲 속을 지나가며
同類相鼓舞,	소들이 저들끼리 쫓고 따르니
觸物成謳吟.	목동은 이를 보고 절로 노래하여라
取樂須臾間,	즐거움이란 뿌리 없이 금방 생기는 것이니
寧問聲與音?	어찌 가락이 있느냐고 물어보랴?

평석 『시경』 「무양」(無羊)과 같이 전편이 목동의 성정을 노래했으며 기심(機心) 없는 마음으

---

9) 不道(부도) : 상관없이. ○陂(피) : 연못. 여기서는 소가 물을 마시는 곳.
10) 馴擾(순요) : 길들이다. 擾(요)에 길들이다는 뜻이 있다.
11) 層坂(층판) : 중첩된 산비탈.

로 귀결지었다.(與無羊之詩同, 摠言牧童性情, 歸於忘機也.)

해설 민요풍의 소박한 언어로 목동과 소 사이의 무구한 정감과 정취를 나타내었다. 소를 돌보는 목동의 마음이 절실하며, 소도 이를 아는 듯 천진하고 자유롭다. 말 2구를 보면 시인은 목동과 소를 빌려 도가의 이상적 경지를 표현하고자 한 듯하다.

조어만(釣魚灣)

垂釣綠灣春,	푸른 물굽이에 낚싯줄 드리우니
春深杏花亂.	봄이 깊어 살구꽃이 분분해라
潭清疑水淺,	못이 맑은 탓에 물이 얕은 듯 보이고
荷動知魚散.12)	연잎이 움직인 탓에 물고기 있음을 알겠네
日暮待情人,13)	해 저물녘에 정 깊은 사람을 기다리니
維舟綠楊岸.14)	버들 푸른 강 언덕에 배를 묶어두노라

평석 '대정인'(待情人)은 뜻이 같은 사람을 기다린다는 뜻이다. 낚시를 바라보는 것은 고기를 잡는데 마음이 있는 것이 아니다.('待情人', 候同志也, 見釣者意不在魚.)

해설 봄이 온 조어만(釣魚灣)의 수려한 풍경과 친구를 기다리는 마음을 표

---

12) 荷動(하동) 구: 이 구는 한대 악부시 「강남」(江南)의 이미지를 이용하였다. 전문은 다음과 같다. "강남에선 연밥을 따기 좋아, 연잎은 얼마나 수려한가, 물고기가 연잎들 사이에서 헤엄치네, 물고기가 연잎의 동쪽에서 헤엄치네, 물고기가 연잎의 서쪽에서 헤엄치네, 물고기가 연잎의 남쪽에서 헤엄치네, 물고기가 연잎의 북쪽에서 헤엄치네"(江南可採蓮, 蓮葉何田田. 魚戲蓮葉間. 魚戲蓮葉東, 魚戲蓮葉西, 魚戲蓮葉南, 魚戲蓮葉北.)
13) 情人(정인): 정이 깊은 사람. 일반적으로 친구를 가리킨다.
14) 維舟(유주): 닻줄로 배를 묶다.

현하였다. 조용하고 한적한 물가에 봄소식이 분주한 장면은 이미지가 청신하고 필치가 활발하다. 이 시는 원래 「잡영」(雜詠) 5수 연작시 가운데 제4수로 시인이 종남산에 은거할 때 지은 것으로 보인다.

태현관 벽에 적다(題太玄觀)

門外車馬喧,	문밖은 수레와 말이 시끄러워도
門裏宮殿清.	문 안은 전각들이 맑고 조용해
行卽翳若木,[15]	걸으면 곧 거대한 약목(若木)의 그늘 아래요
坐卽吹玉笙.	앉으면 곧 옥 생황의 음악이 들리누나
所喧旣非我,	소란스러운 건 이미 나의 본성이 아니니
眞道其冥冥.[16]	참된 진리는 깊고 어두워 잘 드러나지 않아라

평석 엄숙하고 화목하며, 유선시의 상투어가 없다.(肅肅穆穆, 無遊仙凡語.)

해설 태현관을 둘러보고 도교의 이치를 생각하였다. 도관의 안팎을 선명하게 대비하여 절속(絶俗)의 분위기를 나타내고, 거대한 나무와 음악에서 신선의 세계를 환기했다. 말 2구에서는 설리(說理)로 시를 마무리하였다.

---

15) 若木(약목) : 신화 속의 큰 나무 이름으로 곤륜산의 서쪽 태양이 지는 곳에 있다. 푸른 잎에 붉은 꽃이 피는데, 그 빛이 지하 세계를 비춘다. 『초사』「이소」(離騷)에 "서쪽 끝 약목(若木)을 꺾어 해가 지지 않도록 막고, 잠시 조용히 거닐며 소요하네"(折若木以拂日兮, 聊逍遙以相羊.)란 표현이 있다. 여기서는 도관(道觀) 안에 있는 거대한 나무를 가리킨다.

16) 眞道(진도) : 진정한 도리. 진리. 여기서는 도교의 교의. ○冥冥(명명) : 어둑어둑함, 또는 아득하고 먼 모양.

차죽을 먹고 지음(吃茗粥作)[17]

當畫暑氣盛,	더위가 한창인 대낮에는
鳥雀靜不飛.	새들도 꼼짝 않고 날지도 않는구나
念君高梧陰,	그대는 높은 오동나무 그늘에서
復解山中衣.	더구나 산속에서 옷을 벗고 있으리라
數片遠雲度,	몇 조각 먼 구름이 흘러와도
曾不蔽炎暉.[18]	타오르는 햇빛을 가리지 못해라
淹留膳茶粥,[19]	나를 붙들고 차죽(茶粥)을 끓여주며
共我飯蕨薇.[20]	나와 더불어 고사리를 먹자는구나
敝廬旣不遠,	나의 누추한 오두막이 멀지 않은 탓에
日暮徐徐歸.	해 저물매 천천히 돌아가누나

해설 한여름의 혹서(酷暑) 속에 근처에 있는 친구 집에 가서 차죽을 먹은 일을 제재로 하였다. 시인은 산속의 시원한 친구 집이 생각 나 찾아갔는데 뜻밖에도 차죽을 끓여주어 먹고 온다. 아마 은거할 때 지은 시로 보인다. 생활의 분위기가 물씬한 가작이다.

---

17) 茗粥(명죽): 차죽(茶粥). 차잎을 많이 넣고 진하게 끓인 차로, 그 표면이 죽과 같이 보이므로 명죽(茗粥)이라 이름 붙였다. 당대 양화(楊華)의 『선부경수록』(膳夫經手錄)에 "차는 고대에는 먹었다는 기록이 없다. 근대 진송(晉宋) 이후 오(吳) 지방 사람이 잎을 끓였는데 곧 명죽(茗粥)이다"는 기록이 있다.
18) 炎暉(염휘): 불꽃이 튀는 듯한 햇빛.
19) 淹留(엄류): 멈추거나 머뭇거리며 나가지 않음. 여기서는 만류하다.
20) 蕨薇(궐미): 고사리와 고비. 백이(伯夷)와 숙제(叔齊)가 뜯어먹고 죽은데서, 은자의 음식을 의미한다.

사신으로 탄쟁협을 지나가며 지음(使過彈箏峽作)[21]

鳥雀知天雪,	새들이 눈 오는 걸 아는지
群飛復群鳴.	떼 지어 날며 또 떼 지어 우는구나
原田無遺粟,	들에는 떨어진 좁쌀 하나 없고
日暮滿空城.	빈 성에는 저무는 해만 가득해라
達士憂世務,[22]	통달한 선비는 세상의 큰일을 근심하는데
鄙夫念王程.[23]	비루한 사내는 맡은 공무(公務)만 염려하는구나
晨過彈箏峽,	새벽에 탄쟁협에 들어서니
馬足凌兢行.[24]	말이 다리를 떨며 추운 곳을 지나가네
雙壁隱靈曜,[25]	양쪽 절벽이 햇빛을 가리고 있어
莫能知晦明.[26]	밤인지 낮인지 알 수 없어라
皚皚堅冰白,[27]	단단한 얼음은 하얗게 빛나고
漫漫陰雲平.[28]	어두운 구름은 평평하게 퍼져 있어라
始信古人言,	비로소 믿나니 옛 사람의 말을
苦節不可貞.[29]	"지나친 절제는 바르지 못하다"고

---

21) 彈箏峽(탄쟁협) : 협곡 이름. 지금의 감숙성 평량(平涼)시 서쪽 50킬로미터 지점에 소재. 『원화군현도지』(元和郡縣圖志)에 따르면, 경수(涇水)가 남쪽으로 흐르다 도로산 (都盧山)을 지나는데, 산속의 협곡을 지나며 고쟁(古箏)을 퉁기는 소리가 들린다 하여 여행자들이 탄쟁협이라 불렀다고 한다.

22) 達士(달사) : 식견이 높고 이치에 통달한 사람. 『한서』 「소망지전」(蘇望之傳)에 "조정에 직간하는 신하가 없으면 허물을 모르고, 나라에 달사가 없으면 선행을 듣지 못한다"(朝無爭臣則不知過, 國無達士則不聞善.)는 말이 있다. ○ 世務(세무) : 세상의 일. 여기서는 정치.

23) 鄙夫(비부) : 천한 남자. 자신을 가리킨다. ○ 王程(왕정) : 공무를 받들고 파견나간 여정.

24) 凌兢(능긍) : 춥고 서늘하다. 또는 무섭고 떨리는 모양.

25) 雙壁(쌍벽) : 협곡의 양쪽 절벽. ○ 靈曜(영요) : 태양. 서진(西晉) 곽박(郭璞)의 「유선시」(遊仙詩)에 "양곡(暘谷)이 영요(靈曜)를 토해내고, 부상(扶桑)이 천 길이나 우거졌다"(暘谷吐靈曜, 扶桑森千丈.)는 구절이 있다.

26) 晦明(회명) : 밤과 낮.

27) 皚皚(애애) : 희고 깨끗한 모습.

28) 漫漫(만만) : 끝없이 드넓은 모양.

해설 공무로 탄쟁협을 지나며 바라본 주위의 경관과 자신의 감회를 술회하였다. 눈 내리고 얼음 언 겨울 변방의 황량한 모습을 묘사하였다. 말 2구에서 말하는 지나친 절제란 눈 내리고 추운 엄혹한 환경이 주는 시련을 말하며, 그러나 극단적인 환경에서의 인내는 좋지 않다는 뜻을 나타내었다.

농가에서 보이는 대로(田家卽事)[30)

蒲葉日己長,	창포 잎은 날로 자라고
杏花日己滋.[31)	살구꽃도 날마다 무성한데
老農要看此,	늙은 농부가 이를 보고
貴不違天時.[32)	하늘이 내린 때를 놓치지 않으려 하네
迎晨起飯牛,	새벽에 일어나 소에게 여물 먹이고
雙駕耕東菑.[33)	쌍 멍에로 동쪽 묵정밭을 가니
蚯蚓土中出,[34)	흙속에서 지렁이가 나오고
田鳥隨我飛.	까마귀가 내 뒤로 날아드네
群合亂啄噪,[35)	무리지어 어지러이 쪼아 먹으며

---

29) 苦節(고절) : 지나치게 절제하다. 이 구는 『주역』 「절」(節)괘에 "절괘(節卦), 형통하다. 지나치게 절제하면 바르지 못하다"(節, 亨. 苦節, 不可貞.)에서 나왔다.

30) 卽事(즉사) : 눈앞의 사물이나 일을 제재로 한 시. 시 제목에 습관적으로 붙이는 경우가 많다.

31) 滋(자) : 자라다.

32) 天時(천시) : 농사를 하는데 필요한 자연 기후 조건. 이 구는 시기를 놓치지 않음이 귀한 줄 안다는 말로, 이제 해야 할 일을 할 때임을 안다는 뜻이다.

33) 東菑(동치) : 동쪽에 있는 개간한지 일 년이 된 밭. 전원을 가리킨다. 양(梁) 심약(沈約)의 「교거부」(郊居賦)에 "동쪽 묵정밭에서 보습으로 이랑을 내고, 북쪽 밭에 새 도랑에 물을 댄다"(緯東菑之故耕, 浸北畝之新渠.)는 표현이 있다.

34) 蚯蚓(구인) : 지렁이. 『예기』 「월령」(月令)에 "땅강아지 울고, 지렁이가 나온다"(螻蟈鳴, 蚯蚓出.)는 말이 있다. 또 고대인은 지렁이가 나오면 비가 온다고 생각하였다.

35) 啄噪(탁조) : 쪼아 먹으며 울다.

嗷嗷如道飢.[36]　　　깍깍거리며 배고프다 말하는 듯해라
我心多惻隱,[37]　　　내 마음이 한껏 측은하여
願此兩傷悲.[38]　　　까마귀와 지렁이를 함께 슬퍼하여라
撥食與田烏,[39]　　　먹이를 흩뿌려 까마귀에게 주다가
日暮空筐歸.　　　저녁에는 빈 광주리 들고 돌아오네
親戚更相誚,[40]　　　식구들과 친척들이 나를 향해 꾸짖어도
我心終不移.　　　내 마음은 끝내 옳다 여기노라

평석 동물을 사랑하는 마음이 자신을 사랑하는 것보다 더하다. 농부 가운데 이런 사람이 있기 쉽지 않다.(愛物之心, 勝於愛己, 田父中不易有此人.)

해설 봄날 밭을 갈다가 일어난 일을 소재로 쓴 시이다. 까마귀들이 지렁이를 게걸스럽게 먹는 모습에 까마귀도 살리고 지렁이도 살리기 위해 뿌려야 할 씨앗을 모두 먹이로 주었다. 생명에 대한 시인의 무한한 애정을 알 수 있다. 게다가 농부와 대조되는 가족과 친척의 실용적인 시각도 끼어 넣어 입체적인 장면을 만들었다. 비록 사소한 일이지만 사실적인 묘사에 농가의 일과 작자의 마음이 손에 잡힐 듯 여실하다.

---

36)　嗷嗷(오오) : 새가 슬프게 우는 소리. 『시경』 「소아」(小雅) 「홍안」(鴻雁)에 "큰기러기 날아가니, 우는 소리 애절하다"(鴻雁于飛, 哀鳴嗷嗷.)는 말이 있다.
37)　惻隱(측은) : 측은히 여기다. 동정하고 가엽게 여기다.
38)　願(원) : 뜻이 없는 어조사로 쓰였다. ○兩(양) : 까마귀에 먹힌 지렁이와 굶주린 까마귀.
39)　撥食(발식) : 먹이를 흩뿌리다.
40)　相(상) : 대상을 나타내는 말로, 여기서는 '나를 향하여'라는 뜻. '서로'라는 뜻이 아니다. ○誚(초) : 꾸짖다.

농가 잡흥 4수(田家雜興四首)

제1수

春至鶬鶊鳴,[41]	봄이 와서 꾀꼬리 울면
薄言向田墅.[42]	들녘에 있는 농가로 가보세
不能自力作,	혼자 있으면 힘써 경작하지 않으니
黽勉娶鄰女.[43]	열심히 노력하여 이웃집 처녀에 장가들었지
旣念生子孫,	아이를 낳을 생각도 하고
方思廣田圃.	밭을 넓힐 생각도 하였지
閑時相顧笑,	한가할 때는 서로 돌아보며 웃고
喜悅好禾黍.[44]	잘 익은 곡식을 보고 기뻐하였지
夜夜登嘯臺,[45]	밤마다 완적(阮籍)의 소대(嘯臺)에 오르고
南望洞庭渚.[46]	남쪽으로 동정호를 바라보네
百草被霜露,	온갖 풀이 서리와 이슬에 젖는데
秋山響砧杵.[47]	가을 산에 다듬이 소리 가득해라
却羨故年時,	지난해의 수확이 넉넉하니

---

41) 鶬鶊(창경) : 꾀꼬리. 황조(黃鳥) 또는 황리(黃鸝)라고도 한다.
42) 薄言(박언) : 두 가지 설이 있다. 하나는 '빨리', '황급히'라는 뜻으로 言(언)은 焉(언)
   이나 然(연)으로 본다. 다른 하나는 뜻이 없는 발어사(發語詞)로 보는 설로, 청대 유
   기(劉淇)의 『조자변략』(助字辨略) 설이 대표적이다. 여기서는 후자로 새겼다. ○田
   墅(전서) : 농촌의 허름한 집.
43) 黽勉(민면) : 힘써 노력하다. 『시경』「곡풍」(谷風)에 "마음 합하여 함께 노력해 왔으
   니, 마땅히 화를 내어서는 안되겠지요"(黽勉同心, 不宜有怒.)란 말이 있다.
44) 禾黍(화서) : 벼와 기장. 여기서는 곡식을 가리킨다.
45) 嘯臺(소대) : 위(魏)의 완적(阮籍)이 자주 찾아가 휘파람을 불렀다는 누대. 지금의 하
   남성 위씨현(尉氏縣) 동남에 소재. 동진(東晉) 강미(江微)의 『진류지』(陳留志)에 "완
   적은 휘파람을 잘 불렀는데, 그 소리와 거문고 가락이 조화롭게 어울렸다. 진류에
   완적의 소대(嘯臺)가 있다"고 했다.
46) 洞庭(동정) : 동정호(洞庭湖). 호남성 북부에 있다.
47) 砧杵(침저) : 다듬잇돌과 다듬이.

中情無所取.⁴⁸⁾　　　마음속에 다른 욕심이 없어라

평석 지난해의 수확이 풍족하니 다른 걸 가질 필요가 없다.(所羨者故年之收種, 不必別有所取也.)

해설 농촌에서 소박하게 살아가는 모습을 그렸다. 그러나 단순히 농촌의 삶을 그린 것이 아니라 도가적 자연주의가 배어 있고, 완적의 전고에서 보듯 현학(玄學)의 자재(自在)로움이 있다. 이는 살아가는 모습이자 생활 철학의 형상화라고 할 수 있다. 「농가 잡흥」 8수 가운데 심덕잠은 4수를 골랐다.

제2수

衆人恥貧賤,	뭇 사람들은 가난을 부끄러워하고
相與尙膏腴.⁴⁹⁾	한가지로 부귀영달을 숭상하지만
我情旣浩蕩,	나의 마음은 본디 제멋대로여서
所樂在畋漁.⁵⁰⁾	사냥과 고기잡이로 즐거움을 삼는다네
山澤時晦冥,⁵¹⁾	산과 연못이 때로 어두워지면
歸家暫閑居.	집에 돌아가 잠시 한가하게 지내네
滿園種葵藿,	텃밭 가득 규채와 콩을 심고
繞屋樹桑楡.	집 둘레에 뽕과 느릅나무를 심어
禽雀知我閑,	새들은 내가 한가한지 알고
翔集依我廬.	나의 여막에 날아와 모이네
所願在優游,⁵²⁾	바라는 바는 여유로움이니

---

48)　中情(중정) : 마음속의 생각과 감정.
49)　相與(상여) : 함께. 서로. ○ 膏腴(고유) : 비옥한 땅과 살찐 고기. 여기서는 부귀영달.
50)　畋漁(전어) : 사냥과 낚시. 전원생활을 가리킨다.
51)　晦冥(회명) : 어둠. 여기서는 산과 강이 어두워진다는 뜻이지만, 이를 빌려 시국의 혼란을 환기하였다. "천지가 닫히면 현인은 숨는다"(天地閉, 賢人隱.)의 뜻을 반영하였다.

| 州縣莫相呼.⁵³⁾ | 주(州)와 현(縣)에서 부르는 일도 없어라 |

州縣莫相呼.⁵³⁾　　주(州)와 현(縣)에서 부르는 일도 없어라
日與南山老,⁵⁴⁾　　날마다 종남산의 은사와 함께
兀然傾一壺.⁵⁵⁾　　흐리멍덩하게 술병을 기울이노라

해설 종남산에 은거하며 자기 삶의 뜻을 밝혔다. 시는 시종 세상 사람의 가치와 대비하면서 자신의 뜻을 드러냈는데, 송대 유신옹(劉辰翁)이 말했듯이 도연명의 정취가 가득하다.

제3수

貧士養情性,　　가난한 선비는 성정을 기를 뿐
不復知憂樂.⁵⁶⁾　　근심이고 즐거움이고 더 이상 모른다네
去家行賣畚,⁵⁷⁾　　집을 나와 삼태기를 팔고
留滯南陽郭.⁵⁸⁾　　남양의 외곽에서 머물렀다네

---

52) 優游(우유) : 한가하고 여유롭다.
53) 州縣(주현) : 주(州)와 현(縣). 당대의 지방 행정 단위 조직. 당대에 은거한 사람에게 관직을 부여하는 일은 주와 현에서 추천하여 이루어졌다. 또 황제가 발탁하는 일도 주와 현을 통하여 전달되었다. 그러므로 이 구에서 주와 현에서 부르지 않는다는 말은 그러한 벼슬 추천이 없다는 뜻이다.
54) 南山(남산) : 종남산.
55) 兀然(올연) : 취하여 흐리멍덩한 모양. 위(魏) 유령(劉伶)의 「주덕송」(酒德頌)에 "흐리멍덩하게 취하고 시원스럽게 깨어나다"(兀然而醉, 豁爾而醒.)는 말이 있다.
56) 憂樂(우락) : 슬픔과 즐거움.
57) 賣畚(매분) : 삼태기를 팔다. 『진서』(晉書) 「왕맹전」(王猛傳)에 나오는 전진(前秦)의 왕맹(王猛)과 관련된 고사. 왕맹은 어려서 가난하여 삼태기를 팔며 살았다. 한 번은 낙양에서 어떤 사람이 높은 값으로 사면서 집이 멀지 않으니 따라와 돈을 받으라고 하였다. 왕맹이 얼마 따라가지 않았는데도 깊은 산 속에 이르렀는데, 사람들이 대사마공(大司馬公)이라 왔노라고 하면서 한 노인에게 안내하였다. 노인은 열 배로 값을 쳐주었다. 왕맹이 산을 나와 돌아보니 곧 숭고산(嵩高山, 숭산)이었다. 왕맹은 나중에 전진(前秦)의 부견(符堅)에 중용되어 중서시랑(中書侍郞)이 되었다. 이 전고는 일반적으로 은거를 비유한다.
58) 南陽(남양) : 지금의 하남성 남양시.

秋至黍苗黃,	가을에 기장의 잎이 누렇게 되어도
無人可刈獲.[59]	베어갈 사람이 아무도 없어
孺子朝未飯,	아이는 아침에 밥 먹기도 전에
把竿逐鳥雀.	장대를 들고 새들을 쫓누나
忽見梁將軍,[60]	갑자기 양기(楊冀) 같은 장군이
乘車出宛洛.[61][62]	수레를 타고 완성과 낙양에서 나왔다네
意氣軼道路,[63]	기세는 길가에 가득 넘치고
光輝滿墟落.[64]	광휘는 촌락을 가득 채울 정도네
安知負薪者[65]	어찌 알랴, 땔감을 지고 가는 사람이
咥咥笑輕薄.[66]	껄껄거리며 그 경박스러움을 비웃는 것을

해설 농촌에서 살아가는 사람의 소박한 생활과 심정을 세속에서 출세한 사람과 대비하여 표현하였다. 그러나 삼태기를 팔고 농사를 짓는 사람은 단순한 농부가 아니라 가난한 선비(貧士)인 점에서, 자신의 자화상을 그리고 있음을 알 수 있다.

제4수

楚山有高士,[67]	나는 초산(楚山)에서 온 고사(高士)요

---

59) 刈獲(예획) : 베어서 수확하다.
60) 梁將軍(양장군) : 동한의 대장군 양기(楊冀). 교만하고 제멋대로여서 질제(質帝)가 발호장군(跋扈將軍)이라 하였다.
61) 심주 : 부화를 비유하여 말하는 것이지 실제로 양기 장군을 가리키는 것이 아니다. (虛指浮華, 非眞有梁將軍其人.)
62) 宛洛(완낙) : 완현(宛縣, 하남성 南陽市)과 낙양.
63) 軼(질) : 溢(일)과 같다. 넘치다.
64) 墟落(허락) : 촌락(村落).
65) 負薪(부신) : 땔나무를 등에 지다. 비천한 사람 또는 은자를 가리킨다.
66) 咥咥(질질) : 크게 웃는 소리.
67) 楚山(초산) 구 : 초 지방의 고사(高士). 저광희는 옛 초나라 강역인 연릉(延陵, 강소성

梁國有遺老. ⁶⁸⁾	그대는 양(梁) 지방에서 온 유로(遺老)라

梁國有遺老.⁶⁸⁾ 그대는 양(梁) 지방에서 온 유로(遺老)라

築室旣相鄰, 집을 지어 서로 이웃이 되었으니

同田復同道.⁶⁹⁾ 밭일도 같이 하고 길도 함께 걷는다네

糗糒常共飯,⁷⁰⁾ 볶은 쌀과 마른 밥을 함께 먹고

兒孫每更抱. 아이들을 서로 번갈아 안는다네

忘此耕耨勞,⁷¹⁾ 밭 갈고 김매기가 수고로운 줄 모르고

愧彼風雨好.⁷²⁾⁷³⁾ 비바람 속이라도 함께 있으면 즐거워

蟪蛄鳴空澤,⁷⁴⁾ 쓰르라미가 빈 연못에서 울고

鶗鴂傷秋草.⁷⁵⁾ 두견새 울음에 가을 풀이 시들어

日夕寒風來,⁷⁶⁾ 저녁이 되어 찬바람이 불어오는데

衣裳苦不早. 겨울옷을 아직 준비하지 못하였네

평석 "아이를 낳을 생각도 하고, 밭을 넓힐 생각도 하였지", "볶은 쌀과 마른 밥을 함께 먹고, 아이들을 서로 번갈아 안아라"와 같은 진박(眞樸)함은 왕유의 농가를 노래한 시에는 없

단양) 출신이므로 자신을 지칭하였다.

68) 梁國(양국) 구 : 양 지방의 옛 신하. 양 지방은 지금의 하남성 개봉(開封) 일대이며, 유로(遺老)는 이전 왕조에 충성했던 늙은 신하. 이는 이웃에 함께 은거하는 은사(隱士)를 가리키는 듯하다.

69) 同田(동전) : 함께 밭일 하다. ○同道(동도) : 함께 길을 가다.

70) 糗糒(구비) : 볶은 쌀과 말린 밥. 건량(乾糧).

71) 耕耨(경누) : 밭 갈고 김매다. 논밭에서 하는 농사일을 가리킨다. 耨(누)는 김을 매다.

72) 심주 : 늙은 농부가 만족할 줄 알고 분수에 편안해 한다는 말이다.(老農極知足安分語.)

73) 愧彼(괴피) 구 : 愧(괴)는 부끄러워하다는 뜻이 아니라 '느끼다'로 새겨야 한다. 풍우(風雨)는 『시경』 「풍우」(風雨)의 "비바람 쌀쌀하게 몰아치는데, 닭 울음 꼬꼬댁 우네. 이미 군자를 만났으니, 어찌 마음 편하지 않으리오"(風雨凄凄, 鷄鳴喈喈. 旣見君子, 云胡不夷.)를 이용하였다. 어려울 때 찾아온 친구에 대한 반가움을 표현하였다.

74) 蟪蛄(혜고) : 쓰르라미. 쓰르라미는 가을에 울므로 추운 계절이 다가왔다는 뜻이다.

75) 鶗鴂(제결) : 두견새. 이 구는 『초사』 「이소」(離騷)의 "두려운 것은 두견새가 먼저 울어, 온갖 꽃들이 시들어 떨어지는 것이라네"(恐鶗鴂之先鳴兮, 使夫百草爲之不芳.)를 차용하여 계절의 변화를 말하였다.

76) 이 구는 『시경』 「북풍」(北風)의 "북풍은 차갑기 그지없고, 함박눈은 펄펄 내리네"(北風其凉, 雨雪其雱.)를 차용하였다. 고전시에서 가을과 겨울의 추위는 일반적으로 어지러운 시국을 환기한다.

다.("旣念生子孫, 方思廣田圃", "糗糒常共飯, 兒孫每更抱", 此種眞模, 右丞田家詩中未能道著.)

해설 농촌에서 살아가는 즐거움과 어려움을 묘사하였다. 이웃하는 사람이 있어 추운 계절이 와도 의지하며 살아갈 수 있다는 안도감이 진하다. 말 4구는 계절에 대한 묘사이지만 시국의 어지러움도 함께 환기하였다.

도한(陶翰)

평석 은번이 도한의 시를 평하였다. "흥상(興象)이 많은데다 풍골(風骨)도 갖추었으니, 삼백년 이전부터 비로소 그 체재를 논할 수 있었다."(殷璠評翰詩云 : "旣多興象, 復備風骨, 三百年以前, 方可論其體裁.")

소관을 나가며 회고하다(出蕭關懷古)[1]

驅馬擊長劍,   말 달리고 장검을 휘두르며
行役至蕭關.[2]   행역으로 소관에 이르렀네
悠悠五原上,[3]   아득하여라, 감숙의 오원(五原)
永眺關河前.[4]   멀리 강 너머를 바라보노라

---

1) 蕭關(소관) : 관소의 이름. 지금의 영하회족자치구의 고원현(固原縣) 동남에 위치.
2) 行役(행역) : 병역이나 노역 또는 공무로 어렵게 여행함.
3) 五原(오원) : 다섯 곳의 벌판. 여기서는 영하 경내에 있는 오원군(五原郡)을 가리킨다. 그곳에 용유원(龍遊原), 걸지천원(乞地千原), 청령원(靑嶺原), 가람정원(可嵐貞原), 횡조원(橫槽原)이 있어 이름 붙였다.
4) 關河(관하) : 소관 부근의 강. 당대에는 울여수(蔚如水)라 했다. 지금의 청수하(淸水河).

北虜三十萬,⁵⁾	북방 오랑캐 삼십만
此中常控弦.⁶⁾	이들은 언제나 활을 들고 있어
秦城亘宇宙,⁷⁾	진나라 장성이 하늘과 땅 사이에 걸쳐 있고
漢帝理旌旃.⁸⁾	한나라 황제가 군대의 기치를 정돈하였지
刁斗鳴不息,⁹⁾	동라는 쉬지 않고 울고
羽書日夜傳.¹⁰⁾	우서는 밤낮으로 날아드는데
五軍計莫就,¹¹⁾¹²⁾	오군(五軍)의 계책은 이루어지지 않았고
三策議空全.¹³⁾	세 가지 책략은 논의되지 않았었지
大漠橫萬里,	만 리에 걸쳐 가로놓인 사막
蕭條絶人煙.	적막하여 연기라곤 보이지 않는구나
孤城當瀚海,¹⁴⁾	외로운 성이 사막을 마주하고
落日照祁連.¹⁵⁾	저무는 해가 기련산을 비추네

---

5) 北虜(북로) : 북의 오랑캐. 흉노를 가리킨다.

6) 控弦(공현) : 활을 당기다.

7) 秦城(진성) : 진대에 축조한 장성. ○亘(긍) : 걸치다. 이어지다.

8) 漢帝(한제) : 한의 황제. 서한 문제(文帝) 때인 기원전 167년 흉노가 대군을 이끌고 소관을 넘어왔다. ○旌旃(정전) : 깃발. 기치.

9) 刁斗(조두) : 군중에서 사용하는 동으로 만든 솥. 낮에는 솥으로 쓰고 밤에는 순라 돌 때 친다.

10) 羽書(우서) : 군사용 긴급 문서. 문서 위에 새의 깃털을 꽂아 긴급을 표시하였다.

11) 심주 : 『한서』「무제기」에 "원광 2년(기원전 133년) 호군장군 한안국, 효기장군 이광, 경기장군 공손하, 장둔장군 왕회, 재관장군 이식 등이 마읍에 군마를 주둔하였는데 흉노의 선우가 이를 알고 달아났다"고 하였다. 그러므로 "계책은 이루어지지 않았고"라 하였다.(武帝紀 : "元光二年, 韓安國爲護軍將軍, 李廣爲驍騎將軍, 公孫賀爲輕騎將軍, 王恢爲將屯將軍, 李息爲材官將軍, 屯馬邑谷中, 單于覺之走出." 故云'計莫就'.)

12) 五軍(오군) : 중국 고대의 군사편제로 한대에는 전군, 후군, 중군, 좌군, 우군 등으로 나누었다.

13) 심주 : 동한 때 엄우가 말했다. "흉노의 침입에 대하여 주, 진, 한 가운데 상책을 쓴 나라는 없었다. 주나라가 중책을 썼고, 한나라가 하책을 썼지만, 진나라는 계책이 아예 없었다."(嚴尤曰 : "匈奴爲害, 周秦漢未有得上策者也. 周得中策, 漢得下策, 秦無策焉.)

14) 瀚海(한해) : 대사막. 시검홍(柴劍虹)은 위구르족의 말에 가파른 절벽이 만든 협곡을 'hang'이라 하는데, 이를 '항해'(杭海) 또는 '한해'(瀚海)라 썼다는 설을 내놓았다. 여기서는 취하지 않는다.

愴然苦寒奏,[16] 슬프구나, 「고한행」을 연주하니
懷哉式微篇.[17] 그립구나, 「식미」를 읊으니
更悲秦樓月, 더구나 아낙이 누각에서 보던 그 달이
夜夜出胡天. 밤마다 변방의 하늘에 떠오르니

평석 비록 연이어 대구를 썼지만 여전히 기골이 있다.(雖屬對偶, 尚有氣骨.)

해설 변방의 소관을 나서며 고금의 전쟁과 군사들의 생활을 회고하였다. 시대와 공간을 넘나드는 웅혼한 기상이 넘친다. 중간에 전투 장면과 함께 계책 없는 변방 정책을 아쉬워하였다. 말미에서 고향을 생각하거나 이산된 사람의 심경도 읊어 변방을 여러 각도에서 바라보았다.

천축사에 묵으며(宿天竺寺)[18]

松柏亂巖口, 바위 입구에 솔과 측백이 마구 자라고
山西微徑通. 산의 서쪽으로 오솔길이 통해있구나
天開一峰見, 하늘이 열리며 봉우리 하나 보이더니
宮闕生虛空. 전각이 허공 속에 떠오르네
正殿倚霞壁,[19] 정전(正殿)이 붉은 절벽 앞에 서있고

---

15) 祁連(기련) : 기련산. 사실은 산맥으로, 감숙성과 청해성 사이의 성 경계를 이루며 하서회랑의 남단을 이룬다. 표고 4000미터 이상의 고산은 만년설에 덮여있어 하서회랑에 산재하는 오아시스의 수원이 되고 있다. 주봉은 가욕관 남쪽에 있는 기련산으로 5547미터이다.

16) 愴然(창연) : 슬프게. ○ 苦寒(고한) : 악부시(樂府詩) 「고한행」(苦寒行)을 가리킨다. 조조(曹操), 조예(曹叡), 육기(陸機), 사령운(謝靈運) 등의 작품이 남아있다.

17) 式微(식미) : 『시경』「패풍」(邶風)에 있는 「식미」(式微)를 가리킨다. 여기서는 시의 "날 저물고 어두워지려 하니, 어찌 돌아가지 않는가!"(式微, 式微, 胡不歸!)라는 구절을 가리켜, 날이 어두워진다는 뜻과 은거하고자 하는 뜻을 함께 나타내었다.

18) 天竺寺(천축사) : 지금의 절강성 항주시 영은사(靈隱寺)의 남산에 소재했다. 수대 창건.

千樓標石叢.　　　　천 개의 누각들이 암벽들 앞에 솟아있어라

夜來猿鳥靜,　　　　밤이 되면 원숭이 울음과 새 소리 잦아들고

鐘梵寒雲中. 20)　　찬 구름 속에 종소리와 독경 소리 흘러나와

岑翠映湖月,　　　　봉우리의 비췻빛 숲에 호수의 달빛 반사되고

泉聲亂溪風.　　　　샘물 소리는 계곡의 바람에 뒤섞이네

心超諸境外, 21)　　마음은 여러 대상 밖을 넘어가고

了與懸解同. 22)23)　깨달음은 생사의 고락을 초월하여라

明發氣候改, 24)　　새벽에는 절기가 바뀌어

起視長崖東.　　　　일어나 벼랑의 동쪽을 바라보니

湖色濃蕩漾,　　　　짙어진 호수 빛에 물결이 출렁이고

海光漸曈曨 25)　　바다 빛은 점점 훤하게 밝아오네

葛仙跡尚在, 26)　　갈홍(葛洪)의 자취 아직도 남아있고

許氏道猶崇. 27)　　허매(許邁)의 가르침도 여전히 드높은데

---

19) 霞壁(하벽) : 붉은색 절벽.

20) 鐘梵(종범) : 절의 종소리와 불경 읽는 소리.

21) 境(경) : 마음이 대상으로 하는 세계. 예컨대 진경(塵境), 색경(色境), 법경(法境) 등이다.

22) 심주 : 얽매임이 없다.(無繫着也.)

23) 懸解(현해) : 거꾸로 매달린 것을 풀어줌. 일반적으로 생사의 고락을 초월하다는 뜻
으로 쓰인다. 『장자』 「양생주(養生主)에서 유래했다. "와야 할 때 노담(老聃)이 제
때에 왔고, 가야할 때 노담은 순리에 따랐다. 때에 따르고 변화에 순응하니 슬프고
즐거운 감정이 마음에 끼어들 수 없다. 옛날 이를 거꾸로 매달린 걸 푼다는 뜻에서
현해(懸解)라고 하였다"(適來, 夫子時也, 適去, 夫子順也. 安時而處順, 哀樂不能入也,
古者謂是帝之懸解.)

24) 明發(명발) : 새벽. ○氣候(기후) : 일 년의 이십사절기(節氣)와 칠십이 후(候). 월령
(月令)이나 계절을 가리킨다.

25) 曈曨(동롱) : 해가 막 떠올라 점점 밝아지는 모양.

26) 葛仙(갈선) : 갈홍(葛洪, 284~364년)을 가리킨다. 동진의 도교 학자이자 연단가이다.
자는 치천(稚天)이며 호를 포박자(抱朴子)라 하였다. 단양군(丹陽郡) 구용(句容, 강
소성 구용현) 사람. 관내후(關內侯)를 받았고 나중에 광동 나부산(羅浮山)에 은거하
였다. 『포박자』, 『서경잡기』 등의 저서를 남겼다.

27) 許氏(허씨) : 허매(許邁)를 가리킨다. 자는 숙현(叔玄)이며 구용(句容) 사람이다. 346
년 임안(臨安, 절강성 임안현) 서산(西山)에 들어가 은거하였다. 왕희지와 절친하였
으며 서예에도 뛰어났다.

獨往古來事,[28]　　　고금의 일에 대해 자유롭게 오가며
幽期懷二公.[29]　　　두 사람을 그리며 은일을 기약하네

해설 천축사를 찾아 가는 여정과 하룻밤을 묵고 돌아오는 과정을 시간의
순서에 따라 전개하였다. 중간에 설리(說理)를 끼워 넣어 사찰의 존재감
을 심화시켰다. 천축사의 근경과 원경, 시간의 변화, 불도의 가르침, 관
련 인물 등을 긴밀하게 짜 만든 작품이다.

구위(邱爲)

농가에 적다(題農廬舍)

東風何時至?　　　동풍이 언제 불어오나 기다렸더니
已綠湖上山.[1]　　　어느새 호수 위 산을 물들였구나
湖上春旣早,　　　호수에 봄이 이미 왔으니
田家日不閑.　　　농가에선 날마다 쉴 날이 없어라
溝塍流水處,[2]　　　흐르는 개울을 밭두둑으로 끌어오고
耒耜平蕪間.[3]　　　풀이 난 들을 쟁기질 하네

---

28)　獨往(독왕) : 사물과 세속의 장애를 벗고 정신의 자유로움으로 천지간을 자유롭게 오
　　고 가는 경지. 『장자』 「재유」(在宥)에서 유래한 말이다. "천지 사방을 드나들며, 구
　　주(九州)를 마음대로 노닐며, 홀로 오가는 것을 '독유'(獨有)라고 한다. 이러한 '독유'
　　를 가진 사람이 가장 존귀하다."(出入六合, 遊乎九州, 獨往獨來, 是謂獨有. 獨有之人,
　　是謂至貴.)
29)　幽期(유기) : 은일의 기약.
1)　湖(호) : 가흥시에 있는 남호(南湖)를 가리킨다. 일명 원앙호(鴛鴦湖)라고도 한다.
2)　溝塍(구승) : 도랑과 밭두둑. 여기서는 동사로 쓰였다. 밭두둑 사이에 물길을 내다.

薄暮飯牛罷,[4]   저물녘에 소에게 꼴을 먹이고 나면
歸來還閉關.[5]   집에 돌아와 비로소 문을 닫는다네

해설 봄이 온 농가의 모습을 생기 있게 그렸다. 첫 2구는 봄이 온 경이로
움을 표현하였는데, 송대 왕안석(王安石)이 쓴 「과주에 배를 대고」(泊船瓜
洲)의 "봄바람이 다시 강의 남안을 푸르게 하는데, 명월은 언제 집에 돌
아가는 나를 비추려나"(春風又綠江南岸,明月何時照我還)의 출구(出句)를 연상
시킨다.

산중에 은자를 찾아 갔으나 만나지 못하고(山行尋隱者不遇)

絶頂一茅茨,   산꼭대기에 띳집 하나 있어
直上三十里.   곧장 삼십 리를 올랐네
扣關無僮僕,[6]   문을 두드려도 시동(侍童)은 없고
窺室唯案几.   집안을 엿보니 안궤(案几)뿐이로다
旣非巾柴車,[7]   허름한 수레를 몰고 나간 게 아니라면
應是釣秋水.   분명 가을 강으로 낚시하러 갔으리
蹉跎不相見,[8]   헛걸음하여 만나지 못했으니

---

3) 耒耜(뇌사): 쟁기와 보습. 논밭의 흙을 뒤엎는데 쓰인다. 여기서는 동사로 쓰였다.
    밭을 갈다. ○平蕪(평무): 풀이 난 들.
4) 飯牛(반우): 소에게 꼴이나 여물을 먹이다.
5) 閉關(폐관): 閉門(폐문)과 같다. 문을 닫다. 關(관)은 빗장.
6) 扣關(구관): 문을 두드리다. 關(관)은 빗장.
7) 巾柴車(건시거): 건거(巾車)는 휘장을 장식한 수레. 시거(柴車)는 가난한 사람이 타
    는 가시나무로 만든 수레. 이때 巾(건)은 동사로 새겨 "가시나무로 만든 수레를 끌
    고"라고 해야 좋을 듯하다. 강엄(江淹)의 '잡체시'(雜體詩) 30수 중의 한편인 「도원명
    의 '전원에 살며'」(陶征君潛田居)에 "해거름에 수레를 몰고 가니, 길이 어두워 이미
    저녁이로다"(日暮巾柴車, 路暗光已夕)라는 말이 있다.
8) 蹉跎(차타): 넘어지다. 여기서는 헛걸음하다.

黽勉空仰止.[9)	마음으로 우러러 보기만 할 뿐
草色新雨中,	풀빛은 새로 내린 비에 푸르고
松聲晚窓裏.	저녁 창문에는 솔바람 소리
雖無賓主意,	비록 손님과 주인이 나누는 마음 없어도
頗得清靜理.	이미 맑고 조용한 정신을 얻었네
興盡方下山,[10)	흥(興)이 다했으면 산을 내려가야 하니
何必見之子![11)	어찌 꼭 그대를 만나야 하리오

해설 산중에 있는 은자를 찾으러 갔다가 만나지 못하고 돌아온 일을 쓴 시이다. 은자의 청고한 삶과 조용한 거처의 환경을 그리고, 비록 만나지 못했지만 흥취를 잃지 않은 심회를 묘사하였다.

9) 黽勉(민면) : 힘쓰다. 노력하다. 여기서는 은근히 마음을 쓰다. ○仰止(앙지) : 우러르다. 앙모하다. 止(지)는 조사. 이 말은 『시경』 「거할」(車舝)에 "높은 산은 우러러보고, 큰 길은 걸어가네"(高山仰止, 景行行止.)에서 유래했다.

10) 興盡(흥진) : 흥이 다하다. 흥취가 없어지다. 이는 『세설신어』 「임탄」(任誕)에 나오는 전고이다. 동진의 왕휘지(王徽之)가 눈 오는 밤중에 갑자기 친구 생각이 나 산음(山陰, 지금의 소흥시)에서 섬현(剡縣, 지금의 嵊縣 서남)까지 배를 타고 대규(戴逵)를 찾아갔는데, 문 앞까지 갔다가 들어가지 않고 되돌아왔다. 나중에 누가 그 까닭을 물으니, "흥이 나서 갔다가 흥이 다해 돌아왔으니, 꼭 대규를 만나야 하겠는가?"(吾本乘興而行, 興盡而返, 何必見戴?)라고 대답하였다. 여기서는 이 전고를 빌려 작자의 광달(曠達)한 심회와 아취(雅趣)를 표현하였다.

11) 之子(지자) : 이 사람. 이 분. 은자를 가리킨다.

이기(李頎)

경호의 주 처사에게 부침(寄鏡湖朱處士)[1]

澄霽晚流闊,[2]	하늘이 맑으니 저녁 호수가 드넓은데
微風吹綠蘋.[3]	서늘한 바람이 네가래에서 불어오네
鱗鱗遠峰見,[4]	첩첩이 먼 산봉우리가 보이는
淡淡平湖春.[5]	물이 차오른 호수의 봄
芳草日堪把,	향기로운 풀은 날로 자라 쥘 만하고
白雲心所親.[6]	흰 구름은 마음의 친구로다
何時可爲樂?	어느 때에 즐거울 수 있을까?
夢裏東山人.[7]	동산에 은거하는 그대 꿈속에서나 만나리

해설 은거하고 있는 주 처사를 그리며 보낸 시이다. 전반부는 주 처사가 은거하는 경호를 묘사하고, 후반부는 은거하는 심사를 그렸다. 끝 2구에서 상대를 만나고 싶다는 말을 직접 했지만, 다른 한편으로 그대는 언제

---

1) 鏡湖(경호) : 지금의 소흥시에 있는 호수. 명승지로 유명하다. ○朱處士(주처사) : 미상. 처사(處士)는 은거하며 벼슬을 하지 않는 사람.
2) 澄霽(징제) : 하늘이 맑고 깨끗함.
3) 蘋(빈) : 네가래. 수중 식물로 물 위에 네 잎이 뜬다. 고대에는 바람이 여기에서 불어 나온다고 믿었다.
4) 鱗鱗(린린) : 구름, 물결, 기와 따위가 비늘처럼 중첩된 모양. 여기서는 산봉우리가 중첩된 모양.
5) 淡淡(염염) : 수면의 물이 가득 찬 모양. 이때는 '염'으로 읽는다. 송옥(宋玉)의 「고당부」(高唐賦)에 "출렁이며 함께 들어간다"(淡淡而幷入)는 말이 있다.
6) 白雲(백운) 구 : 양(梁) 도홍경(陶弘景)의 「산에 무엇이 있느냐는 황제의 물음에 시를 지어 답하다」(詔問山中何所有, 賦詩以答)에 나오는 白雲(백운)의 의미를 환기한다. 왕유의 「송별」(送別) 참조.
7) 東山(동산) : 은거하는 곳. 동진(東晉)의 사안(謝安)이 관직을 버리고 회계(會稽)의 동산(東山)에 은거한 이래, 동산은 은거지를 의미하였다.

든지 즐겁고, 또 나는 언제든지 그대를 만날 수 있다는 뜻을 나타내고
있다.

옥청관에 돌아가는 기 도사를 보내며(送暨道士還玉淸觀)[8]

仙官有名籍,[9]	신선의 명부에 이름이 있는데
度世吳江濱.[10]	이승에선 오 지방 강가에 태어났지
大道本無我,[11]	대도(大道)는 본래 무아(無我)이니
靑春長與君.	청춘이 오래도록 그대와 함께 하리라
中洲俄已到,[12]	낙양에 홀연히 나타나니
至理得而聞.[13]	진리를 비로소 들을 수 있었네
明主降黃屋,[14]	밝은 임금이 황제의 수레를 내리니
時人看白雲.[15]	사람들이 비로소 신선의 거처를 보게 되었네

8) 暨道士(기도사) : 미상. ○ 玉淸觀(옥청관) : 도관. 시의 내용으로 보아 화동 지방에 있는 것으로 보인다.

9) 仙官(선관) : 도교에서 말하는 신선. 여기서는 도사의 존칭으로 쓰였다. ○ 名籍(명적) : 명부.

10) 度世(도세) : 다른 세상으로 감. 여기서는 이 세상에 태어남. ○ 吳江濱(오강분) : 오 지방의 강가. 濱(분)은 물가.

11) 大道(대도) : 천지지간의 큰 도리. 유가, 도가, 불가에 모두 이 개념이 있지만 그 내용은 다르다. 도가에서는 자연의 법칙을 가리킨다. ○ 無我(무아) : 일정한 가치관으로 시비곡직을 분별하는 자아가 없는 상태. 『관윤자』(關尹子) 「삼극」(三極)에 "성인은 만물을 스승으로 삼는데, 곧 성인은 외물과 하나가 되므로 자기가 없다"(聖人師萬物, 唯聖人同物, 所以無我.)라는 말이 있다.

12) 中洲(중주) : 바다에 있다는 신선의 섬. 또는 도사가 거주하는 곳을 가리키기도 한다. 『전당시』에서는 中州(중주)라 되어있다. 中州(중주)는 구주(九州)의 중간이란 뜻으로 하남성 일대 중원을 가리킨다. 여기서는 문맥으로 보아 中州(중주)라 보고 낙양으로 풀이한다.

13) 至理(지리) : 가장 최고의 도리. 즉 진리.

14) 黃屋(황옥) : 황제가 타는 수레.

15) 白雲(백운) : 신선의 거처를 비유한다. 『장자』 「천지」(天地)에 "저 흰 구름을 타고 선궁(仙宮)에 가서 놀리라"(乘彼白雲, 至於帝鄕.)는 말에서 유래했다.

空山何窈窕,[16]	빈 산은 깊숙하기 이를 데 없고
三秀日氛氳.[17]	영지(靈芝)의 기운은 날로 성하니
遂此留書客,	마침내 여기 서생들을 남겨두고
超遙煙駕分.[18]	아득히 구름수레를 타고 떠나는구나

평석 '대도'(大道) 2구는 혼연히 이루어졌다.('大道' 二語, 渾然元化.)

해설 낙양에서 옥청관으로 떠나는 기 도사를 보내며 쓴 시이다. 기 도사
는 아마도 오(吳) 지방 출신으로 옥청관도 그곳에 있는 듯하다. 기 도사의
출신과 낙양에서의 활동을 서술하고, 말 2구에서 떠나는 모습을 그렸다.

교서랑 기무잠의 거처에 적다(題綦毋校書所居)[19]

常稱挂冠吏,[20]　　　벼슬을 그만둔 은자를 언제나 칭찬하더니

---

16) 窈窕(요조) : 깊고 깊숙한 모양. 곽박(郭璞)의 「강부」(江賦)에 "물속의 길이 사방으로
   통해 있어, 깊고 그윽하여 굽이굽이 돌아간다"(潛逵傍通, 幽岫窈窕.)는 말이 있다.

17) 三秀(삼수) : 영지(靈芝). 秀(수)는 꽃이 핀다는 뜻으로, 영지는 일 년에 세 번 꽃 피
   기 때문에 삼수(三秀)라 했다. 굴원의 『구가』(九歌) 「산귀」(山鬼)에 "산과 산 사이에
   서 영지를 캐니, 바위는 첩첩하고 칡넝쿨은 얽혀있네"(采三秀兮於山間, 石磊磊兮葛
   蔓蔓.)라는 구절이 있다. ○ 氛氳(분온) : 기운이 성한 모양.

18) 超遙(초요) : 멀다. 아득하다. ○ 煙駕(연가) : 신선이 타는 구름으로 만든 수레.

19) 綦毋校書(기무교서) : 교서랑(校書郎) 기무잠(綦毋潜). 교서랑은 서적을 정리하는 직
   책으로 문하성(門下省)의 홍문관(弘文館)과 비서성(秘書省)의 저작국(著作局)에 편
   제되었다. 품계는 종9품 또는 정9품. 기무잠은 고향이 강동(江東)으로 오늘날의 화
   동 지역이다.

20) 挂冠(괘관) : 관을 걸어두다. 벼슬을 그만두다. 『후한서』 「일민전」(逸民傳)의 봉맹(逢
   萌)의 전고에서 유래하였다. 서한 말기 왕망(王莽)이 섭정하자 봉맹의 아들 봉우(逢
   宇)가 직언을 하다가 살해당하였다. 이에 봉맹이 친구를 만나 "삼강이 끊겼소이
   다! 떠나지 않으면 화가 미칠 것이오"(三綱絶矣! 不去, 禍將及人.)라 말하였다. 곧
   관복과 관을 벗어 낙양의 성문에 걸어두고 가족을 데리고 요동(遼東)으로 갔다. 또
   『남사』(南史) 「일민전」(逸民傳)에 도홍경(陶弘景)도 제 고제(齊高帝) 때 재상이 되었

| 昨日歸滄洲.²¹⁾ | 어제 비로소 창주(滄洲)로 돌아갔지 |

昨日歸滄洲. 21)　　어제 비로소 창주(滄洲)로 돌아갔지
行客暮帆遠,　　나그네가 탄 저녁 배 멀어져가고
主人庭樹秋.　　주인이 서 있는 정원의 나무는 가을이로다
豈伊問天命? 22)　설마 오십이 되었기에 은거를 하겠는가
但欲爲山遊.　　그저 산을 둘러보고 싶어서 그런 걸
萬物我何有,　　만물 가운데 내가 가진 게 무엇인가
白雲空自幽.　　흰 구름만 하릴없이 저 홀로 아득해라
蕭條江海上,　　그대는 적막한 강과 바다 위에서
日夕見丹丘. 23)　아침저녁으로 붉은 언덕을 바라보리
生事本漁釣, 24)　낚시로 생계를 이으며
賞心隨去留. 25)　즐거이 가고 오는 변화를 따를 뿐이네
惜哉曠微月, 26)　아쉬워라, 세월을 헛되이 보내고
欲濟無輕舟. 27)　건너려 해도 배가 없으니

고 여러 왕의 시독(侍讀)을 하였는데, 현령(縣令)을 바랐으나 되지 않자 관복을 벗어
신무문(神武門)에 걸어두고 떠났다.

21) 滄洲(창주) : 원래 강가 또는 바닷가라는 뜻이나, 일반적으로 은사가 지내는 곳을 가
리킨다. 양웅(揚雄)의 「격령부」(橄靈賦)에 "세상에 황공(黃公)이란 사람이 있었는데,
창주(滄洲)에 살며, 정신을 함양하고 도(道)와 더불어 놀았다"(世有黃公者, 起於滄州,
精神養性, 與道浮遊.)라 하였다. 또 완적(阮籍)의 「정충이 진왕을 권하는 편지를 대
필하여」(爲鄭沖勸晉王箋)에서 "창주(滄洲)의 물가에서 지백(支伯)을 떠나며, 기산(箕
山)에 올라 허유(許由)에게 절한다"(臨滄洲而謝支伯, 登箕山而揖許由.)라 하였다.

22) 豈伊(개이) : 설마 ~이겠는가. 伊(이)는 조사. 『시경』 「규변」(頍弁)에 "설마 다른 사
람이겠는가, 모두가 형제이고 다른 사람은 없다"(豈伊異人, 兄弟匪他.)란 말이 있다.
○天命(천명) : 지천명(知天命)으로 나이 오십을 가리킨다. 『논어』 「위정」(爲政)에
"오십에 천명을 안다"(五十而知天命)는 말에서 유래했다.

23) 丹丘(단구) : 전설 속에 나오는 바다 밖 신선이 거주한다는 곳. 밤과 낮이 모두 밝아
'붉은 언덕'이란 뜻의 단구(丹丘)라 하였다. 여기서는 은거하는 곳의 언덕을 가리킨다.

24) 生事(생사) : 생계.

25) 賞心(상심) : 편안하고 즐거운 마음. ○去留(거류) : 떠남과 남음. 일의 성패나 생사를
가리킨다.

26) 曠(광) : 황폐하다. ○微月(미월) : 초승달. 여기서는 세월.

27) 欲濟(욕제) : 건너려 하다. 이는 곧 벼슬을 하려 함을 비유한다. 맹호연의 「동정호에
서 장 승상에게 올림」(臨洞庭上張丞相)에서도 "건너려 해도 배가 없어, 태평한 시대

倏忽令人老,[28]　　　삽시간에 사람은 늙어 가는데
相思河水流.　　　그대 향한 생각만 강물처럼 흘러가네

해설 기무잠의 집을 찾아가 쓴 시이다. 기무잠은 726년 과거에 급제한 후 교서랑이 되었으며, 2년 후 벼슬을 버리고 강동(江東)으로 돌아갔다. 이때 낙양에 있던 그의 집에 가서 기무잠을 보내고 쓴 시이다. 이기는 아직 급제하기 전으로 낙양 근처에서 은거하였다. 말 4구를 보면 비록 공산(空山)과 백운(白雲)을 사랑한다고 하더라도, 재능이 쓰이지 못함에 대한 울분도 깃들어 있다.

수양산에 올라 백이 숙제 사당에 참배하며(登首陽山謁夷齊廟)[29]

古人已不見,　　　고인은 이미 볼 수 없으니
喬木竟誰過?[30]　　　남아있는 높은 나무 그 누가 벗하랴
寂寞首陽山,　　　적막하여라, 수양산이여
白雲空復多.　　　흰 구름만 하릴없이 많구나
蒼苔歸地骨,[31]　　　푸른 이끼가 바위에 덮여 있을 때

에 일하지 못함이 부끄러워"(欲濟無舟楫, 端居恥聖明.)라는 구절이 있다.
28)　倏忽(숙홀): 갑자기. 세월이 빨리 가는 모양.
29)　首陽山(수양산): 위치에 대해서는 이설이 많으나 당대에는 지금의 산서성 남부 영제(永濟)의 중조산(中條山) 서남단이라 보았다. 상나라 말기 고죽군(孤竹君)의 두 아들인 백이(伯夷)와 숙제(叔齊)가 주나라에 귀순한 후, 주 무왕(武王)이 상나라를 정벌하는 것을 반대하다가 주나라 곡식을 먹지 않는다며 여기에서 고사리를 뜯어먹다가 굶어죽었다.
30)　喬木(교목): 높은 나무. 『맹자』 「양혜왕」(梁惠王)에 "고국이란 높은 나무가 있음을 말하는 것이 아니라 대대로 어진 신하가 있음을 말한다"(所謂故國者, 非謂有喬木之謂也, 有世臣之謂也.)는 말이 있다. 여기서는 교목을 통해 고국(故國)과 세신(世臣)의 뜻을 환기하였다.
31)　地骨(지골): 땅의 뼈라는 뜻에서 암석을 가리킨다. 土骨(토골)이라고도 한다. 『박물지』(博物志) 권1에 "땅은 명산으로 보좌를 삼고 돌로 뼈를 삼는다"(地以名山爲輔佐,

皓首采薇歌.[32]	흰 머리로 고사리 캐며 노래했지
畢命無怨色,[33]	생을 마칠 때까지 원망하지 않았고
成仁其若何![34]	살신성인했으니 이를 어이할까!
我來入遺廟,	내가 와 사당에 들어서니
時候微淸和.[35]	기후는 약간 맑고 온화하네
落日弔山鬼,[36]	저물녘에 산의 혼령에게 절을 하니
回風吹女蘿.[37][38]	돌개바람이 소나무겨우살이를 말아올리네
石門正西豁,	석문이 마침 서쪽으로 열려 있어
引領望黃河.[39]	목을 빼들고 멀리 황하를 바라보네
千里一飛鳥,	천 리에 새 한 마리 날고

石爲之骨)는 말에서 알 수 있듯 고대인은 산을 대지의 근육으로 보고 암석을 뼈로 보았다.

32) 采薇歌(채미가) : 주 무왕이 상나라를 멸망시키자 백이와 숙제가 수양산에서 고사리를 뜯으며 불렀다는 노래. 『사기』 「백이열전」(伯夷列傳)에 실려 있다. "저 서산에 올라, 고사리를 뜯으리. 폭압으로 폭압을 대신하면서, 그 잘못을 모르도다. 신농, 순, 우로 이어져온 조대가 갑자기 없어지니, 우리는 어디로 귀의할까? 아아 떠나리라, 천명이 쇠하였으니!"(登彼西山兮, 采其薇矣. 以暴易暴兮, 不知其非矣. 神農虞夏忽焉沒兮, 我安適歸矣? 于嗟徂兮, 命之衰矣!)

33) 無怨(무원) : 원망하지 않다. 이 말은 『논어』 「술이」(述而)에서 유래하였다. "염유가 말했다. '선생님은 위나라 군주에 찬성하는가?' 자공이 말했다. '좋아, 내가 가서 물어보지.' 자공이 공자의 방에 들어가 물었다. '백이와 숙제는 어떤 사람인가요?' 공자가 말했다. '고대의 현인이지.' 자공이 말했다. '그들은 원망했나요?' 공자가 말했다. '인(仁)을 구하여 인을 얻었으니 무슨 원망이 있었겠나?' 자공이 나와 염유에게 말했다. '선생님은 위나라 군주에 찬성하지 않으시네.'"(冉有曰: "夫子爲衛君乎?" 子貢曰: "諾, 吾將問之." 入曰: "伯夷叔齊何人也?" 曰: "古之賢人也." 曰: "怨乎?" 曰: "求仁而得仁, 又何怨?" 出曰: "夫子不爲也.")

34) 成仁(성인) : 살신성인(殺身成仁)을 가리킨다. 목숨을 버리고 인(仁)을 이룸. 『논어』 「위령공」(衛靈公)에 "지사와 어진 사람은 목숨을 위해 인을 해치지 않고, 오히려 목숨을 버리고 인을 이룬다"(子曰: "志士仁人, 無求生以害仁, 有殺身以成仁.)란 말에서 나왔다.

35) 淸和(청화) : 날씨가 밝고 따뜻하다.

36) 山鬼(산귀) : 산신(山神). 즉, 백이와 숙제의 혼령.

37) 심주 : 2구에 정령이 있는 듯하다.(二語中精靈如在.)

38) 女蘿(여라) : 송라(松蘿). 소나무겨우살이.

39) 引領(인령) : 목을 빼다. 멀리 바라보는 자세.

孤光東逝波.　　　　　동으로 흘러가는 물결이 외줄기로 빛나네
驅車層城路,⁴⁰⁾　　　수레를 몰아 장안으로 가는 길에
惆悵此巖阿.⁴¹⁾　　　여기 산기슭에서 잠시 슬퍼하노라

평석 백이 숙제 사당에 참배하였으니 다시 무슨 예찬할 말을 쓸 필요가 있겠는가? 담담한 필치에 풍골이 으뜸이다.(謁夷齊廟, 何容復下讚語耶? 淡淡著筆, 風骨最高.)

해설 백이와 숙제의 사당에 올라 고인을 회고하였다. 두 사람은 『사기』의 「열전」(列傳) 첫 머리를 장식하는 인물이지만, 작가는 두 사람의 청고한 덕을 직접 서술하지 않고 오히려 주변의 환경으로 그 덕을 환기하고 공자의 말로 개괄하였다.

낙양에서 만초에게 부침(東京寄萬楚)⁴²⁾

濩落久無用,⁴³⁾⁴⁴⁾　　　거대한 표주박처럼 오랫동안 쓰이지 못하여

---

40)　層城(층성) : 신화 속의 곤륜산에 있다는 높은 성. 때로 신선의 세계 또는 도성을 가리킨다. 여기서는 후자로 보았다.
41)　巖阿(암아) : 산의 굽이진 곳. 수양산의 사당이 있는 곳을 가리킨다.
42)　東京(동경) : 낙양을 가리킨다. 낙양은 657년 동도(東都)로 했다가 742년 동경(東京)으로 고쳤고, 762년 다시 동도로 복원하였다. 『하악영령집』에는 東郊(동교)로 되어 있다. 시 속에 "영수는 밤낮으로 흐르는데"(潁水日夜流)가 있는 것을 보면 영양(潁陽)의 동교(東郊)에서 은거할 때 지은 것으로 보인다. ○ 萬楚(만초) : 8세기 전반에 활동한 시인. 개원 연간에 진사에 급제했으나 관직에 올랐다는 기록은 없다. 현재 시 8수가 전해진다.
43)　심주 : 자신을 말한다.(自謂.)
44)　濩落(호락) : 瓠落(호락) 또는 곽락(廓落)과 같다. 거대한 모양. 이 말은 『장자』 「소요유」(逍遙遊)에서 유래하였다. "위나라 왕이 나에게 표주박의 종자를 주어, 내가 심었더니 자라나 오 석(육백 근) 크기가 되었소. 물을 담아보니 그 견고함이 말할 수 없었소. 쪼개어 표주박을 만들어 보니 너무 거대하여 쓸모가 없었소. 비어있는 듯 클 뿐이어서 내 생각에는 쓸모가 없어 부수어버렸소."(惠子謂莊子曰 : 「魏王貽我大瓠之種, 我樹之成而實五石, 以盛水漿, 其堅不能自擧也; 剖之以爲瓢, 則瓠落無所容. 非不

隱身甘采薇.45)	몸을 숨기고 고사리를 달게 먹고 지냈어라
仍聞薄宦者,46)47)	지금도 그대 소식 듣나니 낮은 관리로
還事田家衣.	여전히 농사일 하고 농부 옷 입는다지
潁水日夜流,48)	영수는 밤낮으로 흐르는데
故人相見稀.	친구를 만나기는 드물어라
春山不可望,	바라보아도 그대 있는 봄 산은 보이지 않고
黃鳥東南飛.49)	꾀꼬리만 동남으로 날아가누나
濯足豈長往?50)	어찌 오랫동안 탁족을 하리오?
一尊聊可依.	한 잔의 술로 잠시 의지할 뿐이네
了然潭上月,51)	환하게 밝은 연못 위의 달
適我胸中機.52)	내 마음 속의 기심(機心)을 깨우치네

嗒然大也, 吾爲其無用而掊之.) 나중에는 실의에 빠진 모습을 말하기도 한다.

45) 采薇(채미) : 고사리를 뜯다. 은거 생활을 가리킨다.

46) 심주 : 만초를 가리킨다.(指萬楚.)

47) 薄宦(박환) : 낮은 관직. 『남사』(南史) 「도잠전」(陶潛傳)에 "도연명은 이십대에 낮은 관직에 있으면서 거취를 따지지 않았다"(潛弱年薄宦, 不絜去就之跡.)는 말이 있다.

48) 潁水(영수) : 회하(淮河)의 최대 지류로, 숭산(嵩山)의 서님인 하남성 등봉시에서 빌원한다. 이기는 숭산과 회하 사이에서 생활하였으므로 이 강은 그의 시에 자주 등장한다.

49) 黃鳥(황조) 구 : 『시경』 「갈담」(葛覃)에 "꾀꼬리가 날아서, 관목 위에 앉아있네"(黃鳥于飛, 集于灌木)란 말을 환기한다. 또 동한 말기에 제작되었으리라 추정되는 '이릉소무 시'(蘇李詩) 가운데 하나인 「새매는 북쪽 숲에서 울고」(晨風鳴北林)에 "새매는 북쪽 숲에서 울고, 개똥벌레는 동남에서 날아가네. 그리운 사람을 생각하나니, 해 저물어도 휘장을 내리지 않네"(晨風鳴北林, 熠燿東南飛. 願言所相思, 日暮不垂帷.)를 환기한다. 후대 시인들은 『시경』이나 고시에 고정적으로 연관되어 있는 정서를 이용하는 경우가 많다. 그리하여 날것이 "동남으로 난다"(東南飛)는 이미지는 그리움이란 정서를 환기하게 된다.

50) 濯足(탁족) : 발을 씻다. 저광희의 「초부사」(樵父詞) 주석 참조. 여기서는 은거를 의미한다.

51) 了然(요연) : 명확한 모습. 확연히. 밝게.

52) 適(적) : 깨닫다. ○ 胸中機(흉중기) : 흉중의 기심(機心). 기심은 이익을 얻으려는 마음. 『장자』 「천지」(天地)에 기심에 대한 적절한 서술이 있다. 자공(子貢)이 밖에 나갔다가 어떤 사람이 옹기를 안고 우물 속에 들어가 물을 길러 밭에 뿌리는 사람을 보았다. 수고가 많은데 비해 효과가 적음을 보고 두레박이란 기계(機械)를 써보라고 권하였다. 그러자 그 사람이 화를 내며 말하였다. "내 스승께 들었소이다. '기계가 있는 자는 반드시 기사(機事)가 있고, 기사가 있는 자는 반드시 기심(機心)이 있다.

在昔同門友,　　　　예전에 함께 공부했던 친구들

如今出處非.[53]　　　지금은 벼슬과 은거가 저마다 다른데

優游白虎殿,[54]　　　누구는 여유 있게 백호전(白虎殿)에서 노닐며

偃息靑瑣闈.[55]　　　청쇄 장식의 문에서 누워서 쉬는구나

且有薦君表,　　　　누군가 그대를 추천하는 표문(表文)을 써

當看携手歸.　　　　응당 손잡고 입궐함을 보게 되리라

寄書不待面,[56]　　　편지로도 그대를 본 듯하니

蘭茝空芳菲.[57]　　　난초와 구릿대가 하릴없이 향기로워라

평석 후반부는 조정에 벼슬하는 동문 친구가 추천하여 발탁해야 한다고 말했다. 그리하여 난초와 구릿대에 의지하여 하릴없이 향기를 뿜지 않기를 바랐다.(後半言同門之友仕於朝者, 當遷君而出, 則不能復依蘭茝, 空見其芳菲而已.)

해설 영수 강가에서 함께 은거했던 친구 만초에게 보낸 시이다. 만초는

기심이 흉중에 있으면 순백(純白)을 보전할 수 없고, 순백을 보전할 수 없으면 심신(心神)이 안정되지 않는다. 심성이 안정되지 않으면 도(道)가 담기지 않는다.' 내가 모르는 바가 아니라 하지 않을 따름이오."(吾聞之吾師 : "有機械者必有機事, 有機事者必有機心. 機心存於胸中, 則純白不備, 純白不備, 則神生不定. 神生不定者, 道之所不載也." 吾非不知, 羞而不爲也.)

53) 出處(출처) : 벼슬살이와 은거. 진퇴. 『주역』「계사」(繫辭)에 "군자의 도는 벼슬에 나갈 때가 있고 물러나 은거할 때가 있으며, 침묵할 때가 있고 말할 때가 있다"(君子之道, 或出或處, 或默或語.)는 말이 있다.

54) 優游(우유) : 한가하고 여유롭다. ○ 白虎殿(백호전) : 白虎觀(백호관). 한대의 궁전 이름. 동한 장제(章帝) 때 박사, 낭관(郎官), 유생들이 이곳에 모여 오경(五經)에 대해 논의한 적이 있다.

55) 偃息(언식) : 드러누워 쉬다. ○ 靑瑣(청쇄) : 고대 궁문에 연속무늬로 투각한 장식 부위로, 청색의 칠을 칠하였다. 나중에는 화려한 건축이나 궁전을 가리켰다. ○ 闈(위) : 대궐의 작은 문.

56) 不待面(부대면) : 만나기를 기다리지 않는다. 상대의 인품은 향기와 같아 편지로써 알 수 있다는 뜻이다.

57) 蘭茝(난채) : 난초와 구릿대. 둘 다 모두 향초로 고결한 품성을 비유한다. 『구가』(九歌) 「상부인」(湘夫人)에 "원수에는 구릿대, 예수에는 난초, 그대를 그리워하나 감히 말하지 못하네"(沅有茝兮醴有蘭, 思公子兮未敢言.)란 말이 있다.

과거에 급제했으나 관직에 올랐다는 기록이 없고, 시에서도 오랫동안 낮은 관리(薄宦者)로 있었다고 한 것으로 보아 작자 이기와 마찬가지로 불우했던 모양이다. 당대에는 벼슬이 없거나 낮으면 어쩔 수 없이 은거를 하는 경우가 많았는데, 자신의 처지와 같은 만초를 빗대어 재능이 쓰이길 기원하였다.

가지(賈至)

촉 지방에서 책명을 받들고 삭방으로 가는 도중에 좌상 위현소, 문부상서 방관, 황문시랑 최환께 드림(自蜀奉冊命往朔方途中, 呈韋左相、文部房尙書、門下崔侍郞)[1]

---

[1] 冊命(책명) : 황세자 후세사, 후비(后妃), 왕, 대신 등을 봉할 때 내리는 명령. ○朔方(삭방) : 당대 삭방절도(朔方節度)를 가리킨다. 치소는 영주(靈州)로, 지금의 영하회족자치구 영무(靈武) 서남. 여기서는 숙종의 행재소(行在所)인 영무를 가리킨다. ○韋左相(위좌상) : 위현소(韋見素, 683~762년)를 가리킨다. 대리시승(大理寺丞), 방주사마(坊州司馬), 간의대부(諫議大夫), 급사중(給事中), 공부시랑(工部侍郞), 우승(右丞), 이부시랑(吏部侍郞), 무부상서(武部尙書) 등을 역임하였다. 안사의 난 때 현종이 창졸지간에 촉 지방으로 피난 갈 때, 위현소는 현종을 연추문(延秋門)에서 만났는데 바로 따라나섰다. 양국충과 가까운 사이로 피난 중 마외역에서 양씨 일가가 살해될 때 함께 해를 당할 뻔하였다. 현종이 성도에 도착하자 그를 좌상(左相)에 임명하고 빈국공(豳國公)에 봉하였다. ○文部房尙書(문부방상서) : 방관(房琯, 697~763년)을 가리킨다. 부친 방융(房融)이 무측천 때 정의대부(正議大夫)인 관계로 문음(門蔭)으로 관리가 되었다. 724년 「봉선서」(封禪書)로 장열(張說)의 상찬을 받았으며 이후 감찰어사(監察御史), 건덕현령(建德縣令), 주객랑중(主客郞中), 부풍태수(扶風太守), 좌서자(左庶子), 헌부시랑(憲部侍郞) 등을 역임하였다. 안사의 난으로 현종이 촉 지방으로 피난 갈 때 말을 타고 달려갔기에 당일 문부상서(文部尙書)에 임명되었다. 나중에 군사를 이끌고 안록산의 군사와 맞섰으나 패배하여 좌천되었다. ○門下崔侍郞(문하최시랑) : 최환(崔渙, ?~768년)을 가리킨다. 박학하며 담론에 능하였다. 상서성에 원외랑(員外郞)에 오래 있다가 검주자사(劍州刺史)로 좌천되기도 했다. 안사의 난 때 현종이 촉 지방으

胡羯亂中夏,[2]	오랑캐가 중원에서 난을 일으키니
鑾輿忽南巡.[3]	황제가 불시에 남순하시었어라
衣冠陷戎寇,[4]	사대부들은 도적들에 붙잡히어
狼狽隨風塵.[5]	낭패스럽게도 먼지구덩이 속으로 끌려갔지
豳公秉大節,[6]	빈국공(豳國公) 위현소(韋見素)는 큰 절개가 있어
臨難不顧身.	난리에도 자신의 생명을 돌보지 않아
激昂白刃前,	칼날 앞에서도 격앙한 의기에
濺血下沾巾.	뿌려진 피가 수건을 적셨어라
尙書抱忠義,[7]	문부상서(文部尙書) 방관(房琯)은 충의로워
歷險披荊榛.[8]	어려움을 무릅쓰고 가시덤불을 헤쳐내었지
扈從出劍門,[9]	황제를 호종하여 검문(劍門)을 넘고

로 피난 갈 때 길에서 알현하고 따라 나섰다. 방관의 추천으로 당일 황문시랑(黃門侍郎)으로 임명되었다. 이 시는 가지가 756년 현종을 따라 촉의 성도로 피난 갔다가, 새로 황위에 오른 숙종을 위해 책문을 쓰고, 이를 가지고 영무에 갈 때 지었다.

2) 胡羯(호갈) : 북방의 이민족들. 胡(호)는 중국의 서북에 거주하는 이민족을 통칭하며, 羯(갈)은 흉노의 별종으로 오호(五胡)의 하나. 여기서는 돌궐계 혼혈족인 안록산(安祿山)과 사사명(史思明)을 가리킨다. ○中夏(중하) : 華夏(화하). 한족이 다스리는 중원 국가를 가리킨다.

3) 鑾輿(난여) : 황제가 타는 수레. 여기서는 황제를 가리킨다.

4) 衣冠(의관) : 관복과 예관(禮冠). 고대에는 사(士) 이상의 계층은 예관을 썼으므로 고위 관료와 사대부를 통칭한다. ○戎寇(융구) : 오랑캐 도적.

5) 狼狽(낭패) : 낭패스럽다. 일이 실패로 돌아가 딱하게 됨. 『유양잡조』(酉陽雜俎) 권16에 이에 대한 기록이 있다. "낭패(狼狽)는 원래 이리와 패(狽, 이리와 비슷한 짐승)를 가리키는데, 패(狽)는 앞다리가 짧아 걸을 때마다 이리의 무릎 위에 오른다. 패는 이리가 없으면 움직일 수 없으므로, 세상 사람들이 일이 어그러진 것을 낭패라 한다." (狼狽是兩物. 狽前足絶短, 每行常駕於狼腿上, 狽失狼則不能動, 故世言事乖者稱狼狽.) ○風塵(풍진) : 바람에 일어난 먼지. 전란을 가리킨다.

6) 豳公(빈공) : 위현소를 가리킨다. 756년 7월 성도에서 빈국공(豳國公)에 봉해졌다. ○대절(大節) : 환난에도 변함없는 큰 절조.

7) 尙書(상서) : 문부상서 방관(房琯)을 가리킨다. 안사의 난으로 현종이 촉 지방으로 피난 갈 때 문부상서(文部尙書)에 임명되었다.

8) 荊榛(형진) : 가시나무와 개암나무. 잡목 숲이나 황야를 가리키며, 나아가 국난을 비유한다.

9) 扈從(호종) : 군주의 행차에 따라나섬. ○劍門(검문) : 검문현(劍門縣). 지금의 사천성

登翼岷江濱.[10]　　　　민강(岷江)의 강가에서 군왕을 보좌했네

時望把侍郎,[11]　　　　사람들이 우러러는 시랑(侍郎) 최환(崔渙)은

公才標縉紳.[12]　　　　삼공(三公)의 재주에 관리의 모범이라

亭亭崑山玉,[13]　　　　우뚝 솟은 곤륜산의 아름다운 옥처럼

皎皎無淄磷.[14]　　　　희디희어 흠이 없고 단단하여라

顧惟乏經濟,[15]　　　　돌아보면 나는 치국의 능력이 부족해

扞牧陪從臣.[16]　　　　지키고 위로하며 따르기만 했네

永願雪會稽,[17]　　　　영원히 바라노니, 회계(會稽)의 치욕을 갚고

仗劍清咸秦.[18]　　　　칼을 들고 장안을 평정하리라

太皇時內禪,[19]　　　　태황(太皇)이 태자에게 양위하시니

　　검각현(劍閣縣) 동북에 소재. 주위에 검문산(劍門山)이 있어 이름 붙여졌다.
10)　登翼(등익) : 보좌하다. ○岷江(민강) : 장강 상류의 지류로 사천성 중부를 남북으로
　　흐르는 강. 岷江濱(민강빈)은 민강의 강가라는 뜻으로 성도(成都)를 가리킨다.
11)　時望(시망) : 당시 성망(聲望)을 얻은 사람. ○侍郎(시랑) : 황문시랑(黃門侍郎) 최환
　　(崔渙)을 가리킨다.
12)　公才(공재) : 삼공(三公)에 상당하는 재능. 삼공은 황제 아래의 태사, 태부, 태보로 최
　　고 정치 수장들이다. ○縉紳(진신) : 고위 관료. 원뜻은 요대에 홀을 꽂음. 관료의 기
　　본 차림.
13)　亭亭(정정) : 우뚝. 곧추 선 모습. ○崑山玉(곤산옥) : 곤륜산에서 나는 미옥(美玉). 구
　　하기 어려운 걸출한 인재를 비유하는 말.
14)　淄磷(치린) : 심성이 바르고 흔들림이 없음. 『논어』 「양화」(陽貨)에 "알지 못하는가?
　　가장 견고한 것은 갈아도 얇아지지 않고, 가장 흰 것은 물들여도 검어지지 않는다"
　　(不曰堅乎, 磨而不磷; 不曰白乎, 捏而不緇.)는 말에서 유래했다. 즉 치린(淄磷)은 마
　　이불린(磨而不磷)과 열이불치(捏而不緇)의 줄임말로, 근본 바탕이 굳셈을 비유한다.
15)　經濟(경제) : 경세제민(經世濟民). 나라를 다스리는 재능.
16)　扞牧(한목) : 지키고 위로함.
17)　雪會稽(설회계) : 회계의 패배를 설욕하다. 전국시대 오월(吳越)의 싸움에서 월왕 구
　　천(句踐)이 회계에서 패배하여 오왕의 신하가 되었는데, 구천이 이십여 년을 참고
　　힘을 모아 마침내 오나라를 멸망시킨 일을 가리킨다. 여기서는 안사의 난을 평정하
　　여 당나라를 세우겠다는 뜻으로 쓰였다.
18)　仗劍(장검) : 검을 들다. ○咸秦(함진) : 진(秦)의 수도 함양(咸陽). 여기서는 당의 수
　　도 장안을 가리킨다. 함양은 위수(渭水)를 사이에 두고 장안의 맞은편인 북쪽에 위
　　치했었다.
19)　太皇(태황) : 황제의 부친. 756년 7월 이형(李亨, 즉 숙종)이 영무(靈武)에서 즉위하여,
　　현종은 태황이 되었다. ○內禪(내선) : 군주가 살아 있는 동안에 내정된 후계자에게

神器付嗣君.²⁰⁾ 국가는 새 황제에 돌아갔어라

新命集舊邦,²¹⁾ 새로운 운수가 이 나라에 깃들고

至德被遠人.²²⁾ 성덕(聖德)이 변방의 사람까지 미치는구나

捧冊自南服,²³⁾ 남쪽의 변방에서 책문을 들고

奉詔趨北軍.²⁴⁾²⁵⁾ 어명을 받들어 북군(北軍)을 향해 가네

覲謁心載馳,²⁶⁾ 숙종을 알현하려는 마음은 마구 달리고

違離難重陳.²⁷⁾ 현종과 헤어지며 모든 일 말하기 어려워라

策馬出蜀山,²⁸⁾ 말을 채찍질하여 촉의 산지를 벗어나고

畏途上緣雲.²⁹⁾ 구름 따라 올라가는 길이 무서워

飲啄叢篁間,³⁰⁾ 대나무 숲 속에서 먹고 마시며

棲息虎豹群. 호랑이와 표범들 사이에서 잠자고 쉬네

崎嶇凌危棧,³¹⁾ 울퉁불퉁 위태로운 잔도를 넘으니

군주 자리를 물려줌.

20) 神器(신기) : 국가의 정권을 대표하는 물건으로 옥쇄나 보정(寶鼎), 나아가 제위(帝位)나 정권을 가리킨다. ○ 嗣君(사군) : 자리를 물려받은 군주.

21) 新命(신명) : 천명을 새롭게 하다. 『시경』 「문왕」(文王)에 "주나라가 비록 오래된 나라이나 그 천명을 새롭게 하였어라"(周雖舊邦, 其命維新.)는 말이 있다.

22) 至德(지덕) : 성덕(聖德)과 같다. 최상의 도덕. 756년 숙종이 즉위하면서 연호를 지덕(至德)이라고 했음을 함께 환기한다.

23) 南服(남복) : 도성에서 멀리 떨어진 외지를 오복(五服)이라 하는데, 남쪽의 복지(服地)를 남복(南服)이라 한다. 여기서는 성도(成都)를 가리킨다.

24) 심주 : 내선 책문을 받들고 삭방으로 가다.(奉內禪冊文往朔方.)

25) 奉詔(봉조) : 황제의 명령을 받들다. ○ 北軍(북군) : 당대 황제의 북아금군(北衙禁軍)의 소재지인 영무를 가리킨다.

26) 覲謁(근알) : 자기보다 지위가 높은 사람을 뵙다. 알현하다.

27) 違離(위리) : 흩어지다. 헤어지다. 여기서는 현종과 헤어지다. ○ 重陳(중진) : 다시 말하다. 반복하여 설명하다.

28) 策馬(책마) : 말을 채찍질하다. 策(책)이 동사로 쓰였다.

29) 畏途(외도) : 험난하고 무서운 길. 또는 무섭고 이루기 힘든 일을 가리킨다. 이 말은 『장자』 「달생」(達生)에서 유래했다. "무서운 길(畏塗)이란 열 사람에 한 사람은 살해되기에, 부모형제가 서로 경계하는 길이오. 반드시 여러 사람이 함께 무리를 이루어야 비로소 외출하니 어찌 지혜롭지 않으리오!"(夫畏塗者, 十殺一人, 則父子兄弟相戒也, 必盛卒徒而後敢出焉, 不亦知乎!)

30) 飲啄(음탁) : 먹고 마심. ○ 叢篁(총황) : 무성한 대숲.

惴慄驚心神.[32] 벌벌 떨며 정신이 놀라네

峭壁上嶔岑,[33] 위에서는 가파른 절벽이 험하고

大江下沄沄.[34] 아래에선 거대한 강물이 소용돌이쳐

皇風扇八極,[35] 황제의 교화가 사방팔방에 미치고

異類懷深仁.[36] 다른 민족이 깊은 인덕을 흠모하였지

元凶誘黠虜,[37] 원흉 안록산이 간교한 오랑캐를 유혹하더니

肘腋生妖氛.[38] 내부에서 요망한 기운이 일어났지

明主信英武,[39] 밝은 군주는 진실로 영명하고 용맹하여

威聲赫四鄰. 위세가 있는 명성이 사방에 떨치었어라

誓師自朔方,[40] 삭방에서 출정하여 맹서하니

旗幟何繽紛! 기치는 얼마나 분분이 펄럭이는가!

---

31) 崎嶇(기구) : 길이 울퉁불퉁하여 험난한 모양. ○ 危棧(위잔) : 위태로운 잔도(棧道). 잔도는 벼랑에 각목을 박아 그 위에 널빤지를 깔아 만든 길.

32) 惴慄(췌률) : 두려워 떨다.

33) 嶔岑(금잠) : 산이 높고 험함.

34) 沄沄(운운) : 물이 소용돌이치는 모양.

35) 皇風(황풍) : 황제의 교화. ○ 八極(팔극) : 팔방의 끝. 『회남자』에 구주(九州)의 밖에 팔인(八殥)이 있고, 팔인의 밖에 팔굉(八紘)이 있고, 팔굉의 밖에 팔극(八極)이 있다고 하였다.

36) 異類(이류) : 다른 종류. 여기서는 한족 이외의 다른 민족.

37) 元凶(원흉) : 악의 우두머리. 여기서는 안록산을 가리킨다. ○ 黠虜(힐로) : 교활한 오랑캐.

38) 肘腋(주액) : 팔꿈치와 겨드랑이. ○ 妖氛(요분) : 상서롭지 못한 불길한 기운. 재난이나 전란을 가리킨다. 이 구는 『삼국지』 중의 『촉서』 「법정전」(法正傳)의 '변생주액'(變生肘腋)과 같이 변란이 내부 또는 몸 가까이에서 발생함을 뜻한다. "제갈량이 대답했다. '주공께서 공안(公安)에 계실 때, 북으로는 조조의 강대함을 두려워하셨고, 동으로는 손권의 압박을 걱정했으며, 가까이로는 손부인이 내부에서 변고를 일으킬까 두려워하셨습니다."(亮答曰 : "主公之在公安也, 北畏曹公之彊, 東憚孫權之逼, 近則懼孫夫人生變於肘腋之下.") 여기서는 신임을 받던 안록산이 난을 일으킴을 가리킨다.

39) 明主(명주) : 현명한 군주. ○ 英武(영무) : 영준하고 용맹하다.

40) 誓師(서사) : 출정할 때 군사들의 사기를 높이도록 격려하는 말. 『상서』 「대우모」(大禹謨)에 "우(禹)는 여러 제후들을 모아놓고, 무리에 맹서하며 말하였다. '여러 무리들이여! 모두 내 명령을 들으시오!"(禹乃會群后, 誓于師曰 : "濟濟有衆, 咸聽朕命.")라는 말에서 유래했다.

鐵騎照白日,⁴¹⁾ 　말이 두른 철갑은 햇빛을 튕기고
旄頭拂秋旻.⁴²⁾ 　의장의 깃발은 가을 하늘을 뒤덮었네
將來蕩滄溟,⁴³⁾ 　장차 바다를 뒤흔들 터이니
寧止蹴崑崙! 　어찌 곤륜산을 밟는데 그치겠는가!
古來有屯難,⁴⁴⁾ 　예부터 어려움은 있어왔고
否泰常相因.⁴⁵⁾ 　행과 불행은 서로에 기대어 일어났네
夏康續禹跡,⁴⁶⁾ 　하나라 태강(太康)은 우(禹)의 치적을 이었고
代祖復漢勳.⁴⁷⁾⁴⁸⁾ 　한 문제(漢文帝)는 한나라의 공을 다시 세웠지
于役各勤王,⁴⁹⁾ 　멀리 뛰어다니며 각기 군왕을 돕고
驅馳拱紫宸.⁵⁰⁾ 　힘써 달리며 천자를 받드노라

---

41) 鐵騎(철기) : 철갑을 두른 말. 또는 철기병.
42) 旄頭(모두) : 황제의 의장(儀仗) 중의 선발 기병. ○拂(불) : 덮다. ○秋旻(추민) : 가을 하늘.
43) 滄溟(창명) : 바다.
44) 屯難(준난) : 어려움. 곤란. 『주역』 「준」(屯)괘에 나오는 "『단전』(彖傳)에서 준(屯)괘는 양강(陽剛)과 음유(陰柔)가 결합하기 시작하여 어려움이 생긴다고 하였다"(彖曰 : 屯, 剛柔始交而難生.)는 말에서 유래하였다.
45) 否泰(비태) : 행과 불행. 번성과 쇠퇴. 否泰(비태)는 『주역』의 두 괘로, 비(否)괘는 천지가 결합되지 않아 막힌 괘이고, 태(泰)괘는 천지가 결합하여 만물이 통하는 괘이다.
46) 夏康(하강) : 하나라 군주 태강(太康). 계(啓)의 아들로 사냥을 좋아하고 방종하다가 나라를 잃었다. 『초사』 「이소」(離騷)에 "하(夏)의 계(啓)는 하늘에서 구변(九辯)과 구가(九歌)를 훔쳐왔고, 하(夏)의 태강(太康)은 쾌락을 즐기며 방종하였소"(啓九辯與九歌兮, 夏康娛以自縱.)라는 말이 있다. ○續(찬) : 계승하다. ○禹跡(우적) : 우 임금의 공적.
47) 심주 : 숙종에게 국가의 중흥을 기대했다.(以中興望肅宗.)
48) 代祖(대조) : 한 문제(漢文帝)를 가리킨다. 한 문제는 처음에 대왕(代王)에 봉해졌다. 한 고조(漢高祖)가 죽자 여후(呂后)가 전권을 휘둘렀으며, 그녀가 죽자 여씨 일당이 권력을 유지하려고 모반을 꾀하였다. 이에 진평(陳平)과 주발(周勃) 등이 대왕(代王)을 옹립하여 제위에 세우니 곧 문제이다.
49) 于役(우역) : 行役(행역)과 같다. 병역이나 공무로 객지를 다니는 일. ○勤王(근왕) : 왕권을 위해 힘을 다하다. 일반적으로 군주의 통치가 위협받거나 동요될 때 신하가 왕조를 돕는 일을 가리킨다.
50) 驅馳(구치) : 말을 빨리 달리게 함. 여기서는 힘을 쏟음. ○紫宸(자신) : 천자가 사는 궁전. 여기서는 제왕을 가리킨다.

豈惟太公望,[51]   어찌 오로지 강태공(姜太公)만

往昔逢周文?[52][53]   옛날의 주 문왕(周文王)을 만났다 하는가?

誰謂三傑才,[54]   사람들이 말하기를, 세 사람의 뛰어난 인재는

功業獨殊倫?[55]   공업이 남달리 뛰어나다 하네

感此慰行邁,[56]   이러한 일을 생각하매 먼 길을 위로하나니

無爲歌苦辛.   부디 힘들다고 노래하지 마시기를

평석 시사를 직접적으로 서술한 빛나는 대문장이다.(直敍時事, 煌煌大文.)

해설 755년 11월 안록산이 범양(范陽, 지금의 북경)에서 난을 일으킨 후, 다음 해인 756년 6월 장안을 함락시켰다. 장안이 함락되기 바로 전인 6월 12일 현종(70세)은 촉 지방으로 피난하였다. 한편 장안 서북의 영무로 피난 간 태자 이형(李亨, 숙종)은 7월 갑자일(甲子日)에 즉위하였다. 성도에 있던 현종은 가지에게 황위를 계승하는 책문을 작성하게 하였다. 마침 가지의 부친 가증(賈曾)이 현종이 712년 황제로 책봉될 때 그 책문을 작성한 일이 있었으므로, 현종은 "두 조대의 성전(盛典)이 경의 부자로부터 나왔으니 그대는 부친의 뛰어남을 계승했소"(兩朝盛典出卿家父子手, 可謂繼美)라고 칭찬하였다. 가지는 위현소, 방관, 최환 등과 함께 책봉사로 임명

---

51) 太公望(태공망) : 일반적으로 강태공(姜太公)이라고 한다. 본명은 여상(呂尙)인데, 여망(呂望)이라 부르기도 한다. 쉰 살에 음식을 팔았고, 일흔에 조가(朝歌)에서 백정으로 지내다가, 여든 살 때 위수(渭水)의 반계(磻溪)에서 낚시하다가 주 문왕(周文王)을 만나 재상이 되었다고 한다. 문왕은 자신의 선친 태공(太公)이 주나라에 성인이 나오기를 기다렸는데, 여상을 "태공이 기다리던 사람"이란 뜻으로 '태공망'(太公望)이라고 불렀다. 문왕과 무왕을 도와 주나라를 건국하는데 큰 공을 세웠다.

52) 심주 : 위현소, 방관, 최환 등 세 사람에게 드리다.(呈韋房崔三人.)

53) 周文(주문) : 주 문왕(周文王).

54) 三傑才(삼걸재) : 세 사람의 걸출한 인재. 위현소, 방관, 최환을 가리킨다.

55) 殊倫(수륜) : 무리와 달리 출중하다.

56) 行邁(행매) : 먼 길을 가다. 『시경』 「서리」(黍離)에 "먼 길을 느리게 가니, 마음속엔 시름만 가득해"(行邁靡靡, 中心搖搖.)라는 말이 있다.

되어 영무로 가는 도중에 이 시를 썼다. 안사의 난 전후의 경과와 전황의 전개를 생생히 기록한 작품이다.

우언(寓言)

春草紛碧色,[57]	봄풀은 벽옥 빛으로 무성하건만
佳人曠無期.[58]	가인(佳人)은 오래도록 기약이 없어라
悠哉千里心,	아득하구나, 천 리 멀리 그리는 마음
欲采商山芝.[59]	차라리 상산에 가서 영지를 캘거나
歎息良會晚,	좋은 만남이 오지 않음을 탄식하나니
如何桃李時?	복사꽃과 오얏꽃 핀 때를 어이할거나?
懷君晴川上,	구름 갠 강가에서 그대를 그리니
佇立夏雲滋.[60]	우두커니 선 자리에 여름 구름만 자욱해라

해설 젊은 여인이 오지 않는 임을 그리며 기다리는 시이다. 그러나 가인 (佳人)이 여자인지 남자인지 명확하지 않으며, 기다리는 임이 집을 떠난 사람인지 아니면 막연히 좋은 배필을 기다리는 것인지도 명확하지 않다. 구체적인 부분을 허화(虛化)시키고 정서만 남겨 다양한 해석이 가능하게 하였다. 봄풀이 푸른 때부터 구름이 많은 여름까지 시간은 삽시간에 흘러가는 가운데 한창때의 아름다움이 알아주는 사람 없이 쇠락해가는 안

---

57) 紛碧色(분벽색) : 봄풀이 푸른색으로 무성하다.
58) 曠(광) : 오래되다. 공간을 표시할 때는 넓다는 뜻이지만, 시간을 표시할 때는 지나온 시간이 길다는 뜻으로 쓰인다. ○ 無期(무기) : 정해진 기일이 없다. 기회가 없다. 여기서 기일이란 제5구의 양회(良會)를 말한다.
59) 商山芝(상산지) : 상산의 영지. '상산사호'(商山四皓)가 진(秦)의 폭정을 피해 상주(商州) 상락산(商洛山)에 들어가 '자지가'(紫芝歌)를 불렀다는 전고. 일반적으로 은거 생활을 비유한다.
60) 佇立(저립) : 우두커니 서다.

타까움을 그렸다. 명대 당여순(唐汝詢)은 『당시해』(唐詩解)에서 악주사마(岳州司馬)로 좌천되었을 때 군왕을 그리워하며 지은 시로 보았다. 제목을 「우언」으로 한 것으로 보아 남녀의 정을 빌어 군신의 관계를 비유한 것으로 보인다.

상건(常建)

새상곡(塞上曲)[1]

翩翩雲中使,[2]	말을 타고 운중군(雲中郡)에 간 사신이
來問太原卒.	태원의 병사들을 위로하였으니
百戰苦不歸,	수많은 전투에 돌아가지 못하고
刀頭怨秋月.[3][4]	도환(刀環)을 만지며 가을 달을 원망하더라
塞雲隨陣落,	변방의 구름은 군진(軍陣) 따라 펼쳐지고
寒日傍城沒.	차가운 해는 성 옆으로 기울어

---

1) 塞上曲(새상곡): 당대에 유행한 악부제(樂府題). 주로 변방의 일을 내용으로 한다.
2) 翩翩(편편): 가볍게 날거나 빠르게 달리는 모습. ○雲中使(운중사): 운중군(雲中郡)으로 간 사신. 한대의 운중군 치소는 지금의 산서성 북부 대동시(大同市)이다. 운중군으로 간 사신은 『한서』「풍당전」(馮唐傳)에 나오는 풍당(馮唐)을 가리킨다. 서한문제(文帝) 때 운중태수 위상(魏尚)은 적과 싸워 이겼으나, 죽인 적의 숫자가 실제와 비교하니 여섯 명이 부족하여 관직이 박탈되었다. 풍당이 이를 변호하자, 문제는 풍당을 운중군으로 보냈고 위상의 죄를 사면하였다.
3) 심주: 돌아가기를 바라나 이루지 못했다.(望其還而不遂.)
4) 刀頭(도두): 칼의 도환(刀環). 고대에는 걸어놓기 쉽도록 칼의 손잡이 끝을 둥글게 만들었다. 이때의 고리를 뜻하는 '환'(環)은 '돌아오다'는 뜻의 '환'(還)과 음이 같으므로 "고향으로 돌아오다"는 뜻이 된다. 한대 「고절구」(古絶句)에서도 "하당대도두?"(何當大刀頭?)라는 구가 있는데, "언제 돌아오나요?"라는 뜻으로 쓰였다.

城下有寡妻,　　　성 아래에 살고 있는 과부는
哀哀哭枯骨.[5]　　해골을 끌어안고 언제까지나 통곡하네

해설 변방에서 살아가는 군사들의 모습을 그린 변새시이다. 고향으로 돌아가지 못하는 고통과 남편의 시체를 들고 우는 아낙의 모습으로 전장의 모습을 요약하였다. 반전(反戰)의 정서도 어느 정도 깃들어 있다.

왕소군 묘(昭君墓)[6]

漢宮豈不死?　　　어찌하여 한나라 궁중에서 죽지 않고
異域傷獨沒.　　　이역에서 홀로 슬프게 죽었는가?
萬里駄黃金,[7]　　만 리 멀리에서 황금을 갖다 준 탓에
蛾眉爲枯骨.[8]　　아름다운 얼굴이 마른 뼈가 되었네
廻車夜出塞,　　　수레를 몰아 밤 변경을 넘을 때
立馬皆不發.[9]　　말들도 선 채로 가려하지 않았으리

---

5) 哀哀(애애) : 끝없이 슬퍼하는 모습. 이 구는 남편이 죽어 뼈만 남아 있어 이를 두고 슬퍼한다는 뜻이다.

6) 昭君(소군) : 왕소군(王昭君)을 가리킨다. 서한 원제(元帝) 때 궁녀. 본명은 왕장(王嬙). 소군(昭君)은 자(字)로, 서진(西晉) 때는 사마소(司馬昭)의 이름을 피휘(避諱)하기 위해 명군(明君)이라 했고, 이로부터 명비(明妃)라고도 칭했다. 기원전 33년 흉노의 왕 호한야(呼韓邪)가 한나라에 구혼할 때, 왕소군은 궁에 들어간 지 여러 해 지나도 왕을 만날 수 없자 자원하였다. 원제는 이때에서야 비로소 왕소군의 용모가 뛰어남을 보고 후회했지만 이미 응낙했기에 어쩔 수 없이 보내야 했다. 왕소군은 흉노의 지역에서 죽어 묻혔는데, 겨울이 되어도 무덤의 풀이 시들지 않아 그 무덤을 '청총'(青塚)이라 하였다. 갈홍(葛洪)의 『서경잡기』(西京雜記)에서는 당시 화공들이 뇌물을 받고 황제에게 올리는 미인도를 예쁘게 그렸는데, 왕소군은 뇌물을 주지 않아 추하게 그려졌다고 하였다.

7) 萬里(만리) 구 : 흉노가 구혼(求婚)을 청하며 황금 등 예물을 실어온 일을 말한다.

8) 蛾眉(아미) : 누에나방의 촉수(觸鬚)처럼 가늘게 구부러진 여인의 눈썹. 여기서는 미인을 가리킨다.

9) 立馬(입마) : 말을 세우다.

共恨丹青人,¹⁰⁾　　더불어 화가를 원망하나니
墳上哭明月.　　무덤 위에서 명월을 보고 통곡하리라

해설 왕소군의 무덤에서 그의 생애를 되돌아본 시이다. 왕소군에 관한 시는 서진의 석숭(石崇)과 남조의 유신(庾信) 이래 당대 여러 시인들이 썼기에 하나의 고정된 시제(詩題)가 되었다. 그러므로 상건이 현재 내몽골 후허하오터 남쪽에 있는 그 무덤에 직접 간 것으로 보이지는 않는다.

왕 장군 묘에서 조문하다(弔王將軍墓)¹¹⁾

嫖姚北伐時,¹²⁾¹³⁾　　표요교위 곽거병이 북벌을 할 때
深入强千里.¹⁴⁾¹⁵⁾　　천 리보다 더 멀리 들어갔더라
戰餘落日黃,　　전투가 끝나자 누렇게 해 떨어지고
軍敗鼓聲死.　　군대는 패하고 북소리는 죽었다
嘗聞漢飛將,¹⁶⁾¹⁷⁾　　일찍이 한나라의 비장군 이광

---

10)　丹青人(단청인) : 화공. 『서경잡기』에서 말한 모연수(毛延壽)를 가리킨다.
11)　王將軍(왕장군) : 누구인지 분명하지 않으나 부선종(傅璇琮)은 왕효걸(王孝傑)을 가리키는 것으로 보았다. 696년 5월 영주(營州, 지금의 遼寧省 朝陽市)에서 거란(契丹)의 이진충(李盡忠)과 손만영(孫萬榮) 등이 거병하자, 왕효걸은 청변도총관(淸邊都總管)으로 십팔만 군사를 이끌고 나갔다. 그러나 구원군이 없어 전멸되었고 왕효걸은 계곡에 추락하여 죽었다.
12)　심주 : 곽거병으로 비유하였다.(以霍去病比之.)
13)　嫖姚(표요) : 한대 표요교위(嫖姚校尉) 곽거병(霍去病)을 가리킨다. 한 무제 때 흉노를 격파한 공으로 표요교위가 되어 세인들은 그를 '곽표요'(霍嫖姚)라 했다.
14)　심주 : '강천리(强千里)는 천 리보다 더 멀다는 말이다. 「목란시」(木蘭詩)의 '상사백천강'(賞賜百千强, 상을 하사함에 황금 십만보다 더 많고)이 증명한다.('强千里', 謂過於千里也, 木蘭詩"賞賜百千强", 可證.)
15)　强(강) : 초과하다. 더하다.
16)　심주 : 이광으로 비유하였다.(以李廣比之.)
17)　漢飛將(한비장) : 한 무제 때 활약한 이광(李廣, ?~기원전 119년)을 가리킨다. 이광은 기동력이 뛰어나 여러 차례 흉노를 타격하였는데, 기원전 128년 우북평(右北平)

可奪單于壘.[18]	흉노의 선우 진지를 탈취했었지
今與山鬼鄰,	지금은 산의 귀신과 이웃이 되매
殘兵哭遼水.[19]	남은 병사들이 요하에서 통곡하여라

평석 '해골을 끌어안고 통곡하다', '명월을 보고 통곡하다', '요하에서 통곡하다' 등 통곡에 대해 잘 썼다.('哭枯骨', '哭明月', '哭遼水', 長於寫哭.)

해설 요하에서 싸우다 죽은 왕 장군의 묘소에 들러 조문한 시이다. 한대의 곽거병이나 이광같이 혁혁한 전공을 세웠던 왕 장군이 요하 전투에서 패배한 일을 아쉬워하였다. 전투의 패배를 그린 제3, 4구는 이미지가 선명하며, 말 2구는 침통하다. 당시 가운데 이처럼 침통하고 비장한 표현은 드물다.

왕창령의 은거지에서 묵으며(宿王昌齡隱居)

清溪深不測,[20]	맑은 계곡은 깊이를 알 수 없고
隱處惟孤雲.	은거지엔 조각구름 뿐이라
松際露微月,[21]	소나무 숲 위로 초승달이 돋아나자
淸光猶爲君.[22]	맑은 빛은 유난히도 그대에게 다정하이

태수로 부임했을 때 흉노들이 그를 '한의 비장군'(漢之飛將軍)이라 불렀다. 『사기』 권109와 『한서』 권54에 그의 전기가 있다.

18) 單于(선우) : 흉노의 왕.

19) 遼水(요수) : 遼河(요하). 길림성에서 발원하는 동요하(東遼河)와 내몽골에서 발원하는 서요하(西遼河)가 요녕성 창도현(昌圖縣)에서 합쳐져 남쪽으로 흐르다가 반산(盤山)을 거쳐 발해로 흘러든다.

20) 淸溪(청계) 구 : 은거지의 경치이면서, 동시에 왕창령의 인품이 잴 수 없을 정도로 깊고 맑다는 뜻을 환기한다.

21) 松際(송제) : 소나무와 소나무 사이. 또는 솔숲과 하늘 사이.

22) 淸光(청광) : 맑은 달빛을 가리킨다. 이 구는 맑은 달빛이 특히 그대에게 정감을 가

茅亭宿花影,　　　　띠풀 정자에 꽃 그림자 머물고

藥院滋苔紋.　　　　약초밭에 이끼 자국 많아라

余亦謝時去,[23]　　　나 또한 속세를 떠나

西山鸞鶴群.[24][25]　서산에서 난새와 학이 되어 어울리고저

평석 필치가 맑은 가운데 깨달음이 깃들어 있다.(淸澈之筆, 中有靈悟.)

해설 친구 왕창령의 은거지에 가서 바라본 광경을 그렸다. 두 사람은 함께 과거에 급제한 사이로 특히나 친하였다. 전반 6구는 깊은 계곡과 소나무 등 은거지의 모습과 더불어 정자와 약초밭 등 생활의 공간을 그렸고, 말 2구에서는 자신도 함께 은거하고 싶은 희망을 나타내었다. 동시대 시평가 은번(殷璠)은 제3, 4구를 뛰어난 경책(警策)으로 뽑았다.

강 위의 거문고 흥취(江上琴興)

江上調玉琴,[26]　　강 위에서 거문고를 고르나니

一絃淸一心.　　　현 하나 뜰 때마다 마음이 맑아지는구나

泠泠七弦遍,[27]　　찌렁찌렁 일곱 현이 모두 울리니

萬木澄幽陰.　　　온갖 나무가 그늘을 벗고 맑게 씻기는구나

能令江月白,　　　강가의 달빛을 하얗게 만들고

又令江水深.　　　다시금 강물을 깊게 하는구나

　　지고 다고 오는 듯하다는 뜻이다.
23)　謝時(사시) : 당시의 속세를 떠나다. 은거하다.
24)　심주 : 함께 은거하려 함을 말했다.(言欲與偕隱.)
25)　鸞鶴(난학) : 난새와 학. 난새는 봉황의 일종이다. 모두 신선이 타고 다니는 동물로 여기서는 은사를 비유한다.
26)　玉琴(옥금) : 옥으로 장식한 거문고.
27)　泠泠(영령) : 찌렁찌렁. 맑고 높은 소리를 나타내는 의성어.

始知枯桐枝,[28]   비로소 알겠나니, 마른 오동나무에
可以徽黃金.[29]   진귀한 황금 부들을 붙일 수 있음을

평석 정감이 없는 사물에 정감을 갖도록 하였다. 거문고의 이치만 썼을 뿐 거문고 소리는
형용하지 않은 것은 왕창령의 「강 위에서 피리 소리를 듣다」와 같다.(言能使無情者俱有情也.
只寫琴理, 不形容琴聲, 龍標江上聞笛詩亦然.)

해설 강가에서 연주하는 거문고의 흥취를 노래하였다. 음악이 주는 감화
력으로 사람의 마음이 맑게 되고, 모든 나무가 맑게 씻기어지며, 달을 더
욱 하얗게 만들고, 강물을 깊게 한다.

임계현 현위로 가는 이십일을 보내며(送李十一尉臨溪)[30]

泠泠花下琴,   나는 꽃 아래에서 거문고 울리니
君唱渡江吟.[31]   그대는 '도강음'을 노래하여라
天際一帆影,   하늘 끝에 돛폭 하나
預懸離別心.   이별의 마음을 먼저 내걸었는가
以言神仙尉,[32]   신선 매복(梅福)처럼 현위가 된 그대에게

---

28) 枯桐枝(고동지) : 마른 오동나무 가지. 거문고는 오동나무로 만든다. 여기서는 거문
   고를 가리킨다.
29) 徽(휘) : 현을 묶는 줄. 거문고의 왼쪽에 있는 부들(染尾)로 패각, 도자기, 금속 따위
   로 상감하여 만든다. 徽黃金(휘황금)은 황금장식으로 만든 부들. 진귀한 장식을 붙
   였다는 뜻.
30) 李十一(이십일) : 미상. 시의 내용으로 보아 현위(縣尉)로 부임하러 가는 듯하다. ○ 臨
   溪(임계) : 오흥군(吳興郡)의 속현. 742년 덕청현(德淸縣)으로 개명하였다. 지금의 절
   강성 덕청현.
31) 渡江吟(도강음) : 강을 건너며 부르는 노래.
32) 神仙尉(신선위) : 한대 남창현(南昌縣)의 현위(縣尉)를 지낸 매복(梅福)을 가리킨다.
   서한 때 구강(九江) 수춘(壽春) 사람으로 외척 왕봉(王鳳)의 전횡을 비판하는 상소를

因致瑤華音.[33]　　　요화(瑤華) 꽃을 따서 보내듯 편지 쓰리라
回軫撫商調,[34]　　　수레를 돌리고 다시 와 슬픈 상조(商調)를 연주하니
越溪澄碧林.[35]　　　월계(越溪)의 강가에 선 나무들이 맑게 씻겨지는구나

해설 강가에서 거문고를 연주하며 현위가 되어 떠나가는 사람을 전송하였다. 음악과 풍경의 지극한 순화를 통해 정감의 깊이를 추구하였다.

담주에서 두고 떠나며(潭州留別)[36]

賢達不相識,[37]　　　평소 현달한 사람과는 사귀지 않았는데
偶然交已深.　　　　우연히 그대를 만나 사귐이 깊었어라
宿帆謁郡佐,[38]　　　배 타고 다니던 나는 군(郡) 관리인 그대 만났는데
悵別依禪林.[39]　　　아쉬운 이별에 그대는 선림(禪林)으로 돌아가는가
湘水流入海,　　　　상수 강물은 흘러 바다로 들어가는데
楚雲千里心.　　　　초 지방 구름은 천 리를 그리워하리라

<hr>

올렸으나 채납되지 않았다. 왕망(王莽)이 서한을 찬탈하자 처자를 버리고 은둔하였다. 나중에 신선이 되었다고 전해졌다. 신선위(神仙尉)는 뜻이 고결한 현위를 가리킨다.

33) 瑤華音(요화음) : 남의 편지에 대한 미칭(美稱). 굴원(屈原)의 『구가』「대사명」(大司命)에 "옥같이 하얀 요화(瑤華) 꽃을 따서, 세상 사람들에게 건네주리라"(折疏麻兮瑤華, 將以遺兮離居.)라는 말에서 유래했다. 이로부터 요화(瑤華)는 헤어져 있는 사람을 그리워하는 매개물로 쓰였다.

34) 回軫(회진) : 수레를 돌리다. ○ 商調(상조) : 칠조(七調) 가운데 하나로 상음(商音)을 주음으로 한다. 가락이 슬프고 애원(哀怨)하는 듯하다. 이 구는 강가에서 상대를 보내고 돌아가다가 다시 수레를 돌려 강가에 와서 빈 강을 향해 연주한다는 뜻이다.

35) 越溪(월계) : 월 지방의 강. 월 지방은 지금의 소흥시 일대.

36) 潭州(담주) : 지금의 호남성 장사시(長沙市).

37) 賢達(현달) : 현명하고 통달한 사람. 또는 덕망이 있는 사람.

38) 宿帆(숙범) : 배에서 오래 지낸 사람. 자신을 가리킨다. ○ 郡佐(군좌) : 군수를 보좌하는 사람. 군의 관리.

39) 禪林(선림) : 절.

望君松杉夜,　　그대 쪽 바라보니 소나무 숲 속의 밤
山月淸猿吟.　　산 위에 달 떠오르면 원숭이 울음 맑으리

해설 담주에서 떠나며 쓴 시이다. 상대방은 담주에서 사귄 사람으로 보인다. 제5, 6구를 보면 자신은 상수처럼 장강을 따라 화동 지방으로 가고, 상대는 담주에서 구름이 되어 나를 그리워할 것이라 말하고 있다. 만남과 헤어짐의 마음이 담담하고 유장하다.

서산(西山)[40]

一身爲輕舟,　　내 몸은 작은 배
落日西山際.　　해 떨어질 때 서산 가에 있어라
常隨去帆影,[41]　　언제나 떠나는 돛 그림자 따라
遠接長天勢.　　멀리 하늘과 이어졌어라
物象歸餘淸,[42]　　물상의 모습은 아직 맑은데
林巒分夕麗.　　숲과 봉우리가 고운 저녁 빛을 나누네
亭亭碧流暗,[43]　　긴 햇살에 푸른 강물 어두워지고
日入孤霞繼.　　해가 저무니 한 줄기 노을빛 이어진다
洲渚遠陰映,[44]　　모래톱은 멀리 어두워졌으나
湖雲尚明霽.　　호수의 구름은 아직 밝아라
林昏楚色來,[45]　　숲이 어두워지자 초 지방의 모습이 나타나는데

---

40) 西山(서산) : 악주(鄂州) 무창현(武昌縣, 지금의 무한시의 장강 남안)의 서쪽에 있는 번산(樊山). 상건은 만년에 악저(鄂渚)에 살며 서산에 자주 놀러갔다.
41) 帆影(범영) : 돛배가 멀리 떠나면서 보이는 흐릿한 모습.
42) 物象(물상) : 사물의 형상. 또는 풍경을 가리키기도 한다. ○ 餘淸(여청) : 남아있는 맑은 빛. 해가 질 무렵 보이는 물상의 모습.
43) 亭亭(정정) : 여기서는 저녁 무렵 햇빛이 긴 모양. ○ 碧流(벽류) : 푸른 강물.
44) 洲渚(주저) : 물에 둘러싸인 작은 섬. ○ 陰映(음영) : 깊고 그윽한 모습.

岸遠荊門閉.[46]	언덕 멀리 형문이 닫힌 듯해라
至夜轉淸逈,[47]	밤이 되매 맑고 넓은 기운이 감돌고
蕭蕭北風厲.	쏴아쏴아 북풍이 거세게 불어온다
沙邊雁鷺泊,	모래밭에 기러기와 해오라기 깃들고
宿處蒹葭蔽.	배를 댄 곳에 갈대가 무성한데
圓月逗前浦,[48]	둥글 달은 앞 포구에 머물고
孤琴又搖曳.[49]	거문고 가락은 물결처럼 흔들리는구나
泠然夜遂深,[50]	높은 소리에 밤은 마침내 깊어가는지
白露沾人袂.	소매에 이슬이 흠뻑 젖었어라

평석 사조(謝脁) 시의 전개를 따랐다.(步驟謝公.) ○ 이는 밤에 서산에 배를 대고 쓴 작품이다. "내 몸은 작은 배"는 홀로 배를 타고 있음을 말하였으니, 몸이 곧 배이다.(此夜泊西山之作. "一身爲輕舟", 言獨身泛舟, 身猶舟也.)

해설 저녁에 서산에 배를 대며 바라본 풍경을 그린 시이다. 석양 때부터 밤까지 시간의 순서에 따라 경물의 변화를 묘사하였다. 이 가운데 달빛과 거문고 소리가 어우러져 한 폭의 정감 넘치는 그림을 만들어내고 있다.

---

45) 楚色(초색) : 초 지방의 풍광.
46) 荊門(형문) : 荊門山(형문산). 장강 중류의 남안에 있는 산으로, 지금의 호북성 의도현(宜都縣) 서북에 소재. 북안에 있는 호아산(虎牙山)과 함께 거대한 문처럼 생겼기에 이름 붙여졌다.
47) 淸逈(청형) : 맑고 드넓다.
48) 逗(두) : 머무르다.
49) 搖曳(요예) : 일정하게 좌우로 흔들리는 모양. 여기서는 가락이 유장하게 펼쳐지는 모양을 형용하였다.
50) 泠然(영연) : 맑고 높은 소리를 형용한 말.

고적(高適)

평석 고적은 나이 오십에 시를 배웠는데, 시편이 나올 때마다 세상 사람들이 칭송하였다.(適
五十學詩, 每一篇出, 爲時稱頌.)

농산에 올라(登隴)[1]

隴頭遠行客,[2]	먼 길 가는 나그네 농산 꼭대기에 오르니
隴上分流水.[3]	농산 위에는 물줄기가 나뉘어 흐르네
流水無盡期,	흐르는 물은 멈추는 때가 없고
行人未云已.[4]	행역 가는 사람은 끊이지 않아
淺才通一命,[5]	못난 재주로 낮은 관직을 받아
孤劍適萬里.	칼 한 자루 들고 만 리를 가노라
豈不思故鄕?	어찌 고향을 생각하지 않으리오?

---

[1] 隴(농): 隴山(농산). 농판(隴坂) 또는 농저(隴坻)라고도 한다. 지금의 섬서성 농현(隴
縣)과 감숙성 평량(平涼) 사이로, 산세가 험준하여 아홉 굽으로 올라가는데 7일이
걸렸다고 한다. 그 산정에는 맑은 물이 나와 동서로 나뉘어 흐르는데 이것이 곧 농
두수(隴頭水)이다. 이 때문에 그곳의 역참을 분수역(分水驛)이라 하였다. 중원에서
부역으로 온 사람들이 이곳에 올라 멀리 바라보면 슬퍼하지 않는 사람이 없었다고
한다.

[2] 隴頭(농두): 농산(隴山)의 꼭대기.

[3] 分流水(분류수): 농산 꼭대기에 물이 나와 동서로 나뉘어 흐르는 물줄기. 남조 「농
두가」(隴頭歌)에 "농두의 물이여, 그 소리가 오열하는 듯. 아득히 진 지방 평원을 바
라보니, 심장과 간이 끊어지네"(隴頭流水, 鳴聲嗚咽. 遙望秦川, 心肝斷絶.)라는 구절
이 있다.

[4] 行人(행인): 행역 나가는 사람. ○未云已(미운이): 끝이 없다.

[5] 淺才(천재): 천한 재주 가진 사람. 자신을 겸손하게 가리킨 말. ○一命(일명): 주대
(周代)의 관직 가운데 가장 낮은 등급. 일명(一命)부터 구명(九命)까지 있는데 구명
이 가장 높다. 일명은 당대의 구품(九品)에 해당한다. 일반적으로 하급 관직을 가리
킨다.

從來感知己.⁶⁾　　　　자신을 알아주는 사람에 감격해 이곳에 왔어라

평석 "못난 재주로 낮은 관직을 받아"를 보면 분명 가서한이 참군 장서기로 임명하는 표를 올렸을 때 지은 것으로, 자신을 알아주는 사람을 따라 고향을 잊고 왔다. 시어는 간결하나 뜻은 풍부하다.(觀"淺才通一命"句, 應是哥舒翰表爲參軍掌書記時作, 感知忘家, 語簡意足.)

해설 농산에 올라 자신의 감회를 쓴 시이다. 수많은 행역 가운데 자신의 위치를 확인하면서 농산을 넘게 된 내력을 썼다. 이 시는 752년 가서한 이 고적을 좌효위병조 겸 장서기로 임명하자 농서로 가면서 지었다. 당시 두보는 고적에게 「서기 고적을 보내며 15운」(送高三十五適十五韻)을 지어 주었다.

계중에서 지음(薊中作)⁷⁾

策馬自沙漠,⁸⁾　　　　사막에서 말을 채찍질하여
長驅登塞垣.⁹⁾　　　　멀리 내달려 장성에 오르노라
邊城何蕭條,　　　　변방의 성은 얼마나 황량한가
白日黃雲昏.　　　　해는 누런 구름에 가리어 어두워라
一到征戰處,　　　　전투가 일어났던 곳에 오기만 하면
每愁胡虜翻¹⁰⁾　　　언제나 오랑캐가 난을 일으킬까 시름겨워

---

6) 從來(종래) : 이곳에 온 이유. 사물의 근원. ○ 知己(지기) : 자신의 재능을 알아주는 사람. 가서한(哥舒翰)을 가리킨다.
7) 薊中(계중) : 계주(薊州). 지금의 북경시 일대. 계성(薊城)은 북경시 대흥현(大興縣)에 있었다. 이 시의 제목은 『문원영화』(文苑英華) 등 판본에 「군사를 보내고 돌아가며 지음」(送兵還作)이라 되어 있다.
8) 策馬(책마) : 말을 채찍질하다.
9) 塞垣(새원) : 변새의 관문. 여기서는 장성(長城)을 가리킨다.
10) 翻(번) : 뒤집다. 여기서는 반란을 일으키다.

豈無安邊書？[11]　　변방을 안정시킬 계책이 어찌 없으랴만
諸將已承恩.[12]　　장수들은 이미 승은을 입었구나
惆悵孫吳事,[13]　　손무와 오기의 일을 생각하면 슬퍼지니
歸來獨閉門.[14]　　고향에 돌아가 홀로 문을 닫고 지낼 수밖에

평석 장수들이 변방을 지킬 줄 모르기에 비록 계책이 있어도 개진할 수 없음을 말하였다. 천자가 상을 마음대로 내린다고 하지 않고 장수들이 은총을 입었다고 말함으로써 언외의 뜻을 생각하게 하였으니 입언(立言)의 체재를 알 수 있다.(言諸將不知防邊, 雖有策不可陳也. 乃不云天子僭賞, 而云主將承恩, 令人言外思之, 可悟立言之體.)

해설 변방에 대한 깊은 관심을 보인 작품이다. 발탁된 장수들은 재능이 없는 데 반해 자신은 계책이 있어도 쓰이지 못함을 아쉬워하였다. 이 시는 750년(天寶 9년) 겨울 고적이 봉구현 현위로 청이군(靑夷軍)이 있는 계주(薊州)로 병사들을 호송하는 임무를 맡아 갔을 때 지었다.

잠삼(岑參)

평석 잠삼은 기이한 시어를 쓸 줄 알았으며 특히 변새시에 뛰어났다.(參詩能作奇語, 尤長於邊塞.)

---

11)　安邊書(안변서) : 변방을 안정시키는 책략.
12)　承恩(승은) : 황제의 은총을 입다.
13)　孫吳(손오) : 춘추시대 손무(孫武)와 전국시대 오기(吳起). 둘 다 뛰어난 군사전략가로『병법』을 썼다. 孫吳事(손오사)는 용병(用兵)에 관한 일.
14)　閉門(폐문) : 문을 닫다. 세상일에 관여하지 않고 은거하다.『후한시』「풍연전」(馮衍傳)에 "서쪽 고향으로 돌아가 문을 닫고 자신을 보전하였다"(西歸故鄕, 閉門自保)라는 말이 있다.

풍수 강가에서 장후를 보내며(灃頭送蔣侯)[1]

君住灃水北,	그대 가시는 곳은 풍수의 북쪽
我家灃水西.	나의 집은 풍수의 서쪽
兩村辨喬木,	두 마을은 높은 나무로 식별되고
五里聞鳴鷄.	오 리 거리를 두고 닭 우는 소리 들리지
飮酒溪雨過,	술을 마시는 사이 시냇가에 비가 지나가고
彈琴山月低.	거문고 뜯고 있으니 어느새 산의 달이 내려가
徒開蔣生徑,[2]	부질없이 장후(莊詡)처럼 샛길을 내었으니
爾去誰相携?	그대 떠나면 누구와 손잡고 걸어 다닐까?

해설 잠삼이 장안 교외에서 은거할 때 지은 시이다. 은거 중에 사귄 장후
(蔣侯)와의 즐거운 사귐을 형상화하였으며 그와의 이별을 아쉬워하였다.

대량에 이르러 광성 주인에게 부침(至大梁却寄匡城主人)[3]

一從棄魚釣,[4]	낚시하던 은일생활 그만 두고

---

1) 灃頭(풍두) : 곧 灃水頭(풍수두)로, 풍수(灃水) 강가. 풍수는 豐水(풍수)라고도 쓰며,
   지금의 서안시 서남의 풍하(灃河)를 말한다. 섬서성 영섬현(寧陝縣)의 종남산에서
   발원하여 서북으로 흘러 위하(渭河)로 들어든다. ○ 蔣侯(장후) : 미상. 후(侯)는 친구
   에 대한 경칭(敬稱)이다.
2) 蔣生(장생) : 서한 말기 두릉(杜陵, 서안시 장안구) 사람 장후(莊詡)를 가리킨다. 애제
   (哀帝) 때 연주자사(兗州刺史)를 지냈으나 왕망(王莽)이 신(新)을 세우자, 병을 핑계
   로 고향으로 돌아가 문밖으로 나오지 않았다. 다만 방 앞 대숲에 작은 오솔길 셋을
   내고 친구 구중(求仲)과 양중(羊仲)하고만 사귀었다. 여기서는 친구를 성씨가 같은
   장후(莊詡)에 비유하였다.
3) 大梁(대량) : 전국시대 위(魏)의 수도. 당대에는 변주(汴州)의 치소였다. 지금의 하남
   성 개봉시(開封市). ○ 却寄(각기) : 돌아가 편지를 부침. ○ 匡城(광성) : 匡城縣(광성
   현). 당시 활주(滑州)에 속하였다. 지금의 하남성 장원현(長垣縣) 서남. 匡城主人(광
   성주인)은 현위인 주 소부(周少府)를 가리킨다.

十載干明王,⁵⁾　　　　　십 년 동안 밝은 군주 아래 벼슬을 하였지

無由謁天階,⁶⁾　　　　　조정으로 더 오를 길이 없어

却欲歸滄浪.⁷⁾　　　　　되돌려 창랑에 돌아가고자 하네

仲秋至東郡,⁸⁾　　　　　음력 팔월에 동군(東郡)에 이르니

遂見天雨霜.⁹⁾　　　　　비로소 하늘에서 서리가 내린다

昨日夢故山,¹⁰⁾　　　　　어제는 소실산을 꿈에 보았는데

蕙草色已黃.　　　　　　혜초의 빛깔이 이미 누렇게 되었더라

平明辭鐵丘,¹¹⁾　　　　　이른 아침에 철구(鐵丘)를 떠나

薄暮遊大梁.　　　　　　저녁에 대량(大梁)에서 노닌다

仲秋蕭條景,　　　　　　음력 팔월이라 풍경이 황량한데

拔剌飛鵝鶬.¹²⁾　　　　　푸드득 기러기가 깃을 치며 날아가네

四郊陰氣閉,¹³⁾　　　　　사방의 교외는 한랭한 기운에 싸이고

萬里無晶光.¹⁴⁾　　　　　만 리 하늘에는 달빛과 별빛도 없어

長風吹白茅,　　　　　　멀리 가는 바람에 띠풀이 흔들리고

---

4)　魚釣(어조) : 물고기를 낚다. 은거 생활을 가리킨다.

5)　干(간) : 관직을 구하다. 잠삼은 736년(22세)에 대궐 아래에서 글을 올리며 벼슬을 구
하기 시작하여, 이 시를 쓸 때는 칠 년째 되었다. 여기서 십 년은 그 대략을 말하였
다. ○明王(명왕) : 현명한 군주.

6)　天階(천계) : 궁전의 계단. 여기서는 조정 또는 황제를 가리킨다.

7)　滄浪(창랑) : 청록색의 강물. 또는 한수(漢水) 등 강 이름으로 보는 설도 있다. 『맹자』
「이루」(離婁)에 "창랑의 강물이 맑으면 내 갓끈을 씻고, 창랑의 강물이 탁하면 내 발
을 씻으리라"(滄浪之水淸兮, 可以濯我纓. 滄浪之水濁兮, 可以濯我足.)는 노래가 실려
있다. 여기서는 은거지를 가리킨다.

8)　仲秋(중추) : 음력 팔월. ○東郡(동군) : 진한(秦漢) 이래의 지명으로, 당대의 활주(滑
州)에 해당한다.

9)　雨霜(우상) : 서리가 내리다. 雨(우)는 동사로 쓰였다.

10)　故山(고산) : 옛산. 여기서는 잠삼이 은거했던 소실산(少室山)을 가리킨다.

11)　鐵丘(철구) : 지명. 당대 활주(滑州) 위남현(衛南縣) 동남. 지금의 하남성 복양시(濮陽
市) 서남.

12)　拔剌(발자) : 의성어. 새가 날아가는 소리. ○鵝鶬(아창) : 물새의 일종으로 황새와 비
슷하다.

13)　閉(폐) : 둘러싸다.

14)　晶光(정광) : 빛. 여기서는 달빛과 별빛.

野火燒枯桑.　　　시든 뽕나무에 인광이 번쩍이네
故人南燕吏,[15]　　친구는 옛 남연(南燕) 땅의 관리로
籍籍名流芳,[16]　　훌륭한 명성이 주위에 자자하구나
聊以玉壺贈,[17]　　그리하여 옥항아리를 드리니
置之君子堂.　　　군자의 집에 놓아둘 만하겠네

평석 "멀리 가는 바람에 띠풀이 흔들리고" 2구에 대해 은번(殷璠)은 일재(逸才)라고 칭찬하였다. 그 밖에 "자갈 속에 말을 달리니, 네 발굽에 모두 피가 흐른다"도 경책(警策)으로 절륜하다.("長風吹白茅"二語, 殷璠稱爲逸才. 又"馬走碎石中, 四蹄皆血流", 亦爲警絶.)

해설 742년(28세) 7월 장안을 출발하여 8월 광성현에 간 일을 소재로 하였다. 이때 주씨(周氏) 성을 가진 현위(縣尉)의 집에 가 함께 마시며 실컷 취하였다. 이 시는 광성현을 나와 대량에 갔을 때 쓴 시로, 자신의 경력과 노정을 서술하고 친구와의 만남을 그렸다.

늦가을 산행(暮秋山行)

疲馬臥長坂,[18]　　지친 말이 긴 비탈길에 눕고

---

15) 南燕(남연): 南燕縣(남연현). 한대 현으로 당대에는 조성현(胙城縣)이라 하였다. 지금의 하남성 연진현(延津縣) 동쪽으로 광성현과 인접해있다. 여기서는 광성현을 가리킨다.

16) 籍籍(자자): 藉藉(자자)라고 쓰기도 한다. 어지러이 흩어진 모양. 여기서는 명성이 자자한 모양. ○流芳(유방): 원래는 향기가 발산된다는 뜻으로, 일반적으로 훌륭한 명성이 전해진다는 의미로 쓰인다.

17) 玉壺(옥호): 옥항아리. 고결함을 비유한다. 유송(劉宋)시대 포조(鮑照)의 「백두음을 본떠 지음」(代白頭吟)에 "곧기는 붉은 실줄과 같고, 맑기는 옥항아리의 얼음과 같다"(直如朱絲繩, 淸如玉壺冰.)는 말에서 유래하였다. '옥항아리 속의 얼음'(玉壺冰)은 성당시기에 과거 시험의 시제(詩題)로 나올 정도로 유행하던 이미지였다.

18) 長坂(장판): 긴 산비탈.

夕陽下通津.¹⁹⁾ 석양이 나루터에 기울어지네

山風吹空林, 산바람이 빈 숲을 스치니

颯颯如有人.²⁰⁾ 쏴쏴 마치 사람이 있는 듯해라

蒼旻霽凉雨,²¹⁾ 가을 하늘에 찬비가 맑게 걷히니

石路無飛塵. 돌길에는 먼지 하나 날리지 않는구나

千念集暮節,²²⁾ 저무는 시절이라 온갖 상념이 어지럽고

萬籟悲蕭辰.²³⁾ 소슬한 날이라 온갖 소리가 슬퍼

鶗鴂昨夜鳴,²⁴⁾ 두견새가 어젯밤 울더니

蕙草色已陳.²⁵⁾ 혜초가 이미 시들었어라

況在遠行客, 더구나 먼 길 가는 나그네

自然多苦辛. 자연히 어려움이 더욱 많아라

해설 늦가을에 산길을 지나가면서 노래한 시이다. 먼 길을 가는 도중으로, 가을날의 황량한 풍경 속에 나그네의 고독과 어려움을 묘사하였다. 더불어 자신의 능력을 발휘하지 못한 안타까움도 나타내었다.

---

19) 通津(통진) : 사통팔달한 나루터.
20) 颯颯(삽삽) : 의성어. 바람 소리.
21) 蒼旻(창민) : 푸른 하늘.
22) 暮節(모절) : 음력 구월 구일 중양절. 여기서는 늦가을.
23) 萬籟(만뢰) : 산과 골짜기 사이에 나는 바람 소리나 물소리 등 여러 가지 소리. ○ 蕭辰(소신) : 가을바람이 소슬한 때.
24) 鶗鴂(제결) : 두견새. 두견새는 초여름에 울므로 이 새가 울면 꽃들이 시든다고 여겼다. 이 구는 『초사』(楚辭) 「이소」(離騷)에 나오는 "두려운 것은 시절이 지나 두견새가 먼저 울어, 온갖 꽃들이 시들어 떨어지는 것이라네"(恐鵜鴂之先鳴兮, 使夫百草爲之不芳.)를 이용하였다.
25) 陳(진) : 오래되다. 여기서는 시들다. 혜초가 시들었다는 말은 세월이 가고 자신의 나이가 많아져 재능을 펼칠 기회가 없어질까 걱정한다는 뜻이다.

휴가 때 백각봉 초당으로 돌아가[因假歸白閣草堂)[26]

雷聲傍太白,[27]	태백산 옆에서 천둥소리 울리면
雨在八九峰.	여덟아홉 개 봉우리에 비가 뿌린다네
東望白閣雲,	동쪽으로 백각봉 구름을 바라보니
半入紫閣松.[28]	자각봉의 소나무가 반이나 덮였구나
勝概紛滿目,[29]	뛰어난 풍광이 두 눈에 가득하여
衡門趣彌濃.[30]	초당의 정취가 더욱 높아라
幸有數畝田,	다행히 여러 마지기의 밭이 있어
得延二仲蹤.[31]	구중과 양중의 행적을 따를 수 있어라
早聞達士語,[32]	일찍이 통달한 선비의 말을 들었더니
偶與心相通.	마침 내 마음과 통하였지
誤徇一微官,[33]	잘못하여 미관말직 하나를 맡았는데
還山愧塵容.	산에 돌아오니 세속의 모습이 부끄러워라

---

26) 因假(인가) : 휴가로 인하여. 전가(田假)라 된 판본도 있다. 전가는 5월에 15일간 주는 휴가. ○ 白閣(백각) : 白閣峰(백각봉). 종남산의 봉우리 가운데 하나. 지금의 산서성 호현(戶縣) 동남에 소재.

27) 太白(태백) : 태백산. 종남산의 주봉으로 지금의 섬서성 미현(眉縣) 남쪽에 소재.

28) 紫閣(자각) : 紫閣峰(자각봉). 종남산의 봉우리 가운데 하나. 자각봉, 백각봉, 황각봉 등 세 봉이 서로 모여 있으며 모두 규봉(圭峰)의 동쪽에 위치한다.

29) 勝概(승개) : 뛰어난 경치.

30) 衡門(형문) : 두 말뚝에 가로 막대 하나를 가로 질러 만든 문. 여기서는 백각산 초당을 가리킨다.

31) 延(연) : 잇다. ○ 二仲(이중) : 서한 말기의 은사 구중(求仲)과 양중(羊仲). 왕망(王莽)이 신(新)을 세우자 연주자사(兗州刺史) 장후(莊詡)가 고향 두릉(杜陵)에 돌아간 후 문밖으로 나오지 않고, 방 앞 대숲에 작은 길 셋을 내고 이 두 사람하고만 왕래하였다.

32) 達士(달사) : 세상의 이치에 통달한 사람. 『여씨춘추』「시군람」(恃君覽)에 "달사란 생사의 분별에 통달한 사람이다"(達士者, 達乎生死之分.)는 말이 있고, 위(魏) 혜강(嵇康)의 「산도(山濤)에게 주는 절교 편지」(與山巨源絶交書)에 "유하혜와 동방삭은 달인으로, 낮은 지위에도 편안해 하였습니다"(柳下惠東方朔, 達人也, 安乎卑位.)고 하였다.

33) 徇(순) : 따르다.

釣竿不復把,	낚싯대는 더 이상 잡을 사람이 없었고
野碓無人舂.	방아도 찧는 사람 없었구나
惆悵飛鳥盡,	마음 슬퍼라, 새들이 다 날아가고
南溪聞夜鐘.[34]	남쪽 계곡에 저녁 종소리 들려오네

해설 관직에 나간 후 휴가를 얻어 종남산의 백각봉 아래에 있는 초당에 잠시 돌아가 쓴 시이다. 벼슬과 은거는 굴원과 도연명 이래 시인들의 중요한 문제로, 잠삼 역시 은거에 대한 희구와 현실에 대한 추구를 어떻게 조화시키느냐에 대해 고민하였다.

고적, 설거와 함께 자은사 탑에 올라(與高適、薛據同登慈恩寺浮圖)[35]

塔勢如湧出,[36][37]	탑의 기세는 마치 솟구쳐 일어선 듯
孤高聳天宮.[38]	홀로 높이 천궁에 올랐어라
登臨出世界,[39]	올라가니 시공간을 초월하고
磴道盤虛空.[40]	돌계단은 허공을 돌아가네

---

34) 南溪(남계): 남쪽 계곡. 여기서는 백각봉 초당 남쪽에 있는 계곡.

35) 高適(고적): 동시대 시인. 시인 소전 참조. ○ 薛據(설거): 동시대 시인. ○ 慈恩寺(자은사): 장안의 명찰로 지금의 서안시 남쪽에 소재. 수대에는 무루사(無漏寺)였으나, 648년 태자 이치(李治)가 모친 문덕황후(文德皇后)를 추념하기 위해 지으면서 이름을 자은사라고 하였다. 경내에 있는 대안탑(大雁塔)은 653년 현장(玄奘)이 오 층으로 세운 것을 무측천이 십 층으로 높였으나, 나중에 전란으로 파괴되어 칠 층으로 남게 되었다. ○ 浮圖(부도): 불도(佛圖)라고도 한다. 탑.

36) 심주: 우뚝하다.(突兀).

37) 湧出(용출): 물이 샘솟아 나오다. 맨땅에서 우뚝 솟아오르는 기세를 말하였다. 『묘법연화경』(妙法蓮華經)에 "그때 부처 앞에 칠보탑이 있었는데, 땅으로부터 솟아올랐다"(爾時佛前有七寶塔, (…중략…) 從地湧出.)는 말이 있다.

38) 聳天宮(용천궁): 천궁에 솟구치다.

39) 世界(세계): 불교 용어로 우주를 가리킨다. 世(세)는 시간을 말하고 界(계)는 공간을 의미한다.

突兀壓神州,[41]   우뚝 서서 신주(神州)를 진압하니

崢嶸如鬼工.[42]   삐쭉빼쭉한 모습은 귀신의 솜씨인 듯

四角礙白日,   탑의 네 모서리는 해를 가로막고

七層摩蒼穹.[43]   일곱 층 탑은 하늘에 닿았구나

下窺指高鳥,   아래를 내려 보며 날아가는 새를 가리키고

俯聽聞驚風.[44]   몸을 구부리고 세찬 바람 소리 듣노라

連山若波濤,[45]   멀리 이어진 산은 파도처럼 굽이치며

奔走似朝東.[46]   동쪽의 바다로 내달려 가는 듯

青松夾馳道,[47]   한길에선 양편으로 푸른 소나무 늘어서고

宮觀何玲瓏![48]   궁궐은 구슬처럼 영롱해라!

秋色從西來,   가을빛은 서쪽에서 다가와서

蒼然滿關中.[49]   푸르스름하게 관중 지역에 가득하니

五陵北原上,[50]   오릉이 있는 북쪽 언덕 위

---

40) 磴道(등도) : 돌계단.

41) 突兀(돌올) : 우뚝. 높이 솟은 모습. ○ 壓(압) : 진압하다. ○ 神州(신주) : 중국에 대한 미칭(美稱). 『사기』 「맹자순경열전」(孟子荀卿列傳)에 보면, 전국시대 추연(鄒衍)이 중국을 적현신주(赤縣神州)라 하였다.

42) 崢嶸(쟁영) : 높고 험한 모양. ○ 鬼工(귀공) : 귀신의 작업. 정교하고 신기하여 마치 귀신이 만든 듯하다는 뜻.

43) 蒼穹(창궁) : 푸른 하늘. 이 두 구는 아래에서 위로 올려본 모습을 묘사하였다.

44) 驚風(경풍) : 맹렬하고 강한 바람. 이 두 구는 위에서 아래로 내려다본 모습을 묘사하였다.

45) 連山(연산) 구 : 목화(木華)의 「해부」(海賦)에 "파도는 이어진 산과 같아"(波若連山)란 비유가 있는데, 여기서는 이를 거꾸로 이용하였다.

46) 朝東(조동) : 동쪽을 향해 배알하다. 먼 동쪽에 바다가 있으므로 그쪽을 향해 물결치는 듯하다는 뜻. 이 두 구는 동쪽의 조망을 묘사하였다.

47) 馳道(치도) : 군왕의 수레가 다니는 큰 길. 진(秦) 통일 이후 오십 보 넓이로 치도를 만들었다. 일반적으로 마차가 달리는 한길을 가리킨다. 진한(秦漢) 때에는 치도 양쪽에 소나무를 심고 수당(隋唐) 때에는 홰나무를 심었다.

48) 玲瓏(영롱) : 맑고 뚜렷한 모습. 이 두 구는 남쪽의 조망을 묘사하였다.

49) 蒼然(창연) : 푸르고 먼 모습. ○ 關中(관중) : 서안 일대. 동쪽으로 함곡관(函谷關), 서쪽으로 산관(散關), 북으로 소관(蕭關), 남으로 요관(嶢關)으로 둘러싸인 곳. 이 두 구는 서쪽의 조망을 묘사하였다.

萬古青濛濛.[51]　　　　만고에 걸쳐 푸른빛으로 흐릿하구나
淨理了可悟,[52]　　　　청정의 이치는 깨달을 수 있고
勝因夙所宗.[53]　　　　선한 인연은 평소 숭상하는 바
誓將挂冠去,[54]　　　　장차 관직을 버리고 떠나
覺道資無窮.[55][56]　　　불도(佛道)에 영원히 의지하리

평석 '자은사 탑에 올라'는 두보 시 다음으로 응당 이 작품을 밀어야 하니, 고적과 저광희도 이에 미치지 못한다. 설거의 시는 없어졌기에 고찰할 수 없다.(登慈恩塔詩, 少陵下應推此作, 高達夫儲太祝皆不及也. 薛據詩失傳無可考.)

해설 752년 장안의 자은사탑에 올라 주위를 조망한 일을 노래하였다. 웅건한 필치로 사방의 기상을 묘사하였으며, 말미에 은거와 불교에 대한 경도를 나타내어 그의 사상의 한 측면을 나타내었다. 이때 탑에 함께 오른 사람은 고적과 설거 이외에 두보와 저광희도 있었으며, 설거 이외의 시인들의 시는 현재 모두 남아있다.

---

50) 五陵(오릉) : 한대 다섯 군주의 능묘. 한 고조가 묻힌 장릉(長陵), 혜제가 묻힌 안릉(安陵), 경제가 묻힌 양릉(陽陵), 무제가 묻힌 무릉(茂陵), 소제가 묻힌 평릉(平陵) 등이다. 모두 위수의 북안에 소재한다.
51) 濛濛(몽몽) : 비가 가늘게 뿌리는 모양. 여기서는 흐릿한 모양.
52) 淨理(정리) : 불교에서 말하는 청정(淸淨)의 이치. 마음이 속세와 감각에 영향 받지 않은 상태를 말한다. ○ 了可悟(료가오) : 可了悟(가료오). 불교의 진체(眞諦)를 깨달음.
53) 勝因(승인) : 불교 용어로, 악업(惡業)과 상대되는 개념인 선인(善因).
54) 挂冠(괘관) : 벼슬을 버리고 은거함. 서한 말기 봉맹(逢萌)이 낙양 성문에 관과 관복을 걸어두고 가족을 데리고 요동(遼東)으로 간 데서 유래하였다.
55) 심주 : 覺道(각도)는 각로(覺路, 깨달음의 길)와 비슷하다.(猶言覺路.)
56) 覺道(각도) : 깨달음의 길. 불도(佛道)를 가리킨다. ○ 資(자) : 의지하다.

하동으로 돌아가는 기악을 보내며(送祁樂歸河東)[57]

祁樂後來秀,[58]	기악은 후배 중에서도 수재라
挺身出河東.	몸을 분발하여 하동에서 나왔지
往年詣驪山,[59]	예전에 여산(驪山)을 찾아가
獻賦溫泉宮.[60]	온천궁에 문장을 바쳤지
天子不召見,	천자가 부르지 않자
揮鞭遂從戎.[61]	채찍을 들고 마침내 종군하였지
前月還長安,	지난달에 장안에 돌아오니
囊中金已空.	주머니 속이 이미 비었어라
有時忽乘興,	때로 홀연히 흥이 일어나면
畵出江上峰.	강 위의 봉우리를 그려낸다오
床頭蒼梧雲,[62]	침상 머리엔 창오산의 구름이요

---

57) 祁樂(기악) : 잠삼의 시에 나오는 기사(祁四). 시의 내용으로 보아 동시대에 활동한
화가 기악(祁岳)과 동일 인물로 추정된다. 잠삼의 다른 시 「임조(臨洮) 객사에서 기
사(祁四)를 두고 떠나며」(臨洮客舍留別祁四)를 보면, 잠삼이 751년 6월 장안으로 돌
아올 때 기악은 아직 임조에 있었다. 이 시는 다음 해인 752년 5월에 쓴 것으로 보
인다. ○ 河東(하동) : 포주(蒲州)를 가리킨다. 742년 하동군(河東郡)이라 하였다가
760년 하중부(河中府)로 개명하였다. 지금의 산서성 남부의 영제(永濟).

58) 後來秀(후래수) : 후배 세대 중의 뛰어난 인재.『진서』(晉書) 「왕침전」(王忱傳)에 "범
녕이 말하였다. '그대는 풍류가 출중하니 참으로 다음 세대의 수재이네.'"(范寧謂曰 :
"卿風流儁望, 眞後來之秀.")는 말이 있다.

59) 驪山(여산) : 장안 동쪽 교외에 있는 산. 해발 약 1300미터. 산기슭에 온천이 나오며,
산 아래 화청지(華淸池)가 있다. 지금의 섬서성 서안시 임동구(臨潼區)에 소재.

60) 獻賦(헌부) : 부(賦)를 바치다. 한대 문인들이 황제에게 부를 바쳐 관직을 얻는 경우
가 있었다. 당대에도 문인들이 황제에게 문장을 바쳐 관리가 되곤 하였다. 두보(杜
甫)가 현종에게 「삼대례부」(三大禮賦)를 올린 일에서도 이를 알 수 있다. ○ 溫泉宮
(온천궁) : 장안 동쪽 교외의 여산 아래에 있는 이궁. 644년에 처음 지었고, 671년 온
천궁이라 하였다가 747년 화청궁(華淸宮)이라 개명하였다.

61) 從戎(종융) : 從軍(종군)과 같다.

62) 蒼梧(창오) : 구의산(九嶷山). 지금의 호남성 영원현(寧遠縣) 남쪽에 소재. 전설에 의
하면 순(舜)이 이곳에서 죽어 묻혔다고 한다. 창오산에 구름이 많다는 기록은 여러
문헌에서 자주 보인다.

簾下天台松.[63]	주렴 아래엔 천태산의 소나무라
忽如高堂上,	갑자기 높은 당 위에
颯颯生淸風.	쏴아쏴아 맑은 바람 일어나는구나
五月火雲屯,[64]	오월이라 붉은 구름 모이고
氣燒天地紅.	불타는 기운에 천지가 붉어
鳥且不敢飛,	새도 감히 날지 못하는데
子行如轉蓬.[65]	그대는 구르는 쑥같이 떠나는구나
少華與首陽,[66]	소화산과 수양산
隔河勢爭雄.[67]	황하를 사이에 두고 웅장함을 다투는데
新月河上出,	초승달이 황하에서 떠오르면
淸光滿關中.	맑은 빛이 관중에 가득하리
置酒灞亭別,[68]	술을 두고 파릉정에서 이별하니
高歌披心胸.	크게 노래 부르며 마음을 열어라
君到故山時,[69]	그대 고향의 산에 이르면
爲我謝老翁.[70]	나를 대신하여 오로산의 신선에 안부를 전해주게

---

63) 天台(천태) : 천태산. 지금의 절강성 천태시(天台市) 북쪽에 있는 산. 손작(孫綽)의 「유천태산부」(遊天台山賦)에 "우거진 잔풀을 깔고 앉고, 낙락장송의 그늘에 든다"(藉萋萋之纖草, 蔭落落之長松.)는 말이 있다.

64) 火雲(화운) : 여름철의 붉은 구름.

65) 轉蓬(전봉) : 바람에 구르는 쑥대.

66) 少華(소화) : 섬서성 화음시(華陰市) 동남에 있는 산. 화산(華山) 옆에 있는 작은 산이어서 소화산이라 하였다. ○ 首陽(수양) : 수양산. 산서성 영제현 남쪽에 있는 뇌수산(雷首山).

67) 심주 : 황하가 이 두 산 사이를 흘러간다.(黃河流於二山.)

68) 灞亭(파정) : 灞陵亭(파릉정). 장안 동쪽 교외 파수(灞水) 강가에 있는 역참. 당대에 장안에서 동쪽으로 왕래할 때 반드시 거치는 곳이기에, 이곳에서 떠나는 사람을 배웅하였다.

69) 故山(고산) : 고향의 산. 기악이 은거했던 곳.

70) 老翁(노옹) : 노인. 기악의 부친을 가리키는 듯하다. 그러나 송대 각본(刻本)의 주(注)에 '一作爲辭五老翁'이라 되어있어 이를 따름이 옳다. 五老翁(오로옹)은 산서성 영락현(永樂縣)에 있는 오로산(五老山)에서 승천했다는 다섯 노인을 말한다. ○ 謝(사) : 알리다. 인사하다.

해설 고향으로 떠나는 화가 기악(祁樂)을 보내며 쓴 시이다. 화가의 간략한 이력과 뛰어난 솜씨를 묘사한 후 이별의 아쉬움을 토로하였다. 송별에 임하여 떠나는 사람의 이력과 가는 곳의 풍광을 결합하여 상대를 격려하였다.

최서(崔曙)

산 아래에서 맑게 갠 저녁에(山下晩晴)

寥寥遠天靜,[1]	드넓은 먼 하늘은 고요하고
溪路何空濛![2]	계곡 옆의 길은 안개로 자욱하다
斜光照疎雨,	비낀 햇빛이 성긴 빗줄기를 비추자
秋氣生白虹.	가을 기운 속에 흰 무지개 일어나네
雲盡山色暝,	구름이 사라진 뒤 저녁 산이 어두워오고
蕭條西北風.	쓸쓸하게 서북풍이 불어오네
故林歸宿處,	숲 속의 거처로 돌아오니
一葉下梧桐.[3]	오동잎 하나 떨어지네

해설 비 갠 저녁 무렵 산속의 그윽한 흥취를 그렸다. 비가 온 끝에 가을 바람이 불고 낙엽이 떨어지기 시작하는 때에, 숲 속에 사는 고사(高士)의

---

1) 寥寥(요료) : 드넓고 비어있는 모습.
2) 空濛(공몽) : 가는 비가 내리거나 안개가 끼어 자욱한 모습.
3) 一葉(일엽) : 낙엽 하나. 『회남자』 「설산훈」(說山訓)에 "떨어지는 낙엽 하나를 보고 한 해가 저물 것을 안다"(見一葉落而知歲之將暮)에서 유래한 '일엽지추'(一葉知秋)의 의미이다.

정서를 형상화하였다.

영양 동계 회고(潁陽東溪懷古)⁴⁾⁵⁾

靈溪氛霧歇,⁶⁾	아름다운 시내에 안개가 걷히면
皎鏡淸心顏.⁷⁾	거울 같은 물이 마음과 얼굴을 맑게 하는구나
空色不映水,	하늘의 빛이 시냇물에 비치지 않는데
秋聲多在山.⁸⁾	가을 소리 산속에 가득하여라
世人久疎曠,⁹⁾	세상 사람들이 오랫동안 이곳에 오지 않아
萬物皆自閑.	만물이 모두 저마다 한가롭구나
白鷗寒更浴,	흰 갈매기는 추운데도 다시 목욕하고
孤雲晴未還.	갠 하늘에 조각구름은 흘러 돌아오지 않아라
昔時讓王者,¹⁰⁾	옛날 왕의 자리를 사양한 사람
此地閉玄關.¹¹⁾	이곳에서 문을 닫고 살았다지
無以躡高步,¹²⁾	그 높은 족적을 따를 수 없어
凄凉岑壑間.¹³⁾	쓸쓸히 골짜기 사이를 거니노라

---

4) 潁陽(영양) : 영양현(潁陽縣). 지금의 하남성 등봉시(登封市).

5) 심주 : 하남 등봉현에 소재.(在河南登封縣.)

6) 靈溪(영계) : 빼어나고 신령스러운 시내. 동계(東溪)를 가리킨다. ○氛霧(분무) : 안개 기운. 『예기』「월령」(月令)에 "안개 기운이 어둡다"(氛霧冥冥)는 말이 있다.

7) 皎鏡(교경) : 밝게 흰 거울. 맑은 시내를 비유한 말. ○心顏(심안) : 마음과 얼굴.

8) 秋聲(추성) : 가을에 들을 수 있는 여러 가지 소리. 나뭇잎 떨어지는 소리, 바람 소리, 풀잎 서걱거리는 소리, 기러기 날아가는 소리, 벌레 소리 등을 총칭한다.

9) 疎曠(소광) : 멀리 떨어짐.

10) 讓王者(양왕자) : 왕의 자리를 사양한 사람. 허유(許由)를 가리킨다. 요(堯)가 왕의 자리를 물려주려 하자 받지 않고 영수(潁水)의 북안, 기산(箕山)의 아래로 달아나 은거하였다. 『장자』「소요유」(逍遙遊)와 『고사전』에 자세하다.

11) 玄關(현관) : 불교에서 말하는 법문(法門)에의 입문. 여기서는 문.

12) 高步(고보) : 高踏(고답) 은거하다

13) 岑壑(잠학) : 높은 봉우리가 있는 골짜기. 岑(잠)은 작으면서 높은 봉우리.

평석 '왕의 자리를 사양한' 사람은 허유를 가리킨다. 『장자』에 「양왕」편이 있다.('讓王', 指許由, 莊子有讓王篇.)

해설 영양의 강가를 둘러보고 허유의 발자취를 앙모하였다. 풍경이 맑고 한아(閑雅)할수록 은거한 사람의 정신이 높고 고결하므로, 산수를 더욱 신선하고 명려하게 표현할 필요가 있게 된다.

아침에 교애산을 떠나 태실산으로 돌아와 지음(早發交崖山還太室作)[14][15]

東林氣微白,[16]	동쪽 숲에 흰 기운이 피어오르니
寒鳥急高翔.	겨울새가 빠르고 높이 선회하는구나
吾亦自茲去,	나 또한 이곳을 떠나
北山歸草堂.	북산에 있는 초당에 돌아가야 하리
杪冬正三五,[17]	음력 십이월에 마침 십오일
日月遙相望.[18]	해와 달이 멀리 마주하는 때라네
肅肅過潁上,[19]	부랴부랴 영수를 건너니
曨曨辨少陽.[20]	어슴푸레 동방이 밝아오네

---

14) 심주 : 태실산은 숭산에 있으며 소실산과 마주보고 있다.(太室在嵩山, 與少室相望.)
15) 交崖山(교애산) : 숭산의 남쪽에 있는 산. ○太室(태실) : 중악(中嶽) 숭산(嵩山)의 삼십육 봉 가운데 동쪽에 있는 태실산. 서쪽의 소실산과 약 10킬로미터 떨어져 있다. 하남성 등봉시 북쪽에 소재.
16) 氣(기) : 숲 속의 안개 기운.
17) 杪冬(초동) : 늦겨울. 음력 십이월의 별칭. 杪(초)는 나뭇가지의 끝.
18) 日月(일월) 구 : 해와 달이 마주 보다. 『상서』「소고」(召誥)의 "2월 16일"(二月旣望)에 대한 공안국(孔安國)의 주(注)에 "15일은 해와 달이 마주본다"(十五日, 日月相望也.)라 하였다.
19) 肅肅(숙숙) : 여러 가지 뜻이 있으나, 여기서는 빨리 가는 모습. ○潁上(영상) : 영수(潁水).
20) 曨曨(농롱) : 동이 트기 시작할 무렵 햇빛이 점점 밝아짐. ○少陽(소양) : 동방. 동쪽.

川冰生積雪,	얼음 덮인 강에 눈이 쌓이고
野火出枯桑. [21]	마른 뽕나무에 인광이 번득이네
獨往路難盡,	혼자 가는 길에 길은 끝이 없고
窮陰人易傷. [22]	겨울의 막바지라 마음이 쉽게 슬퍼져
傷此無衣客,	옷도 없는 이 나그네
如何蒙雪霜?	눈과 서리를 맞으니 어이할거나

해설 겨울에 초당으로 돌아가는 노정을 통해 추위와 가난을 사실적으로 묘사하였다. 산수시 가운데 개인적인 정감을 찾아내는 서정시 계열에 속한다. 작가가 젊었을 때 숭산에서 고학(苦學)한 모습을 알 수 있다.

포융(包融)

국자감 장 주부를 보내며(送國子張主簿)[1]

湖岸纜初解,	호숫가에서 닻줄을 막 걷으니
鶯啼別離處.	이별의 자리에서 꾀꼬리가 우는구나
遙見舟中人,	멀리서 배 안의 사람 바라보니

---

21) 野火(야화) : 여기서는 인광(燐光)을 가리킨다. 『포박자』 「등섭」(登涉)에 "밤에 산속에 불빛이 보이는 것은 모두 오래된 고목에서 나온 것이니 괴이하게 여길 필요가 없다"(山中夜見火光者, 皆久枯木所作, 勿怪也.)고 했는데, 이 현상을 말한 것이다.

22) 窮陰(궁음) : 한겨울. 또는 극한 지역. 가을과 겨울을 음(陰)의 계절로 보았는데 이 가운데서도 음기가 성한 겨울의 막바지를 가리킨다.

1) 國子(국자) : 국자감. 닭이 설립한 최고 학부. 좨주 1인과 사업(司業) 2인이 주관하며, 주부(主簿)는 종7품의 사무관이다. ○張主簿(장주부) : 미상.

時時一回顧.　　　　때때로 뒤돌아보는구나
坐悲芳歲晚,²⁾　　향기로운 봄이 다 지나갔음을 슬퍼하나니
花落靑軒樹.³⁾　　청색 창가의 나무에서 꽃이 떨어지누나
春夢隨我心,　　　봄꿈을 쫓는 나의 마음
悠揚逐君去.⁴⁾　　아득히 그대를 따라가네

해설 친구와 이별하며 쓴 시이다. 함축적인 언어 속에 진지한 감정을 담았다.

설거(薛據)

겨울밤 객거하며—저광희에게 부침(冬夜寓居寄儲太祝)¹⁾

自爲洛陽客,　　　낙양에서 나그네가 된 이래
夫子吾知音.²⁾　　그대가 나의 지음이 되었지
愛義能下士,³⁾　　정의를 좋아하고 스스로를 낮추었으니
時人無此心.⁴⁾　　지금 사람에게는 그런 마음 없다네

---

2) 坐(좌) : 因(인)과 같다. 따라서. 때문에. ○ 芳歲(방세) : 음력 정월. 또는 향기로운 봄이나 한창 때를 가리키기도 한다. 여기서는 후자.
3) 靑軒(청헌) : 회랑의 청색 창.
4) 悠揚(유양) : 나부끼는 모습.
1) 寓居(우거) : 남의 집이나 타향에 임시로 살아감. ○ 儲太祝(저태축) : 저광희(儲光羲). 태축(太祝)은 귀신에게 올리는 제사를 관장하는 직책이다. 시인 소전 참조.
2) 知音(지음) : 자신을 알아주는 친구. 전국시대 유백아(兪伯牙)가 거문고를 타자 친구 종자기(鍾子期)가 듣고 그 뜻을 알았다는 이야기에서 유래한 말이다.
3) 下士(하사) : 현능한 사람을 몸을 굽히고 맞이함. 下(하)는 동사로 쓰였다.
4) 심주 : 감정이 격하여 눈물이 흐를 듯하다.(感激欲涕.)

奈何離居夜,[5]　　어이할거나, 떠돌며 지내는 밤에
巢鳥飛空林?　　둥지의 새처럼 빈숲을 날아다니는 것을
愁坐至月上,　　시름에 앉아 있으니 달이 떠오르고
復聞南鄰砧.　　다시 들리는 이웃의 다듬이 소리

해설 설거가 저광희를 생각하며 지은 시이다. 저광희가 태축(太祝)이 된 때는 731년이므로 이해 겨울에 지은 것으로 보인다. 마침 이해 봄에 설거가 과거에 급제하였으므로, 급제 후 장안의 저광희에게 이 시를 써서 부쳤을 것이다. 저광희가 연배가 조금 아래이지만 먼저 과거에 급제했으므로 설거가 낙양에서 객거할 때 겸손하게 대한 저광희가 적지 않게 위안이 되었으리라. 자신을 둥지 없이 떠도는 새로 비유한 것을 보면 아직 일정한 관직을 얻지 못한 때로 여겨진다. 비록 짧은 시이나 상대에 대한 깊은 정이 담겨있다.

---

5) 離居(이거) : 거처를 잃고 떠돌아다님. 이 말은 『상서』「반경」(盤庚)의 "지금 우리 백성은 홍수에 마구 휩쓸려 떠돌아다니며 안정된 거처가 없소"(今我民用蕩析離居, 罔有定極.)에서 나왔다.

당시별재집 권2

이백(李白)

평석 이백의 시는 종횡으로 내달리는데 오직 「고풍」 2권만이 재주를 과장하지 않고 기세를 부리지 않았다. 원래 완적을 본받았지만 풍격이 더욱 뛰어나며, 진자앙의 「감우시」를 계승하였다.(太白詩縱橫馳騖, 獨古風二卷, 不矜才, 不使氣, 原本阮公, 風格俊上, 伯玉感遇詩後, 有嗣音矣.)

고풍 15수(古風十五首)[1]

제1수

大雅久不作,[2]	'대아'가 오랫동안 지어지지 못했으니
吾衰竟誰陳?[3]	내가 노쇠하면 도대체 누가 지어 바치랴
王風委蔓草,[4]	춘추시대 왕의 교화가 잡초 속에 버려지더니
戰國多荊榛,[5]	전국시대에는 가시덤불이 황량하게 우거졌다
龍虎相啖食,[6]	용과 호랑이가 서로를 잡아먹더니

---

1) 古風(고풍) : 고대 시인의 작품을 모방해 지은 시. 이는 『시경』 「국풍」(國風) 이래 한 대 말기의 고시십구수(古詩十九首), 완적(阮籍)의 「영회시」(詠懷詩), 도연명의 「잡시」(雜詩), 장구령과 진자앙의 「감우시」(感遇詩)의 전통을 잇고 있다. 이백에 이르러 이러한 정치서정시(政治抒情詩)는 내용과 형식을 갖춘 하나의 완정한 장르로 만들어져, 이후 현실과 역사, 인생과 감회를 묘사한 오언고시(五言古詩)를 곧잘 '고풍'이라 하였다. 이백의 「고풍」은 현재 총 59수가 남아있으며, 정치적 이상과 사회현실에 대한 비판을 비롯하여 개인의 포부가 포함되며, 그 정조는 고양되고 강개하다. 일정한 시기에 지어진 것이 아니라 장기간에 걸쳐 다양한 관점에서 제작되었다. 이중에는 역대로 애송되는 시도 적지 않으며, 이백의 사상을 알 수 있는 중요한 시로 평가된다.

2) 大雅(대아) : 『시경』의 한 부분. 모두 서른한 편의 시로 주로 서주(西周)시기의 정치적 상황을 반영하였다. 아(雅)는 전통적인 해석에서는 왕정(王政)이 흥하고 쇠하는 근원이라고 풀이하지만, 후대에서는 사음(邪音)과 대비되는 정성(正聲)이란 뜻으로 풀이하였다. 여기서는 주왕조가 번영할 때의 시가를 가리킨다.

3) 吾衰(오쇠) 구 : 내가 아니라면 누가 지어 바칠 수 있는가. 이백이 공자의 말투를 이용하였다. 『논어』 「술이」(述而)에 "심하구나! 내가 쇠약해졌음이. 오래되었구나! 다시는 주공을 꿈에 보지 못함이"(甚矣吾衰也! 久矣吾不復夢見周公!)라는 말이 있다. ○陳(진) : 진술하다. 『예기』 「왕제편」(王制篇)에 따르면 주대(周代)에는 태사(太師)가 민요를 수집하여 천자에게 바치는 제도가 있었다.

4) 王風(왕풍) : 군왕의 교화. 『시경』 「대서」(大序)에 "「관저」와 「인지」의 교화는 왕의 교화이다"(關雎麟趾之化, 王者之風)란 말이 있다. 일설에는 『시경』 「국풍」(國風) 가운데 한 부분인 「왕풍」(王風)으로 보기도 하나 전체 문맥과 맞지 않아 취하지 않는다. ○委(위) : 버리다. ○蔓草(만초) : 덩굴이 우거진 잡풀.

5) 戰國(전국) : 전국시대. 기원전 5세기 초부터 3세기 초 사이에 걸쳐 일곱 나라가 자주 전쟁을 벌이던 시대. ○荊榛(형진) : 모형나무와 개암나무. 가시덤불이 우거진 잡목.

6) 龍虎(용호) : 용과 호랑이. 전국시대 진(秦), 초(楚), 연(燕), 제(齊), 한(韓), 조(趙), 위(魏) 등 주요한 일곱 나라인 칠웅(七雄)을 가리킨다. 반고(班固)의 「답빈희」(答賓戲)에 "이리하여 칠웅이 울부짖고 노려보며, 중국을 찢어 가르고, 용과 호랑이처럼 싸

兵戈逮狂秦.	광포한 진나라까지 전쟁이 이어졌다
正聲何微茫?[7]	아정한 시가는 어찌 그리도 쇠미하였던가
哀怨起騷人.[8]	구슬픈 작품이 굴원에서 나왔기 때문이라
揚馬激頹波,[9]	양웅과 사마상여가 쇠퇴한 물결을 세차게 일으
	켰으니
開流蕩無垠.[10]	터진 물결은 도도히 흘러 끝이 없었더라
廢興雖萬變,	흥망은 비록 만 번이나 바뀌었어도
憲章亦已淪.[11]	시가의 올바른 법도는 이미 무너졌어라
自從建安來,[12]	건안 연간 이래로
綺麗不足珍.[13]	기려하기만 하고 훌륭하지 않아라
聖代復玄古,[14]	지금의 성세는 태고로 돌아가

웠다"(於是七雄虓闞, 分裂諸夏, 龍戰虎爭.)는 표현이 있다.

7) 正聲(정성) : 아정(雅正)하고 조화로운 시가. 태평성세를 송찬하는 대아(大雅)의 노래.

8) 騷人(소인) : 굴원(屈原)을 가리킨다. 굴원의 대표작 「이소」(離騷)가 지어진 이래 '혜'(兮)자가 특징적으로 들어간 노래를 초가체(楚歌體) 또는 소체시(騷體詩)라 하고, 시인을 소인(騷人)이라 하였다. 남북조 이래 성당(盛唐)시기까지는 원망과 풍자가 들어가 있는 작품은 대아(大雅)와 정성(正聲)이 아니라는 관점이 보편적이었다.

9) 揚馬(양마) : 양웅(揚雄)과 사마상여(司馬相如). 서한의 대표적 사부(辭賦) 작가. ○ 頹波(퇴파) : 아래로 내려가는 물줄기라는 뜻으로, 일반적으로 사물이나 세상의 풍조가 쇠락하는 추세를 가리킨다.

10) 開流(개류) : 물길을 열다. 여기서는 사부(辭賦) 장르를 개척하다. ○ 無垠(무은) : 끝없이 넓다.

11) 憲章(헌장) : 시가가 준수해야할 법도.

12) 建安(건안) : 동한 말기 헌제(獻帝)의 연호. 196~220년. 당시 조조, 조비, 조식 등 조씨(曹氏) 부자와 건안칠자(建安七子)가 활동하였다.

13) 綺麗(기려) : 언어와 이미지가 화려한 문풍. 이 두 구는 해석에 논란이 되는 부분으로, 일부 학자들은 「선주 사조루에서 사촌인 교서랑 이운(李雲)을 전별하며」(宣州謝朓樓餞別校書叔雲)에서 "그대의 문학은 건안의 풍골(風骨)이요"(蓬萊文章建安骨)라는 말과 연관시켜 건안 문풍은 강건했지만 건안 이후는 기려한 문풍으로 나갔다고 보았다. 그러나 양제현(楊齊賢) 및 현대의 갈효음(葛曉音) 선생 등은 건안 문풍이 기려(綺麗)하다는 인식은 남북조에서 성당까지 유행했던 관점이며, 또 이러한 관점과 이백이 다른 시문에서 굴원이나 건안 문풍을 높이 평가한 것은 전통적인 편견을 아직 소화하지 못한 상호모순적인 현상이라고 하였다.

14) 聖代(성대) : 태평성대의 준말로, 자신이 살고 있는 시대를 높여 부른 말. ○ 玄古(현

垂衣貴淸眞.¹⁵⁾	무위로 다스리며 맑고 참됨을 귀하게 여긴다
群才屬休明,¹⁶⁾	뭇 인재들은 태평성대를 만나
乘運共躍鱗.	시운을 타고 물고기 뛰어오르듯 약동한다
文質相炳煥,¹⁷⁾	형식과 내용은 서로 어울려 빛나니
衆星羅秋旻.	뭇 별들이 가을 하늘에 펼쳐진 듯하여라
我志在刪述,¹⁸⁾	나는 저술에 뜻을 두었으니
垂輝映千春.¹⁹⁾	빛을 드리워 천 년을 두고 빛나리라
希聖如有立,²⁰⁾	내가 성인을 본받아 성공한다면
絶筆於獲麟.²¹⁾	나 또한 비로소 붓을 놓으리라

평석 한유는 "제량(齊梁)부터 진수(陳隋)에 이르기까지 여러 작품들은 마치 매미 울음과 같다"고 하였다. 이백이 "건안 연간 이래로, 기려하기만 하고 훌륭하지 않아라"고 하였으니 이전에 없던 호방한 말이다.(昌黎云: "齊梁及陳隋, 衆作等蟬噪." 太白則云: "自從建安來, 綺麗不足珍." 是從來作豪傑語.) ○ '훌륭하지 않아라'는 건안 이후를 말한다. 「선주 사조루에서 사촌

고): 원고(遠古). 이 구는 현종(玄宗)이 복고(復古)를 제창하였다는 뜻.

15) 垂衣(수의): 의복의 체제를 정립하여 천하에 예를 보임. 나중에는 군주의 무위정치(無爲政治)를 칭송하는 말로 사용하였다. 『주역』 「계사」(繫辭)에 "황제, 요, 순은 큰 옷을 입고 있어도 천하가 다스려졌다"(黃帝, 堯, 舜垂衣裳而天下治)는 말이 있다. ○ 淸眞(청진): 순박하고 진실하다. 이 구는 현종 때 요순의 정치가 재현되었음을 찬미하였다.

16) 屬(촉): 만나다. ○ 休明(휴명): 아름답고 공정하다. 훌륭한 군주나 태평성세를 찬양하는 말로 쓰인다.

17) 文質(문질): 수식과 바탕. 문학에서는 언어와 내용에 상응한다. ○ 炳煥(병환): 선명하고 화려하다.

18) 刪述(산술): 책의 내용을 줄이고 의미를 해설하다. 『사기』 「공자세가」(孔子世家)에 의하면 공자는 시 삼천여 편을 삼백오 편으로 줄여 『시경』을 정리하였으며, 『논어』 「술이」(述而)에서는 "해설은 하되 창작은 하지 않는다"(述而不作)고 하였다.

19) 垂輝(수휘): 광휘를 펼치다. 아름다운 이름을 후세에 전하다.

20) 希聖(희성): 성인을 앙모하다. 공자를 추앙하다. ○ 有立(유립): 성취가 있다.

21) 絶筆(절필) 구: 기린이 잡힌 일을 보고 공자가 절필하다. 기원전 481년(魯哀公 14년) 노나라 사람이 기린을 잡자 공자는 자신의 죽음을 상징하는 것으로 보고 "나의 도가 막혔노라"(吾道窮矣)며 절필하였다. 이로부터 편찬하던 『춘추』도 이 해를 끝으로 하고 있다. 『사기』 「공자세가」(孔子世家) 참조.

인 교서랑 이운을 전별하며,에서 "그대의 문학은 건안의 풍골이요"란 말로 증명할 수 있다.('不足珍', 謂建安以後也, 謝脁樓餞別云: "蓬萊文章建安骨"一語可證.)

해설 「고풍」 59수 가운데 제1수로, 전체 연작시의 강령과 같은 작품이다. 주로 역대 정치와 문학의 상관 관계를 전제로 하여 시문의 변천을 서술하고 자신의 문학 사상을 펼쳐 보였다. 전국시대 이후 『초사』의 애원(哀怨), 한부의 퇴파(頹波), 건안 이후의 기려(綺麗)해진 문풍을 부정하면서, 상고시대의 순박한 정치가 이루어진 당대에 아정(雅正)한 문풍을 수립하겠다는 사명감을 피력하였다.

제2수

蟾蜍薄太淸,[22]	두꺼비가 하늘 위로 올라가
蝕此瑤臺月.[23]	요대가 있는 달을 먹어들어 가니
圓光虧中天,	둥그런 빛이 하늘 가운데서 이지러지고
金魄遂淪沒.[24]	마침내 보름달이 사라졌어라
蝃蝀入紫微,[25]	무지개가 자미궁에 들어가니
大明夷朝暉.[26]	태양이 아침에 없어지고

---

22) 蟾蜍(섬서): 두꺼비. 『회남자』「정신훈」(精神訓)에 "달 속에 두꺼비가 있다"(月中有蟾蜍)라는 말이 있다. 전설에 의하면 달 속에 있는 두꺼비가 조금씩 달을 먹어 월식(月蝕)이 생긴다. ○太淸(태청): 하늘. 도교에서 말하는 옥청(玉淸), 상청(上淸), 태청(太淸)의 세 하늘 가운데 가장 높은 하늘.
23) 瑤臺(요대): 옥으로 만든 화려한 누대. 신선이 사는 궁전.
24) 金魄(금백): 황금빛으로 환한 보름달. 원래 백(魄)은 달의 미약한 빛으로, 음력 초하루의 달을 사백(死魄)이라 하고 보름날의 달을 생백(生魄)이라 한다.
25) 蝃蝀(체동): 무지개. 고대인들은 무지개를 천지간의 사악한 기운으로 이해하였다. 『춘추잠담파』(春秋潛潭巴)에 "무지개가 해 옆 나타나면 후비(后妃)가 군주를 위협하는 징조이다"(虹出日傍, 后妃陰脅主.)라 하였다. ○紫微(자미): 자미원(紫微垣), 자궁(紫宮), 중원(中垣) 등이라고도 한다. 열다섯 개의 별로 이루어진 별자리로, 북두칠성의 동북에 벌려 마치 호위하는 형상이다. 고대에는 천상의 별자리를 지상의 일과 대응시켰는데, 자미를 제왕의 자리로 여겼다.

浮雲隔兩曜,[27]	구름이 해와 달을 가리니
萬象昏陰霏.[28]	만상이 어두워지고 궂은 비 뿌려라
蕭蕭長門宮,[29]	후비가 갇힌 쓸쓸한 장문궁
昔是今已非.	예전에는 옳았으나 지금은 그르구나
桂蠹花不實,[30]	계수나무는 좀이 먹어 꽃이 피되 열매가 없고
天霜下嚴威.	하늘에서 서리가 내려 엄혹함이 닥쳐왔네
沈歎終永夕,	밤이 다하도록 깊이 탄식하니
感我涕沾衣.	이를 생각하매 눈물에 옷이 젖는구나

평석 무혜비를 총애하고 왕 황후를 폐위한 일을 가리킨다. 전체가 은미하고 함축적인 시어로 되어 있으며, "후비가 갇힌 쓸쓸한 장문궁" 2구는 드러날 듯 말 듯하여 배치가 가장 뛰어나다. (意指武惠妃有寵, 王皇后見廢而作. 通體皆作隱語, 而"蕭蕭長門宮"二句, 若晦若顯, 布置最佳.)

해설 이 시는 전체가 비유로 되어 있어 구체적으로 가리키는 일이 무엇인지에 대해서 논란이 많다. 송대 양제현(楊齊賢)은 현종이 무 혜비(武惠妃)를 총애한 탓에 아들이 없는 왕 황후(王皇后)를 폐위시킨 일을, 한 무제가 진 황후를 폐위시킨 일로 비유하였다고 하였다. 원대 소사빈(蕭士贇), 명대 호진형(胡震亨) 역시 기본적으로 이 설에서 크게 벗어나지 않고 있

---

26) 大明(대명) : 해. ○夷(이) : 사라지다. 멸하다.
27) 兩曜(양요) : 해와 달.
28) 陰霏(음비) : 궂은 비가 흩뿌리다.
29) 蕭蕭(소소) : 적막하고 쓸쓸함. ○長門宮(장문궁) : 한 무제 때 진황후(陳皇后)가 거주하던 궁전. 무제가 위자부(衛子夫)를 총애하게 되자 아들이 없는 진황후가 이를 질투하여 해치려 하였으며, 이 사실이 발각되어 장문궁에 살게 되었다. 사마상여가 이를 소재로 「장문부」(長門賦)를 쓴 이래, 총애를 잃은 여인이 사는 적막한 궁을 의미하게 되었다.
30) 桂蠹(계두) : 계수나무의 좀. 좀 먹은 계수나무. 동방삭(東方朔)의 「칠간」(七諫)에 "계수나무의 좀벌레는 세월이 가는 줄 모르고"(桂蠹不知所淹留兮)라는 말이 있고, 한대 「성제 때 가요」(成帝時歌謠)에 "계수나무가 꽃이 피되 열매를 맺지 못하고, 누런 참새가 그 꼭대기에 둥지를 틀었네"(桂樹花不實, 黃雀巢其顚)라는 말이 있다.

다. 청대 왕기(王琦) 역시 『구당서』의 "개원 12년(724년) 7월 임신(壬申)일
에 월식이 있고, 기묘(己卯)일에 황후 왕씨를 폐하여 서인으로 하였다"는
기록을 인용하며 서두의 월식을 폐위 사건과 연관하여 해석하였다. 청대
말기 방동수(方東樹)는 안록산의 반란을 보고 지은 것으로 추정하였고,
현대의 구태원(瞿蛻園) 등은 문인이 내쳐진 일을 비유한 것으로 해석하였
다. 「고풍」 59수 가운데 제2수이다.

제3수

秦皇掃六合,[31]	진시황이 천지를 쓸어내니
虎視何雄哉![32]	호랑이 눈빛은 얼마나 위세등등한가!
飛劍決浮雲,[33]	검을 날려 구름을 가르니
諸侯盡西來.	제후들이 모두 서쪽으로 와 복종하였어라
明斷自天啓,[34]	과감한 판단은 선천적으로 타고 났고
大略駕群才.	웅대한 계책은 비범한 인물들을 부렸으니
收兵鑄金人,[35]	거두어들인 병기를 녹여 12존의 철인을 만들고
函谷正東開.[36]	함곡관은 방비가 필요 없어 동쪽으로 열렸더라

---

31) 秦皇(진황) : 진시황. 이름은 영정(嬴政). ○六合(육합) : 동서남북 및 하늘과 땅. 거대
한 우주 공간 전체를 가리킨다.

32) 虎視(호시) : 호랑이처럼 노려보다. 『주역』 「이」(頤)괘에 "호랑이가 사납게 노려보
다"(虎視眈眈)는 말이 있다. 반고(班固)의 「서도부」(西都賦)에 "주나라는 용처럼 오
르고, 진나라는 호랑이처럼 노려본다"(周以龍興, 秦以虎視.)라는 말이 있다. 이에 대
해 이선(李善)은 『문선주』(文選注)에서 강성함을 나타낸다고 풀이하였다.

33) 飛劍(비검) 구 : 검으로 구름을 가르다. 이 구는 『장자』 「설검」(說劍)의 "위로는 구름
을 가르고, 아래로는 땅줄기를 자르니, 이 검을 한 번 쓰면 제후를 바로잡고 천하가
복종하니, 이것이 곧 천자의 검이다"(天子之劍, (…중략…) 上決浮雲, 下絶地紀, 此劍
一用, 匡諸侯, 天下服矣.)라는 말에서 나왔다.

34) 明斷(명단) : 현명한 판단.

35) 收兵(수병) : 병기를 모으다. 兵(병)은 무기. 기원전 221년 진시황은 전국의 병기를 거
두어들인 후 이를 함양에서 녹여 십이 존의 철인(鐵人)으로 만들어 궁중 앞에 세웠다.

36) 函谷(함곡) : 함곡관(函谷關). 지금의 하남성 영보시(靈寶市) 동북에 세워진 관문으

銘功會稽嶺,[37]	회계산에서 공적을 새긴 비석을 세우고
騁望瑯琊臺.[38]	낭야대에서 바다를 바라보았더라
刑徒七十萬,[39]	죄수 칠십만 명을 동원하여
起土驪山隈.[40]	여산의 산자락에 능묘를 축조하더니
尚采不死藥,[41]	더구나 불사약을 캐러 보냈으니
茫然使心哀.	망연히 사람을 슬프게 했더라
連弩射海魚,[42]	진시황이 연발식 쇠뇌로 바다의 물고기를 쏘니
長鯨正崔嵬.[43]	큰 고래는 참으로 거대한 산 같아
額鼻象五嶽,[44]	이마와 코는 오악처럼 높고
揚波噴雲雷.	파도를 일으키며 구름과 천둥을 뿜어내었지

로, 동쪽의 효산(崤山)과 서쪽의 동관(潼關) 사이에 위치했다. 진시황이 통일하기 전에는 이곳의 방비가 삼엄하여 닭이 운 후에 사람이 통행할 수 있었다. 당대에는 관문이 없어졌다.

37) 會稽嶺(회계령) : 회계산. 지금의 절강성 소흥시 남쪽 교외에 소재. 기원전 210년 진시황이 회계산에 가서 우(禹)에게 제사지내고 공덕을 찬양하는 비석을 세웠다.

38) 騁望(빙망) : 멀리 바라봄. ○瑯琊臺(낭야대) : 지금의 산동성 제성시(諸城市) 동남 바닷가의 낭야산에 소재. 기원전 219년 진시황이 낭야산에 가서 낭야대를 만들고 공덕을 찬양하는 비석을 세웠다.

39) 刑徒(형도) : 수인. 죄수. 진나라는 기원전 212년 죄수 칠십여만 명을 동원하여 아방궁을 짓고 여산(驪山)에 능묘를 만들었다.

40) 驪山(여산) : 장안 동쪽 교외에 있는 산. 그 동편에 진시황릉이 있다. 지금의 섬서성 서안시 임동구(臨潼區) 소재.

41) 尚采(상채) 구 : 기원전 219년 서불(徐市)이 상서를 올리기를, 동해 바다에 봉래(蓬萊), 방장(方丈), 영주(瀛洲) 등 삼신산(三神山)이 있는데 여기에 신선이 거주한다고 하였다. 이에 진시황이 서불에게 동남동녀(童男童女) 수천 명을 데리고 불사약을 캐어오라고 하였다. 기원전 216년 다시 한종(韓終), 후공(侯公), 석생(石生) 등을 보내 불사약을 찾게 하였다. 몇 년 후, 서불이 돌아와 말하기를 큰 교어(鮫魚)가 있어 봉래산에 가까이 다가갈 수 없으니 명사수를 파견하여 연노(連弩)를 쏘아 교어를 퇴치해줄 것을 요청하였다. 이에 진시황이 직접 연노를 들고 가서 지부(芝罘, 지금의 산동성 연대시)에서 큰 물고기를 쏘아 죽였다.

42) 連弩(연노) : 연발식 쇠뇌.

43) 崔嵬(최외) : 산이 높고 큰 모양.

44) 五嶽(오악) : 고대 중국에서 방위와 결부된 다섯 개의 주요한 산. 동악은 태산(泰山, 산동성 泰安), 남악은 형산(衡山, 호남성 衡陽), 서악은 화산(華山, 섬서성 華陰), 북악은 항산(恒山, 산서성 渾源), 중악은 숭산(嵩山, 하남성 登封)이다.

鬐鬣蔽靑天,[45]	지느러미와 수염이 푸른 하늘을 가리니
何由睹蓬萊.	봉래산을 어찌 볼 수 있으랴
徐市載秦女[46]	서불이 싣고 간 진나라의 동남동녀
樓船幾時廻?	그의 배는 어느 때 돌아올 것인가
但見三泉下,[47]	다만 보이는 것은 깊고 깊은 땅속
金棺葬寒灰.[48]	청동 관에 묻혀 있는 뼛가루뿐인 것을

평석 죽지 않기를 바라면서 다른 한편으로 높은 능묘를 축조했으니 스스로 모순된 일을 하였다.(旣期不死, 而又築高陵, 自相矛盾矣.)

해설 진시황을 평한 시이다. 전반부에서는 웅대한 지략으로 불후의 업적을 남겼음을 묘사하였으나, 후반에서는 불사약을 찾고 미신을 믿은 점으로 대비시키고 있다. 앞에서 치켜세우고 뒤에서 내리는 '선양후억'(先揚後抑)의 수법이다. 또는 뒤에서 내리기 위해 앞을 더 치켜세웠다(欲抑先揚)고 할 수도 있다. 청대 진항(陳沆) 이래 현대의 학자들은 곧잘 신선술에 경도된 현종(玄宗)을 비판한 시로 본다. 「고풍」 59수 가운데 제3수이다.

제4수

莊周夢蝴蝶,[49]	장자가 나비 꿈을 꾸니
胡蝶爲莊周.	나비가 장자가 되었다지

45) 鬐鬣(기렵) : 물고기의 등지느러미와 수염.
46) 徐市(서불) : 徐福(서복)이라 하기도 함. 진나라의 방사(方士).
47) 三泉(삼천) : 삼중천(三重泉). 삼 층 깊이의 샘. 깊은 지하. 여기서는 사람이 죽은 후 묻히는 곳.
48) 金棺(금관) : 동으로 만든 관. ○寒灰(한회) : 차디찬 재. 시체의 뼈를 가리킨다.
49) 莊周(장주) 구 : 장자의 '나비 꿈'을 가리킨다. 『장자』 「제물론」(齊物論)에 장자가 꿈에 나비가 되어 훨훨 날았는데, 꿈에 깨어난 후 장자가 나비 꿈을 꾼 것인지 나비가 장자를 꿈꾼 것인지 의아해했다.

一體更變易,⁵⁰⁾	몸 하나조차 이처럼 쉽게 바뀌거니
萬事良悠悠!⁵¹⁾	만사는 진실로 파악하기 힘들어라
乃知蓬萊水,⁵²⁾	그러므로 동해의 봉래산 앞 바닷물이
復作淸淺流.⁵³⁾	다시 시내처럼 얕아질 것임을 알겠노라
靑門種瓜人,⁵⁴⁾	청문 밖에서 참외를 심은 사람도
舊日東陵侯.⁵⁵⁾	예전엔 위세 높은 동릉후였다지
富貴固如此,	부귀란 원래 이와 같은데
營營何所求?⁵⁶⁾	바쁘게 오가며 무엇을 구하는가?

평석 몸 하나가 쉽게 바뀌는데 부귀가 어찌 오래 갈 것인가를 말했다.(言一體尙有變易, 而富貴能長保耶?)

해설 장자의 나비 꿈, 전설 속의 상전벽해, 동릉후의 참외 팔기 등을 들어 세상에는 고정된 현상이 없고 일체가 변화 속에 있음을 설파하였다. 평소 공명과 부귀를 경시하였던 이백의 광달(曠達)한 면모를 잘 보여주며, 나아가 분주하게 부귀를 추구하기보다는 고결한 품덕을 닦기를 권하

---

50) 一體(일체) : 몸. ○ 更(갱) : 아직도. 그래도.
51) 悠悠(유유) : 아득하다. 멀다.
52) 蓬萊水(봉래수) : 신선이 사는 봉래산 앞의 바닷물. 이 두 구는 갈홍(葛洪)의 『신선전』(神仙傳)에 나오는 선녀 마고(麻姑)의 이야기에서 유래하였다. 마고는 일찍이 동해가 세 번 뽕나무밭으로 바뀌는 걸 보았는데, 봉래산으로 가는 중 바닷물이 예전보다 얕아진 것을 보고 앞으로 평지가 될 것이라고 예상하였다. 상전벽해(桑田碧海)의 이야기를 통해 세상의 변화가 큼을 비유하였다.
53) 심주 : 아래 '청문' 2구를 이끌어 내는 흥(興)이다.(興下靑門二句.)
54) 靑門(청문) : 한 장안성의 동남문. 원래 패성문(霸城門)이었는데 문의 색이 청색이어서 청성문(靑城門) 또는 청문(靑門)이라 하였다.
55) 東陵侯(동릉후) : 진(秦)의 소평(召平)을 가리킨다. 동릉후였으나 진나라가 망하자 평민이 되어 청문 밖에서 참외를 심어 팔면서 살았다. 그 참외가 무척 달아 사람들이 동릉과(東陵瓜)라고 불렀다. 사람의 부귀와 빈천이 오래가지 않고 수시로 변함을 나타내는 전고로 많이 쓰인다.
56) 營營(영영) : 쉬지 않고 힘써 일함.

고 있다. 「고풍」 59수 가운데 제8수이다.

제5수

齊有倜儻生,[57]	제나라에 걸출한 사람 있으니
魯連特高妙.[58]	노중련이 우뚝 뛰어났어라
明月出海底,[59]	마치 명월주가 바다 밑에서 나와
一朝開光曜.	일시에 사방을 비추는 것과 같아라
却秦振英聲[60]	진나라 군대를 물리쳐 훌륭한 명성을 떨치니
後世仰末照[61]	후세 사람들이 빛나는 인품을 우러러 보네
意輕千金贈,	상으로 천 금을 주어도 가벼이 여기어 받지 않고
願向平原笑.[62]	평원군을 돌아보며 웃으며 떠났지
吾亦澹蕩人,[63]	나 또한 구속 없이 호탕한 사람

---

57) 倜儻(척당) : 재능이 뛰어나고 성품이 세속의 구속을 받지 않고 소탈함.
58) 魯連(노련) : 노중련(魯仲連). 전국시대 제(齊)나라 사람으로 어렸을 때부터 지략이 뛰어나 '천리구(千里駒)'라 불렸다. 기원전 257년 진(秦)의 군대가 조(趙)나라 수도 한단(邯鄲)을 포위하였다. 사돈 관계에 있던 위나라 왕은 신원연(新垣衍)을 조나라에 파견하여 함께 진나라를 황제로 삼으면 포위가 풀릴 것이라고 설득하였다. 마침 노중련이 조나라에 여행하고 있었는데, 직접 조나라 공자 평원군(平原君)을 찾아가 비분강개하며 이를 반대하고 신원연을 설득시켰다. 이에 조나라 군대가 안정을 되찾자 진나라 장수는 군대를 오십 리 밖으로 후퇴시켰다. 마침 위나라 공자 신릉군(信陵君)이 진비(晉鄙)의 군대를 빼앗아 조나라를 구하러 가니 진나라의 군대는 한단의 포위를 풀고 물러났다. 사태가 해결된 후 평원군이 노중련에게 벼슬을 주었으나 사양하였고, 천 금(千金)을 주어도 받지 않았다.
59) 明月(명월) : 명월주(明月珠). 야광주(夜光珠)라고도 한다.
60) 英聲(영성) : 훌륭한 명성.
61) 末照(말조) : 여휘(餘輝)와 같다. 남은 빛.
62) 平原(평원) : 조나라 공자 평원군(平原君). 이름은 조승(趙勝)으로 '전국 사공자'(戰國四公子) 가운데 한 사람. 혜문왕(惠文王)의 동생이자 위(魏) 신릉군의 매부이다. 유능한 인재를 대우하여 문객이 수천에 이르렀다. 진나라가 한단을 포위하자 가산을 털고 가문의 사람들을 동원하여 한단을 삼 년간 지킨 일이 유명하다. 위나라에 알리고 문객 모수(毛遂)를 초나라에 보내 구원을 청하여 결국 진의 군사를 물리쳤다.
63) 澹蕩(담탕) : 구속이 없이 방달(放達)하다.

拂衣可同調. [64]　　　옷자락을 떨치며 그와 뜻을 같이 하리라

해설 노중련을 찬미한 시이다. 노중련은 이백이 가장 추앙한 협사(俠士)로, 이백은 그가 뛰어난 재능으로 어려움을 해결하고서도 벼슬과 천 금을 마다한 인품을 깊이 흠모하였다. 이백은 공을 이루고도 이익을 차지하지 않는 이러한 정신을 문학 속에서 처음으로 집중적으로 형상화시켰다. 이러한 협의(俠義)는 이후 중국의 무협 사상의 골간이 되었다. 「고풍」 59수 가운데 제9수이다.

제6수

松柏本孤直. [65]　　　소나무와 측백나무는 줄기가 곧아
難爲桃李顔. [66]　　　복사꽃이나 오얏꽃의 얼굴을 하기 어렵더라
昭昭嚴子陵, [67]　　　밝디 밝은 엄자릉
垂釣滄波間.　　　　맑은 물결에 낚시를 드리웠네
身將客星隱, [68]　　　몸은 객성과 함께 은거하였고

---

64) 拂衣(불의) : 옷을 털다. 결연한 마음을 나타내는 행동. 일반적으로 은거하러 가는 행동을 표현한다. ○同調(동조) : 가락이 같다. 뜻이나 주장이 같음을 비유한다.
65) 本(본) : 줄기. 부사로 새겨 본래라고 풀이할 수도 있다.
66) 桃李顔(도리안) : 복사꽃이나 오얏꽃과 같은 얼굴. 세속 사람의 마음에 영합하는 아리따운 얼굴.
67) 昭昭(소소) : 밝은 모양. ○嚴子陵(엄자릉) : 엄광(嚴光). 자릉(子陵)은 자이다. 동한 초기의 은사. 절강 여요(餘姚) 사람. 엄자릉이 유명한 것은 그가 젊었을 때 유수(劉秀)와 동문수학했는데, 유수가 광무제(光武帝)가 되어 그를 여러 번 불렀어도 나가지 않았기 때문이다. 광무제가 사방으로 그를 찾자 엄자릉이 어쩔 수 없이 직접 도성에 갔으나 결국 벼슬을 거절하고 부춘산(富春山)에 들어가 낚시하며 은거하였다.
68) 將(장) : ~과. ○客星(객성) : 불시에 나타났다가 사라지는 별. 이 구는 『한서』「일민전」(逸民傳) 중 엄광에 대한 전기의 한 대목을 가리킨다. 광무제가 엄광을 찾아 함께 도성에 들어간 후, 두 사람은 같은 침상에서 잠을 잤다. 자는 중 엄광의 발이 광무제이 배 위에 올라갔다. 다음 날 천문관인 태사(太史)가 "객성이 제성(帝星)을 급히 침범하였다"(客星犯御座甚急)고 아뢰었다.

心與浮雲閑.	마음은 구름과 더불어 한가하였네
長揖萬乘君,[69]	두 손 들어 만승의 군주에 읍례하고
還歸富春山.[70]	부춘산에 돌아가 살았다지
淸風灑六合,	맑은 바람이 천지에 시원하니
邈然不可攀.[71]	아득히 높아 올라갈 수 없어라
使我長歎息,	이로써 내가 길게 탄식하나니
冥棲巖石間.[72]	깊은 산 바위 사이에서 은거하리라

평석 의론을 말하지 않는 영고시(詠古詩)의 체제이다.(不著議論, 詠古一體.)

해설 엄자릉의 고결한 풍모를 추앙한 시이다. 도성에서 황제를 만나고 부춘산에 돌아가 은거하는 모습을 이백 자신의 행적에 비유한 듯하다. 「고풍」 59수 가운데 제11수이다.

제7수

君平旣棄世,[73]	엄군평(嚴君平)이 세상을 버리니

---

69) 長揖(장읍) : 두 손을 들어 붙잡고 고개를 가볍게 숙이는 읍례. 광무제와 엄광은 친구 사이이므로 궤배를 하지 않고 장읍을 하였다. ○ 萬乘君(만승군) : 만승(萬乘)의 군주. 주대(周代)의 예제(禮制)에 의하면 천자는 수레 만 대를 구비할 수 있었다. 여기서는 광무제를 가리킨다.
70) 富春山(부춘산) : 절강성 동려현(桐廬縣) 남쪽에 소재. 바로 앞에 부춘강(富春江)이 흐른다. 엄광이 여기에서 은거하며 낚시했기에 엄릉산(嚴陵山)이라고도 한다.
71) 邈然(막연) : 높고 먼 모양.
72) 冥棲(명서) : 깊고 어둑한 곳에 거처하다. 은거를 가리킨다.
73) 君平(군평) : 엄준(嚴遵). 군평은 자이다. 서한 촉군(蜀郡, 사천성 성도) 사람. 성제(成帝) 때 성도에서 점을 치며 살았는데, 점술이 비록 천한 직업이지만 백성에게 혜택을 줄 수 있다고 생각하였다. 점치러 오는 사람의 형편에 따라 충효(忠孝)와 우애(友愛)로써 권유하였다. 점을 치고 받은 돈이 하루에 백 전이 되면 발을 내리고 『노자』를 강의하였다. 이 구는 포조(鮑照)의 「영사」(詠史)에 "엄군평은 홀로 적막하나니, 자신과 세상이 서로를 버렸구나"(君平獨寂寞, 身世兩相棄.)라는 말에서 나왔다. 이

世亦棄君平.	세상 또한 엄군평을 버렸구나
觀變窮太易,[74]	태역을 궁구하여 변화를 관찰하고
探元化群生.[75]	현리를 탐구하여 백성을 교화했네
寂寞綴道論,[76]	적막하게 '노자'에 대한 책을 쓰고
空簾閉幽情.[77]	빈 방에서 심원한 정신을 길렀어라
騶虞不虛來,[78]	추우(騶虞)는 아무 때나 오지 않고
鸑鷟有時鳴.[79]	악작(鸑鷟)은 때가 되어야 운다네
安知天漢上,[80]	사람들은 알지 못하니, 은하수 위에서
白日懸高名?	해와 같은 높은 이름이 걸려 있음을
海客去已久,[81]	은하수에 다녀온 바닷가 사람도 사라진 지금

에 대해 이선(李善)은 『문선주』(文選注)에서 "자신이 세상을 버리어 벼슬에 나가지 않고, 세상이 그를 버리어 임용하지 않았다"(身棄世而不仕, 世棄身而不任.)고 주석하였다.

74) 觀變(관변) : 사물의 변화를 관찰하다. 『주역』「설」(說)괘에 "음양에서 변화를 관찰하여 괘를 세운다"(觀變於陰陽而立卦)는 말이 있다. ○太易(태역) : 세상이 생겨나기 전의 혼돈의 상태. 『열자』「원서」(元瑞)에서는 이 과정을 기(氣)가 나타나지 않은 태역(太易), 기가 일어나기 시작하는 태초(太初), 형상이 만들어지기 시작하는 태시(太始), 질료가 만들어지기 시작하는 태소(太素)의 순서로 설명하였다.

75) 探元(탐원) : 探玄(탐현)과 같다. 현리(玄理)를 탐구하다. ○群生(군생) : 중생.

76) 道論(도론) : 도가의 이론.

77) 幽情(유정) : 심원하고 고아한 마음.

78) 騶虞(추우) : 전설 속의 의로운 짐승. 호랑이와 비슷하나 흰 바탕에 검은 무늬가 있다. 살생하지 않으며 성인(聖人)의 덕에 감응하여 나타난다고 한다. 『시경』「추우」(騶虞)에 "아아, 추우 같은 분이여"(于嗟乎騶虞)라는 말이 있다.

79) 鸑鷟(악작) : 봉황. 『국어』(國語)「주어」(周語)에 "주나라가 일어나자 악작이 기산(岐山)에서 울었다"(周之興也, 鸑鷟鳴於岐山.)고 했다. 이 두 구는 성현은 때가 되어야 나타난다는 뜻이다.

80) 天漢(천한) : 은하수.

81) 海客(해객) : 바닷가에서 온 사람. 이 구는 잘 알려진 장화(張華)의 『박물지』(博物志)에 나오는 전설을 말한다. 바닷가에 사는 사람이 매년 팔월이면 뗏목을 타고 은하수에 갔는데, 어느 곳에 이르니 직녀가 방안에서 베를 짜고 있고, 남자가 물가에서 소에게 물을 먹이고 있었다. 바닷가에서 온 사람이 이곳이 어느 곳인지 묻자 남자는 "촉군의 엄군평을 찾아가면 알 수 있을 것이오"라고 하였다. 이 사람이 나중에 촉에 가서 물으니 엄군평은 "어느 해 어느 날 객성(客星)이 견우성(牽牛星)을 침범했는데 그대 말을 듣고 계산해보니 바로 그대가 은하수에 간 날이오"라고 하였다.

誰人測沈溟?[82]　　　　그 누가 심오한 운명을 알 수 있으랴?

평석 현인의 행적이 사라지지 않는 것은 추우와 악작이 반드시 알려지는 것과 같고, 설사 세상 사람들이 알지 못한다고 해도 천상에 그 이름이 걸려있음을 말했다. '천한'(天漢) 2구는 바닷가에 사는 사람이 뗏목을 타고 직녀궁에 간 일을 말한다.(言人之不泯, 如騶虞鸑鷟, 必然見知, 即世人不知, 天上猶懸其名也. '天漢'二句, 用海渚人乘槎至織女宮意.)

해설 엄군평을 높이 평가한 시이다. 이 시 역시 노중련이나 엄자릉을 노래한 작품과 마찬가지로, 역사적 인물에서 자신의 이상형을 형상화한 계열의 작품이다. 세상에 엄군평이 없음을 아쉬워하는 동시에, 세상 사람들이 뛰어난 인재를 알아보지 못함을 아쉬워하였다. 「고풍」 59수 가운데 제12수이다.

제8수

天津三月時,[83]	낙양의 천진교에 삼월이 오면
千門桃與李.	복사꽃과 오얏꽃이 집집마다 피어나네
朝爲斷腸花,[84]	아침에는 애 끊도록 아름다운 꽃이다가
暮逐東流水.	저녁에는 강물 따라 동쪽으로 흘러가네
前水復後水,	앞에 흐른 물에 뒤에 오는 물이

---

82) 沈溟(심명) : 깊고 어두운 모양. 여기서는 운명을 가리킨다. 진자앙의 「감우시」(感遇詩)에 "누가 능히 심오한 이치를 추측할 수 있겠는가"(誰能測沈溟?)라는 말이 있다.

83) 天津(천진) : 천진교(天津橋). 낙양성 남쪽 낙수(洛水)에 있었던 다리. 수 양제가 605년 부교(浮橋)로 만든 게 홍수로 유실되자, 당 태종이 640년 방석(方石)으로 교각을 만들어 다리를 놓게 했다. 여기서는 낙양을 가리킨다.

84) 斷腸花(단장화) : 애간장이 끊길 정도로 아름다운 꽃. 복사꽃과 오얏꽃이 흐드러지게 피면 사람들이 감수성이 높아짐을 말한다. 유희이(劉希夷)의 「공자행」(公子行)에 "사랑스러워라 버들은 마음을 아프게 하는 나무이고, 사랑스러워라 도리는 애 끊도록 아름다운 꽃이로다"(可憐楊柳傷心樹, 可憐桃李斷腸花.)라는 표현이 있다.

古今相續流.	예나 지금이나 연이어서 흐르는데
新人非舊人,	지금 사람은 옛 사람이 아니어서
年年橋上遊.	해마다 다리 위에 놀러 나오네
鷄鳴海色動,[85]	닭이 울어 새벽하늘이 열리면
謁帝羅公侯.[86]	공후들이 황제를 뵈러 열 지어 섰네
月落西上陽,[87]	달이 상양궁 서편으로 떨어지며
餘輝半城樓.	성루의 반쪽을 환히 밝히더라
衣冠照雲日,[88]	백관들의 의관이 구름과 해를 비추면서
朝下散皇州.[89]	조회에서 물러나와 도성 각처로 흩어지더라
鞍馬如飛龍,[90]	타고 가는 말은 날아가는 용과 같고
黃金絡馬頭.[91]	말 머리엔 황금 굴레가 감싸고 있더라
行人皆辟易,[92]	행인들이 모두 놀라서 물러서니
志氣橫嵩丘.[93]	그 기세는 숭산보다 높더라
入門上高堂,	저택에 들어서 고당에 오르면
列鼎錯珍羞.[94]	정(鼎)을 벌이고 진귀한 음식이 늘어있어

---

85) 海色(해색) : 새벽 하늘색. 새벽닭이 울 때 밝아오는 하늘빛이 바다의 기운처럼 흐릿함을 말한다.

86) 謁帝(알제) : 황제를 뵙다. 당대에는 고종부터 현종까지 낙양을 동도(東都)라 하고 자주 행차하였으며 문무백관들도 수행하였다.

87) 西上陽(서상양) : 낙양에 있는 궁 이름. 상양궁(上陽宮)의 서편에 위치하였다.

88) 衣冠(의관) : 옷과 예관. 관리를 가리킨다.

89) 朝下(조하) : 조회가 파하다. ○皇州(황주) : 황도(皇都). 여기서는 낙양.

90) 飛龍(비룡) : 준마를 비유한 말. 고대에는 큰 말을 용이라 불렀고, 말을 곧잘 용에 비유하였다. 『진서』(晉書) 「식화지」(食貨志)에 "이어진 수레는 강물 같고, 꼬리를 문 말은 나는 용과 같다"(車如流水, 馬若飛龍.)는 말이 있다.

91) 黃金(황금) 구 : 황금 굴레가 말 머리를 감싸다. 이 구는 한대 악부(樂府)의 상투어이다. 한악부 「닭은 울고」(鷄鳴)에 "말 머리에 감싸인 황금 굴레는, 번쩍번쩍 휘황한 빛을 발하더라"(黃金絡馬頭, 頴頴何煌煌!)는 말이 있다.

92) 辟易(벽역) : 놀라서 물러나다.

93) 橫(횡) : 횡포를 부리다. 함부로 하다. ○嵩丘(숭구) : 숭산(嵩山).

94) 列鼎(열정) : 정(鼎)을 벌이다. ○錯(착) : 어지러이 늘어놓다. ○珍羞(진수) : 진귀한 음식.

香風引趙舞,⁹⁵⁾	조나라 춤 따라 향기로운 바람 일어나고
淸管隨齊謳.⁹⁶⁾	제나라 노래 따라 맑은 음악 연주되니
七十紫鴛鴦,⁹⁷⁾	칠십 마리 자주색 원앙이
雙雙戲庭幽.	쌍쌍이 깊은 정원에서 노닐더라
行樂爭晝夜,	밤낮을 가리지 않고 행락에 빠져
自言度千秋.	스스로 천 년을 살겠다고 말하네
功成身不退,	공을 세우고도 물러나지 않으면
自古多愆尤.⁹⁸⁾	예부터 비참한 결말이 많았었지
黃犬空歎息,⁹⁹⁾	이사가 형장에서 황견을 탄식했고
綠珠成釁讐.¹⁰⁰⁾	석숭이 녹주 때문에 원한을 얻었지
何如鴟夷子,¹⁰¹⁾	월나라 범려처럼 치이자라 이름 바꾸고

---

95) 趙舞(조무) : 전국시대 조나라 무희의 춤처럼 뛰어난 춤. 조나라 여인들은 춤을 잘 추었다고 한다. 좌사(左思)의 「교녀시」(嬌女詩)에 "차분하여 조나라 춤을 잘 하고"(從容好趙舞)란 구가 있고, 노조린(盧照鄰)의 「장안 고의」(長安古意)에서도 "연나라 노래와 조나라 춤을 그대에게 펼치네"(燕歌趙舞爲君開)란 말이 있다.

96) 齊謳(제구) : 전국시대 제나라 가기(歌妓)의 노래처럼 뛰어난 노래. 조식(曹植)의 「첩박상행」(妾薄相行) 잔구(殘句)에 "제나라 노래와 초나라 춤이 분분하고"(齊謳楚舞紛紛)라는 말이 있고, 또 육기(陸機)와 심약(沈約)은 악부시 「제구행」(齊謳行)을 지었다.

97) 七十(칠십) 구 : 이 구는 한 악부 「닭이 울고」(鷄鳴)와 「상봉의 노래」(相逢行)에 나오는 "원앙새의 숫자가 일흔두 마리, 절로 열 지어 다니더라"(鴛鴦七十二, 羅列自成行.)는 표현을 사용하였다.

98) 愆尤(건우) : 허물. 과실.

99) 黃犬(황견) 구 : 진(秦)의 재상 이사(李斯)가 조고(趙高)의 모함을 받아 허리를 잘리는 형벌을 당할 때, 형장에서 아들에게 다시는 황견을 이끌고 상채(上蔡)의 동문을 나가 사냥을 할 수 없게 됨을 슬퍼한 일을 가리킨다.

100) 綠珠(녹주) : 서진(西晉) 석숭(石崇)의 애첩. 원래 교주(交州) 합포군(合浦郡, 광서자치구 博白縣)에 살았으나 석숭이 형주자사였을 때 진주 3곡(斛)을 주고 샀다. 용모가 빼어나고 시를 지을 수 있었으며, 피리를 잘 불고 춤을 잘 추었다. 당시 조왕(趙王) 사마륜(司馬倫)의 총신 손수(孫秀)가 빼앗으려 했으나 석숭이 거절하였다. 이에 손수는 사마륜에게 석숭, 반악(潘岳), 구양건(歐陽建)을 살해할 것을 주청하였다. 무사들이 석숭을 체포하러 오자 석숭이 "내가 너 때문에 죽게 생겼다"고 말하니 녹주는 "그대에게 보답하기 위해 그대 면전에서 죽겠어요"라 말하고는 누각에서 뛰어내려 죽었다. 『진서』「석숭전」 참조. ○釁(흔) : 일의 사단(事端). 틈. ○讐(수) : 원수.

101) 鴟夷子(치이자) : 춘추시대 월(越)의 대부 범려(范蠡)를 가리킨다. 월왕 구천이 회계

散髮棹扁舟?　　머리 푼 채 편주를 타고 은거함이 어떠할까?

평석 권세가들의 사치를 차례로 말하였으며, 탐닉에서 벗어나지 못하여 이사와 석숭같이 화를 당하느니 차라리 범려처럼 편주를 타고 은거함만 못하다고 하였다. 앞부분은 흥(興)을 써서 시작하였다.(歷言權貴豪侈, 沉溺不返, 而有李斯石崇之禍, 不如范蠡扁舟歸去之爲得也. 前用興起.)

해설 부귀와 권세를 누리는 사람의 교만하고 사치스러운 생활을 신랄하게 풍자하면서, 공을 이룬 후에는 물러서는 공성신퇴(攻成身退)의 사상을 제시하였다. 이를 이사(李斯)와 석숭(石崇)의 예에 대응하여 범려(范蠡)로써 명확히 대비시키고 있다. 백관들이 낙양성에 조회하고 나오는 장면과 저택에 돌아온 모습은 당시의 모습이기도 하지만, 한대 귀족들의 권세와 사치와 몰락을 풍자한 「닭은 울고」(鷄鳴)와 「상봉의 노래」(相逢行)의 전통을 잇고 있어, 악부풍(樂府風)의 요소가 강하다. 「고풍」 59수 가운데 제16수이다.

제9수

鄭客西入關,[102]　　정객이 서쪽으로 함곡관을 들어서

———

에서 오나라에 패배하자, 범려가 계책을 내어 십 년간 준비한 후 오나라를 쳐서 이겼다. 이후 범려는 몸을 숨기고 조각배를 타고 강호를 떠돌다가 바다 건너 제(齊)나라에 가서 스스로 이름을 치이자피(鴟夷子皮)라고 하였다. 다시 도(陶)에 가서 도주공(陶朱公)이 되어 부자가 되었다. 치이(鴟夷)는 말가죽으로 만든 술 담는 용기인데 크기를 자유자재로 줄이고 늘일 수 있다.

102)　鄭客(정객) : 일부 판본에는 정용(鄭容)이라 되어 있다. 관련된 내용은 간보(干寶)의 『수신기』(搜神記)에 기록되어 있다. 사자(使者) 정용(鄭容)이 관동에서 함곡관을 들러 화음(華陰)에 이르니 흰 말이 끄는 하얀 수레가 화산(華山)에서 내려오는 게 보였다. 사람이 아닌 듯싶어 길에서 멈추어 바라보았다. 마침내 오더니 정용에게 "어디 가는가?"라고 물었다. 정용이 "함양에 갑니다"고 대답하였다. 수레 위의 사람이 말하기를 "난 화산(華山)의 사(使)인데, 편지 한 통을 호지군(鎬池君)이 있는 곳에 갖

行行未能已.	걷고 걷고 쉬지 않고 걷다가
白馬華山君,[103]	흰 말을 탄 화산군의 사자를
相逢平原里.	들판의 길에서 만났네
"璧遺鎬池君,[104]	"이 벽옥을 호지군에 전해주오
明年祖龍死."[105]	내년에는 조룡(祖龍) 진시황이 죽을 것이오"
秦人相謂曰:	진나라 사람들이 서로에게 말했네
"吾屬可去矣!"[106]	"우리들이 떠나야 하겠오!"
一往桃花源,[107]	그리하여 한 번 도화원으로 간 후
千春隔流水.	천 년 동안 강 밖으로 나오지 않았네

해설 진나라 멸망에 대한 전설과 도화원 전설을 연결하여 만든 독특한 서사시이다. 이백의 의도를 직접적으로 표명한 말이 없어 시의 뜻이 무엇인지는 명확하지 않다. 명대 서정경(徐禎卿)은 세상을 혐오하여 은거를 생각한 것(惡世而思恩)이라고 하였고, 청대 진항(陳沆)은 난을 피해 은둔하는 내용으로써 유선(遊仙)을 말하고 있다고 하였다. 현대의 학자들 중에는 안록산의 난이 노래했음을 예삼했다고 하지만, 이는 무리한 해석으로

다 주기 바랍니다. 그대가 함양에 가자면 호지를 지나갈 터인데, 그곳에 큰 가래나무가 있고 그 아래 무늬 있는 돌이 있습니다. 그 돌로 나무를 치면 응답이 있을 터이니 이 편지를 주면 됩니다." 정용이 그 말에 따라 돌로 나무를 두드리니 과연 어떤 사람이 와서 편지를 가져가며 말했다. "내년에 조룡(祖龍)이 죽을 것이오." 비슷한 내용은 『사기』 「진시황본기」(秦始皇本紀) 36년조에도 나오는데, 어떤 사람이 나타나 사자(使者)에게 벽옥(璧玉)을 전해 달라 하며, 진시황에게 이 사실을 전해주는 것으로 되어있다.

103) 華山君(화산군) : 화산의 신령. 여기서는 화산군의 사자.
104) 鎬池君(호지군) : 호지(鎬池)의 신령. 복건(服虔)은 수신(水神)이라고 풀이했다.
105) 祖龍(조룡) : 진시황을 가리킨다. 祖(조)는 시작한다는 뜻이고, 龍(용)은 군주를 나타낸다.
106) 吾屬(오속) : 우리들.
107) 桃花源(도화원) : 도원명의 「도화원기」(桃花源記)에 나오는 마을. 무릉(武陵)의 어부가 우연히 흘러오는 복사꽃을 따라 강을 거슬러 올라 세상과 격절된 마을에 들어가게 되었는데, 마을 사람들은 진(秦)의 난리를 피해 처자를 이끌고 왔다고 했다. 어부가 그곳을 나온 후 다시 찾으려 했으나 찾지 못하였다.

보인다. 「고풍」 59수 가운데 제31수이다.

제10수

羽檄如流星,[108]	우서(羽書)가 유성처럼 날아들자
虎符合專城.[109]	호부(虎符)는 두 쪽이 합치되어 장수가 나가더라
喧呼救邊急,	긴급히 변방을 구한다는 소란함에
群鳥皆夜鳴.	잠든 새들마저 모두 놀라 지저귀는구나
白日耀紫微,[110]	태양이 자미궁을 비추자
三公運權衡.[111]	삼공이 계책을 운용하였지
天地皆得一,[112]	천지가 모두 무위의 도를 얻어
澹然四海淸.[113]	사해가 편안하고 맑은데
借問此何爲?[114]	묻노니 "지금 왜 이리 긴급한가?"
答言楚徵兵.	대답하니 "남방에서 군사를 징집한다오"
渡瀘及五月,[115]	오월을 기다려 노수를 건너

---

108) 羽檄(우격) : 우서(羽書)라고도 한다. 새의 깃털을 꽂아 긴급을 표시한 군사용 문서.
109) 虎符(호부) : 동호부(銅虎符). 구리로 호랑이의 모양을 본떠 만든 표지. 반으로 나누어 오른쪽은 수도에 두고 왼쪽은 지방관에게 준다. 나중에 군대를 동원할 때는 반드시 두 쪽을 맞추어보고 일치해야 병력을 동원할 수 있다. ○ 專城(전성) : 하나의 성을 맡는다는 의미로, 주목(州牧)이나 태수를 가리킨다.
110) 白日(백일) : 빛나는 태양. 황제를 비유한다. ○ 紫微(자미) : 자미궁. 북두칠성 근처에 있는 별자리로, 지상의 황궁을 나타낸다. "태양이 자미궁을 비춘다"는 말은 황제가 조회를 한다는 뜻이다.
111) 三公(삼공) : 조정의 대신을 가리킨다. 주대에는 태사, 태부, 태보였고, 한대에는 사마, 사도, 사공이었다. 당대에는 태위(太尉), 사도(司徒), 사공(司空)을 삼공이라 하였다. ○ 權衡(권형) : 저울추와 저울대란 말로, 권력을 가리킨다.
112) 得一(득일) : 득도(得道)와 같다. 『노자』 제39장에 "하늘은 하나를 얻어 맑아졌고, 땅은 하나를 얻어 편안해졌다"(天得一以淸, 地得一以寧.)는 말이 있다. 하상공(河上公)은 "'하나'는 무위이며, 도의 아들이다"(一, 無爲, 道之子也.)고 풀이하였다.
113) 澹然(담연) : 담연하다. 편안하다.
114) 심주 : 천하가 태평할 때 용병이 있어서는 안 되기에 물어보았다.(言天下淸平, 不應有用兵之事, 故因問之.)

將赴雲南征.[116]	운남으로 원정가려 한다지
怯卒非戰士,	겁이 많은 사졸들은 전투 경험이 없고
炎方難遠行.	남방은 무더워 원정가기 어렵다네
長號別嚴親,	길게 호곡하며 부모와 이별하니
日月慘光晶.	해와 달도 참담하여 빛을 잃었다네
泣盡繼以血,	눈물이 다하자 피가 흘러
心摧兩無聲.	심장은 찢어지고 서로 목소리가 쉬었더라
困獸當猛虎,	다친 짐승이 맹호를 마주하는 듯하고
窮魚餌奔鯨.[117]	몰린 물고기가 날랜 고래에 먹히는 듯해
千去不一回,	천 명에 한 사람이 돌아오지 못하는데
投軀豈全生?[118]	전장에 나가 어찌 목숨을 보전할 것인가?
如何舞干戚,[119][120]	어떻게 하면 순 임금처럼 간척무를 추기만 하여도
一使有苗平?	유묘씨(有苗氏)를 평정할 수 있겠는가

평석 당시 병사를 징집하여 운남을 공격하였다가 크게 패했는데 양국충은 패전을 속여 공을 세운 것으로 보고하였다. 시는 응당 이때 지었을 것이다.(時徵兵討雲南而人敗, 楊國忠掩

---

115) 瀘(로) : 노수(瀘水), 지금의 운남성 요안현(姚安縣)에 흐르는 금사강(金沙江). 고대인들은 노수가 장기(瘴氣)가 심해 삼사월에 건너면 사람이 죽고, 오월 이후가 되어야 건너기 안전하다고 생각하였다. 제갈량의 「출사표」(出師表)에 "오월에 노수를 건너 불모지로 깊이 들어갔습니다"(五月瀘渡, 深入不毛)는 말이 있다. ○ 及(급) : 틈을 타다.

116) 심주 : 더운 달에 출병하고 또 더운 남방에 들어가니 패하지 않을 수 있겠는가!(炎月出師, 而又當炎方, 能無敗乎!)

117) 餌(이) : 먹이. 먹다. 곤수(困獸)와 궁어(窮魚)는 모두 병사를 비유하였다.

118) 投軀(투구) : 몸을 던지다. 희생하다. ○ 全生(전생) : 생명을 보전하다.

119) 심주 : '여하'는 하여(何如)로 풀이한다. 고인들의 문장에 자주 쓰인다.('如何'作'何如'解, 古人每有之.) ○ '간우'(干羽)를 '간척'(干戚)으로 바꾼다. 도연명의 "형천이 간척무를 춤추다"에 의거한다.('干羽改干戚, 本淵明"刑天舞干戚"句.)

120) 干戚(간척) : 방패와 도끼. 간척무(干戚舞)는 방패와 도끼를 들고 추는 춤. 『제왕세기』(帝王世紀)에 의하면 우(禹)가 유묘씨(有苗氏)를 정벌하려고 하자, 순(舜)이 무력의 사용을 반대하고 내정을 개선할 것을 요구하였다. 그로부터 간척무를 추니 삼 년 후 유묘씨가 귀순하였다. 『상서』 「대우모」(大禹謨)에도 유사한 내용이 있으나 칠 순(旬)만에 귀순하였다고 하였다.

敗爲功, 詩應作於是時.)

해설 조정의 군사 정책에 대해 비판한 시이다. 751년 양국충이 재상일
때 검남절도사(劍南節度使) 선우중통(鮮于仲通)더러 8만 대군을 이끌고 남
조(南詔, 운남성 대리 일대)를 공격하게 하였으나 참패를 당하고 전군이 궤
멸하였다. 양국충은 전공을 속여 보고하고, 다시 남조를 공격하기 위해
장안, 낙양, 하남 일대에서 징병하였다. 운남이 덥고 장려(瘴癘)가 심하다
하여 사람들이 응모하지 않자 양국충은 어사(御史)를 시켜 사람들을 잡아
보냈다. 이 때문에 백성들의 원망이 심했으며 장정들의 부모와 처자들이
우는 곡소리가 들에 가득하였다. 754년에도 다시 검남유후(劍南留後) 이복
(李宓)이 7만 군사를 이끌고 남조를 공격하였으나, 이복은 사로잡히고 전
군은 궤멸되었다. 이 시는 태평성세에 징병의 긴급 상황이 발생한 데 대
해 묘사하고, 다시 문답식으로 징병의 원인과 사회의 참상을 그렸다. 덕
정에 상반되는 용무(用武)를 반대한다는 의식도 뚜렷하다. 두보의 「병거
행」(兵車行)과 비교할 수 있는 시이다. 「고풍」 59수 가운데 제34수이다.

제11수

胡關饒風沙.[121]	서북방은 원래 풍사가 많아
蕭索竟終古.[122]	예부터 언제나 삭막하여라
木落秋草黃,	낙엽 지고 가을 풀 누럴 때
登高望戎虜.[123]	높은 곳에 올라 오랑캐 지역을 바라보네
荒城空大漠,	황량한 성이 사막 속에 비어있을 뿐
邊邑無遺堵.	변방의 읍에는 남아있는 벽담이 없고

---

121) 胡關(호관) : 중국의 서북 지역 비한족(非漢族) 주거지에 접해있는 관소.
122) 蕭索(소삭) : 쓸쓸하고 적막함. ○ 終古(종고) : 예부터 지금까지.
123) 戎虜(융로) : 오랑캐. 서북방 민족에 대한 멸칭(蔑稱).

白骨横千霜.[124]	백골이 천 년 동안 지나오며
嵯峨蔽榛莽.[125]	높이 쌓여 잡초에 덮여있구나
借問誰凌虐?[126]	묻노니, 대체 누가 이처럼 잔학무도하였는가?
天驕毒威武.[127]	천교(天驕)라 자칭하는 흉노가 위세를 부렸네
赫怒我聖皇,[128]	우리 성황(聖皇)이 진노하여
勞師事鼙鼓.[129]	군사를 일으켜 전투를 벌였으니
陽和變殺氣,[130]	평화로운 상황은 냉랭한 살기로 변하였고
發卒騷中土.[131]	병사를 징발하느라 중원이 소란스럽네
三十六萬人,[132]	삼십육만 명이 출정하니
哀哀淚如雨.	통곡하는 가족의 눈물이 비처럼 흘러라
且悲就行役,[133]	더구나 슬프게도 멀리 행역을 나가면
安得營農圃![134]	누가 밭과 채전에서 농사를 지으랴!
不見征戍兒,	보지 못하는가, 수자리에 나간 병사들을
豈知關山苦?	관문을 지키는 어려움을 누가 알아주랴?
李牧今不在,[135]	이목(李牧)과 같은 장수가 지금 없으니

---

124) 千霜(천상) : 천 년.

125) 嵯峨(차아) : 높이 솟은 모양. 여기서는 백골이 높이 쌓인 모양. ○榛莽(진망) : 잡목과 잡풀.

126) 凌虐(능학) : 능멸하고 잔학하다.

127) 天驕(천교) : 흉노족이 자신을 부르는 말. 『한서』「흉노전」(匈奴傳)에 선우(單于)가 한나라에 보낸 글에 "남쪽에는 위대한 한(漢)이 있고, 북쪽에는 강한 호(胡)가 있다. 호(胡)란 하늘의 뛰어난 아들이다(胡者, 天之驕子也.)"란 말에서 유래했다. 일반적으로 서북의 민족 또는 그 왕을 가리킨다. ○毒(독) : 독하다. 심하다. 남용하다.

128) 赫怒(혁노) : 격노하다. 赫(혁)도 노하다는 뜻이다. ○聖皇(성황) : 황제에 대한 존칭. 여기서는 현종을 가리킨다.

129) 勞師(노사) : 군대를 동원하다. ○鼙鼓(비고) : 군대에서 사용하는 북. 鼙(비)는 작은 북. 여기서는 전쟁을 가리킨다.

130) 陽和(양화) : 따뜻하고 평화로운 모습. 태평시대의 모습.

131) 中土(중토) : 중원.

132) 三十六萬人(삼십육만인) : 삼십육만 명. 출동한 병사가 많음을 개략적으로 말했다.

133) 行役(행역) : 먼 곳으로 병역이나 노역을 나감.

134) 農圃(농포) : 농사짓다. 오곡을 심는 것이 농(農)이고, 채소를 심는 것이 포(圃)이다.

邊人飼豺虎.[136]　　　변방의 사람은 승냥이 같은 호병(胡兵)에 살육될 뿐
　　　　　　　　　　 이네

평석 천보 연간에 천자가 왕충사에게 티베트의 석보성을 공격하게 하였으나 왕충사는 견고
히 수비하고 있어 공격하기 어렵다고 말했다. 동연광이 자청하여 공격하였으나 이기지 못
하였다. 다시 가서한에게 공격을 명령하자, 가서한은 석보성을 빼앗고 토번 군사 사백명을
잡았으나 당군의 병사도 거의 전멸하였다. 이후 대대로 원수가 되었다. 시는 앞의 시와 마
찬가지로 국경 확장에 대해 경계하였다.(天寶中, 上使王忠嗣攻吐蕃石堡城, 忠嗣言堅守難攻.
董延光自請攻之, 不克. 復命哥舒翰攻而拔之, 獲吐蕃四百人, 而唐兵死亡略盡, 其後世爲讐敵矣.
詩爲開邊垂戒, 與前一首同.)

해설 천보 중기 이래 서북 군사 정책의 실패로 국력이 쇠락함을 비판하
였다. 서북방 민족의 침범에 분개하고, 현종의 독무(黷武) 정책을 비판하
고, 장수의 무능을 걱정하였다. 원대 소사빈(蕭士贇)은 이목을 왕충사(王忠
嗣)에 비유한 것으로 해석하였으며, 청대 진항(陳沆)도 이에 동의하였다.
「고풍」 59수 가운데 제13수이다.

제12수

登高望四海,　　　　　높은 곳에 올라 사해를 돌아보니
天地何漫漫![137]　　　하늘과 땅은 얼마나 망망한가
霜被群物秋,　　　　　서리가 온갖 사물에 덮이는 가을
風飄大荒寒.[138]　　　바람이 나부껴 황야가 추워라

---

135) 李牧(이목) : 전국시대 조(趙)의 명장. 대(代, 산서성 북부)와 안문(雁門) 일대에서 흉
　　노 기병 십여만을 참살하여 이후 흉노가 십여 년간 침범하지 못하게 하였다.
136) 豺虎(시호) : 승냥이와 호랑이. 잔악한 호병(胡兵)을 비유한다.
137) 漫漫(만만) : 끝없이 드넓은 모양.
138) 大荒(대황) : 변방의 황막하고 드넓은 지대.

榮華東流水,	무성한 꽃은 동으로 흐르는 물처럼 사라지고
萬事皆波瀾.	만사는 파도와 물결처럼 기복이 무상해
白日掩徂輝, [139]	빛나는 태양도 저물녘에는 가리워지고
浮雲無定端. [140]	구름은 일정한 방향 없이 오가는구나
梧桐巢燕雀,	오동나무에 제비와 참새가 둥지치고
枳棘棲鵷鸞. [141]	탱자와 멧대추나무에 원추새가 사는구나
且復歸去來, [142]	그러니 다시 돌아가자꾸나
劍歌行路難. [143]	칼자루 치며 '행로난'을 노래하노라

평석 '빛나는 태양' 2구는 참언으로 군주를 미혹시킴을 비유한다. '오동나무' 2구는 소인이 득세하고 군자가 자리를 잃음을 비유한다.('白日'二語, 喩讒邪惑主. '梧桐'二語, 喩小人得志, 君子失所.)

해설 황량한 가을과 해를 가리는 구름의 이미지 등을 동원하여 혼란된

---

139) 徂輝(조휘) : 떨어지는 해의 빛.

140) 定端(정단) : 고정된 방향. 구름이 해를 가린다는 말로 간신들이 주군의 총명을 덮음을 비유하였다.

141) 枳棘(지극) : 탱자나무와 멧대추나무. 모두 가시가 많기에 악목(惡木)으로 분류되며 악인이나 소인을 비유한다. ○鵷鸞(원란) : 원추(鵷鶵)와 같다. 봉황의 일종. 『장자』「추수」(秋水)에 "원추(鵷鶵)는 남해에서 출발하여 북해로 날아가는데, 오동나무가 아니면 깃들지 않고, 대나무 열매가 아니면 먹지 않고, 예천(醴泉)의 물이 아니면 마시지 않는다"(夫鵷鶵, 發於南海而飛於北海, 非梧桐不止, 非練實不食, 非醴泉不飲.)고 하였다. 원추새가 오동나무에 깃들지 않고 가시나무에 깃들었다는 말은 군자가 낮은 자리에 처해있음을 비유한다.

142) 歸去來(귀거래) : 돌아가자! 來(래)는 어조사로 본다. 풍훤(馮諼)이 맹상군(孟嘗君)의 식객으로 있으며 노래 부를 때 "긴 칼이여, 돌아가자꾸나"(長鋏歸來乎) 한 데서 유래하였다.

143) 劍歌(검가) : 칼자루를 치며 노래하다. 원래는 탄협(彈鋏)이다. 전국시대 제나라의 풍훤(馮諼)이 맹상군(孟嘗君)의 식객으로 있으면서 대우가 낮을 때마다 칼자루를 치고 노래 부르자 맹상군이 그때마다 대우를 높여주었다. 『전국책』「제책」(齊策)에 자세하다. 후대에는 처지가 곤궁한 지경을 슬퍼하거나 남의 도움을 바라는 뜻으로 사용하였다. ○行路難(행로난) : 악부의 이름. 그 가사는 주로 세상사의 어려움과 이별의 슬픔을 내용으로 한다.

사회상과 전도된 가치 속에 살아가는 심경을 토로하였다. 원대 소사빈(蕭
士贇)은 나라의 혼란을 예감한 이백이 은거하려는 뜻을 나타내었다고 보
았고, 청대 왕기(王琦)는 의탁하고 있는 주인이 소인배의 말에 현혹되어
예우하지 않자 떠나려는 뜻을 비유하였다고 보았다. 현대 학자들은 장안
의 황궁을 떠나려 할 때 지은 것으로 본다. 「고풍」 59수 가운데 제39수
이다.

제13수

醜女來效顰,[144]	추녀가 서시를 흉내 내 눈썹을 찡그리자
還家驚四鄰.	주위의 이웃들이 놀라 달아났다지
壽陵失故步,[145]	수릉의 젊은이가 자신의 걸음걸이를 잊으니
笑殺邯鄲人.	한단의 사람들이 웃어죽을 지경이었다네
一曲斐然子,[146]	곡조가 아무리 화려하고 아름다워도
雕蟲喪天眞.[147]	수식이 지나치면 천진(天眞)을 잃기 마련

---

[144] 醜女(추녀) 2구: 동시효빈(東施效顰)의 전고를 가리킨다. 춘추시대 월나라 미녀 서
시(西施)가 속병이 있어 눈썹을 찡그리자 마을의 추녀가 이를 예쁘다고 생각하고 자
신도 가슴을 안고 눈썹을 찡그리고 다녔다. 이를 본 마을의 부자는 문을 닫고 나오
지 않았으며, 이를 본 가난한 사람은 아내를 데리고 마을을 떠났다. 『장자』 「천운」
(天運) 참조.

[145] 壽陵(수릉) 2구: 한단학보(邯鄲學步)의 전고를 가리킨다. 연나라 수릉(壽陵)의 한 젊
은이가 조나라 한단 사람들의 걸음걸이가 멋지다는 말을 듣고 가서 모방했으나, 결
국 제대로 배우기도 전에 자신의 본래 걸음걸이마저 잊어버려 고향에 갈 때는 기어
서 돌아갔다. 『장자』 「추수」(秋水) 참조.

[146] 斐然(비연): 문장이나 음악 따위의 수식이 찬란하고 번성한 모양. 『논어』 「공야장」
(公冶長)에 이 말이 있다. "공자가 진(陳)나라에 있을 때 말하였다. '돌아가게나, 돌
아가게나. 우리 학생들은 심성이 높고 문채도 번성하니 내가 어떻게 그들을 가르쳐
야 할지 모르겠노라.'"(子在陳, 曰: "歸與! 歸與! 吾黨之小子狂簡, 斐然成章, 不知所以
裁之.) 비연자(斐然子)를 악곡의 이름으로 보는 학자도 있으나 근거가 없으므로 취
하지 않는다.

[147] 雕蟲(조충): 사소하고 가치 없는 기술. 시문을 짓는 일을 가리킨다. 원래 양웅(揚雄)
의 『법언』(法言) 「오자」(吾子)에 나오는 말이다. "누군가 물었다. '그대는 젊어서 부

棘荊造沐猴,[148]　　멧대추나무 가시 끝에 원숭이를 조각하느라

三年費精神.　　삼 년 동안 심신을 소모하지만

功成無所用,　　비록 성공하였어도 쓸모가 없어

楚楚且華身.[149]　　선명한 형상이라 잠시 몸을 치장할 뿐이라

大雅思文王,[150]　　'대아'에서 문왕의 덕정을 그리워하지만

頌聲久崩淪[151]　　'송'의 정신은 무너진 지 오래되었어라

安得郢中質,[152]　　어떻게 하면 영인(郢人)을 얻어

成風一運斤?　　바람을 일으키며 도끼질을 할 수 있을까?

평석 세상의 문장이 풍교에 도움이 되지 못함을 비판하여 『시경』「대아」를 생각하였다.(譏世之文章, 無補風教, 而因追思大雅也.)

(賦)를 좋아했소?' 이에 대답하였다. '예. 동자였을 때 충서(蟲書)를 새기고 각부(刻符)를 팠지요.' 잠시 후 덧붙여 말했다. '장부는 하지 않는 일이지요.'"(或問: "吾子少而好賦?" 曰: "然. 童子雕蟲篆刻." 俄而曰: "壯夫不爲也.") ○ 天眞(천진) : 자연의 본성을 지녀 세속에 구애받지 않는 품성. 기본 개념은 『장자』「어부」(漁父)에 잘 제시되었다. "예절이란 세속 사람들이 만든 것이지만 참됨이란 하늘로부터 받은 것이며, 스스로 그러하기에 바꿀 수 없소. 그러므로 성인은 하늘을 본받고 참됨을 귀히 여기며 세속에 구속되지 않소."(禮者, 世俗之所爲也; 眞者, 所以受於天也, 自然不可易也. 故聖人法天貴眞, 不拘於俗.)

148) 棘荊(극형) 2구 : 멧대추나무의 가시에 원숭이를 조각하다. 『한비자』「외저설」(外儲說)에 위(衛)나라 사람이 연왕(燕王)에게 말하기를 자신은 멧대추나무의 가시 끝에 원숭이를 조각할 수 있다고 하였다. ○ 沐猴(목후) : 원숭이.

149) 楚楚(초초) : 뚜렷한 모양.

150) 大雅(대아) : 『시경』의 일부분. 여기서는 서주 문왕(文王)이 덕정을 베풀 때의 시풍을 가리킨다.

151) 頌聲(송성) : 『시경』의 풍(風), 아(雅), 송(頌) 가운데 송(頌)의 부분. 주로 조상의 덕을 칭송하는 내용으로, 제사할 때 연주하는 음악의 가사이다.

152) 郢中質(영중질) : 영(郢, 초나라 도읍지로 지금의 형주 근처) 출신의 사람. 質(질)은 대상이 되는 사람. 이 두 구는 『장자』「서무귀」(徐無鬼)에 나오는 우언(寓言)을 가리킨다. 어느 장석(匠石, 즉 석공)이 도끼질의 솜씨가 비범한데 영인(郢人)의 코 위에 올려진 파리 날개같이 얇은 백회(白灰)를 도끼를 휘둘러 코를 다치지 않은 채 깔끔하게 깎아낼 정도였다. 송원군(宋元君)이 이를 듣고 그 기술을 보여달라고 하였다. 그러자 석공은 전에는 할 수 있었지만 영인(郢人)이 이미 죽고 없으므로 할 수 없다고 하였다.

해설 당시의 문풍을 비판한 시이다. 한단학보(邯鄲學步), 동시효빈(東施效顰), 극자조후(棘刺造猴), 장석운근(匠石運斤) 등 잘 알려진 우언(寓言)을 들어, 당시 문풍이 화려하고 수식은 뛰어나지만 천진(天眞)하고 덕정에 상응하는 『시경』의 전통을 잃었다고 하였다. 말 2구에서는 자신은 고풍을 회복하려는 능력은 있지만 이를 이해해주는 사람이 없어 능력을 펼치기 어려움을 호소하였다. 「고풍」 59수 가운데 제35수이다.

제14수

八荒馳驚飇,[153]	팔방의 땅 끝으로 광풍이 몰아치니
萬物盡凋落.	만물은 모두 다 시들어 떨어졌어라
浮雲蔽頹陽,[154]	구름은 떨어지는 해를 가리고
洪波振大壑.[155]	거대한 파도는 바다를 진동하네
龍鳳脫網罟,	용과 봉황이 그물을 벗어났으나
飄颻將安托?	떠돌아다니니 장차 어디에 안주할 것인가
去去乘白駒,[156]	떠나자, 떠나자, 흰 망아지를 타고
空山詠場藿.	빈 산에서 『시경』의 '콩잎'을 노래하면서

평석 '구름' 2구는 난세의 모습을 넌지시 가리킨다.('浮雲'二語, 隱指亂世景象.)

---

153) 八荒(팔황): 八極(팔극)이라고도 한다. 팔방의 황량한 땅 끝. 구주(九州) 밖에 사해(四海)가 있고, 그 밖에 팔황이 있다. ○ 驚飇(경표): 돌풍. 광풍.

154) 頹陽(퇴양): 떨어지는 석양. 이구는 부운폐백일(浮雲蔽白日)과 같은 말로 간신의 발호와 기울어가는 국세를 비유하였다.

155) 大壑(대학): 바다. 『장자』「천지」(天地)에 "대학(大壑)이란 쏟아 부어도 채워지지 않고 길어내어도 마르지 않으니 내 장차 그곳에 가서 놀리라"(夫大壑之爲物也, 注焉而不滿, 酌焉而不竭, 吾將遊焉.)는 말이 있다.

156) 白駒(백구): 흰 망아지. 『시경』「백구」(白駒)에 "새하얀 망아지, 내 밭에서 콩잎을 먹이네"(皎皎白駒, 食我場藿)는 말이 있다. 『모전』(毛傳)에서는 이 시의 배경에 대해 "선왕(宣王) 말기에 현인을 임용하지 않자 현인 중에 흰 망아지를 타고 떠나간 사람이 있다"(宣王之末, 不能用賢, 賢者有乘白駒而去者.)고 풀이하였다.

해설 일종의 비유로 이루어진 시로, 『시경』「소아」(小雅)와 완적의「영회시」계열의 비극적인 정서가 주조를 이룬다. 소사빈(蕭士贇)은 전반은 안록산의 난 때 황제의 도망과 천하의 혼란을 그렸고, 후반부는 자신이 옥에 갇히며 의탁할 곳 없음을 말했다고 하였다. 이백은 757년 영왕(永王) 이린(李璘)의 모반에 가담하여 심양(潯陽)의 옥에 갇혔는데 이때 어사중승(御史中丞) 송약사(宋若思)가 표문을 올려 형량이 감해졌고 야랑(夜郎, 지금의 귀주성 준의)으로 유배되었다. 이 무렵 지은 것으로 보인다.「고풍」59수 가운데 제45수이다.

제15수

桃花開東園,	동쪽 정원에 피어난 복사꽃
含笑誇白日.[157]	웃음을 머금고 햇빛 속에 찬란하구나
偶蒙東風榮,[158]	우연히 봄바람을 만나 활짝 피어오르며
生此艶陽質.[159]	화사하고 아름다운 모습으로 태어났어라
豈無佳人色?	비록 가인(佳人)의 아름다움이 있다고 해도
但恐花不實.	다만 꽃만 피고 열매가 없음이 한껏 아쉬워라
宛轉龍火飛,[160][161]	시절이 변하여 용화(龍火) 별이 서쪽으로 기울면
零落早相失.	꽃은 떨어져 삽시간에 사라져버리니

---

157) 含笑(함소) : 웃음을 머금다. 꽃이 피는 모습을 비유한 말. 『사통』(史通)에 "지금 세상의 문사들은 새가 우짖는 것을 운다고 하고, 꽃이 피는 것을 웃는다고 한다"(今俗文士謂鳥鳴爲啼, 花發爲笑.)는 말이 있다.

158) 榮(영) : 꽃 피다.

159) 艶陽(염양) : 화창하고 따뜻하다. 봄을 가리킨다.

160) 심주 : 창룡에 방수와 심수가 있는데, 심수는 붉은색의 대화성이 있으므로 '용화'라고 한다.(蒼龍房心, 心爲火, 故曰'龍火'.)

161) 宛轉(완전) : 여러 가지 뜻이 있으나 여기서는 세월이 흐르다. ○龍火(용화) : 별자리 이름. 동방의 일곱 개 별자리 중의 심수(心宿). 동방은 창룡(蒼龍)에 해당하고, 심수는 세 개 별 가운데 순화(鶉火)와 대화(大火)가 있으므로 이런 이름이 붙여졌다. 이 별자리가 서쪽으로 이동하면 가을이 된다.

詎知南山松,　　　그러니 어찌 알겠는가, 남산의 소나무가

獨立自蕭瑟?　　　홀로 우뚝 서서 소슬바람 속에서도 의연한 것을

해설 복사꽃과 소나무의 대비를 통하여 일시적인 조건에 맞추어 번성한 무리를 비판하고 환난에도 당당한 군자의 절개를 찬양하였다. 「고풍」 59수 가운데 제47수이다.

고시를 본떠 지음 4수(擬古四首)

제1수

長繩難繫日,[162]　　　밧줄로 해를 묶어두기 어려워

自古共悲辛.　　　예부터 모든 이가 슬퍼하였네

黃金高北斗,[163]　　　황금을 쌓아 올려 북두성보다 높아도

不惜買陽春.　　　봄날의 시간을 사는 데는 아깝지 않아

石火無留光,[164]　　　부싯돌의 불빛이 금방 꺼져버리듯

還如世中人.[165]　　　세상 사람의 삶도 이와 같아라

卽事已如夢,　　　지난 일이 이미 꿈과 같은데

---

162) 繫日(계일): 해를 묶다. 이 구는 서진 부현(傅玄) 「구곡가」(九曲歌)의 "세모에 시간이 달려가며 모든 빛이 어두워지니, 어떻게 긴 밧줄로 해를 묶어둘까?"(歲暮景邁群光絶, 安得長繩繫白日?)는 말을 이용하였다.

163) 黃金(황금) 구: 『신당서』 「위지경덕전」(尉遲敬德傳)에 "왕이 말했다. '그대의 마음은 산악과 같아 비록 황금이 북두성에 닿을 만큼 많아도 어찌 그대 마음을 바꾸게 할 수 있으리오?'"(王曰: "公之心如山嶽然, 雖積金至斗, 豈能移之?")라는 말이 있고, 백거이의 「술을 권함」(勸酒)에 "죽은 뒤에 황금을 쌓아 북두성을 받쳐도"(身後堆金柱北斗)라는 말이 있는 것으로 보아 당시의 상용어였던 것으로 보인다.

164) 石火(석화): 돌이 부딪힐 때 일어나는 불빛. 지극히 짧은 시간을 나타낸다. 유협(劉勰)의 『신론』(新論)에 "사람의 짧은 삶은 마치 석화와 같아서 번쩍 하는 사이에 지나간다"(人之短生, 猶如石火, 炯然以過.)란 말이 있다.

165) 심주: 순간의 시간과 사람의 목숨이 똑같이 짧음을 말하였다.(言時光與人命同一短促.)

後來我誰身?　내세에 나는 누구의 몸이 되어 있을까?
提壺莫辭貧,　술병을 들고 가난하다고 물리치지 말고
取酒會四鄰.　술을 사서 사방 이웃을 청해 마셔보자
仙人殊恍惚,[166]　신선은 진실로 아득하여 잡을 수 없으니
未若醉中眞.　차라리 취중의 참됨을 얻음만 못하리

해설 인생의 짧음을 아쉬워하며 술 속에서 위안을 찾았다. 이백의 인생관의 한 단면을 보여주는 작품이다.

제2수

月色不可掃,　달빛은 쓸어도 쓸어낼 수 없고
客愁不可道.　나그네 시름은 말해도 다 말할 수 없어
玉露生秋衣,[167]　이슬이 가을 옷에 내리고
流螢飛百草.　반디가 풀 위를 날아
日月終銷毀,[168]　해와 달은 결국은 소멸할 것이고
天地同枯槁.　하늘과 땅도 언젠가는 마를 것이라
蟪蛄啼靑松,[169]　푸른 소나무에서 우는 쓰르라미는
安見此樹老?　그 나무가 노송이 되는 걸 어찌 볼 수 있으랴?
金丹寧誤俗,[170]　금단(金丹)이 속인을 속이지도 않는데

---

166) 恍惚(황홀) : 있는 듯 없는 듯 모호하고 흐릿함.
167) 玉露(옥로) : 가을 이슬. 당 한악(韓鄂)의 『세화기려』(歲華紀麗)에 "가을 이슬은 하얗기에 옥로라고 한다"(秋露白, 故曰玉露.)고 하였다.
168) 銷毀(소훼) : 녹고 헐다. 소멸하다.
169) 蟪蛄(혜고) : 쓰르라미. 이 구는 『장자』 「소요유」(逍遙遊)에 근거한다. "조균(朝菌)은 그믐과 초하루를 모르고, 쓰르라미는 봄과 가을을 모른다. (…중략…) 고대에 대춘(大椿)이란 나무가 있었는데, 봄이 팔천 년이고 가을이 팔천 년이다."(朝菌不知晦朔, 蟪蛄不知春秋 (…중략…) 上古有大椿者, 以八千歲爲春, 八千歲爲秋.)
170) 金丹(금단) : 고대 방사(方士)들이 금속과 광물을 정련하여 만든 단약으로, 이를 먹으면 장생할 수 있다고 생각하였다.

昧者難精討.[171]	몽매한 사람은 세심하게 구별해내지 못하는구나
爾非千歲翁,	그대는 천 살 먹은 노인도 아니고
多恨去世早.	한스럽게도 세상을 일찍 뜨리라
飲酒入玉壺[172]	술을 마시고 비장방(費長房)처럼 옥항아리에 들어가
藏身以爲寶.	차라리 몸을 숨기는 것이 현명하리라

평석 하늘과 땅도 결국 마르는데 하물며 사람의 삶은 어쩔 것인가. 응당 좋은 때가 지나가 버리기 전에 즐겨야 함을 말했다.(言天地終歸枯槁, 況乎人生, 正當及時行樂.)

해설 영원한 시간 속에 근심을 안고 살아가는 유한한 사람의 삶을 사색한 시이다. 삶과 죽음, 영원과 유한은 이백이 평생 생각했던 주요한 화두로, 여기에서도 이에 대한 사색을 펼치며 유한한 인간의 의미를 모색하였다.

제3수

涉江弄秋水,	가을 물 위에 노를 저어 강을 건너며
愛此荷花鮮.	여기 선연한 연꽃을 사랑하노라
攀荷弄其珠,	연잎 위의 물 구슬을 가지고 놀아도
蕩漾不成圓.[173]	흔들리며 원을 만들지 못해라

---

171) 昧者(매자) : 몽매한 사람.
172) 入玉壺(입옥호) : 옥항아리에 들어가다. 『후한서』「비장방전」(費長房傳)의 전고. 여남(汝南) 사람 비장방(費長房)이 시연(市掾, 시장 관리원)으로 근무할 때 한 노인이 시장에서 약을 팔고 있었다. 그 노인은 약을 다 팔고 나면 점두에 걸린 항아리 속으로 뛰어 들어갔다. 다른 사람은 보지 못하고 비장방만 보게 되었는데, 이에 술과 육포를 들고 도를 배우겠다고 청하였다. 노인이 다음 날 다시 오라 해서 다음 날 다시 찾아갔더니 함께 항아리 속에 들어가자고 하였다. 항아리 속은 옥당(玉堂)이 장려하고 맛있는 술과 고기가 가득하여 함께 먹고 마시고 나왔다. 노인은 다른 사람에게 알리지 말라고 하면서, 자신은 신선으로 잘못을 저질러 벌을 받았노라고 말하며 이제 일이 끝났으니 돌아가야 한다고 했다.

佳期彩雲重,[174]	가인(佳人)과의 약속은 구름 너머에 있어
欲贈隔遠天.	연꽃을 보내려 해도 먼 하늘 밖에 있어라
相思無由見,	그리워하여도 만날 방도가 없으니
悵望涼風前.[175]	찬바람에 아득히 바라보며 시름겨워 하노라

해설 그리운 사람과의 만남을 기다리는 시이다. 그러나 중국 고전시의
전통적인 비흥(比興) 수법을 염두에 둔다면, 이는 단순한 연시(戀詩)가 아
니라 간신으로 인한 현신(賢臣)의 곤궁을 그린 정치서정시(政治抒情詩)이
다. 연꽃은 자신의 충정을, 물 구슬의 흔들림은 자신의 유랑을, 꽃을 보
냄은 군주에게 충정을 바침을, 구름과 먼 하늘은 참언을 각각 비유한다.
이는 『초사』이래 신하의 군주에 대한 충정을 여인의 남성에 대한 사랑
으로 비유하는 전통에서 이루어졌다.

제4수

去去復去去,[176]	가고 가고 쉬지 않고 또 가고 가니
辭君還憶君.	그대를 보내고 다시 그대를 생각하네요
漢水旣殊流,	한수(漢水)도 물길이 나누어지고
楚山亦此分.	초 지방의 산도 여기서 줄기가 갈라지네요
人生難稱意,[177]	인생은 맘대로 되기 어렵다더니
豈得長爲群?	오래도록 함께 할 수 없네요

---

173) 蕩漾(탕양) : 물결이 출렁이다.
174) 佳期(가기) : 남녀가 만나기로 약속한 날짜. 『구가』(九歌) 「상부인」(湘夫人)에 "번초
(蘋草) 위에 서서 멀리 바라보며, 가인(佳人)과의 기약 위해 황혼을 준비하네"(登白
蘋兮騁望, 與佳期兮夕張.)라는 말이 있다.
175) 悵望(창망) : 슬퍼하며 멀리 바라보다.
176) 去去(거거) 구 : 동한 말기 '고시십구수'(古詩十九首) 가운데 "걷고 걸어 또 쉬지 않고
걸어가니, 나는 그대와 생이별하였습니다"(行行重行行, 與君生別離.)를 변용하였다.
177) 稱意(칭의) : 마음에 들다. 만족하다.

越燕喜海日,[178]	남방에서 온 제비는 바다 위의 해를 즐거워하고
燕鴻思朔雲.	북방에서 온 기러기는 북방의 구름을 그리워한대요
別久容華晚,	헤어진 지 오래라 얼굴은 늙어가고
琅玕不能飯.[179]	옥같이 맛있는 음식도 목을 넘기기 어렵네요
日落知天昏,	해가 떨어지니 하늘이 어두워진 줄 알겠고
夢長覺道遠.[180]	꿈이 기니 그대가 멀리 있는 줄 알겠네요
望夫登高山,[181]	남편을 바라보러 높은 산에 오른 여인이
化石竟不返.	돌로 변하여 결국 돌아가지 못했다네요

평석 시어는 은미하나 뜻은 유장하다. 원망하나 노하지 않는다.(詞微旨遠, 怨而不怒.)

해설 멀리 행역을 나간 남편을 기다리는 아낙의 심사를 그린 시이다. 원대 소사빈(蕭士贇)은 나라와 임금을 걱정하는 시라 하였지만, '고시십구수'를 모의하여 지은 것이므로 아낙의 심정을 그린 작품으로 보아야 할 것이다.

---

178) 越燕(월연) : 월 지방의 제비. 월(越)은 한대의 백월(百越)로 지금의 절강과 광동 지방에 살았던 여러 민족을 말한다. 『오월춘추』(吳越春秋)에 "북방에서 온 말은 북풍을 마주해 서고, 월 지방에서 온 제비는 해를 바라보고 즐거워한다"(胡馬望北風而立, 越燕向日而熙.)는 말이 있다.

179) 琅玕(낭간) : 맛있는 음식. 원래는 옥의 이름이다. 장형(張衡)의 「남도부」(南都賦)에 "진귀한 음식과 낭간(琅玕)이 둥글고 네모난 그릇에 가득하네"(珍羞琅玕, 充溢圓方.)이라 한데 대해, 이주한(李周翰)은 "낭간은 옥 이름이나, 음식을 여기에 비긴 것은 아름답기 때문이다"(琅玕玉名, 飮食比之, 所以爲美.)라고 주석하였다.

180) 夢長(몽장) 구: 고대인들은 꿈에 사람을 만나면, 그 사람의 혼이 먼 곳에서 찾아왔다고 생각하였다.

181) 望夫(망부) 구: 망부석(望夫石) 전설을 가리킨다. 중국의 여러 곳에 관련 전설과 유적이 있다. 왕기(王琦)는 유의경(劉義慶)의 『유명록』(幽明錄)을 인용하였는데, 무창(武昌)의 북산(北山)에 망부석은 아낙이 전장에 나가는 남편을 아이와 전송하다가 돌로 변했다고 한다.

목욕자(沐浴子)[182][183]

沐芳莫彈冠,[184]	향초 물에 머리를 감아도 관을 털지 말고
浴蘭莫振衣.	난초 물에 몸을 씻어도 옷을 털지 말라
處世忌太潔,	처세에는 결백이 좋지 않으니
至人貴藏輝.[185]	성인은 빛나는 재능을 감춘다
滄浪有釣叟,[186]	창랑에는 낚시하는 어부가 있으니
吾與爾同歸.	내 그와 함께 은거하리라

평석 처세에 지나치게 깨끗함을 기피해야 하니, 차라리 노자가 말한 '빛을 감추고 먼지 속에 들어감'만 못하다. 『초사』의 의미를 암용하였다.(言立身忌太潔, 不如老氏之和光同塵也. 暗用楚辭意.)

---

182) 沐浴子(목욕자) : 악부제(樂府題)의 하나. 『악부시집』에서는 '잡곡가사'로 분류하였다. 원대 소사빈(蕭士贇)은 『악부유성』(樂府遺聲)의 '유협(遊俠) 21곡 가운데 「목욕자」가 있다'고 하였다. 명대 호진형(胡震亨)은 "양나라와 진나라 교체기에 만들어진 곡이다"(梁陳間曲也)라 하였다. 현존하는 가사는 다음과 같다. "난초 핀 개울에서 몸을 씻었고, 꽃 핀 섬에서 머리를 감네. 꽃을 꺾어들고 배회하나니, 계수나무에 올라 은거하며 지내리."(澡身經蘭汜, 濯髮儯芳洲. 折榮聊躑躅, 攀桂且淹留.)

183) 심주 : 악부시는 별도의 체제로 분류하지 않고 오언고시 또는 칠언고시에 넣었다. 장단구는 칠언고시에 넣었다.(樂府不另分一格, 雜入五言七言中; 長短句入七言.)

184) 沐芳(목방) : 향초 담긴 물에 머리감다. 『구가』「운중군」(雲中君)에 "난초 물에 몸 씻고 구릿대에 머리감아"(浴蘭湯兮沐芳)란 말이 있다. ○彈冠(탄관) : 관의 먼지를 털다. 굴원의 『초사』「어부」(漁父)에서 굴원이 하는 말을 가리킨다. "굴원이 말하였다. '내가 듣건대 머리를 새로 감은 사람은 반드시 관을 털어서 쓰고, 목욕을 새로 한 사람은 반드시 옷을 털어서 입는다고 하였소. 어찌 깨끗한 몸으로 더러운 것을 받아들일 수 있겠소?'"(屈原曰 : "吾聞之, 新沐者必彈冠, 新浴者必振衣. 安能以身之察察, 受物之汶汶者乎?')

185) 至人(지인) : 도가에서 추앙하는 득도한 사람. 일반적으로 노자를 가리킨다. ○藏輝(장휘) : 봉망(鋒鋩)을 감추어 세상과 다투지 않는다. 『노자』 제56장의 "그 빛을 부드럽게 하고, 그 먼지와 함께 하다"(和其光, 同其塵)는 말과 상통한다.

186) 滄浪(창랑) : 청록색의 강물. 또는 한수(漢水) 등 강 이름으로 보는 설도 있다. 여기서는 「어부」에 "창랑의 강물이 맑으면 내 갓끈을 씻고, 창랑의 강물이 탁하면 내 발을 씻으리라"(滄浪之水淸兮, 可以濯吾纓. 滄浪之水濁兮, 可以濯吾足.)는 내용을 가리킨다. ○釣叟(조수) : 낚시하는 늙은이. 「어부」(漁父) 중의 어부를 가리킨다.

해설 창랑의 어부와 같이 자신의 뜻과 재능을 숨기고 세상과 어울려 흘러가야 함을 설파한 시이다. 원대 소사빈(蕭士贇)은 굴원의 『초사』「어부」(漁父)를 요약하였다고 하였다. 명대 당여순(唐汝詢)은 어부와 함께 흘러가는 이백이 어찌 고고하다고 자부할 수 있느냐며, 백련강(百鍊剛)이 되지 못하고 요지유(繞指柔, 유곤(劉琨)의 시에 나오는 말로 부드러워 손가락에 감긴다는 뜻)로 변했음을 비판하였다.

자야오가(子夜吳歌)[187][188]

| 長安一片月,[189] | 장안에 뜬 조각 달 |
| 萬戶擣衣聲.[190] | 집집마다 울리는 다듬이 소리 |

---

187) 심주 : 자야는 진(晉)나라 여자 이름이다.(子夜, 晉女子名.)

188) 子夜吳歌(자야오가) : 『악부시집』에는 제목이 「자야사시가」(子夜四時歌)로 되어 있다. 『구당서』「음악지」(音樂志)에 보면 동진(東晉, 317∼420년) 때 오 지방(지금의 강소성 일대)에 사는 자야(子夜)라는 여인이 애조가 가득한 곡을 지었는데, 바로 이 곡이 후세의 「자야사시가」의 기원이라고 한다. 동진은 오(吳)에 도읍을 정했기 때문에 자야가(子夜歌)는 오성곡(吳聲曲) 또는 오가(吳歌)라고 했다. 남조 때의 『청상곡』(淸商曲) 「오성가곡」(吳聲歌曲)가운데 「자야」, 「자야사시가」, 「대자야가」(大子夜歌), 「자야변가」(子夜變歌) 등이 있는데, 이백의 이 시는 「자야사시가」의 전통을 받아 지어졌다. 모두 봄, 여름, 가을, 겨울 사계절에 따라 4수인데, 이 시는 제3수 가을노래(秋歌)이다. 봄노래(春歌)는 '採桑綠樹水邊', 여름노래(夏歌)는 '菡萏發荷花'로 물가의 정경을 묘사하였고, 겨울노래(冬歌)는 가을노래(秋歌)와 마찬가지로 변방에 보내는 옷을 준비하는 내용이다. 원래 「자야오가」는 4구로 되어 있으나 이백은 이를 6구 형식으로 바꾸었고, 또 오가(吳歌)의 형식에 오 지방이 아닌 장안 지방의 풍정을 담아낸 것도 이백 시의 특징이다. 그러므로 이 시는 오 지방의 음악과 무관한 것으로 보인다.

189) 一片月(일편월) : 달 하나. 一片(일편)은 한 조각이란 뜻이 아니라 하나라는 뜻이다. 이 외에 長安一片∨月이라 끊어 읽어 "장안의 한 부분을 비추는 달"이라 해석할 수도 있다.

190) 擣衣(도의) : 옷을 다듬이질하다. 가을이 되어 날씨가 쌀쌀해지면 멀리 객지에 나갔거나 군대에 나간 사람에게 보낼 옷을 준비하여야 한다. 이러한 다듬이질 소리는 남편을 생각하는 아낙에게 깊은 그리움을 일으킨다.

秋風吹不盡,　　　가을바람 그치지 않고 불어오니
總是玉關情.[191]　　이 모두가 옥문관에 간 사람을 그리게 하네
何日平胡虜,[192]　　어느 날에야 오랑캐를 평정하여
良人罷遠征?[193]　　그대 원정을 마치고 돌아올까?

평석 조정의 호전성을 언급하지 않고 오랑캐를 평정하지 못했음을 말했으니 입언이 온후하다.(不言朝家之黷武, 而言胡虜之未平, 立言溫厚.)

해설 장안의 가을밤에 집집마다 다듬이질 하는 소리를 듣고, 멀리 원정 나간 남편을 그리워하는 아낙의 심경을 그렸다. 깊은 정감이 우러나는 장면을 감각적으로 형상화하는 이백의 능력이 잘 드러났다. 왕부지(王夫之)는 정(情)과 경(景)이 일체가 된 예로 이 시를 들었다. 역대 시평가(詩評家)들의 상찬을 받았으며, 일부 평자는 말 2구를 잘라내면 더욱 함축적이라고 하였다.

---

191) 總是(총시) : 모두. 여기서는 달, 다듬이 소리, 가을바람 등 모든 것. 1구는 시각, 2구는 청각, 3구는 촉각과 관련된다. ○ 玉關(옥관) : 옥문관(玉門關). 한대 이래 서역으로 통하는 요로에 있던 관문. 서역의 옥이 들어오는 문이라 하여 이름 붙여졌다. 한대에는 지금의 돈황현에서 서쪽으로 약 75킬로미터 떨어져 있었으나, 당대에는 그곳에서 다시 동으로 15킬로미터 지점으로 옮겼다. 당시의 국경 관문이었다. 玉關情(옥관정)은 옥문관에서 수자리 지키는 남편에 대한 그리움.
192) 胡虜(호로) : 중국 서북 지방의 민족에 대한 멸칭(蔑稱). 이 시는 한대(漢代)의 상황으로 당대(唐代)를 비유하고 있다. 그러므로 호로(胡虜)는 한대에 융성했던 흉노족을 가리킨다.
193) 良人(양인) : 남편. 아내가 자신의 남편을 지칭하는 말.

관산의 달(關山月)[194]

明月出天山,[195]	명월은 천산에서 솟아올라
蒼茫雲海間.	창망히 운해 속을 떠다니고
長風幾萬里,	가을바람은 수만 리를 지나
吹度玉門關.	옥문관까지 불어오는구나
漢下白登道,[196]	한 고조는 백등산에서 포위당했고
胡窺靑海灣.[197]	오랑캐는 청해호를 엿본다네
由來征戰地,[198]	예부터 이곳은 전쟁이 빈번한 곳
不見有人還.	살아서 돌아오는 사람을 보지 못했노라
戍客望邊邑,[199]	수자리 병사는 황량한 변방을 둘러보고
思歸多苦顔.	돌아갈 생각에 얼굴엔 수심이 가득하네
高樓當此夜,[200]	이 밤 고향의 높은 누대에 선 여인도
歎息未應閒.	탄식하는 소리 분명 그치지 않으리

해설 변방에 나간 남편의 간절한 향수와 고향에 있는 아내의 그리움을 노래한 변새시이다. 첫 4구에서 변새의 산과 달을 그렸고, 중간의 4구에

---

194) 關山月(관산월) : 악부제 이름. 원래는 한대 악부의 횡취 15곡 가운데 하나. 주로 출 정하여 돌아오지 않는 남편을 기다리는 아낙의 고통을 내용으로 한다. 당대 이전에 는 양 원제(梁元帝), 진 후주(陳後主), 육경(陸瓊), 장정견(張正見), 서릉(徐陵) 등이 같은 제목의 시를 썼다.

195) 天山(천산) : 지금의 신강 위구르자치구 경내에 있는 산. 산에는 일 년 내내 눈이 덮 여 있어 설산(雪山) 또는 백산(白山)이라고도 한다.

196) 白登(백등) : 산 이름. 산서성 대동시(大同市) 동쪽에 소재. 산 위에 백등대(白登臺)가 있다. 한 고조 유방이 백등산에서 흉노에 칠 일간 포위된 적이 있다.

197) 靑海灣(청해만) : 청해호(靑海湖). 청해성 소재. 중국 최대의 염수호. 고대에는 선수 (鮮水) 또는 서해(西海)라고 했으나 북위시대 때부터 청해라고 부르기 시작하였다. 당나라는 이 지역에서 티베트와 자주 전투하였다.

198) 由來(유래) : 예부터.

199) 戍客(수객) : 수졸(戍卒), 수자리를 지키는 병사.

200) 高樓(고루) : 높은 누각. 여기서는 수자리를 지키는 병사의 아낙.

서 역사와 지역을 배경으로 수자리에 나가야 하는 변함없는 상황을 묘사하였고, 말 4구에서 남편과 아내의 그리움을 묘사하였다. 변새시에서 으레 그러하듯 두 사람의 처지와 마음은 보름달로 이어진다. 광활한 풍광과 깊은 정감으로 악부시의 신운(神韻)이 우러난다. 역대로 첫 4구를 명구로 쳤다.

단가행(短歌行)[201]

白日何短短,	하루하루는 얼마나 짧은가
百年苦易滿.	백 년은 아쉽게도 쉽게 가버리네
蒼穹浩茫茫,	창궁은 아득히 넓디넓고
萬劫太極長,[202]	만겁에 혼돈의 시간은 길고도 길어라
麻姑垂兩鬢,[203]	마고(麻姑)의 두 쪽진 머리도
一半已成霜.	반은 이미 하얗게 서리가 내렸고
天公見玉女,[204]	천제가 선녀를 만나 투호를 하다가

---

201) 短歌行(단가행) : 악부의 제목. 『악부시집』에는 '상화가사'(相和歌辭)로 분류되어 있다. 조조(曹操)의 「단가행」에서 "술을 마주하고 노래를 하나니, 인생이란 얼마나 짧은가?"(對酒當歌, 人生幾何?)라 하였고, 육기(陸機)의 「단가행」에서 "고당에 술동이를 놓고, 술잔을 마주하며 슬픈 노래 부르노라"(置酒高堂, 悲歌臨觴.)라 한 것을 보면 모두 인생에 향락의 때를 놓치지 마라(及時行樂)는 내용이다.
202) 萬劫(만겁) : 지극히 긴 시간. 불경에서 겁(劫)은 세상이 한 번 생겨 소멸할 때까지의 기간을 말한다. 만겁은 일반적으로 만세(萬世)로 풀이한다. ○太極(태극) : 하늘과 땅이 나뉘기 전의 원기(元氣)가 혼돈으로 하나인 때.
203) 麻姑(마고) : 선녀 이름. 갈홍(葛洪)의 『신선전』(神仙傳)에 따르면, 동한 환제(桓帝) 때 신선 왕방평(王方平)의 부름에 따라 채경(蔡經)의 집에 내려왔다고 한다. 나이 열여덟이나 열아홉에 용모가 아름다우며, 손가락에 새의 손톱이 나 있으며, 음력 삼월 삼일 서왕모의 생일에 영지로 술을 빚어 축수하였다. 스스로 동해가 뽕나무밭으로 변하는 걸 세 번이나 보았다고 하여, 후세에는 일반적으로 장수한 사람을 비유한다.
204) 天公(천공) : 천제(天帝). 동왕공(東王公). ○玉女(옥녀) : 선녀. 『신선전』(神仙傳)에 따르면, 천공과 옥녀가 투호(投壺)를 하는데 적중할 때마다 천공이 크게 웃는다고 하였다.

大笑億千場.	크게 웃은 일도 천억 번은 되었어라
吾欲攬六龍,²⁰⁵⁾	여섯 마리 용을 몰고서
回車挂扶桑.²⁰⁶⁾	해의 수레를 되돌려 부상에 묶어두고
北斗酌美酒,²⁰⁷⁾	북두성으로 맛좋은 술을 퍼서
勸龍各一觴.	용들에게 한 잔씩 권하고 싶구나
富貴非所願,	부귀는 내가 바라는 바 아니니
與人駐顏光.	사람들과 함께 늙어가는 얼굴을 멈출 수 있었으면

해설 인생의 짧음을 아쉬워하며 장수와 향락을 누리기를 바랐다. 시의 후반은 유선시(遊仙詩)의 풍격이 섞여 있다. 일부 시평가들은 천제와 옥녀가 웃고, 용에게 술을 권하는 표현이 비속하여 이백의 시가 아닌 것으로 판단하는 경우도 있으나, 바로 이러한 과장과 천진스러움이 이백의 본령이라 할 것이다. 다른 각도에서 보면, 이룬 일 없이 흘러간 청춘에 대한 아쉬움을 표현하였다고 할 수 있다.

---

205) 六龍(육룡) : 여섯 마리 용. 이 구는 유향(劉向)의 「구탄」(九歎)에 "여섯 마리 용을 부상에 묶고"(維六龍於扶桑)란 말에 근거하였다.

206) 扶桑(부상) : 신화 속의 나무로, 태양이 떠오르는 곳. 『십주기』(十洲記)에 "부상은 대해 중에 있으며 크기가 수천 장이 되고, 둘레가 일천여 위(圍)가 된다. 두 줄기가 같은 뿌리에서 나와 서로 의지하며 여기에서 해가 나온다"(扶桑在大海中, 樹長數千丈, 一千餘圍. 兩幹同根, 更相依倚, 日所出處.)고 하였다. 굴원의 『초사』 「이소」에 "함지에서 말에게 물 먹이고, 부상에 말고삐를 매어두네"(飮余馬於咸池兮, 總余轡乎扶桑.)란 말이 있다.

207) 北斗(북두) 구 : 이 구는 『구가』 「동군」(東君)에 "북두를 거머쥐고 계주(桂酒)를 따라 마신다"(援北斗兮酌桂漿)는 뜻을 사용하였다.

첩박명(妾薄命)[208]

漢帝寵阿嬌,[209]	한 무제가 아교(阿嬌)를 총애하여
貯之黃金屋.	금옥에 살게 했다지
咳唾落九天,[210]	침을 뱉기라도 하면 마치 하늘에서 떨어진 듯
隨風生珠玉.[211]	바람결에 주옥으로 변하였지
寵極愛還歇,	총애가 지극하면 사랑은 다시 마르고
妒深情却疏.[212]	질투가 심하면 감정은 오히려 멀어지는 법
長門一步地,	장문궁이 한 걸음 옆에 있어도
不肯暫回車.	잠시도 수레를 돌리려 하지 않았다네
雨落不上天,	떨어진 비는 하늘로 올라갈 수 없고
水覆難再收.[213]	엎질러진 물은 다시 담기 어려워
君情與妾意,[214]	군왕의 마음과 천첩의 마음은

---

208) 妾薄命(첩박명) : 악부제(樂府題)로 '잡곡가사'(雜曲歌辭)에 속한다. 여인의 애원을 제재로 하였으며, 현존하는 작품 가운데 이 제목으로 가장 먼저 쓴 작가는 조식(曹植)이다.

209) 漢帝(한제) : 한 무제. ○阿嬌(아교) : 한 무제 때의 진황후(陳皇后)의 아명. 무제가 어렸을 때 장공주(長公主)가 그를 무릎에 앉혀놓고 각시를 얻고 싶은지 물었다. 장공주는 주위의 백여 명의 사람에 대해 고개를 젓는 무제에게 아교(阿嬌)는 어떠냐고 물었다. 이에 무제가 웃으며 "아교를 각시로 얻으면 당연히 금옥(金屋)에 살게 하지"(若得阿嬌作婦, 當作金屋貯之)라 대답하였다. 『한 무제 이야기』(漢武故事) 참조.

210) 咳唾(해타) : 침. 동한 조일(趙壹)의 「세태를 꾸짖는 시」(疾邪詩)에 "세력가들이 하는 일은 언제나 잘 되어, 침을 내뱉어도 저절로 진주가 된다"(勢家多所宜, 咳唾自成珠.)는 말이 있다. 이 구는 득세한 사람은 무엇을 해도 고귀한 것으로 평가받는다는 뜻.

211) 심주 : 묘사가 교태를 다 드러냈으니 언어가 절묘하다.(形容盡態, 妙于語言.)

212) 妒深(투심) 구 : 무제가 즉위하여 아교를 황후(진황후)로 봉하였다. 그러나 진황후는 십여 년이 지나도 아들이 없자 무제의 총애는 위자부(衛子夫)에게로 옮겨가게 되었다. 진황후는 총애를 빼앗기 위해 무녀를 시켜 술법을 시행하게 하였다. 이 일이 발각되자 황후에서 폐위되고 장문궁(長門宮)에 유폐되었다.

213) 水覆(수복) 구 : 엎질러진 물은 다시 담기 어렵다. 불가능한 일을 비유한 말이다. 이 말은 『후한서』의 「광무기」(光武紀)와 「하진전」(何進傳), 또 『습유기』(拾遺記) 속의 강태공에 대한 소설 등에 등장하는 걸로 보면 고대의 속담이었던 듯하다. 여기서는 한 무제가 진황후를 폐위한 사실은 다시 돌이키기 불가능하다는 뜻으로 쓰였다.

各自東西流.[215]	동서로 나뉘어 각각 흘러가더라
昔日芙蓉花,[216]	예전의 연꽃은
今成斷根草.	지금은 뿌리 뽑힌 풀
以色事他人,	외모만을 믿고 남을 섬기는 사람은
能得幾時好?	얼마 동안 총애를 받을 수 있겠는가?

해설 한 무제가 진 황후를 총애하다가 폐위한 일을 소재로 한 악부체의 시이다. 원대 소사빈은 이를 빌려 현종이 왕 황후를 폐위한 일에 비겼다고 하였다. 한 무제와 당 현종의 폐위 사건은 지극히 유사하여 역대로 많은 주석가들이 이에 동의하였다. 그러나 현대 학자 구태원(瞿蛻園)은 현종의 왕 황후 폐위 사건은 722년으로 스무 살이 막 지난 이백이 촉 지방에 살 때 일어났기에 소사빈의 추론은 적절하지 않다고 하였다. 이 시는 왕 황후 폐비를 직접적으로 가리키지 않는다 하더라도, 외모와 아첨으로 출세한 사람의 말로에 대한 보편적인 비판으로 읽을 수 있으며, 시인 자신의 불우(不遇)를 비유한 것으로 볼 수도 있다.

고낭월행(古朗月行)[217]

小時不識月,	어렸을 때 달이 무엇인지 몰라
呼作白玉盤.	'백옥반'(白玉盤)이라 불렀지

---

214) 妾意(첩의) : 천첩의 마음. 첩은 진황후를 가리킨다.
215) 東西流(동서류) : 동서로 각각 흐르다. 한대 악부 「백두음」(白頭吟)에 "도랑의 물은 동서로 나뉘어 흘러가더라"(溝水東西流)에 근거한 말로 부부의 이별을 비유하였다.
216) 芙蓉花(부용화) : 연꽃. 연꽃 가운데 한 줄기에 두 송이 꽃이 달린 경우가 있는데, 이를 병체련(幷蒂蓮)이라 하여 부부의 정을 비유한다.
217) 古朗月行(고낭월행) : 악부제 '잡곡가사'에 속한다. 포조(鮑照)가 쓴 「낭월행」(朗月行)이 있다.

又疑瑤臺鏡,[218]	또 요대(瑤臺)에서 신선들이 보던 거울이
飛在青雲端.	구름 끝으로 날아간다고 여겼지
仙人垂兩足,[219]	초승달일 때는 신선의 두 발이 보이다가
桂樹作團團.	보름달이 되면 계수나무가 둥글게 나타났지
白兎搗藥成,[220]	흰 토끼가 약을 찧어 만든다는데
問言誰與餐?	누구에게 먹으라고 주는 것일까?
蟾蜍蝕圓影,[221]	두꺼비가 둥그런 빛을 점점 먹어가면
大明夜已殘.[222][223]	대명(大明)은 밤사이에 이지러진다
羿昔落九烏,[224]	옛날에 예(羿)가 아홉 개의 해를 쏘아 떨어뜨려
天人清且安.	하늘과 사람이 모두 맑아지고 편안해졌다지
陰精此淪惑,[225]	음정(陰精)이 이제 소멸되었으니
去去不足觀.	더 이상 볼 게 없어졌어라
憂來其如何?	이에 시름이 일어나니 어이할 것인가?
凄愴摧心肝!	처연한 마음에 심장과 간이 부서지는구나

---

218) 瑤臺(요대) : 옥으로 만든 화려한 누대. 신선이 사는 궁전.
219) 仙人(선인) 구 : 전설에 의하면 달 속에 신선과 계수나무가 있는데 초승달일 때는 신
선의 발만 보이다가 달이 차면 신선의 몸과 계수나무가 모두 보인다고 한다. 우희
(虞喜)의 「안천론」(安天論) 참조.
220) 白兎(백토) 구 : 전설에 의하면 달 속에서 토끼가 약을 찧는다고 한다. 부현(傅玄)의
「천문'을 본떠 지음」(擬天問)에 "달 속에 무엇이 있나? 흰 토끼가 약을 찧고 있지"(月
中何有? 白兎搗藥.)란 표현이 있다.
221) 蟾蜍(섬서) : 두꺼비. 「고풍」 제2수 참조.
222) 심주 : 양귀비가 군주의 귀를 미혹할 수 있음을 넌지시 가리킨다.(暗指貴妃能惑主聽.)
223) 大明(대명) : 달.
224) 羿昔(예석) 구 : 당요(唐堯) 때 해 열 개가 함께 떠오르자 초목이 타버렸다. 요(堯)가
예(羿)더러 한 개만 남겨두고 나머지 아홉 개를 쏘라고 하였다. 예가 아홉 개를 쏘
자 그 속에 있던 삼족오(三足烏)가 죽으면서 깃털이 분분히 떨어졌다고 한다. 굴원
의 「천문」(天問)에 "예는 어찌하여 해를 쏘았는가? 해 속의 까마귀는 어찌하여 깃털
이 떨어졌나?"(羿焉彈日? 烏焉解羽?)는 이를 말하고 있다.
225) 陰精(음정) : 달. 고대인은 달을 태음(太陰)의 정기(精氣)라고 하였다. 장형(張衡)의
「영헌」(靈憲)에 "달은 음정(陰精)의 으뜸이다"(月者, 陰精之宗.)고 하였다. ○淪惑(윤
혹) : 사라지다. 어두워지다.

평석 「고풍」의 "두꺼비가 하늘 위로 올라가"와 같은 뜻이다. 다만 「고풍」은 무혜비를 가리켰다면 여기서는 양귀비를 가리켰으니 각각 주제가 있다.(與古風中"蟾蜍薄太淸"篇同意, 但古風指武惠妃, 此指楊貴妃, 各有主意也.)

해설 달에 대한 천진한 이해와 월식 현상을 소재로 하였다. 전반 8구는 달을 보는 아이의 순박한 정서를 썼고, 후반 8구는 월식 현상을 통해 음울한 정서를 전개하여 앞 8구와 선명한 대비를 보이고 있다. 원대 소사빈(蕭士贇)은 해는 군주의 상(象)이고 달은 신하의 상이므로, 안록산의 반란이 양귀비로부터 시작되었음을 나타내는 듯하다고 하였다. 청대 진항(陳沆)은 소사빈의 설을 수정하여, 달은 후비의 상이고 해는 군주의 상으로, 안록산의 반란이 여인을 총애하는데서 시작되었다고 하였다. 청대 『당송시순』(唐宋詩醇)에서는 두꺼비를 안록산에 비기고 음정(陰精)으로 양귀비를 비판하였다고 하였다. 현대의 많은 학자들은 두꺼비가 달을 먹는다는 이미지에서 군주가 어둡고 조정이 부패함을 나타내며, 예(羿)가 아홉 개의 해를 쏘아 없애듯 시인이 간사한 무리를 쓸어내겠다는 뜻을 나타냈다고 보았다.

장간의 노래(長干行)[226]

| 妾髮初覆額, | 첩의 머리가 처음 이마를 덮을 때 |
| 折花門前劇.[227] | 꽃을 꺾으며 문 앞에서 놀았지요 |

---

226) 長干行(장간행) : 악부제로 '잡곡가사'에 속한다. 남조 민가 가운데 지금의 남경 일대에서 유행하던 「장간곡」(長干曲)이 있었으며, 이백과 동시대 시인 최호(崔顥)도 「장간곡」 4수를 남기고 있다. 장간(長干)은 금릉(金陵, 지금의 남경시)의 남쪽 교외에 있던 골목 이름. 또 화동 지방에선 언덕과 언덕 사이를 '간(干)'이라 하기에 대장간(大長干), 소장간(小長干), 동장간(東長干) 등의 지명이 있다.
227) 劇(극) : 놀다.

郎騎竹馬來,[228]	낭군은 죽마를 타고 와서
繞床弄靑梅.[229]	우물 난간을 돌며 매실을 가지고 놀았지요
同居長干里,	함께 장간(長干)에서 자라며
兩小無嫌猜.[230]	두 사람은 어려서부터 시기나 미움이 없었지요
十四爲君婦,	열네 살에 그대의 아내가 되어
羞顔未嘗開.	부끄러운 얼굴을 차마 펴지 못했지요
低頭向暗壁,	어두운 벽을 향해 고개를 숙인 채
千喚不一回.	천 번 불러도 한 번 돌아보지 못했지요
十五始展眉,[231]	열다섯 살에 비로소 눈썹을 펴고
願同塵與灰.[232]	먼지가 될 때까지 함께 하기를 바랐죠
常存抱柱信,[233]	미생(尾生)과 같은 믿음을 항상 품고 있는데
豈上望夫臺?[234]	어찌하여 망부대에 오르게 되었나요?
十六君遠行,	열여섯 살에 그대는 멀리 행상을 나가
瞿塘灧澦堆.[235]	험난한 구당협의 염여퇴까지 갔지요

---

228) 竹馬(죽마) : 대나무를 가랑이 사이에 끼워서 말로 삼은 것.

229) 床(상) : 우물의 난간.

230) 嫌猜(혐시) : 의심과 거리낌.

231) 展眉(전미) : 기뻐서 눈썹을 펴다.

232) 願同(원동) 구 : 먼지와 재가 되기를 바라다. 애정이 굳건하여 죽음에도 나뉘지 않음을 비유하였다. 사랑의 불변을 의미하는 동회(同灰)라는 말은 여기서 유래했다.

233) 抱柱信(포주신) : 기둥을 안고 죽으면서까지 지킨 믿음. 『장자』「도척」(盜跖)에 나오는 이야기에서 유래한 말이다. 미생(尾生)이란 사람이 여자와 다리 아래에서 만나기로 약속하였다. 여자는 오지 않고 강물이 불어나자 다리 기둥을 껴안은 채 죽고 말았다. 이 이야기는 약속을 잘 지킨다는 의미로 쓰인다.

234) 望夫臺(망부대) : 아낙이 객지에 나간 남편이 돌아오기를 기다리는 누대. 남편이 오랜 기간 동안 돌아오지 않자 여인이 돌로 변하였다는 전설로 알려졌다. 망부석(望夫石), 망부산(望夫山)이란 이름으로 중국의 여러 곳에 유사한 전설과 유적이 있다.

235) 瞿塘(구당) : 삼협의 하나인 구당협(瞿塘峽). 삼협 가운데 서쪽에 있는 것으로, 일명 기협(夔峽)이라고 한다. 중경시 봉절현 동쪽에 소재. 강폭은 가장 넓은 곳이 약 150미터이고 좁은 곳은 50미터밖에 안 되어, 삼협 가운데 가장 짧고 가장 좁으며 가장 웅대한 협곡이다. ○灩澦堆(염여퇴) : 음예퇴(淫預堆), 유예퇴(猶豫堆), 영무석(英武石), 연와석(燕窩石)이라고도 한다. 구당협 초입에 있는 암초. 겨울에는 물이 얕아 모습이 잘 드러나지만 오월이 되면 물이 불어 잠기므로 행인들의 배가 자주 부딪혀 좌초되곤

五月不可觸,	음력 오월에는 부디 암초에 부딪히지 말라고
猿聲天上哀.²³⁶⁾	협곡의 원숭이들마저 하늘 끝에서 울었으리라
門前送行跡,	대문 앞에는 그대가 떠나며 남겼던 발자국
一一生綠苔.	하나하나에 초록 이끼가 생겨났네요
苔深不能掃,	진한 이끼는 쓸어도 쓸어지지 않고
落葉秋風早.	어느 사이 낙엽이 가을바람에 떨어지네요
八月蝴蝶黃,	음력 팔월이라 나비들이 누런데
雙飛西園草.²³⁷⁾	서쪽 채마밭 위에 쌍쌍이 날아다녀요
感此傷妾心,	이를 본 첩의 마음 더욱 아픈데
坐愁紅顔老.²³⁸⁾	시름 때문에 홍안이 초췌해졌어요
早晚下三巴,²³⁹⁾	언제 삼파에서 내려오나요?
預將書報家.	미리 편지로 집에 알려 주어요
相迎不道遠,²⁴⁰⁾	멀어도 마다않고 그대 마중가려니

하였다. 『고금악록』(古今樂錄)에 진송(晉宋) 이후에 「음예가」(淫預歌)가 있었다고 하였다. 당 이조(李肇)의 『당국사보』(唐國史補)와 송 곽무천(郭茂倩)의 『악부시집』(樂府詩集)에는 민간 가사인 「음예가」(淫豫歌)를 싣고 있다. "염여퇴는 말과 같이 커서 구당협 강물이 지나갈 수 없네. 염여퇴는 소와 같이 커서 구당협 강물이 흘러갈 수 없네."(灩預大如馬, 瞿塘不可下. 灩預大如牛, 瞿塘不可流.) 또 양(梁) 소강(蕭綱)의 현존하는 「음예가」(淫預歌)는 "염여퇴가 두건같이 보일 때 구당협에서 부딪혀선 안 되네. 금모래가 소용돌이 쳐서 계포를 지나가기 어렵네"(淫預大如襆, 瞿塘忌經過, 金沙浮轉多, 桂浦忌經過.) 이들에 대해선 『선진한위진남북조시』(先秦漢魏晉南北朝詩) 「진시」(晉詩) '잡가요사'(雜歌謠辭)에 자세하다. 염여퇴는 강의 통행을 위해 1958년에 폭파하여 지금은 없다.

236) 猿聲(원성) : 원숭이 울음소리. 삼협의 강변에는 원숭이가 많고 그들의 울음소리가 객수를 자아내기로 유명하다. 『수경주』 「강수」(江水)에 "파동의 삼협 가운데 무협이 가장 긴데, 원숭이 울음소리 세 마디에 눈물로 옷을 적신다"(巴東三峽巫峽長, 猿鳴三聲淚沾裳)는 「파동삼협가」(巴東三峽歌)를 싣고 있다.

237) 심주 : '나비' 2구는 눈에 보이는 광경으로 흥(興)을 일으켰다.(蝴蝶二句, 卽所見以感興.)

238) 坐(좌) : 때문에.

239) 早晚(조만) : 언제. ○三巴(삼파) : 파군(巴郡, 중경시), 파동(巴東, 봉절현), 파서(巴西, 합주)로, 지금의 중경시 일대를 총칭한다. 下三巴(하삼파)는 삼파에서 장강을 따라 내려가다

240) 不道(부도) : 상관없이. 불구하고.

直至長風沙.²⁴¹⁾²⁴²⁾   장풍사까지 곧장 달려갈 거예요

해설 장간의 젊은 아낙이 남편을 그리워하는 내용이다. 전편이 아낙의 독백으로 전개되며, 언어는 악부체의 민요풍으로 깊고 순박한 애정을 드러내었다. 아낙은 두 사람이 어려서 장간에서 함께 자랄 때부터 회상을 시작하여, 시집간 후의 섬세한 감정과 행동을 묘사하고, 남편이 행상을 떠난 후의 고통을 자세하게 전개하였다. 말미에서는 남편이 일찍 돌아오기를 기다리며 가족의 행복한 만남을 희구하였다. 에즈라 파운드가 영어로 번역하여 서양에도 잘 알려진 시이다.

노 사호에게(贈盧司戶)²⁴³⁾

秋色無遠近,   가을빛이 원근 없이 한가지요
出門盡寒山.   문을 나서니 모두가 추운 산이라
白雲遙相識,   흰 구름은 멀리서 나를 알아보고
待我蒼梧間.²⁴⁴⁾   창오산(蒼梧山) 근처에서 나를 기다리네
借問盧耽鶴,²⁴⁵⁾   묻노니 그대는 노탐(盧耽)처럼 학이 되었으니

---

241) 심주 : 장풍사는 서주(舒州, 지금의 안휘성 안경시)에 있는데, 금릉(지금의 남경)에서 서주까지는 칠백여 리가 되니, 멀리 마중 나가는 걸 말한다.(長風沙在舒州, 金陵至舒州七百餘里, 言相迎之遠也.)

242) 長風沙(장풍사) : 지금의 안휘성 안경시(安慶市) 동쪽 장강 강가에 소재. 장간(長干, 남경시)에서 장강을 따라 서쪽으로 칠백 리 떨어져 있다.

243) 盧司戶(노사호) : 영주(永州, 호남성 永州市) 사호참군(司戶參軍) 노상(盧象). 노상은 자가 위경(緯卿)으로 이백과 동시대 시인이다. 과거 급제 후 좌습유, 선부원외랑(膳部員外郎) 등을 역임했으며, 안록산의 난 때 관직에 있었던 이유로 영주 사호참군으로 폄적되었다. 이후 주객원외랑(主客員外郎)이 되었다. 산수전원시를 많이 썼으며, 당시에는 왕유, 최호와 비견되었다. 교유가 깊은 사람으로는 이백 이외에 왕유, 이기, 기무잠, 조영 등이 있다. 사호참군은 민호(民戶)를 관리하는 관원이다.

244) 蒼梧(창오) : 지금의 구의산(九嶷山). 호남성 영원현(寧遠縣) 남쪽에 소재. 전설에는 순(舜)이 이곳에서 죽어 묻혔다고 한다.

西飛幾時還?　　　서쪽으로 날아갔다가 언제 돌아오는가?

해설 노상은 758년 영주(永州, 호남성 영주시) 사호참군으로 폄적되었다. 시의 내용으로 보아 이백이 사면을 받은 후 759년 영주(永州)에 이르렀을 때 지은 것으로 보인다. 친구의 정을 서술함과 동시에 함께 몰락한 처지를 탄식하였다. 노탐의 전고를 인용함으로써 노 사호가 언젠가는 조정에 나가기를 기원하였다.

사구성 아래에서 두보에게 부침(沙邱城下寄杜甫)²⁴⁶⁾

我來竟何事,	내 여기에 무엇 하러 왔는가
高臥沙邱城.	베개를 높이 하고 사구성에 누웠노라
城邊有古樹,	성 주위에는 오래된 나무들
日夕連秋聲.²⁴⁷⁾	밤낮으로 가을 소리와 뒤섞인다
魯酒不可醉,²⁴⁸⁾	노 지방의 술은 박하여 취하지도 않고

---

245) 盧耽鶴(노탐학) : 노탐(盧耽)의 학. 진(晉)의 광주(廣州) 곡강현(曲江縣) 사람. 노탐은 주(州)에서 치중(治中) 벼슬을 하였는데 어려서 신선술을 배워 잘 날아다녔다. 저녁마다 하늘에 올라 집에 갔다가 새벽에 주(州)로 되돌아왔다. 한번은 조정의 정월 첫 조회에 늦자 백학이 되어 궐 앞에 당도하였다. 『수경주』(水經注) 「뇌수」(耒水) 참조.

246) 沙邱(사구) : 노(魯, 산동성) 지방의 연주(兗州)를 가리킨다. 구체적인 장소에 대해서는 이설이 많다. 왕기(王琦)는 문수(汶水)와 가까운 곳이라 하였다. 안기(安旗)는 연주의 치소 하구현(瑕丘縣) 성 동문 밖 이 리에 있는, 지금의 연주현(兗州縣) 동쪽이라 하였다. 일설에는 사구(沙邱)와 사성(沙城)의 합칭으로, 지금의 산동성 평음현(平陰縣)의 황하 강변이라고 한다. 이백의 다른 시에 "나의 집은 사구의 옆에 있어"(我家寄在沙邱傍)라고 한 데서 알 수 있듯 이백이 노(魯) 지방에 있을 때 주로 머물렀던 곳이다.

247) 秋聲(추성) : 가을에 들을 수 있는 여러 가지 소리. 나뭇잎 떨어지는 소리, 바람 소리, 풀잎 서걱거리는 소리, 기러기 날아가는 소리, 벌레 소리 등을 총칭한다.

248) 魯酒(노주) : 노 지방의 술. 예부터 맛이 좋지 않은 술로 알려졌다. 『장자』 「거협」(胠篋)에 "노 지방 술이 맛이 없어 한단이 포위되었다"(魯酒薄而邯鄲圍)는 말이 있다. 『회남자』 허신(許慎)의 주에 초나라가 맹주가 되어 제후들을 모을 때 노나라와 조나라

齊歌空復情.[249]　　　제 지방 노래는 마음이 가지 않는다

思君若汶水,[250]　　　그대를 그리워함은 문수(汶水)와 같으니

浩蕩寄南征.　　　　 남쪽으로 출렁이는 강물에 내 마음을 보내네

평석 사구는 내주(萊州, 지금의 산동성 내주)에 있고, 문수는 기수에서 흘러나오는데 청주에 있다. 지역이 서로 붙어 있으므로 강물로 심정을 부치고자 하였다.(沙邱在萊州, 汶水出沂水, 在青州, 境地相接, 故欲因水以寄情也.)

해설 이백은 744년 봄 참언으로 관직에서 물러나 장안을 떠나 하남 일대를 돌아다녔다. 이때 두보(杜甫)와 고적(高適)을 만나 2년간 간헐적으로 하남과 산동을 유람하였다. 다음 해인 745년 이백은 두보와 헤어졌는데(「魯郡東石門送杜二甫」), 이 시는 헤어진 후 이백이 두보를 생각하며 쓴 시이다. 시는 전편에 걸쳐 풍광으로 그리움을 표현하여 두 사람의 깊은 우정을 나타내었다. 이백의 시 가운데 두보와 관련된 시는 모두 4수로, 두보가 이백에 대해 쓴 10수보다 훨씬 적다. 여기에는 이백이 두보보다 11살이나 많은 이유도 있을 것이다.

가 초왕에게 술을 바쳤다. 이때 술을 관리하는 사람이 사사로이 조나라에 술을 달라고 하자 조나라가 주지 않았다. 관리는 화가 나 노나라의 술을 가지고 조나라 술이라고 하며 올렸다. 초왕은 조나라 술이 맛이 나쁘다고 여겨 그 수도 한단을 포위하였다.

249) 空復情(공복정) : 공허하고 또 감정만 많다. 이 구는 제 지방의 노래가 마음을 잡아 두지 못한다는 뜻이다.

250) 汶水(문수) : 지금의 대문하(大汶河). 산동성 내무현(萊蕪縣) 동북 원산(原山)에서 발원하여 서남으로 태안현을 지나고 문상현(汶上縣)을 거쳐 운하로 들어간다. 현대 학자 궁연흥(宮衍興)은 사수(泗水)를 가리킨다고 하였다.

숭산으로 돌아가는 양 산인을 보내며(送楊山人歸嵩山)[251]

我有萬古宅,[252]	나에겐 만 년 동안 살 집이 있으니
嵩陽玉女峰.[253]	숭산 남면의 옥녀봉이라네
長留一片月,	언제나 한 조각 달을
挂在東溪松.	동쪽 계곡의 소나무에 걸어두었지
爾去掇仙草,	그대가 캐는 선초(仙草)는
菖蒲花紫茸.[254]	먹으면 신선이 된다는 자주 꽃 창포
歲晚或相訪,	연말이 되어 혹여나 그대를 찾아가면
青天騎白龍.[255]	푸른 하늘에 백룡을 타고 마중 나올지 몰라

해설 숭산으로 돌아가는 양 산인을 보내며 쓴 시이다. 유선시(遊仙詩)의 풍격이 농후하며 양 산인의 선도 수련을 칭송하고 격려하였다. 숭산은

---

251) 楊山人(양산인) : 미상. 이백의 시 가운데 양 산인에게 주는 시가 또 한 편 있으며, 고적(高適)의 시에도 같은 제목의 시가 있다. 산인(山人)은 속세를 떠나 산에서 은거하는 사람. ○嵩山(숭산) : 하남성 등봉시(登封市)에 소재한 명산. 오악 가운데 중악(中嶽)에 해당한다. 고대에는 방외산(方外山), 태실산(太室山), 숭고산(嵩高山) 등으로 불렸다.

252) 萬古宅(만고택) : 장생의 거처.

253) 嵩陽(숭양) : 숭산의 남면. ○玉女峰(옥녀봉) : 숭산의 지맥인 태실산(太室山)의 24봉 가운데 하나. 봉우리가 여인의 모습과 비슷해 이름 붙여졌다.

254) 菖蒲(창포) 구 : 『신선전』(神仙傳)에 "중악의 돌 위에 자라는 창포는, 한 치에 아홉 마디로 되어 있는데, 먹으면 장수할 수 있다기에 캐러 왔네"(中嶽石上菖蒲一寸九節, 服之可以長生, 故來採耳.)라는 말이 있다. 『포박자』「선약」(仙藥)에 "한종(韓終)은 창포를 십삼 년간 먹으니, 몸에서 털이 나고, 하루에 만 자를 읽고 모두 외울 수 있었다. 겨울에 웃통을 벗어도 춥지 않았다. 또 창포는 반드시 돌 위에서 자라는 것을 캐야하는데, 한 치에 아홉 마디 이상이어야 하고 보라색 꽃이 피면 특히 좋다"는 말이 있다. ○紫茸(자용) : 보라색 꽃. 茸(용)은 풀이 막 자란 모양이나, 여기서는 꽃을 가리킨다.

255) 青天(청천) 구 : 동한 구무(瞿武)의 이야기를 사용하였다. 『광박물지』(廣博物志)에 따르면, 구무는 일곱 살 때부터 곡식 대신 황정(黃精)과 자지(紫芝)를 먹었으며 아미산에 들어가 수도했는데, 인도에서 온 진인(眞人)으로부터 선결(仙訣)을 받고 백룡을 타고 떠났다고 한다.

734년 이백이 친구 원단구(元丹丘)와 함께 은거하며 수도한 곳이기도 하다. 그러므로 시의 첫머리에서 숭산에 대한 남다른 애착을 표현하였다. 역대 시평가들은 '만고택'(萬古宅)이란 말의 뛰어남을 상찬하였다. 현대의 많은 학자들은 744년 이백이 고적과 함께 하남 지역을 유력할 때 지은 것으로 본다.

금향에서 장안으로 가는 위팔을 보내며(金鄉送韋八之西京)[256]

客自長安來,	그대는 나그네로 장안에서 왔더니
還歸長安去.	다시 장안으로 돌아가는구나
狂風吹我心,[257]	나의 마음도 세찬 바람에 불리어
西挂咸陽樹.[258]	서쪽으로 가 함양의 나무에 걸리는구나
此情不可道,	지금의 이 마음 말로 표현하기 어려우니
此別何時遇?	지금 헤어지면 언제 다시 만나랴?
望望不見君,[259]	아무리 바라보아도 그대 모습은 보이지 않고
連山起煙霧.	이어진 산들 앞에 가득 피어오른 안개

평석 『시경』의 "바라보아도 보이지 않으니, 나의 마음 참으로 괴로워라"의 뜻이니 그 기원이 오래되었다.(卽"瞻望弗及, 實勞我心"意, 說來自遠.)

해설 장안으로 떠나는 사람을 보내며 장안을 그리워하였다. 장안에 대한

---

256) 金鄉(금향) : 지금의 산동성 금향현. ○韋八(위팔) : 미상. ○西京(서경) : 장안. 742년부터 서경이라 하였다.
257) 狂風(광풍) : 세찬 바람. 질풍.
258) 咸陽(함양) : 진(秦)의 수도 함양(咸陽). 여기서는 당의 수도 장안을 가리킨다. 함양은 위수(渭水)를 사이에 두고 장안의 맞은편인 북쪽에 위치했었다.
259) 望望(망망) : 아쉬워 멀리 바라보는 모양.

지극한 미련을 나타내고 있어 이백이 장안의 황궁을 떠나 산동에 있을 때인 745년 작품으로 추정된다.

종남산을 내려와 곡사 산인의 집에 들러 묵으며,
　　　　　술자리를 차리고(下終南山, 過斛斯山人宿, 置酒)[260]

暮從碧山下,	저물녘에 푸른 산을 내려가니
山月隨人歸.	산의 달이 나를 따라 내려오는구나
却顧所來徑,[261]	내려온 산길을 되돌아보니
蒼蒼橫翠微.[262]	파르스름한 취미(翠微)가 걸려 있어라
相携及田家,	함께 손잡고 농가에 이르니
童稚開荊扉.	아이들이 사립문을 열어주네
綠竹入幽徑,	녹색의 대나무가 그윽한 길을 이끌어주고
青蘿拂行衣.[263]	파란 겨우살이가 행인의 옷을 붙잡네
歡言得所憩,[264]	쉴 만한 좋은 곳을 얻어 즐거이 환담하고
美酒聊共揮.[265]	맛있는 술로 함께 술잔을 들어라

260) 終南山(종남산) : 태일산(太一山). 지폐산(地肺山), 중남산(中南山), 주남산(周南山) 등으로 불리며, 일반적으로 남산(南山)이라고도 한다. 지금의 섬서성 서안시 남쪽 교외에 있는 산으로, 서쪽 감숙성에서 동쪽으로 하남성까지 이어지는 진령산맥(秦嶺山脈)의 일부이다. ○過(과) : 들르다. 방문하다. ○斛斯山人(곡사산인) : 곡사라는 복성(複姓)을 가진 은사(隱士). 행적은 미상.

261) 却顧(각고) : 머리 돌려 바라보다.

262) 翠微(취미) : 산기슭의 깊은 곳에 낀 파르스름한 기운. 『이아』(爾雅)에 "산의 정상 아래를 취미라 한다"(山未及上, 翠微.)고 했다. 여기서는 푸른 산을 가리킨다.

263) 青蘿(청라) : 여라(女蘿) 또는 송라(松蘿)라고도 한다. 소나무겨우살이. 이끼류 식물로 주로 소나무에 기생하는데, 줄기와 가지에 붙어 황록색의 실 모양으로 주렁주렁 매달린다.

264) 所憩(소계) : 쉬는 장소.

265) 揮(휘) : 잔에 남은 술을 털어서 버리다. 『예기』「곡례」(曲禮)의 "옥작을 마시는 자는 남은 술을 털어서 버리지 않는다"(飲玉爵者弗揮)는 말에서 유래하였다. 여기서는 술

長歌吟松風,[266]	노랫소리에 솔바람 소리가 서로 울리고
曲盡河星稀.[267]	곡이 끝나니 은하수 별들이 드믈어졌구나
我醉君復樂,	나는 취하고 그대 또한 즐거우니
陶然共忘機.[268]	도연(陶然)히 함께 세속의 명리를 잊었노라

평석 이백의 산수시 또한 선기(仙氣)를 띠고 있다.(太白山水詩亦帶仙氣.)

해설 저녁에 친구를 찾아가 즐거이 술 마시며 "도연히 함께 세속의 명리를 잊는" 정경을 묘사하였다. 고요한 산 빛과 소박한 전원 속에서 친구와 더불어 술 마시고 노래하는 진솔한 즐거움이 표일(飄逸)하면서 한담(閑澹)하다. 도연명의 풍취가 있으면서 이백다운 선기(仙氣)가 감돈다. 처음 장안에 들어가 종남산에 은거할 때 쓴 시로 보인다.

동로에 있는 두 아이에게 부침(寄東魯二子)[269]

| 吳地桑葉綠,[270] | 오 지방 뽕잎이 푸릇푸릇한데 |
| 吳蠶已三眠.[271] | 오 지방 누에는 이미 석잠에 들었네 |

을 마시다.

266) 松風(송풍) : 솔바람 소리. 악부의 금곡(琴曲)에 있는 「풍입송」(風入松)을 가리키기도 한다. 여기서는 두 가지 의미를 환기하는 쌍관어로 쓰였다.

267) 河星(하성) : 은하수의 별들.

268) 陶然(도연) : 술이 거나하게 취한 모양. 또는 기뻐하는 모양. ○忘機(망기) : 기심(機心)을 잊다. 세속의 이해득실을 헤아리지 않는 광달(曠達)하고 담백한 마음.

269) 東魯(동로) : 동쪽의 노 지방. 노(魯)는 춘추전국시대 나라 이름으로, 나중에는 그 강역을 지칭한다. 지금의 산동성 연주(兗州)와 곡부(曲阜) 일대에 해당한다. 여기서는 이백이 잠시 살았던 임성(任城, 산동성 濟寧市)을 가리킨다. ○二子(이자) : 두 아이. 첫 부인 허씨(許氏) 소생의 딸 평양(平陽)과 아들 백금(伯禽).

270) 吳地(오지) : 오 지방. 금릉은 춘추시대에 오나라의 강역에 속했다.

271) 三眠(삼면) : 누에의 석잠. 누에가 탈피를 하기 전에는 먹지 않고 누워있는데 이를 잠이라 한다. 누에는 넉잠을 자면 고치가 되므로, 석잠을 잘 때는 상당히 자란 때로

我家寄東魯,	나의 집은 동쪽 노 지방에 깃들어 있어
誰種龜陰田?272)	누가 가서 구산(龜山)의 밭에 씨를 뿌릴까?
春事已不及,	봄 일을 하기에는 이미 늦어
江行復茫然.273)	강 따라 가려해도 다시금 마음 아득해라
南風吹歸心,	남풍은 돌아가고픈 내 마음을 실어
飛墮酒樓前.274)	그곳 주루(酒樓) 앞에 날아가 떨어지리라
樓東一株桃,	주루 동편에 복숭아나무 한 그루
枝葉拂青煙.	가지와 잎이 푸른 안개에 덮여 있으리
此樹我所種,	이 나무는 내가 심은 것으로
別我向三年.275)	떠나온 지 삼년이 되어가는데
桃今與樓齊,	복숭아나무는 이제 주루만큼 컸을 텐데
我行尚未旋.276)	나는 떠나온 후 아직 돌아가지 못하는구나
嬌女字平陽,277)	사랑스런 딸은 이름이 평양(平陽)으로
折花倚桃邊.	꽃을 꺾어 들고 복숭아나무에 기댔으리
折花不見我,	꽃을 꺾어 들고도 내가 보이지 않으면
淚下如流泉.	눈물이 샘물처럼 줄줄 흐르리라
小兒名伯禽,	아들의 이름은 백금(伯禽)으로
與姊亦齊肩.	누나와 어깨를 나란히 하리라

이미 봄이 한창 때이다.

272) 龜陰(구음) : 구산(龜山)의 북면. 구산은 지금의 산동성 신태현(新泰縣) 서남에 소재한 산.

273) 江行(강행) : 배를 타고 강을 따라 가다. 금릉에서 임성까지는 운하로 닿을 수 있다.

274) 酒樓(주루) : 술집. 소설집 『태평광기』(太平廣記)에 따르면, 이백은 임성에 있을 때 술집을 지어 매일 친구들과 실컷 취하여 깨어 있을 때가 거의 없었다고 한다. 당송(唐宋) 이래 역대 시인들이 이를 제재로 시를 썼다. 청 왕완(汪琬)의 「이백 주루가」(李太白酒樓歌)에 "임성의 술집은 하늘 높이 솟아 있는데, 술집 동편의 복숭아나무는 옛 모습이 아니로다"(任城酒樓高揷天, 樓東桃樹非昔年.)고 하였다.

275) 심주 : 집안에서 쓰는 시시콜콜한 말에서 더욱 진솔함이 드러나니, 『시경』 「동산」의 뜻을 얻었다.(家常語瑣瑣屑屑, 彌見其眞, 得東山詩意.)

276) 旋(선) : 돌아가다.

277) 嬌女(교녀) : 사랑스러운 딸.

雙行桃樹下,	복숭아나무 아래 나란히 다닐 때
撫背復誰憐?[278]	누가 등을 어루만지며 어여삐 여길 것인가?
念此失次第,[279]	이를 생각하니 마음이 순서를 잃어
肝腸日憂煎.	날마다 근심으로 애간장이 타네
裂素寫遠意,[280]	흰 비단 잘라내어 멀리 있는 심정 써서
因之汶陽川.[281]	문양(汶陽)의 강가에 있는 아이들에게 보내고저

해설 집에 부친, 시로 쓴 편지이다. 자신의 마음을 직서하지 않으면서, 계절과 집과 아이들을 언급해나가는 과정이 지극히 자연스럽다. 주루, 복숭아나무, 아이들의 키 등 구체적인 묘사에서 진솔한 감정이 드러나며, 어깨를 나란히 하고 "누가 등을 어루만지며 어여삐 여길 것인가?"와 같은 지극히 세세한 묘사에서 절실함이 배가된다. 제목 아래 "금릉에서 지음"(在金陵作)이란 원주(原注)가 있는 것으로 보아 749년 금릉(金陵, 남경시)을 유람할 때 지었다. 이때는 이미 동로(東魯)를 떠난 지 3년이 되었던 때로 두고 온 자식에 대한 정이 가득 드러난다. 두보의 편지시가 진지한 데 비해 이백의 편지시는 시원스럽다.

---

278) 撫背(무배) : 등을 어루만지다. 위안이나 관심을 기울이는 모습.
279) 失次第(실차제) : 순서를 잃다. 마음의 평정을 잃다. 유정(劉楨)의 「서간에게」(贈徐幹)에 "좌불안석에 마음의 순서를 잃어, 하루에도 서너 번 배회한다"(起坐失次第, 一日三四遷.)는 말이 있다.
280) 素(소) : 흰 비단. 고대인들은 종종 여기에 편지를 썼다.
281) 之(지) : 가다. ○汶陽(문양) : 문수(汶水)의 북안. 연주 곡부현. 지금의 곡부(曲阜)를 가리킨다.

가을에 노군 요사정에서,

두 보궐과 범 시어를 전별하며(秋日魯郡堯祠亭上, 宴別杜補闕、范侍御)[282]

我覺秋興逸,[283]	내 보기엔 가을은 즐거운 계절인데
誰云秋興悲?[284]	누가 말했는가, 가을이 슬프다고?
山將落日去,[285]	산은 떨어지는 해와 함께 저물고
水與晴空宜.	강물은 갠 하늘과 어울리는구나
魯酒白玉壺,	노 지방 술을 백옥 항아리에 담았으니
送行駐金羈.[286]	떠나는 그대 잠시 말을 멈추게나
歇鞍憩古木,	말안장을 고목나무 옆에 내려두고
解帶挂橫枝.	요대를 풀어 가지에 걸어두오
歌鼓川上亭,	강가의 정자에서 노래에 북이 울리니
曲度神飈吹.[287]	곡조는 센 바람에 하늘로 날아가네
雲歸碧海夕,	구름이 벽옥색 바다로 돌아가는 저녁
雁沒青天時.	기러기는 푸른 하늘로 사라지는 때
相失各萬里,	서로 헤어져 각기 만 리 밖에 있게 되면
茫然空爾思!	망연히 그대들을 부질없이 그리워하리

---

282) 魯郡(노군): 연주(兗州)를 742년 노군으로 개명하였다. ○ 堯祠(요사): 요(堯)를 모신 사당. 연주 하구현(瑕丘縣) 동남쪽 칠 리 수수(洙水)의 서쪽에 소재. ○ 杜補闕(두보 궐): 미상. 보궐(補闕)은 문하성과 중서성의 속관으로 종7품. ○ 范侍御(범시어): 미 상. 시어(侍御)는 어사대의 속관으로 시어사(侍御史, 종6품), 전중시어사(殿中侍御史, 종7품), 감찰어사(監察御史, 정8품)를 통칭한다.

283) 逸(일): 편안하고 즐겁다.

284) 秋興悲(추흥비): 가을의 느낌이 슬프다. 이는 송옥(宋玉)이 「구변」(九辯)에서 "슬퍼 라, 가을이 다가옴은. 쓸쓸하여라, 초목이 떨어져 시들어감이"(悲哉! 秋之爲氣也, 蕭 瑟兮草木搖落而變衰.)라 하여 가을을 "슬퍼라!"(悲哉)고 탄식한 점을 가리킨다. 반악 (潘岳)도 「추흥부」(秋興賦)에서 이를 상기시키고 있다.

285) 將(장): ~과 함께.

286) 金羈(금기): 금장식한 굴레. 여기서는 말을 가리킨다.

287) 曲度(곡도): 악곡의 절도. ○ 飈(표): 질풍. 神飈吹(신표취)는 신령스런 바람이 세게 불어온다는 말로 연주가 힘차다는 뜻이다.

해설 가을 강가에서 떠나는 두 사람을 보내며 쓴 송별시이다. 745년 가을 노군(魯郡)에서 지었다.

하비 이교를 지나며 장자방을 그리다(經下邳圯橋懷張子房)[288]

子房未虎嘯,[289]	장자방이 아직 호랑이처럼 포효하기 전
破産不爲家.[290]	파산하여 집안을 꾸리지도 못했지
滄海得壯士,[291]	창해군(滄海君)에게서 장사를 구하여
椎秦博浪沙.[292]	박랑사에서 철퇴로 진시황을 저격했지
報韓雖不成,	한(韓)나라 복수는 비록 이루지 못했지만
天地皆振動.	하늘과 땅이 모두 진동하였네
潛匿遊下邳,	숨어서 하비(下邳)로 왔으니
豈曰非智勇?	지혜와 용기를 겸비했다 할 수 있으리

---

288) 下邳(하비) : 현 이름. 지금의 상소성 비현(邳縣) 서남. ○圯橋(이교) : 다리 이름. 지금의 비현 남쪽 소기수(小沂水)에 소재한 기수교(沂水橋). 『사기』 「유후세가(留侯世家)에 "장량은 하비 다리 위를 한가히 걸어다녔다"(良嘗從容步遊下邳圯上)는 기록이 있다. 본래 圯(이)는 동초(東楚) 지방의 방언으로 '다리'라는 뜻이나, 이백은 이를 고유명사처럼 사용하였다. ○張子房(장자방) : 한나라의 건국 공신인 장량(張良). 자방은 자이다. 조부와 부친이 모두 전국시대 한(韓)나라의 재상으로, 한이 진에 멸망당하자 장량은 가산을 모아 복수를 기도하였다. 자객을 시켜 박랑사(博浪沙)에서 철퇴로 진시황을 저격하였으나 실패로 돌아갔으며, 이에 이름을 바꾸고 하비(下邳)로 갔다. 이곳에서 황석공(黃石公)을 만나 병서(兵書)를 받고 "이 책을 읽으면 왕의 군사(軍師)가 된다"는 말을 들었다. 한 고조 유방을 보좌하여 중국을 통일하는데 주도적인 역할을 하였으며, 유후(留侯)에 봉해졌다.

289) 虎嘯(호소) : 호랑이가 울부짖다. 영웅과 호걸이 분발하여 공을 세우다.

290) 不爲家(불위가) : 집안을 꾸려가지 못하다. 가산을 모아 거사를 도모하였기에 집안은 파산되었음을 말한다.

291) 滄海(창해) : 『사기』 「유후세가」에 나오는 창해군(倉海君)을 가리킨다.(倉은 滄과 통함) 위(魏)의 여순(如淳)은 동이족(東夷族)의 군장(君長)이라 하였고, 당(唐)의 안사고(顔師古)는 당시 현자(賢者)의 호(號)라고 풀이하였다.

292) 博浪沙(박랑사) : 지금의 하남성 원양현(原陽縣) 동남.

我來圯橋上,	오늘 내 이교(圯橋)에 와서
懷古欽英風.	옛날을 돌아보며 걸출한 풍모를 흠모하네
唯見碧流水,	보이는 건 벽옥색의 강물 뿐
曾無黃石公.[293]	황석공(黃石公)은 보이지 않아라
歎息此人去,	탄식하노니, 장량과 같은 사람이 떠난 후
蕭條徐泗空.[294]	쓸쓸하게도 서주와 사주가 텅 비었어라

평석 장량을 위해 그 체면을 세웠으니 '지혜와 용기'라는 말이 역대의 찬어에 더해지게 되었다.(爲子房生色, '智勇'二字可補世家贊語.)

해설 한대 장량(張良)의 사적을 둘러보고 그의 행적을 예찬한 영사시(詠史詩)이다. 장량이 나라를 위해 재산을 모아 복수한 일을 칭송하고, 지모와 용기를 갖추었음을 흠모하며, 말미에서는 지금 그러한 인물이 없음을 탄식하였다. 구성이 적절하고, 맥락이 분명하며, 언어가 호방한 이백의 특징이 잘 드러났다. 심덕잠은『설시수어』(說詩晬語)에서 "시는 기탁을 높이 치니, 말은 여기 있으나 뜻은 저기 있는 것과 같다. 이백, (…중략…)「하비 이교를 지나며 장자방을 그리다」는 장자방을 그리고 있지만 그 뜻은 사실 자신을 비기고 있다"(詩貴寄意, 有言在此而意在彼者. 李太白 (…중략…)「經下邳圯橋」本懷子房, 而意實自寓.)고 하였다. 이백이 평소 장량의 전기를 애독한 사실은 그의 다른 시에서도 알 수 있다. 현대의 학자들은 일반적으로 이백이 745년에서 747년 사이 동로(東魯)에서 남쪽 회계(會稽)로 가는 도

---

293) 曾(증) : 곧. 어조를 정리하는 접속사. ○ 黃石公(황석공) : 진(秦)나라 때의 은사로, 장량에게 병서『태공병법』(太公兵法)을 주며, "이 책을 읽으면 왕의 군사(軍師)가 된다"고 말한 불가사의한 노인. 노인의 예언대로 십삼 년 후 장량이 한 고조를 따라 제북(濟北)을 지나갈 때, 곡성산(穀城山) 아래에서 황석(黃石)을 발견하였다. 장량은 사당을 만들고 이를 모셨다.
294) 徐泗(서사) : 서주(徐州)와 사주(泗州). 지금의 강소성 서주시(徐州市)와 비현(邳縣) 일대.

중에 지은 것으로 본다.

앵무주를 바라보며 예형을 그리다(望鸚鵡洲懷禰衡)[295]

魏帝營八極,[296]	위 무제 조조가 천하를 경영하면서
蟻觀一禰衡.	일개 예형(禰衡)은 개미처럼 여겼지
黃祖斗筲人,[297]	황조(黃祖)는 기량이 좁은 사람이라
殺之受惡名.	예형을 죽여 오명을 얻었다네
吳江賦鸚鵡,[298]	장강에서 '앵무부'(鸚鵡賦)를 지으매
落筆超群英.	글을 써내려가니 좌중의 문인을 압도하였네
鏘鏘振金玉,[299]	글자마다 쨍강쨍강 쇠와 옥이 부딪는 소리가 나고
句句欲飛鳴.	구절마다 앵무새가 날아오를 듯하였어라

---

295) 鸚鵡洲(앵무주) : 지금의 호북성 무한시 한양 서남의 장강 가운데 있었던 삼각주. 동한 말기 강하태수(江夏太守) 황조(黃祖)의 큰 아들 황사(黃射)가 빈객들을 모아 모임을 가질 때 누군가 앵무를 헌상하는 사가 있어 예형(禰衡)이 즉석에서 「앵무부」(鸚鵡賦)를 써서 올렸기에 이름 붙여졌다. 나중에 예형이 황조에게 살해된 후 이곳에 묻혔다. 그러나 명대 말기에 점점 가라앉아 사라졌고, 청대 건륭연간(1736~1795년)에 새로 삼각주를 만든 후 이름을 앵무주라 하였고, 1900년에 예형의 묘를 증수하였다. ○ 禰衡(예형) : 동한 말기 문인으로 어려서부터 재주 있고 변론이 뛰어났으며 성격이 강직하고 오만하였다. 공융(孔融), 양수(楊修)와 어울렸다. 공융의 추천으로 조조(曹操)가 만나려 하였으나 예형이 거절하였다. 이에 조조가 노하여 그가 북을 잘 친다는 말을 듣고 모욕하는 뜻에서 하급관리인 고사(鼓史)에 임명하였다. 빈객이 모일 때 예형은 옷을 벗고 북을 두드리며 조조를 욕하였다. 조조는 다른 사람의 손을 빌려 예형을 죽이려고 그를 형주목(荊州牧) 유표(劉表)에게 보냈고, 유표는 성격이 조급한 강하태수 황조에게 보내 결국 황조의 손에 죽게 하였다.
296) 魏帝(위제) : 조조(曹操). 죽은 후 무제(武帝)로 추존되었다.
297) 黃祖(황조) : 유표(劉表)의 부장(部將)으로 당시 강하태수였다. ○ 斗筲人(두소인) : 기량이 협소한 사람. 두(斗)는 한 되 들이 되를 말하고, 소(筲)는 한 되 두 홉 들이 대그릇을 말한다. 『논어』 「자로」(子路)에 "한 말이나 한 말 두 되 그릇인데 따질 게 뭐 있겠는가"(斗筲之人, 何足算也.)는 말이 있다.
298) 吳江(오강) : 장강.
299) 鏘鏘(장장) : 의성어. 창창. 땅땅. 옥이나 쇠 따위를 두드릴 때 나는 높은 소리.

鷙鶚啄孤鳳,³⁰⁰⁾   흉악한 새가 외로운 봉황을 쪼았으니

千春傷我情.   천 년 전의 일이 나의 마음을 아프게 하네

五嶽起方寸,³⁰¹⁾   오악(五嶽)이 가슴에서 일어나니

隱然詎可平?³⁰²⁾   어찌 조용히 가라앉힐 수 있으리오?

才高竟何施,   재주가 높아도 결국 펴지 못하고

寡識冒天刑.³⁰³⁾   견식이 짧아 목숨을 잃고 말았네

至今芳洲上,   오늘에 이르러서도 삼각주 위에서는

蘭蕙不忍生.³⁰⁴⁾   난초와 혜초가 잡초 속에서 자라지 않는구나

평석 조조가 예형을 유표에게 보내고, 유표가 다시 황조에게 보내자, 황조가 예형을 살해하였다. 본디 세 사람은 남을 포용하지 못하였는데 예형이 재주만 믿고 멋대로 욕하였으니 죽음을 스스로 자초한 셈이다. 송대 엄우(嚴羽) 역시 '재주는 높아도 견식이 좁다'고 말하였는데 이백의 뜻과 같다.(曹操送之劉表, 劉表送之黃祖, 祖乃殺之. 固三人之不能容物, 而衡之恃才漫罵, 有以自取也. 嚴儀卿亦云才高識寡, 與太白意同.)

해설 문재가 뛰어나고 기개가 높은 예형을 추모하고 그의 불운을 동정하였다. 예형은 동한 말기 혼란한 시대에 조조(曹操) 등 권세가를 신랄하게 비판한 점에서 이백의 기질과 유사하다. 이백은 예형을 자신과 동일시하며, 예형의 일을 빌려 불만을 토로하였다.

---

300) 鷙鶚(지악) : 맹금. 사나운 새. 지(鷙)는 맹금의 총칭이며, 악(鶚)은 물가에 사는 물수리. 황조를 비유한다. ○孤鳳(고봉) : 봉황. 예형을 비유한다.

301) 五嶽(오악) 구 : 가슴에서 오악이 솟는 듯하다. 불만이 용솟음치는 정도를 형용하였다. ○方寸(방촌) : 심장 또는 마음.

302) 隱然(은연) : 깊은 모양. 무게가 있는 모양.

303) 寡識(과식) : 견식이 짧다. 『진서』(晉書) 「손등전」(孫登傳)에 손등이 혜강을 보고 "지금 그대는 재주는 많아도 견식이 짧으니, 세상의 화를 면하기 어려울 것이오"(今子才多識寡, 難乎免於今之世矣.)라 하였다. ○天刑(천형) : 하늘에서 내린 형벌. 중대한 형벌.

304) 蘭蕙(난혜) : 난초와 혜초. 모두 향초이다. 이 구는 고결한 향초가 잡초와 섞여 자라지 않으려 한다는 뜻.

달 아래 홀로 술을 마시며(月下獨酌)

花間一壺酒,[305]	꽃 사이에 술 한 병을 두고
獨酌無相親.	친구 없이 홀로 술을 마시노라
擧杯邀明月,[306]	술잔 들어 명월을 부르고
對影成三人.	그림자를 더하여 셋이 되었네
月旣不解飮,[307]	달은 본디 술 마실 줄 모르고
影徒隨我身.	그림자는 하릴없이 나만 따를 뿐
暫伴月將影,[308]	잠시나마 달과 그림자를 데리고
行樂須及春.	봄이 가기 전에 놀아야 하리라
我歌月徘徊,	내가 노래하니 달이 배회하고
我舞影零亂.	내가 춤추니 그림자가 어지러이 흩어지네
醒時同交歡,	깨었을 땐 함께 즐거워하고
醉後各分散.	술자리가 파한 후에는 각기 헤어지네
永結無情遊,[309]	영원히 세속을 초월한 우정을 맺었으니
相期邈雲漢.[310]	아득히 신선 세계에서의 만나길 약속하네

평석 입에서 나온 대로 말하는데도 천뢰보다 더 순수하니, 이러한 시인을 배우기란 쉽지 않다.(脫口而出, 純乎天籟, 此種詩人不易學.)

---

305) 一壺(일호): 술병 가득. 一(일)은 '전부'의 뜻.
306) 邀(요): 초청하다. 초대하다.
307) 旣(기): 게다가. ○不解飮(불해음): 술을 마실 줄 모르다. 解(해)는 할 수 있다는 뜻으로, "술을 이해하지 못하다"는 뜻이 아니다.
308) 將影(장영): 달과 함께. 將(장)은 "~과"의 뜻이다.
309) 無情遊(무정유): 무정(無情)은 사람의 감정인 유정(有情)과 상대되는 말로 속세의 감정과 욕망을 갖지 않은 달과 그림자를 가리킨다. 이들과의 교유를 무정유(無情遊)라 하였다. 유수진(喩守眞)은 "자신을 잊은 교유"(忘情遊)라고 풀이하였다.
310) 相期(상기): 약속하다. ○雲漢(운한): 은하수. 여기서는 신선이 사는 천계.

해설 봄날의 달밤에 혼자 술을 마시고 취한 때의 해방감과 자유로움을 노래한 시이다. 결백한 달 속에 일말의 그늘이 있듯, 광달(曠達)과 준일(俊逸)한 시상 속에 드문드문 깊은 고독과 감추어진 분노가 있다. 명월을 부르고 그림자를 더하여 셋이 되어도 적막과 고독은 더욱 강해지는 듯하다. 원래 위 제목의 시는 모두 4수로 이 시는 그중 제1수이다.

봄날 취한 후 깨어나 생각을 말하다(春日醉起言志)

處世若大夢,[311]	세상살이는 마치 큰 꿈과 같으니
胡爲勞其生?	어찌하여 자신의 삶을 수고롭게 하는가?
所以終日醉,	그러므로 해종일 술에 취하여
頹然臥前楹[312]	무너지듯 기둥에 기대 누웠노라
覺來盼庭前,	깨어나 정원 앞을 바라보니
一鳥花間鳴.	꽃 사이에서 한 마리 새가 울고 있구나
借問此何時?	묻노니, 지금이 어느 때인가?
春風語流鶯.	봄바람이 꾀꼬리와 속삭이고 있어라
感之欲歎息,[313]	이를 느껴 내 진실로 탄식하려 하다가
對酒還自傾.	술잔을 마주하고 다시 술을 따르는구나
浩歌待明月,[314]	큰 소리로 노래하며 명월을 기다리노니

311) 大夢(대몽) : 인생이라는 큰 꿈. 『장자』「제물론」(齊物論)에 "크게 깨달은 사람이어야 비로소 사람의 일생이 큰 꿈과 같음을 안다"(且有大覺而後知此其大夢也)는 말이 있다.

312) 頹然(퇴연) : 쓰러지는 모양. 『송서』(宋書)「안연지전」(顔延之傳)에 "술을 구하면 반드시 무너지듯이 마시며 만족해한다"(得酒, 必頹然自得.)는 말이 있다.

313) 感之(감지) 구 : 여러 가지로 해석할 수 있다. 명대 주간(朱諫)은 꽃이 피고 새가 우는 봄이 와도 금방 지나가듯 인생도 쉽게 흘러가니 이를 탄식한다는 뜻으로 풀이하였고, 명대 당여순(唐汝詢)은 봄날을 소중히 여김과 동시에 통음하며 보내고자 한다고 풀이하였고, 청대 왕요구(王堯衢)는 이렇게 좋은 때를 누워서 보낼 뻔 하였기에 이를 탄식하여 술을 마신다고 해석하였다.

314) 浩歌(호가) : 큰 소리로 호탕하게 노래를 부름.

曲盡已忘情.³¹⁵⁾　　　노래가 끝나자 이미 속정(俗情)을 잊었노라

해설 봄날 술을 마시고 난 뒤 그 흥취를 쓴 시이다. 얼핏 보면 인생은 꿈
과 같으니 술을 마시며 즐기자는 향락주의와 모든 노력을 부정하는 퇴
폐적인 사상이 깔려 있는 듯하다. 그렇다면 이 시는 왜 그렇게 활발하고
생동감이 있는 것일까? 다시 한 번 그 이유를 따져보면, 이 시는 오히려
봄날의 풍경과 생명의 약동을 한껏 노래하며 찬미하고 있다. 그러니 이
는 분명 청춘과 생명과 인생에 대한 찬가라 해야 할 것이다.

종남산을 바라보며 자각봉 은자에게 부침(望終南山寄紫閣隱者)³¹⁶⁾

出門見南山,　　　　　문을 나서면 종남산이 보여
引領意無限,³¹⁷⁾　　　목을 빼들고 바라보니 가슴이 뭉클해라
秀色難爲名,³¹⁸⁾　　　수려한 산 빛은 무어라 이름 하기 어렵고
蒼翠日在眼.　　　　　파르스름한 모습이 날마다 바로 눈앞에 있어
有時白雲起,　　　　　때로 흰 구름이 일어나
天際自舒卷.³¹⁹⁾　　　하늘가에서 무심히 감기고 펴지는구나
心中與之然,　　　　　나의 마음도 구름과 한가지라
託興每不淺.　　　　　기탁하는 감흥이 언제나 가볍지 않아라

---

315) 忘情(망정) : 희로애락 등의 감정에 움직이지 않아, 마치 마음을 잊은 듯하여 담담하다.
316) 終南山(종남산) : 서안시 남쪽 교외에 있는 산. ○ 紫閣(자각) : 자각봉(紫閣峰). 종남
　　산의 봉우리 가운데 하나. 자각봉, 백각봉, 황각봉 등 세 봉이 서로 모여 있으며 모
　　두 규봉(圭峰)의 동쪽에 위치한다. 산봉우리가 높이 솟은 누각과 같으며 해가 비치
　　면 자줏빛을 띠므로 이름 붙여졌다.
317) 引領(인령) : 목을 빼들고 멀리 바라보다.
318) 秀色(수색) : 수려한 경관. 육기(陸機)의 「일출동남우행」(日出東南隅行)에 "수려한 모
　　습은 먹을 수 있을 듯하다"(秀色若可餐)는 말이 있다.
319) 天際(천제) : 하늘과 산이 맞닿는 경계 부분.

何當造幽人,³²⁰⁾　　　그 언제 자각봉의 은자를 찾아가

滅跡棲絕巘.³²¹⁾　　　자취를 끊고 높은 봉우리에 은거할까

평석 흰 구름이 감기고 펴지는 걸 보고 은자를 생각하였다. 함께 은거하고 싶은 생각이 상대를 그리는 마음과 함께 깊다.(因白雲舒卷, 念彼幽人, 借隱之思, 與之俱遠.)

해설 종남산을 바라보며 은거에 대한 지향을 표현하였다. 산 빛의 수려함과 구름의 자유로움을 끌어들여와 자신의 뜻을 실은 전개가 지극히 담아(淡雅)하고 자연스럽다. 744년 장안에서 한림(翰林)으로 있을 때 지은 것으로 추정된다.

숭산으로 돌아가는 배도남을 보내며(送裴十八圖南歸嵩山)³²²⁾

君思潁水綠,³²³⁾　　　그대 푸른 영수(潁水)를 그리워하더니

忽復歸嵩岑.³²⁴⁾　　　홀연히 다시 숭산으로 돌아가는구나

歸時莫洗耳,³²⁵⁾　　　영수에 돌아가면 허유(許由)처럼 귀를 씻지 말고

爲我洗其心.　　　나를 위해 자네의 마음을 씻어 주게나

---

320) 何當(하당) : 언제. ○造(조) : 방문하다. ○幽人(유인) : 은사. 여기서는 자각봉의 은사를 가리킨다.

321) 絕巘(절헌) : 깎아지른 높은 봉우리.

322) 裴十八圖南(배십팔도남) : 항제(行第)가 열여덟 번째인 배도남(裴圖南). 인물에 대해선 미상. 왕창령(王昌齡)도 「배도남을 보내며」(送裴圖南)란 작품을 남기고 있어 동일 인물로 보인다.

323) 潁水(영수) : 회하(淮河)의 최대 지류로, 하남성 등봉시 소재. 숭산(嵩山)의 소실산(少室山)에서 발원하는 강.

324) 嵩岑(숭잠) : 숭산(嵩山)의 봉우리.

325) 洗耳(세이) : 귀를 씻었다. 『고사전』(高士傳)에 따르면 요 임금이 천하를 허유(許由)에게 양보하자 허유가 기산(箕山) 아래로 도망가 밭을 일구었다. 요 임금이 다시 그를 구주(九州)의 장(長)으로 삼으려 하자 허유가 영수(潁水)의 물가로 가서 귀를 씻었다고 한다.

洗心得眞情,	마음을 씻으면 참된 심정을 얻지만
洗耳徒買名.[326]	귀를 씻으면 하릴없이 허명을 얻을 뿐
謝公終一起,[327]	사안(謝安)은 결국 은거에서 일어나와
相與濟蒼生.[328]	사람들과 더불어 창생을 구하였다네

평석 진실로 마음을 씻으면 관직에 나가든 은거하든 모두 좋으니, 오로지 세사를 잊는 것만을 높은 경지로 생각하지 말아야 한다고 말했다. 귀를 씻는 것으로 마음 씻는 것을 이끌어 내었을 뿐 소부를 폄하하는 뜻은 없다.(言眞能洗心, 則出處皆宜, 不專以忘世爲高也. 借洗耳引洗心, 無貶巢父意.)

해설 숭산으로 돌아가는 배도남을 보내며 권면한 시이다. 숭산에는 허유가 귀를 씻었다는 영수(潁水)가 있는 데 착안하여 진정한 은거를 당부하였다. 그렇다고 진정한 은거란 허유처럼 세상을 잊고 사는 일이 아니라, 반대로 창생을 구해야 할 때는 사안처럼 나서야 한다고 말하고 있다. 이백의 은거에 대한 생각을 잘 나타낸 시이다. 이 시는 원래 2수인데 제1수에서 송별하는 장소를 '장안 청기문'(長安靑綺門)이라 하고 소인의 참언을 받은 일을 제재로 하였으므로 이백이 744년 장안을 떠날 무렵에 지은 것으로 보인다.

---

326) 買名(매명) : 이름을 사다. 의도적으로 이름을 내기 위해 행동하다.
327) 謝公(사공) : 사안(謝安). 동진(東晉)의 명사. 일찍이 회계의 동산(東山)에서 은거할 때 조정에서 누차 출사를 명하여도 나오지 않자, 어사중승(御史中丞)인 고숭(高崧)이 말하였다. "(그대가) 동산에서 높이 누워있기만 하니, 사람들이 만날 때마다 서로 말하고 있더이다. '사안이 나오지 않으니 장차 창생을 어이하나?'라고요."(高臥東山, 諸人每相與言 : '安石不肯出, 將如蒼生何?') 사안은 나중에 재상이 되었다. 『세설신어』「배조」(排調) 참조.
328) 蒼生(창생) : 본래 초목이 무성이 자라난 곳을 뜻하나, 일반적으로 이를 빌려 백성을 가리킨다.

황산 능효대에 올라, 운송의 임무를 맡고 화음으로 가는 친척 동생 율양
위 이제를 보내며─제운(齊韻)으로 쓰다(登黃山凌歊臺, 送族弟溧陽尉濟充泛
舟赴華陰, 得齊字)[329]

鸞乃鳳之族,[330]	난새는 본디 봉황의 족속이라
翶翔紫雲霓.	보라색 구름 속에 날아다녔지
文章輝五色,[331]	깃털은 오색으로 빛나는데
雙在瓊樹棲.[332]	한 쌍이 경수(瓊樹)에 깃들었지

---

329) 黃山(황산) : 지금의 안휘성 당도현(當塗縣) 북쪽에 있는 산. 황산시에 있는 유명한 황
   산과는 다르다. 전설에 따르면 신선 부구공(浮丘公)이 여기에서 닭을 길렀기에 부구
   산(浮丘山)이라고도 한다. 산 위에는 유송(劉宋) 효무제(孝武帝)의 피서 이궁(離宮)과
   능효대 유적지가 있다. ○ 凌歊臺(능효대) : 능가대(凌歌臺)라고도 한다. 당도현 황산에
   소재. 산의 꼭대기는 속세를 벗어난 듯한 기세여서 남조 유송 효무제가 이곳에 이궁을
   지었다. 남쪽으로 청산(靑山), 용산(龍山), 구정산(九井山) 등이 바라보인다. ○ 族弟(족
   제) : 동일 고조(高祖) 아래 형제 가운데 동생에 해당하는 사람. ○ 溧陽(율양) : 선주
   (宣州)에 속한 현. 지금의 강소성 율양시 서북. 율수(溧水)의 북쪽에 위치하므로 이
   름 붙여졌다. ○ 濟(제) : 이제(李濟). 754년부터 756년까지 율양현의 현위(縣尉)로 지
   냈다. ○ 充(충) : 임무를 맡다. ○ 泛舟(범주) : 범주지역(泛舟之役)의 준말. 배로 운송
   하는 일. 『좌전』(左傳) '희공 13년'조에 진(秦)이 흉년든 진(晉)을 돕기 위해 곡식을
   지원해주면서, 수백 척의 배로 곡식을 실어 옮긴 일을 '범주지역(泛舟之役)이라 하였
   다. 여기서는 이제(李濟)가 맡은 운송의 임무를 가리킨다. ○ 華陰(화음) : 화주(華州)
   에 속한 현. 지금의 섬서성 화음시. ○ 得齊字(득제자) : 제(齊) 운(韻)으로 시를 짓다.
   여러 사람이 같은 제목으로 시를 지을 때 제(齊) 운(韻)으로 압운하여 썼음을 표시한
   다. 평수운(平水韻)의 경우 평성(平聲)운의 운목(韻目)은 모두 30개로, 이중 제(齊) 운
   은 8번째이다.
330) 鸞(난) : 난새. 봉황의 일종. 장화(張華)의 「금경주」(禽經注)에 "난새는 봉황의 아속
   (亞屬)으로 처음에는 봉황으로 태어나지만 시간이 지나면서 오색이 변한다"(鸞者,
   鳳凰之亞, 始生類鳳, 久則五彩變易.)고 하였다. 여기서는 난새와 봉황으로 형제를
   비유하였다.
331) 文章(문장) : 깃털의 색채. ○ 五色(오색) : 전설에는 봉황의 깃털은 오색으로 되어 있
   다고 한다.
332) 瓊樹(경수) : 신화 속에 나오는 나무 이름. 『예문유취』(藝文類聚) 「조부」(鳥部)에서 『장
   자』를 인용하며 경수와 봉황의 관계를 적고 있다. "내가 듣기에 남방에 있는 새의
   이름은 봉(鳳)으로, 사는 곳은 바위가 천 리에 걸쳐 있다. 하늘이 먹을 것을 내었으
   니 그 나무 이름은 경지(瓊枝)라 하고 높이가 백 길인데 구림(璆琳)과 낭간(琅玕)을
   열매로 한다"(吾聞南方有鳥, 其名爲鳳, 所居積石千里. 天爲生食, 其樹名瓊枝, 高百仞,

一朝各飛去,	하루아침에 헤어져 각자 날아가니
鳳與鸞俱啼.	봉황과 난새가 모두 슬퍼서 우는구나
炎赫五月中,	더위가 한창인 오월에
朱曦爍河堤.333)	태양은 강둑을 태울 듯하구나
爾從泛舟役,334)	그대 이제(李濟)는 운송 임무를 맡아
使我心魂凄.	내 마음을 무척 슬프게 하네
秦地無碧草,335)	진(秦) 지방은 가뭄으로 초목이 마르고
南雲喧鼓鼙.336)	운남(雲南)에 출정하느라 북소리가 시끄럽네
君王減玉膳,	군왕은 음식을 줄이고
早起思鳴鷄.337)	일찍 일어나 정사를 생각하네
漕引救關輔,338)	식량을 운송하여 관중을 구해야
疲人免塗泥.339)	피폐해진 백성을 진창에서 건져 내리
宰相作霖雨,340)	재상이 단비 같은 정치를 해야

以璆琳琅玕爲實.)고 하였다.

333) 朱曦(주희) : 주희(朱羲)라는 말과 같다. 해를 뜻하는 주명(朱明)이란 말과 신화에서 해를 싣고 다니는 희화(羲和)를 합성한 말.

334) 泛舟役(범주역) : 제목에서 말한 범주 지역(泛舟之役).

335) 秦地(진지) : 진 지방. 섬서성 일대.

336) 南雲(남운) 구 : 여러 설이 있다. 주간(朱諫)은 안사의 난 이후 강남의 소요 상황을 나타낸다고 하였으나, 왕기(王琦)는 북소리로 기우제를 지내는 일을 나타낸다고 하였다. 그러나 첨영(詹鍈)은 남운(南雲)을 운남(雲南)의 착오로 보고 754년 운남으로 출병하는 일로 풀이하였다. 여기서는 첨영의 설이 합리적이어서 이를 따른다.

337) 鳴鷄(명계) : 닭이 울다. 『시경』 「계명」(鷄鳴)을 가리킨다. "수탉이 벌써 울었으니, 신하들이 모두 조회에 갔으리라.' '수탉이 운 게 아니라, 파리들이 내는 소리지요.'"(鷄旣鳴矣, 朝旣盈矣. 匪鷄則鳴, 蒼蠅之聲.) 『모시서』(毛詩序)에서는 이 시에 대해 "「계명」은 어진 왕비를 그리는 내용이다. 황음하고 게으른 제(齊) 애공(哀公)에게 조회에 나가라고 재촉할 어진 왕비를 그리워하는 내용이다"(鷄鳴, 思賢妃也. 哀公荒淫怠慢, 故陳賢妃貞女夙夜警戒相成之道焉.)고 하였다. 여기서는 군왕이 조정에 나와 정사를 살핀다는 뜻으로 사용하였다.

338) 漕引(조인) : 조운(漕運). 배로 식량을 나르다. ○ 關輔(관보) : 관중(關中) 및 장안 일대의 삼보(三輔) 지역.

339) 疲人(피인) : 피폐한 백성.

340) 宰相(재상) 구 : 재상을 단비로 삼다. 이 구는 『상서』 「설명」(說命)에서 은나라 무정

農夫得耕犁.	농부들이 밭을 갈고 농사를 하리
靜者伏草間,341)	나와 같은 사람은 초야에 엎드려 있지만
群才滿金閨.342)	재주 있는 사람들은 궁중에 가득 하리
空手無壯士,	빈손으로는 장사가 될 수 없고
窮居使人低.	궁핍하게 살아가면 고개를 처들 수 없다네○
送君登黃山,	황산에 올라 그대를 보내며
長嘯倚天梯.343)	산길에 서서 길게 휘파람 부노라
小舟若鳧雁,	작은 배는 오리와 같고
大舟若鯨鯢.344)	큰 배는 고래와 같아
開帆散長風,	돛폭을 펼치어 먼 바람을 맞이하니
舒卷與雲齊.	펼치고 감기며 구름과 나란히 하네
日入牛渚晦,345)	해가 우저기(牛渚磯)에 떨어져 어두워지면
蒼然夕煙迷.	창연히 저녁 안개가 가득 하리
相思定何許,	그대를 그리는 마음 어디에 둘까
杳在洛陽西.346)	아득히 그대 가는 낙양 서쪽 화음으로 가리라

평석 조운의 일을 말하면서 국사를 관련시킨 것이 이 시의 주지이다. 끝에서 송행의 뜻을 나타냈는데 이 역시 소홀히 하지 않았다.(說轉漕處, 見關係軍國, 此一篇主意. 末寫送行, 亦不草草.)

(武丁)이 부열(傳說)에게 "만약 큰 가뭄이 들면 너를 단비로 삼겠다"(若歲大旱, 用汝作霖雨.)는 말에서 유래했다. 어진 재상은 가뭄에 단비와 같다는 뜻. 당시 재상인 양국충(楊國忠)을 칭송하였다.

341) 靜者(정자) : 은거하며 조용히 수양하는 사람.
342) 金閨(금규) : 한대 금마문(金馬門)을 가리킨다. 한 무제가 문인을 발탁하여 대조(待詔)하게 한 곳. 조정을 가리키기도 한다.
343) 天梯(천제) : 하늘로 오르는 사다리처럼 높은 산길.
344) 鯨鯢(경예) : 고래. 경(鯨)은 수컷, 예(鯢)는 암컷.
345) 牛渚(우저) : 우저기(牛渚磯) 또는 채석기(采石磯)라고도 한다. 지금의 안휘성 마안산시(馬鞍山市) 서남 채석강(采石江) 강변에 있는 큰 바위.
346) 洛陽西(낙양서) : 낙양의 서쪽. 이제(李濟)가 가는 화음은 낙양의 서쪽에 있다.

해설 양식을 싣고 강을 따라 관중으로 가는 이제(李濟)를 보내며 쓴 시이다. 이제(李濟)는 율양에서 출발하였으므로 이백이 있는 당도(當塗)에서 잠시 쉬었다가 떠난 것으로 보인다. 이백은 당시 관중의 가뭄과 남방의 전란으로 어지러운 상황에서 백성을 생각하는 현종(玄宗)과 현능한 재상으로 양국충(楊國忠)을 찬양하였다. 더불어 식량 운송의 임무를 띠고 가는 이제에게 깊은 관심을 표시하였다. 왕기(王琦)는 이 시의 배경이 되는 가뭄을 역사서에서 찾아내 747년 혹은 750년으로 추정하였지만, 현대 학자들은 754년에도 가뭄 기록이 있어 이해 5월에 쓴 것으로 보는 경우가 많다.

삼협을 거슬러 오르며(上三峽)[347][348]

巫山夾青天,[349]	무협(巫峽)은 양쪽에서 하늘을 가운데 끼고
巴水流若茲.[350]	파수(巴水)는 이 사이를 빠르게 흘러라
巴水忽可盡,	파수는 흘러 흘러 다 없어질 수 있어도
青天無到時.	푸른 하늘은 아무리 지나도 손에 닿을 때 없다네
三朝上黃牛,[351]	사흘 아침 내내 황우협(黃牛峽)을 오르고

---

347) 심주 : 무협, 서릉협, 귀협을 병칭하여 삼협이라 한다.(巫峽、西陵峽、歸峽、立稱三峽.)

348) 三峽(삼협) : 중경시에서 호북성에 걸쳐 있는 세 개의 협곡인 구당협(瞿塘峽), 무협(巫峽), 서릉협(西陵峽)의 총칭. 전체 길이는 193킬로미터이나, 이 가운데 협곡만을 친 구간은 약 97킬로미터이다. 삼협의 연안에는 명승고적이 많은데, 예컨대 백제성(白帝城), 석보채(石寶寨), 장비 사당(張飛廟), 선녀봉(仙女峰), 고당관(高唐觀), 자귀(秭歸) 굴원 생가(屈原故里), 향계(香溪) 소군 생가(昭君故里) 등이다.

349) 巫山(무산) : 삼협의 중간 지역인, 중경시와 호북성 사이에 있는 산. 무협(巫峽)이라고도 한다.

350) 巴水(파수) : 삼협을 지나가는 장강. 강이 지나가는 곳이 삼파(三巴 : 파군, 파동, 파서) 지역이므로 이름 붙여졌다. 고대의 기록에선 파(巴)자 모양으로 세 번 휘도는 강이라 하였는데 이는 지금의 가릉강(嘉陵江)을 가리킨다.

351) 黃牛(황우) : 산 이름. 황우협(黃牛峽)이라고도 한다. 호북성 의창시 서쪽 45킬로미터쯤 떨어진 장강 남안에 있다. 산 위에 늘어선 봉우리의 모습이 마치 신선이 소를 끌

三暮行太遲.	사흘 저녁 내내 가고 가도 느리기만 하여라
三朝又三暮,	사흘 아침에 또 사흘 저녁
不覺鬢成絲.[352][353]	어느 사이 귀밑머리 하얗게 세었어라

해설 삼협의 험난함과 거슬러 오르기 어려움을 형용하였다. 민요풍의 과
장과 비약이 돋보인다. 현대 학자들은 일반적으로 759년 봄 야랑(夜郎)으
로 유배되어 가는 도중 삼협을 거슬러 오르며 쓴 시로 본다.

촉지방 출신 스님 준준공(仲濬公)이 켜는 거문고를 들으며(聽蜀僧濬彈琴)[354]

蜀僧抱綠綺,[355]	촉 지방 출신 스님이 녹기(綠綺)를 안고
西下峨眉峰.[356]	아미산에서 내려와 동쪽으로 왔어라
爲我一揮手,[357]	나를 위해 손을 한 번 흔들면
如聽萬壑松.[358]	온갖 골짜기의 솔바람 소리 듣는 듯
客心洗流水,[359]	나그네의 마음은 강물 같은 음악에 씻기우고

고 가는 모습이다. 예전에 이곳은 강물이 굽이돌고 물살이 급하여 나무배로 강을 거
슬러 여러 날을 올라도 여전히 황우산을 벗어나지 못하였다고 한다.

352) 심주 : 민요에 "아침에 황우산을 보았는데 저녁에도 황우산을 보네. 사흘 아침 사흘
저녁 황우산이 그대로네"라는 구절이 있다. 황우협이라고도 한다.(古謠云: "朝見黃
牛, 暮見黃牛. 三朝三暮, 黃牛如故." 亦峽名.)

353) 鬢(빈) : 귀밑머리. ○絲(사) : 흰색.

354) 僧濬(승준) : 선주(宣州, 안휘성 宣城市) 영원사(靈源寺)의 승려. 이백의 다른 시에서
중준공(仲濬公) 또는 충준공(沖濬公)이라 하였다.

355) 綠綺(녹기) : 거문고 이름. 부현(傅玄)의 「금부 서문」(琴賦序)에 "사마상여에게 녹기
가 있고(司馬相如有綠綺)"란 말이 있다. 여기서는 훌륭한 거문고를 가리킨다.

356) 峨眉(아미) : 사천성에 있는 산 이름. 이백은 아미산을 두고 "촉 지방에 선산(仙山)이
많지만, 아미산에는 비기기 어렵다"(蜀國多仙山, 峨眉遙難匹.)고 했다.

357) 揮手(휘수) : 손을 흔들다. 여기서는 연주하다.

358) 萬壑松(만학송) : 중준공이 연주하는 음악이 마치 수많은 골짜기의 소나무에서 일어
나는 파도 소리와 같다. 악부의 금곡(琴曲) 가운데는 「풍입송」(風入松)이란 작품이
있는데, 아마도 이런 종류의 음악인 듯하다.

餘響入霜鐘.³⁶⁰⁾　　현의 여운은 절의 종소리와 공명하여라
不覺碧山暮,³⁶¹⁾　　어느 사이 푸른 산에 저녁이 깃드니
秋雲暗幾重.　　　　가을구름은 어두어득 몇 겹이나 되는가

해설 촉 지방 출신 스님인 중준공이 뜯는 거문고 곡조의 아름다움을 묘사한 시다. 정련된 의상(意象)에 절실한 전신(傳神)으로 미묘하고 청공한 음악을 시화(詩化)하였다. 특히 말미에선 시각적인 풍경으로 심리적인 반향을 일으켜 '무성(無聲)의 음악'을 연주하였다.

두보(杜甫)

평석 성인 공자는 시는 '감흥하고, 관찰하고, 교제하고, 원망한다'에서 시작하여 부모를 모시고 군주를 모시는데 귀결한다고 하였다. 두보는 난리와 이산의 시기에 땔나무를 지고 도토리를 주워 먹으며 어려움을 겪었지만 충성과 애민의 뜻은 간절히 잊지 않았으니 성인의 뜻을 구현하였다.(聖人言詩自興觀群怨, 歸本於事父事君. 少陵身際亂離, 負薪拾橡, 而忠愛之意,

---

359) 客(객) : 이백 자신을 가리킨다. ○ 流水(유수) : 우아한 음악의 의경(意境)을 나타낸다. 이는 『열자』 「탕문」(湯問)과 『여씨춘추』 「본미」(本味)에 나오는 백아(伯牙)와 종자기(鍾子期)의 고사와 관련이 있다. "백아는 거문고의 명수이고, 종자기는 음악을 잘 분별한다. 백아가 거문고를 타는데 (…중략…) 마음이 흐르는 물에 가 있으면 종자기가 '뛰어나도다! 넘실넘실한 게 강과 같구나' 하였다."(伯牙善鼓琴, 鍾子期善聽. 伯牙鼓琴, (…중략…) 志在流水, 鍾子期曰 : '善哉! 洋洋兮若江河.') 여기서는 유수와 같은 음악으로 속세의 마음을 씻는다는 뜻.

360) 餘響(여향) 구 : 거문고의 여향이 절의 종과 공명을 일으키다. 『산해경』 「중산경」(中山經)에 "풍산(豊山)에 (…중략…)종이 아홉 개 있는데 서리가 내리면 운다"(豊山 (…중략…) 有九鐘焉, 是知霜鳴.)고 하였다.

361) 不覺(불각) 2구 : 거문고 소리를 듣고 난 다음의 감흥을 시각적으로 표현하였다. 이를 일반적으로 "무성의 음악"(無聲之樂)이라고 한다.

惓惓不忘, 得聖人之旨矣.) ○ 전대에 두보의 시를 논한 사람은 많다. 남송의 엄우는 "한위시대의 시를 근본으로 하고 육조시대의 시에서 소재를 취했으나 그 자신이 체득한 절묘함은 선배들이 말한 '집대성'이라 할 수 있다"고 했다. 남송의 오도손(敖陶孫)은 두보를 "예악을 정비한 주공에 비길 수 있으니 후세 사람들이 추량할 수 없다"고 하였다. 이들 모두 충실한 논의이다.(前人論少陵詩者多矣, 至嚴滄浪則云: "憲章漢魏而取材于六朝, 至其自得之妙, 先輩所謂集大成者也." 敖器之比之"周公制作, 後世莫能擬議, 斯爲篤論.) ○ 두보의 시는 음양이 여닫히며 천둥이 울리고 바람이 날리는 기세로, 어떤 구절을 들어도 이러한 노련한 모습을 보이지 않는 것이 없으니 성당 시인 가운데 진실로 대가로 밀 수 있다.(少陵詩陽開陰闔, 雷動風飛, 任擧一句一節, 無不見此老面目, 在盛唐中允推大家.) ○ 두보의 오언 장편은 시의 내적 맥락이 본래 연결되어 있으나, 학문이 넓고 역량이 거대하여 그 연결에 흔적이 없고 시초를 추측할 수 없어 연속되지 않은 것처럼 보일 뿐이니, 장구한 세월 동안 오직 그만이 독보적이었다.(少陵五言長篇, 意本連屬, 而學問博, 力量大, 轉接無痕, 莫測端倪, 轉似不連屬者, 千古以來, 讓渠獨步.) ○ 당대 시인들의 시는 원래 『이소』와 『문선』에 근본을 두었지만, 두보만이 경전과 역사까지 구사할 수 있었으니, 그를 시인으로만 평가할 수 없다.(唐人詩原本離騷、文選, 老杜獨能驅策經史, 不第以詩人目之.)

위 좌승께 삼가 드리며 22운(奉贈韋左丞丈二十二韻)[1]

紈袴不餓死,[2]　　　비단 옷 입은 자 가운데는 굶어죽는 사람 없지만
儒冠多誤身.[3]　　　유생의 관을 쓴 자는 몸을 그르치는 일 많아라

---

1) 韋左丞(위좌승) : 위제(韋濟). 당시 상서좌승(尙書左丞)이었다. 좌승은 정4품. ○丈(장) : 장인(丈人)이란 말로 어르신이란 뜻을 더하였다. 위제는 두보의 시를 칭찬한 사람으로, 두보는 이 시를 쓰기 이전에 「좌승 위제 어른께 드림」(贈韋左丞丈濟)을 썼다.

2) 紈袴(환고) : 환(紈)은 무늬가 있는 비단, 고(袴)는 흰 비단. 모두 귀족 자제가 입는 옷이다. 여기서는 귀족 자제를 가리킨다.

3) 儒冠(유관) : 유생(儒生)이 쓰는 관. ○誤身(오신) : 처세를 못하여 출세의 길을 그르치다.

丈人試靜聽,[4] 어르신은 시험 삼아 조용히 들어주오

賤子請具陳.[5] 천한 몸이 청컨대 상세히 말하고자 합니다

甫昔少年日,[6] 두보는 예전에 젊었을 때

早充觀國賓.[7] 일찍이 나라의 광휘로 과거에 응시했으며

讀書破萬卷,[8] 책을 읽어 만 권을 독파하고

下筆如有神.[9] 글을 쓰면 신이 도와주는 듯했어라

賦料揚雄敵,[10] 부(賦)를 지으면 양웅(揚雄)에 필적하고

詩看子建親.[11][12] 시를 보면 조식(曹植)과 나란하여

李邕求識面,[13] 이옹(李邕)이 먼저 사귀자고 하였고

王翰願卜鄰.[14][15] 왕한(王翰)은 이웃이 되기를 원하였네

---

4) 丈人(장인) : 어르신. 어른.

5) 賤子(천자) : 천한 사람. 자신을 겸칭한 말.

6) 少年日(소년일) : 젊었을 때. 소년(少年)은 오늘날의 소년이 아니라 청년이란 뜻이다. 두보는 735년 24세 때 장안에서 진사 시험에 응시하였다.

7) 觀國賓(관국빈) : 나라의 광휘를 보는 빈객. 『주역』 「관」(觀)괘에 "나라의 광휘를 보고 왕의 빈객이 됨이 길하다"(觀國之光, 利用賓於王.)는 말에서 유래했다. 과거 응시자는 군주의 빈객에 해당하므로, 여기서는 과거에 응시하러 도읍지에 갔음을 가리킨다.

8) 破(파) : 독파하다. 두보는 만 권의 책을 읽은 사실을 곧잘 언급하였다. 「탄식할 만한 일」(可歎)에서도 "여러 가지 책 만 권을 항상 암송하였고"(群書萬卷常暗誦)라 하였다.

9) 下筆(하필) : 붓을 대어 쓰다. ○如有神(여유신) : 신의 도움이 있는 듯하다.

10) 料(묘) : 헤아리다. 비기다. ○揚雄(양웅) : 서한 말기의 문학가로, 사마상여와 병칭된다.

11) 심주 : 위 두 구는 고인을 들었다.(二句古人.)

12) 子建(자건) : 삼국시대 위(魏)의 조식(曹植). 자건(子建)은 자(字). 조조(曹操)의 아들이다. 위진시대에 가장 뛰어난 문인이다. ○親(친) : 가깝다. 여기서는 필력이 막상막하라는 뜻.

13) 李邕(이옹) : 초당 말기부터 성당시기에 활동한 문인. 이선(李善)의 아들로 어려서부터 이름이 있었으며, 특히 비문(碑文)에 능하였고 서예에도 뛰어났다. 여러 관직을 거치다가 북해태수(北海太守)를 지냈으며 재상 이림보(李林甫)의 모함으로 747년 살해되었다. ○識面(식면) : 얼굴을 알다. 사귀다. 『신당서』 「두보전」(杜甫傳)에 "두보는 어려서 가난해서 자급하지 못했으며, 오월 지방, 제 지방, 조 지방 등지를 객유하였다. 이옹이 그 재주를 기이하게 여겨 먼저 두보를 찾아가 만났다"(子美少貧, 不自振, 客吳越齊趙間. 李邕奇其材, 先往見之.)고 하였다.

14) 심주 : 위 두 구는 당시 사람을 들었다.(二句時人.)

15) 王翰(왕한) : 성당시기의 시인. 시인 소전 참조. ○卜鄰(복린) : 이웃을 선택하다. 고

自謂頗挺出,	스스로 무척 뛰어나다고 여겨
立登要路津.16)	곧장 요직에 올라
致君堯舜上,17)	군주를 보좌하여 요순(堯舜)보다 더 낫게 만들고
再使風俗淳.18)	게다가 풍속을 순박하게 할 생각이었어라
此意竟蕭條,19)	이러한 뜻은 결국 허사로 돌아갔고
行歌非隱淪.20)	시문을 짓되 은거하지 않았다네
騎驢三十載,21)	나귀를 타고 다닌 지 삼십 년
旅食京華春.22)	장안의 봄을 기식하고 다녔으니
朝扣富兒門,23)	아침에는 부잣집 문을 두드리고
暮隨肥馬塵.	저녁에는 살찐 말 뒤의 먼지를 따랐다네
殘杯與冷炙,24)	마시다 남긴 술잔과 식어버린 고기를 먹으며
到處潛悲辛.	도처에서 남몰래 슬퍼하고 서러워하였어라
主上頃見徵,25)	주상께서 최근에 불러주셔서

대에는 점을 쳐서 살 곳을 정했기에 복(卜)이란 말을 썼다.

16) 要路津(요로진) : 행인들이 거쳐야 하는 나루. 좋은 벼슬 또는 높은 직위를 비유한다.

17) 致(치) : 놓다. ○上(상) : 이상(以上). 군주를 보좌하여 요순의 정치를 실현하게 하는 것은 당시 두보의 이상이었다. 「원결의 '용릉의 노래'에 화답하며」(同元使君春陵行)에도 "군주를 요순의 위치에 이르게 하고"(致君唐虞際)라는 말이 있다.

18) 심주 : 청년의 포부이다.(少年抱負.)

19) 蕭條(소조) : 적막하고 쓸쓸하다. 여기서는 헛일이 되다.

20) 行歌(행가) : 걸어가며 노래하다. 곤궁하게 지내며 시를 짓는 행위를 가리킨다. ○隱淪(은륜) : 숨고 잠긴다는 뜻으로 은거 또는 은자를 가리킨다.

21) 騎驢(기려) : 나귀를 타다. 가난한 사람은 말이 아닌 나귀를 탔다. ○三十載(삼십재) : 삼십 년. 이 시를 쓸 때는 37살로 어려서부터 나귀를 탔다는 뜻이 된다. 구조오(仇兆鰲)는 735년 공거(貢擧)에 응시할 때부터 747년 조시(詔試)에 응할 때까지 십삼 년이 되므로 三十(삼십)은 십삼(十三)의 잘못이라 하였다.

22) 旅食(여식) : 나그네로 떠돌며 먹고 살다. ○京華(경화) : 수도. 화(華)는 번화함을 뜻한다. 여기서는 장안을 가리킨다.

23) 扣(구) : 두드리다.

24) 殘杯(잔배) : 남이 마시다 남긴 술잔. ○冷炙(냉자) : 식어버린 고기.

25) 見徵(견징) : 징초를 받다. 여기서는 현종의 부름을 받다. 747년 현종은 조칙을 내려 한 가지 장기(長技)를 가진 사람을 경도에 불러 시험을 보게 하였으나, 이림보(李林甫)가 상서성에 명하여 모두 낙제시켰다. 이때 두보와 원결(元結)도 이에 포함되어

欻然欲求伸.[26]	갑자기 포부를 펼칠까 하였지만
青冥却垂翅,[27]	푸른 하늘에서 오히려 날개가 꺾이고
蹭蹬無縱鱗.[28][29]	발을 헛디뎌 비늘을 마음대로 놀리지 못하였네
甚愧丈人厚,	어르신의 후의에 무척 부끄럽고
甚知丈人眞.	어르신의 정성을 잘 알고 있는 바
每於百僚上,	매번 여러 관료들 앞에서
猥誦佳句新.[30]	외람되게도 저의 시구를 낭송해주셨어라
竊效貢公喜,[31]	남몰래 친구 덕에 발탁된 공우(貢禹)가 되기 바랐지만
難甘原憲貧.[32]	원헌(原憲)의 가난을 감내하기 어려웠다네
焉能心怏怏?[33]	어찌 마음을 불평으로만 채우고
只是走踆踆?[34]	오로지 분주히 다니기만 하리오?
今欲東入海,	이제 동쪽으로 동해에 들어가려하고
即將西去秦.[35]	곧장 서쪽으로 진(秦) 지방을 떠나려 하지만
尚憐終南山,	아직도 종남산을 사랑하여

있었다.

26) 欻然(훌연) : 갑자기.

27) 青冥(청명) : 푸른 하늘. ○垂翅(수시) : 새가 날개를 내리다. 낙제한 일을 가리킨다.

28) 심주 : 천보 2년(743년) 전국에 조칙을 내려 한 가지 장기를 가진 사람이라면 장안에 불렀으나 이림보가 재야에는 현능한 사람이 남아있지 않다며 모두 낙제시켰다.(天寶二載, 詔天下有一藝者詣轂下, 李林甫謂野無遺賢, 皆下之.)

29) 蹭蹬(층등) : 발을 헛디뎌 비틀거리다. 실의한 모양을 비유한다. ○縱鱗(종린) : 물속에서 자유롭게 헤엄치는 물고기.

30) 猥(외) : 외람되게. 자신을 낮추어 말하는 데 사용하는 겸사(謙辭). 이 구에서 알 수 있듯 당대에는 시를 중시하여, 사람을 사귀고 발탁하는데 시를 사용하였다.

31) 竊(절) : 몰래. 사사로이. ○貢公(공공) : 서한의 공우(貢禹). 그의 친구 왕길(王吉)이 언제나 공우를 발탁하였기에 "왕길이 자리에 있으면 공우가 예관의 먼지를 턴다"(王陽在位, 貢公彈冠.)는 말이 생겼다. 유효표(劉孝標)는 「광절교론」(廣絶交論)에서 "왕길이 자리에 오르면 공우가 기뻐한다"(王陽登而貢公喜)고 하였다. 여기서는 위제를 왕길에, 두보 자신을 공우에 비기었다.

32) 原憲(원헌) : 공자의 제자. 가난으로 유명하다. 두보 자신을 가리킨다.

33) 怏怏(앙앙) : 불만에 찬 모습.

34) 踆踆(준준) : 달리는 모습.

35) 秦(진) : 진 지방. 전국시대 진의 강역. 지금의 서안을 중심으로 한 섬서성 일대.

回首清渭濱.[36]　고개 돌려 맑은 위수(渭水) 강가를 바라본다네
常擬報一飯,[37]　한 끼 밥의 은덕도 언제나 갚으려 하는데
況懷辭大臣!　하물며 대신(大臣)을 떠나면서 인사하지 않으리오!
白鷗沒浩蕩,[38]　흰 갈매기가 드넓은 물에서 잠기니
萬里誰能馴?[39]　만 리를 다닌다 한들 그 누가 길들이랴?

평석 포부가 이러한데도 결국 저지되었다. 그러나 그가 떠남에 있어 원망의 말이 없는 대신 "나의 걸음이 더디어라"는 뜻이 있으니 온유돈후하다고 말할 수 있다.(抱負如此, 終遭阻抑. 然其去也, 無怨懟之詞, 有"遲遲我行"之意, 可謂溫柔敦厚矣.)

해설 상서좌승 위제에게 올린 시이다. 자신의 뛰어난 재능과 원대한 포부를 밝히고, 과거의 실패로 관직에 나가지 못한 채 장안에서 보낸 굴욕적인 생활을 묘사하였다. 후반부에선 위제의 배려에 감사하고 장안을 떠날 예정이라 말하지만, 여전히 자신을 천거해줄 것을 기대하고 있다. 비록 윗사람에게 증정하는 형식이지만 이 시는 두보의 자화상과 같다. 두보의 청년기와 장년기의 정신적 면모를 알 수 있으며, 당시 사회 현실도 배경으로 여실히 떠오른다. 이 시는 748년(37세)에 지은 것으로 보인다.

---

36) 심주: 맹자가 "사흘 밤을 유숙한 후에 주 땅을 떠났다"는 뜻이 있다.(有三宿出晝意.)
37) 報一飯(보일반): 한 끼 밥에도 보답하다. 『사기』「범휴전」(范雎傳)에 "한 끼 밥의 은덕도 반드시 갚는다"(一飯之恩.必償)는 말이 있다.
38) 浩蕩(호탕): 물이 드넓은 모양.
39) 심주: 자신을 알아주는데 대한 감격과 자기의 고결함을 함께 드러내면서도 균형이 흐트러지지 않았다.(感知與潔身, 並行不悖.)

용문 봉선사에서 놀며(遊龍門奉先寺)⁴⁰⁾

已從招提遊,⁴¹⁾	이미 절에서 노닐었는데
更宿招提境.⁴²⁾	다시 절의 경내에서 묵는구나
陰壑生虛籟,⁴³⁾	어두운 골짜기에서는 바람이 일어나고
月林散淸影.	달빛 비친 숲에서는 맑은 그림자 흩어지네
天闕象緯逼,⁴⁴⁾	용문(龍門)은 드높아 별들에 가깝고
雲臥衣裳冷.⁴⁵⁾	구름 속에 누우니 옷이 차구나
欲覺聞晨鐘,	잠에서 깨려 하니 새벽 종소리가 들려와
令人發深省.⁴⁶⁾	사람으로 하여금 깊은 깨달음을 일으키네

평석 이궐은 용문이라 부른다. 우 임금이 '황하 물줄기를 적석산에 끌어내고' 이끌어낸 용

---

40) 龍門(용문) : 용문산(龍門山). 하남성 낙양시 남쪽 교외 소재. 산이라기보다는 낮은 언덕으로, 남으로 내려가던 언덕이 이수(伊水)에 의해 끊겼는데, 그 양쪽이 마치 궐문(闕門) 같다고 하여 이궐(伊闕) 또는 쌍궐(雙闕)이라고도 한다. ○ 奉先寺(봉선사) : 용문의 이수(伊水) 북안에 소재. 맞은편의 향산사(香山寺)와 마주보고 있다. 고종 조년에 착공하여 675년 완공되었다. 용문 석굴 가운데 규모가 가장 큰 노천 대감(大龕)에 있는 주불(主佛) 노사나불은 높이가 17미터이다.

41) 招提(초제) : 절. 여기서는 봉선사를 가리킨다. 관청에서 편액을 내린 곳을 '寺'(사)라 하고, 개인이 지은 절을 '초제'(招提) 또는 '난야(蘭若)라고 한다. 원래 인도어를 음역 하여 척투제사(拓鬪提奢)라 썼으나, 초제(招提)로 약칭되는 과정에서 拓(척)이 招(초)로 바뀌었다.

42) 境(경) : 경내(境內).

43) 陰壑(음학) : 산의 북면에 있는 골짜기. 또는 그늘진 골짜기를 말하기도 한다. ○ 虛籟(허뢰) : 천뢰(天籟)라고도 한다. 바람 소리. 『장자』 「제물론」(齊物論)에 천뢰(天籟), 지뢰(地籟), 인뢰(人籟)에 대한 묘사가 있는데, 이에 대해 사씨(師氏)는 "바람 소리가 천뢰이고, 물소리가 지뢰이고, 생황이나 피리 소리가 인뢰다"(風聲爲天籟, 水聲爲地籟, 笙竽爲人籟.)고 하였다.

44) 天闕(천궐) : 하늘의 궐문. 용문산이 이수(伊水)로 끊기면서 마치 궐문 같아 이른 말. ○ 象緯(상위) : 성상(星象)의 경위(經緯). 하늘은 이십팔수(二十八宿)를 경(經)으로 하고 오성(五星)을 위(緯)로 한다. 일반적으로 해, 달, 별 등을 가리킨다.

45) 雲臥(운와) : 구름 속에 눕다. 절이 높은 곳에 있음을 형용한 말.

46) 深省(심성) : 깊은 깨달음. 省(성)은 대오각성(大悟覺醒). 불교에서는 깨달음의 수단으로 소리를 이용하는 경우가 많다.

문이 아니다. 본래 '天闕'(천궐)이 있으므로 '天闚'(천규)로 고쳐서는 안 된다.(伊闕名龍門, 非
'導河積石' 所至之龍門也. 本有天闕, 不應改天闚.)

해설 낙양의 남쪽 교외에 있는 용문의 봉선사에 가서 놀고 자며 쓴 시이
다. 낮부터 다음날 새벽까지의 일정을 그리면서, 절 주위의 밤의 모습을
인상 깊게 묘사하였다. 두보의 청년기의 감수성과 불교에 대한 인식을
볼 수 있는 작품이다. 제작 시기는 736년(25세) 이후라는 설과 741년(30세)
이후라는 설이 있지만, 일반적으로 두보 시집의 첫머리에 실어 그의 초
기시로 간주하는 경우가 많다.

태산을 바라보며(望嶽)[47]

岱宗夫如何?[48]	태산이여 아아, 그 모습 어떠한가
齊魯靑未了,[49]	제 지방과 노 지방에 걸쳐 푸르름이 끝이 없구나
造化鍾神秀,[50]	조물주가 신령스러움과 수려함을 모두 모았으니
陰陽割昏曉.[51]	산의 북면과 남면이 새벽과 저녁으로 나뉘는구나
盪胸生曾雲,[52]	층층이 나는 구름에 가슴을 후련히 씻고

---

47) 嶽(악) : 오악(五嶽) 가운데 동악(東嶽)인 태산을 가리킨다.

48) 岱宗(대종) : 태산(泰山). 『풍속통』(風俗通)에서는 대(岱)를 시작의 의미로, 종(宗)을
으뜸의 의미로 풀이하였다. 곧 만물의 시작이자 음양이 바뀌는 곳으로 오악(五嶽)의
으뜸이란 뜻이다. ○夫(부) : 어조사. 발어사. 태산을 바라보며 느끼는 경탄을 표현
하였다.

49) 齊魯(제로) : 춘추전국시대에 태산을 경계로 북에는 제(齊)나라가, 남에는 노(魯)나라
가 있었다. 태산이 제(齊)와 노(魯)에 걸쳐 푸른 봉우리가 끝없이 이어져 있다는 뜻
이다. ○未了(미료) : 끝나지 않다.

50) 造化(조화) : 조물주. 천지만물의 주재자. ○鍾(종) : 모으다. ○神秀(신수) : 신령스러
움과 수려함.

51) 陰陽(음양) : 산의 북면과 남면. 태산의 봉우리가 높이 솟아 해를 가리기에, 같은 산
이라 하더라도 양지와 그늘이 있다. 음양을 해와 달이라고 새기는 주석도 있으나 따
르지 않는다.

決眥入歸鳥.[53]　　　　눈가를 부릅떠 돌아가는 새를 바라보네
會當凌絶頂,[54]　　　　그 언젠가 반드시 산의 정상에 올라
一覽衆山小.[55]　　　　뭇 산이 작음을 한 번 둘러보리라

평석 "제노청미료"(齊魯靑未了) 다섯 글자가 이미 태산을 모두 다 형용하였다.("齊魯靑未了"
五字, 已盡太山.)

해설 태산을 지나며 쓴 시이다. 제목에서 악(嶽)은 동악(東嶽)으로 태산을
가리킨다. 태산은 지금의 산동성 태안현(泰安縣)에 있다. 두보는 태산에
올라가지 않고 가까이서 바라보았기에 「태산을 바라보며」(望嶽)라고 제
목을 하였다. 태산의 웅장한 기상과 함께 정상을 오르려는 자신의 심정
을 표현하였다. 두보는 735년 장안에 가서 과거에 응시했으나 떨어진 후,
738년(27세) 경 산동과 하북 일대를 여행하였는데, 이 시기에 지은 것으
로 보인다.

위팔 처사에게(贈衛八處士)[56]

人生不相見,　　　　사람이 세상에 살면서 늘 만나지 못하고

---

52) 盪胸(탕흉) : 가슴을 씻어내다. 거대한 계곡에서 구름과 안개가 나오는 것을 보고 마
음이 광활해져 마치 가슴에서 나오는 듯 하다. ○ 曾雲(증운) : 층운(層雲)과 같다. 층
층으로 올라간 구름.
53) 決眥(결자) : 눈가를 찢을 듯 눈을 크게 뜨다. 여기서는 정신을 온통 집중하여 날아
가는 새를 바라보는 모습을 말한다.
54) 會當(회당) : 결국에는 반드시.
55) 一覽衆山小(일람중산소) : 한 번 둘러보고 여러 산이 작음을 알다. 『맹자』「진심」(盡
心)에 나오는 공자가 "태산에 올라 천하가 작다고 여기다"(登泰山而小天下)라는 뜻
을 이용하였다.
56) 衛八(위팔) : 미상. 성씨가 위(衛)이고 항제가 여덟 번째인 사람. 처사(處士)는 은거하
며 벼슬을 하지 않는 사람.

動如參與商.⁵⁷⁾　　　걸핏하면 삼성(參星)과 상성(商星)같이 나뉜다네

今夕復何夕,⁵⁸⁾　　　오늘 밤은 또 어떤 밤인가

共此燈燭光.　　　　여기에서 등촉을 함께 하는구나

少壯能幾時?⁵⁹⁾　　　사람의 젊은 시절은 얼마나 되는가?

鬢髮各已蒼.⁶⁰⁾　　　살쩍이 각각 허옇게 변했어라

訪舊半爲鬼,　　　친구를 찾아 나서면 반은 이미 귀신이 되었단 말에

驚呼熱中腸.　　　놀라 소리치노라, 창자 속이 불타는 듯하여라

焉知二十載,　　　어찌 알았으랴, 이십 년이 지나서야

重上君子堂.⁶¹⁾　　　그대의 집 대청에 다시 오를 수 있음을

昔別君未婚,　　　예전에 헤어질 땐 그대 아직 미혼이었는데

兒女忽成行.⁶²⁾　　　아들과 딸이 갑자기 열을 지었구나

怡然敬父執,⁶³⁾　　　기쁘게 아버지의 친구를 공경하며

問我來何方?　　　나에게 어디서 오셨냐고 물어보네

問答未及已,　　　묻고 답하기가 아직 끝나지 않았는데

---

57) 動(동) : 걸핏하면. 툭하면. ○ 參與商(참여상) : 이십팔수(二十八宿) 중의 삼성(參星)과 상성(商星, 또는 辰星이라고도 한다). 삼성이 서쪽에 있으면 상성은 동쪽에 자리하면서, 한 별이 보이면 다른 별이 보이지 않는다. 고대인은 두 별이 한 하늘에서 동시에 보이지 않는 데서 서로 헤어져 만나지 못하는 두 사람의 처지를 비유하였다. 동한 말기의 '이릉 소무 시'(李陵蘇武詩) 가운데 「형제가 한 가지에 난 나뭇잎이라면」(骨肉緣枝葉)에서도 "예전엔 언제나 원앙새 같았는데, 앞으론 떨어진 삼성과 신성이리라"(昔爲鴛與鴦, 今爲參與辰.)는 표현이 있다.

58) 今夕復何夕(금석부하석) : 오늘 밤은 또 어떤 밤인가. 『시경』 「주무」(綢繆)에 "오늘 밤이 어떤 밤인가, 여기에서 해후하였나니"(今夕何夕, 見此邂逅.)라는 말에서 유래하였다. 고대인은 '금석하석'(今夕何夕)이란 말로 반가운 만남의 감격이나 잊을 수 없는 밤을 표현하였다.

59) 能(능) : 수량을 헤아릴 때 의문의 어기를 나타냄.

60) 鬢髮(빈발) : 살쩍. ○ 蒼(창) : 회백색.

61) 君子(군자) : 군자. 위팔 처사를 가리킨다.

62) 行(항) : 열. 성항(成行)은 열을 짓는다는 말로 아이들이 많음을 뜻한다.

63) 怡然(이연) : 즐거워하다. ○ 父執(부집) : 아버지의 친구. 『예기』 「곡례」(曲禮)에 "아버지의 친구를 만났을 때 들라 말하지 아니하면 감히 들지 아니한다"(見父之執, 不謂之進, 不敢進.)는 말이 있다.

兒女羅酒漿.　　　아이들이 술과 마실 것을 상에 차렸구나
夜雨剪春韭,　　　밤비 속에서 봄의 부추를 잘라오고
新炊間黃粱.（64）　새로 밥을 지으며 메조를 섞었네
主稱會面難,　　　주인은 만나기란 쉽지 않다며
一擧累十觴.　　　연거푸 열 잔을 들이키네
十觴亦不醉,　　　열 잔을 마셔도 나 역시 취하지 않음은
感子故意長.（65）　그대의 우정이 깊음을 알기 때문
明日隔山岳,　　　내일이면 우리는 산악을 가운데 두고
世事兩茫茫.　　　아득한 세상일에 우리 들은 멀어지리라

해설 약 이십 년 만에 옛 친구 집을 방문하여 느낀 감회를 쓴 시이다. 이 별과 만남에 대한 보편적인 정서와 함께 주인의 깊은 정과 아이들의 천진함도 묘사하였다. 반가움과 놀람, 즐거움과 슬픔이 높은 감흥 속에 결합되어 있어 여러 번 읽어도 새롭다. 서사적인 구조 속에 서정이 곳곳에 끼어드는 두보의 장편시 특징이 여기서도 발휘되었다. 두보는 758년 6월 방관(房琯) 일파의 좌천에 연좌되어 화주(華州) 사공참군(司功參軍)으로 좌천되어, 겨울에 낙양에 갔으며, 다음 해인 759년(48세) 봄 낙양에서 화주(華州)로 돌아갔다. 이 시는 화주로 가는 길에 지은 것으로 본다.

---

64) 間(간) : 섞다. ○ 黃粱(황량) : 메조. 찰기가 없는 누런 조.
65) 子(자) : 너. 그대. 이인칭. ○故意(고의) : 친구의 오랜 우정.

여러 시인의 「자은사탑에 올라」에 화답하며(同諸公登慈恩寺塔)[66][67]

高標跨蒼穹,[68]	높은 탑이 창궁에 솟아나 있어
烈風無時休.	매서운 바람이 쉴 새 없이 부는구나
自非曠士懷,	난 본디 초연한 사람이 아니기에
登茲翻百憂.[69][70]	여기에 오르니 온갖 근심 뒤채이네
方知象教力,[71]	불교의 위력을 비로소 알았나니
足可追冥搜.[72]	앞 사람을 따르며 탑을 살피어라
仰穿龍蛇窟,[73]	위를 올려보며 용이 사는 굴에 올라가니
始出枝撑幽.[74]	비로소 버팀목으로 얽힌 어두운 천정으로 나왔네
七星在北戶,[75]	북두칠성이 북쪽 문에 있고
河漢聲西流.[76]	은하수 물소리가 서쪽으로 흘러가

---

66) 원주: "고적과 설거가 먼저 지은 작품이 있다."(原注: "時高適、薛據先有作.")

67) 同(동): 다른 사람의 작품에 화답하다. ○慈恩寺(자은사): 장안의 명찰로 지금의 서 안시내 남쪽에 소재. 수대에는 무루사(無漏寺)였으나, 648년 태자 이치(李治)가 모친 문덕황후(文德皇后)를 추념하기 위해 지으면서 이름을 자은사라고 하였다. 경내에 있는 대안탑(大雁塔)은 653년 현장(玄奘)이 오 층으로 세운 것을 무측천이 십 층으 로 높였으나, 나중에 전란으로 파괴되어 칠 층으로 남게 되었다. 탑의 남면에 저수 량(褚遂良)이 쓴 「안탑성교서」(雁塔聖教序) 비문이 있었고, 당대에는 진사에 급제하 면 이 탑에 올라 이름을 쓰는 습속이 있었다.

68) 高標(고표): 높은 표지. 탑 꼭대기를 가리킨다.

69) 심주: 뒷 단락의 복선이다.(伏後段.)

70) 百憂(백우): 온갖 근심. 시의 후반에서 말하는 여러 생각들.

71) 象教(상교): 불교를 말한다. 상(象)은 형상으로, 불상이나 도상을 만들어 사람을 가 르친다고 하여 상교라 하였다.

72) 冥搜(명수): 힘써 찾다. 탑을 탐방하며 오르는 일을 가리킨다.

73) 龍蛇窟(용사굴): 용과 뱀이 사는 굴. 자은사탑은 내부에 나선 계단이 있어 올라갈 수 있기에 이를 굴로 비유하였다.

74) 枝撑(지탱): 들보 위에 교차된 버팀목으로, 건축물을 받치는 역할을 한다.

75) 七星(칠성): 북두칠성.

76) 河漢(하한): 은하수. 성한(星漢) 또는 은한(銀漢)이라고도 한다. 은하수는 가을이 되 면 점점 서쪽으로 이동한다. ○聲西流(성서류): 서쪽으로 흘러가며 물소리를 내다 이는 탑이 은하수 가까이에 이를 정도로 높음을 과장하여 비유하였다.

義和鞭白日,⁷⁷⁾　　　희화(義和)가 태양 실은 수레를 채찍질하고

少昊行淸秋,⁷⁸⁾⁷⁹⁾　　소호(少昊)가 맑은 가을을 운행하네

秦山忽破碎,⁸⁰⁾　　　종남산이 부서져 흩어진 듯한데

涇渭不可求.⁸¹⁾　　　경수와 위수가 맑고 흐린지 볼 수 없어라

俯視但一氣,　　　　내려다보니 다만 한 덩어리 기운이라

焉能辨皇州?⁸²⁾⁸³⁾　　어디가 장안인지 어찌 분별할 수 있으랴?

廻首叫虞舜,⁸⁴⁾　　　고개를 돌려 순 임금을 부르니

蒼梧雲正愁.⁸⁵⁾　　　창오산의 구름이 마침 흐려 있어라

惜哉瑤池飮,⁸⁶⁾　　　아쉽구나, 서왕모와 주 목왕의 요지(瑤池)의 잔치여

---

77) 義和(희화) : 신화에서 해를 싣고 다니는 신. 매일 여섯 마리의 용이 모는 수레에 태양을 싣고 공중을 운행한다. ○鞭(편) : 채찍질하다. 희화가 용을 채찍질하여 수레에 실은 태양을 움직이다.

78) 심주 : 위 네 구는 올려다 본 광경이다.(四句仰望.)

79) 少昊(소호) : 신화에 나오는 황제(黃帝)의 아들로 가을을 주관하는 신.

80) 秦山(진산) : 종남산이 있는 진령산맥. ○破碎(파쇄) : 깨어져 부서지다. 여기서는 크고 작은 봉우리들이 들쭉날쭉하면서 흩어진 모습을 형용하였다.

81) 涇渭(경위) : 경수와 위수. 경수는 황토고원에서 발원하여 흘러가기에 항상 탁하고, 위수는 종남산을 거쳐 내려가므로 항상 맑다. 우열이나 시비가 분명하다는 뜻의 '경위분명'(涇渭分明)이란 말이 여기에서 나왔다. ○不可求(불가구) : 구할 수 없다. 너무 높이 올랐기에 경수와 위수의 맑고 흐림을 분간할 수 없다.

82) 심주 : 위 네 구는 내려본 광경이다.(四句俯視.)

83) 皇州(황주) : 장안.

84) 虞舜(우순) : 순 임금. 순은 유우씨(有虞氏) 부락을 다스리는 수령이었기에 이를 연칭하여 우순(虞舜)이라 하였다.

85) 蒼梧(창오) : 지금의 호남성 영원현(寧遠縣) 남쪽에 소재한 구의산(九嶷山). 전설에 의하면 순(舜)이 이곳에서 죽어 묻혔다고 한다. 여기서는 제왕도 죽을 때가 있음을 말하였다.

86) 瑤池飮(요지음) : 요지에서 마시다. 전설에 나오는 서왕모(西王母)가 주 목왕(周穆王)을 초대하여 잔치를 베푼 일을 가리킨다. 『열자』「주목왕」(周穆王)에 "곤륜의 언덕에 올라 황제의 궁전을 바라보고, (…중략…) 마침내 서왕모의 빈객이 되어 요지에서 술을 마시고, (…중략…) 해가 저무는 곳을 보았다"(昇崑崙之丘以觀黃帝之宮, (…중략…) 遂賓於西王母觴於瑤池之上, (…중략…) 乃觀日之所入.)고 하였다. 서왕모는 주 목왕에게 시를 써서 주면서 "그대는 부디 죽지 말고, 다시 올 수 있기를 바라오"(將子無死, 尙復能來.)라고 하였으나 결국 다시 가지 못하였다. 『목천자전』(穆天子傳)에도 자세하다. 여기서는 황음을 일삼는 고대의 제왕으로 당시의 현종을 넌지시

日晏崑崙丘.[87] 곤륜산의 언덕에 해가 저무는구나

黃鵠去不息,[88] 황곡(黃鵠)이 쉬지 않고 날아가며

哀鳴何所投? 구슬프게 우니 어디에 깃들 수 있는가?

君看隨陽雁,[89] 그대 보게나, 양기를 따라 움직이는 기러기

各有稻粱謀. 저마다 나락과 좁쌀 먹을 생각뿐인 것을

평석 후반부의 '고개를 돌려' 이하는 가슴의 울적함과 답답함을 감히 드러내 말하지 못하여 은미한 말로 쏟아낸 것이다. 이상은 모두 명백한 실경이다. 전겸익(錢謙益)은 전편이 비유어 라고 했는데 너무 깊이 천착하여 맛이 없어진 듯하다.(後半'廻首'以下, 胸中鬱鬱硬硬, 不敢顯 言, 故托隱語出之. 以上皆實境也. 錢牧齋謂通體皆屬比語, 恐穿鑿無味.)

해설 장안의 자은사탑에 올라 바라본 경관을 시대감과 융화하여 그려내고 있다. 752년(천보 11년) 가을 두보는 고적, 설거, 잠삼, 저광희 등과 함께 자은사탑에 올랐으며, 이때 고적과 설거가 먼저 시를 쓰고 두보, 잠삼, 저광희가 화답하였다. 현재 설거 이외의 시인들의 시는 모두 남아있다. 이는 당시(唐詩)의 역사 속에서도 인상 깊은 문학적 사건으로, 역대 시평 가들은 곧잘 네 시인의 시를 두고 우열과 차이를 따져보곤 하였다. 그중 두보의 시를 제일로 치는데 이의가 없다. 강건한 이미지와 치열한 의식 외에도 깊이 있는 사색이 두드러진다. 특히 다른 시인들이 웅장한 경관 을 묘사하는 데만 주력한 데 비해, 두보는 자신의 처지와 시대적 위기를

비유하는 뜻이 담겨있다.

87) 日晏(일안) : 해가 저물다.

88) 黃鵠(황곡) : 황학. 주로 장강과 한수(漢水) 일대에 서식하였다. 이 외에도 전설이나 신화에서 멀리 가는 새로 등장한다. 『한시외전』(韓詩外傳)에 "황곡은 한 번에 천 리 를 난다"(黃鵠一擧千里)는 말이 있다. 큰 뜻을 품은 지사(志士)를 비유한다.

89) 隨陽雁(수양안) : 양기(陽氣)를 따라 다니는 기러기. 『상서』「우공」(禹貢)에 "팽려호 물을 막아 놓으니, 양조들이 그곳에 살게 되었다"(彭蠡旣豬, 陽鳥攸居.)고 하였고, 공영달(孔穎達)은 "양기를 따라가는 새로 기러기 무리들이다"(隨陽之鳥, 鴻雁之屬.) 고 풀이하였다. 여기서는 권세에 아부하는 소인배를 비유한다.

풍경 속에 융합시키고 있어 시적 함의가 풍부하다. 높은 곳에 올랐기에 떨어질 수 있다는 반사적인 감각이 수미쌍관(首尾雙關)으로 전편에 넘치고 있으며, 이는 곧 안사의 난으로 일어날 파쇄(破碎)의 전조로도 읽혀진다. 두보 시가 지닌 침울돈좌(沈鬱頓挫)의 시적 특징이 처음 모습을 보인 초기 대표시이다.

전출새(前出塞),[90]

평석 주학령이 말했다. "현종 말기에 가서한은 티베트를 공격하여 공을 세우려고 욕심을 내었고 안록산은 거란과 적대적인 관계를 만들었다. 이리하여 전국의 절반에서 물자를 징발하고 병사를 징집하였다. 「전출새」는 가서한 때문에 썼고, 「후출새」는 안록산 때문에 썼다." 지금 보건대 앞의 9수는 종군의 어려움을 쓴 구절이 많고, 뒤의 5수는 세력이 강한 신하의 발호를 막는 내용이니 주학령의 분석이 맞다.(朱長孺云: "明皇季年, 哥舒翰貪功于吐蕃, 安祿山構禍于契丹, 于是徵調半天下. 前出塞爲哥舒發, 後出塞爲祿山發." 今按詩前九章多從軍愁苦之詞, 後五章防强臣跋扈之漸, 長孺所分是也.)

제1수

戚戚去故里,[91]　　　슬퍼하며 고향 마을을 떠나

---

90) 前出塞(전출새) : 두보는 「출새」(出塞)라는 제목의 악부시를 두 차례에 걸쳐 썼다. 먼저 쓴 9수를 「전출새」라 했고, 나중에 쓴 5수를 「후출새」라 하였다. 「출새」(出塞)는 한대(漢代) 악부제로, 대부분 변방의 전쟁과 병사들의 노고를 내용으로 하고 있으며, 『악부시집』에서는 '횡취곡사(橫吹曲辭)'로 분류하였다. 당대에는 과거 시험 제목으로도 나왔기에 많이 지었다. 이 연작시는 병사의 말투를 빌려 처음 출정에서부터 논공행상에 이르기까지 십 년간의 생활을 말하고 있다. 청대 초기 주학령(朱鶴齡) 등 여러 시평가들은 가서한(哥舒翰)이 토번을 공격하던 천보(天寶) 말기 징병이 한창이던 시기에 지었다고 하였다. 사서(史書)를 보면 가서한은 749년에서 754년 사이에 특히 서북 지역에서 공을 세웠다. 그러나 연작시는 꼭 이 사건과 연관되었다기보다는 변새시의 주요한 내용을 대체로 모두 포함한 작품으로 보아야 할 것이다.

悠悠赴交河.[92]	아득히 머나먼 교하(交河)로 가는구나
公家有程期,[93]	관가에서는 도달해야 할 기일이 있고
亡命嬰禍羅.[94]	도망가면 화를 면하기 어렵다 하네
君已富土境,[95]	우리 임금 지금도 땅이 드넓은데
開邊一何多![96][97]	변경을 개척하는 전쟁은 어찌 그리 많은가
棄絕父母恩,	길러주신 부모의 은혜를 갚지 못하고
吞聲行負戈.[98]	울음소리 삼키며 창을 메고 가는구나

해설 출정하는 병사가 고향을 떠날 때의 심정을 호소하였다. "우리 임금 지금도 땅이 드넓은데, 변경을 개척하는 전쟁은 어찌 그리 많은가"(君已 富土境, 開邊一何多!)는 전체 연작시의 주제에 해당한다. 명분 없는 전쟁을 일으켜 백성을 재난에 빠뜨리게 하는 정책을 비판하였다.

제2수

出門日已遠,	한 번 집을 나서니 날이 갈수록 멀어지고

---

91) 戚戚(척척) : 걱정하며 슬퍼하는 모양.

92) 交河(교하) : 서역의 강 이름이자 지명. 강은 지금의 신강(新疆) 투루판시 서쪽 약 10 킬로미터의 아얼후(雅爾湖)에 소재한다. 두 줄기의 강이 둘러싸여 요새와 같은 지형을 만들고 있기에 교하(交河)라고 하였다.

93) 公家(공가) : 관가(官家)와 같다. ○程期(정기) : 여정(旅程)의 기한. 일정한 지점에 도달해야 하는 날짜.

94) 亡命(망명) : 도망하다. 命(명)은 名(명)과 같은 뜻으로, 亡命(망명)은 명부에서 이름이 없어지다는 뜻이다. ○嬰(영) : 攖(영)과 같다. 걸리다. ○禍羅(화라) : 화의 그물. 곧 법망(法網).

95) 君(군) : 군주. 현종을 가리킨다.

96) 심주 : 주제이다.(主意.)

97) 開邊(개변) : 변경을 개척하다. 국토를 넓히기 위해 정복 전쟁을 일으키다. 「병거행」 (兵車行)에서도 "한 무제의 변경 확장에 대한 의지는 끝이 없고"(武皇開邊意未已)란 말도 이를 가리킨다.

98) 吞聲(탄성) : 소리를 삼키다. 고통을 참느라 소리를 죽이다.

不受徒旅欺.⁹⁹⁾	고참의 횡포도 받지 않게 되더라
骨肉恩豈斷,¹⁰⁰⁾	골육의 은혜를 어찌 잊을 수 있으랴만
男兒死無時.¹⁰¹⁾	남아는 언제 죽을지 알 수 없는 것
走馬脫轡頭,¹⁰²⁾	말굴레를 벗긴 말을 타고 달리며
手中挑靑絲.¹⁰³⁾	수중에서 말고삐를 풀어버리네
捷下萬仞岡,¹⁰⁴⁾	만 길 높은 언덕에서 빠르게 내려가
俯身試搴旗.¹⁰⁵⁾	허리 굽혀 재빨리 깃발을 뽑아든다네

해설 행군하는 도중의 생활과 힘겨운 군사훈련을 서술하였다. 후반은 훈련 상황을 구체적으로 묘사하였다. 부모의 은혜를 갚을 수 없는 처지에서 언제 죽을지 모를 상황을 대비시켰다.

제3수

磨刀鳴咽水,¹⁰⁶⁾	흐느끼는 강물인 농두수(隴頭水)에 칼을 갈다가

---

99) 徒旅(도려) : 함께 가는 무리. 『통전』(通典) 「병」(兵)에 의하면, 당대 군대에서는 상급자와 친하거나 힘이 세다고 하여 하급자를 억누르거나 매질하면 음식이나 의복 지급을 줄였다. 이 구에서는 군대 내의 습관에 익숙해져 더 이상 그러한 억누름을 받지 않게 되었다는 뜻이다.
100) 骨肉(골육) : 지극히 친한 사람으로, 부모형제나 자식을 가리킨다.
101) 無時(무시) : 정해진 때가 없다. 여기서는 언제라도 죽을 수 있다는 뜻.
102) 轡頭(비두) : 말굴레.
103) 靑絲(청사) : 청색의 말고삐. 양(梁) 소강(蕭綱)의 「자류마」(紫騮馬)에 "재갈에 묶인 청색 말고삐는 하느적거리고"(宛轉靑絲鞚)란 말이 있다. 또 『양서』(梁書) 「후경전」(侯景傳)에 "푸른 고삐에 흰 말이 수춘에서 온다네"(靑絲白馬壽陽來)라는 동요로 후경의 난을 예고하였다. 청사(靑絲)는 말고삐를 나타내는 관용어임을 알 수 있다.
104) 捷下(첩하) : 빠르게 내려가다. ○ 萬仞(만인) : 만 길. 한 길은 팔 척. 아주 높음을 형용한다.
105) 搴(건) : 뽑아내다.
106) 鳴咽水(오열수) : 오열하는 강물. 지금의 섬서성과 감숙성 경계에 있는 농산(隴山) 꼭대기에서 흘러나오는 농두수(隴頭水)를 가리킨다. 중원에서 부역이나 군역 나가는 사람들이 이곳에 올라 고개를 돌려 멀리 바라보면 슬퍼하지 않는 사람이 없었다고

水赤刃傷手.	칼날에 손이 베어 강물이 붉어졌네
欲輕腸斷聲,[107]	애 끊는 물소리를 가벼이 여기려 했지만
心緒亂已久.	마음이 벌써 심란해졌기 때문이라
丈夫誓許國,[108]	장부가 나라에 몸을 바치기로 맹서했으니
憤惋復何有![109]	분함과 원망이 어찌 다시 있으랴!
功名圖麒麟,[110]	공을 세워 기린각에 화상이 그려진다면
戰骨當速朽.	전장에서 백골이 되어 썩는다 해도 좋으리

평석 '흐느끼는 강물'이란 농산 꼭대기에서 흘러나오는 물이다.('嗚咽水', 卽隴頭流水.)

해설 장안에서 서쪽으로 행군하는 중 농산(隴山)의 농두수(隴頭水)에서 일
어난 일을 그렸다. 농두수 자체가 하나의 '문학적 지리'로, 원래 중원에
서 서쪽으로 가는 사람이라면 누구나 여기서 눈물을 흘리던 곳이었다.
전반 4구에 비해 후반 4구는 일부러 다짐하는 말로, 무모함 속에 오히려
깊은 슬픔이 담겨 있다.

제4수

送徒旣有長,[111]	병사를 호송하는 관리가 따로 있고

한다. 남조(南朝)의 민가인 「농두가」(隴頭歌)에 "농두의 물이여, 그 소리가 오열하는
듯. 아득히 진 지방 평원을 바라보니, 심장과 간이 끊어지네"(隴頭流水, 嗚聲嗚咽.
遙望秦川, 心肝斷絶.)라는 구절이 있다.
107) 輕(경): 가벼이 여기다. ○腸斷聲(장단성): 애 끊어지듯 고통스런 소리. 위에서 말하
는 '오열수와 같은 뜻이다.
108) 許國(허국): 몸과 마음을 바칠 것을 나라에 허락하다.
109) 憤惋(분완): 분함과 한스러움. 원한.
110) 麒麟(기린): 기린각(麒麟閣). 서한 선제(宣帝) 때 충성스런 신하를 찬양하기 위하여
기원전 51년 곽광(霍光), 소무(蘇武) 등 공신 열한 명의 화상을 그려 미앙궁 안에 있
는 기린각에 모시게 하였다.
111) 送徒(송도): 무리를 보내다. 병사들을 호송하다. ○長(장): 관리. 인솔자. 병사들을

遠戍亦有身.[112]　　　멀리 수자리에 가는 몸이 따로 있구나

生死向前去,　　　　죽으나 사나 앞으로 나가야

不勞吏怒嗔[113]　　　관리의 불같은 진노를 받지 않는다네

路逢相識人,　　　　길을 가다 아는 사람을 만나

附書與六親 :[114]　　육친에게 보낼 편지를 부탁하네

"哀哉兩決絶,[115]　　"슬퍼라, 서로 영원히 헤어졌으니

不復同苦辛!"　　　　다시는 함께 고생을 나눌 수 없어라!"

해설 행군하는 도중 받는 관리의 핍박과 고향에 편지를 보내는 상황을
서술하였다.

제5수

迢迢萬餘里,[116]　　　머나먼 만여 리 길을 걸어

領我赴三軍.[117]　　　나를 이끌고 가더니 삼군(三軍)에 편입시켰네

軍中異苦樂,[118]　　　군대에선 소속 부대에 따라 고생과 즐거움이 다르고

主將寧盡聞?　　　　부대장이 모든 병사의 처지를 헤아릴 수 없다네

隔河見胡騎,[119]　　　강 건너 오랑캐 기병이 보이는데

　　호송하는 일은 일반적으로 정장(亭長) 또는 이정(里正)이 담당하였다.

112) 身(신) : 자신을 가리킨다. 이 몸. 이 구에는 불평의 어조가 실려있다.

113) 不勞(불로) : 남의 수고로움을 받지 않다. 입지 않다. ○吏(리) : 관리. 제1구에서 말
　　한 長(장). ○嗔(진) : 성냄.

114) 附書(부서) : 편지를 부탁하다. ○六親(육친) : 여러 가지 설이 있으나 일반적으로 부,
　　모, 형, 제, 처, 자를 말한다.

115) 兩(양) : 이쪽과 저쪽. 내쪽과 육친쪽. ○決絶(결절) : 영원히 헤어지다.

116) 迢迢(초초) : 아득히. 멀리. 먼 모양.

117) 三軍(삼군) : 군대의 통칭. 고대의 군대 편제는 전군, 중군, 후군으로 되어 있다.

118) 異苦樂(이고락) : 병사들이 만나는 상관이나 부대 상황에 따라 즐거움과 고통이 다르
　　다. 시의 내용을 보면 화자가 속한 부대는 상관이 그다지 인자한 사람은 아닌 듯하다.

119) 隔河(격하) : 강을 사이에 두다. 여기서 강은 교하(交河).

倏忽數百群.[120]　　　 삽시간에 수백 명으로 늘어나더라
我始爲奴僕,[121]　　　 나는 지금 노복과 다름없으니
幾時樹功勳!　　　　 언제 공훈을 세울 수 있을까!

해설 본대에 편입된 후 받는 불평등한 대우로부터 병사로서의 공훈도 세우기 어려운 처지를 묘사하였다. 제3수에서 기린각에 화상으로 그려지리라는 포부는 현실의 벽에 막혀 좌절되었다.

제6수

挽弓當挽强,[122]　　　 활을 당길려면 응당 강궁을 당겨야 하고
用箭當用長.　　　　 화살을 쓰려면 응당 긴 화살을 써야 하리
射人先射馬,[123]　　　 사람을 쏘려면 먼저 말을 쏘고
擒賊先擒王.[124]　　　 도적을 잡으려면 먼저 왕을 잡아야 하리
殺人亦無限,　　　　 사람을 죽이자면 또한 끝이 없으니
立國自有疆.[125]　　　 나라를 세우는 데는 본디 강토가 있어야 한다
苟能制侵陵,[126]　　　 만일 다른 나라의 침략을 막을 수 있다면
豈在多殺傷!　　　　 어찌 많은 사람을 죽일 필요가 있으랴!

---

120)　倏忽(숙홀) : 갑자기.

121)　爲奴僕(위노복) : 노복이 되다. 당시 병사들은 상관의 노예와 같은 신세가 되는 경우가 많았다. 『자치통감』(資治通鑑) 등에 자세하다.

122)　强(강) : 강궁(强弓). 탄력이 센 활.

123)　射人(사인) 구 : 『사경』(射經) 「변적」(辨的)에 "사람을 쏘려면 먼저 말을 쏘고, 도적을 잡으려면 반드시 두령을 잡아야 한다"(射人先射馬, 擒賊先擒頭.)는 말이 있는 것으로 보아, 이는 고대 군중 널리 알려진 행동 요령으로 보인다.

124)　심주 : 앞 4구는 살상을 많이 하지 마라는 우언으로 이른바 '기율을 갖춘 군사'를 말한다.(前四語卽寅不多殺傷意, 所謂節制之師.)

125)　立國(입국) 구 : 다른 나라도 나라로서의 기본적인 규모를 가지기 위해서는 영토가 있어야 한다. 立國(입국)이 列國(열국)이라 된 판본도 있는데, 그러면 뜻이 더욱 분명해진다. ○疆(강) : 강역. 강토.

126)　侵陵(침릉) : 침범하다.

평석 여러 판본에서는 "살인역유한"(殺人亦有限, 살인도 한도가 있어 모두 다 죽여서는 안 되고)이라 되어 있는데 오직 문징명(文徵明)만이 '무한'(無限)이라고 썼다. 전후 대구에서 있다와 없다를 쓰는 것이 비교적 맛이 있다. 문징명은 '고본이 모두 그러하다'고 하였는데 이에 따른다.(諸本"殺人亦有限", 惟文待詔作'無限', 以開合語出之, 較有味. 文云古本皆然, 從之.)

해설 두보의 전쟁관(戰爭觀)을 나타낸 시이다. 전체가 의론(議論)의 제시로 이루어졌으며, 필요악으로서의 전쟁에 대한 이해가 선명하다. 타국에 대한 배려와 사람에 대한 이해는 동시대의 어떤 사람보다도 인도적이다. 두보의 선진성은 바로 이러한 정신에 기초하고 있음을 알 수 있다.

제7수

驅馬天雨雪,[127]	눈 내리는 하늘 아래 말을 달리고
軍行入高山.	높고 험한 산속으로 행군해 들어갔네
遲危抱寒石,[128]	차가운 돌을 안고 위험한 길을 가며
指落曾冰間.[129]	층층의 얼음 사이로 동상 걸린 손가락이 떨어졌네
已去漢月遠,[130]	고향의 달을 떠나온 지 이미 오랜데
何時築城還?	어느 때 성을 다 쌓고 돌아갈 수 있을까?
浮雲暮南征,[131]	저녁에 흐르는 구름은 남쪽으로 가는데
可望不可攀.	바라보기만 할 뿐 따라 갈 수 없어라

해설 혹한 속에서 성을 쌓으며 고향을 그리워하였다. 제3, 4구는 구체적

---

127) 雨雪(우설) : 눈이 내리다. 雨(우)는 '내리다'는 동사로 쓰였다.
128) 抱寒石(포한석) : 차가운 돌을 안다. 병사들이 성을 쌓기 위해 위험한 길에서 돌을 안고 나르다.
129) 指落(지락) : 동상으로 손가락이 떨어지다. ○ 曾冰(증빙) : 層冰(층빙)이란 말과 같다. 겹겹이 쌓인 얼음.
130) 漢月(한월) : 한나라의 달. 곧 당나라의 달이며, 본국 또한 고향을 가리킨다.
131) 南征(남정) : 남으로 가다. 남쪽은 병사의 고향이 있는 곳이다.

인 행동을 통해 군대생활의 고됨을 형상화하였다.

제8수

單于寇我壘,[132]	선우(單于)가 우리 진영을 침범하니
百里風塵昏.	백리에 걸쳐 먼지바람이 어두워라
雄劍四五動,[133]	웅검(雄劍)을 네다섯 번 휘두르기만 하여도
彼軍爲我奔.	적들은 우리 때문에 달아나더라
擄其名王歸,[134]	적의 왕을 사로잡아 돌아와
繫頸授轅門.[135]	목을 묶어 본부에 넘겨주었네
潛身備行列,[136]	몸을 낮추어 행렬로 돌아갈 뿐이거늘
一勝何足論![137]	한 번의 승리로 어찌 공을 논하겠는가!

평석 말 2구는 자신의 공훈을 자랑하지 않는 한대 대수장군 풍이(馮異)의 풍격이 있다.(末二

---

132) 單于(선우) : 흉노의 왕. 여기서는 티베트의 왕을 가리킨다. 교하 지역은 티베트의 관할 영역이다.

133) 雄劍(웅검) : 보검. 이 구와 관련된 전고는 두 가지이다. 하나는 춘추시대 오나라의 간장(干將)과 막야(莫邪) 부부가 주조한 검 가운데 하나이다. 그들은 웅검과 자검(雌劍)을 만들어, 웅검을 자검 속에 넣어두었더니 때때로 슬픈 울음소리가 났다고 한다. 다른 하나는 『월절서』(越絶書)의 기록으로, 초나라 왕이 만든 검을 구하려고 진나라와 정나라가 군사를 일으켜 초나라의 성을 포위하자, 초나라 장수가 성에 올라 태아지검(太阿之劍)을 흔드니 적군이 패퇴하고 사졸들이 미혹되어 천 리에 피가 흘렀다고 한다.

134) 名王(명왕) : 비한족의 왕 가운데 이름을 떨친 사람. 좌현왕(左賢王)이나 우현왕(右賢王) 등을 말한다. 여기서는 적의 우두머리를 가리킨다.

135) 轅門(원문) : 행군하던 군대가 주둔할 때, 수레의 끌채를 마주 세워 문처럼 만든 것으로, 병영의 문을 말한다. 여기서는 주장(主將)이 있는 곳을 가리킨다.

136) 潛身(잠신) : 몸을 숨기다. ○備行列(비행렬) : 부대의 행렬로 돌아가다. 겸손히 공을 내세우지 않는 모습이다. 그러나 일부 학자는 공을 세워도 승진되지 않고 여전히 사졸로 보충되는 현상을 그렸다고 하였으나 취하지 않는다.

137) 一勝(일승) 구 : 한 번 이겼다고 해서 이를 내세우지 않는다. 완전히 이길 때까지는 만족하지 않는다. 일부 학자는 윗 구와 결부시켜 한 번 이겨도 언급되지 않는다고 하였으나 취하지 않는다.

語有大樹將軍意度.)

해설 전투에서의 용맹과 공을 세우고도 겸손한 기개를 표현하였다. 다른
한편 제7, 8구는 병사들의 세운 공훈이 결국 장수들에게 돌아감을 지적
한 것이기도 하다.

제9수

從軍十年餘,	종군한지 십여 년
能無分寸功?[138]	어찌 한 조각 공훈도 없겠는가?
衆人貴苟得,[139]	사람들은 작은 이익도 구차하게 얻음을 중시하는데
欲語羞雷同.[140]	나는 말하려다가도 뇌동함을 부끄러워한다
中原有鬪爭,	중원에서조차 공훈을 두고 다투는데
況在狄與戎[141]	하물며 융적(戎狄)의 땅인데 어찌 없으랴
丈夫四方志,[142]	장부는 사방을 다스릴 큰 포부가 있거늘
安可辭固窮![143]	어찌 곤궁을 편안히 여기지 않고 물리치겠는가!

평석 구차하게 얻음을 바라지 않고 곤궁함을 물리치지 않으니, 군대의 병사 중에 이러한 절

---

138) 能(능) : 어찌.

139) 苟得(구득) : 구차스럽게 얻다. 얻지 말아야 할 것을 얻다. 사소한 것도 이익이 된다
면 좋다고 여기고 얻다.

140) 雷同(뇌동) : 천둥소리가 나면 여럿이 동시에 반응하듯이, 생각 없이 남을 따라 행동
하다.

141) 狄與戎(적여융) : 적과 융. 북방의 오랑캐와 서방의 오랑캐. 한족의 입장에서 이민족
을 가리킨다.

142) 四方志(사방지) : 천하를 다스리고 국가를 안정시키려는 원대한 포부. 『좌전』 '희공 23
년'조에 "강씨가 그녀를 죽이고 공자 중이(重耳)에게 말했다. '그대가 사방지지가 있기
에 이를 엿들은 자를 내가 죽였습니다"(姜氏殺之, 而謂公子曰 : "子有四方之志, 其聞之
者, 吾殺之矣.")는 말이 있다. 원래는 이처럼 멀리 출행하려는 의사를 가리켰다.

143) 固窮(고궁) : 곤궁에 편안하다. 『논어』 「위령공」(衛靈公)에 "군자는 곤궁에 편안하나,
소인은 곤궁하면 흐트러진다"(君子固窮, 小人窮斯濫矣.)는 말에서 유래했다.

개가 있다.(不願苟得, 不辭固窮, 軍伍中乃有此節概.) ○9수를 모아 1수로 만드는 방식이다.(合九章成一章法.)

해설 공을 세우고 상을 받지 못한다고 해도 여전히 나라를 위해 헌신하는 정신을 노래했다. 시 중에 공을 두고 다투는 세태를 비판하였으며, 원망이 있어도 드러내지 않는 군자의 정신을 내세웠다.

후출새(後出塞)[144]

제1수

男兒生世間,[145]	남아가 세상에 태어나
及壯當封侯.	장성하면 응당 후작에 봉해져야 하리
戰伐有功業,	전쟁에 나가면 공업을 세워야하거늘
焉能守舊丘?[146]	어찌 고향 언덕만 지키고 있으랴

---

[144] 後出塞(후출새) : 「후출새」 역시 「전출새」와 마찬가지로 한 병사의 입장에서 입대에서부터 도주까지의 과정을 그린 연작시이다. 다만 병사는 비교적 명확히 안록산의 군대에 입대하였음을 나타내었다. 당시 안록산은 범양(范陽), 평로(平盧), 하동(河東) 등 삼진(三鎭)절도사로, 해마다 해족(奚族)과 거란(契丹)을 공격하여 자신의 세력을 키우면서 다른 한편 현종에게 그 공으로 총애를 받으려 하였다. 시는 이러한 시대 상황에 관심과 우려를 표시하였다. 제5수에 "그저 바라보나니, 유주의 기마가, 멀리 내달려 황하와 낙수에 먼지 가득함을"(坐見幽州騎, 長驅河洛昏)라는 말로 보아 안록산의 난이 발생한 직후에 쓴 것으로 보이며, 안록산의 난에 대한 최초의 시로 쓴 보고서라 할 수 있다. 역대 시평가들은 제작시기를 안록산의 난이 일어난 755년 겨울로 잡고 있다.

[145] 男兒(남아) 2구 : 동한시기 문서를 관리하던 말단 관리였던 반초가 "일찍이 공부를 그만두고 붓을 내던지며 말하였다. '대장부는 다른 지략이 없으면 응당 부개자나 장건과 같이 이역에서 공을 세워 봉후를 얻어야지 어찌 오래도록 문필에 종사한단 말인가!'"(嘗輟業投筆歎日 : "大丈夫無他志略, 猶當效傅介子張騫立功異域, 以取封侯, 安能久事筆研間乎")『후한서』「반초전」(班超傳) 참조.

[146] 舊丘(구구) : 고향의 언덕.

召募赴薊門,[147]	모병에 응하여 계문(薊門)으로 가나니
軍動不可留.	군대가 출발하면 한곳에 머무를 수 없다네
千金買馬鞍,[148]	천 금(千金)을 주고 말안장을 사고
百金裝刀頭.[149]	백 금(百金)으로 칼자루를 장식하네
閭里送我行,[150]	마을에서 나의 출정을 송별하며
親戚擁道周.[151]	가족과 친척이 길가에서 둘러쌌다
斑白居上列,[152]	반백의 어른께서 상좌에 앉고
酒酣進庶羞.[153]	술이 돌자 맛있는 음식이 나오네
少年別有贈,	청년은 특별히 나에게 보검을 증정하니
含笑看吳鉤.[154]	나는 웃음을 띠며 보검을 바라보노라

해설 모병에 응하여 출정하는 병사의 호매한 정신을 묘사하였다. 천 금으로 안장을 사고, 어른과 청년이 베푸는 융숭한 송별연의 모습은 「전출새」의 출정 모습과 크게 대조된다.

---

147) 召募(소모): 모집하다. 당시 부병제(府兵制)가 와해되면서 모병제가 실시되었다. ○ 薊門(계문): 계문관(薊門關). 당시 범양군(范陽郡)에 속했으며 지금의 북경시 일대에 해당한다. 안록산은 범양절도사로 이곳에 사령부를 두었다. 당나라는 주변의 이민족과 전쟁을 계속하면서 병사들을 중원에서 충당하였다.

148) 千金(천금) 2구: 장비의 귀중함을 형용하였다. 북조(北朝)의 악부 「목란사」(木蘭辭)에 나오는 "동쪽 시장에서 준마를 사고, 서쪽 시장에서 안장을 사네"(東市買駿馬, 西市買鞍韉.)의 어투를 활용하였다.

149) 裝(장): 장식하다. ○ 刀頭(도두): 도환. 칼 손잡이 끝의 둥그런 부분.

150) 閭里(여리): 여(閭)와 리(里). 고대에 다섯 가호를 '비'(比)라 하고, 다섯 '비'를 '여'(閭) 또는 '리'(里)라 하였다. 여기서는 마을을 가리킨다.

151) 親戚(친척): 가족과 친척. 친(親)은 족내를 말하고 척(戚)은 족외를 말하므로, 오늘날의 족외만을 말하는 것과 약간 다르다. ○道周(도주): 길 옆.

152) 斑白(반백): 흰색과 검은색이 섞인 머리카락. 노인을 가리킨다.

153) 酒酣(주감): 술을 실컷 마셔 거나하게 취함. ○庶羞(서수): 여러 가지 맛있는 음식.

154) 吳鉤(오구): 오 지방에서 제작한 휘어진 모양의 검. 춘추시대 오왕 합려(闔閭)가 좋은 검을 만든 사람에게 백 금(百金)을 하사한다고 하자, 어떤 사람은 그의 두 아들을 죽여 그 피를 검에 발라 명검을 만들어 바쳤다. 여기서는 보검이란 뜻.

제2수

朝進東門營,155)	아침에 동문의 군영에서 출발하여
暮上河陽橋.156)	저녁에는 하양교(河陽橋)를 건넌다
落日照大旗,157)	저무는 해는 붉은 대장기를 비추고
馬鳴風蕭蕭.158)	말이 울고 바람이 우수수 불어라
平沙列萬幕,	너른 들판에 수많은 군막이 늘어서
部伍各見招.159)	부대에서는 각기 병사들을 점호하네
中天懸明月,	하늘에는 밝은 달이 걸려있고
令嚴夜寂寥.	삼엄한 군령(軍令)에 밤이 적막해라
悲笳數聲動,160)	슬픈 호가 소리 몇 번 울리니
壯士慘不驕.	장정들은 참담히 숙연해졌어라
借問大將誰?161)	묻노니, 대장은 누구인가?
恐是霍嫖姚!162)	분명 표요교위 곽거병이리라!

평석 군대 진용의 성대함과 군령의 삼엄함을 묘사했다. 마치 간장검과 막야검이 칼집에서 나와 찬 검광을 서로 비추는 듯하다. 곽거병이 변방을 개척하였으므로 이를 가지고 장군에

155) 東門(동문) : 동문. 낙양성의 상동문(上東門). 당시 출정하는 병사들이 집결하는 군영이 있었다.

156) 河陽橋(하양교) : 황하에 가로놓인 부교(浮橋). 지금의 하남성 낙양시의 동북과 맹현(孟縣) 남쪽 사이 걸쳐 있었으며, 진(晉)의 두예(杜預)가 건설하였다고 한다.

157) 大旗(대기) : 대장이 사용하는 붉은 깃발. 당시 붉은색 깃발은 혼란을 없애기 위해 대장만이 사용할 수 있었다.

158) 蕭蕭(소소) : 의성어. 바람 소리.

159) 部伍(부오) : 군대의 편제 단위. 여기서는 군대를 말한다. ○ 見招(견초) : 점호를 받다.

160) 笳(가) : 호인(胡人)들이 갈대 잎으로 만든 피리. 나중에 목관으로 만들어 구멍을 세 개 내었다. 소리가 무척 비량하다.

161) 大將(대장) : 군대의 주장(主將). 총사령관. 여기서는 안록산(安祿山)을 가리키는 듯하다. 『신당서』 「안록산전」(安祿山傳)에 "입조하여 대답하는 내용이 현종의 뜻에 맞았다. 표기대장군으로 승진하였다."는 기록이 있다.

162) 霍嫖姚(곽표요) : 서한의 명장 표요교위(嫖姚校尉) 곽거병(霍去病). 한 무제 때 표요교위가 되어 대장군 위청(衛靑)을 따라 출정하여 흉노를 격파하였다.

비유하였다.(寫軍容之盛, 軍令之嚴, 如干莫出匣, 寒光相向. 霍去病勤遠開邊, 故以爲比.)

해설 행군 도중의 군대 기율과 부대 활동을 묘사하였다. 전반부는 군대의 모습을, 후반부는 군령의 삼엄함을 주로 그렸다. 두보는 호방한 변새시는 거의 쓰지 않았지만, "저무는 해는 큰 깃발을 비추고, 말이 울고 바람이 우수수 불어라"(落日照大旗, 馬鳴風蕭蕭)와 같은 구절은 웅장하고 광활한 의경을 갖춘 시구로 손색이 없다.

제3수

古人重守邊,[163]	고대의 장수는 변방의 수비를 중시하고
今人重高勳.[164]	지금의 장수는 공훈 높이기를 중시한다
豈知英雄主,[165]	어찌 알았으랴, 전쟁을 좋아하는 군주
出師亘長雲?[166]	보낸 군사가 멀리 구름까지 이어졌어라
六合已一家,[167]	세상이 이미 한 집안이 되었는데
四夷且孤軍.[168]	사방 오랑캐에 군대를 보내는구나
遂使貔虎士,[169]	그리하여 호랑이와 비휴같이 용맹한 병사를 시켜
奮身勇所聞.[170]	몸을 떨치고 용맹한 명성이 나게 하였네

---

163) 守邊(수변) : 변경을 수비하다. 공격을 하지 않고 방어함에 중점을 두었다.
164) 高勳(고훈) : 높은 공훈. 남을 공격함에 중점을 두었다.
165) 英雄主(영웅주) : 영웅 같은 주인. 현종을 가리킨다.
166) 亘長雲(긍장운) : 구름까지 이어지다.
167) 六合(육합) : 동서남북 및 하늘과 땅. 거대한 우주 공간 전체를 가리킨다.
168) 四夷(사이) : 사방의 오랑캐. 이 구는 동사가 없지만 사이(四夷)와 고군(孤軍)을 대비시킨 것으로 보아, 사이는 많지만 당군(唐軍)은 적어 무모한 전쟁을 일으킨다는 비판의 논조로 볼 수 있다. 『두시언해』에서는 "사이는 또 외로운 군이로다"라 풀이했지만 전체 문맥과 맞지 않으므로 취하지 않는다.
169) 貔虎(비호) : 비휴(貔貅)와 호랑이. 비휴는 호랑이와 비슷한 짐승. 용맹한 군사를 비유한다.
170) 奮身(분신) : 몸의 힘을 떨치다. ○勇所聞(용소문) : 용맹이 세상에 전해지다.

拔劍擊大荒,[171]	칼을 뽑아 들고 황막한 대지를 치며
日收胡馬群.	날마다 오랑캐의 말을 빼앗아 오네
誓開玄冥北,[172]	현명(玄冥)의 신이 지배하는 북방을 개척하여
持以奉吾君.	이를 들고 군주에 바치리라 맹서하여라

평석 '현명의 신이 지배하는 북방'이 어찌 개척될 수 있겠는가? '공훈 높이기를 중시하는' 사치스런 마음이 반드시 이 지경까지 이를 것이다.('玄冥北'豈可開乎? '重高勳'之侈心, 必至於此.)

해설 정벌을 좋아하는 현종과 공훈을 세우려는 변방의 장수를 비판하였다. 특히 변방의 장수가 분발하는 모습을 겉으로는 칭송하고 있으나 사실은 풍자함으로써, 그 비판의 효과를 더욱 강하게 드러냈다.

제4수

獻凱日繼踵,[173]	승리를 알리는 첩보가 계속 날아들더니
兩蕃靜無虞.[174]	해족과 거란이 평정되어 근심이 없어졌어라
漁陽豪俠地,[175]	어양(漁陽)은 예부터 협기가 강한 곳

---

171) 大荒(대황): 변방의 황막하고 드넓은 지대.
172) 玄冥(현명): 전설 속의 오방(五方) 신 가운데 하나인 북방의 신. 여기서는 북방을 가리킨다.
173) 獻凱(헌개): 승리를 보고하다. ○繼踵(계종): 발꿈치를 잇다. 사신이 계속해서 보고함을 말한다. 안록산은 754년 2월과 4월, 755년의 4월에 해족(奚族)과 거란을 물리친 일을 보고하였다.
174) 兩蕃(양번): 두 오랑캐. 해족과 거란을 말한다. 745년 해족과 거란은 당에서 시집보낸 공주를 살해하였다. 8월에 안록산은 거란의 추장들을 속여 독을 넣은 술을 마시게 하여 죽였다. 754년 4월 안록산은 해족의 왕 이일월(李日越)을 생포하였고, 755년 4월에 다시 해족과 거란을 이겼다. ○無虞(무우): 걱정이 없다.
175) 漁陽(어양): 군(郡) 이름. 742년(천보 원년) 하북도의 계주(薊州)를 어양군으로 개명하였다. 치소는 지금의 천진시 계현(薊縣). 관할지는 지금의 천진시 계현(薊縣)을 중심으로 한 북경, 천진, 하북성 북부 일대. 당대 사람들은 유주(幽州) 지역을 습관적

擊鼓吹笙竽.　　　　북을 치고 생황 불며 잔치가 한창이구나

雲帆轉遼海,[176]　　　선박들이 요동 바다를 거쳐 들어가고

粳稻來東吳.[177]　　　동오 지방의 멥쌀을 실어가네

越羅與楚練,[178]　　　월 지방의 베와 초 지방의 비단이

照耀與臺軀.[179]　　　미천한 사람의 몸까지 둘러 입혀졌구나

主將位益崇,　　　　주장(主將)의 지위는 갈수록 높아지고

氣驕凌上都.[180]　　　교만한 기세는 장안을 압도하네

邊人不敢議,[181]　　　변방 사람들은 감히 쑥떡거리지도 못하니

議者死路衢.　　　　말하는 사람이 있다면 길거리에서 죽게 된다네

평석 상훈을 남발하여 군심을 붙잡고, 엄한 형벌로 사람의 입에 재갈을 물렸으니, 질서를 잡으려 하지만 어찌 가능하겠는가(濫賞以結軍心, 嚴刑以箝衆口, 雖欲不亂, 其可得乎?) ○아래 시와

으로 어양이라 불렀다. ○豪俠(호협) : 협기의 기풍. 고대부터 연(燕)과 조(趙) 지방에는 섭정(聶政)이나 형가(荊軻)와 같이 강개한 사람이 많이 나왔다.

176) 雲帆(운범) : 구름 같은 돛. 배를 가리킨다. ○轉(전) : 운송하다. ○遼海(요해) : 요동 남쪽의 발해 지역. 당대에는 장강과 운하를 이용하여 화물을 양주(揚州)에 모아둔 후 다시 해운으로 요동 지방에 보냈다. 안록산은 범양에 있으면서 중국 전체의 병사와 말 가운데 절반을 차지하였다.

177) 粳稻(갱도) : 메벼. 주로 강남 지역에서 생산된다. ○東吳(동오) : 지금의 강소성 소주(蘇州) 일대.

178) 越羅(월라) : 월(越, 지금의 절강성) 지방에서 생산되는 얇은 비단. ○楚練(초련) : 초(楚, 지금의 호남성과 호북성) 지방에서 생산되는 흰색의 숙견(熟絹).

179) 輿臺(여대) : 신분이 미천한 사람. 『좌전』'소공 7년'조에 보면, 주대(周代)에는 사람을 왕(王), 공(公), 대부(大夫), 사(士), 조(皂), 여(輿), 예(隷), 요(僚), 복(僕), 대(臺) 등 10등급으로 나누었는데, 이 가운데 여는 제6등급이고, 대는 제10등급이다. 이 구는 안록산의 부하와 노복들이 비단을 휘감고 있는 사치스러움을 말하였다.

180) 上都(상도) : 장안. 처음에는 경성(京城)이라 했고, 742년부터 서경(西京)이라 했다가, 762년부터 상도라 불렀다.

181) 邊人(변인) : 변방을 지키는 관리나 병사. 이 두 구는 변방의 사람들이 안록산에 대해 이러쿵저러쿵 말하면 죽임을 당하여 길거리에 버려진다는 뜻. 구조오(仇兆鰲)는 어떤 사람이 안록산의 반란 조짐을 말하면 현종은 그 사람을 반드시 옥에 가두기에 감히 말하는 자가 없었다고 풀이하였으나, 이는 시의 배경으로 이해할 수 있으나 시의 내용을 직접적으로 새긴 게 아니므로 취하지 않는다.

함께 안록산의 반역이 시구 속에서 드러날 듯 말 듯하다.(連下章祿山叛逆, 隱躍言下.)

해설 안록산의 사치와 교만을 그렸다. 변방에서 세력을 키우면서 환락에 빠지고, 부하들에게 함부로 상을 내리는 한편, 언로를 혹형으로 통제하는 현상을 비판하였다.

제5수

我本良家子,[182]	나는 본디 양가의 자제
出師亦多門.[183]	출정도 여러 번 나갔네
將驕益愁思,[184]	장수가 교만해지니 나의 걱정은 더해져
身貴不足論.	자신의 출세는 생각할 수조차 없어졌다네
躍馬二十年,[185]	말을 달리며 살아온 지 이십 년
恐孤明主恩.[186]	밝은 군주의 은혜를 저버릴까 두려워
坐見幽州騎,[187]	그저 바라보나니, 유주의 기마가
長驅河洛昏.[188]	멀리 내달려 황하와 낙수에 먼지 가득함을
中夜間道歸,[189]	밤중에 샛길을 질러 집에 가보니
故里但空村.	고향은 모두 피난 떠나고 텅 비었더라
惡名幸脫免,[190]	다행히 반역의 악명에서 벗어났지만

---

182) 良家子(양가자) : 좋은 집안의 자녀. 고대에는 천민, 죄인, 상인 등도 군적(軍籍)에 들어갔는데, 평민으로 군적에 들어가는 경우 양가자라고 했다.
183) 多門(다문) : 여러 가지 방법. 여러 차례.
184) 將驕(장교) : 장수가 교만해지다. 안록산을 가리킨다.
185) 躍馬(약마) : 말을 뛰게 하다. 종군하다.
186) 孤(고) : 등지다. 저버리다.
187) 坐見(좌견) : 앉아서 바라보다. 그저 바라보기만 하다. ○幽州騎(유주기) : 유주의 기병. 유주는 범양이 속해 있는 주. 안록산의 기병을 가리킨다.
188) 長驅(장구) : 멀리 내달리다. ○河洛昏(하락혼) : 황하와 낙수가 먼지로 어둡다. 낙양 등 중원 지역이 전란에 빠짐을 비유하였다.
189) 間道(간도) : 샛길.

窮老無兒孫.　　　가난하고 늙은데다 자손까지 없구나

평석 이 시에서 드러내 말하였다.(此章顯言.)

해설 안록산의 군대에 있으면서 반란군에 들어가지 않으려는 병사의 처지와 심정을 그렸다. 고향마을의 노인과 청년들로부터 송별을 받으며 공을 세우겠다는 꿈을 안고 출정했던 주인공은 마침내 반겨주는 사람 없는 폐허가 된 고향에 돌아온다. 구조오(仇兆鰲)는 당시에 반란군에 자원해 들어간 사람이 많은데 비해, 두보가 서술한 예는 특별하다고 하였다. 안사의 난이 일어나고 2년 후인 757년 늦봄, 두보 역시 반란군이 장악한 장안에 억류되어 있다가 도망하게 된다.

수도에서 봉선현으로 가며 쓴 영회시 5백자(自京赴奉先縣詠懷五百字)[191][192]

杜陵有布衣,[193]　　　두릉(杜陵)에 베옷 입은 이 있어

190) 惡名(악명) : 반란군으로서의 악명을 뜻한다.
191) 심주 : 천보 14년(755년) 10월에 군왕이 화청궁에 행차하였고, 11월에 안록산이 반란을 일으켰으니, 시는 응당 장차 반란을 일으키려고 할 때 지었다.(天寶十四載十月, 上幸華淸宮, 十一月祿山反, 詩應作於將反時.)
192) 奉先(봉선) : 봉선현. 지금의 섬서성 포성(蒲城). 754년 두보는 낙양에서 장안 남쪽으로 이사 갔는데 그해 가을 장마비에 농사를 망쳐 생활하기 곤란하여 아내와 자식들을 봉선현으로 보냈다. 이 시는 그 후 1년이 지난 755년 11월에 봉선으로 찾아가는 길에 지었다. 이후 안사의 난이 일어나자 756년 5월 동주(同州) 백수현으로 피난 갔으나, 6월에 동관이 함락되자 다시 부주(鄜州)로 이사 갔다. 두보의 가족은 봉선에서 이 년 가까이 살았다.
193) 杜陵(두릉) : 장안 동남쪽 교외에 있는 한대 선제(宣帝)의 능묘. 그 일대를 지칭하는 지명으로도 쓰인다. 두릉의 동남편 십여리에 선제의 황후 허씨(許氏)의 무덤인 소릉(少陵)이 있다. 두보의 조상인 두예(杜預)는 경조(京兆) 두릉(杜陵) 사람으로, 두보는 장안에 있을 때 두릉의 북쪽과 소릉의 서쪽에 살았기에 자칭 '두릉 포의', '두릉 야객'(野客), '소릉 야로'(野老) 등이라 하였다. ○ 布衣(포의) : 베옷을 입은 사람. 즉 관직이 없는 사람.

老大意轉拙.[194]	나이 들어 뜻이 더욱 고지식하여라
許身一何愚?[195]	자신이 바란 게 얼마나 어리석었나?
竊比稷與契.[196]	스스로 직(稷)과 설(契)처럼 되기 바랐지
居然成濩落,[197]	마침내 쓸모없는 큰 표주박같이 되었지만
白首甘契闊.[198]	머리가 희어서도 고생을 달게 여기네
蓋棺事則已,	일이란 관을 덮어야 끝나는 것
此志常覬豁[199]	자신의 뜻 이루어지기를 아직도 바라네
窮年憂黎元,[200][201]	평생 백성을 걱정하며
歎息腸內熱.[202]	탄식하고 애간장이 탔지
取笑同學翁,	함께 공부했던 친구들이 비웃어도

---

194) 老大(노대) : 늙다. 당시 두보는 44세였다. 고대인들은 40세가 넘으면 '늙다'는 말을 썼다.

195) 許身(허신) : 자신에게 바라다.

196) 稷與契(직여설) : 순(舜)을 보좌한 현신인 직(稷)과 설(契). 직(稷)은 농사를 관장하였고, 설(契)은 치수를 도왔다. 『맹자』「이루」(離婁)에 "직은 천하에 주린 자가 있으면, 자신이 주리게 만든 것으로 여겼다"(稷思天下有飢者, 由己飢之也.)는 말이 있다. 설(契)은 교육도 담당하였다.

197) 濩落(호락) : 瓠落(호락) 또는 곽락(廓落)이라고도 한다. 거대한 모양. 이 말은『장자』「소요유」(逍遙遊)에서 유래하였다. "위나라 왕이 나에게 표주박의 종자를 주어 내가 심었더니 자라나 오 석(육백 근) 크기가 되었소. 물을 담아보니 그 견고함이 말할 수 없었소. 쪼개어 표주박을 만들어 보니 너무 거대하여 쓸모가 없었소. 비어있는 듯 클 뿐이어서 내 생각에는 쓸모가 없어 부수어버렸소."(惠子謂莊子曰 : 「魏王貽我大瓠之種, 我樹之成而實五石, 以盛水漿, 其堅不能自擧也; 剖之以爲瓢, 則瓠落無所容. 非不呺然大也, 吾爲其無用而掊之.)

198) 契闊(결활) : 애쓰고 고생하다.

199) 此志(차지) : 이 뜻. 위에서 말한 직(稷)과 설(契)처럼 되기 바라는 일. ○ 覬豁(기활) : 실현되기를 바라다.

200) 심주 : '백성을 걱정하며'부터 '크게 노래하여 시름을 털어낸다'까지는 거듭 반복하여 남김없이 표현하였으니, 참으로 이전의 시인들이 도달하지 못한 영역이다.('憂黎元'至'放歌愁絶', 反反覆覆, 淋漓顚倒, 正古人不可及處.)

201) 窮年(궁년) : 일 년 내내. 평생 내내. ○ 黎元(여원) : 백성.

202) 腸內熱(장내열) : 창자 속이 열나다. 초조함을 표현한 말. 두보는 「위팔 처사에게」(贈衛八處士)에서도 "놀라 소리치며 창자 속이 불탄다"(驚呼熱中腸)고 유사한 표현을 썼다.

浩歌彌激烈.203)　　　　호탕한 노래는 더욱 격렬해졌지

非無江海志,204)　　　　강가나 바닷가에 은거하며

蕭灑送日月.205)　　　　자유롭게 세월을 보낼 뜻 없지 않지만

生逢堯舜君,206)　　　　생전에 요순(堯舜) 같은 성군을 만났기에

不忍便永訣.207)　　　　차마 바로 은거할 수 없었어라

當今廊廟具,208)　　　　지금 조정에는 뛰어난 인재가 갖추어져

構厦豈云缺?209)　　　　거대한 건물을 짓는데 부족하다 할 순 없지만

葵藿傾太陽,210)　　　　마음은 규채가 태양을 향해 기울 듯

物性固莫奪.　　　　　사물의 본성은 진실로 바꿀 수 없어라

顧惟螻蟻輩,211)　　　　되돌아 생각하면 땅강아지와 개미는

但自求其穴.　　　　　자기가 살 구멍만 찾으면 되는데

胡爲慕大鯨,　　　　　어찌하여 큰 고래를 부러워하여

輒擬偃溟渤?212)　　　　번번이 큰 바다에서 뛰놀려 했던가

---

203) 浩歌(호가) : 큰 소리로 호탕하게 부르는 노래.

204) 江海志(강해지) : 강가나 바닷가에 은거하려는 뜻.

205) 蕭灑(소쇄) : 세상일에 구속 받지 않는 모습. 산뜻하고 자유롭다.

206) 堯舜(요순) : 현종을 가리킨다. 두보는 「좌승 위제께 삼가 드림 22운」(奉贈韋左丞丈
二十二韻)에서도 "군주를 보좌하여 요순(堯舜)보다 더 낫게 만들고, 더하여 풍속을
순박하게 할 생각이었습니다"(致君堯舜上, 再使風俗淳.)고 하여 조정에 나가 군주를
보좌하여 왕도정치를 실현할 포부를 밝혔다.

207) 永訣(영결) : 영원히 헤어짐. 여기서는 은거를 가리킨다.

208) 廊廟具(낭묘구) : 회랑과 종묘의 도구. 조정에서 일하는 인재를 비유한다. 동량지재
(棟樑之才).

209) 構厦(구하) : 목재를 얽어 건물을 만드는 일.

210) 葵藿(규곽) : 규채와 콩잎. 콩잎은 향일성이 뚜렷하지 않지만 같은 종류이기에 연용
하였다. 조식(曹植)의 「구통친친표」(求通親親表)에 "마치 규채와 콩잎이 잎을 기울
듯이, 태양이 비록 그들을 위해 빛을 주지 않는다고 해도, 결국 이들이 태양을 향하
는 건 바로 정성 때문입니다"(若葵藿之傾葉, 太陽雖不爲之廻光, 然終向之者, 誠也.)
라는 말이 있다.

211) 顧惟(고유) : 되돌려 생각하다. ○螻蟻輩(누의배) : 땅강아지와 개미 같은 사람들. 자
신의 이익만을 추구하는 조정의 관리들을 가리킨다. 두보는 곧잘 조정의 대신들을
땅강아지와 개미들로 비유하였다.

212) 偃(언) : 비스듬히 눕다. ○溟渤(명발) : 드넓은 바다.

以玆悟生理,[213]	이를 보고 살아가는 이치를 깨닫지만
獨恥事干謁.[214]	권세가에 간알(干謁)하는 일은 부끄러워
兀兀遂至今,[215]	고독하고 곤궁하게 오늘까지 살아왔지만
忍爲塵埃沒?[216]	차마 세속의 먼지 속에 매몰되고 싶진 않았네
終愧巢與由,[217]	끝내 소부(巢父)와 허유(許由)에게 부끄럽지만
未能易其節.	직(稷)과 설(契)이 되려는 절조를 바꿀 수 없어라
沈飮聊自適,	술에 취해 잠시 자적하고
放歌破愁絶.	크게 노래하며 시름을 털어내네
歲暮百草零,	한 해는 저물어 온갖 풀이 시들고
疾風高岡裂.[218]	매서운 질풍에 높은 언덕이 찢어지네
天衢陰崢嶸,[219]	하늘에 한기가 산악처럼 뻗혀 오를 때
客子中夜發.	나그네는 한밤중에 장안을 출발하네
霜嚴衣帶斷,	된서리에 옷 띠가 동강나도
指直不能結.	손가락이 곱아서 맬 수도 없네
凌晨過驪山,[220]	이른 새벽 여산(驪山)을 지나니

---

213) 以玆(이자) : 이로써. 땅강아지와 개미들이 제 살 구멍을 찾는 일을 보고서. ○生理 (생리) : 생계.

214) 干謁(간알) : 부탁할 일이 있어 만나기를 청하다. 당대에는 벼슬을 하려면 권세 있는 사람의 추천을 받는 것이 가장 빠른 길이었으므로, 한사(寒士)들이 권세가의 발탁을 받으려고 하였다.

215) 兀兀(올올) : 고독하고 빈궁한 모양.

216) 忍(인) : 어찌 참을 수 있는가? '참다'는 뜻이 아니다.

217) 巢與由(소여유) : 소부(巢父)와 허유(許由). 요(堯)시대의 두 은사. 소부는 나무 위에 둥지를 틀고 살았기에 소부(巢父)라 하였으며, 요 임금이 천하를 선양하려 했지만 거절하였다. 허유는 요 임금이 천하를 양보하자 영수(潁水)의 물가로 가서 귀를 씻었다고 한다. 고대에는 이 두 사람을 은거하며 천성을 보존한 인물군으로 보았고, 직(稷)과 설(契)은 입조하여 세상에 공헌한 인물군으로 보아, 다른 계열로 구분하였다.

218) 심주 : 여기서부터는 수도에서 봉선현으로 가는 도중에 본 것들이다.(以下自京赴奉先途中所見.)

219) 天衢(천구) : 하늘. 원래 '하늘의 거리'라는 뜻으로 광활한 하늘은 사통팔달하여 마음 대로 다닐 수 있다는 의미를 취하였다. ○崢嶸(쟁영) : 높고 험한 모양. 여기서는 한 기가 매서운 모양을 형용하였다.

御榻在嶻嵲.²²¹⁾²²²⁾　　　임금의 어좌가 저 높은 산에 있다네

蚩尤塞寒空,²²³⁾　　　치우(蚩尤)가 뿜어낸 안개가 찬 허공을 덮어

蹴踏崖谷滑.²²⁴⁾　　　산을 밟고 오르니 벼랑과 계곡이 미끄러워

瑤池氣鬱律.²²⁵⁾　　　요지(瑤池) 같은 온천에선 수증기가 뿜어져 나오고

羽林相摩戛.²²⁶⁾　　　우림군이 많아 병기 부딪히는 소리 들리네

君臣留歡娛,　　　　임금과 신하가 머물며 즐거워하는지

樂動殷膠葛.²²⁷⁾　　　음악 연주가 드넓은 하늘에 울려 퍼지네

賜浴皆長纓.²²⁸⁾　　　목욕을 하사하니 모두가 고관들이요

與宴非短褐.²²⁹⁾²³⁰⁾　　　잔치에 참석한 사람도 베옷 입은 사람 없어라

---

220) 驪山(여산) : 장안 동쪽 교외에 있는 산. 산기슭에 온천이 나오며, 산 아래에 화청지 (華淸池)가 있다. 지금의 섬서성 서안시 임동구(臨潼區) 동남에 소재.

221) 심주 : 당시 현종이 화청궁에 있었다.(時明皇在華淸宮.)

222) 御榻(어탑) : 어좌. 여기서는 현종을 가리킨다. ○嶻嵲(질얼) : 산이 높은 모양. 여기 서는 높은 산을 가리킨다. 현종은 매년 10월 추위를 피하려 화청궁으로 행차하였다 가 봄에 돌아왔다. 『자치통감』권217 '천보 14년(755년)'조에 "겨울 10월 경인(庚寅)일 주상이 화청궁에 행차하다"고 하였다. 11월 갑자(甲子)일에 안록산이 범양에서 반란 을 일으켰다는 소식이 전해졌다. 두보가 이곳을 지날 때 현종과 양귀비는 화청궁에 있었다.

223) 蚩尤(치우) : 전설에 보면, 치우가 탁록(涿鹿)의 들에서 황제(黃帝)와 싸울 때 천지를 채우는 짙은 안개를 일으켜 황제의 군대를 혼미하게 만들었다. 여기서는 안개를 가 리킨다. 일설에는 혜성(彗星)의 이름으로, 이 별이 나타나면 병란(兵亂)이 일어날 조 짐이라고 한다.

224) 蹴踏(축답) : 산길을 밟고 가다.

225) 瑤池(요지) : 전설에서 서왕모(西王母)가 주 목왕(周穆王)을 초대하여 잔치를 베푼 곳. 여기서는 여산의 온천을 비유한다. ○鬱律(울진) : 안개나 수증기가 뿜어 오르는 모양.

226) 羽林(우림) : 우림군. 근위대. ○摩戛(마알) : 부딪혀 나는 소리. 근위병의 병기나 갑 옷이 부딪혀 나는 소리로, 근위병이 많음을 형용한다.

227) 殷(은) : 진동하다. 울려 퍼지다. ○膠葛(규갈) : 교갈(膠葛)이라 된 판본이 있는데 이 를 따르는 것이 옳다. 넓고 깊은 모양. 사마상여(司馬相如)의 「상림부」(上林賦)에 "드넓은 곳에서 음악을 연주한다"(張樂乎膠葛之㝢)는 말이 있다. 여기서는 드넓은 하늘을 가리킨다.

228) 賜浴(사욕) : 목욕을 하사하다. ○長纓(장영) : 긴 갓끈. 고위 관료를 가리킨다.

229) 심주 : 의장과 호위의 성대함, 포상의 남발, 내척의 사치 등이 행로 도중에 전해진다. 흉중의 울결이 언외의 근심으로 나타난다.(儀衛之盛, 賜予之濫, 內戚之奢, 從行路所

彤廷所分帛,[231]	궁궐에서 나눠주는 비단은
本自寒女出.	본디 가난한 여인이 만든 것
鞭撻其夫家,	그 남편과 가족을 매질하여
聚斂貢城闕.[232)233)]	거두어들여 공물로 도성에 가져온 것
聖人筐篚恩,[234]	임금이 광주리에 비단을 담아 주는 은혜는
實欲邦國活.	실은 나라를 융성시키고자 함이거늘
臣如忽至理,[235]	신하가 만약 지극한 이 이치를 소홀히 한다면
君豈棄此物?	임금이 비단을 버린 것과 같지 않은가?
多士盈朝廷,[236]	여러 신하들이 조정에 넘치는데
仁者宜戰慄!	어진 사람이라면 마땅히 두려워 떨어야 하리
況聞內金盤,[237]	하물며 듣자하니 궁중 안의 황금 쟁반은
盡在衛霍室.[238]	모두 위청과 곽거병 등 외척 집안에 있고
中堂舞神仙,[239]	대청에서는 신선 같은 무희가 춤을 추고
煙霧散玉質.[240]	향기로운 연기가 옥 같은 미녀 주위로 흩어진다네

經傳出. 胸中鬱結, 言外隱憂.)

230) 與宴(여연) : 잔치에 참여시키다. 잔치를 베풀다. ○短褐(단갈) : 짧은 베옷. 미천한 사람이 입는 옷. 백성을 가리킨다.

231) 彤廷(동정) : 조정. 궁중은 주칠한 곳이 많으므로 붉다는 의미의 彤(동)을 썼다.

232) 심주 : 『주례』에 "남자와 집에 세금을 내게 한다"라 하였다.(周禮: "出夫家之征.")

233) 聚斂(취렴) : 모으고 거두어들이다. ○城闕(성궐) : 장안을 가리킨다. 『자치통감』 권 216 '천보 8년(749년)'조에 보면, 천보 연간에 국고가 풍성해져 현종이 금과 비단을 흙이나 똥같이 여겨 총신에게 제한 없이 나누어준 일이 기록되어 있다.

234) 聖人(성인) : 현종을 가리킨다. ○筐篚(광비) : 네모진 광주리와 둥근 광주리. 주대(周代) 예절의 하나로, 군주가 잔치를 베푼 후 파할 때면 군신들을 권면하는 뜻으로 광주리에 비단을 담아 하사하였다.

235) 至理(지리) : 지극한 이치. 최고의 원칙.

236) 多士(다사) : 여러 신하. 『시경』 「문왕」(文王)에 "엄숙하고 뛰어난 여러 선비"(濟濟多士)라는 말에서 나왔다.

237) 內(내) : 대내(大內) 또는 내부(內府)와 같다. 궁중. 당 궁중에는 동내(東內), 서내(西內), 남내(南內)가 있었다. ○金盤(금반) : 황금 접시.

238) 衛霍(위곽) : 위청(衛靑)과 곽거병(霍去病). 모두 한 무제의 외척이다. 여기서는 양국충과 양귀비의 친척 자매를 가리킨다.

239) 神仙(신선) : 무희(舞姬)와 가기(歌妓). 당대에는 이들을 곧잘 '신선'이라 불렀다.

煖客貂鼠裘,[241] 손님을 담비 가죽으로 따뜻하게 하니

悲管逐清瑟.[242] 높은 피리 소리가 맑은 거문고 소리를 따르네

勸客駝蹄羹, 손님에게 낙타 발굽으로 만든 국을 권하고

霜橙壓香橘.[243] 서리 맞은 유자가 밀감 위에 쌓여 있어라

朱門酒肉臭,[244] 붉은 대문 안에서는 술과 고기 냄새 진동하나

路有凍死骨! 길에는 얼어 죽은 시체가 구르네

榮枯咫尺異,[245] 사치와 빈궁이 담을 두고 다르니

惆悵難再述. 서글퍼서 더 이상 말조차 하기 어려워라

北轅就涇渭,[246] 북쪽으로 경수와 위수로 갔다가

官渡又改轍.[247] 나루를 건너 다시 방향을 바꾸노라

群冰從西下,[248] 빙판들이 서쪽에서 떠내려 오는데

極目高崒兀.[249)250] 눈길 닿는 데까지 삐죽삐죽하구나

---

240) 煙霧(연무) : 안개. 일부 학자들은 미녀가 입은 얇은 비단을 비유한 말로 본다. ○玉質(옥질) : 옥체(玉體). 아름다운 미녀.

241) 煖客(난객) : 손님을 따뜻하게 하다. ○貂鼠裘(초서구) : 담비 가죽.

242) 悲管(비관) : 맑고 높은 관악기 소리. ○清瑟(청슬) : 거문고 따위의 현악기 소리.

243) 霜橙(상등) : 서리 맞아 노랗게 익은 등자. 등자는 유자와 비슷한 과일. ○壓(압) : 누르다. 쌓여 있다. 등자와 귤은 모두 남방 과일로 당시 북방인 장안에서는 진귀한 물건이었다.

244) 朱門(주문) : 붉은 대문. 궁성 또는 권문세가의 집.

245) 榮枯(영고) : 초목의 번성과 시듦. 여기서는 위에서 말한 부유함과 얼어죽음. ○咫尺(지척) : 팔촌과 한 자. 짧은 길이. 사치와 극빈이 궁성의 벽을 사이에 두고 공존함을 대비시켰다.

246) 北轅(북원) : 수레의 끌채를 북쪽으로 향하다. 북쪽으로 가다. ○涇渭(경위) : 경수와 위수. 두 물줄기는 서쪽에서 흘러와 장안 동북의 소응현(昭應縣, 지금의 섬서성 서안시 임동구)에서 합류한다.

247) 官渡(관도) : 관가에서 만든 나루터. 경수와 위수가 합류하는 소응현에 있었다. 조조(曹操)와 원소(袁紹)가 싸운 곳의 지명인 관도와는 다른 곳이다.

248) 群冰(군빙) : 여러 빙판들. 群水(군수)라고 된 판본도 있으나 아래의 "부딪치고"(觸)와 "무너지다"(坼) 등을 보면 群冰(군빙)이 더욱 적절하다.

249) 심주 : 이는 도중에 얼음을 만난 위험을 서술하였다. 곧 봉선현에 이른다.(此叙途次遇冰之險, 將至奉先.)

250) 極目(극목) : 눈길이 닿는 데까지 바라봄. ○崒兀(줄올) : 높고 험한 모양.

疑是崆峒來, [251]	아마도 공동산이 내려온 듯싶은데
恐觸天柱折. [252]	하늘을 받치는 기둥이 부딪쳐 부러질까 두렵네
河梁幸未坼, [253]	강의 다리는 다행히 무너지지 않았지만
枝撑聲窸窣. [254]	교차된 버팀목이 삐거덕거리는 소리를 내네
行旅相攀援, [255]	행인들이 서로 붙잡고 움직이나
川廣不可越.	강이 넓어 건널 수 없을 듯하네
老妻寄異縣, [256]	늙은 아내를 다른 현에 살게 하고
十口隔風雪.	열 식구가 눈보라를 두고 나뉘어 있어라
誰能久不顧?	그 누가 오래도록 돌보지 않을 수 있으랴
庶往共饑渴. [257]	주리고 목마른다 해도 함께 하리라
入門聞號咷, [258]	대문에 들어서니 호곡 소리 들리는데
幼子飢已卒.	어린 아들이 이미 굶어 죽었다 하네
吾寧捨一哀,	내 어찌 애통함을 참을 수 있으랴
里巷亦嗚咽!	이웃들도 모두 목메어 우는 것을!
所愧爲人父,	부끄럽게도 아비 된 사람으로
無食致夭折.	먹을 게 없어 요절하게 만들다니

---

251) 崆峒(공동) : 공동산. 감숙성 평량시(平凉市) 서쪽에 소재. 경수와 위수는 모두 농산(隴山)의 서쪽에서 발원하여 동쪽으로 흐른다.

252) 天柱折(천주절) : 하늘을 받치는 기둥이 부러지다. 『회남자』「천문훈」(天文訓)에 "옛날 공공이 전욱과 임금 자리를 두고 다투다가 노한 나머지 부주산을 들이받자, 하늘을 받치는 기둥이 부러졌고 땅줄기가 끊어졌다"(昔者共工與顓頊爭爲帝, 怒而觸不周之山, 天柱折, 地維絶.)는 신화가 있다.

253) 河梁(하량) : 다리. ○坼(탁) : 갈라지다. 무너지다.

254) 枝撑(지탱) : 교차된 버팀목. 「여러 시인의 '자은사탑에 올라'에 화답하며」(同諸公登慈恩寺塔)에도 보인다. ○窸窣(실솔) : 의성어. 다리가 흔들거리며 내는 소리.

255) 攀援(반원) : 다른 사람이나 물건을 붙들고 이동하다.

256) 異縣(이현) : 다른 현. 봉선현(奉先縣)을 가리킨다.

257) 심주 : 반악의 시에 "누구와 함께 이 추운 겨울을 보내랴?"가 있다. 여기서는 "주리고 목마른다 해도 함께 하리라"라 하였다. 모두 영원한 시간에 걸쳐 지극한 감정을 가장 잘 표현한 말이다.(潘岳云 : "誰與同歲寒?" 此云"庶往共饑渴", 千古情至語.)

258) 號咷(호도) : 울다. 咷(도)는 아이가 울다.

豈知秋禾登,[259]	어찌 알았으랴, 가을이 지나 벼도 익었거늘
貧窶有倉卒.[260][261]	가난한 탓에 이런 변고를 당하게 됨을
生常免租稅,[262]	살면서 항상 조세를 면제받아
名不隸征伐.[263]	이름이 병적에 오르지 않았는데도 이러하네
撫跡猶酸辛,[264]	지난 세월 돌이켜보면 신산스러운데
平人固騷屑.[265]	백성들이야 말할 것도 없이 불안하리라
默思失業徒,[266]	묵묵히 논밭을 잃은 사람들을 생각하고
因念遠戍卒.[267]	변방에 수자리 나간 병사를 생각하니
憂端齊終南,[268]	근심의 실마리가 종남산같이 커지고
澒洞不可掇.[269][270]	끝없는 바다 같아 수습할 수 없어라

평석 첫머리에 포부를 서술하고, 다음으로 지나는 길을 쓰고, 끝에서 집에 도착한 정황을

259) 登(등) : 익다.『맹자』「등문공」(滕文公)에 "오곡이 익지 않다"(五穀不登)는 말이 있다.

260) 심주 : 즉 '풍년이 들어도 배고파 운다'는 뜻이다.(卽年豐啼飢意.)

261) 貧窶(빈구) : 빈궁하다. ○ 倉卒(창졸) : 倉猝(창졸)이라고도 쓴다. 갑작스럽다. 황망하다. 여기서는 의외의 사고라는 뜻으로 아이의 요절을 가리킨다.

262) 生(생) : 생활. ○ 免租稅(면조세) : 조세를 면제받다. 당대에는 9품 이상 벼슬에 있는 자는 면세 대상이었는데, 두보는 당시 좌위솔부 병조참군이었으므로 조세와 병역이 면제되었다.

263) 隸(예) : 속하다. 征伐(정벌)은 병역의 장부에 이름이 들어있다는 뜻.

264) 撫跡(무적) : 지나온 자취를 생각하다.

265) 平人(평인) : 평민. ○ 騷屑(소설) : 어수선하고 어지럽다.

266) 失業徒(실업도) : 토지를 잃은 농민. 業(업)은 생업의 기초가 되는 논밭. 오늘날의 실업자란 말과 뜻이 다르다. 당시 균전제가 와해되면서 많은 농민들이 논밭이 없어 떠돌아다녔다.

267) 遠戍卒(원수졸) : 원격지에서 수자리를 지키는 병사. 당시 병역은 이삼 년이었고, 원격지는 사 년을 넘지 않았으나, 전쟁이 계속되면서 교대할 수 없게 되자 기간이 지나도 돌아오지 못하는 병사가 많이 생겼다.

268) 終南(종남) : 종남산. 지금의 섬서성 서안시 남쪽 교외에 있는 산.

269) 심주 : 결미는 '직(稷)과 설(契)이 되기를 바라고'와 '백성을 걱정하며'의 뜻과 상응한다.(結與許稷契'憂黎元'意相應.)

270) 澒洞(홍동) : 끝없이 광막하여 몽롱한 모양.『회남자』「정신훈」(精神訓)에 "옛날 아직 천지가 없을 때 (…중략…) 아득하고 광막하여 그 문을 알지 못하였다"(古未有天地之時, (…중략…) 澒蒙鴻洞, 莫知其門.)는 말이 있다. ○ 掇(철) : 손으로 줍다. 수습하다.

썼다. 몸은 곤궁하나 마음은 천하의 일을 걱정하니 바로 직(稷)과 설(契)이 되고자 하는 사람의 말이다.(首敍抱負, 次述道途所經, 末述到家情事. 身際困窮, 心憂天下, 自是希稷契人語.) ○ 이 시와 「북으로 가며」는 장편이기 때문에 단락을 나누었다.(此詩及北征, 因長篇畵分段落.)

해설 장안에서 북쪽에 있는 봉선현으로 가며 느낀 바를 읊은 시이다. 제작 시기는 755년 11월 안사의 난이 일어나기 직전으로 보인다. 당시 두보는 우위솔부주조참군(右衛率府冑曹參軍)이라는 병기 관리 업무를 맡고 있었는데, 잠시 시간을 내어 봉선으로 가족을 만나러 가는 길이었다. 이 시는 성군을 보좌하여 백성을 구하려는 자신의 포부, 여산을 지나가며 바라본 군신 간의 사치와 타락, 집에 도착한 후 아이의 굶어죽은 상황 등 크게 세 부분으로 되어 있다. 시대의 혼탁과 자신의 곤고함 속에서도 힘든 백성을 생각하는 모습은 여기서도 유감없이 표현되었다. 장안에서의 십 년 체험과 관찰을 융합하였으며, 안사의 난 직전의 위기감을 드러내고 있어 시대적 의의를 지닌 장편 걸작으로 평가받는다. 비록 여로의 기록이지만 주로 자신의 뜻과 정감을 드러냈기에 영회시(詠懷詩)라고 제목을 붙였다.

술회(述懷)

去年潼關破,[271]	작년에 동관(潼關)이 함락되고서
妻子隔絶久.	처자식과 오래도록 나뉘어졌네

---

271) 潼關(동관) : 관문 이름. 장안의 동쪽 교외에 있어 장안을 지키는 최후의 방어선에 해당한다. 당시 화주 화음현(華陰縣, 지금의 섬서성 화음시) 소재. 755년 11월에 범양에서 반란을 일으킨 안록산은 756년 6월에 가서한(哥舒翰)이 지키는 동관을 함락시키고 장안으로 진공하였다. 7월에 숙종이 영무(靈武)에서 즉위하였다. 두보는 8월에 부주(鄜州)에서 영무로 달려갔으나, 도중에 반란군에 잡혀 장안에 억류되었다. 이후 가족들과 헤어져 있게 되었다.

今夏草木長,	올 여름 초목이 무성히 자라자
脫身得西走.²⁷²⁾	탈출하여 서쪽으로 달아날 수 있었어라
麻鞋見天子,	미투리를 신고 천자를 뵈올 때
衣袖露兩肘.²⁷³⁾	소매는 두 팔뚝이 드러났었지
朝廷愍生還,	조정에서는 나의 생환을 가엾게 여기고
親故傷老醜.²⁷⁴⁾	친한 사람들은 내가 늙고 추함을 안타까워했지
涕淚授拾遺,²⁷⁵⁾	감격의 눈물 흘리며 좌습유를 하사하시니
流離主恩厚.²⁷⁶⁾	난리 중에 주군의 은혜가 두터워라
柴門雖得去,²⁷⁷⁾	지금은 비록 집에 간다고 휴가를 청할 수 있어도
未忍卽開口.	차마 바로 입을 열어 말할 수 없어라
寄書問三川,²⁷⁸⁾	편지를 부쳐 삼천(三川) 소식을 물노니
不知家在否?	집이 있는지 없는지 알 수 없어라
比聞同罹禍,²⁷⁹⁾	요즈음 들으니 마찬가지로 화를 당하여
殺戮到鷄狗.	닭과 개까지 다 죽였다는데

---

272) 脫身(탈신) : 몸을 빠져나가다. 757년 4월에 장안에서 탈출하여 행재소인 봉상(鳳翔)으로 간 일을 가리킨다.

273) 兩肘(양주) : 두 팔뚝. 두 팔뚝이 드러날 정도로 옷차림이 남루하다는 뜻.

274) 親故(친고) : 친한 사람과 친구. 이 구는 「행재소에 도착함을 기뻐하다」(喜達行在所)에도 "친한 사람들이 내가 늙고 마른데 놀라고"(所親驚老瘦)라는 표현이 있다.

275) 涕淚(체루) : 눈물을 흘리다. 황제가 감격하여 눈물을 흘리다. ○授(수) : 주다. 受(수)라 된 판본도 있다. 그러면 "황제의 은전에 감격의 눈물을 흘리며 좌습유를 받다"는 뜻이 된다. ○拾遺(습유) : 관직 이름. 두보는 장안을 탈출하여 행재소에 달려온 충정으로 757년 5월 16일 좌습유에 임명되었다. 문하성(門下省) 소속으로 황제를 호종하며 간언하는 업무를 담당한다. 비록 종8품으로 품계는 낮아도 황제에게 직접 직언을 할 수 있기에 당대 문인들이 가장 영예롭게 생각한 직책 가운데 하나였다.

276) 流離(유리) : 유전이산(流轉離散)의 준말. 떠돌아다니고 헤어짐.

277) 柴門(시문) : 사립문. 부주(鄜州) 강촌(羌村)에 있는 집의 문. ○去(거) : 가다. 여기서는 '떠나다'는 뜻이 아니다.

278) 三川(삼천) : 부주(鄜州) 삼천현(三川縣). 지금의 섬서성 부현(富縣). 장안에서 북으로 200킬로미터 정도 떨어져 있다. 756년 6월 안사의 난으로 장안이 함락되자 45세인 두보는 가솔을 이끌고 봉선(奉先)에서 삼천(三川)으로 피난 갔었다.

279) 比(비) : 요즈음. ○罹禍(이화) : 병란의 화를 입다. 罹(리)는 재난을 당하다. 당시 동관이 함락되면서 인근 지역이 모두 안록산 반란군의 손에 들어갔다.

山中漏茅屋,	산중에 비가 새는 띳집에서
誰復依戶牖?[280]	누가 또 창문에 기대 있겠는가?
摧頹蒼松根,[281]	꺾어지고 기울어진 소나무 뿌리 옆
地冷骨未朽.	차가운 땅에서 아직 뼈가 썩지 않았으리
幾人全性命?	몇 사람이나 목숨을 보전했을까?
盡室豈相偶?[282]	전 가족이 모두 살아있진 않으리라
嶔岑猛虎場,[283]	산이 험하고 맹호가 날뛰는 걸 생각하니
鬱結廻我首.[284]	가슴이 꽉 막히어 고개를 흔들어라
自寄一封書,	지난 번 편지를 부친 후로
今已十月後.	지금 벌써 열 달이 지났는데
反畏消息來,[285]	오히려 소식이 올까 겁이 나니
寸心亦何有![286]	한 조각 심장마저 녹아 없어졌어라
漢運初中興,[287]	한나라 국운이 비로소 중흥하니
生平老耽酒.[288]	내 평생에 늙어서 술을 즐기노라
沈思歡會處,[289]	기쁘게 만나리라 생각하지만
恐作窮獨叟!	혹여나 고독한 늙은이 될까 두려워라!

---

280) 戶牖(호유) : 지게문과 흙벽 문. 문을 통칭한다.

281) 摧頹(최퇴) : 꺾어지고 기울어지다.

282) 盡室(진실) : 가족 전체. ○偶(우) : 짝하다. 여기서는 함께 하다.

283) 嶔岑(금잠) : 산세가 높고 험한 모양. ○猛虎場(맹호장) : 맹호가 활동하는 곳. 반란군 이 만행을 자행하는 지역.

284) 鬱結(울결) : 걱정과 원망으로 가슴이 답답하고 막힘.

285) 심주 : 반어로 이은 것이 절묘하니, 만약 "소식 온 게 보이지 않으니"라고 했으면 뜻 이 얕아질 것이다.(妙在反接, 若云"不見消息來", 意淺薄矣.)

286) 寸心(촌심) : 가로 세로 한 치의 심장. 마음. ○亦何有(역하유) : 또한 무엇이 있는가? 심장마저 녹아 없어졌다는 뜻. 또는 하유(何有)를 하재(何在)의 뜻으로 새겨 "심장은 어디에 있는가?"라고 풀이해도 통한다.

287) 漢運(한운) : 한(漢)나라의 운명. 여기서는 당(唐)의 운명. 당대 시인들은 당을 곧잘 한(漢)으로 비겼다.

288) 生平(생평) : 평생(平生).

289) 沈思(심사) 2구 : 가족이 다시 만나 즐거우리라 예상하지만, 혹여나 가족들이 변을 당하여 나는 이미 고독하고 가난한 늙은이가 된 게 아닌가 의심한다.

해설 755년 11월에 안록산의 난이 일어나 756년 6월 장안이 함락되었을 때 두보는 가솔을 이끌고 봉선(奉先)에서 부주(鄜州) 삼천현(三川縣)으로 피난 갔다. 7월에 숙종이 영무(靈武)에서 즉위하자, 두보는 8월에 영무로 달려가다가 도중에 반란군에 잡혀 장안에 억류되었으며 이후 가족들과 헤어져 있었다. 757년 4월 장안에서 탈출하여 행재소인 봉상(鳳翔)으로 가서 숙종으로부터 좌습유의 관직을 받았다. 이 시는 그해 여름, 봉상(鳳翔)에서 좌습유(左拾遺)에 임직하고 있으면서, 지난 일 년 동안의 경력과 부주(鄜州)에 있는 가족의 안부를 걱정하는 마음을 술회하였다. 역사와 시인이 어떻게 긴밀히 만났는지 알 수 있다.

팽아의 노래(彭衙行)[290]

憶昔避賊初,[291)292]	예전에 도적들을 피한 일 생각하니
北走經險艱.[293]	북으로 험난한 길을 지나갔었지
夜深彭衙道,	한밤에 팽아(彭衙)로 가는 길에
月照白水山.	달이 백수현의 산을 비추었어라
盡室久徒步,	온 가족이 오래도록 걷기만 하다 보니
逢人多厚顔.[294]	사람을 만나면 부끄러움이 많았고

---

290) 彭衙(팽아) : 고대 마을 이름으로 춘추시대 진(秦)과 진(晉)이 싸운 곳이며, 한대에는 팽아현(彭衙縣)이었다. 현재 섬서성 백수현(白水縣) 동북쪽 육십 리에 있는 팽아보(彭衙堡)라는 곳에 해당하며, 부근에 백수산(白水山)이 있다. 제목 팽아행(彭衙行)은 '팽아의 노래'라는 뜻으로 악부제의 형식을 빌렸다.

291) 심주 : 전편이 회상을 서술했으므로 '억석'(憶昔) 두 글자로 시작하였다.(通篇追敍, 故用'憶昔'二字領起.)

292) 避賊(피적) : 도적을 피하다. 일 년 전인 756년 6월 동관이 함락되자 가솔을 데리고 백수현(白水縣)에서 북쪽으로 피난한 일을 가리킨다.

293) 北走(북주) : 북쪽으로 달리다. 부주(鄜州)는 백수현의 북쪽에 있다.

294) 厚顔(후안) : 낯가죽이 두꺼움. 뻔뻔스럽게 되었다 함은 여러 가지 해석이 가능하다. 식구가 많아 만나는 사람들에게 폐를 끼치게 되었기 때문으로 볼 수도 있고, 남루한

參差谷鳥吟,²⁹⁵⁾   골짜기 여기저기에서 새들이 우짖는데
不見遊子還.   고향으로 돌아가는 행인은 볼 수 없었지
癡女饑咬我,²⁹⁶⁾   철없는 딸은 배고프다고 나를 물어뜯는데
啼畏虎狼聞.   우는 소리를 호랑이가 들을까 두려웠다네
懷中掩其口,   품속에서 그 입을 막으니
反側聲愈嗔.   몸을 돌리며 더욱 크게 울었지
小兒强解事,²⁹⁷⁾   어린 아들은 상황을 아는 척
故索苦李餐. ²⁹⁸⁾   일부러 쓴 자두를 찾아 먹었지
一旬半雷雨,   열흘 중에 반은 비가 오고 천둥이 쳐
泥濘相牽攀.²⁹⁹⁾   진흙탕에서 서로 붙잡고 끄는데
既無御雨備,   비를 막을 장비가 없었고
徑滑衣又寒.   길이 미끄럽고 옷도 차가웠지
有時經契闊,³⁰⁰⁾   어떤 때는 험한 길을 지나가다 보니
竟日數里間.³⁰¹⁾   하루 종일 걸어도 몇 리 밖에 못갔고
野果充糇糧,³⁰²⁾   들판의 과실을 건량 삼아 먹고
卑枝成屋椽.   낮은 나뭇가지를 처마로 삼았지

모습을 보이지 않을 수 없었기 때문으로 볼 수도 있고, 난리에 자기 가족이 온전하여 슬퍼하는 남에게 미안했기 때문으로도 볼 수 있다.

295) 參差(참치): 들쑥날쑥하여 가지런하지 못한 모양. 여기서는 새들이 번잡하게 많은 모양.

296) 癡女(치녀): 철없는 딸.

297) 强解事(강해사): 모르면서 일부러 아는 척 함.

298) 故(고): 일부러, 고의로. ○ 苦李(고리): 쓴 자두. 맛이 쓰고 떫다. 『세설신어』에 왕융(王戎)이 어렸을 때 길가의 자두는 먹어보지 않아도 쓰다고 하여 '도방고리'(道傍苦李)란 고사가 만들어졌다. 유신(庾信)의 「귀전」(歸田)에도 "쓴 자두는 아무도 따지 않고"(苦李無人摘)란 구가 있다.

299) 泥濘(니녕): 진흙탕.

300) 契闊(결활): 애쓰고 고생하다. 여기서는 어려운 길.

301) 竟日(경일): 하루 종일.

302) 糇糧(후량)·건량(乾糧). 말린 음식. 『시경』 「공류」(公劉)에 "건량을 싸고"(乃裹餱糧)란 말이 있다.

早行石上水,	아침에는 돌 위의 물을 지나가고
暮宿天邊煙.	저녁에는 하늘 끝의 안개 속에서 잠들었지
少留同家窪,303)	잠시 동가와(同家窪)에 머물렀다가
欲出蘆子關.304)	노자관(同家窪)을 나가려고 했는데
故人有孫宰,305)	옛 친구인 손재(孫宰)가 있어
高義薄曾雲.306)	높은 의리가 구름에 닿은 듯했지
延客已曛黑,307)	우리를 맞이할 땐 이미 어두웠기에
張燈啓重門.	등을 걸고 여러 겹의 문을 열어 주었지
暖湯濯我足,	따뜻한 물로 나의 발을 씻어주고
剪紙招我魂.308)	전지(剪紙)로 나의 혼을 편안히 하였지
從此出妻孥,309)	그런 연후에 자신의 아내와 자식을 불러내니
相視涕闌干.310)	서로 바라보며 눈물을 마냥 흘렸지
衆雛爛熳睡,311)	여러 아이들이 곤히 자고 있는데
喚起沾盤飧.312)	불러 깨워서 따뜻한 밥을 먹여주었지
"誓將與夫子,313)	"맹세하노니 장차 그대와

---

303) 同家窪(동가와) : 지명. 손재(孫宰)가 거주하는 곳. 구체적인 장소는 명확하지 않으나, 팽아와 부주(鄜州)의 중간에 위치한다.

304) 蘆子關(노자관) : 연주(延州)에 있는 관소. 지금의 섬서성 안새현(安塞縣) 서북에 위치. 부주보다 북쪽에 있는데 영무(靈武)로 가는 도중에 소재했다. 두보는 원래 가솔을 데리고 숙종이 있는 영무로 가려고 했다.

305) 孫宰(손재) : 사람 이름. 황희(黃希)는 재(宰)를 현령으로 보아 성이 손씨인 현령이라고 했지만, 많은 학자들은 성이 손(孫)이고 이름이 재(宰)라고 보았다.

306) 薄(박) : 가깝다. ○ 曾雲(증운) : 층층으로 높이 솟은 구름.

307) 曛黑(훈흑) : 해가 저물어 하늘이 어두워짐.

308) 剪紙(전지) : 가위나 칼로 오린 종이. 당시에는 흰 종이를 오려 문밖에 걸어두어 놀라고 억눌린 행인의 정신을 안정시키는 풍속이 있었다.

309) 妻孥(처노) : 처와 자식. 손재의 처와 자식. 두보의 처와 자식이라는 설도 있다. 모두 통한다.

310) 闌干(난간) : 눈물을 철철 흘리는 모양.

311) 衆雛(중추) : 새 새끼들. 여기서는 어린 아이들. ○ 爛熳(난만) : 爛漫 또는 爛縵이라 쓰기도 한다. 여기서는 곤히 푹 자다.

312) 沾(첨) : 첨은(沾恩)하다. 은혜를 입다. ○ 盤飧(반손) : 그릇에 담긴 음식.

永結爲弟昆."[314]	영원히 형제가 되기로 약속하오"
遂空所坐堂,[315]	마침내 자신이 거처하던 방을 비우고
安居奉我歡.	자리를 편안히 하여 우리를 기쁘게 하였지
誰有艱難際,	그대가 아니라면 누가 이 어려운 때에
豁達露心肝?[316]	대범하게 속 깊은 정성을 나타내겠는가?
別來歲月周,[317]	헤어진 지 한 해가 되었는데
胡羯仍構患.[318][319]	오랑캐는 아직도 환난을 만들고 있어라
何當有翅翎,[320]	어느 때가 되어야 나에게 날개가 있어
飛去墮爾前!	날아가 그대 앞에 내려앉을 수 있을까!

해설 756년 6월 동관이 함락되자 두보는 가솔을 데리고 동주(同州) 백수현(白水縣)에서 북쪽으로 피난하여 가다가 팽아(彭衙)를 지나 동가와(同家窪)에 이르렀고, 이곳에서 친구 손재(孫宰)의 따뜻한 환대를 받았다. 이 시는 다음 해인 757년(46세) 윤8월, 봉상(鳳翔)에서 부주(鄜州)로 가는 도중에 팽아의 서쪽을 지나면서 전 해의 일을 생각하며 친구 손재에게 보낸 시이다. 난세 중에 베풀어준 친구의 정을 자상히 서술하고 찬미한 시이다.

---

313) 夫子(부자): 선생. 그대. 손재가 두보를 존칭하여 부른 말. 손재를 가리킨다는 설도 있으나 문맥으로 보아 부적절하므로 취하지 않는다.

314) 弟昆(제곤): 형제.

315) 空(공): 비우다. 방을 비워 손님에게 제공하다.

316) 豁達(활달): 도량이 넓고 대범하다.

317) 歲月周(세월주): 한 해가 한 바퀴 돌다. 일 년이 지나다. 전해 유월에 헤어진 후 올해 윤팔월이 되었으므로 만 일 년이 조금 더 지났다.

318) 심주: 말 4구에서 본심을 정리하여 말하였다.(未四句收出本意.)

319) 胡羯(호갈): 오랑캐. 胡(호)는 중국의 서북에 거주하는 이민족을 통칭하며, 羯(갈)은 흉노의 별종으로 오호(五胡)의 하나. 여기서는 돌궐계 혼혈족인 안록산(安祿山)과 사사명(史思明), 그리고 그의 군사를 가리킨다. 757년 1월에는 안경서(安慶緒)가 안록산을 살해하였다

320) 何當(하당): 어느 때. 어떻게 하여. ○翅翎(시령): 날개.

북으로 가며(北征)[321]

皇帝二載秋,[322]	숙종 황제 지덕(至德) 2년 가을
閏八月初吉.[323]	윤 팔월 초하루에
杜子將北征,	내 장차 북으로 길을 가나니
蒼茫問家室.[324]	아득한 심정으로 가족을 찾아가네
維時遭艱虞,[325]	어렵고 근심스런 때를 만나
朝野少暇日.[326]	조야가 모두 한가한 날 없는데
顧慚恩私被,[327]	돌아보니 황공하게도 황제의 은혜를 입어
詔許歸蓬蓽.[328]	누추한 집에 돌아갈 허락을 받았어라
拜辭詣闕下,[329]	행재소의 궁문에 이르러 삼가 하직한 후
怵惕久未出.[330]	근심스레 주저하며 오랫동안 나서지 못하였어라

---

321) 심주 : 두보는 당시 집이 부주에 있었는데, 봉상의 동북에 위치하기에「북으로 가며」라고 하였다.(公時家鄜州, 在鳳翔東北, 故云北征.)

322) 皇帝(황제) : 숙종을 가리킨다. ○ 二載(이재) : 지덕(至德) 2년. 757년.

323) 初吉(초실) : 초하루.『시경』「소명」(小明)에 "이월 초하루에 떠난 후, 추위 가고 더위 왔네"(二月初吉, 載離寒暑.)란 말에서 나왔다. 나중에는 초하루에서 상현(上弦, 초파일)까지 중의 하루를 가리켰다.

324) 蒼茫(창망) : 멀고 아득한 모습. 병란 중에 가족의 상황이 어떠한지 모르는 심리적인 상태를 형용하였다.

325) 維(유) : 발어사. 말을 시작할 때 습관적으로 붙이는 어휘이다. 維時(유시)를 굳이 번역하면 "이 때"이다. ○ 艱虞(간우) : 고생과 걱정. 안사의 난으로 인한 사회적 긴장과 어려움을 가리킨다.

326) 朝野(조야) : 조정과 민간.

327) 恩私(은사) : 황제의 특별한 은총. ○ 被(피) : 입다. 받다.

328) 詔許(조허) : 황제가 조서를 내려 허락하다. ○ 蓬蓽(봉필) : 봉문(蓬門)과 필호(蓽戶). 쑥대로 만든 문과 가시나무로 만든 지게문. 풀이나 나뭇가지로 만든 문과 창이란 뜻으로, 가난한 사람의 거처를 말한다. 여기서는 두보가 자신의 거처를 지칭한 말. 당시 두보는 방관(房琯)이 진도(陳陶)와 청판(青坂)에서 패전한 일을 두둔하다가 숙종의 노여움을 사 삼사(三司)의 추문을 받게 되었다. 앞날을 예측하기 힘든 상황에서 재상 장호(張鎬)의 변호로 방면되었다. 여기서는 이를 아주 완곡하게 표현하였다.

329) 拜辭(배사) : 삼가 작별을 고하다. ○ 闕下(궐하) : 궁문 앞. 여기서는 행재소의 궁문.

330) 怵惕(출척) : 두려워서 조심하는 모습.

雖乏諫諍姿,[331] 　내 비록 간언할 자질이 부족했으나

恐君有遺失.　군주께 미비함 없도록 항상 걱정하였네

君誠中興主,　임금은 진실로 나라를 중흥시킬 군주라

經緯固密勿.[332]　국사를 처리하매 부지런히 힘쓰시네

東胡反未已,[333]　다만 동쪽 오랑캐의 반란이 아직 끝나지 않으니

臣甫憤所切.　신(臣) 두보가 절절히 분노하는 바이라

揮涕戀行在,[334]　눈물을 뿌리며 임금 계신 곳을 생각하니

道途猶恍惚.[335]　길에 올랐어도 아직도 정신이 아득하네

乾坤含瘡痍,[336]　하늘과 땅 사이는 만신창이

憂虞何時畢![337]　이 근심 걱정은 언제 끝날 것인가!

靡靡逾阡陌,[338][339]　느릿느릿 논둑길을 넘어가니

人煙眇蕭瑟.　인가도 없어 쓸쓸하여라

所遇多被傷,[340]　만나는 사람은 대부분 부상을 당해

呻吟更流血.　신음하며 또 피를 흘리는구나

---

331) 諫諍(간쟁): 간(諫)은 아랫사람이 윗사람에게 권계하는 것이며, 쟁(諍)은 직언으로 따져 말하는 것이다. 두보가 담당한 좌습유(左拾遺)는 군주에게 간쟁하는 것이 주요한 임무이다.

332) 經緯(경위): 직물의 세로줄과 가로줄. 여기서는 국사의 처리와 다스림. ○密勿(밀물): 부지런히 노력하다.

333) 東胡(동호): 동쪽 오랑캐. 안경서(安慶緒)를 가리킨다. 757년 1월 안경서는 자신의 부친 안록산을 살해하고 낙양에서 황제 자리에 올랐다.

334) 行在(행재): 천자가 있는 곳. 천자가 임시로 머무는 곳. 당시 봉상(鳳翔)을 가리킨다.

335) 恍惚(황홀): 정신이 아득하고 멍한 모양.

336) 乾坤(건곤): 천지(天地). 나라 전체. ○瘡痍(창이): 상처.

337) 憂虞(우우): 근심과 걱정.

338) 심주: 아래에서는 도중에 거친 곳을 서술하였다.(下叙途中所經.)

339) 靡靡(미미): 지지(遲遲)와 같다. 느리게 가는 모양. 『시경』 「서리」(黍離)에 "가는 걸음 느리고, 마음속은 흔들리네"(行邁靡靡, 中心搖搖.)라는 말이 있으며, 더불어 황폐해진 옛터를 보고 탄식하는 '서리지탄'(黍離之歎)을 환기한다. ○阡陌(천맥): 논둑길. 남북으로 뚫린 길을 천(阡)이라 하고, 동서로 이어진 길을 맥(陌)이라 한다.

340) 被傷(피상): 상처를 입다. 부상당하다. 당시 수도 주위에서는 전쟁으로 해를 입은 사람이 많았다. 756년 방관이 진도(陳陶)와 청판(青坂)에서 패하였고, 757년 곽자의(郭子儀)가 청거(清渠)에서 패하였다.

回首鳳翔縣,　　머리 돌려 봉상현(鳳翔縣)을 바라보니

旌旗晚明滅.　　깃발이 저녁 햇빛에 반짝이는구나

前登寒山重,　　앞으로 나가며 겹겹의 차가운 산을 오르니

屢得飮馬窟.[341]　군마에 물 먹이던 웅덩이가 곳곳에 있구나

邠郊入地底,[342]　빈주(邠州)의 교외는 낮은 분지로

涇水中蕩潏.[343]　경수(涇水)가 중간에서 출렁이며 흘러가네

猛虎立我前,[344]　사나운 호랑이가 내 앞에 서서

蒼崖吼時裂.　　푸른 언덕을 찢어놓을 듯 포효하여라

菊垂今秋花,[345]　국화는 올 가을의 꽃이지만

石戴古車轍.[346]　돌길은 옛 수레바퀴의 자국이 남아있네

靑雲動高興,　　구름이 나의 높은 흥취를 일으키니

幽事亦可悅.[347]　고요한 풍경도 가히 즐길만해라

山果多瑣細,　　산의 나무열매는 대부분 자잘하고

羅生雜橡栗.[348]　나란히 열리어 도토리와 섞여있네

或紅如丹砂,[349]　어떤 것은 단사처럼 붉고

---

341) 飮馬窟(음마굴) : 말에게 물을 먹이는 샘. 전쟁 중에 말에게 물을 마시게 하는 연못이나 샘물. 한대 악부시에 「장성 아래 샘에서 말에 물 먹이며」(飮馬長城窟行)란 시가 있는데, 여인이 객지에 나간 남편을 그리는 시이다. 여기서는 이를 암용하여, 군대가 주둔한 흔적으로 표현하였다.

342) 邠(빈) : 빈주(邠州). 봉상현 동북과 부주의 서남쪽에 위치하므로 봉상현에서 부주에 가려면 빈주를 거쳐야 한다. 지금의 섬서성 빈현(彬縣). ○ 入地底(입지저) : 사방이 높고 가운데가 낮은 곳. 빈주의 교외는 분지로, 산 위에서 보면 땅이 내려앉은 것 같다.

343) 涇水(경수) : 감숙성 경주(涇州)에서 발원하여 빈주(邠州)의 중앙을 관통하여 동남으로 흐르다가 서안 교외 동북에서 위수(渭水)에 합류한다. 황토고원을 지나왔기에 항상 탁하다. ○ 蕩潏(탕휼) : 물결이 흔들리는 모양.

344) 猛虎(맹호) : 호랑이처럼 생긴 괴석. 실제의 호랑이로 보는 해석도 가능하다.

345) 심주 : 여기서부터는 바라본 아름다운 광경이다.(以下所見佳景.)

346) 戴(대) : 머리에 이다. 바위 위에 찍히다.

347) 幽事(유사) : 산속의 고요한 풍경. 바로 아래에서 말하는 산속의 흥취.

348) 橡栗(상률) : 도토리.

349) 丹砂(단사) : 丹沙라고도 쓴다. 붉은 색의 광물로 약이나 안료로 쓰인다.

或黑如點漆,	어떤 것은 옻처럼 검어
雨露之所濡,	비와 이슬에 적셔지기만 하면
甘苦齊結實.	쓴건 단건 다 같이 열매를 맺거늘
緬思桃源內,[350]	멀리 도화원 마을이 이러하리라 생각하니
益歎身世拙.	내 서투른 처세가 더욱 슬퍼지네
坡陀望鄜畤,[351]	산세가 오르내리는 부주(鄜州)를 바라보니
巖谷互出沒.	바위 많은 계곡이 갈마들며 깊어지는구나
我行已水濱,	나는 벌써 강가에 이르러 돌아보니
我僕猶木末.[352]	산기슭에 있는 하인이 나뭇가지처럼 보이네
鴟鳥鳴黃桑,[353]	올빼미는 누런 뽕나무 위에서 울고
野鼠拱亂穴.[354]	공서(拱鼠)는 쥐구멍 앞에서 읍례하고 서있네
夜深經戰場,	한밤에 전장(戰場)을 지나가니
寒月照白骨.	차가운 달이 백골을 비추네
潼關百萬師,[355]	동관을 지키던 백만 병사들이

---

350) 緬思(면사) : 멀리 생각하다. ○ 桃源(도원) : 도연명의 「도화원기」(桃花源記)에 나오는 세상과 격절된 마을.

351) 坡陀(파타) : 산세가 높고 낮은 모양. ○ 鄜畤(부치) : 부주(鄜州)를 가리킨다. 『사기』「봉선서」(封禪書)를 보면, 춘추시대에 진 문공(秦文公)이 꿈속에서 누런 뱀이 하늘에서 내려와 그 입을 부주에 대는 걸 보고는, 부주에 제단을 쌓고 천신에게 제사지냈으며, 이곳을 부치(鄜畤)라 하였다. 치(畤)는 흙을 높이 쌓아 만든 제단.

352) 심주 : 한 폭의 여행을 그린 명화이다.(一幅旅行名畫.)

353) 심주 : 여기서부터는 바라본 참상이다.(以下所見慘景.)

354) 野鼠(야서) : 공서(拱鼠), 혼서(鼲鼠), 황서(黃鼠) 등으로도 불린다. 발과 꼬리가 짧고 사람을 보면 뒷발로 서서 마치 사람이 두 손을 잡고 읍례(揖禮)를 하듯 앞발을 든다. 남조 유경숙(劉敬叔)의 『이원』(異苑) 권3에 관련 기록이 있다. "공서(拱鼠)는 형상이 보통 쥐와 같으나, 들에 살며 사람을 보면 두 손으로 읍하며 선다. 사람이 잡으려고 가까이 다가가면 뛰어 달아난다. 진 지방 평원에 있다."

355) 潼關(동관) 구 : 755년 12월 가서한(哥舒翰)의 동관 전투를 가리킨다. 당시 안록산이 낙양을 함락시키자, 현종은 가서한에게 이십만 대군을 이끌고 동관을 지키게 하였다. 가서한은 수비 작전을 펼쳤으나 양국충이 출전을 재촉하자 어쩔 수 없이 관문을 나가 싸웠다. 756년 6월 영보(靈寶)에서 패하여 전군이 궤멸되었다. 가서한은 부장 화발귀인(火拔歸仁)에게 생포되어 반란군에게 항복하였다. ○ 百萬師(백만사) : 백만의 군대. 실제는 이십만이나 과장하여 말하였다.

往者散何卒![356]	지난번에 어찌 그리 빨리 패했던가!
遂令半秦民,[357]	결국 진(秦) 지방 백성의 반이
殘害爲異物![358]	해를 입어 귀신이 되어버렸구나!
況我墮胡塵,[359]	하물며 내가 오랑캐에 잡혔다가
及歸盡華髮.[360]	돌아오니 머리가 온통 하얗게 세었지
經年至茅屋,[361]	한 해만에 띳집에 오니
妻子衣百結.[362]	처자식이 누더기를 기워 입고 있네
慟哭松聲廻,	통곡 소리가 솔바람 소리에 메아리쳐 돌아오고
悲泉共幽咽.[363]	슬픔에 샘물 소리도 함께 흐느끼네
平生所嬌兒,[364]	평소에 귀엽던 아이들은
顔色白勝雪.	얼굴빛이 눈보다 더 하얗구나
見耶背面啼,[365]	아비를 보고는 얼굴을 돌려 우니
垢膩脚不襪.[366]	때가 낀 발에 양말도 없구나
床前兩小女,	평상 앞의 두 어린 딸은
補綻才過膝.	기워 입은 치마가 겨우 무릎을 덮었네
海圖坼波濤,[367]	바다의 도안은 파도가 갈라지고

---

356) 往者(왕자) : 지난번. ○卒(졸) : 猝(졸)과 같다. 창졸간에. 갑자기.

357) 半秦民(반진민) : 관중 사람의 반. 진(秦) 지방은 장안 근처.

358) 異物(이물) : 죽은 사람. 고대인들은 사람이 죽으면 귀신이 된다고 생각하였는데, 이를 가리킨다.

359) 墮胡塵(타호진) : 오랑캐의 먼지 속에 떨어지다. 일 년 전인 756년 8월에 부주에서 영무로 가는 도중 반란군에 잡힌 일을 가리킨다.

360) 심주 : 집에 도착한 일을 서술하였다.(叙到家.)

361) 經年(경년) : 한 해가 지나감. 두보는 756년 7월에 집을 떠났다가 지금 757년 윤8월에 돌아가니 일 년이 지난 셈이다.

362) 百結(백결) : 옷이 낡아 헤진 곳을 백 군데나 덧대어 꿰매다.

363) 幽咽(유열) : 낮은 소리로 흐느끼다.

364) 嬌兒(교아) : 사랑스런 아이. 둘째아들 두종무(杜宗武)를 가리킨다. 셋째는 755년에 죽었다.

365) 耶(야) : 爺(야)와 같다. 아비. 두보 자신을 가리킨다.

366) 垢膩(구니) : 때.

367) 海圖(해도) : 옷에 수놓인 바다 풍경의 도안. ○坼波濤(탁파도) : 파도가 갈라지다. 옷

舊繡移曲折.　　　　　원래 놓인 수 문양은 밀려지고 비틀어져

天吳及紫鳳,[368]　　　바다의 신 천오(天吳)와 자주 봉황은

顚倒在短褐.[369]　　　짧은 베옷에 거꾸로 누비어 있네

老夫情懷惡,　　　　　늙은 나의 심정이 좋지 않아

嘔泄臥數日.[370]　　　토하고 설사하며 며칠을 몸져누웠네

那無囊中帛,[371]　　　어찌 가져온 자루 속의 비단으로

救汝寒凜慄?[372]　　　추워 떠는 너희들을 구할 수 없으리오?

粉黛亦解苞,[373]　　　분과 눈썹먹을 자루에서 풀어 꺼내고

衾裯稍羅列.[374]　　　이불과 휘장도 하나씩 늘어놓으니

瘦妻面復光,　　　　　야윈 아내의 얼굴에 다시 생기가 돌고

癡女頭自櫛.　　　　　어린 딸도 스스로 머리를 빗질하네

學母無不爲,　　　　　어미에게 배워 못하는 게 없고

曉粧隨手抹.[375]　　　아침 화장에는 손닿는 대로 문지르네

移時施朱鉛,[376]　　　얼마간 붉은 입술연지와 백분을 바르더니

狼藉畫眉闊.[377]　　　얼굴에 낭자하고 눈썹을 두껍게 그렸구나

을 누비고 덧대다 보니 바다 풍경이 갈라지고 비틀어졌다는 뜻.

368) 天吳(천오) : 신화에 나오는 바다의 신. 호랑이 몸에 사람 얼굴로, 얼굴과 다리와 꼬리 가 각각 여덟 개이며 모두 청황색으로 되어 있다. 『산해경』「해외동경」(海外東經)과 「대황동경」(大荒東經)에 보인다. ○ 紫鳳(자봉) : 자주색 봉황. 이를 보면 당대 사람들 은 진귀한 동물이나 신화의 형상으로 옷을 장식하기 좋아했음을 알 수 있다.

369) 심주 : 집에 도착한 후 서술한 자질구레한 일은 『시경』「동산」의 "주렁주렁 달린 쓴 오이는, 밤나무 섶 위에 열려 있네"에서 힌트 받았다.(到家後叙瑣屑事, 從東山詩 "有 敦瓜苦, 烝在栗薪"悟出.)

370) 嘔泄(구설) : 입으로 토하고 아래로 설사하다.

371) 那無(나무) : 어찌 없겠는가? 那(나)는 奈(내)의 뜻이다.

372) 凜慄(늠률) : 두려워 떨다.

373) 粉黛(분대) : 얼굴에 바르는 분과 눈썹을 그리는 눈썹먹. ○ 苞(포) : 包(포)와 같다. 解 苞(해포)는 자루를 풀다.

374) 衾裯(금주) : 이불과 휘장.

375) 隨手抹(수수말) : 손닿는 대로 문지르다.

376) 移時(이시) : 잠시의 시간이 지나다. ○ 朱鉛(주연) : 입술연지와 연분(鉛粉)

377) 狼藉(낭자) : 낭자하다. 어지러이 흩어져 있는 모양. 당대에는 눈썹을 두껍게 그리는

生還對童稚,	살아 돌아와 아이들을 마주하니
似欲忘飢渴.	배고픔과 목마름도 잊을 듯하여라
問事競挽鬚,378)	그간 일을 물으며 다투어 수염을 당겨도
誰能卽嗔喝?379)	누가 이들을 꾸짖고 야단칠 수 있으랴?
翻思在賊愁,	도적에 잡혔을 때의 시름을 돌이켜 생각하면
甘受雜亂聒.380)	아이들의 떠들어댐은 달게 받나니
新歸且慰意,	갓 돌아와 내 마음이 풀어지고 위안되니
生理焉得說?381)	생계는 어찌 말할 필요 있으리?
至尊尙蒙塵,382)383)	지존께선 아직도 몽진하고 계신데
幾日休練卒?384)	어느 날에야 병사들의 훈련이 그쳐질까?
仰觀天色改,	고개 들어 하늘빛이 바뀌는 걸 보니
坐覺祆氛豁.385)	재앙의 기운이 걷힘을 마침내 알겠노라
陰風西北來,	음산한 바람이 서북에서 불어와
慘澹隨回鶻.386)	어둡게 회흘을 따라왔구나

것이 유행이었다.

378) 競挽鬚(경만수) : 다투어 수염을 잡아당기다.

379) 嗔喝(진갈) : 성내고 꾸짖다.

380) 聒(괄) : 요란하게 떠들어대다.

381) 生理(생리) : 생계.

382) 심주 : 집에 도착한 후 희비가 교차하는 정경을 서술하고, 말이 아직 끝나지도 않았는데 갑자기 "지존께서 몽진하고 계신데"로 들어갔다. 곧바로 세우고 갑작스레 연결했으니, 다른 시인에게는 이러한 필력이 없다.(叙到家後悲喜交集, 詞尚未了, 忽入"至尊蒙塵", 直起突接, 他人無此筆力.)

383) 蒙塵(몽진) : 먼지를 뒤집어쓰다. 일반적으로 군주가 도망가는 일을 가리킨다. 『좌전』 '희공 24년'조의 "장문중(臧文仲)이 말하기를 '천자께서 밖에서 먼지를 쓰고 있소이다'"(臧文仲對曰: "天子蒙塵於外.")라는 말에서 유래하였다.

384) 休練卒(휴련졸) : 군졸의 훈련을 멈추다. 전쟁이 끝나다.

385) 坐覺(좌각) : 마침내 깨닫다. ○ 祆氛(요분) : 재앙의 기운. 반란군을 가리킨다. ○ 豁(활) : 뚫리다. 열리다.

386) 回鶻(회골) : 回紇(회흘)이라야 맞다. 흉노족의 일파로 오늘날의 위구르족에 해당한다. 당 788년(貞元 4년)부터 回鶻(회골)이라 부르기 시작했다. 두보가 이 시를 쓸 무렵인 757년 9월 숙종은 곽자의(郭子儀)의 건의에 따라 회흘의 군사를 빌려 난을 평정하려 했다. 회흘의 왕 회인(懷仁)이 태자 섭호(葉護)와 장군 제덕(帝德)에게 군사

其王願助順,[387]	그 왕이 당 정부를 돕고자 하는데
其俗善馳突.[388]	그 습속은 말 달리기를 잘 한다네
送兵五千人,[389]	병사 오천 명을 보내왔고
驅馬一萬匹.[390]	말 일만 필을 몰아왔네
此輩少爲貴,[391]	이 무리들은 젊은이를 중히 여기니
四方服勇決.[392][393]	사방이 모두 그 용맹에 항복하였네
所用皆鷹騰,[394]	회흘의 병사들은 모두 매처럼 날쌔고
破敵過箭疾.[395]	적을 깨뜨림은 화살보다 빠르다
聖心頗虛佇,[396]	황제는 상당히 겸허한 마음으로 기다리셨고
時議氣欲奪.[397][398]	당시의 논의는 기세가 꺾이려 하였네

사천여 명을 딸려 봉상으로 파견시켰다.

[387] 助順(조순) : 정부군을 돕다. 반역군은 천기를 거스르는 역리(逆理)의 군대이고, 정부 군은 천리를 따르는 순리(順理)의 군대이므로, 조순(助順)은 천리를 따르는 정부군 을 돕는다는 뜻이다.

[388] 馳突(치돌) : 말을 달려 돌격하다.

[389] 五千人(오천인) : 역사서에는 "사천여 무리"(四千餘衆)라 되어 있다.

[390] 一萬匹(일만필) : 회흘의 습속에 한 사람이 두 필을 거느리므로 오천 병사에 말 만 필을 거느렸다.

[391] 少爲貴(소위귀) : 젊은 걸 귀하게 여긴다. 『한서』「흉노전」(匈奴傳)에 "젊은이가 기름 지고 맛있는 걸 먹고, 늙은이는 그 남은 것을 먹으며, 몸이 튼튼하고 건장한 사람을 귀하게 여기고, 늙고 약한 사람을 천하게 생각한다"(壯者食肥美, 老者食其餘, 貴壯 健, 賤老弱.)는 말이 있다. 그러나 구조오(仇兆鰲)와 현대 주석가들은 "적은 걸 귀하 게 여긴다"는 뜻으로 풀이하였다. 『두시상주』(杜詩詳注)에 "외족에게 군사를 빌림은 결국 나라의 환난이 되므로 '적은 걸 귀하게 여긴다'고 하였다"(借兵外夷, 終爲國患, 故云'少爲貴'.)고 하였으나, 문맥에서 갑자기 두보의 의견이 끼어드는 것은 자연스럽 지 않으므로 취하지 않는다.

[392] 심주 : 회흘로부터 병사를 빌리면 나중에 큰 우환이 있음을 말하였다.(言借兵回紇, 後有隱憂.)

[393] 勇決(용결) : 용맹과 결단.

[394] 所用(소용) : 회흘이 사용하는 병사. ○鷹騰(응등) : 매처럼 솟구치다. 용맹을 비유한 말.

[395] 箭疾(전질) : 화살처럼 빠르다.

[396] 虛佇(허저) : 마음을 비우고 기다리다. 당시 숙종은 회흘이 반란군을 깨뜨리기를 일 심으로 기대하였다.

[397] 신주 · '겸허한 마음'은 황제가 희흘에 대한 바람을 말하다 '기세를 잃다'는 여러 사 람의 논의가 맥 풀림을 말하였다.('虛佇', 謂帝望回紇. '氣奪', 謂群議沮喪.)

伊洛指掌收,³⁹⁹⁾ 낙양을 손바닥 가리키듯 쉽데 수복한다면

西京不足拔.⁴⁰⁰⁾ 장안도 큰 힘 들이지 않고 빼앗을 수 있으리

官軍請深入, 관군(官軍)들에게 적의 근거지로 들어가게 하여

蓄銳伺俱發.⁴⁰¹⁾ 예기를 쌓았다가 회흘병과 함께 진격하려고 하네

此擧開靑徐,⁴⁰²⁾ 이러한 작전으로 청주와 서주를 평정하고

旋瞻略恒碣.⁴⁰³⁾⁴⁰⁴⁾ 방향을 바꾸어 항산과 갈석산을 공략하리라

昊天積霜露,⁴⁰⁵⁾ 하늘에선 서리와 이슬이 내리고

正氣有肅殺.⁴⁰⁶⁾ 천지의 바른 기운이 살기로 넘친다

禍轉亡胡歲, 화는 바뀌어 오랑캐가 망할 해이고

勢成擒胡月. 아군의 세력은 오랑캐를 격파할 달이로다

---

398) 時議(시의) : 당시의 의론. ○氣欲奪(기욕탈) : 반대 여론의 기세가 없어지려 하다. 회흘의 군사가 봉상에 도착하자 숙종은 크게 잔치를 열어 위로하고, 광평왕(廣平王) 이숙(李俶, 나중의 代宗)더러 섭호(葉護)와 의형제를 맺도록 하였다. 당시 조정에서는 외족의 군사를 빌리는 것에 반대하는 의견도 있었으나 사태가 이렇게 진전되자 공개적으로 반대하기 어렵게 되었다.

399) 伊洛(이락) : 이수(伊水)와 낙수(洛水). 여기서는 두 강이 지나가는 낙양을 가리킨다. ○指掌(지장) : 손바닥을 가리키다. 명확하고 쉽다는 뜻. 『논어』「팔일」(八佾)에서 유래했다.

400) 不足拔(부족발) : 힘써 빼앗을 필요가 없다. 적은 힘으로도 빼앗을 수 있다는 뜻.

401) 蓄銳(축예) : 예기(銳氣)를 비축하다. ○伺俱發(사구발) : 기회를 기다렸다가 회흘의 군사와 함께 진격하다.

402) 靑徐(청서) : 청주(靑州)와 서주(徐州). 우(禹)의 구주(九州) 가운데 두 주(州). 지금의 산동성과 강소성 북부에 해당한다. 여기서는 낙양의 동쪽 중원지역을 통칭한다.

403) 심주 : 당시 이필은 건녕왕 이담(李倓)과 이광필이 협공하여 바로 범양을 탈취하자고 했으나 아쉽게도 이 계책을 사용할 수 없었다. 두보의 의견도 대략 같다.(時李泌請建寧與李光弼犄角, 直取范陽, 惜不能用. 公所見略同.)

404) 旋瞻(선첨) : 눈을 돌려 보다. ○恒碣(항갈) : 항산(恒山)과 갈석산(碣石山). 항산은 산서성 북부에 있고, 갈석산은 하북성 창려현(昌黎縣) 북부에 있다. 여기서는 반란군의 근거지를 통칭한다.

405) 昊天(호천) : 원기(元氣)가 가득한 하늘. 때로 일정한 계절의 하늘을 말하기도 한다. 여기서는 하늘.

406) 正氣(정기) : 천지간에 가득 찬 지극히 크고 굳센 기운. ○肅殺(숙살) : 엄혹하고 쓸쓸한 모양. 가을에 서리가 내리고 초목이 시드는 기운을 형용하는 말로 잘 쓰인다. 한대 '교사가'(郊祀歌) 중의 「서호」(西顥)에 "가을의 기운이 엄혹하고 쓸쓸하도다"(秋氣肅殺)는 말이 있다.

胡命其能久?[407]	오랑캐의 통치가 어찌 오래 갈 것인가?
皇綱未宜絶.[408]	조정의 강기(綱紀)는 마땅히 끊기지 않으리라
憶昨狼狽初,[409]	지난날 낭패했던 처음을 생각하니
事與古先別.[410]	처리한 일은 고대와 달랐어라
姦臣竟菹醢,[411]	간신이 결국 죽어 절여졌고
同惡隨蕩析.[412]	동조한 악당들이 함께 제거되었지
不聞夏殷衰,	하나라와 상나라가 망할 때
中自誅褒妲.[413][414]	군왕이 포사와 달기를 죽였다는 말은 듣지 못했네
周漢獲再興,	주(周)와 한(漢)이 다시 중흥할 수 있었음은
宣光果明哲.[415]	선왕(宣王)과 광무제(光武帝)가 명철했음이라

---

407) 其(기): 豈(기)와 같다. 어찌.

408) 皇綱(황강): 당왕조의 정치 명맥.

409) 狼狽(낭패): 낭패스럽다. 일이 실패로 돌아가 딱하게 됨. 가지(賈至)의 시 참조. 여기서는 안사의 난으로 장안이 함락되고 현종이 장안을 탈출한 일을 가리킨다.

410) 古先(고선): 고대.

411) 姦臣(간신): 간신. 양국충 등을 가리킨다. ○ 菹醢(저해): 저(菹)는 채소 절임이고, 해(醢)는 고기 젓갈을 말한다. 고대에는 사람을 잘라 소금에 절이는 형벌이 있었다. 여기서는 양국충이 살해된 일을 가리킨다.

412) 同惡(동악): 양국충의 가족과 그 당파. ○ 蕩析(탕석): 쓸어내고 갈라냄. 제거하다.

413) 심주: 공을 군주에게 돌리니 입론이 적절하다. '襃妲(포달)'은 응당 '妹姐(매달)'로 해야 하는데 우연히 잘못 썼을 뿐이다.(歸美於君, 立言得體, 襃妲應妹姐, 偶然誤筆耳.)

414) 中自(중자): 궁중에서 군왕이 능동적으로. ○ 襃妲(포달): 포사(襃姒)와 달기(妲己). 포사는 서주(西周)의 멸망과 관련 있고, 달기는 은(殷)의 멸망과 관련 있다. 앞 구에서 하은(夏殷)이라 했으니 사실 매희(妹喜)와 달기(妲己)를 연용한 매달(妹妲)이라고 하거나, 앞 구를 은주(殷周)라고 해야 적확할 것이다. 이에 대해 고염무(顧炎武)는 『일지록』(日知錄) 권27에서 "호문의 묘용"(互文之妙)이라고 하였다. 여기서는 이들 여인과 양귀비를 비기고 있다. 이는 고대의 역사관 가운데 여인을 총애하여 나라를 망친다는 '여총화국(女寵禍國)'의 관점에서 출발하였다. 그러나 두보는 고대의 역사와 비교하여 현종이 마외(馬嵬)역에서 양귀비를 교살하였기에 "처리한 일은 고대와 달랐어라"(事與古先別)고 하였다. 이는 다시 말해 하의 걸(桀), 은의 주(紂), 주의 유왕(幽王)은 여인을 총애하여 망국에 이르렀지만, 현종은 총비를 죽여 자신의 죄를 벗어버리려고 하였다는 것이다. 노신(魯迅)은 『화변문학』(花邊文學) 「여인은 반드시 거짓말을 많이 하는 것은 아니다」(女人未必多說謊)에서 이에 대해 논하였다.

415) 宣光(선광): 주 선왕(周宣王)과 동한 광무제(光武帝). 각각 서주와 동한을 중흥시킨 군주이다. 여기서는 숙종을 비유한다.

桓桓陳將軍,⁴¹⁶⁾　　용감하고 굳세어라, 진현례(陳玄禮) 장군이여

仗鉞奮忠烈.⁴¹⁷⁾　　황월(黃鉞)을 들고 충렬을 떨쳤어라

微爾人盡非,⁴¹⁸⁾　　그대가 아니었다면 사람들 모두 노예였을 터이니

于今國猶活.　　그대 때문에 지금 나라가 아직도 살아있다네

凄涼大同殿,⁴¹⁹⁾　　처량하여라, 대동전(大同殿)이여

寂寞白獸闥.⁴²⁰⁾　　적막하여라, 백수문(白獸門)이여

都人望翠華,⁴²¹⁾　　장안 사람들은 황제의 깃발이 돌아오길 기다리고

佳氣向金闕.⁴²²⁾　　상서로운 기운이 황금궁궐로 들어오길 기다리네

園陵固有神,⁴²³⁾　　선대의 능묘에는 진실로 신령이 계시니

掃灑數不缺.⁴²⁴⁾　　쓸고 물 뿌리며 예절을 빠뜨려선 안 되리라

煌煌太宗業,⁴²⁵⁾　　휘황하여라, 태종의 건국 업적이여

---

416) 桓桓(환환) : 용감하고 위엄이 있는 모양. ○陳將軍(진장군) : 좌용무 대장군(左龍武大將軍)인 진현례(陳玄禮)를 가리킨다. 756년 6월 마외역(馬嵬驛)에서 양국충과 양귀비를 죽이는 일을 주도하였다.

417) 仗鉞(장월) : 황월(黃鉞)을 들다. 황제의 명령을 받아 군대를 이끌고 무력을 행사하다.

418) 微爾(미이) : 그대가 없었다면. ○人盡非(인진비) : 사람들이 모두 이민족의 노예가 되다. 비(非)는 종족이 종류 면에서 한족(漢族)이 아닌 이민족이란 뜻. 이는 『논어』「헌문」(憲問)에서 "관중이 아니었다면 우리는 머리를 헤치고 옷깃을 왼편으로 여미는 오랑캐가 되었을 것이다"(微管仲, 吾其被髮左衽矣)는 뜻과 유사하다.

419) 大同殿(대동전) : 장안 흥경궁(興慶宮) 안의 근정루(勤政樓) 북쪽에 있는 전각. 현종은 여기에서 군신들을 조회하였다.

420) 白獸闥(백수달) : 백수문(白獸門). 달(闥)은 문이라는 말과 같은 뜻으로 압운(押韻)을 맞추기 위해 사용하였다. 태극전(太極殿)의 서남에 위치한다. 710년 현종이 임치왕(臨淄王)이었을 때, 백수문에서 태극전으로 들어가 위후(韋后)를 죽이고 내란을 평정하였다.

421) 都人(도인) : 장안 사람들. ○翠華(취화) : 물총새의 깃털로 장식한 깃발. 황제의 의장 가운데 하나. 황제를 가리킨다.

422) 佳氣(가기) : 길조와 번영을 가져올 아름다운 기운. 고대에는 기운을 보고 운수를 예측하는 망기술(望氣術)이 있었다. ○金闕(금궐) : 금빛으로 장식한 궁궐. 당 조정을 가리킨다.

423) 園陵(원릉) : 당왕조 선대의 황제들이 묻힌 능묘. ○有神(유신) : 신령이 있다.

424) 數(수) : 예수(禮數). 예절에는 반드시 도수(度數)가 수반한다는 뜻에서 만들어진 말이다.

425) 煌煌(황황) : 빛이 밝게 빛나는 모습. ○太宗(태종) : 당 태종 이세민(李世民). 당의 건국자는 당 고조 이연(李淵)이지만 통일을 완성한 사람은 이세민이므로 태종을 내세웠다.

樹立甚宏達.[426)427)]   세우심이 무척이나 거대하고 굉걸스러워라

평석 한위 이래 이러한 체제가 없다가 두보가 홀로 열었으니 시인들의 작품 가운데 제일가
는 '대문장'이다. 두보의 충성 애민과 지모 책략은 여기서도 드러난다.(漢魏以來, 未有此體,
少陵特爲開出, 是詩家第一篇大文. 公之忠愛謀略, 亦於此見.)

해설 757년(46세) 8월 부주(鄜州)에 도착한 후 쓴 시이다. 부주는 봉상(鳳翔)
에서 동북 방향에 있으므로 제목을 북정(北征)이라 하였다. 이 시는 한대
반표(班彪)가 장안에서 양주(涼州)로 피난가면서 「북정부」(北征賦)를 쓴 동
기와 구성을 상당히 의식하였다. 이 장편시 역시 「수도에서 봉선현으로
가며 쓴 영회시 5백자」(自京赴奉先縣詠懷五百字)와 마찬가지로 가족을 만나
러 가는 길에 자신과 가족과 국가의 운명을 긴밀하게 연관시켜 시대의
모습을 재현하였다. 다만 이때 두보는 좌습유의 직책에 있었으므로, 이
시를 통해 숙종에게 건의하려는 의도가 보이며, 그래서 서사와 의논 성
분이 더 많고 어휘도 더 완곡하다. 총 칠백 자로 두보의 오언고시 가운
데 가장 긴 작품인데, 모두 5단락으로 나눌 수 있다.

옥화궁(玉華宮)[428)429)]

溪廻松風長,   시내가 굽이돌고 솔바람 길게 부는데
蒼鼠竄古瓦.   푸른 쥐가 오래된 기와 속으로 숨는구나

---

426) 심주 : '황제'에서 시작하여 '태종'에서 끝나니 마무리 지음이 바르고 크다.('皇帝'起,
'太宗'結, 收得正大.)
427) 宏達(굉달) : 굉걸스럽고 광활하다.
428) 심주 : 정관 연간에 세웠다.(貞觀時建.)
429) 玉華宮(옥화궁)·방주(坊州) 의군현(宜君縣, 지금의 섬서성) 서북에 소재. 부주의 서
쪽에 해당한다. 태종이 죽기 삼 년 전인 647년에 지은 이궁(離宮)이다.

不知何王殿,[430]	어느 왕의 전각인지 알지 못하겠는데
遺構絶壁下,[431]	남겨진 구조물이 절벽 아래 있어라
陰房鬼火靑,[432]	그늘진 방에는 인광이 푸르고
壞道哀湍瀉,[433]	무너진 길에는 여울물이 울며 지나가네
萬籟眞笙竽,[434]	바람 소리는 진실로 생황이 울리는 것 같고
秋色正蕭灑,[435]	가을빛은 마침 쓸쓸하고 적막하여라
美人爲黃土,	아름다운 궁녀는 흙이 되었거늘
況乃粉黛假![436]	하물며 연분과 눈썹먹에 있어서랴!
當時侍金輿,[437]	당시에 어가를 시종하던 이들 다 어디가고
故物獨石馬.[438]	남겨진 유물은 오로지 석마(石馬) 뿐이로다
憂來藉草坐,	시름이 찾아오매 풀을 깔고 앉아서
浩歌淚盈把.	큰 소리로 노래 부르니 눈물이 손에 가득하여라
冉冉征途間,	시나브로 지나가는 여행 길 사이에 있으니
誰是長年者?[439]	그 누가 오래도록 살 수 있으랴?

---

430) 何王殿(하왕전): 어느 왕의 궁전인가. 태종의 이궁인줄 알면서도 물어봄은 퇴락하여 이미 궁전의 모습이 아님을 강조한다. "어찌하여 왕의 궁전이 되었는가"라고 풀이하여도 통한다.

431) 遺構(유구): 남겨진 구조물.

432) 陰房(음방): 그늘지고 서늘한 방. ○鬼火(귀화): 인광(燐光). 도깨비불.

433) 哀湍(애단): 슬픈 소리를 내며 빠르게 흐르는 여울물.

434) 萬籟(만뢰): 산과 골짜기 사이에 나는 바람 소리나 물소리 등 여러 가지 소리. ○笙竽 (생우): 생황과 우(竽). 생황은 열세 개의 혀로 되어 있고, 우는 서른여섯 개의 혀로 되어 있다.

435) 蕭灑(소쇄): 쓸쓸하고 조용함.

436) 粉黛假(분대가): 연분과 눈썹먹은 잠시 빌려온 것일 뿐이다. 假粉黛(가분대)라 해야 할 것을 압운을 맞추느라 粉黛假(분대가)라고 하였다. 명대 소보(邵寶)와 청대 왕요 구(王堯衢) 등은 옥화궁 근처는 전진(前秦)의 부견(傅堅)의 묘가 있는 곳으로 목우 (木偶)를 순장(殉葬)하였는데, '미인'(美人)과 '분대'(粉黛)는 이를 가리킨다고 하였고, 구조오(仇兆鰲)도 이를 인용하였다. 여기서는 취하지 않는다.

437) 金輿(금여): 황금으로 만든 군주가 타는 가마.

438) 故物(고물): 예전부터 있던 물건. 태종 때의 유물. ○石馬(석마): 말의 형상으로 만든 석상. 일반적으로 능묘나 무덤 앞에 세운다.

439) 長年(장년): 장수(長壽).

평석 처량함이 눈에 보이는 듯하다.(凄凉如見.) ○ 당대 초기에 지은 줄 아는데도 "어느 왕의 전각인지 알지 못하겠는데"라 했으니 언어가 절묘하다.(唐初所建, 而曰"不知何王殿", 妙于語言.)

해설 757년(46세) 7월 봉상(鳳翔) 행재소에서 부주(鄜州)로 가는 도중에 쓴 시이다. 옥화궁은 647년(貞觀 21년) 7월에 완공하였다. 태종이 검약(儉約)을 종지로 삼으라는 뜻에 따라 정전(正殿)만 기와를 얹고 나머지는 모두 띠풀을 얹었는데, 당시 그 청량함은 구성궁(九成宮)보다 낫다고 했다. 651년(永徽 2년) 궁을 폐하고 옥화사(玉華寺)를 만들었다. 이 시는 황폐해진 옥화궁을 보고 인생의 감개를 표현하였다.

구성궁(九成宮)[440][441]

蒼山入百里,	푸른 산속을 백리나 깊이 들어가니
崖斷如杵臼.[442]	산맥이 절구 안처럼 끊어졌구나
曾宮憑風廻,[443]	층층의 궁궐이 바람을 따라 돌아가며
岌業土囊口.[444]	계곡의 입구에서 드높이 솟아나왔네
立神扶棟梁,[445]	신상(神像)을 세워 용마루와 들보를 받치고
鑿翠開戶牖.[446]	푸른 산을 깎아 문을 넓혔네

---

440) 九成宮(구성궁) : 봉상부(鳳翔府) 인유현(麟遊縣, 지금의 섬서성 寶鷄市 麟遊縣)에 소재한 궁.

441) 심주 : 본래 수대 인수궁인데 당 태종이 개수하여 피서하였다.(本隋仁壽宮, 太宗修之以避暑.)

442) 杵臼(저구) : 절구. 이 구는 계곡이 절구통처럼 급경사로 끊어있다는 뜻.

443) 曾(증) : 層(층)과 같다. 중첩되다. 曾宮(증궁)은 층층이 올라간 궁전. ○ 憑風廻(빙풍회) : 바람에
따라 궁전이 꺾어져 돌아간다는 뜻.

444) 岌業(급업) : 높고 험한 모양. ○ 土囊(토낭) : 흙으로 만든 안이 비어있는 주머니. 계곡의 입구를 비유적으로 말하였다. 흙이 들어간 주머니란 뜻이 아니다.

445) 立神(입신) : 신상을 세우다. 이 구는 기둥을 신령(神靈)의 모양으로 조각했다는 뜻이다.

其陽産靈芝,447)	그 남면에선 영지가 나고
其陰宿牛斗.448)	그 북면에선 우성과 두성이 깃들어라
紛披長松倒,449)	노송이 가지를 늘이며 쓰러져 있고
揭嶭怪石走.450)	괴석이 벼랑 위에서 떨어질 듯해라
哀猿啼一聲,	원숭이가 구슬픈 울음을 우니
客涙迸林藪.451)	나도 모르게 숲에 눈물을 쏟아라
荒哉隋家帝,452)	황량하여라, 수 문제(隋文帝)여
制此今頹朽!	그대가 만든 궁전이 지금 퇴락하였어라!
向使國不亡,	당시 수나라가 망하지 않았더라면
焉爲巨唐有?453)454)	어찌 당나라의 소유가 되었겠는가?
雖無新增修,	당대에선 비록 새로 증수하진 않았지만
尚置官居守.455)	아직도 관리를 두어 지키고 있네
巡非瑤水遠,456)	황제의 행차가 멀리 요지(瑤池)까지 간 건 아니지만
跡是雕牆後.457)	그 행적은 담을 화려하게 꾸민 일에 나타났네

---

446) 鑿翠(착취) : 비췻빛 산을 파다.

447) 陽(양) : 산의 남면(南面).

448) 牛斗(우두) : 이십팔 수(二十八宿) 중의 우성(牛星)과 두성(斗星).

449) 紛披(분피) : 어지럽게 걸쳐져 있음.

450) 揭嶭(게얼) : 높고 험한 산.

451) 迸(병) : 솟아나오다. 달아나다.

452) 隋家帝(수가제) : 수나라의 황제. 수 문제(隋文帝) 양견(楊堅)을 가리킨다. 양견은 593 년(開皇 13년) 2월 기산(岐山)의 북쪽에 인수궁을 건립하라는 명을 내렸다. 이때 산 을 깎고 골짜기를 메우는 거대한 규모의 사업으로 수만 명의 인부가 죽었다.

453) 심주 : '은나라(상나라)의 거울이 멀리 있지 않다'는 뜻이 있다.(有殷鑑不遠意.)

454) 有(유) : 소유하다. 소유물.

455) 置官(치관) : 관리를 두다. 『구당서』(舊唐書)에 기록된 구성궁의 관제(官制)는 총감 (總監) 1인, 부감(副監) 1인, 승(丞) 1인, 부(簿) 1인, 녹사(錄事) 1인으로 되어 있다.

456) 瑤水(요수) : 瑤池(요지)와 같다. 전설에서 서왕모(西王母)의 나라에 있는 호수로, 주 목왕(周穆王)을 초대하여 잔치를 베푼 곳이다.

457) 雕牆(조장) : 조각을 하고 색을 칠하여 화려하게 꾸민 벽담. 『상서』 「오자지가」(五子 之歌)를 가리킨다. 하(夏)나라 태강(太康)의 동생 다섯 명이 태강을 권계하는 뜻에서 지은 5수의 노래 속에 "술을 좋아하고 음악에 빠지거나, 높은 집을 짓고 담장을 조 각하면"(甘酒嗜音, 峻宇彫牆.) 망국의 원인이 된다고 하였다.

我行屬時危,	내가 온 때는 나라가 위난에 처한 때라
仰望嗟歎久.	궁을 우러러 보며 오래도록 탄식하노라
天王守太白,[458]	지금의 천자가 태백산 아래를 지키고 있으니
駐馬更搔首.	말을 멈추고 머리를 긁적이며 머뭇거리노라

평석 봉상에 태백산이 있는데, 숙종이 봉상에 머물고 있음을 말한다.(鳳翔有太白山, 謂肅宗
次鳳翔也.)

해설 757년(46세) 7월 봉상(鳳翔) 행재소에서 부주(鄜州)로 가는 도중 구성
궁을 들렀을 때 쓴 시이다. 본래 수대(隋代)의 인수궁(仁壽宮)이나 태종 정
관(貞觀) 연간에 피서 이궁(離宮)으로 쓰기 위해 중수하고 구성궁이라 개
명하였다. 위징(魏徵)이 짓고 구양순(歐陽詢)이 쓴 「구성궁예천명」(九成宮醴
泉銘)으로도 잘 알려졌다. 두보는 험산 속의 구성궁을 둘러보며 국가의
흥망을 생각하였고, 수나라의 전철을 따르지 말 것을 권고하는 은감(殷
鑑)의 의미를 새겨 넣었다.

강촌 3수(羌村三首)[459]

제1수

崢嶸赤雲西,[460]	높이 솟은 붉은 구름 서쪽으로 흘러가는데
日脚下平地.[461]	새어나온 햇발이 평지에 닿는구나

---

458) 天王(천왕): 천자 또는 제왕. 숙종을 가리킨다. ○太白(태백): 태백산. 종남산의 일
　　부로 지금의 섬서성 미현(眉縣) 남쪽에 소재. 봉상은 미현의 서북쪽에 있다.
459) 羌村(강촌): 부주(鄜州) 성 밖에 있는 마을로, 두보의 집이 있던 곳이다. 예전에 강족
　　(羌族)이 모여 살았기에 붙여진 지명이다. 지금의 섬서성 부현(富縣) 남쪽에 소재.
460) 崢嶸(쟁영): 높고 험한 모양, 여기서는 구름의 모습을 형용하였다.
461) 日脚(일각): 구름 사이로 비쳐 내려온 햇빛. ○下平地(하평지): 내려와 땅과 평평해지다.

柴門鳥雀噪,[462]	사립문엔 참새들이 지저귀는데
歸客千里至.	길손은 천 리 길을 걸어 돌아왔어라
妻孥怪我在,	처와 자식은 내가 나타나니 괴이하게 여기다가
驚定還拭淚.[463]	놀라움이 가라앉자 눈물을 흠치는구나
世亂遭飄蕩,	세상의 난리에 혼란을 만났다가
生還偶然遂.[464]	우연히 살아 돌아올 수 있었다네
鄰人滿牆頭,[465]	이웃 사람들은 담장 위로 가득 나와
感歎亦歔欷.[466]	탄식하며 또 흐느껴 우네
夜闌更秉燭,[467]	밤늦도록 송홧불을 이어 밝히며
相對如夢寐.[468]	마주 보고 있으니 꿈만 같아라

평석 한 자 한 자가 폐와 간을 후벼 파면서도 또 보통 사람들도 말할 수 있을 것 같으니, 변풍(變風)의 의미인가 아니면 한대의 시풍인가?(字字鏤出肺肝, 又似尋常人所能道者, 變風之義與? 漢京之音與?)

해설 757년 윤8월 봉상에서 부주(鄜州)의 집에 돌아와 지은 시이다. 같은 시기에 지은 「북정」(北征)이 시대상황과 개인의 감회를 총체적으로 묘사

---

462) 鳥雀(조작) : 참새. 송의 『초당시전』(草堂詩箋) 이래 역대의 많은 시평가들은 雀(작)을 鵲(작)으로 고쳐야 한다며, 육가(陸賈)의 『신어』(新語)에 나오는 "까치가 울면 손님이 온다"(乾鵲噪而行人至)는 말을 인용하면서, 두보가 이를 의식하고 썼다고 보았다. 그러나 저녁 무렵 대문 근처에서 우는 새로는 까치보다는 참새가 적절할 것이다.
463) 심주 : 먼저 놀라고 이어서 슬퍼하니 지극히 진실하다.(先驚後悲, 眞極.)
464) 遂(수) : 이루다. 성취하다.
465) 滿牆頭(만장두) : 담 위에 가득하다. 농촌에선 담이 낮기 때문에 담 위로 집안을 볼 수 있다. 두보가 갑자기 돌아온 데 대해 가족들이 놀라고 있어 마을 사람들이 담 밖에서 들여다보는 정경을 묘사하였다.
466) 歔欷(허희) : 훌쩍훌쩍. 흑흑. 흐느껴 우는 소리.
467) 夜闌(야란) : 밤의 절반이 지난 때. 밤늦도록. ○ 更(경) : 바꾸다. ○ 秉燭(병촉) : 촛불을 들다. 여기서는 초를 사르다. 고대에 부잣집에서는 납촉(蠟燭)을 썼지만 일반 가정에서는 소나무 등으로 작은 횃불을 만들어 태웠다.
468) 심주 : 한 마디도 덧붙일 필요가 없으니 더없이 뛰어나다.(不再添一語, 高絶.)

한데 비해, 이 시는 짧은 편폭에 인상적인 장면을 담았다. 제1수는 집에 돌아와 식구들을 만난 정경을 그렸다. 놀라는 가족과 눈물짓는 이웃, 밤새워 식구들과 마주하고 이야기하는 장면이 생생히 그려졌다.

제2수

晚歲迫偸生,[469]	만년에 전란의 핍박으로 구차하게 살아가니
還家少歡趣.	집에 돌아와도 즐거운 마음이 적어라
嬌兒不離膝,	귀여운 아이는 무릎에서 떠나려 하지 않고
畏我復却去.[470]	내가 다시 집을 떠날까 두려워해라
憶昔好追凉,[471]	예전에 이곳에선 서늘함을 좋아하여
故繞池邊樹.[472]	자주 연못가의 나무 밑을 돌아다녔지
蕭蕭北風勁,	지금 우수수 북풍이 세차게 부니
撫事煎百慮.[473]	온갖 걱정으로 속이 타는구나
賴知禾黍收,[474]	다행히 벼와 기장을 추수하였다니
已覺糟床注.[475]	먼저 지게미 체에 걸러지는 술을 연상하노라
如今足斟酌,[476]	이제 마실 술이 충분하니

---

469) 晚歲(만세) : 만년. 두보는 46세로 당시 관념으로 보아 노년에 속한다. ○ 偸生(투생) : 구차하게 살아감. 자신의 포부를 실현하지 못하고 연명해감을 말한다.

470) 却去(각거) : 물러나다. 떠나다. 주어는 아(我), 즉 두보 자신이다. 그러나 주어를 교아(嬌兒)로 보면, 이 구는 "나를 두려워해 다시 물러난다"고 풀이할 수 있다. 모두 통한다.

471) 憶昔(억석) 구 : 작년인 756년 6월 부주로 이사 온 때를 회상하였다. ○ 追凉(추량) : 납량(納凉). 더위를 피하고 서늘함을 찾음.

472) 故(고) : 자주.

473) 심주 : 『시경』 「채미」(采薇)의 "예전에 내가 떠날 때에는, 버들가지 하늘하늘 늘어졌는데, 지금 내가 돌아올 때는, 눈이 펄펄 날리네"의 4구와 같은 뜻이다.(與"昔我往矣, 楊柳依依"四語同意.)

474) 賴知(뇌지) : 다행히 알다.

475) 糟床(조상) : 술의 지게미를 짜는 대(臺). 당시에는 소주(燒酒) 제조법이 개발되지 않은 때로 곡식을 쪄서 누룩과 섞은 후, 발효가 되면 지게미를 짜서 술을 거른다.

且用慰遲暮.[477]　　　잠시나마 이로써 나의 만년을 위로하겠네

해설 제2수는 집에 도착한 다음의 감개를 그렸다. 처음의 격동이 잠시 가라앉은 후 사태의 전후를 되돌아보는 장면이다. 아이들과 집 주위의 모습과 함께 술에 대한 기호를 뚜렷이 묘사하였다.

제3수

群鷄正亂叫,	닭들이 한창 어지럽게 울어대는 건
客至鷄鬪爭.[478]	손님들이 왔다고 싸우는 거라네
驅鷄上樹木,[479]	닭을 몰아 나무 위로 올려 보내자
始聞扣柴荊.	비로소 사립문 두드리는 소리가 들려오네
父老四五人,	마을 어르신 네댓 분
問我久遠行.[480]	오랫동안 먼 길 나갔던 나를 위로하러 오셨네
手中各有携,	손에는 저마다 무언가를 들고 있어
傾榼濁復清.[481]	술통을 기울이니 탁주요 또 청주라
苦辭"酒味薄,[482]	반복하여 말씀하시길 "술맛이 별로 없다우
黍地無人耕.	기장 밭에 밭갈 사람이 없으니 말이우

---

476) 足(족) : 충분하다. ○斟酌(짐작) : 술을 체로 거르다. 여기서는 술을 마시다.

477) 遲暮(지모) : 늦은 저녁. 사람의 노년을 비유한 말. 만년. 제1구에서 말한 만세(晚歲)와 같은 뜻이다. 굴원(屈原)의 「이소」(離騷)에 "초목이 시들어 떨어짐을 생각하면, 미인(美人)이 늙을까 두려워지네"(惟草木之零落兮, 恐美人之遲暮.)라는 말에서 나왔다.

478) 客(객) : 손님. 아래에 나오는 부로(父老).

479) 驅鷄(구계) 구 : 예전에는 닭들을 나무 위에 두고 기른 것으로 보인다. 한 악부시 「닭은 울고」(鷄鳴)에 "닭은 나무 위에서 울고"(鷄鳴高樹顛)라 되어 있고, 완적(阮籍)의 「영회시」(詠懷詩)에도 "새벽닭이 높은 나무에서 울고"(晨鷄鳴高樹)라 되어 있다. 또 도연명의 「전원에 돌아와 살며」(歸園田居)에도 "뽕나무 위에선 닭이 우네"(鷄鳴桑樹顛)라 하였다.

480) 심주 : 問(문)은 위문하다.(問, 存問也.)

481) 榼(합) : 술통. ○濁復清(탁부청) : 탁주와 청주.

482) 苦辭(고사) : 두 번 세 번 말하다. 미안한 마음에서 반복하여 말하다.

兵革既未息,	전란이 아직 끝나지 않아
兒童盡東征." [483)484]	아이들은 모두 동녘으로 출정갔소이다"
請爲父老歌, [485]	청하여 어르신들 위해 이 노래를 짓나니
艱難媿深情.	고난 속에서도 깊은 정에 내가 부끄러워
歌罷仰天歎,	노래를 마치고 하늘을 우러러 탄식하니
四座淚縱橫.	사면에 앉은 이들이 모두 눈물을 뿌리누나

평석 '술맛이 별로 없다우' 4구는 어르신의 말로 싯구가 되었다. '고난 속에서도' 구는 두보
가 노래했다.('酒味薄'四句, 以父老語入詩. '艱難'句, 少陵歌也.)

해설 제3수는 이웃의 어르신들이 위문하러 찾아온 정경을 그렸다. 어르
신들이 가져온 술을 함께 마시고 이야기를 나누며 환난의 아픔을 서로
위로하였다. 어르신의 입으로 전란의 상황을 구체적으로 말하는 대목은
특히 인상적이다.

종손 두제에게 보임(示從孫濟) [486]

平明跨驢出,	새벽에 나귀를 타고 나가니
未知適誰門.	누구의 집으로 가야할지 모르겠어라
權門多噂沓, [487]	권세 있는 집안은 떠들썩하니

---

483) 심주 : 난리의 모습이 어르신의 입으로 표현된다.(荒亂景從父老口中傳出.)

484) 兒童(아동) : 아이들. 자식들. 우리나라에서 연로한 사람들이 자신의 자식이 장성하
였어도 '아이'라고 말하는 것과 같다.

485) 歌(가) : 노래. 여기서는 이 시를 가리킨다. 구조오(仇兆鰲)는 "어른들의 말을 대신 서
술하였다"(代述父老之語)고 하였다.

486) 示(시) : 윗사람이 아랫사람에게 줄 때 쓰는 말로, "보이다"는 뜻. ○ 從孫(종손) : 형제
의 손자. 주카의 아들 ○ 濟(제) ; 두제(杜濟) 자는 응물(應物). 급사중(給事中), 동천
절도사(東川節度使), 경조윤(京兆尹)을 역임하였다.

且復尋諸孫. [488]	차라리 손자들을 찾아가노라
諸孫貧無事,	손자들은 가난하여 하는 일이 없고
宅舍如荒村.	집이 단촐하여 황량한 마을과 다름없구나
堂前自生竹,	집 앞에는 대나무가 자라고
堂後自生萱.	집 뒤에는 원추리가 자라네
萱草秋已死,	원추리는 가을이 되어 벌써 죽고
竹枝霜不蕃. [489]	대가지는 서리를 만나 시들었네
淘米少汲水,	쌀을 일 때는 물을 적게 길어 올리게
汲多井水渾.	물을 많이 길어 올리면 우물물이 혼탁해진다네
刈葵莫放手, [490]	규채를 뜯을 때는 아무렇게나 뽑지 말게나
放手傷葵根. [491][492]	아무렇게나 뽑으면 뿌리를 상한다네
阿翁懶惰久, [493]	할아비인 나는 이제 게을러진 지 오래라
覺兒行步奔. [494]	오늘 너희들이 바쁘게 차리는 줄 안다네

487) 噂沓(준답): 떠들썩하다. 많은 사람들이 모여 말하느라 그 소리가 뒤섞인 모양. 의논이 분분하거나 떠들썩하여 시끄러운 모양. 『시경』「시월지교」(十月之交)에 "면전에서 떠들썩하게 칭찬하고 뒤에서 미워함은, 오로지 나쁜 사람이 다투어 모함하기 때문이다"(噂沓背憎, 職競由人.)에서 유래했다.

488) 諸孫(제손): 자기 집안의 손자뻘 되는 사람들.

489) 蕃(번): 우거지다.

490) 葵(규): 규채(葵菜). 또는 '동규'(冬葵)라고도 한다. 중원 지방의 마당에서 흔히 자라며 잎은 식용한다. 육기(陸機)의 「정원의 규채」(園葵)와 포조(鮑照)의 「원규부」(園葵賦)는 이 식물을 소재로 한 작품들이다.

491) 심주: '쌀을 일 때는' 4구는 본래의 뜻이 있으면서 사항에 따라 비흥을 일으키는데, 고악부에 이런 예가 종종 있다.('淘米'四語有水原木本意, 隨事比興, 古樂府往往有之.)

492) 放手(방수): 제멋대로 손대다. ○ 傷葵根(상규근): 규채의 뿌리를 다치다. 이는 동한 말기 고시(古詩) 중의 하나인 「규채를 뜯어도 뿌리를 다치지 말게」(採葵莫傷根)의 뜻을 가져왔다. "규채를 뜯어도 뿌리를 다치지 말게, 뿌리를 다치면 규채가 살지 못하니. 친구를 사귈 때도 가난하다 무시 말게, 가난하다 무시하면 친구가 되지 못하니"(採葵莫傷根, 傷根葵不生. 結交莫羞貧, 羞貧友不成.) 고시에서는 규채의 뿌리와 빈부를 잊은 마음을 연관시켰으나, 두보는 규채의 뿌리를 가문의 근본과 연관시켰다.

493) 阿翁(아옹): 나이 든 남자가 자신을 가리키는 호칭. 아(阿)는 친근함을 표시하는 접두어. ○ 懶惰(나타): 게으르다.

494) 兒(아): 두제(杜濟) 등 여러 손자뻘 되는 사람들.

所來爲宗族,	내가 온 건 가문을 위해서이지
亦不爲盤飧.[495]	밥 한 끼 먹기 위해서가 아니라네
小人利口實,	소인배는 풍문을 만들어 이간질하니
薄俗難具論.	경박한 세속의 일을 일일이 다 말하기 어렵구나
勿受外嫌猜,	다른 사람 말 듣고 나를 의심하지 말게나
同姓古所敦.	동성(同姓) 사이는 예부터 돈독하고 화목하다네

해설 종손(從孫)이 되는 두제(杜濟)를 훈계한 시이다. 내용을 보면 손자뻘 되는 두제로부터 의심을 받았기에 이 시를 써서 해소하려고 하였음을 알 수 있다. 754년(43세) 가을 장안에 있을 때 지었다.

의로운 송골매의 노래(義鶻行)[496]

陰崖有蒼鷹,	그늘진 벼랑에 '매' 한 마리 살았으니
養子黑柏顚.	검은 측백나무 꼭대기에서 새끼를 길렀었네
白蛇登其巢,	흰 뱀이 그 둥지에 올라가
呑噬恣朝餐.[497]	제멋대로 물고 씹어 아침으로 삼았더라
雄飛遠求食,	수컷은 멀리 먹이 구하러 갔기에
雌者鳴辛酸.	암컷은 목쉬도록 울기만 할 뿐이라
力强不可制,	힘센 뱀을 막을 수 없는지라
黃口無半存.[498]	새끼들이 반도 남지 못하였더라

---

495) 盤飧(반손) : 소반에 담긴 음식물.

496) 義鶻(의골) : 의로운 송골매. 인간을 위해 희생하거나 의로운 행위를 한 동물에게는 으레 의(義)자를 붙였다. 예컨대 의우(義牛), 의견(義犬) 등이다. 두보는 「송골매 그림의 노래」(畫鶻行)에서도 송골매의 풍모를 찬탄하였다.

497) 噬(서) : 씹다.

498) 黃口(황구) : 영아. 당대 호구(戶口)에서는 갓난아이를 황구(黃口)라 하였다. 원래는

其父從西歸,[499]　　　　새끼의 아비가 서쪽에서 돌아와

翻身入長煙.　　　　　몸을 돌려 먼 구름 속으로 들어갔네

斯須領健鶻,[500]　　　　삽시간에 건장한 '송골매'를 데리고 와

痛憤寄所宣.[501]　　　　비통과 분노로 호소하였네

斗上捩孤影,[502]　　　　갑자기 휘돌며 까마득히 한 점으로 솟구치더니

嗷哮來九天.[503]　　　　구천(九天)에 올라가 힘찬 소리 지르자

修鱗脫遠枝,[504]　　　　비늘 덮인 긴 뱀이 높은 가지에서 떨어지고

巨顙坼老拳.[505]　　　　거대한 대가리가 노련한 발톱에 깨져버렸네

高空得蹭蹬,[506]　　　　높은 허공에서 헛디디듯 비틀거리고

短草辭蜿蜒.[507]　　　　풀 위에 떨어져 구불거릴 수도 없어라

折尾能一掉,[508]　　　　끊어진 꼬리가 한 번 꿈틀하더니

飽腸皆已穿.　　　　　배부른 창자가 모두 터져버렸네

生雖滅衆雛,　　　　　살아서는 비록 새끼들을 없앴지만

死亦垂千年.[509][510]　　죽어서는 악명이 천 년 동안 전해지리

　　새 새끼의 입이 노란데서 어린 새를 말한다. 여기서는 새끼 매를 가리킨다.

499) 其父(기부) : 그 아비. 수컷 매를 가리킨다.

500) 斯須(사수) : 잠시. 『예기』 「제의」(祭義)에 "예악은 잠시라도 몸을 떠나서는 안된다"
　　(禮樂不可斯須去身)는 말이 있다. ○領(령) : 거느리다. 데려오다.

501) 所宣(소선) : 송골매에게 호소하는 말.

502) 斗上(두상) : 삽시간에 올라가다. 斗(두)는 陡(두)와 같다. 갑자기. ○捩(렬) : 비틀다.
　　○孤影(고영) : 송골매의 영상. 공중에 솟구쳐 올라간 모습을 형용하였다.

503) 嗷哮(교효) : 부르짖는 소리. ○九天(구천) : 높은 하늘. 고대에는 하늘이 아홉 겹으로
　　되어 있다고 생각하였는데, 그 중 가장 높은 하늘을 구천이라 하였다.

504) 修鱗(수린) : 비늘로 싸인 긴 몸이란 뜻으로 뱀을 가리킨다.

505) 巨顙(거상) : 거대한 이마. 뱀 대가리를 가리킨다. ○坼(탁) : 터지다. 갈라지다. ○老
　　拳(노권) : 단단하고 힘찬 주먹. 송골매의 발톱을 가리킨다.

506) 蹭蹬(층등) : 발을 헛디뎌 비틀거리다.

507) 辭(사) : 물러나다. 여기서는 동작을 하지 못하다. ○蜿蜒(완연) : 뱀이나 용이 구불거
　　리며 기어가는 모습.

508) 能(능) : 이렇게. 이와 같다. 당대의 구어(口語)이다. ○掉(도) : 흔들다.

509) 심주 : 뱀이 비록 새끼들을 없앴지만 잠시 후 의로운 송골매에게 죽었으니, 천 년 동
　　안 경계로 삼을 수 있다.(言蛇雖滅衆雛, 而旋死于義鶻, 可垂千年之戒.)

510) 垂千年(수천년) : 천 년 동안 전해진다. 뱀의 악명이 오래도록 전해진다는 뜻.

物情有報復,[511]	보복은 원래 세상의 이치
快意貴目前.	눈앞에서 실현되니 통쾌하고 귀하여라
玆實鷙鳥最,[512]	송골매는 진실로 맹금 중의 최고
急難心炯然.[513]	남의 어려움을 돕는 그 마음이 드넓어라
功成失所往,[514]	공을 이루어도 가는 곳도 알리지 않으니
用舍何其賢![515)516]	오고 감이 얼마나 시원스러운가!
近經潏水湄,[517]	근간에 휼수 강가를 지나가다가
此事樵夫傳.	나무꾼이 이 일을 전해주었네
飄蕭覺素髮,[518]	성긴 흰 머리카락이 쭈뼛하여
凜欲衝儒冠.[519]	유관(儒冠)을 들어 올리는 듯했네
人生許與分,[520]	사람이 살아가면서 마음을 허락함은
只在顧盼間.[521)522]	다만 순식간에 결정되는 것
聊爲義鶻行,	잠시 이「의로운 송골매의 노래」를 지어
用激壯士肝.	장사(壯士)의 마음을 격발하고자 하네

---

511) 物情(물정) : 사물의 이치와 사람의 심정. ○報復(보복) : 갚다. 은혜에는 은혜로 갚고, 원한에는 원한으로 갚다.『삼국지』「법정전」(法正傳)에 "한 끼 밥의 은덕도, 흘겨봄의 원한도 갚지 않은 게 없다"(一餐之德, 睚眦之怨, 無不報復.)는 말이 있다.

512) 玆(자) : 이것. 송골매를 가리킨다. ○鷙鳥(지조) : 맹금류.

513) 急難(급난) : 다른 사람이 어려울 때 급히 구해줌.『시경』「상체」(常棣)에 "형제는 어려울 때 구해주네"(兄弟急難)라는 말이 있다. ○炯然(형연) : 환하다. 밝은 모양.

514) 失所往(실소왕) : 간 곳을 잃다. 송골매가 하늘에 사라져 간 곳을 모르다.

515) 심주 : 노중련을 부르면 튀어나올 듯하다.(魯仲連呼之欲出.)

516) 用舍(용사) : 쓰임과 버려짐. 임용과 은거.『논어』「술이」(述而)에 "쓰임이 있으면 그 재능을 행하고, 버림을 받으면 그 재능을 숨긴다"(用之則行, 舍之則藏.)는 말이 있다. 이 구는 송골매가 자신의 재능이나 공덕을 자랑하지 않음을 사람의 공성신퇴(攻成身退) 정신에 비겼다.

517) 潏水(휼수) : 장안 두릉(杜陵) 근처의 강 이름. 황자파(皇子坡)에서 서북으로 흐르다가 위수(渭水)로 합류한다. ○湄(미) : 강가.

518) 飄蕭(표소) : 머리숱이 드문 모양.

519) 凜(름) : 삼가고 공경하다.

520) 許與(허여) : 허락하다. 칭찬하다. ○分(분) : 정분(情分). 정감.

521) 심주 · 전국시대 협객이 섭정과 같은 부류이다.(聶政流亞.)

522) 顧盼間(고반간) : 주위를 돌아볼 만큼 짧은 시간. 순식간.

해설 정의로운 송골매의 일을 기록한 우언시(寓言詩)이다. 율수(㶚水) 강가에서 나무꾼이 전해주는, 새끼를 잃은 매를 대신하여 송골매가 뱀을 죽여 복수한 이야기를 시화(詩化)하였다. 이로부터 인간사회의 의사(義士)를 찬양하였는데, 악을 미워하는 두보의 성격이 확연히 드러난다. 758년(47세) 봄, 두보가 좌습유를 맡고 있을 때 쓴 것으로 추정된다.

신안의 관리(新安吏)[523][524]

客行新安道,[525]	나그네 되어 신안 지나는 길인데
喧呼聞點兵.	떠들썩하게 병사를 호명하는 소리 들었네
借問新安吏:	가까이 다가가 신안의 관리에게 물으니
"縣小更無丁?"[526]	"현이 이렇게 작은데 더 이상 장정이 없겠지요?"
"府帖昨夜下,[527]	"어젯밤 상부에서 병적부가 내려왔는데
次選中男行."[528]	다음 차례로 어린 남자를 골라 보내야한다오"
"中男絶短小,	"중남은 키도 작고 어린데
何以守王城?"[529]	어찌 왕성(王城)을 지킬 수 있겠소?"
肥男有母送,	건장한 소년은 어미가 있어 전송하는데

---

523) 심주 : 이하 여섯 편의 시는 모두 상주의 군대가 궤멸된 후의 일을 말했다.(以下六詩, 皆言相州師潰後事.)

524) 新安吏(신안리) : 신안의 관리. 신안은 낙양 서쪽에 있는 지명으로, 지금의 하남성 신안현이다. 여기서의 관리는 징병관을 말한다.

525) 客(객) : 나그네. 여기서는 두보 자신을 가리킨다.

526) 심주 : '아마도 장정이 없을 것이다'와 비슷한 말이다.(猶言幾無丁.)

527) 府帖(부첩) : 징병 문서. 부(府)에서 발급한 병적. 帖(첩)은 징병의 문서인 군첩(軍帖). 당대에는 부병제(府兵制)를 실시하였다.

528) 次(차) : 차례에 따라. ○ 中男(중남) : 장정보다 어린 남자. 당대에는 연령에 따라 황(黃), 소(小), 중(中), 정(丁), 노(老) 등으로 구별하였는데, 744년(천보 3년)에는 "18세 이상은 중남(中男)이고, 23세 이상은 정(丁)이다"고 규정하였다.

529) 王城(왕성) : 도읍(都邑)인 낙양을 가리킨다. 낙양은 당시 동경(東京)이라 하였다.

瘦男獨伶俜. [530]	비쩍 마른 소년은 혼자 친척도 없이 처량하구나
白水暮東流, [531]	저물녘에 흰 강물은 동으로 흐르고
靑山猶哭聲. [532]	푸른 산도 함께 통곡하는 듯
"莫自使眼枯, [533]	"그대 눈물로 하여금 마르게 하지 말고
收汝淚縱橫.	그대 가득한 눈물을 거두어주게
眼枯却見骨,	눈물이 고갈되어 뼈가 드러난다 해도
天地終無情! [534]	하늘과 땅은 끝내 무정할 뿐이라!
我軍取相州, [535]	아군이 상주(相州)를 공격한다니
日夕望其平.	조만간에 평정되리라 바랐는데
豈意賊難料, [536]	어찌 알았으랴, 적의 세력 헤아리기 어렵고
歸軍星散營.	패전한 군사는 흩어져 돌아왔어라
就糧近故壘, [537]	후방 진지의 군량 보관소에 가고
練卒依舊京. [538]	낙양 근처에서 훈련을 받으리라
掘壕不到水,	참호를 파도 물이 보이지 않을 정도로 얕고
牧馬役亦輕.	말을 기르는 일도 힘들지 않으리
況乃王師順, [539]	하물며 관군은 순리를 따르니

---

530) 伶俜(영빙) : 외로운 모양.
531) 심주 : 가는 사람.(行者.)
532) 심주 : 보내는 사람.(送者.)
533) 眼枯(안고) : 눈물이 다 흘러 고갈되다.
534) 天地(천지) : 하늘과 땅. 조정을 암시한다.
535) 相州(상주) : 업성(鄴城). 지금의 하북성 임장현(臨漳縣) 서남.
536) 豈意(기의) 2구 : 759년 2월 사사명은 위주(魏州)에서 군사를 이끌고 업(鄴, 相州)에 들어갔다. 곽자의 등 아홉 절도사가 업성을 포위하였지만 오래 지나도 함락시킬 수 없었다. 3월 관군 육십 만과 사사명의 정예병 오만이 맞서 싸우는데 갑자기 큰 바람이 불어 양쪽 군사 모두 궤멸되었다. 곽자의는 삭방군으로 하여금 하양교를 끊게 하여 낙양을 보호하였다.
537) 就糧(취량) : 식량이 있는 곳으로 이동하다. ◯故壘(고루) : 원래의 보루. 관군의 후방인 낙양 근처에 있는 것으로 추정된다.
538) 練卒(연졸) : 병사를 훈련하다. 다시 말해 위험한 전방에 배치되지 않는다는 뜻이다. ◯舊京(구경) ; 동경인 낙양을 가리킨다.
539) 王師(왕사) : 관군.

撫養甚分明.　　　　보살피고 대우함이 무척 분명하리라
送行勿泣血,　　　　행인을 보내며 피 흘리듯 울지 마오
僕射如父兄."540)　　곽 장군이 아버지나 형처럼 대할 터이니

평석 여러 시편들은 몸소 보고 들은 일을 노래한 것으로, 고악부의 정신을 운용하였다. 혼백을 놀라게 하고 또 신기하고 기묘하니, 천고 이래로 어느 누구 다시 이런 작품을 쓸 수 있겠는가(諸詠身所見聞事, 運以古樂府神理, 驚心動魄, 疑鬼疑神, 千古而下, 何人更能措手?)

해설 이 시는 당군이 패배한 후 병력을 보충하기 위해 어린 남자까지 입대시키는 장면을 그렸다. 그러나 「전출새」(前出塞) 등의 강한 반전의 어조와는 달리 출전하는 병사들의 부모를 위로하고 있어 전쟁에 대한 두보의 상반된 입장을 읽을 수 있다. 현실의 모순을 사실적으로 그리면서 동시에 국가를 위난에서 구해야 한다는 시인의 희망이 섞여 있다. 제목 아래 원주(原注)에 "수도 수복 후 지음. 비록 양경이 수복되었지만 도적은 아직 가득하다"(收京後作, 雖收兩京, 賊猶充斥.)라 되어 있다. 757년 겨울, 숙종의 장자 이숙(李俶, 나중의 代宗)과 곽자의(郭子儀)가 장안과 낙양을 수복하였지만 하북은 아직 평정되지 않았다. 758년 겨울 곽자의, 이광필(李光弼), 왕사례(王思禮) 등 9명의 절도사가 이십만 군사를 거느리고 안경서(安慶緒)가 점령한 업군(鄴郡, 하북성 臨漳)을 공격하였다. 다음 해인 759년 봄, 사사명(史思明)이 반란군에 구원병을 보냈고 당 지휘부에서도 대립하다가 당군은 전부 궤멸되었다. 곽자의 등은 하양(河陽, 하남성 孟縣)으로 후

---

540) 僕射(복야) : 곽자의(郭子儀)를 가리킨다. 곽자의는 757년 5월 좌복야(左僕射)가 되었다. 9월에는 군사를 이끌고 장안을 수복하였으며, 10월에 낙양을 탈환한 후 사도(司徒)를 겸하였다. 758년엔 중서령(中書令)으로 승진되었다. 왕사석(王嗣奭)은 『두억』(杜臆)에서 두보가 중서령이 된 곽자의를 예전의 관직으로 부른 것은 병사들에게 '곽 복야(郭僕射)'가 더 친숙하기 때문이라고 하였다. 송대 유극장(劉克莊)은 『후촌대전집』(後村大全集)에서 이광필은 엄하여 병사들이 감히 우러러 볼 수 없지만, 곽자의는 무척 관대하였다고 했다.

퇴하여 병력을 보충하기 위해 사방에서 장정을 징집하였다. 두보는 758
년 6월 좌습유에서 화주(華州) 사공참군(司功參軍)이 되었고, 겨울에 낙양
의 고향에 갔다가, 759년(48세) 봄 업성의 전투에서 당군이 패한 이후에
낙양에서 화주 임지로 가는 도중에 이러한 참상을 목도하였다. 두보는
한대의 악부(樂府)가 사건의 진상을 보여주는 전형적인 장면을 절취하여
사실적으로 기술하며 때로 대화로 이어가는 수법을 쓴다는 점을 이용하
여, 여섯 편의 시로 제작하였으므로 이를 신악부(新樂府) 또는 신제악부
(新題樂府)라 한다. 이들은 제목을 따서 '삼리'(三吏)와 '삼별'(三別)이라 통
칭한다. '삼리'가 문답체가 두드러진다면, '삼별'은 독백체로 이루어져
변화를 보인다. 이들 시는 시인이 직접 보고 들은 일을 바탕으로 난리를
겪는 백성의 고통을 사실적으로 그렸으며, 그들에 대한 동정과 시국에
대한 염려를 표현하였다. 두보의 연작시가 으레 그러하듯 각 편은 독립
적이면서 동시에 서로 긴밀히 연관되어 총체적인 표현력을 높이고 있다.

동관의 관리(潼關吏)[541]

士卒何草草,[542]	병사들은 어찌 이리 고달픈가
築城潼關道.	동관의 길에서 성벽을 쌓고 있네
大城鐵不如,[543]	큰 성벽은 철벽보다 더 견고하고
小城萬丈餘.[544]	작은 성벽은 만 길이나 높이 솟았네

---

541) 潼關(동관): 장안 동쪽 교외에 있는 관문. 앞에 나온 두보의 「술회」(述懷) 참조.
542) 草草(초초): 근심스럽고 불안한 모양.『시경』「항백」(巷伯)에 "고생하는 사람은 시름
    에 잠겼네"(勞人草草)라는 말이 있다.
543) 大城(대성): 큰 성벽. 성(城)은 성벽을 말한다. 다음 구의 소성(小城)과 함께 동관을
    가리킨다. ○ 鐵不如(철불여): 쇠가 성벽보다 견고하지 않다. 다시 말해 성벽이 쇠보
    다 견고하다.
544) 萬丈餘(만장여): 관문을 산 위에 설치하였으므로 "만 길이나 높이 솟았다"(萬丈餘)고
    하였다.

借問潼關吏：   동관의 관리에게 물어보세나

"修關還備胡?"   "성벽을 보수하여 오랑캐를 막는가요?"

要我下馬行,[545]   나를 맞이하여 말에서 내려 걷게 하더니

爲我指山隅：[546]   나에게 험난한 산세를 가리키네

"連雲列戰格,[547]   "목책들이 구름까지 이어져 있으니

飛鳥不能逾.   날아가는 새마저 넘어가지 못하지요

胡來但自守,   오랑캐가 쳐들어온다 해도 여기만 지키면

豈復憂西都?[548]   어찌 장안의 안전을 걱정하겠소?

丈人視要處,[549]   어르신께서 저 험난한 요새를 보시지요

窄狹容單車.   협착하여 수레 한 대만 겨우 지날 수 있을 뿐

艱難奮長戟,[550]   전투가 한창일 때 긴 창을 휘두르기만 하면

千古用一夫."[551]   예부터 한 사람만 지켜도 충분히 막을 수 있답니다"

"哀哉桃林戰,[552]   "애달파라, 저 도림(桃林)의 전투여

百萬化爲魚![553]   백만 병사가 익사하여 물고기 밥이 되었지

請囑防關將,   관문을 지키는 장군에게 부탁하노니

愼勿學哥舒!"[554]   부디 신중하여 가서한(哥舒翰)을 배우지 마소"

---

545) 要(요) : 邀(요)의 가차(假借). 맞이하다.

546) 山隅(산우) : 산모퉁이. 여기서는 산세(山勢)를 가리킨다.

547) 심주 : 戰格(전격)은 전투 시 설치하는 방어용 장애물인 목책이다.(卽戰柵.)

548) 西都(서도) : 장안을 가리킨다.

549) 丈人(장인) : 어르신. 동관의 관리가 두보를 존칭하여 부른 말.

550) 艱難(간난) : 어려울 때. 전투에서 긴요한 순간.

551) 用一夫(용일부) : 병사 한 사람만 있으면 충분하다는 뜻. 진(晉)의 장재(張載)가 「검 각명」(劍閣銘)에서 "한 사람이 창을 들고 있으니, 만 명의 적군이 머뭇거린다"(一夫 荷戟, 萬夫趦趄.)는 말을 이용하였다. 이백의 「촉도난」(蜀道難)에서도 "한 사람이 관 문을 막고 있으니, 만 명의 적도 열지 못한다"(一夫當關, 萬夫莫開.)라고 하였다.

552) 桃林(도림) : 도림새(桃林塞). 동관의 옛 이름. 일반적으로 영보현 서쪽에서 동관에 이르는 지역을 가리킨다.

553) 化爲魚(화위어) : 756년 6월 안록산의 부장 최건우(崔乾祐)가 이끄는 군대에 맞서 가 서한이 이십만 대군을 이끌고 영보에서 싸웠으나 크게 패하였다. 이때 병사들이 황 하에 익사한 자가 수만 명에 이르므로 "고기밥이 되었다"(化爲魚)고 하였다.

554) 哥舒(가서) : 가서한(哥舒翰). 이 구는 비록 겉으로는 가서한을 책망하고 있지만, 실

평석 방비를 단단히 하여 적을 가벼이 보지 말 것을 보였다. 동관의 패배는 가서한의 지휘로 이루어진 것이지만 사실은 양국충이 전투를 재촉하였기 때문이다. 두보는 그 후로 동관을 지키는 사람들에게 경계하라는 것이지 가서한에게 허물을 돌리는 것이 아니다.(見宜守不宜輕敵. 潼關之敗, 由哥舒之出戰, 實由楊國忠之促戰. 少陵戒後之守關者, 故云, 非專歸罪哥舒也.)

해설 관군이 상주(相州)에서 패배한 이후 낙양으로 전선을 후퇴하였고, 장안을 지키기 위해 대대적으로 동관을 수리하였다. 이 시는 동관을 축성하는 곳에 이르러 관리와 문답하는 형식으로 도성을 수호하려는 바람을 표현하고, 조정의 군사상의 실책을 비판하였다.

석호의 관리(石壕吏)[555]

暮投石壕村,[556]	날이 저물어 석호촌(石壕村)에 묵으니
有吏夜捉人.	밤에 관리가 사람을 잡으러 왔네
老翁逾牆走,	늙은이는 담 넘어 도망가고
老婦出門看.[557]	할멈이 문 열고 나와 보네
吏呼一何怒?[558]	관리의 호통 소리는 노기가 충천하고
婦啼一何苦?	할멈의 울음소리는 애통하기 그지없네
聽婦前致詞:[559]	할멈이 나서서 호소하는 말이 들려오네

제로는 당시 방어 위주로 나갔던 가서한에게 양국충의 참언을 듣고 공격할 것을 명령한 현종의 실책을 비판하였다. 전투의 승패는 지리적인 이점보다는 적절한 인사에 있음을 강조하였다.

555) 石壕(석호): 섬주(陝州) 섬석현(陝石縣)의 석호진(石壕鎭). 지금의 하남성 섬현(陝縣) 동남 농해로(隴海路) 영호진(英豪鎭) 부근.

556) 投(투): 투숙하다. 임시로 묵다.

557) 심주: 村(촌), 人(인), 看(간)은 각각 고체시의 원운(元韻), 진운(眞韻), 한운(寒韻)에 속한다. 압운이 맞지 않다.(村、人、看, 係元、眞、寒古韻, 非叶也.)

558) 一何(일하)·얼마나 한데 악부시에 자주 보이는 어휘이다.

559) 致詞(치사): 글이나 말로 자신의 뜻을 나타냄. 여기서는 답하는 말.

"三男鄴城戍.⁵⁶⁰⁾　　　"세 아들이 업성(鄴城)을 지키러 나갔는데

一男附書至,⁵⁶¹⁾　　　한 아들이 인편에 부쳐온 편지에

二男新戰死.　　　　두 아들이 이번 전투에서 죽었다네요

存者且偷生,　　　　남아있는 아들은 그래도 구차하게 살아가겠지만

死者長已矣!⁵⁶²⁾　　　죽은 아들은 이제 어쩔 수 없는 거지요

室中更無人,　　　　집안에 더 이상 남자라곤 없고요

惟有乳下孫.　　　　오로지 젖먹이 손자뿐이지요

孫有母未去,⁵⁶³⁾　　　손자 때문에 어미는 본가에 돌아가지 못해

出入無完裙.⁵⁶⁴⁾　　　나오려 해도 온전히 입을 옷도 없답니다

老嫗力雖衰,　　　　이 늙은 할미는 비록 몸이 쇠약하지만

請從吏夜歸.　　　　나으리 따라 이 밤에 떠나지요

急應河陽役,⁵⁶⁵⁾⁵⁶⁶⁾　　급한 대로 하양(河陽)의 부역에 응하면

猶得備晨炊."⁵⁶⁷⁾　　　그래도 새벽밥 짓는 건 도울 수 있겠지요"

夜久語聲絶,　　　　밤이 깊어 말소리가 끊겼어도

如聞泣幽咽.　　　　흐느껴 우는 소리는 여직 들려오는 듯하네

天明登前途,　　　　날이 밝아 내가 길을 떠나니

獨與老翁別.⁵⁶⁸⁾　　　오로지 늙은이하고만 작별을 하였네

---

560) 三男(삼남) : 세 아들. ○鄴城(업성) : 상주(相州). 지금의 하북성 임장현 서남.

561) 附書(부서) : 다른 사람에게 부탁하여 편지를 보내다.

562) 長已矣(장이의) : 영원히 끝나다. 다시 소생할 수 없다.

563) 母未去(모미거) : 어미는 며느리로, 첫째 아들의 아내이다. 젖먹이가 있기에 본가로 돌아가지 않았다. 당시의 습속으로는 과부가 되면 본가로 돌아갔다. 이 구는 직역하면 "손자에게는 본가로 돌아가지 않은 어미가 있지요"이다.

564) 出入(출입) : 출입하다. 여기서는 나오다는 뜻. ○無完裙(무완군) : 온전히 입을 옷이 없다. 裙(군)은 치마만이 아니라 의복 전체를 가리킨다.

565) 심주 : 당시 군사들이 패배한 후 하양을 지키고 있었다.(時兵潰後守河陽.)

566) 河陽(하양) : 지금의 하남성 낙양시의 동북 황하 맞은편에 있는 맹현(孟縣). 당시 곽자의가 이끄는 군대가 주둔하고 있었다. 이후 759년 9월 당군 이광필이 낙양을 버리고 하양으로 후퇴하면서 격전지가 되었으며, 760년 4월 이광필이 다시 탈환하였다.

567) 晨炊(신취) : 아침에 밥을 짓다. 밤에 따라 나서면 다음날 아침에 병사들을 위해 취사 할 수 있다는 뜻.

평석 할멈이 관리를 따라 떠난 후 늙은이가 돌아왔기에 두보는 그와 헤어졌다.(婦隨吏去, 老翁自歸, 少陵與之別也.)

해설 할멈이 전장에 나가는 참상을 기록한 시이다. 부병제에 따르면 한 집안에 장정이 셋이 있으면 한 사람만이 군역을 담당한다. 그러나 여기서는 세 사람이 모두 출정하였고, 나아가 늙은이까지 징집하고 있다. 급박한 전황이긴 하지만 백성의 비참한 상황과 관리의 횡포를 엿볼 수 있다. 세 아들이 출정하여 두 아들이 죽고, 손자는 젖먹이이고, 며느리는 옷조차 제대로 없고, 늙은이는 담 넘어 달아나고, 할멈은 밤에 전장에 취사하러 끌려갔다. 비록 한 집안의 일이지만 전란 속의 백성들이 당하는 보편적인 일을 전형화시켜 표현하였다.

신혼의 이별(新婚別)

兔絲附蓬麻,569)	새삼풀이 쑥이나 삼에 붙어 자라면
引蔓故不長.570)	넝쿨을 뻗는다 해도 길게 자라지 못하지요
嫁女與征夫,	딸을 출정하는 남자에게 시집보내면

---

568) 獨與(독여) 구: 홀로 늙은이와 헤어지다. 할멈은 관리를 따라 떠났고, 늙은이는 관리가 떠난 후 밤에 돌아왔고, 며느리는 옷이 온전하지 않아 배웅하러 나오지 못하였음을 알 수 있다.

569) 兔絲(토사): 새삼. 줄기는 가늘고 길며 여름철에 담홍색의 작은 꽃이 핀다. 다른 나무에 기생하여 자라므로 일반적으로 여인을 비유한다. ○蓬麻(봉마): 쑥대와 삼. 뿌리가 약하여 정착하지 않고 떠도는 남자를 비유하였다. 이 구는 '고시십구수'(古詩十九首) 중의 「한들거리는 외로운 대나무」(冉冉孤生竹)에 "그대와 더불어 결혼했으니, 새삼풀이 여라에 감겨 붙은 듯"(與君爲新婚, 兔絲附女蘿.)의 의미를 이용하였다. 새삼과 여라는 서로 잘 감기므로 부부가 사이좋게 잘 어울림을 비유하였다. 그러나 여기서 쑥대 또는 삼은 작은 식물이므로 새삼이 타고 올라갈 수 없으니 길게 자랄 수 없으며, 여인이 남편에게 의지할 수 없음을 비유하였다.

570) 심주: 첫머리와 끝 부분이 모두 흥(興)의 기법으로 이루어졌다.(起結皆興.)

不如棄路傍.	길가에 내버리는 것만 못하지요
結髮爲君妻,[571]	머리를 묶고 그대 아내 되었어도
席不暖君床,[572]	그대 침상이 따뜻해질 만큼도 앉지도 못했는데
暮婚晨告別,[573]	어제 저녁 결혼하여 오늘 새벽 헤어지니
無乃太匆忙![574]	어찌 총망하지 않다고 하겠어요!
君行雖不遠,	그대의 출행은 비록 멀지 않다고 하지만
守邊赴河陽.[575]	나라를 방비하러 하양(河陽)으로 간다지요
妾身未分明,[576]	첩의 신분이 아직 정해지지도 않았으니
何以拜姑嫜?[577]	어떻게 시어머님와 시아버님을 뵐 수 있나요?
父母養我時,	부모님이 나를 기르실 때
日夜令我藏[578]	밤낮으로 깊은 규중에 있게 하였지만
生女有所歸,[579]	여자로 태어나면 시집을 가기 마련

571) 結髮(결발) : 성년이 되다. 고대에 남자는 20세에 관을 쓰고 여자는 15세에 비녀를 꽂는데 이때 모두 머리를 묶어 성년이 됨을 나타낸다. '이릉 소무 시' 중의 「머리 올리고 부가가 되어」(結髮爲夫妻)의 "머리 올리고 부가가 되어, 사랑에 대한 둘의 믿음이 깊었어라"(結髮爲夫妻, 恩愛兩不疑.)라는 구질을 이용하였다.

572) 席不暖(석부난) 구 : 그대의 침상이 따뜻해질 만큼도 앉아 있지 못하다. 짧은 시간을 비유한다.

573) 暮婚(모혼) : 저녁에 혼례를 올리다. 고대에는 저녁에 혼례를 올렸다.

574) 無乃(무내) : 어찌 ~이 아니겠는가. 無(무)는 반어의 어조로 새긴다.

575) 守邊(수변) : 변방을 지키다. 여기서는 나라를 지키다. ○河陽(하양) : 낙양시의 동북 황하 맞은편에 있는 맹현(孟縣). 앞의 시 참조.

576) 妾身(첩신) : 첩의 신분. 고대의 예법에 의하면 여인이 시집간 후 삼 일째 되는 날을 '과삼조'(過三朝)라 하는데, 가묘(家廟)에서 제사를 올리고 시부모에게 절함으로써 혼례가 마무리된다. 이때 비로소 여인의 신분이 정해지고 시부모라 부를 수 있게 된다. 시 속에 나오는 여인은 결혼 다음 날 남편이 떠났으므로 며느리로서의 신분이 아직 정해지지 않았다.

577) 姑嫜(고장) : 시부모.

578) 藏(장) : 감추다. 깊은 규중에 자라게 하다.

579) 歸(귀) : 돌아가다. 자신의 본래 자리로 돌아간다는 의미이다. 중국 고대인의 발상에 의하면 여인의 본래 자리는 곧 남편의 집이므로 곧 여인이 시집간다는 뜻이다. 『시경』 「강유사」(江有汜)에 "우리 아씨 시집갈 때, 나를 데려가지 아니 했네"(之子歸, 不我以.)란 구절이 있다.

鷄狗亦得將.580)	남편이 닭이든 개든 따라야 한다 했지요
君今往死地,581)	그대 지금 사지(死地)로 가시니
沈痛迫中腸.	깊은 설움이 애간장을 태우네요
誓欲隨君去,	참으로 그대를 따라 가고 싶지만
形勢反蒼黃.582)	사정이 오히려 낭패스러울까 걱정되어요
勿爲新婚念,	신혼에 대해설랑 염두에 두지 말고
努力事戎行.	군대의 일만 힘써 하기 바래요
婦人在軍中,583)	아녀자가 군대에 있으면
兵氣恐不揚.584)	사기가 떨어질까 두렵네요
自嗟貧家女,	스스로 탄식하나니 가난한 집안의 딸이라
久致羅襦裳.585)	오랫동안 일하여 겨우 비단옷을 준비했어요
羅襦不復施,	이 비단옷을 다시는 입지 못할 것이니
對君洗紅粧.586)587)	그대 앞에서 붉은 화장을 지우겠어요
仰視百鳥飛,	우러러 보니 온갖 새가 날아가는데
大小必雙翔.	크고 작은 새들이 모두 짝지어 가네요

---

580) 將(장) : 따르다. 이 구는 송대 『비아』(埤雅)에서 인용한 속담 "닭에게 시집가면 닭과 함께 날고, 개에게 시집가면 개와 함께 달려라"(嫁鷄與之飛, 嫁狗與之走.)와 같은 뜻이다. 여인이 시집을 가면 남편이 좋고 나쁨에 상관없이 따라야 한다는 뜻. 이 구는 당시의 속담을 말하는 듯하다.

581) 심주 : "그대 지금 사지로 가시니" 이하는 한 층 한 층 전환되는데, 정감에서 나와 예의에서 멈추니 『시경』「국풍」의 취지를 얻었다.("君今往死地"以下, 層層轉換, 發乎情 止乎禮義, 得國風之旨矣.)

582) 蒼黃(창황) : 蒼惶, 倉皇, 蒼遑 등으로도 쓴다. 바쁘고 경황없는 모습.

583) 婦人(부인) 구 : 『한서』「이릉전」(李陵傳)에 나오는 전고이다. 서한의 명장 이릉이 전투를 하는데 사기가 올라가지 않았다. 원인을 찾아보니 여러 병사들이 아내와 자식을 군대에 데려다 두고 있었다. 이릉은 이들을 색출하여 참수시켰다.

584) 심주 : 『한서』「이릉전」의 뜻을 사용하였다.(用李陵傳中意.)

585) 致(치) : 준비하다. ○ 襦裳(유상) : 저고리와 치마.

586) 심주 : 『시경』「백혜」(伯兮)에 나오는 "누구를 위해 곱게 꾸미겠어요?"의 뜻이다.(卽 "誰適爲容"意.)

587) 紅粧(홍장) : 홍분으로 화장하다. 고대에 여인들은 얼굴에 미분(米粉)이나 연분(鉛粉)을 발랐는데, 색이 붉은 것을 홍분이라 하였다.

人事多錯迕,[588]　　사람의 일이란 으레 뒤죽박죽이지만

與君永相望!　　그대와 영원히 서로 바라볼 거예요!

평석 『시경』「동산」의 "흩어지는 빗방울이 부슬부슬 내렸네"(零雨其濛)와 함께 읽으면 시대
의 성쇠를 알 수 있다. 수나라 왕통(王通)은 한대 이후의 시를 산정하여 『속시경』(續詩)을 편
찬하였는데, 위의 시는 마땅히 이에 들어갈 수 있을 것이다.(與東山零雨之詩竝讀, 時之盛衰
可知矣. 文中子欲刪漢以後續經, 此種詩何不可續?)

해설 결혼한 다음날 출정하는 남편을 보내는 여인의 말투로 쓴 시이다.
신혼의 이별이라는 소재를 통하여 역사적, 사회적 재난에 처한 인간의
강렬한 감수를 표현하였다. 새삼풀, 짝지어 나는 새 등 비흥(比興)을 사용
하고 구어투를 채용하여 한대 악부시와 고시의 표현 수법을 이용하여
호소력을 높였다. 당시 규정으로는 결혼한 남자는 1년간 병역을 면제하
도록 되어 있어 신혼의 남자는 징집되어서는 안 되었다. 그러나 위기에
놓인 시대와 사회는 이러한 상황을 허락하지 않았다. 여인은 한편으로
자신의 고통을 억제하면서 다른 한편으로 시국을 위하여 잘 다녀올 것
을 당부하고 있다. 이는 곧 두보 자신의 모순된 심정과 다름 아니다.

노년의 이별(垂老別)[589]

四郊未寧靜,[590]　　낙양의 사방 교외가 안정되지 않았으니

垂老不得安.　　늙어서도 편안할 수 없어라

子孫陣亡盡,[591]　　자손들이 모두 전장에서 죽었으니

---

588) 錯迕(착오) : 물건이나 생각 따위가 뒤섞임.

589) 垂老(수로) : 노년이 되어감. 늙어감.

590) 四郊(사교) : 성 밖의 사방 교외.

焉用身獨完![592)	어찌 이 한 몸 혼자 온전할 수 있으랴!
投杖出門去,	지팡이를 던지고 문을 나서니
同行爲辛酸.593)	동행자들이 나를 보고 가슴 아파하네
幸有牙齒存,	다행히 이빨이 남아 있지만
所悲骨髓乾.	골수가 마른 것이 안타까워라
男兒旣介胄,594)	남아가 갑옷 입고 투구 쓰고서는
長揖別上官.595)	길게 읍하고 징병관을 떠나노라
老妻臥路啼,	늙은 아내가 길바닥에 드러누워 울부짖으니
歲暮衣裳單.	세밑에 입은 옷도 홀겹이구나
孰知是死別,596)	이번이 사별(死別)임을 잘 알고 있는데
且復傷其寒.	무엇보다 아내가 추우니 마음이 아파라
此去必不歸,	이번에 떠나면 분명 돌아오지 못할 터인데
還聞勸加餐.597)598)	나더러 밥 잘 먹고 잘 지내라고 일러주네
土門壁甚堅,599)	토문(土門)의 보루는 견고하고

---

591) 陣亡(진망) : 진중에서 죽다. 전사하다.

592) 身獨完(신독완) : 내 몸 혼자 온전히 생존하다.

593) 爲(위) : 나를 위해. ○ 辛酸(신산) : 맵고 심. 여기서는 매우 슬퍼하다.

594) 介胄(개주) : 갑옷과 투구. 군장을 통칭한다.

595) 長揖(장읍) : 두 손을 들어 붙잡고 고개를 가볍게 숙이는 읍례. 고대의 예절에 의하면 군장을 갖추었을 땐 읍례만 하고 배례(拜禮)는 하지 않는다. ○ 上官(상관) : 현지에서 병역을 담당하는 관리.

596) 孰知(숙지) : 熟知(숙지)와 같다. 잘 알다.

597) 심주 : '이번이 사별임을' 이하 4구는 서로를 믿고 의지하는 말이지만 사실은 모두가 영결의 말이다. 그러면서도 문답의 흔적을 없앴다.('孰知'四語, 互相慰藉, 實皆永訣之詞, 而又減去問答痕迹.)

598) 加餐(가찬) : 밥을 더 먹다. 밥을 잘 챙겨 먹고 몸 건강히 지내라는 격려의 말. '고시십구수' 중의 「걷고 걸어 또 쉬지 않고 걸어가니」(行行重行行)에 "힘써 밥 챙겨 드시길 바래요"(努力加餐飯)라는 말이 있다.

599) 土門(토문) : 지명. 위치는 분명하지 않으나 하양 근처로 보인다. 구조오(仇兆鰲)는 항주(恒州)의 정형관(井陘關)이 당대에는 토문구(土門口)라 불렸기에 이를 가리키는 것으로 판단하였으나, 포기룡(浦起龍)은 낙양에서 멀리 떨어진 적군의 근거지 근처일 리 없다며 이를 반박하였다.

杏園度亦難.⁶⁰⁰⁾　　　행원(杏園)의 나루도 적이 건너오기 어렵다네

勢異鄴城下,⁶⁰¹⁾　　　형세는 업성(鄴城) 아래의 포위와 다르니

縱死時猶寬.　　　설령 죽는다 하더라도 시간은 좀 더 있으리라

人生有離合,　　　인간 세상에는 만남과 이별이 있기 마련

豈擇衰盛端!　　　어찌 나이의 많고 적음을 가리겠는가!

憶昔少壯日,　　　젊었을 때를 돌이켜 생각하며

遲回竟長歎.⁶⁰²⁾　　　거닐다가 끝내는 길게 탄식하노라

萬國盡征戍,　　　나라가 온통 전쟁통이라

烽火被岡巒.　　　봉홧불이 산과 언덕을 덮었구나

積屍草木腥,　　　시체가 쌓여 초목에 비린내가 진동하고

流血川原丹.　　　피가 흘러 강과 들이 붉게 물들었어라

何鄉爲樂土,⁶⁰³⁾　　　어느 곳이든 편안한 낙원이 있다면

安敢尙盤桓!⁶⁰⁴⁾　　　왜 이곳을 아쉬워하며 머물러 있으랴!

棄絶蓬室居,　　　초가집 살던 곳을 버리고 가자니

塌然摧肺肝.⁶⁰⁵⁾⁶⁰⁶⁾　　　슬픔에 허파와 간이 부서지는 듯하네

평석 '孰知'는 '熟知'(잘 알다)로, 고대에는 함께 쓰였다.('孰知', 即熟知, 古同用.) ○ 전국시대 위나라의 신릉군 위무기(魏無忌)가 진나라 군사에 포위된 조나라를 구할 때 형제가 없는 독자는 귀가하여 부모를 봉양하게 하였다. 지금은 자손들이 모두 죽고 노인이 종군하니 시대

---

600) 杏園(행원) : 지명. 지금의 하남성 급현(汲縣) 동남. 가까이 황하 강가에는 행원도(杏園渡)라는 나루터가 있다.

601) 勢異(세이) 구 : 업성 포위는 공격이었지만, 지금은 수비 위주이므로 형세가 다르다. 업성은 위의 「신안의 관리」와 「석호의 관리」 참조.

602) 遲回(지회) : 배회하다.

603) 樂土(낙토) : 편안하고 즐거운 곳.『시경』「석서」(碩鼠)에 "이제 너를 떠나, 저 낙원으로 가리"(逝將去汝, 適彼樂土.)라는 말이 있다.

604) 盤桓(반환) : 배회하며 차마 떠나지 못하다.

605) 심주 : 결말은 적과 싸우고 군주에게 충성하려는 뜻이 있다.(結有敵愾勤王意.)

606) 塌然(탑연) : 슬픔이나 고통으로 정신적 공황에 빠진 모양.

가 슬플 뿐이다.(魏公子救趙, 令獨子無兄弟者歸養. 今子孫亡盡, 垂老從戎, 時事亦可傷已!)

해설 징집을 당하여 출정하게 된 노인이 고향과 아내를 떠나는 비애를 그렸다. 노인의 말투로 안사의 난 때 백성들이 겪은 고통을 자손이 전사하고 자신마저 출정하는 노인의 처지에서 구체적으로 묘사하였다. '삼리'와 '삼별'의 시는 759년(48세) 봄 두보가 낙양에서 화주로 가는 도중에 지은 것으로 알려졌다. 그러나 이 시만은 '세밑'(歲暮)과 '추위'(寒) 등의 어휘가 있는 것으로 보아 759년 가을 진주(秦州)에서 지은 것으로 보인다.

가족 없는 이별(無家別)[607]

寂寞天寶後,[608]	적막하여라, 천보(天寶) 연간 난리 난 후
園廬但蒿藜.	집과 마당엔 잡초만이 우거져
我里百餘家,	우리 마을은 원래 백여 호였는데
世亂各東西.	난리를 만나 모두 뿔뿔이 흩어졌어라
存者無消息,	산 사람은 소식이 없고
死者爲塵泥.	죽은 사람은 흙이 되어
賤子因陣敗,[609]	미천한 이 몸이 전투에서 패하고서
歸來尋舊蹊.[610]	고향에 돌아와 옛 길을 더듬는다
久行見空巷,	오래도록 다녀도 골목은 비어있을 뿐

---

607) 無家(무가) : 가족이 없음. 家(가)는 실가(室家)의 뜻으로 아내가 없다는 뜻으로 풀이할 수도 있다. 『시경』 「다래나무」(有楚)에 "싱싱하고 고우니, 너에게 처자가 없음이 부럽구나"(夭之沃沃, 樂子之無家.)라는 말이 있다. 시에서는 아내가 없고 모친도 죽어 집안에 가족이 없음을 서술하였다.

608) 天寶後(천보후) : 안사의 난이 일어난 후. 안사의 난은 755년, 즉 천보 14년에 일어났다.

609) 賤子(천자) : 천한 사람. 시중 화자가 자신을 가리키는 말. ○陣敗(진패) : 전투에서 패배하다. 업군(鄴郡)에서의 패전을 가리킨다.

610) 舊蹊(구혜) : 예전의 길. 잡초가 우거져 길이 덮여 있기에 예전의 길을 찾았나.

日瘦氣慘淒.[611]	햇빛마저 수척하고 날씨마저 쓸쓸해
但對狐與狸,	마주치는 건 여우와 살쾡이
竪毛怒我啼.[612]	털을 곤두세우며 사납게 짖어대는구나
四鄰何所有?	사방의 이웃집엔 무엇이 남았는가?
一二老寡妻.	늙은 과부가 한둘 있을 뿐이라네
宿鳥戀本枝,[613][614]	깃드는 새도 제 태어난 가지가 그리워
安辭且窮棲.[615]	떠나지 않고 궁벽하게 살아가네
方春獨荷鋤,	마침 봄이라 홀로 호미로 밭을 일구고
日暮還灌畦.[616]	해 저물어 다시 채마밭에 물을 뿌리네
縣吏知我至,	현의 관리는 내가 돌아온 것을 알고
召令習鼓鞞.[617]	나를 징집하여 북 치는 훈련을 시키네
雖從本州役,	비록 본주(本州)에서 군역을 한다지만
內顧無所携.[618][619]	집안을 둘러보니 작별할 사람도 없어라
近行止一身,	본주로 가는 사람은 오로지 나 하나뿐
遠去終轉迷.	멀리 가게 되어 결국 타향을 떠돌게 되리라
家鄉旣蕩盡,	사실 고향은 이미 절단 났으니
遠近理亦齊.[620]	멀리 가나 가까이 가나 이치는 마찬가지

---

611) 日瘦(일수) : 태양이 어둡고 약해짐을 형용한 말. ○氣(기) : 바람. 날씨.

612) 我啼(아제) : 啼我(제아). 나를 향해 울부짖다. 대명사가 목적어인 경우는 선행한다.

613) 심주 : 비체 수법이다.(比體.)

614) 宿鳥(숙조) : 둥지에 돌아가 사는 새. ○本枝(본지) : 본래 태어난 가지. 이 구는 '고시
십구수' 중의 「걷고 걸어 또 쉬지 않고 걸어가니」(行行重行行)에 나오는 "북방에서
온 말은 북풍을 그리워하고, 남방에서 온 새는 남쪽가지에 둥지를 틉니다"(胡馬依北
風, 越鳥巢南枝.)의 뜻을 이용하였다.

615) 安辭(안사) : 어찌 떠나는가? ○窮棲(궁서) : 궁벽하게 살아가다.

616) 灌畦(관휴) : 채소밭에 물을 주다.

617) 鼓鞞(고비) : 鼓鼙(고비)라고도 쓴다. 큰 북과 작은 북. 習鼓鞞(습고비)는 전투 훈련을
하다.

618) 심주 : 아내가 없다.(無妻.)

619) 內顧(내고) : 집안을 둘러보다. ○携(휴) : 분리하다. 헤어지다. 이 구는 헤어지며 인
사를 나눌 사람이 없다는 뜻.

永痛長病母,	언제나 마음 아픈 건 오래 앓으신 노모께서
五年委溝溪. 621)622)	오 년 동안이나 도랑에 시체로 뒹구셨다는 점
生我不得力,	나를 낳으셔도 내가 봉양하지 못했으니
終身兩酸嘶. 623)	나와 노모는 평생 시리게 울었다네
人生無家別,	사람이 살면서 헤어질 가족마저 없으니
何以爲蒸黎! 624)	이를 어찌 백성이라 말할 수 있으랴!

평석 앞의 시는 충성으로 마무리 지었고, 이 시는 효도로 마무리 지었으니 두보의 마음을 짐작할 수 있다.(上章以忠結, 此章以孝結, 想見老杜胸次.)

해설 전정에서 패하여 고향에 돌아온 병사가 다시 출정하는 사정을 그렸다. 전란 이후 피폐해진 마을과 황폐해진 전답을 서술하고, 다시 징병에 응하여 가족 하나 없는 고향집을 떠나는 비참한 심정을 세밀하게 묘사하였다. 759년 봄에 지은 것으로 본다.

가인(佳人)

絶代有佳人, 625)	세상에 다시없는 가인(佳人)

---

620) 심주 : 어조를 바꾸어 활달한 말을 하니 침통함이 더욱 드러난다.(轉作曠達語, 彌見沈痛.)

621) 심주 : 어머니가 안 계시다.(無母.)

622) 五年(오년) : 오 년. 755년 안록산의 난이 일어난 때부터 집에 돌아온 759년까지 만 오 년이다.

623) 酸嘶(산시) : 고통스럽게 울부짖음.

624) 蒸黎(증려) : 백성. 사람들.

625) 絶代(절대) : 세상에 다시 없이 뛰어나다. 絶世(절세)와 같다. 태종 이세민(李世民)의 이름을 피휘(避諱)하여 世(세)를 代(대)로 썼다. 이 구는 서한 이연년(李延年)의 「노래」(歌)에 "북방에 사는 가인은, 세상에 다시 없이 오로지 한 사람뿐"(北方有佳人, 絶世而獨立.)이란 말에 근거하였다.

幽居在空谷.　　　　빈 골짜기에서 깊이 묻혀 산다네

自云"良家子,[626]　　스스로 말하기를, "저는 양가집 규수이나

零落依草木.[627]　　집안이 몰락하여 초목에 의지하게 되었습니다

關中昔喪亂,[628]　　지난 날 장안이 함락되었을 때

兄弟遭殺戮.　　　　형제자매가 모두 죽임을 당했으니

官高何足論?[629]　　벼슬이 높다 한들 무슨 소용 있나요?

不得收骨肉.　　　　시신도 거둘 수 없었던걸요

世情惡衰歇,[630]　　세상 인정은 쇠락을 싫어하는데

萬事隨轉燭.[631]　　만사는 바람 앞의 촛불처럼 변화무쌍한 것

夫婿輕薄兒,　　　　남편은 경박한 사람으로

新人美如玉.　　　　옥같이 아름다운 여인을 맞이했지요

合昏尚知時,[632]　　합환화도 오히려 피고 지는 때를 알고

鴛鴦不獨宿.　　　　원앙새도 혼자 자지 않지요

但見新人笑,　　　　그러나 남편은 새 부인의 웃음만 보니

那聞舊人哭?　　　　어떻게 전처의 울음소리를 들을 수 있나요?

在山泉水清,[633]　　샘물은 산에 있을 땐 맑지만

出山泉水濁.　　　　샘물이 산을 나서면 흐려진다지요

---

626) 良家(양가) : 사회적으로 지위가 있는 집안. 천민과 상대되는 말이다.

627) 零落(영락) : 시들어 떨어지다. 처지가 외롭거나 불행하게 됨.

628) 關中(관중) : 관중 지방. 여기서는 756년 안사의 반란군이 장안을 점령한 일을 가리
킨다.

629) 官高(관고) : 관직이 높다. 이 말로 보아 가인의 형제자매는 모두 관직이 높았다.

630) 衰歇(쇠헐) : 쇠락하다. 몰락하다.

631) 轉燭(전촉) : 촛불이 바람에 흔들리다. 세상일이 변화무상함을 비유한다.

632) 合昏(합혼) : 저녁에 오므라진다는 의미로 지어진 꽃 이름. 한국에서는 일반적으로
합환화(合歡花)라고 한다. 중국에서는 마영화(馬纓花), 야합화(夜合花) 등으로도 불
린다. 깃털 같은 잎이 여러 개 겹쳐 있는 꽃으로 아침에 피고 저녁이 되면 오므라지
므로 "때를 안다"(知時)고 하였다.

633) 在山(재산) 2구 : 이 2구는 민요풍의 말로 의미는 분명하나 비유하는 바에 대해서는
해석이 분분하다. 구조오(仇兆鰲)는 "맑다는 것은 정절을 지키는 것이고, 흐리다는
것은 정절을 바꿈을 말한다"(此謂守貞清而改節濁也)고 하였다.

侍婢賣珠廻,	시녀는 구슬을 팔아 돌아오고
牽蘿補茅屋.	여라를 끌어 띳집을 수리해요
摘花不揷髮,	꽃을 꺾어도 머리에 꽂지 않고요
采柏動盈掬."634)	잣을 따면 언제나 두 손 가득 담을 정도 많아요"
天寒翠袖薄,	추운 날씨에 비췻빛 소매가 얇은데
日暮倚修竹.	해 저물녘 긴 대나무에 기대어 있어라

평석 '샘물은 산에 있을 땐 맑지만' 2구는 자신의 정결함을 말했다. 어떤 사람은 산에 있는 것으로 새 부인을 말하고, 산을 나서는 것으로 전 부인을 비유했다고 하는데, 아무래도 적절하지 않다.('在山'二句, 自寫貞潔也. 或以在山比新人, 出山比舊人, 終覺未安.) ○ 결말에서 의론을 하지 않으면서도 청결하고 정숙한 뜻이 언외에 은연중에 살아나니 이것이 곧 시의 품격이다.(結句不着議論, 而淸潔貞正意, 隱然言外, 是爲詩品.)

해설 아름답고 고결한 여인이 난세에 남편에게 버림받고 골짜기에서 살고 있는 모습을 그렸다. 비록 한 개인의 조우를 사실적으로 그려 동란의 시대를 반영하였지만, 동시에 두보 자신의 처지를 우언(寓言)식으로 기탁하였다. 전통적인 관념도 유형화된 이미지 속에 담지 않고, 실제적이고 구체적인 사건에서 끌어내는 두보 시의 특징이 잘 드러난 시이다. 한대 고시(古詩)의 운미(韻味)가 농후하며, 특히 말 2구는 여인의 높은 기품을 형상화한 명구로 회자된다. 759년(48세) 가을 진주(秦州)에 있을 때 지었다.

---

634) 采柏(채백) : 잣을 따다. 잣나무는 겨울에도 시들지 않는 상록수이므로 그 열매를 딴다고 함은 곧 굳센 정조를 비유한다. ○ 動(동) : 걸핏하면. ○ 盈掬(영국) : 두 손 가득 움켜쥐다.

꿈에 이백을 만나고 2수(夢李白二首)[635]

제1수

死別已呑聲,[636]	사람이 죽으면 한 번 울고 마는데
生別常惻惻.[637]	살아서 이별하니 언제나 비통하네
江南瘴癘地,[638]	강남은 장독(瘴毒)이 심한 땅
逐客無消息.[639]	유배 떠난 나그네 소식이 없구나
故人入我夢,	친구가 나의 꿈에 홀연히 들어왔으니
明我長相憶.	이는 분명 내가 그를 오랫동안 생각함이라
恐非平生魂,[640]	꿈속의 그대 모습 생사람이 아닌 듯
路遠不可測.	먼 길을 어찌 찾아왔나 알 수 없어라
魂來楓林靑,[641]	혼령은 단풍 푸른 저곳에서 날아와
魂返關塞黑.[642][643]	다시금 관새(關塞) 많은 이곳을 떠나누나
君今在羅網,[644]	그대는 지금 그물에 묶여 있으리니

---

635) 심주 : 이때는 이백이 야랑에서 방환되었을 때로, 여산과 강하 중간에 있을 때이다.
(此白從夜郎放還, 在匡山、江夏之間.)

636) 已(이) : 그치다.

637) 惻惻(측측) : 비통해 하는 모습.

638) 瘴癘(장려) : 습기가 많고 더운 중국 남방 지방에서 유행하는 질병. 이백이 심양에서
야랑으로 유배되어 강남에서 고초를 겪게 되므로 이를 걱정하였다.

639) 逐客(축객) : 방축된 나그네. 펌적된 이백을 가리킨다.

640) 平生魂(평생혼) : 평소의 혼. 고대 사람들은 꿈에 본 것은 혼이며, 그 혼이 자기를 찾
아왔다가 다시 돌아간다고 생각하였다. 당시 이백은 유배 도중에 물에 빠져 죽었다
는 소문이 돌았기에 두보가 이를 걱정하였다.

641) 楓林(풍림) : 단풍 숲. 강남을 나타내는 대표적인 풍경으로 알려졌다. 굴원(屈原)의 『초
사』「초혼」(招魂)에 "출렁이며 흐르는 장강이여 강변에는 단풍이요, 천 리 멀리 바
라보니 춘심(春心)이 슬프니, 혼이여 돌아오라! 강남 땅은 슬퍼라"(湛湛江水兮上有
楓, 目極千里兮傷春心, 魂兮歸來哀江南)란 말이 있다.

642) 심주 : 『초사』의 구절이 점철하며, 꿈인 듯 생시인 듯 흐릿하여, 읽는 사람이 꿈을 꾸
듯 멍하게 만든다.(點綴楚詞, 恍恍惚惚, 使讀者惘然如夢.)

643) 關塞(관새) : 변방의 관소(關所). 두보가 있는 진주(秦州)를 가리킨다. 진주는 농서(隴
西) 지방으로 비한족 사람들이 출몰하고 관문이 많았다.

何以有羽翼?	어이하여 날개 달고 올 수 있었겠나?
落月滿屋梁,	떨어지는 달빛은 집안에 가득하여
猶疑照顔色.645)	여전히 그대 얼굴 비추고 있는 듯
水深波浪闊,	그대 혼백 돌아감에 강물 깊고 파도 험하니
無使蛟龍得!646)	교룡에게 먹히지 않도록 조심하게나!

평석 결말은 「땅 끝에서 이백을 그리며」(天末懷李白)의 "요괴인 이매망량은 행인을 좋아하니 조심하게"의 뜻에서 나왔다.(結出"魑魅喜人過"意.)

해설 이 시는 759년(48세) 가을에 지었다. 이백(李白)은 756년(至德 원년) 겨울, 영왕(永王) 이린(李璘)의 반란에 참가하였으나 다음 해 이린의 군대가 패하자 심양(潯陽, 지금의 강서성 九江市)의 옥에 갇혔다. 나중에 이백은 야랑(夜郎, 지금의 귀주성 遵義)으로 유배가게 되었고 759년 초여름에 무산(巫山)에 이르러 사면을 받게 되었다. 이 소식을 듣지 못한 두보는 진주(秦州)에서 그의 안부를 염려하다가 꿈을 꾸었고, 이 시를 짓게 되었다. 두보와 이백은 745년(天寶 4년) 가을 산동성 연주(兗州) 석문(石門)에서 헤어진 후 평생 만나지 못했다.

제2수

| 浮雲終日行,647) | 뜬구름은 하루 종일 오고가는데 |

---

644) 羅網(나망) : 새를 잡는 그물. 법망(法網)을 비유한다.
645) 顔色(안색) : 꿈속에서 본 이백의 얼굴을 가리킨다. 이 구는 꿈에서 막 깨어나도 여전히 꿈속인 듯 분간을 하지 못하는 상황을 묘사하였다.
646) 無(무) : 毋(모)와 같다. ~하지 마라. ○蛟龍(교룡) : 물속에 산다는 용과 비슷한 전설상의 동물. 이 구는 이백의 혼이 돌아가며 조심하라는 당부이지만, 동시에 험악한 정치 세계 속에 희생당하지 마라는 기원이기도 하다.
647) 浮雲(부운) ?구ㆍ구름은 나그네를 연상시키므로 이를 가지고 이백을 암유(暗喩)하였다. 이는 '고시십구수' 중의 「걷고 걸어 또 쉬지 않고 걸어가니」(行行重行行)에 "뜬구

遊子久不至.	나그네는 오래도록 오지 않아라
三夜頻夢君,	사흘 밤을 연이어 그대 꿈을 꾸니
情親見君意.	그대 마음 깊음을 내 알겠노라
告歸常局促,[648]	돌아갈 땐 언제나 서두르며
苦道"來不易,[649]	재차 말하네 "오는 길이 쉽지 않구먼
江湖多風波,	강호에는 풍파가 심하여
舟楫恐失墜."[650]	배가 뒤집힐까 두렵네"
出門搔白首,	방문을 나서며 흰 머리 긁적이는데
若負平生志.	평생의 뜻을 저버린 듯 하더이
冠蓋滿京華,[651]	장안에는 벼슬아치 가득한데
斯人獨顦顇![652]	이 사람만 오로지 초췌하구나
孰云網恢恢?[653]	천도가 공평하다 누가 말했나
將老身反累![654]	늙어가매 몸마저 오히려 구속되었구나
千秋萬歲名,	천 년 만 년 이후에 이름이 남겨진다 해도
寂寞身後事.	그것은 죽고 나서의 적막한 일인 것을

해설 두보는 이백을 그리워하는 시를 십여 편 남겼는데, 이백이 야랑으

름이 해를 가리니, 나그네는 돌아오려 하지 않네요"(浮雲蔽白日, 遊子不顧返.)라는
전통 이미지를 이용하였다.

648) 局促(국촉) : 바쁘고 총망한 모습.

649) 苦道(고도) : 두 번 세 번 반복하여 말하다.

650) 심주 : 위 4구는 꿈속에서 하는 말을 듣는 듯하다.(四句如聞夢中之言.)

651) 冠蓋(관개) : 예관(禮冠)과 차개(車蓋). 관리들의 복장과 탈것으로, 여기서는 직위가
높은 관리를 가리킨다.

652) 斯人(사인) : 이 사람. 이백을 가리킨다. ○ 顦顇(초췌) : 憔悴(초췌)와 같다. 초췌하다.
파리하고 마르다.

653) 網恢(망회) : 『노자』 제73장의 "하늘의 그물이 넓어 성기다고 하지만 하나도 빠
뜨리지 않는다"(天網恢恢, 疏而不漏.)에서 나온 말로, 원래는 천도가 공평하여 악인
이 악한 일을 해도 빠져나갈 수 없다는 뜻이었다. 그러나 여기서는 천도는 드넓어
모든 것을 포용한다는 뜻으로 사용하였다. 恢恢(회회)는 드넓은 모양.

654) 將老(장로) : 금방 늙어가다. 당시 이백의 나이는 59세였다.

로 유배되었다는 소식을 듣고 나서도 여러 편 지었다. 이백이 유배 도중 물에 빠졌다는 소문을 들은 상태에서 꿈을 꾸어서 그리워하는 마음이 더욱 절실했다. 제2수 역시 꿈속의 상황이지만, 이백의 평생을 고도로 압축하여 개괄하였다. 관리들이 활개 치는 장안에서 오로지 이백만이 머리를 긁적이며 초췌한 모습이며, 사후에는 분명 만고에 이름 높은 사람이겠지만 살아생전에는 적막하기 그지없다는 것이다. 이는 곧 이백의 처지를 말하지만 사실 두보 자신의 처지이기도 하다.

만장담(萬丈潭)[655]

青溪合冥寞,[656]	맑은 개울에 깊은 어둠이 모였으니
神物有顯晦. [657]	신령스런 것이 보였다 숨었다 하여라
龍依積水蟠,	교룡이 깊은 물속에 서려있고
窟壓萬丈內. [658]	동굴이 만 길 석벽 아래 있어
跼步凌垠堮,[659]	허리를 구부리고 벼랑을 제겨 오르다가
側身下煙靄. [660]	몸을 옆으로 틀고 운무 속으로 내려가네
前臨洪濤寬,[661]	앞으로 나가니 큰 물결이 펼쳐있고
却立蒼石大.	뒤로 물러서니 푸른 암벽이 크구나
山危一徑盡,	산세가 가팔라 외줄기 길이 끊어지고

---

655) 萬丈潭(만장담) : 동곡현(同谷縣, 감숙성 成縣) 동남 칠 리에 소재. 제목 아래 원주(原注)에 "동곡현에서 지음"(同谷縣作)이라 되어 있다. 전설에 의하면 용이 못에서 솟아나와 날아갔다고 한다.

656) 冥寞(명막) : 측량할 길 없이 어둡고 깊은 모양.

657) 神物(신물) : 신령스럽고 괴이한 것. 아래에 나오는 용을 가리킨다. ○顯晦(현회) : 밝음과 어두움.

658) 심주 : 다섯 자 모두 측성이다.(五仄.)

659) 跼步(국보) : 허리를 구부리고 걸어감. ○垠堮(은악) : 벼랑.

660) 側身(측신) : 몸을 옆으로 돌려 서다. ○煙靄(연애) : 구름과 안개.

661) 심주 : 다섯 자 모두 평성이다.(五平.)

崖絶兩壁對,	벼랑이 잘려져 두 절벽이 마주 했네
削成根虛無,	깎아 만든 석벽은 허무(虛無)의 물속에 뿌리내리고
倒影垂澹瀨, 662)663)	거꾸러진 그림자는 물속에서 흔들리더라
黑如灣濩底, 664)	검은 곳은 바닥에서 여러 물줄기가 모이는 곳이요
淸見光炯碎. 665)	맑은 곳은 수면에서 빛이 반짝이며 부서지는 곳이라
孤雲倒來深,	구름 한 조각이 깊은 곳으로 거꾸로 흘러오고
飛鳥不在外. 666)667)	새는 연못 밖으로 날아가지 못하는구나
高蘿成帷幄,	높이 걸린 등라는 휘장을 이루고
寒木累旗旆.	서늘한 나무는 깃발이 겹친 듯해
遠川曲通流,	먼 곳의 강물이 굽이지며 이곳으로 통하고
嵌竇潛洩瀨. 668)	동굴의 땅속으로 여울물이 빠져 나가네
造幽無人境, 669)	사람이 없는 유심(幽深)한 곳에 이르러
發興自我輩. 670)	감흥을 일으켜 본 것은 내가 처음이리
告歸遺恨多,	돌아가려고 하니 한껏 아쉬운데
將老斯遊最.	노년이 가깝도록 본 곳 중에 이곳이 최고라
閑藏修鱗蟄, 671)	깊은 동굴에 숨어 있는 용이여
出入巨石礙. 672)	큰 돌 때문에 드나들기가 불편하리라
何當暑天過, 673)	언젠가 더운 여름에 이곳에 와서

---

662) 심주 : 어둑어둑하여 측량할 길 없고, 깊고 험하고도 무섭다.(窅窅不測, 幽險可畏.)
663) 澹瀨(담대) : 사물의 그림자가 물속에서 흔들리는 모양.
664) 灣濩(만환) : 여러 갈래의 물이 굽이돌아 모이는 모양.
665) 光炯(광형) : 빛이 반짝이는 모양.
666) 심주 : 연못의 깊고 넓음을 극도로 과장하여 형용하였다.(極形潭之深廣.)
667) 不在外(부재외) : 암벽이 높아 날아가는 새가 그 밖을 나가지 못한다는 뜻.
668) 嵌竇(감두) : 산의 동굴. ○ 洩瀨(설뢰) : 빠른 여울물이 빠져나가게 하다.
669) 造幽(조유) : 유심한 곳에 이르다.
670) 發興(발흥) : 흥을 일으키다.
671) 修鱗(수린) : 비늘로 쌓인 긴 몸이란 뜻으로 여기서는 용을 가리킨다.
672) 심주 : 다섯 글자 모두 측성이다.(五仄.)
673) 何當(하당) : 어느 때. ○ 過(과) : 방문하다.

快意風雨會.　　　　비바람을 부리는 모습을 유쾌하게 보리라

해설 두보는 759년 7월 장안 동쪽의 화주(華州) 일대가 기근에 빠지자 벼슬을 버리고 진주(秦州, 지금의 감숙성 천수)로 갔다. 이로부터 관리생활을 마감하고 떠도는 생활을 시작한다. 7월부터 10월까지 진주에 있었지만 여전히 전쟁이 빈발하였기에, 두보는 10월에 진주를 출발하여 11월 경에 동곡(同谷, 감숙성 成縣)에 도착하였다. 그러나 여기서도 일 개월도 채 못 있다가, 12월에 동곡을 떠나 성도(成都)로 향했다. 두보는 두 번 이동하는 중에 이십여 편의 기행시를 썼다. 위 시는 759년 11월 진주에서 동곡으로 가는 도중 동곡 가까이에 이르러 쓴 시이다. 사실적인 수법으로 만장담의 기세를 묘사하였으며, 결말에서 자신의 웅대한 마음을 기탁하였다.

철당협(鐵堂峽)[674][675]

山風吹遊子,	나그네 가는 길에 산바람이 불어오니
縹緲乘險絶.[676]	옷자락을 펄럭이며 험준한 곳에 오르노라
硤形藏堂隍,[677]	협곡의 모습은 거대한 집 대청 같고
壁色立積鐵.[678]	벼랑의 빛깔은 철을 쌓아 올린 듯해라

---

674) 심주 : 진주에서 동곡현으로 가는 길의 기행이다.(一路自秦州赴同谷縣紀行.)

675) 鐵堂峽(철당협) : 진주(秦州) 서남쪽 칠십 리쯤에 있는 협곡. 지금의 감숙성 천수시(天水市) 진성구(秦城區) 천수진(天水鎭) 동북 철당산 서쪽 산록에 소재. 남북으로 뚫린 협곡의 중간이 대청처럼 넓고 암벽이 쇠처럼 흙갈색이어서 철당협이라 이름 붙였다.

676) 縹緲(표묘) : 바람에 나부끼는 모양. 여기서는 옷자락이 바람에 펄럭이는 모양을 형용하였다.

677) 硤(협) : 원래 삼협(三峽)의 초입에 있는 협주(硤州)라는 지명이었으나, 나중에는 협곡을 뜻하는 峽(협)과 같은 뜻으로 쓰였다. ○堂隍(당황) : 堂皇(당황)으로도 쓴다. 넓고 큰 전당.

678) 積鐵(적철) : 철을 쌓다. 정철(精鐵)로 된 판본도 있다. 구조오(仇兆鰲)는 이 구의 다섯 자가 모두 입성(入聲)이어서 읽는데 순조롭지 못하므로 싱질(精鐵)이 옳다고 하였다.

徑摩穹蒼蟠,	산길은 창궁(蒼穹)에 스칠 듯 둘러있고
石與厚地裂.	암벽은 대지에서 찢겨져 나온 듯해라
修纖無垠竹,679)	가늘고 긴 대나무가 끝없이 펼쳐지고
嵌空太始雪.680)	맑고 영롱한 눈이 태고 적부터 쌓였어라
倭遲哀壑底,681)	계곡의 바닥을 에둘러 구슬픈 마음으로 돌아가니
徒旅慘不悅682)	길 가는 일행은 참담하기 그지없네
水寒長冰橫,	계곡물은 차갑고 얼음이 길게 가로놓여 있어
我馬骨正折.	말의 뼈가 얼어서 부러질 듯하구나
生涯抵弧矢,683)	나의 생애에 전란을 만났는데
盜賊殊未滅.	도적은 아직 소멸되지 않았네
飄蓬逾三年,684)	날리는 쑥처럼 떠돈 지 삼년이 넘었으니
廻首肝肺熱.685)	돌이켜 생각하니 간과 폐가 타들어가는구나

해설 759년 겨울 진주에서 동곡으로 갈 때 철당협을 지나가며 쓴 시이다. 험준한 협곡의 모습에 이어 떠도는 자신의 처지를 교직하여 말하였다.

---

679) 修纖(수섬) : 길고 가늚. ○ 無垠(무은) : 끝이 없다.

680) 嵌空(감공) : 뚜렷하고 영롱한 모양. ○ 太始(태시) : 세상이 처음 생겨나는 혼돈의 상태. 『열자』「원서」(元瑞)에서는 세상의 창조 과정을 기(氣)가 나타나지 않은 태역(太易), 기가 일어나기 시작하는 태초(太初), 형상이 만들어지기 시작하는 태시(太始), 질료가 만들어지기 시작하는 태소(太素)의 순서로 설명하였다.

681) 倭遲(왜지) : 길을 에둘러 가는 모양.

682) 徒旅(도려) : 여행하는 사람. 나그네. 두보 자신과 일행을 가리킨다. 『두시언해』(杜詩諺解)에서는 복종(僕從)들, 즉 종복(從僕)들이라고 하였다.

683) 抵(저) : 맞닥뜨리다. 만나다. ○ 弧矢(호시) : 활과 화살. 전쟁을 가리킨다.

684) 飄蓬(표봉) : 정처 없이 떠도는 쑥대 풀.

685) 肝肺(간폐) : 간과 폐. 마음. 속.

청양협(靑陽峽)⁶⁸⁶⁾

塞外苦厭山,⁶⁸⁷⁾	변방에서 지내다보니 산들이 지겨운데
南行道彌惡.	남쪽으로 내려가도 길이 더욱 험악하여라
岡巒相經亘,⁶⁸⁸⁾	산줄기와 봉우리가 연달아 이어졌고
雲水氣參錯.	구름과 물의 기운이 서로 섞여 있어
林迴硤角來,⁶⁸⁹⁾	멀리 이어진 숲 뒤로 협곡이 다가와
天窄壁面削.	하늘은 좁아지고 석벽은 깎은 듯하구나
磎西五里石,	계곡의 서쪽 오 리쯤에 있는 암벽이
奮怒向我落.	갑자기 나를 향해 떨어지는 듯
仰看日車側,⁶⁹⁰⁾	우러러 보니 해를 실은 수레가 암벽에 부딪힐 듯하고
俯恐坤軸弱.⁶⁹¹⁾	굽어보니 암벽이 지축을 주저앉힐까 두려워라
魑魅嘯有風,⁶⁹²⁾	산귀신이 휘파람 불어 바람을 일으키고
霜霰浩漠漠.	서리와 싸락눈이 끝없이 드넓어 적막하구나
昨憶逾隴坂,⁶⁹³⁾	생각하니 몇 달 전 농산(隴山)을 넘을 때
高秋視吳岳,⁶⁹⁴⁾	높은 가을 하늘 아래 오악산(吳岳山)을 바라보며
東笑蓮華卑,⁶⁹⁵⁾	동쪽으로 연화봉이 왜소함을 비웃고

---

686) 靑陽峽(청양협) : 지금의 감숙성 서화현(西和縣) 북쪽 석보향(石堡鄕) 서산(西山)에 소재. 지금은 靑羊峽(청양협)이라고 쓴다. 서화현에서 성현(成縣)으로 가는데 반드시 거쳐야 하는 길이다. 청양협은 지세가 험악하고 양쪽에서 높은 산이 대치하고 있어, 골짜기가 깊고 시내가 길다.

687) 塞外(새외) : 변새(邊塞)의 밖. 중국의 북방 변경 지역을 가리킨다.

688) 經亘(경긍) : 綿亘(면긍)과 같다. 끊어지지 않고 이어져 있다.

689) 硤角(협각) : 협곡의 모서리. 협곡의 벽면에서 뿔처럼 솟아나온 암벽.

690) 日車(일거) : 태양. 전설에 의하면 희화(羲和)라는 신이 매일 여섯 마리의 용이 모는 수레에 태양을 싣고 공중을 운행한다.

691) 坤軸(곤축) : 고대인들이 상상했던 대지의 축. 오늘날의 지축이란 말과는 뜻이 다르다.

692) 魑魅(이매) : 산이나 연못에 있으면서 사람을 해친다는 인면수신(人面獸身)의 괴물.

693) 隴坂(농판) : 농산(隴山). 지금의 섬서성 농현(隴縣)과 감숙성 평량(平涼) 사이에 있는 높고 험준한 산. 두보는 759년 7월 화주에서 진주로 가면서 농산을 넘었다.

694) 吳岳(오악) : 산 이름. 지금의 섬서성 농현 서남에 있다.

北知崆峒薄. [696)697)	북으로 공동산이 낮음을 알았었지
超然侔壯觀,	초연한 오악산의 장관과 겨룰 곳 찾았으나
已謂殷寥廓. [698)	이미 드넓은 세상 속에 숨었다고 여겼네
突兀猶趁人,	불쑥 솟은 청양협이여, 비록 사람을 따라 왔지만
及茲歎冥寞. [699)	여기에 와서 우주의 까마득함에 감탄하노라

평석 『주자어록』에서 말했다. "두보의 시는 초기에는 무척 정교하고 자세하지만, 만년에는 광달하고 빼어나 대적할 수 없다. 진주에서 촉 지방에 들어갈 때 쓴 시는 그림처럼 분명해서 청년기의 작품과 같다.(朱子語錄云："杜詩初年甚精細, 晚年曠逸不可當. 如自秦州入蜀詩, 分明如畫, 乃其少時作也.)

해설 759년 겨울 진주에서 동곡으로 갈 때 청양협을 지나가며 쓴 시이다. 드높은 암벽과 추운 겨울의 모습에 우주의 드넓음을 생각하였다.

한협(寒峽) [700)

| 行邁日悄悄, [701) | 먼 길을 가니 날이 갈수록 근심스러워 |

---

695) 蓮華(연화) : 연화봉(蓮華峰). 화산(華山)의 서쪽에 있는 봉우리 이름.

696) 심주 : 다른 산을 가지고 그 우뚝함을 형용하였다.(借他山以形其突兀.)

697) 崆峒(공동) : 감숙성 평량시(平涼市) 서쪽에 있는 공동산(崆峒山)

698) 殷(은) : '隱'(은)으로 된 판본도 있다. 구조오(仇兆鰲)는 상성(上聲)으로 읽어 은복(隱伏)이란 뜻을 취하였다. 그러나 양륜(楊倫)은 당(當)하다는 뜻으로 새겼다. 여기서는 구조오의 설에 따른다. ○寥廓(요곽) : 크고 빈 모양.

699) 冥寞(명막) : 측량할 길 없이 어둡고 깊은 모양.

700) 寒峽(한협) : 진주에서 동곡으로 가는 길에 있는 협곡. 지금의 감숙성 서화현(西和縣) 서쪽에 소재하며, 속칭 기가협(祁家峽) 또는 대만가협(大晩家峽)이라고 한다.

701) 行邁(행매) : 먼 길을 가다. 『시경』 「서리」(黍離)에 "먼 길을 느리게 가니, 마음속엔 시름만 가득해"(行邁靡靡, 中心搖搖.)라는 말이 있다. ○悄悄(초초) : 근심하는 모습. 『시경』 「백주」(柏舟)에 "근심스런 마음 초초한데"(憂心悄悄)라는 말이 있다.

山谷勢多端.	산과 계곡의 지세도 여러 가지이네
雲門轉絶岸,702)	협곡을 돌아나가니 깎아지른 절벽인데
積阻霾天寒.703)	겹겹의 봉우리가 찬 하늘 속에 어두워라
寒峽不可度,	한협은 지나가기가 어려워
我實衣裳單.	나의 옷이 진실로 얇구나
況當仲冬交,704)	하물며 음력 십일월
泝沿增波瀾.705)	물가를 따라가니 물결이 높아지네
野人尋煙語,706)	농부는 인가를 찾아가다가 우리와 말하고
行子傍水餐.	행인은 물가에서 밥을 먹네
此生免荷殳,707)	나의 생애에 병역을 면하였기에
未敢辭路難.	먼 길 가는 어려움을 사양할 수 없어라

해설 759년 겨울 진주에서 동곡으로 갈 때 한협을 지나며 쓴 시이다. 말미에는 기행하는 중에도 나라와 백성을 걱정하는 두보의 관심이 깃들어 있다.

---

702) 雲門(운문) : 구름이 가로놓여 문의 형상을 한 곳. 즉 협곡의 입구를 가리킨다. 지명이라는 설도 있으나 위치를 고증할 수 없으므로 취하지 않는다.

703) 積阻(적조) : 험난함이 쌓여있다는 의미로, 산과 봉오리가 중첩됨을 말함. ○ 霾(매) : 흙비가 내리다. 『두시언해』에서는 이에 덧붙여 '어둡다'(晦)고 새겼다.

704) 仲冬(중동) : 겨울 석 달 가운데 두 번째 달. 음력 십일월. ○ 交(교) : 앞뒤로 교체되는 때. 仲冬交(중동교)는 음력 시월 말에서 십일월 초 사이.

705) 泝沿(소연) : 물을 거슬러 오르거나 물을 따라 내려가다.

706) 野人(야인) : 산야에 사는 사람. ○ 尋煙(심연) : 연기가 나는 인가를 찾다.

707) 荷殳(하수) : 수(殳)를 들다. 곧 병역에 종사하다는 뜻. 殳(수)는 길이 일 장 이 척의 대나무로 만든 병기. 『시경』「백혜」(伯兮)에 "남편이여 그대 수(殳)를 잡고, 왕을 위해 선봉에 나섰어라"(伯也執殳, 爲王前驅.)라는 말이 있다. 두보는 관직 경력이 있으므로 병역을 면제 받았다. 두보의 「수도에서 봉선현으로 가며 쓴 영회시 5백자」(自京赴奉先縣詠懷五百字)에 나오는 "살면서 항상 조세를 면제받아, 이름도 병적에 오르지 않았는데도"(生常免租稅, 名不隸征伐.)의 뜻과 같다.

석감(石龕)[708]

熊羆咆我東,[709]	큰 곰과 작은 곰이 내 동편에서 부르짖고
虎豹號我西;	호랑이와 표범이 내 서편에서 포효한다
我後鬼長嘯,	내 뒤에선 귀신이 길게 휘파람 불고
我前狖又啼.[710][711]	내 앞에선 원숭이가 또한 운다
天寒昏無日,	날씨는 춥고 어둑하여 햇빛도 없으니
山遠道路迷.	산이 멀어 길을 찾지 못하겠어라
驅車石龕下,	수레를 몰아 석감 아래로 가니
仲冬見虹蜺.	음력 십일월인데도 무지개가 나타난다
伐竹者誰子,	저기 대나무를 베고 있는 사람은 누구인가?
悲歌上雲梯.[712]	슬픈 노래를 부르며 가파른 산길을 오르네
"爲官采美箭,[713]	"관아를 위하여 좋은 화살대를 채취하여
五歲供梁齊."[714]	오 년 동안 전쟁하는 양(梁)과 제(齊) 지방에 보냈소"
苦云"直簳盡,[715]	재삼재사 말하였다 "곧은 조릿대는 다 없어져
無以充提携."	이제 공납할 분량을 채울 수도 없소이다"

---

708) 石龕(석감) : 석실(石室) 또는 석굴이란 뜻이다. 여기서는 지명으로 쓰였는데, 감숙성 서화현 동남에 있는 석협향(石峽鄕)에 소재한다. 지금은 팔봉석감(八峰石龕) 또는 봉요석감(蜂腰石龕)이라고 부른다.

709) 熊羆(웅비) : 곰. 羆(비)는 큰 곰. 처음 4구는 조조(曹操)의 「고한행」(苦寒行)에 "곰들이 내 앞에서 쭈그려 앉고, 호랑이와 표범이 길 양편에서 운다"(熊羆對我蹲, 虎豹夾路啼.)의 표현을 이용하였다.

710) 심주 : 처음의 기세는 우뚝하지만 중간으로 가면 평범한 말이 나열되었다. 구법이 위 무제(魏武帝) 조조(曹操)의 「북상행」을 본떴다.(起勢突兀, 若移在中間, 只鋪排常語. 句法本魏武北上行.)

711) 狖(유) : 원숭이의 일종. 일반적으로 원숭이보다 크며 꼬리가 황적색이다.

712) 雲梯(운제) : 높은 사다리. 또는 가파른 산의 계단을 가리킨다.

713) 爲官(위관) : 관가의 수요를 위하여.

714) 五歲(오세) : 오년. 안사의 난이 일어난 755년부터 이 시를 쓰는 759년까지의 오 년을 말한다. ○梁齊(양제) : 양 지방과 제 지방. 지금의 하남성과 산동성. 당시 당 정부군이 반란군과 주로 교전하던 지역이다.

715) 苦云(고운) : 극구 말하다. ○簳(간) : 조릿대. 화살로 쓰인다.

奈何漁陽騎,[716)717)]　　어찌할 것인가, 어양의 반란군이
颯颯驚蒸黎![718)]　　바람처럼 밀려와 백성을 놀라게 했음을!

해설 759년 겨울 진주에서 동곡으로 갈 때 석감을 지나가며 쓴 시이다. 여기서는 석감 자체에 대한 묘사보다는 석감 근처를 지나갈 때의 어려움과 백성들의 요역의 힘겨움을 서술하였다.

비선각(飛仙閣)[719)720)]

土門山行窄,[721)]　　토문의 관애(關隘)를 지나니 산길이 좁아져
微徑緣秋毫,[722)]　　동물의 가을 털처럼 가느다란 길을 따라 가네
棧雲闌干峻,[723)]　　잔도는 구름까지 들쭉날쭉 이어져 드높고
梯石結構牢.[724)]　　돌로 만든 계단은 구조가 단단해라

---

716) 심주 : 사사명의 무리들이다.(史思明餘黨.)
717) 漁陽騎(어양기) : 어양의 기병. 반란군을 가리킨다. 漁陽(어양)은 안록산이 반란을 일으킨 근거지인 지금의 북경 일대.
718) 颯颯(삽삽) : 바람 소리. 여기서는 반란군이 움직이며 내는 소리. ○ 蒸黎(증려) : 백성. 「가족 없는 이별」(無家別) 참조.
719) 심주 : 곧 잔도이다.(卽棧道.)
720) 飛仙閣(비선각) : 지금의 섬서성 약양현(略陽縣) 동쪽 삼십 리 비선령(飛仙嶺)에 있었던 잔도(棧道).
721) 土門(토문) : 토문애(土門隘)를 가리킨다. 비선령에 소재. 『한중야록』(漢中野錄)에 야곡(斜谷), 유림(榆林), 보가(寶家), 석루(石樓), 서곡(西谷), 양주산(梁州山), 토문오(土門墺), 양성(羊城)을 험난한 관문이란 뜻으로 팔애(八隘)라고 하였는데, 그중 하나이다. 일부 학자들이 말하는 흙으로 만든 문 또는 다른 곳의 지명이라는 설은 취하지 않는다.
722) 秋毫(추호) : 동물이 가을에 털갈이를 한 후 자라난 가는 털이란 뜻으로, 몹시 작은 사물을 비유한다. 여기서는 산길의 좁음을 비유하였다.
723) 闌干(난간) : 기울어진 모양. 또는 종횡으로 뒤섞여 어지러운 모양. 일부 학자들은 다리의 보호용 난간이라 풀이하나 취하지 않는다.
724) 梯石(제석) : 돌덩이를 쌓아 만든 계단 길.

萬壑欹疎松,[725]	수많은 골짜기마다 성긴 소나무가 기울어 있고
積陰帶奔濤. [726]	그늘진 기운 속에 계곡물이 내달리네
寒日外澹泊,	계곡 밖으로는 겨울 해가 희멀겋고
長風中怒號.	계곡 안으로는 긴 바람이 울부짖어라
歇鞍在地底,[727]	움푹 꺼진 땅에서 말안장을 풀고 보니
始覺所歷高.	높은 잔도를 지나왔음을 비로소 알겠노라
往來雜坐臥,	오고 가는 행인들이 뒤섞인 채 앉거나 누웠는데
人馬同疲勞.	사람과 말이 함께 힘들고 피곤하구나
浮生有定分,[728]	세상살이는 사람마다 정해진 운명이 있으니
饑飽豈可逃!	배고픔에서 어찌 벗어날 수 있으랴!
歎息謂妻子,	아내와 자식을 바라보며 탄식하나니
"我何隨汝曹?"[729]	"내 어찌하여 너희들을 따라 나왔나?"

해설 759년 12월 동곡에서 성도로 가는 도중에 쓴 12편의 기행시 가운데 하나이다. 당시 촉 지방으로 들어가기 위해서는 절벽에 구멍을 내어 각목을 박아 만든 잔도(棧道)를 거쳐야 했다. 이 시는 진도의 형세, 주위의 경관, 행로의 험난함 등을 생생히 묘사하였다. 말 2구는 힘든 끝에 장난 삼아 하는 말이다.

---

725) 欹(의) : 기울다.
726) 積陰(적음) : 어둡고 추운 음기(陰氣)가 모여 있음. 여기서는 계곡의 물을 가리키는 것으로 볼 수도 있다. 『회남자』(淮南子)에 "음의 기운이 쌓여 물이 된다"(積陰之氣爲 水)는 말이 있다.
727) 地底(지저) : 땅의 푹 꺼진 낮은 곳.
728) 定分(정분) : 정해진 분수.
729) 汝曹(여조) : 너희들.

길백도(桔柏渡)[730]

青冥寒江渡,[731]	질푸른 겨울 강 나루터에
架竹爲長橋.	대나무를 얽어 긴 다리를 만들었네
竿濕煙漠漠,[732]	죽간은 미끄럽고 안개는 드넓게 깔려 있어
江永風蕭蕭.	강은 길고 바람이 우수수 불어오네
連筶動嫋娜,[733]	이어진 대껍질 밧줄은 낭창낭창 출렁이고
征衣颯飄飄.[734]	나그네의 옷은 소리 내며 나부끼누나
急流鴇鷁散,[735]	급류에선 능에와 익조가 흩어지고
絶岸黿鼉驕.[736]	벼랑 아래에선 자라와 악어가 걸장해라
西轅自茲異,[737]	나루를 건너니 서쪽으로 가는 길이 뚜렷하니
東逝不可要.[738]	동쪽으로 흐르는 강물과 헤어져야 하는구나
高通荊門路,[739]	높은 산은 형문(荊門) 가는 길로 통하고
闊會滄海潮.	넓은 강물은 바다의 조수로 모여지리
孤光隱顧盼,[740]	시냇물의 빛은 순식간에 숨어들고

---

730) 桔柏渡(길백도) : 나루터 이름. 지금의 사천성 광원시(廣元市) 소화진(昭化鎭)의 가릉강(嘉陵江)과 백룡강(白龍江)이 합류하는 곳에 소재. 이곳에 오래된 측백나무가 있어 이름 붙여졌다. 당대에는 이주(利州)에 속하였다.

731) 靑冥(청명) : 푸르고 어둑하다. 강물의 모습을 형용한다.

732) 漠漠(막막) : 드넓은 모습.

733) 筶(착) : 대나무 껍질을 꼬아 만든 밧줄. ○嫋娜(뇨나) : 나긋나긋한 모습.

734) 飄飄(표요) : 가볍게 날아오르거나 바람에 가볍게 나부끼는 모습.

735) 鴇鷁(보익) : 능에와 익조. 능에는 기러기와 비슷하며, 익조는 물새이다.

736) 黿鼉(원타) : 자라와 악어.

737) 西轅(서원) : 수레의 끌채를 서쪽으로 하다. 여기서는 성도(成都)가 있는 서쪽으로 향하다.

738) 要(요) : 邀(요)와 같다. 막다.

739) 荊門(형문) : 형문산. 장강 중류의 남안에 있는 산으로, 지금의 호북성 의도현(宜都縣) 서북에 소재. 북안에 있는 호아산(虎牙山)과 함께 거대한 문처럼 생겼기에 이름 붙여졌다. 당대에는 형주를 가리키는 경우가 많다.

740) 孤光(고광) : 외줄기 빛. 『두시언해』에서는 '외로운 햇빛'이라 풀이했고, 영목호웅(鈴木虎雄)은 '일편(一片)의 천광(川光)'이라고 풀이했다. 시내와 관련하여 시상이 전개되었으므로 후자가 적절하다. ○顧盼(고반) : 주위를 돌아볼 만큼 짧은 시간. 순식간.

游子悵寂寥.　　　나그네는 슬퍼 적막함을 느끼노라
無以洗心胸,　　　이제 시냇물로 가슴을 씻을 수 없거니와
前登但山椒.[741]　　앞으로 올라야 할 것은 산꼭대기들뿐이라

해설 759년 12월 동곡에서 성도로 가는 도중에 쓴 12편의 기행시 가운데 하나이다. 안개가 가득한 강에서 미끈거리는 대나무 다리를 식구들이 서로 붙들고 건너는 모습이 인상적이다.

수회도(水會渡)[742]

山行有常程,[743]　　　산행에 정해진 노정이 있어
中夜尙未安.　　　　한밤에도 여전히 쉬지 못하고 가노라
微月沒已久,　　　　초승달도 기울어진 지 이미 오래
崖傾路何難!　　　　산길이 비탈져 걸어가기 얼마나 어려운가!
大江動我前,[744]　　　큰 강이 내 앞에서 넘실대며
洶若溟渤寬.[745]　　　마치 너른 바다처럼 출렁이는구나
篙師暗理楫,[746]　　　사공이 어둠 속에서도 노를 잘 다뤄
歌笑輕波瀾.　　　　노래하고 웃으며 파도를 가볍게 탄다
霜濃木石滑,　　　　된서리에 나무와 돌이 미끄럽고
風急手足寒.　　　　바람이 빠르게 불어 손과 발이 시리다

---

741) 山椒(산초) : 산꼭대기.
742) 水會渡(수회도) : 나루터 이름. 지금의 감숙성 휘현(徽縣) 남쪽에 소재.
743) 常程(상정) : 정해진 노정. 하루 동안 걸어야 할 행정.
744) 大江(대강) : 가릉강(嘉陵江)을 가리킨다.
745) 洶(흉) : 물살이 세차다. ○溟渤(명발) : 명해(溟海)와 발해(渤海). 명해는 『장자』 「소요유」(逍遙遊)에 나오는 북명(北溟)을 말한다. 시문에서 명발(溟渤)은 일반적으로 바다를 뜻한다.
746) 篙師(고사) : 삿대를 부리는 사람. 사공.

入舟已千憂,	배를 타고 건널 때도 걱정했는데
陟巘仍萬盤.[747]	높은 산 오르자니 또 다시 만 굽이 길이라
廻眺積水外,	능선에 올라 첩첩의 강물 건너 바라보니
始知衆星乾.[748][749]	비로소 뭇 별이 말라있음을 알겠네
遠遊令人瘦,	먼 여행은 사람을 여위게 하는데
衰疾慚加餐.[750]	늙고 병들어 밥 먹고 힘내지 못함이 부끄러워라

해설 759년 12월 동곡에서 성도로 가는 도중에 수회도를 지나며 썼다. 한밤에 산행하다가 강물을 건너고, 다시 배에서 내려 산을 오르는 과정을 그렸다.

용문각(龍門閣)[751]

淸江下龍門,[752]	맑은 강이 용문 잔도(棧道) 아래로 흐르는데
絶壁無尺土.[753]	절벽에는 한 자 폭의 흙도 없구나

---

747) 陟巘(척헌) : 산꼭대기에 오르다. ○ 盤(반) : 蟠(반)과 통한다. 서리다. 감아 돌다.

748) 심주 : 강물 밖의 별들을 바라보며 '乾(건, 마르다)'자를 쓰는 것은 아주 쉬운 일이 아니다.(眺水外之星, 下'乾'字險.)

749) 乾(건) : 마르다. 여기서는 별빛이 밝게 빛나다. 배를 타고 있을 때는 물결이 세차 하늘의 별들이 모두 젖어 있었는데, 강가에서 벗어나 뭍에 오르니 비로소 별빛이 젖어 있는 게 아님을 알게 되었다는 뜻이다.

750) 加餐(가찬) : 밥을 잘 챙겨 먹고 몸 건강히 지내라는 격려의 말. 동한 말기 '고시십구수 가운데 「걷고 걸어 또 쉬지 않고 걸어가니」(行行重行行)에서 "힘써 밥이나 챙겨 드시길 바래요"(努力加餐飯)란 말이 있고, 「장성 아래 샘에서 말에 물 먹이며」(飮馬長城窟行)에도 "편지의 첫머리엔 밥 챙겨 먹으라 하고"(上言加餐食)란 말이 보인다. 여기서는 늙고 병들어 그리 하지 못함이 부끄럽다는 뜻이다.

751) 龍門閣(용문각) : 잔도(棧道) 이름. 이주(利州) 면곡현(綿谷縣, 지금의 사천성 광원시 朝天區) 동북 용문산에 소재했다. 가릉강을 끼고 산의 절벽이 깎아지른 곳에 위치하며, 관중에서 촉 지방으로 들어서는 잔도 가운데 가장 위험한 곳으로 알려졌다.

752) 淸江(청강) : 맑은 강. 가릉강(嘉陵江)을 가리킨다.

753) 無尺土(무척토) : 한 자 정도의 흙도 없다. 벼랑으로 이어져 있어 사람이 발을 딛팉

長風駕高浪, 　긴 바람이 높은 물결을 타고 가는데

浩浩自太古. 　드넓은 강물이 태고 적부터 흘러왔어라

危途中縈盤,754) 　위태로운 잔도가 산 중간을 돌아가는데

仰望垂線縷.755) 　우러러 바라보니 실이 드리운 듯해라

滑石欹誰鑿?756) 　미끄럽고 기울어진 석벽에 누가 구멍을 뚫었는가?

浮梁裊相拄.757) 　허공에 뜬 다리가 흔들리며 서로 버티고 있네

目眩隕雜花, 　어지러이 꽃이 떨어지니 눈이 아찔하고

頭風吹過雨.758) 　지나가는 비가 들이치니 두풍(頭風)이 발작하네

百年不敢料, 　백년 인생이 언제 끝나는지 감히 헤아리지 못하는데

一墜那得取! 　한 번 떨어지면 어떻게 구할 수 있겠는가!

飽聞經瞿塘,759) 　구당협을 가보았다는 말 실컷 들었고

足見度大庾.760) 　대유령을 넘었다는 일 족히 보았는데

終身歷艱險, 　평생토록 험난한 곳을 많이 지났지만

恐懼從此數.761) 　진정으로 두려운 곳은 이곳부터 손꼽아야 하리

해설 759년 12월 동곡에서 성도로 가는 도중에 용문각에서 쓴 기행시이

　　좁은 흙길도 없다는 뜻.

754) 縈盤(영반) : 굽이 돌아가다.

755) 線縷(선루) : 실.

756) 鑿(착) : 바위에 구멍을 뚫다. 잔도는 벼랑에 각목을 박아 그 위에 널빤지를 깔아 만들기 때문에, 먼저 절벽에 네모꼴의 구멍을 뚫어야 한다. 절벽에 누가 어떻게 올라가 그러한 일을 하였는지 놀랍고 의아하다는 마음을 표현하였다.

757) 浮梁(부량) : 공중에 떠있는 다리.

758) 頭風(두풍) : 두통이 낫지 않고 장기간 계속되는 병. 눈이 아찔하고 두풍이 발작하는 이 두 구의 장면에 대해 주학령(朱鶴齡)과 구조오(仇兆鰲)는 실경이라 보았지만, 포기룡(浦起龍)은 강물의 모습과 소리에 영향 받아 비유적으로 형용한 것으로 보았다. 여기서는 생동감을 살리기 위해 전자를 따랐다.

759) 瞿塘(구당) : 삼협 가운데 하나인 구당협(瞿塘峽). 이백의 「장간의 노래」 참조.

760) 大庾(대유) : 대유령. 오령(五嶺)의 하나로 지금의 강서성(江西省) 대유현(大庾縣)과 광동성(廣東省) 남웅현(南雄縣)의 경계에 있다.

761) 심주 : 여기서부터 헤아리기 시작하다.(從此數起.)

다. 용문산 잔도가 다른 어떤 곳보다 험난함을 실감있게 묘사하였다.

검문(劍門)[762]

惟天有設險,[763]	하늘이 세상에 험준한 곳을 만들었으니
劍門天下壯.	검문의 험난함은 천하의 장관이라
連山抱西南,[764]	이어진 산들은 서남쪽을 감싸고
石角皆北向.[765]	바위의 모서리는 모두 북쪽을 향해 있네
兩崖崇墉倚,[766]	양쪽 벼랑은 높은 벽이 서로 기댄 듯하고
刻畫城郭狀[767]	모양과 형세는 성곽의 모습과 비슷해라
一夫怒臨關,[768]	한 사람이 용맹을 떨치며 관문을 지키면
百萬未可傍.	백만의 군사라 할지라도 가까이 갈 수 없어라
珠玉走中原,	촉 지방의 보물과 재물이 중원으로 흘러가니
岷峨氣凄愴.[769]	민산과 아미산마저 기색이 창백해지네

---

762) 劍門(검문): 검문산(劍門山). 대검산(大劍山) 또는 양산(梁山)이라고도 한다. 지금의 사천성 검각현(劍閣縣) 동북에 소재. 검문산은 동서로 이백여 리 이어져 있으며 예부터 관중에서 촉 지방으로 들어가는 요로였다. 산의 중간에 갈라진 부분이 있는데 양쪽에 절벽이 구름 속으로 치솟아 있는 모습이 마치 검으로 세워진 문과 같아 검문이라고 하였다. 삼국시대 제갈량이 북벌을 하러 이곳을 지나가면서 관문을 설치하여 검문관(劍門關)이라 하였다.

763) 惟(유): 발어사. ○設險(설험): 험준한 지세를 이용하여 방어물을 설치함.

764) 西南(서남): 촉 지방은 장안에서 보았을 때 서남에 위치한다.

765) 石角(석각) 구: 험준한 곳을 근거지로 하여 장안에 대항할 수도 있다는 뜻을 암유하였다.

766) 崇墉(숭용): 높은 담 또는 높은 성벽.

767) 刻畫(각화): 여기서는 모양과 구조를 가리킨다.

768) 一夫(일부) 구: 병사 한 사람이 만 명을 대적한다는 뜻. 진(晉) 장재(張載)의 「검각명」(劍閣銘)에 "한 사람이 창을 들고 있으니, 만 명의 적군이 머뭇거린다"(一夫荷戟, 萬夫趑趄.)는 말과, 이백의 「촉도난」(蜀道難)에 "한 사람이 관문을 막고 있으니, 만 명의 적도 열지 못하다"(一夫當關, 萬夫莫開.)는 말과 같은 뜻이다.

769) 岷峨(민아): 민산(岷山)과 아미산(峨眉山). 둘 다 사천의 명산이다.

三皇五帝前,[770)	생각해 보면 삼황과 오제의 시대에는
鷄犬各相放.[771)	닭과 개를 놓아 기르면서도 싸움이 없었지
後王尙柔遠,[772)	후세의 왕들이 국경을 넓히면서
職貢道已喪.[773)	본래 있던 직공(職貢)의 도리가 벌써 없어졌어라
至今英雄人,[774)	지금까지 촉 지방의 영웅들
高視見霸王.[775)	오만하게 패자(霸者)나 왕자(王者)를 자칭했었지
幷呑與割據,[776)	왕자는 병탄하고 패자는 할거하며
極力不相讓.	힘을 다하여 중원과 항쟁하였네
吾將罪眞宰,[777)	내 장차 조물주에게 죄를 물어
意欲鏟疊嶂.	첩첩의 산들을 깎아 평평히 하고 싶어라
恐此復偶然,[778)[779)	할거하는 사람이 우연히 다시 있을까 두려워
臨風黙惆悵.	바람을 맞으며 묵묵히 슬퍼하노라

평석 진주에서 성도에 이르며 쓴 여러 시편들은 깊고 험하고 맑고 빼어나며, 웅장하고 기이

---

770) 三皇五帝(삼황오제) : 삼황과 오제. 삼황은 고대 전설 속의 세 제왕으로, 여러 가지
설이 있으나『백호통』(白虎通)「호」(號)에 의하면 복희씨(伏羲氏), 신농씨(神農氏),
수인씨(燧人氏)로 친다. 오제는 고대 전설 속의 다섯 제왕으로, 역시 여러 가지 설이
있으나『사기』「오제본기」(五帝本紀)에 의하면 황제(黃帝), 전욱(顓頊), 제곡(帝嚳),
당요(唐堯), 우순(虞舜)이다.

771) 放(방) : 놓다. 기르다.

772) 後王(후왕) : 후세의 왕. 하, 상, 주 등 삼대의 왕과 후대의 여러 왕조의 왕. ○柔遠
(유원) : 멀리 있는 변방의 백성이나 외국을 회유함.

773) 職貢(직공) : 고대의 번국이나 외국이 중국의 조정에 일정한 때에 올리는 공납. 원래
는 관직에 있는 사람은 자신의 재능으로 직책(職)을 맡고, 토지가 있는 사람은 공물
(貢)을 낸다는 뜻에서 만들어진 말이다. ○道(도) : 직공의 도리. 또는 백성들의 순후
(淳厚)한 민풍이라 풀이하는 학자도 있다.

774) 英雄人(영웅인) : 공손술(公孫述)이나 유비(劉備) 등 지방 할거세력을 가리킨다.

775) 高視(고시) : 높은 곳에서 바라보며 으스대는 모습.

776) 심주 : 공손술과 같은 부류이다.(公孫述之類.)

777) 眞宰(진재) : 우주의 주재(主宰). 조물주.

778) 심주 : 이후에 이곳에 다시 할거하는 자가 있을까 걱정하다.(恐後此復有竊據.)

779) 此(차) : 이것. 병탄하거나 할거하는 사람.

하고 황탄하고 허황하여, 갖추지 않은 것이 없다. 산천과 시인은 서로가 서로로부터 촉발되었기에 고금에 걸쳐 비교할 자 없다. 이후의 오언고시는 모두 기세가 드세지만 쇠락하였기에 수록을 줄인다.(自秦州至成都諸詩, 奧險淸削, 雄奇荒幻, 無所不備. 山川詩人, 兩相觸發, 所以獨絶古今也. 以後五古俱橫厲頹隳, 故所收從略.)

해설 759년 12월 동곡에서 성도로 가는 도중에 검문에서 쓴 기행시이다. 먼저 검문의 험난함을 묘사하고, 여기에서 시상을 더 전개하여 이를 방패로 영웅이 할거할 것을 염려하였다. 이백이 「촉도난」(蜀道難)에서 "지키는 자가 혹여 측근이 아니라면, 이리나 승냥이로 변하리"(所守或非人, 化爲狼與豺.)라는 뜻과 같다. 두보의 시에서 보이는 변화 많은 억양돈좌(抑揚頓挫)의 구성이 잘 드러난 작품이다.

술을 권하는 늙은 농부를 우연히 만나
엄무를 칭송하다(遭田父泥飮美嚴中丞)[780][781]

步屧隨春風,[782]	짚신을 신고 봄바람을 따라 걸으니
村村自花柳.	마을마다 절로 꽃과 버들이로다
田翁逼社日,[783]	농가의 늙은 농부가 사일(社日)이 가까웠다고

---

780) 심주 : 엄무는 경조윤 겸 어사중승이므로 시에서 '윤'이라 불렀다.(武爲京兆尹兼御史中丞, 故詩中稱尹.)

781) 遭(조) : 조우하다. 우연히 만나다. ○田父(전부) : 나이든 농부. ○泥飮(니음) : 억지로 붙들고 실컷 술을 마시게 함. 니(泥)는 붙들고 놓아주지 않는다는 뜻. ○嚴中丞(엄중승) : 엄무(嚴武). 두보는 엄무의 부친인 엄정지(嚴挺之)와도 교우가 있었으며, 두보와 엄무는 정치적으로도 방관(房琯) 계열의 인물이었다. 엄무는 761년 12월 성도윤(成都尹)으로 부임하여 두보에게 여러 가지 도움을 주었다.

782) 屧(섭) : 짚신.

783) 社日(사일) : 농민들이 토지 신에게 제사지내는 날. 조대나 지방에 따라 다르지만 일반적으로 입춘과 입추 후 다섯 번째 무일(戊日)에 많이 쓴다. 여기서는 춘사(春社)를 가리킨다.

邀我嘗春酒.	나를 불러 봄 술을 맛보라 하네
酒酣誇新尹,784)	술이 얼큰하자 새로 부임한 성도윤을 칭찬하며
畜眼未見有.785)	이렇게 좋은 관리는 본적이 없다고 한다
廻頭指大男:	고개를 돌려 큰 아들을 가리키며 말하기를
"渠是弓弩手.786)	"저 아들은 궁노수(弓弩手)인데
名在飛騎籍,787)	이름이 비기(飛騎)의 군적(軍籍)에 올랐지요
長番歲時久.788)	장번(長番)으로 여러 해 동안 복무했는데
前日放營農,789)	며칠 전에 방면되어 돌아와 농사를 지어
辛苦救衰朽.	고생하며 노쇠한 나를 구해주었소
差科死則已,790)	요역과 조세를 내느라 죽는다 해도
誓不舉家走!791)	맹세코 전 가족이 도망가진 않을 것이오
今年大作社,792)	올해는 토지신(土地神) 제사를 크게 올리는데
拾遺能住否?"793)	습유(拾遺)께서 며칠 더 묵으시지요"
叫婦開大瓶,	마누라를 불러 큰 술독을 따고

---

784) 酒酣(주감) : 술을 실컷 마셔 거나하게 취함. ○新尹(신윤) : 새로 부임한 성도윤(成都尹). 곧 엄무를 가리킨다.

785) 畜眼(축안) : 蓄眼(축안)과 같다. 여러 해 동안 보다.

786) 渠(거) : 저 사람. ○弓弩手(궁노수) : 궁수와 쇠뇌수.

787) 飛騎(비기) : 당대 금군(禁軍)의 군대 이름. 638년 태종이 현무문의 좌우 둔영(屯營)에 둔 병사를 가리켰다. 757년 숙종은 성도(成都)를 남경(南京)이라 하면서 우림(羽林) 비기(飛騎)를 두었다.

788) 長番(장번) : 장기간 복무하다. 당대의 부병제(府兵制)는 병사들이 교체하여 복무하게 되어 있으나 천보 연간 이래로 부병제가 무너지면서 모병제를 실시하였다. 이 시기에 기존의 부병제로 징집된 병사들이 교체되지 않고 장기간 복무하는 것을 장번이라 하였다.

789) 放營農(방영농) : 방환되어 돌아와 농사를 짓다.

790) 差科(차과) : 요역과 조세 납부. 양천절도사(兩川節度使)가 이끄는 숙위병은 당대 초기의 조용조(租庸調) 면제를 받지 않으므로 장번(長番) 이외에도 여러 가지 잡역(雜役)과 조세를 납부해야 했다. ○死則已(사즉이) : 죽어서야 비로소 그만 두다.

791) 舉家(거가) : 전 가족.

792) 大作社(대작사) : 크게 토지신에게 제사지내다.

793) 拾遺(습유) : 두보를 가리킨다. 두보는 757년부터 다음 해까지 좌습유 직책을 담당하였다.

盆中爲吾取.⁷⁹⁴⁾ 나를 위해 술을 따르네

感此氣揚揚, 농부의 의기양양한 모습에 감격하여

須知風化首.⁷⁹⁵⁾ 교화의 시작은 지방관에 있음을 알았네

語多雖雜亂, 농부의 말이 비록 두서가 없지만

說尹終在口.⁷⁹⁶⁾ 시종 칭찬은 입에서 떨어지지 않더라

朝來偶然出, 아침에 우연히 산책하러 나왔는데

自卯將及酉.⁷⁹⁷⁾ 아침 여섯 시가 장차 저녁 여섯 시가 되었네

久客惜人情⁷⁹⁸⁾ 오랫동안 유랑했기에 인정을 귀하게 여기는데

如何拒鄰叟? 어찌 이웃 어른의 만류를 거절할 수 있으랴?

高聲索果栗, 농부는 큰 소리로 과일이나 밤을 찾아 내오며

欲起時被肘.⁷⁹⁹⁾ 일어나려는 나의 팔을 몇 번이나 붙들었네

指揮過無禮,⁸⁰⁰⁾ 손과 발을 휘두름이 지나쳐 무례했으나

未覺村野醜. 농촌의 사람이 추하다고 느껴지지 않았네

月出遮我留, 달이 떠올라도 나를 가로막고 만류하며

仍嗔問升斗.⁸⁰¹⁾ 여전히 성내며 술을 몇 말이나 마셨냐고 묻는구나

평석 풍요롭고 소박한 모습을 전하면서 엄무를 칭송하는 뜻이 절로 드러났다. 만약 전적으로 엄무를 칭송하기만 했다면 후세 시인들이 상투적으로 주고받는 시에 불과할 것이다.(傳

---

794) 取(취) : 술독에서 술을 퍼내어 술잔에 담다.

795) 風化首(풍화수) : 교화의 으뜸. 군수나 현령은 풍속을 순화하고 백성을 교화하는 으뜸 자리에 있다는 뜻.

796) 說尹(설윤) : 새로운 성도윤에 대해 칭찬하다. ○ 終在口(종재구) : 언제까지나 입에서 떠나지 않다.

797) 自卯(자묘) : 묘시(卯時)부터. 묘시는 오전 6시 전후. ○ 及酉(급유) : 유시(酉時)까지. 유시는 오후 6시 전후.

798) 久客(구객) : 오랫동안 객지에서 떠돈 나그네. 두보 자신을 가리킨다.

799) 被肘(피주) : 손으로 팔을 붙들다. 肘(주)는 여기서 '팔을 붙잡고 만류하다'는 뜻의 동사로 쓰였다.

800) 指揮(지휘) : 손으로 가리키고 발을 휘두르다.

801) 嗔(진) : 성내다. ○ 升斗(승두) : 용량 단위. 십 홉이 일 승이고, 십 승이 일 두이다. 여기서는 술잔 또는 술을 가리킨다.

出豐厚村朴景象, 而美中丞意自見. 若專美鄭公, 便是後人應酬之作.)

해설 762년(51세) 봄 성도의 초당에 있을 때 지었다. 두보는 760년 봄부터 762년 여름까지 3년간 성도에 있으면서 비교적 한가한 생활을 보냈다. 특히 엄무(嚴武)와 고적(高適) 등의 도움으로 어느 정도 생활에 생기가 돌았다. 이 시는 봄날에 우연히 시골길을 걷다가 늙은 농부를 만나 일어난 일을 그리고 있다. 농부의 순박함이 생동감 있게 펼쳐지며 그의 입을 통해 엄무의 행정을 칭송하였다.

술고(述古)[802]

市人日中集,[803]	저자의 사람들은 대낮에 모여들어
於利競錐刀.[804]	손톱만한 이익도 서로 다툰다네
置膏烈火上,[805]	이는 뜨거운 불 위에 놓인 기름이
哀哀自煎熬.	슬프게도 자신을 태우는 것과 같아
農人望歲稔[806]	농민들은 풍년이 들기를 바라며
相率除蓬蒿.[807]	서로 손잡고 논밭에 나가 김을 맨다네

---

802) 述古(술고) : 옛일을 가지고 지금의 일을 풍유(諷諭)하다. 같은 제목으로 모두 3수가 있는데, 이 시는 제2수이다.

803) 市人(시인) : 시장 사람. ○ 日中(일중) : 정오 무렵.

804) 錐刀(추도) : 송곳. 여기서는 송곳 끝만큼 작은 이익. 『좌전』 '소공 6년'조에 "송곳 끝만한 이익도 장차 모두 다투리라"(錐刀之末, 將盡爭之.)는 말이 있다.

805) 置膏(치고) 2구 : 『장자』 「인간세」(人間世)에 나오는 "산의 나무는 쓸모가 있기에 베어짐을 자초하고, 기름은 밝힐 수 있기에 스스로를 태운다"(山木自寇也, 膏火自煎也.)의 뜻이다. 『한서』 「공승전」(龔勝傳)에서도 "향초는 향기 때문에 스스로 태워짐을 자초하고, 기름은 빛을 밝힐 수 있어 스스로를 녹인다"(薰以香自燒, 膏以明自銷.)는 비슷한 말이 있다.

806) 歲稔(세임) : 한해의 농작물이 익다. 풍년이 들다.

807) 相率(상솔) : 하나씩 이어서.

所務穀爲本,	힘써야 할 바는 곡식을 근본으로 하니
邪贏無乃勞. 808)	속임수로 얻는 이익은 수고로움이 없다네
舜擧十六相, 809)	옛날에 순 임금이 열여섯 사람을 재상으로 천거하니
身尊道何高!	자신은 존귀해지고 그 정신은 지극히 드높았네!
秦時任商鞅, 810)	이에 비해 진나라는 상앙(商鞅)을 임용하여
法令如牛毛.	법령이 소의 털같이 자세하고 많았다네

평석 소식이 말하기를 이 시는 직(稷)과 설(契)이 되고자 하는 사람의 말이라고 했다.(東坡謂
此希稷契人語.)

해설 763년(52세) 재주(梓州, 지금의 사천성 三臺)에서 지은 시로, 이때는 대종
(代宗)이 즉위한 바로 다음이다. 이 시는 당시 제오기(第五琦)와 유안(劉晏),
그리고 이어서 등장한 원재(元載) 등 재상들이 법률을 제정하여 중세를
부과한 데 대한 비판으로 보인다.

---

808) 邪贏(사영) : 부정한 방법이나 사기 수단으로 영리를 취함.
809) 十六相(십육상) : 순 임금이 요 임금에 추천한 명의 뛰어난 재상. 고양씨(高陽氏)의
　　 후대인 팔개(八愷)와 고신씨(高辛氏)의 후대인 팔원(八元)을 가리킨다. 이들은 모두
　　 업적을 세운 공으로 씨족을 하사받았기에 십육 족(十六族)이라고도 한다. 『좌전』
　　 '문공 18년'조에 보인다.
810) 商鞅(상앙) : 전국시대 법가(法家) 사상가이자 정치가. 원래 위(衛)나라 사람이었으나
　　 나중에 진(秦)나라에 들어가 효공(孝公) 아래에서 변법(變法)을 실시하여 진의 부국
　　 강병을 다졌다.

남악을 바라보며(望嶽)[811)812]

南嶽配朱鳥,[813]	남악은 천상의 남방 일곱 별자리와 대응하는데
秩禮自百王.[814]	등급이 높아 고대부터 왕들이 제사하였네
欻吸領地靈,[815]	삽시간에 산천의 신령한 사물을 거느리고
鴻洞半炎方.[816]	광막한 기운은 남방의 반을 차지하였네
邦家用祀典,[817]	나라에서 제사에 사용하는 것은
在德非馨香.[818]	밝은 덕으로 하지 제물로 하지 않는다더라
巡狩何寂寥,[819]	순 임금이 순수(巡狩)한지 얼마나 오래되었나
有虞今則亡.[820]	유우씨(有虞氏) 순 임금이 오래 전에 죽었어라

---

811) 심주 : 남악은 구루산이라고도 한다.(南嶽亦名岣嶁山.)

812) 望嶽(망악) : 남악(南嶽)을 바라보다. 남악은 형산(衡山)으로 오악 가운데 하나이다. 구루산(岣嶁山) 또는 곽산(霍山)이라고도 한다. 호남성 중부 형산현(衡山縣)에 위치한다. 주봉 축융봉은 해발 1290미터이다.

813) 朱鳥(주조) : 이십팔 수(二十八宿) 가운데 남방의 일곱 별자리인 정(井), 귀(鬼), 유(柳), 성(星), 장(張), 익(翼), 진(軫)의 총칭. 이들 별자리들을 모두 연결하면 새의 형상을 이루며, 남방은 오행 가운데 불(火)에 속하므로 이들 별자리를 총칭하여 주조(朱鳥)라고 하였다.

814) 秩禮(질례) : 예절의 등급. 고대에는 산천에도 등급을 주었으며 그에 따라 제사도 차등을 주었다. 오악은 관직으로 치면 삼공(三公)에 준한다. ○百王(백왕) : 고대의 여러 왕.

815) 欻吸(훌흡) : 빠른 모습.

816) 鴻洞(홍동) : 끝없이 광막하여 몽롱한 모양. 『회남자』「정신훈」(精神訓)에 "옛날 아직 천지가 생겨나지 않았을 때 (…중략…) 아득하고 광막하여 그 문을 알지 못하였다"(古未有天地之時, (…중략…) 澒蒙鴻洞, 莫知其門.)는 말이 있다.

817) 祀典(사전) : 제사의 의례(儀禮).

818) 在德(재덕) 구 : 덕에 있지 향기에 있는 것이 아니다. 『상서』「진군」(陳君)에 "기장이 향기로운 것이 아니라 밝은 덕이 오직 향기를 발한다"(黍稷非馨, 明德惟馨.)에서 유래했다. 신에게 제사를 드릴 때 제물보다도 제사 올리는 사람의 덕이 더 향기롭다는 뜻이다.

819) 巡狩(순수) : 천자가 지방이나 명산을 찾아 순시하는 일. 『상서』「순전」(舜典)에 "오월에 남쪽으로 순수를 떠났다가 남악에 이르렀다"(五月南巡狩, 至於南嶽.)는 말이 있다.

820) 有虞(유우) : 순 임금을 가리킨다. 순은 유우씨(有虞氏) 부락을 다스리는 수령이었다.

泊吾隘世網,[821]	나는 세상의 그물이 비좁다 여겨
行邁越瀟湘.[822]	멀리 떠돌아 소수와 상수를 건너왔네
渴日絶壁出,[823)824]	가문 날에 해가 절벽 위에서 올라
漾舟清光傍.	나는 맑은 강물에 배를 띄우네
祝融五峰尊,	축용봉 등 다섯 봉우리가 높으니
峰峰次低昻.[825]	다른 봉우리들이 차례로 엎드렸어라
紫蓋獨不朝,[826]	자개봉만 홀로 축용봉에 조알하지 아니하고
爭長業相望.[827]	높이를 다투며 서로 마주 보고 있구나
恭聞魏夫人,[828)829]	삼가 들으니 남악의 선녀 위부인(魏夫人)이
群仙夾翶翔.	여러 신선의 호위를 받으며 날아왔다는데
有時五峰氣,	때로 다섯 봉우리의 기운이
散風如飛霜.	서리가 날리듯 바람에 흩어지는구나
牽迫限修途,[830]	나는 갈 길이 멀어 일정이 촉박한 탓에

---

821) 世網(세망) : 사회의 법률이나 제도, 윤리나 도덕 등 사람에 대한 속박.

822) 瀟湘(소상) : 소수(瀟水)와 상수(湘水). 호남성 경내에 있는 주요 강이다. 소수는 호남성 남부의 구의산(九嶷山)에서 발원하여 북쪽으로 흐르다가 영주시(永州市) 동쪽에서 상수(湘水)로 들어간다.

823) 심주 : '渴日'은 '渴虹'(목마르다)과 '渴雨'(비가 오지 않다)의 '渴'과 같다.('渴日', 如渴虹、渴雨之渴.)

824) 渴日(갈일) : 가물 때의 태양. 해가 물속에 빠진 모습이 마치 가물 때의 태양이 강물에 들어가 물을 마시는 듯하다는 뜻.

825) 심주 : 형산의 일흔두 개 봉우리 가운데 부용봉, 자개봉, 석름봉, 천주봉, 축용봉 등 다섯 봉우리가 가장 높은데, 이중 축용봉이 가장 높다.(衡山七十二峰, 最大者五 : 芙蓉、紫蓋、石廩、天柱、祝融, 而祝融爲最高.)

826) 紫蓋(자개) : 형산의 봉우리. 호남성 형양시 남악구 악묘(嶽廟) 동쪽에 위치한다. 모습이 수레의 산개(傘蓋)와 같아 이름 붙여졌다. 형산의 여러 봉우리들은 대부분 축용봉을 향해 기울어져 있지만 오직 자개봉만은 동쪽으로 향해있다.

827) 業(업) : 산이 높고 험한 모양.

828) 심주 : '위부인'은 곧 자허원군 남악부인이다.('魏夫人', 卽紫虛元君南嶽夫人.)

829) 魏夫人(위부인) : 남악 형산을 주재하는 신선. 『남악위부인전』(南嶽魏夫人傳)에서는 진(晉)의 사도(司徒) 위서(魏舒)의 딸로 이름은 위화존(魏華存)이라 하였으며, 어렸을 때부터 신선술을 익혀 83세에 죽었다. 죽은 후 관을 열어보니 시체는 없고 보검만 한 자루 있었다고 한다.

未暇杖崇岡.　　　　지팡이 짚고 높은 능선에 오를 시간이 없구나

歸來覬命駕,831)　　바라노니 돌아가는 길에 수레를 몰아

沐浴休玉堂.832)　　목욕재계하고 사당에서 쉬리라

三歎問府主,833)834)　여러 번 탄식하며 자사(刺史)에게 묻노니

曷以贊我皇?　　　그대는 어떻게 우리 황제를 도우려는가?

牲璧忍衰俗,835)　쇠퇴한 풍속을 견디고 고기와 옥기를 바치면

神其思降祥.　　　남악의 신령이 어찌 복을 내려 주겠는가

평석 신령스런 빛이 휘날리고 기상이 엄숙하다. 한대 「연시일」, 「제림」 등이 이 시의 기원이다.(靈光縹緲, 氣象肅穆, 漢人練時日、帝臨諸章, 是此詩原本.)

해설 769년(58세) 봄 배를 타고 담주(潭州, 호남성 長沙市)에서 형주(衡州, 호남성 衡陽市)로 가면서 쓴 시이다. 먼저 남악(南嶽) 형산의 산신 제사의 유래에 대해 서술하고, 다음으로 상수(湘水)에서 배를 타고 가며 바라본 남악의 풍경과 전설을 그렸으며, 마지막으로 남악에 제사지내려는 뜻을 나타냈다. 두보가 '망악'(望嶽)이란 제목으로 쓴 시는 모두 3수로 각각 태산, 화산, 형산을 노래했다.

830) 牽迫(견박) : 긴박하다. 일에 쫓겨 시간이 부족하다.
831) 歸來(귀래) : 북쪽으로 돌아가는 길. ○ 覬(기) : 바라다. ○ 命駕(명가) : 사람에게 수레나 말을 몰게 하다.
832) 玉堂(옥당) : 남악묘(南嶽廟)를 가리킨다.
833) 심주 : '부주'는 동부(洞府)의 주인, 즉 남악의 산신을 말한다.('府主', 洞府之主, 謂嶽神也.)
834) 府主(부주) : 부현(府縣)의 장관. 태수나 자사를 가리킨다. 여기서는 형주자사. 당시 위지진(衛之晉)이 자사로 있었다. 주학령(朱鶴齡)과 심덕잠은 동부(洞府)의 주인, 즉 남악의 산신을 가리킨다고 하였으나 여기서는 취하지 않는다.
835) 牲璧(생벽) : 제사 때 사용하는 희생(犧牲)과 옥기(玉器).

남해로 출장 가는
중포질 왕례 평사를 보내며(送重表侄王砅評事使南海)[836][837]

我之曾老姑,[838]	나의 증조고(曾祖姑)는
爾之高祖母.[839]	그대의 고조모(高祖母)
爾祖未顯時,[840]	그대의 증조부 왕규가 영달하지 않았을 때
歸爲尙書婦.[841]	두씨는 시집가서 부인이 되었지
隋朝大業末,[842]	수나라 대업 말기
房杜具交友.[843]	방현령과 두여회 등과 모두 친구로

836) 심주 : 砅의 음은 傰(빙)이다. 곽박 「강부」에 "강물이 벼랑을 치니 북소리가 일어난
다"는 말이 있다. 음을 厲(려)라고도 한다.(砅音傰, 郭璞江賦云 : "砅崖鼓作." 又音厲.)
837) 重表侄(중표질) : 고조 또는 증조의 자매의 자녀들과의 친척 관계. 두보의 증조부 두
의예(杜衣藝)의 자매 두씨(杜氏)와 왕례의 고조부 왕규(王珪)는 부부였다. ○評事
(평사) : 대리시(大理寺)의 속관으로 형옥(刑獄)을 담당한다. ○ 南海(남해) : 남해군
(南海郡). 진대(秦代)에 설치된 이래 621년에 광주(廣州)라 하였고, 742년에 남해군이
라 하였고, 758년 다시 광주라 하였다. 관할 지역은 지금의 광동과 광서 지방이다.
838) 曾老姑(증노고) : 증조고(曾祖姑). 두보의 증조부 두의예(杜衣藝)의 자매 두씨(杜氏)
를 가리킨다. 두씨는 왕례의 고조부 왕규(王珪)와 결혼하였다.
839) 심주 : 전기체로 시를 지었으니 진실로 '대수필'이다.(傳志體作詩, 眞大手筆.)
840) 爾祖(이조) : 너의 고조. 왕규(王珪)를 가리킨다.
841) 歸(귀) : 시집가다. 두보의 「신혼의 이별」(新婚別) 참조. ○尙書婦(상서부) : 상서(尙
書)의 처. 왕규는 태종 때인 637년(貞觀 11년) 예부상서(禮部尙書)가 되었다.
842) 大業(대업) : 수 양제(隋煬帝) 때의 연호. 605~618년.
843) 房杜(방두) : 방현령(房玄齡)과 두여회(杜如晦). 두 사람 모두 태종 때 명신으로, 그들
이 젊었을 때 은거하던 왕규와 친하였다. 『신당서』 「왕규전」(王珪傳)에는 왕규가 젊
었을 때의 일화를 적고 있다. 왕규의 모친 이씨(李氏)가 왕규가 사귀는 사람이 어떠
한 인물인지 알고 싶으니 집으로 데려오라고 하였다. 방현령과 두여회가 왕규 집을
방문하니, 이들을 몰래 엿보던 이씨는 두 사람이 왕을 모실 인재임을 알고 술과 음
식을 크게 차려 종일 즐겁게 놀게 하였다. 그러나 이 시에서는 비슷한 이야기를 부
인 두씨(杜氏)와 연관시켜 서술하였다. 『복재만록』(復齋漫錄)에서는 방현령, 두여회
가 젊어서 당태종과 면식이 없었다고 하였다. 태종이 군사를 일으켜서야 방현령이
들어갔고, 이어서 방현령이 두여회(杜如晦)를 추천하였으며, 왕규(王珪)는 태자 이
건성(李建成)이 패한 후에 비로소 태종을 알현하여 그 아래에 들어갔다는 것이다.
또 『용재수필』(容齋隨筆)에서도 이에 대한 일을 보완하고 있다. 즉, 태자 이건성이
이세민과 대립할 때 왕규가 태자중윤(太子中允)으로 있었고 내승이 즉위한 후 다시

長者來在門,[844]	그분들이 집에 오자
荒年自糊口.	흉년에 겨우 입에 풀칠만 했기에
家貧無供給,	가난한 집에 드릴만 한 게 없어
客位但箕帚.[845]	손님의 자리만 깨끗이 청소할 뿐이었지
俄頃羞頗珍,[846]	그런데 조금 후 맛있는 음식이 나왔으니
寂寥人散後.	손님들이 모두 돌아간 다음
入怪鬢髮空,[847]	왕규가 들어가니 두씨의 머리카락이 없어
吁嗟爲之久.	이 때문에 한참을 탄식하였다네
自陳剪髻鬟,[848]	두씨가 스스로 머리카락을 잘라
市鬻充杯酒.[849]	시장에 팔아 술을 샀다네
上云天下亂,	먼저 말하길, 천하가 어지러울 때는
宜與英俊厚.[850]	마땅히 뛰어난 준걸들과 사귀어야 하니
向竊窺數公,	아까 여러 친구들을 살펴보니
經綸亦俱有.	경륜 또한 갖춘 자들이라
次問最少年,	이어서 말하길, 손님 중에 가장 어린 자로
虬髯十八九.[851]	규룡 수염에 나이 열여덟이나 아홉이던데

임용되어 비로소 태종과 알게 되었다고 하였다. 두보는 집안에 전해오는 일을 기록
했기에 일정한 근거가 있겠지만, 다른 한편으로 누구든지 자신의 조상을 높이려는
의식이 있기에 와전되어 내려왔을 가능성도 있다. 여기서는 시 자체를 위주로 이해
하며 배경에 대해서는 윤색된 부분이 많으므로 참고하는 것으로 그친다.

844) 長者(장자) : 연배가 높거나 훌륭한 사람. 여기서는 방현령, 두여회 등을 가리킨다.
845) 箕帚(기추) : 키와 비. 이 구는 손님의 자리를 깨끗이 청소하여 공경하는 마음을 나
타내었다는 뜻.
846) 俄頃(아경) : 잠시. ○羞(수) : 맛있는 음식.
847) 入怪(입괴) : 왕규가 부인 두씨의 방에 들어가 보고는 괴이하게 여기다. ○鬢髮(빈
발) : 머리카락.
848) 剪髻鬟(전계환) : 머리카락을 자르다. 여기에서 '전계'(剪髻)라는 말이 만들어졌다. 이
와 비슷한 일은 『진서』(晉書) 「도간전」(陶侃傳)에도 있다. 현의 관리였던 도간(陶侃)
에게 파양(鄱陽)의 범규(范逵)가 놀러왔을 때, 도간의 모친이 머리카락을 잘라 술상
을 차렸다.
849) 市鬻(시육) : 시장에 팔다.
850) 厚(후) : 두텁다. 여기서는 두터운 교우.

子等成大名,	그대가 큰 이름을 이루게 된다면
皆因此人手.	모두 그 사람의 손 때문일 것이라
下云風雲合,	마지막으로 말하길, 풍운이 모여들어
龍虎一吟吼.852)	용과 호랑이가 한바탕 울부짖으려 하니
願展丈夫雄,	원컨대 장부의 웅대한 포부를 펼치어
得辭兒女醜.	아녀자와 같은 속박을 벗어던지시오
秦王時在坐,853)	진왕 이세민이 당시 자리에 있어
眞氣驚戶牖.854)855)	제왕의 기상이 문풍지를 떨게 했지
及乎貞觀初,856)	정관 연간 초기에
尙書踐台斗.857)	선조께선 태두와 같은 대신의 자리에 올랐고
夫人常肩輿,858)	부인 두씨께서도 자주 가마를 타고
上殿稱萬壽.	대전에 올라 태종의 만수무강을 축하하였네
六宮師柔順,859)	육궁(六宮)의 후비들이 두씨의 유순함을 본받고
法則化妃后.	행동의 규범은 후비와 황후를 감화시켰네

---

851) 虯髯(규염) : 규룡이 도사린 듯 구불거리는 수염.

852) 심주 : 풍운을 일으킬 용과 호랑이 같은 인물을 부인의 눈으로도 알아챌 수 있다.(風雲龍虎, 從婦人眼中看出.)

853) 秦王(진왕) : 이세민(李世民)을 가리킨다. 618년 5월에 당이 건국되고 이연(李淵)이 고조(高祖)에 즉위하면서 이세민을 진왕으로 봉하였다. 이세민은 627년에 태종(太宗)으로 즉위하였다.

854) 심주 : 뒤에서 진왕 2구를 덧붙였는데, 태사공 사마천에게 이러한 필법이 있다.(倒補秦王二句, 史公能有此筆法.)

855) 眞氣(진기) : 사람의 원기. 여기서는 제왕의 기상. ○ 驚戶牖(경호유) : 방문 안의 사람들을 놀라게 하다. 주위 사람을 압도하다.

856) 貞觀(정관) : 태종의 연호. 627~649년.

857) 台斗(태두) : 삼태성(三台星)과 북두성(北斗星). 왕을 보좌하는 중신을 비유한다. 왕규는 정관(貞觀) 4년인 631년 2월 황문시랑(黃門侍郞)에서 시중(侍中)이 되어 권력의 중심에 들어갔다.

858) 夫人(부인) 구 : 시중(侍中)은 정2품이므로 왕규의 부인 두씨도 군부인(郡夫人)의 봉호를 받았고 명부(命婦)의 신분으로 가마를 타고 조회에 참여하였다.

859) 六宮(육궁) : 황후의 침궁은 정침(正寢) 하나에 연침(燕寢)이 다섯이므로 합하여 육궁이라 한다. 여기서는 후비(后妃)를 가리킨다.

至尊均叔嫂,[860]	지존과 두씨는 아재비와 형수처럼 친했으니
盛事垂不朽.	이런 아름다운 일이 후세까지 전해졌어라
鳳雛無凡毛,[861]	어린 봉황은 평범한 깃털이 없나니 그대 왕례여
五色非爾曹?[862][863]	오색의 깃털이란 바로 너희가 아니겠는가?
往者胡作逆,[864]	당시 오랑캐가 반란을 일으키자
乾坤沸嗷嗷.[865]	천지가 들끓으며 소란스러웠지
吾客左馮翊,[866]	당시 나는 동주(同州) 좌풍익(左馮翊)에 머물렀는데
爾家同遁逃.	그대 가족과 함께 피난 갔었더라
爭奪至徒步,	도중에 걸음을 다투어 걸어가던 중
塊獨委蓬蒿.[867]	우리 집만 잡초 속에 외따로 남겨졌었지
逗留熱爾腸,[868]	머무르게 했던 그대 마음 얼마나 뜨거웠던가
十里却呼號.[869]	십 리를 갔다가 돌아와 우리를 불렀지
自下所騎馬,	그대는 타고 있던 말에서 뛰어 내려
右持腰間刀.	오른손은 허리의 칼을 잡고

---

860) 至尊(지존): 태종을 가리킨다. ○ 叔嫂(숙수): 형수와 동생. 내종이 삼촌뻘 아재비에
해당하고, 두씨가 형수에 해당할 만큼 친하다는 뜻.

861) 鳳雛(봉추): 어린 봉황. 왕례를 비유한다.

862) 심주: '어린 봉황' 구는 평사를 이어서 들어갔고, '너희가 아니다'는 바로 너희라는 말
과 같다.('鳳雛'句接入評事. '非爾曹', 猶言得非也.)

863) 非爾曹(비이조): 豈非爾曹乎(기비이조호)의 뜻. 어찌 너희가 아니겠는가?

864) 胡作逆(호작역): 오랑캐가 반역을 하다. 안사의 난을 가리킨다.

865) 嗷嗷(오오): 새가 슬프게 우는 소리. 『시경』「소아」(小雅)「홍안」(鴻雁)에 "큰기러기
날아가며, 우는 소리 애절하다"(鴻雁于飛, 哀鳴嗷嗷.)는 말이 있다. 여기서는 어지러
이 울부짖는 소리.

866) 左馮翊(좌풍익): 동주(同州). 원래 한대에 장안과 경기 지역을 보호하고 다스리는 삼
보(三輔)의 하나로 설치되었다가, 621년 동주(同州)로 개칭하였다. 관할지역은 위수
(渭水)의 북부와 경수(涇水)의 동부에 해당한다. 안사의 난이 일어나자 두보는 봉선
에 있는 가솔을 데리고 동주(同州) 백수현(白水縣)으로 피난 갔다가, 756년 6월 동관
이 함락되자 다시 북쪽의 부주로 피난 갔다.

867) 塊獨(괴독): 고독(孤獨)이란 말과 뜻이 같다. 고독한 모양.

868) 逗留(두류): 머무르다.

869) 却(각): 되돌아오다.

左牽紫游韁,[870] 왼손은 자주색 고삐를 당기며

飛走使我高. 나를 말에 올려주고 날듯이 달렸지

苟活到今日, 내가 오늘까지 구차하게 살아오면서

寸心銘佩牢.[871] 은혜는 마음에 단단히 새기고 있다네

亂離又聚散, 난리 가운데 잠시 만나고 또 헤어지니

宿昔恨滔滔.[872] 늙은 나의 한이 강물처럼 도도히 흐르네

水花笑白首, 강가의 꽃은 백발을 비웃는 듯하고

春草亂青袍.[873] 봄풀은 그대 푸른 도포를 따라가리라

廷評近要津,[874][875] 평사(評事)는 요직에 멀지 않는 직책인데

節制收英髦.[876] 절도사는 걸출한 그대를 발탁하리라

北驅漢陽傳,[877] 북쪽의 한양(漢陽)에서 전거(傳車)로 와서

南泛上瀧舠.[878] 남쪽의 농수(瀧水)에서 배를 타리라

家聲肯墜地? 상서(尙書) 집안 명예가 어찌 땅에 떨어지리오?

---

870) 심주 : '左'와 '右'의 글자에 교착되는 변화가 있다.('左''右'字參差變化.)

871) 銘佩(명패) : 새기고 차다. 마음속에 단단히 새겨 잊지 않다. ○牢(뇌) : 단단하다.

872) 宿昔(숙석) : 나이가 듦. 여기서는 두보 자신을 가리킨다. ○滔滔(도도) : 수량이 많은 강물이 흐르는 모양.

873) 青袍(청포) : 청색의 도포. 당대에는 8품과 9품의 관복은 청색이었다. 왕례를 가리킨다. 여기서는 동한 말기의 고시(古詩) 「한들한들 맑은 바람 불어와」(穆穆清風至)의 "그 사람 푸른 도포도 봄풀같이, 긴 옷이 바람 따라 휘날리리라"(青袍似春草, 長條隨風舒.)는 이미지를 이용하였다.

874) 심주 : 아래에서 남해로 출장 가는 일을 서술하였다.(下叙使南海.)

875) 廷評(연평) : 한대의 형옥을 관장하는 관직 이름. 廷尉評(정위평)의 준말. 당대의 평사(評事)를 의미하며, 왕례를 가리킨다. ○要津(요진) : 요로(要路)라는 뜻. 중요한 직위를 비유한다.

876) 節制(절제) : 절도사. 여기서는 영남절도사(嶺南節度使) 이면(李勉)을 가리킨다. ○英髦(영모) : 英旄(영모)라고도 쓴다. 뛰어나고 걸출한 사람.

877) 漢陽(한양) : 한양현(漢陽縣). 지금의 호북성 무한시 서부. 장강으로 흘러드는 한수(漢水)의 남안 지역이다. ○傳(전) : 전거(傳車). 역참에 비치된 장거리 이동용 수레. 이 구를 보면 왕례는 한양에서 온 듯하다.

878) 瀧(롱) : 농수(瀧水). 지금은 무수(武水) 또는 무계(武溪)라고 부른다. 지금의 호남성 임무현(臨武縣)에서 광동성 소주(韶州)로 흐르며, 곡강현(曲江縣)에서 동강(東江)으로 흘러든다. ○舠(도) : 거룻배. 작은 배.

利器當秋毫.　　　　그대의 재능은 추호(秋毫)를 끊을 듯 날카롭구나

番禺親賢領,879)　　번우(番禺)에는 황제의 종친이 다스리니

籌運神功操,880)　　책략을 부림은 신기(神技)와 같다네

大夫出盧宋,881)　　절도사는 노환(盧奐)이나 송경(宋璟)보다 청렴하고

寶貝休脂膏.882)　　보물이 산출되어도 이득은 취하지 않는다네

洞主降接武,883)　　토호의 동주(洞主)들이 차례로 항복하고

海胡舶萬艘.884)　　수많은 외국 상선이 항구에 들어와 붐비리라

我欲就丹砂,885)　　나도 단사(丹砂)를 구하러 번우에 가고 싶으나

---

879) 番禺(번우) : 번우현. 원래는 진대에 설치되었으나 수대에 남해현(南海縣)이라 개칭하였고, 당대 초기에 이를 남해현과 번우현으로 나누었다. 지금의 광동성 광주시(廣州市). ○親賢(친현) : 절도사 이면은 당 황실의 종친이자 현능한 사람이다. ○領(령) : 다스리다.

880) 籌運(주운) : 運籌(운주)와 같다. 책략을 세우다.

881) 大夫(대부) : 절도사 이면을 가리킨다. 경조윤(京兆尹), 어사대부(御史大夫)를 역임하였으므로 대부라 하였다. ○盧宋(노송) : 노환(盧奐)과 송경(宋璟). 『구당서』에 "개원(開元) 이래 사십 년 동안 광부절도사(廣府節度使)로 청렴한 사람은 넷으로 배주선(裴伷先), 이조은(李朝隱), 송경(宋璟), 노환(盧奐)이다"고 하였다.

882) 寶貝(보패)·귀중하고 진귀한 패각류. 여기서는 보물을 가리킨다. ○休脂膏(휴지고) : 기름 속에 있어도 윤기나지 않다. 『후한서』「공분전」(孔奮傳)에 나오는 '지고불윤'(脂膏不潤)의 고사를 가리킨다. 공분(孔奮)은 왕망(王莽)의 난이 일어나자 가족을 이끌고 고장(姑臧, 감숙성 武威)으로 갔다. 하서대장군 두융(竇融) 아래 고장(姑臧)을 4년간 다스렸으나 재물은 늘지 않고 처자의 얼굴은 누렇게 떴다. 이에 어떤 사람이 비웃기를 "기름 속에 있으면서도 윤기가 나지 않는구만"(直脂膏中, 亦不能自潤.)이라 하였다. 공분은 여전히 자신의 절조를 바꾸지 않았다. 여기서는 영남절도사 이면(李勉)의 청렴을 칭송하는 말로 쓰였다.

883) 洞主(동주) : 남방의 비한족 부락의 수령. ○接武(접무) : 발걸음이 이어지듯 계속 이어짐. 이 구는 당시 769년 이면(李勉)이 광주자사(廣州刺史) 겸 영남절도사와 관찰사로 부임하여, 번우(番禺)의 도적 풍숭도(馮崇道)와 계주(桂州)의 반란 영수 주제시(朱濟時)를 평정한 일을 가리킨다.

884) 海胡(해호) : 해상으로 온 외국 상인들. 당시 서방의 선박이 자주 들어왔다. ○舶(박) : 큰 배.

885) 就丹砂(취단사) : 단사를 구하다. 동진의 원제(元帝)가 갈홍(葛洪)을 관내후(關內侯)에 봉했지만, 갈홍은 광동의 나부산(羅浮山)에 단사(丹砂)가 많이 나온다고 구루현령(句漏縣令)이 되기를 청하였다. 광주(廣州)에 도착한 갈홍은 연단술을 연구하고 발전시켰다.

跋涉覺身勞.　　산 넘고 물 건너자니 몸이 피로할까 싶구나

安能陷糞土?　　남아가 어찌 더러운 흙에 빠져 있으리오?

有志乘鯨鰲.886)　고래와 거북을 타려는 뜻이 있어야 하리라

或騁鸞騰天,　　아니면 난새를 타고 하늘에 오르리니

聊作鶴鳴皋.887)　잠시 언덕에서 우는 학의 울음을 짓노라

평석 교지에 단사가 있기에 유선(遊仙)의 뜻으로 마무리 지었으니 송별시의 체제이다.(因交 趾有丹砂, 故以遊仙意作結, 亦送人一體.) ○ 노환과 송경은 광부절도사이다. '出'(출)자는 그보 다 낫다는 뜻이다. 전겸익은 대력 4년(769) 이면이 광주자사 겸 영남절도사가 되어 선정을 베풀었는데, 지방의 어르신들이 노환, 송경, 이조은 등을 계승할 만하다고 하였다. '親賢'과 '大夫'는 이면을 가리킨다.(盧奐、宋璟爲廣府節度使. 出者, 出其上也. 牧齋謂大曆四年李勉除 廣州刺史兼嶺南節度, 有善政, 耆老以爲可繼盧奐、宋璟、李朝隱之徒, 所謂'親賢''大夫'者, 謂勉 也.) ○ '爾祖'는 왕규를 가리킨다. '老姑'는 왕규의 처를 말하며, 왕규의 모친이 아니다. 주석 가들은 '머리카락을 잘라'(剪髻鬟) 구를 보고 왕규의 모친이라 생각하였지만 후인들은 왕규 의 모친은 이씨이지 두씨가 아니라는 사실로 논박하여 의논이 분분하였다. 머리카락을 자 른 일은 시 속에서 활용되었기에 모친이 자를 수도 있고 부인이 자를 수도 있다. 왕규의 처 가 분명한 것은 "선조께선 태두와 같은 대신의 자리에 올랐고" 이하로, 첫머리와 상충되지 않는다. 왕규가 처음에 태자 이건성(李建成)을 모셨고, 이건성이 죽은 후 태종이 비로소 불 러 임용된 것이지 이전부터 알고 있었던 것은 아니기 때문에, 대사를 일으키는 단락은 사실 과 부합하지 않는 듯하다. 사람의 마음이 본래 과장하기 좋아하기 때문인지 모른다. 혹은 왕씨의 자손들이 이건성을 모신 일을 숨기려고 이런 말로 치장하였기에 두보가 이에 따랐 는지도 모른다. 잠시 의문 사항으로 남겨둔다.('爾祖'指王珪. '老姑'謂珪之妻. 非珪母也. 注詩 家見'剪髻鬟'句, 認爲珪母, 後人因以珪母李氏非杜駁之, 議論紛如而起. 看來剪髻鬟事, 詩中活

---

886) 鯨鰲(경오): 고래와 자라.

887) 鶴鳴(학명): 학의 울음. 『시경』 「학명」(鶴鳴)에 "학이 깊은 연못에서 우니, 먼 들판까 지 들리네"(鶴鳴于九皋, 聲聞于野.)란 말이 있다. 여기서는 두보가 쓴 이 시를 가리 키며, 동시에 세상에 알려지지 않은 자신의 재능에 대한 자신감을 환기하고 있다.

用, 母可剪, 婦亦可剪也. 定爲珪妻, 則"尙書踐台斗"以下, 初無齟齬矣. 惟珪始事建成, 建成亡後, 太宗始召用之, 初非舊時相識, 起手一段, 似乎不合. 不知人情好爲夸大, 或王氏子孫諱事建成一節, 飾爲此言, 而少陵逐因之耶? 闕疑可也.)

해설 770년(59세) 담주(潭州, 호남성 長沙市)에서 지은 시이다. 두보는 안사의 난을 피해 장안 북쪽의 동주(同州) 백수현(白水縣)으로 피난했다가, 반란군이 관중에 들어오자 756년 여름 다시 북쪽으로 피난하였다. 이러한 어려운 때 두보는 왕례(王砅)의 보호와 도움을 받았다. 십사 년이 지난 지금 그들은 담주에서 다시 만나게 되었다. 이때 왕례는 평사(評事)가 되어 영남절도부로 출장을 가는 중이어서, 두보는 헤어지며 이 시를 지어주었다. 먼저 당대 초기의 군신의 만남과 왕규 부인 두씨의 행적을 서술하고, 다음으로 조정의 두터운 은혜를 헤아렸다. 이어서 피난 당시 왕례의 도움을 받은 일을 회상하고, 다시 왕례가 남해(南海)로 출장 가는 일을 썼으며, 마지막으로 자신이 남해에 가서 신선술을 배우고자 하는 마음을 나타내었다.

장위(張謂)

『후한서』「일인전」을 읽고(讀後漢逸人傳)[1]

子陵沒已久,[2]　　　　　엄자릉이 죽은 지 이미 오래인데

---

1) 後漢(후한) : 『후한서』. 중국 동한(후한)시기의 역사를 기록한 책. ○逸人傳(일인전)
: 「일민전」(逸民傳). 『후한서』 권83에 소재. 일인(逸人)은 일민(逸民)과 같은 말로, 은
거하는 사람을 말한다.

2) 子陵(자릉) : 동한(후한) 초기의 은사인 엄광(嚴光)을 가리킨다. 자릉(子陵)은 자이다.
일반적으로 엄자릉(嚴子陵) 또는 줄여서 엄릉(嚴陵)이라고 부른다. 엄자릉은 회계
(會稽) 여요(餘姚) 사람으로 젊어서부터 이름이 높았으며 유수(劉秀)와 동문수학했
다. 유수가 광무제(光武帝)가 되자 이름을 바꾸고 은거하였다. 광무제가 그의 현능
함을 생각하여 사람을 보내 그를 찾게 하였다. 나중에 제국(齊國)에서 "한 남자가 양
가죽을 둘러쓰고 못에서 낚시하고 있다"는 보고가 늘어오사 사신을 세 번이나 보내

讀史思其賢.	역사서를 읽으니 그의 현능함이 그리워라
誰謂潁陽人,[3]	누가 말했는가, 영수 강가의 허유와 소부를
千秋如比肩![4]	천 년을 두고 어깨를 나란히 한다고
嘗聞漢皇帝,[5]	일찍이 동한의 광무제가 불렀어도
曾是曠周旋.[6]	예절을 차리지도 않았었지
名位苟無心,	진실로 이름과 지위에는 마음이 없어
對君猶可眠.[7]	임금이 찾아와도 잠을 자고 있었네
東過富春渚,[8]	동쪽으로 부춘강 강가에 가서
樂此佳山川.	그곳의 아름다운 산천을 즐거워하였네
夜臥松下月,	밤에는 달 떠오른 소나무 아래 누웠고

비로소 불러왔다. 엄자릉은 광무제를 친구처럼 여겨 함께 잠을 자다가도 발을 광무제의 배 위에 올리곤 하였다. 광무제가 정치를 도와달라고 하자, 엄자릉은 "예전에 요 임금의 성덕이 높았어도 소부(巢父)는 귀를 씻었을 뿐이오. 선비가 본디 뜻이 있거늘 어찌 이리 강요한단 말이오!"(昔唐堯著德, 巢父洗耳. 士故有志, 何至相迫乎!)라고 하였다. 광무제가 그에게 간의대부(諫議大夫)의 벼슬을 내렸으나 엄자릉은 받지 않고 부춘산(富春山)으로 들어가 농사지었다. 후인들은 그가 낚시한 곳을 엄릉뢰(嚴陵瀨)라 하였다.

3) 潁陽人(영양인): 영양(潁陽) 사람. 허유(許由)와 소부(巢父)를 가리킨다. 영양은 영수(潁水)의 북안(北岸). 요 임금이 천하를 허유(許由)에게 양보하려 하자 허유가 기산 아래로 도망가 밭을 일구었다. 요 임금이 다시 그를 구주(九州)의 장(長)으로 삼으려 하자 허유는 영수(潁水)의 물가로 가서 귀를 씻었다. 이때 소부(巢父)가 송아지에게 물을 먹이려 하다가 허유가 귀를 씻고 있기에 그 이유를 물었다. 허유의 말을 들은 소부는 허명을 얻으려는 그 귀를 씻은 물에 송아지의 입이 더러워질까 여겨 상류로 가 물을 먹였다. 『고사전』(高士傳) 참조.

4) 比肩(비견): 어깨를 나란히 하다. 같은 지위나 위치에 있다.

5) 漢皇帝(한황제): 동한의 광무제를 가리킨다.

6) 曠(광): 비다. 여기서는 소홀히 하다. ○周旋(주선): 예절의 행동거지. 교제와 응수를 의미한다.

7) 對君(대군) 구: 광무제가 엄자릉을 찾아와도 엄자릉이 잠을 자고 있던 일을 가리킨다. 또 엄자릉이 광무제와 같은 침상에서 잘 때, 엄자릉이 발을 광무제의 배 위에 올린 일도 환기한다. 이때 천문을 관측하던 태사(太史)가 객성이 어좌(御坐)를 침범했다고 보고하였다.

8) 富春渚(부춘저): 부춘강의 강가. 부춘산(富春山, 엄릉산이라고도 한다)을 가리킨다. 지금의 절강성 동려현(桐廬縣) 서남 전당강(錢塘江) 강가에 소재한다. 여기에는 엄광이 낚시했다는 동대(東臺)와 서대(西臺)가 있다.

朝看江上煙.	아침에는 강 위의 안개를 바라보았지
釣時如有待,	낚시할 때는 무엇인가 기다리는 듯했지만
釣罷應忘筌. 9)	낚시를 마쳤을 땐 통발을 잊었어라
生事在林壑, 10)	숲과 계곡 속에서 생계를 꾸리며
悠悠經暮年.	유유히 노년을 보냈네
於今七里瀨, 11)	지금도 칠리뢰(七里瀨)에는
遺迹尚依然.	남겨진 흔적이 아직도 그대로인데
高臺竟寂寞, 12)	높은 조대(釣臺)는 결국 적막하고
流水空潺湲!13)	흐르는 강물 소리만 부질없이 울리누나

평석 이름과 지위에 마음을 두면 곧 세력에 압도되어 천자를 친구로 볼 수 없게 된다. 소부, 허유, 변수(卞随), 무광(務光) 등은 이름과 지위에 묶여있지 않았을 뿐이다.(心存名位, 便爲勢所壓, 必不能視天子猶故人也. 巢、由、随、光只是不爲名位所縛.)

해설 동한 초기의 은자 엄자릉(嚴子陵)을 칭송하고 그리워한 시이다. 젊어서 함께 공부한 광무제와 친구로 지낼 수 있고 산수에 마음을 기울일 수 있었던 것은 고결한 마음 때문임을 설파하였다.

---

9) 忘筌(망전) : 통발을 잊다. 득어망전(得魚忘筌)의 준말. 『장자』「외물」(外物)에 "통발은 물고기를 잡기 위해 있는 것이니, 물고기를 잡으면 통발은 잊는다"(筌者所以在魚, 得魚而忘筌.)는 말이 있다.

10) 生事(생사) : 생계.

11) 七里瀨(칠리뢰) : 칠리탄(七里灘)이라고도 한다. 지금의 절강성 동려현 서남 엄릉산 서쪽에 소재. 두 산을 끼고 동양강(東陽江)이 흘러가는데 빠른 물줄기가 칠 리나 이어져 있어 이름 붙여졌다. 북안은 부춘산(또는 엄릉산)으로 엄자릉이 농사짓고 낚시한 곳이다.

12) 高臺(고대) : 높은 누대. 여기서는 낚시를 하던 조대(釣臺)를 가리킨다. 동대와 서대 두 곳이 있다.

13) 潺湲(잔원) : 물이 끊임없이 흐르는 소리.

왕계우(王季友)

산중에서 비서성 위자춘 형에게(山中贈十四秘書兄)[1]

出山秋雲曙,[2]	그대 산을 떠날 땐 가을 새벽이었는데
山木已再春.	이제 산의 나무들은 벌써 다시 봄이라오
食我山中藥,	내가 캐어준 산중의 약초를 먹고는
不憶山中人.	산중에 사는 사람은 기억하지 않는구료
山中誰余密,	산중에선 누가 나와 가장 친하는가
白髮日相親.	백발만이 날이 갈수록 가까워진다오
雀鼠晝夜無,	참새와 쥐들이 밤이나 낮이나 오지 않으니
知我廚廩貧.[3]	내 부엌과 창고가 비었음을 알겠소
有情盡捐棄,[4]	생명 있는 모든 것이 다 떠났으니

---

1) 十四(십사) : 위자춘(韋子春)을 가리킨다. 위씨 가문에서 항제(行第)가 열네 번째라는 뜻이다. 『구당서』 「현종기」(玄宗紀)에 보면, 749년 4월 함녕태수(咸寧太守) 조봉장(趙奉璋)이 재상 이림보(李林甫)의 죄상을 이십여 조 고발하려고 하였으나, 이림보가 이를 미리 알고 조봉장을 모함하여 장살(杖殺)시켰다. 이때 저작랑 위자춘은 조봉장과 친하다는 이유로 연좌되어 광동의 단계현위(端溪縣尉)로 좌천되었다. 이 시는 왕계우가 위자춘이 떠나기 전에 지어준 작품이다. 나중에 위자춘은 756년 영왕(永王) 이린(李璘)이 모반할 때 이백(李白)을 회유시켜 반란에 참가토록 하였다. ○ 秘書(비서) : 비서성(秘書省). 위자춘은 당시 비서성의 저작랑(著作郎)으로 있었다. 시의 제목에 대해서는 753년 편집된 『하악영령집』(河岳英靈集)에서는 「산중에서 위십사(韋十四) 비서 산형(山兄)에게」(山中贈十四秘書山兄)라 되어 있고, 760년 원결(元結)이 편찬한 『협중집』(篋中集)에서는 「위자춘에게 부침」(寄韋子春)이라 되어 있고, 송대 초기 편찬된 『문원영화』(文苑英華)에서는 「산형(山兄) 위 비서에게」(贈山兄韋秘書)라고 되어 있다.
2) 秋雲曙(추운서) : 가을 구름이 아침 햇살을 받아 밝아지다. 『하악영령집』에는 '秘雲署'(비운서)라 되어 있고, 『문원영화』에는 '秘芸署'(비운서)라 되어 있다. 비운서(秘芸署)는 비서성(秘書省)을 가리키므로, 이에 따르면 위자춘이 산을 내려가 비서성에 들어갔다는 뜻이 된다.
3) 廚廩(주름) : 부엌과 창고.
4) 有情(유정) : 불교에서 말하는 중생(衆生). 사람을 포함하여 일체의 생명을 말한다.

土石爲同身.	흙과 돌만이 내 몸과 함께 하오
依依舍北松,	북쪽의 소나무 아래 애틋이 깃들어 살며
不厭吾南鄰.	남쪽의 내 이웃을 좋아하여라
夫子質千尋,⁵⁾	그대는 줄기가 천 길이나 되는 나무
天澤枝葉新.⁶⁾	하늘의 은택에 가지와 잎이 새로워라
余以不材壽,	나는 재주가 없다 보니 오래 살게 되었고
非智免斧斤.	지혜가 없다 보니 도끼에 찍히지 않았다오

평석 원결이 "초목처럼 감정을 버리고 욕망을 절제한다"고 했는데, 두 사람의 시는 매번 서로 일치되는 곳이 있다.(元道州云 : "忘情學草木", 二公詩每有契合處.)

해설 산중에서 은거하면서 멀리 광동으로 좌천되어 떠나가는 위자춘(韋子春)에게 준 시이다. 749년 봄에 지어진 것으로 추정된다. 시의 내용으로 보아 위자춘과 함께 산중에 은거하다가, 위자춘이 먼저 비서성으로 들어갔고, 곧 좌천된 것으로 보인다. 말미에선 장자(莊子)의 산목(山木)의 비유로 상대와 자신을 위로하고 있다. 왕계우는 현존하는 시 대부분을 산에서 썼으며, 시 속에 '산'이란 말도 자주 나오는데 이 시 역시 그러하다.

원결(元結)

평석 원결의 시는 자신의 흉중을 썼다. 고대의 시인을 모방하지 않으면서도 기이한 울림과

---

5) 夫子(부자) : 그대. 선생. 여기서는 위자춘을 가리킨다. ○ 質(질) : 줄기. ○ 千尋(천심) : 천 길. 일 심(尋)은 팔 척.
6) 天澤(천택) : 하늘의 은택.

뛰어난 흥취가 있으니 당대 시인 가운데 새로운 길을 열었다. 고대의 여러 종과 경쇠 소리가 귀에 껄끄러운 것과 같다고 전인이 비유했는데 참으로 그러하다.(次山詩自寫胸次, 不欲規模古人, 而奇響逸趣, 在唐人中另闢門徑, 前人譬諸古鐘磬不諧里耳, 信然.)

용릉의 노래―서문 붙임(舂陵行[1]有序)

癸卯歲,[2] 漫叟[3]授道州[4]刺史. 道州舊四萬餘戶, 經賊[5]以來, 不滿四千, 大半不勝賦稅. 到官未五十日, 承諸使[6]徵求符牒[7]二百餘封, 皆曰: "失其限者, 罪至貶削."[8] 於戲! 若悉應其命, 則州縣破亂, 刺史欲焉逃罪? 若不應命, 又卽獲罪戾, 必不免也. 吾將守官,[9] 靜以安人, 待罪而已. 此州是舂陵故地, 故作「舂陵行」以達下情.

계묘년(763년)에 나는 도주자사(道州刺史)에 임명되었다. 도주는 예전에는 사만여 호였으나 도적들이 지나간 이후 사천 호가 되지 않았고 그 사람들조차 대부분 조세를 낼 수 없었다. 현직에 부임하여 오십 일이 지나지 않아, 중앙에서 내려온 여러 사신으로부터 징수를 요구하는 문건을 이백여 통이나 받았는데, 모두 "기한 내에 납부하지 않으면 강등 처벌

---

1) 舂陵(용릉): 한대(漢代)의 현 이름. 당시 영릉군(零陵郡)을 가리킨다. 지금의 호남성 영원현(寧遠縣) 부근.

2) 癸卯歲(계묘세): 763년. 대종(代宗) 광덕(廣德) 원년.

3) 漫叟(만수): 원결의 자호(自號). 원결은 호를 만랑(漫郞)이라 한 적이 있는데, 이 시를 쓰던 때는 46세로 늙은이라는 뜻의 '수'(叟)를 넣어 만수(漫叟)라 하였다.

4) 道州(도주): 지금의 호남성 도현(道縣). 당시 용릉은 도주에 속했다.

5) 賊(적): 당시 '서원만(西原蠻)'이라 불리던 남방의 민족. 지금의 광서(廣西) 지역에 근거지를 둔 이들은 763년 겨울 도주를 일 개월 남짓 점령하였다. 원결은 764년에 작성한 「사상표」(謝上表)에서는 이들을 '서융'(西戎)이라고 표현하였다.

6) 諸使(제사): 중앙에서 파견한 여러 관리들. 당시 조세를 걷는 관리를 조용사(租庸使)라 하였는데, 이들을 가리킨다.

7) 符牒(부첩): 조정에서 발급하는 증명표와 관청에서 발급하는 증명서.

8) 貶削(폄삭): 관리의 직위나 등급을 깎아내림.

9) 守官(수관): 자신의 직책을 지키다. 자신의 책무를 다하다.

함"이라 쓰여 있었다. 아아! 만약 그 명령을 모두 따른다면 주현(州縣)은 변란이 나고 말 터인데 자사(刺史)인 내가 그 책임을 지게 될 것이다. 만약 명령에 불응한다면 반드시 죄를 면하지 못할 것이다. 나는 자신의 책무를 다하여 백성을 안정시켜야 하니 죄를 기다릴 뿐이다. 이 도주는 한대(漢代) 용릉(舂陵)의 땅이므로 「용릉의 노래」를 지어 나의 뜻을 군왕에게 전한다.

軍國多所需,10)	전쟁이 난 나라에선 소용되는 게 많으니
切責在有司,11)	그 감독과 독촉은 바로 지방관에 있어라
有司臨郡縣,	지방관이 군현(郡縣)을 다스리면서
刑法競欲施.	형벌과 법을 다투어 쓰고자 하나
供給豈不憂,12)	물자를 올리려 하니 근심스럽고
徵斂又可悲.13)	조세를 징수하려니 또한 슬프기만 하여라
州小經亂亡,14)	도주(道州)는 작은데다 백성은 난리로 도망가
遺人實困疲.15)	남아있는 사람들은 참으로 곤궁하다
大鄉無十家,	큰 마을이라 하더라도 10가호가 되지 않으며
大族命單羸.16)	대가족이라 하더라도 늙고 병든 사람뿐이다
朝餐是草根,	아침에 먹는 것은 풀뿌리요
暮食乃木皮.	저녁에 씹는 것은 나무껍질이라
出言氣欲絕,	말을 뱉으려 하면 숨이 끊어지려 하고

10) 軍國(군국) : 전쟁을 하고 있는 나라.
11) 切責(절책) : 감독과 독촉. ○有司(유사) : 맡은 바가 있다. 관리들은 각자 맡은 바가 있으므로, 이 말로 '관리'를 의미한다. 여기서는 지방의 행정관.
12) 供給(공급) : 나라에서 필요한 물자와 식량을 공급하다.
13) 徵斂(징렴) : 백성의 인력과 물건을 징수하다.
14) 亂亡(난망) : 난리에 도망가다.
15) 遺人(유인) : 전란에 다행히 살아남은 백성들. 유민(遺民)이라 해야 하나 당 태종 이세민(李世民)의 이름은 피휘하여 유인(遺人)이라 하였다.
16) 單羸(단리) : 사람이 적고 약하다.

意速行步遲. 　빨리 가려 하나 발이 따라주지 않는다

追呼尚不忍,[17] 　찾아가 독촉하려 해도 차마 못하겠는데

況乃鞭撲之![18] 　하물며 어찌 채찍질하고 때려눕히겠는가!

郵亭傳急符,[19] 　역참에서 징수 독촉 문서가 전해오며

來往跡相追. 　오가는 전령의 발길이 끊이지 않는구나

更無寬大恩, 　큰 은혜를 베푸는 일은 없이

但有迫促期. 　기일을 재촉하는 일만 있을 뿐이라

欲令鬻兒女, 　아이들을 팔아서라고 납부하라고 해야 하지만

言發恐亂隨. 　말을 하면 변란이 일어날지 몰라

悉使索其家, 　백성의 집안을 다 뒤지라고 하지만

而又無生資.[20] 　들러보니 먹고 살 살림마저 없구나

聽彼道路言, 　길에서 만난 사람들의 말을 들어 보라

怨傷誰復知! 　원망과 아픔을 누가 또 알아줄 텐가!

去冬山賊來,[21] 　지난겨울 산적들이 몰려와

殺奪幾無遺. 　죽이고 빼앗아가 남은 게 없다

所願見王官,[22] 　임금이 보낸 관리가 내려오기만 바라며

撫養以惠慈. 　위로받고 은혜받고자 하였는데

奈何重驅逐, 　어찌하여 다시금 그들을 쫓으며

不使存活爲?[23] 　살기조차 못하게 한단 말인가?

---

17) 追呼(추호): 관리가 백성의 집에 찾아가 조세를 내라고 소리치는 일.

18) 심주: 어진 사람의 말이다.(仁人之言.)

19) 郵亭(우정): 역참. 연도에 세워 공문을 전하는 관원이 쉬거나 묵는 곳. 고대의 제도에는 십 리마다 정(亭)을 세우고, 오 리마다 우(郵)를 세웠다. ○急符(급부): 긴급히 징발을 독촉하는 문서.

20) 生資(생자): 생활에 필요한 물자.

21) 去冬(거동): 지난해 겨울. 즉 763년 겨울.

22) 王官(왕관): 조정에서 파견한 관리.

23) 爲(위): 의문을 나타내는 조사. 『논어』「자로」(子路)에 "비록 많이 배운들 무엇에 쓰겠는가"(雖多亦奚以爲?)나 『장자』「소요유」(逍遙遊)에 "나에게는 천하를 위한다는 것이 무슨 소용이 있겠소?"(予無所用天下爲?)에서의 '위'(爲)와 같다.

安人天子命,[24]	천자의 명령은 백성을 편안히 하는 것이요
符節我所持.[25]	나는 부절(符節)을 지닌 자로 책임이 있어라
州縣忽亂亡,	주현(州縣)의 사람들이 조세로 달아났으니
得罪復是誰?[26]	그 죄는 내가 받아야 마땅하리라
逋緩違詔令,[27]	조세를 체납하여 조정의 명령을 어겼으니
蒙責固其宜.	책임을 지는 것도 본디 당연하리라
前賢重守分,[28]	고대의 현인은 본분을 지키는 걸 중시했고
惡以禍福移.[29]	이해관계로 지조를 바꾸는 걸 미워하였지
亦云貴守官,	또 책무를 다하는 것이 중요하다고 했고
不愛能適時.[30]	시류에 영합하는 것을 좋아하지 않았지
顧惟孱弱者,[31]	약하고 힘든 백성들을 생각하노라니
正直當不虧.	바르고 곧은 정책은 응당 버려선 안되리라
何人采國風?[32]	어느 누가 지방의 민가(民歌)를 채집하고 있는가?
吾欲獻此辭.	내 그에게 이 글을 바치려고 하네

---

24) 安人(안인) : 백성을 편안히 하다.

25) 符節(부절) : 옥이나 동으로 만들어 신표로 삼던 물건으로, 표면에 글자를 새겨 두 쪽으로 나누었다가 사용 할 때에는 합쳐서 증명한다. 『맹자』 「이루」(離婁)에 "부절을 맞춘 듯 딱 들어맞다"(若合符節)는 말이 이를 잘 나타낸다. 여기서는 자사(刺史)의 직위를 나타내는 신표.

26) 得罪(득죄) 구 : 죄를 얻는 사람은 또 누구이겠는가? 번역은 앞뒤의 어조에 맞추어 명료하게 하기 위해 "그 죄는 마땅히 내가 받아야 하리라"라고 하였다.

27) 逋緩(포완) : 조세를 줄이고 체납하다.

28) 守分(수분) : 본분을 지키다.

29) 惡以(오이) 구 : 자신에게 돌아올 화복(禍福)이나 이해(利害)를 고려하여 지조를 바꾸는 것을 싫어하다.

30) 適時(적시) : 시속에 따르다.

31) 孱弱(잔약) : 가난하고 어려운 백성들.

32) 采國風(채국풍) : 각 지방의 시를 채집하다. 국풍(國風)은 『시경』 중의 '풍'(風)을 가리킨다. 『한서』 「예문지」(藝文志)에 "고대에 시를 채집하는 관리가 있어, 임금이 풍속을 관찰하여 정치의 득실을 알아보고 스스로 바르게 하는 방도로 삼았다"(古有采詩之官. 王者所以觀風俗, 知得失, 自考正也.)는 말이 있다.

평석 두보가 말한 대로 "만물을 위해 말을 토하니 천하가 잠시 평안해지길 기대할 수 있다." 천 년이 지난 지금 그 시를 읽으니 그 사람을 보고 싶구나.(杜老所謂"爲萬物吐氣, 天下少安可待者"也. 千載以下, 讀其詩想見其爲人.)

해설 원결은 763년 9월에 도주자사(道州刺史)로 임명되어 다음 해인 764년(46세)에 현지에 부임하였다. 이 시는 부임한지 두 달이 채 되지 않은 상황에서 쓴 일종의 사건 경위서와 같은 작품으로, 당시의 사회 상황을 사실적으로 기록하였다. 도주(道州)의 백성들이 난리 중에 고통 받는 상황을 개괄하고, 조세를 독촉하지 말고 인애의 마음으로 주현(州縣)을 위로할 것을 강조하였다. 더불어 자신은 자사(刺史)로서 상부의 명령을 이행하지 못하여 벌을 받는 한이 있더라도 바르다고 생각하는 행정을 버릴 수 없음을 말하였다. 두보(杜甫)는 이 시에 대해 "비흥의 체제로 이루어져 있으며, 자세하고 완곡하며 구성의 변화가 크다"(比興體制, 微婉頓挫之詞.)고 칭찬하면서, 「원결의 '용릉의 노래'에 화답하며」(同元使君春陵行)를 지었다.

도적이 물러간 후 관리들에게 보임—서문 붙임(賊退示官吏有序)

癸卯歲,[33] 西原賊[34] 入道州, 焚燒殺掠, 幾盡而去. 明年, 賊又攻永破邵,[35] 不犯此州邊鄙[36]而退. 豈力能制敵與?[37] 盖蒙其傷憐而已. 諸使何爲忍苦徵斂? 故作詩一篇以示官吏.

---

33) 癸卯歲(계묘세) : 763년. 당 대종(代宗) 광덕(廣德) 원년.
34) 西原賊(서원적) : 당시 '서원만(西原蠻)'이라 불리던 남방의 민족.
35) 攻永破邵(공영파소) : 영주(永州)를 공격하고 소주(邵州)를 깨뜨리다. 영주는 지금의 호남성 영주시(永州市)이고, 소주는 지금의 호남성 소양시(邵陽市)이다. 모두 도주 가까이 위치한다.
36) 邊鄙(변비) : 변경.
37) 심주 : 분노의 말을 해학으로 나타냈다.(憤語以諧出之.)

계묘년(763년)에 서원만(西原蠻)이 도주에 들어와, 불을 지르고 사람을 죽이고 재물을 약탈하더니 거의 쓸어놓고는 떠났다. 다음 해 도적들은 다시 영주(永州)를 공격하고 소주(邵州)를 깨뜨렸지만 도주의 변경은 침범하지 않고 물러갔다. 이는 어찌 도주에 적을 막을 무력이 있기 때문이었겠는가? 아마도 가련히 생각해서일 것이다. 중앙에서 파견 나온 관리들은 어찌하여 그렇게 힘써 조세를 징수하는가? 이에 시를 한 편 지어 관리들에게 보인다.

昔歲逢太平,	예전에 태평시대를 만나
山林二十年.[38]	산속에서 살며 이십 년을 보냈지
泉源在庭戶,[39]	계곡의 물은 마당을 지나가고
洞壑當門前.	문 앞에 골짜기가 펼쳐져 있었지
井稅有常期,[40]	조세는 정해진 때가 있었고
日晏猶得眠.	해가 중천에 있도록 편안히 잘 수 있었지
忽然遭世變,[41]	갑자기 세상에 변란이 일어나
數歲親戎旃.[42]	몇 년 동안 기치창검에 익숙해졌다

---

[38] 山林(산림) 구 : 안사의 난이 일어난 755년 이전의 이십 년간 산림에서 살다. 원결은 난이 일어나기 이십 년 전인 735년(17세)부터 고향 하남 노산(魯山)에서 종형(宗兄)인 원덕수(元德秀)로부터 공부하였고, 750년(32세)부터는 고향의 상여산(商餘山)에 은거하였다.

[39] 泉源(천원) 2구 : 750년(32세) 상여산에 은거하던 때의 정경이다. 원결이 지은 「술거」(述居)에 자세히 서술되어 있다.

[40] 井稅(정세) : 논밭에 부과되는 조세. 『맹자』「등문공」(滕文公)에서 말하는 고대의 정전제(井田制)는 구백 무(畝)의 면적을 지닌 일 리(里)를 일 정(井)이라 하고, 이를 '정'(井)자 모양으로 구 등분하여, 바깥의 팔백 무는 팔 가호에게 사전(私田)으로 경작하고 중앙의 백 무는 공전(公田)으로 삼아 여덟 가호가 공동으로 경작하여 조세로 충당하였다. 여기서는 당대 초기에 시행되었던 호구 당 일정 양을 거두어들인 조용조(租庸調) 세법을 가리킨다.

[41] 遭世變(조세변) : 세상의 변고를 당하다. 755년에 일어난 안사의 난을 가리킨다.

[42] 戎旃(융전) : 군대의 깃발. 전쟁 또는 군대를 의미한다. 원결은 759년 2월 명령을 받아 당주(唐州), 등주(鄧州), 여주(汝州), 채주(蔡州) 등에서 의병을 모집하여 안록산의 반란군과 싸웠다. 이때 오천여 명의 적군을 항복시키고 열다섯 개의 성을 보전하

今來典斯郡,[43]	이번에 이곳 도주에 자사로 왔더니
山夷又紛然.[44]	남만(南蠻)의 오랑캐가 또 분란을 일으켰다
城小賊不屠,	성(城)이 작으니 도적들도 사람을 죽이지 않고
人貧傷可憐.	마을사람들이 가난하니 가련하게 여겼는가 보다
是以陷鄰境,	그리하여 이웃 주현(州縣)은 피해를 보았어도
此州獨見全.	이곳 도주만은 홀로 온전할 수 있었어라
使臣將王命,[45]	조세를 걷는 관리들은 왕명을 받드는데
豈不如賊焉?[46]	어찌 도적만도 못하단 말인가?
今彼徵斂者,	지금 저 징발하고 거둬가는 관리들은
迫之如火煎.	백성을 마치 불로 지지듯 다그치는구나
誰能絶人命,	그 누가 사람의 목숨을 죽이고서
以作時世賢![47]	세상이 칭송하는 현능한 관리가 될 수 있겠는가!
思欲委符節,[48]	생각 같아서는 부절(符節)을 버리고
引竿自刺船.[49]	삿대를 들고 배를 띄우고 싶구나
將家就魚麥,[50]	가족을 데리고 고기 잡고 농사지으며
歸老江湖邊.	강가에서 노년을 보내고 싶어라

였다. 760년에는 형남절도판관(荊南節度判官)이 되었고, 761년에는 구강(九江)의 군대를 통솔하였다. 762년에 휴양을 청하여 비로소 무창의 번상(樊上)에 돌아갔다. 이 구는 이러한 삼사 년간의 군대생활을 가리킨다.

43) 典(전) : 관할하다. ○斯郡(사군) : 이 군(郡). 도주(道州)를 가리킨다.

44) 山夷(산이) : 산 오랑캐. '서원만(西原蠻)'을 가리킨다. 일종의 이민족에 대한 멸칭(蔑稱). ○紛然(분연) : 어지럽다. 여기서는 소란을 일으키다.

45) 使臣(사신) : 조용사(租庸使) 등 중앙에서 파견된 관리를 가리킨다. ○將王命(장왕명) : 왕명을 받들다.

46) 심주 : 통렬하게 자신을 질책하여 직접적인 표현을 꺼리지 않는다.(痛自切責, 不嫌直逸.)

47) 時世賢(시세현) : 당시 세상에서 현능하다고 여기는 관리. 즉 위에서 말하는 징수하고 거두는 징렴자(徵斂者).

48) 符節(부절) : 직위의 신표. 「용릉의 노래」(春陵行) 참조. 委符節(위부절)은 부절을 버린다는 말로, 벼슬을 그만둔다는 의미이다.

49) 刺船(자선) : 삿대로 배를 밀다.

50) 將家(장가) : 가솔을 이끌다. ○就(취) : 종사하다. ○魚麥(어맥) : 물고기를 잡고 보리 농사를 하다.

해설 이 시는 중앙에서 파견 나온 조용사(租庸使) 등 관리들의 조세 독촉이 불로 지지듯 참혹함을 보고, 백성들이 곤궁한 모습을 보고 돌아간 도적보다 못함을 설파하였다. 이러한 상황에서 자신은 백성들을 착취하느니 차라리 직위를 버리고 은거할 뜻을 비쳤다. 764년(46세)에 지었다. 두보는 「용릉의 노래」와 함께 이 시를 지극히 칭찬하였다.

맹무창을 부르며 ─ 서문 붙임(招孟武昌⁵¹⁾有序)

漫叟作「退谷⁵²⁾銘」, 指日: "干進⁵³⁾之客, 不能遊之." 作「杯湖⁵⁴⁾銘」, 指日: "爲人厭者, 勿泛杯湖." 孟士源嘗黜官,⁵⁵⁾ 無情干進, 在武昌, 不爲人厭, 可遊退谷, 可泛杯湖, 故作詩招之.

내가 「퇴곡명」(退谷銘)을 지었으니, "벼슬을 추구하는 사람은 이곳에서 놀 수 없으리"라 말했다. 또 「배호명」(杯湖銘)을 지었으니, "사람들에게 싫증을 주는 사람은 배호에 배를 띄우지 마시라"고 했다. 맹사원(孟士源)은 일찍이 관직에서 물러난 후 벼슬에 뜻이 없으며, 무창에 있으면서 사람들에게 싫증을 주지 않았다. 이에 퇴곡에서 놀 수 있고 배호에서 배를 띄울 수 있으니, 이에 시를 지어 그를 초청한다.

---

51) 孟武昌(맹무창): 맹언심(孟彦深). 자는 사원(士源). 743년 진사 급제. 나중에 무창령(武昌令)을 지냈다. 원결이 762년 무창에 있을 때 맹사원과 수창하였다. 성품이 고결하고 벼슬에 초연하였다. 765년 맹운경(孟雲卿), 초수(焦遂)와 함께 각지를 여행하였고, 도현(陶峴)과 배를 타고 산수를 여행하였다. 현재 시 한 편이 남아있다.

52) 退谷(퇴곡): 무창의 번수(樊水) 서쪽에 있는 계곡 이름.

53) 干進(간진): 벼슬을 도모함.

54) 杯湖(배호): 무창의 번수(樊水) 강가에 있는 호수. 원결의 「배호명」(杯湖銘) 서문에 보면, 배호는 둘레가 1~2리(里) 정도 되는 호수로, 동쪽에는 배준(杯樽), 서쪽에는 퇴곡(退谷), 북쪽에는 번수(樊水), 남쪽에는 낭정산(郎亭山)이 있다고 한다.

55) 黜官(출관): 관직에서 파면되다. 『논어』 「미자」(微子)에 "유하혜는 옥리(獄吏)로 세 번 파면되었다"(柳下惠爲士師, 三黜.)는 말이 있다.

風霜枯萬物,　　　바람과 서리가 만물을 시들게 할 때도

退谷如春時.　　　퇴곡(退谷)은 마치 봄인 듯하고

窮冬涸江海,[56]　　한겨울에 강과 호수가 말라도

杯湖澄清漪.[57]　　배호(杯湖)에는 맑은 물결이 일렁이어라

湖盡到谷口,　　　호수의 끝은 계곡의 입구라

單船近階墀.　　　쪽배를 타면 계단까지 갈 수 있다

湖中更何好?　　　호수에는 특히 무엇이 좋은가?

坐見大江水.　　　큰 강의 강물을 앉아서 바라보는 거라네

欹石爲水涯,[58]　　기울어진 바위가 호숫가에 있고

半山在湖裏.　　　산의 반이 호수 속에 빠져 있구나

谷口更何好?　　　계곡에는 특히 무엇이 좋은가?

絶壑流寒泉.[59]　　깊은 골짜기에 시원한 시내가 흐르는 거라네

松桂蔭茅舍,　　　소나무와 계수나무가 띳집을 덮고

白雲生坐邊.　　　앉아있는 자리에서 흰 구름이 일어나는구나

武昌不干進,[60]　　맹무창(孟武昌)은 벼슬을 도모하지 않고

武昌人不厭.　　　맹무창(孟武昌)은 사람을 지겹게 하시도 않으니

退谷正可遊,　　　퇴곡(退谷)에서 정말로 놀 수 있고

杯湖任來泛.　　　배호(杯湖)에서 마음껏 배를 띄워도 좋으리

湖上有水鳥,　　　호수에 있는 물새는

見人不飛鳴.　　　사람을 보아도 날아가지 않고

谷口有山獸,　　　계곡에 있는 산짐승은

---

56) 窮冬(궁동) : 겨울의 막바지란 뜻으로 한겨울을 말한다.

57) 漪(의) : 잔물결.

58) 欹石(의석) : 기울어진 바위.

59) 絶壑(절학) : 깊은 계곡.

60) 武昌(무창) : 지금의 호북성 무한시의 장강 남안 지역. 장강(揚子江)과 한수(漢水)가
합류하는 곳으로 교통의 요충지였다. 한구(漢口), 한양(漢陽)과 함께 '무한 삼진'(武漢三鎭)이라 하였다. 여기서는 제목에서 말하는 맹무창(孟武昌), 즉 맹언심(孟彦深)
을 가리킨다.

往往隨人行,	종종 사람을 따라 오누나
莫將車馬來,⁶¹⁾	그대 수레를 끌고 오지 말게나
令我鳥獸驚!	새와 짐승들이 놀라지 않도록!

해설 원결은 762년 겨울 형남절도유후(荊南節度留後)의 벼슬을 그만 두고 무창의 번상(樊上)에서 한거하였다. 당시 맹언심(孟彦深)은 무창령(武昌令)으로 두 사람은 자주 시문을 수창하였다. 이 시는 그러한 만남에서 만들어진 부산물이다. 서문에서 이미 맹언심을 초청하는 이유를 들었는데, 벼슬을 도모하지 않고 사람에게 싫증을 주지 않기 때문이라 하였다. 두 사람의 맑은 심성과 우정이 한적하고 아름다운 풍경 속에 선명히 그려졌다.

양계의 이웃들에게 주다(與瀼溪鄰里)⁶²⁾

昔年苦逆亂,⁶³⁾	예전에 반란이 일어나 고생했을 때
擧族來南奔.⁶⁴⁾	온 가족이 남쪽으로 피난갔었지
日行幾十里,	날마다 몇십 리를 내려가다가
愛君此山村.⁶⁵⁾	그대들의 이 산촌을 좋아하였지
峰谷呀回映,⁶⁶⁾	봉우리와 계곡은 넓게 마주보고

---

61) 莫將(막장) 2구: 이 구는 도연명의 「술을 마시며」(飮酒) 제5수 "사람 사는 마을에 초막을 지었으나, 수레와 말이 오가는 소란스러움이 없다"(結廬在人境, 而無車馬喧.)는 뜻을 환기하고 있다. 속인을 데리고 오거나 속기(俗氣)를 가지고 오지 말라는 뜻이 숨어 있다.
62) 瀼溪(양계): 지금의 강서성 구강시 부근 서창현(瑞昌縣) 남쪽에 소재한 강.
63) 逆亂(역란): 반란. 755년에 일어난 안사의 난을 가리킨다.
64) 擧族(거족) 구: 전 가족. 여기서는 의우동(猗玗洞)에서 소집한 2백여 가호를 가리킨다.
65) 此山村(차산촌): 원결이 양계 강가에 거주했던 창성돈(蒼城墩)을 가리킨다. 원결이 지은 「양계명」(瀼溪銘)에 "무술(戊戌)일에 낭생(浪生) 원결은 양계의 강가에 살기 시작하였다"(戊戌, 浪生元結始浪家瀼溪之濱.)고 하였다.

誰家無泉源?	집집마다 우물물이 흐르고 있었지
修竹多夾路,	높은 대나무들은 길을 끼로 서있고
扁舟皆到門.	조각배는 모든 집의 문까지 닿았지
瀼溪中曲濱.[67]	양계(瀼溪)의 휘돌아가는 강가에
其陽有閑園.[68]	그 북안에는 한적한 밭이 펼쳐있었지
鄰里昔贈我,	이웃들은 예전에 이 밭을 나에게 주었고
許之及子孫.	자손들도 일할 수 있게 하였어라
我嘗有匱乏,	내가 일찍이 물자가 부족할 때
鄰里能相分.	이웃들은 나에게 떼어줄 수 있었어라
我嘗有不安,	내가 일찍이 불편한 점이 있을 때
鄰里能相存.[69]	이웃들은 나에게 안부를 물었어라
斯人轉貧弱,[70]	그때의 사람들은 점점 가난하고 쇠약해졌으며
力役非無冤.[71]	힘든 노역에 원망이 일어났구나
終以瀼濱訟,[72]	끝내는 양계 사람의 어려움을 호소하여
無令天下論.	원망의 말이 없게 하리라

평석 도화원을 가정하여 말하면 양계는 진실로 태고의 마을이다. 그런데 갑자기 가난하고 쇠퇴해졌으니 어찌 소송과 호소가 없겠는가(桃花源乃設言, 瀼溪眞太古也. 而忽使之貧弱, 能毋爲之訟冤乎?)

해설 원결은 안사의 난이 일어나자 756년(38세) 의우동(猗玗洞)으로 피난하

---

66) 呀回(하회) : 하활(呀豁)과 유사한 뜻으로 보인다. 깊고 넓은 모습.
67) 中曲濱(중곡빈) : 굽이진 물가의 중간.
68) 陽(양) : 강의 북안(北岸). 강의 북안을 양(陽)이라 하고 남안을 음(陰)이라 한다.
69) 相存(상존) : 서로 안부를 묻다.
70) 斯人(사인) : 이 사람들. 양계의 이웃.
71) 力役(역역) : 노역.
72) 終以(종이) 구 : 결국 양계 사람들의 원망을 해소하겠다는 뜻이다.

였다가 그곳에서 이웃 이백여 가구를 이끌고 양양(襄陽)으로 갔다. 758년 다시 이웃들을 이끌고 강주(江州, 지금의 강서성 구강시)의 양계(瀼溪)로 내려 갔다. 일 년 후 장안으로 가서 우금오병조(右金吾兵曹), 산남동도절도참모 (山南東道節度參謀), 감찰어사(監察御史), 형남절도판관(荊南節度判官) 등을 역 임하고, 761년에는 판관으로 구강(九江)의 군대를 통솔하게 되었다. 이때 구강의 양계(瀼溪)에 다시 가게 된다. 이 시는 삼 년 전 양계에 살게 된 경과와 양계 사람들의 우호적인 마음을 서술하고, 말미에서 그들이 가난 하고 어렵게 된 상황을 묘사하였다.

양계의 친구들에게 내심을 알리며(喩瀼溪鄕舊遊)[73]

往年在瀼濱,	예전에 양계 강가에 살 때
瀼人皆忘情.[74]	양계 사람들 모두 스스럼 없었지
今來遊瀼鄕,	지금 다시 양계 마을에 놀러 오니
瀼人見我驚.[75]	양계 사람들이 나를 보고 두려워하네
我心與瀼人,[76]	양계 사람에 대한 나의 마음에
豈有辱與榮?	어찌 욕됨과 자랑이 있으리오?
瀼人異其心,	양계 사람들의 마음이 달라진 건
應爲我冠纓.[77]	분명 내가 관리가 되었기 때문이리라
昔賢惡如此,	고대의 현인들이 이런 상황을 싫어하여
所以辭公卿.	벼슬아치 되기를 꺼려하였다지

---

73) 喩(유) : 알리다. 고백하다. ○ 舊遊(구유) : 예전에 사귀었던 친구들.
74) 忘情(망정) : 희로애락의 감정이 없다는 뜻이지만, 여기서는 감정이 완전하게 융합되어 피차간의 구별이 없다는 뜻으로 쓰였다.
75) 驚(경) : 놀라다. 여기서는 두려워하다.
76) 與(여) : 대하다.
77) 冠纓(관영) : 관의 끈. 갓끈. 관리를 가리킨다.

貧窮老鄉里,　　　　빈궁하여도 향리에서 늙어가며

自休還力耕.[78]　　관직을 그만 두고 힘써 경작하고 싶구나

況曾經逆亂,　　　　하물며 난리를 겪어

日夜聞戰爭.　　　　밤낮으로 전쟁 소식이 들려오는 걸

尤愛一溪水,　　　　더구나 이 양계를 좋아한 것은

而能存讓名[79]　　그 이름에 겸양의 뜻이 있기 때문

終當來其濱,[80]　　종국에는 이 강가에 와서

飲啄全此生.[81]　　먹고 마시며 여생을 마치리라

평석 얼마나 뛰어난 마음인가. 권세 높은 관리들에게 읽게 하지 못함이 아쉽다.(何等胸次, 惜不令熱官一讀之.)

해설 761년 삼 년 만에 양계에 갔을 때, 마을 사람들이 작자의 지위 때문에 소원하게 대하는 걸 보고 아쉬움을 표현하였다. 이러한 모순을 해결하는 방법으로 작자는 관직에서 내려와 백성들과 친해지려고 하였다.

---

78) 自休(자휴) : 스스로 관직을 그만두다. 휴치(休致)의 뜻.

79) 讓(양) : 양보하다. 겸양. 이구는 양계(瀼溪)의 '양(瀼)'자가 겸양의 '양(讓)'을 환기한다는 뜻이다. 원결은 「양계명」(瀼溪銘) 서문에서 "양계는 겸양이라고 할 수 있다. 겸양은 군자의 도이다(瀼溪, 可謂讓矣; 讓, 君子之道也.)라고 하였다.

80) 終當(종당) : 결국.

81) 飲啄(음탁) : 먹고 마심. 이 말은 『장자』 「양생주」(養生主)에 "연못의 꿩은 열 걸음마다 모이를 쪼고 백 걸음마다 물을 마시며, 울타리 안에서 길러지기를 원치 않는다"(澤雉十步一啄, 百步一飲, 不蕲畜乎樊中.)에 기원하였다. 그러므로 음탁(飲啄)은 자유로운 생활을 비유한다.

대회의 중간에서(大回[82]中)

樊水欲東流,[83]	번수(樊水)가 동으로 흘러가는데
大江又北來.	장강이 다시 북에서 흘러온다
樊山當其南,[84]	번산(樊山)이 그 남쪽을 막고 있으니
此中爲大回.	그 가운데가 대회(大回)가 된다
回中魚好遊,	대회의 중간에는 고기가 놀기 좋고
回中多釣舟.	대회의 중간에는 낚싯배가 많아라
漫欲作漁人,[85]	나는 어부가 되고자 하니
終焉無所求.[86]	끝내 아무 것도 구하지 않으리

해설 762년 겨울 형남절도유후(荊南節度留後)를 그만 두고 무창(武昌)의 번상(樊上)에서 한거할 때 쓴 시이다. 이 시는 아무렇게나 지어보았다는 뜻의 「만가」(漫歌) 8수 가운데 제3수이다. 대회(大回)의 위치와 특징을 서술하고 은거하여 어부가 되고자 하는 뜻을 표현하였다.

---

82) 大回(대회) : 번구(樊口)라고도 한다. 무창현 서북의 과자호(果子湖)가 장강으로 들어가는 곳.

83) 樊水(번수) : 한계(寒溪)라고도 한다. 무창 번산(樊山)의 동쪽에 소재한 강. 원결의 집이 강가에 있었다.

84) 樊山(번산) : 원산(袁山) 도는 번강(樊崗)이라고도 한다. 무창에 소재한 산.

85) 漫(만) : 원결 자신을 지칭하는 호칭. 『신당서』「원결전」(元結傳)에 보면 "나중에 양계에 살았는데, 자칭하여 낭사(浪士)라고 하였다"(後家樊上, 乃自稱浪士.)는 말이 있고, 자신의 호를 만랑(漫浪) 또는 만수(漫叟)라고 하였다. 漫(만)은 '제멋대로', '자유롭게'라는 뜻으로 자신의 처세 철학이 담겨 있으며, 이를 시문 중에 그대로 씀으로써 중의적인 뜻을 나타내었다

86) 終焉(종언) : 끝나다. 죽다.

선비의 노래(賤士吟)[87]

南風發天和,[88]	남풍이 온화한 기운을 실어오니
和氣天下流.	조화로운 기운이 천하에 흘러라
能使萬物榮,	초목과 오곡을 무성히 자라게 하지만
不能變羈愁.[89][90]	떠도는 나의 시름을 풀어주진 못하네
爲愁亦何爾,	근심하는 이유는 무엇인가
自請說此由:	스스로 그 이유를 말해 보리라
謟競實多路,[91]	다투어 아첨하는 방법이 진실로 다양하고
苟邪皆共求.[92]	모두가 이익 때문에 편법을 추구해서라네
嘗聞古君子,[93]	일찍이 고대 군자의 말을 들으니
指以爲深羞.	아첨을 가리켜 큰 부끄러움이라 했었지
正方終莫可,	나의 바르고 곧음이 결국 받아들여지지 않는다면
江海有滄洲[94]	저 멀리 은사들이 사는 강가로 가리라

---

87) 賤士(천사) : 아직 관직에 나가지 않은 지식인.

88) 南風(남풍) : 남쪽에서 불어오는 바람. 여기서는 순 임금이 지었다는 「남풍의 노래」(南風歌)를 환기한다. "훈훈한 남풍이여, 우리 백성의 원망을 풀어줄 수 있다네. 때맞춰 부는 남풍이여, 우리 백성의 재산을 쌓아줄 수 있다네"(南風之薰兮, 可以解吾民之慍兮. 南風之時兮, 可以阜吾民之財兮.) ○ 天和(천화) : 천지의 조화롭고 부드러운 기운. 『회남자』「숙진훈」(俶眞訓)에 "음식을 먹고 놀며 배를 두드리고 즐거워하며, 온화한 하늘의 기운을 입고, 풍요로운 땅의 혜택을 먹는다"(含哺而遊, 鼓腹而熙, 交被天和, 食於地德.)는 말이 있다.

89) 심주 : 위 열 자는 맹교도 쓸 수 있다.(十字孟郊亦能道之.)

90) 羈愁(기수) : 여수(旅愁)와 같다. 떠도는 사람의 시름과 걱정. 위의 「남풍의 노래」에 대한 상대어로 쓰였다.

91) 謟競(첨경) : 다투어 아첨하다.

92) 苟邪(구사) : 사악한 일을 하며 눈앞의 이익을 도모하다.

93) 嘗聞(상문) 2구:『맹자』「등문공」(滕文公)에 "증자는 '어깨를 구부리고 아첨하여 웃는 것은 여름에 밭을 매는 것보다 힘들다'고 말했다"(曾子曰: '脅肩諂笑, 病于夏畦.')는 등의 말을 가리킨다.

94) 滄洲(창주) : 강가 또는 바닷가를 의미하며 흔히 은사가 지내는 곳을 가리킨다. 양웅(揚雄)의 「격령부」(檄靈賦)에 "세상에 황공(黃公)이란 사람이 있었는데, 창주(滄洲)에서 살며 정신을 함양하고 도(道)와 더불어 놀았다"(世有黃公者, 起於滄州, 精神養

해설 아부와 편법이 난무하는 관료 세계를 보고, 은거를 생각하는 선비의 심정을 묘사하였다. 751년(33세) 유가(儒家)의 시교(詩敎) 정신에 입각하여 지은 「계악부」(系樂府) 12수 가운데 제4수이다. '계악부'(系樂府)는 『시경』과 한대 악부 이래의 '고대의 악부의 전통을 계승한다'는 뜻으로 보인다. 서문(序文)은 다음과 같다. "천보 연간 신미년(신묘년의 와전, 751년)에 나 원결은 이전에 탄식하던 것을 시 12편으로 지었는데, 각기 내용을 고려하여 제목을 붙였고, 전체 제목을 '계악부'(系樂府)라 하였다. 고대 사람들은 노래와 시로 자신의 감정과 심성을 표현하지 못하면 종과 경쇠 등 음악의 연주로써 모두 표현하였으니, 그 기쁨과 원망이 더욱 절실하였다! 기쁨과 원망의 소리를 모두 표현함으로써 상층 사람에게는 느끼게 하고 하층 백성에게는 감화하게 하였다. 그러므로 나 원결은 이를 이어 받아 계승하고자 한다."(天寶辛未中, 元子將前世嘗可稱歎者爲詩十二篇, 爲引其義以名之, 總名曰系樂府. 古人歌詠不盡其情聲者, 化金石以盡之, 其歡怨甚耶戲! 盡歡怨之聲者, 可以上感於上, 下化於下, 故元子系之.) 여기서는 본 작품 이하 모두 4수를 뽑았다. 원결이 고향의 상여산에 은거하고 있을 때 지었다.

농사 담당관의 원망(農臣怨)[95]

農臣何所怨,	농사 담당관이여, 그대 무슨 원망 있길래
乃欲干人主.[96]	임금을 만나보려 애쓰는가
不識天地心,[97]	천지의 마음이 무엇인지 모르지만
徒然怨風雨.	부질없이 바람과 비를 원망하였습니다

性, 與道浮遊.)라 하였다.

95) 農臣(농신) : 농사 업무를 담당하는 관리.

96) 干(간) : 구하다. ○ 人主(인주) : 임금.

07) 天地心(천지심) · 하늘과 땅의 적막하고 움직이지 않는 것. 『주역』「복」(復)괘에 "복(復)에서 그 천지의 마음을 본다"(復, 其見天地之心乎.)는 말이 있다.

將論草木患,	초목의 피해를 논하고
欲說昆蟲苦.	곤충의 해를 호소하려고
巡廻宮闕傍,	궁문과 궐문 옆을 돌아다녀도
其意無由吐.	그 뜻을 토로할 방도가 없습니다
一朝哭都市,	아침에 도성의 저자에서 통곡하다
淚盡歸田畝.	눈물이 다 마르자 고향 밭으로 돌아갑니다
謠頌若採之,⁹⁸⁾	정부에서 만약 민요를 수집한다면
此言當可取.	이 말을 응당 채집하여야 하리라

해설 「계악부」(系樂府) 12수 가운데 제9수이다. 농민이 고충과 원망이 있어도 호소할 방도가 없음을 표현하였다. 첫 2구는 농사담당관의 말을 이끌어내기 위해 설문(設問)하였으며, 제3구부터 제10구까지는 농사담당관의 호소이다.

가난한 아낙의 말(貧婦詞)

誰知苦貧夫,⁹⁹⁾	누가 알아주랴, 곤궁하고 가난한 남편에게
家有愁怨妻.	집에는 근심하고 원망하는 아내가 있음을
請君聽其詞,	그대 아낙의 말 좀 들어보소
能不爲酸悽!	어찌 쓰리고 슬프지 않을 수 있겠소!

---

98) 謠頌(요송) : 민요. 여기서는 민간의 가요를 채집하는 악부 등 정부의 민원 채납 기관을 가리킨다. 서주(西周) 때는 민간 가요를 채집하는 채시관(采詩官)이 있었다고 하며, 한대(漢代)에는 민간의 가요를 모으는 악부가 있었다. 『한서』「예문지」(藝文志)에 "고대에 시를 채집하는 관리가 있어, 왕이 풍속을 관찰하고, 정치의 득실을 알고, 스스로 바로잡기 위한 수단이 되었다"(古有采詩之官, 王者所以觀風俗, 知得失, 自考正也.)고 하였다.

99) 苦貧(고빈) : 가난에 괴로워하다. 또는 곤고하고 빈궁하다로 풀이할 수 있다.

所憐抱中兒,	가여운 건 안고 있는 아이가
不如山下麑.[100]	산 아래의 사슴 새끼보다 못하다는 점
空念庭前地,	공연히 마당 앞의 땅을 바라보니
化爲人吏蹊.[101]	관리가 조세 독촉에 오가며 샛길이 생겼소
出門望山澤,	문을 나서 산과 연못을 바라보다가도
回頭心復迷.	머리를 돌려 보면 마음이 다시 어지러워
何時見府主?[102]	어느 때 태수님을 만나보고
長跪向之啼.[103]	무릎 꿇고 울며 호소할 수 있겠소?

평석 아마도 태수가 응하지 않을 터인데 울어 무슨 소용 있으랴(只恐府主不應, 啼亦何益!)

해설 「계악부」(系樂府) 12수 가운데 제6수이다. 당시 가난한 집안의 상황을 아낙을 통해 호소하였다. 곤궁한 상황의 이유로 '관리가 오가며 만들어진 샛길'(人吏蹊)이라 하여 가혹한 조세의 징수를 비판하였다.

장수하신 어르신의 흥취(壽翁興)

借問多壽翁,	장수하신 여러 어르신께 여쭈오니
何方自修育?[104]	어떤 방법으로 수양하셨는지요?

---

100) 麑(예): 麛(미)와 같다. 사슴 새끼. 『예기』「곡례」(曲禮)에 "선비는 사슴 새끼와 알을 취하지 않는다"(士不取麛卵)는 말이 있다. 이 구는 사슴 새끼는 보호를 받지만 사람의 자식은 그러하지 못함을 대비하여 말하였다.

101) 蹊(혜): 지름길.

102) 府主(부주): 부현(府縣)의 장관. 태수나 자사(刺史)를 가리킨다.

103) 長跪(장궤): 엉덩이를 들고 허리를 편 채 무릎을 꿇은 자세. 한대에는 이러한 자세로 경의를 표시하였다. 동한의 고시 「산에 올라 궁궁이를 뜯고」(上山采蘼蕪)에 "무릎 꿇고 공손히 옛 남편에 물었네"(長跪問故夫)란 말이 있고, 「장성 아래 샘에서 말에 물 먹이며」(飲馬長城窟行)에서도 "무릎을 꿇고 앉아 비단 편지 읽으니"(長跪讀素書)란 말이 있다.

惟云順所然,[105]	말씀은 한 가지, 사물에 순응하며
忘情學草木.[106]	초목처럼 감정을 버리고 욕망을 절제하는 일이라네
始知世上術,[107]	세상을 살아가는 방도를 알았으니
勞苦化金玉.	힘써 노력하면 황금과 보옥이 된다네
不見充所求,	욕망을 채우는 걸 보지 말고
空聞恣耽欲.[108]	향락을 누리는 걸 듣지 말기를
淸和存王母,[109]	맑고 온화한 마음속에 서왕모(西王母)가 있으니
潛濩無亂黷.[110]	마음을 가라앉히되 거만해선 안 되리라
誰正好長生,	장생하고자 하는 사람이라면
此言堪佩服.[111]	이 말을 마음속에 깊이 새겨야 하리라

평석 천지의 자연스러움을 따르면 절로 장수할 수 있다. "忘情學草木"(망정학초목) 다섯 자

---

104) 修育(수육) : 수양하고 기르다.

105) 順(순) : 자연과 사물에 순응하다. ○所然(소연) : 所以然(소이연)의 준말. '이와 같은 이유이다'.

106) 忘情(망정) : 희로애락의 감정에 움직이지 않다. 이 구와 유사한 내용이 원결의 「술명편」(述命篇)에 있다. "선생이 밀했다. '평심(平心)은 시비(是非)를 바로잡을 수 있고, 망정(忘情)은 유무(有無)를 없앨 수 있는데 그대는 무엇을 먼저 하겠는가? 이에 대답했다. '먼저 망정하기를 바랍니다.' 선생이 말했다. '그대는 풀과 나무를 보았는가? 그대는 하늘과 땅을 보았는가? 초목은 마음이 없고 천지는 정이 없어도 사시가 절로 변화고 비와 이슬이 때 맞춰 내린다네. (…중략…) 망정은 응당 초목에게서 배워야한다네.'"(先生曰 : "夫平心能正是非, 忘情能滅有無, 子何先焉?" 曰 : "請先忘情." 先生曰 : "子見草木乎? 子見天地乎? 草木無心也, 天地無情也, 而四時自化, 雨露自均, (…중략…) 忘情當學草木.)

107) 世上術(세상술) : 인간 세상의 진리. 세상을 살아가는 방도.

108) 耽欲(탐욕) : 기호와 욕심에 지나치게 빠지다.

109) 淸和(청화) : 맑고 온화한 마음. ○王母(왕모) : 서왕모(西王母). 신화 속에 나오는 여신으로, 신선들의 여왕에 해당하며, 장생불사의 약을 가진 것으로 알려졌다. 『산해경』(山海經)에는 사람 얼굴, 호랑이 이빨, 표범 꼬리를 한 괴이한 형상으로 나오며, 『목천자전』(穆天子傳)에는 주 목왕(周穆王)을 불러 주연을 즐기는 신선으로 나온다. 또 『한 무제 이야기』(漢武故事)에서는 한 무제(漢武帝)를 찾아가 장생불사할 수 있는 복숭아인 반도(蟠桃)를 준다.

110) 潛濩(잠호) : 깊은 흐름. ○亂黷(난독) : 거만하고 무례하다.

111) 佩服(패복) : 몸에 차거나 지님. 마음에 새겨 잊지 않음.

는 진실로 『장자』 「장생주」이다.(順天地之自然, 自能多壽. '忘情'五字, 洵爲養生主也.) ○ 심약(沈約)의 시에 나오는 "어찌 마음이 도를 좋아해서였겠는가, 다만 뜻을 끝없이 추구해서라네"와 "욕망을 채우는 걸 보지 말고, 향락을 누리는 걸 듣지 말기를" 2구는 서로 호응한다.(隱侯公詩"寧爲心好道, 直由意無窮", 與"不見充所求"二語, 可以互證.)

해설 「계악부」(系樂府) 12수 가운데 제8수이다. 이 시는 장수한 어르신의 경험을 소개하는 방식으로, 과욕을 거두고 사물에 순응하라는 내용을 표현하였다. 나아가 당시 세력가들의 무절제한 생활에 대한 비판을 곁들이고 있다.

심천운(沈千運)

평석 원결이 심천운의 시에 서문을 쓰면서 "시류와 세속에서 홀로 뛰쳐나와 침윤된 세태를 강력히 물리쳤다"고 하였는데 칭송한 바가 깊다.(元次山序其詩, 謂"獨挺於流俗之中, 强攘於已溺之後", 推服者深.)

느낀 바가 있어 동생들에게(感懷弟妹)[1]

今日春氣暖,	오늘은 봄기운이 따뜻하여
東風杏花坼.[2]	동풍이 불어와 살구꽃을 틔웠구나
筋力久不如,	근력이 예전만 못하여

---
1) 弟妹(제매) : 남동생과 여동생.
2) 坼(탁) : 터지다. 꽃이 피다.

欲羨澗中石.	계곡의 바위를 부러워하네
神仙杳難準,	신선술은 아득하여 따르기 어렵고
中壽稀滿百.[3]	오래 산다고 해도 백 살을 채우기 드물어
近世多夭傷,	요즘에는 요절하는 사람이 많은데
喜見鬢髮白.	살쩍이 하얗도록 살게 됨을 기뻐하네
杖藜竹樹間,[4]	대나무 숲 사이에서 지팡이를 짚고
宛宛行舊跡.[5]	예전에 다녔던 구불구불한 길을 걷는다
豈知林園主,	어찌 알았으랴, 정원의 주인이
却是林園客![6]	이제는 도리어 정원의 손님이 되었음을!
兄弟可存半,	형제는 반 수 정도가 살아남았는데
空爲亡者惜.	부질없이 망인을 그리워하노라
冥冥無再期,[7]	아득하여라, 다시 만날 기약이 없으니
哀哀望松柏.[8]	슬퍼라, 무덤 옆의 소나무와 측백을 바라본다
骨肉能幾人?	골육은 이제 몇이나 남았는가?
年大自疎隔.	나이가 많아지면 드물고 멀어진다네
性情誰免此,	나의 마음은 비록 이러지 않으나
與我不相易.[9]	나라고 어찌 달라지지 않겠는가

---

3) 中壽(중수): 중간 등급의 장수. 『좌전』'소공 3년'조에 나오는 '삼로'(三老)에 대해, 공영달(孔穎達)은 "상수는 백 살 이상, 중수는 구십 살 이상, 하수는 팔십 살 이상"(上壽百年以上, 中壽九十以上, 下壽八十以上.)이라고 주석하였다.

4) 杖藜(장려): 명아주 지팡이, 또는 지팡이를 짚다.

5) 宛宛(완완): 구불구불 휘어진 모양.

6) 심주: 달관한 사람에게는 이같이 넓은 심회가 있다. 천 년 동안 심란한 마음을 이처럼 토해낸 사람이 없다.(達人有此曠懷, 千古憒憒, 無人吐出.)

7) 冥冥(명명): 여러 가지 뜻이 있으나, 여기서는 아득히 먼 모양.

8) 松柏(송백): 소나무와 측백나무. 고대에는 무덤 곁에 이들 나무를 많이 심었다. 동한 말기 중장통(仲長統)의 『창언』(昌言)에서 "고대에 장사지낸 사람들은 소나무, 측백나무, 오동나무 등으로 무덤을 표시하였다"(古之葬者, 松柏梧桐以識墳也.)고 하였다. '고시십구수' 가운데 「수레를 몰아 상동문을 나가」(驅車上東門)에도 "묘도(墓道) 양쪽엔 소나무와 측백나무가 서있다"(松柏夾廣路)는 말이 있다.

9) 與我(여아) 구: 다른 판본에는 "而我何不易"(이아하불이)라 되어 있어 이를 따라 번

唯念得爾輩,	오로지 생각하는 것은 너희들
時看慰朝夕.10)	때때로 보며 아침저녁으로 위로 받는 것
平生茲已矣,11)	일생이 여기에서 끝난다
此念盡非適.	이 생각은 모두 옳지 않으리

해설 『전당시』(全唐詩)에서는 제목 아래 "어떤 판본에는 「여수(汝水) 강가에서 동생들에게 보임」(汝墳示弟妹)"이라 되어 있다. 시에 보면 근력이 약하고 살쩍이 보일 때이니 심천운이 거의 쉰 살 무렵이 되었을 때일 것이다. 장적(張籍)의 「심천운의 옛집」(沈千運舊居)이란 시에서 "여수(汝水) 북안 군자의 집"(汝北君子宅)이라며 이곳을 묘사하였다.

산중에서 지음(山中作)

棲隱非別事,	은거는 특별한 일이 아니니
所願離風塵.12)	풍진 세상에서 멀리 있길 바랐네
不辭城邑遊,	도시에서 멀리 떠나지 않으면
禮樂拘束人.13)	예악(禮樂)이 사람을 구속한다네
邇來歸山林,14)	최근에 산림으로 돌아오니
庶事皆吾身.	모든 일이 내 몸에 달려 있네

역하였다.

10) 朝夕(조석) : 아침저녁으로. 때때로. 자주.
11) 已矣(이의) : 감탄사. 끝났구나!『논어』「자한」(子罕)에 "봉황도 오지 않고, 하도(河圖)도 나오지 않으니 나의 일생도 거의 끝났도다!"(鳳鳥不至, 河不出圖, 吾已矣夫!)란 말이 있다.
12) 風塵(풍진) : 바람과 먼지. 세속이나 관료 사회를 가리킨다.
13) 禮樂(예악) : 예절과 음악. 중국의 고대왕조에서는 예절과 음악을 수단으로 하여 사회 위계질서를 나누고 동시에 이를 통합하려고 하였다. 여기서는 예교(禮敎)라는 개념과 같은 의미 범주로, 사회의 여러 가지 신분제도와 인관 관계를 가리킨다.
14) 邇來(이래) : 그때부터. 요즈음.

何者爲形骸?[15]	몸이 무엇인지 느껴지지 않을 만큼 자유롭고
誰是智與仁?	누가 지혜롭고 누가 인자한지 모르겠어라
寂寞了閑事,	세상이 적막하여 마침내 한가하니
而後知天眞.[16]	비로소 천진(天眞)함을 알겠노라
咳吐矜崇華,[17]	사람들이 내뱉는 담론은 화려함을 숭상하고
迂俯相屈伸,[18][19]	서로 소심하게 굽실거리며 처세한다
何如巢與由,[20]	소부(巢父)와 허유(許由) 같은 사람은 어떠한가?
天子不得臣!	천자가 신하로 삼을 수 없다네!

해설 심천운이 몇 년간 복양(濮陽)에 거주할 때 쓴 시이다. 이때는 750년 무렵 50세가 거의 다 되었을 때로, 그전에 친구인 고적이 복양에서 「'환산음'을 제목으로 하여—심사 산인을 보내며」(賦得還山吟, 送沈四山人)를 지어주기도 하였다. 이후 심천운은 곧 가족이 있는 여분(汝墳)으로 갔다. 이 시는 깊은 산 속에서 은거하며 살아가는 모습을 형상화하였다. 본성을 닦는 은거 생활을 예악과 제도에 구속되는 세속과 대비하였다.

---

15) 形骸(형해) : 사람의 몸. 이 구는 몸과 마음이 편하고 자연스러워 몸이 있다는 사실을 잊어버릴 정도라는 뜻.

16) 天眞(천진) : 자연의 본성으로 세속에 구애받지 않는 품성. 기본 개념은 『장자』 「어부」(漁父)에 잘 제시되었다. "예절은 세속이 만든 것이요, 진성(眞性)은 자연에서 받은 것으로, 자연은 변하지 않소. 그러므로 성인은 자연에서 본받고 진성을 귀히 여기며 세속에 구속되지 않소."(禮者, 世俗之所爲也; 眞者, 所以受於天也, 自然不可易也. 故聖人法天貴眞, 不拘於俗.)

17) 咳吐(해토) : 말. 담론.

18) 심주 : 구애받는 모습을 극도로 묘사하였다.(極狀拘束意.)

19) 迂俯(우부) : 돌아가고 구부리다. 행동과 생각이 진부하고 소심하다. ○ 屈伸(굴신) : 굽힘과 폄.

20) 巢與由(소여유) : 소부(巢父)와 허유(許由). 요(堯)시대의 두 은사. 소부는 나무 위에 둥지를 틀고 살았기에 소부(巢父)라 하였으며, 요 임금이 천하를 선양하려 했지만 거절하였다. 허유는 요 임금이 천하를 양보하자 영수(潁水)의 물가에 가서 귀를 씻었다고 한다.

사수문에게(贈史修文)[21]

故人阻千里,	친구와 천 리 멀리 떨어져 있다가
會面非別期.[22]	다시 만나니 약속한 날이 한창 지났어라
握手於此地,	이곳에서 손을 마주 잡으니
當歡返成悲.	응당 기뻐해야 하거늘 오히려 슬퍼지네
念離宛猶昨,	지난 날을 생각하니 완연히 어제와 같은데
俄已經數期.[23]	잠시 사이에 여러 번의 약속이 지나가버렸네
疇昔皆少年,[24]	예전에는 모두 청년이었는데
別來鬢如絲.	헤어진 후 살쩍이 흰 실 같으이
不道舊姓名,	예전의 이름을 말하기 전에
相逢知是誰.	만나자마자 누군지 알았어라
曩遊盡騫翥,[25]	예전에 놀던 친구들은 모두 승진하였는데
與君仍布衣.[26]	그대와 나만이 여전히 베옷을 입고 있구나
豈曰無其才?	어찌 그대가 재주 없다 할 수 있겠는가?
命理應有時.[27]	운명은 응당 때가 있으리라
別路漸欲少,	헤어지는 갈림길이 점점 가까이 다가오니
不覺生涕洟.[28]	저도 모르게 눈물과 콧물이 넘치는구나

---

21) 史修文(사수문) : 심천운의 친구. 시의 내용으로 보아 어렸을 때 함께 공부했으나 관직에 나가지 못하였다.

22) 別期(별기) : 헤어지기로 한 날. 뜻이 통하지 않으므로 『문원영화』(文苑英華)에 따라 '前期(전기)로 하여 해석하였다. 전기(前期)는 만나기로 약속한 날. 이 구는 정해진 날을 넘겨 훨씬 나중에 만났다는 뜻.

23) 俄(아) : 갑자기. 잠시. ○ 數期(수기) : 여러 차례의 약속.

24) 疇昔(주석) : 예전.

25) 曩遊(낭유) : 예전에 함께 놀던 친구들. ○ 騫翥(건저) : 날아오르는 모양. 여기서는 지위가 오른다는 뜻으로 쓰였다.

26) 布衣(포의) : 베옷을 입은 사람. 즉 관직이 없는 사람.

27) 命理(명리) : 운명. 하늘이 내려준 정해진 운명과 자연의 이치.

28) 涕洟(체이) : 눈물과 콧물을 흘리며 울다.

해설 옛 친구 사수문(史修文)을 만난 감회를 썼다. 젊어서 함께 공부하였다가 살쩍이 반백이 되어서야 만나게 되니 불시에 일어나는 감회가 적지 않은데, 금방 다시 헤어지게 되니 아쉬움도 컸다. 친구를 위로하는 말로 "운명은 응당 때가 있으리라"(命理應有時)고 하여 비록 나약한 위안이지만 깊은 마음을 실었다.

맹운경(孟雲卿)

고악부 만가(古樂府輓歌)¹⁾

草草閭巷喧,²⁾	분주한 마을 골목길이 시끄러운데
塗車儼成位.³⁾	도거(塗車)는 가지런히 자리를 잡았네
冥冥何所須?⁴⁾	어두운 저승에서 무엇이 필요하리?
盡我生人意.⁵⁾	모두가 우리들 살아있는 사람의 생각이라네
北邙路非遙,⁶⁾	북망산 가는 길이 멀지 않으니
此別終天地.⁷⁾	여기서 이별하니 천지가 함께 끝나는구나

---

1) 古樂府(고악부) : 한대 악부. 여기서는 고악부의 시풍으로 썼다는 뜻이다. ○ 輓歌(만가) : 상여를 들고 나갈 때 망자를 애도하며 부르는 노래. 한대 악부 중에 〈해로〉(薤露)와 〈호리〉(蒿里) 등의 만가가 있다.
2) 草草(초초) : 총망하고 바쁜 모양. ○ 閭巷(여항) : 마을. 향리.
3) 塗車(도거) : 진흙으로 만든 수레 모양의 기물로, 무덤에 묻는 명기(明器)의 하나이다. ○ 儼(엄) : 질서 있고 가지런한 모양. ○ 成位(성위) : 위치를 정하다.
4) 冥冥(명명) : 사람이 죽은 후에 간다고 하는 저승세계. ○ 須(수) : 필요하다. 쓰다.
5) 生人(생인) : 살아있는 사람.
6) 北邙(북망) : 북망산. 낙양의 북쪽에 있는 낮은 언덕으로, 풍수 명당 자리여서 한대(漢代)와 진대(晉代)에 왕후장상(王侯將相)들이 여기에 많이 묻혔다. 나중에는 묘지를 가리킨다.

臨穴頻撫棺,	묘혈 앞에서 자주 관을 어루만지고
至哀反無淚.[8][9]	애통함이 지극하여 오히려 눈물도 나지 않네
爾形未衰老,[10]	너의 몸은 아직 늙지 않았고
爾息猶童稚.[11]	너의 자식은 아직 어린데
骨肉安可離?	골육과 차마 헤어지기 어려워
皇天若容易.[12]	하늘도 마치 빛을 잃은 듯하여라
房帷卽靈帳,[13]	방의 휘장은 영장(靈帳)이 되었고
庭宇爲哀次.[14]	정원은 빈소가 되었어라
薤露歌若斯,[15]	〈해로〉(薤露) 노래에 이런 가사 있었으니
人生盡如寄.[16]	인생은 잠시 머물다 가듯 빠르다고

해설 한대의 〈해로〉(薤露)와 〈호리〉(蒿里) 같은 만가를 참고하여, 악부풍
으로 지은 만가이다. 사람의 죽음 앞에 드러나는 감정은 모든 수사를 배

7) 終天地(종천지) : 천지가 함께 끝나다. 백거이(白居易)의 「사고의 죽음에 곡하며」(哭
師皐)에서도 "그대와 여기에서 영결하니 천지가 함께 끝나는구나"(與君此別終天地)
라는 표현이 있다.
8) 심주 : 뼈에 사무치듯 표현이 지극하다.(入骨語.)
9) 至哀(지애) : 정도가 가장 높은 비애. 지극한 슬픔.
10) 爾形(이형) : 너의 몸.
11) 爾息(이식) : 너의 자식.
12) 皇天(황천) : 하늘에 대한 경칭. ○容易(용역) : 모습이나 빛깔을 바꾸다. 여기서는 하
늘빛이 달라지다.
13) 靈帳(영장) : 영구를 안치한 곳 주위를 둘러친 휘장.
14) 哀次(애차) : 애도하고 위문하기 위해 임시로 만든 처소. 次(차)는 임시로 묵는다는 뜻.
15) 薤露歌(해로가) : 해로(薤露)는 염교 위의 이슬. 염교의 곧게 자란 줄기에 얹힌 이슬
을 말한다. 해로가(薤露歌)는 한대 왕공과 귀인의 장송곡인 〈해로〉(薤露)를 가리키
는데 현존하는 가사는 다음과 같다. "염교 잎의 이슬, 얼마나 쉽게 마르나? 이슬은
마르면 내일 아침 다시 내리는데, 사람은 죽어 한 번 가면 언제 다시 돌아오나?"(薤
上露, 何易晞? 露晞明朝更復落, 人死一去何時歸?)
16) 寄(기) : 잠시 머물다. 동한 말기 '고시십구수' 중의 제4수 「오늘의 연회는 떠들썩하기
그지없어」(今日良宴會)에 "사람의 삶이란 잠시 깃들다 가는 것"(人生寄一世)이란 말
이 있고, 제13수 「수레를 몰아 상동문을 나가」(驅車上東門)에도 "인생은 마치 잠시
머물다 가듯 재빨리 지나가고"(人生忽如寄)라는 표현이 있다.

제한 지극히 강렬하고 단순한 언어일 수밖에 없으리라. 부장품으로 시상(詩想)을 시작하여 사자에 관련된 일을 반복적으로 호소하여 깊은 슬픔을 표현하였다.

슬픈 마음(傷情)

爲長心易憂,	어른이 되니 마음이 자주 울적한데
早孤意常傷.[17]	어려서부터 부친이 없이 항상 슬펐어라
出門先躊躇,[18]	문을 나서도 갈 곳 몰라 주저하고
入戶亦傍徨.[19]	집안에 들어서도 여전히 배회한다
此生一何苦?[20]	나의 생은 얼마나 힘들었던가?
前事安可忘!	지나간 일들 잊을 수 없구나!
兄弟先我沒,	형제들은 나보다 먼저 죽고
孤幼盈我傍.	어린 고아들은 내 옆에 가득해
舊居近東南,	예 살던 곳은 가까운 동남쪽인데
河水新爲梁.	강에는 새로이 다리가 놓여졌다
松柏今在茲,[21]	소나무와 측백나무가 지금 여기 있으니
安忍思故鄕?[22]	어찌 차마 고향이 생각나지 않으리오?
四時與日月,[23]	네 계절과 해와 달

---

17) 早孤(조고) : 어려서 아버지를 여의다. 『맹자』「양혜왕」(梁惠王)에 "어려서 아버지를 여읜 것을 '고'(孤)라 한다"(幼而無父曰孤)고 하였다.

18) 躊躇(주저) : 주저하다. 머뭇거리다. 배회하다. '跱躇'(저주) 또는 '踟躕'(지주)라고도 쓴다.

19) 徬徨(방황) : '彷徨'(방황)이라고도 쓴다. 배회하다.

20) 一何(일하) : 얼마나. 어찌 이리도. 한대 시에 많이 쓰인 어휘이다.

21) 松柏(송백) : 소나무와 측백나무. 고대에는 무덤 곁에 이들 나무를 많이 심었다.

22) 安忍(안인) : 어찌 차마 ~하지 않겠는가?

23) 四時(사시) : 사계절. 또는 아침, 낮, 저녁, 밤 등 하루의 네 시간대를 말하기도 한다.

萬物各有常,²⁴⁾	만물은 각기 일정한 운행이 있어
秋風已一起,²⁵⁾	가을바람이 벌써 가득 일어나니
草木無不霜.	초목이 하나같이 서리에 시들었구나
行行當自勉,²⁶⁾	쉼 없이 걸어가며 스스로 면려해야 하니
不忍再思量.	차마 다시 생각할 수 없어라

해설 자신의 어려운 생활과 힘겨운 삶을 되돌아본 시이다. 어휘와 표현에 있어 동한시대 고시(古詩)의 풍모가 있으며, 반복적인 리듬으로 어찌할 바 없는 곤고한 삶을 회고하였다.

조미명(趙微明)

평석 심천운 이하 여러 시들은 생활의 흥취가 독창적인 것이 원결의 시에 가깝다. 때문에 원결은 『협중집』에 이들 시를 수록하였다.(沈千運以下諸詩, 生趣獨造, 與元次山相近, 故次山收入篋中集.)

만가(輓歌詞)

| 寒日蒿上明,¹⁾ | 추운 날 해가 무덤 위에 밝으니 |

---

24) 有常(유상) : 일정한 방식이나 법칙이 있다.
25) 一起(일기) : 가득 일어나다. 一(일)은 '전부', '온통'의 뜻으로 쓰였다.
26) 行行(행행) : 쉼 없이 계속 걸어가다.
1) 蒿(호)·쑥. 여기서는 한대의 만가(輓歌)인 「호리」(蒿里)를 환기한다. 원래 호리(蒿里)는 사람이 죽으면 그 혼백이 돌아간다는 산동성 태산(泰山) 남쪽에 있는 산이다.

凄凄郭東路,[2]   성곽 밖 동쪽 길이 쓸쓸하여라

素車誰家子,   흰 수레 위에는 어느 집 누구인가

丹旐引將去,[3]   붉은 깃발이 앞에서 이끌어 가네

原下荊棘叢,   언덕 아래에는 가시덤불이 우거졌는데

叢邊有新墓.   덤불 옆에 무덤이 새로 생겼네

人間痛傷別,   애통하게도 인간세상과 헤어져야 하니

此是長別處.   이곳이 바로 영원히 헤어지는 곳이어라

曠野何蕭條,[4]   광야는 얼마나 쓸쓸하고 적막한가

青松白楊樹.   푸른 소나무와 흰 버들만 서 있네

해설 죽은 사람을 애도하는 만가이다. 장면을 주로 원경에서 처리하고 있으며, 주요한 동작을 담담히 서술하는 백묘(白描) 방식으로 성 밖의 들판 위에 이루어지는 장례를 묘사하였다.

돌아오길 기다리며(思歸)

爲別未幾日,   헤어진 지 며칠 지나지 않았는데

一日如三秋.[5]   하루가 아홉 달이나 되는 듯

    이로부터 호(蒿) 또는 호리(蒿里)는 무덤을 의미하였다.

2) 郭(곽) : 외성. 고대에는 성이 내성과 외성의 이중으로 되어 있는데, 내성을 '성'(城)이라 하고 외성을 '곽'(郭)이라 하였다. 여기서는 무덤이 있는 곽문(郭門) 밖을 의미한다. '고시십구수'의 「떠난 자는 날이 갈수록 멀어지고」(去者日以疎)에서도 "성문을 나서서 바로 둘러보니, 보이는 건 모두가 무덤뿐일세"(出郭門直視, 但見丘與墳.)란 말이 있다.

3) 丹旐(단조) : 운구 때 앞세우는 붉은 깃발.

4) 蕭條(소조) : 적막하고 쓸쓸하다.

5) 三秋(삼추) : 아홉 달. 이 구는 『시경』「채갈」(采葛)에 "하루를 보지 못하면, 아홉 달을 못 본 듯하네"(一日不見, 如三秋兮.)에서 유래하였다. 공영달(孔穎達)은 가을은 삼 개월인데, "세 번의 가을은 구 개월"(三秋謂九月也)이라고 하였다. 청대 유월(兪

猶疑望可見,	바라보면 아직도 보일 듯하여
日日上高樓.	날마다 높은 누대에 오른다
惟見分手處,	보이는 건 오로지 손 맞잡고 헤어진 곳
白蘋滿芳洲.⁶⁾	흰 네가래 꽃이 물가에 가득 피었어라
寸心寧死別,⁷⁾	이내 마음 차라리 사별할지언정
不忍生離憂.⁸⁾	생이별은 차마 견디기 어려워라

해설 이별의 고통을 호소한 시이다. 높은 다락에 올라 떠나간 사람을 바라보는 장면으로 보아, 아낙이 객지로 떠나간 남편을 그리워하는 상황으로 보인다. 이러한 정경과 운미(韻味)는 고시(古詩)에 자주 등장하는 전형적인 것인데, 이 시 역시 그러한 정서를 상당히 핍진하게 그렸다.

군에서 돌아온 절름발이(回軍跛者)⁹⁾

旣老又不全,	늙은 데다 몸도 성치 않다보니
始得離邊城.¹⁰⁾	비로소 변방에서 돌아올 수 있었네
一枝假枯木,	나무 가지 같은 몸을 지팡이에 의지하여
步步向南行.	한 걸음 한 걸음 남쪽으로 내려왔네
去時日一百,¹¹⁾	갈 때는 하루에 백 리를 걸었는데

樹)은 삼 년이라고 하였다.

6) 白蘋(백빈) : 네가래. 개구리밥처럼 생긴 수중 식물로, 수면에 뜬 네 잎이 밭 '전'(田)자 모양을 이루므로 '전자초'(田字草)라고도 한다.

7) 寸心(촌심) : 가로 세로 한 치의 심장. 마음.

8) 生離(생리) : 생이별(生別離)과 비슷한 뜻이다. 사별(死別)과 대응하는 말로, 살아 있을 때의 다시 만나기 어려운 이별을 말한다. 『구가』(九歌) 「소사명」(少司命)에 "슬픈 일 가운데 생이별보다 더 슬픈 일 없고, 기쁜 일 중에 새 사람보다 더 기쁜 일 없네"(悲莫悲兮生別離, 樂莫樂兮新相知.)란 말이 있다.

9) 回軍(회군) : 출정하여 돌아오다. ○跛者(파자) : 다리를 저는 사람.

10) 邊城(변성) : 변방의 성.

來時月一程.[12]	올 때는 한 달에 삼십 리
"常恐道路傍,	"언제나 두려운 건 길가에
掩棄狐兔塋.[13]	여우가 들락거리는 무덤에 시체로 버려지는 일
所願死鄕里,	바라는 바는 고향에서 죽는 것이니
到日不願生."[14]	고향에 도착한다면 그날 죽어도 좋겠소"
聞此哀怨詞,	이 구슬픈 말을 들으니
念念不忍聽.	한 마디 한 마디 차마 들을 수 없어라
惜無異人術,[15]	아쉽게도 신선의 술책이 없으니
倏忽具爾形.[16]	그대 모습을 삽시간에 회복시킬 수 없어라

해설 젊어서 군대에 갔다가 늙어서 발을 하나 다치고 고향으로 돌아온
노병의 모습과 심경을 그렸다. 이 시는 한대 악부시 「열다섯에 전쟁터에
나가」(十五從軍征)의 전통을 강하게 받고 있으며, 간결하면서도 구체적인
묘사에 대화도 들어가 있어 생동감이 넘친다. 당시 원결 등이 시작한, 백
성의 고통을 살피고 사회적 의의를 찾는 계열의 작품이다.

---

11) 日一百(일일백) : 하루에 백 리를 가다.
12) 一程(일정) : 삼십 리. 당대에는 삼십 리마다 역참을 세웠으므로 이를 단위 노정(路程)으로 볼 수 있다. 그러면 하루에 일 리를 이동하는 셈이 된다. 그러나 이 구는 위의 구를 받아 백 리를 일 정(程)으로 생각할 수도 있다. 또 『협중집』(篋中集)에는 '月一程'(월일정)이 아니라 '一月程'(일월정)이라 되어 있어 "한 달의 일 정"이란 뜻을 명확히 하였다.
13) 掩棄(엄기) : 시체를 길가나 풀숲에 버리다. ○ 狐兔塋(호토영) : 여우나 토끼가 출몰하는 무덤.
14) 심주 : 두보가 매번 이같이 묘사하는데, 「술회」의 "오히려 소식이 올까 겁이 나니"가 이런 종류이다.(少陵每如此用筆, "反畏消息來"一種是也.)
15) 異人(이인) : 특별한 능력이 있는 신선.
16) 具(구) : 갖추다. 완비하다.

오균(吳筠)

여산 오로봉에서 놀며(遊廬山五老峰)[1)]

彭蠡隱深翠,[2)]	팽려호는 비췻빛으로 가라앉고
滄波照芙蓉.	푸른 물결은 연꽃에 반사된다
日初金光滿,	해가 막 떠오르면 금빛으로 충만한데
景落黛色濃.[3)]	해가 떨어지면 흑청색으로 짙어진다
雲外聽猿鳥,	구름 밖에서 원숭이와 새 울음소리 들려오고
煙中見杉松.[4)]	안개 속에 전나무와 소나무가 보이는구나
自然符幽情,	자연의 도리가 깊고 고아한 마음에 부합하니
瀟灑愜所從.[5)]	자유롭고 산뜻하여 무엇을 하든 마음이 편안해라
整策務探討,[6)]	수레를 몰아 명승지를 찾아 나서고
嬉遊任從容.	즐거이 노닐며 마음껏 한가로이 다니네
玉膏正滴瀝,[7)]	단약의 고약이 마침 뚝뚝 소리 내어 떨어지고

---

1) 廬山(여산) : 지금의 강서성 구강시(九江市) 남부에 소재. 북으로 장강과 닿아있고 동쪽으로 파양호(鄱陽湖)와 면해있다. 일명 광산(匡山), 광려산(匡廬山), 남장산(南障山)이라고도 한다. 1474미터. ○五老峰(오로봉) : 여산의 명승지로 고령(牯嶺)의 동남에 있으며, 다섯 봉우리가 늙은 신선처럼 보인다 하여 이름 붙여졌다.

2) 彭蠡(팽려) : 팽려호(彭蠡湖). 일명 팽택(彭澤), 궁정호(宮亭湖)라고 한다. 지금의 강서성 파양호(鄱陽湖)이다. ○深翠(심취) : 짙은 비취색 숲이나 물.

3) 景(경) : 햇빛, 해. ○黛色(대색) : 흑청색, 검푸른 색. 黛(대)는 여인들이 눈썹을 그릴 때 쓰는 눈썹먹이다. 이 색으로 먼 산의 색조를 표현하는 경우가 많다.

4) 杉松(삼송) : 전나무와 소나무.

5) 瀟灑(소쇄) : 세상일에 구속 받지 않는 모습. 산뜻하고 자유로운 모습.

6) 整策(정책) : 채찍을 가다듬다. 곧 수레를 준비하여 출행한다는 뜻. ○探討(탐토) : 숲이나 능선을 헤치며 좋은 경관을 찾아다니다.

7) 玉膏(옥고) : 옥으로 만든 고약. 신선들이 먹는다는 선약(仙藥). 여기서는 종유석(鐘乳石)과 석영(石英) 종류를 가리키는 것으로 보인다. 고대 신선술에 이들을 복용하는 방법이 있었다. ○滴瀝(적력) : 윤기 있고 깨끗한 모습. 여기서는 물방울이 떨어지는 소리.

瑤草多芊茸.⁸⁾	요초(瑤草)가 더부룩히 우거져 있네
羽人樓層崖.⁹⁾	신선이 벼랑에 깃들어 사는데
道合乃一逢.¹⁰⁾	의기가 맞으니 서로 만나게 되었어라
揮手欲輕擧,	손을 흔들어 가벼이 날아오르려 하는데
爲爾扣瓊鐘.¹¹⁾	나를 위해 옥으로 만든 종을 두드린다
空香淸人心.¹²⁾	하늘의 향기가 사람의 마음을 맑게 씻고
正氣信有宗.¹³⁾	천지의 굳센 기운은 진실로 뜻이 있어라
永用謝物累.¹⁴⁾	오래도록 사물의 구속에서 벗어나
吾將乘鸞龍.¹⁵⁾	나는 장차 난새와 봉황을 타고 다니리라

해설 여산 오로봉에서의 한적하고 자유로운 심경을 묘사하였다. 당시에 명망이 높은 도사였던 오균은 안사의 난이 일어나자 756년부터 여산(廬山)에 들어가 여러 해를 지냈다. 이 시기에 「가을날 팽려호에서 여산을 바라보며」(秋日彭蠡湖中觀廬山) 등과 같은 산수시를 지었다. 이 시에서는 자유를 향유하는 높은 정신과 우주 속에 독왕독래(獨往獨來)하는 거침없는 뜻이 잘 드러나 있다.

---

8) 瑤草(요초) : 신선의 세계에 자란다는 향초. 『산해경』(山海經)에서는 고요산(姑瑤山) 제왕의 딸이 죽어 변한 풀이라고 하였다. 동방삭(東方朔)의 「친구에게 주는 편지」(與友人書)에 "함께 요초를 줍고, 해와 달의 빛을 마시고, 신선이 되어 가벼이 날기를 바랄 뿐이네"(相期拾瑤草, 吞日月之光華, 共輕擧耳.)이란 말이 있다. ○芊茸(천용) : 풀이 무성한 모양.
9) 羽人(우인) : 깃털을 달고 날아다니는 신선. 『초사』「원유」(遠遊)에 "우인을 따라 단구로 가서, 불사의 고향에 머무리"(仍羽人於丹丘兮, 留不死之舊鄕.)라는 말이 있다.
10) 道合(도합) : 정신적 지향이 일치하다.
11) 扣(구) : 두드리다. ○瓊鐘(경종) : 옥으로 장식된 아름다운 종.
12) 空香(공향) : 하늘의 향기.
13) 正氣(정기) : 천지간에 가득 찬 지극히 크고 굳센 기운. ○有宗(유종) : 종지가 있다.
14) 物累(물루) : 사물이 사람에게 주는 구속.
15) 乘鸞龍(승난룡) : 난새와 용이 끄는 수레를 타다. 『초사』「이소」(離騷)에 "네 마리 규룡(虯龍)이 끄는 봉황수레를 타고"(駟玉虯以乘鷖兮)란 말이 있다.

유장경(劉長卿)

평석 중당시는 점점 수려해지면서 점점 평이해졌다. 근체시는 시구가 날로 새로워졌지만 고체시는 갑자기 혼후한 기운이 감소하였다. 권덕여가 유장경을 '오언 장성'이라 받든 것도 그의 근체시를 두고 한 말이다.(中唐詩漸秀漸平, 近體句意日新, 而古體頓減渾厚之氣矣. 權德輿推文房爲'五言長城', 亦謂其近體也.)

종군의 노래 2수(從軍行[1]二首)

제1수

黃沙一萬里,	누런 모래사막 일만 리
白首無人憐.	백발의 노병을 아무도 아쉬워 않아
報國劍已折,[2]	나라를 위해 싸우다 칼은 이미 부러지고
歸鄕身幸全.	고향에 돌아가게 되니 다행히 몸은 보전하리
單于古臺下,[3]	오래된 선우대(單于臺) 아래
邊色寒蒼然.[4]	변방의 모습만 차고 어두워

---

1) 從軍行(종군행) : 종군의 노래. 악부시 제목 가운데 하나. 곽무천(郭茂倩)은 『악부시집』에서 '상화가사'(相和歌辭)에 포함시켰다. 이 악부제의 작품은 대부분 군대생활과 병사의 노고를 묘사하고 있다.

2) 報國(보국) : 나라를 위해 충성을 다하다.

3) 單于古臺(선우고대) : 선우대(單于臺). 지금의 내몽골자치구 후허하오터시 서쪽에 소재. 『한서』「무제기」(武帝紀)에 무제가 "장성을 나가 북쪽에 있는 선우대에 올랐다"(出長城, 北登單于臺)는 기록이 있다. 單于(선우)는 흉노의 왕.

4) 邊色(변색) : 변방의 풍경과 모습. ○ 蒼然(창연) : 푸르고 먼 모습.

제2수

草枯秋塞上,[5]	변경 밖으로 풀이 마르는 가을
望見漁陽郭.[6]	멀리 보이는 어양(漁陽)의 성곽
胡馬嘶一聲,	오랑캐 말이 히이잉 우니
漢兵淚雙落.	한나라 병사들 두 줄기 눈물
誰爲吮瘡者?[7]	누가 병사의 종기 고름 빨아줄 텐가?
此事今人薄.[8]	오늘 날 이 일은 하는 사람 아무도 없어라

해설 「종군의 노래」는 모두 6수이나 여기서는 두 수를 뽑았다. 시에 나오는 지리적 배경은 당의 동북 지역으로, 이런 까닭에 학자들은 이 시를 안사의 난(755년)이 일어나기 전에 지은 것으로 추정한다. 제1수에서는 노장의 귀향을 그리고, 제2수에서는 뛰어난 장수가 없음을 아쉬워하였다.

도성으로 가는 구위를 보내며(送邱爲赴上都)[9]

| 帝鄉何處是?[10] | 제향(帝鄉)은 어디쯤에 있는가? |

---

5) 塞上(새상) : 변경 밖.

6) 漁陽(어양) : 어양군(漁陽郡). 관할지는 지금의 천진시 계현(薊縣)을 중심으로 한 북경, 천진, 하북성 북부 일대. 당대 사람들은 유주(幽州) 지역을 습관적으로 어양이라 불렀다. 한대 명장 이광(李廣)이 군수(郡守)로 있을 때 사냥을 나가 호랑이인줄 알고 쏜 화살이 바위 속에 들어간 지역도 이곳이다.

7) 吮瘡(연창) : 종기를 빨다. 『사기』 「손자오기열전」(孫子吳起列傳)에 보면, 전국시대 오기가 사졸의 종기를 입으로 빨아 준 탓에 그 사졸들이 전쟁에 나가서 목숨을 돌보지 않고 싸워 죽었다.

8) 薄(박) : 거의 없다. 싫어하다. 이 구는 병사의 사기를 올려주는 헌신적인 장수가 없음을 지적하였다.

9) 邱爲(구위) : 약 703~약 798년. 소주 가흥(嘉興) 사람. 성당과 중당 초기에 활동한 시인. 743년 진사 급제. 『전당시』에 시집이 한 권 전한다. 시인 소전 참조. ○上都(상도) : 도성. 762년부터 장안을 상도라 불렀다.

10) 帝鄉(제향) : 황제가 거주하는 곳이란 뜻으로, 장안을 가리킨다.

歧路空垂泣.	갈림길에서 부질없이 눈물을 흘리네
楚思暮愁多,[11]	강남의 고향 생각에 저녁 시름 많을 터
川程帶潮入.[12]	여행길에 강물이 따라가며 불어나리라
潮歸人不歸,[13]	강물은 돌아와도 사람은 돌아오지 않으면
獨向空塘立.	홀로 빈 둑을 마주하고 서 있으리

평석 짧은 시를 쓰는데 공교하다.(工於用短.)

해설 장안으로 떠나는 구위(邱爲)를 보내며 쓴 시이다. 구위는 작가보다 25세 가량 많으니 선배로 대접하였다. 제3, 4구는 구위의 입장에서 쓴 것이고, 제5, 6구는 자신의 입장에서 썼다.

부석뢰(浮石瀨)[14]

秋月照瀟湘,[15]	가을 달이 소수와 상수를 비추는데
月明聞盪槳.[16]	밝은 달빛 속에 노 젓는 소리 들린다
石橫晚瀨急,	가로 놓인 바위 아래 저녁 여울이 빠르고

---

11) 楚思(초사) : 고향인 초 지방에 대한 그리움. 구위의 고향 소주 가흥은 전국시대 초나라 강역에 속하였다.

12) 川程(천정) : 여행길. ○ 潮(조) : 조수. 당대에는 바다의 조수뿐만 아니라 봄이 되어 물이 불어난 강물도 조수라 하였다.

13) 潮歸(조귀) : 밀물이 들거나 강물이 불어나다.

14) 浮石瀨(부석뢰) : 지명. 구체적으로 어디인지는 명확하지 않다. 지명의 뜻으로 보아서는 급류가 흐르는 곳에 큰 바위가 수면 위에 솟아나 있는 듯하다. 왕요구(王堯衢)는 소수와 상수가 만나는 곳으로 추정하였는데, 곧 당대 영주(永州) 영도현(營道縣)에 해당한다.

15) 瀟湘(소상) : 소수(瀟水)와 상수(湘水). 호남성 경내에 있는 주요 강이다. 소수는 호남성 남부의 구의산(九嶷山)에서 발원하여 북쪽으로 흐르다가 영주시(永州市) 동쪽에서 상수(湘水)로 들어간다

16) 盪槳(탕장) : 노를 젓다. 이 구는 배를 타고 강을 지나간다는 뜻이다.

水落寒沙廣.	물이 지나간 강가에 모래톱이 드넓어라
衆嶺猿嘯重.[17]	산봉우리마다 원숭이 울음 가득한데
空江人語響.	빈 강에는 사람들의 말소리가 울린다
淸暉朝復暮.[18]	맑은 풍광에 아침 오고 다시 저녁 되니
如待扁舟賞.	조각배 타고 감상하길 기다리고 있는 듯

해설 「상중(湘中) 기행」 10수 가운데 한 편이다. 771~773년 사이에 영주 (永州)와 침주(郴州)를 다닐 때 쓴 것으로 보인다. 이 시는 맹호연과 왕유 의 영향을 받아들인 작자의 성향이 잘 드러난 작품이다.

처음 동정호에 이르러, 파릉의 별장을 그리며(初至洞庭, 懷灞陵別業)[19]

長安邈千里,[20]	장안은 천 리 멀리 아득한데
日夕懷雙闕.[21]	밤낮으로 대궐을 그리워하여라
已是洞庭人,	이미 동정호를 떠도는 나그네
猶看灞陵月.	아직도 파릉의 달을 바라보노라
誰堪去鄕意,[22]	누가 고향을 떠난 마음 견딜 수 있으랴
親戚想天末![23]	하늘 끝에서 가족들을 생각하네

---

17 重(중) : 겹치다. 여기서는 여기저기 울리는 원숭이 울음을 형용한다.
18 淸暉(청휘) : 맑은 빛. 산이나 강물의 신선한 풍광을 가리킨다.
19 洞庭(동정) : 동정호. 중국에서 두 번째로 넓은 담수호로 호남성의 북부, 장강의 중류 에 소재한다. 고래로 풍경이 뛰어난 곳으로 알려졌다. ○ 灞陵(파릉) : 패릉(霸陵). 장 안 동쪽 교외 백록원(白鹿原)의 서한 문제(文帝)의 능묘가 있는 곳. 부근에 있는 파 교(灞橋)는 떠나는 사람에게 버들을 꺾어 주는 이별의 장소로 유명했다.
20 邈(막) : 아득하다. 멀다.
21 日夕(일석) : 아침저녁으로. 밤낮으로. ○ 雙闕(쌍궐) : 궁문의 양옆에 있는 망루. 여기 서는 장안을 가리킨다.
22 去鄕(거향) : 향리를 떠나다.
23 親戚(친척) : 가족과 친척. 친(親)은 족내를 말하고 척(戚)은 족외를 말하므로, 오늘날

昨夜夢中歸,	어젯밤 꿈속에서 돌아가보니
煙波覺來闊.[24]	안개 낀 강가가 넓게 보였다
江臯見芳草[25]	강가에서 향기로운 풀들을 보니
孤客心欲絶.	홀로 가는 나그네 마음 끊어질 듯하여라
豈訝靑春來?[26]	어찌 봄이 오는 걸 두려워하랴
但傷經時別.[27]	다만 떠나온 지 오래됨이 안타까운 걸
長天不可望,	먼 하늘을 차마 바라볼 수 없으니
鳥與浮雲沒.[28]	새와 구름만이 제 갈 곳에 돌아가누나

평석 이 시는 파촉 지방의 현위로 폄적되었을 때 고향을 그리워 쓴 작품이다.(此貶官巴蜀尉

時有懷故鄕矣.)

해설 768년 장안에서 전운사판관(轉運使判官)이 되어 동정호에 갈 때 지은
것으로 보인다. 유장경은 장안에 과거 시험 볼 때 객거하였을 뿐, 시문이
나 기록에는 파릉에 별장이 있다는 내용이 없다. 시의 내용으로 보아 가
족이 살고 있는 파릉을 그리워하고 있음을 알 수 있다.

의 족외만을 말하는 것과 약간 다르다. ○天末(천말) : 하늘 끝. 곧 아득히 먼 곳. 천
애(天涯) 또는 천변(天邊)이라고도 한다. 일반적으로 타향이나 이역을 가리킨다.
24) 煙波(연파) : 안개가 가득 낀 강물. 일반적으로 은거하는 강호(江湖)를 가리킨다.
25) 江臯(강고) : 강가.
26) 訝(아) : 놀라다. ○靑春(청춘) : 봄. 봄은 오행에 의하면 방위가 동쪽이고 색이 청색
이기에 청춘(靑春)이라 하였다.
27) 經時(경시) : 시일이 오래 지나다. '고시십구수' 중의 「정원에 서있는 아름다운 나무」
(庭中有奇樹)에 "미미한 이 물건이 어찌 드릴만 할까? 다만 그대 떠난 지 오래임을
알게 하리라"(此物何足貢? 但感別經時.)란 말이 있다.
28) 沒(몰) ; 사라지다. 이 구는 새와 구름은 자기의 처소로 돌아가는 데 비해 자신은 장
안에 돌아가지 못함을 아쉬워한다는 뜻.

회인현 남호에 묵으며,

　　동해현의 순 처사에게 부침(宿懷仁縣南湖, 寄東海荀處士)[29]

向夕斂微雨,[30]	저녁 무렵 가랑비 거두어지자
晴開湖上天.	호수 위로 하늘이 맑게 갠다
離人正惆悵,[31]	떨어져 있는 나는 지금 마침 서글퍼
新月愁嬋娟.[32]	둥실 떠가는 초승달에도 시름겨워라
佇立白沙曲,[33]	굽이도는 흰 모래톱에 우두커니 서서
相思滄海邊.	바닷가의 그대를 그리워하노라
浮雲自來去,	뜬 구름은 저홀로 오고 가는데
此意誰能傳?	나의 마음을 누가 전해줄 수 있는가?
一水不相見,[34]	한 줄기 강을 두고도 만나지 못하는데
千峰隨客船.	천 개의 봉우리가 객선을 따라오네
寒塘起孤雁,	서늘한 강가에 외기러기 날아오르고
夜色分藍田.[35]	소금밭은 어둠 속에 빛난다
時復一廻首,	때때로 다시 고개를 돌려보니
憶君如眼前.	그대가 마치 눈앞에 있는 듯해라

---

29) 懷仁縣(회인현) : 해주(海州)의 속현으로, 지금의 강소성 연운항(連雲港)이다. ○ 東海(동해) : 동해현(東海縣). 해주(海州)의 속현. ○ 荀處士(순처사) : 미상. 성씨가 순(荀)인 처사. 처사(處士)는 은거하며 벼슬을 하지 않는 사람.

30) 向夕(향석) : 저녁 무렵.

31) 惆悵(추창) : 실의하거나 실망하여 슬퍼하고 괴로워하다.

32) 嬋娟(선연) : 자태가 아름다운 모습. 여기서는 달빛이 맑고 아름다운 모습을 의미한다.

33) 佇立(저립) : 우두커니 서 있음.

34) 一水(일수) : 강물 한 줄기. 이 구는 '고시십구수' 중의 「멀고 먼 견우성」(迢迢牽牛星)에 "찰랑이는 강을 사이에 두고, 사무치는 눈빛으로 서로 보고만 있네"(盈盈一水間, 脈脈不得語)라는 구절을 환기한다.

35) 藍田(남전) : 장안 남쪽 교외에 있는 현(縣). 다른 판본에는 '鹽田'(염전)으로 되어 되는데, 전후 맥락을 보아 타당하므로 이에 따른다.

해설 전운사판관(轉運使判官)으로 회서(淮西) 지방에 갔을 때 지은 시로 보인다. 순 처사에 대한 그리움을 풍광을 빌어 심화시켰다. 왕부지(王夫之)는 첫머리만 준발(峻拔)할 뿐 나머지는 직설적이라고 하면서 성당(盛唐)의 기운이 다 없어진 표시라고 하였다. 이러한 점에서 호응린(胡應麟)도 유장경을 성당과 중당(中唐)의 경계라고 하였다.

전기(錢起)

평석 당시 한굉, 이단 등 10인과 함께 '십재자'라 불렸으며 그림으로도 그려졌다. 또 낭사원과 이름이 나란히 알려져 사람들이 "앞에 심전기와 송지문이 있다면, 뒤에 전기와 낭사원이 있다"고 하였다.(時與韓翃、李端輩十人, 號'十才子', 形於圖畵. 又與郎士元齊名, 人爲之語曰 : "前有沈宋, 後有錢郎.") ○ 전기의 오언고시는 왕유의 시와 흡사하지만 맑고 빼어남은 더하다. 그러나 왕유가 더욱 뛰어난 것은 충화할 수 있고 혼후할 수 있기 때문이다.(仲文五言古彷彿右丞, 而淸秀彌甚. 然右丞所以高出者, 能冲和而能渾厚也.)

왕유의 「봄밤에 죽정에서 이별하며 주다」에 답하며(酬王維春夜竹亭贈別)

山月隨客來,	산의 달이 손님을 따라 들어오니
主人興不淺.[1]	주인의 흥취가 적지 않아라
今宵竹林下,[2]	오늘 밤 대숲 아래 있으니

---

1) 主人(주인) : 왕유를 가리킨다.
2) 竹林(죽림) : 대숲. 다른 한편 서진(西晉)의 완적(阮籍), 혜강(嵇康) 등 죽림칠현(竹林七賢)의 어울림을 상기시키기도 한다.

誰覺花源遠?[3]	도화원이 바로 여기인 듯
惆悵曙鶯啼,	아쉬워라, 새벽 꾀꼬리 우니
孤雲還絶巘.[4]	조각구름이 봉우리로 돌아가누나

해설 759년 봄 전기가 약 40세의 나이로 남전현(藍田縣)의 현위가 되어 장안 남쪽에 있는 부임지로 갈 때 약 68세로 급사중(給事中)에 있던 왕유는 「봄밤에 죽정(竹亭)에서, 남전으로 돌아가는 전 소부(錢少府)에게」(春夜竹亭贈錢少府歸藍田, 권1 참조)를 써주었다. 전기는 이에 대한 화답으로 위의 시를 썼다. 왕유는 전기가 부임하는 남전의 정경을 그린 데 반해, 전기는 왕유가 있는 죽정의 광경을 그렸다. 말구의 구름은 곧 자기 자신을 비유하였다. 왕유 시의 운에 따라 상평성(上平聲) 13 원운(元韻)으로 압운하였다.

이른 아침 이천을 건너며 옛 이웃을 보고 지음(早渡伊川見舊鄰作)[5]

鵾鷄鳴曙霜,[6]	곤계가 새벽 서리 속에 을 때
秋水寒旅涉.[7]	나그네 가을 강을 건너네
漁人昔鄰舍,	어부들은 예전의 이웃들이라
相見具舟楫.	알고 보니 모두 배와 노를 갖추었구나
出浦興未盡,	포구를 떠나자니 흥취가 더하고

---

3) 花源(화원): 도화원(桃花源)의 약칭. 도원명의 「도화원기」(桃花源記)에 나오는 마을. 무릉(武陵)의 어부가 우연히 물 위의 복사꽃을 따라 강을 거슬러 올라 세상과 격절된 마을에 들어갔는데, 마을 사람들이 진(秦)의 난리를 피해 처자를 이끌고 왔다고 했다. 어부가 그곳을 나온 후 다시 찾으려 했으나 찾지 못하였다.

4) 絶巘(절헌): 높은 봉우리.

5) 伊川(이천): 이수(伊水), 지금은 이하(伊河)라고 한다. 하남성 노씨현(盧氏縣)에서 발원하여 동북으로 숭현(嵩縣), 이양(伊陽), 낙양, 언사(偃師)를 거쳐 낙수(洛水)로 들어간다.

6) 鵾鷄(곤계): 학과 비슷한 황백색 새.

7) 寒旅(한려): 추위 속의 여행. 여기서는 추운 날의 나그네.

向山心更惬.	산으로 향하니 마음 더욱 즐거워
村落通白雲,	마을은 흰 구름과 통하고
茅茨隱紅葉.[8]	띳집들은 단풍 속에 숨어있어라
東皐滿時稼,[9]	동쪽 언덕에는 때 맞춰 익은 곡식 가득하니
歸客欣復業.[10]	돌아온 나그네 다시 일 하게 되어 즐거워하네

해설 강을 건너며 만난 이웃을 보고 지은 시이다. 강가에 사는 어부들을 자세히 그리는 대신 만남의 기쁨을 자신의 여정과 마을의 모습 속에 표현하였다. 전기가 이천 강가에서 살았던 때는 현존하는 기록에서 명확히 찾을 수 없으나, 동쪽 언덕(東皐)이라는 말이 있는 것으로 보아 아래의 시와 마찬가지로 장안에 습유(拾遺)로 있을 때 오갔던 것으로 보인다.

동쪽 언덕의 이른 봄—교서랑 낭사원에게 부침(東皐早春, 寄郎四校書)[11]

祿微賴學稼,[12]	녹봉이 적은 탓에 농사에 의지하는지라
歲起歸衡茅.[13]	한 해의 첫머리에 초가집으로 돌아갔으리
窮達戀明主,[14]	가난하여도 밝은 군주가 그리워

---

8) 茅茨(모자) : 띠풀 지붕. 띳집을 가리킨다.

9) 東皐(동고) : 동쪽 언덕. 완적(阮籍)의 「태위 장제에 보내는 주기」(奏記詣太尉蔣濟)에 "장차 동고의 남향에서 밭을 갈고"(方將耕於東皐之陽)란 말이 있고, 도연명의 「귀거래사」에도 "동고에 올라 휘파람을 불고"(登東皐以舒嘯)란 말이 있다.

10) 歸客(귀객) : 돌아온 나그네. 자신을 가리킨다. ○復業(부업) : 자신의 원래 일을 하다.

11) 郎四(낭사) : 낭사원(郎士元). 중당 때 활동한 시인. 四(사)는 항제(行第). 756년에 진사 급제하고 762년 위남위(渭南尉), 765년 교서랑이 되었다. 당시 시명이 높아 전기와 '전랑'(錢郎)으로 병칭되었다. ○校書(교서) : 교서랑(校書郎). 서적을 정리하는 직책으로 비서성(秘書省)의 저작국(著作局)에 속한다. 품계는 종9품 또는 정9품.

12) 祿微(녹미) : 봉록이 미미하다. ○學稼(학가) : 파종을 배우다. 농사에 힘쓰다.

13) 衡茅(형모) : 가로 막대로 문을 삼은 형문(衡門)과 띠풀로 지붕을 덮은 모옥(茅屋). 가난하고 누추한 집을 가리킨다.

14) 窮達(궁달) : 빈궁과 영달. 편의복사(偏義複詞)로 여기서는 빈궁의 뜻.

耕桑亦近郊.	경작과 양잠도 장안 가까이에서 하는구나
夜來霽山雪,	지난밤에 산야에 내리던 눈이 그치고
陽氣動林梢.[15]	봄의 양기가 나뭇가지 끝에 맴돌아
萌蕙暖初吐,	날이 따뜻해지자 혜초의 싹이 터져 나오고
春鳩鳴欲巢.	봄 비둘기 우짖으며 둥지를 만드네
蓬萊時入夢,[16]	교서랑이 때때로 꿈에 들어오는 걸 보니
知子憶貧交.[17]	가난한 우리 사귐을 그대가 생각함을 알겠노라

평석 '경작과 양잠'을 보면 가난한 상황인데 그런데도 '장안 가까이에서 하는구나'라고 했으니 마음속에 군주를 잊지 않음을 볼 수 있다. 시어가 온후하면서도 진부하지 않다.('耕桑' 近於窮矣, 而'亦近郊', 見中心不忘君也. 語厚而不腐.)

해설 전기와 낭사원은 당시 '전랑'(錢郎)으로 병칭될 정도로 시재가 뛰어 났지만, 두 사람 사이의 우정도 지극했다. 이 시는 765년 정월 당시 습유 (拾遺)로 있던 전기가 교서랑(校書郎)인 낭사원에게 편지 삼아 부친 시이 다. 벼슬과 농잠을 함께 하는 낭사원의 처지를 새봄의 활기 속에 그리고 이어서 낙양 근처 자신의 동쪽 언덕을 묘사하고, 말미에서 두터운 우정 을 표현하였다.

---

15) 林梢(임초) : 나무의 우듬지 또는 가지 끝.
16) 蓬萊(봉래) : 궁중의 도서관인 비서성(秘書省)을 말한다. 『후한서』「두장전」(竇章傳) 에 "당시 학자들은 동관(東觀)을 '노자의 장실'이요, '도가의 봉래산'이라 불렀다"(是 時學者稱東觀爲老氏藏室, 道家蓬萊山.)는 말에서 유래했다. 여기서는 비서성에서 교 서랑으로 근무하는 낭사원을 가리킨다.
17) 貧交(빈교) : 가난한 때의 사귐.

남전 시내에서 어부의 집에 묵으며(藍田溪與漁者宿)[18]

獨遊屢忘歸,	홀로 놀다가 돌아가길 잊곤 하는데
況此隱淪處.[19]	하물며 여기와 같은 은거지에 있어서랴
濯髮清泠泉,[20]	맑고 서늘한 샘물에 머리를 감고
月明不能去.	달이 밝으니 떠나기 아쉬워라
更憐垂綸叟,[21]	더욱 좋은 건 낚싯줄 드리운 노옹
靜若沙上鷺.	마치 모래 위의 백로처럼 한가로워라
一論白雲心,[22]	구름처럼 사심 없는 마음에 말을 나누니
千里滄洲趣.[23]	천 리 멀리 창주(滄洲)의 즐거움이 펼쳐지누나
蘆中野火盡,	갈대 숲 속 마당에는 들불이 사위어가고
浦口秋山曙.	포구에는 가을 산이 밝아오는구나
歎息分枝禽,	가지를 벗어나는 새처럼 떠나야 함을 탄식하나니
何時更相遇?	어느 때 다시금 서로 만날 수 있을까?

해설 우연히 종남산 아래 남전의 강가에서 은자를 만나 그의 집에서 함

---

18) 藍田溪(남전계) : 남계(藍溪) 또는 남수(藍水)라고도 한다. 섬서성 상락시(商洛市) 서
북에서 발원하여 서안시 남쪽 교외의 남전현을 지나간다.
19) 隱淪(은륜) : 숨고 잠긴다는 뜻으로 은거 또는 은자를 가리킨다.
20) 清泠(청령) : 맑고 서늘하다.
21) 垂綸叟(수륜수) : 낚싯줄을 드리운 노인. 임방(任昉)의 「시내에서 배를 띄우고」(泛長
溪)에 "길에서 낚싯줄을 가진 노인을 만나, 잠시 말하며 나루가 어디인지 물어본다"
(道遇垂綸叟, 聊訪問津惑.)는 시구가 있다.
22) 白雲心(백운심) : 은거하는 마음. 양(梁) 도홍경(陶弘景)의 「산에 무엇이 있느냐는 황
제의 물음에 시를 지어 답하다」(詔問山中何所有, 賦詩以答)에 "산에 무엇이 있는가?
고개 위에 흰 구름만 많소이다. 스스로 즐길 수 있을 뿐, 잡아서 보낼 수 없구료"(山
中何所有? 嶺上多白雲. 只可自怡悅, 不堪持寄君.)란 시를 지었다. 이로부터 백운(白
雲)은 은거지를 가리킨다. 또 도연명의 「귀거래사」(歸去來辭)에 나오는 "구름은 무
심히 산의 동굴에서 나오고"(雲無心而出岫)를 상기하면, 사심이 없는 자연스러운 마
음을 가리킨다고 할 수도 있다.
23) 滄洲(창주) : 강가를 의미하며, 흔히 은사가 지내는 곳을 가리킨다. 원결의 「선비의
노래」(賤士吟) 참조.

께 묵은 일정을 서술하였다. 어부의 집에 묵게 된 연유, 은거의 즐거움, 떠나는 아쉬움을 차례로 묘사하였다. 노옹의 집에 묵는다는 독특한 소재를 능란한 사경(寫景)으로 처리한 가작이다.

늦가을 종남산 서봉의 준 상인 난야에 쓰다(杪秋南山西峰題準上人蘭若)[24]

向山看霽色,	산으로 향하며 개이는 하늘을 바라보니
步步豁幽性.[25]	걸음마다 그윽한 마음이 펼쳐지는구나
反照亂流明,[26]	석양의 햇빛이 개울물에 어지러이 빛나고
寒空千嶂淨.	차가운 하늘에 수많은 봉우리가 맑아라
石門有餘好,[27]	석문(石門)에는 넉넉함과 아름다움이 있고
霞殘月欲映.	노을에는 달빛이 비치려 한다
上詣遠公廬,[28]	위로 혜원(慧遠)의 거처에 오르려니

24) 杪秋(초추) : 늦가을. 杪(초)는 가지 끝이란 뜻으로, 파생된 의미로 시간이나 사물의 끝이란 뜻이 있다. 송옥(宋玉)의 「구변」(九辯)에 "고요한 늦가을 기나긴 밤이여, 마음은 슬픔에 얽혀 애처롭구나"(靚杪秋之遙夜兮, 心繚悷而有哀.)라는 말이 있다. ○ 準上人(준상인) : 법명이 준(準)인 승려. 상인은 상덕지인(上德之人)의 준 말로 승려에 대한 존칭. ○ 蘭若(난야) : 개인 사찰. 범어 아란야(阿蘭若)의 준말로 조용한 곳이란 뜻이다. 일반적으로 관청에서 편액을 내린 곳을 '寺'(사)라 하고, 개인이 지은 곳을 '蘭若'(난야) 또는 '招提'(초제)라고 한다.

25) 豁(활) : 펼치다. 열다. ○ 幽性(유성) : 조용하고 안정된 심성.

26) 反照(반조) : 석양의 반광. 반경(反景)과 같다. 『초학기』(初學記)에서는 "석양이 서쪽으로 지면서 그 빛이 동쪽에 비치는 것을 반경이라 한다"(日西落, 光反照於東, 謂之反景.)고 정의하였다.

27) 石門(석문) : 문의 형상을 한 바위. 또는 특정한 바위를 지칭하는 말일 수도 있다. 전기의 「장안이 함락되었을 때 설 원외랑, 왕 보궐과 함께 저녁 종남산의 불사에 투숙하며」(東城初陷與薛員外王補闕暝投南山佛寺)에 "해가 석문 속으로 기우는데, 소나무 소리에 산사가 춥구나"(日昃石門裏, 松聲山寺寒.)이란 표현이 있다.

28) 遠公(원공) : 동진(東晉)의 고승 혜원(慧遠, 334~416년). 여산 동림사(東林寺)에 거주하며 은사 유유민(劉遺民) 등 불교도 123명과 백련사(白蓮社)를 결성하여 수도하였다. 여기서는 준 상인을 비유하였다.

孤峰懸一徑.　　　외로운 봉우리에 오솔길 하나 걸려있어

雲裏隔窓火,　　　구름 속 창문의 불빛이 멀리 보이고

松間下山磬.[29]　소나무 사이 산사의 경쇠 소리 내려온다

客到兩忘言,[30]　객이 이르니 두 사람은 말을 잊는데

猿心與禪定.[31]　조급한 마음은 어느 사이 선정(禪定)에 든다

해설 종남산의 준 상인을 찾아가는 과정을 그린 시이다. 늦가을 갠 날 찾아 나섰다가 저녁에 개울을 건너고, 저녁에 가파른 산길을 오르고, 산사에 도착했을 때는 이미 어두워졌다. 제목의 '쓰다'(題)는 이 시를 절의 벽이나 문에 쓴다는 뜻이다.

---

29) 松間(송간) 구: 이 구는 다른 판본에 '松下聞山磬(소나무 아래에서 산사의 경쇠 소리 들린다) 또는 '松下間山磬(소나무 아래 경쇠 소리 간간히 난다)으로 되어 있다.

30) 忘言(망언): 마음속으로 뜻을 체득하였기에 말로 표현할 필요가 없음. 『장자』「외물」(外物)에 "말이란 뜻을 전하는 데 있는데, 뜻을 얻으면 말을 잊게 된다"(言者所以在意也, 得意而忘言.)고 하였다. 때로 말이 없어도 서로를 알아주는 우정을 가리킨다.

31) 猿心(원심): 원숭이의 마음이란 뜻으로 조급하고 산란한 마음. 『대일경』(大日經) 「주심품」(住心品)에 육십 종의 심상(心相)을 들었는데 그 중 하나가 원후심(猿猴心)이다. ○ 禪定(선정): 불교 수행법의 하나로, 한마음으로 하나의 경지에 집중하여 명상하는 일을 말한다.

망천에서 놀다 종남산에 이르러,
곡구의 왕십육에게 부침(遊輞川至南山, 寄谷口王十六)[32]

山色不厭遠,	산의 풍광은 아무리 멀어도 마다않고 찾아
我行隨趣深.[33]	흥취를 따라 깊은 계곡으로 들어간다
跡幽青蘿徑,[34]	인적이 드문 파란 겨우살이 늘어진 길
思絶孤霞岑.	생각이 끊어지는 노을 진 외딴 봉우리
獨鶴引過浦,	학 한 마리 몸을 끌며 물가를 지나가고
鳴猿呼入林.	원숭이가 우짖으며 숲으로 들어간다
褰裳百泉裏,[35]	옷을 걷고 수많은 개울을 건너니
一步一清心.	걸음걸음마다 맑은 마음이라
王子在何處?[36]	왕자교(王子喬)와 같은 그대 어디에 있는가?

---

32) 輞川(망천) : 지금의 서안시 남전현(藍田縣) 동남에 소재한 작은 강. 종남산(終南山)의 망곡(輞谷)에서 발원하여 파수(灞水)로 흘러든다. 산이 험하고 길이 좁아 풍경이 아름다운 곳으로 왕유의 별장이 있는 곳이었다. ○ 南山(남산) : 종남산. ○ 谷口(곡구) : 계곡의 입구. 또 한대(漢代) 은사 정박(鄭璞)이 곡구(谷口, 지금의 섬서성 涇陽縣 서북)에 살았으므로 이로부터 은거지를 가리킨다. 정박(鄭璞)은 은사(隱士)로 성제(成帝)의 삼촌인 대장군 왕봉(王鳳)이 예를 갖추어 초빙했으나 응하지 않았다. 양웅(揚雄)은 『법언』(法言) 「문신」(問神)에서 "곡구(谷口)의 정자진(鄭子眞), 정박은 자신의 뜻을 굽히지 않고 산속에서 밭 갈고 살며 장안에 이름을 떨쳤다"(谷口鄭子眞, 不屈其志而耕于巖石之下, 名震于京師)고 칭송하였다. ○ 王十六(왕십육) : 미상.

33) 심주 : 산을 찾는 즐거움이 이 열 글자에 다 들어있다.(尋山之趣, 盡此十字.)

34) 青蘿(청라) : 여라(女蘿) 또는 송라(松蘿)라고도 한다. 소나무겨우살이. 이끼류 식물로 주로 소나무에 기생하는데, 줄기와 가지에 붙어 황록색의 실 모양으로 주렁주렁 매달린다.

35) 褰裳(건상) : 강을 건널 때 옷을 걷어올리다.

36) 王子(왕자) : 전설 속의 신선인 왕자교(王子喬)를 가리킨다. 원래 『국어』(國語) 「주어」(周語)에 의하면 주 영왕(周靈王)의 태자로 이름은 희진(姬晉)이다. 후대에 신선이 되었다는 전설이 만들어졌다. 『열선전』(列仙傳)에 의하면 생황을 잘 불어 봉황의 울음을 내었으며, 낙양 남쪽 이수(伊水)와 낙수(洛水) 유역에서 노닐었다. 도사 부구공(浮丘公)을 따라 숭산(嵩山)에 들어가 삼십여 년을 수련하여 신선이 되었다. 나중에 구씨산(緱氏山) 위에서 백학을 타고 하늘에 올라갔다고 한다. 여기서는 왕십육을 비유하였다.

隔雲鷄犬音.[37]	구름 위에 닭과 개 짖는 소리 들리는구나
折麻定延佇,[38]	내 요화(瑤華) 꽃을 들고 오래도록 서 있나니
乘月期招尋.[39]	그대 구름 타고 찾아오길 기다리노라

해설 종남산에 놀러 갔다가 은거하는 왕십육을 생각하며 편지 대신 지어 보낸 시이다. 왕십육을 신선 왕자교(王子喬)에 비기고 있는 것으로 보아, 상대는 도사이거나 덕이 높은 은자로 보인다. 산의 초입과 산속의 풍광을 그리고, 말미에서 상대를 그리며 방문하길 기다리는 심경을 나타냈다.

유만(劉灣)

출새곡(出塞曲)

將軍在重圍,	장군은 이중으로 포위되고
音信絶不通.	서신은 완전히 두절되다
羽書如流星,[1]	우서(羽書)는 유성과 같이

---

37) 隔雲(격운) 구 : 회남왕 유안(劉安)의 일을 가리킨다. 『신선전』(神仙傳)에 의하면 유 안과 팔공(八公)이 약을 복용하고 하늘에 오를 때, "마당에 던져진 약그릇을 개와 닭이 핥고 쪼아 먹고는 모두 하늘에 올라갔다. 이에 닭이 하늘에서 울고 개가 구름 속에서 짖었다."(餘藥器置在中庭, 鷄犬舐啄之, 盡得昇天. 故鷄鳴天上, 犬吠雲中也.)

38) 折麻(절마) : 마 꽃. 굴원(屈原)의 『구가』「대사명」(大司命)에 "옥같이 하얀 요화(瑤 華) 꽃을 따서, 세상 사람들에게 건네주리라"(折疏麻兮瑤華, 將以遺兮離居.)라는 말이 있다. 이로부터 요화(瑤華)는 그리움을 위로하는 매개물로 쓰였다. ○定(정) : 반드시. ○延佇(연저) : 오랫동안 서서 기다리다.

39) 期(기) : 기대하다. ○招尋(초심) : 방문하다.

1) 羽書(우서) : 긴급 군사 연락서. 한 자 두 치 길이의 목간(木簡)으로 만들었다. 문서 위에 새의 깃털을 꽂아 긴급을 표시하였다.

飛入甘泉宮.[2]	감천궁(甘泉宮)으로 시시로 날아들다
倚是幷州兒,[3]	믿을 수 있는 건 병주(幷州)의 건아들
少年心膽雄.	장정들의 심장과 간담이 장대하다
一朝隨召募,	한 번 모병에 응하여
百戰爭王公.	백 번 전투에서 적장과 겨룬다
去年桑乾北,[4]	작년엔 상건하(桑乾河)의 북쪽에서
今年桑乾東.	올해는 상건하의 동쪽에서
死是征人死,	죽은 건 병사의 주검
功是將軍功.	공훈은 장군의 공훈
汗馬牧秋月,[5]	적들은 가을에 한혈마를 살찌우고
疲卒臥霜風.	피로한 병졸들은 서릿바람에 누웠다
仍聞右賢王,[6]	들리는 말에 흉노의 우현왕(右賢王)이
更欲圍雲中.[7]	다시 운중(雲中)을 포위하려 한단다

해설 전형적인 변새시이다. 첫머리에서 긴박한 상황을 설정하고, 중간에 장정들의 기개와 불공평한 공훈을 서술하고, 말미에서 '포위하다'(圍)는 글자를 다시 써서 긴박한 상황을 재설정하였다. 기개 높은 병주아는 비록 활약이 크지만 결국 상관에게 공훈을 뺏긴다는 점에서 현실에 대한

---

2) 甘泉宮(감천궁) : 진대(秦代)에 처음 세우고 한대에 증축한 궁 이름. 섬서성 순화현(淳化縣) 서북 감천산에 소재. 당조의 궁정을 비유했다.
3) 병주아(幷州兒) : 병주(幷州)의 건아(健兒). 병주는 지금의 산서성 중부와 하북성 서부 일대. 치소는 태원(太原)이다. 당대에 이 지역은 거란 등과 마주하는 변방으로, 이곳의 병사들은 평생 전란 속에 살아갔다.
4) 桑乾(상건) : 지금의 영정하(永定河). 노구하(盧溝河)라고도 한다. 산서성 마읍현(馬邑縣)에서 발원하여 북경 서남으로 돌아든다.
5) 汗馬(한마) : 한혈마(汗血馬). 서역에서 들어온 명마로, 달리면 갈기에서 피가 흘러나오기에 이름 붙여졌다.
6) 右賢王(우현왕) : 흉노족의 수령.
7) 雲中(한중) : 한대 군(郡) 이름. 한대의 운중군(雲中郡). 치소는 지금의 산서성 북부 대동시(大同市).

비판을 끼워 넣고 있다. 변화 많은 구성을 웅건한 시풍 속에 녹여낸 역작이다.

위응물(韋應物)

평석 시의 품격이 고결하여 주희는 "한 글자도 일부러 조작하여 만든 게 없고 기상이 진리에 가까우니, 진실로 사람들에게 전할 만하다"고 했다. 그러나 『구당서』와 『신당서』에 그의 전기가 없으니 무슨 까닭인가(詩品高潔, 朱子謂其"無一字造作, 氣象近道, 眞可傳人也", 而新舊唐書俱不爲之立傳何耶?)

고시를 본떠 지음 7수(擬古七首)[1]

제1수

辭君遠行邁,[2]	떠나간 그대 멀리멀리 갔으니
飮此長恨端.[3]	이 깊은 정한을 마시게 되었습니다
已謂道里遠,	이미 간 길이 멀다고 하는데
如何中險艱?[4]	중도가 험난하니 어이하나요?
流水赴大壑,[5]	흐르는 강물은 바다로 달려가고

---

1) 이 연작시는 동한 말기 '고시십구수'(古詩十九首)를 모의하여 지었다. 위응물은 모두 12수를 지었으나 여기서는 7수를 골랐다.
2) 行邁(행매) : 먼 길을 가다. 『시경』 「서리」(黍離)에 "먼 길을 느리게 가니, 마음속엔 시름만 가득해"(行邁靡靡, 中心搖搖.)라는 말이 있다.
3) 端(단) ; 실마리. 여기서는 연유.
4) 中(중) : 중로(中路). 곧 도중(道中).

孤雲還暮山.　　　　외로운 구름은 저무는 산으로 돌아갑니다

無情尙有歸,　　　　마음이 없는 무생물도 돌아갈 곳 있는데

行子何獨難?　　　　나그네는 어이 홀로 돌아오지 못하나요?

驅車背鄕國,[6]　　　그대가 수레를 몰고 고향을 떠나던 길

朔風卷行迹.　　　　삭풍이 발자취를 말아갑니다

嚴冬霜斷肌,　　　　엄동이라 서리가 살을 에고

日入不遑息.[7]　　　해가 저물면 쉬기도 어렵겠지요

憂歡客髮變,[8]　　　시름으로 얼굴과 머리털이 초췌해지고

寒暑人事易.　　　　겨울이 여름으로 변하면서 사람 일도 바뀌었습니다

中心君詎知,　　　　나의 마음을 그대는 어떻게 아시나요

冰玉徒貞白.[9]　　　얼음과 옥처럼 그저 곧고 결백할 뿐인데

해설 여인이 객지에 나간 남편을 그리워하는 내용이다. '고시십구수' 가운데 「걷고 걸어 또 쉬지 않고 걸어가니」(行行重行行)를 본떠지었는데, 원시는 다음과 같다. "걷고 걸어 또 쉬지 않고 걸어가니, 나는 그대와 생이 별하였습니다. 서로 만여 리나 떨어져, 각각 하늘 끝에 있습니다. 그대에게 가는 길이 멀고 험하니, 다시 볼 날이 언제인가요? 북방에서 온 말은 북풍을 그리워하고, 남방에서 온 새는 남쪽가지에 둥지를 틉니다. 그대는 날이 갈수록 멀어지고, 나의 허리띠는 나날이 느슨해집니다. 뜬구름

---

5) 大壑(대학) : 바다. 『장자』「천지」(天地)에 "대학(大壑)이란 쏟아 부어도 채워지지 않고 길어내어도 마르지 않으니 내 장차 그곳에 가서 놀리라"(夫大壑之爲物也, 注焉而不滿, 酌焉而不竭, 吾將遊焉.)는 말이 있다.

6) 鄕國(향국) : 고향. 어떤 판본에선 '鄕園'(향원)이라 되어있다.

7) 遑息(황식) : 쉬다. 『시경』「은기뢰」(殷其雷)에 "어이하여 이곳을 떠나셨나, 잠시라도 쉬지 못하리"(何斯違斯, 莫敢遑息.)란 말이 있다.

8) 憂歡(우환) : 근심과 기쁨. 편의복사(偏義複詞)로 여기서는 근심의 뜻.

9) 冰玉(빙옥) : 얼음과 옥. 고상하고 정결한 인품을 가리킨다. 또는 포조(鮑照)의 「백두음을 본떠 지음」(代白頭吟)에 "곧기는 붉은 실줄과 같고, 맑기는 옥항아리의 얼음과 같다"(直如朱絲繩, 淸如玉壺冰.)는 말에서 '옥항아리 속의 얼음'(玉壺冰)을 뜻한다. 역시 곧고 순결한 마음을 비유한다. ○ 貞白(정백) : 곧고 결백하다.

이 해를 가리니, 나그네는 돌아오려 하지 않네요. 그대 생각에 나는 늙어 가고, 어느덧 한 해가 저물어갑니다. 아서라, 더 말하지 않을래요. 힘써 밥이나 챙겨 드시길 바래요"(行行重行行, 與君生別離. 相去萬餘里, 各在天一涯. 道路阻且長, 會面安可知? 胡馬依北風, 越鳥巢南枝. 相去日已遠, 衣帶日已緩. 浮雲蔽白 日, 遊子不顧返. 思君令人老, 歲月忽已晩. 棄捐勿復道, 努力加餐飯) 위응물은 이 제 재를 흐르는 강물(流水)과 외로운 구름(孤雲) 등으로 통일감있게 재구성하 였다.

제2수

綺樓何氛氳,[10]	화려한 누각이 향기로운데
朝日正杲杲.[11]	아침 해가 마침 환하게 비추어라
四壁含淸風,	사면 벽으로부터 맑은 바람 불어오고
丹霞射其牖.	붉은 구름이 창문을 비춘다
玉顔上哀囀,[12]	옥 같은 얼굴이 위에서 애절하게 노래하니
絶耳非世有.[13]	들어본 적 없는 세상에 없는 가락이라
但感離恨情,	오로지 이별의 정한으로 가득하니
不知誰家婦.	어느 집의 아낙일까 알지 못할레라
孤雲忽無色,[14]	노래에 외로운 구름이 갑자기 빛을 잃고

---

10) 綺樓(기루): 화려하고 아름다운 누각. ○氛氳(분온): 기운이 성한 모양. 안개나 향기 가 짙은 모양.

11) 杲杲(고고): 햇빛이 밝은 모양. 『시경』「백혜」(伯兮)에 "비 내려라 비 내려라 했건만, 반짝반짝 해가 나오네"(其雨其雨, 杲杲出日.)라는 말이 있다.

12) 上(상): 위. 여기서는 높은 누각 위에 있는 장소를 가리킨다. ○哀囀(애전): 목소리 가 애절하고 굽이지다. 고대에는 음악이나 노래가 애절한 것을 최고로 쳤다.

13) 絶耳(절이): 들어본 적이 없다. 뛰어나고 아름다운 노래를 형용한 말.

14) 孤雲(고운) 2구: 절묘한 노래에 구름과 말도 움직인다는 뜻. 『열자』「탕문」(湯問)에 "설담(薛譚)이 진청(秦靑)에게 노래를 배울 때, 진청의 기예를 다 익히지 못했으면서 도 설담이 스스로 다 알았다고 생각하고는 마침내 돌아가려 했다. 진청은 붙잡지 않 고 교외의 길가에서 전별하며 박자에 맞추어 노래를 불렀나. 노랫소리는 숲과 나무

邊馬爲迴首.[15]	변방의 말은 북방으로 고개를 돌리누나
曲絶碧天高,[16]	가락은 푸른 하늘에 높이 올라가
餘聲散秋草.[17]	여운이 가을 풀 주위로 흩어지는구나
徘徊帷中意,	휘장 안에서 배회하는 마음은
獨夜不堪守.[18]	홀로 있는 밤을 지새기 어려움이라
思逐朔風翔,	그리움은 삭풍을 타고 날아
一去千里道.	한 번에 천 리 길을 달려가누나

평석 앞의 시와 마찬가지로 아마도 방축된 신하가 군주를 그리는 말인 듯하다.(連上首, 疑是 逐臣戀主之詞.)

해설 높은 누각에서 들려오는 애달픈 음악에서 화자는 노래하는 사람에 대해 동정하고 지음(知音)이 없음을 아쉬워하였다. '고시십구수' 중의 「서북에 있는 높은 누대」(西北有高樓)를 모의하였는데, 원시는 다음과 같다. "서북에 있는 높은 누대, 꼭대기는 구름과 닿아있네. 투각한 격자창은 꽃문양같이 곱고, 누각은 세 단 계단 위에 높이 섰네. 누대에서 흘러나온 노랫소리, 그 가락은 어찌 그리 슬픈가! 누가 이토록 구슬픈 노래 부를 수 있을까, 기량(杞梁)의 아내가 아니라면 부르지 못하리라. 청상(淸商)의

를 흔들었고, 그 울림에 흘러가는 구름이 멈추었다"(薛譚學謳於秦靑, 未窮靑之技, 自 謂盡之, 遂辭歸. 秦靑弗止, 餞於郊衢, 撫節悲歌, 聲振林木, 響遏行雲. 譚乃謝求反, 終 身不敢言歸.)는 이야기가 있다. 고대 중국에선 음악의 감응력을 강조한 이러한 이야 기가 많다.

15) 심주 : 노랫소리에 느낀 것이다.(歌聲所感也.)

16) 曲絶(곡절) : 곡이 끝나다. 이 구는 위의 진청(秦靑)의 고사를 이용하였다.

17) 餘聲(여성) : 노래가 끝나고 남아있는 소리. 『열자』 「탕문」(湯問)에 한아(韓娥)는 "노래를 팔아 먹을거리를 구했다. 그녀가 떠난 뒤 여음이 대들보를 감고 울렸는데 사흘이 지나도 끊이지 않았다"(鬻歌假食. 旣去, 而餘音繞梁欐, 三日不絶.)라는 고사를 이용하였다.

18) 不堪(불감) : 不能(불능)과 같다. 하기 어렵다. 이 구는 '고시십구수' 가운데 「파릇파릇한 강가의 풀」(靑靑河畔草)에 나오는 "나그네는 떠나 돌아오지 않으니, 빈 침상홀로 지키기 어려워"(蕩子行不歸, 空床獨難守.)의 뜻을 이용하였다.

가락은 바람에 날리고, 곡조의 중반은 굽이굽이 넘어간다. 한 번 연주에 세 사람이 화답하니, 격한 감정엔 깊은 슬픔이 배어있네. 노래하는 사람의 고통도 슬퍼지만, 그 처지 알아주는 사람 없음이 더욱 구슬퍼. 원컨대 우리 함께 한 쌍의 고니가 되어, 날개 펴고 높이높이 날아가고저"(西北有高樓, 上與浮雲齊. 交疏結綺窓, 阿閣三重階. 上有絃歌聲, 音響一何悲! 誰能爲此曲, 無乃杞梁妻! 淸商隨風發, 中曲正徘徊. 一彈再三歎, 慷慨有餘哀. 不惜歌者苦, 但傷知音稀. 願爲雙鴻鵠, 奮翅起高飛.) 그러나 이 시는 노래하는 여인의 절묘한 솜씨와 그 처지를 동정하는 데서 그치고 있다.

제3수

嘉樹藹初綠,[19]	아름다운 나무가 무성히 푸르러지자
蘼蕪吐幽芳.[20]	궁궁이는 그윽한 향기를 토하는구나
君子不在賞,[21]	그대가 이를 감상하지 못하니
寄之雲路長.	구름 너머 멀리 있는 그대에게 보내고 싶어라
路長信難越,	길이 멀어 진실로 산 넘고 강 건너기 어려운데
惜此芳時歇.[22]	향기로운 때가 저물어감이 아쉬워
孤鳥去不還,	외로운 새는 날아가 돌아오지 않으니
緘情向天末.[23]	사무친 얼굴로 하늘 끝만 바라보네

---

19) 藹(애): 과실이 많이 열리다. 여기서는 나무와 숲이 무성하다.
20) 蘼蕪(미무): 천궁(川芎). 궁궁이 또는 '강리'(江蘺)라고도 한다. 잎에서 향기가 나며 팔월 하순에서 구월에 하얀 꽃이 핀다. 바람에 말려서 향료나 약재로 쓴다. 굴원의 『초사』「소사명」(少司命)에 "추란(秋蘭)과 궁궁이, 제당(祭堂) 아래에 나란히 피었네"(秋蘭兮蘪蕪, 羅生兮堂下.)란 구절이 있다.
21) 君子(군자): 아내가 남편을 부를 때 쓰는 호칭. 또는 그리는 대상을 가리키기도 한다.
22) 芳時(방시): 아름다운 봄날.
23) 緘情(함정): 함정(含情)과 같다. 깊은 정을 가지다. ○天末(천말): 하늘 끝. 곧 아득히 먼 곳. 전애(大涯) 또는 전면(大邊)이라고도 한다.

평석 이 시는 친구를 그리는 말이다.(此懷友之詞.)

해설 '고시십구수' 중의 「정원에 서있는 아름다운 나무」(庭中有奇樹)를 모의하였는데, 원시는 다음과 같다. "정원에 서있는 아름다운 나무, 녹색잎에 꽃들이 무성하여라. 가지를 휘어잡아 꽃을 꺾어서, 장차 그리운 이에게 보내고 싶어. 가슴과 옷소매에 향기 가득하건만, 길이 멀어 보낼 수 없어라. 미미한 이 물건이 어찌 드릴만 할까? 다만 그대 떠난 지 오래임을 알게 하리라"(庭中有奇樹, 綠葉發華滋. 攀條折其榮, 將以遺所思. 馨香盈懷袖, 路遠莫致之. 此物何足貢? 但感別經時.) 여인이 정원의 아름다운 꽃을 보고 객지에 나간 남편을 생각한다는 점에서 유사하다. 다만 말미에서 떠나간 사람을 새에 비유한 점이 다르다. 담담한 말 속에 깊은 정이 담겨있다.

제4수

月滿秋夜長,	달 둥그렇고 가을밤 깊은데
驚烏號北林.	놀란 까마귀 북쪽 숲에서 울어라
天河橫未落,[24]	은하수가 가로누워 떨어지지 않으니
斗柄當西南.[25]	북두 자루는 서남을 가리킨다
寒蛩悲洞房,[26]	귀뚜라미가 방안에서 슬프게 울고
好鳥無遺音[27]	좋은 새는 지저귀지 않고 날아가누나

---

24) 天河(천하): 은하수. ○橫未落(횡미락): 아직 밤이 다 끝나지 않았다는 뜻. 은하수가 지고 북두칠성이 기울어지면 밤이 다하고 새벽이 다가온다.

25) 斗柄(두병): 국자 자루. 북두칠성이 국자같이 생겼기에 그 자루에 해당하는 제5성에서 제7성 사이의 별들을 가리킨다. 이 구에서 북두성의 자루가 서남을 가리킨 때는 초가을이다. 『갈관자』(鶡冠子) 「환류」(環流)에 "북두의 자루가 서쪽을 가리키면 천하가 가을이다"(斗柄西指, 天下皆秋.)는 말이 있다. 별자리 관측의 기준은 해질 무렵 정남향이다.

26) 寒蛩(한공): 가을의 귀뚜라미. ○悲(비): 悲鳴(비명). 슬프게 울다. ○洞房(동방): 동굴같이 깊고 조용한 내실.

27) 好鳥(호조) 구: 『주역』 「소과」(小過)괘에 "새가 좋은 소리를 내며 날아가는데, 위로

商飆一夕至,²⁸⁾ 가을바람이 하룻밤 만에 불어오니

獨宿懷重衾. 겹이불을 안고 홀로 잠들어라

舊交目千里, 옛 친구는 천 리를 달리는 기세로

隔我浮與沈.²⁹⁾ 나와 달리 영달(榮達)을 거듭하네

人生豈草木?³⁰⁾ 사람이 어찌 초목과 같이 영고쇠락 하겠는가?

寒暑移此心. 춥거나 더워도 이 마음을 바꾸지 않으리

평석 侵(침)과 覃(담)은 같은 운으로 친다. 『시경』의 「연연」과 「주림」에 바탕을 두었다.(侵、覃同韻, 本燕燕及株林之詩.)

해설 '고시십구수' 중의 「밝은 달은 교교히 비치고」(明月皎夜光)를 모의하였다. 원시는 다음과 같다. "밝은 달은 교교히 비치고, 귀뚜라미는 동쪽 벽에서 운다. 북두성 자루는 한밤을 가리키고, 별들은 뚜렷하기만 하다. 흰 이슬이 들풀을 적시니, 계절은 갑자기 다시 바뀌었다. 가을 매미가 나무 사이에서 우는데, 제비는 어디로 날아가는가. 예전에 함께 공부한 동문 친구들, 높이 올라 날개를 떨치는구나. 함께 손잡았던 지난 시절을 잊어버리고, 땅위의 발자국처럼 나를 버렸구나. 남쪽 기성(箕星)은 키질을 못하고 북두성도 국자가 아니며, 견우성도 이름만 있을 뿐 멍에를 질 수

날아올라가는 것은 좋지 않고 아래로 내려가는 것이 좋다(飛鳥遺之音, 不宜上, 宜下.)는 구를 응용하였다.

28) 商飆(상표) : 가을바람.

29) 浮與沈(부여심) : 뜸과 가라앉음. 성함과 쇠함.

30) 人生(인생) 2구 : 『예기』 「예기」(禮器)에 "예가 사람의 몸에 있는 것은, 마치 대나무에 푸른 껍질이 있고, 소나무와 측백나무에 알맹이가 있는 것과 같다. 이 둘은 천하의 다른 초목에 비하여 큰 절개를 갖고 있다. 그러므로 사시를 일관하여 한결같으며 가지를 고치거나 잎을 바꾸는 일이 없다"(其在人也, 如竹箭之有筠也, 如松柏之有心也. 二者居天下之大端矣. 故貫四時而不改柯易葉.)는 뜻을 취하였다. 제갈량도 「논교」(論交)에서 "선비가 서로 사귀는 일은 비유하면 따뜻하다고 해서 꽃을 더 피우지 않고 춥다고 해서 잎을 바꾸지 않으며, 사시를 거치며 시들지 않고, 평탄과 험난함을 겪으며 더욱 굳건해진다"(士之相知, 溫不增華, 寒不改棄, 能四時而不衰, 歷夷險而益固.)고 하였다.

없다네. 진실로 반석과 같이 굳세지 않으니, 친구라는 이름이 무슨 소용 있으랴"(明月皎夜光, 促織鳴東壁; 玉衡指孟冬, 衆星何歷歷. 白露霑野草, 時節忽復易; 秋蟬鳴樹間, 玄鳥逝安適? 昔我同門友, 高擧振六翮; 不念携手好, 棄我如遺跡. 南箕北有 斗, 牽牛不負軛; 良無盤石固, 虛名復何益!) 고시는 쓸쓸한 가을을 배경으로 냉 담한 세태를 원망하는 내용이다. 그러나 위응물의 시는 영달한 친구에 대해서는 소략하게 처리하였기에, 고시를 참조하여 읽지 않으면 지나치 게 단순한 듯 보인다.

제5수

春至林木變,	봄이 되어 숲이 푸르게 변하였는데
洞房夕舍淸.[31]	깊은 안방은 저녁 되니 맑고 서늘하여라
單居誰能裁,[32]	홀로 지내는 시름을 누가 잘라낼 수 있으랴
好鳥對我鳴.	좋은 새가 내 앞에서 우는구나
良人久燕趙,[33]	남편은 오랫동안 북방에 있어
新愛移平生.[34]	새로운 사랑에 평소의 마음이 바뀌었을까
別時雙鴛綺,[35]	헤어질 때 주던 원앙 문양 비단이
留此千恨情.	천 가지 정한을 남겨놓았네
碧草生舊迹,	예 다니던 발자국에 푸른 풀이 자라고
綠琴歇芳聲.[36]	거문고는 향기로운 소리도 끊겨졌어라

---

31) 淸(청): 처청(凄淸)하다. 차고 맑다.

32) 裁(재): 제재하다. 억제하다.

33) 良人(양인): 남편. 아내가 자신의 남편을 지칭하는 말. ○燕趙(연조): 연 지방과 조 지방. 원래 전국시대 칠웅(七雄) 가운데 두 나라였으나 나중에는 그 국가가 관할했 던 지역을 가리킨다. 연 지방은 오늘날의 하북성 북부 일대이며, 조 지방은 하북성 중남부 일대이다.

34) 移平生(이평생): 평소 나에게 향하던 마음을 바꾸다.

35) 雙鴛綺(쌍원기): 한 쌍의 원앙이 마주보고 있는 문양의 비단. 고대에는 헤어질 때 부부 사이에 귀중한 물건을 선물하는 습속이 있었다. 綺(기)는 꽃무늬가 있는 비단. 다음 시의 해제 참조.

思將魂夢歡,[37]	꿈속에서 만나 즐거움 누리려 했으나
反側寐不成.[38]	몸을 뒤척이며 잠들 수 없구나
攬衣迷所次,[39]	옷을 걸쳐도 어디로 갈 지 몰라
起望空前庭.	일어나 하릴없이 앞마당에 나서네
孤影中自惻,[40]	외로운 그림자에 마음속이 절로 슬퍼
不知雙涕零.[41]	저도 모르게 두 줄기 눈물이 떨어지누나

평석 아마도 그가 새 사람을 얻어 옛 사람을 잊었기에 꿈속에서라도 만나려고 하나 잠도 오지 않고, 옷을 걸치고 나가 그림자를 돌아보니 저도 모르게 눈물이 옷을 적신다는 내용으로 보인다. 응당 기탁의 말일 것이다.(疑其得新忘故, 欲夢魂以相就, 而夢旣不成, 則又被衣顧影, 不覺淚之沾衣也. 應亦寄託之詞.)

해설 여인이 객지에 나간 남편을 그리워하는 내용이다. '고시십구수' 중의 「추위 속에 한 해가 저무는데」(凜凜歲云暮)를 모의하였다. 그러나 원래의 시는 한겨울을 배경으로 꿈속에서 양인을 만난 정경을 자세히 묘사하고 있는데 반해, 이 시는 봄밤의 적막과 잠을 이루지 못하는 시름을 서술하였다.

제6수

有客天一方,[42]	하늘 끝 저편에 있는 나그네가

---

36) 綠琴(녹금) : 녹기금(綠綺琴). 거문고 이름. 부현(傅玄)의 「금부 서문」(琴賦序)에 "사마상여에게 녹기가 있고"(司馬相如有綠綺)란 말이 있다. 여기서는 거문고를 가리킨다.
37) 思將(사장) : 생각하다. 그리워하다. 將(장)은 뜻이 없이 어조를 고르는데 쓰이는 조사.
38) 反側(반측) : 누워서 몸을 뒤집거나 모로 세우다. 몸을 뒤척이다.
39) 攬衣(남의) : 옷을 들다. 여기서는 옷을 걸치다. ○迷所次(미소차) : 정신이 혼미하여 몸을 어디에 둘지 모른다.
40) 中(주) : 마음속. ○惻(측) : 슬퍼하다.
41) 零(영) : 떨어지다.

寄我孤桐琴.⁴³⁾	나에게 전해준 오동으로 만든 거문고
迢迢萬里隔,⁴⁴⁾	아득히 만 리 멀리 떨어져 있어도
托此傳幽音.⁴⁵⁾	악기에 부쳐 그윽한 소리를 전해주네
冰霜中自結,⁴⁶⁾	얼음과 서리 같은 절조가 절로 마음속에 맺히고
龍鳳相與吟.	용과 봉황이 어울려 우는 듯하여라
絃以明直道⁴⁷⁾	현으로써 곧은 길을 밝히고
漆以固交深.⁴⁸⁾	칠로써 깊은 만남을 굳세게 하여라

해설 객지의 남편이 보내준 거문고를 받아들고 곧은 절조와 깊은 교분을 확인하는 여인의 마음을 그렸다. '고시십구수' 중의 「먼 곳에서 온 손님이」(客從遠方來)를 모의하였다. "먼 곳에서 온 손님이, 나에게 전해준 비단 반 필. 만 리 멀리 떨어져 있는데, 당신의 마음은 변함없군요! 비단에 수놓인 한 쌍의 원앙새, 잘라내어 합환 무늬 이불을 만드네. 안에는 풀솜을 채워 넣고, 가장자리엔 옭매듭으로 마감했네. 아교를 옻칠 속에 넣었으니, 누구도 이 둘을 나누지 못하리라."(客從遠方來, 遺我一端綺. 相去萬餘里, 故人心尙爾. 文彩雙鴛鴦, 裁爲合歡被 著以長相思, 緣以結不解. 以膠投漆中, 誰能別離此.)

---

42) 天一方(천일방) : 하늘의 한쪽 끝.

43) 孤桐琴(고동금) : 진귀한 거문고. 『서경』 「우공」(禹貢)에 나오는 "역양(嶧陽, 산동성 추현 동남)의 고동(孤桐)"이란 말에 대해, 공영달(孔穎達)은 "역산(嶧山)의 남면에 우뚝 선 오동나무가 홀로 자라는데 금과 슬을 만드는 재목으로 적합하다"(嶧山之陽特生桐, 中琴瑟.)이라 풀이하였다.

44) 迢迢(초초) : 아득히. 멀리. 먼 모양.

45) 幽音(유음) : 그윽한 마음속의 소리.

46) 冰霜(빙상) : 얼음과 서리. 곧고 깨끗한 절조를 비유한다.

47) 絃以(현이) 구 : 거문고의 곧은 현으로 곧은 정조를 상징한다는 뜻. 이는 또 포조(鮑照)의 「백두음을 본떠 지음」(代白頭吟)에 "곧기는 붉은 실줄과 같고, 맑기는 옥항아리의 얼음과 같다"(直如朱絲繩, 淸如玉壺冰.)의 뜻을 환기한다.

48) 漆以(칠이) 구 : 거문고에 칠해진 칠은 잘 떨어지지 않는 두 사람의 교분을 상징한다는 뜻. 이는 동한 때 뇌의(雷義)와 진중(陳重)의 절친한 관계를 환기한다. 두 사람이 사는 향리에서는 "아교와 칠이 잘 붙는다고 하나 뇌의와 진중만 못하다"(膠漆自謂堅, 不如雷與陳.)는 말이 있다고 한다. 『후한서』 「독행전」 참조.

위응물은 고시의 뜻을 잘 살리면서도 자신의 어휘로 한 편의 시를 성공
적으로 완성하였다.

제7수

白日淇上沒,[49]	빛나는 해가 기수(淇水) 강에 저무니
空閨生遠愁.[50]	빈 규방에선 시름이 일어난다
寸心不可限,[51]	마음은 시름을 막을 길 없는데
淇水長悠悠.	기수(淇水)는 아득히 흘러만 가는구나
芳樹正姸鬱,[52]	아름다운 나무가 한참 울창하니
春禽自相求.	봄의 새들이 서로를 찾는구나
徘徊東西廂,[53]	동쪽 서쪽 행랑채를 배회하나니
孤妾誰與儔?[54]	외로운 첩은 누구와 짝할 수 있으리오?
年華逐絲淚,[55]	아리따운 시절이 눈물 따라 가버리니
一落俱不收.	한 번 떨어지면 모두 거둘 수 없어라

평석 앞의 시와 함께 기탁하는 바가 같다.(與前意寄託相同.) ○ 위의 여러 시들은 '고시십구
수'에서 기원하였으니, 반드시 언외의 뜻을 체득해야 한다.(諸詠胎源於古詩十九首, 須領取意
言之外.)

---

49) 淇(기) : 기수(淇水). 지금의 하남성 남부에 소재. 고대에는 황하의 지류였다.
50) 空閨(공규) : 남편이 객지에 나간 탓에 여인이 고독하게 지내는 규방.
51) 寸心(촌심) : 가로 세로 한 치의 심장. 마음. ○限(한) : 멈추다. 금하다.
52) 姸鬱(연울) : 아름답고 번성한 모양.
53) 廂(상) : 본당의 동서 양측에 있는 건물.
54) 孤妾(고첩) : 여인이 스스로를 부르는 겸사. ○誰與儔(수여수) : 與誰儔(여수수)의 뜻
   이다. 누구와 더불어 짝하리오? 대명사 선행 용법.
55) 年華(년화) : 해, 세월, 시간 등을 의미하며, 나아가 봄과 같이 일 년 중 좋은 때를 의
   미하기도 한다. ○絲淚(사루) : 실처럼 가늘고 길며 끊이기 않고 흐르는 눈물.

해설 '고시십구수' 중의 「달빛은 어찌 그리 밝고 깨끗한지」(明月何皎皎)를 모의하였다. 고시는 밝은 달을 보고 객지에 나간 남편을 그리는 내용이지만, 위응물은 해가 지는 저녁에 유유히 흘러가는 강물로써 깊은 한을 형상화하였고, 나무와 새에 비겨 자신의 외로움과 안타까움을 대조시켰다.

친구들과 들에서 마시며─도연명체를 본떠(與友生野飲, 效陶體)⁵⁶⁾

携酒花林下,	술을 들고 꽃 핀 숲 속에 들어서니
前有千載墳.	앞에는 천 년 전의 무덤이 있구나
於時不共酌,⁵⁷⁾	지금 우리들 함께 마시지 않으면
奈此泉下人!⁵⁸⁾	황천 아래 묻히면 어찌 할 것인가!
始自玩芳物,⁵⁹⁾	이제 막 아름다운 풍경을 즐기며
行當念徂春.⁶⁰⁾	곧 떠나가는 봄을 생각해야 하리
聊舒遠世蹤,⁶¹⁾	잠시 속세를 떠나온 걸음을 펼치어
坐望還山雲.	산으로 돌아가는 구름을 바라보아야 하리
且遂一歡笑,⁶²⁾	게다가 마음껏 기뻐하며 웃으려니
焉知賤與貧?	미천하고 가난한 처지도 잊어버리세

---

56) 友生(우생): 친구. 생(生)은 사람을 의미하는 조사. 『시경』「당체」(棠棣)에 "비록 형제가 있다 해도 친구만 못하여라"(雖有兄弟, 不如友生.)란 말이 있다. ○野飲(야음): 야외에서 술을 마심. ○陶體(도체): 도연명(陶淵明)의 시체(詩體).

57) 於時(어시): 이때. 그때. 제3, 4구는 도연명의 「여러 사람들과 주씨 집 묘지의 측백나무 아래에서 노닐며」(諸人共遊周家墓栢下)에 "저 측백나무 아래 묻힌 사람들 생각하니, 어찌 즐겁게 놀지 않을 수 있으리오"(感彼栢下人, 安得不爲歡.)란 구절을 환기한다.

58) 泉下人(천하인): 황천 아래에 묻힌 사람. 황천(黃泉)은 땅속의 물줄기. 또는 사람이 죽으면 간다는 저승.

59) 始自(시자): 이제 막. ○芳物(방물): 아름다운 풍경.

60) 徂春(조춘): 봄이 지나다.

61) 遠世(원세): 속세를 멀리 떠나다.

62) 遂(수): 따르다. 순응하다.

해설 도연명의 시 「여러 사람들과 주씨 집 묘지의 측백나무 아래에서 노닐며」(諸人共遊周家墓柏下)를 모의하여 지었다. 죽은 사람을 생각하여 현세에서 즐거이 지낸다는 뜻을 표현하였다. 그러나 그 즐거움은 욕망을 추구하는 것이 아니라 "산으로 돌아가는 구름을 바라보는"(坐望還山雲) 지극히 질박하고 혼후(渾厚)한 경지이다.

남쪽 연못에 배를 띄우고, 원육 형제를 만나(南塘泛舟, 會元六昆季)[63]

端居倦時燠,[64]	한가히 지내는데 때로 더운 게 싫어
輕舟泛回塘.	굽이진 연못에 작은 배를 띄운다
微風飄襟散,	미풍이 불어와 옷깃을 흐트리고
橫吹繞林長.[65]	단소 가락은 멀리 숲을 돌아간다
雲澹水容夕,[66]	구름은 엷고 강가의 풍경에 저녁이 되니
雨微荷氣凉.	가는 비 지나간 자리에 연꽃 향기 서늘하다
一寫惆勤意,[67]	힘들었던 생각을 단번에 쏟아내려는데
寧用訴華觴?[68]	어찌 술잔에 호소할 필요 있으리

해설 783년 여름 저주(滁州)에 있을 때 지었다. 무더워지는 여름날 저녁, 가는 비가 지나간 서늘한 풍경을 그리고 있다. 위응물 특유의 간결하고 담담한 필획이 잘 드러나 있다.

---

63) 元六(원육) : 누구인지 명확하지 않으나, 현대 학자들은 원석(元錫)과 원홍(元洪) 형제로 추정한다. ○昆季(곤계) : 맏형과 막내. 곧 형제.
64) 端居(단거) : 평소. 평생. 한가히 지냄. ○燠(욱) : 따뜻하다.
65) 橫吹(횡취) : 횡적(橫笛). 단소(短簫)를 가리킨다.
66) 水容(수용) : 강가의 풍경.
67) 寫(사) : 瀉(사)와 같다. 쏟아 붓다. ○惆勤(연근) : 연로(惆勞). 힘쓰고 수고하다.
68) 寧用(영용) : 어찌 사용하랴? ○華觴(화상) : 화려한 술잔.

비 내리는 군관사에서, 여러 문사들과 연회에 모여(郡齋雨中, 與諸文士燕集)[69]

兵衛森畫戟,[70]	관사 앞에는 색칠한 창이 삼엄하고
燕寢凝清香.[71]	실내에는 맑은 향이 풍긴다
海上風雨至,	바다에서 비바람이 불어오니
逍遙池閣凉.[72]	한가롭게도 연못가 누각이 서늘하다
煩痾近消散,[73]	성가시게 느껴지던 병이 거의 나았거니와
嘉賓復滿堂.	더구나 훌륭한 빈객들이 모였음에랴
自慚居處崇,[74]	넓고 화려한 곳에 사는 것이 부끄러워
未睹斯民康.[75]	백성들이 편안해짐을 아직 보지 못하였네
理會是非遣,[76]	자연의 이치를 깨달으면 시비는 사라지고
性達形迹忘.[77]	성정이 광달하면 몸의 구속을 잊어라
鮮肥屬時禁,[78]	생선과 고기는 지금 금지되었기에
蔬果幸見嘗.[79]	채소와 과일을 맛보기 바라노라

---

69) 郡齋(군재) : 군의 관사. 여기서는 소주자사(蘇州刺史)의 관사. 군(郡)은 진(秦)대의 행정단위로 당대의 주(州)에 해당한다. ○ 燕集(연집) : 연회에 모이다.

70) 兵衛(병위) : 병사와 수위가 소지하는 병기. ○ 森(삼) : 나무가 많이 서 있는 모양. ○ 畫戟(화극) : 채색으로 칠을 한 나무 창. 일반적으로 궁전이나 관청, 또는 5품 이상 관원의 저택 문 앞에 의장으로 거꾸로 세워놓는데, 당시 규정에 따르면 소주 관사의 문 앞에는 열두 개의 극을 세우게 되어 있다.

71) 燕寢(연침) : 휴식처. 주대(周代)에는 왕에게는 정침(正寢) 이외에 다섯 개의 연침(燕寢)을 두었다. 자사(刺史)는 고대의 제후에 상당하므로 그 휴식처를 연침이라 하였다. 여기서는 제목에서 말하는 군재(郡齋)를 가리킨다.

72) 逍遙(소요) : 한가하고 자유롭다.

73) 煩痾(번아) : 사람을 성가시게 하는 병.

74) 崇(숭) : 높다. 여기서는 넓고 화려하다.

75) 斯民(사민) : 이들 백성.

76) 理會(이회) : 자연의 이치를 체득하다. ○ 是非遣(시비견) : 옳고 그름, 영달과 굴욕, 삶고 그름 등 모든 가치판단을 마음에 두지 않고 버림.

77) 性達(성달) : 성정이 구속 없이 광달(曠達)함. ○ 形迹忘(형적망) : 행적에 구애받지 않다.

78) 鮮肥(선비) : 해산물과 육류 등 맛있는 음식. ○ 時禁(시금) : 당시 먹기를 금지한 명령. 고대에는 재난이 일어나면 종종 도살을 금지시키고 술과 고기를 먹지 못하게 하였다.

俯飮一杯酒,　　　고개 숙여 한 잔 술을 마시고
仰聆金玉章.[80]　　고개 들어 옥 소리 같은 시문을 듣노라
神歡體自輕,　　　정신이 기쁘니 몸이 절로 가벼워져
意欲凌風翔.　　　저도 모르게 바람을 타고 날아오를 듯하여라
吳中盛文史,[81]　　오중(吳中) 지방에는 문학과 문화가 발달하여
群彦今汪洋.[82]　　오늘 모임에 뛰어난 인재들이 가득하여라
方知大藩地,[83]　　비로소 알겠나니, 큰 주군(州郡)이라 함은
豈曰財賦彊?[84]　　어찌 재화가 많다고 해서 일컫겠는가?

해설 789년 여름 소주(蘇州)에서 자사(刺史)로 임직하고 있을 때 지었다. 담백한 필치로 연회의 장소와 시기, 백성에 대한 관심, 연회의 즐거움을 차례로 묘사하였다. 이 시는 당시 영향력이 상당히 컸다. 연회의 자리에는 당시 저작랑(著作郎)에서 요주사사참군(饒州司士參軍)으로 폄적되어 소주를 지나가던 고황(顧況)도 참석하여 화답시를 지었다. 고황은 항주(杭州), 목주(睦州), 신주(信州)을 지나가며 이 시를 소개하였고, 각 주의 자사인 방유복(房孺復), 위찬(韋贊), 유태진(劉太眞)도 각기 창화시를 지었다. 나중에 백거이도 소주자사로 부임하였을 때 이 시를 좋아하여 바위에 새기게 하였다.

---

79) 幸(행): 바라다. ○見嘗(견상): 맛보아지다. "맛보아지기를 바란다"는 말은 곧 "맛보기를 바란다"는 뜻이다.
80) 聆(령): 듣다. ○金玉章(금옥장): 경쇠나 옥이 울리듯 운율이 아름다운 뛰어난 시문.
81) 吳中(오중): 소주(蘇州). 소주는 춘추시대 오(吳)나라의 도읍지이자, 한대에는 오군(吳郡)이었으므로 오중(吳中)이라 칭하였다.
82) 群彦(군언): 여러 뛰어난 선비. ○汪洋(왕양): 물이 끝없이 드넓은 모양. 여기서는 많음을 형용하였다.
83) 大藩(대번): 규모가 큰 제후국. 여기서는 대주(大州).
84) 財賦(재부): 재화와 부세(賦稅). ○彊(강): 강토, 지역. 당 개원 연간(713~741년)에 사만 호(戶) 이상인 주를 상주(上州)로 분류하였는데, 소주는 원화(元和) 연간(806~820년)에 십만 호로, 물산이 풍부하고 번성하여 왕조의 세입에 주요한 수입원이 되었다.

양자진을 떠나며 원 교서에게 부침(初發揚子, 寄元校書)[85]

悽悽去親愛,[86]	구슬퍼라, 친한 친구를 떠나
泛泛入煙霧.[87]	흔들거리며 안개 속으로 들어간다
歸棹洛陽人,[88]	돌아가는 배에는 낙양 가는 사람
殘鐘廣陵樹.[89]	종소리의 여운이 맴도는 광릉의 나무
今朝此爲別,	오늘 여기에서 헤어지면
何處還相遇?	어느 곳에서 다시 만나랴?
世事波上舟,	세상의 일은 물 위의 배와 같아
沿洄安得住?[90]	물결이 오가니 어찌 머물 수 있으랴?

평석 이별의 정을 쓸 때는 지나치게 슬퍼서는 안 된다. 함축을 다하면 깊은 정이 더욱 잘 드러나니, 이 시로 모범을 삼을 수 있다.(寫離情不可過于悽惋, 含蓄不盡, 愈見情深, 此種可以爲法.)

해설 770년 가을 양주에서 친구와 헤어져 낙양으로 돌아가며 지은 시이

---

85) 初發(초발) : 막 출발하다. ○揚子(양자) : 양자진(揚子津) 또는 양자도(揚子渡)라고도 한다. 강소성 강도현(江都縣) 남쪽 장강의 북안에 소재. 남북을 잇는 중요한 나루로, 운하를 따라 북으로 갈 수 있다. 현재는 강에서 많이 떨어져 있다. ○元校書(원교서) : 성이 원(元)씨인 교서랑. 현대 학자들은 원재(元載)의 아들인 원백화(元伯和)로 추정한다. 일부 판본에는 '元大校書(원대교서)'라 되어 있다. 원대(元大)는 원씨 가문에서 동일 증조부 아래 항렬이 첫째인 사람.

86) 悽悽(처처) : 슬픈 모습. ○親愛(친애) : 친근하고 사랑하는 사람. 여기서는 원 교서를 가리킨다.

87) 泛泛(범범) : 배가 둥둥 떠가는 모양.

88) 歸棹(귀도) : 돌아가는 배. 자신이 배를 타고 낙양으로 돌아감을 말한다. ○洛陽人(낙양인) : 위응물 자신을 가리킨다.

89) 廣陵(광릉) : 광릉군(廣陵郡). 지금의 양주(揚州). 620년 강녕현(江寧縣, 남경시)에 양주(揚州)를 설치하면서 수대의 강도군(江都郡, 옛 양주)을 연주(兗州)라 하였다. 626년 연주를 양주라 고쳤고, 742년 광릉군(廣陵郡)이라 하였다가 758년 다시 양주로 복원하였다.

90) 沿洄(연회) : 오고 가다. 배회하다. 沿(연)은 물의 흐름을 따라 내려가다. 회(洄)는 물길을 거슬러 올라가다.

다. 지극히 깊은 감정을 지극히 담담하게 풀어내는 위응물 시의 특징이 잘 드러나 있다. 안개(煙霧), 배(歸棹), 종소리의 여운(殘鐘), 광릉의 나무들(廣陵樹) 등으로 헤어지는 친구에 대한 아쉬운 정을 형상화하였다.

회하에서 보이는 대로─광릉의 친구에게 부침(淮上卽事, 寄廣陵親故)[91]

前舟已渺渺,[92]	앞서 떠난 배가 이미 희미하니
欲渡誰相待?	나루를 건넌다 해도 누가 기다리고 있으랴?
秋山起暮鐘,	가을 산에 저녁 종소리 일어나는데
楚雨連滄海.[93]	초 지방의 비가 창해와 잇닿아 내린다
風波離思滿,[94]	물결 속에 이별의 그리움 가득하니
宿昔容鬢改.[95]	금시 얼굴과 살쩍이 초췌해지는구나
獨鳥下東南,[96]	외로운 새가 홀로 동남쪽으로 내려가니
廣陵何處在?	광릉은 여기서 얼마쯤에 있는가?

해설 배를 타고 회하(淮河)를 지나며 양주의 친구들을 생각하며 지은 시이다. 가을 저녁 비가 지나가는 강가에서 담담한 이미지로 그리운 정을 표현하였다. 770년 가을에 지었다.

---

91) 淮上(회상): 회하(淮河) 유역 일대. ○卽事(즉사): 눈앞의 사물이나 일을 제재로 한 시. 시 제목에 습관적으로 붙이는 경우가 많다. ○廣陵(광릉): 앞의 시 참조. ○親故(친고): 친한 사람과 친구.

92) 渺渺(묘묘): 멀고 작은 모양.

93) 滄海(창해): 큰 바다. 시의 내용으로 보아 작자가 있는 곳은 당대에 회하가 흐르면서 바닷가였던 초주(楚州)로 보인다.

94) 風波(풍파): 바람과 파도. 세상살이에서의 풍파를 비유하는 경우가 많다.

95) 宿昔(숙석): 여러 가지 뜻이 있으나 여기서는 '아침저녁으로'의 뜻. 시간이 지극히 짧음을 형용한다. ○容鬢(용빈): 얼굴과 머리카락.

96) 獨鳥(독주) 구: 외로운 새 한 마리가 광릉이 있는 동남쪽으로 향하고 있다. 우연히 본 경치에 작자의 심상을 기탁하였다.

가릉강 강물 소리를 듣고─심 상인에게 부침(聽嘉陵江水聲, 寄深上人)[97]

鑿崖泄奔湍,[98]	벼랑을 뚫고 물살이 내달리며 튀어나오는데
稱古神禹迹.[99]	사람들은 옛날 우 임금의 치적이라 말하네
夜喧山門店,	밤에 산문(山門) 밖의 숙소까지 소란스러운데
獨宿不安席.[100]	홀로 묵으며 편히 잠들지 못하노라
水性自云靜,	물의 본성은 원래 고요하고
石中本無聲.	바위 안에도 본래 소리가 없거늘
如何兩相激,	어찌하여 물과 바위가 부딪혀
雷轉空山驚?	우레처럼 울리어 빈 산이 놀라는가?
貽之道門舊,[101]	이 시를 불문(佛門)의 친구에게 전하니
了此物我情.[102]	외물과 자아의 경계가 없음을 알겠노라

평석 조용한 것 둘이 만나니 곧 움직임이 일어난다. 천지 변화의 비밀이 홀연히 쓰여졌다.

(兩靜相遇則動生, 天地化機, 忽然寫出.)

해설 가릉강 상류는 계곡이 좁아 물살이 거세다. 이 시는 가릉강 강가에서 묵으면서 보고 들은 견문을 묘사하였다. 특히 선미(禪味)가 깃든 "물

---

97) 嘉陵江(가릉강) : 장강 상류의 주요한 지류 가운데 하나. 섬서성 봉현(鳳縣) 가릉곡(嘉陵谷)에서 발원하여 사천성 낭중을 지나 중경(重慶)에서 장강으로 합류한다. ○深上人(심상인) : 법명이 심(深)인 승려. 상인은 상덕지인(上德之人)의 준말로 승려에 대한 존칭.

98) 湍(단) : 여울. 급류.

99) 神禹(신우) : 신령스러운 우 임금. 고대의 기록에 의하면, 순 임금의 명령을 받아 십삼 년 동안 강을 소통시키는 방법으로 치수하여 범람의 피해를 없앴다고 한다.

100) 安席(안석) : 편안히 잠자다.

101) 道門(도문) : 수도의 문. 불문(佛門)을 가리킨다.

102) 物我情(물아정) : 외물과 자아의 경계를 잊는 '물아양망(物我兩忘)'의 경지. 『장자』에서 특히 상대적 가치와 외재적 형식을 버리고 도(道)와 합일하는 경지를 '나비의 꿈'이나 '남곽자기'(南郭子綦) 등의 우언으로 비유하여 강조하였다.

의 본성은 원래 고요하고"(水性自云靜) 이하 4구는 경물이 아니라 이치를 따진 것으로, 역대로 많은 시평가들의 상찬을 들었다.

동덕사에서 비가 내린 후
─원 시어와 이 박사에게 부침(同德寺雨後, 寄元侍御、李博士)[103]

川上風雨來,	강 위에 비바람이 몰려오더니
須臾滿城闕.	삽시간에 성궐에 가득하다
岧嶢青蓮界,[104]	우뚝 솟았어라, 사찰이여
蕭條孤興發.[105]	쓸쓸한 풍경이 시흥을 일으킨다
前山遽已淨,[106]	앞산이 갑자기 깨끗이 씻기더니
陰靄夜來歇.[107]	구름과 안개가 밤들어 거두어졌다
喬木生夏凉,	높은 나무에 여름의 서늘함이 깃들고
流雲吐華月.	흐르는 구름이 밝은 달을 토한다
嚴城自有限,[108]	낙양성은 야간 통금으로 제한이 있지만
一水非難越.[109]	강 한줄기는 건너기 어려운 건 아니어라

---

103) 同德寺(동덕사): 낙양성 동쪽에 있던 사찰. ○元侍御(원시어): 이름은 미상. 시어(侍御)는 일반적으로 감찰어사(監察御史)나 전중시어사(殿中侍御史)를 가리킨다. ○李博士(이박사): 이름은 미상. 당대에는 국자감(國子監)에 박사를 설치하였고, 부주(府州)에도 경학박사(經學博士)를 두었다. 덕종(德宗) 이후로 문학(文學)이라 개칭했다.

104) 岧嶢(초요): 높고 험준한 모습. ○青蓮界(청련계): 절. 청련우(青蓮宇) 또는 청련궁(青蓮宮)이라고도 한다. 불경에서는 넓고 길쭉한 청색 연잎을 곧잘 부처의 눈동자에 비유하였기에, 이로써 승려나 사찰을 가리켰다.

105) 孤興(고흥): 홀로 있을 때의 시흥(詩興).

106) 遽(거): 갑자기. 분주히.

107) 陰靄(음애): 짙은 안개나 구름.

108) 嚴城(엄성): 계엄이 내려진 성. 당대 도성은 야간에 통행이 금지되었다.

109) 一水(일수): 물줄기 하나. 당대 낙양성 안에는 이수(伊水), 낙수(洛水), 통제거(通濟渠)가 모여들었다. 여기서는 낙수를 가리킨다.

相望曙河遠,[110]　　　바라보니 새벽 은하수가 머나먼데

高齋坐超忽.[111]　　　높은 서재에 있으니 더욱 아득한 듯

해설 773년 여름 낙양 동덕사에서 한거하며 요양할 때 친구를 그리며 지었다. 위응물이 771년부터 하남병조참군(河南兵曹參軍)으로 낙양에 있을 때였다. "낙양성은 야간 통금으로 제한이 있지만"이란 말로 보아 원 시어(元侍御)는 낙양성 안에 거주하는 듯하고, "강 한줄기는 건너기 어려운 건 아니어라"는 말로 보아 이 박사(李博士)는 낙수의 남쪽에 사는 듯하다. 전반부는 황급히 지나간 빗줄기를 묘사했고, 후반부는 선선한 밤에 친구를 생각하였다. 특히 "높은 나무에 여름의 서늘함이 깃들고, 흐르는 구름이 밝은 달을 토한다"(喬木生夏涼, 流雲吐華月.)는 후세에 '흥상이 절로 이루어졌다'(興象天然)고 평가된 명구이다.

혼자 절에서 지새는 밤에—최 주부에게 부침(寺居獨夜, 寄崔主簿)[112]

幽人寂不寐,[113]　　　은거하는 사람 적막하여 잠들지 못하는데

木葉紛紛落.　　　　　나뭇잎은 분분히 떨어지누나

寒雨暗深更,[114]　　　찬비는 깊은 밤을 더 어둡게 하고

流螢度高閣.　　　　　떠다니는 반디는 높은 누각을 가로 지른다

坐使靑燈曉,[115]　　　하릴없이 푸른 등불 아래 밤을 지새우니

---

110) 曙河(서하) : 새벽의 은하수.

111) 超忽(초홀) : 멀고 아득한 모양. 나아가 정신이 높고 멀리 다니는 모양.

112) 崔主簿(최주부) : 최탁(崔倬)을 가리킨다. 최탁은 위응물의 당매서(堂妹婿, 손아래 사촌누이의 남편)로, 여러 차례 시를 주고받았다. 주부는 문서를 담당하는 관리.

113) 幽人(유인) : 은사. 은거하는 사람. 작자 자신을 가리킨다.

114) 深更(심경) : 깊은 밤. 고대에는 밤을 오경(五更)으로 나누었기에 경(更)은 밤을 의미한다.

115) 坐(좌) : 공연히. 쓸데없이. 그저. ○靑燈(청등) : 불빛이 파란 유등(油燈).

還傷夏衣薄.　　　아직도 얇은 여름옷 입고 있음이 안타까워라

寧知歲方晏,¹¹⁶⁾　어찌 알랴, 한 해가 바야흐로 저물어가니

離居更蕭索!¹¹⁷⁾　객지에 홀로 있음이 더욱 쓸쓸하여라

해설 779년 가을 호현(鄠縣) 풍수(灃水) 강가의 선복정사(善福精舍)에 거주할 때 지었다. 이해 6월 경조윤 여간(黎幹)이 폄적될 때 위응물도 관련되어 호현령(鄠縣令)에서 역양령(櫟陽令)으로 좌천되었는데, 위응물은 부임한 후 바로 용퇴하고 풍수 강가에 은거하였다. 시에서는 이러한 처지가 반영된 듯, 가을날 혼자 절에서 지내는 고적함을 집중적으로 묘사하였다. 시어도 목엽(木葉), 한우(寒雨), 유형(流螢), 청등(靑燈) 등으로 차갑고 쓸쓸한 색조로 이루어졌다.

정원에서 늦게 일어나
─소응현의 한 명부와 노 주부에게 부침(園林晏起, 寄昭應韓明府、盧主簿)¹¹⁸⁾

田家已耕作,¹¹⁹⁾　농가에선 벌써 경작을 시작하여

井屋起晨煙.¹²⁰⁾　마을에선 새벽 연기가 피어오른다

園林鳴好鳥,　　정원에선 좋은 새가 우짖을 때까지

---

116)　晏(안) : 늦다. 저물다.

117)　離居(이거) : 거처를 잃고 떠돌아다님. 이 말은 『상서』 「반경」(盤庚)의 "지금 우리 백성은 홍수에 마구 휩쓸려 떠돌아다니며 안정된 거처가 없소"(今我民用蕩析離居, 罔有定極.)에서 나왔다. ○ 蕭索(소삭) : 쓸쓸하고 적막함.

118)　昭應(소응) : 소응현. 당시 경조부(京兆府)의 속현으로, 지금의 섬서성 서안시 임동구(臨潼區)이다. ○ 韓明府(한명부) : 한질(韓質)을 가리킨다. 자는 유도(有道). 당시 소응현 현령이었다. 위응물이 경조공조참군이었을 때 한질은 호조참군이었다. 나중에 상서랑중(尙書郎中), 경조소윤(京兆少尹), 침주사호(郴州司戶)를 역임하였다. 명부는 현령. ○ 盧主簿(노주부) : 이름은 미상. 소응현 주부.

119)　田家(전가) : 농가.

120)　井屋(정옥) : 우물과 집. 곧 마을을 가리킨다.

閑居猶獨眠,	한가히 지내느라 아직 잠자고 있었다
不覺朝已晏,	아침이 한참 지난 걸 모르다가
起來望靑天.[121]	일어서서 푸른 하늘을 바라본다
四體一舒散,[122]	사지를 한바탕 쭉 폈더니
情性亦忻然.	마음이 절로 가벼워진다
還復茅簷下,	다시 또 띳집 처마 아래에서
對酒思數賢.	술을 마주하니 몇 사람이 생각난다
束帶理官府,[123]	요대를 매고 관서에서 일하는 그대들은
簡牘盈目前.[124]	눈앞에 문서가 가득 쌓여있으리
當念中林賞,[125]	마음 쓰는 것이라곤 숲 속에서 즐거워하고
覽物遍山川.	산천을 두루 다니며 풍경을 들러보는 일
上非遇明世,[126]	위로는 청명한 시대를 만나지 못해도
庶以道自全.[127]	올바른 도리로 자신을 보전할 수 있으리

해설 이 시 역시 780년 호현(鄠縣) 풍수(灃水) 강가의 선복정사(善福精舍)에 거주할 때 지었다. 전반부에선 봄날의 한가로운 생활을 그려, 후반부의 공무로 바쁜 두 친구의 생활과 대조하고 있다. 관리 생활에 대한 염증을 표시함과 동시에 자연에 대한 그리움을 표현하였다. 언어가 청신하고 자연스러우며 의경이 명랑하고 소탈하여 도연명의 풍격을 닮았다.

---

121) 심주 : 진박한 부분으로 도원명의 시에 가장 가깝다.(眞樸處最近陶工.)
122) 四體(사체) : 사지(四肢).
123) 束帶(속대) : 요대를 매다. 즉 관복과 예관을 갖추다.
124) 簡牘(간독) : 죽간과 목독(木牘). 여기서는 관공서의 문서.
125) 中林(중림) : 林中(임중). 숲 속.
126) 明世(명세) : 정치가 청명한 시대.
127) 庶以(서이) : 아마도 ~할 수 있을 것이다.

초가을 밤―아우들에게 부침(新秋夜寄諸弟)

兩地俱秋夕,[128]	그곳과 이곳이 다 같이 가을 저녁이라
相望共星河.[129]	서로를 그리며 은하수를 함께 한다
高梧一葉下,[130]	키 큰 오동에서 잎사귀 하나 떨어지니
空齋歸思多.	빈 서재에 있는 나는 돌아갈 생각 가득하다
方用憂人瘼,[131]	마침 백성의 어려움을 염려할 때인데
況自抱微痾.[132]	하물며 내 자신 작은 병을 안고 있구나
無將別來近,[133]	헤어진 지 얼마 되지 않았다고 여기지 말지니
顔鬢已蹉跎.[134]	얼굴과 머리카락은 벌써 쇠약해졌으니

해설 가을밤에 혼자 지내며 동생들을 생각하였다. "마침 백성의 어려움을 염려할 때인데"(方用憂人瘼)라고 한 것을 보면 자사(刺史)직에 있을 때로, 몸도 약하기도 하여, 동생들 생각을 줄여야 할 때라고 말하고 있다. 백성에 대한 관심과 형제들에 대한 애정이 함께 어울려졌다.

---

128) 兩地(양지) 2구: 이 2구는 사장(謝莊)의 「월부」(月賦)에 나오는 "미인은 멀리 떠나 소식이 끊겼으나, 천 리 멀리 떨어져 있어도 명월을 함께 하네"(美人邁兮音塵闕, 隔千里兮共明月.)의 뜻을 이용하였다.

129) 星河(성하): 은하수.

130) 高梧(고오) 구: 『회남자』「설산훈」(說山訓)에 나오는 "낙엽 하나가 떨어지는 걸 보고 한 해가 저무는 것을 안다"(見一落葉而知歲之將暮)의 뜻이다.

131) 方用(방용): 마침 필요하다. ○憂人瘼(우인막): 사람들이 아픈 걸 걱정하다.

132) 微痾(미아): 작은 병.

100) 無將(무장): ~라고 생각하지 마라. ○近(근): 시간이 짧다.

134) 蹉跎(차타): 발을 헛디뎌 넘어지다. 일반적으로 세월을 덧없이 보냄을 비유한다.

항찬에게 부침(寄恒璨)[135]

心絕去來緣,[136]	마음은 과거와 미래의 인연과 끊겼고
迹順人間事.[137]	행적은 속세의 일과도 충돌하지 않아
獨尋秋草徑,	홀로 가을 풀이 난 오솔길을 찾고
夜宿寒山寺.[138]	밤에는 차가운 산사에서 잠드리라
今日郡齋閑,	오늘 주(州)의 관사가 한가하니
思問楞伽字.[139]	능가경(楞伽經) 글귀의 뜻을 묻고 싶어라

해설 784년 저주(滁州)에 자사로 있을 때 지었다. 위응물이 승려 항찬에게 준 시가 여러 편 되는 걸 보면 상당히 교유가 밀접했던 것으로 보인다. 시에서 그리는 항찬의 마음(心)과 행적(迹)은 곧 작자가 지향하는 바이기도 하며, 저주시기 작자가 지향하는 심경이기도 하다.

전초현의 산중에 있는 도사에게 부침(寄全椒山中道士)[140]

今朝郡齋冷,	오늘 아침 군의 관사가 서늘하여
忽念山中客.	홀연 산속의 나그네가 생각 나
澗底束荊薪,	계곡 아래에서 가시나무를 묶고
歸來煮白石.[141]	거처에 돌아가 흰 돌을 끓이리라

---

135) 恒璨(항찬) : 저주(滁州) 낭야산(琅邪山)의 절에 있는 승려. 위응물이 그에게 준 시가 많다.
136) 去來緣(거래연) : 과거와 미래의 인연.
137) 迹(적) : 행적. 행위.
138) 寒山寺(한산사) : 가을 산의 절. 소주(蘇州)에 있는 한산사가 아니다.
139) 楞伽字(능가자) : 불경의 문자. 불경 가운데 부처가 스리랑카의 능가산(楞伽山)에서 설법했다는 『능가경』(楞伽經)이 있다.
140) 全椒(전초) : 전초현. 저주(滁州)의 속현으로 지금의 안휘성 전초현.

欲持一瓢酒,	한 바가지 술을 들고
遠慰風雨夕.	멀리 비바람 치는 저녁을 위로하고 싶어
落葉滿空山,	낙엽이 빈 산에 가득한데
何處尋行迹?	어느 곳에서 그대 행적 찾을 수 있으리?

평석 조물주의 필치이다. 도연명의 "동쪽 울타리 아래에서 국화를 따고, 고개 들어 멀리 남산을 바라본다"와 마찬가지로 절묘한 부분은 언어의 의미에서 벗어나 있다.(化工筆, 與淵明 "采菊東籬下, 悠然見南山", 妙處不關語言意思.)

해설 이 시 역시 784년 저주(滁州)에 자사로 있을 때 지었다. 쌀쌀한 가을 날에 심산에 있는 도사를 그리며 써 보낸 시이다. 간솔하고 평담한 언어 속에 깊고 여유 있는 마음이 담겨 있다. 소동파가 만년에 이 시를 모의해 「위응물의 시에 창화하며, 등 도사에게 부침」(和韋蘇州詩寄鄧道士)을 지었지만 위응물에 크게 미치지 못했다는 평을 받았다.

전진과 원상에게 보임(示全眞、元常)[142]

余辭郡符去,[143]	나는 자사(刺史)의 직책을 그만 두었는데
爾爲外事牽.	그대들은 직무에 묶여 왔구나

---

141) 煮白石(자백석) : 흰 돌을 끓이다. 도가의 복식(服食) 가운데 하나이다. 『신선전』(神仙傳)에서는 "백석 선생이란 사람은 항상 흰 돌을 끓여 양식으로 삼았다"(白石先生者, 常煮白石爲糧.)고 하였고, 『진고』(眞誥)에서도 "곡식을 먹지 말고 산에 들어가 응당 흰 돌을 끓여 먹어야 한다"(斷穀入山, 當煮食白石)고 하였다.

142) 全眞(전진) : 위응물 누이의 아들인 심전진(沈全眞). ○ 元常(원상) : 위응물 누이의 아들인 조항(趙伉). 원상(元常)은 그의 자. 진사에 급제한 후 소응현위(昭應縣尉), 염철관(鹽鐵官)이 되었고 감찰어사(監察御史)까지 이르렀다. 위응물의 시에 조항과 창화한 시가 가장 많다.

143) 郡符(군부) : 주군(州郡)을 주재하는 자사의 부신(符信). 당대에는 동으로 만든 물고기 모양의 동어부(銅魚符)로 자사의 신물(信物)을 삼았다.

寧知風雪夜,	어찌 알았으랴, 눈보라 치는 밤
復此對床眠?	다시금 침상을 마주하고 함께 잘 줄을
始話南池飮,[144]	남지(南池)에서 술 마시던 얘기를 시작으로
更詠西樓篇.[145]	다시 서루(西樓)에서 지었던 시를 읊조린다
無將一會易,[146]	한 번의 만남이라고 여기지 말게
歲月坐推遷.[147]	세월은 금방 흘러가버리니

해설 위응물은 784년 연말에 저주자사(滁州刺史)를 그만둔 후 한동안 저주에서 한거하였다. 다음 해인 785년 생질 둘이 일 때문에 저주에 왔다. 눈보라 치는 밤에 갑자기 찾아온 손아래 친척과 함께 침상을 마주하고 지난 일을 얘기하니 얼마나 즐거운가. "침상을 마주하다"(對床)는 말은 후세 문인들에게 정겨운 가족이나 친척과의 만남을 나타내는 어휘가 되었다.

상방 스님에게(贈上方僧)[148]

見月出東山,	동산에 달이 떠오르는 걸 보고
上方高處禪.	상방 스님은 높은 곳에서 좌선한다
空林無宿火,[149]	빈 숲에는 밤새 따뜻한 불씨도 없는데

---

144) 南池(남지) : 저주 성안에 있는 연못. 위응물의 시 가운데 저주자사로 있을 때 쓴 「왕경 낭중과 함께 남지에서 놀며」(陪王卿郎中遊南池)란 시가 있고, 「조항(趙伉)과 최파(崔播) 두 생질에게 답함」(答僴奴重陽二甥)이란 시에서도 "남지에서 향기로운 술잔을 마주하고"(南池對芳樽)라는 구절이 있다.

145) 西樓(서루) : 저주 성안에 있는 누각. 위응물의 시 가운데 저주자사로 있을 때 쓴 「서루」(西樓)가 있다.

146) 無將(무장) : ~라고 생각하지 마라.

147) 坐(좌) : 곧. 멀지 않아. ○推遷(추천) : 추이와 변천. 도연명의 「꽃 핀 나무 서문」(榮木序)에 "해와 달이 돌아, 이제 다시 여름이 되었는데"(日月推遷, 已復九夏.)라는 말이 있다.

148) 上方(상방) : 절의 방장(方丈). 곧 주지승이 거주하는 내실. 여기서는 절을 가리킨다.

獨夜汲寒泉.　　　밤에 홀로 차가운 샘물을 기른다
不下藍溪寺,[150]　　남계(藍溪)의 절에 내려오지 않은지
今年三十年.　　　올해로 벌써 삼십 년

해설 산속에서 고적하게 수행하는 스님의 생활을 그린 시이다. 불씨도 없고(無宿火) 찬물(寒泉)을 긷는다는 '차가움'의 감각에서 고행의 심리적인 모습까지 그려내었다. 비록 적요한 환경에 독거하지만 작자는 동산의 달에서 따뜻한 시선을 보내고 있다.

산동으로 유람 가는 이십사를 보내며(送李十四山東遊)[151][152]

聖朝有遺逸,[153]　　성조(聖朝)에는 빠뜨린 인재가 없다기에
披膽謁至尊.[154]　　충성을 다하여 지존(至尊)을 뵈었지
豈是貿榮寵?[155]　　어찌 영예와 총애를 구한 것이리?
誓將救元元.[156]　　맹세코 장차 백성을 구하려 했었네
權豪非所便,[157][158]　권세가들은 불리하다고 여겨

---

149) 宿火(숙화) : 밤을 지내온 불씨.

150) 藍溪(남계) : 남전(藍田)에 있는 남곡수(藍谷水).

151) 심주 : 즉 이백이다.(卽李太白.)

152) 李十四(이십사) : 미상. ○山東(산동) : 효산(崤山) 또는 화산(華山)의 동쪽 지역을 가리키며 일반적으로 황하 중하류 지역을 말한다.

153) 聖朝(성조) : 당왕조를 가리킨다. 고대 사람들은 자신이 살고 있는 왕조를 성조라 하였다. ○遺逸(유일) : 천거되지 않은 재야의 선비. 벼슬하지 않고 은거하는 뛰어난 선비. 은사(隱士).

154) 披膽(피담) : 披肝膽(피간담)의 준말. 간과 담을 드러내 보인다는 말로, 충성을 다한다는 뜻. ○謁(알) : 알현하다. 뵙다. ○至尊(지존) : 황제.

155) 貿(무) : 사다. 구하다. ○榮寵(영총) : 영예와 총애.

156) 元元(원원) : 백성. 『전국책』「진책」(秦策)에 "해내를 제압하고, 온 백성을 자식으로 삼고, 제후를 신하로 삼으려면, 전쟁 없이는 안된다"(制海內, 子元元, 臣諸侯, 非兵不可.)라는 말이 있다.

書奏寢禁門.[159]	상주문을 궁문에서 막아버렸지
高歌長安酒,	장안에서 술을 마시고 소리 높여 노래 부르며
忠憤不可吞.	충의에 찬 격분을 식힐 수 없었지
欻來客河洛,[160]	홀연히 낙양 근처를 떠돌며
日與靜者論.[161]	날마다 은자들과 논담하였어라
濟世翻小事,[162]	세상을 구제함은 오히려 작은 일로 여기고
丹砂駐精魂.[163)164]	단사(丹砂)로 정신과 혼백을 머물게 하였지
東遊無復繫,[165]	그대 동쪽으로 유람가면 다시 얽매임 없으리니
梁楚多大藩.[166]	양(梁)과 초(楚) 지방은 큰 주군(州郡)이라
高論動侯伯,[167]	고담준론으로 자사들을 감동시키고
疎懷脫塵喧.[168]	넓은 가슴으로 속세의 근심을 씻어버리게
送君都門野,[169]	그대를 낙양의 성문 밖에서 보내니
飮我林中尊.	숲 속에서 나에게 술잔을 건네네
立馬望東道,	말을 멈추고 동쪽 길을 바라보니

---

157) 심주 : 고력사와 같은 부류이다.(高力士之類.)

158) 非所便(비소편) : 편리하지 않다고 생각하다.

159) 寢(침) : 쉬다. ○禁門(금문) : 궁문. 이 구는 이십사(李十四)의 상주문이 보류되어 황제에게 올라가지 못한다는 뜻.

160) 欻(훌) : 갑자기. ○客(객) : 나그네로 떠돌다. 동사로 쓰였다. ○河洛(하락) : 황하와 낙수(洛水). 황하와 낙수 사이의 지역. 지금의 하남성 낙양성 근처.

161) 靜者(정자) : 청정(淸靜)의 도를 체득한 사람. 곧 은사, 승려, 도사 등을 가리킨다.

162) 翻(번) : 오히려. 도리어. 반대로.

163) 심주 : 이미 도를 배우고 나니 세상을 구제하는 일은 작은 일이 되었다. 이백이 도교의 신선술을 배운 것은 원래 뜻을 얻지 못한 이후이다.(已學道, 濟世又小事矣. 太白學仙, 原在不遇之後.)

164) 丹砂(단사) : 丹沙(단사)라고도 쓴다. 붉은 색의 광물로, 약이나 안료로 쓰인다.

165) 繫(계) : 묶다. 구속하다.

166) 梁楚(양초) : 변주(汴州)와 서주(徐州) 일대. 지금의 하남성 동남부와 강소성 서북부. ○大藩(대번) : 규모가 큰 제후국. 대주(大州).

167) 侯伯(후백) : 후작과 백작. 일반적으로 자사(刺史)와 같은 고위 관료를 가리킨다.

168) 疎懷(소회) : 넓은 마음. ○塵喧(진훤) : 홍진 세상의 소란스러움.

169) 都門(도문) : 동도(東都) 낙양의 성문.

白雲滿梁園.¹⁷⁰⁾　　　흰 구름이 양원(梁園)에 가득하여라

踟躕欲何贈,　　　　　주저하며 무엇을 그대에게 주어야 하나

空是平生言.¹⁷¹⁾　　　그저 평소의 정을 이 시에 담아 주리라

평석 위응물은 개원 연간에 이미 궁중의 시위였으며 덕종시기에도 생존하였다. 문집 속에 이백을 송별하는 시가 있는데 반해 두보와 주고받는 시가 없으니, 어찌 두 사람이 본래 면식이 없었겠는가?(左司在開元時已爲侍衛, 至德宗時猶存, 而集中有送太白詩, 無與少陵贈答, 豈兩人本不相識耶?)

해설 이십사(李十四)의 성품과 경력을 서술하고 그의 전도를 격려한 시이다. 이십사에 대해서 유신옹(劉辰翁), 고병(高棅), 심덕잠(沈德潛) 등은 이백(李白)이라 하였다. 그러나 이백은 항제(行第)가 십사(十四)가 아니라 십이(十二)였으며, 이백이 장안에서 낙양을 거쳐 산동으로 갔던 744년에는 위응물은 10세경이었다. 또 어떤 판본에는 제목이 「동쪽으로 유람 가는 이십사 산인(山人)을 보내며」(送李十四山人東遊)라 되어 있다. 산인(山人)은 산에 은거하는 사람이다. 이들 정황들 때문에 훨씬 많은 학자들은 이십사는 이백이 아니라고 본다.

---

170) 梁園(양원) : 토원(兎園)이라고도 한다. 서한 초기 경제 때 양효왕(梁孝王, ?~기원전 144년) 유무(劉武)가 축조한 정원으로 지금의 하남성 상구시(商丘市) 동쪽 소재. 사방의 호걸을 초빙하니 관동 지역의 유세객들이 모두 모여들었고, 추양(鄒陽), 매승(枚乘), 장기(莊忌), 사마상여(司馬相如) 등도 이곳을 찾았다.

171) 空(공) : 그저. 다만. ○平生(평생) : 평소의 뜻이니 정.

은양현 현령으로 가는 영호수를 보내며(送令狐岫宰恩陽)[172]

大雪天地閉,	큰 눈이 내려 천지가 닫혔는데
群山夜來晴.	밤 되어 눈이 내려 산들이 맑게 개었어라
居家猶苦寒,	집에 있어도 추위가 매서운데
子有千里行.	그대는 천 리 밖으로 떠나는구나
行行安得辭,[173]	멀리라 해도 어찌 사양할 수 있으랴
荷此蒲璧榮.[174]	이처럼 현을 다스리는 영예를 받았는 걸
賢豪爭追攀,[175]	현사와 호걸들이 다투어 붙들다가
飮餞出西京.[176]	장안을 떠나는 길에 술을 차리고 그대를 보내네
樽酒豈不歡?	술잔을 들고도 즐겁지 않은 건
暮春自有程.	늦봄까지 가야할 노정이 있기 때문
離人起視日,[177]	떠나는 사람은 일어나 해가 어디쯤인지 살피고
僕御促前征.[178]	마부는 앞길을 재촉한다
逶迤歲已窮,[179]	살아온 날은 이리저리 어느새 노년인데
當造巴子城.[180]	머나먼 파자성(巴子城)까지 가야 한다네

---

172) 令狐岫(영호수) : 이 시 이외에는 자료가 없어 미상. 영호(令狐)는 복성(複姓)이고 수(岫)가 이름이다. ○宰(재) : 다스리다. ○恩陽(은양) : 은양현. 당시 파주(巴州) 속현으로, 지금의 중경시 파중현(巴中縣) 동남에 소재했다.

173) 辭(사) : 사양하다.

174) 荷(하) : 받다. ○蒲璧(포벽) : 창포 문양이 있는 벽옥(璧玉). 『주례』「춘관」(春官) 「대종백」(大宗伯)에 "옥으로 여섯 가지 홀을 만들어 나라의 등급을 구별한다. (…중략…) 남작(男爵)은 창포 문양의 벽옥을 지닌다"(以玉作六瑞, 以等邦國. (…중략…) 男執蒲璧.)는 말이 있다. 현령은 말단 지방행정관으로 주대의 남작에 해당한다.

175) 追攀(추반) : 따라 가서 붙잡고 만류하다. 헤어지기 어려움을 형용한 말.

176) 飮餞(음전) : 술을 차려 송별하다. ○西京(서경) : 장안. 742년부터 서경이라 하였다.

177) 起視日(기시일) : 일어나 출발 시간을 헤아리기 위해 해가 어디에 있는지 바라보다.

178) 僕御(복어) : 마부.

179) 逶迤(위지) : 逶迤(위이)와 같다. 구불구불. 굽이굽이. 굽이지면서 먼 모양.

180) 造(조) : 가다. ○巴子城(파자성) : 은양현(恩陽縣)을 가리킨다. 고대에 파자국(巴子國), 즉 파국(巴國)이 있었는데, 그 강역은 지금의 호북성 서부와 중경시 일대에 해당한다.

和氣被草木,	부드러운 기운이 초목에 깃들고
江水日夜清.	강물은 밤낮으로 맑게 흘러가리
從來知善政,	예부터 훌륭한 정치에 대해 잘 알고 있으니
離別慰友生.	헤어지며 친구를 위로하는 바이네

해설 눈 내리다 그친 겨울에 멀리 은양현으로 부임하는 친구를 보내며 쓴 시이다. 첫머리에서 송별하는 시기와 이유를 밝히고, 중간에 송별하는 장면을 서술하고, 끝에서 떠나가는 친구를 격려하였다. 감정이 진지하고 진솔하다.

창당 교서랑에게 답하며(答暢校書當)[181]

偶然棄官去,	우연히 벼슬을 버리고 떠나
投迹在田野.[182]	논밭에 몸을 던졌으니
日出照茅屋,	해가 떠 띳집을 비추면
園林養愚蒙.[183]	숲 속에 은거하며 정도(正道)를 기른다
雖云無一資,[184]	비록 한 조각 재산은 없지만
樽酌會不空.[185]	술동이는 언제나 비지 않아
且欣百穀成,[186]	온갖 곡식이 익는 걸 기뻐하고

---

181) 暢當(창당) : 중당시기에 활동한 시인. 772년 진사에 급제하여 교서랑(校書郎)이 되었고, 하중부참군(河中府參軍), 태상박사(太常博士), 과주자사(果州刺史) 등을 역임하였다. 위응물과 교유가 깊었다.

182) 投迹(투적) : 족적을 던지다. 행동하다. 관여하다.

183) 養愚蒙(양우몽) : 어리석음으로 자신을 가리고 정도(正道)를 기르다. 이 말은『주역』「몽」(蒙)괘의 "은거하며 정도를 함양함은 곧 성인의 공덕이다"(蒙以養正, 聖功也.)는 말에서 나왔다.

184) 一資(일자) : 한 조각 재산이나 관직.

185) 樽酌(준작) : 술동과 술잔. 여기서는 술과 밥. ○會(회) : 반드시. 응당.

186) 成(성) : 성숙하다.

仰歎造化功.	하늘을 우러러 조물주의 공덕을 찬탄한다
出入與民伍,	백성들과 함께 오가며
作事靡不同.	하는 일이 모두 다르지 않으니
時伐南澗竹,	때로 남쪽 계곡에서 대나무를 베고
夜還澧水東.[187]	밤에는 풍수(澧水)의 동쪽으로 돌아온다
貧蹇自成退,[188]	빈궁하고 어려워 스스로 물러나온 것일 뿐
豈爲高人蹤?[189]	어찌 높은 은사의 종적을 따른 것이겠는가?
覽君金玉篇,[190]	그대의 경쇠 소리 같은 시를 읽으니
彩色發我容.[191]	빛나는 문채는 나의 얼굴을 환하게 하네
日月欲爲報,[192]	날마다 답시를 지어 보내려 했건만
方春已徂冬.[193]	바야흐로 봄날이 어느 새 겨울이 되었소 그려

해설 봄에 받은 창당(暢當)의 시에 대해 겨울에 쓴 답시(答詩)이다. 이때는
780년 풍수 강가의 선복정사(善福精舍)에 한거할 때로, 위응물의 시집에는
창당과 주고받은 시가 몇 편 더 있다. 자신의 생활과 정감을 담담하게
읊은 이 시는, 자신의 한거가 결코 고사(高士)의 높은 행적을 좇는 행위가
아니라 우연히 일어난 일임을 강조하고, 서민들과 어울려 청빈하게 살아
가는 모습을 그렸다. 그러한 소탈하고 자연스러운 면에서 명대 종성(鐘
惺)은 "기운이 순박하고 고졸한 점이 도연명을 닮았다"(氣韻淳古處似陶)라
평하였다.

---

187) 澧水(풍수) : 豐水(풍수)라고도 쓰며, 지금의 서안시 서남의 풍하(澧河). 섬서성 영섬
현(寧陝縣)의 종남산에서 발원하여 서북으로 흐르다가 위하(渭河)로 들어간다. 澧水
東(풍수동)은 위응물이 거주하던 장안 서쪽 교외의 선복정사(善福精舍)를 가리킨다.
188) 貧蹇(빈건) : 빈궁하여 걸음이 절룩거리듯 생활이 부자연스러움.
189) 高人蹤(고인종) : 고사(高士)의 행적.
190) 金玉篇(금옥편) : 경쇠나 옥이 울리듯 운율이 아름다운 뛰어난 시문.
191) 彩色(채색) : 여러 가지 색채. 여기서는 화려한 문채.
192) 日月(일월) : 매일과 매달. ○ 報(보) : 보답하다. 여기서는 답시(答詩)를 쓰다.
193) 徂冬(조동) : 겨울이 되다.

배 처사에게 부침(寄裴處士)[194]

春風駐遊騎,	봄바람이 유람하는 말을 세우더니
晚景澹山暉.[195]	저녁 햇빛이 산의 풍광에 담담히 깃드는구나
一問淸泠子,[196]	맑고 고결한 그대를 한 번 찾아가 보니
獨掩荒園扉.	황량한 정원에 사립이 닫혀 있더라
草木雨餘長,	초목은 비온 뒤라 쑥쑥 자라있고
里閭人到稀.[197][198]	마을에선 찾아오는 사람도 드물어
方從廣陵宴,[199]	마침 광릉의 잔치에 갔다는데
花落未言歸.[200]	꽃이 떨어져도 돌아올 줄 모르누나

해설 봄날 오후 처사를 찾아갔으나 만나지 못한 감상을 쓴 시이다. 간결한 언어 속에 처사의 생활과 소탈한 성품을 그렸다.

그리운 사람(有所思)[201]

借問堤上柳,	언덕 위의 버들에게 물어보나니
靑靑爲誰春?[202]	"새파란 봄빛은 누구를 위해 푸르렀나?"

---

194) 裴處士(배처사) : 미상. 처사(處士)는 은거하며 벼슬을 하지 않는 사람.

195) 晚景(만경) : 저녁 무렵의 햇빛.

196) 一問(일문) : 한 번 문안하다. ○ 淸泠子(청령자) : 정신이 높고 마음이 순수한 선비. 청령(淸泠)은 『장자』「양왕」(讓王)에, 순 임금이 천하를 친구인 북인무택(北人無擇)에게 양보하자 북인무택이 자신을 모욕했다며 뛰어들어 죽은 연못 이름으로 나온다.

197) 심주 : 도연명.(陶公.)

198) 里閭(이려) : 향리. 또는 마을 사람.

199) 廣陵(광릉) : 양주. 「회하에서 보이는 대로, 광릉의 친구에게 부침」(淮上卽事, 寄廣陵親故) 참조.

200) 未言歸(미언귀)·未歸(미귀)와 같다, 돌아가지 않다. 言(언)은 어조사.

201) 有所思(유소사) : 그리운 사람.

空遊昨日地,　　　　어제 놀았던 곳에 와 하릴없이 들러보아도
不見昨日人.[203][204]　　어제 놀았던 사람은 보이지 않네
繚繞萬家井,[205]　　　마을의 우물마다 버들이 휘휘 늘어지고
往來車馬塵.　　　　먼지를 일으키며 오고 가는 수레 많아라
莫道無相識,　　　　내가 그 사람들 모르는 건 아니지만
要非心所親.[206]　　　결국은 내가 찾는 그 사람은 아니 있어라

해설 제목 「그리운 사람」(有所思)은 원래 한대 악부의 제목으로, 여인이
변절한 남자에 대해 자신의 복잡한 심경을 노래하고 절교를 선언하는
내용이다. 그러나 후대 시인들이 이를 모의하면서 이별의 슬픔이나 사랑
의 감정을 호소하는 내용으로 바뀌어졌다. 이 시 역시 봄이 되어 번화한
거리에 나가 오가는 사람들에게서 '어제 놀았던 사람'을 찾으며 그리워
하였다.

저녁의 그리움(暮相思)

朝出自不還,　　　　아침에 나가서 돌아오지 않다가
暮歸花盡發.　　　　저녁에 돌아오니 꽃이 모두 피었어라
豈無終日會?　　　　온종일 함께 만나는 날이 어찌 없으랴?
惜此花間月.　　　　그래도 꽃 사이의 달을 함께 못 봄이 아쉬워
空館忽相思,　　　　빈 관사에서 문득 그대 그리워할 때

---

202) 爲誰春(위수춘) : 누구를 위하여 봄빛을 만들었나?
203) 심주 : 어둡게 정신이 흩어진다.(黯然消魂)
204) 昨日人(작일인) : 어제 함께 만나 놀았던 사람.
205) 繚繞(요요) : 휘돌아 감기다. 버들가지를 가리킨다. ○ 萬家井(만가정) : 사람이 모여
　　 사는 곳. 거리가 '정'(井)자처럼 종횡으로 나 있는 성읍을 가리킨다.
206) 要(요) : 아무튼. 결국.

微鐘坐來歇.[207]　　　은은한 종소리가 잠시 멈추어진다

해설 꽃 피고 달 뜬 봄밤에 상대를 그리워하며 쓴 시이다. 빈 관사(空館)라는 말이 있는 것으로 보아, 이때의 상대는 이성이라기보다는 친구로 보이며, 악부를 모방한 것이 아닌 일상의 편단(片斷)을 소재로 한듯 보인다. 그러나 시는 높은 함축미에 우아한 의경을 담고 있으며, 위응물이 자주 사용하는 종소리 이미지 역시 특별히 뛰어나다.

저녁에 우이현에서 머물며(夕次盱眙縣)[208]

落帆逗淮鎭,[209]	회수 강가의 마을에 돛을 내리고
停舫臨孤驛.	외떨어진 역참 앞에 배를 댄다
浩浩風起波,	거대하여라, 바람이 일으킨 물결이여
冥冥日沈夕.[210]	어두워라, 해가 가라앉는 밤이여
人歸山郭暗,	사람들이 돌아가는 산성(山城)은 어둡고
雁下蘆洲白.	기러기 내려앉는 갈대 모래톱은 하얗구나
獨夜憶秦關,[211]	홀로 지새는 밤에 장안을 그리는데
聽鐘未眠客.	종소리 듣느라 잠 못 드는 나그네

해설 782년 저주자사(滁州刺史)로 부임하는 도중 우이현에 들렀을 때 지었다. 마침 바람이 거세고 밤이 되어 하룻밤을 묵어야 하는데, 밤새 잠들지

---

207) 微鐘(미종) : 은은한 종소리. ○坐來(좌래) : 잠시. 조금 후.
208) 次(차) : 임시로 묵다. ○盱眙縣(우이현) : 초주(楚州)의 속현으로, 지금의 강소성 우이현.
209) 淮鎭(회진) : 회하 강가의 도시. 곧 우이현을 가리킨다.
210) 冥冥(명명) : 어둑어둑함. 또는 아득하고 먼 모양.
211) 秦關(진관) : 진 지방의 관새(關塞)로 관중 지역을 말한다. 여기서는 작자의 고향인 장안을 가리킨다.

못하고 고향을 생각하는 정경이 잘 그려졌다. 제5, 6구는 명암 대비가 뚜렷하면서도 동감까지 있어 뛰어난 대구로 꼽힌다.

출타 갔다가 돌아와(出還)

昔出喜還家,	예전에는 출타하였다가 기쁘게 귀가했는데
今還獨傷意.	지금은 귀가해도 유독 슬프기만 해
入室掩無光,[212]	방에 들어가니 아무데도 빛이 없고
銜哀寫虛位,[213]	입에 문 애통함을 영전에 쏟아낸다
悽悽動幽幔,[214]	깊은 슬픔에 어두운 휘장이 흔들리고
寂寂驚寒吹,[215]	사방이 적막하여 찬바람에도 놀란다
幼女復何知,[216]	어린 딸은 또 무엇을 알랴
時來庭下戲,[217]	때로 마당에 내려와 놀이를 한다
咨嗟日復老,[218]	탄식하며 나날이 다시 늙어가나니
錯莫身如寄,[219]	혼미한 가운데 몸이 잠시 머물다 가는 것
家人勸我餐,	집안사람은 나더러 식사하라 권하지만
對案空垂淚.[220]	밥상을 마주하고 부질없이 눈물을 흘린다

---

212) 掩(엄) : 모두.
213) 寫(사) : 瀉(사)와 같다. 쏟다. 표시하다. ○虛位(허위) : 빈자리. 곧 아내의 신위(神位)가 있는 자리. 영전(靈前).
214) 悽悽(처처) : 슬픈 모습. ○幽幔(유만) : 어두운 휘장.
215) 寒吹(한취) : 寒風(한풍)과 같다. 찬바람.
216) 幼女(유녀) : 어린 딸. 위응물은 「딸을 양씨 집안으로 시집보내며」(送楊氏女)에서 이 장녀의 성장 과정에 대해 자세히 묘사하였다.
217) 심주 : 어린 딸의 놀이에 나의 슬픔은 배로 깊어진다.(因幼女之戲, 而己之哀倍深.)
218) 咨嗟(자차) : 탄식하다.
219) 錯莫(착막) : 錯漠(착막)이라고도 쓴다. 정신이 어지럽고 혼미한 모습. ○如寄(여기) : 잠시 기거하는 것과 같다. '고시십구수'의 제13수 「수레를 몰아 상동문을 나가」(驅車上東門)에 "인생은 마치 잠시 머물다 가듯 재빨리 지나가고"(人生忽如寄)라는 말이 있다.

평석 반악(潘岳)의 「도망시」에 비해 비교적 진실하다.(比安仁悼亡較眞.)

해설 위응물은 774년부터 경조부공조참군(京兆府功曹參軍)으로 임직하였는데, 776년 연말경에 아내를 잃었다. 아내의 죽음을 슬퍼한 도망시(悼亡詩)가 현재 19수 남아있다. 이 시 역시 그중 한 편으로 경조부(京兆府)의 속현인 부평현(富平縣)에 출장 갔다가 돌아와 다시 아내를 애도한 시이다. 어린 딸의 천진한 모습으로 작자의 내심의 고통을 더욱 뚜렷이 부각시켰다.

꽃 핀 나무를 마주하고(對芳樹)[221]

迢迢芳園樹,[222]	높디높아라, 정원의 꽃 핀 나무여
列映淸池曲.	맑은 연못가 굽이진 곳에 열 지어 비치는구나
對此傷人心,	이를 보니 사람의 마음이 슬퍼지는데
還如故時綠.	여전히 예전처럼 푸르디푸르구나
風條灑餘靄,[223]	바람에 흔들리는 가지는 안개에 씻기고
露葉承新旭.	이슬 맺힌 나뭇잎은 아침 해를 받고 있어라
佳人不可攀,	가인(佳人)이 더 이상 가지를 만질 수 없으니
下有往來躅.[224]	아래에는 오고간 발자취만 있구나

해설 『악부시집』(樂府詩集)에는 제목이 「꽃 핀 나무」(芳樹)라 되어 있다. 한대 악부제를 따른 이전의 시들은 향기가 시들고 봄이 다할까를 염려한

---

220) 對案(대안) : 밥상을 마주하다.
221) 심주 : 이 시 또한 아내의 죽음을 애도하여 지었다.(亦悼亡作.)
222) 迢迢(초초) : 높은 모양.
223) 風條(풍조) : 바람에 흔들리는 가지.
224) 躅(촉) : 발자취.

내용인데 반해, 이 시는 나무를 보고 사람을 그리워했으니 악부제를 따른 듯하지는 않다. 이 때문에 많은 학자들은 죽은 아내를 애도한 시로 본다. 불필요한 말을 모두 씻어낸 깔끔한 소시(小詩)이다.

달밤(月夜)[225]

皓月流春城,[226]	밝은 달이 봄의 성을 비추고
華露積芳草.[227]	반짝이는 이슬이 향기로운 풀에 영글었다
坐念綺窓空,[228]	이로 인해 내실이 비었음을 생각하니
翻傷清景好.[229]	오히려 아름다운 경관에 마음 아파라
清景終若斯,[230]	아름다운 경관이 언제나 이러하다면
傷多人自老.	마음이 아픈 탓에 절로 늙으리

해설 이슬 내린 맑은 달밤에 아내를 생각하며 지은 시이다. 아름다운 경관으로 내면의 깊은 슬픔을 드러내었다.

---

225) 심주 : 이 시 또한 아내의 죽음을 애도하여 지었다.(亦悼亡作.)
226) 流(류) : 빛나다. 반짝이다.
227) 華露(화로) : 이슬의 미칭(美稱).
228) 坐(좌) : 因(인)과 같다. 따라서. 때문에. ○ 綺窓(기창) : 얇은 비단으로 장식한 창. 일반적으로 여인이 거처하는 방의 창문을 가리킨다. 여기서는 아내의 방.
229) 清景(청경) : 맑은 빛. 좋은 경관.
230) 若斯(약사) : 이와 같다.

용문에서 놀며 조망하다(龍門遊眺)[231]

鑿山導伊流,[232]	산을 깎아 이수(伊水)를 텄기에
中斷若天闢.	끊겨진 중간은 하늘이 열린 듯해
都門遙相望,[233]	도성의 성문과 멀리 마주보면서
佳氣生朝夕.[234]	상서로운 기운이 아침저녁으로 생겨나네
素懷出塵意,	평소에 세속을 벗어날 뜻이 있었는데
適有携手客.	마침 함께 나온 사람과 손을 잡고 둘러보네
精舍繞層阿,[235]	사찰은 언덕을 둘러가며 세워져있고
千龕鄰峭壁.[236]	수많은 석굴은 절벽 따라 이어져 있어
緣雲路猶緬,[237]	구름 따라 걸으니 길은 더욱 멀고
憩澗鐘已寂.	계곡에서 쉬고 있으니 종소리가 적막해
花樹發煙華,[238]	나무는 화사한 꽃을 피우고
淙流散石脈.[239]	시냇물은 돌 위로 흩어진다
長嘯招遠風,	길게 휘파람 불어 멀리서 오는 바람 부르고
臨潭漱金碧.[240]	연못에서 푸른 물을 마신다

---

231) 龍門(용문) : 용문산(龍門山)이라고도 한다. 하남성 낙양시의 남쪽 교외에 소재. 산이
라기보다는 낮은 언덕으로, 남으로 내려가던 언덕이 이수(伊水)에 의해 끊겼는데,
그 양쪽이 마치 궐문(闕門) 같다고 하여 이궐(伊闕) 또는 쌍궐(雙闕)이라고도 한다.

232) 伊流(이류) : 이수(伊水), 지금은 이하(伊河)라고 한다. 하남성 노씨현(盧氏縣)에서 발
원하여 동북으로 숭현(嵩縣), 이양(伊陽), 낙양, 언사(偃師)를 거쳐 낙수(洛水)로 들
어간다. 『수경주』「이수」(伊水) 등에 우 임금이 산을 깎아 물길을 텄다는 전설이 기
록되어 있다.

233) 都門(도문) : 동도(東都) 낙양의 성문.

234) 佳氣(가기) : 길조와 번영을 가져올 아름다운 기운.

235) 層阿(층아) : 층층으로 높이 솟은 산언덕.

236) 龕(감) : 감실(龕室). 석벽을 깊이 파서 석불을 안치하도록 만든 공간. 여기서는 용문
석굴을 가리킨다. 북위 선무제(宣武帝)부터 당대에 이르기까지 굴착하여 감실이 이
천백여 개에 이른다.

237) 緣雲(연운) : 구름을 접하다. 산길이 높음을 형용한다. ○ 緬(면) : 멀다.

238) 煙華(연화) : 안개같이 무성히 핀 꽃.

239) 淙流(종류) : 졸졸 소리 내며 흐르는 시내. ○ 石脈(석맥) : 바위 결.

日落望都城,　　　해가 저문 뒤 도성을 바라보니
人間何役役!²⁴¹⁾　　인간세상은 어찌 그리 수고로운가!

해설 낙양의 남쪽 교외에 있는 용문산을 둘러보고 지은 시이다. 권2에 있
는 두보의 「용문 봉선사에서 놀며」(遊龍門奉先寺)와 비교하며 읽으면 좋다.

농가를 바라보며(觀田家)

微雨衆卉新,　　　가는 비에 온갖 초목이 새롭더니
一雷驚蟄始.²⁴²⁾　천둥소리 한 번에 경칩이 시작된다네
田家幾日閑?　　　농가에선 한가한 날 며칠이리오?
耕種從此始.　　　이날부터 밭 갈고 씨 뿌려야 하리
丁壯俱在野,²⁴³⁾　젊은이는 모두 밭에 나가고
場圃亦就理.²⁴⁴⁾　채마밭도 손 보고 정리해야 한다네
歸來景常晏,²⁴⁵⁾　돌아오면 언제나 해가 저물 때라
飲犢西澗水.²⁴⁶⁾　서쪽 계곡에서 송아지에게 물을 먹인다

---

240) 漱(수) : 양치질하다. 여기서는 물을 마시다. ○ 金碧(금벽) : 황금색과 벽록색. 여기서
는 사찰의 화려한 단청이 비치는 시냇물.

241) 役役(역역) : 쉬지 않고 힘들게 일하는 모습. 『장자』「제물론」(齊物論)에 "평생 동안
힘쓰고 애쓰지만 일이 이루어지는 걸 보지 못한다"(終身役役, 而不見其成功.)는 말
이 있다.

242) 驚蟄(경칩) : 이십사절기 가운데 하나. 일반적으로 양력 삼월 오일 또는 육일이다. 천
둥이 울리어 겨울잠을 자던 동물들이 깬다는 뜻으로, 만물이 생동하기 시작하므로
농사일을 시작하는 시기로 삼았다.

243) 丁壯(정장) : 젊고 건장한 사람. 특히 젊은 남자를 정장(丁壯) 또는 장정(壯丁)이라고
한다.

244) 場圃(장포) : 타작장과 채마밭. 고대에는 같은 장소를 봄여름에는 채마밭으로 쓰고
가을에는 타작장으로 썼다.

245) 景常晏(경상안) : 해가 저물다. 景(경)은 햇빛이나, 여기서는 시간을 가리킨다.

246) 犢(독) : 송아지.

飢劬不自苦,[247]   굶주림과 힘겨움도 고생이라 여기지 않고
膏澤且爲喜.[248]   봄비가 내리면 그 또한 기쁘게 생각해
倉廩無宿儲,[249]   창고에는 쌓아둔 식량이 없으며
徭役猶未已.[250]   부역도 아직 끝나지 않았어라
方慚不耕者,[251]   부끄러워라, 농사도 짓지 않는 나는
祿食出閭里.[252]   녹봉이 이들 백성들로부터 나오는 것을

평석 위응물 시 가운데 가장 높은 경지는 매번 담담하고 무의식중에 나오는 것인데, 일반적으로 말하는 천뢰이다.(韋詩至處, 每在淡然無意, 所謂天籟也.)

해설 봄이 되어 분주히 농사짓는 농민들을 애정 어린 눈길로 관찰하면서, 그들의 활동을 담담히 묘사하였다. 어휘, 구성, 한담한 풍격에 백묘(白描)의 방법에 이르기까지 도연명의 여운(餘韻)이 뚜렷하다.

봄에 남정에서 놀며(春遊南亭)[253]

川明氣已變,[254]   강물이 불어 반짝이고 기후가 변했으나
巖寒雲尙擁.[255]   차가운 바위에는 아직도 구름이 몰려있다

---

247) 飢劬(기구) : 기아와 노고.
248) 膏澤(고택) : 봄비. 때 맞춰 내린 봄비가 논밭을 기름지고 윤택하게 한다는 뜻을 따왔다.
249) 倉廩(창름) : 식량 창고. 곡물을 저장한 곳을 창(倉)이라 하고, 쌀을 저장한 곳을 름(廩)이라 한다. ○宿儲(숙저) : 쌓아 저축해둔 물자. 일반적으로 식량을 가리킨다.
250) 徭役(요역) : 왕조시대에 정부에서 평민 남자 성인에게 강제로 징발한 노동력.
251) 不耕者(불경자) : 밭 갈지 않는 사람. 농사를 짓지 않는 작자 자신을 가리킨다.
252) 祿食(녹식) : 봉록. ○閭里(여리) : 여(閭)와 리(里). 고대에 다섯 가구를 비(比)라 하고, 다섯 비를 여(閭) 또는 리(里)라 하였다. 각각 스물다섯 가구이다. 여기서는 민간을 가리킨다.
253) 南亭(남정) : 저주(滁州)에 있는 정자.
254) 川明(천명) : 봄이 되어 강물이 물어나면서 물살이 햇빛에 빛나는 현상을 만한다.

南亭草心綠,[256]	남정(南亭)의 주위에선 풀 심지가 파랗게 오르고
春塘泉脈動.	봄 연못에는 땅속 물줄기가 맥박친다
景煦聽禽響,[257]	햇빛이 따뜻해지자 새 우는 소리 우렁차고
雨餘看柳重.	비오고 나자 버들 빛이 진해진 게 보인다
逍遙池館華,[258]	화사한 연못과 관사를 한가로이 거니니
益愧專城寵.[259]	자사(刺史)의 영예를 누림이 더욱 부끄럽구나

평석 사람들은 시를 쓸 때 시구에서 연자(鍊字)하는 건 알고 있지만 운각에서 연자하는 건 모른다. 시편에서 擁(옹)자, 動(동)자, 重(중)자가 절묘한 점은 모두 운각에 있다. 다른 시도 유추할 수 있다.(人知作詩在句中鍊字, 而不知鍊在韻脚. 篇中'擁'字、'動'字、'重'字, 妙處全在韻脚也. 他詩可以類推.)

해설 저주자사로 있던 783년 지은 것으로 보인다. 초봄의 정경을 생동감 있는 어휘로 간결하고 정확하게 묘사하였다. 풀 심지(草心)의 모습과 땅속 물줄기(泉脈)의 움직임을 감지한 점이 특히 그러하다. 말미에서는 위응물 특유의 위정자로서의 '부끄러움'을 대비시켰다.

시내에서 놀며(游溪)

野水煙鶴唳,[260]	교외의 강가에는 안개 속에서 학이 울고
楚天雲雨空.[261]	남방의 하늘에는 비와 구름이 걷혔어라

255) 擁(옹) : 모이다.
256) 草心(초심) : 풀의 대. 心(심)은 芯(심)과 같다.
257) 景煦(경후) : 햇빛이 만물을 따뜻하게 하다.
258) 逍遙(소요) : 한가하고 자유롭다.
259) 專城(전성) : 하나의 성을 맡는다는 의미로, 태수나 자사(刺史)를 가리킨다.
260) 煙鶴(연학) : 안개 속의 학. ○唳(려) : 학이 울다.
261) 楚天(초천) : 초 지방의 하늘. 초 지방은 강남 지역을 포함하여 회수 이남도 포함된다.

玩舟清景晚,[262] 맑은 풍광 속에 늦도록 배를 타고 놀고
垂釣綠蒲中. 녹색의 창포 사이에서 낚시를 한다
落花飄旅衣,[263] 떨어지는 꽃잎이 나그네의 옷자락에 나부끼고
歸流澹淸風.[264] 흘러가는 강물은 맑은 바람에 흔들린다
緣源不可極,[265] 물을 거슬러 올라도 수원을 찾을 수 없는데
遠樹但靑蔥.[266] 먼 나무들은 그저 쪽파 잎처럼 푸르스름하다

해설 맑은 날 강가에서 배 타고 낚시하며 보낸 광경을 그렸다. 묘사 중에
'나그네의 옷자락'(旅衣)이란 말이 있는 것으로 보아 여행하는 도중에 수
려한 경관을 만나 즐거이 지낸 듯하다. 언어가 선명하고 시각과 청각이
잘 어울렸으나 구성은 좀 헐겁다.

개원 정사에서 놀며(遊開元精舍)[267]

夏衣始輕體, 여름옷을 입었더니 몸이 한결 가벼운데
遊步愛僧居.[268] 천천히 거닐며 승사(僧舍)를 즐거워한다
果園新雨後, 과수원에 비가 내린 후
香臺照日初.[269] 향을 올린 탁자에 해가 막 비친다

---

262) 玩舟(완주) : 배를 띄우고 놀다.
263) 旅衣(여의) : 여행 시 입는 옷.
264) 澹(담) : 흔들리다.
265) 緣源(연원) : 물줄기의 근원을 찾아 거슬러 오르다.
266) 靑蔥(청총) : 파의 색 같은 짙은 비췻빛 푸른색.
267) 開元精舍(개원정사) : 개원사(開元寺). 당 현종은 개원 26년, 즉 738년에 각 주(州)마
다 개원사(開元寺)와 개원관(開元觀)을 한 곳씩 세우도록 명하였다. 정사(精舍)는 원
래 유학자나 생도들이 있는 곳을 가리켰으나, 나중에는 승려가 거처하는 곳을 지칭
하였다.
268) 遊步(유보) : 漫步(만보)와 같다. 천천히 자유롭게 거닐며 둘러보다.
269) 香臺(향대) : 불전 앞의 분향대(焚香臺).

綠陰生晝靜,	푸른 그늘에 대낮의 정적이 감돌고
孤花表春餘.[270]	남은 꽃 한 떨기에 늦봄이 머문다
符竹方爲累,[271]	마침 자사(刺史)의 직책에 묶여 있어
形跡一來疎.	여기 오는 일이 줄곧 드물었어라

평석 '푸른 그늘' 2구는 초여름의 풍경을 썼는데 신묘하다. '表'(표)자는 특히 유념하였음이 보인다.('綠陰'二語, 寫初夏景入神, '表'字尤見作意.)

해설 초여름의 절을 돌아본 감흥을 표현하였다. 여기에는 분망한 관직에서 벗어났다는 쾌감도 있어 경관은 청신하고 생생하다. 특히 "푸른 그늘에 대낮의 정적이 감돌고, 남은 꽃 한 떨기에 늦봄이 머문다"(綠陰生晝靜, 孤花表春餘) 2구는 초여름의 특징을 잘 잡아낸 명구로 역대 시평가의 찬상을 받았으며, 송대 섭몽득(葉夢得)은 "위응물 시집 가운데 가장 뛰어난 구"(韋蘇州集中最爲警策)라 하였다.

동쪽 교외(東郊)

吏舍跼終年,[272]	일 년 내내 관청에 갇혀 있다가
出郊曠淸曙.[273]	교외로 나오니 맑은 새벽이 드넓어라
楊柳散和風,	버들은 부드러운 바람에 머리를 풀고
青山澹吾慮.	푸른 산은 나의 생각을 담백하게 한다
依叢適自憩,	나무 숲 옆이라 마침 쉬기에도 좋아

---

270) 表(표) : 나타나다. 드러나다. ○春餘(춘여) : 봄의 끝자락. 늦봄.
271) 符竹(부죽) : 자사의 관직을 가리킨다. 한대에 태수의 신물로 죽사부(竹使符)를 수여하였다.
272) 吏舍(이사) : 관서(官署). ○跼(국) : 구부리다. 구속되다.
273) 曠淸曙(광청서) : 淸曙曠(청서광)의 뜻. 맑은 새벽이 드넓다.

緣澗還復去.　　　시내를 따라 갔다가 다시 돌아오네

微雨靄芳原,[274]　　가는 비는 향기로운 들을 촉촉이 적시는데

春鳩鳴何處!　　　봄 비둘기는 어디서 우짖고 있는가!

樂幽心屢止,　　　한적함을 좋아했지만 마음은 자주 이룰 수 없었고

遵事跡猶遽[275]　　공무를 좇느라 행적은 언제나 바빴지

終罷斯結廬[276]　　결국에는 관직을 떠나 이곳에서 여막을 짓고

慕陶眞可庶.[277]　　비로소 도연명을 앙모하며 살아갈 수 있으리

해설 공무에서 벗어나 자연을 찾아간 즐거움을 표현하였다. 봄이 온 교외에서 쉬었다가(제5구) 거니니(제6구), 자연은 시각(제7구)과 청각(제8구)으로 화음한다. 말미에선 벼슬을 버리고 도연명처럼 은거하고 싶은 마음을 직접적으로 드러냈다.

신정 법사의 사원(神靜師院)[278]

青苔幽巷遍,[279]　　파란 이끼가 깊은 골목에 두루 끼었는데

新林露氣微.　　　새로 자란 숲에 이슬이 하얗구나

---

274) 靄(애) : 안개 기운. 여기서는 습윤하게 하다. 동사로 쓰였다.

275) 遵事(준사) : 직무를 좇다. 공무에 열중하다. ○跡猶遽(적유거) : 행적이 총망하다. 일상생활이 바쁘다.

276) 罷(파) : 마치다. 여기서는 관직을 그만두다. ○斯(사) : 여기. 이곳. ○結廬(결려) : 여막을 짓다. 도연명의 「술을 마시며」(飲酒) 제5수에 "사람 사는 마을에 초막을 지었으나, 수레와 말이 오가는 소란스러움이 없다"(結廬在人境, 而無車馬喧.)는 말을 이용하였다.

277) 陶(도) : 도연명. ○庶(서) : 서기(庶幾). 바라다. 아마도 ~할 수 있을 것이다.

278) 神靜(신정) : 승려의 법호. 선복사(善福寺)의 승려. 위응물의 시에 「가을 저녁 서재(西齋)에서 신정 스님과 놀다」(秋夕西齋與僧神靜遊)가 있는데, 같은 스님을 소재로 하였다.

279) 幽巷(유항) : 깊은 골목.

經聲在深竹,[280]	깊은 대숲에서 독경 소리 들려오고
高齋獨掩扉.	높은 재실(齋室)은 사립에 닫혀 있어라
憩樹愛嵐嶺,[281]	나무 아래 쉬며 산마루 안개를 사랑하고
聽禽悅朝暉.	새 소리 들으며 아침 햇빛을 기뻐하였어라
方耽靜中趣,	마침 고요 속의 즐거움에 빠져드니
自與塵事遠.[282]	절로 속세의 일에서 멀어지는구나

해설 신정 법사의 정원을 그린 시이다. 전반부에서 정원을 원경과 근경으로 묘사하고, 후반부에 법사의 활동과 자신의 심경을 그렸다.

남령 정사(藍嶺精舍)[283]

石壁精舍高,	석벽 위에 높이 세워진 절
排雲聊直上.[284]	구름을 뚫고 위로 솟아올랐다
佳游愜始願,[285]	오래 전부터 오고 싶은 바램을 이루니 즐거워
忘險得前賞.	험난한 줄도 모르고 앞으로 나아가 감상한다
崖傾景方晦,[286]	기울어진 벼랑 아래라 해가 어두워지는데
谷轉川如掌.[287]	골짜기를 돌아가니 평지가 손바닥 같다
綠林含蕭條,	쌀쌀한 기운을 머금은 푸른 숲 가운데

---

280) 經聲(경성) : 불경 읽는 소리.
281) 嵐嶺(남령) : 안개가 감도는 산마루.
282) 塵事(진사) : 세속의 일.
283) 藍嶺(남령) : 남전산. 남전현 동남에 있는 산으로 종남산의 일부이다. 옥이 나오기 때문에 옥산(玉山)이라고도 한다.
284) 排雲(배운) : 구름을 뚫고 높이 솟다.
285) 愜(협) : 상쾌하다. 즐겁다. ○ 始願(시원) : 최초의 바램. 숙원.
286) 景(경) : 햇빛. ○ 晦(회) : 어둡다.
287) 川(천) : 산과 산 사이의 평지.

飛閣起弘敞.	날아갈 듯한 누각은 넓고 시원하다
道人上方至,[288]	도인(道人)은 천상의 선계에 올라
深夜還獨往.[289]	심야가 되면 정신은 우주 속을 독왕(獨往) 하리라
日落群山陰,	해 지자 여러 산들이 어두운데
天秋百泉響.	가을이라 온갖 계곡에 물소리 울린다
所嗟累已成,[290]	아쉬운 것은 세속의 일에 묶여 있으니
安得長偃仰?[291]	어찌하면 오래도록 자유로울 수 있을까?

평석 사람들은 위응물이 도연명을 배웠다고 말하지만 그 풍격은 때로 사조(謝朓)에 가깝다. (人謂左司學陶, 而風格時近小謝.)

해설 남전산에 있는 절을 찾아간 일을 적었다. 높고 험한 곳에 자리한 모습을 원경과 근경으로 묘사하고, 꺾고 부감하는 장면을 교차하여 산중의 모습을 재현하였고, 주야간의 변화와 함께 시청각을 동원하였다. 774년부터 777년까지 경조부공조(京兆府功曹)로 재직하던 기간에 지은 것으로 보인다.

---

288) 上方(상방) : 도가에서 말하는 천상의 선계(仙界). 때로 가장 높은 곳을 가리킨다. 여기서는 스님을 도사와 같은 경지로 표현하였다.

289) 獨往(독왕) : 사물과 세속의 묶임에서 벗어나 정신의 자유로움으로 천지간을 홀로 오고 가는 경지. 『장자』「재유」(在宥)에서 유래한 말이다. "천지 사방을 드나들며, 구주(九州)를 마음대로 노닐며, 홀로 오가는 것을 '독유(獨有)'라고 한다. 이러한 '독유'를 가진 사람이 가장 존귀하다."(出入六合, 遊乎九州, 獨往獨來, 是謂獨有. 獨有之人, 是謂至貴.) 이 2구는 "스님이 방장에 오신다면, 한밤이라 해도 홀로 찾아가 보리라"고 번역할 수도 있으나, 시간의 순서가 맞지 않고 내용도 남령정사에 처음 온 작자의 입장과 맞지 않다.

290) 累(루) : 세속과 외물로 인한 얽매임. 가족, 관직, 공명 등 세상살이로부터 나오는 일체의 심리적 부담.

291) 偃仰(언앙) : 눕고 일어남. 여기서는 자유자재의 생활. 『시경』「북산」(北山)에 "어떤 사람은 한가하고 여유롭게 지내고, 어떤 사람은 공무로 분주하네"(或棲遲偃仰, 或王事鞅掌.)라는 말이 있다.

징수 상좌의 사원(澄秀上座院)²⁹²⁾

繚繞西南隅,	서남쪽 모퉁이를 돌아가니
鳥聲轉幽靜.	새 우는 소리에 주위가 더욱 적막하여라
秀公今不在,	징수(澄秀) 스님이 지금 계시지 않으니
獨禮高僧影.²⁹³⁾	홀로 고승의 영정에 절을 하노라
林下器未收,	나무 아래 다기(茶器)가 그대로 있으니
何人適煮茗?²⁹⁴⁾	방금 전 누가 여기서 차를 달였는가?

해설 그윽하고 한적한 절의 풍치를 노래하였다. 다기(茶器)만 있을 뿐 사람이 없는 모습을 제시하여 함께 다담을 나누었던 사람을 더욱 친밀하게 제시하였다.

한가히 살며(幽居)²⁹⁵⁾

貴賤雖異等,	부귀와 빈천은 비록 지위가 다르지만
出門皆有營.²⁹⁶⁾	모두 시장에 나와 생을 영위한다는 점에서 같다
獨無外物牽,²⁹⁷⁾	홀로 외물에 얽매이지 않다 보니
遂此幽居情.	마침내 은거의 바람을 이룰 수 있었어라

---

292) 澄秀(징수) : 승려의 법호. 행적에 대해서는 미상. ○上座(상좌) : 上坐(상좌)라고도 쓴다. 절에서 최고 지위에 있는 사람. 일반적으로 나이나 덕망이 가장 높다. 나중에는 고승에 대한 존칭으로 쓰였다.

293) 影(영) : 영정. 화상(畫像). 여기서는 징수의 화상.

294) 適(적) : 방금. ○煮茗(자명) : 차를 달이다.

295) 幽居(유거) : 은거하다. 또는 그 거처.

296) 營(영) : 생을 영위하다.

297) 外物(외물) : 자기 이외의 사물이나 일. 일반적으로 세속의 이익, 욕망, 공명 등을 가리킨다. ○牽(견) : 얽매이다.

微雨夜來過,	보슬비가 어젯밤 지나가더니
不知春草生. [298]	모르는 사이에 봄풀이 자랐어라
靑山忽已曙,	청산에 홀연 새벽빛이 훤하더니
鳥雀繞舍鳴.	새들이 집 주위에서 지저귄다
時與道人偶, [299]	때때로 스님을 만나고
或隨樵者行.	어떤 때는 나무꾼을 따라 나선다
自當安蹇劣, [300]	나의 은거는 스스로 못난 재주에 만족해서이지
誰謂薄世榮? [301]	세상의 부귀를 얕보아서가 아니라네

평석 매번 소주(蘇州) 창합문을 지날 때마다 첫머리 2구를 암송하는데, 그러면 숙연해진다. (每過閶闔門時, 誦首二首, 爲之啞然.)

해설 은거에 대한 지향과 실천을 표현한 시이다. 세상의 구속에서 벗어 나는 일은 청고함을 추구해서가 아니라 재주가 없는 탓이라는 데서 세 속에 대한 일말의 울분도 숨어 있다. 은거에 대한 입장과 전원에 대한 신선한 묘사가 어울려져 소박하고 담백한 운미를 만들었다. 도연명이 지 은 「방 거사에 답함」(答龐居士)이란 시의 "나는 사실 은거하는 선비"(我實 幽居士)에서 제목을 따왔다.

가을밤(秋夜)

暗窓凉葉動,　　　어두운 창에 서늘한 나뭇잎 흔들리고

---

298) 심주 : 시구 속에 천지의 조화가 있다.(中有元化.)
299) 道人(도인) : 득도한 사람. 여기서는 승려.
300) 蹇劣(건렬) : 재능이 없고 평범함.
301) 世榮(세영) : 세상의 부귀영화.

秋天寢席單.	가을 침상에 돗자리가 얇아라
憂人半夜起,	시름 찬 사람 한밤에 일어나보니
明月在林端.	밝은 달이 숲가에 떠있구나
一與淸景遇,	한 번 맑은 달빛을 만나면
每憶平生歡,[302]	그때마다 평소의 즐거움이 생각난다
如何方惻愴,[303]	어찌 할 것인가, 지금은 슬퍼서인지
披衣露更寒?	옷을 걸쳐도 이슬에 더욱 추운 걸

해설 가을밤의 정취를 표현한 시이다. 시인의 시름(憂)과 슬픔(惻愴)이 어디에서 오는지 연유를 모르지만, 이조차도 차갑고(凉) 추운(寒) 촉감 속에 스며들은 듯하다.

약초를 심으며(種藥)

好讀神農書,[304]	『신농본초경』(神農本草經)을 즐겨 읽었더니
多識藥草名.	약초 이름을 많이 알게 되었어라
持縑購山客,[305]	황견을 주고 산속의 사람으로부터 사
移蒔羅衆英.[306]	각종 약초를 옮겨와 나란히 심었다

---

302) 심주: 정이 깊은 사람은 이를 안다.(情深人知之.)
303) 惻愴(측창): 슬퍼하고 마음 아파하다.
304) 神農(신농): 중국 고대 전설에 나오는 제왕. 염제(炎帝)라고도 한다. 『회남자』「수무훈」(修務訓)에 의하면 신농씨는 백성들에게 오곡을 기르는 법을 가르쳤고, 이로운 약초를 찾기 위해 수많은 풀을 맛보느라 중독되기도 하였다. 神農書(신농서)는 곧 『신농본초경』(神農本草經)으로, 양(梁代) 완효서(阮孝緖)의 『칠록』(七錄)에 처음 책 이름과 권수가 기록되었다. 원서는 산일되었고 청대 손성연(孫星衍)이 관련 내용을 집록한 책이 있다.
305) 縑(겸): 황견(黃絹). 『회남자』「제속훈」(齊俗訓)에 "겸(縑)의 속성은 누렇다"(縑之性黃)는 말이 있다. ○山客(산객): 은사. 또는 산속에 사는 사람.
306) 移蒔(이시): 옮겨 심다. ○衆英(중영): 각종 식물.

不改幽澗色,[307]	깊은 계곡에서 자라던 모습 그대로
宛如此地生.	완연히 이곳에서도 자라났구나
汲井旣蒙澤,	우물을 길러 윤택하게 하고
插楥亦扶傾.[308]	울타리를 세워 버티게 하였다
陰穎夕房斂,[309]	그늘의 가지는 저녁이면 화방을 오무리고
陽條夏花明.	양지의 가지는 여름에 꽃이 환하다
悅玩從玆始,	이로부터 바라보는 즐거움이 깊어지니
日夕繞庭行.	밤낮으로 정원을 맴돌아 다닌다
州民自寡訟,[310]	주(州)의 백성들이 본래 소송이 적어
養閑非政成.[311]	나는 본성을 기를 뿐 다스림엔 뛰어나지 못하네

해설 약초를 심고 기르며 느낀 흥취와 즐거움을 표현하였다. 『신농본초경』을 즐겨 읽는다는 말에서 도연명의 「산해경을 읽으며」(讀山海經)를 연상시킨다. 저주자사로 있을 때인 783년 또는 784년에 지었다.

옥 캐는 노래(采玉行)

官府徵白丁,[312]	관가에서 장정을 징발하여
言採蘭溪玉.[313]	남계(藍溪)의 옥을 캐게 하였지
絶嶺夜無家,[314]	깎아지른 벼랑 타며 밤에도 집에 가지 못하고

---

307) 幽澗色(유간색) : 깊은 계곡에서 자라난 야생의 본성.
308) 楥(원) : 울타리.
309) 陰穎(음영) : 그늘 속의 가지. ○房(방) : 화방.
310) 寡訟(과송) : 송사가 적다. 사람들이 소송 사건을 거의 만들지 않는다.
311) 養閑(양한) : 한가한 본성을 유지하다. ○政成(정성) : 정치 업적이 뛰어나다.
312) 徵(징) : 징발하다. ○白丁(백정) : 군적(軍籍)에 오르지 않은 장정.
313) 言(언) : 어조사. ○蘭溪(난계) : 藍溪(남계)라 된 판본이 있는데 이것이 옳다. 앞에 나온 「남전(藍田) 시내에서 어옹의 집에 묵으며」(藍田溪與漁者宿) 참조.

深榛雨中宿,[315]   깊은 산 잡목 덤불 빗속에서 잠을 잔다

獨婦餉糧還,[316]   홀로 남은 아낙이 새참을 보내고 돌아와선

哀哀舍南哭.   슬프디 슬프게 집 앞에서 통곡하네

평석 어려운 말을 오히려 간결하게 표현하였다.(苦語却以簡出之.)

해설 남전산(藍田山)은 옥의 산지로 유명하다. 당시 정부에 공납하는 품목 가운데 옥이 있었는데 장정들이 옥공(玉工)이 되어 험난한 곳으로 옥을 캐러 다녔다. 이 시는 옥공들의 위험하고 처참한 생활을 6구로 그려내었다. 같은 소재를 다룬 이하(李賀)의 「옥 캐는 늙은이」(老夫采玉歌)도 당시의 모습을 잘 그렸다.

이단(李端)

고별리(古別離)[1]

水國葉黃時,[2]   강가 마을에 낙엽이 물들 때는

洞庭霜落夜.   동정호에 서리 내리는 밤

行舟問商賈,[3]   배를 타고 가면서 상인들에게 물어보고

---

314) 絶嶺(절령) : 깎아지른 듯 가파른 고개.

315) 深榛(심진) : 깊은 산 속의 잡목 덤불.

316) 獨婦(독부) : 남편이 옥을 캐러 가 혼자 남은 여인. ○餉糧(향량) : 논밭에서 일하는 농부들에게 날라주는 새참.

1) 古別離(고별리) : 악부 '잡곡가사'의 하나. 주로 남녀의 이별과 그리움을 소재로 하였다. 古離別(고이별)이라고도 한다.

2) 水國(수국) : 수향(水鄕)과 같다. 물가의 마을. 여기서는 동정호 일대를 가리킨다.

宿在楓林下.	단풍나무 아래에서 잠을 잤지요
此地送君還,	이곳에서 그대를 보내고 돌아오니
茫茫似夢間.	물가가 아득하여 마치 꿈속 같아요
後期知幾日?	다시 만날 기약 언제인가요?
前路轉多山.	그대 가는 길 굽이지고 산이 많다지요
巫峽通湘浦,4)	그대 가는 무협은 이곳 상수에서 물길로 통하지만
迢迢隔雲雨,5)	아득히 멀어 구름과 비에 막혀 있어요
天晴見海檣6)	하늘이 맑을 때는 호수 위 돛대를 바라보고
日落聞津鼓,7)	해가 지고 나면 나루터 북소리에 귀 기울여요
人老自多愁,	사람이 늙으면 절로 시름이 많아지고
水深難急流.	강물이 깊으면 급류라서 건너기 어렵다지요
清宵歌一曲,8)	맑은 밤에 노래 한 곡 부르며
白首對汀洲.9)	흰 머리 이고 물가를 바라보아요

해설 떠난 사람을 그리워하는 여인의 노래이다. 가을날 동정호 물가에서 헤어지는 장면과 헤어진 후의 기다림을 묘사하고, 오랜 세월 후에도 여전히 기다리는 여인의 깊은 정감과 한을 노래하였다. 원래 위 제목의 시는 2수로 되어 있으며, 제2수는 떠난 남자의 입장에서 노래한 답시이다.

---

3) 商賈(상고) : 상인.
4) 巫峽(무협) : 삼협의 하나. 장강을 끼고 중경시와 호북성 사이에 있는 협곡. 여기서는 남자가 가는 방향으로, 동정호에서 물길을 거슬러 삼협을 지나가면 촉 지방에 이른다. ○湘浦(상포) : 상수(湘水)의 강가.
5) 雲雨(운우) : 구름과 비. 여기서는 중의법을 사용하여 남녀지간의 '운우지정'(雲雨之情)이란 뜻도 사용하였다. 무협의 무산(巫山)은 초 회왕(懷王)이 꿈속에서 선녀를 만나 운우지정을 나눈 곳이다. 전국시대 초나라의 송옥(宋玉)이 지은 「고당부」(高唐賦) 참조.
6) 海檣(해장) : 호수에 떠있는 배의 높은 돛대. '海'(해)는 넓은 호면을 말하며 여기서는 동정호를 가리킨다.
7) 津鼓(진고) : 나루터의 북소리. 배가 오고 갈 때 신호로 삼았다.
8) 清宵(청소) : 맑고 조용한 밤.
9) 汀洲(정주) : 강물 속의 작은 구도(洲島). 일반적으로 낮고 평평한 모래톱을 가리킨다.

무성(蕪城)¹⁰⁾

昔人登此地,¹¹⁾	예전에 포조(鮑照)가 이곳에 올라
丘壟已前悲.¹²⁾	무덤을 바라보고 슬퍼했었지
今日又非昔,	오늘은 또 예전의 모습이 아니니
春風能幾時?	봄바람은 오래 불지 못하리
風吹城上樹,	바람이 성위의 나무에 불고
草沒城邊路.	풀은 성 옆의 길을 뒤덮었구나
城裏月明時,	성 안에 달 밝을 때면
精靈自來去.¹³⁾	혼령만이 절로 오고 가리라

평석 포조(鮑照) 「무성부」(蕪城賦)의 뜻을 몇 마디 말로 묶어내었다.(明遠賦意, 能以數言該括.)

해설 황폐한 광릉성(廣陵城)을 바라보고 고금의 성쇠를 회고한 작품이다. 포조(鮑照)가 「무성부」(蕪城賦)에서 광릉성이 번성할 때는 "수레는 바퀴통이 마주치고, 사람은 어깨를 비빌 정도로 많고, 가게와 집이 도처에 깔렸고, 노래와 연주가 하늘 끝에 울렸다"(車挂轊, 人駕肩, 廛閈撲地, 歌吹沸天.)고 묘사하였다. 그러던 것이 전란이 끝난 후에는 "백양나무의 잎이 일찍 떨어지고, 풀들이 먼저 시든다"(白楊早落, 塞草前衰.)고 묘사하였다. 이 시는 여기에 더하여 "봄바람은 오래 불지 못하리"(春風能幾時)라는 철리를 더하

---

10) 蕪城(무성) : 양주(揚州)의 광릉성(廣陵城)을 가리킨다. 원래 서한 오왕(吳王) 유비(劉濞)가 축조한 성이었으나 남조 유송(劉宋) 때 경릉왕 유탄(劉誕)이 이곳을 거점으로 반란을 일으키다 패하여 죽었으며 이에 따라 성도 황폐해졌다. 포조(鮑照)가 「무성부」(蕪城賦)를 지어 풍자한 후 무성(蕪城)이라 부르게 되었다. 지금의 양주(揚州) 옆의 강도시(江都市)에 소재했었다.

11) 昔人(석인) : 포조(鮑照)를 가리킨다. 첫 2구는 그가 광릉성에 오른 후 지은 「무성부」(蕪城賦)에서 "북풍이 세게 불어 성 위가 추운데, 논밭은 사라지고 무덤은 황폐하네"(邊風急兮城上寒, 井徑滅兮丘壟殘.)라 노래한 일을 가리킨다.

12) 丘壟(구롱) : 무덤.

13) 精靈(정령) : 영혼. 죽은 사람의 혼령.

였다. 전반 4구는 저사종(儲嗣宗)의 작품으로 간주되기도 한다. 홍매(洪邁)는 『만수당인절구』(萬首唐人絶句)에서 후반 4구만 떼어내 실었다.

유중용을 두고 떠나며(留別柳中庸)[14]

惆悵流水時,[15]	마음 아파라, 강물처럼 흘러가는 시간
蕭條背城路.	쓸쓸하여라, 성을 등지고 떠나는 길
離人出古亭,[16]	떠나는 사람이 역참을 나서니
嘶馬入寒樹.	말울음 소리가 차가운 나무에 퍼지네
江海正風波,	강과 바다에는 바람과 파도가 마침 드센데
相逢在何處?	우리는 어디에서 다시 만날 수 있을까?

해설 친구 유중용과 헤어지며 쓴 시이다.

---

14) 柳中庸(유중용) : 중당시기에 활동한 시인. 포주(蒲州) 우향(虞鄉, 산서성 永濟) 사람. 육우(陸羽), 노륜(盧綸), 교연(皎然) 등과 친하였다.
15) 惆悵(추창) : 실의하거나 실망하여 슬퍼하거나 괴로워하다.
16) 古亭(고정) : 오래된 역참. 정(亭)은 행인들이 쉬거나 유숙하는 장소로 일종의 소규모 역참이다. 고대에는 십 리마다 장정(長亭)을 두고, 오 리미디 단정(短亭)은 세웠다.

유우석(劉禹錫)

어떤 사람이 천단산에서 비를 만난 상황을 말해주기에
　　　　　　시를 짓다(客有爲余話登天壇遇雨之狀, 因以賦之)[1]

清晨登天壇,	이른 새벽 천단산(天壇山)을 오르다가
半路逢陰晦.[2]	도중에 어두운 구름을 만났지
疾行穿雨過,	빗 속을 뚫고 빠르게 올라가
却立視雲背.[3]	몸을 돌려 구름의 윗면을 바라본다
白日照其上,	빛나는 해가 구름 위를 비추고
風雷走於內.	바람과 천둥이 구름 속을 달려간다
滉漾雪海翻,[4]	하얀 파도처럼 드넓게 뒤채고
槎牙玉山碎.[5]	옥으로 된 산처럼 들쭉날쭉 부수어진다
蛟龍露鬐鬣,[6]	교룡이 등줄기를 드러내고
神鬼含變態.	괴이한 것들로 온갖 형상 만들어낸다
萬狀互生滅,	만 가지 모양이 생겼다 없어지고
百音以繁會.	백 가지 소리가 번성히 모여든다
俯觀群動靜,[7]	아래를 내려다보니 모든 생령이 고요해

---

1) 天壇(천단) : 산 이름. 지금의 하남성 제원시(濟源市)에 있는 왕옥산(王屋山)의 최고
　 봉에 해당한다. 전설에 의하면 고대 헌원씨(軒轅氏)가 하늘에 기원한 곳이라 하여
　 천단산(天壇山)이라 이름 붙였다고 한다.
2) 陰晦(음회) : 어둠. 여기서는 어두운 구름.
3) 却立(각립) : 몸을 돌려 서다. ○ 視雲背(시운배) : 산 위에서 구름이 있는 아래를 내려
　 다보다.
4) 滉漾(황양) : '滉瀁(황양)이라고도 쓴다. 물이 깊고 끝없이 넓은 모양.
5) 槎牙(사아) : '磋砑(차아)라고도 쓴다. 구름, 산, 바위 따위가 들쭉날쭉한 모양.
6) 鬐鬣(기렵) : 물고기의 등지느러미와 말의 갈기. 여기서는 용의 척추.
7) 群動(군동) : 각종 동물.

始覺天宇大.⁸⁾　　비로소 하늘이 거대한 줄 알겠노라

山頂自晶明,⁹⁾　　산꼭대기가 절로 밝고 맑으니

人間已滂霈.¹⁰⁾　　인간세상도 비가 멈추었어라

豁然重昏斂,¹¹⁾　　무거운 구름이 걷히니 사방이 툭 트이고

渙若春冰潰.¹²⁾　　봄 얼음이 녹듯이 시원스레 풀어졌어라

反照入松門,¹³⁾　　석양의 반사광이 소나무 숲에 들고

瀑流飛縞帶.¹⁴⁾　　폭포의 계류는 흰 깁이 날아가는 듯하다

遙光泛物色,¹⁵⁾　　저녁 햇살이 풍경 위에 넘실대고

餘韻吟天籟.¹⁶⁾　　폭포 메아리가 천뢰(天籟)를 읊조린다

洞府撞仙鐘,¹⁷⁾　　도관(道觀)에서 종소리가 울려나오고

村墟起夕靄.¹⁸⁾　　마을에서는 저녁 안개가 피어오른다

却見山下侶,　　되돌아 내려와 산 아래 사람을 만나니

已如迷世代.¹⁹⁾　　지금이 어느 시대인지 모를 것 같아라

問我何處來?　　나에게 어디에서 왔느냐고 묻는가?

---

8) 天宇(천우) : 하늘.

9) 晶明(정명) : 밝게 빛나는 모양.

10) 已(이) : 멈추다. ○滂霈(방패) : '滂沛'(방패)라고도 쓴다. 강물이 거대한 모양. 또는 비가 많이 내리는 모양.

11) 豁然(활연) : 넓고 밝게 확 트인 모양. ○重昏斂(중혼렴) : 무거운 어둠이 걷히다. 여기서는 어두운 구름이 걷히다.

12) 渙若(환약) : 풀어져 없어지는 모양. 『노자』의 "풀어지는 모습은 마치 녹아가는 얼음과 같다"(渙兮若冰之將釋)란 말에서 나왔다. ○潰(궤) : 녹다.

13) 反照(반조) : 석양의 반광. 반경(反景)과 같다. 『초학기』(初學記)에서는 "석양이 서쪽으로 지면서 그 빛이 동쪽에 비치는 것을 반경이라 한다"(日西落, 光反照于東, 謂之反景.)고 정의하였다.

14) 縞帶(호대) : 하얀 명주로 만든 띠.

15) 物色(물색) : 경색. 풍경.

16) 天籟(천뢰) : 자연계의 소리.

17) 洞府(동부) : 신선이 사는 곳. 여기서는 도관(道觀) 또는 산사(山寺).

18) 夕靄(석애) : 저녁 무렵의 안개.

10) 迷世代(미세대) ; 어느 시대인지 모르다. 이 2구는 산위와 산 아래가 다른 시대에 속해 있는 듯 보인다는 뜻.

我來雲雨外.　　　　나는 구름과 비의 저편에서 왔노라

해설 천단산을 오르며 바라본 장관을 묘사하였다. 형상성 뛰어난 언어로 변화무쌍하고 장대한 모습을 표현하면서 동시에 인간사의 무상함을 완곡하게 드러내었다. 이러한 시풍은 사령운에서 시작하여 이백과 두보로 이어졌다가 이후 소동파에 이어진다.

모내기 노래―서문 붙임(揷田歌幷序)

連州城下,[20] 俯接村墟. 偶登郡樓,[21] 適有所感. 遂書其事, 爲俚歌以 俟采詩者.[22]

　　연주성 아래에는 촌락들이 이어져있다. 우연히 주(州)의 성루에 오르니 마침 느낀 바가 있었다. 이에 그 일을 썼으니 민요로 만들어져 채시관(采詩官)이 채집하기를 바란다.

岡頭花草齊,	언덕 위에 풀꽃이 나란히 자라고
燕子東西飛.	제비가 동서로 날아다니는데
田塍望如線,[23]	밭두둑 바라보면 실처럼 반듯하고
白水光參差.	논에 고인 물이 여기저기 번쩍이네
農婦白紵裙,[24]	아낙은 흰 모시 치마

---

20)　連州(연주) : 계양군(桂陽郡)이라고도 한다. 지금의 광동성 연현(連縣).

21)　郡樓(군루) : 주(州)의 성루.

22)　俚歌(이가) : 통속적인 민요. ○采詩者(채시자) : 민요를 채집하는 관리. 『한서』「예문지」(藝文志)에 "고대에 시를 채집하는 관리가 있어 왕이 풍속을 관찰하고, 정치의 득실을 알고, 스스로 바로잡기 위한 수단이 되었다"(古有采詩之官, 王者所以觀俗俗, 知得失, 自考正也.)고 하였다. 유우석은 『시경』의 '국풍'(國風)과 같은 민요를 모방하여 풍유(諷諭)의 뜻을 나타내려했음을 알 수 있다.

23)　田塍(전승) : 밭두둑.

農父綠簑衣.	농부는 녹색 도롱이
齊唱田中歌,	논 가운데서 함께 노래하니
嚶嚀如竹枝.[25]	애절하기가 '죽지사'(竹枝詞) 같구나
但聞怨響音,	그러나 원망하는 소리만 들릴 뿐
不辨俚語詞.[26]	사투리 가사는 알아들을 수 없어라
時時一大笑,	때때로 한바탕 크게 웃는 게
此必相嘲嗤.[27]	서로 농지거리하는 게 분명해라
水平苗漠漠[28]	물은 잔잔하고 모는 열 지어 깔릴 때쯤
煙火生墟落.[29]	밥 짓는 연기가 마을에서 피어오르는구나
黃犬往復還,	누런 개는 이리저리 왔다갔다 하고
赤鷄鳴且啄.	붉은 닭은 꼬꼬댁 울다가는 모이를 쪼네
路傍誰家郎?	길가에 저놈은 누구 집 아들인가?
烏帽衫袖長.	검은 사모(紗帽)에 장삼 소매가 길구나
自言"上計吏,[30]	스스로 말하기를 "이 몸은 상계리(上計吏)로
年幼離帝鄕."[31]	왕년에 장안에 갔다가 이곳에 왔소이다"
田夫語計吏:	농부가 상계리에게 말했네

---

24) 白紵(백저) : 흰 모시.

25) 嚶嚀(앵영) : 嚶嚀(앵녕) 또는 嚶嚀(앵녕)이라고도 쓴다. 애절하고 가는 소리. ○ 竹枝
(죽지) : 죽지사(竹枝詞) 또는 죽지자(竹枝子)라고도 한다. 원래 촉 지방 일대의 민요
였는데, 유우석이 기주자사(蘷州刺史)였을 때 삼협 일대의 민요를 듣고 새로이 가사
를 썼다. 백거이(白居易)는 「유우석의 시를 기억하며」(憶夢得詩)의 주석에서 "유우
석은 죽지사를 노래할 수 있는데, 이를 들은 사람은 지극히 슬퍼하였다"(夢得能唱竹
枝, 聽者愁絶.)고 하였다.

26) 俚語詞(이어사) : 지방의 사투리로 부르는 가사.

27) 嘲嗤(조치) : 조롱하고 웃다. 여기서는 서로 농담하다.

28) 漠漠(막막) : 열 지어 펼쳐진 모습.

29) 煙火(연화) : 밥 짓는 연기.

30) 上計吏(상계리) : '上計'(상계) 또는 '計吏'(계리)라고도 한다. 매해 연말 회계 장부를
들고 수도로 파견 가 업무를 보는 군(郡)의 관리를 말한다.

31) 年幼(연유) : 나이가 어리다. 화자의 과장된 표현으로 보인다. 많은 판본에서는 '年
初'(연초)라 되어 있다. ○ 帝鄕(제향) : 황제가 거주하는 곳이란 뜻으로 장안을 가리
킨다.

"君家儂定記,32)　　　　　"네 집안을 내가 분명히 알지
一來長安道,　　　　　　　한 번 장안에 갔다 오더니
眼大不相覷."33)　　　　　눈깔이 커져 우린 거들떠보지도 않네"
計吏笑致辭:　　　　　　　상계리가 웃으며 말씀을 했네
"長安眞大處,　　　　　　　"장안은 정말 대처요
省門高軒峨,34)　　　　　　으리으리하게 높은 성문을
儂入無度數.35)　　　　　　이 몸이 수없이 들어갔었소
昨來補衛士,36)　　　　　　근래에 근위병이 되었는데
唯用筒竹布.37)　　　　　　오로지 통죽포(筒竹布)만 썼지요
君看二三年,　　　　　　　그대들 이삼 년 후에 보시오
我作官人去."　　　　　　　내가 관리가 되어 나갈 터이니"

평석 전반부는 모내기 노래를 묘사했는데 그 소리가 들리는 듯하고, 후반부는 상계리와의 문답을 묘사했는데 그 모습이 그려놓은 듯하다.(前狀挿田唱歌, 如聞其聲; 後狀計吏問答, 如繪 其形.)

해설 전반부는 남방의 모내기 정경을 묘사했고, 후반부는 관리와 농민의 대화로 조정의 혼탁한 풍기를 풍자하였다. 서문과 말미의 표현을 보아

---

32)　儂(농) : 나. 남방의 방언으로 일인칭을 가리킨다.
33)　相覷(상처) : 엿보다.
34)　省門(성문) : 궁문이나 관서의 문. 한대에는 궁중을 성중(省中)이라 칭하였고, 궁문을 성달(省闥)이라 칭했다. 당대에는 육성(六省)이 있었으므로 통용되었다. ○軒峨(가아) : 높이 솟은 모양.
35)　無度數(무도수) : 여러 차례. 수없이 여러 번.
36)　昨來(작래) : 근래. ○補衛士(보위사) : 결원된 금위군으로 보충되다.
37)　筒竹布(통죽포) : 통중포(筒中布). 죽통 속에 들어 있는 베라는 뜻으로, 황윤(黃潤)이라고도 하는 촉(蜀) 지방에서 나는 값비싼 베이다. 좌사(左思)의 「촉도부」(蜀都賦)에 "통마다 황윤이요"(黃潤比筒)라는 말이 있다. 장재(張載)의 「네 가지 근심의 시'를 모의하여」(擬四愁詩)에 "가인이 나에게 통죽포를 주었네"(佳人贈我筒竹布)란 말이 있다.

이러한 풍자의 뜻은 상당히 분명하다. 특히 후반부는 매관매직(賣官賣職)의 추악한 현상을 어떠한 비평도 붙이지 않고 인물 사이의 대화를 통해서 드러냈다. 덧붙여 농민들의 관리에 대한 경계감과 하급 관리의 아부와 탐욕도 엿볼 수 있다. 연주자사로 임직할 때(815~819년) 지었다.

백거이(白居易)

평석 백거이는 만년에 향산거사라 불렀다. 호고 등 9명과 모임을 가졌는데 130세에 이른 사람도 있었다. 사람들이 이들에 대해 그림을 그렸으며 그들을 '향산 구로'라 하였다.(樂天晚稱香山居士, 與胡杲等九人讌集, 有年至百三十餘者, 人爲繪圖, 稱香山九老.) ○ 백거이는 임금에 충성하고 나라를 사랑하였으며 시사 문제를 풍자에 기탁한 점에서 두보와 같다. 특히 평이하고 친숙한 언어로 두보의 침웅하고 혼후한 시풍을 변화시켰는데, 그 외양을 따르지 않으면서 그 내재적 정신을 얻었다. 문집에는 고를만한 작품이 많으나 여기서는 크게 관련된 것만 뽑았다. 그 밖에 이웃집 할머니가 이해할 때까지 수정했다는 이야기는 근거가 없다.(樂天忠君愛國, 遇事託諷, 與少陵相同. 特以平易近人, 變少陵之沈雄渾厚, 不襲其貌而得其神也. 集中可采者多, 玆取其大有關係者. 外間嫗解之說, 不可爲據.)

가뭄 끝에 내리는 비를 기뻐하며(賀雨詩)

皇帝嗣寶歷,[1]	헌종께서 제위를 이으신 이래
元和三年冬.[2]	원화 3년 겨울

---

1) 皇帝(황제) : 헌종(憲宗)을 가리킨다. 이름은 이순(李純). 재위 805~820년. ○ 寶歷(보력) : 황제의 자리를 가리킨다.

自冬及春暮,　　　　겨울부터 늦봄에 이를 때까지

不雨旱爐爐.[3]　　　비가 내리지 않고 가뭄에 열만 푹푹 쪘어라

上心念下民,　　　　폐하께서는 아래 백성을 생각하시어

懼歲成災凶.　　　　흉년과 기근이 될까 걱정하셨네

遂下罪己詔,[4]　　　이에 마침내 스스로를 책망하는 조서를 내리시어

殷勤告萬邦.[5]　　　간절한 마음으로 만방에 고하셨네

帝曰"予一人,[6]　　황제께서 말씀하셨다 "짐 한 사람이

繼天承祖宗.　　　　제위에 올라 선왕의 업적을 이은 이래

憂勤不遑寧,[7]　　　근심하고 노력하여 잠시도 한가하지 않으며

夙夜心忡忡.[8]　　　밤낮으로 마음이 걱정하였노라

元年誅劉闢,[9]　　　원화 원년에 유벽(劉闢)을 주멸하여

一擧靖巴邛.[10]　　　일거에 사천 지방을 평정하고

二年戮李錡,[11]　　　원화 2년에 이기(李錡)를 죽여

---

2) 元和三年(원화삼년) : 808년. 806년부터 연호를 원화(元和)라 하였다.

3) 爐爐(충충) : 열기가 찌는 모습. 『구당서』「헌종기」(憲宗紀)에 원화 3년 "이 해에 회남, 강남, 강서, 호남, 산남동도 등이 가물었다"(是歲, 淮南, 江南, 江西, 湖南, 山南東道旱.)는 기록이 있고, 『자치통감』 권237 '원화 4년'조에도 정월에 "남방이 가물고 백성이 굶주렸다"(南方旱飢.)라 기록되어 있다.

4) 罪己詔(죄기조) : 자신을 책망하는 조서.

5) 殷勤(은근) : 충심으로. 배려 깊은 마음으로. 간절히.

6) 予一人(여일인) : 나 한 사람. 황제가 자칭하는 말.

7) 遑寧(황녕) : 한가하고 편안하다.

8) 夙夜(숙야) : 밤낮으로. ○ 忡忡(충충) : 근심하는 모양.

9) 元年(원년) : 원화 원년. 곧 806년. ○ 劉闢(유벽) : 785년 진사에 급제. 서천절도사(西川節度使) 위고(韋皐)의 종사(從事)가 된 후 금오창조참군(金吾倉曹參軍), 어사중승(御史中丞)을 역임하였다. 805년 8월 위고가 죽자 스스로 서천절도유후가 되어 조정의 인가를 받았다. 12월 검남서천절도사가 되어 삼천(三川)을 통치할 것을 요구했으나 조정에서 허락하지 않자 재주(梓州)에서 군사를 일으켰다. 806년 9월 조정에서 파견한 고숭문(高崇文)에 의해 평정되었다.

10) 巴邛(파공) : 사천 공래산(邛崍山). 여기서는 사천을 가리킨다.

11) 李錡(이기) : 당의 종실 사람으로 799년 이래 윤주자사(潤州刺史), 절서관찰사(浙西觀察使), 염철전운사(鹽鐵轉運使), 검교예부상서(檢校禮部尚書)를 역임하였다. 진해군절도사(鎭海軍節度使)에 있을 때, 805년 헌종이 즉위하면서 지방 세력을 억누르자 불

不戰安江東.¹²⁾	싸우지 않고도 강동을 안정시켰노라
顧惟眇眇德,	스스로를 돌아보면 미미한 덕이 있을 뿐인데
遽有巍巍功.	갑자기 거대한 공적이 생겼어라
或者天降沴,¹³⁾	혹시나 하늘이 재난을 내린 것은
無乃儆予躬!¹⁴⁾	어찌 짐에게 경계하라는 뜻이 아니겠는가!
上思答天戒,	위로는 하늘의 경계에 답할 걸 생각하고
下思致時邕.¹⁵⁾	아래로는 세상에 화평이 이르기를 생각했노라
莫如率其身,	그 몸을 솔선하는 것 이상이 없나니
慈和與儉恭."¹⁶⁾	자애와 화목, 검약과 공경을 이루겠노라"
乃命罷進獻,¹⁷⁾	이에 진헌(進獻)을 금지하라 명하고
乃命賑饑窮.¹⁸⁾	이에 굶주림과 곤궁을 구휼하라 명하였셨네
宥死降五刑,¹⁹⁾	사형의 형량은 오형(五刑)으로 강등하였고
已責寬三農.²⁰⁾²¹⁾	조세를 감면하여 농민의 부담을 줄였네
宮女出宣徽,²²⁾	선휘전(宣徽殿)에서 궁녀를 방면하였고

안해하였다. 809년 10월 윤주에서 모반을 일으켰으나 그의 조카 배행립(裴行立)에 사로잡혀 11월 장안에서 살해당했다.

12) 江東(강동) : 장강 하류의 남안 지역. 여기서는 진해군절도사의 관할지인 윤주.
13) 沴(려) : 재난.
14) 無乃(무내) : 어찌 ~이 아니겠는가. ○儆(경) : 경계하다.
15) 時邕(시옹) : 時雍(시옹)과 같다. 세상을 화평하게 하다.
16) 慈和(자화) : 자애와 화목. ○儉恭(검공) : 검약과 공경.
17) 進獻(진헌) : 황제나 왕에게 예물을 바치는 일.
18) 賑(진) : 구휼하다. ○饑窮(기궁) : 굶주림과 빈궁.
19) 宥(유) : 용서하다. ○五刑(오형) : 다섯 가지 형벌. 왕조마다 조금씩 달랐는데, 『당률소의』(唐律疏議)에 의하면 당대에는 태형(笞刑), 장형(杖刑), 도형(徒刑), 유형(流刑), 사형(死刑)으로 규정하였다.
20) 심주 : 責(책)은 음이 債(채)이다. 진 도공의 일을 본받아 조세를 감면한 것을 말한다.(責音債. 用晉悼公事, 謂止逋也.)
21) 已責(이책) : 부세를 감면하다. 責(책)은 債(채)의 고자(古字). 『좌전』 '성공 18년'조에 진 도공(晉悼公)이 즉위한 후 일련의 정책을 실시한 전고가 있다. ○三農(삼농) : 평지, 산지, 택지 등 세 지역에 사는 농민. 농민을 통칭한 말.
22) 宣徽(선휘) : 선휘전(宣徽殿). 상반 내냉쿵 인에 있던 건가.

廐馬減飛龍.[23]　　비룡구(飛龍廐)에서 어마(御馬)를 줄였네

庶政靡不擧,　　여러 정책을 실시하지 않은 게 없으니

皆出自宸衷.[24]　　모두가 군왕의 깊은 마음에서 나왔어라

奔騰道路人,　　길 가던 사람들도 즐거워 뛰고

傴僂田野翁.[25]　　밭 갈던 노인도 허리 굽혀 절하였네

歡呼相告報,　　기뻐서 소리 지르며 서로 알리고

感泣涕霑胸.　　감격으로 눈물이 가슴을 적셨다네

順人人心悅,[26]　　백성의 마음을 따르면 백성의 마음이 기뻐하고

先天天意從.[27]　　하늘의 뜻에 앞서 시행하면 하늘의 뜻이 따른다지

詔下才七日,　　조서를 내린 지 이레

和氣生冲融.[28]　　화기(和氣)가 천지에 가득하였네

凝爲油油雲,[29]　　모아지면 뭉게뭉게 구름이 되고

散作習習風.[30]　　흩어지면 한들한들 바람이 되었더라

晝夜三日雨,　　밤낮으로 사흘 동안 비가 내리더니

凄凄復濛濛.　　서늘하고 또 흐릿하였네

萬心春熙熙,[31]　　만물의 마음은 봄이 되니 즐겁고

百穀靑芃芃.[32]　　온갖 곡식은 푸른빛으로 무성하다

---

23) 廐馬(구마) : 마구간의 말. ○飛龍(비룡) : 비룡구(飛龍廐). 황실에 소용되는 말을 기르던 마구간으로, 장안 대명궁 현무문 밖에 있었다.

24) 宸衷(신충) : 군왕의 마음. 宸(신)은 군왕을 가리킨다.

25) 傴僂(구루) : 허리를 굽히다. 공경하는 모습을 가리킨다.

26) 順人(순인) : 민심을 따르다.

27) 先天(선천) : 선견지명으로 천시(天時)보다 앞서 일을 시행하다. 『주역』에 "하늘보다 먼저 하여 하늘에 거스르지 않고, 하늘보다 뒤에 하여 천시를 따른다"(先天而天不違, 後天而奉天時.)는 말이 있다.

28) 和氣(화기) : 천지 사이에 있는 음기와 양기가 교합하여 이루어진 조화로운 기운. 고대인들은 만물은 이 기운에서 생겨나온다고 생각하였다. ○冲融(충융) : 가득한 모양.

29) 油油(유유) : 구름이나 물이 움직이는 모양.

30) 習習(습습) : 산들바람이 부는 모양.

31) 熙熙(희희) : 편안하고 즐거운 모양.

32) 芃芃(봉봉) : 초목이 무성한 모양.

人變愁爲喜,　　　　사람들의 시름은 기쁨으로 변하고

歲易儉爲豐.　　　　농사는 흉작에서 풍작으로 바뀌었네

乃知王者心,　　　　이에 왕자의 마음을 알겠나니

憂樂與衆同.　　　　근심과 기쁨을 백성과 함께 하고자 함이라

皇天及后土,　　　　하늘과 땅이

所感無不通.　　　　감응하여 통하지 않는 곳이 없어라

冠珮何鏘鏘,33)　　　허리에 찬 옥들을 쩔렁거리며

將相及王公.　　　　장수와 재상, 왕공에 이르기까지

蹈舞呼萬歲,　　　　춤추고 만세를 부르며

列賀明庭中.　　　　밝은 조정에서 열 지어 축하하네

小臣誠愚陋,34)　　　소신은 진실로 우매하고 천한 자로

職忝金鑾宮.35)　　　부끄럽게도 금란궁에 봉직하고 있으니

稽首再三拜,36)　　　엎드려 머리를 조아리고 두세 번 절하며

一言獻天聰 ; 37)　　천자께서 들으시도록 한 마디 올리네

"君以明爲聖,　　　　"군주는 총명으로 성인이 되시며

臣以直爲忠.　　　　신하는 직언으로 충성을 다하네

敢賀有其始,　　　　감히 그 시작을 축하하오니

亦願有其終."38)　　또한 그 마무리가 이루어지기를 바라나이다"

평석 재난을 당해 몸을 닦고 반성함을 먼저 서술하고, 다음으로 천인 감응에 대해 썼다. 이

---

33) 冠珮(관패) : 예관(禮冠)과 패식(佩飾). ○ 鏘鏘(장장) : 쨀랑쨀랑. 쇠나 돌이 부딪히며 나는 맑고 높은 소리.

34) 小臣(소신) : 작자 자신을 지칭한다.

35) 忝(첨) : 부끄럽다. ○ 金鑾宮(금란궁) : 장안 대명궁에 있던 궁으로 한림원(翰林院)이 소재하던 곳. 당시 백거이는 좌습유 겸 한림학사로 있었다.

36) 稽首(계수) : 머리를 조아리다. 구배(九拜) 가운데 가장 정중한 예로, 엎드려 머리를 땅에 닿게 하며 절하는 일.

37) 天聰(천총) : 천자의 들음.

38) 심주 : 권계로 결말을 맺었다.(精禹規戒.)

어서 잘 다스리길 권계함으로써 마무리 지으니 충성과 애민의 뜻이 절로 일어난다.(先叙遇
災修省, 次寫天人感應, 而以箴規保治作結, 忠愛之意, 油然藹然.)

해설 오랜 가뭄 끝에 내리는 비를 축하하며 그 전말을 기술한 시이다. 백
거이는 809년(원화 4년, 38세) 윤3월 가뭄이 들자 황제에게 직간을 주된 임
무로 하는 좌습유(左拾遺)의 직책으로 감형, 면세, 궁인(宮人) 방면, 물품
진상 금지, 양인 매매 금지 등 여러 가지 시정(時政)을 완화해 줄 것을 건
의하였다. 헌종(憲宗)이 이를 모두 채납하여 실시하자 비가 내렸다. 이 시
는 쉬운 언어를 적확하게 사용하면서도 사건의 전후맥락을 자세히 밝히
고 구체적으로 묘사하였으며, 수미일관의 통일성을 갖추었다.

당생에게 부침(寄唐生)[39][40]

| 賈誼哭時事,[41] | 가의(賈誼)는 정세 때문에 통곡하였고 |
| 阮籍哭路岐.[42] | 완적(阮籍)은 갈림길에서 통곡하였지 |

---

39) 唐生(당생) : 당구(唐衢). 하남 형양(滎陽) 사람. 과거에 응시했으나 급제하지 못했다.
   국가의 일에 관심을 두어 정원(貞元, 785~804년)과 원화(元和, 806~820년) 연간에
   정치가 날로 어그러지자 곧잘 곡을 하면서 유명해졌다.
40) 심주 : 이름이 당구(唐衢)이다.(名衢.)
41) 賈誼(가의) : 서한 초기의 정론가. 젊어서 제자백가에 정통하였다. 문제(文帝)에게 올
   린 「정사를 진술한 소」(陳政事疏)에서 당시 정세에 대해 "통곡할만한 것이 하나이
   고, 눈물을 흘릴만한 것이 둘이고, 장탄식할만한 것이 여섯"(可爲痛哭者一, 可爲流涕
   者二, 可爲長太息者六.)이라고 하였다. 문제는 본래 가의를 공경에 임명하려고 하였
   으나 일부 대신들이 반대하여 그만 두었다.
42) 阮籍(완적) : 삼국시대 위(魏)의 문인. 완우(阮瑀)의 아들. 혜강(嵆康) 등과 함께 죽림
   칠현(竹林七賢) 가운데 하나. 위나라 말기 사마씨가 정권을 전횡하면서 명사들이 희
   생당하자 세상일에 관여하지 않고 술 마시는 일로 날을 보냈다. 때로 길이 아닌 곳
   으로 수레를 몰아 가다가 막다른 곳에 이르면 통곡을 하고 돌아왔다. 그의 「영회시」
   (詠懷詩)에서도 "양주는 갈림길에서 울고"(楊子泣路岐)라 하였는데 정치적 출로를
   찾기 어려운 자신의 심정을 비유하였다.

唐生今亦哭,	당생(唐生)이 지금 또한 곡하고 있으니
異代同其悲.	시대는 달라도 그 슬픔은 같구나
唐生者何人?	당생이란 자는 누구인가?
五十寒且飢.	쉰 살이 되어 비록 춥고 주리면서도
不悲口無食,	입에 먹을 게 없다고 슬퍼하지 않았으며
不悲身無衣.	몸에 입을 옷이 없다고 슬퍼하지 않았네
所悲忠與義, 43)	슬퍼하는 바는 불충과 불의이니
悲甚則哭之.	슬퍼하다 심해지면 곡을 하였네
太尉擊賊日, 44)45)	단수실(段秀實)이 역적 주차(朱泚)를 내리칠 때
尚書叱盜時. 46)47)	상서 안진경(顏眞卿)이 도적 이희렬(李希烈)을 꾸짖을 때
大夫死凶寇, 48)49)	육장원(陸長源)이 흉악한 병사들에 죽을 때
諫議謫蠻夷. 50)51)	간의대부 양성(陽城)이 남방으로 폄적되어 갈 때

---

43) 忠與義(충여의) : 충성과 의리. 충성과 의리에 관한 문제로 슬퍼한다는 뜻. 번역은 앞뒤 문맥에 맞추어 하였다.

44) 심주 : 단수실이 홀판으로 주차를 쳤다.(段太尉以笏擊朱泚.).

45) 783년 태위 주차(朱泚)가 역모를 꾀하면서 사농경(司農卿) 단수실(段秀實)을 우익으로 삼으려 하였다. 모의하는 도중 역모에 대한 말이 나오자 단수실이 갑자기 다른 사람의 홀판(笏版)을 빼앗아 욕하면서 주차를 내리쳤다. 주차는 면상이 깨지고 피가 흘렀으나 다른 사람의 도움으로 죽지 않고 대신 단수실을 죽였다. 단수실은 사후 태위로 추증되었다. 주차는 결국 모반하여 대진(大秦)을 세우고 스스로 황제에 올라 장안을 점령하였다.

46) 심주 : 상서 안진경이 이희렬을 꾸짖었다.(顏尙書叱李希烈.)

47) 782년 회서절도사 이희렬(李希烈)이 스스로 칭제하고 반란을 일으켰다. 783년 초 이희렬이 여주(汝州)를 함락하자 간신 노기(盧杞)는 평소 이부상서(吏部尙書) 안진경(顏眞卿)을 꺼려 그를 사신으로 추천하였다. 이희렬은 거꾸로 안진경을 회유했지만 안진경은 동요하지 않고 질타하였다. 그 결과 안진경은 784년 이희렬에게 살해되었다.

48) 심주 : 육장원이 난동부리는 병사들에게 살해되었다.(陸大夫爲亂兵所害.)

49) 799년 검교예부상서(檢校禮部尙書) 겸 선무군행군사마(宣武軍行軍司馬) 육장원(陸長源)이 선무절도사 동진(董晉)이 죽은 후 유후(留後)가 되었다. 이때 군기를 세우는 중 병사들의 원망을 사 살해되었다.

50) 심주 : 간의대부 양성(陽城)이 도주로 좌천되었다.(陽諫議左遷道州.)

51) 795년 탐관 배연령(裴延齡)이 육지(陸贄)를 모함함에 따라 녁종이 진뢰하자 이무도

每見如此事,	매번 이와 같은 일을 보고 들을 때마다
聲發涕輒隨.	목소리를 돋우고 곧 이어 눈물을 흘렸지
往往聞其風,	때때로 그 풍문을 듣고
俗士猶或非.[52]	세속의 선비들이 비난하기도 했지만
憐君頭半白,	나는 그대가 이미 반백이 되었어도
其志竟不衰.	그 뜻이 끝내 시들지 않음을 아끼노라
我亦君之徒,	나 역시 그대와 같은 무리로
鬱鬱何所爲?[53]	가슴만 답답할 뿐 무얼 할 수 있는가?
不能發聲哭,	목소리를 돋우어 곡을 할 수 없기에
轉作樂府詩.[54]	대신에 악부시를 짓노라
篇篇無空文,	편마다 공허한 말이 없고
句句必盡規.[55]	구마다 권계의 뜻을 다하였네
功過虞人箴,[56]	공적은 우인(虞人)의 잠언보다 높고
痛甚騷人詞.[57]	통절함은 굴원(屈原)의 글보다 깊다네
非求宮律高,[58]	음률의 높음을 구하지 않고
不務文字奇.[59]	문자의 기이함을 추구하지 않노라

육지를 변호하는 사람이 없었다. 이때 간의대부(諫議大夫) 양성(陽城)이 극력 변호하는 한편 배연령의 죄상을 들추어내었다. 또 덕종이 배연령을 재상으로 임명하려 하자 양성이 극력 반대하여 실현하지 못하게 하였다. 이 때문에 양성은 798년 도주자사(道州刺史)로 좌천되었다.

52) 非(비): 부정하다. 그렇지 않다고 생각하다.

53) 鬱鬱(울울): 심사가 어지럽고 복잡한 모양.

54) 樂府詩(악부시): 백거이가 지은 '신악부(新樂府)'와 「진중음」(秦中吟) 등을 말한다.

55) 盡規(진규): 경계와 풍간(諷諫)을 다하다.

56) 虞人箴(우인잠): 우인(虞人)의 잠언. 우인(虞人)은 산과 정원을 관장하는 관리. 『좌전』 '양공 4년'조에 주나라 왕이 국정을 돌보지 않고 사냥에 탐닉한 데 대해 잠언을 지은 것으로 나온다. 백거이는 나중에 820년 목종(穆宗)이 사냥을 탐닉하자 「속우인잠」(續虞人箴)을 지었다.

57) 騷人詞(소인사): 전국시대 초나라 굴원(屈原)이 지은 「이소」(離騷). 초나라의 정치적 모순을 배경으로 우국충정을 호소하는 내용이다.

58) 宮律(궁률): 음률. 곡조. 궁(宮)은 오음(五音)의 하나.

59) 심주: 백거이가 지은 시는 모두 이런 종지이다.(白傳作詩, 總是此旨.)

惟歌生民病,[60]	오로지 백성의 괴로움을 노래하여
願得天子知.	천자가 알아주기를 바랐노라
未得天子知,	아직 천자가 알아주지 않았지만
甘受時人嗤.	세상 사람들의 비웃음을 달게 받노라
藥良氣味苦,[61]	좋은 약은 입에 쓰고
琴淡音聲稀.[62]	담담한 거문고는 소리가 소박하니
不懼權豪怒,	권세가의 성냄을 두려워하지 않고
亦任親朋譏.	친구들의 조롱도 내버려 두었어라
人竟無奈何,	사람들은 결국 나를 어찌 할 수 없으니
呼作狂男兒.	'미친 사내'라 부르게 되었다네
每逢群動息,[63]	번잡한 업무를 떠나 쉴 때나
或遇雲霧披.[64]	해를 가리는 구름이 사라질 때
但自高聲歌,	다만 소리 높여 노래 부르니
庶幾天聽卑.[65]	천자가 백성의 소리를 듣기 바라노라

---

60) 生民(생민) : 백성. ○病(병) : 괴로움.

61) 藥良(약양) 구 : 좋은 약이 맛이 쓰다. 『사기』 「유후세가」(留侯世家)의 "좋은 약은 입에 쓰나 병에 이롭고, 충언은 귀에 거슬리나 자신에게 이롭다"(良藥苦口利於病, 忠言逆耳利於行.)는 말이 있다.

62) 淡(담) : 담백하다. 거문고의 곡조는 소박하고 화려하지 않기에 담백하다고 표현하였다. ○稀(희) : 希(희)와 같다. 『노자』(老子)에 나오는 "들어도 들리지 않는 것을 희(希)라 한다"(聽之不聞名曰希)에 대해 하상공(河上公)은 "소리 없음이 희(希)이다"(無聲曰希)라고 주석하였다. 또 "거대한 소리는 들을 수 없다"(大音希聲)고 하였다. 여기서는 화려하지 않고 소박한 소리를 말한다.

63) 群動(군동) : 여러 가지 활동. 통행본에서는 群盜(군도)로 되어 있다.

64) 雲霧披(운무피) : 구름과 안개가 걷히다. 『세설신어』 「상예」(賞譽)에 진(晉)의 위관(衛瓘)이 상서령(尙書令)일 때 악광(樂廣)이 낙양의 명사들과 담론하는 것을 보고는 무척 기특하게 여겨 말한 대목이 있다. "그 사람은 사람 중의 거울이라네, 그 사람을 만나는 것은 마치 구름과 안개가 걷힌 푸른 하늘을 보는 것과 같다네."(此人, 人之水鏡也, 見之若披雲霧睹靑天.) 또 구름이 해를 가리는 것은 근신(近臣)이 군주의 총명을 가리는 것을 비유한다. 육가(陸賈)의 『신어』(新語)에 "그릇된 신하가 현량한 사람을 덮는 것은 마치 구름이 해를 가리는 것과 같다"(邪臣蔽賢, 猶浮雲之障白日也.)고 하였다. 여기서는 전자의 전고로 후자의 의미를 겸하여 나타내고 있다.

65) 天聽(천청) : 하늘이 듣다. 『상서』 「대서」(泰誓)에 "하늘은 우리 백성이 듣는 것을 든

歌哭雖異名,	노래와 통곡은 비록 이름이 다르지만
所感則同歸.	그 감개는 같은 것
寄君三十章,[66]	그대에게 30장(章)의 노래를 부치니
與君爲哭詞.	그대의 곡사로 삼아주게나

평석 노래로 통곡을 대신함이 이 시의 본지이다.(歌以代哭, 一篇本旨.)

해설 백거이는 802년경 활주(滑州) 이고(李翺)의 집에서 당구(唐衢)를 알게 되었다. 백거이가 815년에 쓴 「원진에게 주는 편지」(與元九書)에서 "당구라는 사람이 있어 나의 시를 보고 울었는데 그로부터 얼마 후 죽었다"(有唐衢者, 見僕詩而泣; 未幾而衢死)라 하였다. 백거이의 시에 「당구의 죽음을 슬퍼하며」(傷唐衢)라는 시가 2수 더 있다. 통곡을 잘 하는 당구에게 보낸 시로, 시대에 대한 울분과 군주가 민심을 듣기 바라는 마음을 담았다.

이 도위의 고검(李都尉古劍)[67]

古劍寒黯黯,[68]	오래된 검에는 차가운 빛 어둑한데
鑄來幾千秋.	주조된 지 몇천 년이 되었는가
白光納日月,[69]	흰 광망은 햇빛과 달빛을 흡입하고

는다'(天聽自我民聽)는 말에서 나왔다. 일반적으로 황제의 견문은 가리킨다. 여기서는 聽(청)이 명사가 되어 '귀' 또는 '청납(聽納)의 뜻이 되었다. ○ 卑(비) : 낮게 하다. 높은 곳에 있는 천자가 귀를 낮추어 백성의 소리를 듣는다는 뜻.
66) 三十章(삼십장) : 백거이는 신악부를 오십 편 지었으나 여기에서 삼십 장이라 한 것은 그중에서 격정적인 시편 일부를 추려 보낸 것으로 보인다.
67) 李都尉(이도위) : 미상. 도위는 당대 무관직이다. 부병제(府兵制)에서 부(府)마다 절충도위(折衝都尉)가 부병(府兵)을 통솔했으며, 그 아래 좌우 과의도위(果毅都尉)가 한 명씩 있었다. 그 밖에 봉거도위(奉車都尉), 부마도위(駙馬都尉) 등 여러 도위가 있었다.
68) 黯黯(암암) : 어둡고 검은 모양.

紫氣排斗牛.[70]	자줏빛 기운은 두성과 우성까지 미쳤다
有客借一觀,[71]	손님이 잠시 한 번 살펴보더니
愛之不敢求.	무척 마음에 들어 하나 차마 달라고 못 하여라
湛然玉匣中,[72]	옥갑 속에 투명하게
秋水澄不流.[73]	가을 물처럼 맑게 고였어라
至寶有本性,	지극한 보물은 본성이 있어
精剛無與儔.	순수하고 굳셈은 짝할 게 없어라
可使寸寸折,[74]	설령 마디마디 끊어질지언정
不能繞指柔.	손가락을 감듯이 무르지 않으리라
願快直士心,	원컨대 강직한 선비가 통쾌하도록

---

69) 白光(백광) 구: 칼이 해와 달의 광명을 흡수하였다는 『습유기』(拾遺記)의 전설을 가리킨다. 월왕(越王) 구천(句踐)이 장인(匠人)을 시켜 흰 소와 흰 말로 곤오산(昆吾山)의 신에게 제사지내고 쇠를 구해 여덟 자루 검을 만들게 하였다. 첫 번째 검 이름은 엄일(掩日)로 검으로 해를 가리키면 낮에도 해가 빛을 잃어 어두워졌고, 셋째 검 전백(轉魄)으로 달을 가리키면 달이 거꾸로 갔다고 한다.

70) 紫氣(자기) 구: 진(晉)의 상화(張華)가 하늘의 두성(斗星)과 우성(牛星) 사이에 자줏빛 기운이 비치는 걸 보고 뇌환(雷煥)을 시켜 풍성(豐城, 지금의 강서성 풍성현)에 보검이 있을 것이라며 보냈다. 뇌환은 과연 풍성의 감옥 지하에서 용천(龍泉)과 태아(太阿) 두 보검을 얻었다. 『진서』 「장화전」(張華傳) 참조. ○斗牛(두우) : 두성(斗星)과 우성(牛星). 이들 별과 대응되는 지상의 분야(分野)는 지금의 절강성, 강소성, 안휘성, 강서성 등이다.

71) 客(객) : 손님. 백거이 자신을 가리킨다.

72) 湛然(담연) : 맑고 투명한 모습. 여기서는 검의 광망(光芒)이 마치 맑은 명경지수 같음을 가리킨다. ○玉匣(옥갑) : 옥으로 장식한 칼집. 『태평어람』 「병부」(兵部) 「검」(劍)에 실려 있는 『장자』 「설검」(說劍)에 "오나라와 월나라의 검을 갑에 넣어 보관하는데, 가벼이 사용하지 않는 것은 지극한 보물이기 때문이다"(干越之劍, 甲而藏之, 不敢輕用, 寶之至也.)는 말이 있다.

73) 秋水(추수) : 가을 물. 『월절서』(越絶書)에서 풍호자(風胡子)가 초나라 왕에게 "태아에 대해 알고자 하시거든 검신에 있는 문양을 보십시오. 푸릇푸릇하고 출렁출렁함이 흐르는 강물의 물결과 같습니다"(欲知泰阿, 觀其釽, 巍巍翼翼, 如流水之波.)라고 하였다.

74) 可使(가사) 2구: 서진(西晉) 유곤(劉琨)의 「다시 노심에게」(重贈盧諶)에서 "어찌 생각이나 했으랴, 백 번이나 단련한 강철이, 손가락에 감길 만큼 무르게 변할 줄을"(何意百煉剛, 化爲繞指柔.)라는 말을 이용하였다.

將斷佞臣頭.[75]	간사한 신하의 목을 베기를!
不願報小怨,	원컨대 작은 원한을 갚는데 쓰지 말고
夜半刺私讎.	야밤에 사적인 원수를 찌르는데 쓰지 말기를
勸君愼所用,	바라건대 그대 쓰는데 삼가시어
無作神兵羞![76]	신령스런 보검을 더럽히는 일 없기를!

해설 검을 빌려 자신의 뜻을 드러낸 시이다. 강개하고 격앙한 어조는 마치 보검처럼 날카롭고 굳세다. 사악한 세력과 맞서 싸우려는 견강(堅剛)한 의지를 표현하였다. 초기작품으로 808년이나 809년 좌습유에 있을 때 지은 것으로 보인다.

진중음 10수(秦中吟十首)[77]

貞元、元和之際, 予在長安, 聞見之間, 有足悲者. 因直歌其事, 命爲秦中吟.

---

75) 將斷(장단) 구:『한서』「주운전」(朱雲傳)에 나오는 전고로, 서한의 주운(朱雲)이 성제(成帝)에게 청하길 "상방(尙方)에서 쓰는 참마검(斬馬劍)을 내려주시면 아첨하는 신하의 머리를 베어 그 나머지를 징계하겠습니다"(臣願賜尙方斬馬劍, 斷佞臣一人以厲其餘.)라고 하였다.

76) 神兵(신병) : 신령스러운 병기. 보검을 가리킨다. 진(晉) 장협(張協)은 「칠명」(七命)에서 보검을 "세상에 드문 신령스러운 병기"(希世之神兵)라고 하였다.

77) 秦中吟(진중음) : 장안에서 노래하다. 장안의 노래. 秦中(진중)은 장안을 가리킨다. 장안은 전국시대 진(秦)의 수도 함양(咸陽)과 이웃해 있으므로 진중이라 하였다. 「신악부」(新樂府)와 함께 백거이의 대표적인 '풍유시'(諷諭詩)로 당시의 주요한 사회적 문제들을 시화(詩化)하였다. 백거이는 「원진(元稹)에게 보내는 편지」(與元九書)에서 "「진중음」을 듣고 권세 있고 지위 높은 사람들이 서로 쳐다보며 얼굴빛이 달라졌다"(聞秦中吟詩, 則權豪貴近者, 相目而變色矣)고 한 것으로 보아 당시 사회적 파장을 일으킨 것을 알 수 있다. 서문에서 간략하게 「진중음」 제작 시기와 이유를 설명하였다. 정원(貞元)은 덕종(德宗)의 연호로 785~804년이고, 원화(元和)는 헌종(憲宗)의 연호로 806~820년이다. 백거이는 800년(29세)에 진사에 급제하여 803년 교서랑(校書郞)이 된 이후, 806년에는 원진과 함께 사회 정치적 문제를 다루어 「책림」(策林) 75편을 썼으며, 808년

정원, 원화 연간 사이에 내가 장안에서 보고 들은 것 중에 슬퍼할 만한 것이 있었다. 그 일을 직설적으로 노래하였기에 「진중음」이라 제목 붙였다.

혼인에 대한 논의(議婚)

天下無正聲,[78]	천하에 바른 음악이 없으니
悅耳卽爲娛.	귀만 즐거우면 곧 좋다고 여긴다
人間無正色,[79]	인간 세상에 바른 용모가 없으니
悅目卽爲姝.	눈에 보기만 좋으면 곧 예쁘다고 여긴다
顏色非相遠,	그 용모의 차이는 크지 않지만
貧富則有殊:	빈부에 따라 달라진다
貧爲時所棄,	가난하면 세상 사람에게서 버려지고
富爲時所趨.	부자면 세상 사람들이 몰려든다
紅樓富家女,[80]	붉은 누각에 사는 부잣집 딸은
金縷繡羅襦.[81]	금실로 수놓은 저고리를 입고
見人不斂手,[82]	손님을 보아도 손을 모아 인사하지 않는
嬌癡二八初.[83]	아직 천진한 열여섯

(37세)에 좌습유(左拾遺)가 되었다. 『당시기사』(唐詩紀事)에서는 「진중음」을 810년에 지었다고 보았으나, 현대 학자들은 808년으로 추정한다.

78) 正聲(정성): 아정(雅正)한 음악.

79) 正色(정색): 간색(間色)과 대비되는 말로 청(靑), 적(赤), 황(黃), 백(白), 흑(黑) 등 다섯 가지 순정한 색.

80) 紅樓(홍루): 붉은 색의 화려한 누각의 방. 일반적으로 부자집 여인이 거처하는 방을 가리킨다.

81) 金縷(금루): 금실. ○羅襦(나유): 비단 저고리.

82) 斂手(염수): 두 손을 모두고 인사하다. 不斂手(불렴수)는 두 손을 모으지도 않는다는 뜻으로 오만한 태도를 형용한다.

83) 嬌癡(교치): 천진하여 아직 철이 들지 않음. ○二八(이팔): 16세. 2×8이라 뜻

母兄未開口,	엄마와 오빠가 입을 열기도 전에
言嫁不須史.	혼담은 삽시간에 이루어진다네
綠窓貧家女,[84]	녹색 창에 사는 가난한 집 딸은
寂寞二十餘.	스무 살이 한창 지나도 적막하여
荊釵不直錢,[85]	나무 비녀는 돈이 되지 않고
衣上無眞珠.	옷에는 진주 장식도 없어
幾回人欲聘,	몇 번이나 남자 측에서 예물을 보내려 했으나
臨日又躊躇.[86]	당일이 되어 또 주저한다
主人會良媒,[87]	주인은 중매인을 모아
置酒滿玉壺.	옥술병에 술을 가득 채워 연회를 차렸으니
四座且勿飮,[88]	사방의 손님들 잠시 마시지 말고
聽我歌兩途:[89]	두 경우에 대한 내 노래를 들어 보소
"富家女易嫁,	"부잣집 딸은 시집가니 쉬우니
嫁早輕其夫.	시집을 일찍 간 탓에 그 남편을 무시한다오
貧家女難嫁,	가난한 집 딸은 시집가기 어려우니
嫁晚孝於姑.[90]	시집을 늦게 간 탓에 시어머니께 효도한다오
聞君欲娶婦,	듣건대 그대는 며느리를 얻으려 한다는데
娶婦意何如?"	어느 집 며느리를 얻겠소?"

해설 빈부에 따라 크게 달라지는 세상 사람들의 가치관을 혼인이라는 문제를 통해 드러내었다. 부자집 딸은 오만해도 쉽게 시집가지만, 가난한

---

84) 綠窓(녹창) : 녹색으로 칠한 창문. 가난한 집 여인이 거처하는 곳.
85) 荊釵(형차) : 모형나무 가지로 만든 비녀. 가난한 집 여인의 치장을 일컫는다. ○ 直錢(직전) : 치전(値錢)과 같다. 값이 나가다. 가치가 높다.
86) 躊躇(주저) : 주저하다. 머뭇거리다.
87) 主人(주인) : 문맥으로 보아 아들을 장가보내려는 사람이다.
88) 四座(사좌) : 사방의 자리에 앉은 사람들.
89) 兩途(양도) : 두 가지 길. 빈부 두 방면.
90) 姑(고) : 시어머니.

집의 효순한 딸은 적령기가 지나도 시집가기 어렵다. 인간의 기본적인 문제인 결혼에서 일어나는 사회적 불평등에 대해 작자는 나름대로 해결책을 제시한다. 후촉(後蜀)의 위곡(韋縠)이 편찬한 『재조집』(才調集)에서는 제목이 「가난한 집의 딸」(貧家女)이라 되어 있다.

무거운 세금(重賦)

厚地植桑麻,[91]	땅덩어리에 뽕과 마를 심었으니
所要濟生民.	바라는 건 백성을 구제함이요
生民理布帛,[92]	백성들이 삼베와 비단을 짜니
所求活一身.	바라는 건 몸 하나 살리기라
身外充徵賦,[93]	몸에 걸치고 남은 건 조세로 충당하여
上以奉君親.[94]	위로 임금을 모시었네
國家定兩稅,[95]	나라에서 양세법을 정했으니
本意在愛人.	본래의 뜻은 백성을 위한 것
厥初防其淫,[96]	처음 시행하매 부당한 징수를 방지하기 위해
明敕內外臣 :[97]	중앙과 지방의 관리에게 명확히 경계했으니
稅外加一物,	규정 이외에 하나라도 더하면
皆以枉法論.[98]	법령을 파괴한 죄로 모두 처벌하기로 했네

---

91) 厚地(후지) : 대지. 당대 초기에는 인구수에 따라 토지를 분배하였다. 곡식을 재배하는 논밭 이외에 뽕밭과 삼밭이 있었다.

92) 布帛(포백) : 삼베와 비단.

93) 身外(신외) : 자신의 몸에 필요한 옷감 이외의 것.

94) 君親(군친) : 군주. 군부(君父)라고도 한다.

95) 兩稅(양세) : 양세법. 당대 초기에는 성년 남자에 따른 조용조(租庸調) 세법을 실시하였으나, 안사의 난 이후 호적이 문란해지자 780년부터 일 년에 여름(6월)과 가을(11월) 두 번에 걸쳐 돈이나 옷감으로 일괄 납세하는 양세법을 실시하였다.

96) 厥初(궐초) : 그 처음. ○其淫(기음) : 세금 명목이나 세액이 지나치게 증가함.

97) 明敕(명칙) : 명백히 경계하다.

奈何歲月久,	어찌 할 것인가, 오랜 세월 동안
貪吏得因循?[99]	탐욕스런 관리의 악습이 이어져왔음을
浚我以求寵,[100]	백성의 고혈을 짜내어 황제에게 아부하느라
斂索無冬春.[101]	거두어들이는데 봄 겨울도 없어라
織絹未成匹,	명주는 아직 한 필도 짜지 못했고
繰絲未盈斤.	실은 아직 1근도 켜지 못했는데
里胥逼我納,[102]	이장이 납세하라 재촉하며
不許暫逡巡.[103]	잠시도 연기할 수 없다고 하네
歲暮天地閉,[104]	연말이라 천지의 기운이 닫히고
陰風生破村.	추운 바람이 황량한 마을에서 일어난다
夜深煙火盡,	야반삼경에 불도 다 꺼지고
霰雪白紛紛.[105]	하얀 싸락눈이 분분이 휘날린다
幼者形不蔽,	어린 것들은 형체를 가릴 옷도 없고
老者體無溫.	늙은이는 몸에 따뜻한 온기도 없다
悲啼與寒氣,[106]	비탄과 한기가

---

98) 枉法(왕법) : 법률을 왜곡하거나 파괴하다. 위법. ○論(논) : 죄를 논하다.

99) 因循(인순) : 이전의 방식을 계승하고 따르다.

100) 浚(준) : 지지다. 『국어』 「진어」(晉語)에 "백성의 기름을 짜내어 자신을 채우다"(浚民之脂膏以實之)라는 말이 있다. ○求寵(구총) : 황제의 총애를 구하다.

101) 無冬春(무동춘) : 겨울과 봄을 가리지 않다. 양세법은 원래 여름과 가을에 징수하는데 겨울과 봄에도 징수한다는 뜻.

102) 里胥(이서) : 마을의 일을 보는 관리. 이장(里長). 『당육전』(唐六典)에 따르면, 당대에는 백 호를 일 리(里)로 편성하여, '리'마다 정부의 행정을 도와주는 '리정'(里正)을 두었다. 주임무는 "농사와 잠업을 독촉하고 부역을 동원한다."(課植農桑, 催驅賦役.)

103) 逡巡(준순) : 지연하다.

104) 天地閉(천지폐) : 천지의 기운이 닫히다. 『예기』 「월령」(月令)에 "맹동의 달에 하늘의 기운은 위로 올라가고 땅의 기운으로 아래로 내려가, 하늘과 땅의 기운이 통하지 않은 채 닫히고 막히어 겨울이 된다"(孟冬之月 (…중략…) 天氣上騰, 地氣下降, 天地不通, 閉塞而成冬.)는 말이 있다.

105) 霰(산) : 싸락눈.

106) 悲啼(비제) : 슬퍼 울다. 悲喘(비천, 슬퍼서 떨다)이나 悲端(비단, 슬픈 일의 실마리)이라 되어 있는 판본도 있다.

并入鼻中辛.　　함께 코로 들어와 시리다

昨日輪殘稅,[107]　　어제 남은 세를 납부하고

因窺官庫門:　　관청의 창고를 엿보니

繒帛如山積,[108]　　비단은 산처럼 쌓여 있고

絲絮如雲屯.[109]　　실타래와 솜뭉치는 구름처럼 모였다

號爲羨餘物,[110]　　이를 '선여'(羨餘)라고 부르며

隨月獻至尊.　　달마다 황제에게 헌상하더라

奪我身上暖,　　우리 백성의 몸에 덮을 것을 빼앗아

買爾眼前恩.　　저들은 자신이 받을 은총을 사는구나

進入瓊林庫,[111]　　황제의 경림고(瓊林庫)에 들어가

歲久化爲塵.　　세월이 지나면 먼지가 된다네

평석 당대에 이미 '선여'(羨餘)가 있었으니 말 속에 개탄이 있다.(唐時已有羨餘者, 言下慨然.)

해설 양세법(兩稅法)의 왜곡으로 정규적인 납세 이외에 부과되는 과중한 세금의 폐해를 적시하고 백성들의 고충을 토로하였다. 특히 이러한 현상의 원인이 지방관들이 승진하기 위하여 황제의 환심을 사려함에 있음을 명시하고 있다. 그러나 "어린 것들은 형체를 가릴 옷도 없고, 늙은이는 몸에 따뜻한 온기도 없"이(幼者形不蔽, 老者體無溫) 모은 재물이 귀중히 다

---

107) 殘稅(잔세) : 아직 납부하지 못한 세.
108) 繒帛(증백) : 비단 종류를 통칭하는 말.
109) 絲絮(사서) : 실과 솜. 누에 실 가운데 좋은 것은 실이 되고 나쁜 것은 솜이 된다. ○雲屯(운둔) : 구름처럼 모이다.
110) 羨餘(선여) : 세금의 나머지. 지방관이나 절도사가 황제에게 재물을 상납할 때 그 재물을 가리키는 말. 『구당서』「식화지」(食貨志)에 따르면, 덕종(德宗) 때 검남서천절도사 위고(韋皐)는 '일진'(日進)이라 하고, 강서관찰사 이겸(李兼)은 '월진'(月進)이라 하는 등 여러 관리들이 서로 경쟁하듯 황제에게 재물을 헌납하였다.
111) 瓊林庫(경림고) ; 황제의 사설 창고. 원래 현종이 사용하던 창고 이름이었으나, 덕종(德宗)이 봉천(奉天, 섬서성 乾縣)에 대영고(大盈庫)와 함께 새로이 만들었다.

루어지지 않아 결국에는 썩어문드러지는 결과도 말하고 있다. 위곡의
『재조집』에서는 제목이 「명목 없는 세금」(無名稅)이라 되어 있다.

저택에 대한 상심(傷宅)

誰家起甲第,[112]	누가 고대광실을 일으켜
朱門大道邊?[113]	붉은 대문을 한길 앞에 세웠나?
豐屋中櫛比[114]	안으로는 높은 다락이 빗살처럼 촘촘하고
高墻外廻環.	밖으로는 높은 담들이 돌아가며 둘렀다
累累六七堂,[115]	여기저기 어우러진 예닐곱 높은 집
檐宇相連延.[116]	처마와 지붕이 서로 이어졌구나
一堂費百萬,	집 하나마다 백만 금을 썼거늘
鬱鬱起靑煙.[117]	푸른 안개 속에 울창하게 솟았어라
洞房溫且淸,[118]	방은 겨울에는 따뜻하고 여름에는 서늘해
寒暑不能干.[119]	추위와 더위가 침범하지 못하여라
高堂虛且逈,[120]	고당은 넓고도 조망이 좋아
坐臥見南山.[121]	앉거나 누워도 종남산이 보인다네

---

112) 甲第(갑제) : 첫째 등급의 저택. 한대에 귀족 관료의 주택을 갑을(甲乙)의 순서로 매
겼기에 갑제는 최고의 저택을 말한다. 권문세가의 저택.

113) 朱門(주문) : 붉은 칠을 한 대문. 춘추시대에는 천자가 공을 세운 제후에게 내리는 상
가운데 하나로 대문을 붉게 칠하게 하였다. 나중에는 부호나 고관의 집을 가리켰다.

114) 豐屋(풍옥) : 높고 큰 집. ○櫛比(즐비) : 빗살처럼 나란하다.

115) 累累(누루) : 주렁주렁. 올망졸망. 연이어 있는 모양.

116) 檐宇(첨우) : 처마와 지붕. 집을 가리킨다. 통행본에서는 棟宇(동우)라 되어 있다. 뜻
은 같다.

117) 鬱鬱(울울) : 많은 모양. 굽이진 모양.

118) 洞房(동방) : 동굴같이 깊고 조용한 방. ○溫且淸(온차청) : 따뜻하고 또 맑다. 겨울에
는 따뜻하고 여름에는 시원하다.

119) 干(간) : 간섭하다. 방해하다.

120) 虛且逈(허차형) : 넓고도 멀어서 조망하기 좋다.

繞廊紫藤架,	회랑을 돌아가며 등나무 시렁이 있고
夾砌紅藥闌.[122]	계단의 양측에는 붉은 작약 난간이어라
攀枝摘櫻桃[123]	가지를 당기어 앵두를 따고
帶花移牡丹.[124]	꽃이 달린 모란을 이식하여 심네
主人此中坐,	주인이 이 가운데 앉아
十載爲大官.	십 년 동안 고관을 지냈어라
廚有臭敗肉,	주방에는 먹다 남은 고기가 썩어가고
庫有貫朽錢.[125]	창고에는 돈 꿴 줄이 문드러진다
誰能將我語,[126]	누가 나의 말을 전해주게나
問爾骨肉間:[127]	너의 친척들에게 물어보라고
豈無貧賤者,	가난하고 미천한 사람들이 있는데
忍不救飢寒?	주림과 추위를 차마 구해주지 않는가?
如何奉一身,	어찌하여 몸 하나만 편안히 모셔
直欲保千年?[128]	천 년 동안 보존하려고 하는가?
不見馬家宅,[129]	보지 못하는가, 마수(馬燧)의 저택이
今作奉誠園!	지금 봉성원(奉誠園)이 되어 있음을!

---

121) 南山(남산) : 종남산.
122) 夾砌(협체) : 계단을 가운데 둔 양쪽. ○紅藥(홍약) : 붉은 작약꽃.
123) 攀枝(반지) : 가지에 오르다. 여기서는 가지를 잡아당긴다는 뜻.
124) 帶花(대화) : 꽃이 달려 있는 체로. 모란은 꽃이 피기 전에 옮겨 심어야 하는데, 그러하지 않는데서 꽃을 아끼지 않는 사치스러움을 표현하였다.
125) 貫(관) : 고대의 돈은 가운데 있는 네모 구멍에 끈을 넣어 꿸 수 있는데, 천 개를 꿰면 이를 일 관이라 하였다. 또 그 끈을 관이라 부르기도 했다. 貫朽錢(관후전)은 돈을 꿴 끈이 썩을 정도로 재물이 많음을 형용하였다.
126) 將我語(장아어) : 나의 말을 전하다. 將(장)은 보내다.
127) 爾(이) : 너. 주인을 가리킨다.
128) 直(직) : 정말. 결국.
129) 馬家宅(마가택) : 마씨 집안의 저택. 덕종 때 명장(名將)으로 사도(司徒) 겸 시중(侍中)이었던 마수(馬燧)의 저택. 그의 아들 마창(馬暢) 역시 재산이 많았다. 정원 연간 말기 덕종의 시기를 받자 봉성원(奉誠園)으로 헌상하였다. 원진(元稹)도 이를 소재로 한 「봉성원」이란 시를 지었다.

평석 북평왕 마수(馬燧)의 아들은 마창(馬暢)이고, 마창의 아들은 마계조(馬繼祖)이다. 마창은 환관 두문장의 중상을 받았는데, 마창이 이를 두려워하여 장안 안읍리 저택을 진상하면서 봉성원이라 하였다. 이는 덕종이 각박하고 은혜가 적은 탓인데 백거이는 이를 빌려 교만하고 사치한 사람들을 경계하였다(北平王子暢, 暢子繼祖. 暢爲宦官竇文場所讒, 暢懼, 進安邑里宅, 改爲奉誠園. 此德宗之寡恩, 而白傳借以警驕侈者.)

해설 대저택을 소유한 사람들의 호사와 사치를 비판한 시이다. 저택은 욕망과 과시의 표상물이다. 위풍당당한 이러한 건물이 세워지는 사실과 그것이 언제까지나 보존될 수 없음에 대해 상심하였다. 현종시기에는 양귀비의 다섯 자매의 저택이 사치스럽고 화려한 것으로 유명했으며, 중당시기에는 마린(馬璘)의 저택이 지극히 호화롭고 사치스러워 당시 '목요'(木妖)라고 칭할 정도였다. 위곡의 『재조집』에서는 제목이 「대저택에 대한 상심」(傷大宅)이라 되어 있다.

친구에 대한 상심(傷友)

陌巷孤寒士,[130]	누추한 골목의 가난한 선비
出門甚棲栖.[131]	문을 나서면 무척이나 불안하여라
雖云志氣高,	비록 뜻이 높다고 해도
豈免顔色低?	낯이 서지 않음을 어찌 하리오?
平生同袍友,[132]	평소 함께 고생하며 공부했던 친구는

---

130) 陌巷(누항) : 누추한 골목. 『논어』 「옹야」(雍也)에 "어질구나, 안회여. 밥 한 그릇과 물 한 바가지로 누추한 골목에 사는 것을 보통 사람들은 그 근심을 견디지 못하지만 안회는 그 즐거움을 바꾸지 않는구나"(賢哉, 回也! 一簞食, 一瓢飮, 在陋巷, 人不堪其憂, 回也不改其樂.)는 말에서 나왔다.

131) 棲栖(서서) : 경황없고 불안한 모습.

132) 同袍(동포) : 두 사람이 한 벌의 핫옷을 같이 입는다는 뜻으로 관계가 밀접한 사람을

通籍在金閨.[133]	금마문(金馬門)을 드나드니
曩者膠漆契,	예전에는 아교와 옻칠같이 친했으나
邇來雲雨暌.[134]	지금은 하늘의 구름과 떨어진 비처럼 멀어졌어라
正逢下朝歸,	마침 조회를 마치고 나오는 길에 만났으니
軒騎五門西.[135]	궁문의 서쪽에서 마차를 타고 있었네
是時天久陰,	그 때는 하늘이 오래도록 흐리고
三日雨凄凄.	삼 일 동안 비가 추적추적 내렸다
蹇驢避路立.[136]	비루먹은 나귀로 길을 비켜서 있으니
肥馬當風嘶.	친구의 살찐 말이 바람을 맞으며 히이힝 울었어라
廻頭忘相識,	고개를 돌려 보아도 옛 친구를 잊었는지
占道上沙堤.[137]	판석을 깐 길 위에 당당히 섰더라
昔年洛陽社,[138]	예전에는 낙양사(洛陽社)에서 은거하며

가리킨다. 이 말은 『시경』「무의」(無衣)의 "그대와 핫옷을 같이 입고"(與子同袍)에서 나왔다. 본래 군대의 전우를 가리켰으나 고생을 같이 해온 부부나 친구 사이를 가리키기도 한다.

133) 通籍(통적): 통자(通藉)라고도 한다. 궁중을 드나들기 위해 문적(門籍)에 이름을 올리는 일. 통행하는 사람의 인적을 확인하기 위하여 궁문에 걸어둔 죽첩으로 여기에 이름, 나이, 신분 등을 적는다. 일반적으로 처음 관리가 됨을 가리킨다. ○ 金閨(금규): 한대 금마문(金馬門)을 가리킨다. 한 무제가 문인을 발탁하여 대조(待詔)하게 한 곳. 조정을 가리키기도 한다.

134) 邇來(이래): 근래. ○ 暌(규): 나뉘다. 분리되다.

135) 軒騎(헌기): 車騎(거기)와 같다. 수레와 말. ○ 五門(오문): 궁성의 다섯 문. 『당육전』(唐六典) 권7에서 대명궁(大明宮) 남면에는 단봉문(丹鳳門), 망선문(望仙門), 연정문(延政門), 건복문(建福門), 흥안문(興安門) 등 다섯 문이 있다고 하였다. 여기서는 궁문을 가리킨다.

136) 蹇驢(건려): 절룩이는 나귀.

137) 沙堤(사제): 판석을 깐 길. 당대에 재상의 거마(車馬)가 다니는 전용 도로. 『당국사보』(唐國史補)에 "재상을 모시기 위해 부현(府縣)에서 모래를 실어 길에 깔았는데, 사택에서 성 동쪽 거리까지로, 이를 사제(沙堤)라고 한다"고 하였다. 백거이는 「관우」(官牛)라는 시에서도 이 문제를 다루었다.

138) 洛陽社(낙양사): 낙양의 백사(白社)를 가리킨다. 진대(晉代) 낙양성 건춘문(建春門) 밖 사당이 많은 곳. 『진서』(晉書)「은일전」과 『포박자』「잡응」(雜應)에 어느 지방 사람인지 모르는 동경(董京, 자 威輦)이란 자가 농서(隴西)의 계리(計吏)를 따라 이곳에 와서는, 머리를 풀고 걸어 다니며 소요하고 읊조리며 살았다고 적고 있다. 서직밍(著

貧賤相提携,	가난하고 미천해도 서로 도왔거늘
今日長安道,	오늘 장안의 길에서는
對面隔雲泥.[139]	얼굴을 마주하니 구름과 진흙처럼 신분이 달랐어라
近日多如此,	오늘날 교제는 이와 같은 일 많으니
非君獨慘悽.	비단 그대만이 처참한 건 아니라오
死生不變者,	생사의 길에서도 우정이 변하지 않는 자는
惟聞任與黎.[140][141]	오로지 임공숙(任公叔)과 여봉(黎逢)이 있다 들었어라

평석 "그 때는 하늘이 오래도록 흐리고" 이하 6구는 시인이 쓰자마자 힘들던 그 어려움이 느껴진다.("是時天久陰"六語, 一經點染, 便覺不堪.)

해설 가난한 시절의 친구가 출세하여 옛 친구를 잊는 경박한 세태를 비판한 시이다. 시종 과거와 현재를 대비하였으며, 비오는 성문 밖에서의 조우를 통해 주제를 극화시켰다. 이러한 제재는 상당히 오래되었고 두보의 「빈교행」(貧交行)도 잘 알려져 있다. 위곡의 『재조집』에서는 제목이 「아교와 옻칠의 사귐」(膠漆契)이라 되어 있다. 또 다른 판본에는 「절개를 지키는 선비에 대해 상심하다」(傷苦節士)로 되어 있다.

作郎) 손초(孫楚)가 수레에 모셔 데려갔지만 결국 앉지도 않고 돌아갔으며, 나중에는 종적이 묘연했다고 한다. 후대에는 낙양사(洛陽社)는 은자의 거처를 가리킨다.

139) 隔雲泥(격운니) : 구름과 진흙으로 나뉘다. 신분의 현격한 차이를 가리킨다.

140) 任與黎(임여여) : 임공숙(任公叔)과 여봉(黎逢). 두 사람은 함께 777년(대력 12년) 진사에 급제하였다. 위응물(韋應物)의 시에 「공사 여봉에 답하다」(答貢士黎逢)가 있으며, 『전당시』 권288에 여봉의 시 2수가 있다.

141) 자주 : "임공숙과 여봉."(自注 : "任公叔、黎逢.")

벼슬에서 물러남이 합당함(合致仕)[142]

七十而致仕,	나이 일흔이 되어 벼슬에 물러남은
禮法有明文.[143]	예법에도 분명히 적혀 있거늘
何乃貪榮貴,	어찌하여 영화와 부귀를 탐하느냐
斯言如不聞?[144]	이 말이 있음을 모른단 말인가?
可憐八九十,	가련하여라, 여든이나 아흔이 되어
齒墜雙眸昏.	이빨은 쏟아지고 두 눈은 어두워
朝露貪名利,[145]	아침 이슬 같은 시기에는 명예와 이익을 탐하더니
夕陽憂子孫.	저녁 햇빛 같은 노년에는 자손을 걱정하누나
挂冠顧翠緌,[146]	관을 걸어 벼슬을 그만두자니 갓끈을 자꾸 돌아보고
懸車惜朱輪.[147]	수레를 매달아 벼슬을 그만두자니 붉은 바퀴가 아쉬워
金章腰不勝,[148]	허리에 찬 황금 관인을 이기지 못해
傴僂入君門.[149]	어깨를 구부리고 궁문을 들어선다
誰不愛富貴?	그 누가 부귀를 아끼지 않으랴?
誰不戀君恩?	그 누가 임금의 은혜를 그리워하지 않으랴?

142) 合(합) : 적절하다. 옳다. 적합하다. ○致仕(치사) : 퇴직하다. 벼슬에서 물러나다.
143) 禮法(예법) : 『예기』 「곡례」(曲禮)에 "대부는 일흔이 되면 일을 그만 둔다"(大夫七十而致事)는 말이 있고, 그 주석에 "맡은 일을 임금에게 돌려주고 나이가 들었음을 알린다"(致其所掌之事於君而告老)라 되어 있다.
144) 斯言(사언) : 이 말. 『예기』에 나와 있는 "대부는 일흔이 되면 일을 그만 둔다"는 말.
145) 朝露(조로) : 아침 이슬.
146) 挂冠(괘관) : 예관을 걸어두다. 벼슬을 그만두다. 『후한서』 「일민전」(逸民傳)의 봉맹(逢萌)의 전고에서 유래하였다. 서한 말기 왕망(王莽)이 섭정하자 봉맹의 아들 봉우(逢宇)가 직언을 하다가 살해당하였다. 이에 봉맹이 친구를 만나 "삼강이 끊어졌소이다! 떠나지 않으면 화가 미칠 것이오"(三綱絶矣! 不去, 禍將及人.)라 말하고는 곧 관복과 예관을 벗어 낙양의 성문에 걸어두고 가족을 데리고 요동(遼東)으로 갔다.
147) 懸車(현거) : 수레를 매달아 두다. 곧 관직을 그만 두다. 서한의 설광덕(薛廣德)이 관직을 사퇴할 때 원제(元帝)가 하사한 안거(安車)를 자신의 집에 매달아 놓고 자손에게 영광을 보이도록 한 데서 유래한 말. 『한서』 「설광덕전」(薛廣德傳)에 자세하다.
148) 金章(금장) : 금으로 만든 관인(官印).
149) 傴僂(구루) : 어깨를 구부리다. 늙은 사람의 모습.

年高須告老,[150]	나이가 많으면 벼슬에서 물러나야 하고
名遂合退身.	이름을 이루면 물러서는게 마땅하다네
少時共嗤笑,	젊어서는 용퇴하지 않음을 함께 비웃었는데
晚歲多因循.	만년이 되어서는 자신도 구습을 따르네
賢哉漢二疏,[151]	어질어라, 서한의 소광(疏廣)과 소수(疏受)여
彼獨是何人?	유독 저들은 어떤 사람들인가?
寂寞東門路,	적막하여라, 동문 밖의 길이여
無人繼去塵.[152]	수레 타고 떠나는 사람이 다시 없으니

평석 '아침 이슬' 2구는 의미심장하여 읽을수록 맛이 나는데, 어찌 얕은 사람이 쓸 수 있겠는가.('朝露'二語, 耐人尋味, 豈淺易人所能.)

해설 노령이 되었어도 관직에 연연하며 용퇴하지 않는 사람을 비판한 시이다. 청대 왕립명(汪立名)은 이 시를 당시의 사건과 연관지어, 사도(司徒)의 직책에 있는 두우(杜佑)가 일흔이 넘도록 퇴직하지 않음을 비판하였다고 보았다. 실제 백거이는 당시 고영(高郢)의 퇴직을 칭송한 「고복야」(高僕射)란 시를 쓰기도 했다. 이 시에서는 특히 "아침 이슬 같은 시기에는 명예와 이익을 탐하더니, 저녁 햇빛 같은 노년에는 자손을 걱정하누나"(朝露貪名利, 夕陽憂子孫)가 명구로 잘 알려졌다. 어떤 판본에서는 「벼슬에서 물러나지 않음」(不致仕)이라 되어 있다.

---

150) 告老(고로) : 나이가 들었음을 알림. 곧 연로하여 퇴직하다.
151) 漢二疏(한이소) : 서한 선제(宣帝) 때의 소광(疏廣)과 그의 조카 소수(疏受). 소광은 태부(太傅)였고 소수는 소부(少傅)로 함께 퇴직을 청하자 당시 사람들이 현명함을 칭송하였다. 전송하러 나온 공경대부의 수레 수백 량이 낙양 성문 밖으로 진을 쳤다. 『한서』 「소광전」(疏廣傳)에 자세하다.
152) 去塵(거진) : 벼슬을 그만두고 수레를 타고 떠나가며 일으키는 먼지.

비석 세우기(立碑)

勳德旣下衰,[153]	오늘날 사람은 공훈과 품덕이 낮은데다
文章亦陵夷.[154]	문장 또한 점점 퇴보하였다
但見山中石,	다만 보이는 것이라곤 산중의 바위가
立作路傍碑.	점점 길옆의 비석으로 세워지는 일
銘勳悉太公,[155]	새겨진 공훈은 모두 강태공이고
敍德皆仲尼.[156]	서술한 덕행은 모두 공자라
復以多爲貴,	게다가 글자 수가 많은 걸 귀하게 여겨
千言直萬貲.[157]	천 자를 쓰면 만전에 이른다 한다
爲文彼何人,	글쓴이는 누구인가
想見下筆時.	붓을 대어 글 쓸 때가 떠오르는구나
但欲愚者悅,	다만 어리석은 자가 기뻐할 것만 생각하고
不思賢者嗤.[158]	현명한 사람이 비웃는 걸 생각하지 않았으리
豈獨賢者嗤,	어찌 유독 현명한 사람만이 비웃겠는가
仍傳後代疑.[159]	후대에 의혹도 남기는 것을
古石蒼苔字,	오래된 돌에 파란 이끼가 낀 글자가

---

153) 勳德(훈덕) : 공훈과 도덕. ○下衰(하쇠) : 하강하다. 이 구는 당시 관료들의 전문능력
과 도덕성이 날이 갈수록 저하됨을 가리킨다.

154) 陵夷(능이) : 능선과 구릉이 점점 내려가 평탄해짐. 쇠퇴한 현상을 비유한 말.

155) 銘勳(명훈) : 공적을 새기다. ○太公(태공) : 강태공(姜太公). 본명은 여상(呂尙)이고,
여망(呂望)으로도 부른다. 여든 살 때 위수(渭水)의 반계(磻溪)에서 낚시하다가 주
문왕(周文王)을 만나 재상이 되었다고 한다. 문왕과 무왕을 도와 주나라를 건국하는
데 큰 공을 세웠다.

156) 敍德(서덕) : 덕을 서술하다. ○仲尼(중니) : 공자.

157) 直(직) : 値(치)와 같다. 값하다. ○萬貲(만자) : 일만의 재산. 만전(萬錢). 당시 권문세
족들을 상대로 한 비문 짓는 비용이 무척 비쌌으며, 때로 글자 수에 따라 계산하였
다. 한유의 제자인 황보식(皇甫湜)은 삼천여 자를 지어 배도(裴度)에게 구천여 필의
명주를 받았다.

158) 嗤(치) : 비웃다.

159) 仍(잉) : 다시. 게다가.

安知是愧詞![160]	부끄러워해야 할 글임을 어찌 모르는가!
我聞望江縣,[161]	내 일찍이 들었나니 망강현(望江縣)에는
麴令撫孤嫠.[162][163]	현령 국신릉(麴信陵)이 고아와 과부를 보살피며
在官有仁政,	관직에 있으면서 인정을 펼치되
名不聞京師.	그 이름이 장안에는 들리지 않았음을
身歿欲歸葬,	그가 죽어 고향으로 돌아가 묻히려 하자
百姓遮路岐.[164]	백성들이 갈림길에서 길을 막았다 하네
攀轅不得去,[165]	끌채를 부여잡고 가지 못하게 했으니
留葬此江湄.[166]	그곳 강가에 묻었다 하네
至今道其名,	지금도 그 이름을 말하면
男女皆涕垂.	남녀들이 모두 눈물을 흘리나니
無人立碑碣,[167]	비석을 세우는 사람은 없지만
惟有邑人知.[168]	마을 사람들이 전하여 알고 있다네

---

160) 愧詞(괴사) : 사실이 아니어서 부끄러운 글. 이 말은 동한 채옹(蔡邕)의 말에서 유래
하였다. 채옹이 노식(盧植)에게 말하기를 "내가 지은 비명(碑銘)은 많지만 모두 덕에
비추어 보면 부끄럽다. 오직 곽태만이 부끄럽지 않다"(吾爲碑銘多矣, 皆有慙德, 唯郭
有道無愧色耳.)고 하였다. 『후한서』 「곽태전」(郭泰傳) 참조.

161) 望江縣(망강현) : 지금의 안휘성 망강현. 안경시(安慶市) 남쪽에 소재.

162) 국령(麴令)은 곧 서주(舒州) 망강현령 국신릉(麴信陵). 785년 진사 급제 후 790년 망
강현령이 되었다. 백성을 위해 선정을 펼쳤으며 『전당시』에 시 6수를 남기고 있다.
○孤嫠(고리) : 고아와 과부. 곤궁하고 의지할 곳 없는 사람들.

163) 자주 : "국령은 이름은 국신릉이다."(自注 : "麴令名信陵.")

164) 路岐(노기) : 岐路(기로). 갈림길.

165) 攀轅(반원) : 끌채를 부여잡고 수레를 못 가게 막다. 백성들이 어진 관리가 떠나지
못하도록 "끌채를 잡고 길바닥에 눕"는 '반원와철'(攀轅臥轍)을 가리킨다. 『후한서』
에 그러한 기록이 많은데, 「후패전」(侯霸傳)에도 임해태수(臨海太守) 후패가 중앙의
징초로 떠나려 하자 백성들이 손잡고 나와 호곡하며 수레를 가로막고 길바닥에 누
워 임기를 채워달라고 사정하였다.

166) 江湄(강미) : 강가. 망강현은 장강 북안에 소재했다.

167) 碑碣(비갈) : 비석. 머리가 네모난 것은 비(碑)라 하고, 둥근 것은 갈(碣)이라 한다.
당대에는 5품 이상의 관리는 비를 세우고, 7품 이상인 관리는 갈을 세웠다.

168) 邑人(읍인) : 망강현의 사람들.

평석 국신릉은 오현 서쪽에 있는 동정산 사람이다.(麴信陵, 吳縣西洞庭山人.)

해설 한대 이래 고관이 죽으면 그 자손들이 가문을 빛내기 위해 공덕을 치장하는 경우가 많았다. 죽은 자에게 아부하는 문장이라는 뜻의 '유묘문'(諛墓文)은 그 폐해가 커서 위(魏) 환범(桓範)이 『세요론』(世要論)「명뢰」(銘誄)에서 이미 자신의 탐욕만 채우고 백성들에게 해악만 끼쳤는데, 이윤(伊尹)이나 주공(周公)보다 공이 높다고 칭송하고 있다고 지적하였다. 다른 한편으로 진정으로 백성을 위해 살아간 청관(淸官)에 대해서는 그 지위가 낮으면 비석을 세우지 않는 경우도 많았다. 당대에도 이러한 풍기가 더욱 성하였고, 특히 한유(韓愈)가 비문 쓰기로 유묘전(諛墓錢)을 많이 벌자 유차(劉叉)가 야유하기도 하였다. 백거이는 『책림』(策林)에서도 시부(詩賦)와 비갈(碑碣)에 쓰인 공허한 칭송과 부끄러운 언사는 선악을 뒤바꾸고 사실을 왜곡시킨다고 비판하였다. 또 '신악부'(新樂府)「청석」(靑石)도 같은 제재를 다루고 있다. 위곡의 『재조집』에서는 제목을 「옛 비석」(古碑)이라 하였다.

좋은 옷과 살찐 말(輕肥)[169]

意氣驕滿路,[170]	한길 가득 의기양양하게 뻐기는 모습
鞍馬光照塵.	빛나는 준마는 사방의 먼지를 비춘다
借問何爲者?	묻노니 그 사람은 누구인가?
人稱是內臣.[171]	사람들이 말하길 환관이라 하네

---

[169] 輕肥(경비) : 가벼운 가죽옷과 살찐 말. 『논어』「옹야」(雍也)에 "공서적(公西赤)이 제나라에 갈 때 살찐 말을 타고 가벼운 가죽옷을 입었다"(赤之適齊也, 乘肥馬, 衣輕裘.)는 말에서 유래했다. 일반적으로 '비마경구'(肥馬輕裘)라고 하며, 호사스런 생활을 가리킨다.

[170] 意氣(의기) : 뜻과 기색.

朱紱皆大夫,[172]   붉은 인끈을 찬 사람은 모두 대부(大夫)요

紫綬悉將軍,[173]   자주 인끈을 늘어뜨린 사람은 모두 장군이라

誇赴中軍宴,[174]   자랑스레 중군(中軍)의 연회에 가나니

走馬疾如雲.   달리는 말이 구름과 같이 빠르다

罇罍溢九醞,[175]   술독에는 구온주(九醞酒)가 넘쳐나고

水陸羅八珍.[176]   여덟 가지 산해진미가 널려있다

果擘洞庭橘,[177]   과일은 동정산에서 나는 귤을 쪼개 놓았고

鱠切天池鱗.[178]   회는 천지에서 잡은 생선을 썰어 놓은 것

食飽心自若,[179]   실컷 먹고 나니 마음이 편안하고

酒酣氣益振.   술에 취하니 기세가 더욱 높아진다

是歲江南旱,[180]   그해 강남에선 가뭄이 들어

衢州人食人![181]   구주(衢州)에선 사람이 사람을 먹었다!

---

171) 內臣(내신) : 황제 주위의 고관. 여기서는 환관.

172) 朱紱(주불) : 붉은색 인끈. 관직의 등급에 따라 관인(官印)이나 패옥을 차는 끈의 색이 달랐다. 『구당서』 「여복지」(輿服志)에 "친왕은 붉은색 인끈으로, 네 가지 색이 어우러져있다"(親王繻朱紱, 四彩.)고 하였다.

173) 紫綬(자수) : 자주색 인끈. 『구당서』 「여복지」에 "2품과 3품은 자주색 인끈으로, 세 가지 색이 어우러져있다"(二品三品紫綬, 三彩.)라 하였다.

174) 中軍(중군) : 중앙 지휘부의 장군. 이 구는 당시 환관들이 최고지휘관의 연회에 참가하는 자부심을 형용하였다.

175) 罇罍(준뢰) : 술병과 술독. ○九醞(구온) : 술 이름. 『서경잡기』(西京雜記)에 "정월 초하루에 술을 빚어 팔월에 만드는 술을 주(酎)라고 하는데, 구온(九醞)이라고도 한다"(以正月旦作酒, 八月成, 名曰酎, 一日九醞)고 하였다. 또 이조(李肇)의 『당국사보』(唐國史補)에도 "술에는 (…중략…) 의성의 구온이 있다"(酒則有 (…중략…) 宜城之九醞.)는 말이 있다.

176) 八珍(팔진) : 여덟 가지 진귀한 음식. 그 구체적인 명목에 대해선 여러 설이 있다. 일설에는 용의 간, 봉황의 뇌수, 표범 새끼, 잉어 꼬리, 부엉이 구이, 성성이 입술, 곰 발바닥, 매미 튀김이라고 한다.

177) 洞庭橘(동정귤) : 태호(太湖)의 동정산(洞庭山)에서 나는 귤. 일찍 열리며 맛도 좋아 고대부터 조공품으로 바쳐졌다.

178) 天池鱗(천지린) : 양주(揚州)의 천지(天池)에서 나는 생선. 일설에는 천지를 바다로 풀이하기도 한다.

179) 自若(자약) : 마음이 구속없이 편안한 모양.

180) 是歲(시세) 구 : 『구당서』 권14 「헌종기」(憲宗紀)에 의하면 808년(원화 3년)에 회남, 강남, 강서, 호남, 산남동도(山南東道)가 가물었다.

해설 조정 문무고관의 호사스런 생활을 비난한 시이다. 특히 끝 2구에서 강남에서는 사람이 사람을 잡아먹는 참혹한 기아와 대비시킴으로써 극적 효과를 거두고 있다. 여기에서 묘사한 빈부의 현격한 격차는 두보의 "부잣집에선 술과 고기 냄새가 진동하는데, 길바닥엔 얼어 죽은 사람이 있네"(朱門酒肉臭, 路有凍死骨)는 구절을 연상시킨다. 위곡의 『재조집』에서는 제목을 「강남의 가뭄」(江南旱)이라 하였다.

오현금(五絃)[182]

清歌且停唱,	이제 노래도 잠시 멈추고
紅袂亦停舞.[183]	붉은 소매의 무희도 춤을 잠시 멈추시오
趙叟抱五絃,[184]	백발의 조벽(趙璧)이 오현금을 안고
宛轉當胸撫.[185]	가슴 앞에서 우아하게 손을 움직이니
大聲粗若散,	높은 소리는 거칠어 흩어지는 듯하고
颯颯風和雨.[186]	쏴아쏴아 바람이 비에 섞이는 듯하네

---

181) 衢州(구주) : 지금의 절강성 구현(衢縣).

182) 五絃(오현) : 오현금. 비파와 비슷한 악기. 『신당서』「예악지」(禮樂志)에 "오현은 비파와 비슷하나 비파보다 작으며 북방의 나라에서 전래되었다. 예전에는 나무로 현을 켰으나 악공 배신부가 처음으로 손가락으로 켰다"(五絃如琵琶而小, 北國所出, 舊以木拔彈, 樂工裵神符初以手彈.)고 하였다.

183) 紅袂(홍메) : 붉은 소매. 미녀를 가리킨다.

184) 趙叟(조수) : 조벽(趙璧). 정원(貞元) 연간(785~804년)에 활동한 비파와 오현금의 명수. 이조(李肇)의 『당국사보』(唐國史補)에 그에 대한 기록이 있다. "조벽이 오현을 연주하니 사람들이 그 기술에 대해 물었다. 답하여 말했다. '내가 오현을 연주할 때는 처음에는 마음으로 이를 부리고, 중간에는 정신으로 이를 만나고, 끝에는 천성이 이를 따르게 한다. 나의 정신이 마침 드넓어지면 눈구멍이 귀가 된 듯하고 눈동자가 코가 된 듯해, 오현이 조벽을 연주하는지 조벽이 오현을 연주하는지 모겠더라.'"(吾之于五絃也, 始則心驅之, 中則神遇之, 終則天隨之, 吾方浩然, 眼如耳, 目如鼻, 不知五絃之爲璧, 璧之爲五絃也.)

185) 宛轉(완전) : 부드럽고 완곡한 모양. 여기서는 연주하는 손이 유유히 움직이는 모습을 형용하였다. ○當胸(당흉) · 가슴 앞에 두다.

小聲細欲絶,	낮은 소리는 가늘어 끊어지는 듯하고
切切鬼神語.[187]	두런두런 귀신이 말하는 듯하네
又如鵲報喜,[188]	그러다가 까치가 기쁜 소식 알리는 듯
轉作猿啼苦.	바뀌어 원숭이가 구슬피 울음 우네
十指無定音,[189]	열 개의 손가락이 가락을 몰아 쥐고
顛倒宮商羽.[190]	궁상각치우를 거꾸로 타고 가네
坐客聞此聲,	앉아 있는 청중들이 이 소리 들으니
形神若無主.[191]	형체와 정신에 주인이 없는 듯
行客聞此聲,	지나가는 사람들이 이 소리 들으니
駐足不能擧.	걸음을 멈추고 발 옮기기를 잊었어라
嗟嗟俗人耳,	아아, 속인의 귀여
好今不好古.	유행하는 음악만 좋아하고 고악(古樂)은 싫어하니
所以北窓琴,[192]	북창 아래 놓인 오현금이
日日生塵土.	날마다 먼지를 먹고 있구나

---

186) 颯颯(삽삽) : 의성어. 바람이 불거나 비가 내리는 소리.
187) 切切(절절) : 의성어. 작고 가벼운 소리.
188) 鵲報喜(작보희) : 까치가 즐거운 일을 알리다. 육가(陸賈)의 『신어』(新語)에 "까치가 울면 손님이 온다"(乾鵲噪而行人至)는 말이 있고, 갈홍(葛洪)의 『서경잡기』에도 같은 말이 나온다. 또 『금경』(禽經)의 "신령스런 까치는 길조이다"(靈鵲兆喜)는 말에 대해 장화(張華)는 "까치가 지저귀면 즐거운 일이 생긴다"(鵲噪則喜生)고 주석하였다. 여기서는 까치가 지저귀는 소리를 가리킨다.
189) 無定音(무정음) : 일정하게 정해진 가락이 없이 다양하다.
190) 宮商羽(궁상우) : 궁, 상, 각, 치, 우 등 다섯 음조 가운데 세 음조.
191) 形神(형신) : 형체와 정신.
192) 北窓琴(북창금) : 북창 근처에 놓인 오현금. 이는 도연명(陶淵明)과 관련된 두 가지 전고를 결합하였다. 도연명의 「아들 도엄 등에게 주는 글」(與子儼等疏)에서 북창이란 말을 사용하였다. "나는 항상 말하기를 '오뉴월에 북창 아래에 누워 있을 때 시원한 바람이 불어오면 내가 바로 복희씨 이전 시대의 사람인 듯하다'고 하였다."(常言 '五六月中, 北窓下臥, 遇涼風暫至, 自謂是羲皇上人.') 또 『진서』 「은일전」(隱逸傳)에 "도연명은 음악을 알지 못하지만 장식 없는 거문고 하나를 가지고 있었는데 현이 없었다. 매번 술을 마실 때마다 어루만지며 자신의 뜻을 기탁하였다"(潛不解音聲, 而畜素琴一張, 無絃. 每有酒適, 輒撫弄以寄其意.)고 하였다.

해설 전통 음악이 지닌 소박하고 깊은 감응력을 칭송하면서, 유행을 쫓는 세태를 비판하였다. 백거이의 '신악부'에도 「오현 탄주」(五絃彈)가 있으며, 그 이전에 원진(元稹)과 이신(李紳)도 동명의 작품을 지었다. 위곡의 『재조집』에서는 제목을 「오현금」(五絃琴)이라 하였다.

가무(歌舞)

秦中歲云暮,[193]	한 해가 저무는 장안에
大雪滿皇州.[194]	큰 눈이 궁성에 가득 내렸네
雪中退朝者,[195]	눈 속에 조회를 파하고 나오는 사람들은
朱紫盡公侯.[196]	모두가 붉거나 자주색 옷을 입은 공후(公侯)들
貴有風雪興,[197]	귀인은 눈과 바람을 감상하는 흥취가 있고
富無飢寒憂.	부자는 주림과 추위에 대한 근심이 없다
所營惟第宅,	경영하는 것이라곤 저택 뿐이요
所務在追遊.[198]	힘쓰는 것이라곤 사냥과 놀이뿐이라
朱門車馬客,[199]	붉은 대문에는 마차 타고온 손님들
紅燭歌舞樓.	빨간 촛불이 가무하는 누각을 비추네
歡酣促密坐,[200]	분위기가 무르익으면 가까이 다가앉고
醉煖脫重裘.	술기운에 더워지면 가죽옷마저 벗는다

---

193) 歲云暮(세운모) : 세모, 연말. 云(운)은 어조사로 어조를 고르는 역할을 할 뿐 뜻이 없다. 이러한 어휘가 『시경』에 나오는 말이라 관용적으로 사용되었다.

194) 皇州(황주) : 황도(皇都). 장안.

195) 退朝(퇴조) : 下朝(하조). 관료들이 조회를 마치고 물러나옴.

196) 朱紫(주자) : 고관들이 입는 붉은색과 자주색 관복. 당시 3품 이상은 자주색, 4품과 5품은 붉은 색, 6품과 7품은 녹색, 그 이하는 청색 관복을 입었다.

197) 風雪興(풍설흥) : 바람과 눈을 감상하는 흥취.

198) 追遊(추유) : 말이나 개를 쫓아다니며 사냥하고 놀다. 마음대로 놀다.

199) 朱門(주문) : 붉은 대문. 궁성 또는 권문세가의 집.

200) 歡酣(환감) : 술에 취해 분위기가 무르익으면 남녀가 거리를 당겨 앉는다는 뜻.

秋官爲主人,²⁰¹⁾	연회의 주인은 사법부의 고관이요
廷尉居上頭.²⁰²⁾	손님의 상석에는 검찰의 관원이라
日中爲樂飮,	가무와 음주를 한낮부터 시작하여
夜半不能休.	한밤이 되어서도 그칠 줄 모르누나
豈知閿鄕獄,²⁰³⁾	생각이나 하랴, 문향의 감옥에는
中有凍死囚!	죄도 없이 얼어죽는 수인이 있음을!

해설 사회의 규범을 이끌어가야 하는 관원이 향락에 빠졌음을 풍자하였
다. 호사스런 고관의 향락과 고통 받는 백성의 생활을 강렬하게 대비한
다는 점에서 앞에 나온 「좋은 옷과 살찐 말」(輕肥)과 유사하나, 이 시는
사법(司法)과 형옥(刑獄)의 혼란상에 초점을 두었다. 위곡의 『재조집』에서
는 제목을 「문향현 수인에 대한 상심」(傷閿鄕縣囚)이라 하였다. 백거이가
809년 지은 「문향현 죄수에 대한 장서(狀書)」(奏閿鄕縣禁囚狀)는 아버지가
옥에서 죽으면 아들이 잡혀가고, 돈이 없으면 풀려나지 못하는 무고한
수십 명 죄수들의 참상을 기록하고 있다.

값비싼 꽃(買花)

帝城春欲暮,	봄이 저무는 장안에
喧喧車馬度.	말과 수레 오가는 소리 소란스러워
共道牡丹時,	모두들 모란이 한창 때라 말하며

---

201) 秋官(추관):『주례』(周禮)에 나오는 관직 명칭으로 형법을 관장한다. 여기서는 형부
(刑部)의 고관.
202) 廷尉(정위):진한(秦漢) 때 형벌과 옥사를 관장하는 관리. 당대 대리시(大理寺)의 경
(卿, 종3품)과 소경(少卿, 종4품상)에 해당한다. ○居上頭(거상두):상석에 앉다.
203) 閿鄕(문향):괵주(虢州) 문향현. 지금의 하남성 서안시 동관구(潼關區)와 영보시(靈
寶市) 사이에 소재했다.

相隨買花去.	어울려 꽃을 사러 가는구나
貴賤無常價,[204]	희귀한 것은 일정한 가격이 없고
酬直看花數.[205]	값을 지불하며 꽃이 몇 송이인지 살펴본다
灼灼百朶紅,[206]	타오르는 듯한 붉은 꽃 백 송이면
戔戔五束素.[207]	다섯 필 흰 비단도 사소하다네
上張帳幄庇,[208]	위에는 휘장을 펼쳐 덮고
傍織笆籬護.[209]	주위로는 울타리를 쳐 보호한다
水灑復泥封,	물을 뿌리고 또 뿌리에는 흙을 덮어
遷來色如故.	옮겨 심어도 색깔이 변하지 않는다네
家家習爲俗,	집집마다 기르다 보니 습속이 되어
人人迷不悟.	사람마다 미혹된 채 깨어날 줄 몰라라
有一田舍翁,[210]	어느 나이 든 농부가 있어
偶來買花處.	우연히 꽃 사는 곳에 와선
低頭獨長歎,	고개를 숙이고 홀로 장탄식을 하니
此歎無人諭:[211]	그 탄식을 알아듣는 이 없어라

---

204) 貴賤(귀천) : 희귀하고 흔한 정도. ○ 常價(상가) : 정해진 가격.
205) 直(직) : 値(치)와 같다. 값하다.
206) 灼灼(작작) : 꽃이 선연하고 번성한 모습. 『시경』「도요」(桃夭)에 "복숭아나무 무성하니, 그 꽃이 선연하여라"(桃之夭夭, 灼灼其華.)고 하여 작작(灼灼)이란 말로 복사꽃을 묘사하였다.
207) 戔戔(전전) : 약간. 『주역』「분」(賁)괘에 "정원을 장식하고 약간의 비단을 보낸다"(賁于丘園, 束帛戔戔.)는 말이 있다. 주희(朱熹)는 전전(戔戔)을 '적다는 뜻'(淺小之意)으로 풀이하였다. 그러나 마융(馬融)은 '쌓다'는 뜻으로 풀이하였다. ○ 五束(오속) : 다섯 필. ○ 素(소) : 흰 비단. 여기서는 모란의 값을 가리킨다. 백거이는 「백모란」(白牡丹)에서 "흰 꽃은 사람들이 좋아하지 않지만, 모란의 이름 가운데 하나를 차지한다"(素花人不愛, 亦占牡丹名.)고 한 것에서 알 수 있듯 당시 사람들은 붉은 색 계열의 모란을 좋아했지 백모란은 좋아하지 않았다. 시의 말미에서도 "짙은 색 꽃"(深色花)의 값이 비싸다고 했다. 어떤 학자는 五束素(오속소)를 다섯 송이 백모란으로 풀이하기도 한다.
208) 帳幄(장악) : 휘장.
209) 笆籬(파리) ; 울타리.
210) 田舍翁(전사옹) : 농가의 늙은이. 즉 농부.

一叢深色花,
十戶中人賦![212]

진한 색 꽃 한 묶음 값이
중류층 10가호의 세금에 해당한다!

평석 위 3수에서 풍자의 뜻은 모두 말미 2구에 결집되어 있다.(連上三章, 諷意俱於末二語結出.) ○ 백거이가 「원진에 화답하며」의 서문에서 말했다. "매번 시를 지을 때마다 뜻이 너무 드러나고 이치가 너무 자세한 점을 함께 걱정하였소. 이치가 너무 자세하면 말이 번잡해지고 뜻이 너무 드러나면 말이 격해지오. 나와 그대가 지은 글은 장점도 여기에 있고 단점도 여기에 있소." 이 몇 마디를 음미하면 백거이는 이미 자신의 시를 한정하고 있었으니 두목이 비판한 것은 진정 벽에 대고 말한 격이다.(樂天和答微之詩序云 : "每下筆時, 輒相顧共患其意太切而理太周. 蓋理太周則詞繁, 意太切則言激. 與足下爲文, 所長在此, 所病亦在此." 玩此數言, 白傅已自定其詩, 杜牧之譏之, 直是隔壁語耳.)

해설 모란을 완상하기 위해 거액을 물 쓰듯 하는 귀족과 고관의 호사스런 생활을 통해 빈부 차이의 사회적 모순을 드러내었다. 모란은 원래 산서(山西) 지방에서 자랐으나 당대 초기에 장안에 들여와 진귀하게 여겨졌다. 덕종(德宗) 정원(貞元) 연간(785~804년) 이후에는 장안에서 완상하는 풍기가 극성하였다. 이런 사실은 이조(李肇)의 『당국사보』(唐國史補)에 잘 기록되어 있다. "도성의 사람들은 놀이를 중시하는데 모란을 숭상한지 삼십여 년이 되었다. 매년 늦봄이 되면 마차들이 미친 듯이 다니며, 실컷 즐기지 않으면 부끄럽게 생각할 정도였다. 집금오(궁성 경비대)가 관청 밖 절과 도관에도 이를 심어 이익을 챙겼으니, 한 뿌리에 수만 전이 되는 것도 있었다."(京城貴遊, 尚牡丹三十餘年矣. 每春暮車馬若狂, 以不耽玩爲恥. 執金吾鋪官圍外寺觀種以求利, 一本有直數萬者.) 위곡의 『재조집』에서는 제목을 「모란」(牡丹)이라 하였다.

---

211) 諭(유) : 이해하다.
212) 中人(중인) : 중등 소득 가호. 고대에는 백성을 재산 정도에 따라 상호(上戶), 중호(中戶), 하호(下戶)로 나누었다. 이 구는 중등의 십 가호 세금에 해당한다는 뜻.

학을 생각함(感鶴)

鶴有不群者,	학 중에서 무리 짓지 않는 놈은
飛飛在野田.	들의 논밭 사이를 한가하게 날아다닌다
饑不啄腐鼠,²¹³⁾	굶주려도 썩은 쥐는 쪼아 먹지 않고
渴不飲盜泉.²¹⁴⁾	목이 말라도 도천(盜泉)의 물은 마시지 않아
貞姿自耿介,²¹⁵⁾	곧바른 자질은 절로 강직한데
雜鳥何翩翾!²¹⁶⁾	잡새들은 팔짝거리기 이를 데 없다!
同遊不同志,	뜻은 달랐지만 함께 놀았으니
如此十餘年.	이와 같이 십여 년이 지났어라
一興嗜慾念,²¹⁷⁾	한 번 욕심이 일어난 탓에
遂爲矰繳牽.²¹⁸⁾	마침내 주살에 묶이게 되었다네
委質小池內,²¹⁹⁾	몸은 잡히어 작은 연못에 살아가며

---

213) 腐鼠(부서) : 썩은 쥐. 『장자』「추수」(秋水)에 나오는 전고이다. 장자가 위(魏)의 재상 혜시(惠施)를 찾아갔을 때, 혜시가 자신의 자리를 빼앗으러 오는 줄 알고 사흘 밤낮으로 장자를 찾았다. 장자가 스스로 나타나 남방에 있는 원추(鵷鶵, 봉황의 일종)를 빌어 자신의 뜻을 말하였다. "원추는 남해에서 출발하여 북해로 날아가는데, 오동나무가 아니면 깃들지 않고, 대나무 열매가 아니면 먹지 않고, 예천(醴泉)의 물이 아니면 마시지 않는다. 그런데 올빼미가 썩은 쥐를 가지고 있다가 원추가 지나가자 올려다보며 '꽥!' 소리 질렀다고 한다. 지금 그대는 위나라 때문에 나에게 '꽥!' 소리를 지른 것인가?'(夫鵷鶵, 發於南海而飛於北海, 非梧桐不止, 非練實不食, 非醴泉不飲. 於是鴟得腐鼠, 鵷鶵過之, 仰而視之曰 : "嚇!" 今子欲以子之梁國而嚇我邪?)

214) 盜泉(도천) : 산동성 사수현(泗水縣)에 있었다고 전해지는 샘물. 사람이 이 물을 먹으면 바로 탐심이 생긴다고 한다. 『시자』(尸子)에 공자가 "도천을 지나갈 때 목이 말라도 마시지 않은 것은 그 이름을 싫어해서였다"(過於盜泉, 渴矣而不飲, 惡其名也.)는 말이 있다.

215) 貞姿(정자) : 군세고 정결한 자질. ○ 耿介(경개) : 강직하고 청렴하다.

216) 翩翾(편현) : 나는 모양. 잡새들이 날아다닌다는 것은 곧 소인배들의 아첨하는 모습을 비유한다.

217) 興(흥) : 일어서다. ○ 嗜慾念(기욕념) : 기욕의 생각. 즉 탐식의 마음.

218) 矰繳(증작) : 주살.

219) 委質(위질) : 委摯(위지) 또는 委贄(위지)라고도 쓴다. 군주에게 헌신하며 몸을 맡김. ○ 小池(소지) : 작은 연못. 여기서는 관정을 가리킨다.

爭食群鷄前.[220]	여러 닭들과 먹이를 다투었다
不唯懷稻粱,[221]	쌀과 기장을 얻으려할 뿐만 아니라
兼亦競腥羶.[222]	더불어 비린 고기도 경쟁하였다
不唯戀主人,[223]	먹이 주는 주인을 좋아했을 뿐만 아니라
兼亦狎烏鳶.[224]	까마귀와 솔개와도 더불어 친하였다
物心不可知,[225]	동물의 마음은 알 수 없고
天性有時遷.[226]	천성도 때로는 변하는 것
一飽尙如此,	한 번 배가 불러 보니
況乘大夫軒![227]	대부(大夫)의 수레마저 타려고 한다!

평석 고결한 품행의 몸가짐이 한 순간의 잘못으로 일생을 망친 사람이 있기에 이 시를 지어 풍자하였다.(有以峻潔持身而一念之誤遂喪生平者, 故作詩諷之.) ○ 원진도 만년에 이러한 폐단을 밟았다.(元微之晚節亦蹈此患.)

해설 고결한 학의 타락을 비유로 하여, 처음에는 고결하였으나 나중에는 세태에 물든 선비를 비판하였다. 원진(元稹)은 「백거이의 '학을 생각함'에 화답하며」(和樂天感鶴)를 지었는데 시 말미에서 "자주 하다보면 탐욕이 될 수 있고, 향기에 익숙하다 보면 구속이 될 수도 있으니. 그대가 언제

---

220) 爭食(쟁식) 구:『초사』「복거」(卜居)에 "닭이나 오리와 먹이를 다투다"(與鷄鶩爭食)는 말에서 유래했다. 세속의 관료들과 명예와 이익을 다툼을 비유한다.
221) 懷(회):탐하다. ○ 稻粱(도량):쌀과 기장. 녹봉을 가리킨다.
222) 腥羶(성전):비린내와 노린내. 탐관오리의 추악한 행위를 비유한다.
223) 戀主人(연주인):주인을 그리워하다. 상사나 군주에게 아첨함을 비유한다.
224) 狎(압):가까이 하다. ○ 烏鳶(오연):까마귀와 솔개. 모두 탐욕스런 새로, 뇌물을 받은 관리를 비유한다.
225) 物心(물심):동물 또는 사람의 마음.
226) 天性(천성) 구:오랫동안 잡새와 함께 있다 보면 본성이 언젠가는 변하게 된다.
227) 況乘(황승) 구:『좌전』'민공 2년'조에 "위 의공(衛懿公)은 학을 좋아하였는데, 학 가운데는 수레를 타는 놈도 있었다"(魏懿公好鶴, 鶴有乘軒者.)는 기록이 있다. 軒(헌)은 대부가 타는 화려한 수레. 학이 수레를 탄다는 말은 관직을 두고 경쟁함을 비유한다.

나 잘 도와주어, 끝내 버리지 말기 바라네"(旣可翌爲飽, 亦可薰爲筌. 期君常善救, 勿令終棄捐.)라 하였다. 청대 하작(何綽)은 백거이가 만년에 스스로 변절할까 염려한 것으로 보았다. 807년에서 811년 장안에 있을 때 지은 것으로 보인다.

까마귀의 밤 울음소리(慈烏夜啼)[228]

慈烏失其母,	자오(慈烏)가 그 어미새의 죽음에
啞啞吐哀音.[229]	까악까악 슬프게 울음을 토한다
晝夜不飛去,	낮이나 밤이나 날아가지도 않고
經年守故林.[230]	한 해가 다 가도록 살던 숲을 지키고 있어
夜夜夜半啼,	밤마다 한밤이 되면 슬피 우니
聞者爲沾襟.	듣는 사람도 눈물로 옷깃을 적신다
聲中如告訴:	그 소리는 마치 호소하는 듯
未盡反哺心.[231]	반포의 효도를 다하지 못했소
百鳥豈無母?	새 가운데 어찌 어미 없는 새가 있으리오?
爾獨哀怨深.	이 새만이 유독 슬픔과 원망이 깊구나

---

228) 慈烏(자오) : 까마귀의 일종. 장성한 다음에 어미새를 먹여 살린다고 해서 자오(慈烏) 또는 반포조(反哺鳥)라고 한다. 진(晉) 왕가(王嘉)『습유기』(拾遺記)에 "민간에서 가슴이 하얀 까마귀를 자오라 한다"(俗亦謂烏白臆者爲慈烏)고 하였다. 양 무제(梁武帝)의 「효사부」(孝思賦)에 "신령스런 뱀은 주옥을 물어 은혜를 갚고, 자상한 까마귀는 먹이를 물어 어미새의 은혜를 갚는다"(靈蛇銜珠以酬志, 慈烏反哺以報親.)는 말이 있다.

229) 啞啞(아아) : 의성어. 새가 우는 소리. 여기서는 까마귀가 까악까악 우는 소리를 형용한다.

230) 經年(경년) : 여러 해가 지나다. ○故林(고림) : 살던 숲. 까마귀가 새끼 때부터 자라던 숲.

231) 反哺(반포) : 되돌려 보답하여 먹이를 먹임. 새끼가 성장한 후 어미새에게 먹이를 물어다 주어 먹임.

應是母慈重,　　　　　분명 그대의 어미가 자애로웠기에

使爾悲不任.[232]　　　그대의 슬픔이 그리 깊나보구나

昔有吳起者,[233]　　　예전에 오기(吳起)라는 사람은

母殁喪不臨.　　　　　엄마가 죽어도 장례에 가지 않았으니

嗟哉斯徒輩,　　　　　슬프구나, 이런 무리는

其心不如禽.　　　　　그 마음이 새보다 못하는구나

慈烏復慈烏,　　　　　자오여, 자오여

烏中之曾參.[234]　　　그대는 새 중의 증삼(曾參)이어라

평석 어질고 효성스런 사람은 그 말이 온화하다.(仁孝之人, 其言藹然.)

해설 효심 깊은 까마귀가 어미 새의 죽음을 슬퍼하는 것에서 사람의 효도가 새보다 못함을 탄식하였다. 청대 왕립명(汪立名)을 비롯하여 현대의 학자들은 백거이의 모친 진씨(陳氏)가 작고한 811년(40세)에 지은 것으로 본다.

---

232) 悲不任(비불임) : 슬픔을 이기지 못하다.

233) 吳起(오기) : 전국시대 위(衛)의 전략가. 노(魯), 위(魏), 초(楚)나라에 차례로 가서 군사를 지휘하였다. 손무(孫武)와 함께 병법가로 유명하여 '손오'(孫吳)로 병칭된다. 『사기』「손자오기열전」(孫子吳起列傳)에 보면, 고향을 떠나 어머니와 헤어질 때 팔뚝을 물고 맹세하기를 "저는 경이나 재상이 되지 못하면 위(衛)나라에 돌아오지 않을 것입니다"(起不爲卿相, 不復入衛.)고 하였다. 증자(曾子)에게서 배울 때 그의 어머니가 죽어도 고향에 돌아가지 않았다. 이에 증자가 이를 비난하며 오기와 인연을 끊었다.

234) 曾參(증삼) : 증자(曾子). 공자의 제자로 효도로 유명하다. 『공자가어』(孔子家語)에 "증삼은 남무성 사람으로 자는 자여(子輿)이며, 공자보다 46세 어리다. 효도에 뜻을 두었기에 공자가 그에게 『효경』(孝經)을 짓게 했다"(曾參南武城人. 字子輿. 少孔子四十六歲. 志存孝道, 故孔子因之以作孝經.)고 했다.

「큰 부리 까마귀」에 화답하며(和大觜烏)[235]

烏者種有二,	까마귀란 놈은 두 종류가 있는데
名同性不同.	이름은 같지만 성질은 달라
觜小者慈孝,[236]	부리가 작은 놈은 효성스럽고
觜大者貪庸.	부리가 큰 놈은 탐욕스럽고 무능하다
觜大命又長,	부리가 큰 놈은 또 명이 길어
生來十餘冬.	태어나 십여 년이 지나면
物老顔色變,	몸이 늙고 빛깔이 변하여
頭毛白茸茸.[237]	머리털은 허옇게 된다
飛來庭樹上,	마당의 나무에 날아와
初但驚兒童.	처음에는 아이들을 놀라게 할 뿐이었다
老巫生奸計,[238]	무당이 간사한 계략을 내어
與烏意潛通.[239]	까마귀와 몰래 통하여
云"是非凡鳥,	말하기를, "이 새는 보통 새가 아니니
遙見起敬恭.	멀리서 보아도 일어나 공경하시오
千歲乃一出,	천 년에 한 번 나오니
喜賀主人翁.	주인께 기쁜 마음으로 축하하오
祥瑞來白日,[240]	상서로운 까닭에 태양에 들어가 있고

---

235) 大觜烏(대취오): 부리가 큰 까마귀. 觜(자)는 嘴(취)의 가차. 까마귀는 일반적으로 두 종류로, 『소이아』(小爾雅) 「광조」(廣鳥)에서는 "검은 색에 반포(反哺)하는 것은 '오'(烏)라 하고, 작고 배 아래가 하얗지만 반포하지 않는 것은 '아'(鴉)라고 한다"(純黑而 反哺者, 謂之烏; 小而腹下白, 不反哺者, 謂之鴉鳥.)고 구분하였다. 백거이는 부리가 작은 것은 '오'(烏), 큰 것은 '아'(鴉)로 구분한 셈이다.

236) 慈孝(자효): 효성스럽다. 앞의 시에 나오는 자오(慈烏), 효조(孝鳥)로 '오'(烏)에 해당한다. 여기서는 선량한 선비를 비유한다.

237) 茸茸(용용): 털 따위가 가늘고 부드러우며 무성한 모양.

238) 老巫(노무): 무당. 여기서는 탐관오리를 비호하는 권세가나 환관을 비유한다.

239) 潛通(잠통): 몰래 통하다. 사통하다.

240) 祥瑞(상서) 구: 고대 전설에서 태양 속에 세 발 달린 까마귀인 '삼족오'(三足烏)가 있

神靈占知風.[241]　　　신령스럽게도 점을 쳐 풍향을 아오

陰作北斗使.[242]　　　은밀히 북두칠성의 사신이 되어

能爲人吉凶.　　　　사람의 길흉을 점친다오

此鳥所止家,　　　　이 새가 머무는 집은

家産日夜豐."　　　　재산이 밤낮으로 풍성해진다오"

上以致壽考,[243]　　　잘하면 장수하고

下可宜田農.　　　　못해도 농사는 잘 될 것이오

主人富家子,[244]　　　주인은 부자로

身老心童蒙.[245]　　　나이 들어도 생각은 몽매해

隨巫拜復祝,　　　　무당을 따라 절하고 또 비니

婦姑亦相從.[246]　　　집안 여인들도 따라서 한다

殺鷄薦其肉,[247]　　　닭을 잡아 그 고기를 바치고

敬若禮六宗.[248]　　　공경함이 천지 일월에 제사하는 듯하다

烏喜張大觜,　　　　까마귀는 기뻐 큰 입을 벌리며

다고 했다. 『춘추원명포』(春秋元命苞)에 "해 속에는 삼족오가 있다. 까마귀는 양정(陽精), 곧 태양의 신이다"(日中有三足烏, 烏者陽精.)고 하였다. 또 『회남자』「정신훈」(精神訓)에 "해 속에 준오(踆烏)가 있다"(日中有踆烏)는 말이 있는데, 고유(高誘)는 "삼족오를 말한다"(謂三足烏)고 주석하였다.

241) 占知風(점지풍) : 점을 쳐 바람의 방향을 알다. 고대 풍향계는 나무로 만든 까마귀가 바람에 따라 움직이게 하였다. 『서경잡기』에 "장안 영대(靈臺)에 바람을 알아보는 청동으로 만든 까마귀인 상풍동오(相風銅烏)가 있는데 천 리 밖에서 바람이 불어도 움직인다"(長安靈臺有相風銅烏, 有千里風則動.)고 하였다.

242) 北斗使(북두사) : 북두칠성의 사신. 까마귀를 말한다. 『춘추운두추』(春秋運斗樞)에 "북두의 일곱째 별인 요광(瑤光)이 흩어져 까마귀가 되었다"(瑤光散而爲烏)고 하였다.

243) 壽考(수고) : 장수하다.

244) 富家子(부가자) : 돈 많은 사람.

245) 童蒙(동몽) : 생각이 유치하고 몽매함.

246) 婦姑(부고) : 며느리와 시어머니. 여기서는 가족 중의 여성들을 가리킨다.

247) 薦(천) : 제사에 바치다.

248) 禮六宗(인육종) : 군주가 여섯 가지 주요 대상을 제사하다. 『상서』「순전」(舜典)에 "여섯 가지 주요 대상을 제사하다"(禮于六宗)는 말에서 나왔다. 육종(六宗)에 대해서는 이설이 많지만, 일반적으로 하늘과 땅, 해와 달, 별, 강과 바다 등을 포함한다.

飛接在虛空.	허공에서 날아가며 받아먹는다
烏旣飽羶腥,	까마귀는 비린 고기에 배를 채우고
巫亦饗甘釀.	무당도 맛있는 술을 마신다
烏巫互相利,	까마귀와 무당이 서로 이득을 보니
不復兩西東.²⁴⁹⁾	더 이상 둘은 헤어지지 않게 되었다
日日營巢窟,	날마다 소굴을 파더니
稍稍近房櫳.²⁵⁰⁾	점점 사람의 내실에 가까이 다가가
雖生八九子,²⁵¹⁾	비록 새끼를 여덟이나 아홉을 낳았지만
誰辨其雌雄?²⁵²⁾	아무도 암수를 구별할 수 없었다
群雛又成長,	새끼들이 또 자라나면
衆觜逞殘凶.	부리로 잔인하고 흉악한 일을 저지른다
探巢吞燕卵,²⁵³⁾	둥지를 찾아 제비 알을 삼키고
入簇啄蠶蟲.²⁵⁴⁾	섶에 들어가 누에를 쪼아댄다
豈無乘秋隼?²⁵⁵⁾	어찌 가을에 날아다니는 매가 없으랴만
羈絆委高墉.²⁵⁶⁾	높은 성벽 위에 묶여있다

---

249) 西東(서동): 동과 서로 나뉘다. 동사로 쓰였다. 원래 동서(東西)이나 운을 맞추기 위해 서동(西東)으로 하였다. 이 구는 양자가 결탁하여 나뉘지 않음을 말한다.

250) 房櫳(방롱): 방과 창. 내실(內室). 이 구는 조금씩 내실에 가까이 다가간다는 뜻으로 탐욕스런 관료들이 점점 승진하여 황제 옆에 다가감을 비유한다.

251) 雖生(수생) 구: 이 구는 한 악부(樂府) 「오생」(烏生)의 "까마귀가 새끼 여덟이나 아홉을 낳으니"(烏生八九子)를 이용하였다.

252) 誰辨(수변) 구:『시경』「정월」(正月)에 "모두 자신이 성인(聖人)이라고 하니, 누가 까마귀의 암수를 구별할 수 있으리오"(具日予聖, 誰知烏之雌雄!)에서 나온 말이다. 관리들이 모두 자신이 성인이라고 까마귀처럼 짖어대니 암수를 구별하기 어려운 것처럼 옳고 그름을 가리기 어려움을 비유하는 말이다.

253) 燕卵(연란): 제비 알. 다음 구의 누에 벌레(蠶蟲)와 함께 해를 입기 쉬운 백성을 비유한다.

254) 簇(족): 蔟(족)과 같다. 누에섶.

255) 隼(준): 사냥용 매. 이 구는『한서』「오행지」(五行志)에 "입추가 되면 매와 송골매가 공격한다"(立秋而鷹隼擊)의 뜻으로, 여기서는 어사(御史) 등 사법관을 가리킨다.

256) 羈絆(기반): 묶다. ○委高墉(위고용): 높은 성벽 위에 버려지다.『주역』「해」(解)괘에 "공이 높은 성벽 위에서 새매를 쏘니"(公用射隼于高墉之上)는 말을 이용하였다.

但食烏殘肉,[257]	까마귀가 남긴 고기를 먹을 뿐이어서
無施搏擊功.[258]	까마귀를 잡고 치는 솜씨를 발휘하지 못한다
亦有能言鸚,[259]	거기에다 말을 할 줄 아는 앵무새가 있다지만
翅碧觜距紅.[260]	벽옥색 깃털에 붉은 부리와 발톱
暫曾說烏罪,	일찍이 까마귀의 죄상을 조금 말했더니
囚閉在深籠.[261]	단단한 조롱에 깊이 갇히게 되었다
青青窓前柳,	그리하여 푸르디푸른 창문 앞의 버들이나
鬱鬱井上桐.	울창한 우물가의 오동나무에는
貪烏占棲息,	탐욕스런 까마귀가 차지하여 깃들어 살지만
慈烏獨不容.	자오(慈烏)는 홀로 깃들 수 없다
慈烏爾奚爲?[262]	자오여, 그대는 무엇을 하고 있는가?
來往何憧憧![263]	어찌 그리 오고감이 황망한가!
曉去先晨鼓,[264]	새벽에는 북소리 울리기 전에 나가
暮歸後昏鐘.	저녁에는 종소리 울린 뒤에 돌아온다
辛苦塵土間,	먼지와 흙 속에서 고생하며
飛啄禾黍叢.	날아가 벼와 기장 밭에서 모이를 쫀다
得食將母哺,	먹이를 얻으면 어미에게 먹이고
飢腸不自充.	창자가 주려도 자기부터 채우지 않는다

---

257) 烏殘肉(오잔육) : 까마귀가 먹다 남긴 고기.
258) 심주 : 이는 간관이면서 간언을 하지 않는 자를 비유한다.(此比諫官之不言者.)
259) 能言鸚(능언앵) : 말을 수 있는 앵무새. 여기서는 간의대부(諫議大夫), 보궐(補闕), 습유(拾遺) 등 간언할 수 있는 직책의 관료들을 비유한다.
260) 觜距紅(자거홍) : 부리와 발톱이 붉다.
261) 심주 : 이는 간언을 하고서 벌을 받는 자를 비유한다.(此比言而被罪者.)
262) 奚爲(해위) : 무엇을 하는가?
263) 憧憧(동동) : 끊이지 않고 오가는 모양. 『주역』「함」(咸)괘에 "끊이지 않고 오가다"(憧憧往來)란 말이 있다.
264) 先晨鼓(선신고) : 새벽 북소리 칠 때보다 앞서. 장안에서는 아침에는 북을 쳐 통행을 시작하고 밤에는 종을 쳐 통행을 금지하였다. 또 『대당신어』(大唐新語)에 따르면, 거리에 동동고(鼕鼕鼓)를 설치하여 시각을 알림으로써 공무와 사무(私務)에 편리하도록 하였다.

主人憎慈烏,	주인은 자오를 미워하여
命子削彈弓.	아들에게 명하여 탄궁을 만들게 한다
絃續會稽竹,[265]	회계의 대나무로 활을 만들고
丸鑄荊山銅.[266]	형산의 구리로 탄환을 주조한다
慈烏求母食,	자오가 어미 먹을 모이를 구하러
飛下爾庭中.	마당에 내려앉아
數粒未食口,	몇 알 입에 넣기도 전에
一丸已中胸.[267]	탄환 한 알이 가슴을 명중하였다
仰天號一聲,	하늘을 향해 호곡을 하니
似欲訴蒼穹:	마치 창궁에 호소하는 듯
"反哺日未足,[268]	"반포(反哺)의 효도를 다 못함이 슬프지
非是惜微躬.[269]	미천한 몸을 아까워해서가 아니라오
誰能持此冤,	그 누가 이 원통함을
一爲問化工:[270]	한 번 조물주에게 물어주겠소?

---

265) 絃續(현속) : 활시위 줄을 아교로 붙여 쓰다. 『해내십주기』(海內十洲記)에서는 봉린주(鳳麟洲)에 사는 신선은 봉황의 부리와 기린의 비늘로 만든 아교로, 끊어진 활줄을 이어붙일 수 있다고 하였다. 원래 이 전고는 뛰어난 재주나 후계자를 비유하나, 여기서는 활을 만든다는 뜻으로 쓰였다. ○ 會稽竹(회계죽) : 회계에서 나는 좋은 대나무. 『이아』(爾雅) 「석지」(釋地)에 "동남 지방에 뛰어난 것으로 회계의 대나무와 조릿대가 있다"(東南之美者, 有會稽之竹箭焉.)는 말이 있다.

266) 丸(환) : 탄궁에서 사용하는 탄환. ○ 荊山銅(형산동) : 형산의 동. 『사기』 「봉선서」(封禪書)에 "황제가 수산(首山)에서 동을 캐어, 형산(荊山) 아래에서 정(鼎)을 주조하였다"(黃帝採首山之銅, 鑄鼎于荊山下.)고 하였다. 수산은 뇌수산(雷首山) 또는 수양산(首陽山)으로 지금의 산서성 영제현(永濟縣)에 소재한다. 형산은 여러 곳이 있지만 지금의 하남성 괵주(虢州) 문향현(閿鄕縣) 남쪽에 소재한 산으로 일명 부금산(覆釜山)이라고 한다.

267) 中胸(중흉) : 가슴에 명중하다.

268) 反哺(반포) : 되돌려 보답하여 먹이를 먹임. 앞의 시 「까마귀의 밤 울음소리」(慈烏夜啼) 참조.

269) 微躬(미궁) : 비천한 몸. 자신에 대한 겸사.

270) 化工(화공) : 만물을 만든 주체. 고대인들은 이를 조화(造花), 조물(造物), 천지, 하늘 등의 말로 표현하였다.

胡然大觜烏,[271]   왜 부리가 큰 대취오는
竟得天年終?"   천수를 누리며 오래 사느냐고?"

평석 까마귀의 잔악성, 무당의 간계, 주인의 어리석음, 이 삼자가 결합하니 자오가 깃들 수 없다. 어느 시대든 대취오가 없겠는가? 주인이 명철하다면 그 종류를 구별할 수 있을 것이다.(烏之殘惡, 巫之奸計, 主人之昏愚, 三者合而慈烏自不能容身矣. 大觜烏何代無之? 要在主人之明, 分別種類.)

해설 원진(元稹)에게 화답한 「화답시」(和答詩) 10수 가운데 하나이다. 우언시(寓言詩)의 형식으로 당시 탐관오리의 권력 결탁과 인민에 대한 박해를 비유하고, 바른 인물이 배척당하고 감찰관이 오히려 벌을 받는 암흑상을 묘사하였다. 복잡다단한 정치적 구조를 우언을 통해 선명하게 드러내어 썩고 비틀리고 음험한 모순을 날카롭고 통쾌하게 해부하여 시대의 중요한 문제를 형상화하였다. 원진은 803년 과거에 급제한 후 교서랑이 되었다가 806년 좌습유(左拾遺)가 되었고, 809년 감찰어사(監察御史)가 되었다. 810년 3월 환관의 미움을 받아 강릉사조(江陵士曹)로 좌천되었다. 원진이 강릉으로 가는 도중 17수를 지어 백거이에게 보내자 백거이는 이에 화답하여 10수를 지어 보냈다. 원진의 시가 완곡하다면 백거이의 시는 신랄하다.

흉가(凶宅)

長安多大宅,   장안에는 대저택이 많이 있으니
列在街西東.[272]   시가의 동서에 늘어서 있다

---

271) 胡然(호연) : 왜? 의문 또는 반문을 표시한다.
272) 街西東(가서동) : 장안 황성 남쪽에 붙어 동서로 뻗은 주작가(朱雀街). 『구당서』 「지

往往朱門內,	어떤 집은 붉은 대문 안
房廊相對空.	방과 회랑이 비어있기도 하다
梟鳴松桂枝.[273]	올빼미가 소나무와 계수나무 가지에서 울고
狐藏蘭菊叢.	여우가 난초와 국화 더미에 숨어
蒼苔黃葉地,	이끼 파랗고 낙엽 떨어진 곳
日暮多旋風.[274]	해 저물녘에 회오리바람이 일곤 한다
前主爲將相,	예전의 주인은 장군이자 재상으로
得罪竄巴庸.[275]	죄를 얻어 파용(巴庸) 땅으로 유배 갔었다
後主爲公卿,	다음 주인은 공경(公卿)으로
寢疾歿其中.[276]	병으로 누워 있다가 그 집에서 죽었다
連延四五主,	주인들이 연달아 네다섯 바뀌어도
殃禍疊相重.	재앙은 계속 쌓였다
自從十年來,	지난 십 년 동안
不利主人翁.	주인에게 좋은 일이 없었다
風雨壞簷隙,	비와 바람이 처마를 침식하고
蛇鼠穿牆墉.[277]	쥐와 뱀이 담에 구멍을 팠다
人疑不敢買,	괴이하게 여겨 감히 사는 사람 없었고

리지」(地理志)에 "황성의 남쪽 큰 거리는 주작가로, 동쪽 오십사 방(坊, 구역)은 만년
현에서 관할하고, 서쪽 오십사 방(坊)은 장안현에서 관할한다"(皇城之南大街曰朱雀
之街, 東五十四坊, 萬年縣領之; 街西五十四坊, 長安縣領之.)고 하였다.
273) 梟(효) : 올빼미. 당시 사람들은 올빼미가 어떤 집에 날아가 울면 그 집안사람들은
모두 죽는다고 생각하였다.
274) 旋風(선풍) : 회오리바람. 당시 사람들은 회오리바람은 귀신이나 요괴가 농간을 부리
는 징조라고 생각하였다.
275) 竄(찬) : 숨다. 여기서는 폄적을 당하다. ○巴庸(파용) : 고대의 두 나라 이름으로 나
중에는 지역을 가리킨다. 파(巴)는 지금의 중경시에 위치했던 나라로 진(秦) 혜문왕
(惠文王) 때 망하였고, 용(庸)은 지금의 호북성 죽산(竹山) 일대에 있었던 나라로 춘
추시대에 초(楚)에 멸망하였다. 당시 이들 지역은 황량하고 편벽하여 관리들이 폄적
되는 주요 장소였다.
276) 寢疾(침질) : 병으로 눕다.
277) 牆墉(장용) : 담벽.

日毁土木功.	날이 갈수록 기둥과 지붕이 기울어져갔다
嗟嗟俗人心,	아아, 세상 사람들 마음이여
甚矣其愚蒙!	무척이나 우매하구나!
但恐災將至,	오로지 재난이 올 것만 두려워하여
不思禍所從.	재앙이 어디에서 오는지 생각하지 않는구나
我今題此詩,	내 지금 이 시를 써서
欲悟迷者胸 :	미혹된 사람의 생각을 깨우치고자 하네
凡爲大官人,	일반적으로 높은 자리에 있는 사람은
年祿多高崇. 278)	나이도 많고 봉록도 많다
權重持難久,	권세가 드세지면 오래 가기 어렵고
位高勢易窮.	지위가 높아지면 내려가기 쉬우며
驕者物之盈,	교만이란 사물의 한계가 다함이요
老者數之終.	늙음이란 정해진 운수의 끝이라
四者如寇盜, 279)	이 네 가지는 마치 도적과 같이
日夜來相攻.	밤낮으로 와서 사람을 공격한다
假使居吉土, 280)	설령 길지(吉地)에 산다고 하더라도
孰能保其躬?	누가 자신의 몸을 보전할 수 있겠는가?
因小以明大,	작은 것으로 큰 것을 설명할 수 있으니
借家可諭邦. 281)	저택을 가지고 국가를 비유할 수 있다
周秦宅崤函, 282)	주(周)도 진(秦)도 함곡관 서쪽에 위치하여

---

278) 年祿(연록) : 나이와 녹봉.

279) 四者(사자) : 네 가지. 즉 바로 위에서 말한 권세(權), 지위(位), 교만(驕), 늙음(老)을 가리킨다.

280) 吉土(길토) : 길지(吉地). 길조가 있는 장소. 고대에 제왕은 점을 쳐 길지에서 제사를 올렸다.

281) 심주 : 압운이 맞다.(마.)

282) 崤函(효함) : 효산(崤山)과 함곡관(函谷關). 지금의 하남성 서안과 낙양 사이의 지세가 험난한 곳으로 섬서로 통하는 길목이다. 주나라와 진나라는 이곳에 의지하여 동쪽의 여러 나라를 막았다.

其宅非不同.[283]   그 강역은 다르지 않았지만
一興八百年,[284]   주나라는 팔백 년을 유지했고
一死望夷宮.[285]   진나라는 망이궁에서 망했다
寄語家與國,[286]   이에 저택과 국가에 대해 알려주노니
人凶非宅凶!   흉조는 사람이 만들지 저택이 만들지 않는다!

평석 큰 소리를 질러 부르니 귀머거리와 소경을 깨울 수 있겠다. 문집에서는 아쉽게도 지관 (地官)에 대해선 언급하지 않았다.(大聲疾呼, 可破聾瞶. 集中惜未議及葬師.)

해설 자료에 의하면 당시 장안에는 여러 흉가가 있었다. 고관들이 살다 피해를 입은 후 버려져 을씨년스럽게 변하자 다른 사람이 들어가 살려 고 하지 않았다고 한다. 시인은 이러한 현상이 풍수(風水)나 날짜 등 객관 적 조건에서가 아니라 인간 자신이 불러온 것임을 설파하였다. 덧붙여 동일한 지역에 세워진 주나라와 진나라가 다른 결과를 가져온 데서 흉 가에 대한 우매한 믿음을 공격하였다. 시의 제재와 어조로 보아 원화 연 간 초기인 806~811년경 장안에 있을 때 지은 것으로 보인다.

---

283) 其宅(기택) : 그 집. 여기서는 나라를 세운 강역.
284) 八百年(팔백년) : 주왕조의 지속 기간. 주 무왕(武王)이 은(殷) 주왕(紂王)을 멸망시키 고 나라를 창업한 후 진나라에 망할 때까지의 약 팔백육십여 년을 가리킨다.
285) 望夷宮(망이궁) : 진(秦)의 궁 이름. 지금의 섬서성 경양현(涇陽縣) 동남에 소재. 경수 (涇水) 건너 북방의 이민족을 바라볼 수 있는 곳이라 하여 이름 붙여졌다. 진시황의 아들인 2세 호해(胡亥)가 조고(趙高)의 압박에 자살한 곳.
286) 寄語(기어) : 알리나. 신하나.

당시별재집 권4

한유(韓愈)

평석 재주를 잘 발휘하는 사람은 응당 그 재주를 남김없이 발휘해야 할 것이다. 한유의 시는 남김없이 말하기 좋아하는데, 요약하면 뜻은 바른 도리로 귀결되고, 구성은 크고 넓으며, 골격은 가지런하다. 그 근본은 『시경』의 「아」「송」이지만 채시관에 구애되지 않는다. 대가로 평가할 수 있으니 누가 반대할 수 있겠는가(善使才者, 當留其不盡. 昌黎詩不免好盡, 要之意歸於正, 規模宏闊, 骨格整頓, 原本雅頌, 而不規規於風人也. 品爲大家, 誰曰不宜!) ○ 한유의 사언시는 당대 시인들 가운데 나란히 짝할 사람이 없다. 「평회서비」는 특히 최고의 경지를 수립하였다. 비문은 산문체 위주로 되어 있기에 시집에 넣기에는 체례가 맞지 않으므로 다만 「원화 성덕시」만 수록한다.(昌黎四言, 唐人中無與儷者, 平淮西碑尤爲立極. 因碑以文爲主, 系之以詩, 恐體例不合, 故只錄元和聖德詩.)

원화 성덕시─서문 붙임(元和聖德詩幷序)[1][2]

臣愈頓首再拜言 : 臣伏見皇帝陛下卽位以來, 誅流姦臣,[3] 朝廷淸明, 無有欺蔽.[4] 外斬楊惠琳、劉闢以收夏、蜀,[5] 東定靑、徐積年之叛,[6] 海內怖駭,[7] 不敢違越. 郊天告廟,[8] 神靈歡喜, 風雨晦明, 無不從順. 太平之期, 適當今日. 臣蒙被恩澤, 日與群臣序立紫宸殿陛下,[9] 親望穆穆之

---

1) 심주 : 당대의 사언시는 뛰어난 작품이 극히 적어 별도의 체제를 세우기 어렵다. 그러므로 오언고시 속에 붙여놓는다.(唐人四言, 絶少佳者, 不能另立一體, 故附五言體中.)
2) 元和(원화) : 헌종(憲宗)의 연호로 806~820년이다. 헌종은 805년(永貞 원년) 8월 즉위 후 다음 해 정월에 연호를 바꾸었다. 이 시는 807년(원화 2년) 한유가 국자박사(國子博士)로 재직할 때 지었다.
3) 誅流(주류) : 주살하고 유배보내다. ○姦臣(간신) : 왕비(王伾)와 왕숙문(王叔文) 등을 가리킨다. 이들은 805년 정월 순종(順宗)의 즉위와 함께 정치개혁을 단행하였으나, 8월 헌종이 즉위하자 실각하였다. 우산기상시(右散騎常侍) 왕비(王伾)는 개주사마(開州司馬)로, 호부시랑(戶部侍郎) 겸 탁지염철전운부사(度支鹽鐵轉運副使) 왕숙문(王叔文)은 유주사호(渝州司戶)로 좌천되었다. 왕비는 유배지에서 죽고, 왕숙문은 다음 해에 피살되었다. 또 805년 11월에는 왕숙문이 기용했던 개혁과 인물인 유우석(劉禹錫)과 유종원(柳宗元) 등 여덟 명을 남방 여러 주(州)의 사마(司馬)로 좌천시켰는데, 세칭 '팔사마(八司馬)'라 했다. 사마는 군병에 관한 업무를 맡으나 일반적으로 한직으로 좌천된 사람들이 담당하였다.
4) 欺蔽(기폐) : 속이고 숨김.
5) 楊惠琳(양혜림) : 하수은절도유후(夏綏銀節度留後)로 805년 11월에 하주(夏州)에서 반란을 일으켰으나, 다음 해 3월 병마사 장승금(張承金)에 패배하여 살해되었다. ○劉闢(유벽) : 원래 검남서천절도사 위고(韋皐)의 부하였으나, 805년 8월 위고가 죽자 자칭 절도유후(節度留後)가 되었다. 이후 정부에 항명하다가 806년 10월 서천절도사 고숭문(高崇文)에 패하여 장안으로 끌려가 죽었다.
6) 靑、徐(청서) : 청주(靑州)와 서주(徐州). 지금의 산동성 일대. 안사의 난 이후 765년부터 819년까지 오십오 년 동안 고구려 유민 이정기(李正己)와 그의 아들 이납(李納), 손자 이사고(李師古)가 십오 주(州)를 통치하였다. 806년 이사고가 죽자 이복형제 이사도(李師道)가 당 조정에 일시 귀순하였다.
7) 怖駭(포해) : 놀라고 두려워하다.
8) 郊天(교천) : 고대에 천자가 봄에 남쪽 교외에서 하늘에 제사하는 일. ○告廟(고묘) : 고대에 천자나 제후가 순시를 돌거나 전쟁 등 중대한 일을 수행할 때 조묘(祖廟)에 가서 알리는 일.
9) 紫宸殿(자신전) : 궁전 이름. 당대 대명궁(大明宮)의 3대전 가운데 하나로 남북으로 함원전(含元殿), 선정전(宣政殿), 자신전이 나란히 있었다.

光.¹⁰⁾ 而其職業,¹¹⁾ 又在以經籍教導國子,¹²⁾ 誠宜率先作歌詩以稱道盛
德, 不可以詞語淺薄, 不足以自效爲解. 輒依古作四言元和聖德詩一篇,
凡千有二十四字, 指事實錄, 具載明天子文武神聖, 以警動百姓耳目,
傳示無極. 其詩曰 :

신(臣) 한유는 머리를 조아리고 다시 절하며 아뢰나이다. 신이 엎드려
보건대 황제 폐하께서 즉위하신 이래 간사한 신하들을 주멸하고 유배
보내니 조정이 청명하여졌고 속임과 숨김이 없어졌습니다. 밖으로는 양
혜림(楊惠琳)과 유벽(劉闢)을 참수하여 하(夏) 지방과 촉(蜀) 지방을 수복하
였고, 동으로는 청주(青州)와 서주(徐州)의 여러 해에 걸친 반란을 평정하
였으니, 나라 안 사람들이 놀라고 두려워하며 감히 위반하는 자가 없사
옵니다. 남쪽 교외에 나가 하늘에 제사하고 조묘(祖廟)에 고하니, 신령들
이 기뻐하고 비와 바람이 잦아들어, 어느 것 하나 순조롭지 않는 일이
없습니다. 태평한 시기가 마침 오늘이 되었습니다. 신은 은택을 입어 날
마다 여러 신하들과 함께 자신전(紫宸殿) 계단 아래 서서 직접 엄숙하고
경건한 빛을 우러러 보았습니다. 게다가 맡은 바 소임이 나라의 자제에
게 경전을 가르치는 것이니, 진실로 먼저 가시(歌詩)를 지어 성덕을 칭송
하여야 할 것입니다. 어휘가 천박해선 안 되며 자신의 힘을 다했노라고
해서도 안 될 것입니다. 그저 고대의 사언(四言)에 의거하여 「원화 성덕
시」(元和聖德詩) 1편을 지으니 모두 1024자로, 사리를 밝히고 사실대로 기
록할 뿐입니다. 천자의 문무 신성(神聖)하심을 상세히 밝히고, 백성의 귀

---

10) 穆穆(목목) : 장중하고 공경스러운 모습. 일반적으로 모습이나 말씨가 부드럽고 아름
    다움을 형용한다. 『상서』「여형」(呂刑)에 "위에서는 장중하고 공경스러우며, 아래에
    서는 지혜롭고 밝다"(穆穆在上, 明明在下.)는 말이 있다. 또 『시경』「문왕」(文王)에
    도 "장중하고 아름다운 문왕이여, 아아, 밝고도 공경스러워라"(穆穆文王, 於緝熙敬
    止.)는 말이 있다.
11) 職業(직업) : 한유 자신이 맡은 직무. 당시 국자박사(國子博士)였다.
12) 國子(국자) : 공경대부의 자제. 곧 국자학의 학생. 『신당서』「백관지」(百官志)에 보면
    박사 다섯 명이 3품 이상 관원의 자제와 종2품 이상 관원의 증손에게 삼례(三禮),『시
    경』,『좌전』,『국어』,『설문』 등을 가르쳤다.

와 눈을 열게 하며, 언제까지나 전하고자 합니다.

皇帝卽阼,¹³⁾	황제께서 즉위하시니
物無違拒.	사시(四時)가 순조로워
日暘而暘,¹⁴⁾	따뜻할 때는 따뜻해지고
日雨而雨.	비가 올 때는 비가 오더라
維是元年,¹⁵⁾	원화 원년(806년)
有盜在夏.¹⁶⁾¹⁷⁾	하주(夏州)에 있는 도적이
欲覆其州,	그 주에서 반란을 일으켜
以踵近武.¹⁸⁾	전례를 따르니
皇帝曰嘻,	황제께서 탄식하여 말씀하시길, "아아,
豈不在我.	어찌 나에게 있지 않으랴
負鄙爲艱,¹⁹⁾	변방에서 난을 일으키니
縱則不可.	방종하게 내버려둘 수 없구나"

---

13) 卽阼(즉조) : 즉위(卽位)와 같다. 阼(조)는 궁중의 동편 계단으로, 빈객이 마주볼 때 주인이 서는 자리이며 제사지낼 때 제왕이 서는 자리이다.

14) 暘(양) : 하늘이 맑다. 『상서』 「홍범」(洪範)에 "여러 가지 징후가 있으니 비 오고, 개이고, 따뜻하고, 춥고, 바람 부는 것이다. 일 년 동안 이 다섯 가지 날씨가 다 갖추어져 정상적인 차례로 일어난다면 작물이 무성할 것이다"(庶徵 : 曰雨, 曰暘, 曰燠, 曰寒, 曰風. 曰時五者來備, 各以其敍, 庶草蕃廡.)는 말에서 나왔다.

15) 元年(원년) : 원화 원년. 806년.

16) 심주 : 양혜림이 성을 의지하여 반란을 일으켰으므로 조정에서 군사를 일으켜 토벌하도록 조서를 내렸다.(楊惠琳據城叛, 詔發兵討之.)

17) 하(夏) : 하주(夏州). 치소는 삭방(朔方)으로, 지금의 섬서성 정변현(靖邊縣). 407년 오호십육국(五胡十六國)시대에 흉노족 혁련발발(赫連勃勃)이 이곳에 하나라를 세우고 스스로 하왕이 되었기에 이후 지명으로 사용되었다. 여기서 말하는 도적은 양혜림(楊惠琳)을 가리킨다.

18) 踵(종) : 따르다. ○武(무) : 발자국. 踵武(종무)는 앞 사람의 발자취를 따르다. 덕종(德宗) 건중(建中) 연간(780~783년)에 이희렬(李希烈)과 주차(朱泚) 등의 반란을 따른다는 뜻.

19) 負鄙(부비) : 변방 지역에 의지하다. ○爲艱(위간) : 어려운 일을 하다. 여기서는 난을 일으키다.

出師征之,	군사를 이끌고 나가게 하니
其衆十旅.²⁰⁾	그 무리가 5천이라
軍其城下,	군대가 성 아래에 이르러
告以福禍.	항복하면 이롭고 반항하면 화가 온다 알렸더라
腹敗枝披.²¹⁾	성안은 교란되고 반군은 해체되어
不敢保聚.²²⁾	무리들을 모아 지킬 수 없더니
擲首陴外.²³⁾²⁴⁾	사령관의 수급이 성벽 밖으로 던져지고
降幡夜竪.²⁵⁾	투항의 깃발이 밤에 내걸렸다
疆外之險,	중원 지역 밖에 험한 곳으로
莫過蜀土.²⁶⁾	촉(蜀)보다 더한 곳이 없어
韋皋去鎭,²⁷⁾	위고(韋皋)가 죽은 후
劉闢守後.²⁸⁾	유벽(劉闢)이 유수(留守)가 되어 뒤를 이었더라
血人于牙,²⁹⁾	어금니로 사람을 씹어 죽이고
不肯吐口.	입으로 토하려 하지 않았네
開庫啗士,³⁰⁾	창고를 열어 병사들을 달래며

---

20) 旅(려) : 고대의 군대 편제 단위. 『주례』「소사도」(小司徒)에 일 려는 약 오백 명이라
고 하였다.
21) 枝(지) : 肢(지)와 같다. 손과 발. ○披(피) : 갈라지다. 잘리다.
22) 保聚(보취) : 무리가 모여 지키다.
23) 심주 : 하주병마사 장승금이 양혜림을 참수하여 그 수급을 바쳤다.(夏州兵馬使張承
金斬惠琳, 傳首以獻.)
24) 陴(비) : 성가퀴. 성벽의 상단이 톱니 모양으로 되어 부분.
25) 降幡(항번) : 투항을 나타내는 깃발. 幡(번)은 내려뜨리도록 만들어진 좁고 긴 깃발.
26) 심주 : 본 줄거리로 들어간다.(入本事.)
27) 韋皋(위고) : 745~805년. 장안 사람으로 건릉만랑(建陵挽郎)으로 관직을 시작하였고,
783년 주차(朱泚)를 막는 공으로 농주절도사(隴州節度使)가 되었다. 다음 해 금오위
장군(金吾衛將軍)이 되었고 곧 대장군으로 옮겼다. 785년 검남서천절도사(劍南西川
節度使)가 된 후 촉 지방에서 이십여 년 있었다. 왕숙문(王叔文)에 부탁한 일이 이
루어지지 않아 돌아섬으로써 왕숙문의 몰락에 일조하였다. 805년 병으로 죽었다.
28) 守後(수후) : 유수(留守)로서 전임자의 일을 처리하다.
29) 血人(혈인) : 사람을 피칠하다. 죽이다.
30) 啗(담) : 속이다. 재물을 주어 유혹하다.

日隨所取.[31]　　말하기를, "마음대로 가져라

汝張汝弓,[32]　　너희들은 활시위를 잡아당기고

汝伐汝鼓.[33]　　너희들은 북을 둥둥 울려라

汝爲表書,　　너희들은 표문을 써서

求我帥汝.[34]　　너희들을 통솔하게 해달라고 하라"

事始上聞,　　일이 처음 알려졌을 때

在列咸怒.[35]　　조정의 대신들이 모두 분노했더라

皇帝曰然,　　황제께서 말씀하시기를 "그렇게 하지,

嗟遠士女.[36]　　아아, 멀리 있는 백성들이여

苟附而安,　　잠시 그 아래서 안전히 있으면

則且付與.　　곧 적절한 조치를 내리리라"

讀命於庭,[37]　　궁정에서 책명을 선독하고

出節少府.[38][39]　　소부(少府)에서 부절을 내었어라

朝發京師,　　아침에 장안을 떠나니

夕至其部.　　저녁에 적군의 지휘부에 도착하였네

---

31) 심주 : 사졸들을 유혹하는 말.(誘啖士卒之詞.)

32) 汝張汝弓(여장여궁) : 활시위를 잡아당기다. 『시경』「길일」(吉日)에 "나의 시위를 잡아당기고, 나의 화살을 끼워서"(旣張我弓, 旣挾我矢.)라는 말이 있다.

33) 汝伐汝鼓(여벌여고) : 북을 치다. 『시경』「채기」(采芑)에 "북소리를 둥둥 울리고, 군대를 착착 정렬한다"(伐鼓淵淵, 振旅闐闐.)는 말이 있다.

34) 帥汝(수여) : 너희들을 이끌다. 조정을 향해 유벽이 검남서천절도사가 되도록 요구하다. 『자치통감』권236에서 "유벽이 여러 장수들에게 조정에서 유벽에게 절월(節鉞)을 내려주기를 바란다는 표문을 쓰게 하였다"(劉闢使諸將表求節鉞)고 하였다.

35) 在列(재렬) : 조정의 반열에 있는 사람. 조정의 대신을 가리킨다.

36) 士女(사녀) : 성인 남녀. 백성.

37) 讀命(독명) : 유벽을 검남서천절도사로 임명하는 책명을 읽다. 당대에는 중서사인(中書舍人)이 이 일을 담당하였다.

38) 심주 : 헌종이 은혜로 달래려고 검남서천절도사로 임명하였다.(憲宗欲以恩撫之, 命爲劍南西川節度使.)

39) 少府(소부) : 한대 관서 이름으로 이곳의 부절령(符節令)이 부절을 관장하였다. 당대에는 문하성(門下省)에 부보랑(符寶郎) 사 인을 두어 부절을 관장하고 장수나 사신을 파견할 때 부절을 수여하였다.

闢喜謂黨,	유벽이 기뻐 무리들에게 말하기를
汝振而伍.[40]	너희들 군사가 떨쳐 일어나면
蜀可全有,	촉 지방을 보전할 수 있으니
此不當受.	이는 받지 말아야 하리라
萬牛臠炙,[41]	천 마리 소를 잡아 고기를 굽고
萬甕行酒.	만 통의 술독으로 술을 따르며
以錦纏股,	비단으로 다리를 감싸고
以紅帕首.[42]	붉은 비단으로 머리를 매었더라
有恇其兇,[43]	어떤 이는 그 잔혹함을 두려워하고
有餌其誘.	어떤 이는 그가 제시하는 유혹을 탐하였네
其出穰穰,[44]	군사들이 쏟아져 나오니 수없이 많아
隊以萬數.	줄을 서니 만 줄이나 되더라
遂劫東川,[45]	그리하여 동천(東川)을 위협하여
遂據城阻.[46]	마침내 성벽과 지세에 의지하였다
皇帝曰嗟,	황제께서 말씀하시기를, "아아
其又可許![47]	이를 어찌 허락할 수 있으리오!"
爰命崇文,[48]	이에 고숭문(高崇文)에게 명하여

---

40) 而(이) : 너.
41) 臠炙(연자) : 고기. 臠(련)은 큰 조각으로 자른 고기. 炙(자)는 구운 고기.
42) 帕(파) : 머리를 싸매다.
43) 恇(광) : 겁내다. 두려워하다.
44) 穰穰(양양) : 많은 모양. 『시경』「집경」(執競)에 "내려주신 복이 가득하네"(降福穰穰)라는 말이 있다.
45) 東川(동천) : 안사의 난 이후에 재주(梓州)에 검남동천절도사를 설치하였다. 지금의 사천성 삼대현(三臺縣). 재주는 동쪽으로 부수(涪水)를 끼고 서쪽으로 중강(中江)이 있는 수륙의 요충지이다.
46) 城阻(성조) : 성벽과 험난한 지세.
47) 심주 : 이를 어찌 허락할 수 있겠는가!(此豈可許!)
48) 崇文(숭문) : 고숭문(高崇文, 746~809년). 젊어서 평로군(平盧軍)에 있었으며, 정원(貞元) 연간에 한전의(韓全義)를 따라 장무성(長武城)을 지켰다. 금오장군(金吾將軍)이 되어 티베트를 치는 공을 세워 발해군왕(渤海郡王)에 봉해졌다. 유벽이 반란을

分卒禁籞,[49)50)]	신책군을 나누어 진군하게 하였다
有安其驅,	장병의 몸을 보전하게 하고
無暴我野.	백성들에게 민폐를 끼치지 말게 했다
日行三十,[51)]	하루에 삼십 리를 행군하고
徐壁其右.[52)]	동천의 서쪽에 진지를 세웠다
闞黨聚謀,	유벽의 무리들은 모여 모의하여
鹿頭是守.[53)]	녹두산을 지키기로 하였다
崇文奉詔,	고숭문이 조칙을 받들어
進退規矩.[54)]	군사의 진퇴를 절도 있게 하였다
戰不貪殺,	싸움에선 함부로 죽이지 않았고
擒不濫數.	적을 생포해도 제한을 지켰다
四方節度,	사방에서 지휘하며
整兵頓馬.[55)]	병사를 정돈하고 말을 주둔시켰다
上章乞討,[56)]	황제께 토벌을 청하는 글을 올리고

일으키자 재상이 그를 추천하여 좌신책행영절도(左神策行營節度)로 전투를 이끌었다. 녹두산 전투에서 여덟 번 모두 이겨 승리한 공으로 검교사공(檢校司空)과 서천절도사(西川節度使)에 봉해졌다.

49) 심주 : 고숭문에게 토벌하라고 명을 내리다.(命高崇文進討.)

50) 禁籞(금어) : 원래 궁정의 울타리로, 궁정이나 궁정의 수위를 뜻한다. 여기서는 신책군(神策軍)을 말한다.

51) 日行三十(일행삼십) : 하루에 삼십 리를 가다. 고대에 군대 행군은 하루에 삼십 리를 최장으로 하였다.

52) 壁(벽) : 진영을 짓다. 동사로 쓰였다.

53) 鹿頭(녹두) : 녹두산. 지금의 사천성 덕양시(德陽市) 소재. 성도에서 150리 떨어져 있는 산으로 사천의 요충지이다. 유벽은 이를 방어물로 삼아 8개의 진영을 연결하여 동쪽에서 오는 고숭문(高崇文)의 군대에 맞섰다.

54) 規矩(규구) : 컴퍼스와 직각자. 규칙.『회남자』「수무훈」(修務訓)에 "전투에서 나아감은 빠른 화살 같아야 하고, 물러남은 비바람 같아야 하며, 둥글기는 컴퍼스에 맞춘 듯하고, 네모진 것은 직각자에 들어맞은 듯해야 한다"(戰進如激矢, 解如風雨, 員之中規, 方之中矩.)고 하였다.

55) 頓馬(둔마) : 말을 머무르게 하다.

56) 上章(상장) : 황제에게 글을 올리다.

俟命起坐.   명령을 기다리며 앉으나 서나 경계했다

皇帝曰嘻,   황제께서 말씀하시기를, "아아

無汝煩苦.   장병들을 힘들게 하지 말지라"

荆幷洎梁,   형주(荆州), 병주(幷州), 그리고 양주(梁州)는

在國門戶.   나라의 문에 해당한다

出師三千,   삼천 군사를 출동시켜야 하니

各選爾醜.[57]   각기 인원을 선발하였다

四軍齊作,[58]   네 방면의 군사가 함께 일어나니

殷其如阜.[59][60]   언덕과 산처럼 많았다

或拔其角,[61]   어떤 부대는 적의 선두를 격파하고

或脱其距.[62]   어떤 부대는 적의 측면을 탈취하며

長驅洋洋,[63]   막힘없는 기세로 물밀듯 내달으니

無有齟齬.[64]   막아서는 자 없더라

八月壬午,[65]   팔월 임오(壬午)일

闢棄城走.   유벽이 마침내 성을 버리고 달아났다

載妻與妾,   처와 첩을 수레에 싣고

---

57) 醜(추) : 무리.

58) 四軍(사군) : 고숭문의 군사와 형주, 병주, 양주 3절도사의 군사 등 모두 4방면에서 출동한 군대.

59) 심주 : 사방의 병사를 일으킬 필요도 없이 다만 형남절도사 배균, 하동절도사 엄수, 산남절도사 엄려 등으로 충분히 주살할 수 있음을 말한다.(謂不必四方之兵, 惟荆南節度使裴均、河東節度使嚴綬、山南節度使嚴礪, 足以誅之也.)

60) 殷(은) : 많다. 은성하다. ○如阜(여부) : 언덕과 같이 동요하지 않다. 『시경』 「천보」(天保)에 "산과 같고 언덕과 같다"(如山如阜)는 말이 있다. 군사들의 소리를 묘사한 것으로 보는 학자도 있으나 취하지 않는다.

61) 角(각) : 뿔. 여기서는 선두 부대.

62) 距(거) : 닭이나 맹금류의 발 뒤에 돌출된 며느리발톱. 여기서는 후방부대 또는 지원부대를 가리킨다.

63) 洋洋(양양) : 기세가 센 모양.

64) 齟齬(저어) : 원래는 이빨의 위아래가 일치되지 않음을 형용하여 고르지 못한 상태를 뜻하나, 여기서는 저항하다는 뜻.

65) 壬午(임오) : 8월 22일에 해당한다.

包裹稚乳.	어린애와 젖먹이를 포대에 싸고서
是日崇文,	이날 고숭문은
入處其宇.	유벽의 저택에 들어갔다
分散逐捕,	군사들이 나뉘어 뒤쫓는데
搜原剔藪.	들을 뒤지고 풀숲을 베었다
關窮見窘,	막다른 길에 이른 유벽은
無地自處.	피할 곳이 없었다
俯視大江,	강을 내려보아도
不見洲渚.	모래섬도 없었다
遂自顚倒,	마침내 거꾸로 떨어지니
若杵投臼.	마치 공이가 절구에 떨어지는 듯했다
取之江中, [66)	강물에서 건져내어
枷胭械手. [67)	목에 칼을 씌우고 손에 차꼬를 채웠다
婦女纍纍, [68)	여인들이 줄줄이 묶인 채
啼哭拜叩.	엎드려 절하며 목놓아 울었다
來獻闕下,	이송되어 궁궐 아래 바쳐졌고
以告廟社. [69)	종묘와 사직에 고하였다
周示城市,	장안의 시장을 두루 돌면서
咸使觀觀.	모든 사람들이 보도록 하였다
解脫攣索, [70)	포승줄을 벗기고

---

66) 取之江中(취지강중) : 강에서 잡아내다. 고숭문이 성도를 함락하자 유벽은 수십 기병을 이끌고 성 밖으로 달아났다. 양관전(羊灌田)에 이르러 강물에 뛰어들었으나 죽지 않았고, 고숭문의 부장에게 사로잡혔다. 『신당서』「유벽전」(劉闢傳) 참조.

67) 枷胭(가두) : 목에 칼을 씌우다. ○ 械手(계수) : 손에 차꼬를 채우다.

68) 纍纍(누루) : 올망졸망. 주렁주렁한 모양. 여기서는 포로들이 나란히 줄에 묶인 모습.

69) 廟社(묘사) : 종묘와 사직. 유벽은 함거에 실려 장안으로 이송되었고, 헌종이 흥안루(興安樓)에서 포로를 받아 종묘와 사직에 바쳤다. 이후 시장을 돌면서 사람들에게 보인 후 성 서남쪽의 버드나무 아래에서 참수하였다. 『신당서』「유벽전」 참조.

70) 攣索(연색) : 죄인을 포박하는 포승줄.

夾以砧斧.⁷¹⁾	모탕과 도끼 사이에 놓았다

夾以砧斧.⁷¹⁾　　모탕과 도끼 사이에 놓았다

婉婉弱子,⁷²⁾　　어리디어린 아이들은

赤立傴僂.⁷³⁾　　발가벗고 서서 등을 구부린 채

牽頭曳足,　　머리를 잡혀 발을 끌더니

先斷腰膂.⁷⁴⁾　　먼저 허리가 잘렸다

次及其徒,　　다음으로 그 무리들 목을 베니

體骸撐拄.⁷⁵⁾　　시체와 뼈가 쌓였다

末乃取闢,　　마지막으로 유벽을 잡으니

駭汗如寫.⁷⁶⁾　　놀라서 땀을 비 오듯 쏟았다

揮刀紛紜,　　칼을 이리저리 휘둘러

爭剒膾脯.⁷⁷⁾⁷⁸⁾　　회와 포를 뜨듯 잘게 썰었다

優賞將吏,　　장수와 무관들에게 후한 상을 내리니

---

71) 砧斧(침부): 모탕과 도끼. 砧(침)은 물건을 자를 때 밑에 괴는 나무인 모탕이다. 고대에 사형을 집행할 때 범인을 모탕 위에 엎드리게 하였다.

72) 婉婉(완완): 부드럽게 휘도는 모양. 여기서는 어린 모양.

73) 赤立(적립): 발가벗고 섬. ○傴僂(구루): 허리가 앞으로 구부러짐.

74) 腰膂(요려): 허리와 등. 유벽의 아들 유랑초(劉郞超) 등 9명도 함께 참수 당했다. 『신당서』「유벽전」참조.

75) 撐拄(탱주): 서로 지탱하다. 어지러이 쌓인 모습을 형용한 말.

76) 寫(사): 瀉(사)와 같다. 쏟다.

77) 심주: 이 단락의 말은 과격한데 이를 통해 번진을 두렵게 하였다.(一段危言其詞, 借以悚惕藩鎭也.)

78) 剒(촌): 저미다. 잘게 썰다. '婦女纍纍'부터 '爭剒膾脯'까지의 자세한 묘사는 '추함'과 '혐오감'을 미적 대상으로 삼는 한유의 관점이 반영되었다. 이에 대해 역대로 평론이 분분하다. 비난하는 경우를 보면, 송대 소철(蘇轍)은 『난성집』(欒城集)「시병오사」(詩病五事)에서 위 대목을 인용하며 "이사(李斯)가 진(秦)을 송찬하면서도 차마 하지 못한 말을 한유가 스스로 아송(雅頌)에 부끄럽지 않다고 생각했으니 얼마나 비루한가!"(此李斯頌秦所不忍言, 而退之自謂無愧於雅頌, 何其陋也!)라고 했다. 또 청대 문정식(文廷式)은 『순상자지어』(純常子枝語) 권21에서 "아아! 혹형과 학정이 여인과 아이들에게 미쳤는데도, 이를 흥미진진하게 말하면서 '성덕'이라 여기는가?"(噫! 酷刑虐政, 下及婦稚, 乃爲津津道之, 以爲'盛德耶?)라고 비판하였다. 그러나 다른 한편 번진(藩鎭)들에게 두려움을 주어 반란을 일으키지 못하게 하는 효과를 위해서라는 해석도 있다.

扶珪綴組.[79]	홀을 잡고 인끈을 차게 되었다
帛堆其家,	유벽의 집에는 비단이 언덕을 이루고
粟塞其庾.	오곡이 창고를 가득 채우고 있었다
哀憐陣歿,	전몰한 장병을 어여삐 여겨
廩給孤寡.[80]	그 가족들에게 배급하였다
贈官封墓,[81]	관직을 추증하고 묘를 넓히며
周匝宏溥.[82]	두루 공훈을 베풀었다
經戰伐地,	오랫동안 전란을 겪은 곳은
寬免租簿.[83]	조세를 감면하였다
施令酬功,	영을 내리고 상훈을 베푸는 일이
急疾如火.	유성처럼 빨랐다
天地中間,	하늘과 땅 사이에
莫不順序.[84]	순리대로 풀리지 않는 게 없었다
幽恒靑魏,[85]	유주(幽州), 성덕군(成德軍), 치청(淄青), 위박(魏博)
東盡海浦.	동으로는 바다와 항구에 이르기까지
南至徐蔡,[86]	남으로는 서주와 채주에 이르고

---

79) 扶(부) : 잡다. 扶珪(부규)는 '홀을 잡다'는 말로 높은 벼슬을 받는다는 뜻이다. ○ 綴組(철조) : '인끈을 차다'는 말로 높은 관직에 나아가다는 뜻이다.

80) 廩(름) : 창고. 여기서는 동사로 쓰였다. 창고의 곡식을 발급하다. 헌종은 806년에 내린 조서(詔書)에서 전사자에 대해 그 가족에게 오 년간의 양식을 대주라고 하였다. 『신당서』「헌종기」(憲宗紀) 참조.

81) 贈官(증관) : 공을 세운 사람이 죽은 후 조정에서 관직이나 작위를 수여하는 일. ○ 封墓(봉묘) : 죽은 자에 대한 존경에서 분묘를 확충하는 일.

82) 宏溥(굉부) : 널리 두루 퍼짐.

83) 租簿(조부) : 租賦(조부)와 같다. 조세. 806년 10월에 헌종은 검남서천(劍南西川), 동천(東川), 산남서도(山南西道) 등 세 곳의 조세를 감면하는 조서를 내렸다. 『신당서』「헌종기」 참조.

84) 順序(순서) : 순리에 따르며 질서가 있음. 조화롭고 어지럽지 않음.

85) 幽恒靑魏(유항청위) : 당시 번진(藩鎭)들로, 幽(유)는 유주노룡절도사(幽州盧龍節度使) 유제(劉濟), 恒(항)은 성덕군절도사(成德軍節度使) 왕사진(王士眞), 靑(청)은 치청평로절도사(淄青平盧節度使) 이사도(李師道), 魏(위)는 위박절도사(魏博節度使) 전계안(田季安)을 각각 가리킨다.

區外雜虜.[87]	밖으로는 여러 오랑캐에 이르기까지
怛威赧德,[88]	위엄에 두려워하고 덕에 부끄러워하며
踧踖蹈舞.[89][90]	조심히 걸으며 춤을 추고
掉棄兵革,	병기와 갑옷을 버리고
私習簋簠.[91]	예의를 익힌다
來請來覲,[92]	조정에 천자를 알현하러
十百其耦.[93]	천 명이 짝을 지어 오더라
皇帝曰吁,	황제께서 말씀하시기를, "아아
伯父叔舅.[94]	절도사와 자사(刺史) 등 지방관들이여
各安爾位,	각기 그 직위에서 편안히 누리고
訓厥畎晦.[95]	그 백성과 땅을 순리로 다스리라"
正月元日,	정월 원단(元旦)
初見宗祖.[96][97]	종묘에 가 선조께 제사했다

---

86) 徐蔡(서채): 서주(徐州)와 채주(蔡州). 서주는 무녕군절도사(武寧軍節度使) 장음(張愔), 채주는 창의군절도사(彰義軍節度使) 오소성(吳少誠)을 각각 가리킨다.

87) 區外(구외): 한족이 사는 지역 밖. ○ 雜虜(잡로): 잡다한 오랑캐. 한족 이외의 민족에 대한 경멸의 칭호.

88) 怛威(달위): 위용을 두려워하다. ○ 赧德(난덕): 덕에 부끄러워하다.

89) 심주: 이는 일시에 번진들이 모두 위엄을 두려워하고 은덕을 느낌을 말한다.(此言一時藩鎮無不畏威懷德.)

90) 踧踖(축적): 공손한 모습. 조심하며 걷는 모양.

91) 簋簠(궤보): 제사나 잔치 때 기장과 피를 담는 그릇. 簋(궤)는 둥글고 양쪽에 귀가 있으며, 簠(보)는 네모지고 다리가 넷 있다. 여기서는 예의(禮儀)를 가리킨다.

92) 請(청): 알현하다. ○ 覲(근): 가을에 천자를 조현(朝見)하는 일.

93) 十百其耦(십백기우): 천 명이 짝지어 오다. 『시경』 「희희」(噫嘻)에 "만 명이 짝지어 일하네"(十千維耦)란 말이 있다.

94) 伯父叔舅(백부숙구): 큰아버지와 외삼촌. 주대(周代)에 천자가 동성(同姓) 대국의 제후를 '백부'(伯父)라 하고, 동성 소국의 제후를 '숙부'(叔父)라 하며, 이성(異姓) 대국의 제후를 '백구'(伯舅)라 하고, 이성 소국의 제후를 '숙구'(叔舅)라 불렀다. 여기서는 각지의 절도사 및 주군(州郡)의 자사(刺史)들을 가리킨다.

95) 訓厥(훈궐): 그것을 가르치다. 『상서』 「강왕지고」(康王之誥)에 나오는 "하늘은 선왕의 치국 방도를 순리로 여겨 사방을 다스리라 주었다"(皇天用訓厥道, 付畀四方.)는 말을 이용하였다. ○ 畎晦(맹무): 농민과 논밭.

躬執百禮,	몸소 온갖 의식을 진행하며
登降拜俯.	오르고 내리고 엎드려 절하였다
薦于新宮,⁹⁸⁾⁹⁹⁾	신궁(新宮)에 제수를 올리며
視瞻梁桴.¹⁰⁰⁾	들보와 처마를 돌아보다가
戚見容色,	슬픈 빛을 나타내시더니
淚落入俎.	제물 위에 눈물을 떨구었다
侍祠之臣,	제사를 안내하는 신하가
助我惻楚.¹⁰¹⁾	함께 울어 슬픔을 더하였다
乃以上辛,¹⁰²⁾	그리고 정월 첫째 신일(辛日)에
於郊用牡.¹⁰³⁾	교제(郊祭)에 수소를 사용하였다
除于國南,¹⁰⁴⁾	남쪽 교외를 깨끗이 소제하고
鱗簨毛簴.¹⁰⁵⁾	용 모습이 새겨진 편경 틀을 세웠다

---

96) 심주 : 이 단락은 천지와 선조에 대한 제사이다.(一段祭告天地祖宗.)

97) 宗祖(종조) : 祖宗(조종)과 같다. 선조. 正月元日(정월원일)은 807년(원화 2년) 정월 초하루를 가리킨다.

98) 심주 : 순종의 궁실이다.(順宗之宮.)

99) 薦(천) : 제물을 올리다. 여기서는 제사하다. ○新宮(신궁) : 종묘에 새로 지은 신실(神室). 805년 8월 선위하고 물러난 순종(順宗)이 806년 1월 환관에게 살해당하였으므로 새로 신위가 만들어졌다.

100) 梁桴(양려) : 들보와 평고대.

101) 助(조) : 더하다. '助'(조)의 용례는 『사기』「외척세가」(外戚世家)에 "따르는 사람들이 좌우에서 모두 땅에 엎드려 우니, 황후의 슬픔이 더하였다"(侍御左右皆伏地泣, 助皇后悲哀.)에 보인다.

102) 上辛(상신) : 음력으로 매달 첫 번째로 오는 신일(辛日). 고대에는 하늘에 제사 지낼 때 상신일(上辛日)에 하였다. 그 이유로 정현(鄭玄)은 『예기』「교특생」(郊特牲) 주석에서 군주가 '목욕재계하여 스스로 새로워짐'을 의미하는 '재계자신'(齋戒自新)의 신(新)의 뜻을 표시하는 것이라고 하였다.

103) 牡(모) : 수소. 수컷 소.

104) 除(제) : 소제하다. ○國南(국남) : 수도의 남쪽. 즉 남쪽 교외.

105) 簨(순), 簴(거) : 편종이나 편경 등 악기를 거는 틀. 가로대를 簨(순)이라 하고 양측 기둥을 簴(거)라고 한다. '鱗簨毛簴'(인순모거)는 가로대에 용이나 기린 등 비늘이 있는 동물을 조각하고, 기둥에는 사자나 호랑이 등 털이 난 짐승으로 장식하였다는 뜻이다.

盧幕周施,[106]   여기저기 펼친 임시 천막이

開揭磊砢.[107]   높고 훤출하게 들려졌다

獸盾騰拏,[108]   방패 속 호랑이는 뛰어나올 듯하고

圓壇帖妥.[109]   원단(圓壇)은 안정되고 적당하다

天兵四羅,   금군이 사방에 깔리고

旃常婀娜.[110]   기(旃)와 상(常)이 바람에 펄럭인다

駕龍十二,[111]   열두 마구간에서 나온 용마(龍馬)들이

魚魚雅雅.[112]   대오를 이루며 나아간다

宵昇于丘,[113]   밤에 원단에 올라

奠璧獻斝.[114]   벽옥(璧玉)을 바치고 술잔을 올린다

衆樂驚作,   여러 악기들이 놀란 듯 연주되니

轟豗融冶.[115]   수레가 움직이듯 소리들이 어울린다

---

106) 盧幕(여막) : 제사 때 임시로 치는 천막.

107) 磊砢(뇌라) : 높고 큰 모양. 높이 솟은 모양.

108) 獸盾(수순) : 호랑이를 그린 방패. 원래 호순(虎盾)이나 '호'(虎)자를 피휘(避諱)하여 수순이라 하였다. ○騰拏(등나) : 뛰어올라 붙잡다.

109) 圓壇(원단) : 하늘에 제사 지내기 위해 원형으로 흙을 돋우어 만든 단.『후한서』「제사지」(祭祀志)에서 원단의 모습에 대해 기술하였다. 원단은 8계단을 만들고 원단 위에 다시 단을 만들어 하늘과 땅의 자리를 만들고 오제(五帝)의 자리를 만든다. 단 위의 이들 자리 주위는 자주색으로 하여 자궁(紫宮)을 상징한다. ○帖妥(첩타) : 적절하고 안정됨.

110) 旃常(기상) : 기(旃)와 상(常). 모두 깃발 이름이다.『주례』「사상」(司常)에 왕은 상(常)을 세우고, 제후는 기(旃)를 세운다고 하였다. 상(常)은 깃폭에 해와 달을 그려 하늘의 밝음을 상징하였고, 기(旃)는 깃폭에 용을 그리고 깃대에 방울을 달았다. ○婀娜(아나) : 가볍고 부드러운 모양. 여인의 우아한 모습을 형용하는 경우가 많다. 여기서는 바람에 흔들리는 모습.

111) 龍(용) : 팔 척 이상이 되는 큰 말. ○十二(십이) : 열두 개의 마구간. 천자가 타는 말은 열두 곳의 마구간에서 관리하며 털색이 여섯 종류 있다.『주례』「교인」(校人) 참조.

112) 魚魚雅雅(어어아아) : 물고기나 까마귀가 대오를 이루어 가는 모습. 雅(아)는 鴉(아)와 같다.

113) 丘(구) : 원구(圓丘). 앞에서 말한 원단(圓壇)과 같다.

114) 斝(가) : 입이 둥글고 다리가 셋인 제사용 술그릇.

115) 轟豗(굉회) : 여러 음악이 함께 떠들썩하게 울리는 소리. ○融冶(융야) : 잘 어울림.

紫焰噓呵,[116]	자줏빛 화염이 올라가니
高靈下墮.[117]	신령(神靈)이 내려오시네
群星從坐,	뭇 별들이 나란히 앉은 채
錯落侈哆.[118]	여기저기 벌려 있네
日君月妃,[119]	해는 군주 같고 달은 황후 같아
煥赫媕姬.[120]	밝고 환하며 부드럽고 아름답다
瀆鬼濛鴻,[121]	네 강의 신들은 드넓고
嶽祇業峩.[122]	오악(五嶽)의 신은 높고 험준하여라
飫沃羶薌,[123]	고기와 기장이 차고 넘치어
産祥降嘏.[124]	길조와 복을 내려주시네
鳳皇應奏,[125]	봉황이 음악을 듣고 날아들어

---

116) 噓呵(허가) : 바람이 불기운을 불어 올리는 모습. 여기서는 연기와 불이 올라감을 가리킨다.

117) 高靈(고령) : 하늘. 신령.

118) 侈哆(치치) : 입을 벌린 모양. 『시경』「항백」(巷伯)에 "입을 벌린 키처럼, 남쪽 하늘에 기성(箕星)이 걸려있네"(哆兮侈兮, 成是南箕.)라는 말이 있다. 여기서는 별이 널려져 있는 모습.

119) 日君(일군) : 태양. 군주를 비유한다. ○ 月妃(월비) : 달. 황후를 비유한다.『예기』「혼의」(昏義)에 "그러므로 천자가 황후에 대한 것은 해가 달에 대한 것과 같다"(故天子之與后, 猶日之與月.)고 하였다.

120) 煥赫(환혁) : 밝고 환하다. 햇빛을 가리킨다. ○ 媕姬(와와) : 부드럽고 아름답다. 달빛을 형용한다

121) 瀆鬼(독귀) : 장강, 황하, 회하(淮河), 제수(濟水) 등 사독(四瀆)의 신.『예기』「왕제」(王制)에 천자가 명산대천에 제사지내는데, 오악(五嶽)을 삼공(三公)에 비기고, 사독(四瀆)을 제후에 비긴다고 하였다. ○ 濛鴻(몽홍) : 鴻濛(홍몽)과 같다. 광대한 모양.

122) 嶽祇(악지) : 오악의 신. ○ 業峩(업아) : 높고 험준한 모습.

123) 飫沃(어옥) : 가득하다. 원래 飫(어)는 물리게 먹는다는 뜻이고 沃(옥)은 기름지다는 뜻. ○ 羶(전) : 소고기나 양고기를 굽는 냄새, 또는 그 고기. ○ 薌(향) : 곡식의 향기.

124) 嘏(하) : 복(福).『시경』「비궁」(閟宮)에 "하늘이 임금에게 큰 복을 주시네"(天錫公純嘏)란 말이 있다.

125) 應奏(응주) : 음악에 응하여 이르다. 奏(주)는 모이다, 나아가다는 뜻.『상서』「익직」(益稷)에 "소소(簫韶)를 아홉 번 연주하니, 봉황새가 와 춤추며 위용을 드러내었다"(簫韶九成, 鳳皇來儀.)라는 말에서 유래했다. 진대(晉代) 성공수(成公綏)의 「소부」(嘯賦)에 "봉황이 와 춤추고 깃을 치나"(鳳皇來儀而拊翼)는 말이 있다. 성군이 나온데

舒翼自拊.	날개를 펴고 퍼득거린다
赤麟黃龍,¹²⁶⁾	붉은 기린과 누런 용이
逶陀結紏.¹²⁷⁾	유연하게 걷고 구부구불 얽혀든다
卿士庶人,	공경에서 대부, 서민에 이르기까지
黃童白叟.¹²⁸⁾	아이에서 백발의 노인에 이르기까지
踊躍歡呀,¹²⁹⁾	뛰고 즐거이 웃으며
失喜嘖歐.¹³⁰⁾	미친 듯 기뻐하며 숨이 막힐 정도이다
乾淸坤夷,	하늘은 태평하고 대지는 편안하니
境落褰擧.¹³¹⁾	모두가 높이 날 듯 기뻐한다
帝車廻來,	제왕의 수레가 돌아오니
日正當午.¹³²⁾	해는 마침 정오라
幸丹鳳門,¹³³⁾	단봉문(丹鳳門)에 행차하여
大赦天下.¹³⁴⁾	대사면을 내렸다

대한 길조를 상징하였다.

126) 赤麟黃龍(적린황룡) : 붉은 기린과 누런 용. 이들은 봉황, 거북과 함께 네 가지 영물(四靈)로 동서남북의 신이기도 하다. 고대 사람들은 성인(聖人)이나 현왕(賢王)이 세상에 나오면 이들이 나타난다고 생각하였다.

127) 逶陀(위타) : 逶迤(위이) 또는 逶遲(위지)라고도 한다. 구불구불. 부드럽게 굽이진 모양. 여기서는 기린의 모습을 형용하였다. ○結紏(결규) : 얽히다. 모이다. 여기서는 용의 모습을 형용하였다.

128) 黃童白叟(황동백수) : 누런 입의 어린 아이와 백발의 노인. 노소(老少)를 가리킨다.

129) 呀(하) : 입을 벌리다. 여기서는 웃는 모습.

130) 失喜(실희) : 자제할 수 없을 정도로 기뻐하다. ○嘖歐(일구) : 목이 메고 숨이 막히다. 송대 문당(文讜)은 "기뻐하면 기가 거꾸로 흐르므로 때로 목이 메고 숨이 막힌다"(喜則氣逆, 故或至嘖嘔也.)고 풀이하였다.

131) 褰擧(건거) : 높이 날아오르다. 여기서는 기뻐서 날뛰는 모습을 형용하였다.

132) 日正當午(일정당오) : 어떤 판본에서는 '日始東吐'(일시동토)라 되어 있다. 역대 학자들은 황제의 수레가 궁성에 돌아오는 시간이 정오일 리 없다며 회의를 나타내었다. 현대 학자 전중련(錢仲聯)은 궁성에 돌아 온 시간이 아니라 사면령을 내린 시간으로 보았다.

133) 丹鳳門(단봉문) : 대명궁(大明宮) 남면에 있는 다섯 문 중에서 가운데 있는 문. 『당육전』(唐六典) 권7 참조.

134) 심주 : 이 단락은 사면을 내리고 시혜를 베푸는 내용이다.(一段大赦施惠.)

滌濯劃磢,[135]	씻어내고 닦아내어
磨滅瑕垢.[136]	흠과 때를 문질러 없앤다
續功臣嗣,	공신의 후예에게 작위를 잇게 하고
拔賢任耈.[137]	현인을 발탁하고 원로를 임용한다
孩養無告,[138]	어려운 사람을 부모인 듯 부양하니
仁滂施厚.	인자함이 가득하고 시혜가 두터워라
皇帝神聖,[139]	황제께서는 신성하고 존귀하며
通達今古.	고금을 통달하였어라
聰聰視明,[140]	귀가 밝고 눈이 맑아
一似堯禹.[141]	요 임금이나 우 임금과 비슷해
生知法式,[142]	태어나면서 사리와 법도를 알고
動得理所.	모든 행동이 이치에 맞아라
天錫皇帝,	하늘이 황제를 내시어
爲天下主.	천하의 주인이 되었어라

---

135) 滌濯(척탁) : 세척하다. 씻어내다. ○ 劃磢(잔창) : 베어내고 닦아내다. 磢(창)은 기와 가루로 때를 벗겨내다.

136) 瑕垢(하구) : 옥이나 돌의 반점. 일반적으로 결점을 비유한다.

137) 任耈(임구) : 덕망이 높은 연로자를 임용하다. 『상서』 「소고」(召誥)에 "지금 그대 젊은 사람이 왕위를 계승하니 연로한 덕망자가 벼슬 없이 남아 있지 않으리라"(今沖子嗣, 則無遺壽耈.)란 말이 있다.

138) 孩養(해양) : 아이가 되어 부양하다. ○ 無告(무고) : 어려움을 호소할 곳이 없는 사람. 『맹자』 「양혜왕」(梁惠王)에서 홀아비, 과부, 무자식자, 고아 등 네 종류의 사람을 "천하의 곤궁한 백성들로서 어려움을 호소할 곳 없는 사람들"(天下之窮民而無告者)이라고 하였다.

139) 심주 : 여기서부터는 황제의 덕을 송찬한다.(以下頌揚帝德.)

140) 聰聰視明(청총시명) : 귀가 밝고 눈이 맑다. 『상서』 「태갑중」(太甲中)에 "먼 곳을 보아야 눈이 맑아지고, 좋은 말을 들어야 귀가 밝아진다"(視遠惟明, 聽德惟聰.)는 말에서 나왔다.

141) 一似(일사) : 아주 비슷하다. ○ 요우(堯禹) : 요 임금과 순 임금. 『순자』 「수신」(修身)에서 "스스로 도덕을 높이고 자신을 가다듬으면 그 명성이 요 임금과 우 임금과 같을 것이다"(以修身自强, 則配堯禹.)고 하였다.

142) 生知(생지) : 태어나면서 사물의 이치를 알다. 『논어』 「계씨」(季氏)에 "태어나면서 아는 것이 최상이다"(生而知之者上也)고 하였나.

弁包畜養,　　　　　두루 기르시는데
無異細鉅.　　　　　크고 작음의 구별이 없어라
億載萬年,　　　　　억 년 만 년
敢有違者?　　　　　그 누가 이를 거스르랴?
皇帝儉勤,　　　　　황제는 근검하여
盥濯陶瓦.[143]　　　세수도 질그릇으로 하고
斥遣浮華,　　　　　사치를 몰아내고
好此綈紵.[144]　　　거친 옷감을 좋아하시네
敕戒四方,　　　　　사방에 훈계하여 알리기를
侈則有咎.　　　　　사치스러우면 허물이 있으리라
天錫皇帝,　　　　　하늘이 황제를 내시니
多麥與黍.　　　　　보리와 기장이 많아라
無召水旱,　　　　　가뭄도 오지 않고
耗于雀鼠.　　　　　참새와 쥐가 파먹지도 않아라
億載萬年,　　　　　억 년 만 년
有富無寠.[145]　　　넉넉함만 있고 빈곤이 없어라
皇帝正直,　　　　　황제는 바르고 곧으시어
別白善否.[146]　　　선악을 분별하시어라
擅命而狂,[147]　　　제멋대로 다스리는 자가 있으면
既翦既去.　　　　　자르고 제거하신다네
盡逐群姦,　　　　　간악한 무리는 모두 축출하고
靡有遺侶.[148]　　　역도들은 남김없이 소탕하네

---

143) 盥濯(관탁) : 씻다.
144) 綈(제) : 거칠고 두텁게 짠 옷감. ○ 紵(저) : 모시로 짠 거친 옷감.
145) 寠(구) : 가난하다. 송대 문당(文讜)은 가난하여 예를 갖추지 못하는 것이라 풀이하였다.
146) 別白(별백) : 명백하게 분별하다. ○ 善否(선부) : 선과 악. 좋고 나쁨.
147) 擅命(천명) : 제멋대로 명령을 내리다.
148) 靡有(미유) : 없다. ○ 遺侶(유려) : 달아난 동료. 『시경』「운한」(雲漢)에 "가뭄이 너무

天錫皇帝,	하늘이 황제를 내시니
龐臣碩輔.[149]	대신과 현량한 신하
博問遐觀,[150]	널리 자문하고 두루 살펴
以置左右.[151]	신변에 두었어라
億載萬年,	억 년 만 년
無敢予侮.	나를 업신여길 자 없어라
皇帝大孝,	황제께서는 효심이 깊으시고
慈祥悌友.	자애롭고 형제간에 화목하며
怡怡愉愉,[152]	친밀하고 화기롭게
奉太皇后.[153]	태황후를 받드신다네
浹于族親,[154]	종친까지 퍼지고
濡及九有.[155]	구주(九州)까지 미치어라
天錫皇帝,	하늘이 황제를 내시니
與天齊壽.	그 수명이 하늘과 나란하여라
登茲太平,[156]	풍년 들고 태평하여

심하여, 물리칠 수 없어라. 두렵고 불안하기, 천둥치고 벼락 치는 듯해라. 주나라에 남은 백성, 피해보지 않을 이 하나 없어라"(旱旣太甚, 則不可推. 兢兢業業, 如霆如雷. 周餘黎民, 靡有孑遺.)는 말이 있다.

149) 龐(방) : 크다. ○碩輔(석보) : 군주를 보필하는 현량한 신하.

150) 遐觀(하관) : 두루 살펴보다.

151) 以置左右(이치좌우) : 군주의 신변에 두다. 『상서』「열명상」(說命上)에 "이에 재상으로 세워, 왕이 그를 자신의 신변에 두었다"(爰立作相, 王置諸其左右.)는 말이 있다.

152) 怡怡(이이) : 친밀하고 즐거운 모양. 『논어』「자로」(子路)에 "친구 사이에는 서로 면려해야 하고, 형제 사이에는 화목해야 한다"(朋友切切偲偲, 兄弟怡怡.)고 하였다. ○愉愉(유유) : 편안하고 부드러운 모양. 『논어』「향당」(鄕黨)에 "개인적으로 만날 때에는 편안하고 부드러우셨다"(私覿, 愉愉如也.)는 말이 있다.

153) 太皇后(태황후) : 황제의 어머니. 헌종은 806년 5월에 모친 왕씨를 황태후로 책봉하였다.

154) 浹(협) : 두루 미치다.

155) 濡(유) : 젖다. 은혜를 미치다. ○九有(구유) : 구주(九州). 고대에 중국을 아홉 개의 주로 나누었기에 중국을 통칭하여 구주라 하였다.

156) 登(등) ; 등평(登平), 곡식이 익고 풍년이 들어 천하가 태평하다. 『맹자』「등문공」(滕文公)에 "오곡이 익지 않고"(五穀不登)라는 말이 있다. ○太平(태평) : 세상이 평안하

無怠永久.　　　　　언제까지나 태만하지 않으리

億載萬年,　　　　　억 년 만 년

爲父爲母.[157]　　　백성의 부모가 되시네

博士臣愈,　　　　　박사(博士)인 신(臣) 한유(韓愈)는

職是訓詁.[158]　　　나라의 자제 교육을 맡고 있는 바

作爲歌詩,　　　　　가시(歌詩)를 지으니

以配吉甫.[159]　　　윤길보(尹吉甫)의 역할을 하리

평석 전아하고 장중하며 드높고 깊다. 체제는 「대아」와 「소아」, 「주송」과 「노송」과 「상송」이
지만, 어휘는 한부(漢賦)와 진대 비문에서 나왔으니, 성당에도 없는 독보적이다.(典重峭奧, 體
則二雅、三頌, 辭則古賦秦碑, 盛唐中昌黎獨擅.)

해설 807년(원화 2년) 국자감 박사로 재직할 때 지었다. 헌종이 집권한 원
화 연간은 당의 중흥 시기이자, 시가에 있어서도 성당에 이은 두 번째
전성기이다. 한유 역시 광동과 호남 등지로 유배 되었다가 806년 6월 국
자감 박사로 임명되어 장안에 들어가게 되었으니 장래에 대한 기대가

　　　고 평화롭다. 『한서』「식화지」(食貨志)에 "산업의 발전을 '등'(登)이라 한다. 두 번 연
　　　달아 '등'을 이룬 것을 '평'(平)이라 하며, 육 년 치 양식이 남게 된다. 세 번 '등'을 이
　　　루는 것을 '태평'(泰平)이라고 하며, 이십칠 년 동안 구 년 치 양식이 남아 비축하게
　　　된다."(進業曰登, 再登曰平, 餘六年食. 三登曰泰平, 二十七歲, 遺九年食.)고 하였다.

157) 爲父爲母(위부위모) : 백성들의 부모가 됨. 『상서』「태서상」(泰誓上)에 "진실로 총명
　　　하면 천자가 될 수 있고, 천자가 되면 백성의 부모가 된다"(亶聰明作元后, 元后作民
　　　父母.)고 하였다.

158) 職(직) : 맡다. 관장하다. ○ 訓詁(훈고) : 경전의 자구를 해석하다. 訓(훈)은 사물의 모
　　　양을 풀이하고, 詁(고)는 글자의 뜻을 풀이한다는 뜻.

159) 吉甫(길보) : 주 선왕(周宣王)의 신하인 윤길보(尹吉甫). 윤(尹)은 관직 이름이다. 원
　　　래 성은 혜(兮)이고 이름은 갑(甲)으로 일반적으로 혜백길보(兮伯吉父)라고 부른다.
　　　당시 험윤(玁狁)이 경수(涇水) 북안까지 공격해오자, 기원전 828년 군사를 이끌고 나
　　　가 태원(太原)까지 반격하였다. 『모시서』(毛詩序)에 따르면, 『시경』의 「숭고」(崧高),
　　　「증민」(烝民), 「한혁」(韓奕), 「강한」(江漢) 등의 시는 그가 주 선왕을 찬미하기 위해
　　　지었다고 한다. 유물로는 「혜갑반」(兮甲盤)이 있다.

컸을 때였다. 이 시는 비록 고대의 사언체 형식을 사용했지만 쉽고 간결한 언어로 활기를 불어넣었으며, 고졸하고 묵직하면서도 장엄한 '송'(頌)의 형식으로 헌종의 성덕을 노래하였다. 전통적으로 시는 서정의 요소가 강하지만 한유는 서사(敍事)에 능했기에 이 작품에서 그의 장기를 유감없이 발휘하였다. 내용 역시 지난 일 년 동안 일어난 헌종의 계위, 양혜림 반란의 진압, 유벽 반란의 진압 등 여러 대사건을 중심으로, 중흥의 기운을 서술하였고, 후반부에선 황제를 칭송하였다. 구성은 주요 내용 위주로 전개하되 지엽적인 부분은 간결하게 처리하여 맥락을 분명하게 하는 고문(古文)에서 항용 쓰는 구성을 이용하였다.

시는 크게 4단락으로 나눌 수 있다. 제1단락은 "투항의 깃발이 밤에 내걸렸다"(降幡夜豎)까지로 805년 11월 절도유후(節度留後) 양혜림(楊惠琳)이 하주(夏州)에서 반란을 일으킨 후 다음 해 3월 병마사 장승금(張承金)에게 패배하여 살해되기까지의 과정을 그렸다. 제2단락은 "중원 지역 밖에 험한 곳으로"(疆外之險)부터 "그 백성과 땅을 순리로 다스리라"(訓厥叱晦)까지로, 806년 10월 유벽(劉闢)의 반란 평정 과정과 처단 과정을 서술하였다. 제3단락은 "정월 원단"(正月元日)부터 "인자함이 가득하고 시혜가 두터워라"(仁滂施厚)까지로, 807년 정월 헌종이 공업을 태묘에 고하고 남교에서 하늘에 제사하고 단봉루(丹鳳樓)에 돌아와 대사면령을 내리는 장면을 묘사하였다. 이들 내용은 『구당서』「헌종기」(憲宗紀)와 『자치통감』(資治通鑑) 권236~237의 기록과 일치한다. 제4단락은 "황제는 신성하고 존귀하며"(皇帝神聖)부터 끝까지로 헌종에 대한 송축으로 이루어졌다. 말미에선 자신을 주대에 선왕(宣王)을 찬미한 윤길보(尹吉甫)의 역할에 비겨 종결하였다. 장편의 이 시는 비록 『상서』와 『시경』의 어휘와 구법을 응용하여 고아(古雅)한 운미를 가지면서도, 다른 한편 생동하는 당대(唐代)의 언어를 활용함으로써 한유의 "고대의 어휘로 현대를 표현하는" '여고함금'(茹古涵今)의 독특한 세계를 만들어내었다.

가을의 감회 2수(秋懷詩二首)

제1수

離離挂空悲,¹⁶⁰⁾	마음이 흩어져 하릴 없이 슬퍼지고

離離挂空悲,160)　　마음이 흩어져 하릴 없이 슬퍼지고

感感抱虛警.161)　　근심 걱정하며 까닭 없이 놀라라

露泫秋樹高,162)　　이슬이 맺히는 가을 나무 높은데

蟲弔寒夜永.163)　　벌레가 우는 차가운 밤이 길어라

斂退就新懦,164)　　물러나자니 앞으로 나약해질 터이고

趨營悼前猛.165)　　분주히 도모하자니 예전의 용맹이 두려워

歸愚識夷塗,166)　　어리석음으로 돌아가니 길이 평탄한 줄 알겠고

汲古得修綆.167)　　우물을 긷는 데는 두레박줄이 길어야하네

名浮猶有恥,168)　　이름이 앞서니 오히려 부끄러운 일이 생기고

味薄眞自幸.169)　　맛이 담백하니 진실로 스스로에게 다행이라

---

160) 離離(이리) : 여러 가지 뜻이 있으나, 벗겨진 모양. 여기서는 슬픔으로 마음이 갈라진 모습. 한대 유향(劉向)의 「구탄」(九歎)에 "깊은 슬픔에 흐느껴 우니 마음이 갈라지네"(曾哀悽欷, 心離離兮.)라는 말이 있다. ○空悲(공비) : 의지할 곳 없는 슬픈 마음.

161) 感感(척척) : 근심하는 모양. ○虛警(허경) : 까닭 없이 놀라다. 警(경)은 驚(경)과 통한다.

162) 泫(현) : 이슬이 내리는 모양. 사령운(謝靈運)의 「근죽간에서 고개를 넘어 강을 따라가며」(從斤竹澗越嶺溪行)에서 "꽃 위에 이슬은 아직도 맺혀있어"(花上露猶泫)라는 표현이 있다.

163) 弔(조) : 슬프게 울다.

164) 斂退(염퇴) : 움츠러들어 물러남. 은거하다.

165) 趨營(추영) : 분주히 도모하다.

166) 夷塗(이도) : 평탄한 길.

167) 汲古(급고) : 우물에서 물을 긷듯 옛 서적이나 문물을 연구함. ○修綆(수경) : 긴 두레박줄. 『장자』「지락」(至樂)에 "두레박줄이 짧으면 깊은 물을 기를 수 없다"(綆短者不可以汲深)는 말이 있다.

168) 名浮(명부) : 실제보다 명예가 더 높다. 『예기』「표기」(表記)에 "선왕에게 시호를 지어 그 이름을 높일 때 그 선한 행위가 많다고 해도 대표적인 것만 들었는데, 이는 명예가 실제 행위를 넘어서는 것을 부끄러워했기 때문이다"(先王謚以尊名, 節以壹惠, 恥名之浮於行也.)는 말이 있다.

169) 味薄(미박) : 맛이 싱겁다. 고서를 연구하는 일을 가리킨다.

庶幾遺悔尤,[170]　　후회와 허물을 버릴 수 있다면

卽此是幽屛.[171]　　곧 여기에서 은거할 수 있으리

평석 이 시는 곧 '지금이 옳고 지난날이 그르다'는 뜻으로, 아래 시와 함께 사령운의 시에

가깝다.(此卽今是昨非之意, 連下章頗近謝公.)

제2수

今晨不成起,　　오늘 아침 일어나지 못해

端坐盡日景.[172]　　해가 질 때 비로소 바르게 앉아 있기만 했네

蟲鳴室幽幽,[173]　　벌레 울음에 방안은 깊고 조용한데

月吐窓冏冏.[174]　　달이 떠오르니 창이 환하다

喪懷若迷方,[175]　　실의한 마음은 길을 잃은 듯

浮念劇含梗.[176]　　잡념으로 지극히 답답해라

塵埃慵伺候,　　먼지 속에 살림을 게을리 하였고

文字浪馳騁.　　문자 속에 마음대로 내달리어

尙須勉其頑,　　그래도 모름지기 우둔한 자신을 면려해야 하니

王事有朝請.[177][178]　　나라 일에는 봄가을로 조회가 있다네

---

170) 悔尤(회우) : 후회과 실수. 『논어』 「위정」(爲政)에 "말에 허물이 적고 행동에 후회가
　　적으면, 벼슬은 그 가운데 있다"(言寡尤, 行寡悔, 祿在其中矣.)는 말이 있다.

171) 幽屛(유병) : 병거(屛居)와 같다. 은거하다.

172) 日景(일경) : 日光(일광). 햇빛.

173) 幽幽(유유) : 깊고 조용한 모습.

174) 冏冏(경경) : 밝디밝다.

175) 喪懷(상회) : 실의하다. 기가 죽다. ○迷方(미방) : 방향이나 길을 잃다. 포조(鮑照)의
　　「고시를 모의함」(擬古) 제2수에 "남방에 사는 유생은, 길을 잃어 홀로 잘못에 빠졌어
　　라"(南國有儒生, 迷方獨淪誤.)는 말이 있다.

176) 劇(극) : 심하다. ○含梗(함경) : 마음이 막혀 있다는 뜻으로, 마음이 편안하지 못함.

177) 심주 : 『전한서』에 "오왕 유비(劉濞)가 사람을 시켜 추청(秋請)하게 하였다"는 말이
　　있다. 봄에 황제를 알현하는 것을 '조'(朝)라고 하고 가을에 알현하는 것을 '청'(請)이
　　라 한다.(前漢書: "吳王濞使人爲秋請." 春日朝, 秋曰請.)

해설 전국시대 초(楚)나라의 송옥(宋玉)이 「구변」(九辯)을 지어 초목의 조락에서 가을을 슬퍼한 이래 시인들은 이를 소재로 한 경우가 많았다. 진(晉) 사혜련(謝惠連)의 「가을의 감회」(秋懷詩) 등이 그러하다. 이 시 역시 이러한 전통을 이어받았지만 독특한 언어를 사용하여 자신만의 정서를 표현한 점이 특징이다. 원래 모두 11수인데 심덕잠은 2수만 실었다. 연작시의 "학당에는 날마다 별다른 일이 없어"(學堂日無事)라는 말 등에서 다수의 역대 시평가들은 806년 가을 국자박사 때 지은 것으로 추정하였다. 제1수에서는 진퇴에 대한 고민이 상당하지만, 제2수에서는 조정의 일에 마음을 기울이고 있어 당시의 심경을 엿볼 수 있다.

자질구레한 예절에 구속되어(齪齪)[179]

齪齪當世士,	자질구레한 예절에 구속된 오늘날의 선비
所憂在飢寒.	근심하는 것이라곤 제 몸의 배고픔과 추위 뿐
但見賤者悲,	가난한 사람이 슬퍼하는 것만 보고
不聞貴者歎.	부귀한 사람이 탄식하는 건 듣지 못한다지
大賢事業異,	큰 선비는 하는 일이 달라서
遠抱非俗觀.[180]	원대한 포부는 범속한 생각과 다르다네
報國心皎潔,	나라에 보답하는 마음은 고결하고

---

178) 朝請(조청) : 한대에 제후가 봄에 황제를 알현하는 것을 '조'(朝)라 하고, 가을에 알현하는 것을 '청'(請)이라 하였다. 여기서는 조회에 참석하다.

179) 齪齪(착착) : 원대한 식견이 없이 자질구레한 예절에만 구속되어 근신하는 모양. 한유는 「우 양양에게 보내는 편지」(與于襄陽書)에서도 "세상의 자질구레한 예절만 아는 사람과는 함께 말하기 부족하다"(世之齪齪者, 旣不足以語之.)고 하였다. 시의 첫 구를 따서 제목으로 삼았다.

180) 遠抱(원포) : 원대한 포부. 바로 아래에서 말하는 '나라에 대한 보답'(報國)과 '세상에 대한 염려'(念時) 등을 가리킨다. ○俗觀(속관) : 용속한 관념. 바로 위에서 말한 '귀함'(貴)과 '천함'(賤).

念時涕汍瀾,[181] 　　시국을 걱정하면 눈물을 흘린다

妖姬坐左右,[182] 　　아리따운 여인들이 좌우에 앉아

柔指發哀彈.[183] 　　여린 손가락으로 슬픈 곡조를 뜯고

酒肴雖日陳, 　　술과 기름진 음식이 날마다 차려진다 해도

感激寧爲歡?[184] 　　강개한 마음에 어찌 즐기리오?

秋陰欺白日,[185] 　　가을 구름이 해를 가리고

泥潦不少乾.[186] 　　진창과 웅덩이가 조금도 마르지 않았는데

河堤決東郡,[187] 　　황하의 둑방이 동군(東郡)에서 터져

老弱隨驚湍.[188] 　　노인과 아이들이 홍수에 쓸려갔네

天意固有屬,[189] 　　하늘의 뜻은 본래 가리키는 바 있다 해도

誰能詰其端![190] 　　그 누가 단서를 찾아낼 수 있는가!

願辱太守薦,[191] 　　원컨대 태수의 천거를 받아

得充諫諍官.[192] 　　군주에 충간하는 관리가 되었으면

---

181) 汍瀾(환란) : 흘러넘치는 모양.

182) 妖姬(요희) : 아리따운 여인.

183) 哀彈(애탄) : 음악적인 정서가 충만한 슬프고 처량한 현악기의 연주 소리.

184) 感激(감격) : 마음에 깊이 느끼어 감동함. 여기서는 시국을 걱정하여 감정이 격해짐
　　을 가리킨다.

185) 秋陰(추음) : 가을 구름. 『구당서』 「덕종기」(德宗紀)에 799년 7월 정주(鄭州)와 활주
　　(滑州) 일대에 홍수가 났다고 기록하였다.

186) 泥潦(니료) : 장마비가 내린 진창.

187) 東郡(동군) : 활주(滑州). 수대 때 동군(東郡)이라 하였다가 618년에 활주로 고쳤다.
　　지금의 하남성 활현(滑縣).

188) 湍(단) : 여울. 급류. 隨驚湍(수경단)은 거대한 급류에 휩쓸려 익사했다는 뜻.

189) 有屬(유속) : 귀속되는 바가 있다. 가리키는 바가 있다. 고대의 자연 재해는 정치상의
　　실정으로 하늘에서 벌을 내리는 것이라 여겼다. 한유는 이를 통해 정치를 살펴야 한
　　다는 뜻을 기탁하였다.

190) 詰(힐) : 따지다. ○端(단서) : 단서. 실마리.

191) 願辱(원욕) : 바라다. 辱(욕)은 겸손을 나타내는 말. ○太守(태수) : 영무절도사 장건
　　봉(張建封)을 가리킨다. 당시 서주자사(徐州刺史)를 겸직하였다.

192) 諫諍官(간쟁관) : 황제에게 직언을 하는 직책. 어사(御史), 보궐(補闕), 습유(拾遺) 등
　　을 가리킨다. 당대 문인들은 자신의 정치적 포부와 의지를 현실적인 정치에 곧바로
　　실현할 수 있다는 점에서 이들 직책을 모선석으로 가장 많이 인희였다.

排雲叫閶闔, [193] 구름을 헤치고 궁문 앞에서 외치며

披腹呈琅玕. [194] 배를 갈라 옥 같은 정책을 드리고 싶어

致君豈無術? [195] 군주를 보좌하는 많은 방책이 있건만

自進誠獨難! 자천(自薦)하여 나가기가 진실로 어려워라!

평석 당시 장건봉이 한유를 부리현 휴수(睢水) 강가에 거주하게 하였는데, 가을이 되어 떠나려 하니 장건봉이 절도추관으로 임명하려고 조정에 주청하였다. 이 시는 아직 천거되기 전에 썼기 때문에 태수의 천거를 바라고 있다.(時張建封居公於符離睢上, 及秋將辭去, 建封奏爲節度推官. 此猶未遷時詩, 故有望於太守之遷也.)

해설 한유가 799년(32세) 서주(徐州)에 있을 때 지었다. 그해 2월 영무절도사(寧武節度使) 장건봉(張建封) 아래 있었으나 정식 관직은 받지 못한 상태였다. 당시 서주 일대가 장마에 빠진 일을 보고 이를 빌어 자신의 감개와 포부를 서술했다. 한유의 초기 작품은 두보의 영향을 받아 골력(骨力)이 강하고 기세도 빽빽하지만, 변화는 약한 편이다. 청년 한유의 정신적인 면모를 볼 수 있는 작품이다.

현청 서재에서 독서하며(縣齋讀書)

出宰山水縣, 산수로 둘러싸인 현에 부임하여

---

193) 閶闔(창합) : 천궁의 문. 여기서는 궁문. 굴원의 「이소」(離騷)에 "나는 천제(天帝)의 수문장에게 문을 열라 명하나, 그는 천궁의 문에 기대어 나를 바라보기만 하네"(吾令帝閽開關兮, 倚閶闔而望予.)라는 말이 있다.
194) 琅玕(낭간) : 아름다운 옥의 이름. 여기서는 정치적 문제를 해결하는 귀중한 의견을 가리킨다.
195) 致君(치군) : 군주를 보좌하다. 두보(杜甫)의 「좌승 위제께 삼가 드림 22운」(奉贈韋左丞丈二十二韻)에 "군주를 보좌하여 요순(堯舜)보다 더 낫게 만들고, 더하여 풍속을 순박하게 할 생각이었습니다"(致君堯舜上, 再使風俗淳.)는 표현이 있다.

讀書松桂林.[196]	소나무와 계수나무 숲에서 책을 읽는다
蕭條捐末事,[197]	자질구레한 일들은 시원스레 버리니
邂逅得初心.[198]	생각지도 않게 초심을 얻었어라
哀狖醒俗耳,[199]	슬픈 원숭이 울음은 속인의 귀를 깨우고
淸泉潔塵襟.	맑은 샘물은 먼지 낀 옷깃을 씻어내어라
詩成有共賦,[200]	시를 완성하면 함께 짓는 사람이 있고
酒熟無孤斟.	술이 익으면 혼자 마시는 법이 없다
靑竹時黙釣,[201]	파란 장대를 들고 때로 말없이 낚시하고
白雲日幽尋.[202]	흰 구름과 함께 날마다 승경(勝景)을 찾아나서네
南方本多毒,	남방은 본래 장독(瘴毒)이 많다 하니
北客恒懼侵.	북방에서 온 나그네는 언제나 두려워
謫譴甘自守,[203]	벌로 폄적을 나와도 달게 받지만
滯留愧難任.	오랜 체류에 임무를 수행하지 못할까 부끄러워
投章類縞帶,[204]	시를 보냄은 흰 비단 띠를 보냄과 같으니

---

196) 松桂林(송계림) : 청대 초기 호위(胡渭)는 『양산현지』(陽山縣志)를 인용하면서 "현령산(賢令山)은 현의 북쪽 2리에 있는데 예전에 한유가 현령이었을 때 이곳에서 책을 읽었다. 산 위에는 독서대(讀書臺)가 있다"고 하였다.

197) 蕭條(소조) : 한가하다. 유유자적하다. ○末事(말사) : 사소하고 번잡한 일들.

198) 邂逅(해후) : 우연히. 생각지도 않게. 의외로. ○初心(초심) : 본뜻.

199) 哀狖(애유) : 슬픈 원숭이 울음소리. 狖(유)는 광동성에 서식하는 원숭이의 일종.

200) 共賦(공부) : 함께 시를 짓다.

201) 靑竹(청죽) : 푸른 대로 만든 낚싯대. 『양산현지』(陽山縣志)에서 조어대(釣魚臺)는 현의 동쪽 탑계(塔溪)의 오른쪽에 있다고 한다. 한유의 「구책을 보내며-서문」(送區冊序)에 "함께 좋은 숲의 그늘 아래 쉬고, 강가의 바위 위에서 죽간을 던져 고기를 잡으면, 기쁘게 즐길 만하였다."(與之蔭嘉林, 坐石磯, 投竿而漁, 陶然以樂.)라는 말이 있다.

202) 幽尋(유심) : 숨어있는 뛰어난 경관을 찾다.

203) 謫譴(적견) : 폄적으로 벌하다.

204) 投章(투장) : 시를 증정하다. ○縞帶(호대) : 흰 비단 띠. 『좌전』 '양공 29년'조에 보면, 오(吳)의 계찰(季札)이 정(鄭)나라에 사신으로 갔을 때 자산(子産)을 만나고는 금방 친해져 '호대'(縞帶, 흰 비단 띠)를 선사하자, 자산은 모시옷(紵衣)을 선사하였다. 이로부터 '호대' 또는 '명주와 모시'를 뜻하는 '호저'(縞紵)는 깊은 우정을 상징하거나, 친구 사이의 선물을 가리키게 되었다.

佇答逾兼金. [205]　　　겸금(兼金)보다 비싼 답시를 기다리노라

평석 응당 양산령으로 있을 때 지었을 터인데, 말 2구는 시를 보낸 사람에게 답하는 듯하다.(應是令陽山時作, 末二句似答贈詩之客.)

해설 804년 양산(陽山, 지금의 광동성 양산시)에서 지었다. 한유는 「구책을 보내며─서문」(送區冊序)에서 "양산은 천하의 궁벽한 곳"(陽山, 天下之窮處)으로, "현성 안에는 백성이 없고, 현승이나 현위도 없고, 아전만 십여 가호 있다"(縣郭無居民, 官無丞尉, 小吏十餘家)고 하였다. 바로 전해 12월 사문박사(四門博士)로 있던 한유는 가뭄과 기아에 대해 상소하면서 "군주는 있으나 신하가 없어 가뭄이 오래다"(有君無臣, 是以久旱)고 하였기에 경조윤(京兆尹) 이실(李實)의 중상을 받아 연주(連州) 양산령(陽山令)으로 좌천되었다. 이 시는 양산에 있으며 친구에게 주는 시로 답시를 요청하고 있다. 시 전체가 대구를 이루고 있으며 한유 특유의 고미(苦味)가 엿보인다.

하양 막부로 부임하는 석 처사를 보내며(送石處士赴河陽幕) [206][207]

長把種樹書, [208]	오랫동안 농잠서(農蠶書)를 들고 있어
人云避世士.	세상을 피한 선비라 사람들이 말했지
忽騎將軍馬,	갑자기 장군의 말을 타면서

---

205) 兼金(겸금) : 보통 금보다 값이 배가 되는 좋은 금.
206) 심주 : 처사의 이름은 석홍(石洪)이다.(處士名洪.)
207) 石處士(석처사) : 석홍(石洪). 하남부(河南府) 사람으로 낙양에서 십여 년 은거하였다. 810년 6월 하남절도사 오중윤(吳重胤)의 막료로 징초되었고, 811년 경조 소응위(昭應尉), 집현전교리(集賢殿校理)가 되었다. 812년 6월 병으로 죽으니 나이 마흔둘이었다. ○河陽(하양) : 지금의 하남성 낙양시의 동북 황하 건너편에 있는 맹현(孟縣).
208) 種樹(종수) : 씨 뿌리고 나무를 심다. 농잠하다.

自號報恩子.[209]　　　스스로 '보은하는 사람'이라 말하네

風雲入壯懷,　　　　바람과 구름은 씩씩한 가슴에 들어가고

泉石別幽耳.　　　　바위 사이 샘물 소리 귀에서 멀어지리라

鉅鹿師欲老,[210][211]　거록(鉅鹿)에선 군대가 나아가지 못하는데

常山險猶恃.[212][213]　상산(常山)에서는 지세에 의지하고 있다네

豈惟彼相憂?[214]　　저 돕는 사람들을 보고 근심만 하고 있어

固是吾徒恥.　　　　원래부터 우리들이 부끄러워하였다네

去去事方急,　　　　어서 가게나, 사태가 지금 위급하니

酒行可以起.　　　　술을 마시고 나면 떠날 수 있으리

평석 곧 서문에서 말한 "아내와 자식에게 알리지 않고 친구와 의논하지 않고"이다. 시문 가운데 풍자의 뜻을 띠고 있으니 노동(盧仝)의 시와 함께 보면 더욱 잘 드러난다.(即序中所云 "不告於妻子, 不謀於朋友"也. 中帶諷意, 合看寄盧仝詩愈見.)

---

209) 報恩(보은) : 은혜에 보답하다. 청대 유여창(兪汝昌)은 『설원』(說苑)의 "현자만이 보은할 수 있다"(惟賢者爲能報恩)는 말로 이 구를 풀이하였다.

210) 심주 : 당시 도적들이 항주에 모였다.(時寇聚於恒.)

211) 鉅鹿(거록) : 742년에 형주(邢州)를 거록군(鉅鹿郡)으로 개명하였다. 지금의 하북성 형대시(邢臺市). 소의군(昭義軍)에 속한다. 당시 승최(承璀)의 군대가 성덕군을 공격했으나 방어를 뚫지 못하여 거록에 머무르고 있었다. ○ 師(사) : 군대. 여기서는 왕승종(王承宗)을 토벌하는 조정의 군대. ○ 老(노) : 군대가 장기간 출정해 있음을 가리킨다.

212) 심주 : 왕승종이 지세의 견고함에 의지했다.(王承宗負固.)

213) 常山(상산) : 742년에 항주(恒州)를 상산군(常山郡)으로 개명하였다. 지금의 하북성 정정시(正定市). 당시 성덕군절도사(成德軍節度使) 왕승종이 반란을 일으켜 그 군대가 이곳에 주둔하고 있었다.

214) 彼相(피상) : 돕는 사람. 『논어』 「계씨」(季氏)에 "비틀거릴 때 가서 잡아주지 못하고, 쓰러졌을 때 부축하지 못하면, 그럼 맹인의 길잡이인 너는 길에서 무엇을 하고 있는가?"(危而不持, 顚而不扶, 則將焉用彼相矣?)라는 말이 있다. '상'(相)을 '맹인의 길잡이'로 주석한 주희(朱熹)를 따랐다. 그러나 많은 학자들은 '주인을 돕는 사람'으로 해석하였다. 이 구는 왕승종을 공격하는 군대가 교착 상태에 빠진 걸 보고 도와주지 못 한 데 안타까움을 표현하였다.

해설 하양절도사(河陽節度使) 오중윤(吳重胤)이 현능한 사람을 구하다가 처사 석홍(石洪)을 참모로 삼게 되었다. 810년 6월 한유는 그를 보내며 이 시를 썼고, 별도로 서문을 쓰기도 했다. 2년 후 그의 사후에는 제문(祭文)과 묘지명(墓誌銘)을 썼다. 송대 갈립방(葛立方)은 시 전반부에 석홍을 희롱하는 뜻이 있다고 한 이래, 많은 학자들이 이를 따랐다. 그러나 언어가 강개하고 격앙되어 있는 것으로 보아 상산(常山)의 왕승종 군대를 토벌하길 바라는 뜻이 강한 것으로 보아야 할 것이다. 당시 하남군 등이 연합하여 상산의 남쪽을 공격하기로 되어 있었다.

호남으로 돌아가는 이 정자를 보내며(送湖南李正字歸)[215][216]

長沙入楚深,[217]	장사(長沙)는 초 지방의 한가운데
洞庭値秋晚.	동정호에 이르면 늦가을이리라
人隨鴻雁少,[218]	사람을 따르던 기러기도 드물어지고
江共蒹葭遠.[219]	강을 따라 갈대가 멀리 이어졌으리
歷歷余所經,[220]	내가 지나온 곳 뚜렷이 상기되는데
悠悠子當返.	그대 그 길로 유유히 돌아가리라

---

215) 심주 : 정자의 이름은 이초(李礎)이다.(正字名礎.)
216) 李正字(이정자) : 이초(李礎). 803년 진사 급제. 곧 비서성 정자(正字, 전적을 교감하는 관리)가 되었으며, 이후 호남관찰추관(湖南觀察推官)이 되었다.
217) 長沙(장사) : 지금의 호남성 장사시. 당시 호남관찰사 영역인 담주(潭州)의 치소로, 담주는 동정호에서 남쪽의 오령(五嶺) 사이에 있는 호남성과 호북 일대를 포괄한다.
218) 鴻雁少(홍안소) : 기러기가 적다. 속설에서는 남으로 내려간 기러기는 호남성 형산(衡山) 회안봉(回雁峰)까지 갔다가 봄이 되면 다시 북으로 간다고 한다.
219) 蒹葭(겸가) : 갈대. 『시경』 「겸가」(蒹葭)의 "그리운 그 사람은, 강물 저쪽에 있어, 물을 거슬러 가 따르려 하나, 길이 험하고 멀구나"(所謂伊人, 在水一方. 遡洄從之, 道阻且長)는 말에서 유래하여, 갈대는 곧잘 그리움을 기탁하는 대상으로 쓰인다.
220) 余所經(여소경) : 내가 지나간 곳. 한유는 803년 12월 양산(陽山, 지금의 광동성)으로 폄적되었다가, 805년 8월 강릉(江陵, 지금의 호북성)으로 옮겨 가면서 호남을 지나갔다.

孤游懷耿介,²²¹⁾ 혼자 길을 가매 마음 굳셀 터인데

旅宿夢婉娩.²²²⁾ 여로에 잠이 들면 꿈에서나 다정한 가족 만나리

風土稍殊音, 풍토에 따라 사투리가 조금씩 바뀌고

魚蝦日異飯. 물고기와 새우로 날마다 반찬이 달라지리

親交俱在此, 친구들이 모두 이곳 낙양에 있으니

誰與同息偃?²²³⁾ 그대 누구와 더불어 편안히 쉴까?

해설 호남으로 돌아가는 이초(李礎)를 보내며 쓴 시이다. 한유는 선무절도사 동진(董晉)의 막부 아래 있을 때 이초의 부친 이인균(李仁均)과 함께 근무하였다. 810년 가을 한유가 도관원외랑(都官員外郎)이 되어 낙양에 있을 때, 이인균도 친왕부(親王府) 장리(長吏)로 낙양에 있었다. 이때 마침 이초가 호남에서 부친을 뵈러 낙양에 왔다가 돌아가려 했는데, 한유는 이 시와 함께 서문을 지어 주었다. 송별시는 일반적으로 떠나는 장소와 시간을 서술하고 이어서 상대방이 가는 여정이나 고장을 묘사하는데, 이 시는 말 2구를 제외한 10구가 모두 호남으로 가는 도중의 광경을 묘사하는데 할애하였다. 비록 전통적인 송별시에 비해 약간의 파격을 보이지만, 상대에 대한 자상한 정감이 전편에 감돈다.

급류의 뱃사공(瀧吏)²²⁴⁾

南行逾六旬,²²⁵⁾ 남으로 가다가 60일이 지나

---

221) 耿介(경개) : 강직하고 청렴하다.

222) 婉娩(완만) : 부드럽고 온순한 모습. 일반적으로 여인의 모습을 형용한다. 여기서는 이초가 꿈속에서 만나는 처의 모습을 묘사하였다.

223) 息偃(식언) : 쉬다.

224) 瀧吏(농리) : 물살이 빠른 곳에서 안전하게 배를 움직이는 소리(小吏). 瀧(농)은 빠른 강물.

225) 六旬(육순) : 육십 일. 일 순은 십 일. 한유는 819년 1월 14일에 장안을 떠나, 4월 25

始下樂昌瀧. [226]	비로소 낙창농(樂昌瀧)을 내려간다
險惡不可狀, [227]	험난한 모습 형용할 길 없어
船石相舂撞. [228]	배와 바위가 서로 찧고 부딪혔다
往問瀧頭吏 : [229]	다가가 급류의 사공에게 물었다
"潮州尚幾里?	"조주(潮州)는 아직 몇 리 남았소?
行當何時至?	이렇게 가면 언제 도착하오?
土風復何似?"	그곳 풍토는 또 어떻소?"
瀧吏垂手笑 :	급류의 뱃사공은 손을 내리며 웃었다
"官何問之愚? [230]	"안전께선 물어보심이 어찌 그리 어리석소?
譬官居京邑, [231]	예를 들어 안전께서 장안에 사셨다면
何由知東吳? [232]	무슨 연유로 이곳 동오(東吳)를 아시겠소?
東吳游宦鄉,	동오는 원래 벼슬하러 오는 고장이니
官知自有由.	안전께서 나름대로 이유가 있을 터이오
潮州底處所, [233]	조주는 어떤 곳이오?
有罪乃竄流. [234]	죄를 지어 유배 가는 곳이오
儂幸無負犯, [235]	본인은 다행히 지은 죄가 없어
何由到而知?	그곳에 갈 이유도 없으니 어찌 알겠소?

일에 조주(潮州, 광동성 潮州市)에 이르기까지 모두 백여 일의 일정으로, 창락농에
이를 때는 육십 일이 지난 때였다.

226) 樂昌瀧(낙창농) : 강 이름. 창락현(昌樂縣, 지금의 광동성 樂昌市)의 급류라는 뜻에서
강 이름이 되었다. 현의 이름은 창락(昌樂)이고 강의 이름은 낙창(樂昌)이다.

227) 不可狀(부가상) : 모양을 그릴 수 없다. 형용할 수 없다.

228) 舂撞(용당) : 찧고 부딪히다.

229) 瀧頭(농두) : 낙창농(樂昌瀧)의 강가.

230) 官(관) : 관리. 여기서는 한유를 가리킨다.

231) 京邑(경읍) : 경도(京都), 경성(京城), 장안을 가리킨다.

232) 東吳(동오) : 소주(韶州)를 가리킨다. 지금의 광동성 소관시(韶關市). 삼국시대에는 동
오의 시흥군(始興郡)에 속하였다.

233) 底(저) : 何(하)와 같다. 남방의 방언. 底處所(저처소)는 어느 곳.

234) 竄流(찬류) : 유배 보내다. 여기서는 유배 가는 장소.

235) 儂(농) : 나. 남방의 방언으로 일인칭을 가리킨다. ○負犯(부범) : 죄를 짓다.

官今行自到,　　　　안전께서 지금 그곳에 가시면서
那遽妄問爲?"　　　어찌 황급하고 허망하게 물으시오?"
不虞卒見困,[236]　　생각지도 않게 창졸간에 곤경에 빠지니
汗出愧且駭.　　　　땀이 흐르고 부끄럽고 또 놀란다
吏曰"聊戲官,　　　　뱃사공이 말했다 "잠시 안전께 농담했소이다
儂嘗使往罷.[237]　　본인은 일찍이 파견 갔다가 힘들었소
嶺南大抵同,[238]　　영남(嶺南)은 대개 마찬가지인데
官去道苦遼.[239]　　관원이 움직이려면 길이 아주 멀지요
下此三千里,　　　　물길 따라 삼천 리를 내려가면
有州始名潮.　　　　주(州)가 나타나니 바로 조주(潮州)라오
惡溪瘴毒聚,[240]　　악계(惡溪)는 장독(瘴毒)이 모여 있고
雷電常洶洶.[241]　　천둥과 번개가 항시 우르릉거리오
鱷魚大於船,　　　　악어(鱷魚)는 배보다 더 크고
牙眼怖殺儂.　　　　이빨과 눈동자로 사람을 놀래 죽인다오
州南數十里,　　　　조주의 남쪽 수십 리에는
有海無天地.　　　　바다가 끝없이 펼쳐져 있소
颶風有時作,[242]　　태풍이 때때로 일어나

---

236) 不虞(불우) : 예상하지 못하다. ○卒(졸) : 猝(졸)과 같다. 창졸간에. 갑자기.
237) 使往罷(사왕파) : 파견되었다가 어려움을 당하다. 송대 문당(文讜)은 "뱃사공은 일찍이 죄인을 조주로 감호하러 갔기에 대략 그 풍토를 안다고 말했다"(瀧吏自言曾是使監有罪往潮州, 略知其風土也.)고 풀이하였다.
238) 嶺南(영남) : 오령(五嶺)의 남쪽으로, 지금의 광동(廣東)과 광서(廣西) 지역. 오령은 대유령(大庾嶺), 기전령(騎田嶺), 도방령(都龐嶺), 맹저령(萌渚嶺), 월성령(越城嶺) 등이다.
239) 苦遼(고료) : 아주 멀다. 본뜻은 먼 것을 괴로워하다.
240) 惡溪(악계) : 강 이름. 지금의 광동성 조양현(朝陽縣) 경내에 있는 한강(韓江). 광동성 경내에서 두 번째로 큰 강이다. 악어(鱷魚, 곧 惡魚)가 사람에게 해를 끼치므로 이름 지어졌다. 한유가 이곳을 지날 때 양고기와 돼지고기를 마련하고 제사를 지내며 「제악어문」(祭鱷魚文)을 지었다.
241) 洶洶(흉흉) : 파도가 뒤채는 모양이나 소리.
242) 颶風(구풍) : 태풍. 명대(明代) 이전에는 음력 유월이나 칠일에 불어오는 태풍을 구풍

掀簸眞差事.[243]   온통 뒤흔들어대면 참으로 기이하다오

聖人於天下,[244]   성인(聖人)이 천하를 다스림에 있어

於物無不容.   사람과 사물을 용납하지 않음이 없소

比聞此州囚,[245]   최근에 들으니 조주에 간 죄수 중에

亦有生還儂.[246]   살아 돌아온 사람이 있다 하니

官無嫌此州,   안전께선 이 주를 싫어하지 마시구료

固罪人所徙.[247]   본디 죄인이 유배되던 곳이니 말이오

官當明時來,[248]   안전께선 개명한 시대에 유배 왔으니

事不待說委.[249]   무슨 일 때문인지 말 안 해도 알겠소

官不自謹愼,   안전께서 언행을 조심하지 않았으니

宜卽引分往.[250]   마땅히 자신의 책임으로 돌려야 할 터인데

胡爲此水邊,   어찌하여 여기 이 강가에서

神色久儻慌?[251]   오래도록 실의에 찬 얼굴이오?

瓵大瓶甖小,[252]   항아리는 크고 병과 단지는 작으니

所任自有宜.   쓰이는 곳은 각기 적절한 곳이 있소

官胡不自量,   안전께선 어찌 자신의 능력을 모르고

滿溢以取斯?[253]   가득 넘치게 담아 이 지경에 이르렀소?

    이라 하였다.

243) 掀簸(흔파) : 위아래로 흔들리다. ○差事(차사) : 기이한 일.
244) 聖人(성인) : 성인. 여기서는 천자(天子).
245) 比聞(비문) : 최근에 듣다.
246) 儂(농) : 여기서는 그들. 生還儂(생환농)은 살아 돌아온 사람들.
247) 所徙(소사) : 유배되어온 곳.
248) 明時(명시) : 정치가 공명정대하게 시행되는 시대.
249) 說委(설위) : 사건의 전모를 말하다. 委(위)는 原委(원위)의 준말로, 원뜻은 강물의 발
    원지와 흘러가는 곳. 이 구는, 여기 온 연유에 대해서는 설명할 필요 없이 다 알 수
    있다는 뜻.
250) 引分(인분) : 자신의 잘못으로 돌리다. 分(분)은 자신의 본분.
251) 儻慌(당황) : 儻恍(당황) 또는 儻怳(당황)이라고도 쓴다. 실의에 차거나 근심하는 모양.
252) 瓵(강) : 큰 항아리. ○甖(앵) : 단지. 입이 작으나 배가 큰 단지.
253) 取斯(취사) : 이것을 얻다. 여기서는 죄를 얻어 폄적을 간다는 뜻.

工農雖小人,　　　　　공인(工人)과 농민은 비록 소인(小人)이지만

事業各有守.　　　　　일에는 각기 맡은 바가 있다오

不知官在朝,　　　　　안전께서 조정에 계실 때는

有益國家不?　　　　　나라에 유익한 일을 했는지 모르겠소

得無蝨其間,²⁵⁴⁾²⁵⁵⁾　　그 속에서 이(蝨)처럼 기생하지 않았는지요?

不武亦不文?　　　　　문무(文武) 어느 쪽에도 능력이 없었는지요?

仁義飾其躬,　　　　　인의(仁義)로 그 몸을 장식하면

巧姦敗群倫."　　　　　간교(奸巧)로 남을 손상하게 되지요"

叩頭謝吏言,　　　　　머리를 조아리고 뱃사공의 말에 감사하니

始慚今更羞.²⁵⁶⁾　　　처음 벼슬할 때도 부끄러웠는데 지금은 더욱 창피하다

歷官二十餘,²⁵⁷⁾　　　그동안 벼슬살이 이십여 년

國恩幷未酬.　　　　　나라의 은혜는 아직 갚지 못했어라

凡吏之所訶,²⁵⁸⁾　　　뱃사공이 꾸짖은 바는

嗟實頗有之.　　　　　아아, 사실이지 상당히 그러하다

不卽金木誅,²⁵⁹⁾　　　형틀의 벌을 받지 않았으니

---

254) 심주 : 『상군서』26편은 인의예악을 슬관으로 보았으며, "여섯 가지 '이'가 습속이 되면 군사는 반드시 크게 패한다"고 하였다.(商君二十六篇, 以仁義禮樂爲蝨官, 曰"六蝨成俗, 兵必大敗.")

255) 得無(득무) : 의문사로, 能不(능부) 또는 막비(莫非)와 같다. ~하지 아니한가. ○ 蝨(슬) : 기생하다. 원래 '이'라는 명사이나, 여기서는 동사로 쓰였다. 이는 일반적으로 나라와 백성에게 해를 끼치는 관리, 곧 슬관(蝨官)으로 비유된다. 『상군서』(商君書) 「거강」(去彊)에 이(蝨)를 비유로 한 말이 많다. 예컨대, "나라에 예악과 슬관이 생기면 반드시 약해진다. (…중략…) 나라에 예악과 슬관이 없어지면 반드시 강해진다." (禮樂蝨官生必削. (…중략…) 國無禮樂蝨官, 必彊.) 등이다.

256) 始慚(시참) 구 : 벼슬이 처음에도 부끄러웠는데, 지금 이 말을 들으니 더욱 부끄럽다는 뜻.

257) 歷官(역관) 구 : 한유가 796년 관찰추관(觀察推官)부터 시작하여 이 시를 쓰는 819년 조주자사에 이르기까지 이십사 년이 되었다.

258) 訶(가) : 꾸짖다.

259) 卽(즉) : 받다. ○ 金木(금목) : 쇠와 나무로 만들어진 형구. 철제 형구는 칼이나 작두 등이고 목제 형구는 장(杖)이나 수갑 등이다. 이 말은 『장자』「열어구」(列禦寇)에 "밖으로부터 받는 형벌은 쇠와 나무로 만는 형구에 의한 것이다"(爲外刑者金與木也)

敢不識恩私![260]　　　어찌 조정의 은혜를 모르리오!

潮州雖云遠,　　　　　조주는 비록 멀리 있고

雖惡不可過.[261]　　　비록 나쁘다고 해도 가지 않을 수 없어

於身實已多,　　　　　내 몸에 얻은 바 이미 많거늘

敢不持自賀!　　　　　어찌 이를 가지고 스스로 축하하지 않으리오!

평석 사공은 말로 풍자하고 자신은 자조함으로써 위안 삼았다. 고악부에서 유래한 형식으로 한유 시 가운데 또 하나의 곡조이다.(此吏言以規諷, 自嘲亦自寬解也. 從古樂府得來, 韓詩中之別調.)

해설 한유는 형부시랑(刑部侍郞)에 있으면서 불골(佛骨)을 영접하는 헌종에게 간하다가 역린(逆鱗)하였고, 그 결과 819년 1월 조주자사(潮州刺史)로 좌천되었다. 한유는 가는 도중 소주(韶州) 창락현(昌樂縣, 지금의 광동성 樂昌市)에서 물살이 빠른 무계(武溪)를 지나며 겪은 일을 소재로 이 시를 썼다. 정치적인 불만이 해학적인 문답 속에 토로되면서 중간중간 불굴의 정신이 엿보인다. 시는 주로 뱃사공의 말로 이루어져 있으며, 방언이 섞여 들어간 고졸하고 소박한 어투로 전개된다. 특이하면서도 고졸한 언어를 사용하는 한유의 시풍이 잘 표현된 작품이다.

　　　에서 유래했다. ○誅(주) : 형벌.

260)　恩私(은사) : 은혜와 편애(偏愛). 조정의 은총을 가리킨다.

261)　過(과) : 방문하다.

악양루에서 두 사직과 헤어지며(岳陽樓別竇司直)²⁶²⁾²⁶³⁾

洞庭九州間,²⁶⁴⁾   구주(九州)의 중간에 있는 동정호

厥大誰與讓?²⁶⁵⁾   그 거대함을 누구에게 양보할까?

南匯群崖水,²⁶⁶⁾   남쪽의 산에서 흘러내려 모아진 여러 강물이

北注何奔放!   북으로 주입되니 얼마나 힘찬가!

潴爲七百里,²⁶⁷⁾   물이 모여 칠백 리

吞納各殊狀.   수많은 모양의 강물을 모두 받아들이네

自古澄不淸,²⁶⁸⁾   예부터 가라앉아도 맑아지지 않으며

環混無歸向.²⁶⁹⁾   혼돈한 기운 속에 돌아가는 곳도 몰라

炎風日搜攬,²⁷⁰⁾   동북풍이 날이 갈수록 뒤채면

---

262) 원주 : "두상은 당시 무창 막부에 있으면서 악주로 발탁되었다."(原注 : "竇庠時以武昌幕擢岳州.")

263) 岳陽樓(악양루) : 악주(岳州) 파릉현(巴陵縣, 지금의 호남성 악양시)에 소재한 명루(名樓). 악주성의 서문 위에 세워져 동정호(洞庭湖)와 면해 있다. 당대 장열(張說)이 악주에 폄적되었을 때 건축하였다. ○ 竇司直(두사직) : 두상(竇庠, 약 767~약 828). 과거에 급제하지 못했으며, 금상방어사(金商防御史) 판관(判官), 국자주부(國子主簿)가 되었다. 805년 무창절도사 한고(韓皐) 아래 추관(推官)이 되었으며, 곧 대리시(大理寺) 사직으로 승진하였다. 사직(司直)은 대리시 소속의 관직으로, 범인의 심문 등을 담당한다. 종6품상.

264) 洞庭(동정) : 동정호. 중국에서 두 번째로 넓은 담수호로 호남성의 북부, 장강의 중류에 소재한다. 고래로 풍경이 뛰어난 곳으로 알려졌다. ○ 九州(구주) : 중국을 가리킨다. 고대에는 중국을 아홉 주(州)로 나누었다.

265) 誰與讓(수여양) : 누구에게 양보하랴? 동정호는 크기에 있어 다른 것에 양보할 수 없을 만큼 크다.

266) 群崖水(군애수) : 여러 강물. 崖(애)는 강가. 동정호로 흘러드는 상수(湘水), 자수(資水), 원수(沅水), 예수(澧水) 등을 가리킨다.

267) 潴(저) : 물이 고이다.

268) 澄不淸(징부청) : 오랫동안 침전되어도 맑아지지 않는다. 『후한서』「황헌전」(黃憲傳)에 "황헌은 드넓은 천 이랑의 물결과 같아, 가라앉혀도 맑아지지 않고 흔들어도 탁해지지 않으니, 그 도량을 잴 수가 없구나"(叔度汪汪若千頃波, 澄之不淸, 淆之不濁, 不可量也.)라는 말이 있다.

269) 環混(환혼) ; 혼돈하여 뚜렷하지 않은 모양.

270) 炎風(염풍) : 동북에서 불어오는 바람. 송대 문당(文讜)은 남풍이라 풀이하였다. ○ 搜

幽怪多冗長. 271)	물속의 어족과 괴물이 수없이 번식한다
軒然大波起, 272)	드높게 큰 파도가 일어나면
宇宙隘而妨. 273)	하늘과 땅이 막고 방해하는 듯
巍峩拔嵩華, 274)	외외하게 솟구친 숭산(嵩山)과 화산(華山)에
騰踔較健壯. 275)	뛰어오른 파도가 건장함을 겨루는 듯
聲音一何宏?	그 소리는 얼마나 굉장한가?
轟輵車萬兩. 276)	웅얼거리는 소리는 수레 만 량이 부딪는 듯
猶疑帝軒轅, 277)	아마도 헌원씨 황제(黃帝)가
張樂就空曠, 278)	드넓은 호숫가에서 음악을 연주할 때
蛟螭露筍簴, 279)	편종의 틀에 조각된 교룡이 살아 움직이고
縞練吹組帳. 280)	천막이 나부끼며 희디흰 명주가 날리는 듯

攪(수교) : 어지럽게 흔들리다.

271) 幽怪(유괴) : 유령과 괴물. ○冗長(용장) : 쓸모없이 많음. 여기서는 대량으로 자생하다.

272) 軒然(헌연) : 높이 올라간 모습.

273) 隘而妨(애이방) : 막고 방해하다. 조식(曹植)의 「칠계」(七啓)에 "육합(六合)이 막히고 구주가 좁아라"(以防六合而隘九州)란 표현이 있다. 이 구는 물결이 일어나니 우주마저 비좁은 듯하다는 뜻.

274) 拔(발) : 빼어나다. 솟구치다. ○嵩華(숭화) : 숭산과 화산.

275) 騰踔(등탁) : 뛰어오르다. ○較(교) : 겨루다. 견주다.

276) 轟輵(굉갈) : 우릉우릉. 수레바퀴가 굴러가는 소리. 여기서는 파도 소리. ○兩(량) : 輛(량)과 같다. 수레의 단위.

277) 軒轅(헌원) : 전설에 나오는 고대 제왕인 황제(黃帝)의 이름. '헌원의 언덕'(軒轅之丘)에 살았다고 해서 헌원씨(軒轅氏)라 하였다. 원래 성씨가 공손(公孫)이나, 나중에 희수(姬水)에 살았기에 희(姬)성으로 바꾸었고, 유웅(有熊)에 나라를 세웠기에 유웅씨(有熊氏)라고도 했다.

278) 張樂(장락) : 음악을 연주하다. 『장자』「천운」(天運)에 "황제가 함지의 음악을 동정의 들에서 연주하였다"(帝張咸池之樂, 於洞庭之野.)는 말이 있다. 여기서는 파도 소리를 음악에 비유하였다. ○空曠(공광) : 넓고 광활한 곳.

279) 蛟螭(교리) : 교룡. 뿔이 없는 용. 일반적으로 물속에 사는 동물을 총칭한다. ○筍簴(순거) : 편종이나 편경 등 악기를 거는 틀. 가로대를 筍(순)이라 하고 양측 기둥을 簴(거)라고 한다. 여기서는 동정호의 파도가 황제의 악기 틀에 새겨진 교룡이 튀어 나온 듯하다는 뜻.

280) 縞練(호련) : 흰 생견과 흰 숙견(熟絹). 여기서는 바람에 흩어지는 파도를 형용하였다. ○組帳(조장) : 끈이 있는 천막. 혜강(嵇康)의 「막부로 들어가는 수재에게」(贈秀

鬼神非人世,	신령의 솜씨는 인간 세상과 달라서
節奏頗跌踢.²⁸¹⁾	절주가 변화무쌍해
陽施見跨麗,²⁸²⁾	양기가 펼쳐질 때는 경물이 화려해지고
陰閉感悽愴.²⁸³⁾²⁸⁴⁾	음기로 닫힐 때면 처연하게 느껴져라
朝過宜春口,²⁸⁵⁾	아침에 의춘강 어구를 지나니
極北缺堤障.	북쪽 끝에 둑방이 열려 있더라
夜纜巴陵洲,²⁸⁶⁾	밤에 파릉에 배의 닻줄을 묶으니
叢芮繞可傍.²⁸⁷⁾²⁸⁸⁾	풀숲이어서 마침 깃들기 좋아라
星河盡涵泳,²⁸⁹⁾	별들과 은하가 모두 가라앉아
俯仰迷下上.²⁹⁰⁾	어디가 하늘이고 어디가 호수인지 모르겠어라
餘瀾怒不已,	여파(餘波)는 세차서 아직 그치지 않으니
喧聒鳴甕盎.²⁹¹⁾	옹기 속에 있는 듯 귀 따갑게 울려라

才入軍)에 "천막을 높이 쳐들고"(組帳高搴)란 말이 있다. 송대 손여청(孫汝聽)은 "말하자면 황제가 이곳에서 음악을 연주했는데, 지금 큰 파도가 일어나니 마치 순거(筍簴)와 천막이 아직도 남아 있는 듯하다"(言軒轅張樂於此, 大波之起, 若筍簴組帳猶存也.)고 풀이하였다.

281) 跌踢(질탕) : 跌宕(질탕) 또는 跌蕩(질탕)이라고도 쓴다. 매이지 않고 마음대로 다님. 여기서는 음악의 변화가 크고 자유로움을 형용한다.

282) 陽施(양시) : 양기(陽氣)가 펼쳐지다. ○ 跨麗(과려) : 화려하다.

283) 심주 : 2구는 천상과 지상의 광경을 나누었다.(二句分上下景狀.)

284) 陰閉(음폐) : 음기로 닫히다. 『회남자』 「원도훈」(原道訓)에 "음기와 함께 모두 닫히고, 양기와 함께 모두 열린다"(與陰俱閉, 與陽俱開.)는 말이 있다. 문당(文讜)은 "양시(陽施)는 봄과 여름을 말하고, 음폐(陰閉)는 가을과 겨울을 말한다. 강과 호수 사이의 사시 경물이 다름을 말한 것이다"(陽施, 謂春夏也. 陰閉, 謂秋冬也. 言江湖之間, 四時景物不同.)고 풀이하였다.

285) 宜春口(의춘구) : 의춘강이 동정호로 흘러드는 곳. 그 위치에 대해서는 역대로 여러 의견이 있으나, 청대 심흠한(沈欽韓)은 한유의 행로에 근거하여 동정호 서남에 있는 것으로 보았다.

286) 纜(람) : 배를 닻줄로 매다. ○ 巴陵洲(파릉주) : 악주(岳州)의 치소인 파릉현을 가리킨다. 지금의 악양시.

287) 심주 : 芮(예)는 물가이다.(芮, 水涯也.)

288) 叢芮(총예) : 우거진 풀숲.

289) 星河(성하) : 별과 은하. ○ 涵泳(함영) : 침잠하다. 가라앉다.

290) 迷下上(미하상) : 별늘이 호수에 빠서 하늘과 호면을 분간하지 못한다는 뜻.

明登岳陽樓,	다음 날 악양루에 오르니
輝煥朝日亮.	환하게 아침 해가 밝아라
飛廉戢其威,[292]	비렴(飛廉)이 그 위엄을 거두어들이니
清晏息纖纊.[293]	맑게 개어 비단실 같은 바람도 없어라
泓澄湛凝綠,[294]	청징한 호수는 녹색으로 응결되고
物影巧相況.	경물과 그림자는 서로를 비추어라
江豚時出戲,[295]	돌고래가 때로 나와 놀더니
驚波忽蕩瀁.[296]	홀연 높은 파도가 출렁이는구나
時當冬之孟,[297]	때는 맹동(孟冬)인 음력 시월
隙竅縮寒漲.	모든 동굴이 움츠리고 한기가 퍼지는구나
前臨指近岸,	가까이 다가서니 호반을 가리킬 수 있고
側坐渺難望.[298]	물가에 앉으니 아득하여 바라보기 어려워라
滌濯神魂醒,	맑게 씻으니 정신과 영혼이 깨어나고
幽懷舒以暢.	깊이 서렸던 마음이 펴지고 시원해진다
主人孩童舊,[299]	주인은 내 어렸을 때부터 알던 사람

---

291) 喧聒(훤괄) : 귀가 따갑도록 시끄럽다. ○甕盎(옹앙) : 독과 대야. 이 구는 호수의 물소리가 독이나 대야 속에서 나는 듯 시끄럽다는 뜻.

292) 飛廉(비렴) : 바람의 신. ○戢(집) : 모으다.

293) 清晏(청안) : 맑고 편안하다. 여기서는 강물이 파도 없이 고요함을 나타낸다. ○息纖纊(식섬광) : 가는 비단실 같은 바람마저 일지 않는다.

294) 泓澄(홍징) : 물이 깊고 맑다.

295) 江豚(강돈) : 江独(강돈) 또는 강저(江豬)라고도 한다. 돌고래. 검은색의 포유동물로 몸은 물고기 같으나 지느러미가 없다. 주로 바다에서 서식하나 장강에도 들어와 의창(宜昌)이나 동정호(洞庭湖)에서도 발견된다. 『옥편』에서는 "바람이 불려고 하면 뛰어오른다"(欲風則踊)고 하였다.

296) 蕩瀁(탕양) : 蕩漾(탕양)과 같다. 물결이 출렁이며 흔들리는 모양.

297) 冬之孟(동지맹) : 맹동(孟冬). 음력 시월.

298) 側坐(측좌) : 물가에 앉다.

299) 主人(주인) : 두상을 가리킨다. ○孩童舊(해동구) : 어렸을 때의 사귐. 한유와 두상(竇庠) 형제는 어렸을 때부터 친하였다. 한유가 두상의 형 두모(竇牟)의 묘지명에 "한유는 공(公)보다 19세 어렸는데, 동자 때 만나 (…중략…) 처음에는 스승으로 대했고 나중에는 형으로 모셨습니다"(愈少公十九歲, 以童子得見, (…중략…) 始以師事公, 而

握手乍忻悵.[300]	손을 잡으니 기쁘다가도 슬퍼
憐我竄逐歸,[301]	내가 멀리 유배 갔다가 돌아옴을 안타까워하며
相見得無恙.[302]	살펴보며 그동안 별고 없는지 물어보네
開筵交履舃,[303]	술자리를 마련하니 신발이 뒤섞이도록 친하고
爛漫倒家釀.[304]	스스럼없이 집에서 빚은 술을 따르네
杯行無留停,[305]	술잔을 그치지 않고 전해주는데
高柱送淸唱.[306]	높은 거문고 소리가 노래를 실어오네
中盤進橙栗,	소반에는 귤과 밤이 올라오고
投擲傾脯醬.	포와 장조림이 던져져
歡窮悲心生,	즐거움이 극에 달하니 슬픈 마음이 생기지만
婉孌不能忘.[307]	깊은 정은 잊을 수 없어라
念昔始讀書,	예전에 처음 글을 읽을 때를 생각하니
志欲干霸王.[308]	군주를 보좌함에 뜻을 두었지
屠龍破千金.[309)310]	천 금을 내어 절묘한 기예를 배우니

終以兄事焉.)고 하였다. 그러나 두상은 한유와 비슷한 연배로 추측된다.

300) 乍忻悵(사흔창) : 잠시 기뻐하다 잠시 슬퍼하다. 오랜만에 만나 기쁘지만 곧 헤어지게 되어 슬퍼진다는 뜻.

301) 竄逐歸(찬축귀) : 유배 갔다가 돌아오다. 竄逐(찬축)은 유배 가다.

302) 得(득) : 何(하)의 뜻. 반문의 어기를 가진 의문사. ○無恙(무양) : 별고 없다. 得無恙(득무양)은 '별고 없는가?'의 뜻.

303) 交履舃(교리석) : 신발이 뒤섞이다. 주인과 손님이 아무렇게 신발을 벗고 실컷 술을 마심을 형용한 말. 『사기』「골계열전」(滑稽列傳)에 "해가 저물어 술자리가 파할 무렵, 자리를 좁혀 함께 마시고, 남녀가 동석하며, 신발은 서로 뒤섞이고, 술잔과 그릇이 낭자합니다"(日暮酒闌, 合尊促坐, 男女同席, 履舃交錯, 杯盤狼藉.)는 말이 있다.

304) 爛漫(난만) : 爛熳(난만) 또는 爛縵(난만)이라 쓰기도 한다. 여러 가지 뜻이 있으나 여기서는 구속 없이 호방하다.

305) 杯行(배행) : 술자리에서 술잔을 전해주며 술을 마시다.

306) 高柱(고주) : 거문고 줄을 받치는 기러기발(絃柱)을 머리 쪽으로 움직여 현이 높아지도록 함. 여기서는 거문고 소리를 가리킨다. ○淸唱(청창) : 맑고 아름다운 노래.

307) 婉孌(완련) : 깊고 진지한 정.

308) 干霸王(간패왕) : 패업을 이루고 왕업을 이루는데 참여하다. 곧 군주를 보좌하다. 패(霸)는 제후 가운데 맹주(盟主)가 되는 일이고, 왕(王)은 천하를 가지는 일이다.

309) 심주 : 『장자』에 근거한다.(本莊十.)

為藝亦云亢. 311)　　　　그 기예에 또한 높고 뛰어났어라

愛才不擇行, 312)　　　　재주를 아낄 뿐 사귐에 신중하지 않더니

觸事得讒謗. 313)　　　　일을 당해 참언을 당했어라

前年出官由,　　　　　재작년에 지방으로 나갔는데

此禍最無妄. 314)　　　　이 재난을 가장 예상치 못했었네

公卿採虛名,　　　　　공경이 되어 허명(虛名)을 취하고

擢拜識天仗. 315)　　　　발탁되어 천자의 의장을 알게 되었는데

姦猜畏彈射, 316)　　　　간사한 사람은 남의 의론을 두려워하며

斥逐恣欺誑.　　　　　배척하여 몰아내고 제멋대로 속이더라

新恩移府庭, 317)　　　　새로이 은혜를 입어 절도부로 양이(量移)되니

逼側厠諸將. 318)　　　　여러 장수 옆에 서게 되었어라

---

310) 屠龍(도룡) : 용을 죽이다. 『장자』 「열어구」(列禦寇)에 "주평만이 용을 죽이는 방법을 지리익에게 배우는데, 천 금이나 되는 가산을 탕진하고 삼 년만에 기술을 터득하였지만, 배우고 나니 그 재주를 쓸 곳이 없었다"(朱泙漫學屠龍於支離益, 單千金之家, 三年技成, 而無所用其巧.)는 우화에서 유래하였다. 일반적으로 비범한 기예를 가리킨다.

311) 亢(항) : 높다.

312) 不擇行(불택행) : 품행을 가리지 않는다. 사귐에 있어 상대방의 품행이 좋고 나쁨을 가리지 않고 많이 사귄다. 한유는 후진을 끌어주는데 힘쓰기로 유명하다.

313) 觸事(촉사) : 사건을 만나다. 한유는 803년 감찰어사가 된 해, 가뭄과 굶주림에 대해 상소하였다. 그 내용에 불만을 가진 경조윤 이실(李實)이 중상하여 한유는 양산(陽山)으로 좌천되었다.

314) 無妄(무망) : 의외. 예상하지 못하다. 『주역』 「무망」(無妄)괘에 '예기치 못한 재난'(無妄之災)이라는 말이 있다.

315) 擢拜(탁배) : 발탁되어 관리가 되다. ○天仗(천장) : 천자의 의장. 천자를 가리킨다. 한유는 803년 사문박사에서 감찰어사로 승진하면서 황제의 근신으로 근무하였다.

316) 姦猜(간시) : 간사하고 의심 많은 사람. 여기서는 왕숙문(王叔文) 등이 간언을 두려워하여 기만의 술수로 자신을 유배 보냈음을 표시한다. ○彈射(탄사) : 과실을 지적하다. 동한 장형(張衡)의 「서경부」(西京賦)에 "한길과 골목에서 나누는 의론은 잘잘못을 지적한다"(街談巷議, 彈射臧否.)는 말이 있다.

317) 新恩(신은) : 새로운 은혜. 헌종이 즉위하면서 양산령(陽山令)에서 강릉부(江陵府) 법조참군(法曹參軍)으로 옮기게 된 일을 가리킨다. ○移(이) : 양이(量移). 먼 곳으로 유배 보낸 신하의 죄를 감하여 가까운 곳으로 옮김. ○府庭(부정) : 관아. 여기서는 형남절도사 절도부(節度府).

吁嗟苦駑緩,[319]	아아, 노둔한 말처럼 느림이 괴로워
但懼失宜當.	그저 적절한 균형 잡지 못할까 두려워
追思南渡時,	돌이켜 생각하니 남쪽으로 내려갈 때
魚腹甘所葬.[320]	물고기 밥이 되어도 좋다고 생각했지
嚴程迫風帆,[321]	정해진 일정에 쫓긴 돛배는
劈箭入高浪.[322]	살대같이 높은 파도 속에 들어갔지
顚沈在須臾,	순식간에 뒤집어져 침몰했다면
忠鯁誰復諒?	충성과 강직을 어느 누가 알아주랴
生還眞可喜,	살아 돌아왔으니 참으로 기쁜 일
刓己自懲創.[323]	자신을 절제하고 스스로를 경계하네
庶從今日後,	바라건대 오늘 이후에는
粗識得與喪.[324]	얻고 잃는 일에 대해 조금은 알기를
事多改前好,[325]	많은 일로부터 이전의 습관을 고치고
趣有獲新尙.	뜻은 새로운 시류에 따르도록 하리라
誓耕十畝田,	맹서하건대 열 무(畝)의 밭을 갈되
不取萬乘相.[326]	천자 아래 재상이 되기를 바라지 않노라
細君知蠶織,[327]	아내는 누에 치고 명주 짤 줄 알고

---

318) 逼側(핍측) : 접근하다. ○厠諸將(측제장) : 여러 장수의 곁. 법조참군은 무직(武職)이
   므로 이렇게 표현하였다.

319) 吁嗟(우차) : 아아. 감탄사. ○駑緩(노완) : 노둔한 말과 같이 느리다. 재주가 모자라
   고 행동이 느리다. 자신을 겸손하게 표현한 말.

320) 魚腹(어복) 구 : 물고기 뱃속에 장사지낸다는 말은 물에 빠져 죽는다는 뜻이다. 굴원
   (屈原)의 「어부」(漁父)에 "차라리 상수의 강물에 달려가 물고기의 뱃속에 장사지내
   리라"(寧赴湘流, 葬於江魚之腹中.)는 말이 있다.

321) 嚴程(엄정) : 기한이 엄격히 규정된 노정.

322) 劈箭(벽전) : 살대를 쪼개다. 배가 빠르게 나아감을 형용한 말.

323) 自懲創(자징창) : 스스로 자신을 징계하다. 創(창)도 懲(징)과 같은 뜻.

324) 得與喪(득여상) : 얻음과 잃음.

325) 前好(전호) : 이전의 기호.

326) 萬乘相(만승상) : 천자의 재상. 주대(周代) 제도에서 천자는 수레 만 량을 부리므로,
   만승(萬乘)은 천자를 가리킨다.

稚子已能餉.[328]　　어린 아이들은 새참을 나르다 줄줄 알아
行當挂其冠,[329]　　장차 벼슬을 버리려니
生死君一訪.　　살든 죽든 그대 한 번 찾아와주게나

평석 앞 부분의 두 단락은 음양이 여닫히는 기세이다. 두 사직이 들어간 후 충성과 정직이
중상 받았는데, "돌이켜 생각하니 남쪽으로 내려갈 때" 몇 구는 전반부를 전환시키는 것이
어서 필력이 강건하다.(前兩段陽開陰闔, 入竇司直後, 見忠直被謗, 而以追思南渡數語挽轉前半,
筆力矯然.)

해설 805년 10월 한유가 양산(陽山)에서 강릉(江陵)으로 가면서 악주를 지
날 때 지었다. 편폭이 긴 이 시의 전반부는 풍파가 심한 동정호의 장대
한 광경을 그렸고, "주인은 내 어렸을 때부터 알던 사람"(主人孩童舊)부터
시작되는 후반부는 만남과 회상으로 인사(人事)를 서술했다. 영정사변(永
貞事變)의 와중에 한유의 입장이 무엇인지 분명히 드러나며, 시대와 개인
의 일이 엮이면서 이루어진 굴곡 많은 역정은 동정호의 광경 속에 더욱
강렬한 표현력을 드러낸다. 이에 대해 두상은 답시 「시랑 한유의 '악양
루에 올라'를 받고 답하며」(酬韓愈侍郞登岳陽樓見贈)을 지었으며, 남으로 좌
천되어 가던 유우석(劉禹錫)도 이 시를 보고 화답시를 지었다.

선비를 천거함(薦士)

周詩三百篇,[330]　　주나라의 시 삼백 편

---

327) 細君(세군) : 처. 『한서』 「동방삭전」(東方朔傳)에 "돌아가 세군(細君)에게 주니 또 얼
　　마나 어진가!"(歸遺細君, 又何仁也!)라며 자신의 아내를 세군이라 하였다.
328) 餉(향) : 논밭에서 일하는 농부들에게 새참을 날라주다.
329) 行當(행당) : 장차. ○挂其冠(괘기관) : 벼슬을 그만두다. 백거이의 「벼슬에서 물러남
　　이 합당함」(合致仕) 참조.

雅麗理訓誥.331)　　　바르고 아름다움이 『상서』와 같아라

曾經聖人手,332)　　　일찍이 공자께서 편찬하셨으니

議論安敢到?　　　어찌 다른 논의가 있을 수 있겠는가?

五言出漢時,　　　오언시(五言詩)는 한대에 나왔으니

蘇李首更號.333)　　　소무(蘇武)와 이릉(李陵)이 처음 이끌었네

東都漸瀰漫,334)　　　동한시대에 점점 물이 불어나더니

派別百川導.　　　갈래가 나뉘어져 백 줄기 강으로 달리더라

建安能者七,335)　　　동한 말기 건안 연간에는 건안칠자가 있었으니

卓犖變風操.336)　　　걸출한 재능으로 가락과 풍격을 바꾸었네

逶迤抵晉宋,337)　　　점점 기울어져 진(晉)과 송(宋)에 이르러

---

330) 周詩三百篇(주시삼백편): 『시경』을 가리킨다. 서주(西周) 초기부터 춘추 중기까지 지어진 시가의 총집이다. 총 삼백오 편이므로 한대 이전에는 일반적으로 '시삼백'(詩三百)이라 했다. 『논어』 「위정」(爲政)에서도 "시 삼백 편를 한마디로 개괄하면 생각에 사악함이 없다'(詩三百, 一言以蔽之, 曰思無邪.)라고 하였다.

331) 雅麗(아리): 아정(雅正)하고 미려하다. ○理(리): 통하다. 나란하다. ○訓誥(훈고): 가르치고 훈계하는 문장. 원래는 『상서』의 여섯 종류의 문체 가운데 훈(訓)과 고(誥) 두 가지 문체를 가리킨다. 예컨대 「이훈」(伊訓)과 「탕고」(湯誥) 등이다. 이 구는 『시경』이 『상서』와 같이 전아하고 아름답다는 뜻.

332) 聖人(성인): 공자를 가리킨다. 사마천(司馬遷)은 『사기』 「공자세가」(孔子世家)에서 "예전에 시는 삼천여 편 있었다. 공자가 중복되는 것을 버리고 예의에 쓸만한 것을 취하니 (…중략…) 삼백오 편이 되었다"(古者, 詩三千餘篇, 及至孔子, 去其重, 取可施于禮義, (…중략…) 三百五篇.)고 하여, 공자가 고대의 시를 정리하여 『시경』을 편찬하였다는 '공자산시설'(孔子刪詩說)을 말하였다. 역대로 이 설을 믿어왔지만 현대의 학자들은 대부분 이를 부정한다.

333) 蘇李(소리): 서한의 소무(蘇武)와 이릉(李陵). 역대로 『문선』(文選)에 이들의 이름으로 실린 7수를 오언시(五言詩)의 발단으로 보아왔다. 그러나 현대 학자들은 동한 말기에 무명 시인들이 이들의 이름에 가탁하여 제작한 것으로 본다. ○更號(경호): 이전과 다르게 바꾸어 부르다. 새롭게 이끌다.

334) 東都(동도): 낙양. 수도를 낙양으로 한 동한(東漢)시대를 가리킨다. ○瀰漫(미만): 물이 가득 차오르다. 여기서는 오언시의 발전을 형용하였다.

335) 建安(건안): 동한 말기 헌제(獻帝) 때의 연호. 196~220년. 이 시기를 중국문학사에서는 '건안시기'(建安時期)라 하며 주요 작가로는 삼조(三曹; 조조, 조비, 조식)와 건안칠자(建安七子)가 있다. ○能者七(능자칠): 건안칠자를 가리킨다. 공융(孔融), 진림(陳琳), 왕찬(王粲), 서간(徐幹), 완우(阮瑀), 응창(應瑒), 유정(劉楨) 등이다.

336) 卓犖(탁락): 탁월하다. 걸출하다. ○風操(풍조): 풍격과 가락.

氣象日凋耗.	기상이 날로 시들고 쇠퇴하였다
中間數鮑謝,	중간에 포조와 사령운을 꼽는데

氣象日凋耗. 　기상이 날로 시들고 쇠퇴하였다
中間數鮑謝,³³⁸⁾³³⁹⁾　중간에 포조와 사령운을 꼽는데
比近最淸奧.³⁴⁰⁾　고대 시인과 가까우며 가장 청신하고 심오하다
齊梁及陳隋,³⁴¹⁾　제(齊)와 양(梁), 진(陳)과 수(隋)의
衆作等蟬噪.　여러 작품들은 마치 매미 울음 같아
搜春摘花卉,　봄놀이 하며 꽃을 꺾고
沿襲傷剽盜.³⁴²⁾　모방하고 표절하면서 망가졌다
國朝盛文章,³⁴³⁾　당(唐)나라는 문장이 번성하여
子昂始高蹈.³⁴⁴⁾³⁴⁵⁾　진자앙(陳子昂)이 처음으로 높은 경계를 열고
勃興得李杜.³⁴⁶⁾　이백(李白)과 두보(杜甫)가 우뚝 일어나
萬類困陵暴.³⁴⁷⁾　수많은 작가들을 압도하였다
後來相繼生,　이들을 잇달아 계속 작가들이 나와
亦各臻閫奧.³⁴⁸⁾　각자 승당(昇堂)하거나 입실(入室)하였다
有窮者孟郊,³⁴⁹⁾　곤궁한 자 맹교(孟郊)가 있으니

---

337) 逶迤(위이) : 구불구불. 굽이지면서 먼 모양. 여기서는 점점 쇠퇴하는 모양. ○晉宋(진송)
: 서진(西晉, 265~316년), 동진(東晉, 317~420년), 유송(劉宋, 420~479년)을 통칭하는 말.
338) 심주 : 도연명을 빠뜨렸는데 성향이 다르기 때문이다.(失却陶公, 性所不近也.)
339) 鮑謝(포사) : 포조(鮑照, 약414~466)와 사령운(謝靈運, 385~433).
340) 比近(비근) : 고대의 작가와 가깝다. 현대 학자 진이동(陳邇冬)은 비흥(比興)으로 풀
이하였으나 취하지 않는다. ○淸奧(청오) : 맑고 깊다. 시의 언어가 청신하고 의경이
유현하다.
341) 齊梁(제량) : 남조의 두 왕조인 제(齊, 479~502년)와 양(梁, 502~557년). ○陳隋(진
수) : 진(陳, 557~589년)과 수(隋, 581~618년).
342) 剽盜(표도) : 약탈하고 훔치다. 여기서는 표절하다.
343) 國朝(국조) : 왕조. 여기서는 당(唐).
344) 심주 : 탁견이다.(卓見.)
345) 子昂(자앙) : 진자앙(陳子昂). 권1 참조. ○高蹈(고답) : 세속을 벗어나 활보하다.
346) 李杜(이두) : 이백(李白)과 두보(杜甫). 시인 소전 참조.
347) 萬類(만류) : 온갖 종류의 시와 시인들. ○陵暴(능포) : 업신여기고 짓누르다.
348) 臻(진) : 이르다. ○閫奧(곤오) : 문지방과 아랫목. 승당(昇堂)과 입실(入室)의 뜻. 이
구는 시의 경지가 이백과 두보에 비해 못하지만 각자 일정한 정도에 이른다는 뜻.
349) 窮(궁) : 막히다. 벼슬길이 막힘을 뜻한다.

受材實雄鷙,[350]	타고난 재주가 진실로 웅건해
冥觀洞古今,[351]	깊은 체득은 고금을 관통하고
象外逐幽好.[352]	물상 밖에서 심원한 경지를 찾는구나
橫空盤硬語,[353]	허공으로 툭 튀어나온 듯 시어는 참신하고
妥帖力排奡.[354)355)]	온당한 필력은 장사를 밀어내듯 강력해라
敷柔肆紆餘,[356]	유연함을 펼치면 운치가 넘치고
奮猛卷海潦.	힘차게 돌진하면 바닷물을 감아친다네
榮華肖天秀,[357]	화려한 말은 하늘의 꽃을 닮았고
捷疾逾響報.	구상의 재빠름은 메아리보다 빠르구나
行身踐規矩,	처세는 바르고 법도에 맞으며
甘辱恥媚竈.[358]	어려움을 달게 여기고 아첨을 부끄러워해
孟軻分邪正,[359]	맹자가 정직과 사악함을 나눌 때
眸子看瞭眊.[360]	눈동자가 맑고 흐린지를 보았는데

---

350) 受材(수재) : 타고나면서 받은 재능. ○雄鷙(웅오) : 웅건하다.

351) 冥觀(명관) : 깊이 있는 체득. ○洞(동) : 뚫다. 관통하다.

352) 象外(상외) : 사물의 밖. 이 구는 물상의 밖에서 아름다움을 찾는다는 뜻.

353) 盤硬(반경) : 생경하지만 참신한 어구.

354) 심주 : 2구는 한유 자신의 시에 대한 묘사이다.(二語昌黎自狀其詩.)

355) 排奡(배오) : 필력이 강하고 힘차다. 오(奡)는 하대(夏代) 한착(寒浞)의 아들로 역사
(力士)이다. 『논어』「헌문」(憲問)에 "예(羿)는 활을 잘 쏘고, 오(奡)는 물에서 배를 밀
어낸다"(羿善射, 奡盪舟)고 하였다. 배오(排奡)는 곧 역사인 오(奡)를 밀어낼 정도로
필력이 힘차다는 뜻.

356) 紆餘(우여) : 굽이도는 모양. 일반적으로 재능이 넉넉하거나 문장이 운치 있음을 나
타낼 때 쓰인다.

357) 榮華(영화) : 화려한 글. 『장자』「제물론」(齊物論)에 "진리는 잔재주에 가려져 있고,
진실한 말은 화려한 말에 가려져 있다"(道隱於小成, 言隱於榮華.)고 했다.

358) 甘辱(감욕) : 어려움을 달게 여기다. 이는 맹교가 빈궁 속에서도 잘 견디며 살아감을
형용한 말이다. ○媚竈(미조) : 권세가에 아부하다. 『논어』「팔일」(八佾)에 "방안의
신주에 아첨하느니 차라리 부엌 신주에게 아첨하라"(與其媚於奧, 寧媚於竈.)는 말에
서 만들어졌다. 주희(朱熹)는 "군주에게 결탁하기보다는 차라리 권신에게 아부함만
못함을 비유하였다"(喩自結於君, 不如阿附權臣.)고 풀이하였다.

359) 孟軻(맹가) : 맹자(孟子).

360) 眸子(모자) : 눈동자. ○瞭眊(요모) : 눈의 밝음과 흐림. 『맹자』「이루」(離婁)에 "사람

杳然粹而清,	맹교는 깊고 순수하면서도 맑아
可以鎭浮躁.	경솔함과 조급함을 누를 수 있어라
酸寒溧陽尉,³⁶¹⁾	율양현(溧陽縣)의 가난한 현위(縣尉)가 되었을 때
五十幾何耄?³⁶²⁾³⁶³⁾	쉰 살이 되었다지만 노년까지는 아직도 멀어라
孜孜營甘旨,³⁶⁴⁾	부지런히 좋은 음식으로 모친께 봉양하고자
辛苦久所冒.	오래도록 맵고 쓴 고생도 무릅썼어라
俗流知者誰,	세속에서 그를 알아주는 자 누구인가
指注競嘲傲.³⁶⁵⁾	손가락질하고 쳐다보며 다투어 조롱하였지
聖皇索遺逸,³⁶⁶⁾	성스러운 황제께서 빠트린 인재를 찾으매
髦士日登造.³⁶⁷⁾	뛰어난 선비들이 날로 임용되었고
廟堂有賢相,³⁶⁸⁾³⁶⁹⁾	조정에는 어진 재상이 있어
愛遇均覆燾.³⁷⁰⁾	사랑하고 예우하며 고르게 혜택을 주었지

이 지닌 것에서 눈동자보다 더 좋은 것이 없다. 눈동자는 그 사람의 추함을 가릴 수 없다. 마음속이 바르면 눈동자가 맑고 마음속이 바르지 못하면 눈동자가 흐리다." (存乎人者, 莫良於眸子. 眸子不能掩其惡. 胸中正, 則眸子瞭焉, 胸中不正, 則眸子眊焉.)고 하였다.

361) 溧陽(율양) : 지금의 강소성 율양. 맹교는 796년 과거에 급제 후 801년(51세) 율양현위(溧陽縣尉)가 되었고, 804년(54세)경 임기가 끝나 낙양에 돌아와 있었다. 현위(縣尉)는 종9품하로 품계가 가장 낮다.

362) 심주 : 노인이 되기까지 얼마나 되는가를 말한다.(言去耄幾何.)

363) 幾何耄(기하모) : 노인이 되기까지 얼마나 되는가? 耄(모)는 80세에서 90세. 이 구는 아직 늙지 않았다는 뜻. 806년 한유가 이 시를 쓸 때 맹교는 56세였다.

364) 孜孜(자자) : 쉬지 않고. ○ 甘旨(감지) : 단맛. 맛있는 음식. 營甘旨(영감지)는 맛있는 음식을 구한다는 뜻으로, 일반적으로 부모를 봉양한다는 의미로 쓰인다. 맹교는 율양현에 있을 때 모친을 모셔와 봉양하였다.

365) 指注(지주) : 손으로 가리키고 눈으로 주목하다. ○ 嘲傲(조오) : 조소하고 경멸하다.

366) 聖皇(성황) : 황제. 헌종(憲宗)을 가리킨다. ○ 遺逸(유일) : 벼슬하지 않고 은거하는 뛰어난 선비. 은사(隱士).

367) 髦士(모사) : 뛰어난 인재. ○ 登造(등조) : 등용되다.

368) 심주 : 정여경을 말한다.(謂鄭餘慶.)

369) 廟堂(묘당) : 태묘(太廟)의 명당이란 말로 고대에 제사를 지내고 국사를 논의한 장소이다. 조정을 가리킨다. ○ 賢相(현상) : 어진 재상. 당시 정여경(鄭餘慶)의 후임으로 두황상(杜黃裳)과 정인(鄭絪)이 재상으로 있었다.

370) 愛遇(애우) : 아끼고 예우하다. ○ 覆燾(복도) : 覆幬(복주)라고도 한다. 본뜻은 덮다.

況承歸與張,³⁷¹⁾³⁷²⁾　　더구나 귀등(歸登)과 장건봉(張建封)의 관심을 받아
二公迭嗟悼.³⁷³⁾　　두 어른이 번갈아가며 애석히 여기고 탄식하였어라
青冥送吹嘘,³⁷⁴⁾　　푸른 하늘에서 입김을 불어주면
强箭射魯縞.³⁷⁵⁾　　강한 화살이 노 지방의 비단을 뚫는 듯하리
胡爲久無成,³⁷⁶⁾　　그런데 어찌하여 오래도록 성사되지 않아
使以歸期告?　　맹교가 돌아갈 기일을 알리게 되었는가?
霜風破佳菊,　　서리와 찬바람은 고운 국화를 시들게 하고
嘉節迫吹帽.³⁷⁷⁾　　아름다운 명절에 모자를 날리는 뛰어난 문장을 남기네
念將決焉去,³⁷⁸⁾　　장차 이곳을 바삐 떠나리라 생각하니
感物增戀嫪.³⁷⁹⁾　　계절의 변화를 느끼어 아쉬움도 더하여라

은혜를 베풀다는 의미로 쓰인다. 『예기』 「중용」(中庸)에 "비유하면 하늘과 땅이 만물을 실어주지 않음이 없고, 덮어주지 않음이 없다"(譬如天地之無不持載, 無不覆幬.)는 말이 있다.

371) 심주: 귀등, 장건봉.(歸登、張建封.)

372) 歸與張(귀여장) : 귀등(歸登, 754~820년)과 장건봉(張建封, 735~800년). 귀등은 공부상서까지 이르렀고, 장건봉은 서주절도사를 역임했다. 현대 학자들은 맹교와 관련 있는 사람으로 귀등의 부친 귀숭경(歸崇敬, 712~799년)을 드는 경우가 많다.

373) 嗟悼(차도) : 슬퍼하고 아쉬워하다.

374) 青冥(청명) : 청천(青天). 높은 직위를 비유한다. ○ 吹嘘(취허) : 숨을 불다. 다른 사람을 칭찬하다.

375) 魯縞(노호) : 노 지방에서 나는 명주. 곱고 가늘기로 유명하다. 이 구는 『사기』 「한안국전」(韓安國傳)에 나오는 "강한 쇠뇌도 종국에 이르러서는 노 지방의 비단도 뚫을 수 없습니다"(强弩之極, 矢不能穿魯縞.)는 비유를 이용하여, 귀숭경과 장봉건의 추천으로 임용되기는 어려운 일이 아니었음을 말하였다.

376) 심주: 알면서도 천거하지 않았다.(知而不擧也.)

377) 吹帽(취모) : 바람에 모자가 날림. 『진서』 「맹가전」(孟嘉傳)에 나오는 전고이다. 진(晉)의 환온(桓溫)이 중양절에 연룡산(燕龍山)에 오를 때, 참모들이 모두 군복을 입고 함께 올랐다. 이때 바람이 불어와 맹가(孟嘉)의 모자가 날아갔지만 맹가는 깨닫지 못했다. 환온이 사람들에게 알려주지 못하게 하여 맹가가 어떻게 하는지 보려고 하였다. 한참 후 맹가가 측간에 가니 환온이 모자를 가져오게 하여 손성(孫盛)에게 희롱하는 글을 써서 맹가의 자리에 놓게 했다. 맹가가 돌아와 그 글을 보고 바로 뛰어난 답글을 지으니 주위 사람들이 모두 감탄하였다. 중양절과 관련된 미담으로 알려졌다.

378) 決(결) : 빠른 모습.

379) 感物(감물) : 사물에 대해 느끼다. 고대 중국에서 物(물)의 범주는 상당히 넓어 인사

彼微水中荇,³⁸⁰⁾³⁸¹⁾	저 작은 물속의 노랑어리연풀도
尚煩左右芼.³⁸²⁾	오히려 번거롭게 좌우에서 도와야 딸 수 있고
魯侯國至小,³⁸³⁾	노나라 제후는 나라가 비록 작아도
廟鼎猶納郜.³⁸⁴⁾	주(周)의 묘당에 쓸 고(郜)나라의 정(鼎)을 바쳤다지
幸當擇珉玉,³⁸⁵⁾	마침 좋은 돌도 가려 쓰는 판에
寧有棄珪瑁?³⁸⁶⁾	어찌 규옥(珪玉)과 모옥(瑁玉)을 버리는가?
悠悠我之思,³⁸⁷⁾	시름겨워라, 나의 심사여
擾擾風中纛.³⁸⁸⁾	바람 속에 나부끼는 깃발 같아라
上言愧無路,³⁸⁹⁾	황제께 진언하려 해도 부끄럽게도 길이 없어
日夜惟心禱.	밤낮으로 오로지 마음으로 기도하네

(人事)까지 포함된다. 여기서는 계절의 변화를 느끼다. ○戀嫪(연로) : 아끼다. 아쉬워하다.

380) 심주 : 여기서부터는 모두 비유로 예를 들었다.(以下皆用比例.)

381) 荇(행) : 노랑어리연꽃. 수중에서 자라는 풀로 먹을 수 있다.

382) 芼(모) : 고르다. 『시경』「관저」(關雎)의 "들쭉날쭉 연풀을 이리저리 찾는 모습"(參差荇菜, 左右芼之.)을 이용하였다. 이 2구는 저 작은 연풀도 사람이 도와주어야 뜯을 수 있듯이, 어진 인재도 도와줄 사람이 있어야 한다는 뜻.

383) 魯侯(노후) : 춘추시대 노 환공(魯桓公).

384) 納郜(납고) : 고(郜)나라의 정(鼎)을 바치다. 『춘추』'환공 2년'조에 보면 기원전 710년 노 환공이 "송나라에 있던 예전에 고나라에서 만든 큰 정(鼎)을 가져와, 무신일에 주공(周公) 사당에 바쳤다"(取郜大鼎于宋; 戊申, 納于大廟.)는 사실을 가리킨다. 고(郜)나라는 지금의 산동성 성무현(成武縣)에 소재했던 작은 나라로 춘추 초기에 송(宋)에 망했다. 이 구는 인재마다 쓸모가 있으니 여러 인재를 모아야 한다는 뜻이다.

385) 幸當(행당) : 마침 잘 들어맞다. 마침~할 때. ○珉玉(민옥) : 옥과 비슷한 돌.

386) 珪瑁(규모) : 규(珪)와 모(瑁). 궁중에서 조회나 예식을 거행할 때 손에 드는 홀. 일종의 예기(禮器)로 고대 중국에선 최고의 옥으로 만들었다. 珪(규)는 윗부분이 △ 모양으로 되어 있고 제후가 들지만, 瑁(모)는 윗부분이 ☐ 모양으로 되어 있고 천자가 든다. 여기서는 최상품의 옥.

387) 悠悠(유유) : 근심하는 모양. 『시경』「웅치」(雄雉)에 "저 해와 달을 바라보니, 내 마음이 시름겹네"(瞻彼日月, 悠悠我思.)라는 말이 있다.

388) 擾擾(요요) : 어지러운 모양. ○纛(독) : 깃발에 장식된 끈이나 소꼬리. 이 구는 『전국책』「제책」(齊策)에 "(과인의) 마음이 매달린 깃발처럼 흔들리니 머무를 곳이 없다"(心搖搖如懸旌, 而無所終薄.)는 표현과 같다.

389) 上言(상언) : 황제에게 진언하다.

鶴翎不天生,[390]   학의 날개는 태어나면서 생긴 게 아니라

變化在啄菢.[391][392]   알에서 깨고 부화하여 이루어졌다네

通波非難圖,[393]   바다로 물길 내기는 어렵지 않아

尺地易可漕.[394][395]   한 자의 땅만 파면 쉽게 갈 수 있어

善善不汲汲,[396]   미덕을 좋아하면서 서두르지 않으면

後時徒悔懊.   지나간 뒤에는 그저 후회하게 된다네

救死具八珍,[397]   죽어가는 사람을 살리는 데는 산해진미보다는

不如一簞犒.[398]   한 그릇 밥으로 위로함만 못하리라

微詩公勿誚,[399]   사소한 시 한 편에 공(公)께서는 꾸짖지 마시기를

愷悌神所勞.[400]   마음 넓은 군자는 신령도 도우신다 하므로

평석 이 시로 맹교를 정여경에 추천하였다. 맹교의 시를 극구 칭찬하면서 이백과 두보를 계

---

390) 天生(천생) : 하늘로부터 타고나다.
391) 심주 : 새가 알을 품는 것을 菢(포)라고 한다.(鳥伏卵曰菢.)
392) 啄菢(탁포) : 부리로 쪼고 깃털로 품어서 부화하다.
393) 通波(통파) : 바다와 통하다. 반고(班固)의 「서도부」(西都賦)에 "바다와 물길이 통하고"(與海通波)란 말이 있다. 여기서는 큰 물고기 같은 맹교가 바다로 들어가기에는 한 자의 물길만 터주면 된다는 뜻.
394) 심주 : 물에 실어서 전운(轉運)하는 것을 漕(조)라고 한다.(水轉曰漕.)
395) 漕(조) : 물길이 통하게 하다.
396) 善善(선선) : 미덕을 좋아하다. 『춘추공양전』(春秋公羊傳) '소공 20년'조에 "군자는 미덕을 좋아하면 멀리까지 미치고, 악을 미워하면 가까운 곳에 미친다"(君子之善善也長, 惡惡也短.)는 말이 있다. ○ 汲汲(급급) : 계속 물을 긷는다는 말로, 급히 서두르는 모습을 가리킨다.
397) 八珍(팔진) : 여덟 가지 진귀한 음식. 그 구체적인 명목에 대해선 여러 설이 있다. 일설에는 용의 간, 봉황의 뇌수, 표범 새끼, 잉어 꼬리, 부엉이 구이, 성성이 입술, 곰 발바닥, 매미 튀김 등이라 한다.
398) 一簞(일단) : 한 광주리. 적은 양의 음식을 가리킨다. ○ 犒(호) : 호궤하다. 음식을 주어 위로하다.
399) 誚(초) : 꾸짖다.
400) 愷悌(개제) : 豈弟(기제) 또는 愷弟(개제)라고도 쓴다. 화락하고 편안하다. 『시경』 「청승」(靑蠅)에 "화락한 군자는, 하늘이 도우시네"(豈弟君子, 神所勞矣.)라는 말이 있다. 로(勞)는 돕다.

승할 수 있다고 하였지만 맹교는 이들과 비교되기 부족하다. 다만 한유가 맹교의 재주를 아끼는 마음에서 그 절박함을 비유했다고 할 수 있을 것이다.(此遷孟東野於鄭餘慶也. 盛稱東野之詩, 謂可上承李、杜, 東野不足以當, 而公愛才之心, 幾比於吐哺握髮矣.)

해설 806년 11월에 정여경(鄭餘慶)에게 맹교(孟郊)를 추천한 시이다. 일종의 시로 올린 추천서라 할 수 있다. 정여경은 806년 5월 재상의 직책에서 물러나와 태자빈객(太子賓客)이 되었고, 9월에 국자좨주(國子祭酒)가 되었으며, 11월에 하남윤(河南尹)에 수륙전운사(水陸轉運使)가 되었다. 맹교는 한유보다 나이가 열여덟 살 많지만 792년부터 망년지교를 맺었으며, 796년에 과거에 급제 후 801년 51세가 되어서야 율양현위(溧陽縣尉)가 되었고, 804년경 임기가 끝나 낙양에 돌아왔다. 이때 마침 한유는 양산(陽山)과 강릉(江陵)에 좌천되었다가 806년 6월 국자박사(國子博士)로 전임되어 낙양으로 돌아와 맹교를 다시 만났고, 11월에 이 시를 썼다. 시의 전반부는 역대 시에 대한 평가로 할애하였고, 후반부는 맹교의 시문과 언행을 칭송하였다. 특히 "허공으로 툭 튀어나온 듯 시어는 참신하고"(橫空盤硬語)라는 말은 기굴(奇崛)하고 고오(古奧)한 시풍을 추구한 한유의 시관이 잘 드러난 말이다. 이 시의 결과로 맹교는 정여경 아래에서 수륙전운종사(水陸轉運從事) 및 협률랑(協律郎)이 되었다.

둔마와 천리마(駑驥)[401]

駑駘誠齷齪,[402]   둔마는 진실로 행동거지가 조심스러워

---

401) 駑驥(노기) : 둔한 말과 천리마. 각각 노둔한 사람과 뛰어난 사람을 비유한다. 송옥(宋玉)의 「구변」(九辯)에 "천리마를 물리쳐 타지 않고, 둔마를 채찍질하며 길에 오르네"(却騏驥而不乘兮, 策駑駘而取路.)라는 말이 있다. 어떤 판본에서는 제목이 「둔마와 천리마의 노래―구양첨에게」(駑驥吟示歐陽詹)라 되어 있고, 『문원영화』(文苑英華)에는 「둔마와 천리마의 노래」(駑驥吟)라 되어 있다.

市者何其稠?[403]	사려는 사람이 어찌 그리 많은가?
力小可易制,	힘이 약하니 쉽게 다룰 수 있고
價微良易酬.[404]	값이 싸니 아주 쉽게 팔 수 있어
渴飮一斗水,	목마르면 한 됫박 물을 마시면 되고
飢食一束芻.	배고프면 한 묶음 꼴을 먹으면 되고
嘶鳴當大路,	한길에서 한 번 크게 울부짖기라도 하면
志氣若有餘.	지기(志氣)도 상당히 있어 보인다네
騏驥生絶域,[405]	이에 비해 천리마는 서역에서 자라
自矜無匹儔.[406]	짝할 자가 없다고 자부하여
牽驅入市門,	이끌려 시장의 문을 들어서도
行者不爲留.[407]	행인들이 붙들고 보려 하지도 않는다네
借問價幾何?	값은 얼마나 되는가 물어보니
黃金比嵩丘.[408]	황금을 숭산(嵩山)처럼 쌓아야 한다네
借問行幾何?	얼마나 달리는가 물어보니
咫尺視九州.	구주(九州)의 넓은 땅을 지척지간으로 여긴다네
飢食玉山禾,[409]	배고프면 곤륜산의 목화(木禾)를 먹어야 하고
渴飮醴泉流.[410]	목마르면 예천의 물을 마셔야 한다네

---

402) 駑駘(노태) : 둔한 말. ○齷齪(악착) : 지나치게 조심하고 예절에 얽매임, 또는 그런
   사람. 원래 이빨이 맞물린 상태를 형용하였다. 오늘날 중국에선 주로 더럽다 또는
   비열하다는 뜻으로 쓰인다.

403) 稠(조) : 많다.

404) 酬(수) : 팔다.

405) 騏驥(기기) : 준마. 천리마. ○絶域(절역) : 먼 지역. 서역(西域)을 가리킨다. 고대의
   명마는 곧잘 서역에서 가져왔다.

406) 匹儔(필주) : 짝. 한 쌍인 경우를 필(匹)이라 하고, 두 쌍인 경우를 주(儔)라고 한다.

407) 不爲留(불위류) : 잡지 않다. 송대 문당(文讜)은 "돌아보지 않는다는 말이다. 당시 백락
   (伯樂)이 없으니 누가 천리마를 알아보겠는가!"(言不顧也. 時無伯樂, 誰識騏驥.)라 풀
   이하였다.

408) 嵩丘(숭구) : 숭산(嵩山).

409) 玉山禾(옥산화) : 전설에서 서왕모가 사는 옥산(玉山, 곤륜산)에서 자란다는 기이한
   곡식. 목화(木禾) 또는 신화(神禾)라고도 한다.

問誰能爲御?	묻노니 누가 이 말을 몰 수 있는가?
曠世不可求.411)	드넓은 세상에서도 구할 수 없어라
惟昔穆天子,412)	오로지 예전에 목천자(穆天子)가 있어
乘之極遐遊.	이를 타고 지극히 멀리 놀러갔더라
王良執其轡,413)	왕량(王良)이 그 고삐를 쥐고
造父挾其輈.414)	조보(造父)가 그 끌채를 잡았었지
因言天外事,415)416)	멀리 중국 밖에서 일어난 일을 말하자니
荒惚使人愁.417)	정신이 아득해지고 마음이 시름겨워라
鴌駘謂騏驥:	둔마가 천리마에게 말하였다
"餓死余爾羞.418)	"네가 굶어 죽는다면 내가 대신 부끄러워하리라
有能必見用,	재능이 있으면 반드시 임용되고

---

410) 醴泉(예천): 물맛이 좋은 샘물. 『사기』「대완전찬」(大宛傳贊)에서 곤륜산은 높이가 2500여 리이고 그 위에 예천(醴泉)과 요지(瑤池)가 있다고 했다.

411) 曠世(광세): 오랜 세월.

412) 穆天子(목천자): 주 목왕(周穆王). 주(周)의 제5대 왕으로, 이름은 희만(姬滿)이다. 일찍이 서쪽으로 견융(犬戎)을 정벌하였고, 동쪽의 서융(徐戎)을 공격하여 도산(塗山, 지금의 안휘성)에서 제후를 소집하였다. 후대에 그의 서정(西征)을 각색한 신화가 널리 퍼졌다. 진대(晉代)에 급총(汲塚)에서 출토된 전국시대 죽간『목천자전』(穆天子傳)에 의하면 여덟 필의 준마를 타고 서쪽으로 곤륜산에 가서 서왕모를 만났다고 했다. 『열자』「주목왕」(周穆王)에도 관련 설화가 있다.

413) 王良(왕량): 춘추시대 조(趙)나라 사람으로 말을 잘 몰기로 유명하다. 『맹자』「등문공하」(滕文公下)에 왕량이 조간자(趙簡子)의 명을 받고 그의 총신 해(奚)의 말을 모는 이야기가 나온다.

414) 造父(조보): 주 목왕 때 사람으로 역시 말을 잘 몰기로 유명하다. 일찍이 목왕(穆王)에게 준마를 헌상하였으며, 목왕이 서역에서 서왕모를 만나 돌아가길 잊고 있다가 본국에서 난이 일어나 돌아가게 되자 조보가 말을 몰아 하루에 천 리를 달려가게 하여 난을 진압할 수 있었다. 조보는 목왕으로부터 조성(趙城)을 하사받고, 성씨도 조(趙)씨로 바꾸었다. ○輈(주): 수레의 끌채.

415) 심주: 목천자가 서왕모를 만난 일을 가리킨다.(卽指穆天子見西王母事.)

416) 天外事(천외사): 중국 밖의 일.『후한서』「서역전론」(西域傳論)에 "신령의 자취가 괴이하니 인간 세상의 이치와 다르고, 응험이 뚜렷하니 그 일이 중국 밖에서 나왔다"(神迹詭怪, 則理絶人區, 感驗明顯, 則事出天外.)는 말이 있다.

417) 荒惚(황홀): 恍惚(황홀) 또는 恍忽(황홀)이라 쓰기도 한다. 정신이 아득하고 멍한 모양.

418) 爾羞(이수): 너 때문에 부끄럽다.

有德必見收.⁴¹⁹⁾	덕이 있으면 반드시 채택된다네
孰云時與命?	누가 때가 있고 운명이 있다고 말하나?
通塞皆自由."⁴²⁰⁾	통함과 막힘은 모두 자기에게 달린 것일세"
騏驥不敢言,	천리마는 아무 말 없이
低徊但垂頭.⁴²¹⁾	배회하며 그저 고개를 숙이니
人皆劣騏驥,	사람들은 모두 천리마가 열등하다 여기고
共以駑駘優.	둔마가 뛰어나다고 생각하더라
喟余獨興歎,	아아, 내 홀로 탄식이 일어나니
才命不同謀.⁴²²⁾	재능과 운명은 함께 차지할 수 없는가
寄詩同心子,	마음이 같은 사람에게 시를 보내나니
爲我商聲謳.⁴²³⁾	나를 위해 슬픈 노래 불러주게

평석 당 판본에는 '증구양첨'(贈歐陽詹) 넉 자가 더 들어있다. 구양첨의 문집에는 「한유의 '둔마와 천리마의 노래'에 답하며」라 되어 있으므로, 한유의 이 시는 구양첨을 위해 지었음을 알 수 있다. 재주가 없는 사람이 위세를 얻어 현능한 사람을 오만하게 바라보는 일은 고금에 공통적인 일이니, 어찌 유독 구양첨만 그런 일이 있었겠는가?(唐本有'贈歐陽詹'字, 詹集有答韓十八駑驥吟, 知此詩爲歐陽作也. 小才得志, 傲睨高賢, 古今一轍, 豈獨歐陽詹耶?)

해설 이 시는 소인이 득세하고 유능한 사람이 등용되지 못하는 상황을 둔마와 천리마의 상황에 빗대어 비유적으로 표현하였다. 799년 한유가 서주(徐州)에 있다가 일 때문에 장안에 갔을 때 국자감 사문조교(四門助敎)

---

419) 심주: 순우곤이 맹자를 기롱한 뜻과 비슷하다.(猶淳于髡譏孟子意.)
420) 通塞(통색): 통하고 막힘. 벼슬길이 오르고 내림을 말한다. 동한 역염(酈炎)의 「현지시」(見志詩)에 "통함과 막힘이 진실로 자신에게 달려 있으니, 선비들은 더 이상 점치지 않는다"(通塞苟由己, 志士不相卜.)는 말이 있다.
421) 低徊(저회): 배회하다.
422) 才命(재명): 재능과 운명. 천리마처럼 재능이 뛰어나면서 둔마처럼 운도 좋은 것.
423) 商聲(상성): 궁, 상, 각, 치, 우 등 다섯 개 음계 가운데 상음(商音). 이를 오행(五行)과 대응시켰을 때 상음은 가을에 속하며, 그 소리는 서늘하고 슬프다.

로 있던 구양첨(歐陽詹)이 제자들을 이끌고 대궐에 나가 한유를 박사(博士)로 추천하였다. 구양첨은 792년 한유와 함께 급제한 사람으로 평소 친분이 있었다. 한유는 이때의 감회를 위의 시로 써서 구양첨에게 주었다. 당시 구양첨이 추천한 일은 성사되지 않았다. 심덕잠은 구양첨을 위해 이 시를 지었다고 했으나, 사실은 뜻을 얻지 못한 자신을 스스로 위로하기 위해 지었으므로 심덕잠의 평석은 잘못되었다.

장적을 희롱하며(調張籍)

李杜文章在,	이백과 두보의 문장이 있고서
光焰萬丈長.	광염이 만 길이나 뻗어나갔어라
不知群兒愚,[424]	알지도 못하는 어리석은 아이들이
那用故謗傷![425]	헐뜯고 중상한들 무슨 소용 있으랴!
蚍蜉撼大樹,[426]	개미들이 큰 나무를 흔드는 격이니
可笑不自量.	자신의 힘도 모르니 가소로워라
伊我生其後,[427]	그들보다 뒤에 태어난 나는
擧頸遙相望.	고개를 빼들고 멀리 우러러보노라
夜夢多見之,	밤에 꿈에서 자주 보았는데
晝思反微茫.[428]	대낮에 다시 생각하면 아득해져
徒觀斧鑿痕,[429]	오로지 도끼와 끌의 흔적은 보이나

---

424) 群兒(군아) : 당시 두보를 높이고 이백을 낮추는 평자들을 가리킨다. 813년 원진(元稹)의 「두공부 묘지명」(杜工部墓誌銘)과 815년 백거이(白居易)의 「원진에게 주는 편지」(與元九書)에 이러한 의견이 뚜렷하다. 여기서는 자신의 주견 없이 이들 의견에 뇌동하는 무리들을 가리킨다.

425) 故謗(고방) : 오래된 폄훼.

426) 蚍蜉(비부) : 왕개미. 일반적으로 소나무 뿌리에 서식한다.

427) 伊(이) : 발어사(發語詞)로 뜻이 없다.

428) 微茫(미망) : 어둡고 희미하다. 나아가 渺茫(묘망)과 같은 뜻으로 아득하다.

不矚治水航.[430][431]	강을 파낼 때 탄 배는 보이지 않는구나
想當施手時,	그들이 손을 움직일 때를 상상하니
巨刃磨天揚.[432]	거대한 칼날이 하늘 높이 들어 올려졌으리라
垠崖劃崩豁,[433]	땅 끝 벼랑이 쪼개지면서 계곡이 터지고
乾坤擺雷硠.[434]	천지가 흔들리면서 산이 무너지는 소리가 났으리라
惟此兩夫子,	이 두 선배를 생각하면
家居率荒涼.	살림살이는 볼품없고 황량했으나
帝欲長吟哦,[435]	하늘은 그들에게 많은 시를 짓게 하려고
故遣起且僵.[436]	일부러 운명을 기복 있게 만들었더라
翦翎送籠中,[437]	날개가 잘리고 조롱에 갇힌 채
使看百鳥翔.	온갖 새들이 높이 나는 걸 보아야 했더라
平生千萬篇,	평생 지은 천만 편은
金薤垂琳瑯.[438]	금해(金薤)의 글씨가 옥에 새겨진 듯했지

---

429) 斧鑿痕(부착흔): 도끼와 끌로 깎아낸 흔적. 여기서는 이백과 두보 시의 외재적인 표현을 비유한다. 이 2구는 우(禹)의 치수에 빗대어 이백과 두보의 파악하기 어려운 역량을 칭송하였다. 전설에는 우(禹)가 용문(龍門)을 깎아내어 황하의 물길을 열었고, 삼협(三峽)의 물길도 뚫었다고 한다. 맹호연(孟浩然)도 「삼협에 들어가면서 아우에게 부침」(入峽寄弟)이란 시에서 "행인들이 오고가기 어려우니, 우(禹) 임금이 파내어 연 공이 있어라"(往來行旅弊, 開鑿禹功存.)라고 하였다.

430) 심주: 그 근원이 보이지 않는다는 말이다.(言未見其源.)

431) 航(항): 배. 『사기』 「하본기」(夏本紀)에 우 임금이 "육지에선 수레를 타고 물길에선 배를 탔다. (…중략…) 구주(九州)를 열어 아홉 길을 통하게 했다"(陸行乘車, 水行乘船. (…중략…) 以開九州, 通九道.)고 하였다. 治水航(치수항)은 치수할 때 탔던 배로, 이백과 두보 시에 내재하는 시적 역량의 비밀을 비유한다.

432) 磨天(마천): 摩天(마천)과 같다. 하늘에 닿다.

433) 垠崖(은애): 벼랑. ○ 劃(획): 쪼개다. ○ 崩豁(붕활): 무너지고 끊어지다.

434) 擺(파): 흔들리다. ○ 雷硠(뇌랑): 산이 무너지는 소리.

435) 吟哦(음아): 음영(吟詠)하다. 시를 짓다.

436) 僵(강): 눕다. 처지가 어려워진 상태를 비유한다.

437) 翦翎(전령): 날개를 자르다. 구속을 당해 재능을 펴지 못함을 비유한다. 이 구는 예형(禰衡)의 「앵무부」(鸚鵡賦)에 있는 "아로새긴 조롱에 가두고 그 날개를 잘랐다"(閉以雕籠, 翦其翅羽.)는 뜻을 사용하였다.

438) 金薤(금해): 고대 서체(書體)의 일종으로, 염교 잎처럼 생겼다고 해서 해엽서(薤葉

仙官敕六丁,[439]   신선이 육정(六丁)을 시켜

雷電下取將.[440]   천둥 번개 칠 때 내려와 가져가게 하여

流落人間者,[441]   인간 세상에 남겨진 것은

太山一豪芒.[442]   태산에서 붓끝의 터럭 하나에 불과하여라

我願生兩翅,   바라노니 나에게 두 날개가 생겨

捕逐出八荒.[443]   잡으러 팔황(八荒)의 끝까지 나갔으면

精誠忽交通,   정신이 갑자기 이리저리 열리더니

百怪入我腸.[444)445]   온갖 괴물이 나의 창자 속으로 들어온다

刺手拔鯨牙,[446]   손을 뻗어 고래의 이빨을 뽑고

擧瓢酌天漿.[447]   바가지를 들어 천상의 술을 뜬다

騰身跨汗漫,[448]   몸을 솟구쳐 광대한 허공을 뛰어넘어도

書)라고 한다. 일반적으로 문자의 아름다움을 형용한다. ○琳瑯(임랑): 옥의 이름.
이 구는 이백과 두보의 문장이 옥과 같이 빛나고 아름다움을 비유하였다.

439) 仙官(선관): 도교에서 말하는 작위가 있는 신선. ○六丁(육정): 도교의 신 이름. 육
  갑(六甲) 가운데 정(丁)이 들어간 여섯 신으로, 곧 정묘(丁卯), 정사(丁巳), 정미(丁
  未), 정유(丁酉), 정해(丁亥), 정축(丁丑)을 가리킨다. 모두 음신(陰神)으로 천제(天帝)
  의 명령을 받아 수행한다.

440) 取將(취장): 취하다. 將(장)은 데려가다.

441) 流落(유락) 구: 세상에 남겨진 이백과 두보의 시가 지극히 적음을 말한다. 이양빙(李
  陽冰)은 「초당집 서문」(草堂集序)에서 "중원에 전란이 일어나고서 이백은 팔 년 동
  안 피해 있었는데 당시 저술한 것 가운데 열에 아홉은 없어졌다"(自中原有事, 公避
  地八年, 當時著述, 十喪其九.)고 하였다. 또 두보의 작품도 『구당서』에서는 작품집
  60권이라 저록되어 있지만 오대(五代) 이후에는 20권본만 남았다.

442) 豪芒(호망): 붓의 끝. 豪(호)는 毫(호)와 통한다. 지극히 작은 부분을 의미한다.

443) 八荒(팔황): 八極(팔극)이라고도 한다. 팔방의 황량한 땅 끝. 구주(九州) 밖에 사해
  (四海)가 있고, 그 밖에 팔황이 있다.

444) 심주: 소식이 말한 이백과 두보에 대한 추종은 여기에서 볼 수 있다.(東坡所云追逐
  李、杜者, 於此見之.)

445) 百怪(백괴) 구: 가슴 속에 수많은 기이한 시적 세계가 열린다는 비유이다. 고대에는
  사람의 마음이나 정신이 창자 속에 있었다고 생각하였다.

446) 刺手(자수): 손을 뻗다.

447) 天漿(천장): 천상의 술. 청대 방세거(方世擧)는 "천상의 술을 뜬다는 말은 시의 고결
  함을 비유하고, 고래의 이빨을 뽑는다는 말은 시가 침웅(沈雄)함을 비유한다"(酌天
  漿以喩高潔, 拔鯨牙以喩沈雄.)고 하였다.

不著織女襄.[449]   직녀가 짠 옷은 걸치지 않겠노라
顧語地上友,[450]   돌아보며 말하나니, 지상의 친구여
經營無太忙![451]   시 짓는데 너무 조급한 것은 아닌가!
乞君飛霞珮,[452]   그대에게 노을로 만든 패식을 주니
與我高頡頏.[453]   나와 함께 높이 날아가보세

평석 평소 배우고 싶은 사람은 오로지 이백과 두보이기 때문에 꿈속에서도 만났고 날개가 돋아 쫓아가고 싶다고 하였다. 장적이 고체시에 뜻이 있으므로 응당 이를 정통으로 삼고 지엽적인 길은 갈 필요가 없다고 하였다. 원진은 두보를 높이고 이백을 낮추었지만 한유는 이백과 두보를 함께 존중하였으니, 각자 견해가 있다. 송대 위도보(魏道輔)는 '어리석은 아이들'(群兒愚)이 원진을 가리킨다고 하였는데 적절하지 못하다.(言生平欲學者, 惟在李 · 杜, 故夢寐見之, 更冀生羽翼以追逐之. 見籍有志於古, 亦當以此爲正宗, 無用岐趨也. 元微之尊杜而抑李, 昌黎則李 · 杜竝尊, 各有見地. 至謂'群兒愚'指微之, 魏道輔之言, 未可援引.)

해설 이백과 두보를 지극히 높이 평가하면서 무한한 경모를 표현하였다. 한유가 두 시인을 높이 평가한 것은 그의 다른 시에서도 보인다. 예컨대, 앞에 나오는 「선비를 천거함」(薦士)에서도 "이백과 두보가 우쩍 일어나, 수많은 작가들을 압도하였다"(勃興得李杜, 萬類困陵暴)고 하였고, 「석고의

---

448) 汗漫(한만) : 거대하여 끝이 없음. 광대무변함. 『회남자』 「도응훈」(道應訓)에 "나는 구천 하늘 밖에서 광대무변과 만나기로 하였다"(吾與汗漫期於九垓之外)는 말이 있다.
449) 織女(직녀) : 직녀. ○ 襄(양) : 자리를 옮기다. 『시경』 「대동」(大東)에 "세모꼴 모양의 저 직녀성, 하루에 일곱 번 자리를 바꾸네. 일곱 번이나 자리를 바꿨지만, 좋은 문양 만들지 못하네"(跂彼織女, 終日七襄. 雖則七襄, 不成報章.)라는 구가 있다. 여기서는 옷감을 짜다. 이 구는 직녀가 짠 옷조차 입지 않겠다는 뜻.
450) 地上友(지상우) : 지상의 친구. 장적(張籍)을 가리킨다.
451) 經營(경영) : 작품의 설계나 구성. ○ 無(무) : 無乃(무내)와 같다. 아마도.
452) 심주 : 乞(걸)은 음이 기(氣)이고, 뜻은 '주다'이다.(乞音氣, 與也.)
453) 頡頏(힐항) : 날다. 새가 위로 나는 것을 힐(頡)이라 하고, 아래로 나는 것을 항(頏)이라 한다. 말 4구에서 한유는 시를 짓는데 힘쓰는 장적에게 보다 원대한 시상에 주목하길 바라며, 함께 이백과 두보의 삭품에서 영감을 얻자고 말하고 있다.

노래」(石鼓歌)에서도 "두보가 사라지고 이백이 죽었으니, 재주 없는 사람이 석고를 어이할까!"(少陵無人謫仙死, 才薄將奈石鼓何!)라고 하였으며, 「봄을 느끼며」(感春) 제2수에서 "요즈음 이백과 두보의 자유분방함을 좋아하니, 난만하고 술 취하면 절로 문장이 뛰어나더라"(近憐李杜無檢束, 爛漫長醉多文辭)고 하였다. 이백과 두보는 각기 다른 풍격으로 중국 고전시가 이를 수 있는 최고의 수준을 드러냈지만, 그의 사후에는 이백을 높이고 두보를 낮추더니 중당시기에는 원진(元稹)과 백거이(白居易)를 중심으로 두보를 높이고 이백을 낮추는 풍토였다. 이러한 '이두 우열론'(李杜優劣論)에 대해 한유는 두 시인을 모두 존중해야한다는 의견을 제시하였다. 한유가 비록 이두를 함께 논했어도 그 실질은 이백에 치중하여 전개하였다. 마침 장적은 한유의 제자이면서 동시에 백거이와도 교분이 깊은 사이였으므로 은근히 그들의 논조를 의식한 것으로 보인다. 대부분의 학자들은 816년 한유가 장안에 있을 때 국자조교(國子助敎) 장적과 자주 창화하던 시기에 지은 것으로 본다.

유종원(柳宗元)

평석 유종원의 시는 슬픔과 원망을 묘사하는데 뛰어나 「이소」의 함축성을 잘 구현하였다. 송대 소식은 위응물보다 뛰어나다고 했지만 청대 왕사진(王士禎)은 위응물보다 못하다고 하였다. 두 시인 모두 일가를 이루었으니 두 사람의 평가는 각기 일리가 있다고 할 수 있다.(柳州詩長於哀怨, 得騷之餘意. 東坡謂在韋蘇州上, 而王阮亭謂不及蘇州, 各自成家, 兩存其說可也.)

초가을 밤에 오무릉에게(初秋夜坐贈吳武陵)[1]

稍稍雨侵竹,[2]	쓸쓸히 비가 댓잎을 적시니
翻翻鵲驚叢.	푸드득거리며 까치가 대숲에서 놀라네
美人隔湘浦,[3]	미인은 상수의 강 건너 포구에 있는데
一夕生秋風.[4]	하룻저녁 사이에 가을바람이 일어나네
積霧杳難極,	짙은 안개에 강 끝을 찾기 어렵고
滄波浩無窮.	푸른 물결이 끝없이 드넓어라
相思豈云遠?[5]	그리운 사람은 멀리 있지 않은데
卽席莫與同.[6]	자리를 함께 할 수 없구나
若人抱奇音,[7]	그대는 기이한 소리를 품고 있어
朱絃緪枯桐.[8]	숙사(熟絲)의 거문고 줄을 높이 당기는구나
淸商激西顥,[9]	청상(淸商)의 곡조는 가을에 드높아

---

1) 吳武陵(오무릉) : 신주(信州) 사람으로 807년 진사 급제. 808년 영주(永州)로 폄적되어 유종원과 친하게 지냈다.
2) 稍稍(초초) : 조금씩. 여기서는 쓸쓸히.
3) 美人(미인) : 그리운 사람. 여기서는 오무릉을 가리킨다. ○湘浦(상포) : 상수(湘水)의 강가.
4) 심주 : 풍신.(風神.)
5) 相思(상사) : 그리워하다. 여기서는 그리운 사람.
6) 卽席(즉석) : 동석하다. 자리를 함께 하다.
7) 若人(약인) : 이 사람.
8) 朱絃(주현) : 숙사(熟絲, 삶은 명주)로 만든 소리가 둔한 거문고 줄.『예기』「악기」(樂記)에 「'청묘'의 시를 노래하며 연주하는 거문고는, 숙사로 만들어 소리를 둔하게 하고 밑바닥에 구멍을 뚫어 음의 진동을 느리게 한다"(淸廟之瑟, 朱絃而疏越.)는 말이 있다. ○緪(긍) : 거문고 줄을 팽팽히 당기다. 굴원의 「구가」(九歌) 「동군」(東君)에 에 "거문고 발을 높이고 마주 보고 북을 두드리며"(緪瑟兮交鼓)라는 말이 있다. ○枯桐(고동) : 거문고. 거문고는 오동나무로 만든다.
9) 淸商(청상) : 악곡의 이름.『한비자』「십과」(十過)에 춘추시대 진 평공(晉平公)이 사광(師曠)에게 "청상(淸商)이 가장 슬픈가?"라고 묻는 장면이 있는 것으로 보아 슬픈 정감을 잘 표현한 곡조로 보인다. '고시십구수' 「서북에 있는 높은 누대」(西北有高樓)에 "청상(淸商)의 가락은 바람에 날리고"(淸商隨風發)라는 말이 있다. ○西顥(서호) : 가을을 가리킨다. 가을은 오행 가운데 서쪽과 흰색에 연관된다. '顥'는 '皓'와 통

泛灔凌長空.[10]　　먼 하늘 위로 물결이 출렁이는 듯하여라
自得本無作,[11]　　스스로 체득하여 본래 조작한 게 없고
天成諒非功.[12]　　자연스레 이루니 진실로 치장한 게 없어라
希聲閟大樸,[13]　　소리 없는 소리가 위대한 질박함을 갖추고 있으니
聾俗何由聰?[14]　　귀 먹은 속인들이 어찌 알아들을 수 있으랴

평석 후반부는 거문고로 시문의 재능을 비유하였으니, 동정란같이 뛰어난 사람들을 알 수 없다고 하였다.(下半借琴以喩文才, 董庭蘭一輩人, 未能知也.)

해설 시인이 영주(永州)에 유배 온 후 알게 된 오무릉에게 보낸 시이다. 오무릉 역시 좌천되어 영주 지방에 온 사람으로, 두 사람의 정의가 깊었음은 유종원의 다른 시문에서도 알 수 있다. 시의 전반부는 가을날 만나지 못하는 아쉬움을 토로하였고, 후반부는 거문고 연주에 비겨 오무릉의 고매한 인품과 재능을 칭송하였다. 속인들이 희성(希聲)을 알아듣지 못한다는 탄식은 비록 오무릉을 칭송하며 든 비유이지만, 작가 자신의 처지를 빗대어 한 말이기도 하다.

하며 흰색을 뜻한다.
10)　泛灔(범염) : 물에 뜬 모양.
11)　自得(자득) : 스스로 체득하다. 『맹자』 「이루」(離婁)에 "군자가 바른 방법으로 깊이 탐구하는 것은, 스스로 체득하려 함이다"(君子深造之以道, 欲其自得之也.)라는 말이 있다.
12)　심주 : 천 년에 걸쳐 본이 되는 문장의 신묘한 의경이다.(千古文章神境.)
13)　希聲(희성) : 들으려 해도 들리지 않는 소리. 『노자』의 "아주 큰 그릇은 늦게 이루어지며, 아주 큰 소리는 들을 수 없다"(大器晚成, 大音希聲.)는 말에서 나왔다. ○ 閟(비) : 닫다. 막히다. ○ 大樸(대박) : 근원적이고 질박한 큰 도리.
14)　聾俗(농속) : 귀가 먹은 것과 같이 무지몽매한 세속의 사람.

새벽에 초 선사의 선방에 찾아가 불경을 읽으며(晨詣超師院讀禪經)[15]

汲井漱寒齒,	찬 우물을 길어 이를 행구고
清心拂塵服.	마음을 씻고 옷 먼지를 털어
閒持貝葉書,[16]	한가히 불경을 들고
步出東齋讀.	동쪽 서재로 걸어가서 읽는구나
眞源了無取,[17]	모두가 진체(眞諦)는 구하지 않는 채
妄跡世所逐.[18]	세상 사람들이 허상만을 좇는데
遺言冀可冥,[19]	부처가 남긴 말씀으로 깨닫기를 바라지만
繕性何由熟?[20]	본성의 수양은 무슨 방도로 이룰까?
道人庭宇靜,	도인이 사는 절의 마당은 고요하고
苔色連深竹.	이끼의 빛깔이 대숲의 색과 연이어져 있어
日出霧露餘,	해가 떠오르니 안개와 이슬이 사라지면서
青松如膏沐.	푸른 소나무는 기름을 바른 듯하여라
澹然離言說,[21]	편안히 말을 떠난 말을 들으니
悟悅心自足.	깨달음의 기쁨에 마음이 절로 흡족하여라

해설 이른 아침 초 선사의 선방을 찾아가 불경을 읽으며 느낀 감회를 쓴 시이다. 유종원은 유불도(儒佛道) 세 종교가 통합되는 당대에 비교적 전반적으로 개방적인 태도를 취하였다. 불교에 대해서는 제자백가와 마찬가지로 하나의 사상으로 그 장점을 흡수하려고 하였으며, 영주 좌천 이

---

15) 超師院(초사원) : 영주(永州)의 승려 초 선사(超禪師)의 사원. 초 선사에 대해선 자료가 없어 미상.
16) 貝葉書(패엽서) : 고대 인도에서 패트라(貝多羅) 나무의 잎에 쓴 경전. 불경을 가리킨다.
17) 眞源(진원) : 진리의 본원. 불교어인 진체(眞諦)와 같다.
18) 妄跡(망적) : 허망한 현상. 불교에서는 현실 세계의 일체를 허망한 현상으로 여긴다.
19) 遺言(유언) : 남긴 말씀. 불교의 이치를 깨닫고 남긴 말씀. ○冥(명) : 말없이 깨닫다.
20) 繕性(선성) : 본성을 수양하다. 『장자』에 「선성」(繕性)편이 있다.
21) 澹然(담연) : 담연이. 편안히.

후에는 정치적 실의를 위로하기 위해 불교에 더욱 경도되었다. 이 시는 세속을 초탈하려는 고매한 정신을 불교의 교리와 산수의 풍경으로 교직하여, 한가하면서도 정취 있는 경계를 만들어내었다. 시를 지은 시기는 구체적으로 알 수 없으나 영주시기(806~815년)에 지은 것으로 보인다.

강화 장로에게(贈江華長老)[22]

老僧道機熟,[23]	노승은 수련이 무르익어
默語心皆寂.[24]	말을 하나 침묵하나 마음이 고요하구나
去歲別春陵,[25]	지난해에 용릉(春陵)을 떠나
沿流此投跡.	강을 따라 이곳에 와 머물어라
室空無侍者,	빈 방에는 시동도 없는데
巾屨唯挂壁.[26]	모자와 신발만이 벽에 걸려 있네
一飯不願餘,	한 그릇 밥이면 족할 뿐 좋은 반찬 구하지 않고
跏趺便終夕.[27]	가부좌를 틀면 밤을 새우곤 했네
風窓疎竹響,	바람 부는 창밖으로 성긴 댓잎 소리
露井寒松滴.[28]	소나무에서 우물로 떨어지는 차디찬 이슬

22) 江華(강화) : 강화현(江華縣). 강남도(江南道) 도주(道州)에 속했다. 지금의 호남성 강화 요족(瑤族) 자치현. ○長老(장로) : 본래 부처의 수제자를 가리켰으나, 나중에는 승려 가운데 나이가 많고 덕망이 높은 사람을 가리킨다.

23) 道機(도기) : 수도하는 능력. 여기서는 불교의 교리.

24) 默語(묵어) : 침묵과 말. 『주역』 「계사」(繫辭)에 "군자의 도는 때로 나가고 때로 머무르며, 때로 침묵하고 때로 말한다"(君子之道, 或出或處, 或默或語.)는 구절이 있다.

25) 春陵(용릉) : 한대(漢代)의 현 이름. 당시 영릉군(零陵郡) 연당현(延唐縣)을 가리킨다. 지금의 호남성 영원현(寧遠縣) 부근. 강화와 가깝다.

26) 巾屨(건구) : 두건과 신발.

27) 跏趺(가부) : 결가부좌(結跏趺坐)의 줄임말. 불교에서 참선 수행할 때 앉는 자세로, 두 발을 교차하여 발등을 좌우 허벅지 위에 얹는다. 불경에서는 결가부좌가 망념을 줄이고 생각을 집중시킬 수 있다고 한다.

28) 露井(노정) : 덮개가 없는 우물.

偶地卽安居,²⁹⁾　　발 닿는 곳이 곧 편안한 거처이니
滿庭芳草積.　　온 마당 가득 꽃들이 피었어라

해설 강화 장로의 소박한 생활과 정진하는 수양을 칭송한 시이다. 청대 하작(何焯)은 제9, 10구에 대해 대 바람(竹風)과 솔 이슬(松露)로 노승의 진적(眞寂)을 비유했다고 말하였다. 영주시기에 지었다.

남쪽 계곡에 적다(南磵中題)³⁰⁾³¹⁾

秋氣集南磵,³²⁾　　남쪽 계곡에 가을 기운이 한창인데
獨遊亭午時.³³⁾　　정오의 시간에 홀로 노닐어라
廻風一蕭瑟,　　돌개바람이 한바탕 지나가니
林影久參差.　　숲 그림자가 오래도록 흔들리누나
始至若有得,　　막 왔을 때는 그저 흡족하기만 했는데
稍深遂忘疲.³⁴⁾　　조금 깊어지니 마침내 피로를 잊겠구나
羈禽響幽谷,³⁵⁾　　무리를 벗어난 새는 깊은 계곡에서 울고
寒藻舞淪漪.³⁶⁾　　차가운 물풀은 잔물결에 춤을 추네

---

29) 偶(우) : 遇(우)와 같다. 여기서는 이르다(至).
30) 심주 : 즉 유종원의 기행문 중의 「석간기」이다.(卽柳記中石磵.)
31) 南磵(남간) : 영주 남쪽 조양암(朝陽巖) 동남에 소재한 계곡. 고유명사로 보는 학자도 있으나 따르지 않는다. 유종원은 '영주팔기'(永州八記)에 같은 곳을 배경으로 산문 「석거기」(石渠記)와 「석간기」(石磵記)도 썼다. ○ 題(제) : 역참의 벽이나 명승지의 바위에 쓴다는 뜻과 시를 짓는다는 뜻이 있다. 여기서는 "남쪽 계곡 안에 써 놓다"와 "남쪽 안에서 짓다"는 두 가지 뜻이 모두 가능하다.
32) 秋氣(추기) : 가을의 가라앉고 쓸쓸한 기운.
33) 亭午(정오) : 정오, 해가 정남향에 이르는 때. 亭(정)은 머물다.
34) 심주 : 학문이나 벼슬 또한 이와 같이 보아야 한다.(爲學仕宦, 亦如是觀.)
35) 羈禽(기금) : 짝이 없는 새
36) 寒藻(한조) : 차가운 물속의 수초. ○ 淪漪(윤의) : 잔물설.

去國魂已遊,[37]	장안을 떠난 혼이 돌아다니며
懷人淚空垂.	사람을 그리니 부질없이 눈물이 떨어지네
孤生易爲感,[38]	고독하게 살아가니 감정에 기울기 쉽고
失路少所宜.	길을 잃었기에 편안한 곳이 없어라
索寞竟何事,[39]	초라해져 결국 무엇을 할 것인가
徘徊只自知.	배회하며 다만 자신만이 자신을 알아줄 뿐이라
誰爲後來者?	누군가 나중에 이곳에 오는 사람 있다면
當與此心期.[40]	응당 나의 이 마음을 알아주리라

평석 구마다 '홀로 노닌다'를 말하였다.(語語是獨遊.) ○ 소식이 말하기를 유종원의 '남쪽 계곡' 시는 "근심 속에 즐거움이 있고 즐거움 속에 근심이 있으니 고금에서 절묘하고 그 취지를 잘 표현하였다"고 하였다.(東坡謂柳儀曹南澗詩憂中有樂, 妙絶古今, 得其旨矣.)

해설 영주 좌천 시기에 남쪽 계곡에서의 감회를 썼다. 좌천으로 인한 고독과 슬픔이 전편에 드리워져 있으나, 질서 있고 통합된 정감은 자족적인 정신세계를 드러낸다. 소식(蘇軾)이 이 시에 대해 "근심 속에 즐거움이 있고, 즐거움 속에 근심이 있다"(憂中有樂, 樂中有憂)고 한 것은 자연 속에 정제된 깊은 감정이 질서를 이루고 있음을 가리키는 것이리라.

---

37) 去國(거국) : 수도 장안을 떠나다. 國(국)은 국도(國都).
38) 孤生(고생) : 고독한 생활.
39) 索寞(삭막) : 索莫 또는 索漠이라고도 쓴다. 풍경이 황량하고 쓸쓸하거나 마음이 의기소침한 모습. 여기서는 후자.
40) 期(기) : 만나다. 여기서는 투합하다. 말미와 비슷한 말은 유종원의 「석거기」(石渠記)에도 나온다. "나중에 오는 사람 가운데 나의 발자취를 따를 자가 있을 것인가?"(後之來者, 有能追予之踐履耶?)

최책과 서산에 올라(與崔策登西山)⁴¹⁾

鶴鳴楚山靜,	학이 우는 초 지방 산이 고요한데
露白秋江曉.	이슬 내린 가을 강에 새벽이 밝았어라
連袂渡危橋,	손잡고 높은 다리를 건너
縈廻出林杪.	산길을 굽이돌아 숲을 빠져나오니 산정이라
西岑極遠目,⁴²⁾	서산에서 끝 간 데 없이 바라보니
毫末皆可了.	터럭 끝마저 모두 다 보이는구나
重疊九疑高,⁴³⁾	중첩된 구의산은 높기도 하고
微茫洞庭小.	아득히 희미한 동정호는 작기만 해라
迥窮兩儀際,⁴⁴⁾	하늘과 땅 사이가 아득히 멀리 펼쳐져 있고
高出萬象表.	온갖 물상이 형상을 드러내며 높이 나와 있어
弛景泛頹波,⁴⁵⁾	달려가는 햇빛은 흐르는 강물 위에 부서지고
遙風遞寒篠.⁴⁶⁾	멀리서 온 바람은 조릿대 사이를 지나가네
謫居安所習,	폄적의 생활에 점점 익숙해지고
稍厭從紛擾.⁴⁷⁾	세상의 다툼이 점점 지겨워져
生同胥靡遺,⁴⁸⁾	삶은 생사를 버린 노예와 같고

---

41) 崔策(최책) : 박릉(博陵) 사람. 유종원의 매서(妹壻) 최간(崔簡)의 동생으로, 812년 유종원을 만나러 영주에 들렀다. 이 시는 이 해 가을에 지은 것으로 보인다. ○西山(서산) : 영주의 서산.

42) 遠目(원목) : 멀리 조망하다.

43) 九疑(구의) : 구의산(九嶷山) 또는 창오(蒼梧)라고 한다. 호남성 남단 영원현(寧遠縣)에 소재.

44) 兩儀(양의) : 하늘과 땅. 『주역』「계사」(繫辭)에 "그러므로 『주역』에는 태극이 있으며 그리하여 양의(兩儀)가 생겨났다"(是故易有太極, 是生兩儀.)는 말이 있다.

45) 馳景(치경) : 달려가는 햇빛. ○頹波(퇴파) : 하류로 내려가며 약해지는 물살.

46) 遞(체) : 갈마들다. ○篠(소) : 조릿대.

47) 稍(초) : 조금. 현대 학자 장상(張相)은 이와 반대로 '매우'의 뜻으로 풀이하였으나 따르지 않는다. ○紛擾(분요) : 동요. 혼란. 여기서는 세상살이에서 일어나는 여러 다툼.

48) 胥靡(서미) : 전국시대에 집안에서 노역을 하던 남성 노예. 줄에 묶이어 강제 노동을 하였기에 붙여진 이름이다. 주로 죄수에서 데려왔으며, 벽을 쌓는 일 등을 하였다.

壽比彭鏗夭, 49)	팽조(彭祖)같이 장수해도 요절함과 다름없어라
蹇連困顚踣, 50)	발이 성하지 않으니 넘어질까 괴롭고
愚蒙怯幽眇. 51)	어리석으니 인사(人事)의 미묘함에 겁이 나네
非令親愛踈,	친숙한 사람들과 떨어져 있는 일이 아니라면
誰使心神悄? 52)	그 무엇이 나의 마음을 근심스럽게 하리오?
偶玆遁山水,	우연히 여기 산수 속에 숨어
得以觀魚鳥.	비로소 새와 물고기를 바라볼 수 있게 되었어라
吾子幸淹留, 53)	그대가 다행히 오래 머문다면
緩我愁腸繞.	나의 시름 찬 마음을 풀어주리라

평석 『장자』에 "부역하는 사람이 높은 곳에 올라가도 두려워하지 않는 것은 생사를 초월했기 때문이다"라는 말이 있다. 죄를 입은 사람은 목숨을 가벼이 한다는 말이다. 그 다음 구는 『장자』 「제물론」의 뜻이다.(莊子 : "胥靡登高而不懼, 遺死生也." 言被罪之人, 輕生身也. 次語卽齊物論意.)

해설 멀리서 찾아온 친척 최책과 함께 가을날 영주 서산에 오른 감회를

『장자』 「경상초」(庚桑楚)에 "노역하는 사람이 높은 곳에 올라가도 두려워하지 않는 것은 생사를 초월했기 때문이다"(胥靡登高而不懼, 遺死生也.)는 말이 있다.

49) 彭鏗(팽갱) : 팽조(彭祖). 『신선전』에 보면 성명은 전갱(籛鏗)이고, 팔백 년을 살았으며, 요(堯)가 팽성(彭城)을 다스리라 봉하였다고 한다. 『초사』 「천문」(天問)에 "팽조는 꿩국을 잘 요리하였다니, 요 임금은 얼마나 즐겨 먹었는가? 받은 수명 길다니, 얼마나 오래 살았는가?"(彭鏗斟雉, 帝何饗? 受壽永多, 夫何久長?)는 말이 있다. 이 구는 『장자』 「제물론」(齊物論)에 "천하에 추호(秋毫)의 끝보다 큰 것이 없으니 태산은 오히려 작다고 할 수 있고, 아이보다 오래 산 사람이 없으니 팽조는 요절했다고 할 수 있다."(天下莫大於秋毫之末, 而大山爲小. 莫壽於殤子, 而彭祖爲夭.)는 뜻을 이용하였다.

50) 蹇連(건련) : 걷기가 지극히 어려움. 이 말은 『주역』 「건」(蹇)괘의 "올 때는 발을 절고 갈 때는 힘들다"(往蹇來連)는 말에서 나왔다. ○ 顚踣(전북) : 넘어지다. 쓰러지다.

51) 幽眇(유묘) : 幽渺 또는 幽妙라고 쓰기도 한다. 은미(隱微)하다. 작고 미묘하여 파악하기 힘들다.

52) 悄(초) : 근심하다.

53) 吾子(오자) : 그대. 상대를 높여 부르는 말. ○ 淹留(엄류) : 오래 머물다.

썼다. 전반부는 새벽의 도래, 등산의 과정, 조망의 풍경을 묘사하고, 후반부는 주로 폄적의 감회를 서술하였다. 산수의 풍경 속에 유배지의 처지와 감정을 곡절 있게 표현하였다. 역대로 「남쪽 계곡에 적다」와 쌍벽으로 치며, 두 시의 우열을 논하는 경우가 많다.

아침에 사 산인과 손잡고 우지에 이르러(旦携謝山人至愚池)[54]

新沐換輕幘,[55]	새로 머리 감고 두건을 바꿔 쓰니
曉池風露清.	새벽 연못에 바람과 이슬이 맑아라
自諧塵外意,	풍광은 절로 세속을 초탈하는 마음과 어울리는데
况與幽人行.	하물며 은사와 산책함에랴
霞散衆山過,	아침노을 흩어지니 산들이 멀리 물러나 앉고
天高數雁鳴.	높은 하늘엔 기러기 몇이 울고 가는구나
機心付當路,[56]	욕심 많은 마음은 정치가들에게 맡기니

---

54) 謝山人(사산인) : 미상. 사씨 성을 가진, 산에 사는 사람. ○ 愚池(우지) : 원래 염계(冉溪)였으나 유종원이 일대를 모두 '우'(愚)자를 넣어 개명하면서 바꾼, 시내를 막아 만든 연못. 지금의 호남성 영주시 서남에 소재. 그의 「우계시 서문」(愚溪詩序)을 보면 우계 위에 우구(愚丘)가 있고 우구의 동북에 있는 우천(愚泉)이 남으로 돌아 나와 우구(愚溝)가 되는데, 흙과 돌을 쌓아 막아서 우지(愚池)를 만들었다고 하였다. 우지의 동쪽에는 우당(愚堂)이 있고, 그 남쪽에는 우정(愚亭)이 있으며, 우지 가운데는 우도(愚島)가 있다. 이들을 합쳐 '팔우'(八愚)라고 했다.

55) 新沐(신목) : 새로이 머리를 감다. 『초사』 「어부」(漁父)에 "내가 듣기로 새로 머리를 감은 사람은 반드시 관의 먼지를 털고, 새로 목욕한 사람은 반드시 옷을 턴다고 하였소"(吾聞之, 新沐者必彈冠, 新浴者必振衣.)라는 말이 있다. ○ 幘(책) : 두건의 일종.

56) 機心(기심) : 이익을 얻으려는 교묘한 마음. 『장자』 「천지」(天地)에 기심에 대한 적절한 서술이 있다. 자공(子貢)이 밖에 나갔다가 어떤 사람이 옹기를 안고 우물 속에 들어가 물을 길러 밭에 뿌리는 것을 보았다. 수고가 많은데 비해 효과가 적음을 보고 두레박이란 기계(機械)를 써보라고 권하였다. 그러자 그 사람이 화를 내며 말하였다. "내 스승께 들었소이다. '기계가 있는 자는 반드시 기사(機事)가 있고, 기사가 있는 사는 반드시 기심(機心)이 있다. 기심이 흉중에 있으면 순백(純白)을 보전할 수 없고, 순백을 보전할 수 없으면 심신(心神)이 안정되지 않는다. 심신이 안정되기 않

聊適羲皇情.57)　　　나는 잠시 복희씨시대의 마음을 느껴보리라

해설 우계에서 사 산인과 거닐며 아침 풍광과 은거의 심사를 묘사하였다. 유종원은 809년 영주 법화사(法華寺) 서정(西亭)에 살면서 서산(西山)을 다녔고, 이후 상강(湘江)을 건너 염계(冉溪)에 갔다가 그곳을 좋아하여 거처를 마련했다. 810년 11월 「양회지에게 보내는 편지」(與楊誨之書)에 "마침 우계 동남에 집을 짓고 있다"(方築愚溪東南爲堂)는 말로 보아 우계에 살게 되는 것은 810년 연말로 보인다. 일부 율시의 형식을 가지고 있으나 고시의 풍취가 가득하다.

홀로 깨어(獨覺)

覺來窓牖空,	깨어나니 초목 우거졌던 창문이 비었는데
寥落雨聲曉.58)	성긴 빗방울 소리가 새벽이어라
良遊怨遲暮,59)	노닐다 보니 늙어감이 원망스럽고
末事驚紛擾.60)	자질구레한 일로 다툼이 싫어라
爲問經世心,	세상을 다스리는 마음을 물어보나니
古人誰盡了?	옛사람도 그 누가 모두 다 알았을까?

으면 도(道)가 담기지 않는다.' 내가 모르는 바가 아니라 하지 않을 따름이오."(吾聞
之吾師 : "有機械者必有機事, 有機事者必有機心. 機心存於胸中, 則純白不備, 純白不
備, 則神生不定. 神生不定者, 道之所不載也." 吾非不知, 羞而不爲也.) ○ 當路(당로) :
정권을 잡다. 여기서는 고위 관료.

57) 義皇(희황) : 상고시대의 복희씨(伏羲氏). 『상서대전』(尙書大傳)에서는 수인씨(燧人
氏), 복희씨, 신농씨를 삼황(三皇)이라 하였다. ○ 情(정) : 민정(民情).

58) 寥落(요락) : 성기다.

59) 遲暮(지모) : 늦은 저녁. 사람의 노년을 비유한 말. 만년. 굴원(屈原)의 「이소」(離騷)
에 "초목이 시들어 떨어짐을 생각하면, 미인이 늙을까 두려워지네"(惟草木之零落兮,
恐美人之遲暮.)라는 말에서 나왔다.

60) 末事(말사) : 세속의 자질구레한 일들.

해설 새벽에 깨어났을 때 일어나는 심사를 쓴 시이다. 나이가 들어가면서 느끼는 초조감과 세상사의 번잡함에 묶인 고뇌가 뚜렷하다. 유배지에서 살아가는 작가의 정신적인 면모가 잘 담겨있다.

시냇가에 살며(溪居)[61]

久爲簪組累,[62]	오랫동안 벼슬에 묶여 지내다가
幸此南夷謫.[63]	다행히 여기 남쪽 이민족 지역에 유배왔네
閑依農圃鄰,	한가히 농가의 이웃에 의지하고
偶似山林客.	우연히 산속의 은자처럼 되었어라
曉耕翻露草,	새벽에는 밭 갈며 이슬 젖은 풀을 뒤집고
夜榜響溪石.[64]	밤에는 배를 저으며 시내의 돌과 부딪히네
來往不逢人,[65]	자유로이 홀로 오가며 만나는 사람 없으니
長歌楚天碧.	초 지방 푸른 하늘 아래 소리 높여 노래하네

평석 우계와 관련된 여러 시편들은 어렵고 곤고한 상황에 처해 있으면서도 맑고 담박한 음을 내며, 원망하지 않으면서 원망하는 듯하고, 원망하면서도 원망하지 않은 듯하다. 행간의 말과 언외의 뜻을 때로 느낄 수 있다.(愚溪諸詠, 處連蹇困厄之境, 發淸夷澹泊之音, 不怨而怨, 怨而不怨, 行間言外, 時或遇之.)

61) 溪(계) : 염계(冉溪). 유종원은 810년 가을 이곳에 살았다.
62) 簪組(잠조) : 관을 머리에 고정시키는 비녀와 관을 매는 끈. 관직을 의미한다.
63) 南夷(남이) : 중국 남방의 비한족(非漢族). 여기서는 유종원이 폄적된 영주를 가리킨다.
64) 榜(방) : 배를 저어 나아가다. ○ 響溪石(향계석) : 밤에 배를 저어가다가 노로 돌을 치거나 배가 시냇가의 돌에 부딪혀 소리가 난다.
65) 來往(내왕) : 독왕독래(獨往獨來)를 가리킨다. 사물과 세속의 묶임에서 벗어나 정신의 자유로움으로 천지간을 홀로 오가는 경지. 『장자』 「재유」(在宥)에 "천지 사방을 드나들며, 구주(九州)를 마음대로 노닐며, 홀로 오가는 것을 '독유'(獨有)라고 한다. 이러한 '독유'를 가진 사람이 가장 존귀하다."(出入六合, 遊乎九州, 獨往獨來, 是謂獨有. 獨有之人, 是謂至貴.)는 말이 있다.

해설 시냇가의 은거 생활을 노래한 시이다. 겉으로는 즐거움과 한적을 읊고 있지만, 제2구에서 폄적생활을 "다행히"(幸)라고 표현한데서 알 수 있듯 억울함을 역설하는 어조가 숨어 있다. 그래도 고시의 분방함 속에 율시의 정연함이 어울려 있어 이미지와 구성이 옥을 쫀 듯 정교하다. 제 7, 8구는 촉각과 청각에 호소하는 명구로 알려졌다.

초여름 비 내린 뒤 우계를 찾아(夏初雨後尋愚溪)[66]

悠悠雨初霽,[67]	길고 긴 비가 막 걷히자
獨繞淸溪曲.	혼자 맑은 시내 굽이를 따라 돌아보노라
引杖試荒泉,[68]	지팡이를 들고 시냇물 깊이를 재어보고
解帶圍新竹.	허리띠를 끌러 대나무가 자랐는지 감아보네
沈吟亦何事,[69]	무슨 일로 나는 생각에 잠겨 읊조리는가
寂寞固所欲.	적막은 본디 내가 바라는 바였어라
幸此息營營,[70]	다행히 이곳에 와 세속의 분주함을 버리고
嘯歌靜炎燠.[71]	휘파람 불고 노래하며 더위를 식힐 수 있어라

해설 여름날 비 갠 후 우계를 둘러본 소회를 적었다. 지팡이로 물 깊이 재어보고 허리띠로 대나무를 감아보는 동작이 일면 운치가 있으면서도

---

66) 愚溪(우계) : 영주에 있는 시내. 앞의 「아침에 사산인과 손잡고 우지(愚池)에 이르러」 참조.

67) 悠悠(유유) : 여러 가지 뜻이 있으나, 여기서는 끝없이 계속되는 모습.

68) 荒泉(황천) : 찾는 사람 없는 시냇물. 작가의 「우계시 서문」(愚溪詩序)에서 말한 우천 (愚泉)을 가리킨다. 이 구는 비가 온 후 샘에서 나온 시냇물이 얼마나 깊어졌나 살 펴본다는 뜻.

69) 沈吟(침음) : 깊이 생각하며 읊다.

70) 營營(영영) : 바쁘고 분주한 모습.

71) 炎燠(염욱) : 더위와 열기.

풀길 없는 울분을 위로하는 행동이기도 하다. 잠겨진 울분은 유종원 산수시의 주요한 특징이다.

초봄에 밭가는 농부를 만나(首春逢耕者)[72]

南楚春候早,[73]	초 지방 남방은 봄이 일찍 와
餘寒已滋榮.	한기가 남았어도 이미 기운이 무성해라
土膏釋原野,[74]	기름진 토지에 들판이 풀리고
百蟄競所營.[75]	잠 깬 온갖 동물이 다투어 움직이네
綴景未及郊,[76]	초목이 아직 교외에 나타나지 않았는데
穡人先耦耕.[77]	농부들이 먼저 나와 나란히 밭을 가네
園林幽鳥囀,	동산의 숲에는 새들이 지저귀고
渚澤新泉淸.	습지에선 맑은 샘물이 흘러나오네
農事誠素務,[78]	농사는 진실로 내 평소의 일이나
羈囚阻平生.[79]	관직에 묶여 평생의 바램이 막혔어라

---

72) 首春(수춘) : 맹춘(孟春)과 같다. 음력 정월.
73) 南楚(남초) : 영주를 가리킨다. 『사기』「화식열전」(貨殖列傳)에서 "형산(衡山), 구강(九江), 강남(江南), 예장(豫章), 장사(長沙)는 남초(南楚)이다"라 하였다. ○ 春候(춘후) : 봄의 절기. 『황제내경』「소문」(素問)에 "오 일을 후(候)라 하고, 삼 후를 기(氣)라 하고, 육 기를 시(時)라 하고, 사 시를 세(歲)라 한다"고 하였다. 일 년은 이십사 기(氣), 칠십이 후(候)로 되어 있다.
74) 土膏(토고) : 땅이 기름지다.
75) 百蟄(백칩) : 겨울에 알로 지내거나 동면한 온갖 벌레나 동물.
76) 綴景(철경) : 연이어진 햇빛. 또는 풍경을 장식하는 초목으로 풀이할 수도 있다. 여기서는 후자로 보았다.
77) 穡人(색인) : 농부. ○ 耦耕(우경) : 두 사람이 보습을 잡고 어깨를 나란히 하여 밭을 갈다. 『논어』「미자」(微子)에 "장저와 걸익이 어깨를 나란히 하고 밭을 가는데"(長沮桀溺耦而耕)라는 말이 있다.
78) 素務(소무) : 평소의 일.
79) 羈囚(기수) : 묶여 갇힘. 여기서는 관직에 있으며 정부에 묶이게 되었음을 가리킨다.

故池想蕪沒,[80]	생각하니 고향의 연못은 잡초에 파묻히고
遺畝當榛荊.	남겨진 전답은 응당 가시나무에 덮였으리
慕隱旣有繫,	은거하려 했으나 해야 할 일이 있었고
圖功遂無成.	공을 세우려 했으나 끝내 이룬 바 없어
聊從田父言,	잠시 농부와 함께 이야기하며
款曲陳此情.[81]	마음 속 고충을 펼쳐 보노라
眷然撫耒耟,[82]	아쉬워 쟁기를 어루만지며
回首煙雲橫.	고개 돌려 가로 걸린 구름을 바라보노라

평석 밭가는 농부를 만나 고향의 전원의 황폐함을 연상하니, 유배된 사람의 심사가 어쩔 수 없이 침울해졌다.(因逢耕者而念及田園之蕪, 羈人心事, 不勝黯然.)

해설 초봄에 농부를 만나고 느낀 감회를 썼다. 전반부는 초봄의 생동하는 광경을 묘사하고 후반부는 북방에 두고 온 논밭을 회상하며 고향으로 돌아가지 못하는 신세를 아쉬워하였다. 도연명 시의 풍격이 농후하나, 폄적으로부터 나오는 울분이 수시로 깃들어 있다.

가을 새벽 남쪽 계곡을 걷다가 황량한 마을을 지나며(秋曉行南谷, 經荒村)[83]

| 杪秋霜露重,[84] | 늦가을이라 된서리에 이슬이 많은데 |

---

80) 故池(고지) : 예전에 살던 곳의 연못. ○ 蕪沒(무몰) : 잡초에 파묻히다.
81) 款曲(관곡) : 마음속의 충정. 진지하고 은근한 정의. 동한 진가(秦嘉)의 「아내에게 주는 시」(贈婦詩) 제2수에 "멀리 수도로 떠나야 함을 생각하니, 그리운 마음에 충정을 말해보내"(念當遠離別, 思念敍款曲.)라는 말이 있다.
82) 眷然(권연) : 아쉬워 돌아보는 모양. ○ 耒耟(뇌사) : 쟁기와 보습(쟁기날).
83) 南谷(남곡) : 남쪽의 계곡. 유종원이 폄적된 영주(永州)의 마을.
84) 杪秋(초추) : 늦가을. 송옥(宋玉)의 「구변」(九辯)에 "고요한 늦가을 기나긴 밤이여, 마음은 슬픔에 얽혀 애처롭구나"(靚杪秋之遙夜兮, 心繚悷而有哀.)라는 말이 있다.

晨起行幽谷.   새벽에 일어나 깊은 계곡을 걷노라
黃葉覆溪橋,   누런 낙엽이 시내의 다리를 덮고
荒村唯古木.   황량한 마을에는 고목들만 서있구나
寒花疏寂歷.[85] 가을꽃이 드물어 적막한데
幽泉微斷續.   샘물은 가늘어져 끊어질 듯 이어지는구나
機心久已忘.[86] 마음속의 기심(機心)은 오래 전에 잊었는데
何事驚麋鹿?[87] 무슨 일로 사슴들이 나를 보고 놀라나?

해설 늦가을 계곡을 거닐며 본 풍경을 서술하였다. 간결한 묘사 속에 깊은 가을이 온 계곡의 마을과 그 속을 배회하는 작가의 모습이 손에 잡힐 듯하다. 게다가 유배되어 와 세속의 분란을 잊으려는 심리도 뚜렷이 볼 수 있다.

---

85) 寂歷(적력) : 적막(寂寞). 적막하다.
86) 機心(기심) : 이익을 얻으려는 교묘한 마음. 앞에 나온 「아침에 사 산인과 손잡고 우지(愚池)에 이르러」참조. 또 『열자』「황제」(黃帝)에는 갈매기와 친하게 놀던 사람이 어느 날 이들을 잡으려는 마음을 가지고 다가가니 갈매기들이 더 이상 가까이 오지 않았다는 이야기가 있다. 고보영(高步瀛)은 『열사전』(列士傳)의 "백이와 숙제가 먹지 않고 7일을 지내자, 하늘에서 흰 사슴을 보내 젖을 먹게 하였다. 두 사람이 이 사슴의 고기가 맛있으리라 생각하였다. 사슴이 그 마음을 알아채고 다시 오지 않자 두 사람은 마침내 굶어 죽었다"(伯夷叔弟不食, 經七日, 天遣白鹿乳之, 夷齊思此鹿肉食之必美, 鹿知其意, 不復來, 二子遂餓死.)는 내용을 인용하며 기심을 설명하였다.
87) 麋鹿(미록) : 사슴. 이 구를 민이로 보고 "무슨 일로 사슴들을 놀라게 하랴!"로 풀이할 수도 있다. 번역은 명대 당여순(唐汝詢)의 풀이를 따랐다.

비온 뒤 새벽에 산책하다
　　　　홀로 우계의 북쪽 연못에 이르러(雨後曉行, 獨至愚溪北池)[88]

宿雲散洲渚,[89]	간밤의 구름이 물가에 흩어지니
曉日明村塢,[90]	새벽 해가 마을에 환하여라
高樹臨淸池,	연못 옆에 높이 선 나무
風驚夜來雨.	바람 불자 맺힌 빗방울이 떨어지네
予心適無事,[91]	나의 마음은 마침 한가하기만 해
偶此成賓主.[92]	풍경을 대하니 손님과 주인이 된 듯해라

해설 이른 새벽의 맑고 청신한 감각을 묘사한 시이다. 제3, 4구는 비 갠
이른 아침 나뭇잎에 묻어 있는 빗방울들이 바람에 떨어지는 모습을 형
상화한 명구이다. 명징한 풍경을 두고 손님과 주인으로 느끼는 것에서
유종원의 유가(儒家)적 미감이 뚜렷하다.

한밤에 일어나 서쪽 정원에서 떠오르는 달을 보며(中夜起望西園値月上)[93]

覺來繁露墜,[94]	이슬이 떨어지는 소리에 깨어나
開戶臨西園.	문을 열고 서쪽 정원을 바라보노라

---

88) 愚溪(우계) : 영주에 있는 시내. 앞의 「아침에 사 산인과 손잡고 우지(愚池)에 이르러」
　　참조. ○北池(북지) : 우지(愚池)를 가리킨다.
89) 宿雲(숙운) : 오래 머문 구름. 또는 간밤에 끼었던 구름.
90) 村塢(촌오) : 마을. 일반적으로 산촌을 가리킨다.
91) 適(적) : 마침.
92) 偶(우) : 遇(우)와 같다. 만나다. ○賓主(빈주) : 손님과 주인. 연못을 손님으로 삼아
　　마주한다는 뜻.
93) 中夜(중야) : 한밤.
94) 來(래) : 통행본에선 聞(문)으로 되어 있다.

寒月上東嶺,	차가운 달빛이 동쪽 산봉우리에 떠올라
泠泠疎竹根.⁹⁵⁾	맑고 서늘하게 대나무 뿌리까지 비치는구나
石泉遠逾響,	돌 밑의 샘물은 멀리서 울려오고
山鳥時一喧.	산새가 때때로 지저귀누나
倚楹遂至旦,	기둥에 기대 있다 보니 어느새 새벽이 되었는데
寂寞將何言.	적막한 마음 무슨 말을 하랴

해설 한밤의 고요한 정경과 고적한 마음을 그렸다. 특히 샘물 소리와 산새 우는 소리로 밤의 적막과 드넓음을 표현하고, 이로써 적막한 마음을 덧붙였다. 비록 한가한 자연을 그렸어도 사물들은 긴장된 모습으로 깨어 있어, 멀리 완적(阮籍)의 불면(不眠)을 연상시킨다.

상수 강가의 목련을 용흥정사로 옮겨 심으며(湘岸移木芙蓉植龍興精舍)⁹⁶⁾

有美不自蔽,	아름다움은 스스로 가릴 수 없으니
安能守孤根?⁹⁷⁾	어찌 홀로 뿌리 내리고 살 수 있으리오?
盈盈湘西岸,⁹⁸⁾	찰랑이는 상수의 서쪽 강가
秋至風露繁.	가을이 되니 바람과 이슬이 많아라

---

95) 泠泠(영령) : 맑고 서늘한 모습. 달빛을 가리킨다.

96) 木芙蓉(목부용) : 목련. 목련화의 모습이 연꽃과 비슷하다고 하여 이름 붙였다. ○龍興精舍(용흥정사) : 영주에 있는 절. 유종원은 806년 초 영주에 도착한 후 809년까지 용흥사에서 거주하였다.

97) 심주 : 폄적된 후 체득한 말이다.(遷謫後有得語.)

98) 盈盈(영영) : 찰랑찰랑. 물이 얕고 깨끗한 모양. 동한 말기 '고시십구수' 중의 「멀고 먼 견우성」(迢迢牽牛星)에 "찰랑이는 강을 사이에 두고, 사무치는 눈빛으로 서로 보고만 있네(盈盈一水間, 脈脈不得語.)라는 말이 있다. 그 밖에 자태가 아름다운 모양으로 풀이할 수도 있다. 역시 '고시십구수' 중의 「파릇파릇한 강가의 풀」(青青河畔草)에 "곱니고은 누대 위의 여인이, 해맑은 얼굴로 창문 앞에 서있네"(盈盈樓上女, 皎皎當窗牖.)라는 말이 있다.

麗影別寒水,　　　어여쁜 모습이 찬 강물을 떠나

穠芳委前軒.⁹⁹⁾　　짙은 향기 뿜으며 집 앞에 섰어라

菱荷諒難雜,¹⁰⁰⁾　　마름이나 연잎과는 진실로 섞이기 어려우니

反此生高原.¹⁰¹⁾　　이들과 다르게 높은 곳에 있어야 하리

해설 상수 강가에 있는 목련을 자신이 살고 있는 용흥사(龍興寺)로 옮긴
일을 썼다. 목련의 이식으로부터 품성이 고결하고 재능이 뛰어난 사람을
천거해야 한다는 우의(寓意)를 나타내었다.

선당(禪堂)

發地結菁茅,¹⁰²⁾　　땅 위로 띠풀을 엮어 집을 세웠으니

團團抱虛白.¹⁰³⁾　　둥글게 빈 공간을 둘러싸고 있구나

山花落幽戶,　　　산꽃은 그윽히 문 앞에 떨어지고

中有忘機客.¹⁰⁴⁾　　안에는 기심(機心)을 잊은 사람이 있어라

涉有本非取,¹⁰⁵⁾　　유(有)와 관련되었으나 그로부터 취한 게 없고

照空不待析.¹⁰⁶⁾　　공(空)을 관조해도 분석공(分析空)에 의하지 않아

---

99) 穠芳(농방) : 짙은 꽃향기. ○委(위) : 두다. 여기서는 심다.

100) 菱荷(기하) : 마름 잎과 연잎. 『초사』 「초혼」(招魂)에 "연꽃이 막 피어나니 마름과 연
잎 속에 섞였어라"(芙蓉始發, 雜菱荷些)는 말이 있다.

101) 反此(반차) : 연꽃과 다르게.

102) 發地(발지) : 땅에서 일어서다. ○結菁茅(결청모) : 띠풀을 엮어 지붕을 덮다.

103) 團團(단단) : 둥글게 둘러싼 모양. ○虛白(허백) : 비고 깨끗함. 『장자』 「인간세」(人間
世)에 "방을 비우면 흰 빛이 생기고, 길하고 상서로움이 그 위에 머문다"(虛室生白,
吉祥止止.)는 말에서 나왔다.

104) 忘機客(망기객) : 욕심과 탐욕 등 기심(機心)을 버린 사람. 여기서는 중손(重巽)을 가
리킨다.

105) 有(유) : 존재. 공(空)과 상대되는 말.

106) 照空(조공) : 모든 사물이 실재하지 않은 공(空)임을 파악하는 일. 照(조)는 관조(觀
照)의 뜻. 소승(小乘) 불교에서는 사물을 부분이나 인소로 나누어 그 생멸과 변화에

萬籟俱緣生,[107]	자연의 모든 소리는 인연에서 생기니
窅然喧中寂.[108]	깊고 깊어라, 훤소함 가운데 고요가 있어라
心境本同如,	마음과 외물은 본디 한가지이니
鳥飛無遺跡.[109]	새가 날아가도 발자취를 남기지 않아라

해설 「손공원 오영」(巽公院五詠) 가운데 한 수이다. 손공(巽公)이란 영주 용흥사의 스님 중손(重巽)을 가리키며, 이 5수의 연작시는 사원의 각 처소를 소재로 하여, 주로 불교의 이치를 시화하였다. 선당을 묘사했어도 실제로는 손공의 풍모와 정신적 경지를 노래하였다.

고죽교(苦竹橋)[110]

危橋屬幽徑,[111]	높은 다리는 깊은 오솔길로 통하고
繚繞穿疎林.	굽이도는 길은 성긴 대숲을 뚫고 지나가
迸籜分苦節,[112]	터져 나온 죽순 껍질은 마디를 나누고

서 실재하지 않음을 주장하는 '분석공'(分析空)을 주장하였고, 대승(大乘) 불교에서는 현상 자체가 공이라는 '당체공'(當體空)을 주장하였다. 不待析(부대석)은 사물을 나눌 필요가 없다는 뜻으로 대승 이론을 말하고 있다.

107) 萬籟(만뢰) : 자연계의 모든 소리. ○緣生(연생) : 인연으로 생김. 불교에서는 세상의 모든 것은 연기(緣起)에 의해 일어날 뿐이어서 질적 규정성이나 독립적인 실체가 없다고 보았다.

108) 窅然(요연) : 깊고 먼 모양.

109) 鳥飛(조비) 구 : 공중을 나는 새는 발자취를 남기지 않는다. 사물에는 실체가 없음을 비유하였다. 『화엄경』(華嚴經)에 "제법(諸法)의 본성이 적멸함을 완전히 이해하면, 마치 새가 허공을 날면서 자취가 없는 것과 같다"(了知諸法性寂滅, 如鳥飛空無有迹.)고 하였다.

110) 苦竹(고죽) : 참대. 대의 일종으로 죽순의 맛이 써서 먹을 수 없기에 이름 붙여졌다. 일반적으로 우산자루를 만드는데 쓰인다. 苦竹橋(고죽교)는 다리 옆에 고죽이 자라기 때문에 지어진 이름으로 보인다.

111) 屬(촉) : 이어시나.

112) 迸(병) : 갈라지다. ○籜(탁) : 죽순껍질. 여기서는 껍질이 있는 죽순.

輕筠抱虛心.[113]　　가벼운 살대는 비어있는 중심을 감싸네
俯瞰涓涓流,[114]　　고개 숙여 졸졸 흐르는 시내를 바라보고
仰聆蕭蕭吟.[115]　　고개 들어 우수수 흔들리는 소리를 들어라
差池下煙日,[116]　　삐쭉한 댓잎 위로 흐릿한 해가 떨어지고
嘲哳鳴山禽.[117]　　지지배배 소란스레 산새들이 우네
諒無要津用,[118]　　강을 건너는 뗏목으로 쓸 수 없지만
棲息有餘陰.　　깃들어 사는 사람에게 그늘을 주는구나

해설 「손공원 오영」(巽公院五詠) 가운데 한 수이다. 다리 옆의 고죽을 노래한 영물시(詠物詩)로, 고죽이 자라는 위치, 형상, 의태, 용도를 차례로 묘사하였다. 대나무를 통해 사람의 마음을 기탁하였음은 물론이다.

농가 3수(田家三首)

제1수

蓐食徇所務,[119]　　이른 아침에 밥 먹고 일을 하러
驅牛向東阡.[120]　　소를 몰고 동쪽 밭으로 향하네

---

113) 筠(균) : 대껍질. ○心(심) : 초목 줄기의 중심.
114) 涓涓(연연) : 졸졸. 물이 가늘게 흐르는 모양이나 소리.
115) 仰聆(앙령) : 고개 들고서 듣다.
116) 差池(치지) : 들쭉날쭉하다. 길이가 고르지 않다.
117) 嘲哳(조잘) : 새들이 시끄럽게 떠드는 소리.
118) 要津(요진) : 중요한 나루. 要津用(요진용)은 중요한 나루에 쓰인다는 말로, 대나무로 뗏목을 만들어 강을 건넌다는 뜻이다.
119) 蓐食(욕식) : 이른 아침 이부자리에서 식사함. 일반적으로 이른 아침 식사를 가리킨다. ○徇(순) : 종사하다.
120) 東阡(동천) : 동쪽에 있는 논두렁길. 여기서는 동쪽의 밭을 의미한다. 阡(천)은 남북으로 나 있는 논두렁길.

鷄鳴村巷白,	닭이 우니 마을 골목이 밝아오고
夜色歸墓田.[121]	밤의 어둠은 묘지로 돌아가네
札札未耟聲,[122]	절거럭거리며 쟁기질 하는 소리에
飛飛來烏鳶.[123]	까마귀와 매가 훨훨 날아오는구나
竭玆筋力事,	몸뚱이의 근력을 다 써서
持用窮歲年.	이렇게 한해가 저물도록 애쓰니
盡輸助徭役,[124]	세금을 납부하고 요역도 보태고 나면
聊就空自眠.	비로소 빈집에 들어가 잠을 잘 수 있다네
子孫日已長,	자손들도 하루하루 장성하면
世世還復然.	대대로 역시 같은 일을 하리라

제2수

籬落隔煙火,[125]	울타리로 나뉘어져 있는 농가들
農談四鄰夕.	저녁이면 농부들이 모여 이야기를 나누네
庭際秋蟲鳴,	마당가에서는 가을벌레가 울고
疎麻方寂歷.[126]	성긴 삼마가 마침 바람에 서걱이네
蠶絲盡輸稅,	잠사(蠶絲)는 모두 세금으로 납부했기에
機杼空倚壁.	베틀은 하릴없이 벽에 기대져있어

---

121) 墓田(묘전) : 묘지. 통행본에는 暮田(모전)이라 되어 있는데, "밤이 되면 저문 밭에서 돌아간다"라고 풀이할 수 있다. 시간의 순서로 보아 새벽의 장면을 묘사하므로, 夜 (야)와 暮(모)가 상충하므로 구에 문제가 있게 된다. 심덕잠(沈德潛)의 본 선집에서 는 묘전(墓田)이라 하였기에 위와 같이 번역하였다.

122) 札札(찰찰) : 의성어. 여기서는 밭 갈 때 농구에서 나는 소리. ○ 耟(뇌사) : 쟁기와 보습.

123) 烏鳶(오연) : 까마귀와 매.

124) 輸(수) : 납부하다. 납세하다.

125) 籬落(이락) : 울타리. ○ 煙火(연화) : 연기와 불. 사람이 사는 집을 가리킨다.

126) 寂歷(석력) : 초목이 시들어 성긴 모양, 여기서는 바람이 불어 성긴 잎이 서걱이는 소리.

里胥夜經過,¹²⁷⁾ 이장이 밤에 들렀기에
雞黍事筵席. 닭 잡고 기장밥 지어 술상을 대령하였네
各言"官長峻,¹²⁸⁾ 농부들이 제각기 말하길, "현령이 엄하여
文字多督責.¹²⁹⁾ 공문서로 독촉이 보통이 아니구먼요
東鄕後租期,¹³⁰⁾ 동쪽 마을에선 기일을 넘겨 납부했는데
車轂陷泥澤. 수레바퀴가 늪에 빠졌기 때문이라네요
公門少推恕,¹³¹⁾ 관청이란 본디 베풂이나 용서가 없잖소
鞭扑恣狼藉.¹³²⁾¹³³⁾ 채찍으로 때리고 매로 치고 난리가 났었다오
努力愼經營,¹³⁴⁾ 우리도 힘써 세금 납부 준비에 신중해야겠소
肌膚眞可惜." 몸이 상하면 참으로 안타까우니 말이오"
迎新在此歲,¹³⁵⁾ 올해에도 곡식을 거두고 세를 내야 하는데
唯恐踵前跡.¹³⁶⁾ 동쪽 마을 전철을 밟을까 두렵기만 하여라

---

127) 里胥(이서) : 마을의 일을 보는 관리. 이장(里長). 당대에는 백 호를 일 리(里)로 편성하여, 리마다 정부의 행정을 도와주는 이정(里正)을 두었다. 주임무는 "농사와 잠업을 독촉하고 부역을 동원한다."(課植農桑, 催驅賦役.) 『당육전』(唐六典) 참조.
128) 各言(각언) : 각자가 말하다. 이후부터는 제2구에서 말한 '농민들의 이야기'(農談)의 내용으로, 각자 말한 비슷한 내용을 서술하였다. ○ 官長(관장) : 현령을 가리킨다. ○ 峻(준) : 엄하다.
129) 文字(문자) : 세금을 독촉하는 문서.
130) 後租期(후조기) : 세를 기일보다 나중에 내다.
131) 推恕(추서) : 시혜를 베풀고 용서하다.
132) 심주 : 이장이 농부들을 겁주는 말로, 마치 그 소리를 듣는 듯하다.(吏胥恐嚇田家之言, 如聞其聲.)
133) 鞭扑(편복) : 채찍으로 때리고 매로 치다. ○ 恣(자) : 마음대로. ○ 狼藉(낭자) : 낭자하다. 어지러이 흩어져 있는 모양.
134) 經營(경영) : 준비하고 계획하다. 여기서는 납세를 준비하다.
135) 迎新(영신) : 새로운 곡식이 차려짐을 맞이하고 가을의 세금을 납부하다. 안사의 난 이후 780년부터 일 년에 여름과 가을 두 번에 걸쳐 돈이나 옷감으로 일괄 납세하는 양세법(兩稅法)을 실시하였다.
136) 踵前跡(종전적) : 앞의 발자국을 따르다. 동쪽 마을 사람의 전철을 밟다.

제3수

古道饒蒺藜,[137]	오래된 길에 남가새풀이 잔뜩 자라나
縈廻古城曲.	성벽의 모퉁이를 둘러싸고 있구나
蓼花被堤岸,[138]	여뀌는 둑방을 뒤덮고
陂水寒更淥.[139]	연못의 물은 추워서 더욱 맑구나
是時收獲竟,	때는 이미 수확이 끝나
落日多樵牧.	해 저물녘 나무꾼과 목동이 돌아오누나
風高楡柳疎,	바람이 세어 느릅나무 잎과 버들잎이 성기고
霜重梨棗熟.	된서리에 배와 대추가 익었네
行人迷去住,[140]	행인은 어디로 갈지 알지 못하는데
野鳥競棲宿.	들새는 다투어 둥지로 날아가는구나
田翁笑相念:[141]	논밭의 늙은 농부가 웃으며 염려하길,
"昏黑愼原陸![142]	"들에서 어두워지면 조심해야 하오!
今年幸少豐,	올해는 다행히 풍년이 조금 들었으니
無厭饘與粥."[143]	싫지 않으면 죽 좀 드시구려"

해설 농가의 정경과 처지를 실감 있게 묘사한 연작시이다. 정황으로 미루어보아 작가는 농가에 유숙한 것으로 보인다. 제1수는 대대로 고생하는 농민의 처지를 그렸으며, 제2수는 가을밤 이장이 찾아와 납세를 독촉하며 위협하는 장면을 그렸으며, 제3수는 손님에게 죽을 권하는 농민의

---

137) 蒺藜(질려) : 남가새. 가시가 달려 있으며 여름에 노란색 꽃이 피고 열매는 5조각으로 갈라진다.
138) 蓼花(요화) : 요화. 여뀌. 물가에 자라며 가을에 담홍색 또는 흰색의 꽃이 핀다.
139) 陂水(피수) : 연못의 물. ○淥(록) : 물이 맑다.
140) 行人(행인) : 행인. 여기서는 자신을 가리킨다. ○迷去住(미거주) : 가야할지 머물러야 할지 모름.
141) 念(염) : 염려하다.
142) 原陸(원륙) : 들.
143) 無厭(무염) : 싫어하지 말라. ○饘與粥(전여죽) : 진한 죽과 묽은 죽.

순박한 인정을 그렸다. 모두 농촌의 정경과 농민의 삶이 잘 어울려져 있어 마치 눈앞에 보이는 듯하다. 역대 시평가(詩評家)들은 도연명의 시에 견주는 경우가 많으나, 도연명의 시가 천진하고 한가하다면, 유종원의 시는 정련되고 절실하다. 청대 모선서(毛先舒)는 위 3수를 "서술이 질박하고 자세하다"(敍事朴到)고 평하였다.

일꾼 장진의 뼈를 묻으며(掩役夫張進骸)[144]

生死悠悠爾,[145]	삶과 죽음은 변화무쌍하여
一氣聚散之.[146]	기(氣)가 모이면 살고 흩어지면 죽는 것
偶來紛喜怒,[147]	우연히 태어나 즐거움과 노여움에 어지럽다가
奄忽已復辭.	순식간에 다시 이 세상을 하직하는구나
爲役孰賤辱?	일꾼이라 해서 그 누가 천하고 욕되다 하는가?
爲貴非神奇.	귀인이라 해서 신기한 것도 없어라
一朝纊息定,[148]	어느 날 코에 얹힌 솜이 멈추어
枯朽無妍媸.[149]	썩어문드러지면 곱고 추하고가 없어라
生平勤皂櫪,[150]	평소 마구간에서 일하며

---

144) 掩(엄) : 묻다. ○役夫(역부) : 일꾼. 여기서는 마부(馬夫)를 가리킨다. ○張進(장진) : 일꾼의 이름.

145) 悠悠(유유) : 여러 가지 뜻이 있으나, 여기서는 일정하지 않게 흔들리는 모양.

146) 一氣(일기) : 혼돈의 기운으로, 천지만물의 근원. 고대 중국인은 사람의 생사도 기(氣)의 응결과 분산으로 해석하였다. 『논형』「제세」(齊世)에도 "만물이 생겨남은 모두 기(氣)를 얻었기 때문이다."(萬物之生, 俱得一氣.)고 하였고, 『장자』「지북유」(知北遊)에서도 "사람의 생은 기가 모인 것이다. 기가 모이면 살고 흩어지면 죽는다"(人之生, 氣之聚也, 聚則爲生, 散則爲死.)고 하였다.

147) 偶來(우래) : 우연히 이 세상에 태어나다.

148) 纊息定(광식정) : 호흡이 정지하다. 『예기』「상대기」(喪大記)에 임종시에 코 위에 "솜을 올려 호흡이 멈추었는지 알아본다"(屬纊以俟絶氣)는 말이 있다.

149) 妍媸(연치) : 妍蚩라고 쓰기도 한다. 예쁨과 추함.

150) 皂櫪(조력) : 마구간.

剉秣不告疲.[151]　　꼴을 베고 말을 먹이며 험한 일 마다 않았지

䬸死給椳櫝,[152]　　죽음에 이르니 작은 관에 들어가

葬之東山基.[153]　　동산(東山) 기슭에 묻혔어라

奈何値崩湍,[154]　　어찌하랴, 산에서 내려온 급류를 만나

蕩析臨路垂?[155]　　마구 뒤섞여 길바닥에 내팽개쳐졌으니

髐然暴百骸,[156]　　해골들이 다 드러나고

散亂不復支.　　흩어져 형체를 이룰 수 없구나

從者幸告予,　　다행히 종복이 나에게 알려왔기에

睠之潸然悲.[157]　　바라보니 슬퍼 눈물이 철철 흘러라

貓虎獲迎祭,[158]　　고양이와 호랑이도 제사를 받고

犬馬有蓋帷.[159]　　개와 말도 죽으면 가릴 덮개와 휘장이 있는데

佇立唁爾魂,　　우두커니 서서 그대의 혼을 위로하노니

豈復識此爲?　　그대는 내가 명복을 비는지 아는가?

---

151) 剉秣(좌말): 꼴을 베어 말에게 먹이다. 『시경』「원앙」(鴛鴦)에 "말이 마구간에 있으니, 꼴 베어 먹이네"(乘馬在廐, 鋒之秣之.)라는 말이 있다.

152) 椳櫝(혜독): 작은 관.

153) 東山(동산): 영주(永州)의 성 동쪽에 있는 산.

154) 崩湍(붕단): 큰 비가 온 뒤 갑자기 산위에서 내려오는 급류.

155) 蕩析(탕석): 흔들려 흩어짐.

156) 髐然(효연): 뼈가 허옇게 드러난 모양. ○百骸(백해): 인체의 각종 뼈. 고대에는 그 숫자가 백 개라고 보았다.

157) 睠(권): 돌아보다. ○潸然(산연): 눈물이 줄줄 흐르는 모양.

158) 貓虎(묘호) 구: 고양이와 호랑이는 농사짓는데 도움을 준다하여 음력 십이 월에는 그 신들에게 제사를 지냈다. 『예기』「교특생」(郊特牲)에 "고대의 군자는 사용하는 물건에 대해선 반드시 보답하였다. 고양이를 맞이하는 것은 들쥐를 잡아먹기 때문이요, 호랑이를 맞이하는 것은 멧돼지를 잡아먹기 때문이다. 그 신들을 맞이하여 제사를 지낸다."(古之君子使之必報之. 迎猫, 爲其食田鼠也; 迎虎, 爲其食田豕也. 迎而祭之也.)고 하였다.

159) 犬馬(견마) 구: 개나 말이 죽어도 헐어진 수레 덮개나 휘장으로 덮을 수 있다. 『예기』「단궁하」(檀弓下)에 "공자가 기르던 개가 죽자 자공을 시켜 묻게 하면서 말했다. '내가 듣기로는 헐어진 휘장도 버리지 않는 것은 말을 덮기 위함이요, 헐어진 수레 덮개도 버리시 않는 것은 개를 묻기 위한 거라네'"(仲尼之畜狗死, 使子貢埋之, 曰: "吾聞之也, 敝帷不棄, 爲埋馬也; 敝蓋不棄, 爲埋狗也.")는 말을 이용하였다.

畚鍤載埋瘞,[160]   가래와 삼태기로 실어 매장하고

溝瀆護其危.[161]   무덤을 보호하러 도랑을 파네

我心得所安,   내 마음이 편안해지면 그뿐

不謂爾有知.[162)163] 그대가 알아주기 때문이 아니라네

掩骼著春令,[164]   초봄에는 버려진 시체를 매장해야 한다 쓰여있으니

茲焉適其時.   지금이야말로 그 때이어라

及物非吾輩,[165]   나 같은 사람은 만물에 은혜를 베풀지 못하나

聊且顧爾私.   잠시 그대를 생각하며 정을 표시하노라

평석 "어느 날 코에 얹힌 솜이 멈추어" 2구는 고금을 통해 귀천과 현우(賢愚)를 가리지 않고 모두 죽는 것을 보였으니 통달한 사람의 말이다. "내 마음이 편안해지면 그뿐" 2구는 시혜가 아니라 측은지심을 보였으니 어진 사람의 말이다.("一朝繳息定"二語, 見貴賤賢愚, 古今同盡, 此達人之言也. "我心得所安"二語, 見求安惻隱, 非以示恩, 此仁人之言也.)

해설 장진이란 일꾼의 죽음과 사후 노출된 해골을 통해 그의 일생을 전기(傳記) 식으로 개괄한 시이다. 유종원의 문장에는 무명의 인물들에 대한 전기도 더러 있는데, 이 시 역시 이러한 인물의 전(傳)을 시화(詩化)한 작품이라 할 수 있다. 중국의 강렬한 산문 정신의 전통이 시적 형식 속에 치밀한 구성과 적절한 묘사로 재구성된 예로, 유종원 시의 또 하나의 특징을 보여준다.

---

160) 畚鍤(분삽) : 삼태기와 가래. 또는 이들 공구로 하는 일. ○埋瘞(매예) : 묻다.
161) 溝瀆(구독) : 배수로. ○危(위) : 높은 곳. 여기서는 무덤을 가리킨다. 또는 무덤이 파헤쳐지는 등의 위험이라고 풀이할 수도 있다.
162) 심주 : 어진 사람의 말이다.(仁人之言.)
163) 不謂(불위) : ~때문이 아니다.
164) 掩骼(엄격) : 노출된 시체를 묻다. 『예기』「월령」(月令)에 "음역 1월에는 (…중략…) 시체의 뼈와 부패한 살을 묻는다"(孟春之月, (…중략…) 掩骼埋胔.)는 말이 있다. ○著(저) : 기록되다.
165) 及物(급물) : 은혜가 만물에 미치다.

위도안(韋道安)

道安本儒士,	위도안(韋道安)은 본디 유생(儒生)이나
頗擅弓劍名.[166]	활과 검을 쓰는데도 이름이 났더라
二十遊太行,[167]	스무 살에 태항산(太行山)에 놀러갔는데
暮聞號哭聲.	저녁에 곡하는 소리를 들었다네
疾驅前致問,	힘껏 달려가 앞에 이르러 물어보니
有叟垂華纓.	갓끈이 화려한 한 노인이 있어
言"我故刺史,	말하기를, "나는 예전에는 자사(刺史)로
失職還西京.	임기를 마치고 장안으로 돌아가는 중이었소
偶爲群盜得,	우연히 도적떼에 잡혀
毫縷無餘贏.[168]	털끝 같은 작은 물건마저 모두 빼앗겼소
貨財足非恪,	재물은 아까울 게 없으나
二女皆娉婷.[169]	두 딸이 모두 아리땁게 자랐는데
蒼黃見驅逐,[170]	창졸지간에 도주하다 보니
誰識死與生?	죽었는지 살았는지 누가 알겠소?
便當此殞命,	응당 이 자리에서 죽어야 하나
休復事晨征."	잠시 쉬었다가 새벽에는 찾아가봐야겠소"
一聞激高義,	듣자마자 의기가 격발되어
眥裂肝膽橫.[171]	눈가가 찢어지고 간담이 뒤집혀졌다네
挂弓問所往,	활을 차고 도적들이 간 방향을 물어
趫捷超峥嶸.[172]	쏜살같이 높은 산을 넘어

---

166) 擅名(천명) : 이름이 나다.
167) 太行(태항) : 태항산. 지금의 산서성과 하북성 중간에 남북으로 길게 이어져 있는 산.
168) 毫縷(호루) : 털끝이나 가는 실. 지극히 작은 물건을 말한다.
169) 娉婷(빙정) : 여성의 얼굴이나 자태가 아리따운 모양.
170) 蒼黃(창황) : 倉皇, 倉黃, 倉惶, 倉遑 등으로도 쓴다. 황급한 모양.
171) 眥裂(자렬) : 분노로 눈을 부릅떠 눈가가 찢어지다.

見盜寒磵陰,　　　　살펴보니 도적들이 계곡의 그늘에서
羅列方忿爭.　　　　둘러앉아 마침 서로 다투고 있었네
一矢斃酋帥,　　　　화살 하나로 두령을 쏘아 죽이니
餘黨號且驚.　　　　나머지 무리들은 놀라 소리질렀네
麾令遞束縛,[173]　　호령하여 차례로 포박하고
繼索相拄撑.[174]　　밧줄로 서로 지탱하게 하였네
彼姝久褫魄,[175]　　두 여인은 혼비백산한지 오래라
刃下俟誅刑.　　　　칼날 아래 죽음을 기다리고 있었네
却立不親授,[176]　　뒤로 물러서서 직접 만지지 않고
諭以從父行.　　　　아버님이 시켜 하는 일이라 말했네
捃收自擔肩,[177]　　물건을 수습하여 어깨에 매고
轉道趨前程.　　　　돌아가는 길을 재촉하였네
夜發敲石火,　　　　밤에 떠나는지라 부싯돌을 쳐 불을 밝히니
山林如晝明.　　　　산림이 낮처럼 밝아졌네
父子更抱持,　　　　아비와 자식이 다시 만나 얼싸안으니
涕血紛交零.　　　　피와 눈물이 뒤섞여 흘러내렸네
頓首願歸貨,[178]　　노인은 엎드려 머리를 조아리며 재물을 바치고
納女稱舅甥.[179]　　딸을 주어 장인과 사위가 되고자 하였네
道安奮衣去,　　　　위도안(韋道安)은 옷을 털고 떠났으니
義重利固輕.　　　　의기를 중시하고 이익은 본디 가볍다 여겼어라

172) 趫捷(교첩) : 재빠르고 날램. ○崢嶸(쟁영) : 높고 험한 모양. 여기서는 높은 산.
173) 遞(체) : 갈마들다.
174) 繼索(묵색) : 밧줄. ○拄撑(주탱) : 떠받치고 버티다. 지탱하다.
175) 褫魄(치백) : 혼백을 잃다. 정신을 잃다.
176) 不親授(불친수) : 직접 주고받지 않다. 『맹자』「이루」(離婁)의 "남녀가 직접 주고받지 않는 것이 예이다"(男女授受不親, 禮也.)는 말에서 나왔다.
177) 捃收(군수) : 물건을 주워 담다.
178) 歸貨(귀화) : 재물을 헌납하다.
179) 舅甥(구생) : 장인과 사위.

師婚古所病,[180]	무력으로 얻은 결혼은 예로부터 나쁘다 했으니
合姓非用兵.[181]	남녀의 혼인은 무력으로 해선 안 된다고 했네
曷來事儒術,[182]	그로부터 유가의 학문을 닦아
十載所能逞.	십 년 만에 완성하였네
慷慨張徐州,[183]	의기가 강개한 서주절도사 장건봉(張建封)
朱邸揚前旌.[184]	붉은 저택에서 기치도 높이 들고 장안으로 향했네
投軀獲所願,	위도안은 바라는 바대로 향도(嚮導)로 나섰고
前馬出王城.	왕성을 나올 때도 말 앞에서 호위하였네
轅門立奇士,[185]	군문(軍門)에는 뛰어난 사람이 서 있으니
淮水秋風生.	회수에 가을바람이 일어나네
君侯旣即世,[186]	절도사가 서거하고 나니

---

180) 師婚(사혼) : 전쟁이나 무력을 수단으로 하는 결혼. 이 어휘는 『좌전』 '환공 6년'(기원전 706년)조에 나오는 일에서 유래하였다. 북융(北戎)이 제(齊)나라를 공격하자, 제나라 가 정(鄭)나라에 도움을 청하였다. 정나라에서 태자 홀(忽)이 군사를 이끌고 나가 북 융을 패퇴시키고 제나라를 구하였다. 제 희공(齊僖公)이 감격하여 자신의 딸을 홀에 게 시집보내어 정나라에 보답하려 하였다. 홀은 이를 사혼(師婚)이라 하면서 거절하 였다.

181) 合姓(합성) : 두 성(姓)을 합침. 곧 결혼을 의미한다. 『예기』 「혼의」(昏議)에서 "혼례 는 장차 두 성(姓)의 좋은 것을 결합한다"(昏禮者, 將合二姓之好.)고 하였다.

182) 曷來(갈래) : 그때 이래.

183) 慷慨(강개) : 평소 자신의 뜻을 펴지 못하는데서 오는 아쉽고 격한 감정. 『설문해자』 에서는 "장사가 마음에 뜻을 얻지 못한 모습"(壯士不得志於心也)이라고 풀이하였다. ○張徐州(장서주) : 서주자사(徐州刺史) 장건봉(張建封). 『구당서』 「장건봉전」(張建 封傳)에 "장건봉은 젊어서 상당히 글을 잘 썼고 담론을 좋아하였으며, 강개하고 개 성이 강했다. (…중략…) 정원 4년(788년)에 장건봉은 서주자사 겸 어사대부, 겸 서사 호절도사가 되었다."(建封少頗屬文, 好談論, 慷慨任氣. (…중략…) 貞元四年, 以建封 爲徐州刺史, 兼御史大夫, 徐泗濠節度.)고 기록하였다.

184) 朱邸(주저) : 붉은 대문의 저택. 원래 한대에 제후의 저택 문을 주홍색으로 칠한 데 서 만들어진 어휘로, 일반적으로 고관의 저택을 가리킨다. ○前旌(전정) : 제왕이나 고관의 의장 가운데 앞에 나가는 깃발. 이 구는 797년 5월 장건봉(張建封)이 궁궐에 입조(入朝)한 사실을 가리킨다.

185) 轅門(원문) : 행군하던 군대가 주둔할 때, 수레의 끌채를 마주 세워 문처럼 만든 것으 로, 병영의 문을 말한다. 여기서는 주장(主將)이 있는 곳을 가리킨다.

186) 君侯(군후) : 제후. 장건봉을 가리킨다. ○卽世(즉세) : 거세(去世)와 같다. 세상을 떠

麾下相攲傾.[187]　　　부하들이 서로 싸우기 시작하였네

立孤抗王命,[188]　　　장건봉의 아들 장음(張愔)이 왕명에 저항하여

鐘鼓四野鳴.　　　　종소리와 북소리가 사방 들에 울려 퍼졌네

橫潰非所壅,　　　　멋대로 무너지는 걸 막을 수 없었으며

逆節非所嬰.[189]　　　군란(軍亂)을 일으킨데 연루될 수 없었네

擧頭自引刃,　　　　고개 들어 스스로 칼을 빼들으니

顧義誰顧形?　　　　의를 생각했지 누가 몸을 생각했으랴?

烈士不忘死,[190]　　　열사(烈士)는 헛되게 죽지 않으니

所死在忠貞.　　　　죽을 자리란 바로 충성과 정절이라

咄嗟徇權子,[191]　　　아아, 권력에 아부하는 자들이여

翕習猶趨榮.[192]　　　위세를 부리며 여전히 영화를 좇는구나

我歌非悼死,　　　　나의 노래는 그의 죽음을 애도하는 것이 아니라

所悼時世情.　　　　세상 사람들의 풍조를 애도한다네

나다. 장건봉은 800년 5월에 병으로 죽었다.

187) 攲傾(의경) : 기울다. 비틀어지다. 장건봉이 죽은 후 판관 정통성(鄭通誠)이 후임에 올라 절서(浙西) 군병을 데려와 일을 도모하려 하였으나, 일이 누설되어 서주군(徐州軍)은 혼란에 빠지고 정통성은 살해되었다.

188) 立孤(입고) 구 : 아들을 세워 왕명에 저항하다. 장건봉의 아들 장음(張愔)은 괵주참군(虢州參軍)으로 있었는데, 정통성이 피살된 후 서주군(徐州軍)은 조정에 장음을 절도사 후임으로 세워줄 것을 청하였다. 조정에서는 이를 허락하지 않고 사주(泗州)와 호주(濠州)를 회남에 붙여준 후 두우(杜佑)에게 서주를 토벌하라 명하였다. 그러나 서주군이 사주자사(泗州刺史) 장비(張伾)를 물리치자 조정에서는 어쩔 수 없이 장음(張愔)을 서주자사(徐州刺史) 및 서주 단련사(團練使)로 임명하고, 나중에는 다시 무녕군절도사(武寧軍節度使)를 제수하였다. 『구당서』권140 「장음전」(張愔傳)에 자세하다.

189) 嬰(영) : 두르다. 관련시키다. 이 구는 반역 행위를 위도안에 결부시킬 수 없다는 뜻.

190) 烈士(열사) : 기개가 있고 뜻이 높은 사람. ○忘死(망사) : 죽음에 이르러도 돌아보지 않다. 이 구는 해석에 문제가 되므로 妄死(헛된 죽음)로 된 판본을 따르는 경우가 많다. 여기서도 이에 따라 풀이하였다.

191) 徇權(순권) : 권세에 아부하다.

192) 翕習(흡습) : 권세나 위세가 드센 모양.

평석 도적떼를 죽였으니 용사요, 혼인을 거절했으니 의사(義士)이다. 나중에 다시 의로움을 위해 칼을 들었으니 충정지사이다. 만약 유종원이 기리지 않았다면 위도안은 아마도 알려지지 않았을 것이다.(斃群盜爲勇士, 辭師婚爲義士, 後顧義引刃, 又爲忠貞之士矣. 非柳州表揚之, 道安幾於湮沒.)

해설 서주절도사 장건봉 막하에 있던 위도안(韋道安)의 의기를 칭송하고 군란(軍亂) 속에 희생된 일을 안타까워 한 시이다. 이 시 역시 전기를 시화한 형식으로 인물의 일화와 환경을 부각하여 그 개성과 의기를 묘사하였다. 유사(儒士), 기사(奇士), 열사(烈士)라는 말이 그의 일생을 개괄하고 있다.

맹교(孟郊)

평석 송대 소식(蘇軾)은 "맹교는 차고 가도는 말랐다"(郊寒島瘦)고 평가하였다. 가도는 원래 말랐지만 맹교는 차가움을 지나치게 높고 깊게 추구하여 가혹할 정도이니 가도와 함께 논할 수 없다. 그러나 금대 원호문(元好問)은 "맹교는 궁핍과 근심 속에 죽을 때까지 쉬지 않았으니, 드넓은 천지 사이에 '시의 수인'이로다"라고 했으니 그 평가가 너무 지나치지 않은가?(東坡目爲郊寒島瘦, 島瘦固然, 郊之寒過求高深, 隣於刻削, 其實從眞性情流出, 未可與島竝論也. 而元遺山云: "東野窮愁死不休, 高天厚地一詩囚", 毋乃太過乎?)

열녀조(列女操)[1]

梧桐相待老,[2]	오동나무도 암꽃과 수꽃은 함께 늙고
鴛鴦會雙死.[3]	원앙도 한 쌍이 반드시 함께 죽는다네
貞婦貴徇夫,[4]	정절 있는 아내는 남편 따라 죽으니
舍生亦如此.[5]	정의를 위해 생명을 버림이 이와 같아라
波瀾誓不起,	맹세하노니, 물결이 일어나지 않는
妾心古井水.[6]	첩의 마음은 오래된 우물과 같아라

평석 곧은 마음을 썼으니 써놓은 말들이 지극히 드높다.(寫貞心下語嶄絶.)

해설 정절을 지키는 열녀를 칭송한 시이다. 악부의 금곡가사(琴曲歌辭)에 속하며, 전국시대 초나라 번희(樊姬)의 「열녀인」(列女引)을 개조하여 만들었다. 오동과 원앙으로 남편을 따라 죽는 열녀를 비유하였으며, 우물물을 가지고 개가(改嫁)하지 않는 정조를 표현하였다. 고대의 견고한 정절 관념을 시화하였다.

---

1) 列女(열녀): 烈女(열녀)와 같은 뜻으로 절조가 있는 여자를 말한다. ○操(조): 거문고 곡조의 이름.
2) 梧桐(오동) 구: 오동나무에 암꽃과 수꽃이 함께 피고 지므로, 부부가 함께 살고 죽음을 비유하였다. 또 고대에는 수나무를 梧(오)라 하고 암나무를 桐(동)이라 하여 자웅이수(雌雄異樹)라고 생각하였으나, 사실은 그렇지 않다.
3) 會(회): 반드시.
4) 貞婦(정부): 정조가 곧은 아내. ○徇夫(순부): 殉夫(순부)와 같다. 아내가 죽은 남편을 따라 죽음.
5) 舍生(사생): 사생취의(舍生取義)의 준말. 정의를 위해 생명을 버림. 『맹자』「고자」(告子)에 "생명도 내가 바라는 것이요, 정의도 내가 바라는 바이다. 만약 두 가지를 함께 취할 수 없다면 정의를 위해 생명을 버리겠노라"(生, 亦我所欲也; 義, 亦我所欲也. 二者不可得兼, 舍生而取義也.)고 하였다.
6) 古井水(고정수): 오래된 우물 속의 물. 외물에 움직이지 않는 고요한 마음을 비유한다.

나그네의 노래(遊子吟)[7]

慈母手中線,	자애로운 어머니의 손에 드신 실이
遊子身上衣.	나그네 몸에 걸친 옷이 되었어라
臨行密密縫,	떠날 때 한 땀 한 땀 기워주신 건
意恐遲遲歸.	더디게 돌아올까 염려하셨기 때문이라
誰言寸草心,[8]	누가 말했는가, 어린 풀의 마음이
報得三春暉![9]	봄날의 햇볕을 보답할 수 있다고

평석 『시경』「요아」(蓼莪)의 "부모의 은혜에 보답하고자 하나, 넓은 하늘같아서 다할 길 없네"
의 뜻이다. 한유의 "신의 죄는 죽어 마땅하나, 천왕께서 총명하고 밝으시어라"는 말과 함께
영원히 보존될 말이다.(卽"欲報之德, 昊天罔極"意, 與昌黎之"臣罪當誅, 天王聖明", 同有千古.)

해설 고향을 떠난 자식이 어머니의 정을 생각하는 시이다. 이 시의 제목
아래에 "율수에서 어머님을 맞이하며 지음"(迎母溧上作)이라는 자주(自注)
가 있는 것으로 보아 그가 율양위(溧陽尉)로 있을 때(801년경)의 작품임을
알 수 있다. 맹교의 시 가운데 가장 잘 알려진 작품이며, 청대 하상(賀裳)
은 당대 제일의 시로 쳤다.

---

7) 遊子吟(유자음) : 나그네의 노래. 이 제목이 최초로 출현한 것은 『문선』에 실린 소무
(蘇武)의 「시」(詩) 가운데 "그대 「유자음」(遊子吟)을 불러주게나, 그 소리는 얼마나
슬프고 처연한가"(請爲「遊子吟」, 泠泠一何悲.)에서 나온다. 유자(遊子)는 동한 말기
이래 객지에 나간 남편을 가리키는 경우가 많았으나, 맹교는 이를 어머니와 아들 사
이의 관계에서 아들을 지칭하는 것으로 바꾸었다. 당대 시인 가운데 고황(顧況)도
같은 제목의 시를 남기고 있다.
8) 寸草心(촌초심) : 寸草(촌초)는 한 치 높이에 지나지 않는 어리고 작은 풀로, 자식을
비유하며, 心(심)은 풀의 중심에서 자라나온 싹을 말함과 동시에 마음을 중의적으로
표현하였다.
9) 三春暉(삼춘휘) : 봄 석 달의 햇빛. 어머니의 사랑을 비유한다.

조신한 여인(靜女吟)[10]

艶女皆妒色,[11]	겉만 예쁜 여자는 모두 남의 미모를 시기하지만
靜女獨檢蹤.[12]	조신한 여자는 홀로 몸가짐을 추스린다네
任禮恥任粧,[13]	예법에 의지하되 화장으로 드러냄을 부끄러워하고
嫁德不嫁容.[14]	품행으로 시집가되 용모로 시집가지 않는다네
君子易求聘,[15]	군자들은 쉽게 혼인을 청하지만
小人難自從.	소인들은 따르기 어려운 일이라
此志誰與諒?[16]	이러한 뜻을 그 누가 알아주랴?
琴絃幽韻重.	거문고 줄의 소리가 깊고도 그윽하구나

해설 조신한 처녀와 겉모습만 예쁜 처녀의 각기 다른 가치관을 비교하면서 몸가짐이 조신하고 예법에 맞는 여인을 칭송하였다. 전통 유가의 이상적인 여인상을 형상화하였다.

10) 靜女(정녀) : 몸가짐이 조신한 여자. 『시경』에 「정녀」(靜女)라는 작품이 있다. 「정녀음」(靜女吟)은 맹교가 처음 제작한 악부제목이다.
11) 艶女(염녀) : 아리따운 여자. 여기서는 '정녀'(靜女)와 상대되는 말로, 겉모습만 예쁜 여자. ○妒色(투색) : 다른 사람의 미모를 시샘하다.
12) 檢蹤(검종) : 자신의 행동을 단속함.
13) 任禮(임례) : 예법에 따르다.
14) 嫁德(가덕) : 덕행으로 출가하다.
15) 求聘(구빙) : 求娉이라 쓰기도 한다. 남자가 여자에게 혼인을 청하다. 『예기』「내칙」(內則)에 "정식으로 혼례를 치르면 아내가 되고, 혼례를 치르지 않고 데려가면 첩이 된다"(聘則爲妻, 奔則爲妾.)고 하였다.
16) 諒(량) : 믿다. 이해하다.

장안에 객거하며(長安羈旅行)[17]

十日一理髮,[18]	열흘에 한 번 머리를 터니
每梳飛旅塵.	빗을 때마다 먼지가 흩어지네
三旬九過飮,[19]	삼십 일에 아홉 번밖에 술을 마시지 않는데
每食唯舊貧.[20]	먹을 때마다 가난한 친구집이로구나
萬物皆及時,[21]	만물은 모두 때를 만나 번성하는데
一人不覺春.	나만이 봄이 온 줄 모르겠노라
失名誰肯訪?[22]	이름이 없으니 누가 나를 찾아오리오?
得意爭相親.	급제한 자에게는 다투어 친해지려 몰려가네
直木有恬翼,[23]	가지가 곧은 나무에는 즐거운 새들이 깃들고
靜流無躁鱗.[24]	조용한 강물에는 조급한 물고기가 없어라
始知喧競場,[25]	비로소 알겠나니, 시끄럽게 다투는 장안(長安)은
莫處君子身.	군자가 몸 둘 곳이 아님을
野策藤竹輕,[26]	들에 나가니 등나무 지팡이가 가볍고
山蔬薇蕨新.[27]	산에 가니 고비와 고사리가 신선해라

---

17) 羈旅(기려) : 나그네 생활에 묶이다. 타향에서 살아가다.

18) 理髮(이발) : 머리를 빗다.

19) 過飮(과음) : 다른 사람 집을 방문하여 술을 마시다. 이 구는 30일에 9번 술을 마신다는 말로, 자신은 적게 마신다는 뜻. 당대 사람들은 술을 자주 마셨다.

20) 舊貧(구빈) : 예전에 사귀었던 가난한 친구.

21) 及時(급시) : 자기에게 유리한 시기를 만나다. 이 구는 도연명(陶淵明)의 「귀거래사」(歸去來辭)에 나오는 "만물이 때를 얻어 번성함을 부러워하고, 나의 삶이 말년에 가까이 다가감을 느끼노라"(羨萬物之得時, 感吾生之行休.)는 뜻을 이용하였다.

22) 失名(실명) : 이름이 없다. 과거 시험에 떨어져, 내걸린 방(榜)에 이름이 없음을 가리킨다.

23) 恬翼(염익) : 편안하고 즐거운 새.

24) 躁鱗(조린) : 성급한 물고기.

25) 喧競(훤경) : 시끄럽게 떠들며 서로 다툼. 이름과 이익을 다투는 정치판을 비유한다.

26) 野策(야책) : 지팡이를 짚고 들로 나감.

27) 薇蕨(미궐) : 고비와 고사리. 모두 산야에서 나는 채소이다. 주나라 초기에 백이와 숙제가 수양산에서 먹었던 것으로, 일반적으로 은사(隱士)의 먹거리로 인용된다.

潛歌歸去來,²⁸⁾　　　　도연명(陶淵明)처럼 '귀거래사'를 노래하니
事外風景眞.²⁹⁾　　　　세속을 떠나온 이곳 풍경이 참되어라

평석 '가지가 곧은 나무" 2구는 군자의 품격을 드러낸다.('直木'一聯, 傳出君子之品.)

해설 장안에서의 객지생활과 과거 낙제 후의 은거에 대한 지향을 나타냈
다. 맹교는 장기간 장안에서 과거를 준비하였으나 급제하지 못하였다.
맹교가 비교적 늦은 나이인 46세(796년)에 급제하기 이전 장안에 있을 때
의 정신적 풍모가 잘 드러나 있다.

고원별(古怨別)

颯颯秋風生,³⁰⁾　　　　쏴아쏴아 가을바람 일어날 때

愁人怨離別.　　　　시름 찬 사람들이 이별을 원망하네

含情兩相向,　　　　사무친 마음으로 서로 바라보기만 할 뿐

欲語氣先咽.　　　　말을 꺼내려 하니 숨이 먼저 막히네

心曲千萬端,³¹⁾　　　　심사는 천만 가닥으로 흩어지는데

悲來却難說.　　　　슬픔에 오히려 아무 말도 하지 못해

別後唯所思,³²⁾　　　　이별 뒤 오로지 그리워할 뿐

天涯共明月.³³⁾　　　　하늘 끝에 나뉘어 명월을 함께 하리

---

28)　潛歌(잠가) : 도잠(陶潛)의 「귀거래사」(歸去來辭). ○歸去來(귀거래) : 돌아가자. 來(래)
　　는 뜻 없는 조사. 전원으로 돌아가 은거하자는 뜻.

29)　事外(사외) : 세속의 바깥.

30)　颯颯(삽삽) : 의성어. 바람 소리.

31)　心曲(심곡) : 마음속의 심사. 『시경』「소융」(小戎)에 "그 판잣집에 있어, 내 마음 어지
　　러워라"(在其板屋, 亂我心曲.)는 표현이 있다.

32)　所思(소사) : 그리운 사람. 임.

33)　天涯(천애) : 하늘 끝. 아득히 먼 곳. 말 2구는 사장(謝莊)의 「월부」(月賦)에 나오는

해설 이별의 슬픔과 아쉬움을 묘사한 작품이다. 특히 중간의 4구는 헤어지는 순간의 심사와 정황을 잘 묘사한 것으로 정평이 나 있다.

다듬이 소리를 들으며(聞砧)

杜鵑聲不哀,³⁴⁾	두견이 울음소리도 이토록 슬프지 않고
斷猿啼不切.³⁵⁾	원숭이 울음도 이토록 애절하지 않으리
月下誰家砧,	달 아래 누구 집에서 다듬이 소리 나는가
一聲腸一絶.	소리마다 애간장이 끊어지누나
杵聲不爲客,	방망이 소리는 나그네를 위해 나는 게 아니건만
客聞髮自白.	나그네가 들으니 머리카락이 절로 세어지네
杵聲不爲衣,³⁶⁾	방망이 소리는 옷을 다듬는 게 아니라
欲令遊子歸.	객지 나간 사람에게 돌아오라 부르는 듯하네

평석 모두가 고악부의 풍격이다.(竟是古樂府.)

해설 가을밤에 들려오는 다듬이 소리로부터 연상되는 감흥을 그렸다. 고대에는 날씨가 추워지면 객지에 나간 사람에게 보낼 옷을 준비하였다. 특히 달 밝은 밤 다듬질 소리는 이와 관련된 많은 정서를 환기한다.

"미인이 멀리 떠나 소식이 끊겼으나, 천 리 멀리 떨어져 있어도 명월을 함께 하네"(美人邁兮音塵闕, 隔千里兮共明月.)의 뜻을 이용하였다.

34) 杜鵑(두견) : 두견새. 귀촉도(歸蜀道), 두우(杜宇), 두혼(杜魂), 불여귀(不如歸), 자규(子規) 등 여러 이름이 있다. 『화양국지』(華陽國志)에는 촉 지방에 "어부(魚鳧) 왕이 죽은 후 두우(杜宇)라는 왕이 있었는데, 백성들에게 농사를 가르쳤고 별호를 망제(望帝)라 하였다"고 간략하게 기술되어 있다. 『성도기』(成都記)에는 "망제가 죽은 후 그 혼이 새가 되었는데 이름을 두견 또는 자규라 하였다"고 기록하였다.

35) 斷猿(단원) : 외떨어진 원숭이 또는 애가 타 끊어진 원숭이라 풀이할 수도 있다.

36) 杵(저) : 다듬이방망이.

종남산에서 놀며(遊終南)[37]

南山塞天地,[38]	종남산은 하늘과 땅 사이에 들어차고
日月石上生.	해와 달이 바위 위에서 솟는구나
高峰夜留景,[39]	높은 봉우리는 밤이 되어도 햇빛이 머물고
深谷晝未明.	깊은 계곡은 낮에도 어두워라
山中人自正,[40]	산세가 기울지 않으니 사람이 절로 바르고
路險心亦平.	산길이 험난하나 마음은 오히려 평탄해라
長風驅松柏,	긴 바람이 솔과 측백을 휩쓸어가고
聲拂萬壑清.	소리는 온갖 골짜기에 맑은 기운을 가져오네
到此悔讀書,	여기에서 책 읽은 일 후회하나니
朝朝近浮名.	하루하루 허명(虛名)만 쌓이는 것을

평석 허공에서 기험한 말이 나온다.(盤空出險語.) ○「삼협을 나오며」에 나오는 "강물은 하늘로 올랐다가 하늘에서 내려오고, 배는 땅에서 나왔다가 땅으로 들어가고"와 마찬가지로 이 시 역시 기험하다.(出峽詩有"上天下天水, 出地入地舟"句, 同一奇險.)

해설 종남산의 장대함을 노래하였다. 당대 시인들은 종남산에 대해 노래한 작품이 많으며, 특히 왕유(王維)와 조영(祖詠)의 작품이 유명하다. 당시 문인들이 놀러간 종남산은 지금의 서안시 무공현(武功縣) 경내에 있는 태

---

37) 終南(종남): 종남산(終南山)을 가리킨다. 태일산(太一山), 지폐산(地肺山), 중남산(中南山), 주남산(周南山) 등으로 불렸다. 지금의 섬서성 서안시 남쪽 장안구(長安區)에 있는 산으로, 서쪽 감숙성에서 동쪽으로 하남성까지 이어지는 진령산맥(秦嶺山脈)의 일부이다.

38) 塞天地(색천지): 하늘과 땅 사이에 들어차다. 『맹자』「공손축」(公孫丑)에 "그 기(氣)가 지극히 크고 지극히 강하니, 곧음으로 기르고 해침이 없다면 곧 하늘과 땅 사이에 가득 차게 된다."(其爲氣也, 至大至剛, 以直養而無害, 則塞於天地之間.)는 말이 있다.

39) 夜留景(야류경): 밤이 되어도 햇빛이 산봉우리 위에 남아있다. 맹교는 "태백봉의 서쪽은 황혼 후에도 잔광이 보인다"(太白峰西, 黃昏後見餘日.)고 자주(自注)하였다.

40) 山中(산중): 산세가 한편으로 기울어 있지 않고 바르다.

일산(太一山)이다. 시인이 말미에서 책 읽은 일을 후회한다는 것은 허명을 쌓는 것보다 깊은 산에서 오래도록 지내는 것이 나음을 강조하기 위해서이다.

조숙 기실—재직 중 무사하다(趙俶記室倣在職無事)[41]

卑靜身後老,[42]	낮추고 침정(沈靜)하면 몸이 늙지 않고
高動物先摧.	높고 움직이면 사물이 먼저 꺾어진다
方圓水任器,[43]	물은 그릇에 따라 네모지거나 둥글어지지만
剛勁木成灰.[44]	강하고 억센 나무는 불에 타 재가 된다
大道母群物,[45]	대도는 만물의 어미이며
達人腹衆才.[46][47]	달인은 재능을 보이지 않는다
時吟堯舜篇,[48]	때때로 요순(堯舜)에 관한 글을 읊고

---

41) 趙俶(조숙) : 다른 기록이 없어 구체적인 사적은 알 수 없다. ○記室(기실) : 기실참군(記室參軍). 왕부(王府)에 속한 관리로 표문이나 상소문 등을 관장한다. 품계는 종6품상.

42) 卑靜(비정) : 몸을 낮추고 욕심 없이 조용히 지냄. ○身後老(신후로) : 몸이 나중에 늙는다. 곧 잘 늙지 않는다는 뜻. 처음 2구는 『노자』의 사상을 요약하였다. 예컨대, 제61장에 나오는 "암컷은 항상 조용함으로 수컷을 이긴다. 그것이 조용하기에 아래에 처하기를 바란다"(牝恒以靜勝牧, 爲其靜也, 故宜爲下.)와, 제26장의 "무거움은 가벼움의 근원이며, 조용함은 조급함의 주인이다."(重爲輕根, 靜爲躁君.) 등이 그러하다.

43) 水任器(수임기) : 물의 모양은 그릇의 형태에 따른다.

44) 剛勁(강경) 구 : 역시 노장 사상을 시구로 만들었다. 『장자』「산목」(山木)에 "곧은 나무가 먼저 베어지고, 맛있는 우물이 먼저 마른다"(直木先伐, 甘井先竭.)는 말이 있다.

45) 母群物(모군물) : 만물의 어미가 된다. 이 어휘는 『노자』 제25장에 근거하였다. "어떤 혼돈의 물체가 하늘과 땅보다 먼저 생겨났다. 소리도 없고 형체도 없어라! 홀로 존재하면서도 영원히 변하지 않고, 순환하면서도 지칠 줄 모르니 천지만물의 어머니가 될 수 있다. 내 그 이름을 몰라 '도'(道)라 하며, 다시 억지로 이름 붙여 '대'(大)라 한다."(有物混成, 先天地生. 寂兮寥兮! 獨立而不改, 周行而不殆, 可以爲天下母. 吾不知其名, 字之曰道, 强爲名曰大.)

46) 심구. 제지빼기에 나오는 명어과 비슷하다.(似子書中名語.)

47) 腹衆才(복중재) : 여러 재능을 품고 있다.

心向無爲開.[49] 마음은 무위(無爲)를 향해 열려있어

彼隱山萬曲, 그대는 만 굽이의 산속에 숨어 있으나

我隱酒一杯. 나는 한 잔의 술 속에 숨어 있구나

公庭何所有?[50] 그대의 관서에는 무엇이 있는가?

日日清風來. 날마다 맑은 바람만이 불어오누나

해설 조숙(趙俶)의 무위(無爲)의 심회와 청렴한 풍도를 노래한 시이다. 조숙이란 사람에 대해서는 알려진 사적이 없지만 성인의 풍모를 지녔던 것으로 보인다. 이 시는 「대은의 노래」(大隱詠) 3수 가운데 한 수이다.

하양 이 대부께 올림(上河陽李大夫)[51]

上將秉神略,[52] 대장께서 신묘한 책략을 부리니

---

48) 堯舜篇(요순편) : 유가 경전을 가리킨다. 요(堯)와 순(舜)은 공자와 맹자가 성인으로 추앙한 인물이다. 『맹자』 「등문공」(滕文公)에 "말할 때마다 요순을 들춘다"(言必稱 堯舜)는 말이 있다.

49) 無爲(무위) : 자연에 순응하며 작위적인 일을 하지 않음. 도가(道家)의 중심 사상이다. 『노자』 제2장에 "성인은 무위의 경지에 처하여 말없는 가르침을 행한다"(聖人處 無爲之事, 行不言之教.)고 했고, 제3장에서 "무위로 다스리면 다스려지지 않는 것이 없다"(爲無爲, 則無不治.)고 하였다. 『논어』 「위령공」(衛靈公)에서도 "무위로 다스린 사람은 순 임금일 것이다. 그가 무엇을 했던가? 자신을 공손히 하고 남쪽을 향해 앉아 있었을 뿐이다"(無爲而治者, 其舜也與? 夫何爲哉, 恭己正南面而已矣.)고 했다.

50) 公庭(공정) : 관청의 공무를 보는 곳. ○何所有(하소유) : 무엇이 있는가? 이 구는 양(梁) 도홍경(陶弘景)의 「산에 무엇이 있느냐는 황제의 물음에 시를 지어 답하다」(詔 問山中何所有, 賦詩以答)에 나오는 "산에 무엇이 있는가? 고개 위에 흰 구름만 많소이다. 스스로 즐길 수 있을 뿐, 잡아서 보낼 수 없구료"(山中何所有? 嶺上多白雲. 只 可自怡悅, 不堪持寄君.)의 문답을 연상시킨다.

51) 河陽(하양) : 지금의 하남성 낙양시의 동북 황하 맞은편에 있는 맹현(孟縣). ○李大夫 (이대부) : 이원순(李元淳). 788년 하양삼성회주도단련사(河陽三城懷州都團練使) 겸 어사대부가 된 후, 796년 검교공부상서(檢校工部尙書) 및 하양삼성회주절도사(河陽三城 懷州節度使)가 되었다. 799년 소의군절도사(昭義軍節度使)가 되었다.

52) 神略(신략) : 신묘한 책략.

至兵無猛威. 53)　　　최고의 군대는 맹위조차 떨칠 필요 없어라

三軍當嚴冬, 54)　　삼군이 엄동을 당했지만

一撫勝重衣. 55)　　한 번 어루만지니 두터운 옷보다 나아라

霜劍奪衆景, 56)　　서릿발 같은 칼날이 모든 빛을 압도하니

夜星失長輝.　　　밤의 별들도 빛을 잃었어라

蒼鷹獨立時,　　　매가 홀로 우뚝 서 있을 때는

惡鳥不敢飛. 57)　　나쁜 새들이 감히 날지 못한다네

武牢鎭天關, 58)　　호뢰관(虎牢關)에서 천자의 관문을 굳게 닫고

河橋紐地機. 59)　　하양교(河陽橋)에서 지세의 요로를 통괄하여라

大軍奚以安?　　　대군이 어찌하여 이토록 믿음직스러운가?

守此稱者稀. 60)61)　그대처럼 임무를 잘 완수한 자 없었어라

貧士少顔色, 62)　　가난한 선비는 얼굴을 들지 못하고

貴門多輕肥. 63)　　귀족들은 가죽옷에 살찐 말을 타는구나

---

53)　至兵(지병) : 최고의 군대. ○無猛威(무맹위) : 최고의 병사는 승리가 당연하므로 작위적으로 맹위를 떨칠 필요가 없다.

54)　三軍(삼군) : 군대의 통칭. 고대의 군대 편제는 전군, 중군, 후군으로 되어 있다.

55)　重衣(중의) : 여러 겹의 옷. 『좌전』 '선공 12년'조에 "왕이 삼군을 순시하며 위로하고 면려하니 삼군의 병사들이 모두 솜을 껴입은 듯 마음이 훈훈하였다"(王巡三軍, 拊而勉之, 三軍之士皆如挾纊)는 의미를 이용하였다.

56)　霜劍(상검) : 서릿발처럼 날카로운 검. ○奪衆景(탈중경) : 일체의 빛을 압도하다.

57)　惡鳥(악조) : 악한 새들. 반란을 일으킨 번진(藩鎭)을 비유한다.

58)　武牢(무뢰) : 호뢰관(虎牢關). 지금의 하남성 영양현(滎陽縣) 서북 사수진(汜水鎭)에 소재했던 관문으로, 형세가 험한 군사적 요충지.

59)　河橋(하교) : 하양교(河陽橋). 황하에 가로놓인 부교(浮橋). 지금의 하남성 낙양시의 동북, 맹현(孟縣) 남쪽에 소재했다. 진(晉)의 두예(杜預)가 건설하였다고 한다. ○地機(지기) : 지형이 험난하여 군사적으로 중요한 땅.

60)　심주 : 대부의 공적을 아는 사람이 없음을 말했다. 이어서 아래에서 시의 주지를 드러냈다.(言無人知大夫之功也. 下接呈詩意.)

61)　稱者(칭자) : 칭직(稱職)한 사람. 맡은 일을 잘 완수한 사람.

62)　少顔色(소안색) : 무안색(無顔色)과 같은 말로, 무안하다는 뜻이다. 잘못했거나 처지가 불리하여 부끄러워 얼굴을 들지 못하다.

63)　輕肥(경비) : 가벼운 가죽옷과 살찐 말. 일반적으로 '비마경구'(肥馬輕裘)라고 하며, 호사스런 생활을 형용한다.

試登山岳高,	높은 산 위로 올라가 보니
方見草木微.	비로소 초목이 미약함을 알겠노라
山岳恩旣廣,	산악이 베푼 은혜가 드넓으니
草木心皆歸.	초목의 마음이 모두 이에 의지한다네

해설 하양에 절도사로 있는 이 대부에게 올린 시이다. 주로 이 대부의 뛰어난 통솔력과 고매한 풍모를 극력 칭송하였고, 예전의 절도사와 비교하면서 의탁하고자 하는 자신의 마음을 표현하였다. 일종의 벼슬을 구하는 간알시(干謁詩)이다. 한유(韓愈)도 「하양 이 대부에게」(贈河陽李大夫)라는 시를 지었다.

별장으로 돌아가는 두로책을 보내며(送豆盧策歸別墅)[64]

短松鶴不巢,	낮은 소나무에는 학이 둥지 틀지 않고
高石雲始棲.	높은 바위라야 구름도 비로소 머문다네
君今瀟湘去,[65]	그대 지금 상수(湘水)로 떠나가니
意與雲鶴齊.	뜻은 구름 속의 학과 같이 높아라
力買奇險地,	기이하고 험난한 땅을 힘써 사들여
手開淸淺溪.	손수 파서 맑은 개울을 흐르게 하리
身披薜荔衣,[66]	몸에는 승검초로 만든 옷을 입고

---

64) 豆盧策(두로책) : 두로(豆盧)가 성이고 책(策)이 이름이다. 시인 여위(呂渭)의 사위. 800년 여위가 죽을 때 두로책은 회남절도사 장서기(掌書記) 및 태상시(太常寺) 봉례랑(奉禮郎)으로 있었다. 위응물(韋應物)의 「두로책 수재를 보내며」(送豆盧策秀才)에 "글은 쇠와 돌을 울리는 듯하고"(文如金石韻)라는 말로 봐선 시문에도 뛰어났던 듯하다.

65) 瀟湘(소상) : 소수(瀟水)와 상수(湘水). 지금의 호남성에 소재한 강.

66) 薜荔衣(벽려의) : 승검초로 만든 옷. 굴원(屈原)의 『구가』 「산귀」(山鬼)에 "산기슭에 어른거리는 사람 그림자, 승검초로 옷 입고 새삼 덩굴로 띠 둘렀네"(若有人兮山之阿,

山陟莓苔梯.　　　　　이끼 낀 산의 제단을 오르리
一卷冰雪文,[67]　　　얼음과 눈처럼 고결한 한 권의 시문집
避俗常自携.　　　　세속을 떠나 살며 언제나 들고 다니리

해설 멀리 호남성 남쪽으로 은거하러 가는 두로책(豆盧策)을 보내며 써준 시이다. 구름 속의 학(雲鶴), 얕고 맑은 시내(淸淺溪), 얼음과 눈같은 시문집(冰雪文) 등 흰색 계열의 이미지와 승검초로 만든 옷(薛荔衣), 이끼 낀 계단(莓苔梯) 등 녹색 계열의 이미지가 고결한 은자의 모습을 짜 만들어내었다.

사명산으로 들어가는 소연사를 보내며(送蕭鍊師入四明山)[68]

閑於獨鶴心,　　　　학의 마음보다 더 한가하고
大於高松年.　　　　오래된 소나무보다 나이가 더 많아
迥出萬物表,　　　　소나무처럼 멀리 만물의 밖에 높이 솟아
高栖四明巓.　　　　학처럼 사명산의 꼭대기에 깃들어 사누나
千尋直裂峰,　　　　곧장 갈라진 천 길 봉우리
百尺倒瀉泉,[69]　　　아래로 쏟아지는 백 척 폭포
絳雪爲我飯,[70]　　　나 대신 강설(絳雪)을 먹고

被薛荔兮帶女羅.)에서 유래하였다. 나중에는 종종 은사의 옷을 가리킨다.
67)　冰雪文(빙설문) : 얼음과 눈처럼 고아하고 청신한 시문.
68)　蕭鍊師(소연사) : 성이 소씨(蕭氏)인 도사. 연사(鍊師)는 원래 덕망이 높고 수련이 뛰어난 도사를 말하나, 나중에는 도사에 대한 존칭으로 쓰였다. ○四明山(사명산) : 지금의 절강성 영파시(寧波市) 서남의 여요시(餘姚市), 은현(鄞縣), 봉화현(奉化縣) 등에 걸쳐 있는 산. 천태산(天台山)과 산맥이 이어져 있다. 주봉은 승현(嵊縣) 동북에 소재.
69)　倒瀉(도사) : 위에서 아래로 쏟아지다.
70)　絳雪(강설) · 도규(丹藥)의 이름. 『한무내전』(漢武內傳)에서 "선가의 양약으로 현상과 강설이 있다"(仙家上藥, 有玄霜絳雪.)고 하였다.

白雲爲我田.　　　　나 대신 흰 구름을 밭 갈아주오
靜言不語俗,[71]　　　고요하여라, 속세의 일일랑 입에 올리지 말고
靈蹤時步天.[72]　　　드높은 발걸음은 때로 하늘을 거니리라

평석 앞 시와 마찬가지로 첫머리가 공교하다.(工於發端, 與前一首同.)

해설 소 연사(蕭鍊師)를 보내며 써준 송별시이다. 도사의 풍모를 노송에 깃든 학으로 비유하고, 사명산에서의 생활을 상상하였다. 천 길 봉우리와 백 척 폭포는 사명산의 모습이지만, 동시에 이를 수 없는 소 연사의 정신적 높이를 형상화한 이미지이기도 하다.

이관과 한유를 보내며,
더불어 장 서주께 바침(送李觀、韓愈別, 兼獻張徐州)[73][74]

富別愁在顏,　　　부자의 이별은 시름이 얼굴에만 나타나지만
貧別愁銷骨.　　　가난한 자의 이별은 시름이 뼈까지 녹인다네
懶磨舊銅鏡,　　　오래된 구리거울 닦는 일도 게으른 것은
畏見新白髮.　　　새로 난 흰머리를 볼까 두려워서라

---

71)　靜言(정언) : 조용히. 편안히. 言(언)은 조사. 『시경』 「백주」(柏舟)에 "조용히 생각하니 가슴을 치게 되네"(靜言思之, 寤辟有摽.)라는 말이 있다.

72)　靈蹤(영종) : 뛰어난 발자취. 곧 도사의 족적.

73)　심주 : 즉 장건봉이다.(卽張建封.)

74)　李觀(이관) : 원래 조주(趙州) 사람으로, 소주(蘇州)에서 살았다. 792년 진사과에 급제하였고, 같은 해 박학굉사과(博學宏詞科)에도 급제하였다. 이 년 후인 794년 젊은 나이에 사망하였다. ○ 張徐州(장서주) : 서주자사(徐州刺史) 장건봉(張建封). 앞에 나온 한유의 「위도안」(韋道安) 참조. 이 시의 제목은 통행본에서는 「한유와 이관의 이별에 답하며, 이에 장서주께 바침(答韓愈李觀別因獻張徐州)이라 되어 있으며, 『문원영화』에는 「장안에서 한유와 이관을 두고 떠나며, 이에 장서주께 바침」(長安留別李觀韓愈因獻張徐州)이라 되어 있다.

古樹春無花,	봄이 와도 고목에는 꽃이 피지 않고
子規啼有血.	자규만 울며 피를 토하는구나
離絃不堪聽,	이별의 가락 차마 들을 수 없어
一聽三四絶.[75]	한 번 들으면 애간장이 서너 번 끊기는구나
世途非一險,	인생의 역정에 험난함이 한 번만이 아니어서
俗慮各千結.[76]	세상 근심에 저마다 창자가 천 마디나 꼬이네
有客步大方,[77]	식견 높은 대인(大人)을 만나러가려 해도
驅車獨迷轍.	수레를 몰아 어디로 갈지 모르겠구나
故人韓與李,	친구인 한유와 이관은
逸翰雙皎潔.[78]	한 쌍의 흰 말과 같은데
哀哉摧折歸,[79]	슬퍼라, 혼자 날개가 꺾이어 돌아가니
贈詞縱橫設.[80]	나에게 보내준 시가 자상하구나
徐方國號在,[81]	서주(徐州)는 나라 이름이 아직 남아있고
元戎天下傑.[82]	통수자는 천하의 인걸이라
禰生投刺遊,[83]	예형(禰衡)이 명찰을 가지고 놀러가고

---

75) 三四絶(삼사절): 거문고 줄이 여러 번 끊어지다. 애간장이 끊어짐을 비유하였다.
76) 俗慮(속려): 세속의 근심.
77) 大方(대방): 大方之家(대방지가). 곧 식견이 높고 세상의 도리를 아는 사람.
78) 逸翰(일한): 빼어난 문장. 그러나 현대 학자 화침지(華忱之)는 『예기』 「단궁」(檀弓)의 '융거승한'(戎車乘翰)의 용례를 따라 翰(한)을 흰 말로 풀이하였다. 마침 이 해에 두 사람이 함께 급제하였다. 여기서는 후자에 따른다.
79) 摧折歸(최절귀): 꺾인 후 돌아가다. 과거에 낙제하여 돌아가다.
80) 贈詞(증사): 증시(贈詩). 한유는 「맹생시」(孟生詩)를 써서 주었고, 이관의 시는 지금 남아있지 않다. ○縱橫設(종횡설): 문필이 자유분방하다.
81) 徐方(서방): 서주(徐州).
82) 元戎(원융): 통수(統帥). 대장.
83) 禰生(예생): 예형(禰衡, 173~198년)을 가리킨다. 동한 말기 문인으로 어려서부터 재주 있고 변론이 뛰어났으며 성격이 강직하고 오만하였다. 공융(孔融), 양수(楊修)와 어울렸다. 공융의 추천으로 조조(曹操) 아래 하급관리인 고사(鼓史)가 되었으나 잔치 때 북을 두드리며 조조를 욕하였다. 나중에 강하태수 황조(黃祖)에게 죽임을 당하였다. ○投刺(투자): 명찰을 보내어 만나기를 청하다. 『후한서』 「예형전」(禰衡傳)에 "건안 연간 초에 허(許)로 놀러갔다. 처음 영천(潁川)에 이르렀을 때 남몰래 명찰

王粲吟詩謁.[84]	왕찬(王粲)이 시를 읊으며 알현하러 가네
高情無遺照,[85]	높은 마음은 비추지 않은 곳이 없고
朗抱開曉月.	고결한 흉금은 새벽달이 나온 듯해라
有土不埋寃,	다스리는 영토 안에서는 원망이 없고
有韝皆爲雪.[86]	억울함이 있으면 모두 깨끗이 씻어내네
願爲直草木,	원컨대 곧바른 초목이 되어
永向君地列.	영원히 대인의 땅에 서 있고저
願爲古琴瑟,	원컨대 오래된 금슬(琴瑟)이 되어
永向君前發.	영원히 대인 앞에서 울리고저
欲識丈夫心,	장부의 마음을 알고자 하신다면
曾將孤劍說.[87]	한 자루 칼을 가지고 말씀드리리

평석 정원과 원화 연간 이후 시는 근체시만을 숭상하였기에, 고체시는 점점 쇠락하였고 특히 오언고시는 더욱 쉽고 조야해졌다. 송대와 원대에 이르러 정통으로 보는 경우가 드물다가 명대에 와서야 다시 복고로 돌아갔다. 여기서는 유종원과 맹교 이후의 시는 거의 채록하지 않았는데, 여러 갈래의 변형이 분분히 나왔기에 시를 배우는 사람들이 따르지 못할까 염

을 하나 품고 있었다. 얼마 후 갈 곳이 없다보니 파인 글자가 문드러졌다"(建安初, 來遊許下. 始達潁川, 乃陰懷一刺, 旣而無所之適, 至於刺字漫滅.)고 하였다.

84) 王粲(왕찬) : 동한 말기 문인(177~217년). 명문 출신으로 증조와 조부가 모두 한(漢)의 삼공(三公)이었으며, 부친은 하진(何進)의 장사(長史)였다. 채옹(蔡邕)이 왕찬의 재주를 아껴 그가 찾아오면 신발을 거꾸로 신고 달려가 맞이했다는 '도리상영'의 일화가 유명하다. 장안이 난리에 빠지자 형주에 가서 유표(劉表)에게 십오 년간 의지하였다. 유표가 죽은 후에는 조조(曹操)에게 의지하여 승상연(丞相掾), 군모좨주(軍謀祭酒), 시중(侍中) 등을 지냈다. 시 이외에도 「등루부」(登樓賦) 등 명편이 있다. 건안칠자(建安七子) 가운데 가장 뛰어난 문인으로 꼽힌다. 여기서는 215년 조조가 한중(漢中)에서 장로(張魯)를 격파하고 남정(南鄭)으로 갈 때, 왕찬이 함께 수행하며 「종군의 노래」(從軍行) 등의 시를 지은 일을 가리킨다.

85) 遺照(유조) : 다 비추지 못하고 빠뜨림.

86) 雪(설) : 昭雪(소설)과 같다. 깨끗이 씻다. 억울한 누명이나 원통한 죄를 벗다.

87) 孤劍(고검) : 한 자루 검. 외롭고 강인한 선비를 비유하며 여기서는 시인 자신을 가리킨다.

려해서이다.(貞元、元和以降, 詩歌專尙近體, 於古風漸薄, 五言古尤入淺率, 沿及宋、元, 鮮遵正軌. 復古轉在明代也. 玆於柳子厚、孟東野後, 所采寥寥, 惟恐岐途紛出, 學詩者靡所適從耳.)

해설 792년 지은 시이다. 이 해에 한유(25세)와 이관(27세)이 진사에 급제하여, 각각 자신들이 알고 있는 고관들에게 맹교(42세)를 추천하였다. 한유는 서주자사 장건봉(張建封)의 막부에 추관(推官)이 되면서, 과거에 낙제한 맹교를 추천하였다. 이에 따라 맹교는 서주로 가게 되었고, 이들과 헤어지며 이 시를 썼다. 이별의 아쉬움과 함께 장건봉에 대한 의탁의 바람을 적어 넣었다. 비록 맹교의 처지와 정신적인 면모가 잘 드러나긴 하지만 칭송의 말투가 다소 적나라하다.

가도(賈島)

먼 사람에게 부침(寄遠)

別腸多鬱紆,[1]	헤어진 심사가 울적하기 그지없으니
豈能肥肌膚?	어찌 몸이 수척해지지 않으리오?
始知相結密,	비로소 알았나니 서로가 친했음을
不及相結疎.	차라리 소원하기만 못했구료
疎別恨應少,	소원하면 한(恨)도 분명 적으련만

---

1) 別腸(별장) : 헤어지기 아쉬워하는 마음. ○鬱紆(울우) : 마음이 막히고 굽이진 모양. 조식의 「백마왕 조표에게」(贈白馬王彪)에 "내 말이 병들어도 나아갈 수 있으나, 나의 마음은 시름에 잠겼네. 시름에 잠겨 무엇을 걱정하는가, 사랑하는 친척과 떨어져 있는 것이라네"(玄黃猶能進, 我思鬱以紆. 鬱紆將何念? 親愛在離居.)는 말이 있다.

密別恨難袪.[2]	친밀하였기에 이별의 한을 떨치기 어려워라
門前南去水,	문 앞에는 남으로 흐르는 강물
中有北飛魚.	그 속에는 북으로 날아가는 물고기 있어
魚飛向北海,[3]	물고기가 북해(北海)를 향해 날아가니
可以寄遠書?	멀리 편지를 부칠 수 있을까?
不惜寄遠書,	멀리 편지 부치는 일은 아쉽지 않으나
故人今在無?[4]	친구는 지금 그곳에 있는지 몰라라
華山嵜嶢形,[5]	우뚝 솟은 화산(華山)의 형상은
遙望齊平蕪.[6]	멀리서 바라보니 평야의 숲과 같아라
況此數尺身,	하물며 나는 몇 척의 몸으로
阻彼萬里途.	저 멀고 먼 만 리 길 때문에 막혔어라
自非日月光,	이 몸은 해와 달이 아니어서
難以知子軀.	그대의 몸이 어디 있는지 알기 어려워라

해설 이별 후의 그리움을 노래한 시이다. 동한(東漢) 말기 고시(古詩)의 풍모가 농후하지만, 어휘와 구를 깎아낸 솜씨가 훨씬 날카로워 지식인의 어투가 강하다. 이러한 점이야말로 가도의 특징이라 할 것이다.

---

2) 袪(거) : 떨어내다.
3) 魚飛(어비) 구 : 채옹(蔡邕)의 「장성 아래 샘에서 말에 물 먹이며」(飮馬長城窟行)에 "먼 곳에서 온 손님이, 나에게 쌍잉어 편지함을 주어서, 어린 종을 시켜 잉어를 갈랐더니, 뱃속에서 비단 편지 나왔지요"(客從遠方來, 遺我雙鯉魚. 呼兒烹鯉魚, 中有尺素書.)의 내용을 이용하였다.
4) 故人(고인) : 예전부터 알던 사람. 일반적으로 친구를 말한다.
5) 華山(화산) : 오악(五嶽)의 하나로 지금의 섬서성 화음시(華陰市) 남쪽에 소재. 북으로 황하와 닿아있고 남으로 위하(渭河) 평야를 내려보고 있다. 주봉 낙안봉(落雁峰)은 2083미터이다. ○ 嵜嶢(초요) : 높고 험준한 모습.
6) 平蕪(평무) : 초목이 우거진 평야.

이익(李益)

평석 이익은 변새시를 가장 잘 지었다. 「출정간 사람의 노래」, 「새벽길을 나서며」 등의 시편
은 호사가들이 병풍에 그렸다.(君虞邊塞詩最佳, 「征人歌」 「무行」等篇, 好事者畵爲屛障.)

돌아오는 군대를 바라보며(觀回軍)

行行上隴頭,[1]	날마다 걷고 걸어 농두(隴頭)에 오르니
隴月暗悠悠.	농산(隴山)의 달빛이 멀리까지 어둡구나
萬里將軍沒,	만 리 멀리 나가 장군이 죽으니
回旌隴戌秋.[2]	가을 농산의 수자리로 깃발이 돌아오네
誰令嗚咽水[3]	누구인가, 흐느끼는 농두의 강물이
重入故營流.	다시금 군영(軍營)으로 흐르게 한 자는

해설 패전하여 돌아오는 군대의 모습을 그린 변새시(邊塞詩)이다. 달빛, 깃
발, 농두수(隴頭水) 등 감응력이 높은 어휘를 사용하여 침중하고 슬픈 분
위기를 간결하게 묘사하였다.

---

1) 隴頭(농두): 지금의 섬서성과 감숙성 경계에 있는 농산(隴山)의 꼭대기를 말한다. 농
   판(隴坂) 또는 농저(隴坻)라고도 한다. 아홉 굽이로 산세가 험준하여 올라가는데 7
   일이 걸렸다. 중원과 하서회랑을 가르는 경계에 해당한다.
2) 回旌(회정): 출정 나간 군대가 돌아오다. 정(旌)은 원래 소꼬리나 깃털로 장식한 깃
   발이었으나, 일반적으로 대장이나 지휘관의 군대가 들고 나가는 깃발을 가리킨다.
3) 嗚咽水(오열수): 오열하는 강물. 농산(隴山) 꼭대기에서 흘러나오는 농두수(隴頭水)
   를 가리킨다. 중원에서 부역이나 군역 나가는 사람들이 이곳에 올라 고개를 돌려 멀
   리 바라보면 슬퍼하지 않는 사람이 없었다고 한다. 남조(南朝)의 민가인 「농두가」
   (隴頭歌)에 "농두의 물이여, 그 소리가 오열하는 듯. 아득히 진(秦) 지방 평원을 바라
   보니, 심장과 간이 끊어지네"(隴頭流水, 鳴聲嗚咽. 遙望秦川, 心肝斷絶.)라는 구절에
   서 '오열하는 강물'의 이미지가 만들어졌다.

종남산에 올라 전사의 난야에 이르러(入南山至全師蘭若)[4]

木隕水歸壑,[5]	나뭇잎 떨어지고 계곡에 물이 빠지니
寂然無念心.[6]	적막하여라, 무념의 마음이여
南行有真子,[7]	남으로 가면 부처의 제자가 있으니
被褐息山陰.[8]	베옷을 입고 산의 북면에서 쉬고 있으리
石路瑤草散,[9]	돌길에는 아름다운 풀이 흩어져 있고
松門寒景深.	소나무 문에는 겨울 햇빛이 깊어라
吾師亦何授,	나의 스님께선 무엇을 주시는가
自起定中吟.[10]	참선 중에 지으신 시를 주시네

해설 종남산의 스님을 찾아가는 도중의 광경을 통해 스님의 고결한 풍모를 표현한 시이다.

---

4) 全師(전사): 성이 전(全)씨인 승려. 師(사)는 승려에 대한 존칭. ○ 蘭若(난야): 개인 사찰. 범어 아란야(阿蘭若)의 준말로 조용한 곳이란 뜻이다. 일반적으로 관청에서 편액을 내린 곳을 '寺'(사)라 하고, 개인이 지은 곳을 '蘭若'(난야) 또는 '招提'(초제)라고 한다.
5) 木隕(목운): 나뭇잎이 시들어 떨어지다.
6) 無念(무념): 망념이 없음. 마음에 삿된 생각이 없음.
7) 眞子(진자): 불법을 믿고 진실로 행하며 불법을 계승할 수 있는 사람. 즉 여러 보살. 여기서는 전사를 가리킨다.
8) 被褐(피갈): 베옷을 입다. 『노자』 제70장에 "성인은 베옷을 입고 있으나 품속에는 보옥을 품고 있다"(聖人被褐懷玉)고 하였다.
9) 瑤草(요초): 신선의 세계에 자란다는 향초. 『산해경』(山海經)에서는 고요산(姑瑤山) 제왕의 딸이 죽어 변한 풀이라고 하였다. 동방삭(東方朔)은 「친구에게 주는 편지」(與友人書)에서 "함께 요초를 줍고, 해와 달의 빛을 마시고, 신선이 되어 가벼이 날기를 바랄 뿐이네"(相期拾瑤草, 吞日月之光華, 共輕擧耳.)라고 하였다.
10) 定中吟(정중음): 선정(禪定) 중의 읊조림. 여기서는 전사의 시(詩)를 가리킨다.

장간의 노래(長干行)[11][12]

憶妾深閨里,	첩이 깊은 규중에 있을 때를 생각하니
煙塵不曾識.	세상의 어려움이 무엇인지 몰랐지요
嫁與長干人,	장간 사람에게 시집가고선
沙頭候風色.[13]	사두(沙頭)의 바람이 어떤지 살펴야했지요
五月南風興,	오월에 남풍이 일어나면
思君下巴陵.[14]	그대가 파릉(巴陵) 가리라 생각했고
八月西風起,	팔월에 서풍이 불면
想君發揚子.[15]	그대가 양자(揚子)로 가리라 생각했지요
去來悲如何?	오고감이 슬프니 어찌 해야 하나요?
見少離別多.	만남은 짧고 헤어짐은 길기 때문이지요
湘潭幾日到?[16]	상담(湘潭)에는 언제 도착하나요?
妾夢越風波.	첩은 꿈속에서 그대와 함께 풍파를 넘어요
昨夜狂風度,	어젯밤 불어온 광풍에
吹折江頭樹.	강가의 나무들이 부러졌어요

12) 長干行(장간행) : 악부제로 '잡곡가사'에 속한다. 남조 민가에 지금의 남경 일대에서 유행하던 「장간곡」(長干曲)이 있다. 장간(長干)은 금릉(金陵, 지금의 남경시)의 남쪽 교외에 있던 골목 이름. 화동 지방에선 언덕과 언덕 사이를 '간'(干)이라 하기에 대장간(大長干), 소장간(小長干), 동장간(東長干) 등의 지명이 있었다.

13) 沙頭(사두) : 사두시(沙頭市). 장강을 끼고 무한과 의창 중간에 위치하며, 고래로 사방의 상인과 배가 폭주하였다. 지금의 형주시 사시구(沙市區).

14) 巴陵(파릉) : 파릉군. 악주(岳州)에 속했다. 지금의 호남성 악양시.

15) 揚子(양자) : 나루터 이름. 揚子津(양자진) 또는 양자도(揚子渡)라고도 한다. 강소성 강도현(江都縣) 남쪽 장강의 북안에 소재. 남북을 잇는 중요한 나루였다.

16) 湘潭(상담) : 담주(潭州)를 가리킨다. 진대(晉代)에는 상주(湘州)라 했고, 당대에는 담주(潭州)라 했기에, 상담이라고도 불렀다. 지금의 호남성 장사시(長沙市).

17) 渺渺(묘묘) : 멀고 먼 모양. 또는 아주 작은 모양.

18) 浮雲驄(부운총) : 한 문제(漢文帝)가 타던 명마 이름. 『서경잡기』(西京雜記)에 "문제가 대(代) 지방에서 돌아오면서 좋은 말 아홉 필을 데려왔는데 모두 천하의 준마였다. 그중 하나가 부운(浮雲)이다."(文帝自代還, 有良馬九匹, 皆天下之駿馬也, 一名浮雲.)고 했다.

渺渺暗無邊,[17]	강물은 아득히 멀고 끝없는데
行人在何處?	행인은 지금 어디에 있나요?
好乘浮雲驄,[18]	부운(浮雲) 같은 준마를 타고
佳期蘭渚東.[19]	난초 핀 강의 동쪽에서 만나요
鴛鴦綠浦上,	원앙은 녹색의 포구에서 노닐고
翡翠錦屏中.[20]	물총새는 비단 병풍 속에 있어요
自憐十五餘,	가련하게도 열다섯 나이에
顏色桃花紅.	얼굴은 복사꽃처럼 붉은데
那作商人婦,[21]	어이하여 상인의 아내가 되어
愁水復愁風!	강물을 걱정하고 바람을 걱정하게 되었나요!

평석 색을 칠하고 시어를 엮는 것이 이백과 흡사하다.(設色綴詞, 宛然太白.)

해설 이백의 「장간의 노래」와 마찬가지로 장강에 장사하러 떠난 남편을 기다리는 여인의 심정을 노래한 악부시이다. 남편이 배를 타고 다니므로 센 바람이 불거나 강물이 거칠 때면 남편을 염려하는 애절한 마음이 천진하고도 진지하게 부각되었다. 이 시의 작자에 대해서는 여러 시문집에 이익(李益), 이백(李白), 장조(張潮) 등으로 기록되어 있어 역대로 논쟁이 되었다. 이중 이백과 장조가 생존할 때 편찬된 이강성(李康成)의 『옥대후집』(玉臺後集)에 장조의 작품으로 기록되었으므로 이를 따르는 것이 가장 합리적으로 보인다.

---

17) 渺渺(묘묘) : 멀고 먼 모양. 또는 아주 작은 모양.
18) 浮雲驄(부운총) : 한 문제(漢文帝)가 타던 명마 이름. 『서경잡기』(西京雜記)에 "문제가 대(代) 지방에서 돌아오면서 좋은 말 아홉 필을 데려왔는데 모두 천하의 준마였다. 그중 하나가 부운(浮雲)이다."(文帝自代還, 有良馬九匹, 皆天下之駿馬也, 一名浮雲.)고 했다.
19) 蘭渚(난저) : 난초 꽃이 핀 강가. 아름다운 장소를 가리킨다.
20) 翡翠(비취) : 물총새.
21) 那(나) : 奈何(내하)와 같다. 어찌하여.

권덕여(權德興)

달밤에 배를 타고 강을 따라가며(月夜江行)¹⁾

扣舷不得寐,²⁾	뱃전 두드리는 소리에 잠들 수 없나니
浩露淸衣襟.³⁾	담뿍 내린 이슬에 옷깃이 맑아라
彌傷孤舟夜,⁴⁾	쪽배 탄 밤 가슴은 점점 미어지는데
遠結萬里心.	만 리 멀리 그리는 마음 깊어지네
幽興惜瑤草,	그윽한 흥취로 풀들을 사랑하고
素懷寄鳴琴.⁵⁾	맑은 정회를 거문고에 부쳐보네
三奏月初上,⁶⁾	세 번 연주하니 달이 막 떠올라
寂寥寒江深.	적막 속 차가운 강물이 깊어라

해설 밤배를 타고 강을 따라갈 때 일어나는 우아한 흥취를 노래한 시이다. 시인의 감흥은 비록 뚜렷하지 않지만 '만리심'(萬里心)에서 볼 수 있듯 친지나 친구를 그리는 것을 알 수 있다. 권덕여의 시에는 특히 강행(江行)에 관한 소재가 많은데, 이 시 역시 충만한 서정을 음악으로 달래고 있어 유현하면서도 맑다. 영롱한 의경은 성당(盛唐)풍의 운미를 남긴다.

---

1) 江行(강행) : 배를 타고 강을 따라 가다.
2) 扣舷(구현) : 노래할 때 박자를 맞추느라 뱃전을 손으로 두드림.
3) 浩露(호로) : 많이 내린 이슬.
4) 彌傷(미상) : 점점 마음이 아프다.
5) 素懷(소회) : 평소의 심사. 여기서는 맑은 정회.
6) 三奏(삼주) : 세 번 연주하다. 이 구는 음악의 힘에 따라 달이 떠오른다는 어감을 준다. 이와 비슷한 의경은 『한비자』「십과」(十過)를 참조할 수 있다. "사광(師曠)이 어쩔 수 없어 거문고를 안고 줄을 울렸다. 한 번 연주하니 현학 열여섯 마리가 남쪽에서 날아와 궁문의 지붕 위에 모였다. 두 번 연주하니 나란히 열 지어 섰다. 세 번 연주하니 목을 빼들고 울며 날개를 펼쳐 춤을 추었다."(師曠不得已, 援琴而鼓. 一奏之, 有玄鶴二八, 道南方來, 集於郞門之垝. 再奏之而列. 三奏之, 延頸而鳴, 舒翼而舞.)

엄자릉 조어대 아래에서 지음(嚴子陵釣臺下作)[7]

絶頂聳蒼翠,	비췻빛으로 솟아오른 높은 봉우리
清湍石磷磷.[8]	내려오는 여울물에 돌들이 깨끗해라
先生晦其中,[9]	선생이 그 속에 깃들어 살았으니
天子不得臣.	천자가 신하로 삼지 못하였어라
心靈棲顥元,[10]	심령이 거대한 기운 속에 깃들어
纓冕猶緇塵.[11]	갓끈과 예관을 새까만 먼지처럼 여겼었지
不樂禁中臥,	궁중에 누웠어도 즐겁지 않아
却歸江上春.	봄이 온 강가로 되돌아 왔네
潛驅東漢風,[12]	동한 초기의 부박한 풍토를 몰아내
日使薄者醇.[13]	각박한 사람들이 날로 순박해져갔어라
焉用佐天子,	천자를 보좌하는데 쓰지 않고
持此報故人.[14]	이러한 업적을 친구로서 보답했네
則知大賢心,	비로소 알겠나니, 뛰어난 현인의 마음을

---

7) 嚴子陵(엄자릉) : 엄광(嚴光). 자릉(子陵)은 자이다. 동한 초기의 은사. 절강 여요(餘
姚) 사람. 엄자릉이 유명한 것은 그가 젊었을 때 유수(劉秀)와 동문수학했는데, 유수
가 광무제(光武帝)가 되어 그를 여러 번 불렀어도 나가지 않았다는 점이다. 광무제
가 사방으로 그를 찾자 엄자릉이 어쩔 수 없이 직접 도성에 갔으나 결국 벼슬을 응
낙을 하지 않고 부춘산(富春山)에 들어가 낚시하며 은거하였다. 지금의 절강성 동려
현(桐廬縣)의 부춘산 아래 전당강(錢塘江) 강가에는 엄자릉이 낚시했다는 동대(東
臺)와 서대(西臺)가 있다.
8) 磷磷(린린) : 물과 돌이 맑고 깨끗한 모습.
9) 晦(회) : 어둡다. 여기서는 은거하다.
10) 顥元(호원) : 청명하고 거대한 기운.
11) 纓冕(영면) : 갓끈과 예관(禮冠). 관리 또는 벼슬을 가리킨다. ○ 緇塵(치진) : 검은 먼
지. 지극히 미천한 물건.
12) 風(풍) : 풍도. 東漢風(동한풍)은 동한 초기의 명리를 추구하는 세속의 풍토.
13) 薄者醇(박자순) : 각박한 사람이 순박하게 바뀌다. 『맹자』「만장」(萬章)에 "그러므로
유하혜의 풍도에 대해 들은 사람은, 도량이 좁은 사람은 넓어지고 각박한 사람은 후
덕하게 된다."(故聞柳下惠之風者, 鄙夫寬, 薄夫敦.)는 말이 있다.
14) 故人(고인) : 친구. 광무제를 가리킨다.

不獨私其身.[15]	아끼고 사랑한 건 오로지 자신의 몸만이 아님을
弛張有深致.[16]	나가고 물러섬에 깊은 생각 있었고
耕釣陶天眞.[17]	밭 갈고 낚시하며 천성을 도야했네
奈何淸風後,	어이 하나, 맑은 바람이 지나간 후
擾擾論屈伸![18]	사람들은 벼슬의 진퇴에 의논이 분분한 것을!
交情同市道.[19]	사귐은 시장에서의 물건 거래와 같고
利欲相紛綸.[20]	이욕에 눈이 어두워 서로 분란에 어지럽구나
我行訪遺臺,	내 이제 남겨진 낚시터를 찾아가
仰古懷逸民.[21]	고인의 풍모를 우러르고 일민(逸民)을 생각하네
矰繳鴻鵠遠.[22]	주살을 쏘았어도 거대한 고니는 멀리 날아가고
雪霜松桂新.	눈과 서리가 소나무와 계수에 새로워라
江流去不窮,	흘러간 강물은 되돌아오지 않고
山色凌秋旻.[23]	산 빛은 가을하늘 위로 높이 솟았어라
人世自今古,	예부터 지금까지 인간 세상에
淸輝照無垠.	맑은 빛이 온 사방을 다 비추는구나

평석 동한의 절의는 엄자릉이 부박한 풍토를 몰아냈으니, 단순히 그 은일만 높이지 않았다. 의론이 바르고 크게 세우기 위해 특히 이 시를 지었다.(東漢節義, 嚴陵潛驅之, 不止高其隱逸

---

15) 私其身(사기신) : 자신의 몸을 아끼다. 여기서는 은거하여 자신의 몸을 보존한다는 뜻.
16) 弛張(이장) : 활 늦추기와 활 매기. 은거와 출사를 비유한다. ○ 深致(심치) : 깊은 뜻.
17) 陶天眞(도천진) : 자연스럽고 구속 없는 품성을 도야함.
18) 擾擾(요요) : 어지러운 모양. ○ 屈伸(굴신) : 굽히기와 펴기. 관직의 오름과 내림, 또는 벼슬에서의 나감과 물러섬을 가리킨다.
19) 市道(시도) : 시장에서의 장사.
20) 紛綸(분륜) : 많고 어지러운 모양.
21) 仰古(앙고) : 고대의 풍모를 우러러봄. ○ 逸民(일민) : 은거한 사람. 은자. 엄자릉에 대한 기록은 『후한서』 「일민전」(逸民傳)에 실려 있다.
22) 矰繳(증작) : 주살. 살대에 끈을 붙인 화살로, 화살이 새에 맞으면 끈이 감겨 새를 잡는다. ○ 遠(원) · 멀어지다 멀리 날다.
23) 秋旻(추민) : 가을 하늘.

而已. 議論正大, 獨著此篇.)

해설 동한 초기의 엄자릉(嚴子陵)을 칭송한 시이다. 젊어서 함께 공부한
유수(劉秀)가 광무제(光武帝)가 되어 불러도, 엄자릉은 가지 않고 부춘산에
낚시하며 평생을 지냈다. 이후 문인들은 벼슬 없이 살아갈 수 있는 완정
한 인격자의 대상으로 높이 칭송하였다. 이백의 「고풍」 제7수와 비교해
읽어도 좋을 것이다.

습유 심십구와 함께 서하사 상방에 놀며, 밤에 양 상인의 승방에서
함께 묵다(與沈十九拾遺同遊棲霞寺上方, 夜於亮上人院會宿)[24]

攝山標勝絶,[25]	높이 솟은 서하산이 절경이라는데
暇日諧想矚.[26]	한가한 날에서야 가볼 수 있게 되었어라
縈紆松路深,[27]	소나무 길을 따라 깊이 휘어들고
繚繞雲巖曲.	구름 덮인 바위의 모퉁이를 둘러가니
重樓回樹杪,	다층 누각이 나뭇가지 끝 너머로 돌아가고
古像鑿山腹.[28]	오래된 불상이 산허리에 조각되어있구나

---

24) 沈十九(심십구) : 심기제(沈旣濟). 소주(蘇州) 사람으로 협률랑(協律郎)과 강서절도사
(江西節度使) 종사(從事)를 지냈고, 780년 재상 양염(楊炎)의 추천으로 좌습유와 사관
수찬(史館修撰)이 되었다. 다음 해 양염이 죄를 얻자 연좌되어 처주사호(處州司戶)로
좌천되었다. 몇 년 후 육지(陸贄)의 추천으로 입궐하여 예부원외랑(禮部員外郎)이 되
었다. 단편소설 「침중기」(枕中記)와 「임씨전」(任氏傳)의 작가로 유명하다. ○ 棲霞寺
(서하사) : 지금의 남경시 북쪽 서하산에 있는 절. ○ 上方(상방) : 절의 방장(方丈). 곧
주지승이 거주하는 내실. 때로 가장 높은 곳을 가리킨다.
25) 攝山(섭산) : 서하산(棲霞山)을 가리킨다. 산에 약초가 많아 섭생(攝生)할 수 있다고
하여 섭산이라 이름 하였다. ○ 標(표) : 산꼭대기. ○ 勝絶(승절) : 경치가 뛰어나다.
26) 諧(해) : 어울리다. ○ 想矚(상촉) : 보기를 바라다. 만나기를 희구하다.
27) 縈紆(영우) : 돌아가고 얽힘.
28) 古像(고상) : 예전에 세운 불상.

人遠水木淸,	사람 자취 없으니 물과 나무가 맑고
地深蘭桂馥.	깊은 곳에 있으니 난초와 계수나무 향기로워라
層臺聳金碧,29)	층층의 누대는 황금빛과 비췻빛으로 솟아있고
絶頂摩淨綠.30)	꼭대기는 깨끗한 푸른빛에 닿아있어라
下界誠可悲,	하계는 진실로 슬프니
南朝紛在目.31)	남조(南朝)가 눈에 어지러워라
焚香入古殿,	전각에 들어가 향을 사르고
待月出深竹.	깊은 대숲에 나와 달뜨기를 기다리네
稍覺天籟淸,	점점 자연의 소리가 맑아짐을 느끼며
自傷人世促.	스스로 인생이 빠름을 아쉬워하네
宗雷此相遇,32)	종병(宗炳)과 뇌차종(雷次宗)이 여기서 만나
偃放隨所欲.33)	한가하게 하고픈 대로 하는구나
淸論月輪低,34)	보름달이 질 때까지 청담하고
閑吟茗花熟.35)	차를 달이며 우릴 때까지 시를 지었네
一生如土梗,36)	일생은 흙 인형과 같고

---

29) 金碧(금벽) : 황금색과 비취색.

30) 淨綠(정록) : 맑은 녹색. 여기서는 하늘을 가리킨다. 고대에는 청색과 녹색의 구별이
뚜렷하지 않았다.

31) 南朝(남조) : 서진(西晉, 265~316년)이 망한 이후 수(隋, 581~618년)가 통일하기 이
전까지의, 남경에 수도를 둔 동진(東晉, 317~420년), 송(宋, 420~479년), 제(齊, 479~
502년), 양(梁, 502~557년), 진(陳, 557~589년) 등 다섯 조대를 말한다. 서하사(棲霞
寺)는 남조의 여러 왕조의 중심 사찰이었다.

32) 宗雷(종뢰) : 종병(宗炳)과 뇌차종(雷次宗). 모두 송(宋)의 명사(名士). 여기서는 종병
과 뇌차종으로 자신과 심십구를 비유하였다.

33) 偃放(언방) : 한가하고 자유롭다.

34) 淸論(청론) : 청담(淸談).

35) 茗花(명화) : 차를 달일 때 나오는 물거품.

36) 土梗(토경) : 흙으로 만든 인형. 비가 오면 본래의 모습이 없어진다는 점에서 쓸모없
는 것을 가리킨다. 『전국책』 「조책」(趙策)에 유세객 소진(蘇秦)이 조나라 대신을 설
득하면서 "한밤에 흙 인형과 나무 인형이 다투었다"(夜半, 土梗與木梗鬪.)는 이야기
늘 들읍나고 비ſ히였으며, 또 『장자』 「전자방」(田子方)에서도 "내가 배운 바는 다
만 흙 인형밖에 없다"(吾所學者, 直土梗耳.)고 하였다.

萬慮相桎梏.³⁷⁾　　　온갖 생각은 수갑이나 족쇄와 같아

永願事潛師,³⁸⁾　　　영원히 바라나니, 축법잠(竺法潛)같은 스님을 모시고

窮年此棲宿.　　　　생애가 다하도록 여기서 살고저

평석 시의 고결한 품격을 언외에서 체득할 수 있다.(詩品高潔, 在語言外領取.)

해설 서하사에 갔을 때의 감회와 심기제(沈旣濟)와의 만남을 쓴 시이다. 782년 봄 권덕여(24세)는 포길(包佶)의 종사로 지내며 가난하고 어려운 시기였고, 심기제 역시 처주(處州, 절강성 麗水市)로 좌천되어 갈 때였다. 서하사는 비록 그윽하고 아름다웠지만 두 사람의 감회는 지극히 복잡하였을 것이다. 이에 "점점 자연의 소리가 맑아짐을 느끼며, 스스로 인생이 빠름을 아쉬워하네"(稍覺天籟淸, 自傷人世促.)고 노래하였고, 불교에 대한 귀의도 생각하였다.

장적(張籍)

평석 장적은 신악부에 뛰어났다. 비록 고대 시인의 뜻은 점점 소실되었지만 우아하고 아름다워 읊을만하다. 오언고시 역시 낮지 않다.(文昌長於新樂府, 雖古意漸失, 而婉麗可誦. 五古亦不入卑微.)

---

37)　桎梏(질곡) : 차꼬와 수갑. 속박이나 구속을 의미한다.

38)　潛師(잠사) : 서진과 동진 교체기에 활동했던 명승 축법잠(竺法潛). 재상 왕돈(王敦)의 동생으로 18세에 출가하여 교화를 진흥하였다. 장기간 섬현(剡縣) 앙산(仰山)에 은거하였으며, 진 애제(晉哀帝) 때 조정에서 강경(講經)하여 예우를 받았다. 여기서는 양 상인을 가리킨다.

서주시(西州詩)[1]

羌胡据西州,[2]	오랑캐가 서주를 점령하니
近甸無邊城.[3]	장안 근교에는 방어 진지도 없어
山東收稅租,[4]	산동에서 조세를 거두는 건
養我防塞兵.	변방 지킬 병사를 기르기 위해서란다
胡騎來無時,[5]	오랑캐 기마병이 시도 때도 없이 나타나
居人常震驚.	주민들이 항상 놀라 가슴을 쓸어내리니
嗟我五陵間,[6]	어쩌하나, 장안 오릉 주위에
農者罷耘耕.	농민들은 농사일을 작폐했어라
邊頭多殺傷,[7]	변방에는 눈만 뜨면 죽고 죽이니
士卒難全形.[8]	사졸들 중 몸 성한 사람 없구나
郡縣發丁役,[9]	군현에서 장정을 징발하여

---

1) 西州(서주) : 640년 고창(高昌)을 멸망시키고 세운 주. 당시 안서사진절도사(安西四鎭節度使)의 사령부 소재지. 지금의 신강위구르자치구 투루판 동남에 소재. 안사의 난 이후에는 티베트 세력이 강성해지면서 티베트에 점령되었다.

2) 羌胡(강호) : 강족과 흉노족. 일반적으로 중국 고대의 서북부에 거주하던 비한족을 가리킨다. 여기서는 티베트족. 안사의 난이 일어나 하서회랑에 있던 당의 군사들이 중원으로 이동하자 티베트족이 이들 하서(河西)와 농우(隴右) 지역을 점령하였다. 763년에는 장안성에 입성한 적이 있으며, 이후 오십여 년간 거의 매년 당을 공격하였다.

3) 近甸(근전) : 수도 부근 지역. 성곽 밖을 교(郊)라 하고, 그 바깥을 전(甸)이라 한다. ○ 邊城(변성) : 방어를 할 수 있는 관성(關城). 이 구는 장안의 서부 방어지인 농산(隴山)이 티베트의 점령지로 들어가자 장안을 방어할 수 없게 되었다는 뜻.

4) 山東(산동) : 효산(崤山) 또는 화산(華山)의 동쪽 지역. 안사의 난 때 반란군을 격퇴시킨 곽자의(郭子儀)가, 768년 11월 빈주(邠州)에 삭방군(朔方軍)을 주둔시킨 이후에는 군수 물자들이 대거 이곳으로 이동하였다.

5) 來無時(래무시) : 침입해 오는 데 정해진 때가 없다. 수시로 침입한다.

6) 五陵(오릉) : 한대 다섯 군주의 능묘. 한 고조가 묻힌 장릉(長陵), 혜제가 묻힌 안릉(安陵), 경제가 묻힌 양릉(陽陵), 무제가 묻힌 무릉(茂陵), 소제가 묻힌 평릉(平陵) 등이다. 모두 장안 근처 위수(渭水)의 북안에 소재한다.

7) 邊頭(변두) ; 변방 지역.

8) 全形(전형) : 몸을 보전하다.

丈夫各征行.	남자들은 모두 전장으로 간다네
良馬不念秣,[10]	훌륭한 말은 꼴에 뜻을 두지 않듯이
烈士不苟營.[11]	열사는 먹고 사는데 매이지 않는다네
所願除國難,	바라는 바는 국난을 제거하여
再逢天下平.	다시금 천하를 태평하게 하는 것

평석 서주는 농우도에 속하는데 천보 연간 말기에 티베트에 편입되었다. 이 시는 영토가 회복되기를 바라는 기대를 열사에게 간절히 걸었다.(西州屬隴右道, 天寶末陷於吐蕃. 此願中期恢復, 於烈士有厚望焉.)

해설 국난에 임하여 열사의 장지(壯志)를 촉구한 시이다. 안사의 난 이후 티베트의 침입으로 변방이 소란하고 농사마저 폐하게 된 때에, 사람들에게 이를 극복할 정신의 진작과 행동의 참여를 호소하였다.

지는 꽃이 아쉬워(惜花)

濛濛庭樹花,[12]	무성하던 마당가 나무의 꽃이
墜地無顏色.[13]	땅에 떨어지니 처참하여라
日暮東風起,	해 저물녘 동풍이 일어나
飄揚玉階側.[14]	옥 계단 옆으로 불리어 가네

---

9) 丁役(정역) : 노역에 나간 장정.
10) 良馬(양마) 구 : 뛰어난 말은 천 리(千里)에 뜻을 두지 꼴에 뜻을 두지 않는다.
11) 苟營(구영) : 구차하게 삶을 영위하다. 이 구는 열사는 나라를 걱정하지 개인의 이익에 마음을 두지 않는다는 뜻이다.
12) 濛濛(몽몽) : 무성한 모양. 여기서는 꽃이 분분이 지는 모양. 또 濛濛에는 비가 가늘게 뿌리는 모양의 뜻도 있으므로, 이 구를 "잔비가 뿌리듯 정원의 꽃이 지는데"라고 풀이할 수도 있다.
13) 無顏色(무안색) : 무안하다. 잘못했거나 처지가 불리하여 부끄러워 얼굴을 들지 못하다.

殘蕊在猶稀,	시든 꽃 아직 몇몇 남아
青條聳復直.	푸른 가지가 위아래로 흔들리네
爲君結芳實,	그대 위해 향기로운 열매를 맺을 터이니
令君勿歎息.	그대 부디 탄식하지 말기를

평석 한 가지의 뜻을 다시 전환하였으니 시재가 약한 사람은 말하기 어렵다.(翻出一意, 淺人
不能道.)

해설 장적은 「지는 꽃이 아쉬워」(惜花)라는 제목으로 3수를 지었고, 그 밖
에 꽃구경 등 꽃에 대한 시도 열 수 정도 된다. 꽃에 대한 사랑과 아쉬움
이 깊어, 희로애락을 같이 했음을 알 수 있다. 이 시는 지는 꽃에 대한
안타까움을 표시한 내용이지만, 다른 시와 다르게 끝 2구에서 갑자기 희
망을 제시하여 놀랍고도 새로운 시각을 안겨주고 있다.

이별의 원망(離怨)

切切重切切,[15]	쏴아쏴아, 다시 쏴아쏴아 부니
秋風桂枝折.	가을바람에 계수 가지 꺾어지네요
人當少年嫁,	다른 이는 젊어서 시집가는데
我當少年別.	나만이 젊어서 헤어졌네요
念君非征行,	그대는 출정 나간 것도 아니건만
年年長遠途.	해마다 더욱 멀어지는군요

---

14) 玉階(옥계) : 옥석으로 깎아 만들거나 장식한 계단. 여인이 거처하는 곳의 아름다운
계단 또는 궁중의 계단을 말한다.
15) 切切(절절) : 절절하다 근심하는 모양. 더불어 살살 부는 바람 소리도 중의적으로 표
현하였다.

妾身甘獨歿,[16]　　　　첩은 차라리 혼자 죽어도 좋으나
高堂有舅姑.[17]　　　　고당에 시부모가 계시네요
山川豈遙遠?　　　　　산천은 멀지 않건만
行人自不返.　　　　　떠난 사람 돌아오지 않네요

평석 "고당에 시부모가 계시네요"로 남편을 책망하니 원망의 도리가 바르다. 일반적인 규방의 말과 다르다.(責以"高堂有舅姑", 怨之正也, 與泛作閨房之言有別.)

해설 객지에 나간 남편을 기다리는 젊은 아낙의 원망을 그렸다. 보통의 규원시보다 생활의 감정이 더 절실하고 구체적이며, 특히 제3, 4구는 아낙의 심사를 잘 잡은 말로 알려졌다. 전통적인 소재를 평이한 언어로 절실하게 부각하는 점이 바로 장적의 특징이다.

온정균(溫庭筠)

협객의 노래(俠客行)[1]

欲出鴻都門,[2]　　　　홍도문을 빠져나갈 때

---

16)　甘獨歿(감독몰) : 홀로 죽어도 달게 여기다. 현대 대만 학자 이건곤(李建崑)은 "자신은 죽는 한이 있어도 고독하게 지내고 싶지 않으나, 시부모가 고당에 계시니 이를 어이 하나?"(己雖寧死不願孤獨, 奈舅姑在堂, 爲之奈何?)의 뜻으로 풀이하였다.

17)　舅姑(구고) : 시부모.

1)　俠客(협객) : 남을 위해 옳은 일을 하며, 어려움을 물리치고 믿음을 지키는 호걸. 『사기』「유협열전」(遊俠列傳)에서 '협'(俠)이란 "말은 반드시 지켜야 하고, 행동은 성과를 이루어야 하며, 약속한 일은 비록 어렵더라도 전심전력으로 자신의 몸을 아끼지 않고 행한다."는 의미를 가지고 있다. 여기에는 '의리', '신의', '정의' 등의 의미와 결

陰雲蔽城闕.	검은 구름이 성궐을 덮었어라
寶劍黯如水,3)	보검은 물빛처럼 어두운데
微紅濕餘血.	희미한 붉은 빛이 피로 젖었어라
白馬夜頻驚,	밤을 달리는 백마는 자주 놀라고
三更霸陵雪.4)	야반삼경 파릉에 눈이 내리어라

평석 온정균의 시는 풍채가 수려하고 언어가 공정하다. 모두 칠언인데 오언 가운데는 이 시가 유독 경책으로 절륜하다.(溫詩風秀工整, 俱在七言, 此篇獨見警絶.)

해설 복수를 마친 협객이 야간에 성을 탈출하여 나가는 장면을 그렸다. 성궐, 보검, 백마의 이미지만으로 긴장되고 침중한 현장감을 제시할 뿐 구체적인 사건과 형상은 이를 통해 상상하게 하였다. 밤에 낙양의 홍도문을 출발하여 야밤에 장안의 파릉에 이르니 그 신속함을 알 수 있다. 온정균이 추구하는 시세계를 잘 알 수 있는 작품이다.

합되었다. 그러나 유협의 의미는 좀 더 포괄적이어서 약한 자를 억누르고 강한 자를 따르는 억약부강(抑弱扶强)을 의미하는 경우도 있다. 「협객의 노래」(俠客行)는 악부 제목의 하나로 잡곡가사에 해당하며, 서진(西晉) 장화(張華)의 「유협편」(遊俠篇) 이래 의기를 위해 죽음을 두려워 않는 협사(俠士)를 그렸다.

2) 鴻都門(홍도문) : 동한 낙양성의 궁문 이름.

3) 寶劍(보검) 구 : 보검이 물과 같이 찬 빛을 내뿜는다는 뜻. 『오월춘추』(吳越春秋)에 조왕(趙王)이 구야자(歐冶子)를 초빙하여 명검을 다섯 자루 만들었는데 그 중 하나가 순구(純鉤)였다. 조왕이 이들을 검을 잘 보는 설촉(薛燭)에게 보여주자 설촉이 말하였다. "빛나기는 굴양의 꽃과 같고, 깊기는 연꽃이 호수에서 막 오르는 듯하여라. 그 문양을 보니 별들이 운행하는 것 같고, 그 빛을 보니 연못에 물이 가득한 듯하니 이것이 곧 순구로다."(光乎如屈陽之華, 沈沈乎如芙蓉始生於湖, 觀其文如列星之行, 觀其光如水溢於塘, 此純鉤也.)라고 하였다.

4) 霸陵(패릉) : 灞陵(파릉)이라고도 한다. 장안 동쪽 교외 백록원(白鹿原)에 있는 서한 문제(文帝)의 능묘.

조하(趙嘏)

분수 강가 술자리에서 이별하며(汾上宴別)[1]

雲物如故鄉,[2]	풍경은 고향과 같은데
山川知異路.	산천은 길이 달라
年來未歸客,	해가 바뀌어도 돌아가지 않은 나그네
馬上春欲暮.	말 위에서 어느덧 봄이 저무네
一尊花下酒,	꽃 아래 한 동이 술이 있는데
殘日水西樹.	지는 해가 강 서편 나무에 걸렸어라
不待管絃終,	음악 소리가 끝나기도 전에
搖鞭背花去.	채찍 휘두르며 꽃을 등지고 떠나노라

해설 분수 강가를 떠나며 친구들이 차려준 전별 자리에서 지은 송별시이다. 늦봄의 풍경으로 객지에서 떠도는 감흥을 그려내었다.

---

1) 汾上(분상): 분하(汾河) 강가. 분하(汾河)는 황하의 두 번째로 큰 지류로, 산서성 중부를 흐르다가 황하로 흘러든다. 분주(汾州)의 치소는 분양(汾陽)으로 지금의 산서성 분양시(汾陽市).
2) 雲物(운물): 자연의 풍경.

조업(曹鄴)

사망루(四望樓)[1)]

背山見樓影,	산을 등지고 누각의 모습이 서있으니
應合與山齊.[2)]	응당 산 높이와 나란하리라
座上日已出,	누각에 해가 이미 비쳐도
城中未鳴鷄.[3)]	성 안엔 아직 닭이 울지 않았더라
無限燕趙女,[4)]	연 지방과 조 지방의 수많은 미인이
吹笙上金梯.	생황을 불며 황금빛 계단을 올랐더라
風起洛陽東,	낙양의 동쪽에서 바람이 일어나면
香過洛陽西.	낙양의 서쪽까지 그 향기 날아갔어라
公子長夜醉,	공자가 밤새 취하여
不聞子規啼.[5)]	두견새 우는 소리도 듣지 못하였더라

해설 고대의 유적지를 소재로 귀족의 황음(荒淫)을 비판하였다. 사망루라

---

1) 四望樓(사망루) : 시의 제목 아래 원주(原注)가 있다. "누각은 낙양 동쪽에 있었으나 지금은 없어졌다. 진대(秦代)에 귀공자 가허(賈虛)가 매일 그 위에서 잔치를 열었다."(樓在洛陽東, 今廢. 秦時, 有貴公子賈虛每日宴其上.)

2) 應合(응합) : 응당. 당연히. 應(응)과 合(합)은 같은 뜻으로, 각각 추측의 뜻을 나타낸다.

3) 심주 : 누각의 높음을 형용하였다.(形樓之高.)

4) 燕趙(연조) : 나라 이름이자 지역 이름. 연은 지금의 하북성 북부에 해당하고, 조는 지금의 하북성 중남부 일대에 해당한다. 전국시대 조(趙)나라 수도 한단(邯鄲)에서는 미인이 많이 나왔다고 하며, 연(燕)나라는 그 이웃에 있으므로 연조(燕趙)라고 연용하였다. '고시십구수'의 「낙양성의 동쪽 성벽 길고도 높아」(東城高且長)에 "연 지방과 조 지방엔 미인이 많다더니, 아름다운 얼굴이 옥같이 맑고 희네"(燕趙多佳人, 美者顔如玉.)라는 표현이 있다.

5) 子規(자규) : 두견새. 전설에 의하면, 고대 촉나라에 두우(杜宇)라는 왕이 죽어 그 혼이 변해 된 새, 새의 울음이 처절하고 구슬퍼 듣는 사람의 슬픔을 일으킨다. 말구는 공자(公子)가 백성의 노고와 슬픔을 듣지 못한다는 뜻으로 쓰였다.

는 특이한 장소와 진나라 공자라는 특이한 주인공을 등장시켜 선명하고 뚜렷한 인상을 만들었다. 그 형식은 질박한 악부시를 따르고 있으나 소 재는 질탕한 장면이어서 이들이 어울려 독특한 시공간을 만들어낸다.

이군옥(李群玉)

강가 누대에서 혼자 술을 마시다 종숙을 그리며(江樓獨酌懷從叔)[1]

水國發爽氣,[2]	물가 마을이라 시원한 기운 일어나니
川光靜高秋.	강물 빛 조용하고 가을이 깊었어라
酣歌金尊醁,	금 술잔에 좋은 술 담아 마음껏 노래하며
送此靑楓愁.[3]	얽힌 시름을 푸른 단풍에 띄워 보내노라
楚色忽滿目,	초 지방의 경색이 갑자기 시야에 가득한데
灘聲落西樓.	여울물 떨어지는 소리가 서쪽 누각에서 들려오네
雲翻天邊葉,	하늘가의 나뭇잎 위에서 구름이 뒤채고
月弄波上鉤.[4]	물결에 흔들리는 갈고리가 천상의 달을 희롱하네
芳意長搖落,[5]	봄날의 뜻은 오래 전에 시들고

---

1) 從叔(종숙) : 아버지의 사촌 형제.
2) 水國(수국) : 수향(水鄕)과 같다. 물가의 마을. ○爽氣(상기) : 차고 시원한 기운.
3) 靑楓(청풍) : 푸른 단풍. 강남을 나타내는 대표적인 풍경으로 알려졌다. 굴원(屈原)의 『초사』「초혼」(招魂)에 "출렁이며 흐르는 장강이여 강변에는 단풍이요, 천 리 멀리 바라보니 춘심(春心)이 슬퍼라"(湛湛江水兮上有楓, 目極千里兮傷春心.)란 말이 있다. 여기서는 이러한 문학적 이미지가 환기하는 슬픈 정조를 나타낸다.
4) 波上鉤(파상구) : 물결 위의 갈고리. 수면 위에 비친 초승달을 말한다.
5) 搖落(요락) : 시들어 떨어지다. 이 구의 뜻은 진자앙(陳子昂)의 「감우시」(感遇詩) 제1 수의 "한 해의 풀꽃들이 모두 시들어 떨어지니, 봄날의 아름다운 뜻은 어떻게 이룰 수 있나!"(歲華盡搖落, 芳意竟何成!)와 같다.

蘅蘭謝汀洲.⁶⁾　　　두형과 난초도 모래섬에서 시들었어라
長吟碧雲合,　　　　길게 읊조리는 사이 구름이 몰려들어
悵望江之幽.　　　　처연하게 어둑한 강을 바라보네

해설 제목에서 시의 기본 내용을 요약하였다. 고향이 호남성인 이군옥은
『초사』 등 남방문학의 전통에서 성장하였으며, 당나라 말기 전란과 혼란
속에 실의로 남방을 오랫동안 돌아다녔다. 아득한 풍경 속에 그려진 감
회는 종숙을 그리는 정회인지 자신의 운명에 대한 회한인지 분명하지
않다.

자라산 은거지로 돌아가는 진사 묘종을 보내며(送進士苗縱歸紫邏山居)⁷⁾

汝上多奇山,⁸⁾　　　여수 강가에는 기이한 산이 많아
高懷愜清境.⁹⁾　　　그대 고상한 정회는 맑은 곳을 즐거워하리
強來干名地,¹⁰⁾　　　일부러 이름을 구하러 장안에 왔더니
冠帶不能整.¹¹⁾　　　예관과 요대를 바로 하기 어려웠어라
常言"夢歸處,　　　　그대 언제나 말하였지, "꿈에서도 돌아가고픈 곳은
泉石寒更靜.　　　　샘물과 돌이 차갑고 또 조용한 곳
鶴聲夜無人,　　　　학이 우는 밤에는 사람도 없는데
空月隨松影."　　　　공중의 달은 소나무 그림자를 따라가지"

---

6) 蘅蘭(형란) : 족두리풀과 난초.
7) 苗縱(묘종) : 미상. 청대 서송(徐松)의 『등과기고』(登科記考)에도 자료가 없다. ○ 紫
邏山(자라산) : 여주(汝州)의 명산으로, 지금의 하남성 낙양시 여양현 소재.
8) 汝上(여상) : 여수(汝水) 강가. 여수는 하남성 노산현(魯山縣)에서 발원하여 보풍(寶
豐), 양성(襄城), 언성(郾城), 상채(上蔡), 여남(汝南)을 거쳐 회수(淮水)로 흘러든다.
9) 高懷(고회) : 뜻이 높은 마음.
10) 干名地(간명지) : 이름을 구하는 장소. 곧 장안을 가리킨다.
11) 冠帶(관대) : 예관과 요대.

今朝別我去,	오늘 아침 나와 헤어져 떠나니
春物傷明景.[12]	봄날의 경물들이 밝은 햇빛 속에 가슴 아파라
悵望相送還,	돌아가는 모습 슬프게 바라보나니
微陽在東嶺.[13]	흐릿한 해가 동쪽 고개에 올라있네

평석 왕유의 시에 가깝다.(近王右丞.)

해설 자라산으로 돌아가는 묘종을 보내며 쓴 시이다. 맑고 조용한 풍경은 곧 고상한 심회(高懷)와 어울리며, 이름을 구하는 장안과 대비된다. 이 시는 『전당시』(全唐詩) 권596에 사마찰(司馬扎)의 작품으로 실려 있다. 그러나 심덕잠은 『당시별재집』에 이군옥(李群玉)의 작품으로 귀속시켰는데, 근거는 명확하지 않다.

유가(劉駕)

새벽길을 나서며(早行)

馬上續殘夢,[1]	말 위에서 덜잔 잠을 자며 가자니
馬嘶時復驚.	말이 울 때마다 시시로 놀라 깨어라
心孤多所虞,[2]	마음이 고단하여 걱정이 많은데

---

12) 春物(춘물) : 봄날의 경물. 일반적으로 꽃과 초목을 가리킨다.
13) 微陽(미양) : 미약한 햇빛.
1) 馬上(마상) 구 : 말 위에서 계속 꿈을 꾸다. 새벽 일찍 출발하느라 아직 잠이 덜 깬 상태를 형용하였다.
2) 虞(우) : 두려워하다. 걱정하다.

僮僕近我行.	노복이 내 가까이 걸어가네
棲禽未分散,3)	나무에 깃든 새들 아직 깨어나지 않은데
落月照孤城.	떨어지는 달이 고적한 성을 비추어라
莫羨居者閑,	부러워하지 말자, 편안히 지내는 사람들을
溪邊人已耕.	농부들은 시내 옆에서 벌써 밭 갈고 있으니

해설 새벽길의 힘겨움을 그린 시이다. 나그네의 행로에 연관된 이미지들이 적절하며, 제5, 6구의 자연 묘사도 앞뒤를 잘 연결하였다. 말 2구에서 편안히 지내는 사람에 대한 부러움을 거두어들이며 분발하는 모습에 이르러서는 이 시가 단순히 여로에 대한 묘사만이 아님을 알 수 있다.

내쳐진 여인(棄婦)

回車在門前,4)	문 앞에는 친정으로 돌아갈 수레
欲上心更悲.	오르려고 하니 마음 더욱 슬퍼라
路傍見花發,	길가에 보이는 활짝 핀 꽃
似妾初嫁時.	첩이 처음 시집올 때의 모습 같아라
養蠶已成繭,	누에는 벌써 고치를 만들고
織素猶在機.	흰 비단은 아직 베틀에 걸려있어
新人應笑此,5)	새 사람은 분명 이들을 비웃으며
何如畵蛾眉?6)	눈썹 그리는 데만 몰두하리라

---

3) 棲禽(서금) 구: 나무에서 깃들어 자던 새들은 아침 일찍 흩어져 날아가는데, 새들이 아직 날아가지 않음으로 새벽임을 형용하였다.
4) 回車(회거): 친정으로 돌아가려는 수레.
5) 新人(신인): 새로 맞이한 처.
6) 何如(하여) 구: 직역하면 "어찌 할 텐가, 눈썹만 그릴 디인데"이다.

평석 여인이 내쳐져서는 안 됨을 보였다. 원망하되 화내지 않으니 고황의 작품보다 뛰어나다.(見婦之不當棄也, 怨而不怒, 高於顧況之作.)

해설 시집갔다가 내쳐진 여인을 소재로 한 시이다. 남존여비 사회에서 일어나는 기부시(棄婦詩)는 『시경』 이래 있어왔지만 동한의 고시 「산에 올라 궁궁이를 뜯고」(上山采蘼蕪)에서 전형적인 모습으로 그려졌다. 이 시는 이러한 전통을 이어 품덕과 재능보다 외모를 중시하는 남편을 완곡하게 질책하고 있다.

육구몽(陸龜蒙)

평석 육구몽과 피일휴의 창화는 회삽한 시풍을 열었기에 여러 작품을 고르기 어렵다.(龜蒙與皮日休倡和, 另開僻澁一體, 不能多采.)

미인(美人)

美人抱瑤瑟,	거문고를 안은 미인
哀怨彈別鶴.[1]	애절하게 '별학조'를 뜯는구나

---

1) 別鶴(별학) : 거문고 곡조인 「별학조」(別鶴操). 서진 최표(崔豹)의 『고금주』(古今注)에 따르면, 「별학조」는 상릉(商陵)의 목자(牧子)가 지었다고 한다. 목자가 아내를 맞이하여 오 년이 지나도 아들이 없자 부형들이 다시 장가를 들이려 하였다. 그 아내가 이를 듣고 한밤에 일어나 슬피 울었다. 목자가 이를 듣고 슬퍼 거문고를 뜯으며 노래를 만들었다. "비익조가 헤어져 하늘 끝에 나뉘니, 산천은 아득하고 길은 멀어라, 옷을 들고 잠들지 못하고 밥 먹기도 잊었어라"(將乖比翼兮隔天端, 山川悠遠兮路漫漫, 攬衣不寐兮食忘餐.) 이후 「별학조」는 부부의 이별을 비유한다.

雌雄南北飛,	암수컷의 학이 남과 북으로 각기 날아가
一旦異棲托.[2]	하루아침에 서로 다른 곳에 깃드는구나
諒非金石性,	진실로 마음은 쇠나 돌이 아닌데
安得宛如昨?[3]	어찌하면 예전과 같이 다정할 수 있는가요?
生爲幷蒂花,[4]	살아서는 병체화로 있었지만
亦有先後落.	꽃이 질 때는 앞뒤로 다르군요
秋林對斜日,	가을 나무에 있어 저녁 해는
光景自相薄.[5]	그 햇빛이 절로 엷어지더군요
猶欲悟君心,	그래도 그대 마음 깨닫기를 바라
朝朝佩蘭若.[6]	아침마다 난초와 두약을 옷깃에 달아요

평석 결말이 온후하다.(結語溫厚.)

해설 남편으로부터 내쳐진 여인의 슬픔을 그린 시이다. 남편과의 이별은 바로 앞에 나온 유가(劉駕)의 「내쳐진 여인」(棄婦)처럼 남자의 변심에 따른 것으로 보인다. 여기서는 첫 2구로만 상황을 제시하고 나머지는 여성 화자의 말투로 이루어졌는데, 악부시의 형식을 채용하였다. 고시(古詩)의 어휘를 다수 채용하였으나 구체적인 이미지를 새롭게 담았다. 난초나 두약을 걸치고서 그로부터 남편이 자신의 고결한 마음을 알아주기를 바란다는 말에서 애이불비(哀而不悲)의 전통적 심미관이 구현되었다.

---

2) 棲托(서탁) : 깃들다. 의탁하다.
3) 宛如(완여) : 부드럽게 순종하는 모습.
4) 幷蒂花(병체화) : 연지화(連枝花) 또는 연리화(連理花)라고도 한다. 꽃무릇과 같이 한 줄기에 두 송이가 피는 꽃으로 부부의 사랑을 비유한다.
5) 光景(광경) : 햇빛. 남편의 애정을 비유한다.
6) 蘭若(난약) : 난초와 두약. 모두 향초로 고결한 마음을 비유한다. 난초는 들이나 산에서 나는 산란(山蘭)을 말하며, 오늘날 우리가 흔히 알고 있는 난초와 다르다. 두약은 '긴강'(山美)이라고도 한다. 굴원의 「상군」(湘君)에 "아름다운 섬에서 두약을 따서"(采芳洲兮杜若)란 말이 있다.

섭이중(聶夷中)

농가(田家)

父耕原上田,	아비는 들판에서 밭을 갈고
子劚山下荒.[1]	아들은 산 아래서 황무지를 파네
六月禾未秀,[2]	유월에 벼가 아직 패지도 않았는데
官家已修倉.[3]	관가에서는 벌써 창고를 정비하네
二月賣新絲,[4]	이월에 아직 뽑지도 않은 명주를 팔고
五月糶新穀.[5]	오월에 아직 익지도 않은 곡식을 파니
醫得眼前瘡,[6]	당장 급한 종기를 치료하기 위해
剜却心頭肉.[7]	심장 옆의 살을 도려내는구나
我願君王心,	내 바라는바 군왕의 마음이
化作光明燭:	밝디 밝은 촛불이 되기를
不照綺羅筵[8]	잔치의 화려한 비단옷을 비추지 말고
只照逃亡屋.[9]	농민들이 도망가고 없는 빈 집을 비추기를

---

1) 劚(촉): 斸(촉)과 같다. 호미나 괭이 따위의 농구. 여기서는 동사로 쓰였다.
2) 秀(수): 벼에 꽃이 패다.
3) 修倉(수창): 창고를 정비하다. 조세를 받을 준비를 한다는 뜻.
4) 二月(이월) 구: 이월에 아직 누에도 치지 않았는데 조세를 내기 위해 앞으로 거둘 생견을 미리 팔다.
5) 糶(조): 쌀을 내어 팔다. 이 구는 오월에 아직 벼가 익지도 않았는데 미리 수확할 곡식을 판다는 뜻.
6) 醫得(의득) 구: 구급 처치를 하기 위해 나중의 고통을 생각하지 않는다는 뜻으로, 벼가 익지도 않았는데 그해 수확량을 미리 파는 일을 비유하였다. 이로부터 종기를 치료하기 위해 살을 파낸다는 뜻의 '완육의창'(剜肉醫瘡)이란 성어가 만들어졌다.
7) 剜(완): 도려내다.
8) 綺羅(기라): 화려한 비단. 여기서는 화려한 비단을 입은 여인.
9) 逃亡屋(도망옥): 사람이 도망가고 난 빈 집. 마무원(馬茂元)은 이 구에 대해『자치통감』권241을 인용하며 당시 배경을 설명하였다. "이발(李渤)이 진언하기를 '신이 위

평석 당대에도 여전히 시를 채집하는 일이 있었기에 시인들이 백성의 고충을 진술하였다. 유종원의 「뱀 잡는 사람」도 그중 하나이다. 이 시는 말은 간결하나 뜻이 풍부하여 유종원의 산문에 필적한다.(唐時尚有采詩之役, 故詩家每陳下民苦情, 如柳州捕蛇者說, 亦其一也. 此詩言簡意足, 可匹柳文.)

해설 막중한 조세로 착취를 당하는, 농민의 비참한 처지를 노래한 풍자성이 강한 시로, 섭이중의 시 가운데 가장 인구에 많이 회자된다. 오대 후당(後唐)의 재상 풍도(馮道)는 이 시에 대해 "말이 비록 비속하지만 농가의 모습을 곡진하게 드러내었다"(語雖鄙俚, 曲盡田家之情狀)고 평하였고, 또 이로써 명종(明宗)의 행위를 풍자하였다. 이에 명종이 이 시를 항상 읊으며 경계하였다고 한다. 시의 앞 4구만 별도로 떼어내어 한 수로 편집되기도 했다.

───

남(渭南)에 갔는데, 장원향(長源鄕)은 예전에 사백 호였는데 지금 겨우 백여 호가 되었으며, 문향(閿鄕)은 예전에 삼천 호였는데 지금은 겨우 천 호가 되었다고 들었습니다. 그 밖의 다른 주현(州縣)도 대개 이와 같습니다."(李渤上言 : '臣過渭南, 聞長源鄕舊四百戶, 今才百餘戶, 閿鄕舊三千戶, 今才千戶, 其他州縣大率相似.') 이로부터 보건대 만당시기에 농민들의 대량 이탈과 농가 호수의 감소는 커다란 사회문제였음을 알 수 있다.